KB083061

한국의 냉전문화사

지은이

이봉범 李奉範 Lee Bong-beom

평택의 벽촌에서 나고 자랐다. 성균관대학교 국어국문학과를 졸업하고 동 대학원에서 박사학위를 받았다. 현재는 성균관대학교 초빙교수로 강의와 연구를 하고 있다. 해방 후 검열, 매체, 전향, 번역, 등단제도, 법제, 문예조직과 이념 등의 문학제도사를 연구했고 이를 냉전과 결부시켜 한국냉전문화사 연구로 확장시켜왔다. 한국문학과 냉전의 관계망을 남로당계 문인(학)을 중심으로 한 남북한문학사 연구로 접근하는 데 관심을 두고 있다. 주요 논저로는 『미국과 아시아-1950년대 세계성의 심상지리』(공저), 『한국 근대문학의 변경과 접촉지대』(공저), 『해금을 넘어서 복원과 공존으로』(공저), 「유신체제와 검열, 검열체제의 재편성과 민간자율기구의 존재방식」, 「단정수립 후 전향의 문화사적 연구」, 「1950년대 번역 장의 형성과 문학 번역」 등이 있다.

한국의 냉전문화사

초판 1쇄 발행 2023년 3월 1일
초판 2쇄 발행 2023년 12월 1일
지은이 이봉범 **펴낸이** 박성모 **펴낸곳** 소명출판 **출판등록** 제1998-000017호
주소 06641 서울시 서초구 사임당로14길 15 서광빌딩 2층
전화 02-585-7840 **팩스** 02-585-7848
전자우편 somyungbooks@daum.net **홈페이지** www.somyong.co.kr

값 62,000원 ⓒ 이봉범, 2023
ISBN 979-11-5905-765-6 93810

(재)한국연구원은 학술지원사업의 일환으로 연구비를 지급, 그 성과를 한국연구총서로 출간하고 있음.

한국연구총서 113

한국의 냉전문화사

이봉범

A HISTORY OF THE CULTURAL COLD WAR IN SOUTH KOREA

책머리에

단독 저서라는 것을 처음 낸다. 명색이 문학연구자로 꽤 긴 시간을 걸어왔는데 민망한 일이다. 어쩌겠는가. 세상과 인간을 보는 눈이 좁고 현실과 연구의 정합성을 이끌어내는 능력도 부족했으며, 이러저러한 논문 몇 편을 썼으되 제대로 된 학술적 발언이 없었기에 당연한 결과로 받아들일 수밖에. 이즈음 문학이야말로 진정한 융합학문이라 강조하는가 하면 어느 자리에서는 내가 자란 터전인 국어국문학과(대학원)가 발전적 해체를 통해 시대에 적합한 학문적 정체성을 재정립해야 한다고 강변하나 정작 내 본업인 문학 연구가 무엇인지 명쾌한 자기 명제를 마련하지 못한 처지임을 자각할 때는 참 면구스럽다. 그래서 여전히 연구(자)란 무엇일까에 맞닥뜨리고 있다. 내놓을 수 있는 답이라고는 역사의 격랑 속에 묻혔거나 배제 또는 망각되었던 것들을 당시의 자료를 통해 더듬어 복원하고 기록하여 기억하게끔 만드는 일이라는 생각 정도다. '먹물' 특유의 치기인지 모른다. 그렇지만 거기에는 역사에 기입되지 못한 뭇 사람들의 절규, 기대, 좌절이 생생하게 살아있으며 그것은 오늘의 우리네와 별반 다르지 않다는 믿음이 강하기 때문이다. 역사는 승자의 기록이 아니라 패배자들이 최고의 역사가들을 만들어낸다고 하지 않았던가.에릭 홉스봄 이런 관점에서 연구를 하다 보니 쓴 논문도 그렇고 이 책도 정연한 이론화, 날카로운 해석, 세련된 학술적 담론, 새로운 지식의 생산과는 거리가 멀다. 어쩌면 날것 자료들의 종합전시장, 자료와 자료가 호응하며 말하는 내용이 주를 이루고 있다. 그런 까닭에 내용이 거칠고 범범하다. 책머리를 쓰는 지금도 출간을 주저하게 되는 이유다. (재)한국연구원의 지원을 받은 것이기에 어쩔 도리가 없다. 이 책에 수록된 자료가 누군가에게 참고가 된다면 그것으로 족할 따름이다.

이 책은 한국의 냉전문화사에 대한 개관이다. 문화냉전 및 한국의 냉전문화에 관심을 갖게 된 계기는 이천 년대 들어 인문사회과학계의 학술적 화두로 뒤늦게 부상한 냉전에 대한 연구가 활성화되는 흐름 속에 저자가 집중적으로 연구해오던 문학제도사 연구를 냉전과 결부시켜 연구의 지평을 확대해보려는 취지에서였다. 문학의 역사적·사회적 존재방식을 규정했던 검열, 매체, 번역, 전향, 이념, 등단, 문예조직, 법제 등 문학제도사 안팎의 심층에는 냉전의 힘이 저류하고 있다는 판단 때문이었다. 실제 그러했고, 냉전체제와 한국적 조건이 착종되어 굴절·변용되는 파노라마는 서구발發 냉전(문화)의 보편성으로 치환 또는 설명할 수 없을 정도로 복잡다단하다. 냉전/문학(화)의 구조적 역학으로 빚어진 한국의 냉전문화란 무엇일까? 그 실체를 탐사하는 것에 조마조마하면서도 일단 발을 들여놓았다. 더욱이 아시아재단 및 냉전심리전 연구프로젝트에 참여해 세 차례 스탠퍼드대학 후버아카이브 소장 문서들을 직접 만나면서 또 이를 매개로 문화냉전을 둘러싼 미국, 일본, 대만의 학자들과 발표/토론의 기회를 거치면서 든 자극이 몇 년 동안 한국의 냉전문화사와 마주하게 만들었다.

그러나 그 난맥상을 어찌 짧은 시간에 정리·분석할 수 있겠는가. 자료가 자료를 낳고 또 다른 자료를 불러오는 연쇄 속에 허덕이다 냉전의 규율로 인해 소거되었거나 잊힌 가능성들 가운데 현재에도 유효한 지점을 생환시키는 작업도 무의미하지 않겠다는 판단에 출간의 용기를 낼 수 있었다. 그런 관계로 이 책은 한국 냉전문화사 연구의 성긴 서론 내지 윤곽에 불과하다. 표제의 만용을 용서하시라. 검열, 전향, 번역, 매체, 인종 등 한국 냉전문화사의 주요 의제를 포함시켰으면 엉성함을 조금 덜 수 있었을 텐데 분량에 발목이 잡혔다. 냉전과 문학의 접속 및 그것의 문학제도화 양상에 관한 연구는 '검열의 문화사', '한국현대문학의 제도와 매체'란 단행본으로 각각 묶어 곧이어 출판할 예정이다. 따라서 이 책은 한국 냉전문화사 연구의 1부에 해당하는 셈이다. 냉전과 분단체제하 한국의 내재적 조건이 어떻게 접속·굴절·변용되어 특유의 냉전문화로 현시되는가에 대한 거시적인 조감이다.

책의 제1부는 전후 냉전의 세계적 확산 추세 속에서 미국의 공적/민간 원조를 매개로 한 한국 냉전문화·학술의 제도화 양상을 살피는 동시에 냉전의 주변부에서 격전장으로 부상한 동북아시아 문화냉전의 틀 안에서 이루어진 한국 지식인들의 일본·중국 인식이 한국의 냉전문화에 어떻게 작용했는가를 탐문해 한국 냉전문화 형성의 중층을 밝혀보고자 했다.

제1장에서는 냉전제국의 원조가 냉전체제의 범세계성을 가장 잘 함축하는 키워드이자 한국의 냉전문화 구성의 핵심 동력이라는 전제 아래 문화영역으로 특화된 미국 민간재단들의 지원이 한국의 냉전문화·학술 형성에 어떻게 관여되었는가를 아시아재단, 포드재단의 사례를 통해 살펴보았다. 인도주의로 치장된 미국적 이념과 달러의 힘이 한국 냉전문화의 심층을 관통하고 있었던 것이다.

제2장에서는 그동안 간과된 한미재단의 존재를 복원하고 25년^{1952~1976} 동안 약 5천만 달러에 달하는 한미재단의 대한원조가 한국의 전후재건과 근대화에 어떻게 기여했는가를 알아보았다. 한미재단을 매개로 한 한미 하방연대^{下方連帶}의 상징인 4-H지원 사업이 박정희정권에 의해 변질되어 1970년대 새마을운동의 조직적 기반으로 활용된 점이 흥미롭다. '소리 없는 미국화', 대규모 물적 지원을 능가하는 미국 민간재단^{한미재단}이 대한원조를 통해 거둔 최대 성과목록 가운데 하나다.

제3장은 1952~1965년 한일회담의 개시·교착·재개의 연속성을 바탕으로 한국지식인들의 대일인식과 일본적인 것의 존재방식에 대한 고찰이다. 이념과 진영을 초월해 만연했던 일본재침략에 대한 공포를 기저로 한 일본 인식은 과거 식민지경험뿐만 아니라 전후 일본의 동향이 착종되어 군국주의 일본, 좌익

적 일본으로 편향되었고, 그것이 불온과 외설을 논리로 한 반일주의검열을 정당화했으나 역설적으로 일본적인 것의 가치를 증대시켰다. 일본적인 것의 금지/유입을 동시에 가능케 하는 방법으로서의 부인disavowal의 메커니즘이 사회구조적으로 정착되는 배경이기도 했다.

제4장에서는 냉전에 규율된 두 개의 중국에 대한 인식과 이와 연동된 중국문학 번역·수용의 기형성을 살폈다. 1960년대 린위탕 붐과 루쉰의 동원/배제가 동반상승하는 현상의 저변에 냉전이데올로기가 횡단하고 있으며, 마오쩌둥에 대한 관심 증대, 냉전지역학으로서의 사회주의 중국 연구의 활성화, 근대화론을 축으로 한 미국, 한국, 대만의 냉전학술네트워크의 형성, 중국문학사 저술의 편향성 등도 마찬가지였다.

제2부는 서구발 냉전텍스트의 한국적 수용과 냉전분단 체제하에서 생산된 텍스트가 동북아를 횡단하며 어떤 냉전 정치성을 발휘했는가를 추적했다. 이와 함께 냉전지역학으로서 북한학 성립의 구조적 역학을 살펴 냉전지식의 세계적 연쇄와 한국적 냉전 지知의 안팎을 재구성하고자 했다.

제5장에서는 1949년 CIA의 문화냉전이란 분명한 의도하에 기획·탄생한 냉전텍스트 *The God That Failed*가 한국에서 번역되는 맥락과 그 수용의 지속성에 초점을 두고 문화냉전의 세계적 연쇄와 냉전지식의 한국적 변용을 탐색했다. 이 냉전텍스트가 한국에서 반공·반소주의 텍스트로 비교적 단일한 의미변용을 거쳐 오랫동안 지배적으로 관철되는 양상은 CIA가 애초에 목표로 했던 바가 한국에서 가장 실질적으로 구현되었다는 것을 말해주며, 이는 제3세계국가, 동아시아 국가의 수용과 뚜렷하게 비교되는 지점이다.

제6장에서는 제2차 미소공동위원회가 결렬되고 한국문제가 유엔으로 이관되면서 조성된 단선단정 국면에서 나타난 북조선 인식의 몇 가지 층위와 자주

적 통일민족국가의 비전을 공유한 민족주의지식인들의 집단적 성명운동의 조건과 논리를 고찰했다. 북조선의 개혁과 해방조선의 진로를 전후 동아시아 질서 재편의 차원으로 접근한 시야와 인식이 돋보인다. '별첨'에 제시한 지식인들의 존재를 기억해두자. 이들의 이념과 노선은 반국가적 불온으로 매도되었으나, 목숨을 걸고 통일민족국가 수립이란 신념과 민족·민중의 총의를 대변하며 시대의 불의에 맞섰던 지식인군상은 오늘날 지식인들의 몰골을 비춰주는 거울이다.

제7장에서는 마쓰모토 세이초의 『북의 시인北の詩人』이 1960년대 초 한국에 소개되는 맥락과 그 수용의 냉전정치성을 규명했다. 현해탄 논전으로 비화된 가운데 『북의 시인』은 냉전의 규정 속에 특유의 정치성을 낳고 그 정치성이 남북한 및 일본을 아우른 동북아 냉전질서와 연계되면서 심리전텍스트로 전용되는 과정이 특이하다. 그 흐름에서 한국 근대문학사의 거장 임화가 냉전의 봉인을 뚫고 끊임없이 생환되어 한국문학사에 저류했다는 점이 중요하다. 1953년 8월 북한의 남로당계숙청사건이 남한의 일부 지식인에게는 북한사회주의에 대한 기대를 완전히 접는 계기가 되었다는 사실에도 주목할 필요가 있다.

제8장에서는 1960년대 냉전지역학으로서 북한학의 성립이 냉전질서의 변동에 따른 미국포드재단, 박정희정권, 학술계의 목표와 이해관계가 결합된 산물임을 밝혔다. 북한학이 냉전에 의해 탄생했고 냉전을 동력으로 하여 한국학의 중심 영역으로 부상했으며, 냉전적 지식-권력체계를 본질로 하는 학문적 정체성으로 말미암아 범용성이 큰 대공심리전의 전초로 동시에 북한연구의 전문성을 제고시켜 북한학의 세계사적 지평이 개척되는 아이로니컬한 결과를 만들었다.

제3부는 한국 특유의 냉전 문화·사상이 어떻게 구축되고 또 장기 지속되었는가를 반란, 전향, 부역, 월북/월남, 귀순, 심리전 등 주요 냉전 의제의 제도

화 양상을 통해서 구명했다. 한국 특유 내부냉전의 동력학에 관한 천착이다. 지금도 냉전이 만들어낸 수많은 망령이 한국사회를 점령하고 있는 역사적 기원과 배경을 일러준다. 박완서가 소망했던 그러나 이내 접을 수밖에 없었던 과거 진실의 복원「복원되지 못한 것들을 위하여」, 1989, 더 이상 회피할 수 없는 이 난제를 해결하기 위한 방법은 이미 과거 속에 제출되어 있다는 생각이다.

제9장에서는 반란, 전향, 부역 등 주요 냉전 의제의 기원 및 제도화 과정과 그것의 지속이 가능했던 원인을 추적했다. 이 의제들의 생성과 재생산에는 냉전－분단－열전이 깊숙이 개입되어 있으며, 이로부터 창출된 국가(민족)반역 프레임은 국가권력의 프로파간다와 한국사회 저변에 광범하게 고착된 냉전멘탈리티mentality에 기초한 사회적 배제/공모의 동시적 작동을 통해 지금에까지 이르고 있다. 여전히 증오와 적대를 재생산해내는 내부냉전의 기제로 맹위를 떨치고 있는 이 의제들의 맹목성을 지양하지 않고 대안적 한국사회를 상상한다는 것이 과연 가능할까?

제10장에서는 지리적 경계를 넘나들던 국제적 냉전경험을 바탕으로 문화냉전을 수행한 오영진의 문화 활동을 조명했다. 숨은 냉전문화기획자였던 그는 월남지식인과 월남인반공단체란 특수집단을 기반으로 냉전－열전－전후 사상적 내부평정작업을 공세적으로 주도하는가 하면 미공보원, 문화자유회의, 아시아재단 등 문화냉전기구와의 접속을 통해 세계적 문화냉전의 일원이 되고자 했다. 월남지식인이란 불리한 신원을 냉전의 정치성을 무기로 역전시켜 문화권력의 중심부로 진입했던 월남지식인 생태의 주류적 전형이다.

제11장에서는 1960년대 한국 독자적인 국가심리전의 체계 확립과 귀순자를 활용한 대내외 심리전의 전개를 종합적으로 정리하였다. 5·16쿠데타 후 반공체제 재편성이 국가심리전의 수립으로 전환되는 제도적 맥락과 공보부로 일원화된 심리전체제의 구성, 냉전체제에서 귀순이 갖는 심리전적 가치와 귀

순자의 존재론, 심리전의 핵심 주체이자 요원이었던 남파전향간첩 및 자진귀순자의 활동상 등에 주목했다. 귀순이란 정체성이 냉전의 규정 속에 특유의 정치성을 생산하고 그것이 박정희정권의 심리전프로젝트와 연계되어 한반도 나아가 대만, 일본, 베트남 등 동아시아를 횡단하는 양상은 동아시아 냉전지정학의 차원에서 심리전 연구의 기초가 될 것이다. 제3국을 선택한 전쟁포로 주영복의 수기가 1962년에 60회 연재되어 반공심리전의 자료로 활용된 것도 인상적인 장면이다.

제12장에서는 냉전기 불온성을 대표하는 월북의제의 문화정치를 1988년 해금조치가 단행되기까지 전 과정을 복원하여 냉전 분단체제의 사상통제가 지닌 문화정치의 정략성을 따져보았다. 무엇보다 직접적인 법률적 근거 없이 40년 동안 월북금제가 유지되었던 맹랑함에 아연할 수밖에 없다. 정치적·사상적 복권을 불허한 미완의 해금, 사회적 타자로 배척되고 있던 일반국민들의 (납)월북문제가 배제된 불구적인 해금, 이전과 크게 달라진 것이 별로 없는 이 조치의 너머를 어떻게 만들어야 하는가. 남한과 북한 모두에서 축출된 이들의 존재를 기억·복원하는 것에서 시작할 필요가 있다. 이 차원에서 저자는 남로당계 문인(학)에 대한 연구를 시작했다.

이렇게 이전에 발표한 글들을 수정 보충을 거쳐 집성했으나, 엮고 보니 냉전문화사를 다루기에는 시야가 좁다는 것이 여실히 드러난 모양새가 되었다. 오래전부터 국문학이란 학제적 분과학문에 갇힌 사유체계와 시각을 넘어서고자했으나 쉽지 않다. 또 냉전문화사와 연관이 있는 기존의 연구를 바탕에 두고 전작 형태로 새로 쓰기를 계획했으나 능력이 미치지 못해 중도에 포기하는 시행착오도 겪었다. 결과적으로 덧셈을 한 셈이다. 겹치는 부분을 최대한 걷어냈음에도 반복된 내용이 있는 것은 각 장의 독립성을 고려한 조치였다.

그나마 이렇게라도 구성할 수 있었던 데는 많은 분의 도움이 있었다. 성균관대 동학들과 문학예술잡지 연구, 반공주의와 한국문학, 신문과 문학, 냉전문화 연구 등의 세미나를 같이했던 동료들의 후의에 무한히 감사할 따름이다. 특히 이 책은 권보드래 선생을 비롯해 문학, 연극, 영화, 대중가요 등의 연구자들과 어우러져 15년 동안 '시민의 탄생—아시아재단—마음의 전쟁'의 연속 기획을 가지고 신명나게 놀았던 시간의 결과물이다. 연구자로서 이분들과의 아름다운 '시절 인연'을 맺고 그 인연을 학문공동체로 함께 가꿔오고 있는 것은 축복이 자 내 삶의 중요한 일부이다. 고유명사를 거론하는 것이 쑥스러워 일일이 거명하지 못함을 양해해 주시리라 믿는다. 이 학술적 인연의 연장으로 국외에서 발표 기회와 자료적 도움을 주셨던 안진수버클리대, 최말순국립대만정치대, 와타나베 나오키무사시대 선생님께도 감사드린다. 오래전 연구자로서 어설픈 첫걸음을 내디디는 데 동행해 준 임규찬 선배에게는 꼭 고마움을 전하고 싶다.

나는 28년 차 비정규직이다. 자랑할 것은 못 되나 결코 부끄럽지 않은 나의 정체성이 공부를 계속하게끔 만드는 원천이다. 하나 더, 괜찮은 연구자이고 싶다는 소망은 나를 자료와 싸우게 만드는 힘이다. 새로운 자료를 만나면 여전히 무척 설렌다. 자료들은 먼저 산 사람들의 경험과 상처받은 영혼을 불러와 나로 하여금 저절로 숙연하고 겸손하게 만든다. 자료에 근거해서 하고 싶은 말은 많은데, 어느 순간부터 그 사람들의 삶을 훼손할 수도 있다는 두려움이 앞을 가로막는다. 그럼에도 야무진 연구논문 한 편 쓰겠다는 나와의 약속을 아직도 지키지 못했으니 부지런히 읽고 써봐야 하지 않겠는가. "不爲也, 非不能也."

2023년 1월
이봉범

제1부

미국의 원조
그리고 동아시아 냉전

제1장

냉전과 원조, 원조시대 냉전문화 구축의 역동성
1950~60년대 미국 민간재단의 원조와 한국의 문화·학술

1. 아시아재단에 대한 연구의 몇 가지 전제

최근 한국학계에서 활성화되고 있는 냉전 연구가 '역사화'의 차원으로 진척되고 있다는 점에서 의의가 자못 크다. 냉전을 지나간 과거가 아닌 현재로 생환시키는 역사화작업을 통해 20세기 후반1945~1991 전례가 없는 완전히 새로운 세계질서로 평가되는 냉전의 역사, 즉 냉전의 기원-심화-종식에 대한 실증적이면서도 종합적인 연구가 촉진되고 있다. 더불어 냉전 이후의 세계질서, 특히 미국 중심의 일극체제에서 G2미국과 중국 양극체제로 진입해가고 있는 세계질서의 새로운 재편에 대한 성찰과 나아가 대립적 세계질서의 해결가능성을 전망하거나(동시에 미중 대립의 의사냉전체제로의 회귀가능성에 대한 경계), 유럽과 달리 (탈)냉전이 여전히 진행형인 한국을 비롯한 동아시아 지역에서의 온전한 탈냉전을 성취하기 위한 모색이 전개되고 있다.

다른 한편으로는 이 같은 연구의 잠정적 결과에 의해 냉전에 대한 인식이 교정·확충되는 가운데 냉전 연구의 새로운 의제가 창출되고 이에 추동된 연구 수행으로 인해 냉전에 대한 이해·인식의 지평이 확대되었다. 적어도 냉전이 전후 동서 진영, 특히 미국과 소련 간의 대립과 갈등이거나, 동서의 지속적인 대립·투쟁의 구조(역사)로만 접근하는 고전적 이해 방식은 대체로 불식·수정되었다. 또한 냉전이 이데올로기의 적대적 대립이거나 미소 간 국가 이해의 충돌로만 단선화할 수 없는, 양극체제로 수렴되지 않는 복잡 미묘한 요소가 종횡으로 개재되어 있다는 인식이 공론으로 자리 잡았다. 달리 말해 냉전이 경쟁과 대결 이외에 공존이라는 또 다른 성격을 중요한 본질로 한 체제라는 사실과,[1] 그 경쟁·대결의 내적 역학관계에 의해 냉전체제의 (불)안정성이 역동적으로 구조화—대립의 격화와 데탕트의 교체 및 그에 따른 '신'냉전의 반복적 도래-되는 메커니즘이 주목받기에 이르렀다. 특히 냉전체제의 재생산메커니즘에 대한 천착은 냉전체제 전체에 대한 한층 체계화된 통사적 기술을 가능케 하는 동시에 양극체제라는 냉전의 기본 틀 속에서 구조적으로 발생한 냉전 내부의 경쟁/공존의 관계 정도의 변화에 대한 관심을 촉발함으로써 기존 연구에서 포착하지 못했던 여러 핵심 요소가 도출되는 성과를 거뒀다.[2]

아울러 냉전과 같이 이데올로기가 주원인이 된 대립에 대한 설명은 오히려 비이데올로기적 관점으로 접근할 때만 가능하며, 이를 위해서는 정치적 중심부, 냉전의 전장으로 이용된 주변부, 양 블록 동맹국들 간의 내부적 입장의 차이는 물론이고 비정치적인 분야—스포츠, 음악, 문학 건축 등에서의 냉전 대립까지 적절히 고려해야 한다는 주장도 제기되었다.[3] 지역을 비롯해서 이 핵심 요소들은 실로 다양하다. 냉전아시아, 냉전문화, 냉전검열 등을 키워드로 한 연구가 부

---

1 김진웅, 『냉전의 역사, 1945~1991』, 비봉출판사, 1999, 12~14쪽.
2 냉전내부의 변화에 초점을 맞춘 냉전사 기술에 있어서도 아직까지는 미소 양국의 경쟁 및 상호 작용의 동태적 관계 변화에 주목하는 수준에 머물러 있다. 이와 관련된 최근 연구로는 이근욱, 『냉전』(서강대 출판부, 2012)을 들 수 있다.
3 베른트 슈퇴버, 최승완 역, 『냉전이란 무엇인가—극단의 시대 1945~1991』, 역사비평사, 2008, 7~9쪽.

상한 것도 그 일환으로 판단된다. 이른바 냉전의 주변부로 간주되었던 지역, 국가, 분야 등과 관련한 (독립/종속)변수들에 대한 추가적인 천착으로 말미암아 냉전에 대해 더욱 풍부하고 정교한 설명이 가능해진 단계에 접어든 것이다. 어쩌면 냉전의 중요 역사 단계에서 제기되었던 예리한 냉전 이해를 뒤늦게 발견한 모양새인지도 모른다. 그것은 냉전관련 해외 연구의 소개에 힘입은 바 크며, 특히 미국대외정책FRUS, 국가안보문서센터NSA, CIA, 기타 냉전시기 미국의 주요 비밀문서 공개에 따른 자료 접근의 수월성과 냉전 이해의 향상이 주효했던 결과로 보인다. 아마도 소련을 비롯한 공산권쪽 자료가 더 공개된다면 이러한 방향의 연구가 보다 보완되고 가속될 것이다. 증명이 불가능했던 가설 수준의 설명이 입증 가능한 단계에까지 근접한 것만은 분명한 것 같다.

아시아재단Asia Foundation에 중점을 둔 한국의 냉전문화 축조에 대해 고찰하고자 하는 이 글도 기본적으로 냉전 연구의 지평 확대를 희망하고 있다. 그러나 아시아재단의 존재가 냉전과 불가분의 관계를 가진 것이라고 할 때, 냉전체제와 한국문화 사이에 놓여 있는 수많은 매개 요소를 충분히 고려해 논의해야만 가능한 과제이다. 냉전체제의 역사와 한국 냉전화의 동태적 결합관계, 한국사회의 냉전화를 촉진하거나 지대한 영향을 미친 독립변수로서의 미국의 세계전략 및 대한정책과 한국사회의 주체적 대응, 냉전의 격전장이었던 한국사회 내부의 냉전 인식과 냉전의 효력 등등. 어디 이뿐이겠는가. 이들 거시적 요소와 반드시 인과적이라고 단정할 수 없으나 밀접하게 연동되면서도 일정부분 자율성을 지녔다고 잠정적으로 판단되는 문화냉전의 특수성, 문학예술, 언론, 교육, 학술 등 문화 제 영역의 냉전화의 차이까지도 불가피하게 포함해야 한다. 특히 냉전이 1950~60년대 한국문화를 제약/발전시킨 중요한 외부적 조건이었을 뿐 아니라 그 성격까지 규정지은 기제였다는 점에서 더욱 그러하다. 일단이 글은 여러 요소 가운데 '원조'를 중요 변수로 설정한다. 후술하겠지만 원조가 냉전체제의 범세계성을 가장 잘 함축한 키워드이며 동시에 한국에서의 냉전문화 구축의 핵심 동력으로 판단했기 때문이다.

원조, 그 중에서도 미국의 대한원조를 중요 변수로 하더라도 또 다른 문제가 야기된다. 대한원조의 종류, 성격, 경로, 변천, 운영 기구 및 절차 등이 다양하고도 매우 복잡하기 때문이다. 일차적으로 원조의 종류, 즉 정부 대 정부 원조/민간원조에 따라 나머지 부분들의 차이가 대별되기는 하나 그 작동과 영향의 측면에서는 별개로 다루어져서는 곤란하다. 군사 및 경제 원조를 위주로 한 전자가 대한원조의 대종을 이루는 가운데 한국의 냉전화에 주도적인 역할을 한 것은 분명한 사실이지만, 거시적으로 미국의 이해를 관철하거나 원조정책의 효율성을 제고하기 위해 민간부문과 협력관계를 도모했다는 점에서 양자의 보완성을 감안해야 한다. 후자의 측면에서도 민간원조가 효력을 발휘·증폭시키는 데 전자가 중요한 배경으로 작용한다. 한국에서 양자가 어떻게 협력관계를 또 어떤 상호보완성을 지녔는지는 더 밝혀져야 할 문제이나 단순히 원조의 성격과 부문이 다르기 때문에 발생한 결과로만 보기 어렵다.

그리고 문화 영역의 원조를 민간원조로만 국한해 취급하는 것도 불구적일 수 있다. 가령 언론 분야의 경우 아시아재단을 비롯한 민간재단이 신문용지 제공, 국내·외 언론세미나 후원, 한미 언론인 교육·교류사업 지원 등을 지속적으로 원조하여 친미적인 언론인 양성, 한국의 언론을 미국적 모델로 변화시킴으로써 궁극적으로 미국의 냉전정책에 기여한 바 크지만, 공공외교Public Diplomacy의 일환으로 미국무성이 1952년부터 시행한 '공동후원언론인프로젝트'도 그 이상의 역할을 했다. 이 프로젝트는 CIA의 언론 비밀공작과 달리 공개적인 국가·민간부문의 협력 사업으로 냉전이 총력전의 양상으로 전개된 1950년대 한국에 시행됨으로써 관훈클럽의 결성 등 한국 언론전문 직주의 형성과 친미적인 언론 풍토 조성에 큰 영향을 끼친 바 있다.[4]

교육 분야에 있어서도 아시아재단, 한미재단, 록펠러재단 등 민간재단 원조
의 주요 영역이었으되 역시 미국의 공공외교의 일환으로 추진된 풀브라이트프
로그램Fulbright Program을 결코 무시할 수 없다. 교육·문화교류프로그램의 일종
이며 교육프로그램의 본질을 지닌 풀브라이트프로그램이 한국에 소개된 것은
1950년 4월 '한미교육교환협정'체결로 2천만 불을 제공한 것이 시초이고『경향신
문』, 1950.4.28 1960년 풀브라이트-헤이즈 법안의 통과를 계기로 한미교육재단
KAEC, 1972년부터는 '한미교육위원단'으로 명칭 변경이 설치되면서 쌍방 간의 교류가 본격화
되는데, 2005년까지 55년 동안 총 2,900명의 교류가 있었고 그중 한국인 1,530
명의 학자, 전문직 종사자, 대학생이 미국 유학의 기회를 가진 것으로 알려졌
다. 이 프로그램이 한국 내 친미네트워크를 형성하기 위한 미국의 전략적 프로
그램으로 또 실제 한국의 수혜자들이 권력엘리트로서 관료조직체를 석권했을
뿐 아니라 정치·경제영역의 지도자로, 문화의 전파자로 사회 각 부문에 막대
한 영향력을 행사함으로써 전반적으로 한국 사회문화계의 대미 종속구조를 정
착시킨 요인으로 비판되기도 하지만,[5] 적어도 '교육'을 채널로 한 우호적인 한
미교류의 증진과 한국교육계의 선진시스템 구축, 우수한 인재 양성, 한국사회
의 성숙·발전에 기여한 면을 부정할 수는 없다.[6] 긍정/부정의 논란에도 불구
하고 풀브라이트프로그램은 냉전기 미국의 가치와 이념의 전파를 통해 미국의

---

4 이에 대한 자세한 논의는 차재영, 「냉전기 미국의 공공외교와 국가-언론 협력 관계」(『한국언
   론학보』 57-3, 한국언론학회, 2013, 87~108쪽), 「1950년대 미국무성의 한국 언론인 교육교
   류 사업 연구-한국의 언론전문직주의 형성에 미친 영향을 중심으로」(『한국언론학보』 58-2,
   한국언론학회, 2014, 219~245쪽) 참조. 이 연구에서 주목할 것 가운데 하나는 주한 미대사관
   과 미공보원이 프로그램참여 언론인들에 대한 면밀한 사후관리를 통해 미국이 추구했던 소기
   의 목적을 달성하기 위한 노력을 전개했다는 사실이다.
5 정일준, 「해방 이후 문화제국주의와 미국 유학생」, 『역사비평』 15, 역사비평사, 1991 겨울, 130쪽.
6 풀브라이트프로그램에 대한 전반적인 논의는 이화연, 「미국의 공공외교와 풀브라이트 프로그
   램-한국 사례를 중심으로」, 연세대 석사논문, 2006 참조. 참고로 풀브라이트재단은 1960년대
   에 한국 언론, 특히 한국신문편집인협회가 주관하는 언론 및 신문연구에 관한 전국단위 세미나(1
   회 : 1965.10.22~24, 2회 : 1966.3.19~21 등)를 미공보원과 함께 적극적으로 후원한 바 있다.

이익을 적극적으로 실현 또는 이 과정에서 장애가 되는 요소를 약화·제거하는 데 중요한 일익을 담당했다고 볼 수 있다.

요약하건대 문화냉전 및 문화관련 원조에 대한 논의는 민간재단의 원조를 중심으로 할 필요가 있되 정부 간 원조, 공공외교의 차원에서 시행된 각종 공식적 원조를 포함할 필요가 있다는 점을 다시금 환기해두고자 한다. 특정한 대상에 치중했을 때 야기될 수 있는 과잉/과소평가의 오류를 최소화할 수 있는 방책이다.

한편 민간재단의 원조에 대해서도 미국의 냉전정책과 유관한 민간재단의 경우를 균형 있게 살필 필요가 있다. 아시아재단을 다룸에 있어 적어도 한미재단, 록펠러재단, 포드재단 등 한국의 냉전 문화·학술 형성에 지대한 영향을 끼쳤던 또 다른 민간재단의 원조는 물론이고 미국 주축의 유네스코UNESCO, 유엔교육과학문화기구 원조사업도 포함시켜 관계적으로 따져야 한다.[7] 원조의 주체, 성

---

7 유네스코 한국위원회의 설치(1954.1.30, 가입은 1950.6.14. 55번째)를 계기로 본격화된 유네스코의 원조는 운크라와 협조체제하에 사업계획을 실천하는데, 이 과정에서 당시 한국 내 외원기관인 아시아재단, 한미재단과 밀접한 제휴를 통해 신생활교육의 보급, 국제회의의 한국대표 파견 및 각종 전시회와 국제적인 행사 등을 추진했다(유네스코한국위원회, 『한국유네스코활동 10년사(1954~1964)』, 1964, 18쪽). 유네스코가 시행한 대표적인 원조사업으로는 교과서인쇄공장 설립(1951, 10만 달러), 한국외국어학원 설립(1952, 22만 5천 달러), 신생활교육원(30여만 달러, 농촌지도자 양성), 직업교육 지원(1961~63, 50만 달러, 인하대 내 중앙기술학교 설립), 유네스코쿠폰제(1961.9~63)를 활용한 각종 문화지원 등이 있다. 외환에 따르는 난관을 극복하기 위해 도입된 유네스코쿠폰은 1961~62년 서적쿠폰 86,019달러, 1963년 서적쿠폰 및 과학기재쿠폰 20만 달러와 그 외 교육영화쿠폰, 여행자쿠폰, 증여쿠폰 등이 있었으며, 이 쿠폰을 통해 15만 권의 학술도서, 2만여 권의 학술잡지(2천여 종), 500여 종의 각종 과학기재가 도입·제공되었고, 국제학회참석비로 약 800여 명이 70여 개의 국제적 학회 및 단체와 유대를 맺게 되었다. 지대한 목적에 비해 성과가 미미하다는 비판이 줄곧 제기된 바 있으나(「유네스코한위의 1년」, 『경향신문』, 1958.12.16), 적어도 1960년대 초 문화지원 — 1961년에 결정된 35종목의 문화원조, 즉 서울공대를 비롯해 6개 대학에 연구센터 설치 추진, 석굴암 중수에 대한 기술원조, 한국연구도서관에 사회과학연구 클리어링 하우스 설치, 각종 문화사절단 파견 및 국제회의에 한국대표 초청 등(『조선일보』, 1961.5.17) — 은 주목할 필요가 있다고 본다. 문화영역의 지원은 아시아재단에서 지역사회개발사업은 한미재단에서 각각 재정적 후원을 받았다. 실지 원조사업과 더불어 유네스코를 통해 기구 가맹국들의 협력과 원조를 받게 됨으로써 낙후된 교육, 과학, 문화 영역의 쇄신과 부흥이 촉진된 간접적인 영향도 무시할 수 없다(「유네스코한국위 발족과 그 사명」(사설), 『조선일보』, 1954.2.2).

격, 관리체계 등이 크게 다른 유네스코를 별도로 하더라도, 미국의 민간재단은 그 기원, 설립 배경, 기금조성 방법, 사업 논리, 운영 체계, 미국 내 위상 등에 현저한 차이가 존재한다. 한국에 대한 지원과 활동 영역 및 양상에 있어서도 마찬가지이다. 이 또한 미국의 3대 재단인 포드재단Ford Foundation · 록펠러재단 Rockefeller Foundation · 카네기재단Carnegie Trust과 아시아재단 · 한미재단American Korean Foundation으로 대별될 수 있겠으나 각각 내부적으로 존재하는 여러 미세한 차이 또한 감안해야 한다.

다만 1966년 미국 내 유력한 각종 재단 및 단체에 CIA 자금이 유입된 사실이 폭로된 후 3대 민간재단의 내막, 즉 3대 재단이 '그들의 재부를 보호하기 위한 안전판으로써 고안된 것으로써 거대한 자본과 그 자본이 성장시킨 탁월한 전략가들을 통해 국내 · 국제문제에 대한 처방 및 미국의 대외정책결정에 막대한 영향력을 행사하는 압력단체'라는 정체가 밝혀진 사실과[8] 또 백악관당국이 'CIA가 어떤 기구에 재정적인 지원을 했을 때 그것은 CIA의 독자적인 이니셔티브에서가 아니라 국가정책에 따라 취해진 것'[9]이라고 인정한 것을 고려할 때, 특히 포드재단 · 록펠러재단의 한국원조가 아시아재단에 비해 그 범위가 상대적으로 좁았으나 미국의 냉전전략이 좀 더 공세적으로 관철되는 통로였을 것이라는 추정이 가능하다는 점에서 이들 재단의 원조에 대한 고찰이 불가피하다.

민간재단을 포괄적으로 검토해야 하는 더 큰 이유는 민간재단들의 한국원조

---

[8] 데이비드 호로비츠, 「미 3대 재단 포드 · 카네기 · 럭펠러의 내막, 재단 · 자선단체인가 압력단체인가」, 『세대』, 1969.8, 310~328쪽. 3대 민간재단의 영향력은 이들 재단의 재정적 후원을 받고 있는 지도적인 학자들 양성, 재단 간부들의 재무, 국방, 국무장관, 중앙정보부장 등 내각의 주요부서 진출(록펠러재단 간부출신인 덜레스, 러스크의 국무장관 역임 등), 대외관계자문위원회와 같은 대외정책 주관 기관 장악, 컬럼비아대학의 소련연구소(록펠러), MIT의 국제문제연구소(카네기, 포드) 등과 같은 대학기구들의 설립 및 기금 보조 등 전 방위적이었다.
[9] 「미 CIA소동, 보이지 않는 정부의 드러난 손」, 『조선일보』, 1967.2.28.

영역이 상당부분 겹치기 때문이다. 민간재단을 포함해서 미국의 대한원조 사업의 다면적 중복과 그로 말미암은 비효율성으로 인해 각 원조기관의 일원화와 사업종목의 단순화가 요청될 정도였다.[10] 물론 민간재단의 한국원조는 특화된 원조 영역을 지니고 있다. 한미재단은 교육사업과 4-H클럽을 근간으로 한 (농촌) 지역개발사업 등 6개 영역에 집중했으며,[11] 세계적 차원의 원조에서 포드재단은 초·중등교육과 록펠러재단은 의학연구를 위한 자료 제공에 각각 특히 주력했음에[12] 비해 한국에 대한 원조에서는 학회 활동 및 학술지 발간 지원, 대학연구소 지원 등 대체로 학술 지원을 특화시킨 특징을 보여준다. 아시아재단은 특화 영역을 꼽기 어려울 정도로 문화 제 영역에 걸쳐 전 방위적으로 원조를 제공한 바 있다. 원조 규모는 상대적으로 큰 편이 아니었으나 원조 영역이 광범위하고 지속성 또한 강했다. 따라서 아시아재단에 초점을 맞춘다면 타 재단과의 관련성에 더더욱 주목해야 한다.[13]

몇 가지 실례를 들어보자. 첫째, 아시아재단의 예산집행 규모로 볼 때 비교적 거액이 지원되었고4만 5천 달러 그래서 아시아재단의 중요한 공적 가운데 하나로 꼽히는 드라마센터의 건립은 아시아재단 외에도 한미재단에서 3만 2천 달

---

10 주요한, 「운크라 재검토」, 『경향신문』, 1954.8.1.
11 한미재단이 주력한 원조 및 사업은 여섯 영역이다. 즉, ① Health care medical services ②4-H agricultural activities ③ Community development projects ④ Education programs ⑤ Social welfare programs ⑥ Housing projects 등이다(*The American Kor-Asian Foundation a Program History, 1952-1976*, GEORGE FOX MOTT Box-7, Hoover Institution Archives). 이 여섯 영역은 한미재단에서 발간한 모든 'Annual report' 및 'AKF Newsletter'에 동일하게 제시된 핵심프로젝트였다.
12 「미국의 재단활동」, 『매일경제신문』, 1967.1.16. 이 신문의 보고에 따르면 1967년 기준으로 미국에는 1만 5천 이상의 민간재단이 존재하며 이들 재단이 매년 11억 달러 이상의 기금이 희사되는 데 그 중 약 2억 5천만 달러가 교육개선에 사용된다고 한다. 주요 재단의 규모(보유 자산)는 포드재단이 30억 달러 이상, 록펠러재단이 6억 5천만 달러, 듀크재단이 4억 2천만 달러, 하트포드재단이 4억 1천만 달러, 카네기재단이 2억 5천만 달러 정도였다.
13 실제 아시아재단 아카이브에는 'Korean-American Foundation(한미재단)' 파일(BOX NO. P-60), 'UNESCO General' 파일(BOX NO. P-60) 등 협조관계 속에 사업을 추진한 유관기관에 대한 파일들이 포함되어 있다.

러, 록펠러재단에서 1만 9천 달러가 동시에 각각 원조된 산물이었다.[14] 더욱이 아시아재단이 제공한 4만 5천 달러의 출처는 록펠러재단의 재원, 즉 록펠러재단의 자금이 아시아재단을 통해 원조된 것이었다. 아시아재단이 매년 미국 내에서 자금을 모금하여 연 단위로 지원하는 방식의 특성상 이 같은 사례가 많았을 것으로 추정된다. 둘째, 고대 아세아문제연구소 지원을 보면 아시아재단은 1959년 3월 '영문브레틴' 간행보조220달러를 시작으로 중공연구 연구비1964.4, 일본연구실 연구보조금1968.9, 2천 달러, 동남아연구전문가 양성1970.8, 133만 원, 동남아연구실, 사회조사연구실, 소련연구, 남북경제비교연구1973.1~10, 총 대략 1,200만 원 등 일련의 연구비 중심으로 꾸준히 지원한 바 있다. 아세아문제연구소가 지원받은 외원外援의 전체 규모로 볼 때 차지하는 비중이 매우 작다. 1970년 기준으로 총 100만 달러를 상회하는 외원 중 세 차례의 포드재단의 지원금이 90만 달러로 포드재단의 지원이 압도적이었다(1975.3 운영기금으로 제공된 20만 달러까지 추가하면 그 규모는 더 커진다).[15] 나머지 10%가 아시아재단 및 하버드-옌칭연구소가 지원한 것이었다. 따라서 아세아문제연구소가 공산주의연구, 후진국개발론, 국학분야에서 이니셔티브를 쥐고 당시에 국제적인 공산권연구기관으로 성장하는 과정 나아가 1960년대 냉전학술계의 동향·재편과 외원의 상관성은 오히려 포드재단을 중심으로 검토하는 것이 적실하고 유용하다. 그 외에도 아시아재단의 중요 사업의 상당 부분이 타 민간재단의 지원과 결합·중복되고 또 그 반대의 관계 사례도 비일비재하다.[16]

---

14 「연극 육성·보존의 새 기틀」, 『경향신문』, 1962.4.12. 드라마센터는 정부 보조가 전혀 없는 상태에서 총 50만 달러가 투입되었다고 한다.

15 「일·동남아 중점 연구」, 『조선일보』, 1970.10.22.

16 한국의 대학에 대한 시설, 교육기자재, 해외연수 등에 대한 지원은 주요 민간재단의 지속적인 사업이었는데, '미국기독교교육협회'의 아시아기독교대학들에 집중적인 지원사업과 관련지어 접근할 필요가 있다. 원조의 규모도 규모이려니와 그 지속성이 매우 장기적이기 때문이다. 일본, 한국, 홍콩, 대만(Formosa), 필리핀, 인도네시아, 말레이시아 등 여러 아시아 국가별 대학 지원뿐만 아니라 협회를 거점으로 국가 간 대학의 교류 사업까지 포괄하는 특징이 있다. 한국에

아울러 민간재단의 원조가 한국에서 실행되는 제반 조건 및 주체적 대응 또한 중요하게 검토되어야 한다. 이제야 각 민간재단의 존재 및 시행한 한국원조의 실상이 분산적으로 밝혀지고 있는 시점에서 다소 성급한 제기일 수 있겠으나, 그 실체 파악에 못지않은 관건적 요소라 할 수 있다. 그것이 민간원조의 운영 절차, 지원 대상, 지원 규모의 증감 등 원조의 실질에 중대하게 관여했기 때문이다. 민간원조의 영향력 나아가 원조기관이 의도했던 목표 달성을 제약/확대하는 데에도 큰 영향을 끼쳤다. 피원조국가로서 한국(사회)의 입장에서는 민간원조도 정부 간 원조와 마찬가지로 원조의 양적 확대와 운영의 자주성 확보라는 이중의 과제가 요구되었다. 따라서 원조기관의 논리 및 이해관계와 충돌이 불가피했다. 물론 민간원조는 정부 간 원조에 비해 제약이 적었다. 민주주의 제도 발전에 적대적이고, 국가전체의 이익을 위해 미국과 진심으로 협력하는 데 무관심하거나 반대한 이승만정부에 의해 많은 제약을 받았고 그로 인해 프로그램의 변경을 시도해야만 했던 주한미공보원의 활동[17]에 비해서도 제약이 많지 않았다. 그렇다 하더라도 민간재단은 프로그램을 실행하는 데 적잖은 난관을 극복해야만 했다. 몇 가지 예를 들어보자.

첫째, 록펠러재단의 원조에 의해 속간 예정이던 『우리말큰사전』이 중단된 경우이다. 한국전쟁으로 중단되었던 우리말큰사전 간행이 록펠러재단의 1954년도 원조계획에 의해 3만 7천 달러를 지원을 약속받게 됨으로써 속간을 눈앞에 두었으나 문교부의 거부로 무산된다. 인쇄도 일본에서 무상으로 하게 됨에 따라 사전발행사인 을유문화사가 운크라UNCRA, 유엔한국재건단로부터 3만 3천 달

는 연세대, 이화여대, 서강대, 계명대, 숭전대, 서울여대 등이 지원 대상이었다. 이와 관련한 문서는 United Board for Christian Higher Education in Asia, GEORGE FOX MOTT Box-7, Hoover Institution Archives에 다량으로 소장되어 있다.

17 정일준, 「미국의 냉전문화정치와 한국인 '친구 만들기'-1950, 60년대 미공보원(USIS)의 조직과 활동을 중심으로」, 학술단체협의회 편, 『우리 학문 속의 미국』, 한울, 2003, 35쪽.

러의 자재원조까지 받게 되었으나 이 또한 무산되었다. 출판 중단의 이유는 두 가지였다. 우선 한글간소화 문제가 결정적이었다. 이승만의 강권으로 촉발된 이른바 '한글간소화파동'1953.4~55.9 와중 사전의 철자법 문제가 미결된 상태에서 사전편찬주체인 한글학회가 간소화 정책을 강력하게 반대한 대표기관이라는 점이 작용했기 때문이다. 그 여파로 운크라 원조도 무산된 것인데, 운크라 원조는 규정상 반드시 정부의 재가가 있어야 했다.[18] 다른 하나는 일본에서의 인쇄가 걸림돌이었다. 1950년대는 불온 및 외설을 기제로 한 반일주의검열이 강도 높게 시행된 연대로, 그 일환이었던 일본에서 인쇄된 국문출판물의 수입 금지 조치1954가 적용된 결과였다.

이렇듯 대체로 정략적인 요인들이었으나, 권력의 성격 및 대외정책의 기조, 검열제도, 원조집행의 절차와 규칙 등과 같은 제도적 차원의 난관은 비단 이승만정권에서 발생한 일시적 현상만은 아니다. 박정희정권에서는 다소 완화되긴 했으나 원조가 시행된 전 시기에 걸쳐 반복적으로 나타난 문제라는 점에 유의할 필요가 있다. 특히 일본관련 문제는 정부·민간 통틀어 미국의 한국원조가 일본을 중심으로 한 아시아지역통합전략의 기조에 따라 제공되었다는[19] 점에서 원조집행의 자주성을 둘러싼 갈등의 형태로 지속된 한미 간 가장 큰 쟁점이었다. 한글간소화파동이 종결된 후 문교부의 원조 재요청과 록펠러재단의 원조 재개에 의해 완간되었으나1957.10, 전6권, 이 사건은 아시아재단을 비롯한 민

---

18 당시 운크라의 원조만 포기하면 정부 승인 없어도 사전을 발행할 수 있었기 때문에 을유문화사 측에서(민병도) 도미하여 록펠러재단에 종이원조만이라도 제공해줄 것을 요청했으나, 록펠러재단에서는 ① 한국 정부의 원조거부 공식철회서를 보낼 것 ② 한글학회로 재단원조계획서에 대한 정부의 최종 태도를 결정해줄 것 ③ 앞으로 국제정세를 조금 두고 봐야 할 것 등을 골자로 한 회답을 보내왔다고 한다. 「문화계의 반향, 원조 왜 재가 않나」, 『경향신문』, 1954.2.24.

19 허버트 P. 빅스, 「지역통합전략-미국의 아시아정책에서의 한국과 일본」, 김성환 외, 『1960년대』, 거름, 1984, 209쪽. 이 기본전략은 미국에 의존한 일본의 공업화와 궁극적으로 일본의 원조를 통한 한국의 근대화를 완성하여 한국과 일본이 동아시아 지역에서 강력한 반공보루로서의 역할을 수행하도록 하는 방향으로 전개되었다.

간재단들에게 상당한 의심을 품게 만드는 동시에 한국원조에 신중을 기하는 계기가 되었다.[20]

둘째, 아시아재단이 한국에서 규모 있게 처음으로 시행한 사업인 자유문학상1953~59, 총7회이다. 아시아재단의 원조로 아시아재단과 문총이 공동 주최한 자유문학상은 해방 후 최초의 문학상으로 시상 범위나 상금으로 볼 때 1950년대에 가장 권위 있는 문학상으로 간주되었다. 문제는 시행 기간 내내 심사와 수상작에 대한 논란이 끊이지 않았다는 점이다. 특히 1956년 3회 수상작소설: 염상섭, 김동리; 시: 서정주, 박목월 선정 직후 심사위원 편성의 공정성, 심사절차의 적법성, 수상작품의 질적 수준 등을 놓고 문총이 재심 촉구의 성명서를 발표하고 이에 대한 심사위원회의 반론이 제기되는 등 문단 내 이권투쟁으로 비화되기에 이른다. 한국사회의 후진성이 문화계에 여실히 드러난 사건으로 사회적 공분을 사기도 했다.[21]

문총이 적시한 것처럼 자유문학상은 1954년 예술원파동을 계기로 심화된 문단(문화계) 파벌과 파벌 간 문화(단)권력을 둘러싼 이권투쟁의 면모를 고스란히 지니고 있었다. 계속된 시비와 논란으로 인해 자유문학상은 당초의 취지, 즉 "자유아시아인의 자유사상을 고취시킨다"는 목적이 점차 퇴색할 수밖에 없었으며 나아가 아시아재단의 한국원조의 효과를 제약하는 결과를 초래했다고 볼 수 있다. 7회를 끝으로 지원을 중단한 것도, 비록 문학상의 범람을 그 이유로 내걸었으나, 이 같은 저간의 사정과 무관하지 않다고 판단된다. 이 사건은 민간재단의 원조 실행과정에서 필수적이었던 한국지부 설치의 필요성과 별도로 한국 내 협력기관과의 파트너십의 중요성을 일러주는 동시에 그 협력기관의 조

---

20 「우리말 큰사전 간행은 어찌되나」, 『경향신문』, 1954.2.23. 아시아재단은 재단 한국간사인 백낙준과 을유출판사에 사전이 속간되지 못한 이유와 경위를 알려달라는 질의서를 각각 보낸 바 있다.
21 「문화인의 긍지를 높이 가지라」(사설), 『경향신문』, 1956.2.28.

건과 역할이 원조의 실효성에 상당한 영향을 미쳤다는 사실을 예증해준다.

이의 연장선에서 한 가지 더 관심을 기울여야 한 것은 민간재단 원조의 효력이 해당 원조영역의 객관적 조건에 의해 가감될 수 있었다는 사실이다. 가령 1950년대 민간재단이 공통적으로 중시한 출판관련 용지공급의 경우, 액수가 많은 편은 아니었으되 그 자체로 원조의 효력이 매우 컸다. 한국전쟁으로 국내 제지공업 시설의 70% 이상이 파괴됨으로써 용지의 공급과 수요의 극심한 불균형이 초래되었는데 신문의 경우는 용지 대부분을 수입에 의존해야 하나 수입정책의 파행으로 국제시가보다 70% 이상의 고가로 구입할 수밖에 없었기에 신문자본의 수익성이 근본적으로 제약되었으며,[22] 마찬가지의 이유로 출판계도 사업의 30~40% 축소가 불가피한 상태에서 원고료 없는 책과 조판비가 절약될 수 있는 지형으로 재판을 거듭하는 형편이었다.[23] 더욱이 신문·출판은 문화 사업임에도 불구하고 영리업종으로 분류돼 공적 원조대상에서도 제외되었다. 또 소비업종으로 간주돼 융자 대상에서도 배제되었다. 따라서 모든 신문, 출판, 잡지는 수익성 제고를 위해 또 대부분은 존립의 사활을 민간재단의 용지공급에 의존할 수밖에 없는 상황에 내몰리게 되는 형편에서 용지원조의 효력이 증폭될 수 있었던 것이다. 실제 『문학예술』을 비롯해 민간재단의 용지원조가 중단되면서 폐간된 잡지도 상당수였다. 문제는 용지제공의 시효성이 증대되는 것과 동시에 출판계 전체로 볼 때는 만성적 불황의 한 원인이 되었다는 점이다. 즉 민간재단의 원조에 의해 출판된 서적이 저가로 공급됨으로써 그렇지 않은 출판물들의 경쟁력을 약화시키는 일종의 원조의 '역설'이 발생했던 것이다.[24]

---

22 「신문용지의 원조와 입찰에 대하여」(사설), 『조선일보』, 1955.7.27.
23 「출판문화를 압살 말라」(사설), 『동아일보』, 1955.12.29.
24 「적신호의 출판계 어디로?」, 『경향신문』, 1954.2.22. 이 문제의 완화·시정을 위해 출판계에서는 용지원조를 받은 서적의 경우 원조물자로 제품했다는 것을 명시해 줄 것을 요망하기까지 했

기타 한국의 통상정책과 외환정책, 특히 환율문제에 따른 원조액의 실질적 감소, 검열제도와의 충돌, 일반인들의 원조에 대한 이해 수준[25] 등 여러 난관이 광범하게 산재해 있었다. 따라서 이상의 예들은 민간재단 원조의 특징, 성격, 영향을 파악하기 위해서는 원조의 도입내역과 규모에 대한 파악뿐 아니라 그것이 어떠한 구조에서 기인한 것인지를 다양한 측면에서 접근할 필요성이 있음을 말해준다. 민간재단(원조)에 대한 이해와 연구에는 여러 난점이 가로놓여 있다는 문제의식하에 이 글은 민간재단과 불가분의 관계에 있는 냉전, 원조, 1950~60년대 한국문화의 관련을 재구성해 본격적인 연구의 틀을 마련해보고자 한다. 따라서 이 글은 시론 또는 입론의 성격을 지닌다. 냉전과 원조의 관계, 정부/민간 두 차원의 미국의 대한원조, 주요 민간재단 원조의 사례 분석 등을 다뤄 민간재단의 한국원조가 갖는 위상과 기능을 거시적으로 가늠해보는 것으로 한정한다.

2. 냉전과 원조의 구조적 역학, 미국의 대한원조

냉전체제의 본질은 적대적 대립/공존의 양면성에 있다. 그 이율배반적 양면성의 수위진폭을 좌우한 것은 미/소의 군사적 역관계였으나, 대립/공존의 모순적 냉전질서를 현상 유지시킨 주요 동력은 이데올로기의 외피를 쓴 원조이다. 따라서 원조는 냉전전쟁의 실질적 구현자이자 냉전체제의 범凡세계성을 함

다. 가격경쟁력뿐만 아니라 당시 출판계의 만성적 불황의 일 원인이었던 유통 판로면에서도 압도적 비교우위에 있었다.

25 일례로 드라마센터가 건립되는 과정에서 드라마센터가 교육상 해로우니 재고해 달라는 민원이 제기되어 민간원조기관의 책임자가 이해할 수 없다는 반응을 보인 바 있다. 이근삼, 「드라마센터는 흥행소가 아니다」, 『동아일보』, 1961.7.13.

축하는 키워드라고 할 수 있다. 마샬 플랜Marshall Plan/몰로토프 플랜Molotov Plan
을 시작으로 본격화되어 냉전의 전 시기 미/소 간 확대(축소)재생산 형태로 장
기 지속된 원조전은 아시아, 아프리카, 중남미 등 냉전의 주변부를 냉전의 격
전장으로 흡인해내는 동시에 미/소 냉전제국의 사회전반을 냉전사회로 재편
하면서 냉전 질서를 부식扶植하는 동력으로 작용했다. 더욱이 원조전은 미/소
냉전전략의 강력하면서도 효과적인 수단이었으나, 역설적으로 냉전체제를 이
완, 해체하는 원인이기도 했다는 사실이 중요하다. 냉전기 군비경쟁이 제3차
세계대전 발발의 위험성을 증대시키면서도 역설적으로 초래한 이른바 '공포의
균형'은 경쟁적인 원조경쟁을 유발·촉진시키는 가운데 원조전의 효과를 배가
시키는 요인으로 작용했던 것이다. 더욱이 미/소의 출혈 원조경쟁은 기술의
발전 추세에 따라 냉전비용의 급격한 증대를 야기하여 냉전제국의 재정적 부
담을 가중시킴으로써 냉전전략의 점진적 변화를 강제하였다.[26] 다른 한편으로
제3세계유고-중동-동남아의 중립벨트에서는 원조전이 실패를 넘어 종종 역이용되는 처
지가 되기도 했다.

주목할 것은 원조가 냉전체제에서 갖는 의미가 다층적이라는 사실이다. 즉
냉전이 미/소의 상호작용에 의해 발생했고 또 원조가 미/소 양국 각기 세계패
권을 쟁취하기 위한 대외정책의 테두리 안에서 발원한 것이되 그것이 미/소
양국의 상호관계에만 국한된 것이 아니라는 점이다. 양 진영의 결속과 연대에
긍정적/부정적 영향, 특히 서구 자본주의진영의 갈등 및 봉합, 패전국 독일 및

---

[26] 이에 대해서는 김진웅, 앞의 책, 298~299쪽 참조. 그는 냉전 종식의 원인이 미국의 봉쇄정책과
방대한 군사력이 소련을 굴복시킨 결과라는 점에 이의를 제기하며, 여기에는 ① 공산주의 체제
그 자체의 실패 ② 소련체제의 결함에 도전한 고르바초프를 비롯한 새로운 세대의 소련 지도자
들의 부상 ③ 소련 경제의 장기적인 낙후성 ④동유럽인 자신들이 소련의 세력과 영향력을 거부
하고 그들의 지역을 해방시킨 점 ⑤ 소련이란 국가체제를 해체시킬 것을 위협해 온 소련의 인종
적 다양성(민족주의) 등이 복합적으로 작용한 소련 및 공산주의진영 내부의 문제에 주목할 필
요를 강조한 바 있다.

일본의 재무장화와 이를 바탕으로 한 대소(중) 봉쇄의 거점화와 밀접하게 연관되어 있으며, 양 진영에 포섭되지 않은 여러 지역블록, 이를테면 1950년대 동남아시아 및 중동아시아, 북아프리카, 유고연방을 비롯한 일부 유럽, 중남미 지역의 탈식민화 과제와도 내접되어 있는 문제였다. 어쩌면 원조경쟁이 냉전의 주변부에 위치한 국가 및 지역을 냉전의 격전장으로 흡인해내 냉전을 세계적인 차원으로 격상시킨 주된 요인 가운데 하나였다고 할 수 있다. 미국의 수많은 민간재단의 해외원조 활동도 이와 모종의 협조체제 아래 이루어졌으며, 특히 양 진영의 경계·중립지역에 존재했던 광범한 지대를 자본주의진영 및 미국의 세력권 안으로 포섭·편입시키는 데 또 다른 차원의 중요한 역할을 담당했다는 점에서 냉전의 세계적 작동에서 필수적 요소로 간주해야 한다.

원조와 관련해서 1950년대는 각별한 의미를 지닌 연대였다. 무엇보다 냉전이 유럽적인 현상에서 세계적으로 파급·확산되어 국제적인 (신)체제로서의 성격을 갖게 된 가운데 냉전체제의 재생산메커니즘, 즉 대립·갈등의 심화와 긴장 완화가 동시적으로 나타나는 냉전체제 특유의 본질이 가시화되었기 때문이다. 1948~49년 베를린위기로 인해 강화된 냉전이 신중국의 성립과 한국전쟁을 계기로 아시아지역으로 냉전질서가 확산·조성되는 동시에 전 세계적인 차원에서 양 진영의 극단적인 대립 질서가 구축되기에 이른다. 특히 국제전·이데올로기전쟁이었던 한국전쟁은 미국의 냉전정책에 큰 변화를 추동해 이전의 외교적·정치적 차원의 봉쇄뿐 아니라 군사적 차원에서의 봉쇄를 더욱 강화했고, 이에 소련이 강력하게 반발하면서 냉전은 세계전체를 무대로 한 미/소의 전략적 경쟁으로 이어졌다.[27] 더욱이 미국은 한국전쟁을 치르면서 냉전정책상의 핵심적인 입장들, 즉 소련과 중국에 대한 반대, 대규모의 방위비, 수소폭탄

---

27 이근욱, 앞의 책, 48~50쪽 참조. 그는 한국전쟁은 봉쇄정책의 결과이자 그 가속화를 초래한 원인이었던 점에서 냉전사에서 중요한 전환점으로 평가한다.

의 생산, 독일의 재무장, 미군의 유럽 주둔, 미군의 일본 내 기지 확보, 장제스 지지 등에 대한 미국대중들의 강력한 지지를 얻게 되면서[28] 소련과의 군사적 경쟁은 물론이고 미국이 주도한 일련의 지역동맹을 체결해 공산주의진영에 대한 봉쇄·포위, 공산진영 내부의 불화·반목 조장, 비동맹운동과 중립주의 좌절 등으로 냉전정책을 더욱 공세적으로 펼칠 수 있게 되었다. 미국의 주도에 의해 핵무기 전력 경쟁을 축으로 한 냉전의 군사화가 심화되었던 것이다.

그러나 다른 한편에서는 이 같은 대결의 기조 속에서 국제적 긴장이 완화되는 흐름도 대두했다. 1953년 미/소 모두 새로운 지도자가 등장함으로써 이전보다 진전된 양국관계 개선에 대한 욕구의 증대, 특히 스탈린 사후 잇따른 평화공세와 그 귀결로서 흐루시초프의 평화공존론의 제창1956.2과 그에 따른 각종 유화책 제시로 양국 간 단절되었던 문화적, 경제적, 과학적 교류가 재개되는1955 등 미/소관계가 다소 긍정적 방향으로 나아갈 수 있게 되었다. 정전협정 체결 직후 한국의 평화적 통일방안, 인도차이나반도 사태 등 민감한 주요 국제현안의 해결을 위한 유엔 제네바평화회담 개최1954.4~6와 독일문제, 유럽의 안보문제, 군축문제를 의제로 전후 처음으로 개최된 4대강국의 제네바정상회담1955.7이 개최돼 주요 냉전적 이슈가 국제적 테이블에서 논의될 수 있는 환경이 조성됨으로써, 비록 관련당사국들의 첨예한 이해관계의 충돌로 실패가 예상되었고 결국 합의를 도출하지는 못했으나, 국제적 긴장완화와 양 진영 간 복잡한 제 문제의 해결 전망에 대한 희망적 관측이 자리를 잡게 되었다.

게다가 1956년 폴란드 의거, 헝가리 사태 등 동유럽 공산진영의 반공산주의 혁명탈스탈린화과 같은 해 수에즈운하의 소유권을 둘러싼 이집트/영국·프랑스 간의 전쟁제2차 중동전쟁 발발로 동서 양 진영 공히 동맹 내부의 균열이 발생한 가운데 미/소 양국은 자신들의 진영 내 지도력에 대한 도전에 직면한 상태였

---

28 김진웅, 앞의 책, 70~71쪽.

다. 또 양국 간 핵무기 경쟁, 원조경쟁 등으로 인한 만성적 재정 적자도 타협과 긴장 완화의 현실적 필요성을 증대시켰다. 이 같은 요인들이 복합적으로 작용해 적어도 1962년 쿠바미사일 위기로 인해 미/소 대립이 재격화되기 전까지는 미/소 관계가 개선과 후퇴를 거듭하면서도 국제적 긴장 완화가 움직일 수 없는 대세로 정착되었던 것이다. 물론 쿠바사태도 이러한 추세의 연장선에서 상호 정면충돌을 피할 수 있었고 동시에 양국이 관계개선을 다시금 추구함으로써 데탕트시대가 도래하게 된다.

이러한 냉전체제의 구조적 변동에 대응하여 1950년대는 이른바 '원조전' 혹은 '경제냉전'이 대두해 새로운 형태의 냉전 선언으로 인식될 만큼[29] 미/소의 원조경쟁이 본격화된다. 경제원조 경쟁이 1950년대에 처음으로 등장한 것은 아니다. 미국은 제2차 세계대전 후 점령지역 구호원조에 의해 한국, 독일, 오스트리아, 일본 등에 긴급구호물자 제공 및 경제부흥을 목적으로 원조를 제공했으며, 유럽에서 공산주의진영의 공세가 강화되자 그리스, 터키에 대한 군사원조를 비롯하여 '유럽부흥계획마셜 플랜'을 통해 유럽 전역으로 원조 제공을 확대시켰다.

특히 마셜 플랜은 유럽의 경제적 안정과 부흥을 통해 당면한 정치경제적 위기를 타개하여 미국 중심으로 자본주의진영을 재편하는 동시에 공산주의 팽창을 봉쇄하고자 하는 목적으로 120억 달러 이상의 대규모 경제 원조를 시행했다.1948~1952 소련도 마셜 플랜을 미국의 팽창주의로 비판하면서 그 대안으로 '몰로토프 플랜'을 제시해 맞대응하면서 양국 간의 불화가 심화된 바 있다. 냉전 초기부터 원조는 냉전의 중요한 작동 기제였던 것이다. 그러나 1950년대는 원조가 유럽 편중에서 탈피하여 아시아, 아프리카 등 세계 전역으로 확대되면서 이전과 다른 양상을 나타낸다. 원조의 성격도 구호원조에서 방위·부흥원

---

29 「평화적 공존 속에서의 대결」, 『동아일보』, 1956.1.16.

조로 그 기조가 전환된다.

특히 아시아지역이 (경제)원조 경쟁의 각축장으로 부상했다. 유럽에서 미/소의 큰 쟁점이었던 독일문제가 소련의 암묵적 동의하에 1955년 독일의 나토 가입으로 일단락되면서 긴장완화의 분위기가 조성된 것과 다르게 오히려 국제관계의 긴장이 고조·지속된 아시아의 정세와 대응된 현상이라고 할 수 있다. 북베트남을 비롯해 동남아지역에 대한 원조제공을 통해 아시아팽창을 추구했던 중국의 움직임도 작용했다. 실제 1950년대 아시아는 1954년을 전기로 해 세 개의 진영, 즉 중립주의그룹, 동남아세아방위조약SEATO 회원국 및 동북아를 포함한 반공그룹, 중국, 북베트남, 북한 등의 공산주의그룹 등이 각기 뚜렷한 자기세력을 지니며 분립한 가운데 개별국가 및 집단 간의 연대가 활발하게 추진되면서 냉전과 열전의 확대와 더불어 긴장완화 추세에서 오는 위기감이 크게 증폭되었다.[30]

중동지역도 주요 전략물자인 석유와 수에즈운하를 둘러싼 자본주의, 공산주의, 민족주의의 각축, 예컨대 이란의 석유국유화투쟁, 이집트의 수에즈운하 지대의 영국군 철수 요구, 인접 북아프리카지역의 탈식민민족주의 투쟁의 고조 등으로 제3차 세계대전의 동인을 내포한 화약고였다.[31] 더욱이 유고에서 인도네시아에 이르는 중립 진영의 성장과 결속은 국제무대에서 막강한 발언권을 행사하며 양극체제를 약화·위협할 정도였다.[32] 양극체제로 분명하게 수렴되지 않는 중립세력의 광범한 존재, 아시아질서 재편을 놓고 미/소 대립 및 자본주의진영의 분열 등으로 인해 아시아가 세계의 분화구로 부상하면서 아시아의 냉전적 가치가 고양될 수밖에 없었던 것이다.[33] 냉전이 기본적으로 양극체제

---

30 윤주영, 「인지휴전의 달성과 중립주의 세력의 집결」, 『신태양』, 1959.4, 178~185쪽.
31 이성주, 「냉전초점으로 등장한 중동과 북아」, 『동아일보』, 1955.11.11~16.
32 「네루, 티토, 낫셀」(사설), 『동아일보』, 1956.6.28.
33 「을미의 세계정국전망」, 『동아일보』, 1955.1.9.

라는 점을 감안할 때, 미/소의 두 구심점을 축으로 분극화polarization되어 단일한 전선이 형성되는 것이 상식적이라 할 수 있으나 아시아를 비롯해 세계 전역에서 이에 전적으로 포괄되지 않는 지대가 광범하게 존재한다는 사실 자체가 어쩌면 1950년대 냉전체제의 특수성이라 볼 수 있다.

냉전의 초점이 아시아로 다변화됨에 따라 미/소의 아시아정책이 공세적으로 전환된다. 미국은 이전 중국과 베트남 정책프랑스 식민주의와의 결탁의 실패를 바탕으로 아시아 국가들과의 개별 방위조약체결과 앤저스조약ANZUS, 동남아시아방위조약 등의 집단방위조약의 체결로 아시아방위의 적극성을 가시화했다. 그러나 롤백rollback 정책을 밀고 나가면서 대공작전을 전개하는 것이 최상의 방위책이며[34] 이를 위해 나토와 같은 공동집단안정체의 결성을 요망했던 아시아 반공제국의 기대에는 미치지 못하는 것이었다. 같은 맥락에서 한국과 대만을 주축으로 결성된 아시아민족반공연맹APACL도 일본을 배제한 상태에서 중립을 표방했던 동남아국가들의 소극적 참여로 군사동맹의 수준으로까지는 발전하지 못했다. 다른 한편으로 미국은 아시아 동맹국은 물론이고 중립국들에 대한 원조를 대폭 강화했다. 미국의 대외경제원조의 지역별 추이를 보면, 동남아시아한국 포함 원조는 1950~54년에는 16.8%로 유럽 및 일본66.3%에 비해 매우 낮았으나 1955~59년에는 50.5%로 지역별 최고였으며 유럽 및 일본15.4%보다 월등히 높았다.[35] 서유럽 경제의 급속한 발전으로 원조의 필요성이 절감된 점이 작용했으나 이보다는 민족주의와 공산주의의 결합으로 아시아에서 공산세력이 급속도로 팽창하는 추세에 적극적인 대응이 필요했기 때문이다. 더욱이 소련이 일본과 인도, 인도네시아, 버마, 아프가니스탄 등을 비롯한 아시아 저개발국과 통상협정을 체결하고 본격적인 경제원조를 통해 이 지역의 민

---

34 「국제정세전망」, 『전망』, 1955.9, 58~60쪽.
35 이현진, 『미국의 대한경제원조정책 1948~1960』, 혜안, 2009, 40쪽 〈표 1〉 참조.

족해방운동을 적극 지원한데 따른 것이었다. 미국의 아시아 경제원조의 소극성에 대한 아시아제국의 비판이 비등하면서 미국의 지도적 위치가 의심받게 되는 정황도 작용했다.[36]

1955년부터 원조의 비중을 늘린 미국의 아시아 경제원조는 한국, 대만, 필리핀 등 주요 동맹국과의 유대 강화뿐만 아니라 중립주의를 좌절시키려는 목표를 지니고 있었고, 실제 중립국들을 반공동맹으로 포섭하는 데 부분적으로 성공하는 성과를 거둔다. 동남아시아방위조약, 중동에서의 중앙조약기구CENTO 결성이 그 예이다. 소련도 1955년을 기점으로 아시아, 중동, 북아프리카, 남미의 주요 (분쟁)지역에 경제원조를 공세적으로 시행했다. 정확한 규모는 파악되지 않으나 외국원조계획상으로는 미국과 대등 또는 능가하는 수준이었다고 한다.『조선일보』, 1956.7.24 소련의 경제원조는 공산주의진영의 신전략 또는 냉전의 전술 변화, 특히 심리전적인 효과를 노린 것으로 간주되면서[37] 미국의 경제원조의 필요성이 강조되는 동시에 냉전의 승리는 결국 (경제)원조전에 달려있다는 인식이 팽배해진다.[38] 이와 같이 1950년대는 아시아 및 중립주의에 대한 쟁탈전으로 냉전의 초점이 이동하면서 미/소의 상호 상승적 경제원조 경쟁에 따른 경제냉전이란 신국면이 전개되었던 것이다.[39] 이 경제냉전은 미/소 양국에 경제적 부담으로 작용한 가운데 (무상)증여적 원조에서 차관 형태로 전환되는 1950년대 후반 이후 소련이 이집트, 아르헨티나, 시리아, 아프가니스탄 등 세계 전역으로 차관 제공을 위주로 한 경제원조 공세를 한층 강화하고 미국도

---

36 「방콕회의」(사설), 『동아일보』, 1955.2.25.
37 「급속도의 공산외교」(사설), 『경향신문』, 1955.10.29. 1955~56년 소련을 비롯한 공산주의국가들이 저개발국가에 최소한 5억 6백만 달러의 차관을 제공했다는 사실이 알려지며 미국 내에서는 경제원조와 심리전을 동반한 소련의 원조전략을 전복시키기 위한 자유진영의 공세적인 경제원조계획의 필요성이 대두했다. 「경제력의 침투」, 『경향신문』, 1956.4.17.
38 「경원경쟁의 승리를」(사설), 『동아일보』, 1955.12.22.
39 「중립주의에 대한 동서양측의 각축」(사설), 『동아일보』, 1956.6.20.

대외원조법 개정에 따라 군사원조와 구별되는 차관 중심의 경제원조를 운영함으로써 장기 지속된다.[40]

원조전과 관련해 간과해선 안 될 것은 군사원조와 경제원조로 나뉘어 제공되었지만 경제원조가 군사적 성격을 강하게 지니고 있었다는 사실이다. 이는 미국의 대외원조의 목적 및 변화와 연관되어 있다. 전후 미국의 대외원조는 국제적으로 안정된 세력균형을 위한 요건으로써 자유진영의 집단방위력 강화 및 동맹제국의 군사력 강화에 그 목적이 있었고, 이는 직접적인 군사원조Military, 수원국이 일정한 방위수준을 유지할 수 있도록 경제건설을 지원하는 방위지원Defense Support, 말 그대로 순수한 경제원조Economic Aid 등의 형태로 나타났는데, 1950년대는 한국전쟁을 계기로 방위지원 형태의 경제원조가 주종을 이룬다.[41] 1951년 제정된 상호안정보장법에 근거를 두고 있는 방위지원 경제원조는 각종 산업시설의 복구, 건설에 필요한 시설재를 공여하는 계획원조와 산업시설의 가동에 필요한 각종 원자재와 일반 소비물자의 공여를 주 내용으로 하는 비계획원조로 다시 나뉘는데, 양자의 비중은 수원국의 사정이나 미국대외정책상의 평가에 따라 그 내용이 상이하나 대체로 후자의 비중이 컸다한국은 3:7. 그것은 다시 말하면 미국의 원조정책이 경제의 발전보다는 안정에, 직접적인 생산시설의 건설보다는 방위력 유지에 주력했다는 것을 의미하며 따라서 미국이 1950년대 시행한 경제원조는 군사원조를 보완하는 역할을 한 군사적 용도였다.

사정이 이러하다면 미국의 아시아 경제원조는 한국뿐 아니라 대부분의 아시아 국가들이 당면하고 있던 탈식민과제를 수행하는 데 실질적인 도움이 될 수 없었다고 추정할 수 있다. 자체적으로 감당하기 어려웠던 경제적 후진성의 해

---

40 「동서경제전의 전장-후진국」(사설), 『동아일보』, 1958.11.2.
41 홍성유, 『한국경제의 자본축적과정』, 고려대 출판부, 1965, 250~252쪽 참조.

결은 물론이고 사회문화적 낙후성 극복에도 기여가 지극히 미미했을 것이다. 물론 냉전의 대립이 스포츠, 문학예술, 건축 등 비정치적인 분야에서의 경쟁으로 나타나고 따라서 그 대립·경쟁으로 말미암아 과거와 비교할 수 없을 정도의 많은 자본이 주변부저개발국 문화 발전에 투자되었다고 하더라도[42] 원조의 특성상 부분적인 기여에 그쳤다고 볼 수 있다. 아마도 이런 조건에서 아시아재단을 비롯한 미국의 민간재단의 원조가 상당한 효력을 갖게 되었다고 볼 수 있다. 그리고 1950년대 미국의 아시아전략의 운영, 특히 중립 진영의 분쇄 과정에서 미국의 민간재단이 일정한 역할을 수행했다고도 볼 수 있다. 캄보디아가 미국의 원조를 거부한 사건에서 간취할 수 있다. 즉 연간 약 4천만 달러의 경제원조와 약 1,880만 달러의 군사원조를 제공받던 캄보디아가 미국의 부당한 간섭에 대항하여 자진해 미국원조를 거부하는데, 이 과정에서 미국에서 파견된 원조관계자 200여 명이 추방된다.[43] 추방된 인사들 가운데 민간원조기관 관계자도 포함되어 있었다.

한편 미국의 한국원조는 이 같은 1950년대 냉전체제의 변동과 미국의 대외정책의 변화에 적용을 받았다. 미국의 대한원조는 미국의 아시아전략 및 한미관계의 추이에 따라 그 종류, 시기별 변천 등이 매우 다양하고 복잡하다. 미국의 대한원조의 규모는 막대했다. 무상원조 30억 1천 8백만 달러1945~1970, 잉여농산물 원조 7억 6천 1백 90만 달러1955.5~1970로, 남베트남 다음으로 원조 수혜국이었다.[44] 1950년대까지로 한정하면 한국이 미국의 해외 공적원조의 최대수혜국이다. 미 하원에 보고된 1949~59년 세계 각지 13개국일본, 한국, 타이완, 필리핀, 인도네시아, 태국, 인도, 파키스탄, 이스라엘, 터키, 스페인, 모로코, 그리스에 대한 해외원조

---

42 베른트 슈퇴버, 앞의 책, 7쪽.

43 「캄보디아의 미국원조 거절을 보고」(사설), 『조선일보』, 1963.11.22.

44 「한국과 미국 백년지교를 넘어서, 유솜⑥」, 『동아일보』, 1978.9.6.

U.S ECONOMIC AID 현황 분석보고서에 따르면,[45] 한국은 1956년 3억 9천 2백만 달러로 정점을 보인 뒤 점차 감소해 1959년 2억 7백만 달러의 공적 원조를 받은 것으로 나타났다. 두 번째 수혜국인 남베트남의 1955년 3억 2천만 달러, 1959년 2억 7백만 달러보다 많았다. 한국원조의 영역으로는 방위비Defense Support가 압도적인데, 1959년 기준 방위비는 약 75%2억 5백만 달러, PL480은 약 18%5천만 달러, 기술협력T/C은 약 1.8%에 불과했다5백만 달러. 이 같은 미국 대한원조의 위상은 1957~61년 GNP 대비 원조액이 13~14%를 차지했으며, 재정 규모는 50%를 넘는 수치였다는 것에서 여실히 확인된다.[46] 한국경제가 전적으로 미국 원조에 의존할 수밖에 없는 '원조경제'의 시대였던 것이다.

원조의 규모 이상으로 중요한 지점은 대한원조의 성격이다. 즉 미국의 대한원조가 군사원조를 핵심으로 하는 것이었다는 점이다. 그것은 한국전쟁을 계기로 대소 전진기지로서 한국이 지닌 냉전군사적 가치가 부각된 산물로서 미국의 대외원조의 목적에도 부합하는 것이었다. 문제는 직접적인 군사원조만이 아닌 비군사적 원조, 즉 방위지원원조, 경제원조 대부분이 군사적으로 활용되었다는 점이다. 1945~59년 미국의 아시아 경제원조에서 한국은 약 25억 5천만 달러가 원조되었는데 전체 원조액의 28.8% 비중으로 가장 많은 경제원조를 받은 국가였다. 하지만 한미방위조약이 체결된 조건에서 이 원조는 방위력 유지 및 정권유지에 필요한 인플레 억제 등 경제안정의 수단으로 사용되었다. 한국뿐만 아니라 대만, 필리핀, 베트남 등 미국의 아시아 주요원조수혜국 모두에도 마찬가지였다. 또한 원조물자의 판매대금인 '대충자금counterpart fund'도

---

45 Report of the special study Mission to Asia, Western Pacific, Middle East, Southern Europe and North Africa Folder, Judd Papers, Box No. P-84, Hoover Institution Archives. 이 보고서에 제시된 대한원조의 총액과 부문별 분포는 저개발국원조계획(MSA) 원조를 중심으로 조사한 이현진의 연구와 대체로 일치한다(이현진, 앞의 책, 51쪽 〈표 3〉).

46 홍성유, 앞의 책, 324쪽.

재정적자를 보전하기 위해 사용되었다. PL480호 원조의 경우 대충자금의 일부를 미국 측이 사용했고 한국의 사용분 80~90%가 한미 양측의 합의로 국방비로 전입되었다는 것을 감안하면, PL480 원조는 직접적 군사원조 외에 가장 군사적인 성격이 강한 경제원조였으며, 참된 의미에서는 원조라고도 말할 수 없는 것이었다.[47] 한국정부의 순경제적 요청에 대응한 미국원조는 1960년대 차관 형태로 원조의 기조가 전환되기 전까지는 한국이 받았다고 볼 수 없다. 오히려 적은 규모였으나 운크라원조가 문경시멘트, 장항제련소, 삼덕제지, 그 밖에 탄광과 방직시설 복구 등 당시 한국으로서는 요긴한 자본설비에 효과적으로 투하되었다.

한국은 냉전원조가 성공한 국가로 꼽힌다. 미국의 방대한 해외 냉전원조에서 가장 성공한 사례로 꼽히거나[48] 아니면 적어도 드물게 성공한 케이스로 평가된 바 있다.[49] 대체로 한국의 경제성장, 근대화, 민주주의화에의 기여에 초점을 둔 것으로, 철저하게 미국 중심적 시각에서의 평가이다. 전적으로 수긍하기는 어렵다. 미국 내에서도 (대한)원조의 최대수혜자는 미국 및 미국인들 자신이라는 비판적 지적이 제기되었다는 점을 상기할 필요가 있다The Washington Post, 1978.3.5. 실제 한국 내에서도 원조가 제공되는 당시부터 원조의 실질적 효과에 대한 의문이 컸고, 대미 의존적 경제구조의 정착에 대한 경계와 비판이 거세게 일었다. 기아 해방, 경제 안정, 생산력 증대 등에 기여한 바를 전혀 도외시할 수 없으나 전체적으로 대외(미)의존적 경제구조를 항구적으로 정착시켰으며, 종속적 자본주의, 매판적 권력 형태, 노동자·농민의 빈곤의 축적 등 종속적 국가독점자본주의를 구조적으로 배태했다는 비판이 주류를 이루었다.[50]

---

47 박현채, 「미 잉여농산물원조의 경제적 귀결」, 진덕규 외, 『1950년대의 인식』, 한길사, 1981, 277쪽.
48 Gregg Brazinsky, 나종남 역, 『대한민국 만들기, 1945~1987』, 책과함께, 2011, 16쪽.
49 「한국과 미국 백년지교를 넘어서, 유솜 ⑥」, 『동아일보』, 1978.9.6.

경제학자들도 초창기부터 국민경제의 차원에서 볼 때 원조(실행)를 통해 도저히 경제적 자립이 불가능하고 오히려 대외의존·종속을 견고화시킨다는 주장이 대세였다.[51]

일반시민들도 미국원조에 대해 호의적이지 않았다. 1963년 '미국의 대한원조정책에 대한 평가' 설문에서 정치, 경제, 사회, 문화 전반에 기여한 바 크다 39.9%, 군사면에만 치우쳐 산업개발에는 별 도움이 되지 않았다21.1%, 지배층 부패만 조장하고 국민전체에 준 이익은 없다26.8%, 국민의 사치성만 조성하고 국민경제를 파멸로 이끌었다9.0% 등으로 답변했는데, 서울시민 일부의 입장이기는 하나 미국의 대한원조에 대한 부정적 의견이 더 많다는 것을 확인할 수 있다.[52] 심지어 미국의 대한원조로 득을 본 것은 미국(사람들) 자신이라는 비판적 여론이 제기되기도 했다.[53] 특히 피원조국의 경제 자립은커녕 더욱 지연시키는 미국의 원조방식에 대해 한국, 베트남, 버마 등 후진국 국민들의 오해와 불신을 야기했다는 점에서 미국의 원조실패를 인정할 수밖에 없다는 평가도 나타났다.[54] 저개발국가의 근대화를 위한 선진국 원조의 바람직한 방향으로 제기된 'one set주의包括主義' 방식, 즉 저개발국이 필요로 하는 모든 근대화 요인을 원조해주어야 실효를 거둘 수 있다는 것과는 거리가 먼 대한원조였던 것이다.[55]

---

50 임원택, 「ICA원조 효과를 검토한다」, 『사상계』, 1960.11, 78~86쪽.
51 최호진, 「외원은 자립경제에 도움이 되었나－생산·소비·유통면에서 본 외원의 영향」, 『신태양』, 1958.9, 192~195쪽.
52 「민정에 바라는 여론」, 『경향신문』, 1963.7.29.
53 조동필, 「외원은 미국을 위한 것이다」, 『자유세계』, 1958.6 참조.
54 「동서경제전의 전장－후진국」(사설), 『동아일보』, 1958.11.2. 당시 미국원조정책의 실패를 지적할 때는 "너희들이 지원을 하였다는 나라들은 너희들의 생산과잉품의 시장만이 되었을 뿐 산업이라곤 아무것도 개발되지 못하였다"는 나세르의 비판적 발언이 자주 인용된다. 미국의 아시아(원조)정책의 실패 원인에 대한 언급에서 주목할 것은, 익히 알려진 당대 아시아현실에 대한 미국의 비현실적 판단과 더불어 공산주의와 민족주의를 분리하지 못한 것에 있다는 지적이다. 가령 주유엔 버마대사는 미 의회 연설에서 공산주의와 민족주의를 결부 짓고 중공과의 관계를 완강하게 거부하고 있는 것이 미국의 아시아정책의 치명적인 문제라고 일침을 가한 바 있다(『조선일보』, 1957.11.10).

한국원조를 둘러싼 한미 간 입장 차이가 원조의 의의, 효과를 절감시키는 원인이었다는 사실에도 주목해야 한다. 가장 큰 갈등의 요인은 원조의 규모와 원조운영의 자주성이었다. 한국전쟁 전 한국의 전략적 가치는 낮게 평가되었고 따라서 공산주의 침투와 내부붕괴 방지를 위한 경제적인 차원에서의 작은 규모로밖에 지원하지 않았다. 한국은 열전에 직면하고 있는 한반도의 냉전적 가치, 즉 한국에서의 민주주의의 승리가 아시아 민주주의 건설에 직결되어 있고 또 이것이 세계적 냉전에서 민주진영의 승리를 결정적으로 보장한다는 논리로[56] 유럽 및 일본 편중의 미국원조를 시정해줄 것과 한국에 대한 원조를 대폭 늘려야 한다고 강변했으나 미국의 대외정책상 관철될 수 없는 일이었다. 그러나 한국전쟁을 계기로 미국은 한반도에 대한 군사안보적 가치를 높게 평가하게 되었고 이에 따라 위에서 언급한 바와 같이 원조의 규모를 대폭 확대한다. 대한원조가 실질적으로 군사적 원조에 치중된 것도 이 때문이었다.

한국도 한국이 냉전의 최전선에 존재한다는 것을 근거로 원조를 정당한 권리로 인식한 가운데 지속적인 원조의 증액을 요구하였다. 특히 휴전협정 반대를 계기로 원조 증액/단절로 한미 간 갈등이 최고조에 달하는 위기를 겪기까지 했다. 인플레이션조차 원조에 의해 해결 가능할 정도로 미국의 원조에 절대적으로 의존할 수밖에 없었던 한국의 열악한 경제구조가 이를 강제했기 때문이다. 미국 원조의 지속성과 원조액의 가감은 경제영역뿐 아니라 한국 및 한국민의 사활을 결정하는 핵심적인 사안이기도 했다.[57] 그러나 피원조국가로서 한국은 원조에 관한 발언권이 극도로 제한된 처지에서 미국의 원조정책의 동향

---

55 one set주의는 1970년 이치무라 신이치(市村眞一) 교수(교토대 동남아연구센터 소장)가 서울대 한국경제연구소 초정 강연에서 거론한 용어다. 그는 원조국의 포괄주의 원조 방식과 아울러 피원조국의 계획적 사려, 기율적 훈련의 중요성을 강조했다. 「우선 목적합리성 보급돼야」, 『경향신문』, 1970.4.10.
56 「한국의 냉전전략적 가치」(사설), 『동아일보』, 1950.5.6.
57 「대한원조문제」(사설), 『동아일보』, 1954.10.5.

에 불안과 의혹의 시선으로 대처하는 수밖에 없는 처지였다.[58] 게다가 1950년 대 후반 긴장완화 분위기의 조성, 미국의 만성적인 국제수지 악화 등으로 인해 미국의 대외원조정책의 기조가 변경되면서 무상증여에서 차관형식으로, 군사 원조 중심에서 경제개발원조로 원조의 형태와 주류가 각각 전환되면서 1956년 을 정점으로 해마다 감축되던 원조규모가 1960년대에 접어들면서 대폭적으로 삭감되기에 이른다. 1950년대 후반 미국에 의해 한국의 경제개발계획의 필요 성이 제기되었던 것도 예정된 원조 삭감에 대한 대비책 차원에서 고안된 것이 었다. 이러한 대한원조의 급격한 변경에 대해 한국여론은 일본을 중심으로 한 동아시아 지역통합전략에 대한원조를 결부시키려는 미국의 정치적 의도로 분 석·비판한 바 있으나,[59] 미국의 대한원조는 이후 차관형태로 축소재생산 되는 과정을 밟게 된다.

그리고 대한원조의 규모 문제와 연관되어 원조의 운영·집행에 대한 자주성 갈등이 항상적으로 발생했다. 이 문제는 한미원조협정 체결, 원조관리기구의 성격 및 역할과 밀접한 관련을 지닌 것으로, 특히 한국원조의 규모가 확대되고 또 한국에서의 원조의 비중이 증대되면서 미국은 자신의 의도를 관철시키기 위 해 여러 협정과 기구를 통해 한국의 경제정책 전반에 강력한 영향력을 행사했 다. 원조관련 법에는 피원조국의 국내에 대한 간섭을 규정하고 있지 않으나 원 조국/피원조국의 관계가 본질적으로 불평등할 수밖에 없다는 점에서 미국이 주 도권을 쥔 것은 당연한 일이었다. 특히 미국은 원조대상국에 주재하는 미국경 제원조사절단USOM 외에 경제조정관실을 한국에만 별도로 설치해 한국의 경제 정책에 전반에 강력한 통제력을 행사했고, 기타 대한원조 정책의 변화와 한국 내 상황 변화에 따라 개편된 다양한 기구들에 자신의 입장을 관철시킴으로써

---

58 「피원조국가에서 본 미국 외국원조정책의 시비」(사설), 『조선일보』, 1956.1.15.
59 「미 대한원조의 방향」, 『동아일보』, 1959.11.15.

모든 원조관리기구들이 미국의 이해를 지배적으로 관철시킬 수 있도록 했다.[60]

수세적 처지의 한국 입장에서는 미국 원조가 본격화되는 시점부터 외원에 대한 자주적이고 구체적인 계획성을 추구한 바 있고[61] 또 미국 입장의 압도적인 관철을 식민지정책이라 비판하거나[62] 이승만이 공개적으로 미국의 원조운영을 관료적 팽창주의로 경고[63]하나 현실적으로 미국의 입장을 수용할 수밖에 없었다. 다만 거의 매년 대한원조의 명확한 규모 확정을 요구하거나 예정된 원조 집행이 한미 간 불협화음으로 인해 지연 또는 무모하게 소진되는 경우를 방지하는 차원에서만은 적극적인 의견을 피력했다.

대한원조의 전 과정에서 한미 간에 갈등을 겪은 사항은 여러 가지이다. 대충자금 운용에 대한 한국측의 상대적 제약,[64] 원조요청의 곤란함, 원조물자 구매에 대한 한국정부의 관여권, 원조운영기구에 소용되는 비용 등이었다.[65] 특히 원조운영의 자주성과 직결된 원조물자의 대일구매 요구와 '바이아메리칸Buy American' 문제가 가장 첨예한 대립점이었다. 전자는 일본 중심의 아시아지역통합전략이 적용된 결과로 한일관계 개선을 위한 차원에서 원조물자 구입대상국 가운데 일

---

60 이에 관한 자세한 논의는 이현진, 앞의 책, 274~278쪽 참조.

61 「기획의 빈곤」(사설), 『조선일보』, 1952.8.19.

62 「양두구육의 근성」(사설), 『경향신문』, 1953.6.13.

63 「관료적 팽창주의」, 『조선일보』, 1954.6.11. 다른 한편으로 이승만의 추종세력들은 이승만이 하야하는 경우 미국의 대한원조가 중단될 것이라는 공포감을 조성하는 방식으로 원조를 주요 선거전략으로 활용하기도 했다(「양 대사를 소환하라」(사설), 『동아일보』, 1956.1.29). 미국도 대한원조의 실효성을 반감시킨 주요 장애물로 이승만정권의 권위주의를 꼽았다. '한국 측의 상당한 정치적 정실주의(협잡, 정실, 불규칙, 낭비 등)에 의해 미국의 대한원조가 어려움을 겪었다'며 4·19 직후 대한원조를 계속할 것인가를 두고 미 의회에서 논란이 일기도 했다(『조선일보』, 1960.6.10).

64 대충자금의 운용을 둘러싼 갈등은 교육 분야에까지 파급되었다. 1949년 1월 선전활동과 책임이 육군부와 점령군에서 국무부로 이관되면서 한국에서 미공보원이 설치되고, 풀브라이트법과 스미스-문트법이 뒷받침하는 교육교환정책(USIE)이 추진되었는데, 그 일환으로 미국이 정부 수립 직후부터 풀브라이트협정을 체결하자고 설득하였으나 이승만이 동의하지 않아 지연되었고 결국 한국전쟁으로 오랜 기간 시행될 수 없었다. 결정적인 이유는 미국이 대충자금으로 영어 교육소와 ECA의 직업훈련소를 설치하려고 했기 때문이다.

65 부완혁, 「미국의 대한원조사(상)」, 『사상계』, 1960.11, 57쪽.

본을 강제적으로 지정함으로써 빚어진 것이었다. 심지어 알루미늄을 구매하는 데 생산국도 아닌 일본을 지정했으며 일본의 물자도입이 한국의 경제안정이나 재건사업에 불리하더라도 그것을 거부할 수 있는 권리조차 주어지지 않았다. 구매지역에서 일본을 제외하면 원조물자 도입을 지연시키거나 원조 단절을 협박할 정도로 미국의 입장은 매우 강경했다. 이는 미국이 강조한 원조의 효율성과도 정면으로 배치되는 것으로서 미국 경제원조의 노골적인 정치화의 사례이자 미국이 원조를 매개로 한국을 외국의 과잉물자를 소비하는 예속시장으로 전락시키는 처사로 사회적 공분을 샀다.[66] 더욱이 이 문제는 같은 전략에서 미국이 종용·강권으로 성사된 한일회담이 장기적 교착 상태에 빠진 상태에서 고조된 한국사회의 반일정서와 맞물려 미국 원조에 대한 비판적 여론이 확산되는 결과를 낳는다.[67] 또한 반일주의이데올로기에 바탕을 둔 이승만정권의 정당성과 안정성을 손상하는 결과를 초래함으로써 당대 한미 갈등의 주요인이 되었다. 재건, 부흥의 유일한 자원이 원조였기에 한국으로서는 불합리하고 불리한 원조라도 받는 도리밖에 없었다.

바이아메리칸은 미국물자 우선 구매정책을 말한다. 조건부원조의 중요 일면이었다. 이는 원조자금에 의한 상품 및 용역의 구매가 미국물자 우선으로 되었기 때문에 미국 입장에서는 대한원조의 효과를 배가시킬 수 있는 수단으로 작용했다. 그에 비례해 한국의 원조구매에 있어 자주성이 제한받는 것이기도 하다. 이것도 받아들이는 것이 불가피했으며, 적어도 1970년 9월 닉슨독트린의 일환으로 바이아메리칸 정책의 완화가 공표될 때가지 지속되었다.[68] 이렇듯 미국의 대한원조에서 한국의 자주성이 발휘될 수 있는 부분은 거의 없었다. 한

---

66 「수원과 대외적 사용」(사설), 『경향신문』, 1954.4.27.
67 이에 대해서는 이봉범, 「일본, 적대와 연대의 이중주」, 『현대문학의 연구』 55, 한국문학연구학회, 2015 참조.
68 「미 외원정책의 전환」(사설), 『조선일보』, 1970.9.17.

미 간 원조협정상 강매, (미국의)사전 승인 등이 제도적으로 보장되어 있었기 때문이다. 1960년대에도 원조 자체의 불평등 관계에다 오히려 원조삭감이 한국의 자립경제 달성의 도전으로 작용하는『조선일보』, 1959.12.9 처지가 지속·확대되는 여건에서 개선될 여지가 없었다. 그 과정에서 1967년 11월 재정안정계획에 대한 유솜의 지나친 간섭을 배제하겠다는 재무장관의 자주선언이 큰 파문을 일으켰으나[69] 일시적인 것에 그치고 만다. 자주성을 박탈당한 그래서 원조경제라기보다는 실질적으로는 여전히 '빵'의 문제를 해결하지 못한 채 '구걸경제'[70]에 머무른 상태에서 미국의 원조에 의존할 수밖에 없었던 것이 1950~60년대 한국의 자화상이었다.

이 같은 자주성의 결여는 비단 한국만이 겪은 일은 아니었다. 미국의 경제원조를 받은 아시아국가들 모두의 공통된 문제였는데, 다만 이에 대한 대처는 조금씩 달랐다. 가령 캄보디아가 미국원조를 자발적으로 거절한 이유가 CIA의 베트남반군 지원을 통한 캄보디아정권의 전복 시도와 함께 소비재 위주의 원조와 바이아메리칸 정책이 구사되는 비효율적인 원조정책에 대한 저항이었다는[71] 점에서 한국과 뚜렷이 구별된다. 다원적 의존(외원)정책을 구사하며 중립주의의 표본적인 길을 걸었던 버마 같은 경우는 피원조국의 입장에서는 대단히 모범적인 사례였다. 미·소·중국의 원조경쟁이 경쟁적으로 이루어졌던 버마는 독자적인 입장에서 원조의 수입輸入 또는 거부를 결정하였고, 동서 진영을 막론하고 조건부원조는 절대 받지 않는 엄격한 자주성을 고수했다. 민간재단의 원조도 조건부라면 예외 없이 거부했다. 오히려 그 같은 자주성이 강해질수

---

69 「파문 일으킨 '자주선언'」, 『조선일보』, 1967.11.5.
70 「미국의 대한원조정책 비판」, 『경향신문』, 1963.7.3.
71 「캄보디아는 왜 미국원조를 거부했나」, 『동아일보』, 1963.11.21. 미국원조 거부사태는 1970년대에도 발생했는데, 브라질, 아르헨티나, 우루과이, 엘살바도로, 과테말라 등 중남미국가들이 인권문제를 매개로 한 카터행정부의 내정간섭이 심해지자 미국의 막대한 군사·경제 원조를 연쇄적으로 거부한 바 있다(『조선일보』, 1977.3.18).

록 동서 진영의 치열한 원조경쟁을 유발하는 효과를 거두면서 1961년까지 미국이 9천만 달러, 소련이 2천만 달러, 중국은 소련보다 더 많은 원조를 제공하게끔 만들면서 사회주의체제의 기반을 다지는 전략을 구사했다.[72]

3. 미국 민간재단이 시행한 한국원조와 냉전 문화·학술의 형성

지금까지 살펴본 냉전과 원조의 관계 및 미국의 대한원조의 특징적 양상은 미국 민간재단의 한국원조에 대한 이해의 폭을 확장시켜줄 수 있다는 것이 이 글의 판단이다. 무엇보다 미국의 대한원조의 성격과 작동체계로 인해 민간재단 원조의 위상이 부여될 있고, 또 그 역할 및 효과가 구조적으로 발휘될 수 있었다는 사실에 주목하고자 한다. 우선 미국의 공식적 대한원조에서 사회문화 영역으로 원조자금이 투하될 여지가 매우 적었다는 점이다. 군사원조는 물론이고 경제원조의 성격을 갖는 저개발국원조계획MSA조차 방위력 유지를 위한 경제안정의 추구에 사용됨으로써 경제문제의 군사적 종속이 지배적이었다. 그렇다고 전혀 투하되지 않은 것은 아니다. 교육부문에서만큼은 큰 역할을 했다. 1953~58년까지로 한정하면, UNCRA원조에서는 직업교육에 약 136만 달러, 교사훈련에 약 34만 달러, 사회교육에 약 40만 달러, 해양대학 및 대구의 과대학에 약 135만 달러, 학교비품에 약 100만 달러, 외국서적구입에 약 8만 달러, 국정교과서인쇄공장에 약 24만 달러, 교실건축에 약 540만 달러 등 총 10,821,744달러가 제공되었다. ICA원조에서는 직업교육에 약 270만 달러, 교

---

72 「군정하의 버마 ③」, 『동아일보』, 1962.8.2. 이집트의 나세르 또한 냉전을 이용해 미국과 소련 양쪽으로부터 경제 원조를 얻어내 자신들의 이익을 챙기는 정치적 수완을 발휘하면서 제3세계 국가들이 나아갈 자주성의 전망을 보여준 바 있다.

사훈련에 약 280만 달러, 서울대학교에 약 730만 달러, 공공행정 및 경영행정 기술원조에 약 110만 달러, 중앙관상대 시설에 약 23만 달러, 사회교육에 약 15만 달러, 해양대학에 약 16만 달러, 교실건축에 약 220만 달러 등 총 2,233,100 달러가 지원되었다. AFAK원조는 교실건축에 약 410만 달러가 제공되었다.[73] 그리고 이들 원조의 대충자금,[74] UNCRA원조 423,104달러, ICA원조 6,234,855 달러까지 포함하면 큰 규모라 할 수 있다. 교실건축약 1,300만 달러, 서울대학교약 1,000만 달러, 교사훈련약 450만 달러, 직업교육약 480만 달러 등에 집중적으로 원조되었음을 알 수 있다.

전체적으로 볼 때 시설 및 기술부문 원조가 주류를 이루었는데, 한국교육재건에 상당한 기여를 했다고 평가할 수 있다.[75] 그러나 민간재단이 주력한 문화영역의 원조는 찾아보기 힘들다. 다시 말해 대한원조의 전체적 구성과 내용의 특성상 민간재단 원조의 영역적 특화독자성는 그 자체로 민간재단 원조가 중요한 위상을 부여받을 수밖에 없는 구조적 맥락이 존재한다는 사실이다. 그것이 상대적으로 소규모였으나 민간재단 원조의 효과가 배가될 수 있는 요인으로 작용했던 것이다.

---

73 이 통계는 「외국 원조기관의 변천과 문교분야에 있어서의 외원사업」(『문교월보』 제44호, 1959. 5.20, 68~69쪽)의 내용을 재정리한 것이다.

74 대충자금은 무상으로 공급하는 원조(물자와 기술 포함)의 美貨표시 가격에 대한 한미 간에 협정된 환율환산달러에 의해 환산한 환(원)자금을 말한다. 대충자금 적립은 무상으로 공급되는 원조에만 적용되나 무상원조인 군사원조에는 원칙적으로 적용되지 않았다. 대충자금특별회계법에 의해 일정부분은 원조기관(미국측)에서 행정비로 사용하고 나머지는 한국경제부흥을 위한 민간융자, 재정적자 보충과 구호물자의 무상배급 등에 사용했다. 이 대충자금 사용을 놓고 한미 간에 마찰이 끊이지 않았다. 대충자금은 인플레이션 작용을 하지 않는 이점이 있었다.

75 ICA원조에서 기술원조자금에 의한 해외파견계획(ICA TC Participant Program)을 통해 1955~61년 동안 광공업 2,297명, 공공행정 1,551명, 교육 1,359명, 농업 및 자연자원 1,119명 등 총 8,143명이 주로 미국에 파견되어 연수를 받았다는 사실도 주목할 필요가 있다(홍성유, 앞의 책, 305쪽 〈표 17〉 참조). 원조의 현지 집행기구에서 시행하는 전문가파견은 이후 '유솜'에 의해서도 지속되었다. 유솜은 특히 많은 경제 관료들의 미국파견 훈련을 통해 1960년대 한국경제의 기초를 닦는 데 큰 기여를 한다.

그리고 공적 원조에서 한국원조를 둘러싸고 빚어진 한미 간의 첨예한 갈등이 원조의 의의, 효력을 약화시켰을 뿐만 아니라 미국에 대한 불신과 이미지에 큰 타격을 주었다는 사실을 감안하면[76] 민간재단 원조의 비영리 순수민간단체라는 형식적 특징 그 자체가 큰 장점을 지닐 수 있었다는 점이다. 적어도 원조를 매개로 내정간섭을 한다는 부정적 이미지가 발생할 여지가 적었다. 구걸의 모욕도 덜했다. 실제 민간원조의 성과가 미흡한 것에 대한 문제제기나 시혜적 태도에 대한 불만이 더러 표출되기도 했으나 민간재단 원조에 대한 거센 비판적 여론을 찾아보기 힘들다. 1960년대 CIA개입설이 불거졌을 때도 한국의 언론은 사건의 개요를 소개하고 '미국의 명예를 훼손했다'는 단평 외에 별다른 비판을 가하지 않았다. 오히려 원조의 촉진과 증강을 요망했으며 그것에 장애가 되는 문제점에 대한 개선을 촉구하는 의견이 대세였다.[77] 정치권력의 직·간접적인 압력도 적었고 오히려 정부가 나서서 권장을 요청했다.

---

76 이 점은 1950~60년대 미국의 대한경제원조 연구의 가장 권위 있는 학자였던 홍성유의 발언 (1958.6)에 고스란히 함축되어 있다. 즉 "한국측의 의견이 참작된 일이 언제 있었으며, 미국 측 의견과 한국 측 의견의 조정을 위하여 얼마나 타협 대신에 강압과 위협을 미국 측은 남용하여 왔던가. 만약에 이 상태가 그대로 지속이 된다면 크게 헌법이 유린될뿐더러 한국민의 여론은 미국을 이탈할 위험조차 없다고 할 수는 없을 것이다. (…중략…) 한국모양 정부의 자주성을 원조당국에 박탈당한 국가는 없다"(허은, 『미국의 헤게모니와 한국 민족주의』, 고대 민족문화연구원, 2008, 139쪽). 1950년대 후반부터 미국원조와 관련한 비판적 검토, 예컨대 '미국이 한국에 끼친 공과' 특집(『신태양』, 1958.9), '미 대한원조의 맹점' 특집(『사상계』, 1960.11) 등이 대두하고 그것이 원조문제에 국한되지 않고 미국의 대한정책 및 한국사회 전반에 초래한 부정적 결과에 대한 접근으로 확산되는 추세를 보인다. 미국도 미국의 정책에 대한 한국인들의 분노에 관심을 갖고 유연하게 대응해갈 수밖에 없었다(도널드 스턴 맥도널드, 『한미관계 20년사 (1945~1965년)』, 한울아카데미, 2001, 438~439쪽).
77 박정희도 1961년 11월 미국 방문시 아시아재단과 한미재단 본부를 방문해 행한 연설에서 원조 낭비 경계, 자유로운 활동 보장 등을 약속하며 재단의 적극적인 원조를 요청한 바 있다(「박정희 의장, 한미재단초연서 연설」, 『조선일보』, 1961.11.19). 샌프란시스코 아시아재단본부 방문 때에는 "비민주주의 국가들에 원조를 즉시 중단하라"는 약 300명의 미국시민들의 시위를 당했다고 한다(『조선일보』, 1961.11.22). 박정희가 1961년 11월 아시아재단 샌프란시스코 본부를 방문했을 때 아시아재단이 시도한 모종의 협상에 대해서는 "Park Chung Hee General Correspondence Folder", The Asia Foundation, Box No. P-277, Hoover Institution Archives에 상세하게 기록되어 있다.

이승만정부와 미공보원의 갈등, 특히 공보 선전의 주도권을 놓고 서로를 잠재적 위협세력으로 취급함으로써 빚어진 미공보원에 대한 정부의 검열·감시의 압력으로 미공보원의 활동이 축소·위축되었던 것과[78] 뚜렷이 비교된다. 박정희정부 초기 '외국 민간원조단체에 관한 법률'이 제정되어1963.12.7 외국 민간단체의 등록을 의무화시킨 가운데 지원사업의 적정성을 도모하는 정책이 시행됨으로써 민간재단의 입지가 위축되는 과정을 겪지만 박정희정부—민간재단들의 타협을 통해 한국정부와의 갈등을 최소화한 형태로 어떤 면에서는 유기적 협력관계를 새롭게 구축하여 프로그램의 안정적인 실행이 가능했다.[79] 전반적으로 우호적인 여건 속에서 한국 내 활동이 상대적으로 자유로웠다고 볼 수 있다. 물론 한미 간 문화 교류가 평등하게 이루어졌다는 것을 의미하는 것은 아니다. 공적이든 민간재단의 비공식적 지원이든 비대칭성과 미국 주도성이 적어도 1979년 한미 간 '한미문화교류위원회'의 협의 설치를 의결함으로써 동반자적 관계로 전환되는 시점까지 불평등성이 장기간 지속되었다는 것은 분명한 사실이다.[80]

다만 앞서 언급한 캄보디아뿐 아니라 아시아재단 및 포드재단의 활동을 금지하고 관계자들을 철수시킨 바 있는 버마에 비하면[81] 한국에서의 활동은 대

---

78 허은, 앞의 책, 200~203쪽 참조.
79 이러한 흐름은 1966년 101개 주한외국민간원조단체(KAVA) 대표들이 한국정부와의 긴밀한 협조 아래 보다 효율적인 활동을 수행하기로 결정함으로써 일반화되었다. 「한국 위한 원조되게」, 『경향신문』, 1966.6.10.
80 한미문화교류위원회는 1979년 7월 카터/박정희의 공동성명에서 천명되었으나 10·26정변으로 추진되지 못하다가 1981년 4월 레이건/전두환의 정상회담 후 공동성명서 11항에 따라 군사경제 분야에 이어서 정부 간 문화교류위원회 설치를 합의함으로써 성사되는 곡절을 겪었다. 한미문화교류위원회는 1961년 6월 케네디/이케다(池田)의 공동성명에 의해 설치된 미일교류문화위원회와 같은 버전이었다. 「안보 경제 이은 '의식의 동반'」, 『동아일보』, 1981.4.18.
81 「포드·아세아 양 재단 활동금지」, 『경향신문』, 1962.4.20. 앞서 언급했듯이 버마가 아시아재단, 포드재단의 활동을 금지하고 운영관계자들의 철수를 강제한 이유는 공식적으로는 사설기관의 원조보다 독자적인 사회주의경제발전을 위해 정부 대 정부 원조방식을 택하겠다는 것이었으나 실제는 자주적 중립을 강화하기 위해 외국세력을 최대한 배제하려는 의도에서 취해졌

단히 호조건이었던 셈이다. 앞서 언급한 프로그램을 실행하는 데 존재했던 여러 난관은 다른 층위에 속한다. 따라서 조건적으로는 미국에 대한 긍정적 이미지를 제고할 수 있는 여지가 매우 컸다고 볼 수 있다. 그것은 민간재단의 활동이 미국의 대외원조의 목표, 정책, 기관 등과 어떤 협력관계를 갖고 전개됐는가의 문제와는 별도의 차원에서 다루어질 필요가 있다는 것을 말해준다. 전자의 문제는 다양하고 섬세한 접근을 통해 귀납적으로 평가될 사안이다. 한국에서는 민간재단 자체의 독자적인 영역에서 미국의 대외원조의 전략적 목표가 적극적으로 발휘될 여지가 컸다는 것을 환기해두기 위함이다. 한국의 냉전적 가치가 세계적 차원으로 부상했으며 대공투쟁에서 선전전Propaganda War과 사상투쟁Battle of Ideologies의 심리전Psychological Warfare의 가치와 필요성이 증대되고[82] 사회문화의 재건 및 근대화가 긴절하게 부과된 1950년대의 상황을 좀 더 면밀히 주시할 필요가 있다.

각 민간재단의 실체와 한국지원의 실상이 아직 온전하게 밝혀지지 않은 상태에서 주요 민간재단의 대한원조에 대해 논하는 것이 매우 조심스럽다. 더욱이 민간재단별로 주력 프로그램이 다르고 또 시기별로 편차가 크며 지속성의 정도도 다르기 때문에 어느 한 지점만을 다루는 것은 자칫 사실을 왜곡할 가능성도 없지 않다. 그렇지만 한국의 냉전문화·학술이 민간재단의 원조에 의해 형성되고 제도화의 과정을 거쳤다는 사실을 고려할 때 회피할 수 없는 문제이

다는 분석이 유력했다(「군정하의 버마 ③」, 『동아일보』, 1962.8.2). 그 외에도 버마 정부는 외국국적을 가진 의사의 공식 추방, 영국영사관의 스칼라십 및 미 풀브라이트십의 금지, 록펠러재단에 의한 박물관건립 원조 거절 등을 단행했다.

82　최병훈, 「대공심리전 강화의 필요」, 『조선일보』, 1955.12.16~17. 멸공전략의 최종적 승리는 사상전 또는 심리전에 의해 가능하며, 반공제국보다 심지어 북한보다 뒤떨어진 심리전을 강화하기 위해 담당기구의 일원화, 전문적인 심리전담당자 양성 및 자격 강화 등이 줄곧 제기된 바 있다. 이 같은 심리전의 중대성에 비해 그 소임기관인 공보처의 무기력이 도마에 오르며 차라리 공보처를 해산하고 '선전청'을 신설하자는 의견까지 등장했다. 「언론의 신달과 선전의 강화」 (사설), 『동아일보』, 1956.1.19.

기도 하다. 특히 한국원조에 비교적 특화된 사업 영역을 갖고 프로그램의 장기지속성을 보여준 아시아재단, 한미재단, 포드재단의 경우는 필수적으로 검토해야 할 대상이다. 여러 난점을 무릅쓰고 아시아재단과 포드재단이 시행한 한국지원 사업의 조건과 논리를 파악하는 데 초점을 맞춰 두 재단의 한국원조의윤곽을 파악하는 것으로 논의를 한정하고자 한다. 한미재단에 관한 논의는 이책의 제2장에서 별도로 다루겠다.

1) 한국의 반공적 가치와 자유문학상 — 초기 아시아재단의 활동

아시아재단은 문화원조의 지속성과 광범위한 사업 내용을 보여준 대표적인미 민간재단이다. 잘 알려졌다시피 1954년 한국지부 설치아시아에서 14번째를 계기로 본격적인 활동을 전개하는데, 1956년 12월 재단해체설로 일시 소동을겪었으나[83] 문화, 교육, 학술 등의 제 분야에 민간 대 민간개인 및 단체 원조를 다방면으로 제공하는 가운데 사업 영역을 다각화해갔다. 지부가 해당국원조의운영기구라는 점을 감안하면 지부 설치 전후의 활동은 사뭇 다를 수밖에 없다.재단 총재 로버트 블럼이 밝힌 바와 같이 각 지부가 원조대상국에서 절실히 요망하는 원조가 가능하게끔 조력할 수 있음으로써 원조의 효율성을 높일 수 있기 때문이다.[84] 현지화 전략의 장점이다. 한국지부 설치 후 아시아재단은 체계적인 원조사업의 계획 및 실행뿐만 아니라 재단의 이미지를 긍정적으로 부각시키는 일에도 많은 신경을 쓴다. 원조사업의 원활함을 기하기 위한 토대 마련이라는 의미 외에 난립하고 있던 민간재단들과의 차별성을 부각시켜야 했으

---

83 「아시아재단의 해체설은 오보, 서울지부서 성명」, 『조선일보』, 1956.12.28. 통신사의 오역으로 불거졌으며, 해체가 예정된(1957.1.1) 기관은 아시아재단이 아니라 '아시아기금'이었다.

84 「아세아재단의 활동상」, 『경향신문』, 1957.9.6. 블럼은 원조 실시방법 및 시일 결정은 당시 13개국에 파견된 35명의 대표가 현지민들의 요구를 참작해 결정하는데, 다만 이의 원활함을 위해서는 피원조국(민)은 영어를 배우는 것이 시급하다고 강조한 바 있다.

며, 미국의 선전기구라는 세간의 오해를 불식시킬 필요도 있었다. 미국의 대한 원조에 대해 비판적 여론이 우세했던 것도 무시할 수 없었다. 당시 아시아재단 (활동)에 대해 호의적인 것만은 아니었다. 대중적으로는 미국의 대외 문화선전 기구라는 것으로 알려졌으며, 원조 총액이 연 30만 달러로 "쫄딱쫄딱 부스러지 돈을 주면서 한국인들에게 거지 동냥 주듯"[85] 한다는 일부의 비난도 없지 않았기 때문이다. 이런 맥락에서 아시아재단의 정체성을 대외적으로 알릴 필요성이 요구되었을 것이다.

재단 자체에서 아시아재단의 정체성과 한국원조의 방침을 세세하게 밝힌 것은 한국지부장 E. 제임스의 글이 처음인 것 같다. 요지는 '문화예술의 원조는 비정치적 목적을 지녀야 하고 그래서 민간에 의해 제공되어야 한다, 민간 대 민간의 원조를 기본으로 한다, 원조의 성과는 아시아의 차원으로 확산·공유되어야 하며 따라서 한미뿐만 아니라 아시아 각국의 상호 교류를 강조한다, 문화 교류를 적극 권장한다, 아시아재단의 원조는 아무 조건이 없다, 시행된 원조사업의 성패에 대해서 재단은 책임을 지지 않는다' 등으로 요약할 수 있다.[86] 당시 알려진 사실 이상의 내용은 없다. 다만 원조 성과의 아시아적 확산 및 공유와 아시아 국가 상호 간 교류에 대한 강조는 눈여겨볼 필요가 있다. 아시아 재단 전체 차원의 프로그램 기획도 그렇거니와 특히 한국 지원의 의도와 목표 및 가치 설정이 이와 직결되어 있기 때문이다.

제임스가 밝힌 비정치적인 순수 민간원조단체라는 아시아재단의 정체성은 틀린 것은 아니나 그렇다고 이것으로만 한정될 수는 없다. 무엇보다 재단의 태생적 본질이 존재하기 때문이다. 아시아재단은 1949년 중국공산화 당시 자유유럽위원회The National Committee for Free Europe를 본떠 만들어진 자유아시아위원

---

85 「무엇을 하고 있나? 재한 외국문화기관」, 『동아일보』, 1958.4.3.
86 쟉. E. 제임스, 「아세아재단과 한국문화계」, 『자유공론』, 1959.3, 132~133쪽.

회The Committee for Free Asia가 그 기원으로서 국가안전위원회의NSC의 승인하에 CIA의 자금 지원을 받아 심리전을 수행하는 일종의 반공조직으로, 중국의 팽창을 저지하기 위한 반공블록을 형성하고 역내 각국의 자유주의 세력을 강화하는 것을 목표로 삼았다.[87] 아시아재단과 CIA의 관련은 널리 알려진 바와 같이 1966년에 폭로되어 큰 파문을 일으킨 바 있다. 아시아재단에서 처음에는 부인하다가 결국 정확한 액수는 모르나 자금 유입을 시인하면서도 재단의 정책이나 계획에는 영향이 없었다고 밝힌 바 있다.[88] 문화자유회의의『엔카운터』지에 10년간1953.10~1963 매년 3만 달러의 보조금이 제공됐고, 인도 국제신문인협회IPI지부에 2만 달러의 자금이 제공된 사실이 밝혀져 반환하는 소동을 벌인 것 등을 감안하면[89] CIA가 각종 국제단체에 개입한 것은 명백한 사실일 것이다. 다만 아시아재단의 기원 혹은 태생적 한계를 무시할 수 없고 또 아시아재단에도 CIA 자금이 유입된 것도 움직일 수 없는 사실이라 하더라도 아시아재단을 CIA의 위장문화단체로 선규정하고 한국지원 사업을 이와 직결시켜 판단하는 것에는 신중을 기할 필요가 있다고 본다.

다른 한편으로 아시아재단의 문화원조에 대한 국내의 긍정적인 평가도 있었다. 아시아재단 10년을 종합적으로 평가한 글을 보면, 일단 10년 동안 3백만 달러당시 환율로 3억 9천만 원에 달하는 학술연구비, 문화보조비를 제공해 한국문화 발전에 밑거름이 되었다며 그 의의를 크게 부여하고 있다.[90] 그러면서 10년의 업적 가운데 중요하게 꼽은 것으로는, 자유문학상 제도, 한국연구원최초는 사회과학

---

87 오병수,「아시아재단과 홍콩의 냉전(1952~1961) – 냉전시기 미국의 문화정책」,『동북아역사논총』48호, 동북아역사재단, 2015, 12~14쪽 참조.

88 「CIA재정원조 아주재단서 시인」,『매일경제신문』, 1967.3.24.

89 「달라 공세 어디까지?」,『조선일보』, 1967.5.11.

90 「아시아재단10주년 한국지부」,『경향신문』, 1963.2.14. 이 글에서는 아시아재단 한국지부 설치를 1953년 봄으로 보고 있다(소공동 112의 35). 착오로 보이나 장소는 일치한다는 점에서 정확한 확인이 필요하다.

연구도서관 지원, 5만 달러에 상당하는 기자재 제공을 통한 한국영화발전의 토대 마련, 교수들의 해외 유학 파견1962년까지 6백 명, 양주산대놀이 등 민속예술의 발굴, 용지원조에 의한 출판계정기간행물 및 단행본 진흥, 드라마센터 건립과 드라마 부흥, 화가들에게 화구 제공 등이며, 향후 과학교육과 경제발전에 주목한 가운데 문화 사업을 추진할 것이라는 전망을 내놓았다. 10년 동안 아시아재단의 각종 원조사업의 종류와 의미에 대해 국내에 알려진 것들이 대체로 망라되어 있다.

제시된 각 지원사업이 갖는 의의는 좀 더 구체적으로 고찰해야만 객관적인 평가가 가능하겠지만, 원조제공 당시 해당 영역의 실태를 고려할 때 그 자체로 충분한 가치를 지닐 수밖에 없는 것이었다. 또 지원이 삭감 또는 중단되었을 때 야기된 결과를 감안하면 더욱 그러하다. 가령 아시아재단의 후원으로 창립된 한국연구원1956.2 : 사회과학연구도서관, 1958.9 : 한국연구도서관으로 개편, 1962.6 : 한국연구원으로 개편의 경우 1963년 지원이 대폭 삭감되고5천 달러, 1964년부터는 중단됨으로써 기관의 존립이 불가능한 지경까지 내몰렸다.[91] 7년간 약 23만 달러를 지원 받아 도서관 관리와 한국문제 및 인문사회과학 연구 사업을 추진해 1만 7천 권의 장서 구비, 매년 5~10명의 학자들에게 연구비를 제공해1인당 5~7만 원 그 연구 성과를 '한국연구총서'로 발간17집까지, 기타 영문판 '인문사회과학지'18집, 한국연구세미나집, 한국박사학위논문목록 등의 간행 등이 중단될 위기에 처하게 되었다.[92] 한국의 제2학술원이라는 위상이 원조중단으로 말미암아 한순간에 위태로워진 가운데 독자적인 운영 이후의 활동은 미미했다. 또한 1950년대 세계주의 문화기획의 가능성과 성취를 가장 뚜렷하게 보여준 문예지 『문학예술』1954.4

91 「기로에 선 한국연구원, 아시아재단의 원조 줄어」, 『조선일보』, 1963.10.1.
92 「아시아재단서 원조 중단」, 『동아일보』, 1963.9.20. 연구비를 지원받아 한국연구총서의 필자로 참여한 학자로는 김주수, 이창렬, 홍이섭, 박병호, 이만갑, 김경탁, 이광린, 김두종, 박동서, 곽협수, 최학근, 김동욱 등 20여 명에 이른다. 아시아재단의 사회과학연구도서관 지원에 대한 전반적인 논의는 정종현, 「아시아재단의 "Korean Research Center(KRC)" 지원 연구」, 『한국학연구』 40, 인하대 한국학연구소, 2016 참조.

~57.12, 통권33호도 34호의 조판까지 마친 상태에서 아시아재단의 용지 공급이 중단되면서 발간하지 못하고 곧바로 폐간되고 만다. 그 전신인 문총북한지부가 발간한 『주간문학예술』1952.7~53.3, 총11호의 원조 제공까지 포함하면 1950년대 아시아재단의 용지공급이 갖는 문화사적 의의는 예상외로 엄청난 것이었다.[93]

이 글은 아시아재단의 한국지부 설치 이전의 활동에 주목하고자 한다. 자유아세아위원회의 이름으로 한국의 어떤 측면을 중시했으며 그것이 한국지부 설치 이후의 본격적인 활동과 어떻게 연관되지를 살필 것이다. 아시아재단 대한 원조의 숨겨진 이면에 조금 더 가까이 다가설 수 있다고 판단하기 때문이다. 당시 재단 일본지부장 '쉴즈'의 인터뷰[94]가 이에 대한 여러 시사점을 제공해준다. 일단 자유아세아위원회 조직은 자유유럽위원회와 상호협력과 지지는 있지만 직접 관계없이 독립적으로 일하며, 미국 정부와도 관계도 정부의 태도가 우호적일 뿐 전혀 관계가 없다고 한다. 사업의 목적은 아시아에 있어 국가적 또는 개인적 자유를 보장하기 위함이며 이에 따라 사업을 조직하는 방향은 "전적인 반독재주의와 반공산주의를 목적으로 하고 아시아 각국에서 민주주의적 단체를 원조"한다. 원조 방향의 원칙은 물질적인 것과 기술적인 것으로 나뉘는데, 가령 4-H클럽의 활동, 문예작품현상 모집, 서점·출판업자에 대한 원조, 외국에 출판을 알선하고 판권을 보장, 서적구입 원조 등이다. 특히 출판업자에

---

93 아시아재단의 용지공급을 통한 다수의 출판계, 잡지계에 대한 지원은 같은 맥락의 미공보원의 지원사업과 결과적으로 결합하면서 미국의 정책 선전이나 이미지 제고에 주효한 역할을 했다. 미공보원은 『사상』을 비롯한 잡지, 을유문화사, 박문출판사 등의 출판사 지원을 통해 엘리트의 저술활동을 지속시키면서 양질의 반공서적과 미국관련 서적의 번역 출판을 활성화시켜 궁극적으로 미국의 공보·선전 활동의 강화를 도모했다(허은, 앞의 책, 176~177쪽).

94 「자유아세아위원회란 무엇인가?」, 『주간문학예술』 11호, 1953.3.20, 10면. 인터뷰가 성사되고 잡지에 실릴 수 있었던 배경에는 오영진이 있다. 『주간문학예술』을 문총북한지부에서 발간했고, 오영진이 관장했으며, 이 잡지를 거점으로 월남지식인(문학예술인)이 집결한 가운데 반공담론(작품)을 생산·전파했으며, 문총북한지부·『주간문학예술』이 국민사상지도원의 후원 아래 활동했다는 점 등과 밀접한 관련이 있다. 이 자체가 자유아시아위원회를 이해하는 데 시사하는 바 매우 크다.

대한 원조는 출판물의 70~80%가 반공에 관한 것과 10~20%가 민주주의 문화발전에 관한 것이어야 한다는 조건을 명시한 것이 주목된다. 지부조직당시까지 일본, 필리핀, 대만, 홍콩, 파키스탄, 버마, 말레이시아 등 7개국 지부 설치의 간부는 해당국의 사람들로 구성하며, 유능한 지식인들에게 약간의 물질적 원조를 주면서 반민주주의 정부에 반대하는 사업을 추진시키도록 조직적 방향을 갖고 있다. 한국에 대해 느끼는 흥미는 한국전쟁으로 인해 무엇이 변화되고 있는가의 문제이고, 이와 관련해서 한국에 있어 현재 사업목적은 공산침략으로 인한 체험 같은 것을 쓴 원고 알선과 구입, 동시에 그것을 자유아시아 각국에 소개할 뿐만 아니라 세계적으로 출판하고자 함이며 그 대상은 단지 기록적인 원고만이 아니고 연극, 라디오드라마를 외국에 번역 상연할 수 있는 것까지 포함하고 있다. 이렇게 한국적인 것을 아시아 제국에 보급함으로써 반공활동을 전개할 것이다. 한국에 지부가 없는 상태에서 이와 관련된 책임자로, 출판에 관한 각국의 연락책임자는 조풍연이고, 극작물에 대한 심의책임자는 유치진이다. 한국에 대한 원조는 백낙준을 통해서 이루어지는데, 이미 국민학교 교과서 출판에 약 10만 달러를 원조했고, 한국의 역사자료를 보관하기 위해 마이크로필름을 문교부에 기증했음을 밝히고 있다.

인터뷰 내용이라는 점을 감안해야겠지만, 아시아재단에 대한 여러 중요 정보를 알려주고 있다. 당시 전개된 또 이후(아시아재단으로 개칭 및 한국지부 설치 후) 전개될 사업의 방향성과 주력할 핵심 사업까지도 예측 가능케 해준다. 실제 쉴즈의 구상과 계획은 앞서 거론한 한국지부장 E. 제임스의 발언에 담겨있듯이 아시아재단이 시행한 한국지원의 목표 및 방향에 우세적으로 관철되었으며 또 그가 한국에 대해 표명했던 관심사 대부분이 지원프로그램으로 입안·시행되었다. 이 글이 각별히 주목하는 지점은 반공주의의 선양을 최우선적으로 하고 동시에 이를 민주주의와 결합시키고 있는 것이다. 이는 이른바 미국적인 이념 및 가치와 철저하게 부합하는 것으로 아시아재단의 원조가 미국의 아시아전략 및 대외원조의 목표와 밀접하게 결합될 수밖에 없었다는 것으로 해석할 수 있다. 아시아재단의 원조가 기본적으로 정치적인 성격에서 자유로울 수 없었다는 것이다.

또한 한국지부 조직 구성뿐만 아니라 한국에서의 파트너 대상이 어느 부류인지를 암시해주는데, 제일 먼저 떠오르는 부류는 월남지식인이다. 실제 아시아재단의 문서파일에는 아시아재단의 지원이 월남한 예술가들에게 집중되었으며, 출판지원 사업 또한 그들이 생산한 원고를 출간하는 것에 중점을 두고 있었다.[95] 다른 하나는 자유아세아위원회가 주목한 한국의 가치이다. 한마디로 반공적 가치라고 할 수 있다. 여기에는 냉전기 세계적 열전을 최초로 경험한 특수성이 고려되었을 것이다. 그것이 한국을 넘어 아시아적 차원에서도 큰 가치를 갖는다고 판단하고 있으며, 따라서 아시아 각국의 반공주의 강화와 반공연대의 수단으로 활용하려 했던 것으로 보인다. 이는 중국대륙의 공산화가 기정사실화된 이후 미국의 대한경제원조가 동아시아의 비공산국가들에 대한 선전 효과로서 기대되었다는 사실과도 연결된다.[96] 아시아재단의 목표에 가장 잘 부합하는 이 같은 프로파간다 가치는 한국전쟁을 계기로 배가되었고 자유아세아위원회도 이 점을 중시했다고 볼 수 있다. 실제 이를 적극적으로 추진하려고 노력했다.[97] 이 같은 맥락에서 한국지부의 설치가 필요했을 것이며, 늦은 편이었지만 곧바로 지부 설치가 현실화되기에 이른다.

이러한 자유아세아위원회의 목표와 의도가 구체화된 첫 지원사업이 자유문

---

95 이에 관해서는 이순진, 「아시아재단의 한국에서의 문화사업-1954~1959년 예산서류를 중심으로」, 『한국학연구』 40, 인하대 한국학연구소, 2016 참조.

96 이현진, 앞의 책, 270쪽.

97 한 예로 1954년 3월 아시아재단은 문교부 및 공보처 후원 아래 '어린이미술작품 경연대회'를 개최해 811점을 선발하는데 아시아재단에서는(당시 한국책임자는 쉴즈) 입상작들을 아시아 각국에서의 전시회를 거쳐 미국에서도 개최할 것을 약속한 바 있다(『동아일보』, 1954.3.21).

학상 제정이다. 쉴즈가 언급했던 주요 내용이 집성된 산물임을 확인할 수 있다. 등단제도로서의 성격을 갖는 전통적인 현상제도와 조금 다르나 기성작가(작품)을 대상으로 한 문예작품현상모집의 성격을 지니고 있으며, 문학상의 취지나 조건으로 볼 때[98] 반공(문학)의 가치를 드높이는 데 효과적인 방편이었다. 또 처음에는 자유문학상과 번역문학상영문학에 한정을 동시에 제정했으며, 자유문학상도 규범 문학소설, 시, 희곡, 평론에 한정하지 않고 점차 시나리오, 아동문학, 수필 등으로 장르를 확대해갔으며 전기(傳記)와 같은 비문학도 포함시킴으로써 해방 후 최초의 문학상이라는 위상에 걸맞은 명실상부한 문학상으로의 체모를 갖췄다.

문학(및 영화)이 동서 양 진영 모두에서 체제 경쟁을 묘사할 수 있는 가장 매력적인 공적 무대를 제공했다는 점[99]을 참작할 때 자유아세아위원회가 자유문학상을 첫 중점사업으로 채택한 것의 의도를 어렵지 않게 짐작할 수 있다. 주목할 부분은 자유문학상이 지닌 독특한 위상이다. 즉, 자유문학상이 아시아재단 한국원조의 첫 역점 사업으로, 아시아재단의 1950년대 한국원조가 대체로 개인별 지원을 위주로 한 것과 다르게 범문예단체인 문총과 합동으로 추진한 지속적 중점사업이었다는 사실이다. 아시아재단의 한국원조 사업의 시금석이었다고 볼 수 있다. 실제 아시아재단은 자유문학상 운영에 상당한 심혈을 기울였는데, 문총과의 협조체제 강화는 기본이고 재단 측 인사조동재, 조풍연 등가 심사위원을 직접 방문해 위촉장을 전달하고, 제기된 심사제도의 규정과 심사절차

---

98 취지는 '인간의 자유사상을 고취시키는 데 목적이 있다'며, 규정(조건)은 '자유문학상'의 경우 ① 국내에서 발표된 창작(소설, 희곡) 중에서 인간의 자유를 고취하는 데 공헌이 있는 작품 ② 전항의 작품이 당년 중에 단행본으로 출판이 되었을 경우에는 저작자와는 별도로 출판자에게 저작자에 수여되는 금액의 절반에 해당되는 '자유문학출판상'을 수여한다. ③ 창작 이외의 글 (논문, 수기, 문집, 기타) 중에서 인간의 자유를 고취하는 데 공헌이 있는 것 ④ 전항의 글이 당년 중에 단행본으로 출판되었을 경우는 ②항과 같다 등이며, '번역문학상'은 ① 당분간 영어로 된 문학에 국한하여 한국어로 번역한 대표적인 것에 수여한다. 수상작에 수여되는 상금도 약 10만 환 정도로 매우 컸다. 「한국 최초의 문학상」, 『동아일보』, 1953.12.11.

99 베른트 슈퇴버, 앞의 책, 125~133쪽 참조.

의 여러 문제점을 탄력적으로 보완해 문단의 제언을 수용하는 자세를 보였으며,[100] 자유문학상을 둘러싼 논란과 문학계의 반응에 대해서도 예의주시했다.[101]

시금석으로서의 자유문학상은 아시아재단에 대한 이미지를 긍정적으로 부각시키는 데 성공적이었다. 한국문학의 재건과 발전에 대한 문학적 기여뿐만 아니라 자유문학상 제정 자체가 후진적 한국문학(화)에 대한 아시아재단의 특별한 관심과 호의에 의해 가능했다는 점이 강조되고,[102] 그것이 아시아재단의 비정치적, 비영리적 성격과 설립의 본래 취지가 잘 구현된 결과로서 미국을 중심으로 한 아시아 제국의 협력, 교류, 발전 나아가 공존을 실현하는 데 다대한 기여를 하고 있다는 평가로까지 이어졌다.[103] 다른 지원사업과 달리 그 성과가 그때그때 가시화되고 또 문단 차원을 넘어 사회적으로도 그 의의가 전파·주목됨으로써 아시아재단의 존재가 대중적으로 확산될 수 있었다. 앞서 언급했듯이 자유문학상을 둘러싼 논란이 문단 내 권력(이권)투쟁의 양상으로 비화되면서 애초의 취지가 다소 퇴색되고 지원의 효과가 반감된 것은 분명하다. 그러나 그것이 오히려 아시아재단이 자유문학상을 제정한 취지와 의의를 다시금

---

100 당시 제기된 문제점으로는 ① 단행본(작품집, 시집 등)만을 대상으로 한 것은 당시 토대가 허약한 한국출판계의 실정에 맞지 않다는 것, ② 심사규정상 수상자를 4명 이내로 제한한 것은 모집범위와 모순이 되면서 희곡, 수필, 아동문학 등이 선정되기 사실상 불가능하다는 것, ③ 오래전에 쓴 작품이라도 당해 연도에 발행만 되면 가능하게 만든 것은 생산적이지 못하다는 것, ④ 문학상은 작자보다도 작품이 우선인데, 심사경위나 결과는 반대인 것 같은 인상, ⑤ 심사가 심사위원의 투표에 의해 결정되는 다소간의 불합리함, ⑥ 심사과정상 작품에 대한 토론이 부족한 것, ⑦ 결과가 기성작가 위주로 신진이 포함되기 어려운 사정 등이었다. 김광섭, 「작품평가와 투표의 배리」, 『조선일보』, 1957.1.21~22. 심사위원으로 거의 빠짐없이 참여한 김광섭은 여러 절차상 문제가 있었지만 3차에 걸친 심사절차와 심사과정의 진지함 등 세간에 알려진 것과 달리 심사의 객관성과 공정성이 나름 발휘되었다고 강조하고 있다. 이상의 제기된 문제들은 회를 거듭하며 상당부분 보완됨으로써 사업의 지속성을 가능케 하는 요인이 된다.

101 Hoover Institution Archives The Asia Foundation의 '자유문학상(Freedom Literature Awards)' 파일(BOX NO. P-150)에 자유문학상 관련 한국의 주요일간지 보도기사 대부분을 스크랩해 두고 있다. 한미재단에서도 자유문학상과 관련한 논란의 동향에 대해 상당한 관심을 표명했다.

102 「문학부흥과 재건협조 제2회 수상의 자유문학상」, 『동아일보』, 1955.2.4.

103 김광섭, 「우리 문화에의 기여―아시아재단과 자유문학상」, 『조선일보』, 1955.2.5.

환기시켜주고 이를 지속시켜야 할 필요성을 증대시킨 면이 없지 않다.

　문단 내 갈등, 특히 한국문학가협회와 한국자유문학자협회 간의 분열·반목에다 문총 및 펜클럽까지 결부돼 빚어진 권력다툼은 비단 자유문학상에서만이 아닌 1950년대 문단의 고질적인 병폐였다. 자유문학상 논란에서는 그 갈등이 미미하게 표출된 편이었다. 그 같은 갈등을 상쇄하고 남을 정도로 자유문학상은 1950년대 문학계의 구심점 역할을 톡톡히 했다. 매회 70편 내외의 후보작, 10명 내외의 심사위원, 문단 및 언론의 비상한 관심, 3차에 걸친 심사절차 공개와 이에 따른 많은 논란 등, 한국문단의 후진성과 아시아재단의 자유문학상 제정 취지의 극명한 비교 속에서 자유문학상은 효과 면에서 '경제적인' 지원 사업이었던 것이다. 여러 논란에도 불구하고 1959년까지 7회 지원을 지속했던 것은 그만큼 자유문학상이 이 같은 가치가 있다고 보았기 때문이며, 자유문학상에 대한 원조를 중단한 후에도 펜클럽 한국본부의 요청에 의해 이에 해당하는 금액을 창작기금으로 전용해 1965~68년 펜클럽 주관 아래 창작기금으로 운영한 것도[104] 마찬가지의 맥락으로 볼 수 있다.

　다른 한편으로 자유문학상을 통해 아시아재단이 의도한 목표, 특히 한국의 반공적 가치발굴과 그것의 아시아적 확산의 문제는 판단하기 쉽지 않다. 다만 선정된 수상작의 면면을 보면,[105] 자유사상의 고취라는 애초의 취지는 충분히 살렸다고 볼 수 있다. 수상작들에 대한 면밀한 분석이 필요하나 『카인의 후예』,

---

104 「문단의 새 암초, 아시아재단 지원 중단」, 『동아일보』, 1968.12.10.
105 수상작(작가)은 1953년(제1회) : 『그늘진 꽃밭』(박영준), 1954년(제2회) : 『카인의 後裔』(황순원), 『眞珠灣』(김동명), 『抒情의 流刑』(신동집), 1955년(제3회) : 『짖지 않는 개』(염상섭), 『興南撤收』·『蜜茶苑時代』(김동리), 『서정주 詩選』(서정주), 『山桃花』(박목월), 1956년(제4회) : 『越南前後』(임옥인), 『失碑銘』(김이석), 『역사 앞에서』(조지훈), 『饗宴』(김용호), 『孤獨의 江』·『거미와 星座』(박두진), 1957년(제5회) : 『歸還』(김성한), 『感情이 있는 深淵』(한무숙), 『領域』(유치환), 『갈매기 素描』·5편의 소네트』(박남수), 1958년(제6회) : 『언덕을 향하여』(유주현), 『종이 울리는 언덕』(오영진), 『모래알 고금』(마해송), 1959년(제7회) : 『메아리』·『개개비』(오영수), 『기다리며 사는 사람들』(조병화), 『꽃의 素描』(김춘수) 등이다.

「흥남철수」, 「월남전후」, 「진주만」, 「귀환」, 「언덕을 향하여」 등 대부분의 수상작이 해방 후 좌우 이념 갈등 또는 한국전쟁을 소재로 자유·휴머니즘의 가치를 선양한 작품인데, 그것은 반공주의 나아가 이와 표리관계를 갖는 자유민주주의 가치 및 체제 우월성을 배타적으로 보증하는 것이었다. 적어도 자유문학상이 전후문학의 주류였던 반공(주의)문학을 진작시키고 또 추인하는 데 상당한 기여를 한 것만은 부정할 수 없다.

2) 외원外援에 의한 1960년대 한국학의 정립 ─ 포드재단의 아세아문제연구소 지원

1936년에 설립된 포드재단은 문화·사회트러스트 분야의 최고봉이자 미국의 최대 '지식공장'으로 정평이 난 미국 최대 민간재단이다.[106] 포드재단은 케네디의 냉전정책에 부합해 서베를린을 자유세계의 창구로 만들기 위해 서베를린에 자유대학을 설립하고 세계 유명 예술가들을 초청해 서베를린에서 활동하도록 하는 프로그램을 시행하는 등 냉전을 강화하는 원조를 제공하기도 했으나,[107] 포드재단의 사업 중 빼놓을 수 없는 분야가 중국학연구였다. 미국 내 중국학지원 사업에 2,300만 달러를 지원해 1960년대 미국의 중국학연구의 비약적 발전을 이끌었고 그 연장선에서 대만과 한국의 중국근현대사연구지원 사업을 적극 추진했다.[108] 한국의 지원 대상은 고대 아세아문제연구소였다1957.6 설립, 이하 '아연'. 아연 한 기관에 1962년부터 90만 달러를 상회하는 원조를 집중적으로 제공했다. 이 같은 사례는 포드재단의 미국 내 및 해외 원조에서 흔한 일

---

106 「미국 정치의 새 추진력 '행동파학자군'」, 『동아일보』, 1967.8.12.
107 「동서독의 오늘(상), 비정의 베를린 장벽」, 『동아일보』, 1966.5.3. 윤이상도 이 프로그램에 따라 서베를린에서 활동했다. 그 외에도 포드재단은 서독을 중시해 다양한 원조, 예컨대 대학지원사업, 교육교환사업, 반공지식인 네트워크구축 사업 등의 문화 사업을 적극적으로 추진한 바 있다. 이에 대해서는 박용희, 「전후 미국의 대독일 문화정책과 '문화의 미국화' 기획」, 『독일연구』 22, 한국독일사학회, 2011, 171~175쪽 참조.
108 정문상, 「포드재단(Ford Foundation)과 동아시아 '냉전지식' ─ 한국과 중화민국의 중국근현대사연구 사례를 중심으로」, 『아시아문화연구』 36집, 가천대 아시아문화연구소, 2014, 184~185쪽.

이나 한국의 경우에는 최초였다. 아연 원조 이전에 포드재단이 한국에 대해 직접 지원한 경우가 없었고 이후에도 대규모로 지원된 사례가 없었다.

그런데 아연에 대한 포드재단의 지원 내역을 구체적으로 살펴보면, 정문상의 지적처럼 중국근현대사연구에 대한 지원이 중요 사업 중의 하나였던 것은 분명한 사실이나 전체적으로 볼 때는 극히 일부분일 뿐이다. 현대중국연구 외에 구한국외교문서정리간행, 북한연구, 남한의 사회과학연구, 한국사상연구, 공산권연구, 동남아연구, 통일문제연구 등 실로 다양하다. 오히려 소위 '한국학'으로 통칭할 수 있는 분야가 중심이었다. 그러므로 중국연구로만 한정하면 아연의 위상과 역할을 일면적으로 고찰할 수밖에 없는 한계를 지니는 동시에 외원에 의해 구축된 1960년대 한국학의 실체를 제대로 파악하기란 불가능하다. 포드재단은 아연 지원을 시작으로 연대 사회과학연구소에 한국인의 정치의식조사 지원, 고대 행정문제연구소의 북한연구 지원 등 대학부설연구소의 한국학 관련 지원을 확대해갔다.

특별히 주목할 것은 포드의 아연 원조가 미국 내 한국지역학에 대한 본격적인 지원과 맞물려 있다는 사실이다. 아연에 대한 2차 연구계획 승인 직후인 1967년부터 'Research and training on Korea'란 프로그램으로 하버드대, 워싱턴대, 콜롬비아대, 프린스턴대, 하와이대, 미국사회과학연구협의회SSRC 등 한국학연구 관련 주요 기관에 매년 50만 달러 이상을 지원하기 시작했다.[109] 하버드대에서 한국연구의 조사프로그램이 시작된 시점도 포드재단의 지원이 시작된

---

[109] *The Ford Foundation Annual Report 1967*, Ford Foundation, p.121. 1967년부터 매년 배정된 'Research and training on Korea' 프로그램의 구체적인 지원 내역은 포드재단연례보고서의 International Division→Asia Studies 파트에 제시되어 있다. 연례보고서를 살펴보면 포드재단의 아시아지역에 대한 지원은 인도, 인도네시아, 파키스탄, 홍콩, 필리핀, 일본 등이 중심이었고, 미국 내 아시아지역학연구 지원은 중국이 압도적이었음을 확인할 수 있다. 1960년대 한국에 대한 지원은 아세아문제연구소 위주였고, 고려대, 중앙대 부설연구소에 소규모 지원이 있었을 뿐이다.

1967년이며, 하와이대학 부설연구기관으로 설립된 '한국학연구센터'도 1967년 미국사회과학연구협의회를 통해 포드재단으로부터 한국학 연구비를 받으면서 본격적인 연구 활동을 개시할 수 있었다. 포드재단의 아연 원조를 매개로 한미 간 냉전학술의 접목 및 본격적인 횡적 연대의 가능성이 열린 것이다.

포드재단이 아연에 투여한 외원의 규모는 당시로서는 파격적이라고 간주될 만큼 방대하다. 네 차례의 특별연구계획에 약 90만 달러가 지원되었고, 5차 특별연구계획 지원 신청이 포드재단의 예산상의 문제로 보류되는 대신 20만 달러의 운영기금을 지원받았다. '영문브레틴' 간행보조220달러를 시작으로 중공연구 연구비1964.4, 일본연구실 연구보조금1968.9, 동남아연구전문가 양성1970.8 등 아시아재단으로부터 받은 지원과 하버드-옌칭연구소의 한국사상사자료정리사업1967.8·68.5·69.4, 한국실학사상연구1971.7·72.5, 동남아연구1973.6 등은 별도였다. 이 시기 아연의 총연구비 대비 외원의 비율을 정확히 알 수 없으나 외원의 비중이 절대적이었다는 것은 분명한 사실이다. 따라서 아연의 비약적인 성장과 국내의 독보적인 학술연구기관으로 나아가 세계적인 공산권연구기관 및 아시아문제연구의 본산110으로의 발돋움에 결정적인 역할을 한 것은 외원이었다고 할 수 있다. 1968년 기준 84개의 대학부설연구소 중 연 천만 원 이상 예산을 보유한 곳이 2곳, 1년에 학회지 한 번 발간할 수 있는 예산조차 가지지 못한 곳이 1/3이나 되는 조건에서111 포드재단의 획기적인 아연 원조는 상당한 주목을 받았고, 또 발전적 전망에 대한 기대도 컸다.112 1960년대 학술

110 「학문의 산실 ②-고대 아세아문제연구소」, 『한국일보』, 1976.1.21.
111 당시 한국학술계가 처한 열악한 조건에 대해서는 이봉범, 「1960년대 권력과 지식인 그리고 학술의 공공성」, 『비교문학』 61, 한국비교문학회, 2013, 261~264쪽 참조.
112 거액의 자금이 학술연구에 원조된 것은 1962년 포드재단의 아연 원조가 처음이었는데, 이를 두고 우리나라 학계의 역량이 국제적으로 인정된 증좌, 원조를 계기로 학술수준이 더욱 향상될 것을 기대, 원조를 매개로 학술적 면에서도 한미 간의 긴밀한 협조체제가 구축되고 나아가 양국의 일반적인 우의가 더 돈독해질 것이란 전망이 제기되었다. 「포드재단의 연구자금 원조와 우리의 반성」(사설), 『경향신문』, 1962.7.3.

연구비의 자금원은 대체로 정부기관, 민간단체, 외원 등인데, 1968년을 고비로 문교부의 학술연구조성비, 과기처의 과학기술연구비 등 정부기관의 지원이 대폭 증가하고, 동아자연과학기금, 성곡학술재단 발족으로 민간의 학술지원이 활발해지기 시작하지만 여전히 외원이 학술연구비의 대부분을 차지하는 실정이었다.[113] 꼭 아연에만 해당되는 것은 아니겠으나 '우리 돈에 의한 우리 연구'라는 여론이 거세게 대두한 것을 통해서도 저간의 사정을 확인할 수 있다. 아연의 학술연구 현황과 구체적인 성과는 제8장에서 자세히 다루고 있기 때문에 생략한다.

아연의 냉전학술이 지닌 몇 가지 중요한 특징을 들면, 첫째 미국 민간재단의 원조가 유기적인 협업시스템에 의해 시행됨으로써 한국 냉전학술의 세계적 지평이 개척되었다. 포드재단을 주축으로 한 아연에 대한 원조는 민간재단들의 다차원적 채널의 자문과 협의를 통해 성사되었고, 그 결과로 포드재단은 대규모의 예산이 소용되는 특별연구계획에, 아시아재단은 중공연구, 소련연구, 일본연구, 동남아연구 등 아시아 지역학 연구에, 하버드대-옌칭학회는 한국사상사자료정리를 비롯한 한국학 연구에 각각 특화된 원조가 실행되었다. 기타 록펠러재단, 미국사회과학연구협의회 등이 참여하였다.[114] 그 과정에 당시 미국의 저명한 냉전학자 J. 페어뱅크, E. 라이샤워, G. 페이지, R. 스칼라피노, D. 버넷, E. 와그너, G. 벡맨 등이 깊숙이 관여·참여했다. 이 같은 분업과 협업시스템과 원조의 지속성은 한국 냉전학술의 총량적 확대뿐만 아니라 전문성을 확보하는 데 결정적인 역할을 했으며, 미국 냉전학술기관 및 냉전지역학과의 다면적 접속·교류로 이어지며 한국 냉전학술이 세계적 지평이 개척되는 계기

113 「궁색 벗는 대학연구비」, 『동아일보』, 1970.3.18.
114 Korea University Asiatic Research Center General Folder, The Asia Foundation, Box No. P-277, Hoover Institution Archives.

가 되었다. 포드재단이 아연의 연구계획부터 연구결과보고서까지 엄격하게 심사했고, 그 심사결과를 바탕으로 추가 지원을 결정했던 시스템이 학술적 성과의 수준을 제고하는 데 긍정적으로 작용했다.

둘째, 근대적 한국학술, 특히 인문사회과학 연구의 본격적 개화이다. 아연의 학술 활동이 가능했던 실질적 요인은 한국정부의 조력에 있다. 공산권연구에 대한 독점적 승인 취득1961.12 이후 공산주의연구뿐 아니라 당시 학문적 금기 영역이던 북한, 중공, 한국통일 문제에 대한 연구를 주도적으로 추진할 수 있게 된다. 또 유일하게 공산권자료의 구득이 가능했고북한, 중공자료는 중앙정보부에서도 제공, 아연 주최 국제컨퍼런스 개최에서 미수교국 학자들의 입국 허용, 신변 보장, 자유로운 발표 및 토론도 보장했다. 체계적 연구계획에 의한 공동연구, 실증적 연구, 인문사회과학 영역 전반에 걸친 전문학자의 참여 및 연구 지원, 연구 성과의 출판의무화, 지역학연구실 개설을 통한 연구의 전문성 확보 등을 바탕으로 한국학술의 근대적 제도화에 큰 기여를 했다. 하나의 대학부설연구소의 위상을 넘어 한국 인문사회과학을 발흥시킨 거점기관이었던 것이다. 그것은 당대에도 완강히 유지되고 있던 한국학술계의 견고한 윤리주의 풍토를 불식시키는 데도 긍정적으로 작용했다. 영문소식지 *Asiatic Research Bulletin*1957.12 발간을 통해 학술활동과 연구 성과를 해외로 전파한 점도 중요하다.

셋째, 학술적 아시아연대의 가능성을 시현하였다. 아연의 아시아주의가 학술적으로 의제화된 것은 아시아에서의 공산주의와 근대화문제이다. 그것이 특히 관련 국제컨퍼런스 개최와 아시아 지역학연구 개척을 통해 수행되는 특징을 보인다. 포드재단, 아시아재단의 요구이기도 했다. '아세아에 있어서의 근대화문제' 국제컨퍼런스는1965.6.29~7.3 총 63명의 발표자국내 31명, 국외 32명와 9명의 외국인옵서버가 참가해 근대화의 개념문제, 아세아 전통사회와 근대화문제 등 5개 분과별 발표토론을 통해 아시아에서의 근대화문제를 총체적으로 접근했다. 당시 '학술의 UN총회'로 평가되면서 언론의 집중적인 조명을 받았다. '아세아에 있어서의 공산주의문제' 국제컨퍼런스1966.6.20~24는 국내외 22명의 발표자와 28명의 옵서버가 참가해 북한문제, 중공문제, 동남아에서의 공산주의문제 등 8개 분과별 발표토론을 통해 아시아의 공산주의의 역사와 현재를 종합적으로 검토했다. 참여한 외국학자들의 국가별 분포를 보면, 미국, 영국, 독일뿐만 아니라 일본, 대만, 홍콩, 필리핀, 인도, 호주, 싱가포르, 말레이시아 등 상당수의 아시아국가들이 참여했으며, 그것은 이후 국제컨퍼런스에서도 마찬가지였다. 특히 후자의 학술대회에서 발표된 총 26편의 국내외 학자들의 논문을 집성한 『중공권中共圈의 장래將來』김준엽 편, 범문사, 1967는 문화대혁명, 수소탄실험 등 격동하는 중공의 실태 뿐 아니라 중공의 직간접적인 영향 속에 있는 북한, 베트남, 필리핀, 인도네시아, 캄보디아, 인도 등 아시아전역 공산당에 대한 최초의 종합적 연구라는 점에서 아시아공산주의 연구의 새로운 전환을 이끌어내는 성과를 거둔다. 과학적인 대공투쟁을 위한 냉전아시아 (학술)연대의 목적이 강했으나, 적어도 감정적 차원의 냉전 적대적 중공 및 공산주의 인식을 넘어선 전문성을 확보한 것은 높이 평가되어야 한다.

이렇게 볼 때 아연의 위상과 학술적 특징은 냉전을 매개로 한 '국가권력-미국 민간재단 및 냉전학술기구-한국 학술(대학)'의 냉전카르텔이라고 요약할 수 있다. 냉전에 의해 탄생하고 냉전을 동력으로 세계적인 공산권연구소, 아시아연구기관으로 성장하는 특징을 보여준다. 아시아주의, 즉 아시아의 후진성 및 냉전과 탈식민과제가 중첩된 냉전아시아의 보편성에 주목하고 아시아인의 아시아연구를 주창하며 창설된1957.6 아연이[115] 냉전학술기관으로 성장할 수

---

115 「亞細亞人의 亞細亞研究-창간사에 代하여」, 『아세아연구』 창간호, 1958.3. 아세아문제연구소는 설립 목적을 "아시아 제 민족의 문화, 역사, 정치, 사회, 경제 등에 대한 연구를 통하여 국제적 이해와 협력적인 발전에 학문적으로나 정책적으로 기여한다"로 밝힌 바 있다. 1950년대 아시아주의는 '아시아는 결코 하나가 아니다'라는 명제를 바탕으로 하고 있다. 단일한 정치적

있었던 것은 포드재단을 주축으로 한 민간재단의 원조뿐만 아니라 박정희정부 중앙정보부의 승인과 조력이 복합적으로 결합된 산물이다. 박정희정부의 냉전외교정책, 즉 박정희가 주도한 '아시아태평양이사회ASPAC'의 아시아주의 및 동아시아 지역구상의 추진이 긍정적으로 작용한 면도 컸다.[116] 당대 한국지식계의 최대 난관이었던 재정 문제와 이데올로기적 제약이 이렇게 완전히 해소됨으로써 아연을 거점으로 한 한국 냉전학술이 비약적으로 성장할 수 있는 토대가 마련된 것이다.

이 과정에서 미국 내 냉전지역학의 일부로 새롭게 등장한 한국학연구 기관과의 네트워크가 생성되고 동시에 아시아학술네트워크, 가령 근대화론을 매개로 한 미국−한국−대만근대사연구소의 냉전학술네트워크가 종횡으로 개척되기에 이른다. 1960년대 한국의 냉전학술이 근대화론, 공산주의중국. 소련 또는 북한연구, 동남아연구 등을 매개로 트랜스내셔널한 차원에서 이루어지기 시작했다는 사실에 다시금 주목할 필요가 있다.[117] 여기에는 동시기 세계적 문화냉전기구 문화자유회의를 매개로 한 냉전문화의 세계적 연쇄와 아시아적 문화연대라는 흐름이 교차·결합하고 있었다. 복수複數의 기획이 한국의 냉전문화·학술을 견인·추동한 형국이었다.

단위도 아니고, 통일된 경제블럭도 아니며, 공통된 문화전선도 아니라는 것으로, 특히 이 명제를 부각시키며 반둥회의를 계기로 촉성된 아시아아프리카 연대를 불온한 책동으로 평가하는 근거로 활용하였다. 아세아문제연구소의 아시아주의는 이 같은 이질성을 학술적으로 고구하는 가운데 근대화, 공산주의 문제를 아시아연구의 핵심 의제로 설정하는 것에서 본격화된다.

116 이에 대해서는 李奉範,「冷戰と援助の力学, 韓国冷戰文化の政治性とアジアの地平」, 吉原ゆかり·渡辺直紀編『東アジア冷戰文化の系譜学』, 筑波大学出版会, 2024(예정) 참조.

117 이 같은 국제적 네트워크는 당시 미국의 아시아지역 연구가 중국 및 일본에 집중되어 있는 반면 한국학이 존재조차 희미한 상황에 처해 있었던 사정을 감안하면 한국학의 저변 확대에도 기여한 바가 크다. 미국 내 한국학의 이 같은 처지가 초래된 원인으로 첫째, 과거 일본학자들이 한국을 야만문화로 왜곡시켜 선전·인식시킨 점, 둘째 한국을 독립문화권으로 보지 않고 중국문화권이나 일본문화권으로 소속시켜 일반 미국인들도 여전히 그렇게 알고 있는 점, 셋째 미국대학을 대상으로 한 북한의 선전 공세, 넷째 과거 비전문가들이었던 선교사들이 한국의 이미지를 부정적으로 전달한 영향 등이 거론되었다.「미국 안의 한국학」,『경향신문』, 1967.11.8.

그렇다면 포드재단이 아연에 대해 집중적 원조를 한 이유를 묻지 않을 수 없다. 포드재단의 의도를 파악할 수 있는 자료는 아직 발견하지 못했으나, 포드재단의 대외원조 지침, 즉 "엘리트를 근대화시키지 않고 어떻게 국가를 근대화시킬 수 있겠습니까"프랭크 서튼, 포드재단 국제부 부사장를 염두에 두면 지식인엘리트의 근대화를 위한 학술 진작을 목표로 했다고 추정할 수 있다. 물론 포드재단이 CIA가 주도한 문화냉전의 첨병이었다는 점을 고려할 때 학술 원조를 매개로 한 미국적 가치와 이념의 전파 및 부식을 기본적으로 의도했다는 것은 의심의 여지가 없을 것이다. 포드재단의 지원에 의해 수행된 아연의 학술연구가 대체로 반공을 공약수로 하고 있기 때문이다. 포드재단의 목표가 제대로 관철되었는가에 대해서는 단언하기 어려우나 적어도 미국의 냉전(지역)학의 하위에 한국의 학술을 편입시켰다는 점에서 소기의 성과를 거두었다고 판단해도 무리는 아닐 것이다. 달러의 힘은 막강했다.

문제는 한국의 입장에서 이를 어떻게 평가할 수 있는가이다. 학술의 미국화 나아가 외원에 의한 학문적 종속화로 볼 여지는 많다. 한국학의 연구가 외세에 의존해 이루어진다는 사실 자체 그리고 외원에 의한 학술연구의 자율성 상실, 즉 연구주제의 선택 및 그 방법론의 자유까지 제약받을 수밖에 없음으로써 연구기능이 제대로 발휘될 수 없다는 비판이 당시에도 제기된 바 있다.[118] 이 같은 문제점을 간과할 수 없으나 당대 한국학술계의 객관적 조건을 감안할 때 불가피성 또한 수긍해야 한다. 한국학은 도서관학의 단계에도 들어서지 못한 상태로 '학'으로서의 한국학 성립이 불가능하다는 비관적 진단이 팽배한 상황에

---

118 「한국의 아카데미시즘 ⑧ 연구기관」, 『동아일보』, 1968.10.8. 김준엽은 포드재단의 연구비처럼 부대조건이 없고 연구자를 자유롭게 해주는 경우가 매우 드물지만, 외국의 연구비는 연구제목 선정 등에서 연구비 지급자의 관심과 타협해야 하는 불편이 있을 수밖에 없다며 포드재단의 간섭을 우회적으로 제기한 바 있다. 「동아시아연구, 고대 아연 5개년계획 확정」, 『동아일보』, 1970.10.28.

서[119] 외원에 의한 한국학의 성립을 학문적 종속으로 단정할 수만은 없다고 본다. 분명한 것은 미국화와 대미중속성의 미묘한 긴장관계 속에 한국의 냉전학술이 정립되고 있었다는 사실이다. 그 저변에는 냉전과 원조의 기제가 횡단하며 작동하고 있었다.

4. 냉전문화연구에 대한 일 전망

한국전쟁 후 냉전과 한국문화·학술의 제도화가 지닌 복잡한 상관성을 고찰하기 위해서는 양자 사이를 매개한 다양한 요소를 충분히 고려해야 한다. 이 글은 냉전 원조를 중요 변수로 설정했다. 원조가 냉전체제의 범세계성을 가장 잘 함축한 키워드이자 문화냉전을 추동한 핵심 동력으로 판단했기 때문이다. 아울러 한국의 냉전문화가 공식적/비공식적(민간) 두 차원의 외원에 의해 구축되었다는 점도 적극적으로 고려했다. 이 같은 관점에서 미국의 공적 대한원조와 민간재단의 문화지원이 지닌 구조적 역학을 정리한 가운데 아시아재단과 포드재단이 한국에서 시행한 문화·학술 원조의 특징과 그 영향을 개관했다. 시론에 불과하다. 어찌 이 짧은 지면으로 냉전 원조와 한국의 냉전문화 형성의 역동적인 관계를 정리할 수 있겠는가. 다만 냉전연구의 차원에서 한국의 문화적 근대화에 기여한 미국 민간재단들에 대한 연구가 활성화되고 있으나, 이러한 연구 경향이 특정 민간재단에 치중돼 분산적으로 수행되고 있다는 점에 착안하여 거시적인 조망을 시도해 본 것이다.

미국의 문화적 냉전 원조는 다층적이다. 공적 원조에서는 비중은 적으나 교육, 문화, 학술에 지원된 규모가 상당하다. 물적 지원보다 제도, 기술, 전문가

---

119 「한국학의 문제점」, 『동아일보』, 1968.10.19.

양성 등에 특화되어 시행된 특징이 존재한다. 이는 원조의 효과가 비가시적이되 장기 지속성을 지닌 가운데 파생효과 유발의 가능성이 높았다는 것을 의미한다. 특히 유솜의 '기술협력계획'과 미국무성그랜트프로그램에서 두드러진다. 이에 비해 민간재단의 원조는 소규모 단위의 문화·학술 지원을 위주로 이루어졌으며, 각 재단의 의도 및 목표뿐만 아니라 한국의 정치상황에 따라 지원 프로그램의 변경이 잦았다. 또 아시아재단, 한미재단과 같이 한국지부를 설치한 경우는 현지화전략을 바탕으로 실효성이 큰 지원이 가능했던 것에 비해 한국지부가 없던 포드재단과 록펠러재단은 인적 네트워크를 경유한 특정 부문에 선택/집중된 원조가 시행되는 차이를 나타낸다. 이는 민간재단이 공통적으로 의도한 저개발국 한국의 근대화 및 민주주의화에 끼친 영향력의 차이로 드러난다. 더불어 미국 주도 문화냉전의 하위파트너로서의 위상과 역할에서도 차이를 낳는다. 따라서 1970년대까지 계속된 미국 문화원조의 주체, 경로, 성격, 프로그램 등의 다양성을 충분히 감안하여 접근할 필요성이 제기된다. 멀고 험난한 과정이나, 적어도 특정 민간재단에 편중된 채 한국의 냉전문화 전체상을 성급하게 구성하는 우를 범하지 말아야 한다는 생각이다.

그리고 냉전 원조를 물적 토대로 한 한국 냉전·문화의 제도화에서 한국 주체성은 필수적인 고려 대상이다. 냉전과 한국문화의 핵심 매개변수라고 할 수 있다. 어떤 원조이든 원조/피원조의 비대칭성은 원조의 본질과 결과를 좌우하는 요소다. 원조 집행의 자주성을 둘러싼 잠재적·현실적 갈등이 항상적으로 존재할 수밖에 없는 것도 이 때문이다. 공적원조뿐만 아니라 민간재단의 지원에서도 이 문제가 끊임없이 논란되었으며 타협을 통해 수혜 및 프로그램화가 가능했다. 민간재단의 원조에서는 문화주체들의 이권 다툼이 지원을 축소·제약하는 원인이 되기도 했다.

그렇지만 비대칭성이 원조 주체의 의도가 일방적으로 관철되었다는 것을 의미하지는 않는다. 오히려 냉전문화의 제도화에서는 피원조 국가의 정책과 문화주체의 주체적인 입장이 우세적으로 작용한 사례가 많았다. 특히 민간재단의 원조에서 뚜렷하게 나타나는데, 민간재단이 한국 주체와의 타협을 통해서 프로그램의 조정을 시도한 경우가 빈번했던 것도 이런 맥락에서다. 따라서 냉전 지식, 문화의 주체적 변용 및 전유 그리고 내재화에 대한 섬세한 고찰이 필요하다. 문화냉전의 세계적 작동에서도 한국의 문화주체들은 이 네트워크에 편입되려는 욕망이 강렬하면서도 이에 머무르지 않고 한국 독자의 주체적인 아시아연대를 구축하려는 실천을 다양하게 추진한 바 있다. 따라서 한국의 냉전문화연구가 세계적 냉전문화 나아가 문화냉전의 보편성을 밝히는 데 유리한 최적의 대상이라는 점을 상기할 필요가 있다.

한편 냉전원조가 한국사회에 끼친 영향도 주목해야 하는 지점이다. 이 주제는 어쩌면 한국의 냉전문화연구의 시작이자 종착점이라고 할 수 있다. 단기적인 효과 뿐 아니라 그 유산은 한국사회의 (문화적)근대화에 지속적으로 작용했기 때문이다. 특히 현금지원 방식이 아닌 비非물적 원조는 즉각적인 효력보다는 비가시적인 영향이 장기 지속적이고 심층적이었다는 점에서 더욱 그렇다. 공적 원조의 사례를 통해 가늠해보자. 공적 차원의 문화원조는 기술 협약, 제도 이식, 전문가 양성 및 훈련 등에 중점이 있었고 그것은 한국사회 전반의 제도적 근대화의 근간이 되었다. 예컨대 USOM의 '기술협력계획'AID코스, 1954~77 프로그램으로 평균 1년의 미국연수를 수료한 4천 명의 기술관료technocrat의 존재와 그들이 한국에서 수행한 역할은 대한원조의 장기 지속적 효과를 잘 대변해준다.[120] '유솜 테크노크라트'로 명명된 이 프로젝트는 교육, 행정, 언론, 학술, 사

---

120 AID(Act for International Development)원조는 미국 대외원조법(FAA)의 국제개발법에 근거해 이루어졌는데, 자금원조와 기술원조로 크게 나뉜다. 1960년대 한국원조는 기술원조가 큰 비중을 차지한다. 경제기획원의 1963년 기술원조도입계획을 살펴보면 AID기술원조, UN기술원조, 13개 UN산하기관, 미국무성 원조 등으로부터 제공되는 자금으로(약 1,800만 달러) 한

법, 군사, 보건 등 사회문화 전반의 한국지식인 관료들을 대상으로 한 미국연수 프로그램으로 미국 내 대학과 한국의 특정 대학 및 기관과의 협약 체결의 형태로 진행되는 특징을 나타낸다.[121] 또 ICA원조에서 기술원조 자금에 의한 해외파견계획ICA TC Participant Program을 통해 1955~61년 기간 광공업 2,297명, 공공행정 1,551명, 교육 1,359명, 농업 및 자연자원 1,119명 등 총 8,143명이 미국에 파견되어 관련 분야의 선진적 지식, 제도, 시스템에 대한 학습이 이루어졌다. 이들 기술 관료들은 미국화를 한국사회 전반에 제도화시킨 첨병이라고 할 수 있다. 실제 기술 관료들은 물론이고 이 프로그램의 수혜를 받은 지식인학자 엘리트 대부분은 박정희정권의 지식동원 체계에 주도적으로 참여함으로써 관학官學협동 체제를 구축하기에 이른다.[122] 박정희체제를 떠받치고 있던 관료주의도 이들에 의해 가능했다. '소리 없는 미국화'의 실체이자 그 유산이다.

1949년부터 시작된 미국무성그랜트프로그램도 마찬가지다. 문학예술을 비롯해 정치국회의원, 행정, 언론·출판, 사법, 국회, 대학 등 당대 한국지식인을 대표하는 상당수가 이 프로그램을 통해 평균 3개월 이상 미국 시찰의 혜택을 받았다.[123] 단기간이고 시찰의 영역에는 차이가 있으나, 일련의 기행기에 충분하

국인외국파견 559명, 미국의 기술자초빙 126명 등이 포함되었는데, 단기시찰을 지양하고 선진국에 중점을 둔 실습 및 학습훈련에 치중하는 방향으로 전개되었다.

121 가령 미네소타협약에 의한 미네소타대학과 서울대, 워싱턴협약에 의한 워싱턴대학과 연·고대 등의 관계이다. 당시 미네소타대학이 한국의 과학, 행정학의 요람으로, 워싱턴대학이 한국 경영학의 산실로 평가되었으며, 이 같은 특징은 향후 한국 내 대학이 특정 학문분야에서의 권위와 영향력을 발휘하는 토대가 되었다. 유솜 측에서는 이들 테크노크라트 양성을 미국원조가 물려준 가장 큰 유산으로 평가한 바 있다.

122 이 브레인트러스트는 공통의 이익과 신념에 기반한 케네디행정부-하버드대의 관학협동시스템을 벤치마킹한 것이다. 권력/학술의 공고한 결합체인 브레인트러스트를 지식인동원, 어용지식인집단으로 단정하는 것은 다소 피상적이다. 당시 지식인사회에 팽배한 근대화 욕망, 학술적 현실참여 의지의 제도적 산물로 바라볼 필요가 있으며, 따라서 이는 한국 (냉전)학술의 공공성을 가늠해볼 있는 유력한 자료라고 할 수 있다.

123 일본에도 시행되었는데('Foreign Leader Program'), 가령 일제말기 종군문학의 대표작가로 수용된 히노 아시헤이(火野葦平)도 이 프로그램으로 1958년 미국 시찰여행을 다녀왔고 기행기『아메리카 탐험기(アメリカ探検記)』(雪華社, 1959)를 출판했다. 한국의 지식인들도 대부

게 묘사되어 있는 것처럼 지식인들이 보고 느낀 미국은 신세계 그 자체였다. 고도로 발달된 민주적 제도와 문화적 약진상은 한국의 실태와 대비되어 충격과 감동의 정도를 증폭시킨다.[124] 미국에 대한 경의·선망과 한국의 근대화·민주주의의 결핍 및 불구성에 대한 성찰의 양가성은 한국지식인의 심성적인 미국화로 작용했으며 그것이 개인을 넘어 사회 각 분야의 근대화를 촉진시키는 데 기여했을 것으로 추정할 수 있다. 어쩌면 이러한 지식인들의 미국에 대한 인식의 교정과 근대화에 대한 욕망의 자극은 미국이 의도한 한국 원조가 가장 잘 구현된 면모라고 볼 수 있다. 미국화를 제도적 차원으로 한정하거나 대미 종속성으로만 평가하기 어렵게 만드는 이유다.

분 미국 기행기를 남기는데, 동일 프로그램의 수혜를 받은 한일 양국 지식인의 여행기를 비교해 보면 흥미로운 점이 발견될 수 있을 것으로 보인다. 더욱이 한국지식인들의 방미 기행(귀국) 대부분은 일본을 경유했기 때문에 전후일본의 실체에 대한 피식민지식인 특유의 복잡한 심사가 포함되어 있다는 점에서 일본 인식의 자료로서도 가치가 있다.

124 가령 이 프로그램의 일환이었던 국회의원시찰단의 일원으로 3개월(1955.11.22~1956.2.20) 미국시찰을 한 민관식은 미국의 실상에 대한 경이로움과 함께 미국의 부강과 번영의 요인으로 개척정신이 투철한 국민성, 근로를 존중하는 국민성, 준법정신이 강한 국민성, 애국적인 선조에 대한 숭배열 등을 꼽으며 한국의 실태와 대비시킨다. 민관식,『방미기행-왜? 그들은 잘 사나』, 고려시보사, 1957, 16~17쪽. 같은 프로그램으로 두 달 동안 문화시찰을 한 설창수의 경우도 미증유의 문명 대륙인 미국의 실상과 미국인의 생활 및 성격을 특유의 시적 감성으로 묘사한 가운데 미국의 문명 및 문화에 대한 감탄과 더불어 한국의 민주화에 대한 강렬한 의욕을 피력하고 있다. 아시아재단과의 사전 접촉과 그레고리 핸더슨(미대사관 문정관)의 발문을 통해 국무성프로그램이 상당히 치밀하게 준비되었고 한미관계의 우호적 개선을 위한 미국의 희망이 깊게 관여되어 있었다는 사실을 확인할 수 있다. 설창수도 이 프로그램이 '세계민주화를 위한 강력한 국책의 시현'으로 인식하고 있었다. 설창수,『星座있는 大陸』, 수도문화사, 1960.

제2장

한미재단,
냉전과 한미 하방연대

1. 전쟁고아 리틀 타이거와 한미재단 그리고 냉전

'리틀 타이거Little Tiger'란 1950~70년대 주한 미군기지에서 미군기관지 *Stars and Stripes*星條紙 태평양판版을 팔거나 배달하는 소년들의 애칭이다. 이 리틀 타이거가 사회적으로 주목을 받게 된 계기는 1959년부터 매년 개최된 최우수 리틀 타이거 선발대회Newsboy Contest로 인해서다. 대부분 전쟁고아이거나 불우청소년들인 300여 명의 리틀 타이거 가운데 미군독자들의 인기투표로 10명의 후보자를 뽑고, 그중에서도 가장 우수한 소년을 심사위원들이 투표로 선정하는 방식이었다. 초기의 심사기준은 인기50%와 인품, 노력, 태도, 판매술, 창의성각 10% 등이었으며 최고득점자가 최우수 리틀 타이거가 된다. 이후 공민성, 진취성, 학식, 근무성적, 판매성적 등으로 심사기준이 다양화되다가 1960년대 중반부터는 최고판매기록자로 기준이 변경되었다. 최우수 리틀 타이거에게는 파격적인 특전이 주어졌다. 상금 50달러와 상패 그리고 미 태평양지구사령관의 초청으로 2주간 일본 및 하와이미국 방문이 제공되었다. 대통령의 초청·면담도 이루어졌다. 게다가 중·고등학교까지의 학비가 장학금으로 지원되었으며 점차 장학금이 대학 학비로까지 확대되었다. 고정 급료가 없는 상태에서 판매실적에 따른 할당금 지급방식으로 인해 낮은 급료를 받을 수밖에 없고 잡역까지 감당해야 했던 리틀 타이거들에게 특히 장학금 혜택이라는 현상懸賞은 엄청난 매력이자 동경일 수밖에 없었다. 더욱이 최우수 리틀 타이거들의 성공 사례, 이를테면 조지워싱턴대학 졸업 후 미국시민권 획득, 미국가정으로의 입양, 미국본토에서 사무직원으로 재직 등이 알려지면서 최우수 리틀 타이거는 당시 한국의 수많은 전쟁고아들에게 아이콘이자 아메리칸드림으로 간주되기에 충분했다.[1]

동시에 리틀 타이거 선발대회는 정치적으로 한미 우호관계의 상징이기도 했다. 미국 민간재단의 전후 구호사업의 일환이었다. 또한 긴급구호 성격의 직접적인 물적 지원에서 자립 기반을 마련해주는 방향으로 민간원조의 기조가 전환된 1950년대 후반, 원조를 매개로 한 한미관계의 결속을 시사해주는 의미를 넘어 한미 양국에 의해 정치적으로 활용됨으로써 그 의미가 증폭되기에 이른다. 그 징후는 제1차 대회1959.10 직후부터 나타난다. 최우수 리틀 타이거로 뽑힌 두 타이거김광권, 조영식가 4주간 미국방문을 통해 민간외교의 큰 성과를 거둔

---

1 「서울 새 풍속도, 외국인촌 22」, 『경향신문』, 1971.6.7. 1950년대 전쟁고아들 중 고아원에 수용되지 못한 상당수가 슈사인보이, 뉴스보이, 펨푸(pimp) 등의 생활을 하며 생계를 유지했다. 정확한 규모는 알려지지 않았으나 전시의 한 조사결과를 보면 전국에 걸쳐 슈사인보이는 10,440명(부산 : 3,500명, 대구 : 1,600명, 서울 : 700명), 뉴스보이는 5,585명(부산 : 3,200명, 대구 : 510명, 서울 : 300명) 등인데, 당국에서도 정확한 숫자를 파악하지 못한 상태에서 추정한 것이기에 실제는 이보다 훨씬 많았을 것이다(「전쟁 이면의 사회상」, 『경향신문』, 1952.5.27). 리틀 타이거는 뉴스보이 중 일부로 1970년대 초까지 선발대회에 평균 250~300명이 참가한 것으로 보아 이 규모가 유지된 것으로 보인다. 박단마의 〈슈산보이〉(손목인 작사, 이서구 작곡, 1954)의 유행에서 확인되듯 이들 전쟁고아들은 민족비극의 상징으로 국외적으로는 1960년대 후반까지 가난한 코리아를 상징하는 대표적인 표상 가운데 하나로 수용되었다(『동아일보』, 1969.12.8, '횡설수설').

것을 양국이 대대적인 선전전을 전개한 것에서 확인할 수 있다. 미국인에게 보내는 이승만의 친서를 백악관을 방문해 닉슨 부통령에게 전달한 사실이나 미국 방문기간에서의 각종 기자회견 및 화보를 반복적으로 보도하면서 한미우의의 상징으로 부각시키고자 노력했다.[2] 리틀 타이거 선발대회가 실시된 일본, 대만, 필리핀, 오키나와, 괌 등지의 경우와는 확연히 다른 양상이었다. 이후 선발대회 기간 미군과 리틀 타이거의 돈독한 우정을 다룬 국내언론의 미담기사가 자주 소개·홍보되면서[3] 리틀 타이거 선발대회의 정치적 의미는 1960년대까지 계속된다.

그런데 이 같은 정치성은 대회에 관여한 한미재단American Korean Foundation과 밀접한 관련이 있다. 대회 주최는 Stars and Stripes사였으나 장학금의 재원과 미국방문 비용 일체는 한미재단이 출연出捐했다. 또한 최우수 리틀 타이거의 미국방문 일정, 장소, 기자회견 등 모두를 한미재단이 주관했다. 동일한 선발대회가 실시된 다른 아시아국가와 다르게 한미재단의 관여로 민간외교의 정략적 수단으로 활용될 수 있었던 것이다. 한미재단은 리틀 타이거를 매개로 한미우호관계를 증진시키기 위해 미국소년을 민간대사 자격으로 한국에 파견하는 사업을 주선·후원하기까지 했다. 요컨대 리틀 타이거 대회의 정치성은 한미재단이 주도함으로써 창출·확대될 수 있었던 것이다. 물론 한미재단도 이 대회를 미국 내 모금운동, 원조사업에 대한 한국정부의 협조 및 한국인의 우호적 관심을 이끌어내는 데도 적극적으로 활용하였고, 그 효과 또한 긍정적이었다. 한미재단이 발간한 일련의 보고서에 잘 나타나 있는데, 가령 제1회 선발대회

---

2 이들의 미국방문 성과와 귀국 기자회견은 대한뉴스로 제작돼 홍보되기도 했다. 「리틀 타이거 귀국」, 『대한뉴스』 제245호, 1959.12.20.
3 일례로 「리틀·타이거 박군」(『조선일보』, 1961.7.19)의 기사를 보면, 리틀 타이거 선발대회 기간 미군들이 자신이 응원하는 리틀 타이거의 선거사무장을 자청해 백 달러 이상의 비용을 자비로 지불하며 선거운동을 경쟁적으로 벌이는 우정을 미담으로 소개하고 있다.

와 최우수 리틀 타이거의 미국방문 관련 한미 양국 언론의 신문기사 및 사진들을 집성해 한미재단의 존재와 역할을 홍보하는 자료로 활용하는 동시에 전쟁고아, 전쟁부상소년병 등 한국소년들을 한미재단에서 지원하는 데 기부할 것을 요청하는 선전 자료로 사용하였다.[4] 이는 1960년대까지 지속돼 한미재단의 중요한 사업성과의 일 부문으로 홍보되는 가운데 재단의 의미 있는 사업으로 지속되게끔 작용했다.[5]

리틀 타이거는 전쟁고아가 한미동맹의 상징물로 어떻게 의미화되었는가를 잘 보여주는 사례이다. 한국전쟁의 부산물인 전쟁고아는 1953년 12월 약 6만에 달했으나1951.9 운크라의 조사에 의하면 10만 추산 전국 380개소의 수용소고아원에 4만 8천여 명이 수용되었을 뿐 나머지 1만 2천여 명의 고아는 부랑아로 떠도는 형편이었다.[6] 특히 부랑아 전쟁고아들에 대한 후생사업은 국가적 공공의제임에도 불구하고 범죄의 온상이자 사회악을 조장하는 나아가 국가적인 체면 손상과 유엔을 비롯한 우방과의 국제적 우의를 해치는 집단으로 치부되었다.[7] 전

---

4 Litter Tigers Korean Newsboys Kwang Kon Kim and Yung Shik Cho visit Washington D. C, December, 1959 under sponsorship the American Korean Foundation—a Photographic and Record, GEORGE FOX MOTT Box-7, Hoover Institution Archives. 한미재단은 초기부터 한국에서 전쟁고아지원 사업을 실행했는데, 가령 1956년 부산에서 윌리엄 맥브린(Captain William McBreen)이 노숙 전쟁고아를 위해 세운 직업학교에 교육활동과 시설·장비를 제공했고, 100명의 전쟁고아를 수용할 수 있는 주택을 지어 무료 제공하고 농업 훈련 및 교육을 실시한 '오산보이타운프로그램'도 시행했다.

5 The American Korean Foundation Press Editors Crusade Project and the News Service, Developed Therefrom : Book I~II, GEORGE FOX MOTT Box-7, Hoover Institution Archives. 여기에는 제1회 최우수 리틀타이거였던 김광권이 한미재단 및 MOTT에게 보낸 감사편지가 중요한 근거로 제시되어 있는데, 그 내용의 골자는 한국의 불우청소년들의 자활(립)에 상당한 기여를 하고 있다는 것이다(Despite Ferocious Daily Schedule "Litter Tiger" Kim Writes American "Uncle" One Year After American Tour). 김광권은 이후 한미재단본부 사무직원으로 근무하게 된다.

6 「말뿐인 부랑아 수용」, 『경향신문』, 1953.12.20. 서울에는 29개 고아원에 4,700여 명이 수용된 반면에 약 1만 명이 부랑아로 생존하고 있었고, 매월 200명씩 전쟁고아가 증가하는 추세였다(『서울신문』, 1953.3.14).

7 「방임 못할 불량소년들」, 『경향신문』, 1953.8.18.

쟁고아가 사회문제로 대두되고 부랑아들에 대한 인권문제가 제기되면서 국회에서 전쟁고아에 대한 대책이 채택되고 관련부처의 관리 방안이 쏟아져 나왔으나 현실은 예산의 절대적 부족으로 인해 사회적 격리 수용에 치중되었으며, 그나마도 일부에 국한되었을 뿐이다. 더욱이 휴전 직후 유엔군과 미군이 철수하면서 이들 기관의 원조에 전적으로 의존해 운영되었던 자선기관들 대다수가 폐쇄됨으로써 부랑아가 오히려 증가하게 되고 전쟁고아의 후생문제는 첨예한 사회적 의제로 (재)부각되기에 이른다.[8]

이런 국내적 조건에서 한국 전쟁고아들이 재발견되었고, 이들에 대한 미국의 원조가 다방면에서 본격적으로 추진된 것이다. 전시에 UNKRA, UNCACK주 한유엔민간원조사령부, KCAC한국민사원조처 등의 공적 원조와 주한미군들의 개별적인 후원이 있었으나[9] 이와 별도로 미국에서 대대적인 구호사업이 정책적 차원에서 본격적으로 추진되었다는 사실이 중요하다. 미국의 한국전쟁고아에 대한 관심과 이를 활용한 냉전외교정책이 구사되었던 것이다. 1951년 조직돼 1954년까지 미국에서의 구호활동을 주도한 ARKAmerican Relief for Korea는 미국정부의 강력한 후원 아래 전쟁고아를 중요한 홍보 수단으로 삼아 전쟁고아 구호모금활동을 시행하였다.[10] 그 과정에서 구호활동에의 참여가 반공과 한미혈맹을 위한 정치적·도덕적 의무임이 강조되고 그것이 다양한 미디어를 통해 홍보됨으로써 궁극적으로 미국인들을 한국전쟁에 동참하게끔 유도하는 가운데 미국의

---

8 「전재고아는 어디로 가나?」,『동아일보』, 1954.11.28. 유엔군 철수 후 전국 460개의 후생시설 가운데 재단을 확립하고 수속을 마친 기관이 40개에 불과했는데, 이는 전재구호사업이 외국원조에 의존해 이루어졌으며 외원을 사업 목적으로 이용한 사이비자선사업(가)이 상당수였다는 것을 말해준다.

9 대표적으로 UNCACK 소속 메키언(G. Maceon) 소령이 1950년 11월 부산에 세운 전쟁고아수용시설 '행복산보육원'이 언론의 지대한 관심을 받았고, 이를 통해 미군의 인도주의적 이미지가 부각되었다. 「행복산의 천사들, 전쟁고아보육원 탐방기」,『동아일보』, 1952.3.4~6.

10 ARK의 조직과 활동에 대해서는 James Sang Chi, "Teaching Korea : Modernization, Model Minorities, and American Internationalism in the Cold War Era", phD dissertation, University of California, Berkeley, 2008, pp.122~125.

냉전외교정책의 협력자로 만드는 결과를 야기하게 된다.[11] 전쟁고아 후원과 입양사업이 미국인들을 냉전의 역사에 동참시키는 요인이었다는 클라인의 주장[12]을 확인할 수 있는 지점이다.

ARK에 이어 이보다 더욱 광범하고 지속적이었던 전쟁고아 구호활동은 미국 복음주의자들에 의해서 이루어졌다. 그들의 전쟁고아구호, 즉 월드비전, 아동복리회, 홀트입양 프로그램 등의 전쟁고아사업을 통해 미국과 동맹국과의 관계를 가족적인 관계로 만듦으로써 반소·반공을 위한 봉쇄 혹은 통합정책에 기여했으며 한국에서는 그 의도가 서북출신 기독교인들과의 독점적 유대관계를 통해 성공적으로 추진되기에 이른다.[13] 따라서 한국전쟁고아 구호사업은 한미관계를 혈맹의 차원으로 격상시키는 데 기여했고 그것은 한국에서 인도주의적 구원자로서의 미국(민)의 이미지가 강고하게 형성되는 중요한 기초가 된다. 한국전쟁고아가 냉전체제라는 국제적 원심력에 이끌려 민족 비극의 상징을 넘어 한미혈맹의 상징으로서의 위상과 가치를 부여받게 된 것이다. 이와 같이 미국에 의해 재발견되고 의미가 부여된 전쟁고아를 매개로 한 한미관계의 지속은 종교적인 차원과 병행하여 민간차원에서 한미재단을 통해 지속되었던 것이다.[14]

---

11 윤정란, 『한국전쟁과 기독교』, 한울, 2015, 178~181쪽.
12 Christina Klein, *Cold War Orientalism Asia in the Middlebrow Imagination*, California : University of California Press, pp.152~159.
13 윤정란, 앞의 책, 213쪽. 한국전쟁을 계기로 미국유학파출신의 친미개신교 엘리트(특히 서북출신 장로교회)에 의한 교권 장악, 미국선교사들의 선교 달러에 의한 물적 지원, 미국적 반공주의의 확산이 서로 상승작용을 하면서 남한개신교의 미국적 성격이 강화된다. 이진구, 「해방 이후 남한 개신교의 미국화」, 김덕호·원용진 편, 『아메리카나이제이션』, 푸른역사, 2008, 304쪽.
14 박정희정부하에서 이런 면모가 노골적으로 드러난 사례는 선명회어린이합창단의 미국순회공연이었다. 남녀전쟁고아 38명으로 구성된 이 합창단은 약 4개월(1961.10.13~62.2.6) 동안 미국과 캐나다의 도시 50여 곳을 순회하며 수백 차례 노래공연을 통해 친선외교사절의 역할을 톡톡히 했는데 지휘자인 장수철에 따르면 공연 전 선명회본부에 의해 신문, TV, 라디오를 통한 선전이 치밀하고도 과학적으로 이루어졌다고 한다(장수철, 「노래하는 고아사절 ①~④」, 『경향신문』, 1962.2.2~7). 이 어린이합창단의 미국공연은 전쟁고아를 매개로 한 미국 복음주의자와 서북출신 개신교그룹 그리고 박정희정부의 공고한 유대에 의해 가능했으며 그 결과 박정희정부가 미국의 지지를 얻어내는 데 상당한 역할을 했다고 평가된다.

당시 한국전쟁 고아가 한미 간 (문화)냉전의 소재로 활용된 사례로 주목되는 것이 시네마스코프 영화 〈전송가戰頌歌, Battle Hymn〉유니버설사 제작, 더글러스 서크 감독, 록 허드슨 주연, 1957의 제작과 한미 동시상영이다. 전시 사지에 몰린 전쟁고아 907명을 제주도로 공수하는 작전을 전개하고 '한국보육원'을 설치해 이들을 안전하게 수용함으로써 전쟁고아의 아버지로 불린 미 공군대령 딘 헨스의 동명의 자전적 소설을 영화화한 것으로 당시 구출된 전쟁고아 25명을 특별 출연시켜 세간의 이목을 끌었다. 미국 상영에 곧이어 한국에서는 1957년 6월 27일 국도극장 및 부산극장의 동시 개봉을 시작으로 전국적인 상영을 거치며 한미 우호의 상징으로 고평되기에 이른다. 그런데 세기영화사가 배급한 이 영화의 국내 개봉은 여러 논란을 일으켰다. 작품의 주 배경인 용산의 모습, 미군 천막의 쓰레기통을 뒤지는 전쟁고아의 모습 등 전시 한국의 실상과 다른 영화적 재현, 후진성을 강조한 한국에 대한 그릇된 인식에다 작품수준도 장려할 만한 영화가 아니라는 영화계의 중론에도 불구하고 문교부가 특별검열, 즉 '6·25동란을 배경으로 특히 반공사상과 고귀한 인도애 및 한미 간의 우호 관계를 발양하는 등 국민사상을 선도 계발할 수 있는 양화良畵'로 규정해 막대한 수입관세 및 입장세를 면제한 채 전국 각급 학생들을 동원시켰기 때문이다.[15]

면세조치에 대해 치안국의 조사를 받는 등 여러 논란에도 불구하고 〈전송가〉의 제작 및 상영 전반이 한미공조에 의해 가능했고, 제작단계에서 한국전쟁고아의 참여(고아들은 미국 촬영 전과 후 경무대를 방문)뿐 아니라 상영 후 텍사스주 여고생들이 주동이 되어 각종 사회단체와 교육기관이 모집한 위문품을 한

---

15 「면세 등에 비난」, 『동아일보』, 1957.7.15. 전쟁영화로서 미국적 휴머니즘이 지나치게 강조되어 있고 노인 역의 필립 안이 중국옷을 입는 등 고증면에서도 어색한 점이 많았다. 광고에서 한국 최초로 문교부특별검열을 획득했다는 문구가 특필되었는데 지방에서도 이 점을 부각시킨 가운데 문교, 국방, 내무 등 3부 장관의 추천을 바탕으로 학생들을 동원한 전국적인 상영이 거의 동시적으로 이루어진다(『마산일보』, 1957.7.5). 이 영화는 이후에도 텔레비전 명화프로그램의 단골로 수차례 재방된 바 있다.

국보육원에 기증하는 이벤트를 통해서 전쟁고아를 매개로 한 한미 유대의 의의를 고창하는 프로파간다 효과를 창출한다.[16] 이는 열전의 부산물인 한국전쟁의 고아에 대한 동서 진영의 재발견, 즉 한미가 (미국 위주의)국제입양으로 북한은 1951년 폴란드에 1,500명 파견을 비롯해 루마니아, 헝가리, 체코, 불가리아 등지로 본격화된 동유럽위탁교육으로 그 방식은 달랐으나 전쟁고아를 매개로 한 진영 간 연대 및 체제우월성을 선전하는 프로파간다용으로 활용하는 기획의 산물이었다고 할 수 있다.[17] 리틀 타이거 선발대회 또한 이 시기 활성화된 전쟁고아를 소재로 한 문화냉전의 일환이었다. 북한에서는 〈전송가〉가 무고한 조선 인민을 무참히 학살한 공중 비적 딘 헤스의 만행을 "박애·자선·사도"로 나아가 "국경을 초월한 인간애"의 구현자로 찬양함으로써 (침략)전쟁을 정당화하고 있다고 맹비난한 바 있다.[18]

한편 한미재단의 정치성은 한미 양국 정부의 일치된 냉전(외교)정책의 목표와 방향이 재단의 활동에 개입하면서 발생했다. 그것은 한미재단의 태생적 본질이기도 했다. 한미재단은 한국전쟁 기간 유엔이 한국에 대한 구호원조를 세계 비공식적 원조기관들에게 요청하는 국제사회적인 분위기 속에서 설립되는데1952.8, 재단의 설립 과정과 조직 구성이 아이젠하워정부와 이승만정부의 전

---

16 「우리 고아에 선물」, 『동아일보』, 1958.12.9.
17 북한의 전쟁고아 위탁교육에 대해서는 최근 추상미 감독의 다큐멘터리 영화 〈폴란드로 간 아이들〉(2018)과 김덕영 감독의 다큐멘터리 〈김일성의 아이들〉(2020)을 통해 재조명된 바 있는데, 체제 간 대결로 희생된 한국전쟁의 비극적 이면사를 다시금 들여다볼 수 있게끔 만든다.
18 한형원, 「남조선 씨나리오 및 영화의 반동적 본질」, 『문예전선에 있어서의 반동적 부르죠아 사상을 반대하여(4)』. 조선작가동맹출판사, 1960, 31~32쪽. 한형원은 남한의 시나리오 문학의 미학적 본질을 '세계주의에 대한 찬미, 실용주의 철학과 실존주의 철학에 기반한 모더니즘, 허무, 치정, 살인, 강도 등 세기말적 반동사상을 찬양하는 부패하고 나태한 이데올로기의 집계'로 규정한 뒤 미국의 반동적(부르주아적) 미학에 기초한 남한의 시나리오 문학 및 영화예술의 이론적 반동성(무당성, 초계급성), 퇴폐적(상업적) 실상을 〈춘향전〉, 〈자유부인〉, 이광수 원작의 영화(〈사랑〉, 〈꿈〉, 〈흙〉) 등 1950년대 후반 개봉된 남한영화들을 통해서 비판적으로 검토하고 있어 주목된다.

폭적인 개입과 영향력 속에서 이루어진다.[19] 아이젠하워정부는 한미재단을 통해 냉전체제하 자유주의 진영의 리더로서 미국의 위상을 정립하려는 목표 아래 미국사회에 냉전질서를 부식하고 대중들을 냉전에 동원하는 수단으로 활용하는 동시에 인도주의적 원조를 매개로 미국에 대한 한국(인)의 이미지를 제고시켜 미국의 영향력을 확대하고자 재단의 조직과 운영에 적극적으로 개입한다. 한미재단의 인적 구성이사회은 재단 설립을 주도했던 인사들, 예컨대 한국전쟁 시 주한미8군사령관이었던 제임스 밴프리트 대장, 그의 참모장이던 찰스 크리슨베리 소장, 미군수기지사령관이었던 리차드 준장[20] 등의 군사분야 지도자와 아이젠하워 대통령의 동생인 밀튼 아이젠하워 박사, 재활의학계의 세계적 권위자인 하워드 러스크 박사 등을 주축으로 한 "미국의 대기업－한미재단－미국 정부 간의 연합체적 성격"[21]을 지녔다. 미국인사 중심의 조직편성은 미

---

19 아이젠하워 대통령이 수많은 사회 저명인사들을 초치해 한국의 반공 가치와 재건의 필요성을 설득하는 과정을 거친 후 백악관에서 한미재단이 발족되었다는 사실에서 미국 정부의 개입 의지를 여실히 확인할 수 있다. 「서울·아메리카 ⑥ 한미재단」, 『조선일보』, 1976.8.5.

20 전시 미 제2군수기지사령관으로 부임한 리차드 은 1953년 부산역 인근에 화재가 나자 상부 승인 없이 식량과 의복 등 군수물자를 이재민들에게 지원했다가 미 의회 청문회에 소환된 바 있고 ("전쟁은 총칼로만 하는 것이 아니다. 그 나라의 국민을 위하는 것이 진정한 승리다"라는 청문회에서의 답변이 의원들의 기립 박수를 받은 것은 유명한 일화), 이후 이재민 구호, 병원 건립 등의 구호사업을 시행했으며 퇴역 후에도 한국에 남아 전쟁고아 구제사업 및 미군유해 송환사업을 지속적으로 펼침으로써 '전후재건의 영웅'으로 칭송받은 바 있다(『부산일보』, 1982.7.2). 2022년 11월 국가보훈처는 위트컴에게 국민훈장(1등급 무궁화장)을 추서했다. 특히 그의 부인 한묘숙(한무숙, 한말숙과 자매)이 위트컴과 함께 장진호전투에서 전사한 미국유해 송환사업을 1990년대 초까지 전개한 것으로 유명하다.

21 이소라, 「1952~55년 한미재단의 활동과 그 역사적 성격」, 서울대 석사논문, 2015, 26쪽. 1952~53년 재단조직(THE AMERICAN KOR-ASIAN FOUNDATION A Program History 1952 ~1976, 'First Board of Directors' 및 'Officers and Executive Committee')의 내역과 이소라가 연구한 1954년 4월 시점 한미재단 이사회의 명단을 보면(18~19쪽), 미국 측 인사가 90%를 차지하고 있음을 발견할 수 있다. 상당수 인사들은 미국 정부의 권유로 한미재단에 참여했고 덜레스가 한미재단과 미국 정부의 유착이 강화되도록 가교 역할을 했다고 한다. 초기 재단의 주요직은 이사장 : 밀튼 아이젠하워(1952.12), 밴 플리트(1953.9), 하워드 러스크(1954.10) 등이 맡았고, 실무를 관장했던 상임이사는 하워드 러스크(1954.1), 크리슨 베리(1954.7) 등이, 한국사무소장은 이기붕(1953.9), 브룩스(1954.2) 등이 각각 맡았다. 한미재단의 운영이 뉴욕 본부의 대표이사와 한국사무소의 연계·협력에 의해 이루어진 사실을 감안하면 한미재단

행정부가 한미재단에 대한 활용 의지를 잘 보여주는 것으로 실제 한미재단의 활동 목적, 방식, 프로그램 계획 및 실행을 미국이 주도하게 된다.

이승만정부 또한 한미재단을 정략적으로 접근했다. 한국전쟁의 장기적 교착, 전시하 부산정치파동, 국민방위군사건 등 정권의 심대한 위기를 초래한 난제들을 돌파하기 위한 국내정치력의 긴급한 필요에서 또 대외적으로는 한국문제의 국제성을 높여 세계적 관심을 유도하고 이승만이 주도하고자 했던 아시아 반공블록의 이니셔티브 장악을 위해 미국과의 긴밀한 관계 유지 및 지지·협조가 긴급한 상황에서 한미재단을 그 창구로 활용하고자 했다. 제임스 밴프리트, 찰스 크리슨베리, 로버트 올리버 등 이승만 지지자 및 친한파 인사들이 주도했기 때문에 한미재단에 대한 관심과 개입이 더욱 적극적일 수 있었다. 한국 정부의 이 같은 입장은 5·16쿠데타 이후까지 계속되는 가운데 대통령의 미국 방문 시 한미재단본부에 들러 한미우호의 의의를 강조하는 요지의 연설을 하는 것이 중요한 의전으로 자리 잡는다.[22]

이렇듯 한미재단은 한미 양국 정부의 정략적 이해가 결합되어 발족된 가운데 양 정부의 강력한 후원을 받으며 한국에 대한 원조사업이 공세적으로 추진될 수 있었다. 그렇다고 비정치, 비영리, 비종교를 표방한 한미재단이 민간재단으로서의 본질과 독자성을 상실한 것은 아니다. 비정치성이 부분적으로 훼손된 것은 분명한 사실이나 그 어떤 민간재단보다 사업의 규모와 내역이 방대했으며 사업의 장기지속성을 보여준 바 있다. 오히려 양 정부의 개입과 후원으로 한미재단의 원조사업이 촉진되고 실질적인 성과를 일구어내는 데 긍정적으

___

의 전반적인 운영이 미국 주도하에 있었음을 조직 구성을 통해서도 확인할 수 있다.

22 「박정희 의장 한미재단 초연서 연설」, 『조선일보』, 1961.11.19. 박정희는 1965년 5월 미국방문 때도 한미재단 주최 오찬회에 참석해 연설한 바 있다. 이승만도 1954년 7월 미국방문 때 한미재단 주최 만찬회에 참석해 한미재단 및 기타 기관을 매개로 맺어온 한미 반공연대의 성과와 의의를 강조하는 연설을 했다.

로 작용한 면이 없지 않다. 다만 사업 전반이 양 정부가 의도한 목표 속에 추진될 수밖에 없었던 점은 불가피했다. 그 의도는 크게 보아 문화냉전의 전개와 밀접하게 연계되어 있다. 양국 정부가 한미재단을 활용하는 주된 방식은 원조와 선전을 매개로 한 냉전질서의 부식·강화였고 그것은 특히 미국 쪽의 의지가 두드러지는데, 아이젠하워 행정부가 직접 개입한 두 차례의 대대적인 모금캠페인1차 : 1953.6, 2차 : 1954.4; 모금위원장 : 헨리 알렉산더을 통해 여론을 조직하고 대중을 동원하는 방향으로 전개된 것에서 확인할 수 있다.[23] 미국 내 최대여성단체인 재향군인회부인회와 재외참전동지회부인회가 앞장선 첫 모금운동에서 당시로서는 상상도 못할 2백만 달러의 기부금이 모였다고 한다. 이처럼 한미재단은 미국의 대내외적 (문화)냉전의 프로파간다 정책을 대변하는 가운데 대중들의 지지·협조를 이끌어내면서 냉전문화 활동을 주도한 하나의 주체였던 것이다.[24] 뉴욕 타임 광장에서 처음 열린 모금운동에 당시 유학생이던 김자경의 노래공연을 비롯해 다수의 한인이 동원·참여하기도 했다.

이승만정부도 한미재단을 적극적으로 활용해 긴밀한 한미유대와 공조 구축을 홍보하고, 이를 바탕으로 한 이승만의 지도력 강조, 효율적인 반공동원 등의 선전전을 공세적으로 전개했다. 미국에 대해서는 한국의 냉전적 가치를 선양하는 수단으로 삼았다. 특히 한미재단의 모금캠페인에 맞춰 전쟁고아가 주축이 된 어린이합창단을 미국으로 파견해 3개월간1954.4.9~6.28 자유의 여신상 공연을 필두로 50여 개 도시에 순회공연을 기획·추진함으로써 한미 양국 사회에 큰 반향을 불러일으키는 선전 효과를 거두었다.[25] 미국 내 『뉴욕타임

23 이소라, 앞의 글, 3-1 참조. 초기(1953~54) 모금캠페인의 일환이었던 영화모금운동('Give Them This Day'), 자유열차(The Freedom Express) 및 한국열차(Korean Train) 운영, '한국을 위한 행군' 등은 미국 내 다양한 냉전단체의 광범한 참여로 큰 성과를 거둔 가운데 미국 대중들에게 냉전정책의 선전과 냉전질서 부식에 상당한 기여를 한 것으로 평가받았다.

24 James Sang Chi, op. cit., 2장 참조.

25 어린이합창단의 미국순회공연도 한미재단이 기획·주도한 것이다. 1953년 3월 한미재단 제1

즈』,[26] 합동통신과 국내 신문들의 적극적이고 대대적인 보도가 뒷받침됨으로써 그 선전의 가치가 배가될 수 있었다. 이에 대한 답방으로 미국소년친선단이 한미재단의 후원으로 내한한 바 있다.[27] 앞서 언급한 리틀 타이거 선발대회의 정치성도 어린이합창단의 연장선에서 양국 정부가 선전전의 재료로 활용하기 위해 기획된 것이었다. 이 같은 국내 선전전은 한미재단의 원조사업의 의의에 대한 홍보, 가령 결핵과 나병 퇴치를 위한 한미재단의 원조가 남한의 후생시설을 북한보다 몇 십 배 앞서게 할 것이며 이는 북한공산주의와의 대결 국면에서 민주주의의 승리를 위한 훌륭한 무기가 될 것임을 확신하는 태도와 같은 언론 보도를 통해 확대되기에 이른다.[28] 이 같은 사실들은 한미재단이 냉전기 한미관계의 특수성을 잘 반영하고 있다는 것을 말해준다.

유념할 것은 한미재단이란 존재가 냉전이란 테두리, 구체적으로는 한미 양국 정부의 냉전정책에 의해서 정략적으로 활용되었다 하더라도 그것이 한미재단의 한국원조 사업을 일방적으로 규정한 것으로 간주해서는 곤란하다는 점이다. 한미 양국에 냉전질서를 구축하는 데 크게 작용한 것은 분명하되 그러한 정략성이 양국 정부의 교체와 상호 인식의 변화에 따라 한미재단의 한국 원조 사업이 촉진/제약하는 모순적 양면성을 초래했다는 사실이 중요하다. 그러므로 한미재단과 냉전, 특히 한미재단이 한국의 냉전사회·문화 형성에 끼친 영향에 대해 신중하게 접근할 필요가 있다. 한미재단이 한국의 전후복구와 사회문화적 근대화에 긍정적인 영향을 끼친 것은 상당하다. 미국의 민간재단 가운

___

차사절단의 임무를 마치고 귀국회견 자리에서 러스크는 "한국소년성가대를 도미케 하는 계획을 추진 중이며 여비는 범미세계항공회사가 지불할 것"이라는 발언을 통해 확인할 수 있다. 「60일 내로 구호사업 전개」, 『서울신문』, 1953.3.20.
26　뉴욕타임스가 한미재단의 주요 홍보매체가 된 데에는 미국 행정부의 조력과 더불어 당시 한미재단 대표이사였던 하워드 러스크가 『뉴욕타임스』의 편집장으로 또 발행인이었던 아서 슐츠버거가 이사로 있었던 때문으로 보인다.
27　「각종 단체방문 미 소년친선단 내한」, 『경향신문』, 1956.8.26.
28　「결핵과 나병」(사설), 『동아일보』, 1953.8.27.

데 가장 광범하고 지속적이었으며 대규모의 원조를 시행한 재단이었다. 그 과정에서 미국의 의도가 일방적으로 관철되었다고 보기도 어렵다. 한미재단의 독특한 성격과 위상, 즉 미국의 비정치적 민간재단이면서도 양국의 문화냉전을 대행한 기관이라는 복합적인 성격에 주목할 필요가 있다.

따라서 한미재단의 대한원조를 미국의 대한원조에 대한 기존의 유력한 연구관점, 즉 원조를 원조국이 피원조국에서 영향력을 유지하려는 물적 수단으로 파악하는 종속론적 시각신식민주의적 전략, 원조를 발전을 위한 매개로 이해하는 확산이론적 시각, 어느 쪽이든 단선적으로 접근하는 것은 일면적일 수밖에 없다. 미국의 군사적·경제적 대한원조가 한국의 정치적·경제적 대미종속을 초래한 것은 공지의 사실이고 또 공적원조 및 민간재단들의 교육, 학술, 언론, 문화 분야 원조가 재건의 기초를 마련하는 데 부분적으로 기여했다 할지라도 미국적 가치, 제도, 이념 등이 지배적으로 관철되면서 문화적 식민주의를 고착시키는 가운데 정치·경제적 종속을 정당화하고 확대했다는 사실도 부인할 수 없다. 한미재단도 이에서 전혀 무관한 것은 아니나 한국전쟁 후 한국원조를 수행했던 주요 미국 민간재단들과 여러 면에서 차이가 존재한다. 결국 한미재단의 대한원조가 지닌 '종속'과 '발전'의 모순적 결합을 어떻게 이해·논구하느냐가 한미재단에 관한 연구의 난제이자 관건이라 할 수 있다.

이 같은 한미재단의 위상과 그 영향력에 비해 한미재단에 대한 본격적인 연구는 제대로 이루어지지 못한 형편이다. 방치된 면이 없지 않다. 존재에 대한 관심이 있었다 하더라도 실체를 파악할 수 있는 자료를 확보하기 어려운 사정이 작용했을 것이다. 따라서 미국의 한국학 연구에서 한미재단 연구가 선행된 것은 어쩌면 자연스런 일인지 모른다. 앞서 언급한 제임스의 연구가 그 예인데, 그의 연구는 기본적으로 미국의 냉전과 한미재단의 상관성에 초점을 두고 있어 지역학 연구의 범위에 머무르고 있다. 다만 미국 냉전사와 한미재단의 긴밀한 관련성을 구명함으로써 한미재단 연구의 초석을 다진 것만은 충분한 의의가 있다. 최근 국내에서 한미재단의 초기사업에 대한 이소라의 연구가 제출되면서 본격적인 연구의 물꼬를 텄다. 특히 한미재단 관련 국내외 문서를 발굴하고 이를 기초로 초창기 한미재단의 설립 배경, 조직 구성, 사업 내역 등을 실증적으로 고찰함으로써 한미재단의 객관적 실체를 밝혀내는 성과를 거뒀다. 미 민간재단을 매개로 1950년대 한미 냉전사의 특수성을 균형 있게 다뤄 냉전(문화)사 연구에 큰 기여를 할 것으로 보인다. 그러나 한미재단의 한국원조가 한미관계의 변동과 연동되면서 1970년대까지 장기 지속적으로 시행되었다는 점을 감안할 때, 초기에 한정한 그의 연구는 불충분할 수밖에 없다.

이에 이 글은 1970년대까지 포괄해 한미재단의 위상과 한국원조 사업의 특징을 거시적으로 정리하고, 한미재단의 장기적 핵심사업의 일환이었던 4-H클럽 지원 사업을 냉전사의 관점에서 분석해 한미재단의 한국원조가 갖는 의의의 일단을 고찰해보고자 한다. 예상외로 4-H클럽에 대한 본격적인 연구가 없으며, 한미재단과 4-H클럽의 관계에 대해서도 한미재단이 한국4-H운동의 성장에 기여했다는 지적을 넘어서는 수준의 분석적 고찰도 없는 형편이다. 스탠퍼드대학 후버아카이브에 소장되어 있는 G. F. 모트 문서를 적극 활용할 것이다. 조지 모트는 해방 직후 한국에 파견된 군사전문가로 초기부터 한미재단의 이사를 역임했고 이후 워싱턴 책임자 등 한미재단과 지속적인 관계를 유지하며 한미재단의 사업에 (비)공식적으로 깊숙이 관여한 중요 인물이다. 1970년대에는 'United Board for Christian higher Education in Asia'의 이사장chairman으로 있으며 일본, 한국, 대만Formosa, 홍콩, 필리핀, 인도네시아, 말레이시아 등 아시아 지역 기독교대학에 대한 지원과 역내 대학네트워크 구축 활동을 전개했다. 모트 문서파일에는 연례보고서와 같은 한미재단에서 발간한 공식문건뿐만 아니라 공개된 바가 없는(?) 자료들이 상당수 포함되어 있다.[29]

아울러 이소라가 발굴한 한미재단 관련 문서들에 힘입은 바 컸다는 사실을 적
시해둔다.

2. 한미재단의 위상과 주요 사업

우선 동시기 한국원조를 수행했던 주요 미국 민간원조기관, 이를테면 아시
아재단, 포드재단1936년 설립, 록펠러재단1913년 설립 등과의 비교를 통해 한미재단
의 위상과 특징을 거시적으로 조망해보면 다음과 같다. 첫째, 냉전과 불가분의
관계를 갖는 공통점이 있다 하더라도 한미재단은 태생적 본질이 타 민간기관
과 현저한 차이가 있다. 포드재단, 록펠러재단이 미국의 냉전정책을 선도적으
로 대행했던 민간기관인 것은 분명하나 이들 재단이 기존 대자본을 배경으로
그들의 재부를 보호하기 위한 안전판으로써 원조를 시행했던 것과 한미재단의
본질은 확연히 다르다. 순수한 민간기관으로서 미국 내 모금운동을 통해 재원
을 확보하는 방식에서 아시아재단과 유사했으나 원조의 대상 범위가 한국에
국한·집중된 점에 차이가 있다. 아시아재단이 과연 순수한 민간재단이었는가
에 대한 논란, 특히 CIA정책조정국의 비밀작전을 대행한 기관이었고[30] 그것이
CIA 자금 유입 사실이 폭로되면서 재단 이미지나 이후 사업 추진에 큰 타격을
받았던 아시아재단의 행보와도 구별된다.

---

29 GEORGE FOX MOTT BOX(23개)에는 한미재단 관련 문서뿐만 아니라 해방~1960년대 한국
    정치·사회에 관한 다종의 문서들이 포함되어 있다. 이승만, R.올리버 등과 관련된 문서가 상당
    량이며 특히 Ben C. Limb(주유엔대사/한미재단 이사), UNC(유엔군사령부) 등이 작성한 이 시
    기 남한의 정치적 상황 변동에 대한 분석과 김일성을 비롯한 북한에 관한 정보문서도 꽤 많다.
    이하 한미재단 발간 *Annual Report*와 *AFK Newsletter* 등은 이 MOTT Box에 소장된 것임을 밝혀
    둔다.
30 市原麻衣子, 「冷戰期アジアにおける美國の反共支援と冷戰後民主化支援への影響－自由アジア
    委員會·アジア財團を事例として」, 『コスモポリス(*Cosmopolis*)』 8, 2014.3 참조.

한미재단은 한미관계의 특수성이 집중적으로 반영된 태생적 본질로 인해 조직 구성은 물론이고 한국 원조사업 전반이 한미관계의 변동에 직결될 수밖에 없었다. 이는 대체로 한미재단에 긍정적으로 작용하는 가운데 한국 원조사업이 효율적으로 진행될 수 있는 최적의 조건을 형성해낸다. 특히 아이젠하워 집권기1952~1961에는 여러 의제에서 한미 간 갈등이 고조되었음에도 불구하고 오히려 그것이 한미재단의 사업을 촉진시키는 역설적 결과를 초치하기도 했다. 이 같은 최적의 조건은 한미재단의 한국원조가 성공적으로 결실을 맺는 데 밑거름이 된다. 한미재단은 한국에서 얻은 경험과 성과를 바탕으로 1973년에 아시아의 다른 국가에도 원조사업을 확대하려는 방침을 정하고 재단 명칭을 한아미韓亞美재단American Kor-Asian Foundation로 개칭하면서 본격적인 원조사업을 전개했다. 1973년 남베트남에 민간원조 프로그램을 소개하고 4-H클럽, 장애인 구호사업, 학생상담소 운영 등을 추진하다 1975년 베트남전이 종결되자 철수한 후 마닐라로 거점을 옮겨 필리핀, 인도네시아, 말레이시아 등지에서 각종 원조사업을 시행하였다.[31] 1960년대 캄보디아, 버마 등 동남아 중립국에서 아시아재단, 포드재단의 활동이 금지되고 재단관계자들이 추방된 사실을 감안하면[32] 한미재단의 동남아로의 사업 확대는 미국의 아시아전략과 관련해 주목할 지점이다. 한국에서 동남아시아로의 원조 대상의 확대와 검증된 한국프로그램의 보급·적용은 한미재단만의 독특한 특징을 대표하는 지표이다.

둘째, 한국정부와의 긴밀한 협력 관계 속에 한국 지원사업이 실행되었다. 이

---

31 *THE AMERICAN KOR-ASIAN FOUNDATION A Program History 1952-1976*, 제7장 "ACTI-VITIES AND PROJECTS IN SOUTH VIETNAM" 및 제8장 "CURRENT PROGRAM IN SOUTH-EAST ASIA"(pp.33~37).

32 1958년 노르돔 시아누크의 '1958년 선언'(「캄보디아와 중립의 필연성-우리는 우리를 공격하는 빨럭의 반대빨럭에 원조를 요청할 것이다」, 『사상계』, 1964.9) 이후 미소 양 진영으로부터 경쟁적 원조를 이끌어내는 정책을 구사한 캄보디아가 1963년 CIA의 개입과 자주성 훼손을 이유로, 또 버마가 1962년 조건부원조를 이유로 각각 1960년대 초 자발적으로 미국원조를 거부한 것은 미국의 동남아중립국정책의 실패를 시사해주는 사건이었다.

승만/아이젠하워 정부 때는 물론이고 박정희정부까지 지속된 특징이다. 이는 앞서 언급했듯이 양국 정부가 한미재단을 매개로 각기 냉전정책을 효과적으로 추진하기 위한 정략에서 비롯된 바 크지만, 이에 못지않게 한미재단의 원조프로그램 성격으로 인해 가능했다고 볼 수 있다. 한국정부가 재원, 전문 인력, 기술력 등의 부족으로 감당할 수 없었던 구호사업과 전후복구사업에 주력했던 초창기뿐만 아니라 이후에도 한미재단의 프로그램이 한국정부가 마찬가지의 이유로 자력으로 추진하기 어려웠던 의료, 지역개발, 사회복지 등의 분야에 집중되었기 때문에 한국정부와 한미재단 양자가 상호의존할 수밖에 없었다. 미국교회가 주도한 WCC세계교회협의회와 이승만정권의 밀월관계가 정치적 마찰로 인한 갈등관계, 즉 한국전쟁이 발발하자 유엔의 전쟁참여를 촉구하는 성명서를 발표해 미국인을 비롯한 세계기독교인들의 지지를 이끌어내고 막대한 전쟁 구호물자를 통해 전 세계 기독교인들을 반공전선으로 결집시켜 이승만정권의 국내외 지지기반을 만들어냈던 WCC가 휴전회담을 촉구하자 이승만이 WCC를 용공세력으로 공격했던 것과 같은 곤란을 한미재단은 겪지 않았다.[33]

상호 의존적 과정에서 한국정부에 각종 정책적 대안을 제안하거나 한국정부가 입안한 정책을 물적·인적·기술적으로 지원함으로써 한미재단의 사업이 효과적으로 추진될 수 있었고, 가시적 성과 또한 뚜렷하게 (재)생산할 수 있는 토대가 된다. 그것이 선순환 관계로 정착되고 아울러 지속성을 지니면서 한국의 사회문화적 근대화에 장기지속적인 기여를 할 수 있게 되는 것이다. 타 민간기관이 되도록이면 한국정부의 개입과 간섭을 배제하면서 독자적으로 사업을 추진했던 것과는 뚜렷이 비교된다. 또 록펠러재단의 『조선말큰사전』 간행지원 사업이 한국정부의 간섭·비협조로(원조중지 요청) 와해 직전까지 갔던 예처럼 프로그램 실행과정에서 한국정부와 충돌하는 사례가 종종 발생한 것도 가급적

---

33 윤정란, 앞의 책, 160~162쪽 참조.

한국정부와의 관계를 의도적으로 기피하게끔 했다. 포드재단의 아세아문제연구소 지원, 특히 공산권문제연구 프로젝트의 조건 중 전제로 내건 정부의 협조와 그 성사는 박정희정부의 필요가 더 중요하게 작용했다고 볼 수 있다. 단 물자 원조인 경우에는 제도적 규정상 KCAC^{한국민사원조처}의 관리를 받아야 했기 때문에 한미재단이 지원 대상과 내용에 관여할 수 없었고 또 그렇게 처리되었다.

이로 볼 때 한미재단은 온전한 의미의 순수한 민간재단이라고 규정하기 어렵다. 한미재단 측이 순수한 민간단체임을 누차 강조했으나 실질적으로는 반관반민의 성격을 농후하게 지닌 기관이라고 할 수 있다. 그것은 원조프로그램의 성격과 실행 과정의 특성으로 인해 더욱 강화되었다고 볼 수 있다. 그렇다고 한미재단이 민간원조기관으로서 독자적인 프로그램이 없었던 것은 아니다. 독자적 프로그램이 위주이되 상당부분이 한국 정부와의 유대관계를 바탕으로 이루어졌다는 의미이다. 따라서 반관반민의 위상을 배타적으로 강조하여 그 기능을 한미 냉전의 정략적 수단으로만 접근하는 것은 근시안적이다.

셋째, 원조의 방식과 경로가 다층적이었다. 한미재단은 독자적인 프로그램을 수립·운영하는 것을 위주로 하되 공식적 원조 및 타 민간재단 대한원조사업을 간접 지원하는 사업을 다각적으로 시행하는 특징을 보여준다. 공적원조의 경우 UNKRA^{국제연합한국재건단}와의 협력이 두드러지는데, 가령 제3차 미국교육사절단^{일명 피바디사절단, 1954.9~56.6}의 교육체계 및 재건 지원 사업을 경제적으로 후원함으로써 교육기술원조의 성과를 만들어내는 데 일익을 담당한 바 있다.[34] 국정교과서 출판을 전담한 ㈜대한문교서적^{1956년 국정교과서주식회사로 전환}도 1953년

---

[34] 제3차 교육사절단의 주요 활동은 문교행정 전반에 걸친 조언, 특히 교과서 편찬과 교육과정 개편 지도였는데 그 성과의 일환으로 *Curriculum Handbook for the Schools of Korea*란 보고서가 작성되었고, 『교육과정지침』(서명원 역, 중앙교육연구소 편, 대한교육연구회, 1956.4)으로 번역돼 전국 각 학교에 무료로 배포되었다. "UNKRA와 한미재단 후원하의 1954년도 미국교육사절단의 보고서"라고 표지에 명시되어 있다.

운크라 자금 13만 5천 달러와 유네스코의 10만 달러 지원으로 시설이 도입되어 운영되었는데, 유네스코가 출연한 자금은 한미재단이 전액 지원한 것이다.[35] 교육 분야 외에 의료, 사회복지, 지역개발사업 등 한미재단의 주력사업 분야에도 간접 지원이 이루어진다. 그리고 타 민간재단의 사업에 공동참여의 형태로 한 간접 지원도 광범하게 시행했다. 예컨대 아시아재단의 주력사업 중의 하나였던 드라마센터 건립에 3만 2천 달러를 지원했으며,[36] 한국연구도서관 사업에도 발전기 설치를 위해 25만 환, 악보 구입에 338달러를 특별기부금 형식으로 지원한 바 있다.[37] 아시아재단도 타 민간재단에 대한 간접 지원, 가령 포드재단이 집중 원조한 아세아문제연구소에 1964~73년에 걸쳐 수차례 동남아, 일본, 중공연구 등 아시아지역 연구 부문에 간접 지원한 바 있으나 한미재단처럼 다양하면서도 지속적이지는 못했다.

이와 관련해 특기할 점은 한미재단이 미국 내 기부금제공 주요 단체를 프로그램의 주체로 참여시켜 한미관계의 다양한 채널을 매개·개척했다는 사실이다. 1960년에 기금을 출연하기 시작한 미 사교계의 거대 세력인 '키와니스클럽Kiwanis Club'의 자금으로 강원도 철원에 화전민주택 건설사업을 추진한 것이 한 예이다. 키와니스클럽이 1만 8천 달러약 428만 원, 한미재단이 833만 원, 한국정부가 3백여만 원을 제공해 추진한 한미공동 지역개발사업인데, 중요한 것은 키와니스클럽이 기부금 제공과 별도로 자금을 출자해 한미재단과 공동으로 사업을 추진했다는 사실이다.[38] 마을 이름도 '키와니스마을'로 명명했다. 이 같

---

35 「'대한문교서적' 불하문제」, 『경향신문』, 1956.4.10. 대한문교서적의 건물은 운크라, 문교부, 한미재단 등이 별도로 각 오천만 환씩 출자하여 건립되었던 관계로 삼자 공동명의로 된 반관반민 회사였는데, 1955년 경무대가 일반공매라는 특별지시로 불하입찰을 거치면서 다양한 이권세력의 다툼으로 추문이 난무했다.

36 「연극 육성·보존의 새 기틀」, 『경향신문』, 1962.4.12. 그 규모는 아시아재단의 4만 5천 달러 지원에 육박하는 정도였다.

37 한국연구도서관, 『1961년도 한국연구도서관연차보고서(1960.8~61.7)』, 1961, 부록 10 참조.

38 「사랑의 키와니스클럽, 산간 두메에 심은 한미우정」, 『동아일보』, 1967.9.30. 키와니스클럽은

은 원조방식의 다층성은 타 원조기관과 사업영역의 중복을 피하는 동시에 한미재단의 주력사업에 집중하기 위한 전략적 방편이었던 것으로 보인다. 이로 볼 때 한미재단의 독자적인 프로그램뿐 아니라 간접지원까지 두루 포괄해 접근해야만 대한원조의 전모를 객관적으로 파악할 수 있다. 원조의 영향력과 그 효과에 대한 검토도 마찬가지다.

넷째, 원조의 규모와 사업 영역이 방대하다. 한미재단의 한국원조 규모를 총체적으로 파악할 수 있는 자료는 아직까지 없다. 발견하지 못한 단계이다. 재단에서 발행한 연례보고서Annual Report와 AFK Newsletter를 통해 재구성해야 가능한데, 이 자료 또한 산재되어 있어 총합에는 상당한 시간이 필요할 듯하다. 다만 1950년대 원조의 규모와 그 내역은 비교적 자세히 파악할 수 있다. 재단 발족 이래 1957년 5월까지 한국에 원조한 규모는 현금 509만 3,393달러와 물자 761만 9,602달러 등 총 1,270만 5,995달러에 이른다.[39] 그 중 원조가 집중된 분야는 1955년 5월까지 보건의료프로젝트에 75만 5천 달러, 사회복지프로젝트에 약 56만 달러, 교육프로젝트에 약 60만 달러 등으로 이 세 영

1915년 설립된 미국·캐나다의 실업가들이 모인 민간봉사단체이다. 3년에 걸쳐(1965.9.22 ~68.9.29) 황무지 2백 정보를 개간하여 102동의 화전민주택을 건설해 무료로 기증함으로써 당시 한미우호관계의 상징적 사업으로 대서특필되었다. 이 사업을 계기로 키와니스클럽 한국지부가 설치되기에 이른다. 이 사업의 성과와 의의는 대한뉴스(643호, 1967.10.7)로 제작돼 홍보되기까지 했다.

39 *Annual Report, May, 1956~1957*. 이 원조 규모는 이 시기까지 한미재단이 모금한 금액과 큰 차이가 있다. 리차드 언더우드(한미재단장)에 따르면 "1957년 5월까지 한미재단에 기증된 현금 총액이 3,034,505달러이고 현금 이외에 기증받은 물자는 이 액수를 훨씬 초과하는 거액에 달한다"는 언급을 감안할 때 언더우드의 착오인지 아니면 기부금 외에 일정금액을 미리 확보하고 있었던 것인지 불분명하다. 현재로서는 *Annual Report*의 공신력을 믿을 수밖에 없는 실정이다. 리챠드. F. 언더우드, 「한미재단과 한국교육계」, 『자유공론』, 1959.3, 134쪽. 한미재단 창립에 한국 측 인사로 중추적인 역할을 한 당시 주미대사이자 한미재단이사였던 양유찬은 '미국인들의 대한친선활동을 보다 확고하고 영구적인 기반 위에 올려놓을 필요성에서 자신의 사재 1만 달러를 출연하며 한미재단 설립에 적극적으로 나섰다'는 회고를 감안할 때 발족 당시 기금이 얼마간 보유되어 있지 않았을까 추측된다(「내가 겪은 20세기 26 - 양유찬 박사」, 『경향신문』, 1972.6.30).

역이 한미재단의 주력 지원 사업이었다는 것을 확인할 수 있다.[40]

이 같은 특징은 초창기 한미재단 한국원조의 주된 성격이 긴급구호활동이었다는 것을 입증해준다. 같은 시기 아시아재단의 한국원조가 매년 30만 달러 규모였다는 사실과 비교하면 한미재단의 원조가 얼마나 대규모였는가를 가늠해볼 수 있다. 물론 이후 한미재단의 원조액은 감소 추세를 보인다. 현금위주로 기부금 모집이 이루어짐에 따라 1957회계연도부터 100만 달러 이내로 축소되었고 그에 따라 주요 주력사업의 원조액도 감소될 수밖에 없었으나 1957년 7월부터 58년 4월의 교육부문 원조가 약 6만 7천 달러인 것에서 보듯 주력사업에는 일정 규모의 원조가 유지되었다고 추정할 수 있다. 전체적으로 25년 1952~1976.7 동안 약 5천만 달러가 원조되었고, 1970년대에도 연평균 150만 달러가 여전히 지원되었다는 것을 감안하면[41] 한미재단의 한국원조가 타 민간재단에 비해 압도적이었다는 것을 알 수 있다. 타 민간재단의 한국원조가 축소재생산의 과정을 밟으며 점차 일부 영역에 국한해 명맥을 유지한 것과는 다른 면모였다. 방위비 및 방위지원 성격의 경제원조에 편중된 미국의 공적 대한원

---

40 이 세 분야의 지원 총액과 각각의 구체적인 기본계획 및 비용은 이소라의 연구에 소상히 적시되어 있다(이소라, 앞의 글, 43~54쪽). 보건프로젝트기부금은 ① 한국의 의료교육지원(182,700달러) ② 미국 내 보건지도자 훈련(75,798달러) ③ 공공의료교육(35,155달러) ④ 간호교육(101,697달러) ⑤ 의료 활동, 조직과 협회 지원(134,761달러) ⑥ 장애인 재활서비스(136,300달러) ⑦ 특별의료 프로젝트(46,766달러) ⑧ 치과교육(11,865달러) 등 총 725,042달러이고, 사회복지프로젝트는 ① 아동복지기관 지원(108,600달러) ② 한국복지기관과 프로그램 지원(77,500달러) ③ 전쟁미망인 지도교육수업 프로젝트 개발(70,000달러) ④ 미국에서 진행되는 사회복지지도자 훈련(85,000달러) ⑤ 국내 사회복지 훈련(70,000달러) ⑥ 노인과 장애인을 위한 기관 지원(43,550달러) ⑦ 고아의 양부모 지원(30,000달러) ⑧ 한국복지기관의 수준 향상과 시범센터의 설립(65,000달러) ⑨ 특별프로젝트(9,996달러) 등 총 559,646달러였으며, 교육프로젝트는 ① 한국교육기관과 조직 지원(83,614달러) ② 지도자 훈련(105,490달러) ③ 한국의 교육문제 연구(30,000달러) ④ 교육센터 발전(105,448달러) ⑤ 미국유학생 장학금(237,927달러) 등 총 589,979달러였다.

41 「서울·아메리카⑥ 한미재단」, 『조선일보』, 1976.8.5. *THE AMERICAN KOR-ASIAN FOUN-DATION ANNUAL REPORT 1974-75*의 예산집행 항목을 보더라도 'Health Services', 'Agri-culture', 'Education & Welfare', 'Donated Materials' 등을 중점으로 약 140만 달러가 책정되어 있다.

조의 규모, 즉 무상원조 30억 1천 8백만 달러1945~70, 잉여농산물 원조 7억 6천 1백 90만 달러1955.5~70년와 비교할 때[42] 한미재단의 원조 규모가 만만치 않은 금액이라는 것을 확인할 수 있다. 그것은 한미재단의 미국 내 기금모집이 꾸준히 원활했기에 가능한 일이었다.

한미재단의 지원 사업은 다채롭다. 초창기에는 보건의료, 사회복지, 교육 분야 등을 중점으로 한 긴급구호활동에 치중하다가 점차 구호사업의 사회적 필요성이 점감하면서 선택/집중의 전략으로 사업을 특화시켜간다. 그 결과 1960년대 이후로는 대체로 6개의 핵심프로젝트, 즉 Health care medical services, 4-H agricultural activities, Community development projects, Education programs, Social welfare programs, Housing projects 등이 주요 지원분야가 되었고, 그 흐름이 1970년대 중반까지 이어진다. 각 영역의 세부적인 지원 내용은 당시 한국의 필요와 긴급성에 따라 지원 대상을 계속해서 확장하면서 1970년대는 새마을운동의새마음운동도 포함 지원으로까지 나타났다. 포드재단이 중국학연구를 중점으로 한 학술분야에 록펠러재단이 문화·학술영역에 각각 한정한 것과 큰 차이가 있으며, 다종다양했으나 문화 영역을 크게 벗어나지 않았던 아시아재단의 한국원조와도 확연히 다른 양상이다.

다섯째, 한미재단은 한국현지화 전략에 심혈을 기울여 원조의 유효적절성을 제고시켰다. 아시아재단이 한국지부를 설치해 지부가 원조대상국에서 절실히 요망하는 원조가 가능하게끔 조력함으로써 원조의 효율성을 높이려고 한 것처럼 모든 민간재단이 현지화전략을 강조했으나 한미재단만큼 적극적이지는 않았다. 재단 발족 직후 한미재단 한국사무소를 설치1953.8, 초대소장은 이기붕했을 뿐만 아니라 특히 두 차례 대규모사절단을 파견해 당시 한국의 실정을 소상히 파악하고 다양한 정보를 수집한 뒤 이 자료들을 바탕으로 주요 사업의 기본계획

---

42 「한국과 미국 백년지교를 넘어서, 유솜 ⑥」, 『동아일보』, 1978.9.6.

을 수립하는 과정을 거쳐 본격적인 대한원조를 개시하는 현지화전략을 처음부터 구사했다.

제1차 사절단1953.3.11~18은 러스크를 단장으로 L. W. Mayo뉴욕 불구아구호회장, E. J. Taylor지체부자유자문제 전문가, Mrs. B. F. Gimbel자선사업가, Mrs. Rusk사회복지사, Palmer Bevis재단 상임이사 등 보건 및 사회복지 전문가 6명이 방한해 서울, 부산, 대구 등 전국 주요도시의 후생시설을 순회하는 가운데 상이군경, 고아, 전쟁미망인 등의 실태와 한국의 보건사업에 관한 세밀한 자료를 다각도로 수집하는 활동을 벌였다. 그 과정에서 한국정부와 UNKRA관계자들의 적극적인 협조를 받았고 특히 보건부·사회부 장관 및 간부들과의 회담을 통해 보건후생에 관한 상세한 실정보고와 보건 분야의 원조 희망사항을 청취했다. 보건당국이 제시한 원조 희망사항은 공중보건의 연구 및 보건요원 양성을 위한 국립보건원의 설립, 농촌 보건사업의 중심이 될 모범보건소의 설치, 고등간호교육을 위한 간호대학의 설립, 국내 약품생산을 충족할 때까지 약품 공급, 기생충구조대책 및 오물처치, 모자보건사업화 추진 등 10개 항이었다.[43] 당시 시급한 구호사업을 제대로 감당할 수 없었던 UNKRA와 협의하에 한미재단이 의료 및 구호사업을 주도하게끔 된 것이다.[44] 물질적, 기술적 후생원조를 약속하고 돌아간 사절단은 재단이사회에 몇 가지 권고사항, 즉 긴급구호는 우선 한국정부 및 공식적, 비공식적 원조기관을 통한 간접지원으로 시행, 한국 내 관련기관 및 개인과의 협력프로젝트 추진, 한국의 대외구호원조의 의존을 감소시키는 창조적이고 생산적인 방향으로 사업의 역점을 두어야 하고 이를 충족시킨 뒤

---

43 「사업추진책 검토」, 『경향신문』, 1953.3.19.

44 「한미구제재단 일행을 맞으며」(사설), 『서울신문』, 1953.3.14. 한미구제재단이라 명명한 것처럼 당시 가장 절실한 후생사업에 한미재단의 대규모 원조에 대한 기대수준이 매우 높았으며, 인류공동의 적인 공산주의와 싸우고 있는 자유진영의 첨병인 한국에 원조하는 것은 자유진영의 성스러운 참여라고 그 의의를 부여하고 있다.

한미 양국의 경제, 사회, 문화적 우호관계를 위한 장기적인 프로그램 설립이 가능, 대규모 기금모금과 행정적 지원의 긴급성과 즉각적 행동의 필요성 등을 보고한다.[45]

미국 내 모금운동의 성과 50만 달러를 가지고 파견된 제2차사절단[1953.8.20 ~27은 밴 플리트 인솔하에 보건의료, 교육, 아동복지, 장애인, 화학방직, 주택건축, 상업 등 11명의 전문가들을 망라해 구성되었다. 러스크를 비롯해 Mayo, Taylor, Bevis 등 1차사절단의 멤버도 포함되었다. 제2차사절단의 방한 목적은 한국에 대한 구호재건사업의 실지계획에 착수하기 위한 조사활동이었으며, 이를 위해 22일 용산에 있는 삼육고아원 시찰을 시작으로 전국의 병원, 고아원, 학교, 주택단지, 난민촌, 산업시설, 복지협회 등 150여 개의 관련기관을 방문해 시찰 및 실태 파악을 위한 활동을 벌였다.[46] 제2차사절단 또한 이승만을 비롯해 한국정부의 대대적인 환영을 받았으며 여러 원조기관과의 협력관계도 강화했다. 특히 교육, 사회복지, 보건의료, 장애인 등의 영역에 86개 항목의 프로그램 기부금 총 50만 달러 원조시행 발표로 인해 여론의 대대적인 찬사를 받았다. 공적 원조가 관료화로 변질되는 것과 달리 민간원조이기에 효율적일 수 있으며 그것이 양국민의 정신적 유대를 강화하고 나아가 자유진영의 물질적, 정신적 우월을 입증할 수 있는 재건과 발전의 토대가 된다는 점에서 지대한 의의를 갖는다고 강조하였다.[47] 사절단이 이한에 앞서 이승만 대통령에게

---

45 *Report of the Rusk Mission to KOREA, March 11-18, 1953*, The American-Korean Foundation Inc., p.15 'Summary'참조. 이 보고서는 또한 보건복지 분야의 10개 항목 총 5,880달러 규모의 생산적인 프로젝트를 제안하고 있다('Examples of specific creative, productive projects in Health on Welfare'). 아울러 제1차사절단의 활동을 소개한 *New York Times*와 *New York Herald Tribune*의 보도기사도 스크랩해 포함시켰다.

46 「러스크 사절단 각지 시찰」, 『동아일보』, 1953.8.24. 보건부의 협조가 적극적이었는데, 보건부는 종합병원 복구, 제약생산시설, 상이군인 요양시설, 의학교육 기관 원조 등 9개 항목의 계획을 수립해 제시하였다.

47 「한미재단의 숭고한 정신과 한국의 기대」(사설), 『서울신문』, 1953.8.22. 특히 한미재단이 미국 내 모금운동을 위해 벌인 1만 7천여 극장에서의 영화 상영과 매주 화요일 TV방송을 통한

보고한 50만 달러 원조배정을 보면 다음과 같다.

1) **교육관계(9개 항목)** : 국립교육연구소, 서울대사범대학, 지방사립대학 18개교의 도서실용 참고도서구입비(2만 달러)/교육계대표 5명 도미시찰비(1만 7천 달러)/국립 · 지방박물관용 녹음기 및 환등기 각 6대 구입비(2천 5백 달러)/대학교 재프린트용 수동등사기 및 한글타자기 각 5대 구입비(5천 달러)/대학 · 고등 20개교 음악교육용 악기구입비(1만 달러)/한국교육회 및 교육연구소 간행비 보조(2천 5백 달러)/문교부영어교육방법 개선연구비(2천 5백 달러)/도서관 및 각 대학연구소 재건비(3만 달러)/문교부 한글성인교육 보조(4천 달러)

2) **사회 · 보건관계(55개 항목)** : 세브란스의대 및 부속병원에 대한 무조건보조(1만 달러)/서울대의대에 대한 무조건보조(1만 달러)/이화여대의대에 대한 무조건 보조(5천 달러)/광주의대에 대한 무조건보조(1만 달러)/전기 4대 의대재학우 등생에 대한 장학금기금(각 6천 달러)/결핵방지전문가를 보건부가 고빙雇聘할 수 있도록(1만 달러)/나병갱생사업의 일단으로 보건부관계직원 교양비(1만 달러)/서울대 대학원에 보건과 신설 보조비(1만 달러)/국립방역연구소 실험기 구, 자재, 참고서구입비 및 도미연구비(1만 9천 달러)/한국간호협회 간호교육 향상비(1만 달러)/서울시립병원, 서울위생병원, 세브란스병원 부설 간호학교 보조(각 3천 달러)/대구장로교회병원, 서울적십자병원, 전주장로교회병원 부속 간호학교보조(2천 달러)/재부산 서울대의대부속병원 부속 간호학교보조비 (천 달러)/호주장로교회병원부속 산파학교보조(2천 달러)/간호부교육가 해외 시찰비(7천 달러)/부모와 아이들의 재결합 계획 및 고아양자계획지도 미국전 문가초빙비(2만 달러)/고아원직업훈련비 및 외국전문가초빙비(3만 5천 달러) /고아아동 후생전문가 사회부 배속(5천 달러)/모범고아원지정 운영비(1만 5

홍보활동을 양국민의 정신적 유대를 강화하는 숭고한 정신으로 고평하고 있다.

천 달러)/전쟁미망인 직업보도소창설비(2만 달러)/사회사업단체연합회 운영
비보조(1만 5천 달러)/밴 플리트기금, 자선손아子先孫兒 일반가정 의탁양육 및
미국 내 운동 전개 예정(1만 달러)/세계교회복무회 사업보조(1만 달러)/경향
각지 21개 고아원, 양로원, 나병요양소 등에 대한 보조(각 250~2,500달러)/한
국적십자사 보조(5천 달러)/한국소년단 보조(5천 달러)/한국YMCA보조(1천
달러)/한국YWCA보조(1천 달러)

3) **불구자 원호관계(13개 항목)** : 한국불구아동성인협회창설비 보조(5천 달러)/서
울 삼육불구아동원보조(1천 2백 달러)/국립맹아학교 보조(5천 달러)/대구맹
아원 보조(1천 달러)/목포농아학교 보조(5백 달러)/세계교회복무회 불구자직
업보도사업 보조(5천 달러)/이리맹아학교 보조(5백 달러)/한국 크리스찬라이
트하우스 맹인용점자서적 간행보조비(1천 달러)/서울 창애불구자원, 전주박
인회 불구아동원, 대구 안식원불구아동원, 부산 신애불구아동원, 거제 자생원
불구아동원에 대한 보조비(각 5백 달러)/부산 크리스찬라이트하우스 보조(5
백 달러)

4) **기타 部內관계(8개 항목)** : 고궁 및 고문고보존재건 보조비(2만 5천 달러)/국립
교향악단 및 합창단 보조(1만 달러)/프란체스카 기금(1만 달러)/목화신품종
수입취종연구비(2천 달러)/예방주사증명서 보건부 보조(1천 달러)/보건사업
직원수송차량 구입비(3천 달러)/난지도'소년의 거리'차량구입비(3천 달러)/
연대, 서울대, 서울대사범대, 고대, 이화여대, 부산대 재학생 장학금(학교당 2
천 달러)[48]

---

48 이 내역은 『조선일보』(1953.8.29)와 『경향신문』(1953.8.29)에 동시에 게재되어 있는데, 『경
향신문』은 82항목으로 소개하고 있다. 배정된 것과 실제 집행은 약간의 차이가 있을 뿐 대부분
약속대로 집행되었다. *Report of the Second Mission to KOREA, August 20-27, 1953*(The American-
Korean Foundation Inc), pp.21~24에 86항목의 지원 내역이 상세히 제시되어 있다.

사회 및 경제재건에 시급한 산업시설과 기술원조에 대한 높은 기대에는 미치지 못했으나,[49] 대략 교육 분야 94,000달러, 보건 분야 143,000달러, 사회복지 분야 156,000달러, 장애인 분야 40,950달러, 기타 국가유적지 보존 2만 5천 달러 등 66,000달러 당시 한국정부 및 미국의 공적원조가 제대로 감당하지 못했던 분야의 긴급구호원조를 한미재단이 담당했음을 확인할 수 있다. 이 원조시행 직후 1954년 8월 17일 총 9천 톤에 달하는 대규모 제1차 물자원조 개시와 함께 한미재단이 현금·물자 양면으로 제공한 구호물자원조는 그 양도 방대하려니와 민간차원에서 한미관계의 시금석으로 기능하는 가운데 한미우호를 한 단계 격상시킨 상징적 의의를 지니게 된다.[50] 이렇듯 미국 민간인의 자발적 기부에 의해 한국이 자력으로 불가능한 긴급구호를 한미재단이 적재적소에 원조함으로써 한국(민)과 미국(민)의 친선관계를 강화하는 계기가 되었고,[51] 그것은 사회정의와 복지에 헌신하는 미국(민)의 이미지를 주조해낸다. 한미재단의 대한원조사업이 남북통일 후에도 영구적으로 계속할 계획이라는 러스크의 발언, 게다가 전혀 생각하지 못했던 고적수리비 2만 5천 달러를 제공해 고전보존 관계당국은 물론 많은 사람들에게 감동을 주었다.[52] 한미재단의 대한원조가 초기부터 한국인의 대중적 지지를 얻게 됨으로써 한미재단의

---

49 「한미재단사절단을 환영함」(사설), 『서울신문』, 1953.8.19.
50 「한미재단의 구호물자를 받으며」(사설), 『조선일보』, 1954.8.21. 미국에서의 무상기증물자 2,200만 달러 중 일부로 차량, 기계, 석탄, 석유화학, 식료품, 의약품, 시멘트, 서적 등 다종다양했는데, 이 신문은 한미재단의 원조가 기존의 미국원조와 달리 미국전역에서 철저히 미국인들의 기부에 의한 국민과 국민 간의 인류애적 표현이라는 의미를 강조했다. 이보다 앞서 한미재단은 1953년 크리스마스를 계기로 모금한 2만 5천 달러를 고아원, 양로원, 모자원, 정양원 및 병원 등 109곳의 지원금으로 기증한 바 있다(이화여대 2,500달러, YMCA 2,500달러 포함). 특이하게 프란체스카 여사와 주한미국대사 브리크 부인을 명예위원장으로 하고 박마리아가 분배위원장이 되어 배분하게끔 했다. 한미재단과 한국정부의 유착관계를 확인할 수 있는 대목이다. 「고아원에 쾌보 한미재단서 2만 5천불 기증」, 『경향신문』, 1953.12.28.
51 「한미재단사절단을 환영함」(사설), 『경향신문』, 1953.8.22.
52 「단장하는 고궁」, 『동아일보』, 1953.10.2.

프로그램 계획과 사업 추진이 탄력을 받게 되었다고 볼 수 있다. 제2차사절단의 보고서에는 7개 각 분야의 실태와 가장 시급한 문제점, 긴급하게 필요한 지원사업과 예상 비용 등이 적시되고 있는데, (비)공식 원조기관들이 제안한 사업을 수용하는 동시에 그 기관들과 협력의 필요와 프로그램의 단기/장기적 계획 수립의 필요성 제기가 눈에 띈다.[53] 이를 계기로 모색·마련된 농업, 교육, 사회, 복지, 의료, 문화 등의 장기프로그램이 한미재단의 주력사업이었고 그 성과가 한미재단의 핵심 업적임을 자평한 바 있다.[54]

두 차례에 걸친 사절단 파견을 통해 획득한 한국의 실태와 사절단보고서의 권고에 입각해 한미재단의 대한원조 기본계획이 수립된다. 그 기본계획은 한국의 의료교육지원 104,000달러 등 보건분야 약 44만 9천 달러, 아동복지기관 지원 98,600달러 등 사회복지분야 약 39만 달러, 한국교육기관과 조직 지원 115,000달러 등 교육분야 약 41만 달러 등의 사업 분야와 할당액이 책정되었다. 이 계획의 특징은 직접 프로그램을 만들지 않고 기존에 활동하던 국내기관들에게 운영비용을 지원하는 형태의 간접지원에 많은 액수가 할당되었고, 장기적인 관점에서 대민구호사업이 최소한의 수준을 보장할 수 있도록 기초를 다지고 인력양성을 통해 그 질을 높이고자 했다.[55] 이러한 기본계획은 기금 마련이 뒷받침되어야 가능한 것이었는데, 한미재단은 이후 대규모 기금모금을 바탕으로 대체로 이 기본계획의 프로그램을 추진했으며, 독자적 프로그램과 간접지원 양면의 방식으로 프로그램을 확장해갔다. 요컨대 사절단파견과 이를

---

53 *Report of the Second Mission to KOREA, August 20-27, 1953*, pp.1~20. 보고서의 제목과 작성자는 'Health and Medical Services'(H. A. Rusk), 'Educational Services'(W. G. Carr), 'Child Welfare Services'(L. W. Mayo), 'Services to the Disabled'(E·J. Taylor), 'Housing Construction and Allied Problems'(W. Zeckenor), 'Industry and Commerce'(E. M. Queeny와 J. S. Zinsser), 'The Textile Industry'(R. C. Jackon), 'Administrative Services' (P. Bevis) 등이었다.

54 *THE AMERICAN KOR-ASIAN FOUNDATION A Program History 1952-1976*, p.3.

55 이소라, 앞의 글, 41~42쪽 참조.

계기로 구축한 유력 원조기관들 및 한국 관련기관과의 협력채널 개척 등 한미재단의 한국현지화 노력은 대한원조의 유효적절성을 높였을 뿐만 아니라 저비용고효율의 원조성과를 창출해내는 데 기초가 된다. 미국의 원조기관들이 유엔군사령부UNC의 한국관련 보고서 위주로 한국 실정을 파악했던 것과는 다른 면모이다.[56]

미국의 (비)공식 아시아원조가 아시아지역의 현지 사정, 특히 중립주의와 민족주의의 발흥을 공산주의로 등치시켜 분쇄 일변도의 강경책을 구사함으로써 결국 실패했던 사실, 또 '포드재단의 독점적 지원에 의해 발전한 미국의 지역학이 미국의 냉전헤게모니 프로젝트와 현실의 괴리로 미국의 냉전 의도와 다른 역효과를 초래'[57]했던 결과를 한미재단은 철저한 현지화전략을 통해 사전에 방지할 수 있었던 것이다. 이런 현지화전략의 적극성이 동시에 한국에 관한 정보를 미국에 알리는 사업을 추동했다는 점에도 주목할 필요가 있다. 초기 기금모금운동에서뿐만 아니라 이후에도 한국알리기 프로젝트가 꾸준히 지속됐다. 재단이사인 S.P Skouras20th Century Fox 사장의 방한을 계기로 한국의 고유성과 한미 양국의 상호친선을 주제로 한 극영화 제작을 한국예술가와 공동으로 추진하는가 하면,[58] 1960년대 초부터는 'Korean pictorial project'를 기획해 'The character korea한국의 이모저모' 사진전1962.1 개최, 'Korean rural life portrayed in exhibit on American Tour'1962.2을 워싱턴에서 샌프란시

---

56 한미재단도 사절단파견 전에 UNC의 자료들을 참조했다. 가령 *Restricted Security Information United Nations Civil Affairs Activities in Korea, United Nations Command monthly summary October 1952*가 대표적인데, 이 자료는 한국의 Administration, Government & Political affairs, Economic affairs, Public health & welfare, Civil information & Education, United Nations supply program 등의 항목으로 구분해 관련정보를 상세히 기술하고 있다.

57 채오병, 「냉전과 지역학―미국의 헤게모니 프로젝트와 그 파열, 1945~1996」, 『사회와 역사』 104, 한국사회사학회, 2014참조.

58 「한미제휴 극영화 제작」, 『동아일보』, 1955.12.18. 원작스토리를 한국의 예술가들에게 공모해 한미합작을 추진했는데, 특이하게도 그 대상을 한국자유문학자협회 회원으로 한정해 공모했다.

스코까지 미국의 중요 도시를 횡단하며 열었다. 전시회를 통한 한국알리기는 미국인들을 한미재단이 만든 공간에 끌어들여 한국(인)과 연결시키는 가운데 자유진영의 결속과 연대에 참여를 독려하는 데 기여했다고 할 수 있다.

여섯째, 사업의 장기지속성으로 인해 미국에 대한 긍정적 이미지 제고에 다대한 기여를 했다. 초창기 긴급구호원조에 치중했던 한미재단의 대한원조가 뚜렷한 장기지속성을 띠게 된 데는 한미재단의 대한원조 목표, 즉 장기적인 프로젝트를 통해 한국을 민주주의로 이끌 수 있고 그것이 한미 간의 강한 결속력을 만들 것이라는 생각과[59] 더불어 한미재단의 원조방식의 특성과도 밀접한 관련이 있다. 재단 설립의 주도적 멤버이자 1970년대 재단이사장이었던 로랜드 R. 디마코 박사의 발언, 즉 '한국의 상황이 과거와 전혀 다르나 발전하는 나라에도 거기에 상응하는 니이드필요가 항상 존재하며 한미재단은 계속해서 한국의 니이드를 찾아가고 있고, 한미재단이 하는 일은 어떤 일에 불을 지른 다음 그것을 한국인에게 넘겨주고 또 다른 일을 찾아 시작하는 방식인데 한국인들이 그 정신을 잘 이해해주고 있다'[60]는 것에 잘 함축되어 있다. 미국의 재정지원과 한국인의 창의성이 잘 결합됨으로써 한국에서 4-H클럽운동이 빠르게 성장하게[61] 된 것도 이와 유관하다.

이 같은 원조의 목표 및 방침에다 한국의 '필요'에 대한 지속적인 탐색에 따른 프로젝트를 융통성 있게 조정해낼 수 있는 내부시스템을 구비한 것도 한몫했다. 가령, 모트의 사례로 한정하면 1961년 한국에서의 정권 변화와 사회변동에 능동적으로 대응하는 방향으로 원조의 기조를 전환시킬 필요성, 특히 경제적 부문의 원조 특화를 제안하거나 1965년 재단사업 전반에 걸친 기술적인

59 이소라, 앞의 글, 15쪽.
60 「디마코 한미재단 이사장 사업계획 밝혀」, 『동아일보』, 1975.6.7.
61 그렉 브라진스키, 나종남 역, 『대한민국 만들기, 1945~1987』, 책과함께, 2015, 350쪽.

제안과 비용관련 제안을 이사장에게 보낸 바 있는데,[62] 그것이 얼마큼 반영되었는지 확인할 수 없으나 적어도 재단 내부에서 대한원조를 둘러싼 원활한 소통체계가 있었음을 능히 짐작해볼 수 있다. 항상 철저한 사업평가를 바탕으로 사업추진의 융통성을 발휘하는 가운데 계속 변화하는 한국의 경제적 요청에 따라 원조를 수행하고 있다는 한미재단본부 사무총장1957~68 도로시 M. 프로스트 여사의 발언도 이를 뒷받침해준다.[63] 이 같은 장기지속성의 동력이 각종 공적 원조자금 제공이 종료되는 1975년 이후에도 한미재단의 한국원조가 유지될 수 있었던 이유였다.

한미재단이 한국인들에게 긍정적으로 인식된 데에는 무엇보다 공적원조가 충분히 미치지 못하는 영역에 특화된 원조가 시행되었다는 점 그리고 그 대한원조의 양과 질 모두에서 실효 있는 원조가 되면서 피원조국인 한국에 이익이 된다는 검증된 신뢰가 존재했기 때문이다. 이는 긴급구호사업은 물론이고 특히 1950년대 후반 장기프로젝트 사업 위주로 대한원조의 기조와 방향을 전환한 뒤 교육, 보건의료, 사회복지, 농촌개발, 지역사업 등 당면한 사회문화적 후진성을 극복할 수 있는 생산시설재와 기술제공에 주력했고 전문 인력의 양성을 통한 자립(활) 기반을 조성하는 데 원조가 집중되었으며, 그것이 가시적 성과를 지속적으로 산출하면서 더욱 굳어졌다. 개인보다는 관련기관 위주의 지원이 주종을 이룬 것과도 관련이 깊다. 타 민간재단의 특화된 지원이 주로 문화·학술 영역에 치중되었고 그것도 한국엘리트에 초점이 맞춰짐으로써 해당

---

62 'technical proposal'(part one), 'cost proposal'(part two)로 구성된 장문의 제안서이다. GEORGE FOX MOTT Box-7. 실제 한미재단은 1965년 1월 재단의 공식적 이미지를 제고할 수 있는 방법적 모색과 좀 더 보편적으로 인정될 수 있는 단기/장기계획의 재조정을 통한 원조사업의 확대 발전 및 인적자원 확충을 골자로 한 사업의 기조 전환을 모색한 바 있다("AKF Public Information and Research Services", 1965.1) 참조.

63 「한국관은 어릴 때부터」, 『동아일보』, 1968.4.18. 프로스트 여사는 1969~72년 재단 부총재로서 한국에 근무하며 다소 침체되었던 한국원조를 활성화시키는 데 상당한 기여를 했다.

분야 전문가들 외에 원조의 실제를 알 수 없었던 것에 비해 한미재단의 경우는 일반 한국인들과 대면한 영역이 컸다는 점도 작용했을 것이다.

게다가 언론의 홍보에 힘입은 바 크다. 한미재단에 관한 언론보도는 타 민간 재단과 비교할 수 없을 정도로 많았고 논조 또한 우호적인 태도로 일관했다. 따라서 한미재단은 한미 정부와 특히 양국 국민들을 원조를 매개로 결합시켜[64] 양국의 우호적인 관계를 증진시킴으로써 공적 원조를 둘러싼 양국 정부의 갈등을 완화시키는 동시에 미국에 대한 이미지를 긍정적으로 조성하는 데 중요한 역할을 담당했다고 할 수 있다. 한국이 미국의 공적 원조군사적, 경제적의 최대 수혜국임에도 불구하고 소비재중심의 원조에다 원조운영의 자주성, 특히 원조 물자의 대일구매 요구와 바이아메리칸buy American 문제로 첨예하게 대립함으로써 대한원조의 의의와 효과를 절감시키는 가운데 반미감정까지 초래한 바 있다. 특히 원조를 지렛대로 하여 한일관계의 정상화를 종용함으로써 한국인들의 민족주의정서를 자극한 것이 크게 작용했다.[65] 1960년대까지 대한원조의 진의眞意가 의심되었고 물질적 원조를 매개로 우방에 맹종을 강요하는 태도가 오히려 한미유대 관계를 악화시킨다는 비판적 여론이 비등하기까지 했다.[66] 이 같은 미국의 대한원조에 대한 부정우세의 여론을 한미재단이 완화시키는 데 기여했다는 사실은 중요한 의미를 지닌다.

---

64 한미재단의 원조는 초기부터 모든 원조물자에 "이것은 미국 국민의 지원에 의해 한미재단을 통해 기증된 것입니다"라는 글귀를 명시해 한미 양국민의 친선 도모에 남다른 노력을 기울였다.
65 「한국의 재건은 일본경기 지속의 수단이 아니다」(사설), 『서울신문』, 1953.8.30.
66 「원조에 맹종을 강요할 수 없다」(사설), 『한국일보』, 1954.9.20.

3. 4-H클럽 지원 사업, 미국적 모델 이식과 종속/발전의 이중주

한국의 4-H클럽운동사에서 한미재단의 역할을 빼놓고는 설명이 불가능하다. 그만큼 한미재단은 한국4-H클럽운동의 재건에서부터 성장까지 전 과정을 같이했다. 한미재단의 4-H클럽 지원은 1953년 초부터 1979년까지 약 26년에 걸쳐 막대한 재정 및 기술 원조뿐만 아니라 미국적 민주주의를 전파함으로써 4-H클럽을 농촌지역사회 개발과 농촌근대화의 전위대가 되도록 만들었다. 4-H회원들 또한 농촌부흥의 전위대, 농촌사람들의 의식혁명의 전도사임을 자처했다.[67] 4-H클럽은 동시기 대표적 청소년단체들과는 성격 및 위상이 달랐다. YMCA, YWCA, 보이스카우트, 걸스카우트 등이 비교적 도시의 높은 계층의 자녀들을 대상으로 한 단체였고 프로그램 내용도 대체로 여가선용을 위한 오락적 활동을 주축으로 했음에 비해 4-H클럽은 가장 낙후된 농촌사회 리(里) 단위 사회계층의 저변에 깊숙이 침투하여 생산적인 활동을 통해 농촌사회의 근본적인 변화를 시도했고 점차 학교, 직장, 도시지역으로 확산되는 발전 과정을 거쳤다. 4-H클럽의 재원이 주로 외국원조에 의존했던 점도 큰 차이라 할 수 있다. 4-H클럽이 1950년대 한국농촌에서 유일한 청소년단체란 점에서도 그 위상과 가치는 매우 크다. 4-H클럽지원과 그 성과는 앞서 언급한 한미재단 한국원조의 중요한 특징을 집약해 나타내준다.

첫째, 한미재단의 장기적 프로젝트를 대표한다4-H agricultural activities.[68] 동시

---

67 「4-H클럽 각도 대표 좌담회」, 『경향신문』, 1963.11.20.
68 한미재단의 한국4-H클럽 지원은 미국 내에서도 재단의 대표적 한국원조 사업으로 소개되었다. 가령 *International Service Agencies*(1967.4.30)의 'AKF feature'는 한국4-H클럽을 소개하는 것으로 장식되어 있다. 모트도 그의 기술 방면의 제안서에서 7가지의 제안 프로그램의 목적을 밝히면서 5번째로 한미4-H클럽의 교류를 강조했다(4H Club A-K Information Exchange). 그는 4-H클럽원조가 한국인들에게 한미재단의 생산적이고 가치 있는 활동의 하나로 인식되고 있으며 미국4-H와 한국4-H의 프로그램은 매우 유사한 국가운동임을 밝힌 가운데 'People-to-People, Club to Club basis'의 의의를 강조했다.

에 또 다른 장기 프로젝트들, 예컨대 보건의료, 교육, 주택건설, 지역개발, 사회복지분야 사업 등과 유기적으로 결합되어 추진됨으로써 한미재단의 최대 성과의 하나로 결실될 수 있었다. 한미재단의 4-H agricultural activities의 프로그램 구성과 내용에도 이 같은 요소가 모두 포함되어 있다. 한미재단 원조의 특장인 지역개발프로젝트Community Development Projects에 한미재단이 관심을 갖게 되고 또 그 관심이 도시변두리에서 각 지방으로 확대되어 전국을 포괄한 장기프로젝트로 자리를 잡게 된 것은 4-H클럽 지원의 긍정적 성과로 인해서 가능했다. 다른 한편으로 미국의 대한원조 차원에서도 한미재단의 4-H프로젝트는 중요한 의의를 갖는다. 미국이 한국에서 도입·전개한 지역개발사업 중 장기프로젝트로서는 유일했기 때문이다. 특히 한국농촌사회제도를 재편하려는 의도로 1957년부터 미원조당국CA, OEC에 의해 주도적으로 추진되었던 지역개발사업, 즉 '시범마을사업'1958~1961.7이 5·16쿠데타 직후 군사정부의 사업기구 정비로 인해 농촌진흥청으로 지역개발사업이 통합됨으로써 미 원조기관의 사업 관여가 배제되어 더 이상 공식적 차원에서 지역개발프로젝트를 시행하기가 불가능해졌다. 미 원조당국이 지역개발사업에서 퇴진한 후 한미재단의 4-H 클럽지원이 오히려 기술원조 중심으로 본격화된 것이다.

둘째, 민간재단, 한국정부, 미국의 공적 원조 등의 협조관계 구축에 의해 현지화가 성공적으로 이루어진 가운데 대한원조의 모범적인 사례로 인식·평가되었다. 1952년 4-H클럽이 재건된 뒤 관계당국농림부이 4-H운동을 국가시책사업으로 채택함에 따라 활성화와 함께 전국적으로 확대되는 계기를 맞이했으며, 여기에 한국민사원조처KCAC의 후원과 한미재단의 재정원조가 가세되면서 4-H운동의 제도적 기반이 형성되기에 이른다. 한미재단이 한국4-H운동과 직접적인 관계를 맺게 된 것은 앤더슨Charles A. Anderson이 1954년 한미재단 고문으로 부임하면서부터이다. 해방 직후 미군정관으로 재직 시 4-H운동을 소개하고 이를 경기도 일부지역에 보급한 바 있는(1950년대 초까지 1,900여개 구락부에 5만여 부원) 앤더슨의 부임 직후 민간협조기구로 한국4-H구락부 중앙위원회가 창립되고1954.11, 한미재단의 알선으로 텍사스주를 비롯한 미국남부 6개주 농민들과 특히 감리교회를 중심으로 한 한국4-H클럽지원 기증물자들이 도입되면서1955.8[69] 한국4-H운동은 급진전을 이루게 된다.[70] 이때 기증받은 가축을 기초 자본으로 '4-H가축은행'을 설립해 1959년까지 1,308두의 가축을 4-H부원들에게 대부해주었던 사례(종자은행 설립도 포함)와 같이 한미재단과 한국 4-H의 연계를 바탕으로 한미 양국 4-H운동의 교류 및 협력관계가 조성될 수 있었던 것이다.

이후 4-H운동은 한국정부와 미국공적 원조기관과 직·간접적인 연관을 맺으며 유력한 지역개발사업으로 발전해간다. 민간재단으로는 한미재단 외에 아시아재단에서의 일시적 원조가 있었다. 1959~60년 '농사원農事院, 농촌진흥청의 전신'원장 정남규가 아시아재단에 전국4-H클럽 지도자양성과정에 보조비를 지원 요청했고 아시아재단이 이를 받아들여 63만 원을 원조했다.[71] 기관보다는 개인

---

69 텍사스주 4-H클럽과 '파' 목사 일행이 기증한 가축과 구호물자는 이승만 대통령을 비롯한 각계 관계자들이 참석한 가운데 한미재단 주최로 중앙청에서 인수식을 가졌다. 이 인수식은 대한뉴스로 제작돼 홍보되었다(제64호, 1955.8.30).

70 한국4H운동50년사편찬위원회, 『한국4-H운동50년사』, 한국4H연맹, 1998, 90쪽. 앤더슨은 1954~1966년 한미재단4-H사업고문으로 있으면서 4-H클럽의 조직 강화, 지도자 훈련, 과제 장려에 힘쓰는 한편 미국 각지를 순회하며 한국4-H사업을 위한 모금운동에 크게 이바지했다. 앤더슨의 뒤를 이어 1966년부터는 펜실베니아대학원 출신 Darvin E. Boyd(한미재단 4-H기획부장)가 4-H클럽활동 전반에 대한 기획을 담당했다.

71 Organization : Assistance to National 4-H Club Leadership Training, The Asia Foundation, Box No. P-149, Hoover Institution Archives. 당시 농사원장(Director Institute of Agriculture) 정남규와 J. E 제임스 사이에 교환된 서신을 통해 확인할 수 있다. 내용인즉 1959년에 전국 9개 지역 당 4인(남녀 각 2인) 총 36인의 4-H클럽부원에 단기(1주) 지도자양성에 지원했고, 첫 해인 1959년 훈련자 중 20인이 탁월한 성적을 거뒀으며 1960년에는 지역 당 8인을 선발해 교육하는 것으로 확대 시행하는데, 이들이 각 지역에서 다시 4-H클럽부원을 하위 교육하는 방법도 생각할 수 있으나 당시의 곤란 때문에 어려움이 있다는 것이다. 따라서 적어도 1959~60년에는 아시아재단의 지원이 있었다는 것을 분명히 확인할 수 있다. 이 지원이 이후에도 계속되었는지 아직까지는 알 수 없다. 다만 행정직제상 농사원이 농촌진흥청으로 개편된 것

위주로 더욱이 정부산하기관에 대한 지원을 의식적으로 기피했던 아시아재단
이 농사원의 4-H클럽 육성사업에 당시로서는 거금을 원조했다는 사실은 특기
할 만하다. 우선 한국정부와의 관계는 1950년대 이승만정부가 지역개발사업
에 소극적이었음에도 불구하고 미원조기구의 시범마을사업이나 4-H운동에 대
해서는 비교적 협조적이었다. 긴급구호사업에서 탈피해 농촌재건 및 농촌경제
발전을 위로부터 의도한 시범마을사업에 정부는 정부보조금 제공 등 보조적인
위치에서 사업에 참여했으며, 4-H운동에 대해서도 비공식적 차원의 농촌지역
개발사업이라는 점, 농촌계몽운동의 성격이 농후했다는 점, 미국4-H와의 유
대관계를 바탕으로 한 한미우호관계 증진에 긍정적으로 기여할 수 있다는 점,
특히 4-H운동 자체가 산림녹화, 문맹퇴치, 저축운동 등 공공적이며 국책부흥
의 성격을 지녔기 때문에[72] 정권 차원에서 4-H운동을 활용할 가치가 충분했
다고 볼 수 있다.

　박정희정부와 4-H운동의 관계는 더욱 공고해졌다. 미 원조기관이 주도한 지
역개발사업의 독자성을 부정하고 사상무장 강화를 강조하며 국가주도권을 행
사하는 방향으로 지역개발운동을 추진하는[73] 가운데 4-H운동에 대한 국가의
개입이 강화된다. 농촌진흥청이 발족된 뒤 정부의 조직적인 개입 및 지원이 시
행되는데, 특히 1965년 4-H특수지도사의 부활을 비롯해 민간단체의 육성, 자
원지도자 연찬회, 4-H연합회의 적극적인 육성 등이 이루어지면서 4-H운동이
중흥을 맞는다.[74] 정부와의 유착을 통해 비약적인 성장을 할 수 있었던 것이다.

이 1962년임을 감안하면 이때까지 지속되었을 개연성이 높다.
72　「농촌청소년단체 4H구락부란 무엇」, 『동아일보』, 1955.8.22, 「농촌생활과 그룹 활동-4H사
　　업의 목적과 유래를 알아본다」, 『주간새나라』, 1963.1.7.
73　허은, 「1950년대 후반 지역사회개발사업과 미국의 한국 농촌사회 개편 구상」, 『한국사학보』
　　17, 고려사학회, 2004, 306쪽.
74　1954년부터 개최된 4-H구락부중앙경진대회가 1965년(14회) 정부의 개입으로 종합 성적이
　　가장 우수한 시도에 대통령 봉황기를 수여하기 시작했다.

따라서 1950년대 초창기 4-H운동의 자발성은 상당히 퇴색할 수밖에 없었다. 정부와의 유착은 1970년대 새마을운동으로 연계된다. 어쩌면 새마을운동은 4-H이념에서 비롯된 것이었고 따라서 4-H회원들이 적극적으로 동참하면서 새마을운동이 빠르게 확산되고 뿌리내릴 수 있었다. 새마을운동 점화 과정에서 새마을지도자 가운데 30% 이상이 4-H구락부 출신이고 4-H운동이 활발한 지역은 수용 태세가 빠르고 성과도 좋았다는 지적이[75] 이를 잘 입증해준다. 새마을운동 전개 초기에는 새마을중점사업 4대 분야의 하나로 '농촌지도자육성'이 채택되었으며, 그 구체적 프로그램으로 4-H영농 및 기계훈련, 4-H클럽육성 등을 핵심과제로 설정한 가운데 전체 예산의 26%를 배정할 만큼 기존 4-H클럽을 적극적으로 활용하는 동시에 확대 육성하고자 했다.[76] 정책적으로 4-H클럽활동이 새마을운동에 포섭된 형태였지만 4-H클럽과 새마을운동이 공고하게 연계됨으로써 4-H클럽의 이념, 조직, 활동이 오히려 발양되는 효과가 발생할 수 있었던 것이다. 한미재단이 1970년대 새마을운동새마음운동 포함을 주요 원조대상으로 삼았고 또 4-H사업을 동남아로 확대 · 적용한 것도 4-H운동의 성과를 지속하기 위해서였다.

문제는 이 같은 국가의 개입이 한국4-H을 폄하하는 이유가 된다는 점이다. "다분히 정부 당국이나 행정관청에 의해 장려된 하향식 조직"[77]에 불과하다는 평가가 주를 이루는 가운데 본격적인 연구 자체가 아예 봉쇄된 것은 문제이다.

---

[75] 한국4H운동50년사편찬위원회, 앞의 책, 105쪽. 반면 새마을운동에 관한 공적 기록, 가령 새마을연구회 편, 『새마을운동10년사』(상/하)(내무부, 1980)에는 새마을운동과 4H운동의 관련에 대한 언급이 한 곳도 없다. 박정희 개인의 치적으로만 분식되어 있을 뿐이다.

[76] 농촌진흥청, 『1972년도 새마을 중점지도사업계획』, 1972, 3~10쪽. 이 계획서에는 전국 16,600개의 새마을마다 4-H클럽을 조직 · 육성하여 4-H클럽활동을 통한 지도력 배양과 부원들에게 영농 및 농기계 훈련을 중점 실시할 것을 목표로 설정한 가운데 4-H이념을 새마을운동으로 구현할 것을 중요한 방침으로 강조하고 있다. 4-H클럽이 새마을운동의 선도적 실천체로 거듭난 것이다.

[77] 김동춘, 「1950년대 한국 농촌에서의 가족과 국가」, 역사문제연구소 편, 『1950년대 남북한의 선택과 굴절』, 역사비평사, 1998, 212쪽.

4-H운동의 반관반민의 성격은 4-H클럽의 본질이며 4-H운동의 특징이라 할 수 있다. 4-H클럽의 이념과 강령, 즉 '4-H는 지Head, 덕Heart, 노Hands, 체Health의 이념을 생활화하여 모든 일에 명석한 머리로 창의적이고 합리적인 의사결정 능력과 과학적인 기획력을 발휘하고, 타인에 대한 관심과 배려를 행동으로 보여주고, 노동과 일을 신성시하고 적극적인 참여와 봉사를 다하며, 정신적·신체적 건강을 단련하고 유지함으로써 우리나라 농업 및 지역사회와 국가에 크게 기여할 뿐만 아니라 나아가서는 국제사회에 이바지할 수 있는 건전한 민주시민으로 양성하는 실천적 청소년 사회교육'이라는 점에서 4-H클럽은 일정 부분 국가주의적 성격을 내포하고 있다. 또 4-H클럽의 발상지인 미국에서의 4-H운동도 1920~30년대 미국 농무성의 중요한 농촌지도사업이었으며 제2차 세계대전 동안에는 관급적 국민통합운동으로 그 이후로는 지역사회의 청소년을 위한 국가의 공적시스템으로서 큰 역할을 담당하고 있다.[78] 국가와의 협력관계가 오히려 발전의 동력으로 작용한 점이 없지 않다. 박정희정부의 개입, 특히 농촌진흥청지도국 청소년과에서 4-H사업을 주관하게 됨으로써 4-H클럽이 국가권력에 포섭되어 동원의 대상으로 활용됐다는 사실을 인정하더라도, 그것이 국가권력의 의도가 일방적으로 관철되었다고 단정할 수 없다. 적어도 민간적 부문에서의 의의, 특히 그것이 한미재단을 매개로 미국적 제도와 가치를 내포한 (농촌)근대화의 의도가 어떻게 작용했는가는 충분히 검토해볼 만한 가치가 있다고 본다.

한미재단의 4-H원조와 미국의 공적 지역개발사업의 직접적인 관련은 찾아보기 어렵다. 다만 미국이 주도한 시범마을사업의 추진과정에 4-H운동이 밀접하게 연루되어 있으며 또 사업의 긍정적 결과를 이끌어하는 데도 크게 기여했다는 사실을 발견할 수 있다. 1961년 9월 기준 지역사회개발시범부락과 4-H클

---

78 한국4-H본부 부설 농촌청소년문화연구소, 『4-H 이념실천 프로그램』, 2000, 5~8쪽.

럽의 전국적 규모를 살펴보면, 시범부락은 68개 군에 걸쳐 275부락에 27,500명으로 구성되어 있고, 4-H클럽은 7,477부락에 257,034명의 회원으로 전국 리동里洞 수의 약 34%7,477/22,027에 4-H클럽이 발족된 상태였다.[79] 그런데 시범부락으로 지정된 곳은 거의 예외 없이 4-H클럽이 존재했다. 한봉석의 시범마을사업에 관한 구술조사연구에 따르면, 시범마을사업이 실질적으로 미 원조기구가 주도권을 행사하는 가운데 농촌지도와 농촌경제 안정화라는 미국의 대한정책을 반영한 목적을 지녔으나, 경제적 측면에서는 약간의 소득구조 개선이 있었을 뿐 농촌경제구조 자체를 개혁할 정도는 아니었음에 비해 문화적 측면에서는 상당한 성과가 있었다고 평가한다.[80] 그 문화적 성과의 핵심으로 꼽은 것이 사업을 통해 유입된 공간개념의 변화, 근대기술의 도입 그리고 이를 바탕으로 한 민주주의와의 접촉이며, 이러한 긍정적 변화를 주도한 것이 4-H회원들이란 것이다.[81] 이 같은 결과가 민주주의의 절차적 수준의 안착을 추구하던 지역개발사업과 농촌지도의 입장에서 국가를 위해 민주시민을 육성하고자 했던 4-H클럽 활동이 상호 결합된 산물이라는 점에서[82] 한미재단의 4-H

---

79 공보부조사국, 『전국홍보선전매개체실태조사 총평(자료 제8집)』, 1961, 71~80쪽. 시범군(郡)에는 1명의 대표지도원이 시범부락에는 지도원이 각각 주재하였으며(전국적으로는 대표지도원 78명, 지도원 108명) 당시 시범부락사업이 가장 활발했던 곳은 제주도로 약 20%였다(31/151). 4-H클럽은 1개 시군에 약 44개의 구락부가 설치된 꼴로, 구락부 수로는 전남(1,165), 충남(1,104), 경북(1,040) 순이며, 회원수로는 전남(43,508), 경남(38,735), 충남(38,036) 순이었다. 서울은 27구락부에 불과했다. 4-H클럽이 전국적으로 확대될 수 있었던 것은 1957년 2월 농사교도법 제정·공포에 따른 농사원의 발족(1959)과 농사원이 농촌교도사업의 일환으로 4-H클럽의 육성을 담당한데 힘입은 바 크다.

80 한봉석, 「1950년대 말 농촌지도의 한 사례-지역개발사업 현지 지도원의 활동을 중심으로」, 『역사문제연구』 19호, 역사문제연구소, 2008, 133~134쪽.

81 실제 시범마을사업의 우수 사례로 손꼽힌 경기도 광주군 퇴촌면 광동리의 경우 지역사회개발사업으로 인해 생활혁명, 사고방식의 개혁이 이루어지고 이를 바탕으로 3년 만에 '광동리의 기적'이라 일컬을 만큼 모범농촌으로 탈바꿈한 데는 마을지도요원의 헌신적인 노력과 함께 4H클럽의 활동이 있었다고 평가하고 있다. 흥미로운 것은 설익은 민주주의 때문에 선거를 한 번만이라도 치르면 씨족 다툼이 재연돼 협동정신에 균열이 발생한다는 마을사람들의 전언이다. 「젊은 여성지도로 갱생」(『동아일보』, 1960.7.13), 「이렇게 궁핍에서 해방됐다」(『경향신문』, 1961.6.4).

82 한봉석, 앞의 글, 126쪽.

원조가 결과적으로 미국이 의도한 지역개발사업과 부합하는 방향을 지녔다고 볼 수 있다. 이는 나아가 미국식 근대화와 민주주의를 전파해 미국의 영향력을 확대하고자 했던 미국의 대한원조정책의 의도와 4-H원조가 무관하지 않다는 것을 말해준다.

주한 미공보원의 활동과는 간접적인 관련이 있다. 미공보원이 한국에서 민주주의의 효율적 전파·적용과 미국식 생활방식 및 미국문화에 대한 지식을 증진시키기 위한 목표의 일환으로 시도했던 잡지 출간, 즉 월간지 『새힘』1958 은 4-H클럽 활동의 목표·방향과 부합한다. 미공보원이 한국농민을 위해 직접 35만 부를 제작하여 농촌지역에 대량으로 배포한 『새힘』은 미국농민의 영농방식, 생활, 한국농민의 성공사례, 농업신기술 소개 등을 주 내용으로 하고, 여기에 미국원조의 의의, 민주주의 등과 관련된 글을 포함시켜 독자들의 의식 변화를 시도했는데,[83] 이는 농촌지도교육과 농촌근대화를 추구했던 4-H운동과 대동소이하다. '농촌사람들을 위한 잡지'를 명시적으로 표방하고 마을이장을 통로로 각 지방 농촌세부까지 그리고 기타 농업학교, 농촌지도조직에 분배하는 배포망을 갖췄기 때문에 다수의 한국농민에게 수용되었을 가능성이 높고 따라서 특별한 교육용 지도서가 없었던 초기 4-H활동에 활용되었을 가능성이 매우 크다. 당시 농사원교도국 기술보급과에서 보급한 『농민총서』 시리즈가 농약사용법 등 농업관련 단편적 요령을 제공한 것과 비교해볼 때 의도적으로 농

---

83 정일준, 「미국의 냉전문화정치와 한국인 '친구' 만들기―1950, 60년대 미공보원(USIS)의 조직과 활동을 중심으로」, 학술단체협의회 편, 『우리 학문 속의 미국』, 한울아카데미, 2003, 43쪽. 그의 분석에 따르면, 『새힘』의 약 60%는 농민들이 흥미를 가질 만한 정보로 채워지고 나머지 40% 정도는 농업기술에 관련된 것으로 구성되어 있다. MOTT Box-7에 『새힘』 일부가 보관되어 있다. 아시아재단도 (농업)선교사 Dextern Lutz가 발행한 당시 유일한 농촌잡지 『농민생활』(6천 부 발행)에 용지공급과 더불어 발간보조비 500달러를 제공한 바 있다(1955.12). 『농민생활』은 1929년 기독교장로교총회가 평양에서 발행한 월간잡지로 농촌근대화와 계몽, 기독교의 전도에 기여하다 일제의 탄압으로 폐간된 뒤 1954년 6월 루츠에 의해 속간된 몇 안 되는 농민잡지였다(『동아일보』, 1963.5.21).

촌에 적합한 실용성과 흥미를 지닌 콘텐츠로 구성되었기 때문에 더욱 그러했을 것이다.

셋째, 4-H사업은 한미재단의 한국원조 중 미국적 가치와 이념이 직접적으로 전파될 수 있는 대표적인 사업이었다. 한미재단의 4-H원조가 미국 내 모금운동에 의한 지원뿐만 아니라 미국4-H클럽과의 직접적인 연계를 주선해 한국 4-H운동이 미국적 체험을 수용하게끔 통로를 개척했다. 1972년에는 한미재단이 US National 4-H Foundation과 농촌진흥청의 협조를 구해 한국청년 90여 명을 미국으로 파견해 2년 동안 미국농장에서 일하면서 미국의 농업혁명을 체험하게끔 주선했고 이들이 귀향할 때 각자의 계획을 실행할 수 있도록 저금리의 장기대부금을 제공하기까지 했다.[84] 미국의 재정원조와 기술원조 그리고 지적노하우가 다방면으로 제공될 수 있었던 것이다. 당시 민간경제 관계는 정부의 중개를 통해서 미국의 생산자와 한국의 가공업자 사이에 이루어지는 것이 고작이었다.[85] 또한 미국과 한미재단은 4-H클럽의 조직과 운영체계에 미국식 모델을 따르기를 희망했고 실제 그렇게 추진되었다. 초창기 한미재단이 4-H사업을 기획, 추진한 운영주체였기 때문에 큰 무리 없이 적용될 수 있었다.

다만 한국의 실정에 맞게 부분적인 제도 변경을 통해 4-H운동이 안착할 수 있도록 융통성을 발휘했다. 예컨대 4-H부원 자격연령을 1963년부터 기존 만 10세~20세에서 만 13세~24세로 변경하고 연령별 지도방법을 좀 더 체계화하여 농촌지도사업의 효율을 높이고자 했다. 기존의 자격연령으로는 4-H부원 생활을 마친 20대 초반 미혼남녀들 대부분이 활동 지속이 어려워 자조적인 학습조직 강화를 기대하기 어려웠고, 20대 청년을 계속 지도하여 우수한 농민후

---

84 *THE AMERICAN KOR-ASIAN FOUNDATION A Program History 1952~1976.*

85 전택수, 「1960년대 한미경제관계 – 미국의 시각을 중심으로」, 한국정신문화연구원 편, 『1960년대의 대외관계와 남북문제』, 백산서당, 1999, 106쪽. Chemtex가 미국기업으로서는 최초로 한국에 공장을 건설했던 것은 1962년이다.

계자를 확보·육성하는 데도 지장이 있었으며, 만 13세 미만의 의무교육단계에 있는 어린 부원들이 무리한 활동을 하게 되는 문제점이 노출되면서 농촌지도사업의 교육적·실용적 목적 달성이 어려웠기 때문이다.[86] 농촌청년에 해당하는 징집제도가 안정화된 것도 고려되었다. 자격연령 변경을 비롯해 한국의 변화하는 실정에 부합하는 방향으로 제도 개선이 이루어지고 대상연령층의 호응이 높아지면서 4-H클럽은 급성장하여 1967년 5월 기준농촌진흥청 통계 전국에 29,292클럽이 조직되고 회원 수는 718,663명남 : 418,875, 여 : 299,788에 달해 클럽규모와 회원수 모두 미국에 이어 세계 두 번째 수준이 되었다.

4-H클럽의 목적 가운데 하나는 민주주의 기본원칙에 대한 교육과 실천을 통해 건전한 민주시민을 양성하는 데 있다. 그 민주의식은 개인의 (근대적)의식 각성뿐만 아니라 공민公民의식 함양까지 포함하는 것이었다. 실제 4-H클럽은 공민권을 강조했고 '4-H공민의 서약'을 만들어 교육과 훈련에서 낭송하게끔 했다. 4-H클럽의 이 같은 목표가 실제 활동에서 어떻게 적용되었고 어떤 결과를 야기했는지 확인하기는 쉽지 않다. 다만 현지조사, 설문조사 등에서 상당히 긍정적인 효과를 낳았다는 정도는 확인이 가능하다. 민주주의에 대한 교육이 놀이오락라는 행위를 매개로 이루어지면서 농촌청소년들에게 자연스럽게 받아들여졌고, 의사결정과정이 민주주의의적 절차에 의해 이루어졌으며 이들이 성장해서 마을회의에 참여했을 때는 더 이상 전래의 마을회의는 존재할 수 없는, 적어도 4-H클럽이 조직된 농촌에서는 절차적 민주주의가 상당부분 양성·관

---

86 특히 자격연령의 변경은 한국 실정에 맞는 4-H활동의 목적과 지도방침을 잘 드러내주는 요소이다. 1947~51년에는 만 20~30세로 해방 직후 농촌부흥을 위한 중견농민양성을 목표로, 1952~62년에는 만 10~20세 미혼남녀청소년으로 전후 농촌재건을 추진하기 위해, 1962~73년에는 만 13~24세로 농촌지도자 육성을 위해, 1974~79년에는 만 13~26세로 새마을운동과 연계해 새마을지도자 육성을 위해, 1980~90년에는 만 13~29세로 영농후계세대 육성을 위해서였다. 한국농촌사회의 변화와 연동된 산물이다. 4-H클럽 회원수가 1969년을 고비로 점차 감소현상을 보인 것도 도시근교지역의 도시화가 촉진되고 농촌에서의 이촌(농)현상이 두드러지면서 나타난 자연스러운 결과였다.

철되고 있었다는 것을 확인할 수 있다.[87] 또한 1970년대 강원도지역의 모범 4-H와 활동저조 4-H를 대상으로 한 4-H활동의 근본목적에 대한 설문조사 결과를 보면, 4-H활동이 협동심 앙양에 기여했고 비회원들도 협동의 필요성을 인식하고 있으며 부원들의 봉사정신 앙양을 4-H활동 효과로 인정한 점 등을 미루어 볼 때[88] 4-H클럽이 민주주의에 대한 의식적 각성에 긍정적으로 작용했다고 평가할 수 있다.

지역적, 시기적인 편차가 있겠으나, 4-H클럽이 의도한 건전한 민주시민의식의 함양이 한국 농촌사회에 긍정적인 변화를 촉진시키는 데 나름의 역할을 수행했다고 봐도 큰 무리가 없을 듯싶다. 다만 이 같은 성과를 미국화로 단정하는 것은 무리가 있다. 미국의 지역개발프로젝트가 민주주의 전파에 일관된 관심을 가졌고 이를 통해 저개발국가에서 미국의 지배력을 확대하고자 한 것은 분명한 사실이나, 한미재단의 4-H원조가 원조를 매개로 한 한국의 농촌근대화와 민주주의 발전을 촉진시킨 점을 도외시할 수는 없다. 하방연대下方連帶의 긍정적 성과로 볼 수 있지 않을까.[89] 적어도 야합과 추종의 상향연대로 일관한 (공적)한미관계와는 구별되는 지점이 존재한다는 점에서 그렇게 볼 여지는 충분하다.

그런데 한미재단의 4-H클럽 원조를 통해 미국적 가치와 이념이 전파되는 유력한 통로는 농촌지도훈련프로그램이었다. 특히 1964년 경기도 소사에 4-H훈련농장을 완공하고 이를 거점으로 한미재단 4-H기획부가 전국에서 선발된 4-H부원들에게 각종 새로운 영농기술과 지도력 배양에 관한 종합훈련을

---

87 한봉석, 앞의 글, 122~133쪽 참조.
88 문원보, 「4-H운동의 활동효과에 관한 조사연구-강원도 지역을 중심으로」, 고려대 석사논문, 1976, 63~64쪽.
89 '하방연대'는 신영복이 제기한 용어로(『담론-신영복의 마지막 강의』) 낮은 곳, 약한 곳, 뒤처진 곳으로 지향하여 함께하는 연대가 하방연대이고, 하방연대야말로 21세기 문명사적 전망성을 담보한 진정한 연대라는 것이다. 이 글에서는 이 같은 질적 의미보다는 강자와 약자가 맺는 연대의 한 형태로 사용했다.

실시하여 농촌지도자 양성을 집중적으로 시행했다. 이 이전에 한미재단은 농사원 구내에 4-H농공훈련장을 설치하여1960.3 우수 4-H회원 54명을 선발하여 국내 최초의 4-H기술교환사업을 실시했고, 신림동 개인소유 경작지 2천평을 임대하여 간이 4-H훈련농장을 설립하고1961 경기도 내 4-H중견부원을 대상으로 단기과정의 계단식 개간과 축산교육을 실시한 바 있는데,[90] 소사4-H훈련농장 설립을 계기로 1965년부터는 오로지 4-H부원만을 대상으로 한 독자적인 지도훈련 사업을 추진할 수 있게 되었다. 3주 단기훈련비용 일체는 한미재단이 제공했으며 선발된 훈련생들에게는 4-H장학금이 주어졌다. 1966년 11월까지 501명이 훈련과정을 이수했으며 1968년 말까지 34회에 걸쳐 881명의 훈련생을 배출했고 1969년부터는 매년 300여 명으로 확대되었다.[91]

주목할 것은 이 교육 및 훈련프로그램이 실행되는 과정에서 교육담당자The AKF Training Staff는 한미재단 4-H 기획부장 보이드를 주축으로 한국인 강사 5~6명으로 구성되었는데, 계단식 개간bench terracing의 지도와 훈련을 미 농업전문가 롤프가 담당한 것처럼 전문적인 지식과 노하우가 필요한 영역은 미국에서 관련전문가를 초빙하여 실시했다는 점이다. 또한 한미재단 독자적으로 훈련프로그램의 교재를 만들어 활용했다. 한미재단 4-H 기획부가 편찬한 일련의 훈련용 교본, 이를테면『한미재단 4H훈련교본』1968,『한미재단 4H생활개선교본－농촌청소년사업을 위한 지도교본』1970,『한미재단 4H오락교본』1970,『한미재단 농민훈련 기본교재; A.K.F. 4H Training Manual』1977 등은 4-H클럽의 이념에서부터 활동사례에 이르기까지 모든 내용을 구체적·체계적으로 담고 있어 당시로서는 찾아보기 힘든 탁월한 교과서였다. 농촌청소년교육에 오락을

---

90 한국4H운동50년사편찬위원회, 앞의 책, 87쪽.
91 김헌규, 「한미재단 4-H훈련농장 탐방기」,『과학과 기술』2-3, 한국과학기술단체총연합회, 1969, 94~95쪽.

접맥시킨 것이 눈에 띈다. 평균 35,000부 이상 발간해 훈련교재로 사용했을 뿐만 아니라 전국의 4-H클럽과 고등학교 및 농촌진흥청 산하기관에 무료 기증함으로써 4-H클럽의 이념과 목표 그리고 농업관련 기술을 전파시키는 데 매우 유용한 역할을 했다.[92]

이 과정을 통해 농촌의 성인층과 청소년들에게 민주주의 기본원칙과 실천적인 교육을 위주로 한 기술원조가 실질적으로 이루어질 수 있었다. 미국의 대외원조의 목적 가운데 하나가 기술원조 지원을 통해 피원조국이 지식과 제도의 흡수를 통하여 미국을 자연스럽게 존경하는 위치에 서도록 하는 위계적 관계를 형성하는 데 있고 또 미국이 한국에서 추진한 Community Development Projects가 미국의 지배질서 구축에 있다고 할 때,[93] 한미재단의 4-H원조도 이와 무관하다고 보기는 어렵다. 어쩌면 한미재단의 4-H 훈련농장과 이를 거점으로 한 4-H 농촌지도훈련프로그램이 이 같은 미국 대한원조의 목표에 가장 근접한 사례일 수 있다.[94]

---

92 그것은 한미재단의 존재를 대중적으로 확산시키는 의미도 있었다. 모든 교본의 서두에는 한미재단의 대한원조 목적을 명시한 구절을 배치하고 있다. "THE AMERICAN-KOREAN FOUNDATION : The American-Korean Foundation was established in 1952 by United States and Korean business, health, and civic leaders concerned with the plight of the Korean people and convinced of the great importance of helping them. The American-Korean Foundation is a voluntary agency which is nonprofitable, nonpolitical, and nonsectarian and is designed to help the Koreans help themselves. The purpose of the American Korean Foundation is to help in the achievement of agricultural, educational, health, rehabilitation, economic, and general welfare programs for the Republic of Korea." (한글 병기 포함)

93 허은, 앞의 글, 279~280・307쪽. 그가 지역사회개발사업이 미국의 지배질서 구축과 연결되어 있다고 판단한 근거는 첫째, 원조담당자가 지역개발사업 도입과정에서 미국적 사회관과 가치를 '진보의 도구'로 강조했고, 개인의 권리와 민주주의적 절차의 확대를 사업평가의 주요 기준으로 삼았다는 점과 둘째, 미국적 제도와 가치 확대를 미국의 지위와 영향력 확대라는 현실적이해와 연결시켜 파악했다는 점을 든다.

94 1960년대 이후의 한국4-H클럽의 대표적 활동 및 내용은 대체로 ① 4-H연수훈련 ② 국내 기술교환 ③ 중앙농업기계훈련소 운용 ④ 지방4-H 농공훈련생 양성 ⑤ 한미재단의 4-H사업 ⑥ 국제 기술교환 ⑦ 4-H과제물 활동(1인 1과제운동) ⑧ 4-H봉사활동 ⑨ 4-H야외활동 ⑩ 4-H경진회 등을 꼽는다. 한미재단의 4-H사업내용은 물적, 인적, 기술적 분야 등 다양했으나 가장 중

지금까지의 논의를 요약하면, 한국4-H클럽은 비자생적非自生的 집단이자 비자주적非自主的 활동을 전개한 1950~70년대 한국농촌에서 가장 강력한 청소년 단체였다고 할 수 있다. 비자생성은 미국에 의한 미국적 모델의 이식을 말한다. 실제 미국에서 시작된 4-H클럽이 외국에 전파될 때 도입국의 실정에 맞게 변형되는 경우가 많았다. 가령, 영국은 '청소년농부클럽Young Farmers Club'으로, 타이완에서는 '사강회四康會'로 개명하여 도입했을 뿐만 아니라 프로그램도 다분히 자기나라 사정에 맞도록 고치거나 새로 마련하는 과정을 거쳤으나 한국은 이념, 목표, 제도, 프로그램 등 전반을 미국의 4-H 그대로 직수입하였다. 더욱이 4-H클럽 재건 이후 한미재단의 지속적인 원조를 받았고, 프로그램 대부분이 한미재단에 의해 운영되었기 때문에 미국의존성에 대한 비판이 뒤따랐다. 특히 운영과 활동이 지나치게 미국을 모방하는 것에 대한 비판이 거셌다.[95] 전국대학4-H연구회연합회가 1964년부터 발간한 『4-H연구』에는 다소 막연한 민족주의적 감정에 입각한 비판적 글이 더러 실리기도 했다. 주목할 것은 그러나 4-H클럽의 이념과 목표에 대한 비판은 거의 없었다는 사실이다. 오히려 그 이념과 목표를 제대로 구현할 수 있는 현지화의 필요성이 강조되면서 한국적 프로그램 및 지도방안의 부재에 비판의 초점이 맞춰져 있었다. 후원자로서 한미재단(미국)의 역할을 선용하면서도 자주적 운영이 요구되는, 양자의 조합이 유리하다는 것이 지배적인 의견이었다.

비자생성과 관련해 특기할 사항은 미국적 모델이 적용·운영되면서 점진적으로 자생성이 추동되었다는 점이다. 즉 농사원農村振興廳과 한미재단의 협조 아

점을 둔 사업은 농촌지도자 훈련·육성프로그램이었다. 이 지도자프로그램은 (고등학생·대학생)4-H장학금 제공과 4-H경진대회, 4-H세미나, 대학4-H연구회 등에 대한 상당한 보조금 지급, 자체 제작한 각종 책자 발행 및 무료 배포 등과 유기적으로 결합돼 있었다.

95 이상주, 「교육혁명, 사회교육의 개선 방향」, 『매일경제신문』, 1971.12.23. 미국의존성은 4-H클럽 뿐 아니라 YM(W)CA, 보이(걸)스카우트 등 당시 대부분의 청소년단체에 대해서 공통적으로 지적된 문제점이었다.

래 추진된 농촌지도자 육성과정에서 자연발생적인 농촌자원지도자가 급증했다. 농촌자원지도자는 농촌진흥에 뜻을 두고 지역사회개발에 자발적으로 참여한 지도자그룹으로 그 규모가 1958년 4-H클럽의 자원지도자 6,528명으로 시작해 1971년에는 58,352명으로 확대되었고, 1971년 농촌개량클럽지도자 31,509명, 생활개선클럽지도자 20,355명 등 총 110,216명의 농촌자원지도자가 활동하기에 이른다.[96] 이들은 지도자프로그램을 이수한 것이 아닌 자발적으로 4-H클럽활동 등 농촌지역개발에 복무한 경우로 4-H클럽활동의 여파로 자극·촉진된 산물이었다고 할 수 있다. 4-H클럽자원지도자는 4-H클럽의 질적 향상을 나타내주는 지표로, 4-H운동의 전위부대 역할을 수행했기 때문에 한미재단이 자체 농촌지도훈련프로그램을 기획하고 지도자 양성에 주력했던 것이다.[97] 이렇듯 한국에서의 4-H클럽운동은 비자생적으로 출발했으나 현지화 전략이 일정정도 주효하면서 자생성이 촉발·강화되는 독특한 전개 과정을 보여주었다. 미국식모델 이식의 비자생성을 미국종속성으로 간주하기 곤란한 지점이다. 한미재단을 매개로 한 미국식모델의 도입과 운영이 한국4-H클럽의 지속적 성장에 결정적인 역할을 했던 것이다.

비자주성은 한미재단을 주축으로 한국정부와 미국4-H클럽의 유기적인 협력에 의해 4-H클럽의 활동이 이루어졌다는 것을 일컫는다. 앞서 언급했듯이 이 같은 4-H클럽의 비자주성, 구체적으로 말해 관급성 및 독자성자율성의 양면

---

96 문화공보부, 『새마을운동』, 대한공론사, 1972, 199~200쪽. 농촌자원지도자들의 규모가 확대되면서 1970년 2월 농촌진흥청 주선으로 사단법인 전국농촌자원지도자중앙회가 결성되었고 이들이 새마을운동의 핵심 주체가 되면서 초기 새마을운동이 촉진되는 데 크게 기여한다.

97 4-H자원지도자들은 농촌부락 내에 거주하며 지덕을 겸비한 독농가(篤農家)로서 4-H사업발전에 헌신할 수 있는 사람들을 추대로 뽑았는데 무보수였고 자원에 의하여 업무를 담당했다(유봉수, 「지역사회개발과 지역사회권력구조 간의 관계에 대한 연구」, 고려대 석사논문, 1976, 50~53쪽). 4-H자원지도자가 점증했음에도 불구하고 1965년 이후 4-H클럽 당 4-H자원지도자가 평균 2명에 불과해 4-H클럽운동을 확산시키는 데 막대한 지장을 초래하고 있다는 판단 아래 한미재단이 농촌지도훈련프로그램을 기획했던 것이다(한미재단, 『한미재단4-H훈련교본』, 12쪽).

성이 오히려 한국 4-H클럽이 단기간에 안정적으로 정착될 수 있었던 요인이기도 했다. 그런데 비자주성이 4-H클럽의 사업프로그램을 좌우한 요소가 아니라는 점이 중요하다. 행정제도 차원에서는 농촌진흥청 산하에 귀속되면서 일정한 행정적 제약을 받아 새마을운동, 농촌지역개발사업 등의 국책사업에 동원·이용되는 것은 불가피했으나 4-H클럽의 사업 내용에까지 간섭을 받은 것은 아니다. 이때의 관급성은 5·16쿠데타 직후 재건국민운동본부의 인간개조운동, 즉 반공과 내핍, 근면정신의 고취, 생산 및 건설의식 증진, 도덕적 앙양, 정서순화, 국민체위 향상 등을 과제로 내걸고 청년회, 부녀회 간부들을 교육시키는 향토교육원 142개를 설치해 일일 순회교육을 실시했던 한국인개조운동과 같은 관 주도의 국민동원과는 분명히 다른 것이었다.[98] 또한 반관반민에 의해 전 국민 독서운동과 지방의 사회교육에 중추적 역할을 한 마을문고운동 및 국민독서운동이 조직, 운영 면에서 문교부의 개입이 강했던 것과도 비교된다.

4-H클럽의 운영을 지배했다기보다는 막강한 조직과 영향력을 갖춘 4-H클럽을 여러 국책에 동원·이용하는 방식이었다고 보는 것이 적실하다. 실제 마을문고보급운동은 4-H클럽과 같은 기성 지방단체를 활용함으로써 성공적으로 추진될 수 있었다.[99] 특히 한미재단이 주력했던 4-H클럽농촌지도프로그램은 정부의 간섭 없이 일관되게 한미재단이 독자적으로 운영했다. "4-H활동을 통한 사회지도자의 육성은 행정기관의 반강제적 관료적 색채가 배지 않은 유

---

98 강준만, 『한국현대사산책−1960년대편』 2권, 인물과사상사, 2004, 19~20쪽. 농촌지역을 적극적으로 포괄한 이 인간개조운동으로 재건국민운동본부는 1962년 5월 초에 50만 명의 요원과 360만 명에 이르는 청년회원 및 부녀회원을 확보했다.

99 중앙대학교부설 한국교육문제연구소, 『문교사−1945~1973』, 중앙대 출판국, 1974, 451쪽. 4-H클럽은 마을문고 조직과정에서 문고를 운영하는 독서회의 소년반 및 소녀반(13세~17세), 청년반(18~30세) 및 처녀반(18세 이상의 여자)을 조직할 때 적극적으로 활용되었다. 1965년 6월 박정희의 지시로 본격화된 '향토학교운동', 즉 제1차 경제개발정책이 추진되면서 지역사회의 문화, 경제, 사회적 향상을 위한 계몽지도, 노력봉사, 향토발전의 도모 등의 필요성이 대두되어 전개된 이 운동의 추진과정에서도 4-H클럽이 활용되었을 것으로 추정된다.

일한 지도자 육성법"[100]이었던 것이다. 따라서 비자주성은 한미재단미국과 한국 정부 그 어느 쪽의 특정 의도가 일방적으로 관철된 산물이라기보다는 4-H클럽운동의 이념과 목표에 양자가 공명한 상태에서 각자의 의도가 동반자적 관계를 맺은 결과였다고 볼 수 있다. 비자주성을 4-H클럽운동이 성취한 성과와 그 효력에 직결시켜 평가하는 것은 단편적이다.

그렇다면 한미재단의 4-H클럽 원조를 어떻게 평가할 수 있을까? 무엇보다 이 문제는 원조의 성과 및 그 영향과 직결된 사항이다. 한미재단의 4-H원조의 성과를 계량해내기란 무척 어렵다. 4-H클럽의 주된 활동이 농촌지역사회개발과 차세대영농인을 양성하는 데 있고 이를 위해 한미재단이 기술원조와 농촌 지도자교육에 집중했다는 사실을 감안할 때, 그 성과는 경제적, 사회적, 문화적 차원 등 다각도의 분석이 요구되는 작업이다. 4-H클럽활동이 왕성할 당시의 경제적 가치에 대한 분석은 있다. 1972년 4-H과제이수농가와 일반농가의 비교조사 연구에 따르면, 전자가 후자에 비해 농업소득을 2배 이상 올리는 등 소득최대화와 비용최소화의 경영원리를 적용하는 가운데 농업경영면에서나 농업발전을 촉진시키는 데 크게 기여할 뿐만 아니라 농업자원생산성을 높여 한국의 전통적인 자급농업을 상업적 농업발전으로 촉진시키는 중요한 사회공공투자로서의 가치가 매우 크다는 평가이다.[101] 적어도 4-H활동, 특히 농촌지도자훈련프로그램이 농촌의 경제적 근대화에 상당한 기여를 하고 있음을 확인할 수 있는 분석적 결과이다. 물론 이 같은 경제적 가치는 1970년대 후반으로 갈수록 감소되었다. 농촌분해에 따른 이농현상이 가속되면서 4-H과제나 훈련프로그램을 이수한 부원들의 상당수가 비농업분야로 진출하는 현상이 점증했기

---

100 김형석, 「지역개발에 미치는 비자생적 이익집단의 영향에 관한 연구—4-H클럽활동의 사회경제적 기능을 중심으로」, 서울대 석사논문, 1972, 69쪽.
101 위의 글, 71~72쪽.

때문이다. 1979년 4-H클럽회원을 비롯한 전국 18~24세의 농촌청소년들을 대상으로 한 의식, 태도, 흥미에 대한 설문조사 결과를 보면, 4-H회원들이 영농후계자로서의 책임의식이 가장 높았으나 일부에 국한된 회원만이 영농에 종사하려는 태도를 보인 바 있다.[102]

앞서 언급했듯이 한미재단의 원조가 미국의 대한정책과 무관할 수 없다고 할 때, 한미재단의 4-H클럽지원을 미국의 대한원조의 목표와 연관을 짓는다면 가장 중시될 부문은 문화적 분야의 성과일 것이다. 특히 미국 또는 미국적 가치에 대한 침윤 여부이다. 문화적 성과를 측정하는 것은 어느 부문보다도 더욱 어렵다. 그렉 브라진스키는 한미재단이 소사4-H훈련농장의 농촌지도훈련 프로그램을 가동할 때 한국농민에게 미국에 대한 동경이나 긍정적인 이미지를 주입하려고 노력했고, 소수의 저항이 없지 않았으나 대체로 성공적이었다고 평가한 바 있다.[103] 원조의 비대칭성을 고려할 때 충분한 개연성이 있다. 다만 그도 지적했듯이 그 같은 의도적 노력이 4-H클럽의 이념과 지향에 대한 교육을 통해서 이루어졌을 것이다. 그랬을 때 주목되는 것은 민주주의의 전파 및 확산이다. 건전한 민주시민의 양성은 4-H클럽의 주요 이념이었고, 한국에서도 영농기술의 습득뿐 아니라 정신적 측면에서 농촌청소년의 민주적인 성격과 사회성을 함양하는 데 4-H클럽의 존재의의를 부여한 것이 일반적이었다.[104] 앞서 거론한 바와 같이 구술조사연구를 통해 4-H클럽 활동이 제한적 범위에서나마 농촌사회의 절차적 민주주의에 대한 의식화에 기여했다는 것을 확인할 수 있었다.

저자 또한 4-H클럽이 민주주의의 전파와 확산에 상당한 기여를 했다고 판단

---

102 이무근 외, 「농촌청소년의 의식동향에 관한 연구」, 『서울대농학연구』 제4권 1호, 1979, 164쪽.
103 그렉 브라진스키, 앞의 책, 353~360쪽.
104 한국농촌사회연구회, 『농촌사회학』, 민조사, 1968, 156쪽.

한다. 여기에는 무엇보다 4-H클럽이 당시 농촌지역의 유일한 청소년단체이며 비정규적 사회교육단체라는 조직적 특성이 중요하게 작용했다.[105] 특히 1950년대 농촌지역에서 시설, 교재, 교육방법 등의 열악함 속에 정규교육이 부실할 수밖에 없었고 상당수는 상급학교로의 진학이 원활하지 못한 상태에서 게다가 찾아보기 드문 남녀혼성조직이라는 특수성은 농촌청소년층에게 4-H클럽 활동이 새로운 문화적 충격으로 감수되었을 것이다. 4-H클럽의 사업 내용도 당대 농촌사회 및 농민들의 당면한 관심이나 필요에 부합하는 것이었다. 전통적인 농업분야뿐만 아니라 특용작물, 과수, 축산, 양잠, 산림 등을 포괄한 과학적인 농업지식과 의식주생활과 직결된 생활개선운동, 협동생활 등 사회교육까지 포함했기 때문에 호응이 클 수밖에 없었다. 더욱이 주입식 교육보다는 자발적 참여를 원칙으로 한 1인 1과제와 집단과제의 실천 및 훈련과정을 위주로 프로그램을 진행함으로써 참여율을 높일 수 있었다. 실제 생활개선운동은 농촌여성들에게 상당한 호응을 받았고, 지역을 막론하고 여성들의 이 부문 과제이수 비율이 상대적으로 높았다. 또 4-H클럽의 모든 활동이 철저하게 민주주의 원칙에 입각해 수행되면서 자연스럽게 민주주의적 의결방법을 배우고 훈련할 수 있는 기회가 항상 열려 있었다.

이 모든 것들로 인해 4-H활동은 농촌청소년층에게 강한 영향을 끼쳤다고 볼 수 있다. 문원보의 조사연구에 의거하면, 이 같은 4-H활동이 상당한 성과를 거두었음을 확인하게 된다. 모범4-H부락/저조4-H부락, 부원/비부원 간에 큰 격차를 보이나 특히 4-H부원들에게 4-H활동이 대단히 긍정적으로 인식·평가되고 있다. 농사지식 증진에 큰 도움을 주며, 협동심 앙양, 봉사정신 앙양, 여가

---

[105] 4-H운동이 활성화되면서 확대 조직된 특수4-H조직, 예컨대 학교4-H클럽도 비정규적인 것은 마찬가지였다. 1974년 기준 학교4-H조직은 중학교 152개, 고등학교 185개, 대학교 32개 등으로 각종 학교가 4-H운동의 중요한 거점으로 부상했음을 알려준다. 농촌진흥청, 『농촌지도사업기본통계집』, 1974, 93쪽.

선용에 기여한다고 보는 가운데 4-H클럽에 대한 강한 신뢰를 표명한다.[106] 비부원들의 평가는 다소 인색하나 적어도 4-H클럽에 대한 신뢰만은 컸다. 또 비부원들이 협동의 필요성을 인식하고 부원들의 봉사정신의 앙양을 인정하고 있다는 점을 미루어 볼 때 4-H클럽 활동이 회원을 넘어 청소년층에게 광범하게 지지를 받았다고 추정할 수 있다. 민주적 공민, 시민 양성을 의도한 한미재단의 4-H지원이 나름의 성과가 있었다고 평가해도 큰 무리는 아닐 것이다.

문제는 그것이 농촌지역사회 각 부락 전체로 확산되었는가 하는 점이다. 4-H클럽이 청소년층뿐 아니라 성인층에게까지 민주주의의 기본원칙과 실천적인 교육을 목표로 했다는 점에서 또 청소년이 지역사회개발에 공헌하는 것도 중요하게 간주했기 때문에 이 점은 중요한 부분이다. 4-H클럽의 주요 목표 가운데 하나가 차세대 농촌지도자를 양성하는 것이고 따라서 장기적으로 4-H부원들이 성장하여 농촌지역개발에 복무하면 이러한 의도가 현실화될 가능성이 높은 것이지만, 현실은 그렇지 못했다. 4-H부원이 비농업 분야에 진출하는 현상이 점차 확대되면서 1970년대에는 과반이 넘는 수준이었다. 결론적으로 말해 4-H활동의 민주주의 원칙의 전파력은 매우 미약했다. 다시 문원보의 조사결과에 따르면, 4-H활동에 대한 부락민들의 신뢰 정도는 약했고 특히 남녀혼성조직이라는 것에 부락에서 비난이 높았다고 한다.[107] 모범4-H에서조차 30% 정도가 혼성조직을 반대했다고 한다. 여전히 당시 농촌사회에서는 전근대적 사고방식이 지배적이었던 것이다.

이뿐만 아니라 가부장적 권위주의가 온존한 상태에서 4-H청소년의 발언과 조언이 한국농가에서 받아들여지기 어려웠고 나아가 청소년에 의한 현실적인 농사개량이나 진취적인 부락사업 추진이 매우 어려운 형편이었다.[108] 실제 포

---

106 문원보, 앞의 글, 63~64쪽 참조.
107 위의 글, 53·59쪽.

드재단의 지원을 받아 실시된 1960년대 한국인의 가치관에 대한 5년간1964~69의 조사연구 결과를 보면, 농민층은 결혼, 가문, 자녀교육 등 가족가치관에서는 상당히 긍정적으로 변화했으나 남존여비사상과 장유유서관은 타 집단에 비해 완강하게 고수되고 있었다.[109] 아시아재단의 연구비보조1959.1로 실시된 농촌지역 사회조사연구에서도 가족의 민주화는 종적관계에서 횡적관계로 전환되는 움직임이 없지 않고, 여성의 지위 또한 가장 보수적인 농촌여성의 민주화에 대한 태도가 부분적으로 나타나는 긍정적인 변화에도 불구하고 농촌사회가 전반적으로 전통에서 민주사회로의 진전이 더딘 것으로 조사되었다.[110] 따라서 4-H운동이 고조되는 시기에 민주주의의 전파력은 4-H부원을 구심력으로 농촌청소년층에게 확산·삼투되었다고 볼 수 있으나 그것이 부락 전체 나아가 농촌사회 전반으로의 확산은 지극히 제한적이었다고밖에 볼 수 없다. 그것은 한미재단이 4-H클럽을 중심으로 한 지역개발프로젝트가 한국농촌사회의 구조적 모순을 타파하는 데까지 미치지 못했음을 의미한다. 물론 4-H운동이 농촌사회에 혁신적 기풍을 진작시킨 사실은 아무리 강조해도 지나치지 않는다.

이와 관련해 한미재단의 4-H클럽 원조가 미국화에 어떤 영향을 끼쳤는지 논란될 수 있다. 그것은 한국 4-H클럽에 미국적 모델이 이식·적용됐다는 사실 뿐만 아니라 4-H클럽 원조가 미국의 청년프로그램 대부분이 도시지역의 엘리트청년들을 대상으로 한 것과 달리 농촌지역에 적용한 희귀한 사례이기 때문이다. 일단 한미재단 및 재단의 4-H원조 그 자체가 미국의 이념과 가치가

---

108 김형석, 앞의 글, 8쪽.
109 홍승직, 『한국인의 가치관 연구』, 고려대 아세아문제연구소, 1969, 320쪽. 남존여비 사상의 경우 '현시대에 맞게 시정해야 한다'는 의견은 27%(기업인 67%, 교수 66%), '그대로 유지해야 한다'는 의견이 15%나 되어 타 집단에 비해 매우 높았다. 장유유서관은 '계속 그대로 유지되어야 한다'가 28%였고(기업인 10%, 교수 7%), '무조건 없애야 한다'는 의견은 0%였다.
110 고황경·이만갑·이효재·이해영, 『한국농촌가족의 연구』, 서울대 출판부, 1963, 246~254쪽 참조.

전파되는 주요 경로였다. 해방 후 미국문화의 전파와 이식은 주로 지식인, 미군, 매스컴이었으며, 그 외에도 국제적 조직이나 기관 특히 선교기관, 원조기관, 청소년조직 등이 직·간접적인 전파 경로였기 때문이다.[111] 4-H클럽 부원들의 경우는 미국에 대한 긍정적 인식이 주조되었을 가능성이 매우 높다. 특히 농촌지도훈련프로그램을 이수한 부원이나 한미재단의 주선으로 미국4-H클럽 연수, 4-H클럽국제컨퍼런스에 참여한 부원들은 더욱 그럴 것이다. 미국무성 그랜트프로그램이나 민간재단의 지원을 받아 미국연수를 체험했던 지식인들 대부분이 미국의 문명화와 근대적 민주주의제도에 감명을 받은 것처럼, 미국에서 6개월간 체류하고 난 뒤 미국의 노동관에 깊은 감명을 받고 미국인이 생활하고 노동하는 것과 같은 행동패턴을 받아들여야 한다고 강조한 한 청년의 경우와 같이,[112] 그 이상으로 농촌청소년들에게 미국은 동경의 대상이자 모방·추수의 욕망을 자극했을 것이다.

한미재단이 제작한 각종 교본을 보면 4-H클럽의 일반적 이념과 가치에 대한 내용은 물론이고 요소요소에 미국 4-H클럽의 성공 사례, 찰스 후리맨과 같은 미국중앙4-H클럽 관계자의 발언, "미국의 위대한 대통령" 링컨의 명구들이 다양하게 활용된 것을 확인할 수 있다.[113] 농촌지도프로그램을 이수한 지도자들도 이 같은 방식의 반복적 교육과 미국의 선진기술 및 제도로 구성된 매뉴얼에 따른 훈련을 통해서 자연스럽게 미국에 대한 긍정적 인식태도를 갖게 되었을 것이다. 일방적으로 강요되지 않은, 교육과 훈련에 의한 방식이었기 때문에 어쩌면 그것이 더 진정성을 지닐 수 있었다고도 볼 수 있다. '소리 없는' 미

---

111 「'미국문화 토착화' 비판」, 『동아일보』, 1970.12.14.
112 그렉 브라진스키, 앞의 책, 358~359쪽.
113 한 예로 『한미재단4-H훈련교본』의 경우 한미재단 4-H기획부장 다빈 보이드가 작성하고 훈련생들에게 강연한 '4-H의 의의'(5~13쪽) 부분만 보더라도 미국의 성공사례를 배워야 하고 워싱턴 미국중앙4-H센터에 건립된 젊은이의 동상에 새겨진 어구, 링컨의 명구를 소개하면서 일상생활의 지침으로 삼을 것을 종용하고 있다.

국화의 모습이라고 할까.

다만 그것을 곧 온전한 의미의 미국화Americanization로 평가하기에는 주저되는바 없지 않다. 개인적 차원의 충분한 개연성을 부정하는 것은 아니다. 그러나 지배적인 외재적 권력으로서 미국에 의해 제도적으로 부과되고 동시에 자발적으로 미국에 대한 긍정적 인식이 결합된 것이었다 하더라도 그것이 개인을 넘어 4-H클럽 전체 차원에서 뿌리내렸다고 보기는 어렵다. 학술부문에서 확인되듯이 미국적 세계관과 패러다임이 이식되고 주류화되기 위해서는 그것이 제도로 정착되고 재생산의 인적메커니즘이 정비되어야 한다.[114] 하지만 한국4-H클럽의 경우 1969년을 고비로 축소재생산의 형태로 조직이 약화되어 갔고 훈련된 4-H지도자의 자기 확장성이 크지 않았으며 또한 그들이 본격적인 지역개발사업의 전위적 지도자로서 역할을 전개할 시기에 새마을운동으로 흡수되었다. 앞의 1960년대 가치관 조사결과를 보면, 전통적인 가치관을 믿고 있는 사람들이 부정적인 미국관을 지닌 경우가 일반적이나 흥미롭게도 농민층의 대미국관이 가장 긍정적인 것으로 나타났다.[115] 여러 요인이 작용한 결과인데 4-H클럽 활동과의 관련성을 찾기는 어렵다. 요컨대 4-H운동을 통한 미국화가 자생적 재생산에까지는 이르지 못했다고 할 수 있다.

물론 이 판단은 한미재단의 한국원조 전반에 대한 평가와는 다른 차원이다. 한미재단의 4-H원조는 미국적 모델 이식의 외재성에도 불구하고 미국이 한국에서 시행한 지역개발프로젝트 가운데 가장 뚜렷한 장기지속성을 지닌 유일한 사업으로 한국농촌의 근대화에 다대한 공헌을 했다는 사실은 높게 평가되어야 한다. 종속/발전의 경중을 가린다는 것이 어쩌면 부질없는 노릇일 수 있으나,

---

114 학술단체협의회, 앞의 책, 4~5쪽.
115 홍승직, 앞의 책, 318·334쪽. 농민집단의 37%가 미국에서 '좋은 것을 더 많이 배웠다'로 응답했는데, 이는 기업인과 교수집단보다 매우 높은 수치이다.

발전적 기여를 강조해도 비약이라고 할 수만은 없을 것이다. 미국의 공식적·비공식적 대한원조에서 찾아보기 드문 한미 우호관계의 긍정적인 일 단면이다.

4. 한미재단에 대한 폭넓은 관심을 제안하며

한미재단에 대한 이 글의 논의는 시론일 수밖에 없는 한계를 지닌다. 무엇보다 한미재단이 시행한 대한원조의 전모를 충분히 파악하지 못한 상태에서 작성되었기 때문이다. 전모 파악이 연구의 절대적 전제조건일 수는 없겠으나 한미재단의 경우 한국원조가 그 어떤 민간재단보다 장기 지속적이고 다층적이어서 어느 한 측면의 부분적 접근이 과잉일반화의 오류를 범할 가능성이 높다.

한미재단에 대한 연구가 중요한 이유는 여러 가지이다. 첫째, 냉전기 한미관계의 동태적 변모를 잘 드러내주는 민간재단(원조)이다. 그것은 한미재단이 냉전의 직접적 산물이라는 태생적 본질과 냉전기1950~70년대 비공식적 한미관계의 역사를 집약해주는 대표적인 민간기관이라는 데 있다. 비공식적 원조는 공적 원조가 대체로 비대칭적이며 일방적인 한미관계를 주조했던 것과 달리 원조가 내포한 비대칭성을 충분히 감안하더라도 쌍방성 내지 상대적 자율성을 강하게 지닌다. 특히 다른 민간재단의 한국원조가 한국정부의 개입을 최대한 배제하는 원칙을 고수한 반면 한미재단은 한국정부와의 긴밀한 협조관계를 구축하고자 했고 또 그 협력채널의 뒷받침 속에서 관련기관 위주의 원조를 시행함으로써 원조의 실질성과 효율성을 추구했다. 한미재단미국─한국4-H클럽─농림부농촌진흥청의 경우처럼, 한미재단의 대한원조 대부분은 '한미재단미국─관련단체(기관)─한국정부'라는 동맹네트워크를 통해 원조사업이 수행되는 특징을 보여준다. 그로 인해 오히려 한미 양국의 의도가 일방적으로 관철되기 어려웠고, 상호 간의 갈등 발생과 동시에 그것이 조정·타협될 수 있는 여지가 컸다. 이 같은 구조적 조건은 이 시기 한미관계의 복잡성을 측면적으로 파악할 수 있는 장점이 있다는 것을 의미한다.

둘째, 한미재단의 한국원조는 미국의 대한원조의 여러 경로가 교차하는 양상을 잘 드러내준다. 이는 미국의 대한원조의 의도, 체계, 특징, 의의 등을 좀 더 거시적으로 파악할 수 있는 가능성을 함축한다. 앞서 언급했듯이 한미재단은 후발주자로서 여러 대한원조기관과의 협력, 자문 등을 거쳐 원조프로그램을 기획·실행한 바 있다. 한국 내 공적 원조기관뿐 아니라 민간원조기관과도 협력 채널을 가동했다. 그리하여 한미재단의 대한원조는 타 기관의 원조를 보완하는 기능을 하면서도 선택/집중화의 독자적 프로그램을 마련할 수 있었다. 아직은 가능성의 차원이지만 한미재단 대한원조에 관한 실상을 자료적으로 확충한다면 이와 관련된 새로운 사실들을 발견할 수 있으리라 본다. 이 같은 특징은 다른 한편으로는 한미재단의 한국원조를 이해·평가하는 데도 적용될 필요가 있다. 가령 이 글이 논의한 한미재단의 4-H클럽지원사업의 경우도 이 원조사업 자체는 한국농촌지역의 근대화와 민주적 공민을 양성하는 데 큰 기여를 했다고 할 수 있으나 1950~60년대 미국의 대한경제원조와 결부시킬 때는 그 의의가 다소 희석될 수밖에 없다. 한미재단의 원조로 4-H운동이 가장 활발하게 이루어지던 동시기 PL480에 의한 잉여농산물의 무상원조1955~70는 농업생산력의 정체와 대외의존을 심화시켜 농촌을 이중식민지화하는 결과를 초래했다.[116] 공적원조와 비공식원조의 비균질성과 그 상호관계에 대한 이해의 지평이 요구되는 지점이다.

셋째, 한미재단의 대한원조가 다양하면서도 장기 지속적이라는 점에 다시금

---

[116] 이에 대해서는 박현채, 「미잉여농산물원조의 경제적 귀결」, 진덕규 외, 『1950년대의 인식』, 한길사, 1981 참조.

주의를 기울일 필요가 있다. 특히 Health care medical services, 4-H agri-cultural activities, Community development projects, Education programs, Social welfare programs, Housing projects 등의 주요 핵심프로젝트는 반관반민의 성격을 지닌 채 관련분야의 근대화에 뚜렷한 영향을 끼쳤다. 특히 이 프로젝트의 시행은 전후복구사업을 선도·자극한 가운데 이후의 국가정책을 입안하는 데도 중요한 지침으로 작용했다. 가령 해방과 전쟁의 비극적 부산물로 한국사회가 안고 있던 인종적 현안이었던 혼혈아의 인권문제에 주목하여 혼혈아입양문제를 제도적으로 해결하고자 했던 것은 한미재단이 처음이다. 한미재단은 1955년 사회사업단체의 소규모 기부에 의해 운영되던 '한국아동양호회'의 혼혈아입양 사업에 6천 달러를 기증한 뒤 곧바로 혼혈아입양 기관 '양연회養樣會'를 설립하여1956 독자적인 입양 사업을 추진함으로써 혼혈아문제를 사회적 의제로 부각시킨 바 있다.[117] 홀트해외양자회보다 앞선 일이다. 따라서 한미재단 연구의 차원에서는 이 프로젝트 각각에 대한 실증적·분석적 연구가 수행되어야 하고 이를 수렴해 종합적인 평가가 당연히 이루어져야 하지만, 동시에 각 관련분야에서의 연구 촉진과 더불어 협업의 필요성이 제기된다.

넷째, 한미재단의 교육 및 문화 지원에 대한 연구가 활성화될 필요가 있다. 지면상 다루지 못했지만, 한미재단의 교육·문화 분야 지원은 동 재단이 직접 추진한 지원 사업도 그 대상과 규모가 방대하지만 다른 기관, 즉 유네스코를 비롯한 공적 원조기구와의 합작파트너 및 아시아재단, 포드재단, 록펠러재단 등의 민간재단에 주로 자금 공여를 경로로 한 간접 지원(협업)이 매우 많았다는 점에서 냉전기 미국의 한국 문화원조의 전체상을 파악하는 데 한미재단은 필수적인 대상이 된다.[118] 더욱이 한미재단의 문화원조가 시설, 자재, 제도, 기

---

117 「전국의 혼혈아 실태」, 『조선일보』, 1962.9.7.
118 한미재단의 교육프로그램의 영역은 매우 넓다. 1950년대에 4백여 명의 한국학생의 미국대학

술 등 사회문화적 인프라 구축에 집중됨으로써 당장의 효력보다는 지속적이면서도 부가적인 효과를 창출해내는 데 기여했다는 점에서 더욱 그러하다.

자료적 접근이 가능해진 단계에서 한미재단에 대한 연구가 촉진될 것으로 예상된다. 냉전, 한미관계, 아메리카니즘, 미국화 등의 키워드들과 결부돼서 가설수준의 설명이 입증 가능한 단계로 진전되는 데 한미재단 연구가 큰 보탬이 될 수 있을 것이다. 특히 한미재단이 엘리트지식인 집단보다는 일반 대중들과 교집합을 형성하며 철저한 현지화 전략을 통해서 후진국이 필요로 하는 모든 근대화 요인을 원조해주는 포괄주의 방식으로 한국 지원이 시행되었다는 점에 다시금 주목할 필요가 있다. 1950~70년대 한국의 주요 일간신문에 기사화된 수 천의 한미재단 기사 수는 무엇을 말해주고 있는 것일까?

유학을 주선·지원하는가 하면 동독에서 서독으로 탈출한 북한유학생들에게 학비와 거처를 제공하기도 했다(『조선일보』, 1957.12.20).

일본, 적대와 연대의 이중주

1950년대 한국지식인들의 대일인식과 한국문화(학)

1. 1950년대에서의 일본, '괴로운' 존재

동북아 패러독스Northeast Asian Paradox, 즉 동북아지역의 경제적 의존성이 나날이 증대되고 있지만 역사, 영토, 자원을 둘러싼 상호 갈등과 대립은 오히려 격화되는 현상이 심화되고 있다.[1] 미·중 간 패권갈등이 동북아정세를 움직일 지배적 변수로 작용할 것이라는 우세적 전망 속에 지정학적 불리함을 안고 있는 우리로서는 전략적 외교력이 그 어느 때보다 절실하다는 것이 중론이다. 특히 한일 간의 불신, 대립, 마찰의 악순환이 정점으로 치닫는 상황이 지속되면서 '65년한일협정체제'의 전환이 요구된다는 주장이 현 지배권력뿐 아니라 경제,

---

1   최근 서울대 아시아연구소·『중앙일보』의 국민여론조사 결과를 보면(『중앙일보』, 2022.1.19), 국가별 호감도 및 신뢰도 조사에서 20개 대상국 중 북한(한민족), 일본(가치를 공유하는 이웃 국가), 중국(전략적 협력동반자 관계)이 최하위를 기록했음을 확인할 수 있다. 비호감도는 일본이 최하위 그 다음이 북한, 중국 순이었고, 신뢰도에서는 가장 믿을 수 없는 나라가 중국이고 북한, 일본이 그 뒤를 이었다. 미국, 싱가포르, 대만, 몽골, 태국, 우즈베키스탄 순으로 신뢰도가 높았고, 동남아 국가보다도 동북아 국가들에 대한 낮은 신뢰도·호감도는 많은 국민이 동북아를 갈등의 공간으로 인식하고 있다는 점을 말해준다.

사회문화 등 민간 차원에서 이구동성으로 발신, 비등하고 있다.

그 다방면의 발신은 두 가지 의미를 내포하고 있다고 본다. 첫째, 우리의 생존과 발전적 진로를 위한 동북아외교전쟁군사, 경제 등 국면에서 경색된 한일관계를 완화·해결하지 않고는 실질적 성과를 거두기 어렵다는 현실적 이해 및 전망에 기초한 고육책이라는 성격을 지닌다. 상호 패자의 관계는 기본적으로 한일 양국 모두에게 이득이 전혀 없다는 논리이다. 나아가 '한일관계의 조정이 열전과 냉전이 교차하는 아시아의 문제 해결을 위해서만이 아니라 동아시아 만년의 대계를 위한 역사적 과제'[2]라는 의의가 이전보다 오히려 더 중시될 수밖에 없는 동아시아의 현 사태에서 우리의 내재적 필요 이상으로 미국을 비롯한 관련 국가들의 가중되는 압력이 그 전환을 강력하게 추동시킬 것이다. 둘째, 한일 간 불협화음의 악순환 역사 및 그 구조적 성격에 대한 반성과 더불어 이전과 다른 차원의 양자관계 정립에 대한 강한 의지의 표현이라 할 수 있다. 이는 현 한일관계의 구조적 기원인 1965년 한일국교정상화를 불가피하게 다시금 주목·성찰하게끔 만든다. 해방77년과 한일수교 57년을 넘어선 시점에서 오히려 한일관계 및 양국 국민감정이 한층 극단화된 경색 국면에서 '65년 체제'에 대한 역사화 작업이 어떻게 전개될지 추단하기 어렵지만, 적어도 한일국교정상화 이전 및 이후를 포괄한 한일관계 역사에 관한 발본적인 접근이 그 어느 때보다 치열할 것임은 충분히 예측 가능하다.

그 일차적 대상으로서의 1965년 한일국교수립은 1951년 10월 예비회담에서 1965년 6월 한일기본조약 체결에 이르기까지 파란과 난항으로 점철된 14년간 총 1,500회를 상회하는 교섭이 이루어졌던 한일회담의 귀결이자 또 다른 출발을 의미하는 결절점이라는 의의를 지닌다. 특히 한일회담의 기본 목적이 일본의 식민통치에서 유래한 제 문제를 청산·처리하고 이를 바탕으로 한 국

---

2 김동명, 「민주아세아의 단결 위한 서설 ①~⑥」, 『동아일보』, 1954.4.12~18.

교수립을 꾀하는 것이었고, 재산청구권 문제와 과거사처리 문제를 주요 의제로 한 양국 간 과거사문제가 한일기본조약 및 기타 협정에 의해 적어도 법률론적 의미에서는 완전하고도 최종적으로 해결되었다고 간주되었음에도 불구하고 그 이후에도 여전히 이 의제가 살아있는 미해결의 현안이며 한일관계를 구속하는 중요 변수라는 점에서 '65년체제'가 갖는 원점으로서의 의미[3]가 더욱 부각될 수밖에 없다. 한일국교수립에 대한 평가는 전문가·일반국민을 막론하고 대체로 양가적이다. 일본의 식민지지배에 대한 명백한 사죄가 없는 굴욕외교의 상징이나 한일 우호협력은 양국 모두에 이익, 즉 아시아에서의 냉전 승리와 한국의 재건·발전에 기여, 냉전 붕괴 후 자유와 민주주의 연대의 모범, 풀뿌리교류의 지평 확대 등의 효과가 있었다는 지적에서[4] 크게 벗어나지 않을 것으로 보인다. 공/과의 어느 쪽에 무게를 두든 14년간의 교섭이 우리 측의 '해방(탈식민)의 논리'가 끝까지 관철되지 못하고 정치적으로 타결되었다는 근본적 문제에 대해서는 이론의 여지가 없다. 따라서 아마도 이 지점에서 한일관계 전환의 방향과 논리가 타진될 것이고 그리하여 우리 내부에서 또 다른 첨예한 논쟁이 촉발되리라 예측된다.

사정이 이러하다면 한일국교수립을 둘러싸고 서로 다른 이념과 논리가 갈등했던 당시의 국면에 주목하지 않을 수 없다. 사회적 공감대가 전무하다시피 한 조건에서 박정희정부가 내세운 논리와 의의는 전후 한일관계의 비정상성을 정상화함으로써 국가발전의 토대를 구축하는 외교의 승리라는 것으로 요약된다. 즉 한일국교수립이 양국의 복지증진에 도움이 될 뿐 아니라 아시아의 질서 확립과 세계평화에 공헌하는 길이고, 한일 장벽을 그대로 두는 것은 동아시아 공

---

3   이원덕, 『한일 과거사 처리의 원점 – 일본의 전후처리 외교와 한일회담』, 서울대 출판부, 1996, 1~5쪽 참조.
4   오영환, 「한일관계, 과거에서 미래를 보다」, 『중앙일보』, 2014.7.31.

산주의세력에 도움을 주는 행위이며 양국민의 최대공약수적 요망을 달성시켜주는 동시에 격변하는 국제정세하에서 민족 자주·자립의 전회를 위한 중대계기라는 것에서 그 정당성을 뒷받침시키는 가운데 결과적으로 국가이익의 실현, 국교정상화의 회복을 통한 경제발전에 공헌, 자유진영의 결속, 적극외교정책의 실현에 따른 국제적 지위 향상, 다각적 경제협력관계의 수립을 통한 승공통일의 실현 등의 효과를 기대할 수 있다는 것이다.[5] 냉전의 논리와 경제의 논리가 맞물려 지배적으로 관철되고 있음을 어렵지 않게 확인할 수 있다. 이 같은 정책 결정과정에는 일본과의 관계를 중심으로 동아시아 지역 내에서 협력관계를 풀어나감으로써 미국과의 동맹을 강화하겠다는 박정희의 동아시아인식과 대외정책의 구상[6]이 깊숙이 개재되어 있다는 것은 널리 알려진 사실이다. 물론 박정희정부의 대일정책 및 한일국교정상화의 허상과 그 중대한 결함은 당시 반대 또는 저항진영에 의해 논파된 바 있다.

그것의 종합적·체계적 면모는 『사상계』, 『신동아』, 『청맥』 등 저항진영의 미디어적 거점 역할을 했던 잡지들의 관련 특집에 잘 나타나 있다. 특히 1950년대에는 한일관계에 대해 특별한 입장을 표명하지 않았던 『사상계』의 역할은 특이하면서도 돋보이는데, 두 번의 긴급증간호1964.4·1965.7와 다소 선정적인 제목─'신판新版 을사조약', '개문납적開門納賊', '파멸적 타결' 등─ 아래 수차례 특집 편성을 통해 한일회담의 과거와 현재 전반을 집중적으로 분석·비판하고 전망(대안)까지 제시한다. 정부의 선전용 백서에 맞서는 반대 진영의 백서라고 할 수 있을 정도의 규모와 체계를 갖추고 있다. 논설, 대담(좌담), 르포, 앙케트,

---

5　대한민국정부, 『한일회담백서』, 1965.3, 서문 및 총론(1~9쪽). 가조인 후 국민선전·계몽의 자료로 발간해 무료로 배포한 이 백서는 기본관계, 법적 지위, 재산청구권, 문화재반환, 선박반환, 어업문제, 경제협력 등 한일협정의 주요 의제에 대한 회담 경과 및 내용 설명과 의의 그리고 반대논리에 대한 반론을 담고 있다.
6　박태균, 「박정희의 동아시아인식과 아시아·태평양 공동사회 구상」, 『역사비평』 76, 역사비평사, 2006 가을, 143쪽.

자료 등을 망라한 가운데 한일협정 조약 체결의 문제점, 이를테면 박정희정권의 굴욕적 외교 혹은 저자세 외교, 반민족적인 외교, 비실리적 협상 조건, 비주권국가적 행태 등과 예측되는 우려, 예컨대 경제적 식민지화, 과거 역사의 반복, 일본문화 유입에 대한 공포, 반공이데올로기에 입각한 국가정체성 퇴색 등을 경고하는 것을 골자로 하고 있다. 협정체결의 막후 조정자였던 미국에 대한 환멸과 분노 또한 강력하게 제기한다.[7] 기본관계조약의 가조인1965.2.17에서 국회비준에 이르는 공식 절차의 진행에 대응하여 논조와 저항의 파고가 강화되는 추세를 보이는데, 중요한 것은 『사상계』의 기본 입장은 "구원舊怨만을 염두에 두는 나머지 일본과의 국교를 무조건 거부하는 것이 아님"1965.7 긴급증간호 편집후기을 표방하고 있는 것처럼 한일국교정상화의 필요성을 인정하지만 그 시기와 방법에 문제가 있다는 것이었다.

그것은 사상계측이 한일회담의 대안을 제시하는 것에서 확연하게 나타난다. 즉 일본이 반공국가가 될 수 없다고 보나 적어도 중립외교를 표방하며 북한을 비롯한 공산주의국가와의 암거래를 통해 우리의 반공체제를 침식하지 않는다는 보장을 받을 것, 경제적으로 일본의 한국에 대한 차별적 태도를 지양하고 파행적인 대한무역을 정상적이고 호혜평등한 무역을 할 용의에 대한 언약을 받을 것, 청구권이 채권이요 배상인 청구권인 이상 그 사용에 대한 주도권을 전적으로 우리의 선택에 맡기며 8 · 15 이전의 한일 경제관계로 복원하지 않는다는 확약을 받을 것, 일본인들의 과거 시혜적인 태도를 지양하고 대등한 입장에서 한국사람과 접촉하려는 태도를 보일 것 등이 전제되지 않는다면 조약 이전의 한일관계가 오히려 양국 간에 도움이 될 것이며, 따라서 이 같은 내용을

---

7 「한 · 일협정조약을 폐기하라」, 『사상계』, 1965.7, 9쪽. 미국에 대한 비판은 『청맥』에서도 두드러지는데, 일본주도하 극동반공체제 확립을 위하여(하진오, 「한일회담의 기본적인 문제점」, 『청맥』, 1964.8, 2쪽), 또 미국의 경제원조의 삭감과 중단이 한일협정의 조기 타결을 종용 · 재촉한 결정적인 원인이라는 것이다(이갑섭, 「한일국교의 경제적 배경」, 『청맥』, 1965.5, 2쪽).

저버린 한일협정조약은 당연히 폐기되어야 하고, 현 정부가 이를 관철시킬 자신이 없으면 피하는 것이 차선책이라는 것이다.[8] 이 같은 입장은 비단 사상계 측만이 아닌 당시 국민들의 보편적인 태도·정서였다. 한 신문의 전국여론조사결과를 살펴보면, 한일교섭에 대해서는 45%가 찬성을 표하는 가운데 찬성자의 43%가 정부방침의 교섭이 옳다고 지지했으나 교섭에 임하는 정부의 태도에 대해서는 46%가 반대하고 있다.[9] 상당수, 특히 도시 또는 교육수준이 높을수록 한일국교정상화의 필요성은 인정하고 있으면서도 정부방침의 타결에는 대다수가 반대하고 있었던 것이다. 한일국교수립을 계기로 폭발한 저항적 민족주의의 거대한 분출은 이러한 정서의 집약, 즉 국민(민족) 총의의 표현이었던 것이다.

이 시기를 복원하거나 한일국교수립의 공과를 논하자고 하는 것이 아니다. 명분과 실리 모두를 놓친 한일국교수립의 책임 소재를 따지자는 것은 더더욱 아니다. 이 글이 주목하고자 하는 것은 1965년 체제를 8·15해방 후 한일관계의 결절로 간주할 때, 그 이전의 한일관계이다. 하나의 원점으로서 1965년 체제가 이후 어떻게 전개되어 오늘에 이르렀는가를 살피는 것도 중요하지만, 경제 분야만은 식민지잔재가 어느 정도 청산되어가고 있다는 일부의 진단도 있

---

8 「뒤튼 길을 왜 서두르냐?－한·일문제의 전면적 재검토」(대담 : 부완혁/양호민), 『사상계』, 1965.6, 116~117쪽.

9 「대일교섭을 어떻게 보나」(전국여론조사), 『동아일보』, 1965.1.19. 조사 결과와 특징적 양상을 정리하면, ① 한일교섭에 대해(찬성 45%, 반대 28%, 모르겠다＝태도 미정 27% → 중학 출신 57%, 대학 출신 81% 찬성, 20대 찬성 57%, 30대 이상은 찬성자 비율이 작아진다), ② 교섭에 있어서(정부방침 옳다 43%, 야당 주장이 옳다 41%, 모르겠다 16% → 도시층에선 정부 찬성 31%, 야당주장 찬성 52%, 농촌은 그 반대), ③ 현재 정부교섭 태도에 대해(찬성 19%, 반대 46%), ④ 지지하는 남북통일방안(유엔감시하 총선거 41%, 중립국감시하 총선거 2%, 무력 북진통일 4%, 남북연방안 1%, 남북이 협상해서 정하는 방안 19%, 중립화통일 4%, 기타 1%, 모르겠다 28%). 대일교섭과 관련한 사항에서 세대, 계층, 지역에 따라 미묘한 입장 차이가 존재한다는 사실을 확인할 수 있다. 특히 식민지경험의 차이가 한일교섭에 대한 태도 결정에 상당한 영향을 끼쳤다는 점에 주목할 필요가 있다.

었으나,[10] 대체로 식민지잔재의 지속·변형을 동반한 채 대일재예속의 경향이 일정기간 심화되었다는 것이 지배적인 견해라는 것을 감안해서다. 전후 한일 관계가 대부분 현안문제 해결과 국교정상화란 문제를 중심으로 하여 전개되었으며, 이 문제들은 또한 7차에 걸친 한일회담이라는 테두리 안에서 해결이 모색되어 왔다는 점에서[11] 한일회담이 본격적으로 시작된 1950년대의 상황을 살피는 것이 유용하리라 본다. 원점의 기원을 추적하는 작업이라고 할 수 있다.

실제 한일국교정상화 국면에서 논란되었던 쟁점, 정부의 논리 및 반대진영의 논리와 태도(정서), 국교수립이 초래할 문제점 등 중요 사항은 이미 1950년대에 광범하게 제기·논의된 바 있다. 가령 한일관계의 가장 본질적인 문제이자 협상의 실질적인 최대 장벽이었던 한일 간의 외교 전략과 양국(민) 상호 심적 태도의 비대칭성은 초기 단계의 틀이 그대로 재현된 것이었다. 한국특파 일본기자들의 지적처럼, 한국인의 일본관은 군국주의적 일본, 좌익적인 일본을 근간으로 한 악의 상징임에 반해 일본인의 한국관은 무지, 무관심이고, 일본정치세력자민당, 사회당의 공통된 한국외교의 중점은 '한국부재의 한국론', 즉 공산주의 침투에 대한 방파제, 중국대륙과의 관계 기반으로서의 한국이라는 하나의 수단으로 간주하는 가운데 사회당 및 좌익조차 일본의 식민지조선 통치에 대한 반성을 전혀 하지 않고 있고 그럴 의향도 없다는 것 등은[12] 초기 단계부

---

10 「우리 속에 남아 있는 식민지적 잔재」(좌담회),『신동아』, 1977.8, 75쪽.

11 엄영달,「전후일본의 대한정책」,『신동아』, 1965.10, 97쪽.

12 「대일감정/대한감정」(한국특파 일본기자들의 좌담회),『신동아』, 1965.10, 138~155쪽. 이들은 일본의 좌우 모두 중국에 대해서는 15년간 식민지배에 대해 사과를 하는 반면에 한국에 대해서는 사과하지 않는, 한국과 중국에 대한 감정 차이는 기본적으로 일본의 과거사반성이 윤리에 바탕을 둔 것이 아닌 산술에 근거를 둔 반성론 때문이라고 본다. 그러면서 한일국교가 정상화되면 한일 양국(민)의 분규가 본격적으로 시작될 것이라고 예측하고 있다. 실제 한일관계 개선의 필요성을 거론한 일본학자들의 특별기고가 신문·잡지에 많이 실리는데 식민지조선 통치에 대한 진정한 반성을 찾아보기 어렵다. 한일 간의 문화적 유사성과 지정학적 특수성 등을 강조하는 것이 태반이다. 가령 오도리야마 마사미치는 한일관계 교착의 주된 책임이 일본에 있다고 인정하면서도 일제말기 한국에 자치를 주어야 한다는 의론이 나왔을 때 한국 자치정부를 인

터 대두된 것이었다. 시이나 에쓰사부로椎名悅三郎의 '영광의 제국주의'잡지『동화와

정치』, 동양정치경제연구소, 1963년 및 1965년 외무장관으로 한일기본조약 가조인 대표 발언,[13] 7차 한일

회담 수석대표였던 다카스기高杉의 일본의 조선식민지배의 정당성 주장1965.1.

7[14] 등은 구보타 망언3차 한일회담, 1953.10에 집약되어 나타난 바 있는 일본정부의

과거 식민지배에 대한 역사인식이 1965년 시점에서도 여전히 변화하지 않은

채 관류되고 있음을 증명해준다. 일본인이 볼 때 한국은 '센진'의 나라에 지나

지 않고, 반대로 한국인이 보는 일본인은 '왜놈' 이상의 아무것도 아닌 상태[15]

또한 그대로 유지되고 있었다. 사상계 측이 제시한 대안은 식민지적 주종관계

의 잔존인 이 같은 공고한 비대칭적 관계 속에서 이상적 바람일 뿐이었다.[16]

정했다면 전후 한일관계가 달라졌을 것이라고 발언하는가 하면(踊山政道, 「장래를 생각한다」,
『새벽』, 1960.1, 182~183쪽), 카미카와 히코마츠는 한국문화와 일본문화의 同種同系와 양국
이 외국문화에 의존한 결과 주체적 민족문화를 이룩하지 못한 공통점을 들며 양국에 부여된 세
계적 신문화를 창조해야 하는 공통의 과제를 해결하기 위해 긴밀한 협력관계가 요청된다고 주
장한다(神川彦松, 「한일 양 민족의 문화적 사명」, 『새벽』, 1960.1, 184~187쪽).

13 문제가 된 대목은 "일본이 명치 이래 서구제국주의의 이빨로부터 아시아를 지키고 일본의 독립
을 유지하기 위해 대만을 경영하고 조선을 합방하고 만주에 오족동화의 꿈을 붙인 것이 일본제
국주의라고 한다면, 그것은 영광의 제국주의이며 後藤新平은 아시아해방의 개척자일 것이다.
나는 그렇게 확신한다"이다(『동아일보』, 1965.2.16).

14 「高杉 일본수석대표의 중대 실언」(사설), 『동아일보』, 1965.1.20. 일본이 한국에 대해 갖고 있
는 침략 근성과 군국주의 사상을 대변한 것도 문제이려니와 정치적 타결을 서두르던 한국정부
가 다카스기의 발언을 옹호하는 태도를 보임으로써 공분을 샀다.

15 여석기, 「일본의 어느 지식인에게」, 『신동아』, 1965.10, 130쪽.

16 한일국교정상화 이후 사상계를 비롯해 반대진영의 저항은 급속도로 약화·소멸되기에 이른다.
'6·3사태'의 정치적 위기를 정면 돌파한 정치권력이 사상·문화통제를 공세적·강권적 방식으
로 전면적 전환을 시도한 가운데 재경문학인 한일협정반대성명(1965.7.9/82명), 재경대학교
수단의 한일협정비준반대선언(1965.7.12/354명)에 참여했던 지식인들을 중앙정보부가 직접
개입해 연행·구금, 해직 종용하고 상시적인 사찰(감시)시스템을 가동함으로써 지식인들의
(집단적) 정치적 의사표시는 위축·불가능하게 된다. 언론기관에 대한 직접적 탄압도 가중돼
대부분의 신문·잡지가 정론성을 상실한 채 순치·무력화된다. 다만 한일국교수립을 계기로 일
제강점기를 중심으로 한 한국근대사에 대한 관심과 연구가 본격화된 것은 그 역설적 효과로서
주목을 요한다. 『신동아』의 행보가 특기할 만한데, '3·1운동 50주년기념시리즈-광복의 증언'
(1969.3~12 ⑩회)을 비롯해 '일제고등경찰이 내사한 한국독립운동에 관한 비밀정보'(1967.1~8
⑥회), '잡지를 통해본 일제시대의 근대화운동'(1966.1~7 ⑦회) 등의 장기연재물과 별책부록
간행을 통해 민족독립운동사 중심의 근대사복원에 심혈을 기울여 1960년대 붐을 이루게 되는
한국학연구에 기초 자료를 제공했을 뿐만 아니라 유주현의 『소설 조선총독부』(1964.9~67.6,

정부가 밝힌 양국민의 최대공약수적 요망의 달성이라는 것도 허구였기는 마찬가지였다.

1950년대 한일문제에 대해서 이 글은 두 차원으로 접근하려 한다. 첫째, 지식인들의 대일인식의 기조와 논리가 어떻게 형성·전개되었는가에 대해서다. 지식인들의 대일인식이 나름의 체계와 규모를 갖추고 대두된 것은 샌프란시스코평화조약에 의한 일본의 독립과 그에 따라 한일회담이 추진·시행된 전후부터이다. 제국/식민관계가 해체되고 패전국/해방국의 과도적 관계를 거쳐 샌프란시스코조약 체결로 대등한 국가관계가 형성·구축되는 것에 대응해 새로운 차원에서 지식인들의 대일인식이 조성되기에 이른다. 이전의 패전국 일본에 대한 접근이 전범자 처리를 중심으로 미국의 변화되는 일본 점령정책의 문제점, 특히 일본의 정상복귀에 중점을 둔 미국의 일본재건정책이 동아시아 질서에 초래할 군사적·경제적 파급 효과를 비판적으로 규명하는 데 있었다면[17] 공식적인 한일관계의 성립은 대일 접근 및 인식의 근본적인 전환을 추동했다. 특히 한일 모두 공통적으로 미국에 대한 종속적 위치에서 구상된 대외(외교)정책의 동향에 크게 영향을 받을 수밖에 없는 방향으로 전환되었던 것이다. 다만 대외정책이 양국 각각의 국내 정치질서의 변동에 따라 부분적인 변용의 과정

34회)와 『소설 대한제국』(1968.4~70.5, 26회), 서기원의 『혁명』(1964.9~65.11, 15회), 하근찬의 『야호』(1970.1~71.12, 20회), 송병수의 『소설 대한독립군』(1970.6~72.2, 21회) 등 한국근대사를 새롭게 조명한 장편을 창간호부터 기획·집중 연재해 식민지시기를 배경으로 한 역사소설의 붐을 조성한 바 있다. 이에 대해서는 이봉범, 「잡지미디어, 불온, 대중교양−1960년대 복간 『신동아』론」, 『한국근대문학연구』 27, 한국근대문학회, 2013 참조.

17 「응시하자! 침략일본의 재기」, 『독립신보』, 1948.12.22. 전범자 추방 문제는 패전일본의 동향을 조감하는 데 가장 많이 소환된 의제인데, 전범자 처단의 정당성과 엄격성을 강조하는 가운데서도 민전(민주주의민족전선) 선전부가 담화발표(1947.1.8)를 통해 일본의 전범자 추방령을 같은 미국주둔지임에도 남조선에서는 과거 일제에 협력하여 전쟁을 방조해온 친일적 민족반역자를 추방하지 않을 뿐만 아니라 오히려 군정에 등용하는 미군정청의 처사를 비판하는 논거로 활용한 점이 특이하다(「전범자 추방」, 『대동신문』, 1947.1.9). 문화계에서도 오자키쥬우로우(尾崎十郎), 구메 마사오(久米正雄), 요시카와 에이지(吉川英治) 등 일본 전범작가들에 대한 관대한 처분을 비판하는 의견이 다수 제기된 바 있다.

을 거치나 대체로 일관성이 유지되는 것과 마찬가지로 상호 인식의 근본적인 태도와 방침은 변함없이 관철되는 특성을 보인다.

한국 지식인들의 대일인식의 기조는 일본배제론 내지 일본경계론이 지배적이었다. 그것은 제1공화국의 지배이데올로기 및 이의 정책적 구현으로 제기된 이승만정권의 반일주의에 상응하는 것이었는데, 이승만정권의 전략적 반일정책과 공명하면서 이를 뒷받침하는 기능을 했지만 다른 한편으로 상호 균열·충돌하는 지점도 다수 존재하는 길항관계를 지닌다. 이 같은 공명·균열의 모순된 맥락에서 지식인들의 대일인식은 미국인식, 북한인식 등과 상호 제약적으로 재구성되는 가운데 (동)아시아 인식의 차원으로 확산되기도 한다. 또한 제국일본/전후(패전)일본에 대한 결합/단절된 인식으로 나타나기도 한다. 지식인들의 대일인식이 아시아 인식의 차원과 밀접하게 관련되어 제기될 수 있었던 것은 (동)아시아 반공연합체 구상이 애초 군사동맹적 성격에서 미국의 반대로 인해 이보다 낮은 수준의 정치·경제·문화적 협력을 추구하는 방향으로 전환됨으로써 지식인들의 적극적인 참여가 가능해졌던 것과 유관하다. 요컨대 1950년대 지식인들의 일본인식은 통시적/공시적, 국내/국외, 정치(외교)/경제·사회문화 등 몇 겹의 다른 차원이 중층으로 교차·결합된 채 착종된 형태로 현시되는 복잡한 내적 체계를 지닌다. 한 지식인이 토로한 것처럼, 지식인들에게 있어 일본은 그 자체로 '**괴로운**' 존재였던 것이다.[18] 식민지경험에서 발원한 단순한 감정의 수사가 아니라 한일관계의 합리적 모색을 추구했던 지식인들에게조차 일본은 소용은 매우 크나 버리고 싶은 존재였는지도 모른다. 적대와 연대의 불협화음의 이중주는 이의 산물이다.

둘째, 이승만정권의 반일주의정책과 지식인들의 대일인식의 길항이 문화적으로 어떻게 구현되어 나타났는가의 문제이다. 즉 1950년대 일본(적인 것)의

---

18 황산덕, 「한일국교재개와 우리의 희망」, 『신동아』, 1966.1, 60쪽.

존재 양상과 그 대응에 대한 검토이다. 일본적 요소는 서구적(미국) 요소보다 오히려 실제적으로는 1950년대 나아가 1960년대까지 한국문화의 지형을 주조한 중요한 요소였다. 일본문화에 대한 인식도 식민제국/전후일본의 것이 뒤얽혀 착종된 형태로 나타나기는 마찬가지인데, 기본적으로 일본문화의 침식 나아가 문화적 대일재예속의 우려와 공포가 주조음을 이루었다. 일본문화에 대한 멸시, 달리 말해 우리문화에 대한 우월성을 배타적으로 강조한 이들뿐만 아니라 소수에 불과하나 정치/문화의 분리원칙에 입각해 일본문화에 대한 비판적 섭취의 필요성을 제기한 경우에도 예외는 아니었다. 배제론 및 경계론이 우세했고 또 이의 문화정책적 반영으로서 일본문화 유입의 원천적 봉쇄와 차별적인 검열을 강도 높게 시행했음에도 불구하고 일본문화의 광범한 침투와 만연을 저지할 수 없었기 때문이다. 그로 인한 일본문화에의 종속 심화가 일본 재침략의 교두보가 될 수 있다는 점에서 공포감을 고조시켰고 때론 공포가 적의敵意로 표출되면서 일본문화에 대한 명백한 차별과 일본적인 것의 근절을 정당화하는 기제로 작용한다. 게다가 식민지적 문화 잔재의 지속과 변형이 결부되면서 이를 더욱 증폭시켰다. 따라서 극단적인 배제와 차별 속에 민족문화의 부정적 타자, 저질문화의 대명사, 군국주의문화, 의사疑似용공문화 등으로 규정된 일본문화가 문화적 탈식민의 과제와 맞물려 어떻게 당대 문화재편에 작용했는지를 살피는 작업은 이 시기 한일관계를 조감하는 데 필수적인 과제라고 할 수 있다. 정치·외교, 경제 분야에 비해 상대적으로 문화 영역에 대한 연구가 저조했던 사실을 감안할 때 더욱 그러하다.

지식인들의 대일인식과 일본문화에 대한 의제화는 크게 한일회담의 진행 경과와 밀접하게 관련되면서 고조/약화되는 양상을 띤다. 한일 간의 현안과 물질적·정신적 두 차원의 과거청산을 일괄 타결하고자 했던 우리 측의 회담 원칙에 기인한 바 크나 그 과정에서 일본 측의 문제적인 협상 태도가 중요하게 작용했기 때문이다. 아울러 몇 개의 또 다른 계기, 예컨대 한국전쟁기 김소운과 장혁주의 친일적 발언·행보, 제네바(평화)회담의 결렬에 따른 아시아 냉전의 격화와 태평양동맹의 재추진 및 아시아민족반공연맹의 결성, 인도지나반도 사태에 따른 동아시아 질서의 변동, 학·예술원 설립과정에서 빚어진 친일문제의 재대두, 정국은간첩사건, 각종 법률의 제정 과정, 북송문제 등과 결부되면서 그 변용의 폭이 확대/제약되기도 한다. 그 변용은 4·19혁명을 거치며 다른 양상으로 전개되나 5·16 후 다시 원상태로 회귀하여 1965년 체제로 귀결되는 것이다. 한일회담의 추이를 따라 이 두 측면의 지속과 변용을 중심으로 1950년대에서 일본(적인 것)이란 존재에 대해 살펴보고자 한다.

2. 이승만의 대일정책과 지식인들의 대일인식 기조
– 경계론·배제론/현실론·운명론의 교차와 길항

샌프란시스코평화조약의 체결1951.9로 한일관계의 신국면이 전개된다. 이전과 달리 한일교섭이 한일 당사국 관계로 격상되었을 뿐 아니라 대일정책 기조의 전환을 강제하는 결과를 초래했다. 미국이 구상하고 있던 일본을 중심으로 한 지역통합전략을 수용하면서 대미 종속이 심화되고 다른 한편으로 냉전의 산물인 대일평화조약이 징벌조약에서 관용조약으로 변화된 가운데 일본이 배상문제에서 면죄부를 받게 되는 동시에 일본과 교전한 적이 없다는 이유로 조약에의 참가가 저지됨으로써 한국의 요구 사항대일배상문제, 독도영유권문제, 어업문제, 재일조선인 문제 등이 대부분 기각된 결과는 한국의 대일 입지를 크게 약화시켰다. 이같은 조건 속에서 과거사에 대한 철저한 규명과 책임부과를 전제로 관계 재정립을 추구했던 대일정책은 수정이 불가피했다.[19] 즉 반공이라는 대전제 밑에 한층 타협적인 형태로 한일관계의 구도가 조정된 것이다. 여기에는 한국전쟁을 수행해야 하는 상황적 조건도 크게 작용했다. 이러한 전환은 한일관계에 있어 한국우위의 원칙이 더 이상 관철되기 어렵게 되었으며 또 미국을 정점으로 한 한미일의 구조적 역관계에 의해 한일관계가 조율되는 제한성을 갖게 되었다는 것을 의미한다.

샌프란시스코조약 체결 이전의 대일정책에서 가장 중시되었던 것은 대일배상요구였다. 일본의 식민통치에 대한 책임을 묻고 사죄의 의미를 담고 있었기 때문이다. 철저한 반성에 입각한 물질적 배상이 새로운 한일관계 수립의 최소한의 전제라는 선언이었다. 그것은 정부가 공식적으로 천명한 대일배상청구의 기본정신, 즉 '일본제국주의의 최대피해국으로 일본을 징벌하기 위한 보복의 부과가 아니라 받은 피해에서 회복하기 위한 이성적 권리의 요구'[20]라는 것에 잘 나타나 있다. 그러나 대일강화회의 전에 우리 요구의 정당성을 승인하고 400억을 반환할 것을 강력히 촉구했음에도 불구하고 일본은 역으로 88억의 재산을 청구하는 것으로 대응함으로써[21] 대일배상청구 문제는 미해결된 채 더욱이 배상의 본질이었던 과거사에 대한 일본의 반성을 기대할 수 없다는 사실을 확인한 가운데 1950년대 한일회담으로 이월되었던 것이다.

대일배상청구는 또한 일본재침략에 대한 견제·불식의 포석이라는 의미도 지니고 있었다. 일본재침략 문제는 해방기 내내 우리의 안위와 관련해 초미의 관심사였다. 단정수립 전에는 주로 중도파 민족주의세력에 의해 제기된 바 있

---

19 박진희, 「이승만의 대일인식과 태평양동맹 구상」, 『역사비평』 76, 역사비평사, 2006 가을, 110쪽. 그의 분석에 따르면, 정부수립 후 이승만의 대일인식과 정책적 목표는 한국이 연합국의 일원으로 대일강화회의에 참가한다는 것으로 수렴되며, 그것은 대일강화조약에 참가함으로써 일본과의 과거사 문제해결에 우위를 점할 수 있다는 것과 심리적으로 일본 식민지배에 대한 피해보상과 재무장에 대한 우려를 불식시킴으로써 관계 재설정의 기반을 조성할 수 있다는 두 가지 의미를 지니고 있다는 것이다.

20 임병직, 「대일배상과 우리의 주장」, 『민성』, 1949.5, 16쪽.

21 「부당한 日의 자산요구」(사설), 『경향신문』, 1950.1.18.

는데, 이들은 미국의 대소전략에 의해 일본이 아시아최대공업국으로 재건될 것이며 그것은 곧 일본의 대소방공의 기지화 및 군사적 재무장화로 나타나 한국을 포함해 동아시아를 다시 전장으로 만들게 될 것임을 지속적으로 경고한 가운데 미소양군의 철퇴를 통한 완전 자주독립만이 일제의 재침략을 방위하는 최상의 길이자 근본적인 방책이라는 논리를 전개했다. 단정수립 후 남북분단 상황에서는 미국의 냉전적 대일정책으로 말미암은 일본의 군사, 산업적 부흥에 따른 위협이 기정사실화되면서 일본에 대한 경계론이 고조·팽배해진다. 그 경계심은 일본의 부활을 철저히 경계하고 제어해야 한다는 인식을 심화시켰고, 그 정책적 반영으로서 반공논리에 입각한 대일정책이 구사된다. 이승만이 미국에 한미방위조약을 요구할 때 일본의 재무장으로 비롯될 수 있는 위협을 강조하고 일본침략에 대한 방위를 명시할 것을 요청한 것에서 그 정도를 가늠해볼 수 있다.[22]

대일관계에서의 반공논리는 태평양동맹의 구상 및 추진에서 분명하게 나타난다. 이승만이 구상한 태평양동맹은 널리 알려졌다시피 군사적 반공동맹으로서의 아시아 집단안보조약, 미국의 주도와 참가, 일본 배제의 원칙 등을 골자로 하고 있다. 일본 배제는 동아시아 국가들의 일제 식민경험과 일본의 침략주의적 과오를 청산하기 전에는 참가시켜서는 안 된다는 국내 여론[23]에 뒷받침된 충분한 명분과 동시에 일본에 대한 견제의 목적도 지니고 있었다. 그런데 일본

---

[22] 당시 지식인사회의 일본재무장에 따른 일본재침략에 대한 경계와 공포는 설국환의 일본방문 (1949.1~2) 후 지식인들이 보인 반응을 통해 확인해볼 수 있다. 그에 따르면 지식인들이 보인 반응은 첫째, 재무장설이 떠도는 일본의 정치적 경향과 경제적 재건 상황이 어떤 것인가, 둘째 일본이 패전에 피점령을 어떻게 견디는가, 셋째 일본이 살기가 어떻고 물가가 어떠하냐 등이었다고 하는데, 재무장을 비롯해 일본에 대한 관심이 매우 컸고 아울러 일본에 대한 지식인들의 복잡 미묘한 심정 상태를 엿볼 수 있다. 설국환, 『일본기행』, 수도문화사, 1949.4, '序'. 설국환의 일본방문의 소회는 "해방국인 우리나라보다 패전국인 일본이 정치적 또는 형식적 처지가 우리보다 못함에도 불구하고 실질적 국제 지위 또는 경제적 지위가 우리보다 낫다는 것은 분명히 제2차 세계대전 후의 얄궂은 특징이 아닌가 싶다"에 압축되어 있다.

[23] 『자유신문』, 1949.7.23.

배제의 반공논리는 경제논리와 결합되면서 이승만의 구상은 차질을 빚게 된다. 그것은 우선 태평양동맹의 목표와 과제에서 기인된다. 즉 태평양동맹이 성공하기 위해서는 각국의 정치적 독립과 경제적·문화적 후진성을 극복하는 것이 과제이자 요건이었는데,[24] 특히 공산세력 팽창의 화근인 경제적 후진성의 극복을 위해서는 미국의 참여와 경제원조가 필수적이었고 아울러 당시 동아시아의 유일한 공업국인 일본이 아시아경제 건설의 필수요건이 될 수밖에 없는 현실적 제약으로 인해 일본의 무조건적 배제는 관철되기 어려웠다.[25] 미국의 전략에 따른 결과이나 동아시아에서 일본이 차지하고 있던 위상과 그 가치가 매우 컸던 것이다. 따라서 민족감정보다는 냉정한 현실론에 입각해서 일본의 민주화를 촉진시키고 민주화된 일본을 반공진영으로 유도하는 적극적인 대일외교가 필요하며, 그래야만 일본 견제가 효과적으로 가능하고 또 당시 현안으로 부상한 재일교포문제 해결도 성공할 수 있다는 여론의 거센 압력이 가해진다.[26]

다른 한편으로 국내 경제여건의 제약도 컸다. 8·15해방으로 인해 일본-조선-만주로 이어지는 식민지경제권이 해체됨과 동시에 국내 재생산구조의 쇠퇴·마비에다 미군정의 경제정책 실패 그리고 남북분단에 따른 경제적 단절은 한국의 경제적 재생산구조를 파행으로 몰고 갔다. 특히 분단에도 불구하고 남북경제교류가 오히려 큰 폭으로 증가하다가[27] 1949년에 접어들어 급격히 단절됨으로써 파국으로 치닫는다. 미약한 군사력과 더불어 식민지경제보다 더 파행적인 경제는 이승만정권의 불안정성을 높이는 가운데 대외정책 결정의 요인으로 작용한다. 그 돌파구의 차원에서 모색·시행된 것이 외국과의 경제(통

---

24 「태평양동맹의 역사적 의의」(사설), 『동아일보』, 1949.8.13.
25 「태평양동맹과 아세아경제」(사설), 『동아일보』, 1949.7.31; 「아주 방공계획과 아주 경제」(사설), 『동아일보』, 1949.11.2. 물론 일본의 참가는 재침략을 막을 수 있는 조건하에서 일본공업의 부흥이 아시아공업건설과 연계돼 기여를 해야 한다는 엄격한 단서를 전제로 제기되었다.
26 「대일외교 강화의 긴급성」(사설), 『동아일보』, 1949.12.27.
27 「민성통계실」, 『민성』, 1949.3, 32쪽.

상)협정, 즉 한미경제협정1948.10.14과 한일통상협정1949.10.14의 체결이다. 전자가 원조의 성격인 것과 달리 후자는 한국경제의 운명을 좌우하는 자주적 무역건설의 시금석으로 평가될 만큼 중요한 사안으로 간주되었다.[28] 산업재건의 긴급한 필요성과 부분적으로는 재일한국인의 재산 반입 및 이권 옹호를 위해 일본과의 통상은 필수불가결한 과제였던 것이다. 일본기술자를 불러다 쓰거나 일본의 기술을 이용해야 한다는, 일종의 대일 기술배상을 요구할 필요가 있다는 의견이 제기되기까지 했다.[29] 태평양동맹의 실패는 미국의 반대·불참여와 신중국의 수립과 같은 아시아정세의 급변이 주요 원인이었지만 국내적 요인도 이에 못지않게 작용했던 것이다. 반공논리와 경제논리의 공존과 균열을 내포한 대일정책의 기조는 1950년대에도 지속되면서 균열의 양상이 상대적으로 증폭되는 양상으로 전개된다.

샌프란시스코조약 체결 이후 한일회담으로 수렴된 1950년대 한일관계는 샌프란시스코체제에서 종속적 하위목표로 위상을 점한 가운데 한일관계의 역사적 특수성 및 국가 간 교섭성 등이 크게 제한을 받으며 한국에 불리한 출발조건을 강제한 상태에서 본격화된다.[30] 그로 인해 1950년대 네 차례에 걸쳐 개최된 한일회담은 파행의 연속으로 점철된다. 제1차1952.2는 재산청구권 문제로

---

28 「한일통상 발효와 우리의 각오」(사설), 『동아일보』, 1949.12.25. 한일통상협정은 국가 간 정식 조인되는 이른바 조약은 아니나 경제여건상 연합군최고사령부(SCAP)와 한일통상 조정 및 재정 조정을 조인한 뒤(1949.4) 교역품목 및 계약방법 등에서 우리에게 불리한 협정이라는 의견이 제기돼 조정의 절차를 거친 뒤 발효되기에 이른다. 그러나 여전히 정부무역에 비해 개인무역이 압도적인 비중을 차지했고 수입/수출 품목의 불균형의 문제를 안고 있었다. 다만 강화도조약의 재판이 아닌 호혜의 원칙하에 경제교류가 이루어진다면 산업재건에 도움이 될 것이라는 기대가 컸다.

29 김길준, 「대일 기술배상」, 『경향신문』, 1947.10.7. 그는 체신관계기술자 부족을 예를 들어 현 상태로 가면 1~2년 안에 조선의 체신망이 완전 파괴될 수밖에 없다며 옛날 원수도 이용할 줄 아는 금도(襟度)가 필요하다고 강조한다. 이 산업기술 영역의 낙후성은 친일지식인 활용의 필요성을 뒷받침하는 가운데 식민잔재로서의 관료주의와 능력주의가 결합하는 바탕이 된다.

30 박진희, 『한일회담—제1공화국의 대일정책과 한일회담 전개과정』, 선인, 2008, 19쪽.

결렬, 제2차1953.4는 통한統韓문제를 제1의제로 다룰 제네바정치회담 성립 후 그 귀결을 관망하고자 했던 일본의 휴회 제의로, 제3차1953.10는 평화선의 합법성 여부로 논쟁 중 구보타久保田 망언으로 결렬, 제4차1958.4는 재일교포북송문제로 결렬된 뒤 이후 재개되나 4·19로 인해 중단되는 곡절을 겪었다. 제5차1960.10까지 포함하여 실질적 협상보다는 사무적 절충만이 주로 이루어졌던 것이다. 그것이 제6차 회담부터 정치적 절충을 병행함으로써 새로운 전기가 마련될 수 있었고, 박정희의 방미1961.11 도중 일본에서 이케다池田 수상과의 회담을 통해 국교정상화의 원칙을 확인한 뒤 김·오다이라大平의 청구권에 관한 메모에 합의1962.10를 한 것을 계기로 각종 현안의 절충·합의가 급속도로 진행되어 타결, 조인, 비준이 순차적으로 이루어져 한일수교로 귀결된 것이다.

파행의 고비마다 미국의 중재·압력으로 회담이 재개될 수 있었으나, 그 배면에는 한일 양국의 국내 정치상황과 냉전체제의 질서 변동 및 이의 반영으로서 아시아정세의 급변이 결합하면서 양국의 첨예한 이해관계가 개재·충돌하는 상호 상승적 긴장과 대립이 연속 과정이었다. 비록 사무적인 절충으로 일관했으나 1950년대의 한일회담은 1960년대 한일수교의 전사前史로만 보기 어려운 중요성을 지닌다. 한일 간 과거사문제를 비롯한 각종 현안이 주요 의제로 모두 제기·논란된 바 있으며, 그 과정에서 양국 모두 과거사처리를 둘러싼 내부적 조정을 겪는 가운데 전후 양국관계의 전략적 목표와 그 기조가 이미 마련되기에 이른다. 어쩌면 오히려 타결이 되지 못하고 쟁점들이 다양하게 제기됨으로써 양국(민)의 상호 인식(불신)의 심층이 더 잘 드러나는 면도 없지 않았다.

1950년대 지식인들의 대일 인식과 담론의 기조는 주로 두 차원, 즉 한일회담의 중요 의제에 대한 것과 이승만정권의 대일정책에 대한 대응 등을 통해 이루어지는데, 서로 밀접하게 연관되면서 옹호/비판의 다기한 양상을 보인다. 또 과거 식민잔재청산과 전후일본과의 관계 설정이 혼재·길항하는 면모를 드러내기도 한다. 지식인들의 일본에 대한 입장이 적극적으로 표명된 것은 휴전 성립 후 제네바정치회담 및 구보타 망언이 알려진 3차 회담을 전후해서이다. 구보타 망언[31]은 일본의 제국주의적 침략근성을 완전히 청산하지 못하였다는 공식적인 역력한 증거로서 그 자체로도 심각한 문제였을 뿐만 아니라 샌프란시스코강화조약에 근거한 제1~3차 한일회담에서 빚어진 의제 설정 및 설정된 의제를 둘러싼 양국의 좁힐 수 없는 누적된 입장 차이가 가로놓여 있었다. 특히 청구권논쟁, 즉 제1차 회담의 주요 의제였던 청구권을 둘러싼 법률미군정법령 제33호에 대한 서로 다른 해석에 입각해 우리의 8개 항목의 '대일청구권요강' 제시에 일본이 '대한청구권' 제시로 맞대응하면서 식민통치의 적법성 논쟁이 계속되었고, 평화선논쟁, 즉 일본이 거부한 어업협정을 의제로 설정하기 위해 이승만이 일방적으로 선포한 '대한민국 인접해양의 주권에 관한 대통령의 선언'약칭 '평화선'을 둘러싼 양측의 인질외교나포 및 나포선원 체형/大村형무소 억류 및 법리 공방 등으로 한일 양국의 갈등이 최고조에 달하게 된다.

평화선 문제는 이승만의 '반일'을 상징하는 정도로 이해되어 한국에서는 대일정책의 표상으로 받아들여졌고, 일본에서는 한국의 비합리적인 대일인식과 태도를 보여주는 대표적인 사례로 간주되면서 또 이 논쟁이 어업문제와 재일조선인 지위 및 대우 문제까지 포괄하게 되면서 한일회담 안팎으로 한일 간 최대 쟁점으로 부각되었다.[32] 더욱이 구보타 망언으로 한일회담이 완전 결렬상태에 빠진 뒤 일본의 비우호적 태도에 대한 보복으로 이승만이 대일수입금지 조치1954.3.20와 경제단교 조치1954.8.18를 연이어 전격적으로 단행하고, 이승만

---

31 구보타 발언의 요지는 '① 연합국이 일본국민을 한국에서 송환한 것은 국제법 위반이다. ② 대일강화조약 체결 전에 독립된 한국을 수립한 것은 국제법 위반이다. ③ 일본의 구 재한일인재산을 미군정법령 제33호로써 처리한 것은 국제법 위반이다. ④ 한국민족의 노예화를 말한 카이로선언은 연합국의 전시 히스테리의 표현이다. ⑤ 36년간의 일본의 한국점령은 한국민에게 유익하였다'등이다.
32 박진희, 앞의 책, 354~355쪽.

이 돌연 대만 방문1953.11.27을 계기로 재추진한 태평양동맹결성이 제네바정치회담 후 다변화되기 시작한 냉전질서의 변동과 맞물려 반공논리가 다시금 강조되면서 한일관계는 복잡 미묘한 국면으로 전개될 수밖에 없었다. 요컨대 과거사처리와 이에 따르는 민족감정을 내포한 근본적인 문제와 국제관계 및 경제사정 등을 포함한 현실적인 문제는 상호연관성을 지니면서 한일양국에 개재된 제 문제의 해결을 저지하는 동시에 완전한 분리도 막는 질곡의 단계로 접어들었던 것이다. 이 같은 총체적인 난관을 둘러싸고 지식인들의 다기한 입장이 분출되었던 것이다.

우선 재추진된 이승만의 태평양동맹 구상과 그 일환으로 결성된 아시아민족반공연맹APACL에 대해서는 적극적 옹호론이 주류를 이룬다. 미국의 반대로 좌절되었던 이승만의 태평양동맹의 구상이 완전히 포기된 것은 아니었다. 반공에 의한 한반도통일북진통일론을 지속적으로 추구해온 이승만은 한미방위조약의 체결을 이끌어냈으나 주한미군 철수가 불가피한 상황에서 공산주의의 확산을 막기 위해서는 소극적인 봉쇄정책으로는 불가능하고 자유진영의 결속과 적극적인 대결을 통해 공산화된 지역까지 수복해야 한다는 논리로 태평양동맹을 재추진했고, 그 구상은 대만을 방문해 장제스와 아태지역 반공통일전선 조직의 결성을 합의하는 것으로 구체화된다. 태평양동맹 결성의 긴급성이 강조된 것은 호지명의 라오스 침공으로 인도지나전선이 확대되고, 제네바회담에서 한국이 제안한 통일안이 부결되면서 한국문제의 평화적 해결방안으로 중립화방안이 강력하게 대두하며, 중국의 유엔가입 및 인도지나사태를 둘러싼 영국·프랑스와 미국의 갈등이 현실화되고, 인도, 버마, 인도네시아 등 콜롬보회의 제국의 중립화정책이 노골화되는 등 아시아지역에서 냉전과 열전의 확대와 동시에 긴장 완화 추세[33]에서 오는 위기감이 크게 작용했다.

---

33 아시아전후사에서 1954년은 '국제긴장 완화의 해' 또는 '중립주의세력 집결의 해'로 강조되었

그 위기의식은 미·필리핀, 미·호주, 미·일 등의 개별 방위조약 체결과 앤저스조약ANZUS, 동남아세아방위조약SEATO 등의 집단방위조약의 체결로 미국의 아시아방위의 적극성이 가시화되고 있음에도 불구하고 한국과 대만이 배제됨으로써 더욱 증폭된다. 그것은 동남아시아 방위동맹보다 극동방위가 더 긴급하다는 논리로 이어진다. 즉 중공은 대만의 회복을, 김일성은 남한의 해방을 노리는 상황에서 이러한 극동의 위기를 극복하기 위해서는 미·대만방위동맹 나아가 한·미·대만·일 방위동맹의 결성이 필요하며, 나토식의 방위동맹보다는 중국에 대한 예방전적 공세를 취해야만 아시아의 붕괴 나아가 전 세계적 위기를 방어할 수 있다는 것이다.[34] 롤백rollback 정책을 밀고 나가면서 대공작전을 전개하는 것이 최상의 방위책이며,[35] 적어도 미국이 주도하고 있던 수열數列의 개별 및 집단방위체의 불구성을 탈피해 광범하고도 강력한 군사동맹의 성격을 갖는 공동집단안전보장체 구성을 통한 아시아방위군의 창설이 유일한 타개책[36]이라는 것이 중론으로 부상하면서 태평양동맹의 재추진은 국내 여론의 광범한 지지를 받게 된다. 게다가 이전의 태평양동맹이 결성되었다면 아시아 위기의 화근인 중국의 성립과 한국전쟁 그리고 인도지나전쟁이 미연에 방지되었을 것이라는 인식에 의해서도 태평양동맹의 추진은 탄력을 받는다.[37]

다. 1954년을 전기로 해 아시아는 세 개의 진영, 즉 중립주의 그룹, SEATO 회원국 및 동북아를 포함한 반공그룹, 중공, 월맹 등의 공산주의 그룹 등이 각기 뚜렷한 자기세력을 지닌 채 분립하는 가운데 개별 및 집단 간 연대가 활발하게 이루어지면서 아시아의 가치가 고양되는 특징을 나타낸다. 윤주영, 「印支휴전의 달성과 중립주의세력의 집결」, 『신태양』, 1959.4, 178~185쪽.

34 「더 긴급한 극동방위」(사설), 『동아일보』, 1954.8.7. 서울과 대북과 마닐라가 아시아방위의 철의 삼각지대가 되어야 한다는 의견, 즉 공산침략에 대항하는 군사총사령부는 서울에, 경제총사령부는 대북에 문화총사령부는 마닐라에 두고 서울과 대북과 마닐라가 아시아 방위의 철의 삼각지대 불패의 수도 고지가 되어야 한다는 주장이 제기되기도 했다. 김기석, 「서울과 대북과 마닐라가 아시아방위의 철의 삼각지대가 되어야 한다」, 『신천지』, 1954.2, 35쪽.

35 「국제정세전망」, 『전망』, 1955.9, 58~60쪽.

36 김석길, 「아시아반공민족회의의 태동」, 『신천지』, 1954.2, 17쪽; 구철회, 「서산일락 전의 위기에 직면하지 않기 위하여」, 『신천지』, 1954.2, 20쪽.

37 「아시아반공연맹의 당면한 임무」(사설), 『동아일보』, 1954.6.19.

그러나 이승만이 재추진한 태평양동맹은 대다수가 기대했던 수준에 미치지 못한 아시아민족반공연맹을 결성하는 것으로 그치고 만다. 아시아민족반공연맹은 장제스와의 합의에 의해 정부 간 기구와 함께 비정부기구도 조직해가겠다는 실천조직의 방향이 현실화된 것으로서 두 차례 동남아친선사절단 파견 1953.12·1954.2의 노력을 통해 일본을 배제한 한국 포함 9개국의 국가 및 지역 대표가 참가한 아시아민족반공대회1954.6.15 진해를 계기로 발족한다.[38] 참가국도 적었고 외형상 아시아반공협동체의 성격을 띠었으나 순전한 민간인의 기구에 불과했던 것임에도 불구하고 여론의 지지는 대단했다. '극동의 타공대제전', '아시아반공유대의 거화炬火'로서의 의의를 지니는 가운데 대공투쟁의 선구인 우리가 반공협상의 이니셔티브를 장악했다는 것이다.[39] 또 군사적 대항뿐만이 아니라 경제적, 정치적, 사상적, 문화적 향상 없이는 적색노예제도의 발호를 막을 길이 없다며 아시아민족반공연맹은 정신적 부흥아시아의 르네상스의 거대한 풍조를 일으키는 사업을 통해 반공유대의 구심점이 되는 가운데 20세기 후반 아시아의 자아완성을 이룰 수 있는 거점[40]으로까지 고평된다. 아울러 아시아민족반공연맹이 중심이 되어 이 연맹의 가장 중요한 목표인 군사동맹의 체결로까지 발전해야 한다는 기대 또한 팽배했다.[41]

---

38 채택된 '조직원칙 헌장'(『동아일보』, 1954.6.19~21)의 골자를 통해 아시아민족반공연맹의 지향을 살펴보면, 모든 부문에서 공산주의자와 그 추종자들을 적발(제1조), 유화, 타협을 배제케 하며(제2조), 반공사상을 보급 전개하며(제4조·제6조), 빈곤, 혼란, 무지와 정치적 후진성이 공산주의 침투의 온상이 되고 있는 고로 아시아 후진 각국은 제국주의와 봉건주의의 잔재 일소, 아시아 인민의 정치적·경제적 지위를 향상, 강대국가에의 정치경제적 예속을 경계해야 한다(제12조) 등이다.

39 「반공아시아민족대회와 집단방위」(사설), 『경향신문』, 1954.6.15, 「아주민족반공대회의 의의」(사설), 『동아일보』, 1954.6.15.

40 주요한, 「'아시아'의 자아완성」, 『동아일보』, 1954.6.15.

41 신기석, 「아시아민족반공연맹의 진로」, 『신천지』, 1954.8, 50쪽. 그가 제시한 반공연맹의 목표 및 진로는 ① 공산주의의 침략으로부터 아시아의 자유민족과 국가를 방위하고 안정을 보장하기 위하여 반공세력이 총 단결하여 투쟁하기 위한 각국의 반공체를 만들어야 할 것, ② 반공투쟁이 공산세력의 침투를 막아내는 데만 그치지 않고 공산주의를 타도하기 위해 철의 장막을 뚫

하지만 아시아민족반공연맹을 토대로 아시아판 혹은 태평양판 나토를 기대했으나 아시아민족반공연맹은 더 이상 발전적 형태로 전개되지 못한다.[42] 일본을 배제한 상태에서 중립노선을 취했던 동남아국가들의 추후 참여가 없었고,[43] 2회 대회1955.3 개최국인 대만이 일본과 인도의 가입을 임의로 변경한 것에 대응해 우리가 대회참가를 거부하는 사태로 촉발된 동아시아방위체를 둘러싼 한국과 대만의 이니셔티브 경쟁으로 내부적 결속 또한 크게 약화되었기 때문이다.[44] 대북대회의 취소로 격화된 양국 간의 갈등과 대립이 단순한 일본가입의 찬반 문제가 아닌 아시아민족반공연맹의 노선을 둘러싼 대립이었다는 대만 학자의 지적[45]이 있으나 그 또한 일본가입 문제가 갈등의 본질이라는 것을

고 들어가야 할 것, ③ 국내의 모든 부패한 독소와 자본주의의 문제를 시정 제거하여 진정한 민주주의를 실천함으로써 자유진영의 올바름을 증명해야 할 것, ④ 대공투쟁에 있어 중립이 가능하다는 국가, 민족에 대해 철저한 비판과 계몽이 있어야 할 것, ⑤ 미국을 포함한 자유진영의 국가 당국자로 하여금 군사력을 배경으로 하는 아시아반공집단방위체를 조속히 결성하도록 편달 추진시켜야 할 것 등이다(45~46쪽). 당시 지식인들이 보편적으로 공유하고 있던 입장이었다.

42 아시아민족반공연맹은 1959년 말까지 한국이 5차에 걸쳐 대회를 주도하다가 1963년 12월 한국반공연맹법(법률 제1447호)에 의해 한국반공연맹이 발족해 아시아민족반공연맹의 한국 측 상설지부를 담당했으며 1969년 9월 13차 대회(대북)에서 세계반공기구를 발족시키자 아시아민족반공연맹은 그 하부기구로 존속하면서 중심적 기구로 기능하는 과정을 거친다(문화공보부,『문화공보 30년』, 1979, 575쪽). 주목할 것은 이 기구가 관민협동의 국내외 반공활동의 지도적 역할을 담당하면서 1950~60년대 문화인들의 반공운동의 유력한 구심체가 되었다는 사실이다. 또한 문화인들은 아시아민족반공연맹과 유기적 관계를 지닌 '반공자유아시아문화인회의'의 결성을 요망했으며(이헌구, 「공동 생명선상에서 최후의 방위 전선」,『신천지』, 1954.2, 23쪽), 실제 반공문화인총궐기대회를 열어 아시아반공자유문화회의를 제창한 바 있다(『동아일보』, 1957.2.18).

43 한국이 아시아민족반공동맹과 또 다른 차원에서 구상한 동아시아 반공동맹설립의 일환이었던 '동아시아반공국가지도자회의'의 추진(1959)도 공산주의와 제국주의의 군사·경제적 침략에 대한 공동 대처라는 취지를 내걸었음에도 불구하고 일본의 배제라는 원칙을 고수함으로써 관련국의 지지를 얻지 못했다. 이에 대해서는 조양현, 「냉전기 한국의 지역주의 외교-아스팍(ASPAC) 설립의 역사적 분석」,『한국정치학회보』 42-1, 한국정치학회, 2008, 250~251쪽 참조.

44 대만이 일본 및 인도의 가입을 일방적으로 추진한 것은 일본의 경우는 산업경제의 발전 및 국방력 증대와 본토 수복을 위한 일본의 환심을 사기 위해서이고, 인도의 경우는 중국을 견제하기 위한 외교적 정략에서 비롯된 것이며 나아가 미국이 구상하고 있던 동북아시아방위조약기구(NEATO)에서 이니셔티브를 쥐려는 외교적 제스처로 분석되었다. 우승규, 「아세아민족반공회의의 장래」,『전망』, 1955.9, 45쪽.

45 왕엔메이, 「아시아민족반공연맹의 주도권을 둘러싼 한국과 중화민국의 갈등과 대립(1953~

부정하지는 않는다.

이렇듯 태평양동맹의 재추진 및 아시아민족반공연맹의 창설에 대한 모색과 추진은 이승만뿐 아니라 당대 지식인들의 냉전관을 가장 직접적으로 보여준다. 냉전관의 공유에 따른 이승만의 대외정책에 대한 공명·지지는 그의 발상과 정책을 민족주의적인 것으로 미화하거나 이승만의 영도성을 추앙하는 수준으로까지 나타난다. 그렇지만 분열하는 지점도 상당했다. 무엇보다 태평양동맹 결성 추진과정에서 나타난 일본에 대한 인식과 대일정책이었다. 동맹 결성의 최대 걸림돌 중의 하나였던 인도를 비롯한 중립노선을 걸었던 국가들에 대한 배제 원칙은 확고하게 공유했다. 지식인들이 오히려 이들 국가들을 설득·포섭하려는 정책에 비판을 가하는 가운데 동맹 본래의 목적을 달성하기 위해서는 절대로 중립노선국가를 가입시켜서는 안 된다는 논리를 폈다. 제3노선이라는 중도주의가 공산주의와 공존할 수 있다고 신봉하는 무리는 유화책이라기보다는 아시아반공전선을 파괴하는 공산 측의 대변, 즉 용공제국에 불과하다는 것이다.

반면 일본의 참가 여부를 놓고는 입장이 나뉜다. 첫째, 일본의 참여를 절대 불허해야 한다는 입장이다. 일본은 여전히 접공接共, 용공의 국가라는 이유에서다. 공산당이 합법화되어 있고, 일본의 일련의 중립외교정책, 예컨대 정치협상의 성격을 띤 일소회담1955.6과 그 귀결로서의 일소국교정상화 교섭의 성립1956.12, 하토야마 이치로鳩山一郎 수상의 두 개의 한국 발언1955.3, 북한의 대일외교관계 수립 제의에 일본이 즉각적으로 응하면서 일·북한 어로협정 체결1955.5, 중국과의 통상 교섭, 중립노선을 표방한 동남아국가와의 경제외교, 소련의 주장을 받

1956)」, 『아세아연구』 56-3, 고려대 아세아문제연구소, 2013, 193쪽. 한국의 주도로 마닐라에서 제2회 대회가 속개되는데(1956.3) 일본가입 문제는 한국은 여전히 만장일치로 대만은 과반수 동의를 주장했으나 결국 3/4의 표결로 결정되어 일본의 반공국가 여부를 판정하도록 함으로써 양쪽 모두 자신의 입장을 관철시키지 못했다.

제3장_ 일본, 적대와 연대의 이중주   159

아들이고 중국을 승인하여 공산국가와의 국교 회복을 기도하는 사회당의 정책 등 일본의 외교는 경제발전에 중점을 두고 이 테두리 안에서 공산국가와의 관계까지 조정하려는 '교활한' 중립노선을 걷고 있다는 것이다.[46] 이 같은 노선은 자유진영에 대한 배신행위로 규정된다. 미국의 원조와 지지로 재생했고 한국전쟁으로 말미암아 재건에 성공했으며[47] 여전히 한국이 일본공산화의 방파제 역할을 하고 있는 데도 불구하고 정경분리 원칙의 미명하에 친공적 행보를 감행하는 것은 배은망덕한 근성의 표현이라는 것이다.[48] 따라서 아시아반공체제를 결성함에 우리의 반일척인反日斥印의 태도는 추호도 변경이 없을 것은 물론이고 그들을 정식 회원으로 받아들이는 데도 절대 반대하는 초지를 꺾지 않을 것임을 천명하기까지 한다.[49] 미국이 일본을 중심으로 아시아정책을 전개하면서 그 일환으로 한일관계의 정상화를 촉구하는 상황에서 이승만의 (태평양동맹 구상에서)지속적인 일본배제 정책은 미국의 의도에 대한 정면적인 대결을 의미하는 것[50]이나 여기에는 미국의 지속적인 원조 및 후원과 무시할 수 없는 국민의 반일감정의 모순적 조건이 개재되어 있었다. 그 조건에서 표출된 반공동맹 내의

---

46 이관구, 「일본의 외교정책비판」, 『신세계』, 1956,8, 230~235쪽.

47 쓰루미 슌스케에 따르면, 한국전쟁은 점령군으로 하여금 대일방침을 전환시켜 일본의 재군비와 전시지도자의 추방 취소라는 '역코스'를 걷게 했다고 한다. 한국전쟁 발발 2주 후에 맥아더의 지령에 의해 경찰예비대라는 이름으로 일본군의 재건을 명했으며, 포츠담선언 제6조에 따른 전시지도자의 추방도 미국에 의해 무효화됨으로써 도조 히데키 내각의 각료였던 기시 노부스케가 일본의 총리대신으로 임명(1957.2)되는 등 낡은 세력이 스스로를 재편성하여 전시지도자의 권세와 지위를 회복하게 된다는 것이다. 또한 한국전쟁 결과 일본경제는 1955년까지 제2차 세계대전의 타격에서 회복할 수 있었고 그 이래 기술혁신과 고도경제성장이 일본사회의 현저한 특징이 되었다고 한다. 쓰루미 슌스케, 김문환 역, 『전후 일본의 대중문화』, 소화, 2001, 22~23쪽 및 70쪽.

48 한일회담에 직접 참여했던 유진오는 이 같은 태도를 회색 일본(인)의 '도국근성(島國根性)'으로 질타하며 이 근성을 시정하지 않는 한 호혜적 한일관계는 불가능하다고 보았다. 「한일 간에 가로 놓인 것」(대담 : 유진오/김을한), 『전망』, 1956.1, 134쪽.

49 우승규, 앞의 글, 48쪽.

50 최영호, 「이승만정부의 태평양동맹 구상과 아시아민족반공연맹 결성」, 『국제정치학논총』 39-2, 한국국제정치학회, 1999, 182쪽.

협력과 강력한 반일의 양극적 대일정책[51]이 태평양동맹의 추진에서는 후자로 가시화되었던 것이고 그로 인해 일정한 국민 동의의 기반을 확보할 수 있었다.

둘째, 다수의 의견은 일본을 참여시켜 명실상부한 아시아반공연합체를 구성해야 한다는 입장이었다. 물론 이 입장은 일본이 양면외교를 청산하고 민주진영과 공고히 제휴하는 가운데 민주진영의 일원임을 실천적으로 증명함으로써 우리에게 부동의 신뢰감을 주어야 한다는 전제조건을 달고 있다. 이런 맥락에서 일본의 대공 접근을 견제하는 동시에 일본을 극동의 반공메커니즘에 참여시키기 위한 현실적·효과적 방법으로 강조된 것이 조속한 한일관계의 정상화였다.[52] 한일관계의 재정립은 동아시아반공전선을 강화하는 데 기본적인 요건일 수밖에 없다는 논리이다. 그것은 아시아에서 차지하는 일본의 가치에 대한 발견에서 비롯된다. 즉 아시아대공전선을 구성하는 데 있어 일본의 가치는 구주의 서독 이상의 가치를 지니고 있으며 따라서 일본 재건을 도모해 기타 아시아 약소국과의 연결을 촉진시켜 나가는 것이 가장 합리적인 대일정책이라는 것이다.[53] 또한 일본이 아시아에서 공산세력과 대결할 수 있는 최대의 전력국가라는 사실을 솔직히 시인해야 하며, 한일국교의 조정을 이루어내면 일본의 무장은 미국의 무장이 곧 자유세계의 무장인 것처럼 우리의 무장이 될 수 있다[54]는 보다 적극적인 견해가 피력되기도 한다. 현실론, 즉 크게는 극동방위내지 민주세계 방위의 합리화를 위해 작게는 한국자체의 이해타산에 있어서 결코 일본을 영구히 적대시할 수 없다는 주장도 큰 흐름을 이루고 있었다.[55] 그리고 일본에 대한 자신감도 작용했다. 일본과의 관계에서 우려되는 것은 경

---

51 박진희, 앞의 책, 16쪽.
52 강영수, 「한일외교의 해부와 전망−현실적 사태를 중심으로」, 『신세계』, 1956.8, 201쪽.
53 정일형, 「일본은 재평가되어야 한다」, 『신태양』, 1956.10, 35쪽.
54 김동명, 「민주아세아의 단결 위한 서설 ①~⑥」, 『동아일보』, 1954.4.12~18.
55 김석길, 「일본은 영원한 적인가?」, 『신태양』, 1956.10, 42~43쪽.

제침략이나 문화침투인데 이는 우리가 충분히 막아낼 수 있는 것이기에 일본을 과대평가해서 지나치게 두려워할 필요가 없다는 것이다.[56]

이와 같은 논리들은 이승만의 대일정책과 미국의 대일정책에 대한 비판을 수반하고 있다. 한일관계의 정상화라는 원칙론을 공유하고 있음에도 불구하고 정부가 취하고 있는 대일정책은 압력을 가하는 것, 이를테면 경제교류의 제한, 반일사상의 고취 등인데 이는 우리가 당면한 적인 공산집단에 대한 국민의 물적, 정신적 총역량을 분산시키는 역효과를 야기한다는 것이다.[57] 멸공과 반일의 양면작전이 오히려 대공 전력의 약화를 초래한다는 주장이다. 이 맥락에서 북진통일만이 진정한 한국의 통일이요 명예로운 승리이며 그러함으로써 아시아가 방위되고 자유세계가 방위될 수 있다[58]는 극단론이 등장하기도 했다. 따라서 과거에 얽매인 일본배제는 시의성도 없고 우리의 손실이 크므로 '오늘의 적을 치기 위해 지난날의 원수를 잊는' 적극적·합리적인 대일정책으로 전환되어야 한다는 주장이 비등하기에 이른다. 하지만 과연 일본이 무궤도외교를 포기하고 자의적으로 반공기구에 참여할지에 대해서는 대부분 비관적으로 예측했고, 그 예측은 한일회담의 필요성을 더욱 강조하는 근거로 작용한다. 미국에 대해서도 동북아집단방공기구 창설의 주도적 역할을 담당해야 함에도 불구하고 소극성과 방법의 불합리성으로 인해 아무런 성과도 산출하지 못하고 있으며, 일본을 아시아의 공장으로 발전시키기에 급급한 과중한 일본편중정책으로 일본의 중립노선을 낳게 하고 그 결과 아시아국가 간의 친선 회복에 상당한 지장을 초래했다는 논리로 미국의 아시아정책의 수정을 요구한다.[59] 물론 거

---

56 김을한, 「일본의 민주화는 가능한가-기로에 선 일본의 실태」, 『신세계』, 1956,8, 242쪽.
57 유봉영, 「장 부통령 대일발언의 중심점-원칙의 이론이냐 정책의 차냐」, 『신태양』, 1956.10, 51쪽.
58 이건혁, 「아시아의 방위와 세계 목적」, 『신천지』, 1954,6, 25쪽.
59 그 일환으로 제시된 것이 일본의 재무장 우려를 불식시키기 위해서라도 미국이 자신들이 구상하고 있는 NEATO에 일본을 포함시키도록 강제해야 하고 그럼으로써 동북아 적화의 급류를 막아내야 한다는 주장이었다. 「실망의 연속인 한미관계」 (사설), 『동아일보』, 1954.9.12.

족적인 미군철수 결사반대운동을 결행해 미군 주둔의 가냘픈 희망을 기대하는 것[60]과 같은 대미 의존을 벗어나는 범위는 아니었다.

정부/지식인의 공명/분열은 평화선 문제에 대한 대응에서도 마찬가지의 형태로 나타난다. 이승만의 평화선 선포로 본격화된 한일 갈등은 이후 발포 명령1952.9.19과 나포된 일본선원 천여 명에 체형을 언도1952.10.13, 특히 다이호마루大邦丸사건1953.2 — 제주도부근에서 일본어선 다이호마루가 나포되어 어로장이 사살되는 사건 — 으로 어업권 분쟁이 노골화되면서 양국의 인질외교 구사에 따른 상호 보복 및 오무라大村/부산 수용소의 비인도적 처우를 상호 항의하는 사태로 비화·확대되기에 이른다.[61] 더욱이 구보타 망언으로 한일회담이 장기 휴회된 와중에 일·북한 어로협정 체결과 이에 대한 보복으로 경제단교를 취하고 평화선 방위조처로 평화선 수호 발포 명령을 재차 발동1955.11.17하면서 한일관계는 분규의 절정에 도달한다. 평화선 문제는 한일 양국 모두에게 민감하면서도 중대한 사안이었다. 인접해양 주권선언은 연해안의 어업권 확보 및 연안국방의 확보를 내포한 문제로 특히 우리에게는 방첩선, 군사선, 밀수방지선을 겸한 주권선이자 생명선으로서 가치를 지닌 것이었다.[62] 따라서 평화선의 적법성 및 정당성을 둘러싼 법리 공방이 — 일본의 공해 어업자유/한국의 연안 어업권 상호존중의 원칙 — 치열하게 전개될 수밖에 없었는데, 우리 측의 입장은 평균 해리에 지나지 않는 평화선은 해양질서상 이론적 근거를 가진 합

---

60 「미군철수반대운동에 대하여」(사설), 『동아일보』, 1954.9.23.

61 오무라(大村)수용소의 실태에 대해서는 한 체험자 르포에 자세히 기록되어 있다. 간략히 요지만 추리면, '외국인출입국관리령'(1952, 외국인추방)에 의해 설립된 대촌수용소는 실제 한국과 중국인을 주로 수용하고 있는데 1954.11 기준 천여 명의 수용자 중 80~90%가 우리 동포이고, 감시원은 1,200명으로 이들의 征韓論과 대한감정에 따른 민족적 모욕이 매우 심하다. 일본 각지에서 거류민증을 소지하지 않아 억울하게 끌려온 사람들이 대부분이고 우편물도 일일이 검열하고 동포끼리 단합, 좌담조차 감시받는다. 1954.4.27 활동의 자유 보장과 정부에 진정서 전달을 내걸고 데모를 감행했으나 유혈사태로 진압되었다. 조종래, 「일본대촌수용소 폭로기─목불인견의 참상!! 억울한 동포들은 절규한다!!」, 『신태양』, 1954.12, 56~61쪽.

62 성인기, 「한일국교문제의 재 전망」, 『문화세계』, 1954.1, 40~42쪽.

리성이 있고, 국제법상의 법률행위로서 효과를 발생한다는 것이었다.[63] 이 같은 논리의 뒷받침 속에 이승만의 평화선 선포는 그의 반일민족주의의 표상으로 간주되어 지속적인 지지를 받았고, 그 후광은 당대뿐만 아니라 1960년대까지 이어졌다. 언론들은 관민 일체의 평화선 돌파를 획책하는 일본의 책동을 국제도의에 어긋난 독선적 행위이자 관동대진재, 불령선인 처단과 동궤의 문제로 규정하고 힘으로 제압할 것을 촉구하는 가운데 평화선 문제를 내셔널리즘으로 분식시켰다.[64]

그런데 양국 간 보복의 연쇄과정에서 그 일환으로 단행된 경제단교 조치8·18조치에 대해서는 비판적 의견이 우세했다. 이승만은 일본의 비우호적 태도와 북한에 대한 통상접근에 대한 응수책으로 대일수입금지 조치1954.3.20와 경제단교 조치1954.8.18를 연이어 전격적으로 단행한다. 후자는 아무런 경제적 이유 없이 정치적 이유로 인하여 취해진 것이었다. 공식적으로 정부가 밝힌 주된 이유는 첫째, 일본이 대공산권 무역확대에 광분하고 있을뿐더러 반정부적 한인 민족반역자, 친일분자를 보호하고 그들에 원조를 줌으로써 우리에게 적대행위를 취하고 있다는 것, 둘째 일본이 한국정부를 뒤엎을 목적으로 재일한인 공산주의자들을 도와서 한국에 자금과 물자를 밀수시키고 있다는 것 등이며 따라서 한일 간의 여하한 협상을 단념하고 재일교포의 한국방문을 금지하는 동시

---

63 김기수, 「어업권의 확보와 평화선 문제」, 『신세계』, 1956.8, 220~221쪽.

64 「힘에는 힘으로 대항─일본의 대한태도 변화에 경고함」(사설), 『한국일보』, 1955.12.9. 오무라(大村)수용소(하마마츠(濱松) 형무소 포함) 수용 조선인억류자 문제도 인도주의를 넘어 일본의 인질외교, 재일조선인 법적 지위 문제, 억류자 일부의 북한송환희망자 처리 등이 착종되어 냉전내셔널리즘의 소재로 활용되는 양상을 나타낸다. 한일 간 협의를 거쳐 1955년 2월 1차 209명을 시작으로 중단, 재개의 곡절을 거치며 1960년대 초까지 10여 차례 국내 송환이 이루어지는데, 억류자의 약 27%를 차지했던 해방 이전 일본에 거주하고 있던 재일교포의 법적 지위에 대한 문제와 나머지 73%의 해방 후 밀항자 및 일본에서 추방된 범법자의 인도적 대우 문제 등을 둘러싸고 한일 간 입장 차이로 인해 첨예한 갈등이 지속되었다. 반국가적 행위로 간주된 후자의 밀항자 및 범법자에 대한 실체적 접근은 1960년대에 접어들어서 가능해진다. 「억류 교포의 송환과 그들의 처우대책」(사설), 『조선일보』, 1960.3.29.

에 한인의 대일교역과 여행도 금지시킨다는 것이다.[65] 파격적인 조치에 대부분의 언론은 일본의 반성을 촉구하기 위한 부득이한 조치로 인정하면서도 한일 무역관계상, 즉 일본의 연간 무역통계로 볼 때 한국에 대한 수출은 수출총액의 1/100, 한국으로부터의 수입은 수입총액의 1/1,000에 불과한 상태에서 경제단교가 외교적 압력으로서 실효가 크지 않으며, 부수적 수단으로서 재일교포의 한국방문 금지와 한인의 대일교역 및 여행금지는 무모한 처사로 찬성하기 어렵다고 반응을 보인다.[66]

또 정부가 의도한 일본의 북한에 대한 통상접근책을 견제하고 그들의 무리한 재산권요구를 철회시켜 나아가서는 한일관계를 조정하는 데 별다른 효력이 없을 것으로 관측했다. 업자들의 타격은 물론이고 국내 경제질서에 적잖은 혼란을 야기하고 밀수출·수입을 조장해 한국경제가 받는 타격이 막대할 수밖에 없다는 비판도 많았다. 경제전문가들은 대일교역은 우리에게 있어서 불가결하며, 특히 수입은 다변화가 가능하나 수출의 변화는 현실적으로 어렵기 때문에 대일 수출에 의존할 수밖에 없는 조건에서 정치와 경제의 분리 대응이 필요하다고 주문한다.[67] 일본과 마찬가지로 우리도 정경분리 원칙 및 정치/문화분리 원칙을 구사할 필요성이 있다는 의견이 1950년대 중반에 서서히 대두했던 것이다. 이는 경제를 지렛대로 삼아 한일관계를 풀어야 한다는 논리[68]와 다소 다른 것으로, 1960년대 이후 한일관계의 또 다른 기조가 이미 태동하고 있었음을 알려준다.

한편, 4년 4개월 장기간 중단된 한일회담은 예비회담을 거쳐 정식 재개된다 **4차 한일회담**. 미국의 거중조정에 의해 가능한 것이었으나, 무엇보다 예비회담을

---

65 「대일경제단교에 대하여」(사설), 『동아일보』, 1954.8.21.
66 「대일경제단교의 중대성」(사설), 『경향신문』, 1954.8.20.
67 안림, 「대일통상은 불가피로 본다―대일통상과 국내경제에의 영향」, 『신태양』, 1956.10, 47쪽.
68 「대일교역 전면 재개 결정에 즈음하여」(사설), 『한국일보』, 1954.12.20.

통해 억류자 상호석방에 합의하고 일본이 대한청구권 철회와 구보타 발언 취소를 약속함으로써 돌파구를 찾았던 것이다. 이 회담 재개를 두고 한일외교의 주도권은 이승만에게 장악되었고 일본의 대한정책은 통일성과 일관성을 결한 수동외교였다는 평가가 있었으나,[69] 비록 일본이 억류어부 석방문제를 원만히 해결하지 못해 야기된 비난 여론으로 인해 일시적 저자세 유화책을 구사했다고 하더라도 1950년대 한일관계가 일본에 있어 중요 정치적 이슈가 아니었다는 분석을 감안하면 꼭 그렇게만 보기 어렵다. 그동안 한일회담의 결렬 원인이었던 청구권 및 구보타 망언이 취소되었음에도 불구하고 4차 회담을 앞두고 지식인들의 태도는, 어렵게 재개된 만큼 한일국교수립이 이루어졌으면 하는 희망을 표명한 경우가 없지 않았으나,[70] 대체로 이전보다 한층 강경해지는 양상을 나타낸다. 무엇보다 과거 일본의 식민통치 및 식민경험의 환기를 통해 일본에 대한 뼈에 사무친 원한과 증오심을 강조하면서 일본의 죄과에 대한 반성과 한민족에 대한 편견의 시정을 촉구하는 목소리가 높아진다.[71]

그것은 한일국교가 수립된다면 초래될 문제들에 대한 우려와 공포로 이어진다. 일본의 한국침략, 특히 일본금융자본의 공세와 문화공세가 매개가 되어 본격화될 것이며,[72] 그로 인해 조만간 한국 경제가 예속화되는 방향으로 나타나고 일본의 강화된 국력(경제력)과 유엔가입 및 중립외교에 의해 높아진 국제적 지위를 이용해 우리가 감당하기 어려운 무리한 요구를 강요할 것이 필지의 사실이라는 것이다.[73] 따라서 한일국교수립은 시기상조라고 본다. 한일관계의 비

---

69 엄영달, 앞의 글, 99쪽.
70 정일형은 실질적으로 남은 현안이 재일한국인의 국적 및 대우 문제와 어업문제 정도이고, 따라서 일본의 진정한 반성, 이해, 협조적 정신의 발휘와 극동의 민주동맹국이 되며 실리주의 외교를 지양한다면 제4차 한일회담을 통해 한일국교수립이 충분히 가능하다는 희망적 관측을 피력했다. 정일형, 「한일회담에 기함-회고와 전망」, 『신태양』, 1958.3, 79~81쪽.
71 신상초, 「우리의 대일감정과 일인의 대한감정-사무친 증오심은 사라지지 않는다」, 『신태양』, 1958.3, 85~86쪽.
72 이건호, 「한일국교가 열리자면-선행되어야 할 몇 가지 조건」, 『현대』, 1958.3, 32~37쪽.

공식적 조정자인 미국[74]에 의해 한일교섭이 계속되고 더욱이 안보적·경제적 대미의존의 상태로 인해 회담에 임하더라도 정부가 일본에 요구한 최소한의 조건, 즉 공산당의 불법화, 공산국가와의 외교적·문화적 제 관계 단절, 모든 침략적 지배근성 포기 및 국제질서하에서 평등과 민주주의 이념의 찬동 등이 분명하게 선행되어야 한다는 것이다.

유의할 것은 이 같은 반일감정과 공일恐日감정이 일본을 향한 것만이 아니라는 사실이다. 우리 내부의 친일적 경향의 대두에 대한 우려와 비판을 수반하고 있었다. 외래숭배적 풍조가 만연한 상태에서 일부 지식층, 부유층을 중심으로 기분적 친일성이 팽배해지는 현상에 대한 우려와 함께 한일국교가 수립되면 일본의 식민지풍경을 보게 될 것이 틀림없으며 심지어 "왜복에 게다짝을 끌고 명동골목에 나타나거나 내선일체를 하자는 사이비 악질정치가 같은 이단분자들이 생겨날 것"[75]이라는 예측까지 있었다. 가까스로 회복한 민족의식이 사라질 것이라는 비관적 전망도 제기되었다. 일본화에 대한 경계는 일본문화에 압도된 대만사회에 대한 비판으로까지 확대되어 나타난다. 즉 대만과 반공우방으로서의 연대와 유대의식을 가지면서도 대만사회의 일본풍 범람과 대만인이 50년 왜치倭治로 완전히 일본화한 것에 강한 비판적 입장을 견지하며 '기이한' 사회로 규정한다.[76] 따라서 한일관계의 정상화보다 반공반일의 국시를 확고히 하는 것이 급선무라고 본다.

그 같은 우려와 공포를 내포한 반일감정은 일본이 재일조선인의 북한송환을

---

73 김영진, 「한일 정식외교가 수립되면─어떤 결과가 올 것인가?」, 『신태양』, 1958.3, 93~94쪽. 당시 지식인들은 일본의 국제적 지위 향상이 일본 군국주의의 재생과 같은 일본자체의 요소에 의한 것이기보다는 냉전의 격화, 특히 중국의 공산화 및 한국전쟁으로 인해 동아시아에서 미소 양 진영의 세력균형이 파괴되면서 초래된 산물로 평가했다. 민병기, 「전후10년 일본의 국제적 지위」, 『전망』, 1956.1, 146~147쪽 참조.
74 홍승면, 「한일문제와 미국의 입장─불개입을 강조하는 조정자」, 『신태양』, 1958.3, 91쪽.
75 이건호, 앞의 글, 37쪽.
76 정문상, 「냉전기 한국인의 대만인식」, 『중국근현대사연구』 58, 중국근현대사학회, 2013, 88쪽.

추진함으로써 최고조에 달한다. 억류자 상호석방 문제를 협의하면서 다시금 부각된 재일조선인 문제가 일본이 희망자들을 북한으로 송환하는 일에 착수하고1956.7 연이어 북송추진계획과 북·일 간 북송교섭이 진행되면서 제4차 한일회담은 이 문제를 둘러싼 협상으로 시종했다. 그것이 1959년 8월 인도 캘커타에서 일본과 북한의 북송협정이 정식 조인되고 북송 제1진 975명의 북한행이 실행되는 것으로1959.12.14 귀결되자 4차 한일회담이 결렬되기에 이른다. 그 일련의 과정에는 일본의 동남아중립국가와의 외교추진을 둘러싼 장외 외교전1957, 이에 대한 보복수단으로 대촌형무소에 구류된 한국인의 송환인수를 한국정부가 거부하자 일본정부가 '거주지선택의 자유'와 '인도주의'라는 구실하에 북송을 선언하는 등의 보복의 연속과 이후 미국을 통한 중재 시도, 국제사법재판소 제소, 국제사회에의 호소, 대일통상단교 조치1959.6 등 10개월간의 거족적 반대투쟁을 시도했음에도 불구하고 속수무책이었다. 익히 알려졌다시피 재일조선인 처리는 일본이 한일회담을 통해 해결하려고 한 최우선적 목표였고 따라서 북송추진은 철저히 정치적 목적으로 이루어진 것이었다. 북송에는 북한이 경제5개년계획의 요원의 필요성과 일본이 재일조선인 추방과 불황 타개의 경제적 이익을 도모하려는 양자의 정치적 의도가 야합된 산물이라는 분석이 지배적이었다.[77]

당연히 한국사회는 '재일한인북송반대전국대회' 개최1959.2.16를 비롯해 거족적인 북송반대운동으로 들끓었다. 무엇보다 한반도의 유일한 합법정부를 부인하고 주권을 침해하는 행위이자 나아가 자유진영에 대한 배신행위·이적행위라는 것이 비판의 핵심이었다.[78] 일본이 내건 인도주의는 대공 교태외교에 불

---

77 신도환, 「재일교포 북송음모와 한일국교 문제」, 『서울신문』, 1959.8.23~30. 그는 전후 일본외교가 추구해온 중요한 목적으로 국제적 지위 회복, 경제적 실리 획득, 국가적 안전 등을 드는 가운데 북송이 그 같은 노선의 구체적 실천의 일환으로 추진된 것이라고 분석한다.

78 「교포북송은 자유에 대한 배신이다─일본의 흉계를 국제여론에 호소한다」(사설), 『경향신문』,

과하며,[79] 자유와 공산의 공존이 불가능함에도 강요에 의해 북송을 감행한 것은 일본의 명백한 친공親共행위이자 상술을 위해 조선인을 제물로 삼은 비인도적 처사라는 것이 주류적인 견해였다.[80] 다른 한편으로는 재일교포에 대한 선도의 긴급성이 제기되었다. 60만 교포 가운데 북한 출신은 3%에 불과한 데도 남한 출신 교포까지 포함된 5만 내외가 조총련을 통해 북송을 희망했다는 사실은[81] 조총련의 교묘한 허위선전과 매수공작의 산물이었음을 말해주는 것으로 이를 방지하지 못한 것은 교포의 85%에 달하는 잠재적 실업자의 빈궁상태와 조총련계에 장악되어 있는 교육시설에 원인이 있다는 것이다.[82] 따라서 일본 내에서 최하위 계층에 속한 대부분의 재일교포의 삶을 근본적으로 개선하지 않는 한 북송희망자가 더 증가하는 것은 자명하기에 정부가 적극적인 선도책을 강구해야 한다는 주장이다. 실제 북송 선택은 이데올로기적 이유뿐만 아니라 생활의 필요성이 크게 작용했다. 일본을 적으로 돌리더라도 재일교포를 남으로 데려와야 하고 북한동포보다 재일교포에 대한 대책을 우선시해야 한다며 정부의 소극성과 무능력을 질타한[83] 논자도 있었다. 이무영은 북송저지투

1959.2.16.

79 「일 정부의 소위 '인도적 견지'」(사설), 『동아일보』, 1959.2.16.

80 원용석, 「인도문제를 일탈한 '岸' 정부의 망동—하필이면 공산지옥으로 추방해야 옳단 말인가?」, 『신태양』, 1959.4, 87~88쪽.

81 신도환은 해방 직후(1945년 말~1946년 초)에 실시된 귀환희망자의 선택지 통계, 즉 64만 7천여 명의 재일조선인 중 남한귀환등록자가 51만 4천여 명, 북한귀환 등록이 9,700명이었던 사실을 환기하며 11만 7천여 명이 북송을 희망했다는 주장은 가난을 이용해 소수의 금전으로 매수한 조총련의 동포 매매행위로밖에 볼 수 없다고 주장한다. 신도환, 앞의 글.

82 「재일교포의 선도는 시급한 문제이다」(사설), 『경향신문』, 1959.4.30. 특히 재일교포에 대한 교육과 계몽사업의 필요성은 재일조선인 문제가 대두된 때부터 줄곧 제기된 것이었다. 한일관계의 조정보다도 조총련이 실권을 쥔 200개 초등학교의 8만 명에 이르는 재일교포자녀들의 교육, 선도에 더 치중해 장래의 사태에 대비해야 한다는 주장이 비등한 바 있다. 「재일교포자녀들의 교육문제」(사설), 『동아일보』, 1954.1.3. 다른 한편에서는 재일조선인학교가 이미 빨갱이의 소굴이 된 상태에서 정부의 강력한 대책이 추진되기 어려우며 일본의 반공정책이 명료하게 확립되는 것이 보다 근본책이며 선결과제로 보는 시각도 있었다. 「한일 간에 가로 놓인 것」(대담 : 유진오/김을한), 『전망』, 1956.1, 133쪽.

83 유근주, 「북한동포에 앞서 재일교포를 구출하라」, 『신태양』, 1959.4, 98쪽.

쟁을 호소하거나 데모를 장려하는 방식에서 탈피해 문화적인 구호운동, 특히 각 분야의 문화전위대를 대규모로 조직해 재일교포사회에 침투시켜 재일교포 60만 나아가 남한전체를 노예화하겠다는 일본의 야망을 분쇄시키는 거족적인 차원의 과감한 시책을 제안한다.[84]

북송에 대해 전혀 새로운 분석도 있었다. 김사목은 북송이 일본정부 내지 배후에서 정계를 조종하는 공산당의 한일회담에 대한 분열공작의 지엽적인 부분으로 결코 돌변적인 배신행위가 아니라고 본다.[85] 일본 내에 조공朝共, 중공中共, 일공日共세력이 극동의 국제공산당을 형성한 가운데 일본은 이미 준準공산화한 단계의 공산당의 온상지가 되었으며, 이를 분쇄하기 위해서는 국제적 반공투쟁을 전개하는 동시에 국제공산당의 부동의 정책인 한국 침략을 방어하기 위해서는 취약해진 반공역량을 관민일치로 집결시켜 남북통일을 완수함으로써 체제우월성을 증명해낼 필요가 있다는 것이다. 사실 여부를 떠나 이 같은 관점은 막후에서 한일회담에 관여했던 인물의 개인적 소신으로만 볼 수 없다. 북송 문제를 남북한 체제경쟁의 차원에서 접근한 정부의 태도와 유관하며, 당시 북송반대운동의 전반적 흐름이 반일과 아울러 반공의 가치를 선양하는 방향으로 전개된 것과도 연관되는 것이었다. 냉전 및 열전의 유일한 전쟁목적은 자유국민을 보호하고 자유세계 영토를 방위하는 것인데, 일본의 북송은 대량의 인적자원을 공산 적에 보냄으로써 그들의 병력과 노동력을 강화하게 하는 이적행위이며 따라서 자유진영 내 이적국가 일본에 대한 투쟁을 반공반일의 성격을 동시에 지닌 것으로 규정하는 것이 중론이었다.[86]

또 정비석은 북송을 재일교포에 대한 교살행위로 간주하고 일본과의 항쟁을

---

84 이무영, 「아직도 늦지는 않다-북송저지책을 위한 긴급동의」, 『조선일보』, 1959.12.27.

85 김사목, 「한일회담의 배후관계-일본을 본거지로 한 국제공산당의 음모」, 『신태양』, 1959.4, 90~95쪽.

86 「자유평화의 적 일본을 응징함에 총궐기하자」(사설), 『서울신문』, 1959.12.15.

주창하면서 재일조선인의 역사성, 특수성을 일제의 식민통치에서 찾는 가운데 해방 후 400만 명이 자유와 평화를 찾아 월남한 사실을 일본의 비인도주의 및 남한의 우월성을 입증하는 근거로 활용하기도 했다.[87] 이와 같이 북송문제는 다소 감정에 치우친 면이 없지 않으나 1950년대 한일회담에서 드러난 일본의 비협조적 태도에 대한 누적된 반일감정을 집약적으로 표출하게 하면서 이를 더욱 고착시키는 계기가 되었다. 이후 185회에 걸쳐, 특히 1960~61년에 약 7만 명의 북송이 이루어지는 것과 대응해 반일이데올로기가 대중적으로 확대 심화되기에 이르렀고 그것은 한일국교수립 반대의 중요한 국민적 정서로 작용했다.[88]

지금까지 한일회담의 전개과정을 중심으로 1950년대 지식인들의 대일인식의 기조와 그 양상을 당대적으로 접근해보았다. 확연하게 구획되는 것은 아니지만 지식인들의 대일인식은 한일관계의 역사성, 특수성, 현재성 등을 바탕으로 일본경제론·배제론/현실론·운명론이 교차·길항하는 가운데 전반적으로 반일이데올로기가 심화되는 추세였다고 할 수 있다. 그것이 전적으로 식민지적 멘탈리티에서 기인한 것이라기보다는 한일회담의 개최, 교착, 중단, 재개의 반복과정에서 일본이 보여준 대한정책 및 인식태도에 의해 과정적으로 구성되고 심화된 면이 매우 컸다. 지식인들도 마찬가지였지만 이승만정부가 추진했던 한일 간 긴밀한 협력관계하의 "또 다른 일본되기",[89] 달리 말해 제국일본 및 전후에 일본이 전략적으로 추구했던 것과 다른 일본의 모습은 1950년대에 존재하지 않았고 1950년대 비대칭적 한일관계상 존재할 수도 없었다. 지식인들

---

87 정비석, 「일본은 韓僑의 교살을 단념하라」, 『조선일보』, 1959.12.27. 조병화의 시 「남으로 오라」(『조선일보』, 1959.12.27)에서도 북한을 자유 부재, 전율, 공포, 결핍으로 표상하는 가운데 자유의 땅 남한으로 올 것을 반복적으로 권고하고 있다.

88 변영태, 「반성할 자는 누구냐―국교정상화의 선행조건」, 『신동아』, 1965.4, 58쪽. 1960년대 재개된 한일회담에서 북송 중지와 한일회담이 공적으로는 연계되지 않았으나 민간의 여론은 일본의 북송 강행이 한일회담을 중지시켜야 하는 이유 가운데 하나로 간주하였다. 「한일회담은 일단 중단하는 것이 좋겠다」(사설), 『경향신문』, 1962.4.12.

89 박태균, 앞의 글, 128쪽.

에게 있어 1950년대 일본은 군국주의의 일본, 좌익적 일본일 뿐이었고, 따라서 일본은 대결적, 적대적, 침략적 존재이지 결코 공존적, 협조적 존재가 아니라는 사실을 다시금 경험적으로 확인하는 시간이었다. 단순한 감정적 반일이데올로기의 찌꺼기가 아니었던 것이다. 이 같은 대일인식은 1950년대의 경험을 토대로 한일회담이 1960년대 다시 속개되는 것에 대응하여 변용·지속되어 갔다. 이러한 한일관계 및 지식인들의 대일인식은 당대 일본적인 것文化에 대한 인식태도에 영향을 끼치는 동시에 탈식민 작업에 작용해 이를 촉진/억제한다. 이승만정권의 반일주의 지배이데올로기가 여기에 거시적으로 개입·작동했음은 두 말할 나위가 없다.

3. 1950년대 일본적인 것의 존재와 한국문화(학)

8·15해방 후 탈식민의 과업은 반민특위의 해체를 계기로 파행·왜곡의 길로 들어선다. 반민특위의 해체는 이념과 정파를 초월해 다양한 방식으로 제기되었던 반제반봉건을 핵심 의제로 한 탈식민화의 총체적 좌절·와해를 의미했다. 탈식민의 작업이 식민지의 연장선상에서의 변화가 아니라 그것을 극복하고 그것과 단절한 번신翻身의 작업, 즉 부정을 부정함으로써 자기긍정을 확보하는 작업이어야 한다는 것을 감안할 때,[90] 반민특위의 해체는 이와는 반대로 식민유산의 부정됨이 없이 그대로 유지되거나 오히려 권장, 조장되는 또 다른 계기가 된다. 이후 한국사회는 정치적으로는 식민지의 지위에서 분명히 벗어났으나 사회의 총체적 성격을 조건 짓는 제반 제도적 장치는 물론이고 사상, 인물, 생활양식 등도 본질적으로는 대부분 그대로 유지되었다. 더욱이 친일파를

---

90 리영희, 「한일문화 교류의 선행조건」, 『신동아』, 1974.11, 78~82쪽.

단 한 명도 처단하지 못함으로써 외세와 결탁하거나 의존하는 행위가 아무런 두려움 없이 자행되는 기풍과 정신상태가 조성되는, 즉 민족이성의 좌절 또는 민족정기의 굴절은[91] 이후 탈식민화를 지체시키는 요인으로 작용하는 악순환이 연속되었다는 점에서 문제의 심각성이 존재한다.

문화의 영역에서도 반민특위 발족을 계기로 친일행위자 명부4등급 등록, 조사 및 검거대상 명단의 공개, 최남선, 이광수, 김동환 등의 순차적 구속과 또 문화예술계의 친일행위의 심각성과 그 척결의 중요성에 대한 여론의 조성, 저널리즘에서 이광수, 조연현의 친일행적에 대한 공개 비판 등 문화인들의 친일 문제가 강력한 폭발력을 지닌 뇌관으로 등장했음에도 불구하고 반민특위의 해체와 더불어 친일문제가 공론화될 수 있는 여지가 완전히 사라지게 된다. 친일파 저술에 대한 비판의 담론도 사실상 해체된다.[92] 특히 전향공간의 폐쇄성, 즉 냉전적 경계를 내부에 끌어들여 좌우 이념대립의 극단화 및 지리적 공간의 선택이 압도하는 분위기가 이를 더욱 촉진시키며 친일의 자리에 애국, 구국, 시국이 자리를 잡게 된다.[93] 1950년대 문화적 탈식민화는 반민특위의 해체가 초래한 자장을 저변으로 탈식민/냉전의 교차·결합의 구도 속에서 이루어지는 파행성을 나타낸다.

여전히 문화적 후진성을 면치 못했다는 자각을 공유한 상태였으나, 1950년대 또는 1950년대가 경과됨에 따라 문화, 학술, 사상 등의 동향 혹은 성과로 탈일본의 가시화를 꼽는다. 가령 번역문학사의 차원에서 1950년대는 일본적 요소로부터 탈피해가는 계기적 연속성 속에서 그것이 실제적으로 구현되면서

---

91 김삼웅, 「역사의 붕괴, 반민특위의 좌절」, 정운현 외, 『반민특위 – 발족에서 와해까지』, 가람기획, 1995, 12~45쪽 참조.
92 이중연, 『책, 사슬에서 풀리다』, 혜안, 2005, 361쪽.
93 이에 대해서는 이봉범, 「단정수립 후 전향의 문화사적 연구」, 『대동문화연구』 64, 성균관대 대동문화연구원, 2008, 247~249쪽 참조.

1960년대 번역문학의 르네상스적 개화의 토대를 구축한 연대로 평가된다.[94] 또 학술사의 차원에서도 1950년대는 경제학, 정치학, 법률학, 사회학, 교육학 등 거의 모든 학문분과에서 일본을 경유한 서구 지식의 도입에서 벗어나는 등 일본 학계의 영향권에서 탈피함으로서 자생적 기반을 확립하는 연대로 평가된다.[95] 비정상의 정상화를 통해 본래의 정도正道를 회복했다는 것이다. 물론 이 같은 전환은 또 다른 왜곡, 즉 전자는 이데올로기적 규율에 의해 서구 편향사회주의권 및 제3세계 배제의 또 다른 기형성을, 후자는 미국 학문의 편향적·적극적 수용을 핵심으로 한 수용의 균형 상실을 내포하고 있었다. 간과해선 안 될 것은 탈일본의 경향이 실질적으로는 일본적인 것의 가치와 필요성을 오히려 이전 못지않게 증대시키는 역설적 효과를 야기한다는 점이다. 어쩌면 일본적인 요소의 배제·축출과 또 다른 필요성이 맞물려 작동하고 있었다고 볼 수 있다. 그것은 기존 식민지잔재들의 잔존에다 일본적인 것에 대한 극심한 차별, 배제에도 불구하고 일본 상품, 영화, 서적, 가요, 문학, 사상, 일본어사용 등 일본적인 것의 범람과 직·간접적으로 연관이 있으며, 특히 1950년대 반일주의 문화정책 및 검열제도의 작동에 따른 산물이었다.

1950년대 일본문제가 지닌 폭발력은 김소운과 장혁주 파동을 통해 확인할 수 있다. 김소운은 한국대표로 유네스코 국제예술가대회1952.10, 김말봉, 오영진, 윤효중, 김중업 등 5명 참석차 일본에 들렀다가 『아사히신문』과의 인터뷰가 발단이 되어 국내에 들어오지 못하고 14년 동안 설화舌禍귀양살이 하게 된다. 문제가 된 인터뷰는 '전시하 한국의 생활상'으로 그 내용의 골자는, 왜색일소라는 슬로건은 있어도 여전히 활개를 치고 횡행하는 일본색, 심한 빈부격차, 한심한 사치풍

---

94 김병철, 『한국근대번역문학사연구』, 을유문화사, 1988, 932~934쪽; 『한국현대번역문학사연구(상)』, 을유문화사, 1998, 7쪽.
95 고려대학교 민족문화연구소, 『한국현대문화사대계 II – 학술·사상·종교사』, 1976, 300~301쪽.

174   제1부_ 미국의 원조 그리고 동아시아 냉전

조, 뇌물도 심심찮게 오간다는 것과 패전7년 일본의 부흥이 놀랍고 이를 한국의 궁핍과 비교한 내용이었다.『朝日新聞』, 1952.10.24 이 기사가 국내에 전해지면서 김소운은 '비국민적 매국문인, 조국반역자'로 규정당해 연일 규탄을 받았고, 유네스코대표 파견의 인선이 잘못되었다는 이유로 소관부처인 문교부장관백낙준이 사표를 내는 빌미가 되는 등 큰 파문이 일었다.[96] 결국 자의반 타의반으로 김소운은 망명객이 될 수밖에 없었다.

이전 「재일조선인 비판」『世界春秋』, 1949.12이란 문건으로 국내에 파문을 일으켰던[97] 장혁주는 한국에서 자신을 반역자로 취급한다는 이유를 제기하며 일본귀화를 신청한 뒤『부인구락部婦人倶樂部』의 유엔기자로 국내로 들어와1952.10.19~28 활동한 것과[98] 그 뒤 곧바로『요미우리신문』에 게재된 발언 및 그가 창작한 작품들로 인해 망국의 작가로 지탄의 대상의 된다. 신문에 보도된 내용은 '구舊이 왕가가 돌아가면 남북한이 통일된다는 사람도 있다', '서울거리에는 왕왕 테러 암살이 있다', '나는 이번 일본이란 살기 좋은 세상을 만났으나 대부분의 조선

---

96 「문총서 철저히 규명」, 『경향신문』, 1952.10.29. 문총이 지적한 찬일(讚日)의 내용은 "일본을 논란하는 애국자도 점심에는 순일본식을 먹는 등의 복고조가 놀랄 만하다와 같은 내용 등을 중심으로 부산부두의 참상과 암울상을 적나라하게 지적, 비난했다"였다. 김소운은 후일 이 사건의 내막을 상세히 회고한 바 있는데(「그때 그 일들」, 『동아일보』, 1976.5.20~6.11), 인터뷰는 여비를 마련하기 위해 일행보다 앞서 동경에 들른 상황에서 우발적으로 이루어졌으며, 대회참가를 마치고 귀국하는 도중 일본에서 자신이 매국문인으로 규탄 당한다는 소식을 듣고 발이 묶였고 일본의 법률에 저촉되어 동경 스가모(巢鴨)구치소에서 4년 동안 독방살이를 했다고 한다. '나는 조국을 버렸다'란 제명으로 책 쓰기를 권유받았으나 거부했으며, 자신은 일본이란 과녁 하나를 겨누면서 어둡고 긴 터널을 외곬으로 혼자 걸어 왔다는 신념을 강조한 바 있다. 필명을 소운(巢雲)으로 바꾼 것도 스가모 구치소 시절을 잊지 않기 위해서였다고 한다.
97 조연현은 장혁주의 「재일조선인 비판」이 우리 동포를 위한 정당한 비판이 아니라 일본인의 재일동포에 대한 부당한 비난과 공격을 동포의 입장에서 합리화시켜 주고 있고, 남한의 대통령과 민국의 행정을 편파적으로 비판함으로써 재일동포의 일체의 애국행위와 정치적인 욕망을 거세시켜 결국 일본인들의 음모의 한 수단에 가담하고 있으며, 재일동포에 대해서 민족의식을 버리고 국제인, 즉 일본인이 되라고 주장한 점 등을 들어 이 글을 반역적인 언설로 또 장혁주를 여전한 내선일체주의자로 비판한 바 있다. 조석제, 「장혁주의 '재일조선인비판'을 반박함」, 『신천지』, 1950.3, 111~115쪽 참조.
98 「조국을 등진 장혁주씨 일인 행세코 내한」, 『동아일보』, 1952.10.24.

인은 비참하였다', '일본에 귀화함으로써 왕도낙토를 얻었다' 등으로, 과거의 잘못을 회개하지 못하고 아직도 8·15 이전과 같은 죄과를 범하고 있다는 맹렬한 비난을 받았다.[99] 또 중간파의 대학생인물을 통해 북한의 죄악상과 더불어 남한의 부정적 실상을 폭로했고장편소설『鳴呼朝鮮』, 국군장교들의 행동을 비판한 작품소설『절대의 수평선』을 연이어 발표하면서 비난이 가중되는 가운데 매국매족의 작가로 낙인을 받는다.[100] 결국 이 두 사람은 반역행위 및 조국을 팔아 외국인의 안목을 현혹시키고 민국의 위신을 실추시켰다는 명목으로 전 문학예술인의 공개 비판문총 담화을 받고 문총에서 영구 제명되기에 이른다.[101]

이 사건은 우연한 에피소드라기보다는 지식인사회의 반일감정이 어느 정도였는지, 적어도 공적 차원에서는 그 어떠한 일본 친화적 발언도 용납될 수 없고 제기되어서도 안 되었다는 분위기를 대변해준다. 다소 맹목적인 이 같은 반일정서는 전시상태였고 또 제1차 한일회담의 핵심 의제였던 청구권협상이 오히려 일본의 대한청구권 요구로 인해 결렬된 직후의 고조된 반일감정이 작용한 것으로 볼 수 있으나, 이러한 분위기는 일시적인 현상에 그치지 않고 1950년대를 일관되게 지배했던 흐름이었다. 사회전반의 공통된 집단 심성이었다고 보는 것이 적실할 듯싶다. 「왜 싸워」유치진 작 논란에서 확인되듯 문학예술계도 예외는 아니었다.[102]

---

99 「可笑! 일인 행세하는 장혁주」, 『경향신문』, 1952.11.1.

100 두 차례 한국전쟁을 취재한 경험을 바탕으로 창작된 장혁주의 『鳴呼 朝鮮』을 비롯한 일본어소설은 제삼자의 시선으로 한국전쟁의 실상과 저변을 묘파하고 있으며 이는 이데올로기적 편향성 또는 관념적 추상화로 일관했던 한국작가들의 전후소설과 뚜렷하게 대조되는 성취였다. 이를 포함해 장혁주의 전후 글쓰기가 지닌 정체성과 그 특징에 대해서는 장세진, 「귀화 권하는 국가 혹은 전후 일본의 에스닉 정치−해방 이후 장혁주의 선택과 『아, 조선(鳴呼朝鮮)』(1952)」, 장세진 편역, 『아, 조선』, 소명출판, 2018 참조.

101 「김소운, 장혁주 망언문제화, 문총 비국민행위 철저 규탄」, 『경향신문』, 1952.11.2

102 제9회 전국대학연극경연대회 지정 희곡이었던 「왜 싸워」를 개막 하루를 앞두고 문교부가 불허 조치를 내린 사건이다. '일제 말기 총독부 식민지정책을 수행하기 위한 연극경연대회에서 총독상을 받았던 「대추나무」를 개작·개명한 것으로 민족도의상 용납될 수 없다'는 문총의 건의서

그런데 김소운이 지적했던 일본적인 것(복고적인 경향을 포함해)의 만연은 전시는 물론이고[103] 1950년대가 경과함에 따라 더욱 심화되어 나타난다. 상품, 언어, 종교, 문화적 취향, 습속 등 국민들의 일상생활에서부터 영화, 서적, 가요, 사상 등 문화적인 영역, 무역, 행정, 법제 등 공적 영역에 이르기까지 사회문화 전체에 일본화 경향이 두드러졌다. 더욱이 정부수립 후 왜색일소운동이 본격적으로 시행되고,[104] 민족적 양심과 저속성을 논리로 이루어진 일본문화에 대한 과도한 통제, 예컨대 일어판 영화상영금지1948.10, 검인정교과서에서 친일작가의 작품 일체 삭제조치1949.9, 일본어자막 금지조치, 일본서적과 잡지의 수입 및 번역출판과 일본신문·잡지 내용의 전재 금지조치1950.4[105] 그리고 밀수입된 일본서적에 대한 대대적 행정단속 등에도 불구하고 일본화 추세가 더욱 확대되었던 것이다. 이 같은 일본재예속에 대한 사회적 우려와 경고 속에 관민협동의 왜색일소운동, 국민도의운동, 재건국민생활운동 등의 차원에서 방

가 채택된 결과였다. 이에 유치진이 '아이디어와 테마가 완전히 판이한 작품이고 문총의 기관지격인『자유문학』에 전재된 작품'이라고 반발하면서 명예훼손 고소 및 손해배상 청구소송으로 맞선 가운데 문총/연극학회 간의 격렬한 논쟁이 오간다. 예술작품의 전문성보다는 정서적 반일의 압도적인 규정력을 엿볼 수 있는 대목이다. 「파문 던진 '왜 싸워'」,『경향신문』, 1957.12.12.

103 그 면모는 최태응의 장편『전후파』(1952)의 일 부분에 잘 나타나 있다. "일본은 어느 틈에 이렇게 다시 사귀고 다시 우리와 허물이 없이 되었는가? 어쩌면 일본은 일본으로 물러가다 말고 부산의 눈치가 견딜 만했기 때문에 한 곳 남겨 놓았다가 그대로 기운을 뻗치는 것은 아닌가"(권영민 편,『최태응 문학 전집』2, 태학사, 1996, 211쪽)라며 전시 후방(부산)의 일본화 만연에 대해 규탄하는 가운데 이 같은 현상을 아프레게르로 간주하는 입장을 반민족적 매국행위로 비판한다. 최태응은 당시의 아프레게르현상은 생존을 위해 매음을 하는 전쟁미망인, 양공주들의 도덕적 타락이 아니라 "증오할 친일분자들"이 다시금 발호하는 것으로 본다.

104 「왜색을 일소하자」,『동아일보』, 1949.3.10.

105 당시 공보처가 제시한 일서번역에 대한 금지조항은 다음과 같다. ① 시사적 통속적 또는 저급한 문예지 등의 번역은 일체 이를 금지함, ② 우리 민족문화수립에 기여할 바 크다고 인정되는 과학과 기술 등에 관한 간행물은 사전에 공보처에 연락을 요함, ③ 패전국 일본신문잡지에서 우리나라 신문잡지에 전재할 때는 신중을 요함, ④ 旣刊 간행물의 재판을 엄금함 등이다(『조선일보』, 1950.4.7). 무차별적인 일본문화 봉쇄정책이 문화발전에 큰 장애가 될 것이라는 비판론도 다수 제기되었고, 김을한의 경우처럼 일본문화 수입에 비교적 긍정적인 입장을 표명한 지식인들조차도(김을한, 「일본문화 수입의 한계」,『서울신문』, 1950.3.25~28) 대부분 민족 윤리에 강박되어 일본에 대한 문화적 배타주의를 암묵적으로 승인한다.

일防日운동이 대대적으로 전개된다. 왜색일소운동은 이승만의 대통령취임을 계기로 민족정신정화운동의 차원에서 공식적으로 재개된 뒤『경향신문』, 1952.8.12 전국적 차원으로 확대되는 가운데 일본상품과 서적의 압수 소각조치, 일본어간판, 왜색음식물 명칭 일소를 위한 단속 등이 주기적으로 실시되었고『한국일보』, 1955.8.5, 특히 구보타 망언으로 인한 한일교섭의 장기간 교착과 일·북한 어업협정이 공개된 뒤 가속되기에 이른다.[106]

국민도의운동 차원의 방일은 특히 도의교육에서 현저하게 나타나는데, '반공방일 요항에 수업실시에 관한 건'문교부령 제35호, 1954.4.20에 의해 국민도의교육의 차원에서 초중고등 각급 학교에서 매 학년 매주 1시간 이상 반공방일교육을 실시한 이래 1956년 도의교육을 교육정책의 핵심 목표로 설정하고 '도의교육 및 반공방일교육 통합 강화'문교부령 제39호를 추진하면서 도의교과서 편찬, 도의교육위원회 설치, 도의교육요강 제정 등이 이어지는 가운데 반공방일교육의 의무화가 시행되었다. "민족의 지상과제인 국토통일을 위해 정신통일이 필요하고 따라서 정신생활을 순화하여 하나로 통일시키는 교육"[107]을 목적으로 했던 도의교육의 핵심 내용이 반공방일이었던 것이다. 이 같은 반공방일교육의 의무화는 학생들을 동원한 반공방일궐기대회, 가령 남산광장에서 일본의 용공정책을 규탄하는 중·고등학생 및 대학생 1만여 명이 동원된 궐기대회『한국일보』, 1955.7.15 등과 결합해 맹목적·감정적 애국심을 조장하고 체제우월성을 주입·각인시키는 데 중요한 역할을 하게 된다.

이러한 관급적인 국민운동은 국민·사회 통합의 기제로 작용하는 가운데 특히 왜색일소운동은 일본에 대한 강한 적개심과 민족문화 순화의 정신이 내포

---

106 「한일관계의 정돈과 그 타개책」(사설),『경향신문』, 1955.7.8. 정부에서는 관련 7개 부처 대표 공동으로 왜색일소와 국산품애용 운동을 추진할 것임을 합의하고 그 실천을 천명한 바 있다(『경향신문』, 1955.6.30).
107 최규남, 「국토통일과 교육」,『문교월보』 31호, 1957.3.

되어 있는 애국운동의 일환으로 간주되면서 대중적 환영과 지지를 받게 된다.『한국일보』, 1955.7.7 일본을 부정적 타자로 한 내셔널리즘이 또 한 번 재흥하게 되는 것이다. 미디어는 이승만의 반일정책 및 사회문화적 반일운동을 내셔널리즘으로 채색하는 데 앞장서면서 한 발 더 나아가 보다 강력한 왜색일소를 주문하기까지 한다. 다시 말해 정부의 왜색일소운동의 문제점, 이를테면 국민생활의 현실적인 면에서 방일운동의 핵심이 일본어퇴치인데 일본상품명의 표지를 제거하는 수준의 일어 제거는 고식적이라며 더 강력한 국어순화운동이 필요하고,[108] 중학입학생 60%가 왜식이름인데창씨개명의 부산물 복잡한 법적 절차를 간소화하는 입법조치가 필요하며 강제적으로라도 일정한 기간을 정해 왜식이름을 변경하는 작업을 국가가 주도적으로 추진해야 한다는 것이다.[109]

그러나 왜색일소운동의 실질적 성과는 미미했다. 공통적으로 지적됐다시피 민족주체성의 정립을 위해서라면 왜색만이 아닌 과도한 양색洋色에 대한 일소도 포함시켜야 했고, 더 근본적인 것은 민족의식의 고취·앙양이 없는 한 왜색의 발본색원적인 퇴치는 불가능했기 때문이다.[110] 이런 맥락에서 왜색보다는 왜심倭心의 제거가 강조되기도 했다. "국민들의 가슴 속에 잔재한 일본 동경열을 말살해야 한다"『한성일보』, 1950.4.7는 주장이 일찌감치 제기된 바 있으며, 왜색일소운동이 한창일 때에도 일본화의 화근은 왜심이라는 견해, 즉 서울의 백화점에 왜인의 밀수품이 범람하는 것을 10만 경찰관과 40만의 무수한 검찰관이 있어도 막아내지 못하는 것은 왜심의 작란이기 때문에 왜심의 뿌리를 뽑지 않으면 왜색의 퇴치는 있을 수 없다[111]는 주장이 비등했다. 왜심으로 일컬어진 언저리에 1950년대 일본화 현상의 근본이 있었다고 볼 수 있다. 반일(주의)의

---

108 「방일운동에 맹점 허다」, 『경향신문』, 1956.11.4.
109 「왜식인명일소의 便法을 강구하라」(사설), 『경향신문』, 1957.3.12.
110 「牛首馬肉의 왜색 일소」, 『동아일보』, 1959.5.30.
111 김상기, 「왜색과 왜심」, 『한국일보』, 1955.9.22.

기저에 깔린 독특한 심리적 메커니즘, 즉 일본은 거부와 증오의 대상이자 동시에 모방과 추격의 이중적 존재로 인식·각인되었기[112] 때문에 일본화 현상은 필연적일 수밖에 없었다. 공적 차원에서 전자가 고양되나 사적 차원에서는 후자가 오히려 확대·심화되어 나타난 것이 1950년대 일본화의 정체였다고 볼 수 있다. 더욱이 그것이 탈식민화가 지체되는 것과 상호 상승적으로 확대되면서 일본화의 추세가 촉진되었다고 봐야 한다. 따라서 리영희의 지적처럼 일본화는 1950년 대만이 아니라 이후에도 일본이 밀고 들어온 것이 아니라 우리가 '끌고 들어온 것'이라고 보는 것이 좀 더 정확한 표현일 것이다.[113]

물론 이승만정권의 반일주의의 정략성도 지적되어야 한다. 그의 반일주의는 식민지적 유제를 철저하게 청산해 재예속을 막는 내적 근거와 조건을 구축하는 것과 무관한 반일감정을 고취시키는 것으로 일관했다. 이를 미국의 아시아 정책과 냉전 및 열전이 교차하면서 급변하던 동아시아 질서에 능동적으로 대응함으로써 국익을 극대화한 그래서 외교의 귀재라는 긍정적인 평가도 더러 있으나, 대체로 국민들의 강한 반일정서를 효과적인 반외세 에너지원으로 동원해 사회통합을 실현하고 체제정당화 및 지배의 안정화를 제고하기 위한 상징조적의 수단이었다고 평가된다.[114] 아울러 정치적 반대세력, 특히 당시 가장 강력한 정치적 반대세력이었던 민주당(구파)을 무력화시키려는 당략적 목적도 작용했다.[115] 실제 공고한 반공연대세력이었음에도 불구하고 (북진)통일론과 한일회

---

112 박명림, 「근대화 프로젝트와 한국민족주의」, 역사문제연구소 편, 『한국의 '근대'와 '근대성' 비판』, 역사비평사, 1996, 346쪽. 박명림은 이 이중성을 "근본주의적 민족주의가 제공해주는 극단적인 대일 증오는 구체적인 분석과 현실의 대안 추구에 의해서 제시되는 민족자주의 실현에 의해서보다는 속류적이고 감정적인 표현과 문화형태에 의해 더 쉽게 더 많이 충족 가능하기 때문에 그런 현상은 집단적인 자기만족을 제공해주고 이로 인해 다시 반복된다"고 분석했는데, 아마도 1950년대의 반일민족주의가 이 같은 특성을 가장 잘 드러내준다고 볼 수 있다.

113 리영희, 앞의 글, 83쪽.

114 이에 대해서는 손영원, 「1950년대 반공이데올로기의 사회적 성격」(김대환 외, 『한국현대사를 어떻게 볼 것인가』, 열음사, 1987, 180쪽), 한국역사연구회 현대사연구반, 『한국현대사』 2(풀빛, 1991, 101쪽), 서중석, 『이승만과 제1공화국』(역사비평사, 2007, 137쪽) 등을 참조.

담 등 주요 정치적 의제를 둘러싸고 민주당의 비판과 이반이 1950년대 후반으로 갈수록 뚜렷하게 나타난 바 있다. 물론 이승만의 반일주의는 식민기억의 트라우마에다 한일회담의 연속된 결렬 과정에서 '경험된' 반일정서가 결합하면서 형성된 국민들의 상당한 동의기반이 존재했기에 지배이데올로기로서 나름의 영향력을 발휘할 수 있었다. 어쩌면 1950년대는 통치자에서 일반국민에 이르기까지 '경험된' 반공과 '경험된' 반일에 갇힌 시대였는지도 모른다. 이 같은 이승만의 독선적 반일주의(정책)가 1960년대 장면정부의 저자세 대일외교와 박정희정부의 한일관계 중심의 외교정책과 비교되면서, 방법은 졸렬했으되 국민적 대일인식을 정립하는데—일본에 맞서야 한다', '일본보다 나아야 한다'는 의식의 일반화—긍정적으로 작용한 면도 크다는 긍정론이 일었던 아이러니는 1950년대에 형성되었던 반일정서의 고질痼疾의 연장이 아닐까 한다.[116]

한편, 1950년대 일본적인 것과 한국문화의 제도적 연관은 검열제도의 작동과 밀접한 관련이 있다. 국가보안법 및 미군정법령 제88호와 제115호를 법적 근거로 해서 이루어진 당대 검열의 기조는 반공검열과 반일검열이었고, 둘의 상호작용을 통해 검열의 효과가 증폭된다. 우선 반일검열은 대단히 광범하면서도 명백하게 차별적으로 시행된다. 일본적인 것은 두 차원, 즉 유입의 차단봉쇄과 국내에서 유통되는 것에 대한 무차별적 행정단속을 축으로 이루어진다. 일본 영화, 문학작품, 레코드 등 문학예술분야는 1950년대 내내 공적 수입이 금지되었고, 일본서적의 수입도 원칙적으로는 불허되었다. 또 일본에서 인쇄된 국문출판물의 수입 금지『조선일보』, 1954.3.19, 신문지면에 일본상품의 광고 및

115 손호철, 『현대 한국정치―이론과 역사 1945~2003』, 사회평론, 2003, 165쪽.
116 이숭녕, 「'일본적'과 '미국적'―해방20년의 문화적 주체의식의 반성」, 『사상계』, 1964.8, 86~92쪽. 한일국교수립 전후로 "모든 일본적인 것을 철저하게 색출·차단해야 한다"(이범석, 「이제는 더 침묵할 수 없다」, 『사상계』, 1965.7)와 같은 극단적 배일론이 거세게 일었던 것도 마찬가지의 맥락이다.

선전 금지『비판신문』, 1954.2.8 등도 있었다. 이 같은 유입 차단에도 불구하고 밀수입된 일본물과 공식적 허가를 받고 수입된 것도 추후 갖가지 명목하에 압수, 판매금지, 수입허가 취소, 삭제 등이 정례화되었다. 1952년 일본잡지의 대대적인 압수, 일본잡지『개조』의 수입허가 취소, 저속한 일본잡지 900권 압수를 시작으로 동경 발행『한양신문』판매 중지『평화신문』, 1954.9.20, 1950년대 후반으로 가면 일본에서 도입된 불온서적 39권 압수 및 좌익서적을 주로 출판하는 일본 소재 13개 출판사청목서점, 삼일서점, 인문서원 등가 간행한 출판물의 국내 반입을 금지 등으로 확대되는 추세를 보인다. 개중에는 국민도의의 파괴, 일본재침략 비호 등과 같은 국민들의 비판적 여론에 떠밀려 (검열당국의)수동적 검열이 이루어진 경우도 있었다. 국민들의 반일정서가 검열의 작동에 개입했던 것으로, 전례를 찾아보기 힘든 특이한 현상이었다.[117]

그렇지만 반일주의검열의 강경책에도 불구하고 일본적인 것의 봉쇄는 명백한 한계를 지녔다. 완전한 봉쇄 자체가 애초부터 불가능했을 뿐만 아니라 검열의 체계상 허점 또한 많았기 때문이다. 이를 잘 보여주는 사례가 1957년 7월 불온서적 추천문제로 국회도서관 과장이 구속·해임된 사건이다. 당시 '불온서적사건'으로 특필된 이 사건은 서울시경의 불온서적 단속 과정에서 국회도서관에 비치하려던 100권의 서적을 문교부의 추천을 거친 뒤 수입업자와 결탁해 1만 권으로 위조·도입하여 시중에 유통시켰다는 사실이 적발됨으로써 그동안 은폐되어 있던 외서수입, 특히 일본으로부터 불온서적이 유입되는 커넥션이 드러나게 된다. 무역업자, 세관당국자, 문교부검열관, 실수요자 등의 공모에 의한 두 개의 리스트, 즉 문교부가 추천한 서적 목록과 달리 일본의 좌익서적업자들이 불온서적을 포함시켜 국내로 유입시키는 편법이 광범하게 이

---

117 이에 대한 보다 자세한 내용은 이봉범, 「1950년대 문화 재편과 검열」,『한국문학연구』34, 동국대 한국문학연구소, 2008, 22~32쪽 참조.

루어지고 있었던 것이다. 188종 600여 권의 압수서적 대부분이 일본에서 발행된 마르크스 저서나 북한의 서적백남운의 『조선의 경제』 등이었기에 파문이 컸다.

검열의 불철저가 도마에 오르자 관계당국은 일본어서적 및 간행물의 통관을 전면 금지하고, 문교부는 외국서적 수입 추천에 앞서 사전 현물조사 실시를 고려하겠다고 발표하나 미봉책에 불과했다. 이후 국내 수입업자와 일본 내 좌익서적출판사에 대한 표적검열로 유입 차단을 강화하는 방향으로 전환했지만 이 또한 실효성을 거두기 어려웠다.[118] 국내의 수요(자)까지 차단할 수 없었기 때문이다. 오히려 이 사건은 불온검열의 비체계성과 일서에 대한 무분별한 금압이 초래할 수 있는 부정적 영향에 대한 논란을 야기하게 된다. 일본서적은 일본어를 모르는 학생들에게 끼치는 영향이 거의 없으며 이보다는 영문으로 된 좌익서적이 더 심각하다는 점, 그리고 공산주의에 저항할 수 있는 힘을 배양하고 사상전에 승리하기 위해서는 공산주의 서적을 열람할 수 있는 길을 열어놓는 것이 더 유효하다는 주장이 제기된다.[119]

그리고 외국에 공통적으로 적용된 검열원칙이었다 하더라도— 예컨대 문학작품의 수입금지— 일본적인 것에 대한 것은 불합리하고도 명백한 차별이 존재했다는 점이다. 가령 영화검열에서 외화수입은 미국영화에 치중한다는 공식적 천명[120]뿐 아니라 영화제작에 있어 일본작품의 모작 또는 표절은 물론 민족정기를 앙양하기 위한 만부득이한 경우를 제외하고는 왜색의 영화화를 금지하는 동시에 민족정기를 앙양하기 위한 경우에도 한 구절 이상의 일본어 사용과 일본의 의상과 풍속의 영화화는 금지한 것에 반해 자유진영국가 작품의 부분

---

118 당시 대표적인 일서수입사였던 광명서림의 대표 박종태는 국회도서관 과장과 결탁하여 800여 권의 좌익계열 서적을 수입·판매함으로써 북한의 불온한 사실을 선전한 혐의로 구속되어 실형을 선고받았는데(1959.3), 국가보안법 위반은 파기되었고 공문서 위조 혐의만 적용되었다.
119 「불온일서판매사건과 금후의 대비책」(사설), 『조선일보』, 1957.7.29.
120 「영화검열요강」, 『경향신문』, 1955.4.1.

적인 인용 또는 모작은 허용했다.『문교월보』, 1959.6, 65~66쪽 또 일서의 경우 학계의 끈질긴 요청에 의해 전시 부산에서 서적의 종목과 수량을 제한한 가운데 학술 연구에 필요한 경우에만 수입이 승인되었는데 여타 국가와 달리 일서는 계속 해서 실수요자의 증명을 첨부해야만 수입이 가능했다.『1963년 출판연감』, 85쪽 그나 마도 양서에 대하여 부여되었던 ICA불弗의 사용이 허용되지 않아서 불가피하 게 고가의 수출불을 사용하지 않으면 안 되었을 뿐만 아니라 같은 수출불 중에 서도 특히 고가인 일본지역불을 사용하게 되는 이중의 불리함 때문에 일서의 가격은 정가의 7배 이상을 호가하는 것을 방지할 수 없었다.[121] 외국신문을 검 열할 때 유독 일본신문만을 대상으로 우리 정부에 불리한 기사나 공산진영에 관한 자유국가들의 통신 보도는 그 종류에 따라 검게 먹칠을 하거나 퍼렇게 잉 크칠을 해서 배부케 했다.『동아일보』, 1955.2.9 이 같은 촘촘한 검열망에도 불구하 고 일본적인 것의 범람은 꺾이지 않았다는 것이 중요하다. 이는 당대 검열의 비체계성만으로 설명될 수 없는 문화적 현상이다.

더욱 큰 문제는 이러한 검열로 말미암아 문화적 기형성이 배태 · 조장되었다 는 사실이다. 가령 번역출판의 경우 국가권력이 검열을 매개로 외서수입권과 번역허가권을 독점적으로 행사함으로써 관급적 번역출판이 주류를 형성했을 뿐만 아니라 문화쇄국을 조장한다는 비난을 받을 정도로 까다로운 외서수입조 항'외국도서인쇄물 추천기준 및 추천 절차', 1957.8.30으로 인해 외서수입의 폭이 매우 좁았 고 그나마도 특정국가에 편중될 수밖에 없는 구조로 인해 잔존한 일본서적이 나 미공보원 및 아시아재단과 같은 민간재단이 기증한 도서의 활용가치가 증

---

121 권영대, 「이정권시대의 감정적 조치를 지양」, 『한국일보』, 1960.7.25. 예술작품도 일차적으로 는 무역품목이기 때문에 어떤 대금(화폐) 결제를 하느냐에 따라 합법적 수입 단가에 변동이 있 을 수밖에 없었고 그것은 결국 양질의 문화수입을 저해하는 장애요인이 된다. 외화수입의 경우 公賣弗에서 수출불로 전환되면서 가격이 2배 이상 높아지고 여기에 고율의 과세까지 부과되어 양질의 외화수입은 실질적으로 거의 불가능하게 된다. 수입대금 결제방식을 둘러싸고 1950년대 내내 상공부와 문학예술계가 충돌한 것도 이 때문이다. 「외화수입문제」, 『서울신문』, 1956.5.11.

대되었으며, 비공식 루트로 밀수입된 것이 판매되거나 무단 번역이 성행할 수밖에 없었던 것이다. 저작권법이 공포되었음에도 불구하고 국제저작권협회에 가입하지 않았던 관계로 무단번역출판, 특히 일본물이 더욱 조장된다. 또 일어 중역이 범람한다. 구미서적의 수입조차 행정적 절차의 까다로움과 경제성의 부족으로 인해 게다가 출판자본의 투기적 개입[122]이 덧붙여지면서 일어중역이 가장 손쉬운 방편으로 선택되었던 것이다.

그리고 일어서적의 효용가치가 증대된다. 필요한 외서가 부족하고 일어를 제외한 외국어실력이 전반적으로 미숙했던 상태에서 일본교육을 받은 일반 독자나 지식인들의 일본서 수요가 광범한, 즉 수급의 불일치에서 기인한 일서의 효용성, 그것도 불가피하게 전후 최신 조류가 아닌 식민지시기에서부터 잔존한 것들이 대거 소비된다.[123] 그 여파는 학술역량의 토대를 허약하게 만들기도 한다. 일본문화의 밑받침을 이어받고 있고 우리의 실생활과 가까운 일본문화의 수입 금지, 특히 이데올로기성이 없는 것조차 차별 대우해 수입을 불허함으로써 일본의 업적을 불로소득할 수 있는 호조건을 잃게 한다는 사회과학자의 탄식은 당시 학자들의 공통된 하소연이었다.[124] 영화의 경우도 외화수입의 제한, 일본영화의 수입 불허, 시나리오의 절대 부족 그리고 영화산업의 급성장이란 상황적 조건에서 일본영화의 표절 관행이 만연된다.

---

122 그것은 한일 양국 모두에서 지속된 현상이다. 일본의 경우에도 일본의 왜곡된 대한감정을 조성하는 데 있어서 출판자본의 투기적 개입은 심각한 문제라 할 수 있다. 가령 대표적인 혐한(嫌韓)베스트셀러로 높은 판매고를 올린 무로타니 가쓰미(室谷克實)의 『惡韓論』(2013), 『呆韓論』(2014) 등은 일본 출판업계가 혐한이라는 자극적인 키워드를 출판 불황 타개책으로 택한 산물로 볼 수 있다. 일본의 과거사 왜곡이 주된 내용이었던 혐한 출판물의 소재 범위가 세월호 사건, 대통령에 대한 원색 비난 등으로 확대되는 추세에다 이들 출판물이 과거 일부 극우보수층에게만 먹혔던 것이 일본 사회에 깊숙이 파고드는 현상은 고질적인 양국 간의 불신을 조장할 수 있다는 점에서 가벼이 볼 수 없는 문제이다. 『중앙일보』, 2014.11.22.
123 이봉범, 「1950년대 번역 장의 형성과 문학 번역 — 국가권력, 자본, 문학의 구조적 상관성을 중심으로」, 『대동문화연구』 79, 성균관대 대동문화연구원, 2012, 445~464쪽 참조.
124 고영복, 「良書를 엄선하여 싸게 구입케 하라」, 『한국일보』, 1960.7.25.

1959년 북송반대여론이 고조되던 때 당시 대부분의 영화가 일본작품을 표절 또는 번안했다는 조사 자료가 공개되면서 큰 파장이 일었다.[125] 오영진의 「인생차압」1958을 비롯해 당시 만성화된 고질적 병폐였던 일본영화시나리오 표절에 대한 임영의 실증적 고발은 국책 또는 문화정책의 우선순위였던 왜색검열의 실패와 동시에 일본적인 것의 유입 및 제도적 통제가 불가능하다는 사실을 증명해주는 사건이었다.[126] 왜색검열의 권위가 실추되고 그 효력이 상실되었음에도 불구하고 당국은 더 강도 높은 반일주의검열로 대응함으로써[127] 금지와 불법적 유입(통)이 공존하는 기형성이 구조적으로 정착되기에 이른다. 요컨대 1950년대 극단적 반일주의검열은 결과적으로 여러 분야에서 일본적인 것일본어 포함의 가치를 역설적으로 높이는 부정적인 기여를 한다. 같은 맥락에서 식민지시기 일본물이 다시금 소환되어 그 영향력이 지속된 것도 특기할 만하다.

그리고 식민지시대에 대한 문학적 형상화가 부진했던 사실도 검열과 밀접한 관련이 있다. 탈식민화 작업의 필요성 강조, 반일정서의 점증, 배타적 민족주의담론의 성행, 대다수 작가들의 풍부한 식민지경험의 현재성 등을 고려하면 1950년대에는 식민지시기를 총체적으로 역사화한 장편이 다수 생산되었을 것으로 충분히 예상할 수 있으나, 손창섭의 장편 『낙서족』1959 정도를 제외하고는 찾아보기 어렵다. 수많은 신문연재장편에서조차 식민지시기를 정면으로 다룬 것이 없었고 더러 배경 처리에 동원될 뿐이었다.

---

125 L.Y.(임영), 「몰염치한 각본가군」, 『한국일보』, 1959.3.8

126 「씨나리오 표절 소동」, 『동아일보』, 1959.3.11.

127 시나리오 표절 소동에 검열당국인 문교부는 한국영화제작가협회에 왜색검열에 대한 가이드라인을 재차 통고하는 방식으로 대응했다. 영화검열의 최우선순위로 왜색검열의 세칙을 명시하는데, 그 내용은 "일본작품을 모작 또는 표절함은 물론 민족정기를 앙양하기 위한 만부득이한 경우를 제외하고서는 왜색의 영화화를 하지 말 것. ① 민족정기를 앙양하기 위한 경우에도 한 구절 이상의 일본어 사용을 금한다. ② 일본의 의상과 풍속의 영화화를 극히 삼가야 한다. ③ 왜음 가곡의 효과녹음을 금한다"이다. 자유진영국가 작품의 부분적 인용 또는 모작을 당분간 부득이하다고 인정한 것과는 대비되는 조치다. 「문교부에서 영화제작가협회에 보낸 통고문」, 『경향신문』, 1959.3.12.

검열은 기본적으로 금지/권장(육성)의 이중적 효과를 발휘한다. 실제 반공주의검열은 좌익적 경향에 대해서는 가혹하리만큼 억압·금지했으나 반공과 친연성이 있다면 무제한적으로 허용되었고, 국가권력이 앞서서 반공작품을 권장·후원하였다. 반면 반일주의검열은 반일이 권장되거나 장려되지 않았다. 형식논리상 모순적 결과이다. 박영준의 푸념, 즉 식민지시대를 배경으로 한 작품을 쓰려고 해도 또 쓴다고 해도 발표기관이 없다는 발언[128]은 저간의 사정을 시사해준다. 즉 미디어의 간접검열자체검열이 중요하게 작용하고 있었던 것이다. 반일주의검열의 무차별성과 과잉된 반일정서의 사회분위기 속에서 또 당시 검열체제의 역학구조상 정치권력의 압도적인 주도권이 행사되는 조건에서 미디어가 식민지시기를 다룬 작품을 싣는다는 것은 큰 부담이었을 것이다. 그렇다고 문학주체의 문제[129]나 한국전쟁의 전폭적인 영향력을 도외시하는 것은 아니다. 다만 검열에 의해 식민지시기에 대한 문학적 접근이 상당부분 봉쇄된 것만큼은 분명한 사실이다. 이와 대조적으로 1960년대 한일협정 파동을 계기로 식민지시기를 다룬 장편이 비로소 쏟아져 나온다는 사실, 또 그것이 한일관계의 부산물이라는 혐의가 크다는 점에서 식민유산에 대한 청산의 지난함을 절감할 수 있다.

당대 반일주의검열의 논리는 두 가지, 즉 불온과 저속외설이다. 일본적인 것이 불온으로 간주된 것은 일본공산당의 합법적 존재, 일본의 중립(양면)외교의 가속화와 소련, 중국, 북한과의 협정 체결 및 동남아중립노선 국가들과의 협력

---

128 박영준, 「일제배경의 장편을」, 『서울신문』, 1957.1.1.
129 한수영은 「전후세대의 문학과 언어적 정체성-전후세대의 이중언어적 상황을 중심으로」(『대동문화연구』 58, 성균관대 대동문화연구원, 2007)를 비롯한 일련의 지속적인 연구를 통해 전후문학의 심층을 새롭게 밝혀냄으로써 전후문학 연구의 새로운 지평을 개척하는 성과를 거둔 바 있다. 그가 전후세대 및 전후문학의 핵심키워드로 제시한 것이 '전후세대의 이중언어적 정체성'과 '식민화된 주체'이고 이것이 전후문학의 내밀한 풍요로움의 원천이라 평가한 바 있는데, 식민지시대 형상화문제 특히 1950년대에서는 이 같은 주체 문제와 더불어 문학주체를 직·간접적으로 규율하고 있던 검열과의 길항관계 또한 고려할 필요가 있다고 본다.

강화, 재일조선인사회에서의 조총련의 존재와 막강한 영향력 등이 복잡하게
작용한 결과이다. 적성국가의 출판물 이·수입을 이중삼중으로 차단·봉쇄한
결과로 일본이 공산주의의 한국 침투의 중계지대로 구실 또는 편의를 제공하
고 있다는 의심 또한 민감하게 작용했다. 실제 한일회담의 추진과정에서 우리
가 문제시한 것 가운데 하나가 이 사안이었다. "우리는 결코 일본을 증오하지
않는다. 그러나 일본에 있어서의 공산주의는 증오한다"[130]는 분리주의 태도나,
앞서 언급했듯이 일본이 반정부적 한인민족반역자, 친일분자를 보호·원조하
고 있으며 재일한인 공산주의자들을 도와 한국정부를 전복시키려 한다는 명분
을 내걸고 경제단교 조치를 단행한 것도 이런 맥락에서였다.

그 추세는 휴전과 그 직후 개최된 제네바회담을 계기로 국내·외에서 한국
통일 방안이 논란되는 것을 거치며 강화되었고, 1959년 북송 개시로 인해 최
고조에 달한다. 특히 정국은간첩사건1953.8과 그 뒤 수사과정에서 드러난 국내
·일본에서의 좌익 활동과 양우정 등 연루자들의 면모가 속속 밝혀지고, 치안
국의 '재일남북통일운동위원회'사건 발표1955.2.1[131] 후 그 의심이 확증으로 바
뀌며 일본=용공·좌익의 이미지가 굳어지게 된다. 따라서 불온검열은 일본 및
일본을 경유해 밀수입되어 대거 유통됐던 적색출판물의 단속에 치중했고,『한국일
보』, 1955.1.16 그 범위가 확대되어 좌익서적을 주로 출판하는 일본소재 13개 출

---

130 「憎日은 아니한다 일본은 회개하라」(사설), 『한국일보』, 1954.10.30.
131 치안국은 김삼규, 이북만, 박춘금 등이 주축이 된 이 단체가 한국중립화통일을 제창하고 있지만
실질적으로는 공산당의 지령에 완전히 야합한 반역집단이라고 규정했다(「순연한 적색 앞잡
이」, 『동아일보』, 1955.2.2). 정일형은 이 단체의 통일방안의 핵심은 남북한 자유선거를 통한
통일중앙정부를 수립하는 것에 있다며, 중립화운동을 단순히 일부 망명객의 책동, 일제주구들
의 망동, 공산 측의 공존 평화공세의 유혹에 도취된 것으로만 볼 수 없는 대한민국을 근본적으
로 부정하는 처사라고 비판했다(정일형, 「한국통일의 전망」, 『동아일보』, 1955.1.9). 정전협정
후 정치사찰을 강화하기 위해 서울시경 사찰과가 1955년 작성한 문건을 보면'재일조선인연맹'
을 남로당계로 분류·규정하고 중앙부서 및 30개 지방부서의 주요 인물들을 상세하게 기록하
고 있는 것이 눈에 띄는데, 공안 사찰의 범위가 재일조선인사회까지 미쳤다는 사실을 알려준다.
『한국 정당사·사찰요람』, 서울대 한국교육사고, 1994, 173~180쪽.

판사 간행물의 국내반입 금지로 나타난 것이다.

이 같은 위로부터의 강력한 규제는 박정희정권으로 연장돼 특히 한일국교수립 직후부터 더욱 강도 깊게 시행된다. 그렇지만 이 또한 실효성이 높지 않았다. 1960년대 이후 유물론서적을 비롯해 불온 또는 이적도서로 단죄된 대다수가 일본인저작의 번역물이었다는 사실을 통해 확인할 수 있다.『판례상 인정된 이적표현물 목록』, 법원·검찰, 1999 일본, 조총련, 재일유학생 등의 연관 속에서 일본에 대한 용공 또는 공산주의 이미지는 분단이데올로기의 폭력성이 기승을 부리면서 고착화된다. 1970년대 중앙정보부에 의해 조작된 재일유학생간첩단사건들, 재일유학생이 북송한 부모를 둔 조총련계 여성과 연인관계라는 이유만으로 간첩혐의를 받고 밀항할 수밖에 없는 분단현실을 그린 윤정모의 「님」1982은 그 일면이었다.

일본문화의 저속외설에 대한 단속 또한 반일주의검열의 기조 속에 꾸준했다. 다만 한국전쟁기에 집중적인 취체가 있은 뒤 비교적 관대했다가 1950년대 후반부터 재차 통제가 강화되는 특징을 보인다. 미디어의 옐로저널리즘화, 아프레게르 풍조의 만연, 대중예술의 저속화 등이 대부분 일본대중문화의 침투에 따른 산물이라는 사회적 인식이 조장·확산되고, 또 그것이 특히 청소년들의 풍기 문란, 도의 타락의 주범이자 일본재침략의 발판이 될 것이라는 우려가 팽배했음에도 불구하고 영화를 제외하고는 검열당국의 선제적 통제는 그다지 없었다. 오히려 여론에 떠밀려 검열이 이루어지는 경우가 많았다. 그것도 텍스트보다는 미디어를 제어하는 간접적 통제가 주종이었다. 그 관대함은 상대적으로 불온에 치중된 반일주의검열에 따른 결과였으며, 외설을 전반적으로 관리·통제할 수 있는 적합한 외설검열의 표준을 마련하지 못한 사정도 작용했다. 더불어 대중문화를 지배이데올로기의 확산과 국책을 홍보하는 장치로 적극 활용하고자 했던 정책으로 인해 사회문화적 의제로 부각되지 않는 이상 묵과한 면이 없지 않다. 금지보다는 권장에 더 큰 무게를 둔 것이다.

다만 주목할 것은 이 과정에서 유독 일본의 대중문화=저속성의 관념화가 정착된다는 사실이다. 저속성의 또 다른 원천 및 경로였던 양풍을 서구 전후사조의 부박한 일시적 추종에 불과한 것으로 치부한 것과 달리 일본의 대중문화 및 이를 직·간접적으로 모방한 왜색, 왜풍은 그 자체로 저속으로 규정·단죄된 가운데 저속의 대명사로 이미지화된 것이다. 실상 1950년대 후반 소비되던 대중문화에서 일본적인 것의 정체는 상당부분 불분명했다. 정확한 계보를 가려내기 어려울 만큼 미국적인 것과 일본적인 것이 뒤섞여 있었으며, 미국 원형이 일본을 거쳐 변형·왜곡된 것이그 역의 경우도 유입되는 경우도 많았다.[132] 이같은 도식적 프레임은 전후 일본문화가 '팡팡パンパン 문화매춘부적 문화'라는 편향된 인식[133]과 문화적 주체성의 정립은 일본적인 요소의 제거에서 비롯된다는 다소 맹목적인 반일민족주의가 투영된 것으로 판단된다. 문제는 그 같은 일본 대중문화에 대한 편향된 인식이 각인되고 그것이 4·19혁명 후 일본적인 것의 전폭적인 유입과 맞물려 재생산되는 가운데 확고한 사회문화적 관념으로 고착된다는 사실이다. 1980년대까지 왜색가요의 실체를 두고 소비적 논쟁이 계속된 것은 그 맹목성의 잔영이다.

이렇듯 안팎으로 극단적인 배제와 차별을 동원해 봉쇄하고자 했던 일본문화는 4·19혁명을 계기로 빗장이 풀리면서 노도와 같이 밀려든다(불러들여온다). 4·19혁명의 역설적 효과이다. 이를 이승만정권의 독선적인 반일정책 붕괴의 반동에서 온 문화적 현상으로 보든[134] 아니면 장면 정부의 개방적인 일본외교정책의 산물로 보든[135] 그 책임 소재보다도 더 중요한 것은 앞서 언급한 당대

---

132 김진만, 「한국문화 속의 아메리카니즘」, 『신동아』, 1966.9, 259~260쪽.
133 김영수, 「일본문화계의 동향」, 『신세계』, 1956.8, 244~245쪽.
134 「일본문학번역과 작가」, 『경향신문』, 1960.10.12.
135 「한국 속의 일본을 고발한다」, 『신동아』, 1964.11, 103쪽.

우리사회에 내재한 반일정서의 이중성의 또 다른 거대한 분출이었다는 사실이다. 일제 청산의 탈식민작업이 전반적으로 좌절·왜곡되는 흐름에서 국가가 주체가 되어 일본적인 것에 대한 금지, 배제, 축출로 일관했던 1950년대의 유산은 이후 일본문화에 대한 관념과 현실적 수용향유의 괴리를 증폭시키는 것으로 나타난다. 그것은 금지를 수행하는 방법이자 동시에 유입을 가능하게 하는 방법으로서의 '부인disavowal의 메커니즘'이 광범하게 구조적으로 정착·작동하는 결과를 초래했다.[136] 다른 한편으로 금지, 허용, 묵인이 착종된 일본 대중문화에 대한 이중적 태도와 위선은 일본 대중문화의 베끼기 관행을 고착시킨 가운데 한국 대중문화의 생산 및 수용 전반에 걸친 부패구조를 양산함으로써 한국 대중문화의 생산력, 창조력을 질식시키는 주된 요인으로 작용했다.[137] 불가능한 것임에도 완전한 봉쇄를 겨냥했던 일본적인 것에 대한 과도한 금지의 역습이었다고 할 수 있다.

4. 1950년대 친일문제의 한 국면

1950년대 문화 분야에서 친일논란이 불거진 것은 공교롭게도 친일한 또는 친일에서 자유롭지 못한 문인들의 문단·문학권력을 둘러싼 이권다툼을 통해서다. 즉 이른바 '예술원파동'이다. 문총과 학·예술원의 조직적 차원과 김광섭, 이무영, 이하윤, 박계주 등과 조연현, 김동리 간 두 측면에서 예술원선거 및 그 결과를 놓고 벌어진 공방에서 주목할 것은 당시 한국문단의 가장 민감한

---

136 이에 대한 구조적 분석은 김성민, 『일본을 禁하다』, 글항아리, 2017, 제2부 참조.
137 도정일, 「일본 대중문화 베끼기―그 부패구조」, 이안 외, 『일본 대중문화 베끼기』, 나무와숲, 1998, 5~9쪽.

아킬레스건이었던 친일문제와 부역문제가 불거진 점이다. 특히 친일문제는 반민특위 해체 후 문단에서 공식적으로 거론된 적이 없었는데, 박계주에 의해 다시금 문단의 쟁점으로 부각된 것이다. 그는 최남선, 주요한, 유진오, 최재서 등 친일문인들이 10년이란 장구한 기간을 조신하면서 문학의 길을 걸어온 것과 친일을 하고도 그냥 날뛰는 일부 소장 문학자들을 대비시키며 특히 조연현에 타깃을 맞춰 그의 예술원 회원 당선을 한국에서만 볼 수 있는 희극으로 비판한다.[138] 곧바로 김동리의 역공, 즉 '해방 직후 좌익 활동『민성』 편집과 한국전쟁기 부역 행위' 등 박계주의 약점을 공격하고,[139] 조연현이 박계주를 포함해 예술원선거에 이의를 제기했던 문학자들을 직업적 문화운동가, 통속작가 등 비문학자그룹으로 규정·비판하는[140] 과정을 거친 뒤 문단의 분열한국자유문학자협회의 결성로 분규가 마무리된다.

그런데 박계주의 친일문제 거론은 예술원선거에 대한 불만과 상대방에 대한 공격수단으로 구사한 우발적 발언으로만 보기 어렵다. 학·예술 전문가들의 '자숙'이라는 의미가 부각되어 있기 때문이다. 게다가 예술원파동 와중에 이광수의 일제말기 행적에 대한 새로운 사실, 즉 이광수가 '청년정신대'와 '농촌정신대'를 조직해 반일사상을 고취·전파하고 조선의 독립을 도모하는 활동을 전개했다는 문건[141]이 공개됨으로써 친일문제에 대해 다시금 주목하게끔 하는 분위기가 조성된다. 이광수의 친일에 대해 면죄부를 주고자 의도했던(?) 것이

---

138 박계주,「문총과 예술인」,『동아일보』, 1954.4.18~20.
139 김동리,「예술원 실현과 예술운동의 장래」,『현대공론』, 1954.6, 73쪽.
140 조연현,「학·예술원의 성립의 현실적 배경」,『현대문학』, 1955.2. 75쪽.
141 신낙현,「이광수는 과연 친일파였던가?」,『신태양』, 1954.6~7. 정선태는 이 문건의 내용과 관련된 재판기록을 발굴해 비교한 결과 이 문건의 내용을 전적으로 신뢰하기는 어려우나 재판이라는 공적문서에 당사자가 이광수로부터 독립운동을 위한 '농촌정신대'를 조직하라는 지령을 받았다는 식으로 적혀 있다는 점에서 완전히 무시해버릴 수도 없다며 판단을 유보한 바 있다. 정선태,「신낙현의 '춘원 이광수는 과연 친일파였던가' 및 관련 재판기록」,『근대서지』 3, 근대서지학회, 2011, 443~445쪽.

문단에 어떻게 수용되었는지는 확인하기 어려우나 적어도 친일문제가 봉인된 상태로만 존재하기 어려웠다는 것을 시사해준다. 설령 우발적이었다 하더라도 이는 친일이라는 강력한 뇌관이 희석되면서 친일문인에 대한 문학적 복권의 계기가 된다는 점에서 주목을 요한다.

물론 학·예술원의 설립 자체가 미분화되어 있던 학예를 학술/예술로 다른 한편으로는 언론/문예의 제도적 분화를 촉진시키고 전문성과 독자성을 추동함으로써 각 분야의 전문성이 우선적으로 강조되는 제도적 영향력을 발휘한다. 학적 전문성을 문화자본으로 하는 시대가 열린 것이다. 그것은 각 부문의 전문가들이 대거 납·월북한 상태에서 친일경력의 전문가들이 공적 제도 안으로 진입할 수 있는 토대로 구실한다. 결과적으로 친일인사의 복권을 공적으로 승인해주었던 것이다. 친일행적의 회원이 다수였다는 것만을 의미하는 것은 아니다. 전문성이 우선시되면서 공적·제도적 차원에서 친일행적은 더 이상 강력한 효력을 발휘하기 어렵게 되었다는 것과 그러한 분위기가 학·예술계에 별다른 저항 없이 수용되었다는 사실에 있다. 친일문제는 희석되고[142] 전향, 부역 등 좌익경력이 이전보다 더 강력하게 문인들의 존재방식을 규정짓는 관건적 요소가 되는, 일종의 문단 내 규율기제의 전환이 이루어지는 것이다.

실제 최남선은 인문학부 학술원공로상 최초 수상자로 학술원 자체 결정되었으나 정부에 상신하는 과정에서 친일파라는 이유로 거부당하는 곡절을 겪지만 1953년부터 『서울신문』「울릉도와 독도」, 1953.8.10, 25회 연재 및 이후 『한국일보』를 중심으로 본격적인 공적 활동을 재개했고, 주요한은 『새벽』「동광」의 후신, 1954.9 창간의 편집 겸 발행인으로, 최재서는 『사상계』를 기반으로 각각 전문성을 발휘하

---

142 물론 친일문제의 희석과 일제하 저항문인에 대한 재조명이 공서했다. 가령 문단 내 친일문제가 대두될 때 조영암은 이육사, 윤동주의 민족서정시 창작과 그들의 옥사(신채호, 한용운도 포함해)를 皇化운동의 청신첨병으로 활약한 조선문인보국회 및 총독상 시인들의 행태와 대조시켜 민족적 양식의 의의를 고평한 바 있다. 조영암, 「일제하 항거한 시인군상」, 『전망』, 1956.1, 169~177쪽.

며 재기하는 수순을 밟는다. 해방 후 처음으로 친일행적1937~45년의 9년간의 전쟁협력자을 실증적으로 집성한 『친일파군상親日派群像』1948.9을 기준으로 보면, 자진협력자들문학예술인 중에서 김기진, 모윤숙, 유치진, 유진오, 김용제, 이무영, 백철 등 우익문단의 문화헤게모니 장악 과정에 편승해 친일 경력을 희석시켰거나 김동환, 박영희, 안함광, 정인택, 김억 등 납·월북된 경우를 제외하고 그동안 은인자중하던 정인섭, 최재서, 주요한 등의 문학적 복권이 이 시기에 속속 이루어지게 된다.[143]

이 같은 친일문인의 문학적 복권은 1955년 사상계사의 동인문학상 제정, 이의 모방인 신태양사의 이효석문학상1956의 제정 시도 등 문학상제도에 의해 한층 촉진된다. 특정 매체가 주관하는 문학상제도가 출판상업주의의 산물이라는 것에 그치지 않고 특정문학가의 문학사적 위상과 그 가치를 추인·재생산하는 장치라는 점에서; 문학의 발전에 기여 여부를 떠나 1955년 시점에 동인문학상이 제정된다는 것은 친일문학인의 문학적 복권의 흐름과 무관하다고 볼 수 없다. 그 흐름은 춘원에 대한 재평가, 즉 "우리가 귀중히 받드는 최초요, 최대의 작가", "우리나라에서 최초로 자기의 문학을 인간의 신성神性에까지 치켜올려본 작가",[144] "한국신문학의 아버지로서의 춘원"[145] 등에서 절정을 맞는다.

그렇다면 1950년대 (지식인사회의)반일정서의 고조와 친일문학인의 복권이라는 이 극명한 대비를 어떻게 보아야 할까? 서로 다른 층위의 문제인가. 과거제국일본와 현재전후일본의 교차 속에 현재를 매개로 과거지우기, 그럴 지도 모른다. 그렇더라도 지우기가 과거와의 엄격한 단절을 수반한 것은 아니지 않은가.

---

143 자진협력자 명단과 이들의 친일(문필) 행적에 대해서는 민족정경문화연구소 편, 『친일파군상』, 1948.9, 8~9·123~157쪽 참조. 자신의 친일부역에 침묵하던 이무영은 이 시기 희곡(〈팔각정 있는 집〉, 『문학예술』, 1955.1)을 통해 친일파의 죄상을 용서하자는 입장을 적극적으로 드러낸 바 있다.
144 김팔봉, 「작가로서의 춘원」, 『사상계』, 1958.2, 18~23쪽.
145 주요한, 「춘원의 인간과 생애」, 『사상계』, 1958.2, 29~32쪽.

어떻게 보면 분석이 그다지 필요하지 않을지도 모른다. 이 대비된 풍경이 1950년대 지식인들의 (두 개의)일본에 대한 인식과 대응의 현주소였으니까.

제4장

냉전과 두 개의 중국,
1950~60년대 중국 인식과 중국문학의 수용

1. 냉전과 중국문학

1989년 12월 몰타회담Malta summit을 계기로 냉전체제의 종식이 가시화되면서 대결에서 협력으로 세계질서가 재편되는 흐름과 중공의 '하나의 중국정책'의 영향 속에서 취해진 대만과의 단교 조치1992.8.23, 연이은 중공과의 수교 조치1992.8.24는 중국에 대한 접근과 인식태도를 근본적으로 전환시킨 중대사건이었다.[1] 두 개의 중국에 대한 공식 외교관계의 대칭적 교차로 인해 중공/대만의 정치·외교적 가치와 비중의 전도는 물론이고 중국문학(화)에 대한 인식태도의

1　이 글에서는 타이완(자유중국, 중화민국)을 '대만'으로, 중화인민공화국을 '중공'으로, 분열 이전의 중국 및 대만과 중공을 묶어 통칭할 때는 '중국'으로 각각 명명해 논의의 편의를 얻고자한다. 각각의 호칭이 담고 있는 역사성 또한 고려했다. 1992년 8월 중공과의 수교 이전 두 개의중국에 대한 호칭 문제는 중공·대만/한국 간의 외교관계에서 대단히 민감한 사안이었다. 88서울올림픽 직전에 이미 중화인민공화국을 중국으로, 자유중국 및 중화민국을 대만으로 호칭하는 것이 언론을 비롯해 한국사회에 일반화되었는데, 이 같은 호칭 변화에 대해 대만은 양국의우호관계를 해치는 처사로 간주하고 지속적인 항의를 제기한 바 있다(「대만, 한국의 '중국' 호칭에 항의」, 『동아일보』, 1988.7.14).

변화도 불가피했다. '외국문학(화)'으로서의 중국문학에 대한 정당한 이해와 인식이 촉진되는 가운데 중국 현대문학에 대한 관심과 소개가 다방면에서 고조되기에 이른다. 분단체제하 이데올로기적 금제와 이의 반영으로 고착된 고전문학 위주의 작품 번역 및 대학의 중어중문학 커리큘럼, 중국문학에 대한 일반학계의 보수성 등 기형적인 중국문학에 대한 인식이 시정되기 시작하면서 중국문학 이해의 새로운 지평이 열리게 된 것이다.[2] 특히 한중수교를 계기로 한 세기 동안 단절된 문화교류가 복권됨으로써[3] 그 흐름이 가속되기에 이른다.

그 같은 분위기는 1980년대 후반에 이미 싹트기 시작했다. 1988년 '7 · 7조치'민족자존과 통일번영을 위한 대통령 특별선언로 소련 · 중공을 위시한 사회주의국가들과의 관계개선이 정책적으로 추진됨으로써 그동안 공식적으로 불온 · 금기시되던 중 · 소를 비롯한 사회주의 관련 서적들의 번역 출판이 문학, 역사, 철학을 중심으로 획기적으로 활성화되는 가운데 중국 현대문학의 수용 및 번역 · 연구가 진작될 수 있었다.[4] 금서, 즉 판금도서 431종의 출판을 허용한 '출판활성화조치'1987.10.19에서 월북 및 공산권작가의 도서라는 이유로 심사 유보시켰던 규제까지도 철폐된 것이다.[5] 20세기 중국 현대문학을 체계화한 최초의 기획인

---

2 「20세기 중국문학사 소개 활발」, 『한겨레』, 1991.5.3.
3 「한중문화교류의 시금석」(사설), 『동아일보』, 1992.9.19.
4 「봇물 터진 중 · 소 관계 서적」, 『경향신문』, 1988.10.29. '7 · 7조치'이전 특이하게 외국인의 중공 기행기가 번역되어 1970년대 이후의 중공 실정에 대한 이해를 돕는 흐름이 존재했다. 뉴욕타임스 부국장 해리슨 솔즈베리의 『중공기행』(장원수 역, 과학과인간사, 1979), 피터 현(현웅)의 『중공기행』(시사영어사, 1987) 등이 대표적인데, 전자는 닉슨의 중공 방문 후의 1970년대 중공의 현실을 기록한 현지르포이며, 후자는 '중국3S연구회'(중공의 발전에 공헌한 미국의 세 기자 Agnes Smedley, Anna Louise Strong, Edgar Snow를 기념하는 연구회) 회원 자격으로 1981년부터 7차례 중공을 방문한 기록이다. 『통일한국』(평화문제연구소, 1984,1.3)에도 일본작가들의 짧은 중공기행기가 번역 소개된 바 있다.
5 월북작가 작품 20종, 공산권작가 작품 18종이 심사 유보되었는데, 후자의 경우 고리끼(『어머니』), 이반 코즈로프(『오르그의 사람들』)를 제외한 16종이 중국작가의 작품이었다. 바진[巴金]의 『家』(강계철 역, 세계, 1985) 외 2종, 아이칭[艾靑]의 『중국 땅에 눈이 내리고』(성민엽 역, 한마당, 1986) 외 2종, 루쉰, 마오둔, 라오서, 장셴량 등 중국현대작가작품과 장쿵양의 『형상과 전형』(김일평 역, 사계절, 1987), 허세욱 편역의 『중공현대시선』(을유문화사, 1976)도

『중국 현대문학 전집』전20권, 중앙일보사, 1989의 간행이 이를 대표한다. 사상통제의 법적 기제인 국가보안법과 상치된다는 논란과 또 공산주의체제를 찬양, 선전·선동하는 내용이 포함된 내용은 여전히 불허되었음에도 불구하고 관계당국의 일련의 전격적 조치로 비로소 온전한 의미의 중국문학에 대한 출판, 번역, 공연, 학술 연구가 본격화될 수 있었다. 냉전분단체제하에서 조장, 묵인, 은폐, 방기해왔던 문화적 금역禁域이 허물어진 것이다.

그런데 1980년대 후반부터 조성된 탈냉전 국면에서 문학은 정치·외교적 차원의 변화와 대응되면서도 또 다른 양상으로 나타나는 특징이 존재한다. 정치·외교적, 통상적 차원의 중공 우선과 달리 문학은 그동안의 중국문학에 대한 인식의 편향이 개선되면서 중공과 대만을 아우르는 중국문학에 대한 종합적·균형적 시각이 확보되는 계기가 되었다. 먼저 1949년 이후 단절되다시피 한 중공의 현대문학이 복원될 수 있었다. 중국신문학의 선구자 루쉰魯迅을 필두로 라오서老舍, 자오수리趙樹理, 샤오쥔蕭軍 등의 혁명문학, 조우커친周克芹, 천룽諶容 등 문화대혁명을 비판·폭로한 상흔문학, 왕멍王蒙의 근작1986년 『변신인형』에 이르기까지 70년간 중공 현대문학의 주요 작가작품을 망라해 구성된 『중국 현대문학 전집』의 사례에서 보듯 중공 근·현대문학의 합법적인 번역출판, 시판市販이 가능해진 것이다. 더욱이 이 전집은 대만의 현대문학 작품 일부를 포함시킴으로써 중국근현대문학의 종합적 집성의 가능성을 열었다. 그것은 1950~70년대 냉전체제의 규율 속에 루쉰의 소설작품「아Q정전」, 「광인일기」이 대학교재용이나 각종 세계문학전집에 구색맞추기용으로(?) 수록돼 소개되었던 것과 전혀 다른 면모이다.

빗장이 열리며 조성된 중국 현대문학의 출판 붐과 대중적 수용은 다이호우잉戴厚英의 상흔문학, 장센량張賢亮, 왕슈어王朔의 통속문학 등의 개인작품뿐만 아

포함되었다. 이 같이 심사 유보된 38종과 사법기관에 의뢰된(적법성 여부 판단) 181종의 판금도서 대부분이 1988년 '7·7특별선언'의 후속조치로 시판이 허용되는 수순을 밟았다.

니라 중국문학에 대한 개설서, 문학사, 연구서 출간으로 확장되며, 당시 용어로 표현하면 '대륙문학의 국내상륙화 현상'이 촉진되기에 이른다. 그것은 1988년 부터 1992년 한중수교까지 중국현대소설의 번역출판 실적총 114건이 1945~87년 누적 실적144건의 79%에 해당한다는 수치에서 뚜렷하게 확인된다.[6] 대만을 경유한 중공문학의 수용 또는 미국을 매개로 한 문화냉전적인 중국대만문학 수용이[7] 더 이상 필요하지 않은 상황이 도래한 것이다. 사상·학술 영역 또한 이전 지피지기知彼知己승공론 차원의 허용된 범위 내에서 마오쩌둥의 저서가 (일본서)번역 위주로 소개되었던 — 상당수는 금서(발매·판매금지) — 것과 달리 다양한 중국혁명사 관련 (원전)서적이 출판된다.

다른 한편으로 대만문학의 국내 수용도 새로운 전기를 맞이한다. 대만과의 장기간 친선우호관계에도 불구하고 대만문학은 왕란王藍의 『남藍과 흑黑』을 비롯한 반공항아反共抗俄의 냉전반공문학이나 충야오瓊瑤의 대중문학, 셰빙잉謝冰瑩, 린하이인林海音 등의 여류문학 일부, 대만산産 무협지류가 주로 소개되었다. 선택(대만)/배제(중공)의 강제된 메커니즘이 곧 대만문학의 배타적·전폭적 수용을 야기한 것이 아니었다. 냉전기 정치적·이데올로기적 규율체계가 대만과의 문화적 교류를 증진시켰음에도 불구하고 오히려 대만문학에 대한 불구적 수용을 초래했다. 어느 면에서는 대만문학보다는 대만을 경유한 중공문학이 수용되는 양상이 우세했다고 볼 수 있다. 그 같은 파행, 왜곡이 대만과의 단교조치를 계기로 시정되면서 대만문학과의 실질적인 상호교류가 가능해진 것이다.

---

6 엄진주, 「한국현대문학의 중국현대소설 수용사 연구」, 선문대 박사논문, 2020, 185쪽.
7 이는 장아이링(張愛玲) 문학의 이·수입 양상을 통해서 확인할 수 있다. 장아이링의 번역·수용에 대해 논구한 왕캉닝에 따르면 1990년대 이전 총 3차례에 걸쳐 번역된 장아이링의 영문판 *The Rice-Sprout Song*(중문판 『秧歌』)이 미해외공보처와 현지 미공보원의 도서번역계획에 의해 1956년 『쌀』(서광순 역, 청구문화사)로 번역되어 한국에 소개되었던 것은 미국의 문화냉전정치에 포섭된 산물로 중공과의 단교시기에 미국이 중공 현대문학 수입에 중요한 과도기적 매개 역할을 했다는 사실을 입증해준다고 평가한 바 있다. 王康寧, 「한국에서의 장아이링 문학에 대한 수용·번역 양상 연구」, 고려대 석사논문, 2014, 86~89쪽 참조.

대만과의 단교가 대만에 대한 망각으로 연쇄된 바 없지 않으나 한국전쟁 이후 미국을 매개로 한 연결 관계에서 벗어나 다양한 차원에서 서로 직접 대면하는 계기가 조성되는 가운데 문화운동의 연대가 모색되는 단계로까지 진전될 수 있었다.[8] 따라서 탈냉전의 신국면에서 냉전기의 중국문학에 대한 견고한 선택(대만)/배제(중공)의 이분법적 접근 및 인식태도가 파기되는 것과 동시에 그로 인해 야기된 대만문학과 중공문학 각각에 대한 축소, 왜곡의 수용 양상이 교정될 수 있었다. 비록 온전한 의미의 총체성을 구비한 것이 아니되 향후 중공 및 대만을 포괄하는 중국문학을 정시할 수 있는 가능성을 배태한 것만은 분명하다. 그것은 사회주의중국에 대한 객관적 파악의 전략적 필요, 서구문학 편중에서 벗어난 세계문학의 온전한 구상, 민족문학의 세계문학으로의 지양, 동아시아 담론의 대두 등 다방면의 요청과 결합하여 발전적으로 전개된다. 동아시아 연대의 차원에서 중국문학에 대한 재발견이 다각도로 시도되었던 해방기[1945~1949]의 면모가 재현된 형국이라 할 수 있다.

그런데 이 같은 거대한 전환 이면에는 중국문학에 대한 수용과 인식의 굴곡진 역사가 개재되어 있다. 이를 압축적으로 보여주는 것이 중국근대극의 창시자로 평가받는 차오위曹禺 작 〈뇌우雷雨〉의 한국적 수용번역, 공연이다. 〈뇌우〉는 1946년 5월 김광주에 의해 번역 출간되었고선문사출판부 곧바로 이 번역을 바탕으로 1946년 10월 낙랑극회에 의해 초연된이서향 연출, 단성사 뒤 1950년 6월 국립극단 제2회 정기공연작으로 무대화되어 15일간 7만 이상의 관객을 동원할 만

---

8 백영서, 「우리에게 대만은 무엇인가」, 최원식 · 백영서 편, 『대만을 보는 눈』, 창비, 2012, 23~31쪽. 물론 이 같은 전환이 일반적인 것은 아니었다. 탈냉전기 대만인식 역시 이전과 크게 다르지 않는 것으로, 중국, 일본 또는 동아시아에 대한 관심 · 매개의 차원에서 이루어지는 것이 주류였다. 그것은 1990년대 초부터 한국지성사의 주요 의제로 부상한 동아시아담론의 전개과정에서 대만이 차지한 비중을 통해 여실히 확인되는데, 대만은 동북아 지역상에 좀처럼 포착되지 않았으며 대신 동아시아라는 지역상과 결부해야 연구의 시야에 비로소 포함되나 이 또한 일본과 중국을 매개한 비교연구의 대상으로 설정되었을 뿐이다. 윤여일, 『동아시아담론-1990~2000년대 한국사상계의 한 단면』, 돌베개, 2016, 128~133쪽 참조.

큼 폭발적인 성황을 이루었으나,[9] 이후 1988년 해금될 때까지 장기간 공연이 금지되었다. 주된 이유는 차오위가 공산권국가의 작가였기 때문이었다. 이 기간 동안에도 〈뇌우〉가 두 차례, 즉 한국전쟁 기간 피난지 부산과 대구에서 또 환도직후인 1954년 7월 신협에 의해 공연된 바 있다.김광주 편역, 유치진 연출 특히 후자의 경우 엄격한 검열로 인해 소위 적성국가 예술작품의 유입과 국내 유통이 철저히 봉쇄된 상황에서 어떻게 무대화가 가능했는지 정확히 파악할 수 없으나, 시공관에서의 정기공연 이후 예정되었던 순회공연이 차오위의 공산당 입당이 확인되면서 취소된 것으로[10] 미루어 보아 차오위의 신원에 대한 부정확한 정보가 어느 정도 작용한 것으로 보인다.[11]

흥미로운 사실은 적성국가라는 이유 외에도 오인誤認의 문제도 개입되었다는 점이다. 가령 한국전쟁 후 〈뇌우〉가 루쉰의 작품으로 오인되어 이 작품을 윤색한 영화 〈운명의 여인〉강원주 감독, 성보영화사, 1957이 검열과정에서 절반 이상의 260컷이 삭제를 당했으며, 그 같은 오인에 따른 금지는 1960년대까지 지속된다.[12]

---

9 이해랑, 「1955년의 극계」, 『동아일보』, 1955.12.29. 1950년 공연에 참여한 국립극단관계자의 술회에 따르면, 당시 차오위에 대해 자세한 사전지식 없이 중공작가인지 모르는 상태에서 공연한 것이었다고 한다(『동아일보』, 1988.2.23).

10 김남석, 「'뇌우' 공연의 변모 과정에 대한 연구」, 『한국연극학』 22호, 한국연극학회, 2004, 128~129쪽 참조.

11 '차오위가 당시 중공의 정풍운동에 연루되어 강제노동을 당하고 있으며 따라서 〈뇌우〉 공연은 작품의 봉건주의보다 더 참혹한 공산주의의 중압에서 희생되는 차오위의 자서전적인 참상이 그려질 것을 기대'한다는 연출자 유치진의 발언을 감안하면(유치진, 「무대-운명극 〈뇌우〉」, 『경향신문』, 1954.7.18), 차오위가 반공의 표상으로 인식되었기에 가능했던 것으로 추정된다. 〈뇌우〉 공연 중지 이후 중국회곡작품이 무대화된 것은 吳若의 「人獸之間」(김광주 역, 김동원 연출, 극단 신협, 1955.7)의 경우처럼 대만작가의 철저한 반공주의 작품으로 한정된다. 상해를 무대로 한 짐승(공산당)과의 반공투쟁을 그린 이 작품은(4막) 한중문화교류 특별공연으로 상연되었는데, 주한대만대사관이 작품을 먼저 제안하고 무대화를 후원했다.

12 전숙희, 「단평-운명의 여인」, 『경향신문』, 1957.7.17. 이 작품이 "중공작가 노신의 작품을 윤색한 것임에도 불구하고 검열을 통과시켰으며" 검열할 때 삭제할 곳을 묵인해주고 업자로부터 뇌물을 수뢰한 혐의로 검열담당자인 문교부 예술과 검열관이 구속된 바 있다(『경향신문』, 1958.5.14). 4·19혁명 직후에도 〈뇌우〉는 "노신의 〈뇌우〉 같은 것은 작가가 자유중국이 아니니까 공연이 안 되지만 좀 더 심각한 질의검토가 필요하다"는 오화섭의 발언을 통해 볼 때(「좌담회-제2공화국에 바라는 문화정책」, 『동아일보』, 1960.9.10) 그 같은 오인에 따른 금지가 상

그러던 것이 1988년 공산권국가의 국내공연 허용에 의해 38년 만에 해금되어 한국무대에서 재상연되기에 이르는데, 그 과정에서도 연극적으로 뛰어난 작품일 뿐 아니라 이데올로기적 요소가 거의 없다는 국립극단의 논리와 공산권국가의 작품인 만큼 관계당국과의 상의가 필요하다는 공연윤리위원회의 입장이 맞서 첨예한 갈등을 빚은 바 있다.[13] 해방 직후 북한에서 〈뇌우〉 공연이 추진되었다가 비진보적이라는 이유로 상연금지 당한 사실[14]까지 감안하면, 〈뇌우〉의 수용사는 1980년대 후반까지 사상성, 작가의 신원, 오인 등의 이유로 금지/허용이 착종된 냉전문화사의 일면을 여실히 보여주는 전형적인 사례라고 할 수 있다. 적성국 또는 사회주의국가의 문학예술(인)에 대한 수용사로도 일반화될 수 있는 그 교체의 이입사移入史는 냉전질서의 변동 및 그 국내적 변용과 연동된 정략성을 함축하는 동시에 그 과정에 많은 갈등, 왜곡, 균열 등이 내포되어 있다는 추정을 가능하게 해준다. 익히 연구된 바와 같이 루쉰(문학)의 수용사도 거시적으로 냉전에 규율된 중국인식과 맞물려 수용의 극심한 수위진폭을 잘 보여준다.[15]

〈뇌우〉의 공연사가 시사해주는 바와 같이 실제 냉전기 중국에 대한 접근과 중국문화의 수용은 대만(선택)/중공(배제)의 틀로 단순화되지 않는 복잡성을

당기간 계속된 것으로 보인다.

13 「중공 작품 국내무대 올린다」, 『경향신문』, 1988.2.23. 공산권예술수입개방조치와 공산권판금도서의 해금조치 후에도 공연물(영화, 연극 등)은 공연법상 공연윤리위원회의 (사전)검열을 받아야 했는데, 이 과정에서 공산권작품은 사상성이 없는 작품으로 제한되어 허가되었다. 〈뇌우〉는 1985년부터 세 차례 사전검열(대본심사)에서 반려되었으며, 해금 후에도 첨예한 사상성 논쟁을 거친 뒤에야 비로소 공연될 수 있었다. 5·4운동을 배경으로 전환기 중국청년들의 격정과 비애를 그린 바진의 「家」도 마찬가지의 검열과정을 거쳐 1988년 7월에 이르러서야 상연된다(극단 미래, 권오일 연출).

14 김광주, 「노변만필－새로운 것」, 『동아일보』, 1947.1.7. 이 내용은 김광주의 월남 知己의 전언이었다.

15 이에 대한 자세한 분석은 최진호, 「한국의 루쉰 수용과 현대중국의 상상」, 성균관대 박사논문, 2016 참조.

지닌다. 배제되었다고 추정 가능한 것이 배제된 것만은 아니었다. 배제되었다고 여겨진 것들이 또 다른 맥락에서 실체적 흐름을 형성하며 중국에 대한 이해의 지평을 개척하고 있었다. 이를 대표하는 것이 마오쩌둥에 대한 지식인사회의 관심이다. 서장을 연 것은 김상협의 『모택동사상』지문각, 1964이다. 중공 연구가 1960년대 이데올로기적 제약으로 인해 국내 학계에서 불허되거나 매우 위축된 상황이었던 것을 고려할 때 이 저작은 파격적이었고, 당시에도 그렇게 받아들여졌다. "전아세아인의 공적共敵인 세기적 폭군 모택동, 우리민족의 원수, 아세아인민의 공적共敵 모택동"[16]이란 인식이 주류적이었던 1950년대 지식인들의 마오쩌둥 인식과는 확연한 차이가 있는 것이었다. 더욱이 1960년대 초중공에서 비로소 마오쩌둥의 주요 논문이 『모택동 선집』전4권으로 출간됨으로써 일본과 구미학계에서 마오쩌둥에 관한 본격적 연구가 활기를 띤 것과 동시대적이라는 점에서 더욱 그러하다.

『모택동사상』이 끼친 파장은 상당했다. 재판, 개정판1968, 개정증보판1976을 거듭하며 마오쩌둥에 관한 학문적 관심을 지속적으로 촉진·확산시키는 역할을 했다.[17] 출간 당시에도 풍부한 자료와 객관적 태도를 겸비한 커다란 학문적 수확으로 평가되었으며,[18] 중국 공산주의에 대한 진상 파악의 지침서로 숙독의 필요성이 강조되기도 했다.『동아일보』, 1964.5.25 물론 대공 전선의 강화를 위한 '지피지기知彼知己의 승공勝共'이라는 차원에서 높은 평가를 받았고, 따라서 장제스와 마오쩌둥의 사상 비교가 필수적이라는 단서가 달렸다. 저자도 머리말에 지피지기론을 적시한 바 있다. 주의할 것은 이 저작이 돌출된 성과가 아니라는

---

16   김일평, 「장개석과 모택동」, 『신태양』, 1958.11, 65쪽.
17   이 저작의 지적 자극은 또 다른 마오쩌둥 연구, 가령 오병헌의 『모택동사상』(백송문화사, 1975)을 촉발시키기도 했는데, 1976년 사법적 이적도서로 규정되는 비운을 맞는다(1심 : 76고단968, 2심 : 77노43). 법원·검찰, 『판례상 인정된 이적표현물 목록』, 1995.
18   안병욱, 「내가 읽은 신간-김상협 저 『모택동사상』」, 『경향신문』, 1964.5.25.

사실이다. 저자가 분명하게 밝히고 있듯이 10여 년 동안의 연구가 수렴된 결과였다는 점, 따라서 『모택동사상』은 1949년 중공 성립 후 주로 네거티브차원에서 이루어졌던 중공에 대한 관심과 각기 다른 이해가 학술적 차원에서 과정적으로 결실된 산물이었다고 봐야 한다.

물론 마오쩌둥에 대한 관심은 장제스의 수용과 병존한 것이다. 특히 『蘇俄在中國－中國與俄共三十年經歷紀要』중앙문물공응사, 1956.12의 번역본 『중공 안의 소련－중공이 대륙을 탈취한 이면 폭로』융학사, 1958은 자유진영국가가 취해야 할 대공, 대소정책과 전략을 알려주는 반공투쟁의 대기록으로 상찬 받으며 전 국민이 읽어야 하는 멸공전선의 지침서로 권장된 바 있다.[19] 신문연재 및 단행본 모두 순한글번역이라는 점은 장제스의 저작이 반공투쟁 나아가 한국/대만 반공연대의 필요성과 의의를 대중적으로 계몽·선전하기 위한 자료로 활용되었다는 것을 시사해준다. 또한 1954년부터 사회주의권에서 공세적으로 추진한 평화공존의 선전전에 대응한 역선전전의 자료로서 활용되기도 했다. 이러한 기조는 『중국의 운명』송지영 역, 서울타임스출판국, 1946, 『장개석 전기』윤영춘 역술, 한림사, 1971, 『장개석비록』전5권, 유근주 편역, 경문사, 1976 등으로 재생산된 장제스 저작(전기) 번역출판에 대체로 적용되는 현상이다.

그런데 1960년대 마오쩌둥 나아가 중공에 대한 관심과 연구의 촉진은 냉전 반공주의적 중국인식의 균열 및 새로운 전환을 함축해준다. 그것은 거시적으로 냉전질서의 변동, 특히 중소분쟁1962~66에 따른 공산권의 분열, 미/중 간 데탕트분위기 조성과 밀접한 관련이 깊다. 미국의 대중정책이 적대적 고립정책에서 타협과 협력에 입각한 냉전공존의 현실적인 대중정책으로 전환되고1963.11,

---

19 유진오, 「생생한 역사교훈」, 『동아일보』, 1958.10.26. 장제스의 이 저작은 단행본으로 번역 출판되기 직전에 『서울신문』에 '중국 속의 소련'이란 제목으로 抄譯되어 제1면에 독점 연재된 바 있다(1957.8.1~10.14, 53회). 주한대만대사관의 후원에 의해 초역이 가능했으며, 1회 연재분에 대만대사 왕둥위안의 '소개의 말'이 실려 있다.

미국발 (월터 로스토우의) 근대화론의 적극적인 수용으로 근대화론의 관점에서 냉전아시아에 대한 새로운 이해가 대두됨에 따라 지식인사회의 중공인식에 점진적인 변화가 나타난다. 동시기 중공의 문화대혁명이 한국지식인의 중국관을 더욱 보수화시켜 냉전반공형 중공인식을 강화시킨 면도 있으나 근대화론은, 비록 그것이 중공의 사회주의체제를 부정적 근대화로 해석하는 것이 주류였다 하더라도, 이전의 냉전반공형 중공인식과는 분명히 다른 중공인식을 출현시키는 계기로 작용했다.[20] 적대와 투쟁의 이데올로기 우위보다는 현실적 국가이익 우위의 냉전인식이 점차 확산, 공론화되기에 이른 것이다. 이는 박정희정부의 아시아 중시 냉전외교정책에 의해 촉성된다. 지피지기론知彼知己論이 탄력을 받았던 것도 이런 맥락에서이다.

이 같은 변화는 대만에 대한 인식의 변전을 아울러 수반했다. 냉전아시아의 지정학적 인식 틀에서 반공국가로서의 연대와 유대의식, 성적省籍 갈등(외성인/내성인)과 그에 따른 외성인적 관점에서의 대만 접근 등이 여전히 대만인식의 근간을 이루고 있었으나, 1960년대에 접어들어 점차 이 같은 정치적·이념적 접근보다는 경제적 차원, 특히 대만근대화의 성취에 주목하는 방향으로 선회한다.[21] 대만에 대한 접근이 정치군사적, 안보적 요소보다는 동(남)아시아 지역구상의 일환에서 경제적 실리를 우선적으로 고려하는 것으로 이동하고, 이 차원에서 문화적 교류 및 연대가 강조되는 새로운 국면이 조성된다.

지금까지 간략히 살펴본 바와 같이 냉전기 중국인식은 대만/중공의 선택/배제 메커니즘으로 설명하기 어려운 복잡다단함이 존재한다. 물론 1949년 신중국의 성립 직전 분열된 중국, 즉 '두 개의 중국'이란 구별짓기가 담론상에 제기

20　정문상, 「中共과 '中國' 사이에서―1950~1970년대 대중매체상의 중국관계 논설을 통해 보는 한국인의 중국인식」, 『동북아역사논총』 33호, 동북아역사재단, 2011, 15쪽 참조.
21　정문상, 「냉전기 한국인의 대만인식―일간지의 대만관계 기사 분석을 중심으로」, 『중국근현대사연구』 58, 중국근현대사학회, 2013 참조.

된 이래 그리고 중공의 한국전쟁 개입과 동아시아 냉전질서의 변동에 따른 역내 반공블록화의 강화로 인해 공식적 차원에서 이 메커니즘이 지속적으로 작동한 것은 분명한 사실이다. 그러나 오히려 그로 인해 경계, 배제, 공격, 축출의 대상이 되었던 중공에 대한 이해의 필요성을 증대시켰다. 이웃한 적의 박멸, 동아시아반공진영 연대 구축·강화라는 냉전체제의 현실적 구속력, 아시아의 정체성·후진성 극복과 근대화의 전망 모색, 지배 권력의 헤게모니적 통치술, 미국의 동아시아전략 등 다방면의 요구가 교차하며 중공에 대한 접근·이해가 지속되었던 것이다. 담론상 대만관련 담론보다 중공관련 담론이 총량적으로 우세했던 것은 어쩌면 당연한 현상이라 할 수 있다. 반면 반공연대가 전략적으로 고창되었음에도 불구하고 대만에 대한 이해는 편파적·피상적 수준 나아가 무지를 야기했다.[22] '자유중국'이란 명명이 함축하고 있듯이 한국인에게 오랫동안 각인된 반공우방국으로서의 이념적 중국정통성, 중국전통(문화)을 간직한 유일한 중국으로서의 대만은 어쩌면 추상적 구호에 불과했는지도 모른다.

또한 선택/배제의 메커니즘은 분열된 중국 어느 쪽을 중시하든 다른 쪽을 보완적으로 다룰 수밖에 없는 역사적, 구조적 특성을 갖는다. 중국문학에 대한 이해와 수용도 이 자장 안에서 이루어졌다. 이런 맥락에서 이 글은 1950~60년대 중국 문학 지知가 어떻게 형성되었는가를 살피고자 한다. 대만/중공, 직접 경험/상상 또는 매개된 경험, 번역/저술, 담론/인식 등의 경계를 넘나들며 다층적 차원에서 형성된 중국(문학)에 대한 이해와 인식의 지형을 재구성하는 작업이다. 그 일련의 과정이 냉전아시아 질서 변동 및 이에 대응한 한국정부의 아시아냉전외교정책과 지식인사회의 동아시아 인식이 중층적으로 결합되어 있다는 점에 주목할 것이다.

---

22 문명기, 「한국의 대만사 연구, 1945~2012」, 『중국근현대사연구』 57, 중국근현대사학회, 2013 참조.

2. 1950~60년대 한국의 냉전외교정책과 중국 이해의 지평

1950~60년대 대만, 중공에 대한 접근과 이해는 기본적으로 냉전아시아의 차원에서 이루어진다는 사실이 중요하다. 일대일의 관계도 철저히 이 구도 속에 배치되었으며 관계의 폭과 내용도 일정한 제한을 받았다. 대만과의 국교 수립 이래 본격화된 정치, 군사, 문화, 체육 등 다방면의 교류도 '국가' 대만과의 정상적·실질적 관계였다기보다는 냉전아시아의 지정학적 틀 속에서 그 일부인 대만과의 만남이자 교류였을 뿐이다. 중공과의 직접적인 관계가 불가능한 상황에서 미국, 홍콩, 일본, 대만 등을 매개로 한 중공에 대한 접근도 마찬가지의 적용을 받아 획일적인 이해의 지평이 주조될 수밖에 없었다. 물론 중공에 대한 기본 인식은 주권국가가 아닌 소련의 괴뢰에 불과한 것으로 취급되었다. 1950년대 반일민족주의가 발흥한 것에 비해 반중공민족주의가 전혀 거론되지 않은 것, 중공에 대한 문학(예술)적 재현이 거의 등장하지 않은 것 등도 이와 유관하다.

이렇게 정형화된 중국에 대한 접근은 냉전아시아 지역 질서, 특히 일본에 대한 한국/대만 및 동남아국가들 간 서로 다른 관점과 이해관계가 개재되면서 촉진/제약되는 양면성을 지닌 채 다기한 변형의 과정을 거친다. 거시적으로는 미국의 아시아지역통합전략이 주도적으로 개입되면서 그 변형 과정이 왜곡, 파행의 양상으로 확대되기도 했다. 따라서 중국에 대한 접근과 인식은 국내적 차원, 동아시아의 차원, 세계 냉전체제 변동 등 세 층위의 구조적 요인이 유기적으로 작용하면서 동태적으로 전개되는 특징을 지닌다. 특히 냉전기 한국/대만의 관계는 불행하게도 외적 요소가 더 큰 영향력을 발휘하는 기이한 형국에 놓인 것이다. 주어진 숙명이었다고 할 수 있다.

한국전쟁은 냉전사의 중요한 전환점으로 평가된다. 세계전체를 대상으로 한

미소 간 상호봉쇄의 전략적 경쟁이 본격화되었을 뿐만 아니라 동아시아 차원의 전후질서 재편에도 지대한 영향을 끼쳤다. 미중 대립의 고조, 일본의 재건(경제부흥), 대만의 위상 강화, 동남아국가들의 국내 통합과 민족국가건설에의 긍정적 기여 등, 특히 주석, 천연고무 등 전략물자의 최대생산지인 동남아에 한국전쟁 특수에 따른 경제효과가 끼친 긍정성 및 부정성은 향후 동남아국가들의 진로에 상당한 영향을 끼쳤다.[23] 어쩌면 한국전쟁은 한국과 동아시아 국가들 간에 새로운 차원의 운명적 결합의 서막이었다고 할 수 있다. 그것은 1954년 제네바회의를 계기로 냉전의 중심부로 부상한 아시아와 반공지대, 중립지대, 공산지대 간 세력 각축의 복잡다단한 유동 속에 더욱 긴밀해진다.

한국의 입장에서는 이 같은 정세 변화로 인해 냉전체제하 자유진영의 최전선이라는 확고한 명분을 얻게 되고, 그 명분론은 실리추구의 현실론과 결부되면서 정권 및 사회전반에 냉전멘탈리티mentality로 고착, 재생산되는 가운데 한국사회 안팎을 규율하기에 이른다. 이런 맥락에서 한국 주도의 동아시아 지역구상이 입안될 수 있었다. 그것은 1954년 이승만이 주도한 '아시아민족반공연맹APACL : Asian Peoples Anti Communist League'의 발족과 1966년 박정희가 주도한 '아시아태평양이사회ASPAC : Asian and Pacific Council'의 창설로 구체화된다. 중요한 것은 아시아지역구상과 그에 따라 창설된 이 기구들이 외교적 차원뿐만 아니라 아시아국가와의 교류, 연대의 단일한 창구 역할을 했다는 사실이다. 동시에 아시아에 대한 이해의 지평을 상당부분 좌우했다.

냉전기 한국의 아시아지역주의 외교를 대표하는 이 두 기구는 목표와 기조 등에서 대체로 연속성을 갖는다. 동아시아반공동맹체집단방위체제 구축을 기본 목표로 했으며, 미국과의 협력 강화, 일본에 대한 배제·견제·대결을 논리로 한

---

23 전후 동남아 현대사에 관해서는 이마가와 에이치(今川瑛一), 이홍배 역, 『동남아시아 현대사와 세계열강의 자본주의 팽창』(하편), 이채, 2011 참조.

국을 중심에 둔 지역통합안이라는 공통점이 있다. 이 같은 구상은 철저한 냉전 논리에 입각한 동아시아 지역을 반분하는 구상이라는 한계도 문제였지만, 무엇보다 반공군사동맹의 결성은 중국 봉쇄, 미일동맹을 근간으로 한 미국의 아시아지역통합전략과 배치되었기 때문에 애초의 목표를 실현하기란 불가능했다. 또 양 진영의 다자간 협력체 모색이 유동하는 동아시아 질서 속에서 동아시아 국가들의 복잡한 이해관계의 상충, 특히 추진과정에서 일본 배제를 둘러싼 갈등으로 인해 반공이라는 공통분모 외에 의미 있는 정치외교적 성과를 거둘 수 없었다. 다른 한편으로 반둥회의 주도 등 제3세계동남아중립국가를 자기 세력화하려는 중국의 동아시아구상, 냉전반공블록에 참여하지 않는다는 방침 아래 특히 '전후의 종언'을 선언하면서 동남아국가들에 대한 포섭을 비롯해 다자외교에 주력했던 일본의 구상이 동시기에 교차하고 있었다.[24] 결과적으로 한국의 아시아지역외교는 한국의 자주외교(미국과 일본에 대한 상대적 자립 확보), 아시아 역내에서 한국의 지위 향상 및 발언권 확대, 동남아진출의 근거지 확보 등의 외교적 성과에도 불구하고 실패, 즉 애초의 지역구상이 좌초했다고 볼 수 있다. 냉전기 아시아국가의 어떠한 지역주의 구상이라도 미국의 동아시아전략과의 정합성이 성패의 관건일 수밖에 없었다는 점을 감안하면 예정된 것이나 마찬가지였다.

그렇지만 동아시아 국가들과의 문화적 교류, 협력 관계가 촉진되는 계기가 되었다는 점이 중요하다. 이는 두 기구의 위상과 그 성격에 내포된 것이기도

---

24 미국의 막후조정, 동남아국가들의 요구, 군사반공색의 배제라는 일본정부의 기조가 관철되어 ASPAC에 동참한 일본의 애매한 처지와 향후 전망에 대해서는 일본 주간신문 『世界週報』 (1966.8.9)에 잘 분석되어 있다. 참가한 9개국 가운데 일본과 말레이시아를 가장 '灰色'의 나라로 규정하고 정치, 경제적으로 이해관계가 첨예하게 상충하는 상황에서 진실한 의미의 연대의식은 불가능에 가깝다고 진단한다. 대만도 중공의 2차 핵실험에 대응한 아시아반공국가들의 결속, 경제적 협력관계 개설을 통한 대공 억제력 향상 등에 의의를 두면서도 참여국의 이해관계 상충으로 비군사적인 협력체에 그칠 수밖에 없었던 것에 아쉬움을 표명했다(『新生報』, 1966.6.14. 사설).

하다. APACL은 NATO아시아판을 의도한 태평양동맹이 좌초된 뒤 비정부기구로서의 위상을 갖는 반공통일전선이었다는 점에서 정치군사적, 외교적 영향력은 미약했고, 극단적인 일본배제 원칙과 대만과의 주도권 경쟁으로 인해 오히려 아시아 역내에서 한국의 입지가 축소되는 부정적 결과를 자초한 면도 없지 않았다. 특히 일본문제에 대한 회원국들의 첨예한 입장 차이가 APACL의 발전적 전개를 방해하는 주요인이었다.[25] 반면 문화적으로는 민간차원에서 아시아 반공국가 및 중립국과의 교류가 활성화된다. 홍콩 너머 동남아제국과의 민간 교류가 본격적으로 시작된 것이다. APACL한국지부가 관장하는데, 1959년까지 다섯 차례 APACL대회 개최와 회원국 지부대만, 홍콩, 필리핀, 남베트남, 태국, 라오스, 오키나와 등와의 교류 확대를 위한 수차례 관민 협동의 대규모 동남아문화사절단 파견을 통해 이루어진다. 대만과의 상호 문화학술 교류가 활성화된 것도 이의 일환이었다. 대만과의 문화 교류가 대체로 APACL를 통로로 이루어진다는 사실에 주목할 필요가 있다.

대만과의 본격적인 문화교류의 서장을 연 것은 대만의 석학 주쟈화朱家驊, 둥 줘빈董作賓, 푸뤼溥儒의 한국방문이다.[1955.5] 한중문화협회의 차원에서 진단학회의 초청으로 방문하게 된 것인데, 한중 반공유대, 대공문화전선 강화라는 관점에서 대서특필된다.[26] 이들에 대한 관심은 한중 문화교류에 대한 것보다 주로

---

25 왕엔메이, 「아시아민족반공연맹의 주도권을 둘러싼 한국과 중화민국의 갈등과 대립(1953~1956)」, 『아세아연구』 56-3, 고려대 아세아문제연구소, 2013, 160~195쪽. 한국의 일본배제 원칙은 대만을 비롯한 회원국들의 강력한 요구로 일본 참여가 수용되었으나, 더 큰 쟁점은 한일 국교정상화 문제였다. 필리핀을 중심으로 회원국 대부분이 한일 양국의 선린관계와 협조가 아시아의 평화와 안정은 물론 동아시아반공전선 강화에 필수적이라는 논리로 한일국교정상화를 촉구·압박함으로써 한국과 마찰을 빚었다. 그것은 제8차 아시아민족반공대회(1962.10, 동경)에서 필리핀의 제안으로 '한일국교정상화촉진에 관한 결의안'이 제출되는 것을 계기로 고조되었다(한국아세아반공연맹, 『제8차 아세아민족반공대회 경과보고서』, 1962.12, 21쪽). 한일 국교정상화가 미국의 동아시아전략상의 한미일 동맹관계에서뿐만 아니라 아시아반공블록 내에서도 첨예한 쟁점이었다는 사실을 확인할 수 있다.
26 「자유중국 삼 석학 내한과 문화교류」(사설), 『경향신문』, 1955.5.15.

대만문화인들의 반공전선의 실태와 활동상, 국민당정부의 대륙반격에 집중되었으며, 민간차원의 문화, 학술교류가 양국 반공유대를 강화하는 데 필수적인 요소라는 논리를 재천명하는 것으로 수렴되었다. 다만 흥사단계열의 잡지『새벽』이 한중문화의 전통 복원과 문화교류의 방향을 모색하는 특집을 구성해 눈길을 끌었는데,[27] 과거뿐만 아니라 미래에도 한중문화교류는 공산주의를 저지하는 사상적 연대에 중점을 두어야 한다는 사실을 강조했다는 점에서 언론의 논조와 별반 다르지 않았다. 한중문화협회 차원의 민간교류는 이후 아시아재단을 비롯한 미국 민간재단들의 후원 속에 문화, 학술교류뿐만 아니라 체육, 경제 방면으로 확대되어 지속되었다. 그 기조는 양국 반공유대를 뒷받침하기 위한 목적이었으며, 대만경제사절단의 한국 시찰1955.11과 같은 경제교류는 양국 통상협정이 체결되지 않은 상태에서의 민간교류였기 때문에 실효성이 미약했다.

대만과의 직접적인 문화교류는 APACL을 매개로 한 동남아예술사절단의 활동을 통해서 촉진된다. APACL한국지부, 즉 한국아세아반공연맹은 회원국 지부와의 네트워크를 활용한 동남아예술사절단 파견을 통해 민간문화교류를 적극적으로 시도했다. 제1차 사절단은 대만, 홍콩, 필리핀, 베트남, 태국 등 5개국에 총 120명 규모로 파견했으며1957.4~5, 제2차는 대만, 홍콩, 싱가포르, 태국, 베트남, 필리핀, 유구오키나와 등에 269명으로 구성된 사절단을 파견했다.1958.2~4 또 회원국과의 상호 교류의 차원에서 대만에 예술단을 파견하는 일이 1960년대 초까지 성행했다. 반공아시아 회원국과의 문화교류, 친선 도모를 위해서뿐만 아니라 한국의 문화예술을 선양하려는 목적도 있었다. 반공국가로서의 한국의 위상과 이미지를 부식시키려는 선전전의 일환이었다. 문학, 미술, 무용,

---

27 『새벽』, 1955.7, 66~73 · 114~128쪽. 「한중문화교류의 전통과 장래」(좌담회), 주가화의 「中西문화접촉 후의 동화상과 고민상」, 동작빈의 「殷墟考古論」, 부유의 「詩論, 書論, 畫論」 등이 실렸다.

음악, 오케스트라 등 다양한 분야를 망라한 관계로 예술단구성을 둘러싼 잡음이 끊이지 않았으나,[28] 예술단 파견은 대만을 비롯한 동남아국가에 반공 한국을 선전하는 동시에 동남아 제국에 대한 이미지를 조형, 국내에 전파하는 데도 중요한 역할을 한다. 주로 기행기를 통해서 이루어진다.

특히 대만에 대한 기행기가 주종을 이룬다. 한국아세아반공연맹에서 1956년 11월 사절단 파견을 추진했다가 보류된 가운데 중국반공연맹의 초청형식으로 1957년 12월에 갑작스럽게 성사된 '방화訪華한국문화친선단'19명, 단장 ; 주요섭 파견에 참여한 문인들의 기행기는 참여문인 대부분이 신문에 기행기를 남겼고, 또 이를 집성한 단행본 『자유중국의 금일－대만기행』춘조사, 1958.4이 발간됨으로써 이 시기 대만에 대한 특정 이미지를 형성해내기에 이른다. APACL차원의 정치성이 짙은 공식적 방문에 따른 시찰기라는 점에서 모든 기행기를 관통하는 기조는 반공 프로파간다이다.[29] 여기에는 반공 민족주의적 정치 성향이 강했던 한국자유문학자협회 주요 멤버로 친선단이 편성된 것도 작용했다.[30] 특히 단행본 체제상의 특징, 즉 왕둥위안王東原, 주한중국대사의 서문과 장치쥔張其昀, 자유중국교육부장의 「화랑정신」을 앞에 배치하고 한국아세아반공연맹 소속 오근의 「동행소감」을 맨 뒤에 배치한 구성체계로 인해 기행기 전체가 반공텍스트로 읽히도록 만든다.[31]

동시에 '상상'된 대만에서 시찰을 통해 직접 목격한 대만의 재발견이 문인별

---

28 조동화, 「멤버의 재검토를 바람」, 『경향신문』, 1957.3.17.
29 『자유중국의 금일－대만기행』에 대한 정치한 분석은 장세진, 『슬픈 아시아－한국지식인들의 아시아기행(1945~1966)』, 푸른역사, 2012, 156~175쪽 참조.
30 김용호, 「자유문협 주변」, 김동인 외, 『한국문단이면사』, 깊은샘, 1983, 396~398쪽.
31 왕동원의 서문은 대만이 삼민주의라는 정통성, 반공항아와 민족부흥의 근거지라 규정하고 있으며, 장기균은 화랑정신이 한중관계의 근간이고 그것이 이승만의 중공군 포로 대만 송환에서도 발양되었다고 평가함으로써 한중 반공연대의 역사적 지속성을 강조하고 있다. 임진왜란 때 조명연합작전이 오늘의 한중 양국이 당면한 반공역사의 기초가 된다는 지적도 흥미롭다. 오근은 대만의 발전은 장제스의 지도력과 이를 중심으로 대만인들이 일사불란하게 단결한 결과이며, 그로 인해 세계 각국의 화교들이 대만정부를 절대적으로 지지하게 되었다고 평가했다.

로 다소 차이가 나나 또 다른 중심 내용을 이루고 있다. 대만재발견의 요목은 토지개혁의 성공, 경제적 발전, 농촌의 재건과 발전, 국산품 애용, 진보된 교육 환경과 수준, 질서와 절약 정신 등으로 다양한데, 한마디로 요약하면 근대화의 성취였다. 이는 대체로 장제스 정부의 지도력으로 수렴되는 가운데 한국이 따라야 하는 모델케이스로서 선망의 대상이자 한국정부의 정책 또는 사회현실을 우회적으로 비판하는 준거이기도 했다. 부정적 발견도 있었다. 일본어의 범람 및 광범한 사용과 식민유산의 완강한 고수, 성적省籍 갈등에 따른 융화 문제가 제기되었고, 정비석은 유일하게 언론자유가 통제된 점을 날카롭게 적시하며 계엄령하 장제스 정부를 완곡하게 비판한다. 『자유중국의 금일 - 대만기행』의 기조와 대만의 재발견, 즉 반공우방과 근대화라는 프리즘은 1950년 시찰기에 처음 등장한 이래 1960년대 초까지 일관된 것이었다.[32]

이 대만기행(기)은 당사자들뿐만 아니라 대만에 대한 한국사회의 편협한 인식을 교정할 수 있는 계기가 되었으나, 외성인적 시각으로 대만을 바라보는 한국사회의 대만인식을 추인, 재생산한 것이기도 하다. 당대 신문을 통해 생산된 대만에 대한 부정적 이미지 가운데 하나가 일본풍의 문화가 만연된 사회였고, 그것이 당대 반일민족주의가 고창된 한국사회의 집단심성과 결합해 부정성을 증폭시킨 바 있다.[33] 『자유중국의 금일 - 대만기행』에 나타난 문인들의 시각도

---

[32] 1950년 5월 동남아무역사찰단의 대만방문기에는 공업화 도정에 있는 대만의 발전에 경탄과 부러움을 느끼는 한편 성적갈등의 노골성, 反국민당 정서의 존재, 관리들의 관료주의 미청산, 일본문화의 잔존과 소수 내성인의 일본에 대한 동경 등을 문제점으로 지적하고 있다(한승인, 「동남아세아 기행」, 『동아일보』, 1950.5.20~21). 1960년 4주간 상호교류의 차원에서 대만을 방문했던 화가 박래현은 대만의 근대화와 안정된 생활수준 및 생활양식의 검소함, 예술·과학의 발전 등에 큰 감명을 표시하면서도 고사족에 대한 이질감을 드러낸 바 있다(박내현, 「대만기행-건설에 매진하는 모습을 보고」, 『동아일보』, 1960.3.24).

[33] 신문이 주조해낸 대만에 대한 특정이미지는 주로 자체 파견한 또는 대만주재 특파원의 현지보고를 통해서 형성되는데, 대체로 대만의 근대화 성취의 실상과 대만이 안고 있는 성적 갈등의 문제를 부각시킨 공통점을 보인다. 가령 1950년대 후반 동아일보 특파원의 현지보고를 보면, "아직도 번족들이 우글대는 미개된 남양의 한 섬"이라는 기존의 인상을 불식해야 한다고 강조

이와 별 차이가 없다는 점에서 온전한 대만 이해라고 평가하기 어렵다. 반공과 독재를 근간으로 한 한국과 대만의 유대, 어쩌면 그것이 양국이 주도한 아시아 반공연대의 민낯인지도 모른다.

그런데 이승만이 주도한 APACL활동은 반공아시아 역내의 교류와 연대를 의도했던 미국 민간재단, 특히 아시아재단의 문화냉전 전략과 접속될 수밖에 없었다. 스탠퍼드대학 후버아카이브의 자료를 검토해보면,[34] 아시아재단은 APACL이 미국의 아시아정책과 부합하는지, 아시아전역에 영향을 끼칠 수 있는 중요성과 잠재력을 갖는지 등에 초점을 두고 결성 과정과 이후의 활동상에 대해 예의주시했다. 아시아재단 샌프란시스코본부와 한국, 대만, 필리핀, 일본, 홍콩 지부와의 다채널을 통해 정보를 교환하면서 아시아재단은 현실적으로 가능하지 않다는 최종 결론을 내리고 한국의 지원 요청을 거절한다. 특히 APACL의 운영이 실질적으로 정부가 주도하는 관변단체라는 것에 반감을 가졌으며, 일본참여를 둘러싼 한국과 대만의 갈등 및 APACL에 대한 대만의 소극적인 자세가 APACL의 진로에 큰 장애가 될 것이라고 판단함으로써 각 지부가 아시아인의 반공감정을 조성하고 고무하는 데 유용하며 따라서 지원할 필요가 있다는 의견 제출을 모두 일축한다. 다만 각국 대표단의 APACL대회 참석에 필요한 경비는 제공해주는 가운데 APACL의 동향을 1967년까지 감시했다.

아시아재단의 미온적 반응에도 불구하고 APACL은 호주, 버마, 말레이시아, 싱가포르, 파키스탄, 터키, 멕시코, 중남미국가 등이 순차적으로 참여하면서

하는 가운데 토지개혁과 미국의 원조에 힘입어 약진하고 있는 대만의 근대화 성과를 자세하게 소개한다. 동시에 성적 갈등에 따른 반목, 상호 배척의 심각성과 그것이 일본문화에 동화된 대만사회 내부에서 일본문화를 둘러싼 미묘한 대립상으로까지 나타난다며, 이를 어떻게 완화시키느냐가 대만의 고민이자 장제스정권의 지상과제라고 분석하고 있다. 고재언, 「대만의 이모저모」, 『동아일보』, 1959.9.4~11.

34 스탠퍼드대학 후버아카이브 Asia Foundation P-014 〈US & International_Conferences_Asian Peoples Anti Communist League(APACL)〉, Asia Foundation P-277 〈Korea_Organization_Asian Peoples Anti Communist League(APACL) July_1962〉,

외연을 확대시키는 가운데 세계반공기구의 결성제13차 대회, 1967.9 臺北에 의해 그 하부기구로 존속되기까지 아시아 민간교류의 역할을 지속했다. 한국과 대만이 여전히 주도했다. 한국에서는 APACL의 국내조직으로 발족된 한국아시아반공연맹을 공보부로 이관, 법정기구화하여한국반공연맹으로 개칭, 1963.12 대내외 심리전을 총괄하는 민간반공운동의 구심체로 삼는 한편 아시아반공센터1964.12를 한국에 설립해 아시아반공연대를 선도하고자 했다(이른바 '김종필 구상'). 자유센터는 냉전연구기관으로서 민간차원의 반공주의동원과 대외적으로 아시아지역을 대상으로 한 심리전의 도구로 활용되었다는 점에서 주목을 요한다. 이 흐름 속에서 대만을 비롯해 동남아국가들과의 문화적 민간교류가 꾸준히 지속되는데, 미국과의 갈등을 수반하며 APACL결성 전/후 장기간 조성된 동남아네트워크, 즉 APACL결성을 위한 공식적인 동남아친선사절단의 세 차례 파견제1차 : 1953.12.7 ~54.1.14 / 제2차 : 1954.2.10~3.16 / 제3차 : 1954.4.29~5.28과 대규모 동남아예술사절단 파견 등 1967년까지의 APACL을 매개로 전개된 한국의 동남아 문화교류에 대한 연구가 필요하리라 본다.

한편, 1950년대는 두 개의 중국에 대한 관심이 점증하며 중공관련 담론이 저널리즘을 통해 양산된다. 중공에 대한 정보가 차단된 상태에서 미국의 연구, 논평, 정보에 의존한 것이 대부분이었다. 국내저널리즘이 쏟아낸 기사들과 전문가들의 논설은 대체로 냉전아시아의 질서변동 속에서 중공의 움직임, 특히 중공과 대만의 양안관계, 동남아중립국들과 중공의 관계 등에 많은 비중을 두었다. 수많은 냉전적 중공담론들을 정리하는 것은 불가능하나 예상할 수 있듯이 중공이 아시아 나아가 세계평화를 해치는 주범이며 따라서 미국의 영도하에 아시아반공연대를 통해 분쇄, 사멸시켜야 하는 인류의 공적이라는 것으로 수렴된다. 그런 가운데 중공사회에 대한 실체적 접근을 시도한 기획들이 더러 있었다. 피상적이지만 중공 내부에 대한 어프로치라는 점에서 상대적으로 당대 중공현실에 대한 이해의 구체성을 어느 정도 지니고 있다. 전시에 주로 민족의 원수, 소련의 주구, 오랑캐 등으로 명명된 가운데 감정적 증오·적대의 대상으로만 간주했던 것에서는 다소 진전된 면모였다.[35] '격동하는 중국' 특집『현대공론』, 1954.12, '중공의 현실' 특집『신태양』, 1958.11, '중공의 폭정' 기획『동아일보』, 1959.5.21~6.12, 18회 등이 대표적인 경우다.

'격동하는 중국' 특집은 1954년 9월 중공의 금문도 1차 폭격을 경험한 국내외 논자들의 글로 구성한 것인데,[36] 1952년 삼반·오반운동三反五反運動, 1949~52년 마오쩌둥이 주도한 사상평정 및 숙청운동을 계기로 시행된 사상개조운동과 공업화, 농촌집단화 정책은 중공의 소련화이며 그 과정에서 빈농으로 전락한 인민들의 불만에 따른 국내위기를 해소하기 위한 방안으로 금문도 폭격이 발생했다는 분석이다. 하지만 중공의 대만침략은 미소의 이해관계가 개입된 관계로 현실적으로 불가능하며 동시에 장제스의 본토 진격도 같은 이유 때문에 불가능하다고 진단한 가운데 냉전전쟁 및 아시아반공체제에서 금문도가 차지하는 위상에 맞는 자유진영의 결속과 무장의 시급성을 강조했다.

'중공의 현실' 특집은[37] 중공은 광대한 영토와 많은 인구를 바탕으로 토지개혁과 농업생산력의 현저한 증대, 중공업의 비약적 발전을 이루어냈는데, 이는

---

35 오제도, 「중공 겁낼 것 없다」, 『서울신문』, 1950.12.5. 오제도는 중공 격멸과 동시에 이웃한 현실의 적인 중공에 대한 전문적이면서도 진지한 연구가 시급하다고 강조한 바 있으나, 1950년대에는 소련의 괴뢰라는 수준을 넘어선 중공 연구는 이념적 장벽에 막혀 불가능했다. 전시 사상전의 차원에서 총후국민의 사기 진작과 중공 격멸의 전과를 높이기 위해 1951년 2월 공보처가 제정·보급한(매주 3일 6회씩 라디오방송을 통해서) 〈중공격멸의 노래〉(이헌구 작사, 박태현 작곡)에도 침략자 중공을 부각시킨 가운데 "중공 오랑캐"(1절), "소련의 앞잽이"(2절)로 규정하고 있다.

36 리챠드. L. 워커, 「중공의 노동정책과 노동계급」, 이주운, 「중공의 대만침공은 가능한가」, 「중공 치하의 농민들」(外誌에서), 김일평, 「송미령과 송경령」, 최광지, 「모택동의 후계자」, 「금문도 사건을 위요한 양대진영의 대치」(外誌에서).

37 육지수, 「중공의 지리적 위치—아시아민족의 안전은 세계의 영구평화를 보장한다」; 김창순, 「쏘련·중공·북한—북한을 지배하는 쏘련·중공의 영향력」; 박동운, 「중국민족성과 중공문제의 장래」; 김일평, 「장개석과 모택동」; 죠지. E. 테일러, 「우리가 중공을 승인하지 않는 이유」.

침략정책을 위한 것으로 중공을 중국본토에서 축출하지 않으면 세계평화를 보증할 수 없다고 진단한다. 중공의 장래는 내부적 변화에 의한 반공혁명의 성공 아니면 위로부터의 티토화의 가능성을 예측할 수 있는데, 중화사상에 근거한 자국중심주의적, 민족적 자존심이 강한 중공 인민들이 소련식 외래사상에 반발할 가능성이 높으므로 내부 붕괴가 유력하다고 본다. 이를 촉진시키기 위해 자유세계의 강력한 반공태세와 대만의 모범적인 민주건설이 필요하다는 것이다. 또한 사회주의체제에 국제주의란 존재하지 않는다는 것을 전제로 중공이 한국전쟁에 참여한 이유는 북한을 자신의 식민지 예속지대로 붙잡아 두기 위한 것이었으며, 이후 북한을 둘러싼 소련, 중공의 원조경쟁도 자기네의 영향력을 부식하기 위한 수단에 불과하다는 것이다. 당시 자유진영 내 첨예한 쟁점으로 부각된 중공승인 문제는 양대 진영의 세력 판도를 좌우하는 동남아지역을 수호하기 위해 불가피하다는 것이 미국의 반대 이유이며, 그것은 동남아지역 중국화교들의 향방과 직결되어 있다는 점을 강조하고 있다. 이 특집의 종합적 결론은 중공은 내부 문제로 자멸한다는 것으로, 현실과 상충하는 희망적 예측이었다.

'중공의 폭정' 기획은 1950년대 중공의 실체를 가장 자세하게 분석한 연재물이다. 기획의 취지에서 밝히고 있듯이 "서구인의 눈에는 수수께끼"로 보이는 중국 및 중국인이 특성에 대한 분석을 의도했다. 국민성, 중국공산당의 정체, 특권계급, 경제, 교육, 문학 등을 키워드로 한 중공 성립 후 10년의 종합보고서라고 할 수 있다. 실체적 정보를 광범위하게 제시할 수 있었던 것은 미국의 정보, 연구를 참조했기 때문이다.[38] 주요 내용을 요약하면, 중공이 성공할 수 있었던 것은 중국인의 융합적이고 회피적인 국민성과 마오쩌둥의 신민주주

---

[38] 미국의 격주 간행물 『뉴리더(*New Leader*)』의 1959년 기획물 "Communist China's First Decade"(공동 집필)와 내용이 거의 흡사하다. 『뉴리더』는 대표적인 반스탈린주의 저널 가운데 하나였다.

의이론으로 대표되는 공산당의 전략이 결합되었기 때문이며, 농민 및 인텔리의 순응이 언제까지 유지되느냐에 중공의 지속가능성이 달려 있는데 폭정으로 인해 존립 위기에 처해 있다고 본다. 특히 자유를 억압하는 병적인 당 중심주의 체제와 소수 특권계급으로 구성된 기형적 구조는 사유재산 폐지, 계급차별과도 배치되는 것으로, 인민공사와 대약진운동이 실패함으로써 이상적 공산주의국가 실현이 불가능한 상태에서도 이 같은 권력구조가 여전히 유지되는 것을 최대 문제로 꼽는다. 교육, 과학, 문학은 모두 새로운 인간을 만들어내는 과정에 불과한데, 교육은 공산주의사상 주입의 선전선동의 장으로 악용되는 가운데 일체의 고등교육기관은 적색연구를 강요받고 있고, 문학은 획일적인 사회주의리얼리즘의 기치하에 사회주의건설에의 적극적 참여를 강요받으며 중공 체제를 찬양하는 선전문학으로 전락했다고 비판하고 있다. 전체적으로 중소 갈등의 해결과 대약진운동의 실패를 어떻게 수습하느냐가 중공의 향후 진로의 관건적 요소라고 평가한다.

이 기획물에서 주목되는 것은 중공 10년을 폭정에 초점을 맞춘 폭로, 고발의 기조로 일관하고 있으나 중공이 10년 동안 시행한 각종 정책의 추진 경과 및 그 성과 지표, 중공의 사회문화적 변화상을 관련 통계자료들을 근거로 상세히 분석·보고함으로써 중공에 대한 이해의 구체성을 높여준다는 점이다.[39] 폭정으로만 귀속되지 않는 중공의 실체를 다소 객관적으로 접할 수 있는 긍정적인 효과가 없지 않았다.

냉전반공적 중국 이해는 1960년대 접어들어 새로운 국면을 맞는다. 그것은

---

39 이런 면모는 중공10년에 관한 또 다른 특집인 '敵! 中共의 實情은?'(『새벽』, 1959.10)과 뚜렷하게 비교된다. 周鯨文(대만민주동맹 소속)을 포함해 6편 모두 外誌에 실린 글을 번역해 수록했다. 지피지기를 내세우며 적의 실체를 파헤치겠다는 취지였으나 특집제목에 암시되어 있듯이 중공에 대한 적대를 재생산하는 것에서 크게 벗어나지 못했다. 편집자가 중공에 관한 자료난을 호소하고 있는 것처럼, 당시 중공 이해의 최대 장애물이 중공관련 자료에 대한 접근성이었다는 것을 확인할 수 있다.

5·16쿠데타 후 박정희정부가 공세적으로 추진한 아시아중시 냉전외교정책, 구체적으로는 ASPAC이라는 아시아구상과 밀접하게 관련되어 있다.[40] ASPAC 은 미국 및 참여국의 강력한 반대로 정치·군사적인 반공동맹체의 성격이 희석된 경제, 사회, 문화적 협력 및 유대강화에 방점을 둔 기구이다. 1972년까지 7차례 회의가 지속된 뒤 미중화해에 따른 데탕트 국면에서 존재 의의가 축소·상실되면서 자연소멸하기까지 산하 각종 부속기관이 설치되어 다양한 활동을 전개한다. 경제적 교류 협력, 특히 경제적인 동남아진출의 교두보로서 역할이 두드러졌다. 베트남파병을 통한 베트남전 특수와 ASPAC을 매개로 한 동남아 경제외교의 근거지가 확보되면서 촉진될 수 있었다. 한국전쟁 전 제기된 동남아에 대한 경제적 접근이 비로소 재개될 수 있었고, 대만, 동남아국가들에 대한 인식은 정치군사적 차원을 넘어 경제적 실리를 고려하는 수준으로 변전되기에 이른다.

ASPAC이 동아시아 문화 교류, 유대에 긍정적으로 기여한 것은 준비 과정에서부터다. 그 저변에는 박정희의 아시아 중시 냉전정책이 존재한다. 군사정부는 1962년부터 자주외교, 경제외교를 선언하고 아시아문제에 대해 적극적으로 개입한다. 이는 아시아가 당면한 공산주의의 위협과 공포, 빈곤 문제 등은 아시아인의 힘으로라는 일종의 '아시아주의'에 근거한 것으로 국가이익을 우선시한 냉전외교 전략이었다고 할 수 있다. 그것은 반공, 반反중공, 일본과의 협력/견제, 비공산중립국과의 교류 확대를 주요 내용으로 하는 동아시아 지역 구상으로 구체화되는 가운데 우여곡절 끝에 ASPAC발족으로 결실된 것이다.

---

40 아스팍 설립의 정치외교적 맥락과 미국의 역할에 대해서는 조양현, 「냉전기 한국의 지역주의 외교－아스팍(ASPAC) 설립의 역사적 분석」, 『한국정치학회보』 42-1, 한국정치학회, 2008, 247~277쪽 참조. 미국이 아스팍 설립을 지지한 것은 새로운 반공기구(군사동맹) 창설을 의도한 것이 아니라 한국과 대만의 국제적 고립감의 완화라는 심리적 요인을 고려한 결과라는 흥미로운 분석이 눈에 띈다.

박정희는 ASPAC 개회식에서 '평화, 자유, 번영의 새로운 아시아' 시대를 역설한 바 있다.

그런데 박정희의 아시아주의와 동아시아 지역구상은 대내적으로 관민 차원 모두에서 문화, 학술 차원의 아시아주의가 촉성될 수 있는 기반이 되었다. 중앙정보부와 공보부의 유기적 시스템 아래 승공이론 개발과 심리전 공작을 체계적, 공세적으로 추진하는 한편 아시아의 공산주의, 근대화론을 의제로 하는 민간차원의 아시아연구를 독려, 후원하기까지 한다. 이 같은 적극성은 1966년 공산권에 대한 문호개방원칙을 전격적으로 천명하고 공산권에서 개최되는 국제컨퍼런스^{국제정치회의}참가, 기술훈련 파견, 국제기구 주최의 국내 컨퍼런스에 국교관계가 없는 회원국 대표의 입국 허용^{북한, 동독, 북베트남 등 분단국가는 제외} 등의 유화책을 시행하는 것으로 진전된다. 이 조치로 인해 국가권력이 스스로 국시를 훼손·위반한 것이라는 비판을 받기까지 했으나, 남북교류만이 국시 위반에 해당한다는 가이드라인을 제시하는 것으로 대응했다. 1970년대까지 한국외교를 지배했던 대원칙인 할슈타인원칙^{Hallstein Doctrine}의 기조가 유지되는 가운데서도 지피지기^{知彼知己}론에 입각한 중립국, 공산권에 대한 문호개방은 1960년대 냉전문화, 학술이 진작될 수 있는 제도적 토대로 기능했다. 그것은 동아시아 역내의 문화교류 확대 나아가 냉전아시아 문화연대 모색을 추동하기에 이른다.

이런 맥락에서 지피지기의 중공연구가 촉진될 수 있었다. 특히 고려대 아세아문제연구소의 중공연구와 동 연구소 주최의 대규모 국제학술회의 개최를 통해서다. 1962년 포드재단의 원조^{28만 5천 달러}에 의한 공산권연구실 설치 및 체계적인 공산주의연구, 1964년 4월 아시아재단의 중공연구비 지원에 의한 특화된 중공연구와 '아시아에 있어서의 근대화문제'^{1965.6.28~7.7}, '아시아에 있어서의 공산주의문제'^{1966.6.20~25} 등의 국제학술대회 개최 등으로 중공에 대한 이해의 지평을 넓히는 동시에 객관적인 중공 이해의 학술적 토대가 마련될 수 있었다. 특히 후자의 학술대회에서 발표된 총 27편의 국내외 학자들의 논문을 집성한 『중공권中共圈의 장래將來—아세아에 있어서의 공산주의』김준엽 편, 범문사, 1967.7는 문화대혁명, 수소탄실험 등 격동하는 중공의 실태뿐 아니라 마오주의 Maoism의 세계적 확산, 중공의 직간접적인 영향 속에 있는 북한, 베트남, 필리핀, 인도네시아, 캄보디아, 인도 등 아시아전역 공산당에 대한 최초의 종합적 연구라는 점에서 아시아공산주의 연구의 새로운 전환을 이끌어내는 성과를 거둔다. 과학적인 대공투쟁을 위한 냉전아시아 (학술)연대의 목적이 강했으나, 적어도 감정적 차원의 냉전 적대적 중공 및 공산주의 인식을 넘어선 전문성을 확보한 것은 높이 평가되어야 한다.

가령 이 국제학술회의의 기획자이자 총론을 집필한 김준엽의 글을 보면,[41] 그는 냉전체제의 사상적, 사회체제적 대립을 자유주의/전체주의의 구도로 설정하고 전체주의적 공산권의 민족주의와 프롤레타리아 국제주의의 양면성에 입각한 팽창주의적 냉전정책이 세계위기를 고조시키는 주된 원인이며 그것이 중소 분열을 계기로 다원화된 국제공산주의 운동의 흐름 속에 가장 전투적인 강경노선을 내세우고 있는 중공의 동향이 향후 냉전질서 변동의 주요 변수임을 강조한다. 공산당이 거의 자력으로 혁명을 성취한 중공의 급격한 국력 신장과 핵보유국으로 등장한 국제적 위상은 인접국에는 공포의 대상이나 제3세계 민족주의 운동에서는 매혹의 대상이 되고 있는 마오주의의 영향력과 신 대중화제국 건설에 매진하는 팽창주의에 대한 우려와 함께 이에 대응하는 자유진영의 현실, 예컨대 매카시즘과 같은 맹목적 반공히스테리, 명목상의 자유민주주의 이름 아래 자행되는 신형 파시즘의 반동성에 대한 극복을 아울러 제기한다. 냉전질서 변동에서 중공(공산주의)의 독자적 위상과 그 영향력을 정시한 입

---

41 김준엽, 「우리 시대에 있어서의 공산주의문제」, 김준엽 편, 『중공권의 장래』, 범문사, 1967, 3~17쪽.

론은 중국혁명을 크렘린에 의해 계획, 지휘된 것, 중공을 소련의 괴뢰로 취급한 미국의 선전물[42]에 의존한 기존의 조악한 중공 인식과, 동시기 내외문제연구소를 비롯한 관변단체들이 적대와 증오에 기초해 생산·유포한 반공계몽서들과도 확연한 차이가 있다.[43] 여전히 냉전진영론에 입각해 있음에도 양대 진영의 상호관계 및 각 진영 내부의 차이에 따른 다기한 변화에 주목한 점은 중공 및 공산주의에 대한 이해의 지평이 새로운 차원으로 전개되었다는 사실을 시사해준다.

이와 함께 1966년 포드재단의 제2차 특별연구비[18만 달러의 일환으로 수행된 『모택동의 군대』주경문, 『초기 공산과도기의 중국촌락』양경곤이 번역되고 기타 헤롤드 힌튼의 『중공과 세계정치』김하룡 역, 어문각, 1967와 같은 중공연구서가 다수 번역 출판됨으로써 중공연구의 붐이 조성된다. 이는 1950년대 후반부터 시작된 중공에 대한 지적 관심, 특히 사상계사의 '사상문고' 시리즈,[44] 국가권력이 근대화기획의 일환으로 추진한 '외국도서 번역사업 5개년계획'1953~57의 성과를 잇는 것이면서도[45] 이와 구별되는 중공 이해의 질적 전환을 암시해주는 것

---

42 윌리 톰슨, 전경훈 역, 『20세기 이데올로기』, 산처럼, 2017, 330~331쪽.

43 예컨대 내외문제연구소가 펴낸 '내외문고 시리즈'(전31권, 1961~69)에는 『오늘의 중공(상/하)』(15·16권, 1963), 『중공의 홍위병』(31권, 1969)이 포함되어 있는데, 기존의 규범화되고 이념화된 냉전반공의 중공 인식을 확대재생산하는 논조가 관철되고 있다.

44 『사상계』(사)는 1950년대 동아시아 냉전체제의 질서 변동과 그 중심에 놓인 일본과 중공의 동향에 대해 소극적 발언에 그친데 비해 문고형태로 공산주의연구를 집중적으로 전개하는 행보를 보인다. 공산주의일반, 마르크스주의, 소련 및 중공 관련 저·역서를 연속 출간하는데 대체로 냉전반공주의적 시각이 주조를 이룬다. 중공 관련으로는 1번『중국공산당사』(김준엽, 1958), 21번『중국최근세사』(김준엽), 35~36번『공산정권하의 중국(상/하)』(周鯨文, 김준엽 역) 등이 있다. 김준엽이 주도했음을 확인할 수 있는데, 그는『사상계』지면을 통해 중공 사정에 관한 시리즈 3편, 즉「중국 국민정부는 이렇게 하여 몰락하였다」(1955.5~6),「중공국가체제의 성립」(1957.9),「중공의 인민지배기구」(1957.11~12)를 연재하다 도미로 인해 중단하였다. '고전해설'란(연재교양)의 ⑥『사기』, ⑪『논어』도 김준엽이 작성했다.

45 외국도서번역사업5개년계획의 성과로 출간된 중국관련 번역서로는 錢穆의 『중국문화사총설』(차주환 역), 호적의『중국고대철학사』(민두기 외역), 앤더슨의『중국선사대의 문화』(김상기·고병익 역), 휴고·만스터·버그의『중국미술사』(박충집 역), 胡雲翼의『중국문학사』(장기근 역) 등 총 6종이다. 이 번역사업은 미국의 지원이 있었기에 가능했다. 대상도서의 제공은

이었다. 이 같은 중공연구 붐은 동백림사건으로 인해 공산권연구가 사전 대책 없는 개방만으로 위험하고 따라서 '지피知彼'의 한계 설정이 필요하다는 여론에 의해 일시 제동이 걸리기도 했으나 맹목적인 봉쇄를 지양해야 한다는 각계의 요구가 관철되어 오히려 관심 영역의 확대를 수반한 채 중공연구가 본궤도에 오르게 된다.

특히 미중데탕트는 중공에 대한 접근·이해의 중대한 전환점이 되었다. 데탕트 국면에서 미국의 중공에 대한 국제적 고립 및 유엔가입 저지 정책이 난관에 봉착하고 중공의 유엔가입 문제가 국제정치의 당면 과제로 부각되면서 자유진영에서 제기된 두 개의 중국안중공의 유엔가입과 대만의 유엔 축출 방지은 중국문제에 대한 좀 더 심층적 접근을 요구 및 촉진시켰다. 그것은 두 방향으로 전개되는데, 하나는 학술적 차원의 중공연구서의 출간 붐이고,[46] 다른 하나는 신문저널리즘이 중공 담론을 주도해나가며 지식과 정보를 대량으로 보급, 전파시킴으로써 중공에 대한 대중적 관심을 확산시킨다.[47] 1960년대 초 아시아문제전문가 C. 보울즈가 거론한 두 개의 중국론이 미 냉전외교의 정책적 방향을 제시한 것이라면, 1970년대의 경우는 미국 및 세계 냉전체제 변동의 중요 현안이었다는 점에서 관련국, 특히 동아시아 국가들의 중공 연구를 한층 전문화시키는 계기가 된다. 중국학의 석학 존 페어뱅크하버드대 동아시아연구소장의 두 개 중국의 공존 가능성, 즉 중공의 집권 치하에 대만자치안이 소개되어 상당한 반향을 일으켰다.[48] 한국에

미공보원 및 한미재단, 1958년부터의 출판은 아시아재단의 원조에 의해 이루어졌다.

46 예컨대 『현대중국의 전개』(페어뱅크, 양호민·우승용 역, 동서문화원, 1970), 『중국인의 사유방법』(中村元, 김지견 역, 동서문화사,1971), 『미국과 중공』(바네트·라이샤워 공편, 이중범 역, 범우사, 1972), 『중공외교론』(나창주, 일조각, 1972) 등이 거의 동시에 출판되면서 중공에 대한 새로운 인식을 조성하는 데 기여했다.

47 대표적으로 『매일경제신문』의 '이것이 중공이다' 기획(1971.8.20~12.30)이 이를 잘 보여주는데, 73회에 걸쳐 중공의 안팎에 대한 다양하고도 구체적인 정보를 제공해주고 있다. "국가안보에 저촉되지 않도록 하면서"(1971.12.30) 특집을 꾸려왔다는 고백처럼 검열로 인해 다소의 편파성을 지닌 것이라 하더라도 신문 특유의 정보력, 취재력, 신속성 등이 발휘된 관계로 내용의 구체성, 객관성, 최신성을 충분히 지닐 수 있었다.

서의 중공 연구도 국제정치, 공산주의 연구의 차원에서 점차 중공의 실상과 중공체제에 대한 심층적 해부로 이동하는 추세를 보인다. 리영희의 일련의 저작『전환시대의 논리-아시아·중국·한국』;『8억 인과의 대화』등, 임성한의 중공관료제 연구 등이 이 흐름을 잘 보여준다.[49] 이에 상응해『세계의 문학 대전집』⑦김광주 역, 동화출판공사, 1970을 시작으로 루쉰을 비롯한 중국 근현대문학 작품들이 관계당국의 묵인 하에 각종 전·선집, 대계大系, 문고 형태로 대거 번역 출판될 수 있었다.[50]

그런데 중국 연구가 한 단계 도약할 수 있었던 동력은 냉전이었다. 한국에서 중국연구의 거점기관이었던 고려대 아세아문제연구소가 이를 잘 예시해준다. 고려대 아세아문제연구소의 위상과 그 특징을 한마디로 요약하면, 냉전을 매개로 한 '국가권력-미국 민간재단 및 냉전학술기구-한국 학술(대학)'의 냉전 카르텔이라 할 수 있다. 여기에는 한국/미국정부 간 이해관계의 결탁과 미국발發 근대화론의 학문적 접속이 복잡하게 연루되어 있다. 냉전에 의해 탄생하

---

48 「'두 개의 중국' 공존 가능」,『동아일보』, 1971.8.15.

49 임성한은 중공의 이데올로기 노선(紅 : 정치성, 사상성 중요시)과 탈이데올로기 노선(專 : 전문성을 강조)의 대립으로 중공 관료제의 탈이데올로기성을 규명하고 있다. 이 구도로 인민공사-대약진운동-문화대혁명-개혁개방노선으로 이어지는 격변의 과정에서 군사, 경제, 문예, 학술, 교육 등의 부문에서 두 노선이 어떻게 대립하는지 그리고 결국 紅의 노선에서 專의 노선으로 변화 및 귀결된다는 분석은 중공 30년사의 실상을 파악하는 데 유용한 논점을 제공해준다. 임성한,『관료제와 민주주의』, 법문사, 1978, 144~163쪽 참조.

50 1960년대에도 루쉰의 작품이 전집의 일부로 수록된 바 있으나(『세계단편문학 전집』⑦, 계몽사, 1966), 본격적인 번역출판이 이루어진 것은 1970년대에 접어들면서부터다.『노신단편집』(『세계단편문학대계』17, 상서각, 1971),『노신단편집』(『세계단편문학 전집』17, 범조사, 1974),『阿Q正傳 외』(『세계대표문학 전집』45(동서문화사,1975)『阿Q正傳·노신작품선』(『新選세계문학 전집』22,삼진사, 1976),『阿Q正傳 외』(『세계대표문학 전집』16(고려출판사,1977),『阿Q正傳 외』(『세계문학 전집』79,삼성출판사, 1978) 등의 전집류와 '동화문고' 27(동화출판공사, 1972), '삼중당문고' 104(삼중당, 1975), '동서문고' 48·303(동서문화사, 1975·1977), 'Shoot Books' 30(범조사, 1977), '범우소설문고' 43(범우사, 1978) 등의 문고본의 두 형태로 출판되는데,『阿Q正傳』을 비롯해「고향」,「광인일기」,「고독자」,「고향」,「내일」등 반봉건적 성격의 초기단편들로 한정돼 중복 출판되는 양상을 띤다. 후스(『胡適文選』, 삼성문화문고 ④), 1974;『세계대표수필문학 전집』⑦, 세진출판사, 1976), 위다푸(郁達夫,『세계단편문학 전집』17,범조사, 1974), 웨이시웬(魏希文), 린하이인(林海音), 둥젠(董眞), 쉬즈모(徐志摩), 진지잉(陣紀瑩) 등의 작품도 다양하게 번역 소개되었다.

고 냉전을 동력으로 세계적인 공산권연구소, 아시아연구기관으로 성장하는 특징을 보여준다. 포드재단100만 달러을 비롯해 아시아재단, 록펠러재단 등 미국 민간재단의 원조뿐만 아니라 박정희정부(중앙정보부)의 승인과 후원 또한 결정적인 역할을 했다. 당대 한국지식계의 최대 난관이었던 재정 문제와 이데올로기적 제약이 이렇게 완전히 해결됨으로써 아세아문제연구소를 거점으로 한 한국 냉전학술이 비약적으로 성장할 수 있는 토대가 마련된 것이다. 미국의 냉전문화헤게모니 전략의 막후 조종자였던 CIA와 CIA문화냉전 수행의 주요 통로였던 아시아재단, 포드재단 등에 의해 한국원조가 주도되었다는 사실은 미국의 문화냉전 전략이 보다 강력하게 개입될 수 있는 조건을 형성했다고도 볼 수 있다. 특히 포드재단의 아세아문제연구소 지원은 대만의 근대사연구소郭廷以와 연계된 것으로, 근대화론을 매개로 한 미국-한국-대만의 냉전학술네트워크 형성이라는 점에서 대단히 중요한 의미를 갖는다.[51] 바야흐로 중국근현대사 연구가 트랜스내셔널한 차원에서 이루어지기 시작한 것이다.

이렇듯 1960~70년대는 지피지기의 차원에서 아시아의 공산주의 및 근대화 문제를 중점으로 중국연구가 보다 전문화되었다. 그것은 냉전체제의 변동에 따른 중공의 국제적 지위가 향상된 것의 반영이다. 반대로 대만에 대한 접근은 여전히 자유 우방이라는 기조가 유지되나, 관심의 초점이 경제로 이동하면서 대만의 근대화 문제로 집중된다. 대만을 포함한 동남아경제사절단 파견이 이전 문화예술단 파견을 대체하는 변화가 이를 잘 드러내준다. 요컨대 1950~60년대 중국에 대한 접근과 이해는 냉전의 거시적 규율과 한국정부의 냉전외교정책에 의해 촉진/제약의 과정을 거치며 중국이해의 지평이 주조되었던 것이다. 이 같은 구조적 특징은 중국문학의 번역과 수용에도 적용된다.

---

51 정문상, 「포드재단(Ford Foundation)과 동아시아 '냉전지식'」, 『아시아문화연구』 36, 가천대 아시아문화연구소, 2014, 195~197쪽.

3. 1950~60년대 중국문학 번역 및 수용의 구조와 양상

1950년대는 번역이 사회문화 전반의 핵심 의제로 제기된 가운데 공론의 장에서 나름의 자율성을 지닌 국가권력, 출판자본, 문화주체 등이 문화적 후진성에 대한 자의식을 공통분모로 각기 분명한 의도와 실행력을 갖춘 인정투쟁을 벌임으로써 번역의 제도화가 이루어진 연대로 기록된다. 그 결과로 번역물의 경이적 폭증, 번역대상의 다변화, 번역의 표준적 규범 모색, (일본어)중역 축소 및 원역·완역의 가능성 확대, 전문번역가의 대거 등장 등 번역계의 획기적이고 긍정적인 변화가 야기되기에 이른다.[52] 그 흐름 속에서 중국문학도 처음으로 외국문학으로서의 자격을 부여받은 가운데 번역이 촉진될 수 있었다. 번역을 매개로 한 수용과 이해는 모든 외국문학에 적용되는 것이지만, 중국문학의 경우는 각별한 의미를 지닌 것이었다. 중국문화와의 장구한 혈연관계의 전통이 식민지시기를 거치며 대체로 단절되었고, 가깝게는 해방 직후 왕성하게 일었던 복원, 재조명의 시간이 중국의 분열 및 냉전체제의 거시적 규율에 의해 또 다시 단절된 상태에서 중국문학에 대한 번역의 신국면을 맞게 된 것이다. 문해력literacy 수준의 급진적 향상에도 불구하고 중국어 해득력을 구비한 독자층이 일반대중은 물론이고 지식인계층에서도 극소수였기 때문에 번역의 중요성이 더욱 강조될 수밖에 없었다.

그러나 충분히 예상할 수 있듯이 중국문학 번역은 냉전 분단체제하 엄혹한 냉전검열에 의해 기형적으로 이루어질 수밖에 없었다. 권위주의정권의 간헐적인 공산권 문호개방 정책에 의해서 소련, 동구공산국가의 사회주의문화가 수용되는 개방 국면이 더러 있었으나 중국(현대)문학은 북한문학과 더불어 1988

---

52 이봉범, 「1950년대 번역 장의 형성과 문학번역－국가권력, 자본, 문화의 구조적 상관성을 중심으로」, 『대동문화연구』 79, 성균관대 대동문화연구원, 2012, 433쪽.

년 금제가 전면 해제되기 전까지 냉전의 사슬에 묶인 마지막 금역禁域이었다. 사상, 학술은 부분적인 개방이 지속되었으나 유독 문학(작품)만이 금지되는 독특함이 존재한다.

출판문화사 또는 번역문학사에서 중요한 전기로 평가되는 1950년대 말 세계문학 전집의 국가별 구성 분포를 살펴보면, 중국문학의 비중이 현저히 낮다는 것을 어렵지 않게 확인할 수 있다. 규모와 체계를 갖춘 대표적인 세계문학 전집으로 꼽히는 정음사판과 을유문화사판의 1차분 각 30권총 60권 중 단 한 권이다. 각 100권, 총 200권 전체를 대상으로 하더라도정음사, 1958~1972, 을유문화사 1959~1975, 을유문화사판 4권에 불과하다. 정음사판에는 아예 없다. 프랑스문학 52권, 영국문학 40권, 미국문학 34권, 러시아문학 25권과 비교가 안 되며, 6권의 일본문학, 5권의 이탈리아문학에 비해서도 적다. 1차분 배본으로 그친 동시기 동아출판사판 세계문학 전집의 발간본 및 발간계획총 50권에도 중국문학은 없다.

그것이 비단 세 출판사의 세계문학전집에만 나타나는 현상은 아니었다. 1950년대 후반부터 성행한 각종 전후 세계문학 전·선집, 예컨대『세계 전후문학 전집』전10권, 신구문화사, 1959~1962,『현대 세계문학 전집』전18권, 신구문화사, 1968,『오늘의 세계문학』전12권, 민중서관, 1969 등에서도 중국문학은 배제되었다. 특히 신구문화사의『세계 전후문학 전집』은 한국, 미국, 프랑스, 영국, 남북구南北歐, 일본 등의 시, 소설, 희곡, 시나리오 등을 포괄한 전후문학을 망라해 독립된 각 권으로 편성함으로써 전후 세계문학의 문제적 경향과 작품을 집성했음에도 불구하고 중국문학은 러시아문학과 더불어 제외되었다.『현대 세계문학 전집』또한 '북구·인도편'11권, '일본편'12권까지 포함하고 있음에 반해 중국문학이 배제되기는 마찬가지였다. 그렇다고 세계문학전집과 별도로 출간된 일련의 미국, 프랑스, 독일 등의 문학전집 등과 같이 중국문학을 특화시킨 전집이 발간된 것도 아니다. 이와 더불어 같은 시기 번역 및 출판독서계의 재흥에 크게 기여했던 문고본, 그것도 대체로 문학 중심의 700여 권의 번역서1958~1965 가운데 중국 문학작품은 없고 '사상문고'의 공산주의연구 시리즈의 일환으로 간행된 중국 근현대사 또는 중국공산당사 관련 저 · 역서 3종 4권이 있을 뿐이다. 대표적 문고출판이었던 양문문고의 1기 100권을 살펴보면1958~60.5, 투르게네프 작품 3권을 비롯하여 체호프, 푸시킨, 톨스토이, 고리키, 고골리, 도스토예프스키 등 혁명 전 러시아문학이 11권이었던 것과 뚜렷이 비교되는 지점이다.[53]

세계문학전집류에서의 수적 열세뿐 아니라 을유문화사판 4권의 내역도 심상치 않다. 그 4권은 19번『여병자전女兵自傳 · 홍두紅豆 · 이혼離婚』謝冰瑩, 김광주 역, 1964, 60번『동양의 지혜』공자 · 맹자, 차주환 역, 1964, 62번『전등신화 · 노천유기老淺遊記』구우 · 유어, 이경선 · 김시준 역, 1964, 71번『중국시가선』지영재 편역, 1973 등이다. 중국문학전문가의 번역이라는 점이 눈에 띄나 그 대상이 중국의 전근대문학작품 아니면 대만작가일 뿐이었다. 외성인 셰빙잉을 대만작가로 규정하는 것은 다소 무리가 없지 않으나 당시의 통념상 그녀는 대표적인 대만작가로 간주된 바 있다. 당대에 상상된 '세계문학' 좁게는 '전후 세계문학'에서 중국문학은 주변부적 위상에 머물렀거나 배제된 것이나 마찬가지였다. 전후 세계문학에서는 그렇다 치더라도 태동기 중국 근대문학에 대한 의도적 배제는 제정러시아문학에 대한 적극적 가치 평가 및 위상 부여를 감안할 때 다소 의외로 받아들여진다. 식민지시기와 해방기 중국 근대문학에 대한 고조된 관심과 평가를 고려하면 더욱 그러하다.

---

53 세계문학 전집 뿐 아니라 당시 문고본출판에서 위의 작가들 중심의 혁명 전(제정 러시아) 러시아문학이 중요하게 취급되어 번역 · 출판되었다. 양문문고 외에도 위성문고의『죄와 벌』(26~27번),『父子』(46번),『전쟁과 평화』(50~51번) 등과 같은 단행본, 아니면 교양문고(신양사)의『러시아단편 선집』(45번)과 같은 선집 등 두 형태로 대부분의 문고본에 포함된 바 있다. 사상계사, 중앙문화사 등의 (소련)공산주의 비판서들의 번역 · 출판과 함께 1950~60년대 초에는 소련 관련 서적의 출판이 전체 외서 번역 · 출판에서 차지하는 비중이 상당했다. 공연물검열(세칙)에서도 소련에서 여전히 찬양되지 않는 한 제정 러시아 당시의 명작을 작품화한 영화는 관대한 검열이 이루어져 대부분 수입이 허가되었다(「영화 輸禁 등 기준을 제정」,『동아일보』, 1958.6.27).

중국의 장구한 문학(화)사 유산과 이와 상응한 한중 문화교류, 일본에 비해 상대적으로 중국친화적이었던 당시의 사회문화적 정서를 고려할 때, 중국문학 (화)이 도외시되다시피 한 것은 기형적인 현상이라 아니할 수 없다. 세계문학 에 걸맞은 문학작품이 없어서 나타난 결과는 아닐 것이다.[54] 그렇다면 무엇 때 문이었을까? 어렵지 않게 추측되는 바와 같이 이데올로기적 금기에 따른 극단 적 배제와 차별의 소산인가? 아니면 '식민지하 중국 근대문학과의 상호 관련 의 희박, 다분히 구미의 영향 아래 육성된 중국 근대문학의 중국적 전통의 결 여, 대만에 이주한 극소수 중국작가와의 유대를 맺을 시간적 부족'[55]등과 같은 중국 근대문학의 빈약이나 한중문화교류의 단절 혹은 부족의 상황적 원인 탓 인가. 어느 하나로 섣불리 단정 짓기는 쉽지 않다. 식민지시기 중국문학에 대 한 봉쇄의 잔영으로 간주하는 경우가 우세했으나 그것 또한 일면적이다.

그런데 8·15해방 후 중국문학 번역의 전체 지형을 살펴보면 세계문학전집 에서 드러난 이 같은 특징적 현상과는 큰 차이가 존재한다. 1945~1963년 8 월의 공식 통계에서 중국문학은 138편으로 영미문학197편 다음이고 프랑스문 학68편보다 많았으며,[56] 그 추세가 1970년대 초반까지 지속된 것을 매 연도의 출판연감을 통해 확인할 수 있다. 이채로운 것은 중국문학 번역의 대부분을 차 지한 것이 『삼국지』를 비롯해 중국 4대기서 위주의 전근대물이라는 사실이다. 『삼국지』전5권, 김동성 역, 을유문화사, 1960를 시작으로 『금병매』, 『서유기』, 『수호지』, 『홍루몽』, 『열국지』 등이 단행본으로 중복 출판되고, 이 단행본들이 전·선집

---

54 비근한 예로 1950년 '세계명저2백선'에 『전등신화』를 비롯해 문학 분야에 20종, 『시경』 및 사 서 등 철학분야에 21종 등 총 41종(약 20%)의 중국고전이 포함되어 있다. 편집부, 「世界名著 二百選」, 『협동』, 1950.1, 90~92쪽.
55 이하윤, 「일본문학작품의 한국어번역」, 『경향신문』, 1960.9.2~3.
56 『1963년도 한국출판연감』, 335~388쪽 참조. 외서수입에서도 중국서적의 수입 비중이 높았는 데, 가령 1961년의 수입 국가별 통계에 따르면 중국은 41,697권으로(인문계 25,030권, 자연 계 16,667권) 일본(360,275권), 미국(131,291권) 다음이었다. 물론 이때 중국은 대만의 다른 이름이었다. 『1962년도 한국출판연감』, 619쪽.

형태로 묶여 재출간되는 풍조가 횡행했던 것이다. 세계문학전집 붐을 이끌었던 을유문화사와 정음사가 중국 고전문학 전·선집의 경쟁적 출간을 선도하고 여기에 신태양사, 어문각 등이 가세해 중국 고전문학 전집은 유력 출판자본의 주력 상품으로 부상하기에 이른다. 각 권마다 동양화풍의 삽화를 넣은 것도 중국 고전문학 단행본과 전·선집류만의 특색이었다. 중국 고전문학을 특화시킨 전·선집들은 규모가 꽤 큰 편으로『신역新譯명작 전집』전9권, 선진문화사, 1960,『중국 고전문학 선집』전12권, 정음사, 1962,『중국 고전명작 전집』전3권, 창조사, 1965,『중국 고전문학 선집』전14권, 어문각, 1967 등이 있는데, 수록 작품은 대부분 위의 작품들로 대동소이하다.『동양야담사화 전집』①진명문화사, 1965,『세계 야담사화 전집』②을유문화사, 1965 등 야담 및 사화류까지 포함하면 그 규모가 더 커진다. 위의 출판연감 통계에 잡힌 138편의 상당수가 이의 산물이다.[57]

특징적인 것은 중국 고전문학 번역의 문학적·사회적 유통메커니즘이 이전과 확연히 다른 새로운 양상이 나타난다는 점이다. 즉, 신문연재 → 단행본 및 라디오낭송 → 전·선집의 계기적 (재)소통의 과정을 거치는 시스템이 구축되고, 내적으로는 신문연재와 번역단행본의 경합 및 상보적 결합관계가 조성됨으로써 생산(번역)/수용의 주류적 형태로 자리 잡는 가운데 급부상했다는 사실이다. 무엇보다 중국 고전소설의 번역을 증식시킨 주역은 신문매체였다. 1950년대 접어들어 김관식 역의「삼국지」『광주일보』, 1954.2.1~?를 필두로「삼국지연의」김동성 역술, 『동아일보』, 1956.9.1~60.4.29, 1,254회,「수호지」이주홍 역, 『부산일보』, 1958.1.1~61.6.30, 1,091회,「서유기」우현민 역, 『서울신문』, 1958.10.8~59.8.30, 284회 등의 연재에서 확인되듯이 중국 고전소설은 중앙 및 지방 주요일간지의 주력 문학상품이었다. 대부

---

57 김병철의 통계에 따르면 중국소설의 번역작품 수가 1950년대 30편에서 1960년대 116편으로 격증한 것으로 나타나 있는데(김병철,『한국현대번역문학사연구(상)』, 을유문화사, 1998, 333 쪽), 그 증가의 상당부분도 이들 고전문학으로 추정된다.

분 이미 초역 내지 재(재)역된 작품들이 신문을 거점으로 일시에 3~4편이 장기 연재된 것이다. 과도한 번역 소개가 현대소설의 발전에 지장을 초래할 수 있다는 중국문학전문가의 우려가 제기될 정도였다.[58] 이러한 중국 고전소설 번역의 촉진·확산은 역자진의 규모 확대, 즉 정래동, 윤영춘, 김광주 등 기존 역자에다 김동성, 박종화, 김사엽, 김용제, 박영준, 김동리, 이병주, 이주홍, 천세욱 등 문인들의 대거 번역 참여를 수반한 가운데 원문 직역 및 완역으로의 질적 전환을 추동하게 된다. 여전히 직역보다는 원작을 살리면서 당대의 감각에 맞게끔 창작적 요소를 가미한 번역이 대세였으나 적어도 일본어중역으로부터의 탈피는 일반적인 경향으로 정착되었다.

그리고 신문연재와 동시적으로 또는 사후적인 단행본으로의 출간 및 라디오 낭독이 이루어지면서 사회적 소통의 다변화가 활성화된다. 1960년 '중국 고전문학선'이란 타이틀로 『삼국지』전5권, 김동성 역, 『수호지』전5권, 이주홍 역를 발간한 을유문화사를 시작으로 상당수의 출판자본이 시리즈 형태로 중국 고전소설을 간판상품으로 내걸며 치열한 경쟁구도를 형성하고, 또 라디오를 통해 소통되는 새로운 방식, 예컨대 1956년 서울중앙방송국HLKA의 『삼국지』 연속낭독, 1958년 이주홍 역『수호지』의 부산방송국 연속낭독, 1963년 박종화 역『삼국지』의 문화방송 연속문예란 낭독 등이 새롭게 등장함으로써 중국 고전소설의 문학적 수요 증대와 대중적 확산이 촉진된다. 중국 고전문학이 1960년대 상시적 베스트셀러가 된 것이 그 방증이다.[59] 박종화의 「삼국지」의 번역 연재『한국일보』, 1963.1.1.

58 정내동, 「중국소설번역과 역사소설의 전망」, 『경향신문』, 1956.12.6.
59 1962년 김동성 번역의 『삼국지』와 『금병매』가 소설부 베스트셀러로 선정된 이래(『동아일보』, 1962.12.7) 중국 고전소설의 서로 다른 (단행본)판본들이 베스트셀러집계에 상시적으로 포함되었다. 1967년 박종화 역의 『삼국지』가 외국소설 2위가 된 것에서(『동아일보』, 1967.7.13) 그 흐름이 1960년대 후반까지 지속되었다는 것을 확인할 수 있다. 이 단행본들 대부분이 신문연재 중 또는 직후에 단행본으로 출간된 뒤 곧바로 베스트셀러 반열에 올랐다는 점을 감안하면 중국 고전소설의 새로운 소통시스템이 큰 영향력을 발휘했다고 추정할 수 있다. 이용희가 정리한 1960년대 베스트셀러 목록과 국가별 집계를 보더라도 중국 고전소설이 지속적으로 베스트

~68.5.7, 1,603회 및 단행본화어문각, 전5권의 사례에서 보듯 그 흐름은 일시적 유행에 그치지 않고 1960년대를 넘어 1990년대까지 — 대표적인 예로 이문열의 「평석評釋삼국지」『경향신문』, 1983.10.24~88.1.20, 하근찬 역의 「금병매」『한국경제신문』, 1989.8.1~92.5.30 등 — 지속된다.

1950~60년대 중국 고전소설의 번역 붐은 『매일신보』를 중심으로 청대소설의 번역이 왕성하게 이루어졌던 1910년대 상황의 재현이라고도 할 수 있는데, 이 같은 문학적 현상은 일제말기 글쓰기 지속을 위한 하나의 고육책으로 선택된 박태원의 중국 고전소설 번역작업1941~45년 『삼국지』, 『수호지』, 『서유기』의 순차적 번역과는 분명히 다른 맥락이다. 그렇다고 일부의 지적처럼 출판자본의 투기적 개입으로만 치부하기도 어렵다. 물론 번역은 출판자본의 상업성이란 타율적 제한 속에서 실현될 수밖에 없고 따라서 중국 고전소설의 번역출판 붐 또한 이에서 자유롭지 않다. 더욱이 1950년대 출판자본의 세대교체와 신흥출판자본이 대거 등장해 문어발식 종합출판을 지향함으로써 이에 필요한 출판물의 원활한 공급을 위한 차원에서 번역의 출판수요를 증대시킨 구조적 조건으로 말미암아 중국 고전소설의 번역출판이 촉진된 것은 분명한 사실이다. 어쩌면 출판자본이 중국 고전소설의 독자층을 새로 개발하고 수요를 자극함으로써 중국 고전소설의 번역시장을 개척, 확장시킨 실질적 주체였다고 할 수 있다. 중국고전물이 30대 이상의 장년 독자층에게 서양고전보다 훨씬 큰 수용력을 지속시켰던 것은 그 산물이다.[60] 그러나 중국 고전소설이 그 어느 시기보다 생산(번역)—유통(미디어)—수용(독자)의 전반에서 문학 장 안팎의 뚜렷한 주류적 실체로 존재했던 것에는 검열제도와 또 다른 번역주체들의 복잡한 조건과 논리가 개입되

셀러가 되었으며 그것이 지방까지 포괄한 대중독자들의 대표적 독물 가운데 하나였다는 사실을 확인할 수 있다. 이용희, 「한국 현대 독서문화의 형성」, 성균관대 박사논문, 2018, 248~294쪽.

60 「중국고전집 발간 앞 다퉈」, 『경향신문』, 1962.10.1.

어 있다고 봐야 한다. 아무튼 중공성립 전후 '사류四類반동서적', 즉 반동 성질의 것[육법전서, 삼민주의, 손문 학설 등], 봉건 성질의 것[『시경』, 『예기』, 『손자』 등], 미신 성질의 것[『서유기』, 『봉신방』 등], 풍기문란 성질의 것[『서상기』, 『홍루몽』, 『금병매』 등]으로 규정되어 분서(또는 판금)된 서적들이[61] 한국에서는 초호황을 맞으며 1950~60년대 출판계와 독서계에 풍미했던 현상에 다시금 주목할 필요가 있다.

다른 한편에서는 무협지류가 번성했다. 「정협지精俠誌」의 신문연재[『경향신문』, 1961.6.15~63.11.23, 810회. 원작은 웨이츠원의『劍海孤鴻』]를 시작으로 「비호飛虎」[『동아일보』, 1966.7.21~68.6, 603회. 원작은 선취원의『天闕碑』], 「하늘도 놀라고 땅도 흔들리고」[『중앙일보』, 1969.1.1~72.3.14, 788회. 원작은 중허의『龍鳳祥麟』], 「흑룡전黑龍傳」[『국제신문』, 1965.7.1~67.7.26, 641회. 원작은 쥐다창], 「사자후獅子吼」[『국제신문』, 1967.7.27~68.12.30, 445회. 원작은 반하주루의『獨步武林』], 「귀공자貴公子」[『중앙일보』, 1972.3.15~73.2.24, 294회] 등 김광주가 번역(안)한 대만의 무협소설이 1970년대 초반까지 중앙 및 지방일간지에 연재되는 새로운 조류가 대두했다. 익히 알려졌다시피 김광주가 1960년대 무협소설 붐을 조성하는 데 큰 역할을 했는데, 이들 작품 외에도 「기유기奇遊記」[『영남일보』, 1966.1.5~67.3.2, 357회], 「천하제일天下第一」[『매일신문』, 1969.1.1~71.4.30, 717회] 등 그가 지방지에 번역 연재한 무협소설의 총량은 매일 실렸다고 해도 과언이 아닐 만큼 방대하다. 「기유기奇遊記」는 며칠의 시차를 두고『매일신문』, 『광주일보』, 『충청일보』, 『경인일보』, 『강원일보』 등 5개 지방지에 동시 연재되기까지 했다. 식민지시기부터 해방기까지 루쉰, 차오위 등 중국 근대문학의 주요 작가작품의 번역을 선도하며 중국문학 번역의 새로운 지평을 개척했던 김광주,[62] 그가 무협지 번역에 치중하게

---

61 김준엽, 「중공 치하 지식분자의 수난」, 『전망』, 1955.9, 124~127쪽. 반동서적으로 규정된 서적들 대부분은 1980년대 후반에 복권된다. 1989년 중국의 『사회과학보』가 '근현대 중국민중들에게 가장 큰 영향을 끼친 10종의 책'을 발표했는데, 『논어』를 비롯해 손문의 저작, 양계초(『飮氷室文集』), 루쉰(「광인일기」, 「아Q정전」) 바진(「격류3부곡」), 『수호전』 및 『삼국연의』, 모택동 선집 등이 선정된 바 있다(『조선일보』, 1989.3.30).

62 박진영, 「중국 근대문학 번역의 계보와 역사적 성격」, 『민족문학사연구』 55, 민족문학사연구

되는 행보는 어쩌면 냉전기 중국문학번역(사)의 역사적 도정을 극적으로 나타
내는 예시라고 할 수 있다.

　상대적으로 시의 번역출판은 저조했다. 게다가 『시경詩經』 아니면 고시가류類
일색이었다. 세계문학 전집의 일부였던 『중국시가선』뿐만 아니라 전집·시선詩
選 대부분이 그러했다. 각종 잡지에 수록된 중국시의 경우도 마찬가지였다. 세
계서정시선의 일환으로 간행된 『중국시집』장만영, 정양사, 1954이 그 징후를 잘 보
여준다. 이 시집은 이백, 두보, 도연명, 백낙천 등 중국고시가만으로 구성되어
있다. 1950~70년대 번역 출판된 약 53종의 시집·시선 대부분이 같은 구성
체계를 보인다. 특이하게 『현대 중국시선』허정욱 역, 민음사, 1975, 『중국 현대시선』
허세욱 역, 을유문화사, 1976 정도가 중국 현대시를 수록한 앤솔러지로 눈에 띌 뿐이
다. 후자는 후스胡適, 쉬즈머徐志摩, 주쯔칭朱自淸 등 중국 현대시인 40인의 작품
10여 편을 수록하고 있고 또 대만의 시인도 포함하고 있다는 점에서 냉전기
독보적인 중국 현대시선으로서의 체계와 규모를 갖추고 있으나 이 같은 성과
는 오히려 예외적인 경우로 봐야 할 것 같다. 해방기 윤영춘의 번역시집 『현대
중국시선』청년사, 1947 간행 이후 중국 현대시의 번역 출판은 상당기간 단절되는
운명을 겪은 뒤에야 비로소 관심 대상이 될 수 있었다. 시의 번역 출판이 빈약
했던 것이 비단 중국의 경우만은 아니다. 한국시도 마찬가지였다. 기본적으로
시가 문학상품으로서 상업성이 부족했기 때문에 출판자본이 시를 외면했던 것
이 일반적인 현상이었다. 외국시의 번역 출판은 더욱 심했다. 그럼에도 외국시
의 번역 현황과 현저히 구별되는 고시가 편중의 중국시 번역은 문제적이라 아
니할 수 없다.

　더불어 중국 고전소설과 마찬가지로 신문연재 중 또는 직후에 단행본으로
출판되고―『정협지』전3권, 신태양사, 1962, 『비호』전5권, 동화출판공사, 1968 등―여기에

　　소, 2014, 138~139쪽.

다 신문연재 없이 직접 단행본으로 번역 출판, 예컨대 『군협지群俠誌』김일평 역, 1966. 원작은 워룽성의『옥차맹』를 비롯해 워룽성, 쓰마링, 주커칭원 등 10여 명의 대만 작가의 무협소설이 출판됨으로써 1960년대 무협소설 붐이 거세게 인다.[63] 특히 단행본으로 출판되자마자 베스트셀러가 되어 꾸준한 인기를 끌었던 『정협지精俠誌』가 선도적 역할을 했으며, 이후『흑룡전黑龍傳』, 『군협지群俠誌』, 워룽성臥龍生의『무명석』, 『야적』 등이 연이은 베스트셀러가 되면서 무협소설의 대중적 선호가 중국 고전소설과 함께 1960년대에 걸쳐 지속되었다. 무협소설 열풍은 민간검열기구인 '한국도서잡지윤리위원회'의 강력한 경고와 제재[64]에도 불구하고 오히려 대중독자들을 파고들면서 증폭되는 가운데 1970년대 무협영화의 흥행과 병존하며 지속, 절정을 맞게 된다. 어쩌면 1960년대 한국의 무협소설 붐은 대만에서 불었던 한류 붐의 대칭적 현상으로 볼 수 있다.

그런데 이 시기 한국에서 무협소설의 붐을 이끈 작품들은 워룽성臥龍生으로 대표되는 대만 무협소설일부는 홍콩의 번안 및 번역이었다. 1951년 6월 중공에서 무협소설의 출판이 전면 금지되고, 이후 대만에서도 계엄령하 '부비문인附匪文人'의 작품 출판이 금지됨에 따라 재래의 '구파' 무협소설을 대체하며 1950년대 후반 출현한 대만산產 '신파' 무협소설이 대거 유입된 것이다. 일본과 더불어 적성출판물 국내 유입의 주요 루트로 지목된 홍콩을 경유한 출판물에 대한 유입 차단이 엄격한 상황에서 신파무협소설이 아무런 제약 없이 한국에 유통되어 번성했다는 사실은 냉전기 문화 유입의 기형적 일면을 잘 보여주는 사례이다.

---

63 자세한 목록은 전형준, 『무협소설의 문화적 의미』, 서울대 출판부, 2003, 56~57쪽 참조.
64 한국도서잡지윤리위원회는 '무협소설 번역물에 관한 성명서'(1970.12.27) 발표를 통해『宮本武藏』, 『정협지』 등 일본대중소설 및 중국무협소설을 무익한 잡서, 민족정서를 해치는 악서로 규정하고, 무분별하게 번역·출판하는 출판업자들에게 공개 경고를 하는 동시에 일반독자들에게는 그 위해성을 경계할 것을 권고한 바 있다. 이 성명서 발표 후 이전보다 더욱 강화된 심의가 이루어졌으나 무협소설의 붐은 꺾이지 않는다. 성명서 전문은 한국도서잡지윤리위원회, 『결정』 제1집, 1971.7, 422~423쪽.

1960년대 무협소설의 붐은 미디어자본(신문자본 및 출판자본)의 상업주의전략과 냉전검열, 독서대중의 취향 등 다양한 요인이 복합적으로 작용함으로써 대두된 독특한 (독서)문화현상으로 볼 수 있다. 특히 새로운 독자층으로 부상한 중산층의 취향과 밀접한 관련을 지닌 것으로 당대 김현은 무협소설 붐이 중산층(소시민)의 불안과 초조에서 비롯된 현상으로 중산층에게 도피와 대리만족의 통로였다고 분석한 바 있다.[65] 전형준은 중산층 이하 저소득층 독자를 주목한 가운데 무협소설 열풍은 중산층의 불안과 초조에서 비롯된 것이라기보다는 중산층의 삶에 대한 욕망이 한국사회의 무의식적 욕망이었던 데서 비롯된 것으로, 중산층 독자에게는 중산층적 질서의 승리 혹은 안정감을 위안 받는 가운데 자신들의 계급적 정체성을 재확인하는 계기였고 저소득층 독자들에게는 일종의 신분상승의 욕망이 개입, 작동한 것이라는 독특한 해석을 내놓았다.[66]

아무튼 1960년대 한국의 중산층 이하 독서대중들의 대표적인 독물로 각광받았던 대만의 신파무협소설이 단순한 소비상품으로 그치지 않았다는 점이 중요하다. 싸구려 대중문학으로 치부되고 나아가 민족정서, 사회풍속을 해치는 주범 가운데 하나로 지목되었지만, 그 저변에는 공세적으로 추진된 압축적 산업화 과정에서 도구적으로 이용되거나 성장의 과실에서 배제된 하층 주변부 소수자들의 지배이데올로기로부터 이탈하려는 전복성의 욕망이 강하게 투사되어 있었다고 할 수 있다.[67] 그리고 대만산 무협소설의 문화적 수용이 생산의 맥락, 즉 한국산 창작무협소설이라는 장르를 개척하는 자양분이 되었다는 사실 또한 특기할 만하다. 1970년대 후반부터 시작되어 1990년대까지 하나의 서브컬처subculture, 대중문학 장르로서 주류적 흐름을 유지했던 창작무협소설

---

65 김현, 「무협소설은 왜 읽히는가 - 허무주의의 부정적 표출」, 『세대』, 1969.10.
66 전형준, 위의 책, 105~106쪽.
67 김동식, 「한국 무협소설 연구의 새로운 지평」(서평), 『문학과 사회』, 2003 겨울호, 1,854~1,858쪽.

은 중국무협소설, 특히 대만무협소설에 기원을 두고 있으며, 그것은 번안, 모방의 과정을 거쳐 새로운 장르로 창출되는 문화사적 수용의 보기 드문 경우이다. 한국무협영화도 마찬가지의 궤적을 나타낸 바 있다.

물론 대만문학의 수용이 무협소설에 국한된 것은 아니었다. APACL 결성을 전후로 대만과의 문화교류가 활성화되면서 대만의 전후문학이 소개되기 시작한다. 처음에는 한국작가와 교유가 있었던 일부 작가의 작품, 예컨대 셰빙잉謝冰瑩의 「한국의 여전사」송지영 역, 『문학예술』 3권 8호, 1956.8 등이 문학잡지에 번역되거나 대만문단(학)의 동향을 전하는 글이 주로 저널리즘에 소개되었다. 특기할 것은 대만과의 문학교류가 진척됨에 따라 중공/대만문학에 대한 분리된 중국인식이 나타나면서 '대만문학'을 특화시키는 작업이 대두한다는 점이다. 이는 중국문학의 정통성을 대만문학으로 정립하려는 시도를 의미한다.[68] 이를 주도한 것은 해방 후 중국문학을 전공하고 대만에 유학했거나 방문한 경험이 있는 차주환, 장기근, 권희철 등 신진학자들이었다. 한국중국학회의 주축 멤버였던 이들은 중국문학의 번역, 저술, 연구를 주도하는 가운데 중국(사) 인식의 대만중심 접근법을 본격적으로 전개했다. 즉 대만의 독자성에 주목하여 대만을 중국(사)의 일부로 적극 편입시키는 것뿐만 아니라 대만중심의 중국현대(문학)사 서술의 가능성을 타진하는 시도를 다각도로 벌인다. 그 연장선에서 '대만의 문학이 곧 중국문학이다'는 명제가 제출되었다. 대만이 중국을 대표하는 위상을 지니며 이에 따라 대만문학이 중국민족의 참다운 문학이 되며 또 그 정통을 계승하고 있다는 것으로, 당시 대만에서 제기된 장다오판張道藩의 '삼민주의 문예론'과 가오밍高明이 주창한 '신인문주의'를 그 근거로 제시한다.[69] 이 같은 대만중심 접

---

68 장기근, 「黃河로 흐르는 두 개의 潮流 – 대만문학의 현대화과정」, 『세대』, 1963.10, 238쪽.
69 차상원, 「자유중국 문학의 동향(상/하)」, 『조선일보』, 1956.4.30/5.3. 차상원은 신중국 성립 후 중국문학은 대만과 본토에서 두 개의 상반된 이데올로기를 지닌 채 공히 정치문학이 되고 말았다고 진단하면서, 대만문학이 본토의 중국민족의 참다운 문학이 되며 또한 정통을 계승할

근법은『중국문학사』차상원 저, 동국문화사, 1958.4에 반영되어 나타나는데, 중국문학의 정통성을 반공항아의 대만문학으로 설정하고 있다. 이 같은 대만중심 접근법은 중국문학의 번역과 연구의 세대교체를 수반하는 과정이기도 했다.

그 흐름은 1960년대 접어들어 더욱 활발해진다. 대만문학 특집'대만해협의 물결 -오늘의 대만문학', 『세대』, 1963.10[70]을 필두로 신문의 대만문학 특화 연재,[71] 대만작가 작품의 집중적인 번역출판 등이 다발적으로 이루어지면서 대만문학의 독자성에 대한 관심이 높아진다. 특히 여원사가 대만의 대표적인 여류작가 셰빙잉謝冰瑩, 룽쯔蓉子, 왕지췐王寄君 등을 초청한 것이 계기가 되어 대만 여성문학이 각광을 받았다. 1965년 베스트셀러로『주간한국』, 36~39호 널리 읽혔던『중국여류문학20인집』여원사, 1965[72]이 이를 잘 보여주는데, 이 선집은 대만 여성작가 작품을

───────────────

수 있도록 해야 한다고 주문한다. 그리고 종래의 객관적 리얼리즘에서 주관적 리얼리즘으로 대만문학의 창작방법론이 전환되고 있다며 王平陵, 사빙영, 陣紀瀅, 王藍, 金溟若 등 노장층과 金石, 成鐵吾, 郭衣洞, 徐文水, 端木方, 落休 등 신인작가의 작품을 간략히 소개한다.

70 이 특집에는 '대만현역작가프로필'(진기형, 사빙영, 왕람, 임해음, 엄우매, 위희문, 馮馮 등 15인)과 왕람의『師弟之間』(『대전일보』연재(1963.3.15~4.17, 권희철 역의 재수록) 및 '한국작가에게 드림'이란 메시지가 수록되어 있는데, 왕람은 식민지 및 공산당 침탈의 공통된 역사와 이에 근거한 한국/대만의 형제적 교류, 유대를 강조하고 있다.

71 대표적으로『중도일보』의 '자유중국 명작단편 릴레이' 기획(1960.7~65.10)을 들 수 있다. 장기간 대만문학 연재를 시도한 사례는 전무후무한 일로 사빙영, 王平陵, 孟君, 方天, 彭歌, 蕭傳文, 王藍, 彭成慧, 繁露, 高陽, 吳修邀, 嚴友梅, 林適存, 王蓋力 등 14인 28편의 단편과 王蓋力의 장편『期待』(1961.5.24~10.13, 122회)와 王藍의『藍과 黑』(1964.10.2~65.10.27, 313회) 2편이 각각 연재된 바 있다. 번역된 작품의 면면을 살펴보면, 사빙영 : '점박이 코」, 「어떤 한국의 여병사」, 「王姑娘」, 「언니」; 王平陵 : 「富家의 末路」, 「잔인한 애정」, 「草堂의 老人」; 孟君 : 「내일이면 기적을 얻으리」, 「狂戀婦人」; 方天 : 「나의 박사논문」, 「시궁창 인생」, 「폭풍우」; 彭歌 : 「촛대」, 「過客」, 「신부님」, 「애정은 의무런가」, 「야간정찰」, 「異域의 魔手」; 蕭傳文 : 「罪業」; 王藍 : 「忠肝圖」, 「프레온스키」, 「霧社血魂記」; 彭成慧 : 「흥망성쇠」; 繁露 : 「어둠은 가시고」; 高陽 : 「懲戒」; 吳修邀 : 「두 점의 거리」; 嚴友梅 : 「읍장님」; 林適存 : 「금목걸이」 등이다. 모두 권희철이 번역했다.

72 謝冰瑩(「어떤 한국의 여병사」), 藩人木(「옥이 되어 부서지리」), 林海音(「殉」), 吳崇蘭(「구슬빼」), 王琰如(「이 사랑을 추억으로」), 王黛影(「먼저 밟았던 길」), 艾雯(「시골의사」), 孟瑤(「전별」), 張雪茵(「菱湖의 비극」), 張秀亞(「어머니」), 張瀨菡(「횡재」), 姚葳(「고독」), 喬曉芙(「인형의 비극」), 童眞(「검은 연기」), 琦君(「움딸」), 劉枋(「나의 발명과 그 밖의 일들」), 劉咸恩(「연심」), 鍾梅音(「늦게 핀 자스민」), 嚴友梅(「자식 복」), 叢靜文(「어머니와 딸」) 등 20편이 수록되어 있다.

집대성한 유일한 작품집이라는 점뿐만 아니라 대만출신의 여성작가가 포함되어 있다는 사실이 주목된다. 이는 대만문학에 대한 접근에서 중국문학의 일부로서의 대만문학이라는 관점에서 벗어나 대만문학의 독자성의 발견이자 이에 대해 적극적인 의미를 부여하고자 했다는 것을 말해준다. 또한 대만문학의 주류를 형성했던 반공항아작품에서 벗어나 대만의 일상을 담은 (여성)문학으로 관심의 초점이 이동했다는 것을 시사해준다. 당시 이 기획뿐만 아니라 1960년대 대만 여성문학을 대거 번역 소개했던 권희철이 대만문단의 새로운 풍조와 중공의 실체를 경험하지 못한 청소년층을 비롯해 대만사람들에게 호응을 받는 새로운 작품경향(심리소설)에 주목한 것도 같은 맥락이다.[73] 여전히 중국(문학)/대만(문학)의 관계 설정이 혼재되어 있으나, 대만중심접근법이 시도되었다는 것은 중국문학에 대한 접근과 수용사에서 의미 있는 변화라고 할 수 있다. 다만 역사학보다 이른 시점에 등장한 문학에서의 대만중심 접근법과 그 일환으로 대만(여성)문학의 번역출판이 뚜렷한 흐름으로 존재했음에도 불구하고 그것의 확장성은 오래 지속되지 못했다. 린위탕林語堂의 출현과도 연관이 있다.

1950~60년대 중국문학의 수용과 번역에서 간과해선 안 될 것은 린위탕 열풍이다. 8·15해방 후 린위탕이 처음 소개되 주목을 받게 된 것은 『생활의 발견』학우사, 1954과 소설 『폭풍 속의 나뭇잎』이명규 역, 청구출판사, 1956이 번역 출판되면서부터이다. 이후 『생활의 발견』의 경쟁적 중복출판과 그의 또 다른 저작들이 잇따라 번역되는 흐름이 1960년대까지 가속되는 가운데 린위탕의 인기는 광범한 대중적 현상으로 정착되기에 이른다.[74] 해방 직후 중국신문학사 개관이나 루쉰의 이념적 지향과 대비되어 린위탕이 부분적으로 언급되었던 것[75]과는

---

73 권희철, 「피어린 분노의 언어-대만문단별견기」, 『세대』 5, 1963.10, 232~233쪽.
74 린위탕의 한국 수용에 대한 총체적 연구는 왕캉닝, 『린위탕과 한국-냉전기 중국 문화·지식의 초국가적 이동과 교류』, 소명출판, 2022 참조.
75 윤영춘, 「노신과 임어당」, 『대조』, 1948.12, 102~103쪽.

분명히 다른 현상이었다. 특히 『임어당 전집』전5권, 휘문출판사, 1968의 역간과 같은 해 그의 서울방문을 계기로 린위탕 열풍이 최고조에 달한다. 구미권에 비해 30년이란 시차를 두고 『생활의 발견』을 중심으로 린위탕이 한국에서 강력한 호소력을 발휘하는 독특한 문화현상이 나타났던 것이다.

이 같은 린위탕 붐의 정체는 권보드래의 분석처럼, 린위탕이 일관되게 공산주의에 비판적이었고 특히 마오쩌둥주의에 정면으로 맞섰던 자유주의자라는 이데올로기적 특징과 그것이 『생활의 발견』에 함축되어 있다는 점, 아울러 『생활의 발견』이 지혜와 행복의 책으로 '행복'이 자유-쾌락의 계열과 연동되면서 공산주의 및 북한에 그런 면모가 결여돼 있음을 상기시키는 역할을 하는 가운데 초보적으로 형성돼 가고 있던 도시중산층의 생활감각에 호소했기 때문[76]이다. 복잡한 맥락이 개재되어 있고 린위탕의 이데올로기적 정치성이 독서대중에게 얼마만큼 수용되었는지 추단하기 어려우나 적어도 린위탕 붐의 저변에는 출판독서시장에서 대만/중공의 선택/배제의 냉전반공주의 메커니즘이 자리를 잡고 있었다고 볼 수 있다. 이와 관련해 린위탕 붐뿐만이 아니라 앞서 언급했듯이 을유문화사판 세계문학 전집에서 사서四書를 '동양의 지혜'란 타이틀로 실은 것, 출판사들이 중국 고전소설을 시리즈로 번역·출판하면서 공통적으로 '고전에서의 지혜 발굴'을 강조하며 중국(고전)문학을 동양 내지 지혜(담론)의 대표적 상징으로 내세웠고 또 별다른 저항 없이 수용되었다는 것에 유의할 필요가 있다. 편파적이나마 중국문학의 폭넓은 대중적 수용과 강한 호소력을 지닌 것에는 동시기 일본문학열과 다른 맥락이 작동하고 있었다고 봐야 한다.

이상의 1950~60년대 중국문학의 번역 경개를 통해서 중국문학의 번역이

---

76 권보드래, 「임어당, '동양'과 '지혜'의 정치성」, 『한국학논집』 51, 계명대 한국학연구소, 2013, 99~135쪽. 린위탕 붐 이전에도 린위탕(작품)은 자유주의로(차주환, 「김신행 역 『임어당수필집』」, 『동아일보』, 1957.12.22) 또는 인도주의적 세계성을 갖춘 문학으로(윤영춘, 「임어당문학의 세계성」, 『신태양』, 1956.4, 172~175쪽)으로 수용되는 특징을 보인다.

꾸준히 증가하는 추세였지만[77] '중국문학'이란 특칭하에 중국의 전근대문학, 대만의 무협소설 및 일부의 대만 전후문학, 그것도 대부분이 중공과 대만에서 각각 배척된 것들이 번역의 주종을 형성하는 기형적인 번역 지형이 조성되었다는 사실을 확인할 수 있다. 한마디로 중국의 근현대문학이 배제 또는 주변화된 중국문학이었던 것이다. 1920~30년대 정래동, 김태준 등에 의한 중국혁명문학의 소개 및 그 선구자로서 루쉰 문학에 대한 번역과 연구,[78] 일제 말기 비록 대동아공영권이라는 인식 틀에 규율된 것이지만 배호, 윤영춘 등의 중국신문학에 대한 소개,[79] 해방기[1945~50] 루쉰, 궈모뤄郭沫若, 바진 등을 중심으로 한 현대문학 소개와 중국 현대문학사 서술[80] 등 5 · 4운동 이후의 중국 현대문학에 대한 고조된 관심과는 판이한 양상이었다고 할 수 있다.

이 같은 번역지형이 초래된 데는 여러 요인이 복합적으로 작용했다고 봐야 한다. 냉전이데올로기의 규율이 주 요인이었지만, 그 틀 안에서 작동한 또 다른 제도적 요인도 상당한 작용을 했다. 우선 검열의 영향력이다. 1950~60년대는 공식적으로 적성국가 및 관련국가의 출판물 이 · 수입이 엄격히 통제되었

---

77 번역문학사연구의 선구자인 김병철도 식민지시기에는 중국문학을 생략한 것에 비해 해방 후 번역문학사 서술에서는 10년 단위로 중국문학을 독립시켜 다룬 바 있다.

78 중국 이외의 국가에서 루쉰 문학의 번역이나 연구는 식민지조선에서 처음이었다. 작품 번역으로는 류기석의 「광인일기」(『동광』, 1927.8.4), 연구로는 정래동의 「노신과 그의 작품」 연재(『조선일보』, 1931.1)가 각각 그 시초이며 그러한 관심이 '중국문학연구회' 발족(1933)으로 연결되었다고 평가되고 있다. 현대중국문학학회, 『노신의 문학과 사상』, 백산서당, 1996, 머리말 참조.

79 『인문평론』으로 한정해 보아도 배호의 「북경신문단의 태동」(1939.11)과 「지나문학의 특질─시와 소설의 발전」(1940.6), 윤영춘의 「현대지나시초」 특집 연재(1940.12~41.1) 등 중국신문학 작가론 및 작품의 번역소개가 꾸준했다. 윤영춘의 중국 현대시 번역은 호적, 주작인, 유평백 등 30여 명의 100여 편을 소개한 바 있는데, 그 성과는 해방 후 『현대중국시선』(청년사, 1947)으로 수렴된다.

80 이 시기 중국 현대문학에 대한 번역 · 연구에 두드러진 역할을 한 것은 정래동과 윤영춘이었다. 정래동이 중국신문학의 이념, 동향, 문단상황 등을 정리 · 소개하는 데 주력한 반면 윤영춘은 『현대중국시선』 번역(청년사, 1947), 곽말약의 『소련기행』 번역(을유문화사, 1949), 『중국문학사』 서술(계림사, 1949)과 같은 작품 번역 및 문학사 서술에서 큰 성과를 제출했다.

다. 1957년 8월 30일 국무회의에서 통과된 '외국도서인쇄물 추천기준 및 추천절차' 시행령은 판매용으로 학술연구참고용 및 교양서적에 한하여(日書는 학술도서에 한함) 추천하되 네 가지 경우는 제외했는데, 그 중 '대한민국과 국가원수를 비방 또는 모욕하고 적성국가(북한괴뢰 포함) 선전 찬양과 적성국가에서 발행된 것', '공산주의자 및 그 추종자의 저작물과 주로 공산주의 서적을 간행하는 출판사의 출판물'이 우선대상이었다.[81] 이 검열세칙은 이후 '외국정기간행물 수입배포에 관한 법률'1961.12.30, '간행물의 수입수출 등에 관한 사무처리 요강'1968.12.28 등의 법률 및 시행령으로 승계·확대된 바 있다. 음성적으로 국내 반입된 경우라도 지속적인 (불온)행정단속으로 말미암아 공식적인 유통이 거의 불가능했다. 게다가 4·19혁명 전까지는 일체의 외국문학작품은 사치품으로 취급되어 정식 수입이 불허되었다. 따라서 중국문학은 이중의 금제에 묶여 오랫동안 접근조차 극도로 제한될 수밖에 없었다. 일본문학이 4·19혁명 후 반일감정이 극대화되는 정세 속에서도 외국문학작품 수입제한 철폐를 계기로 대량 번역·수용된 것과 대비되는 현상이다.

1970년대 초 급변하는 국내외 정세변화에 대응하여 공산권에 관한 연구조사와 정보수집의 필요성에 따른 검열당국의 자발적인 완화조치로 중공에 대한 문호개방이 있기는 했다. '불온외국간행물 수입규제 완화' 조치1971.11.25에 의한 것이었는데, 이 조치는 불온간행물을 취급 열람할 수 있는 기관을 공산권에 관한 학술연구조사가 필요한 국가기관, 교육기관, 공공기관 및 언론기관으로 확대하고, 종래 일률적으로 수입 금지했던 좌경출판사나 좌경저자 또는 비적대 공산국에서 간행한 도서라도 그 내용이 비정치적, 비사상적인 것으로서 유익한 학술 및 기술서적인 경우에는 수입업자를 지정, 일반시판을 위한 수입까지도 허용했다.[82] 단 중앙정보부장의 승인을 얻어야 했다. 중공에 대한 얼마간

---

81 『문교월보』 37, 1957.11.25, 38·96쪽.

문호개방의 여지가 생겼고 따라서 학술적 영역의 번역출판, 연구가 진작되는 긍정적 결과를 야기했으나 문학은 그 적용 대상이 되기 어려웠다. 이러한 변화에 편승하여 루쉰을 비롯한 일부 중국 현대문학작가의 작품이 각종 전·선집에 부분적으로 포함되는 것 정도의 변화를 가져왔을 뿐이다.

검열로 인해 중공 현대문학 작품으로의 접근과 수용이 차단됨으로써 중공문학의 번역·수용의 여러 불구성이 초래될 수밖에 없었다. 앞서 살펴본 것처럼 전근대문학의 번성, 중국 현대문학의 배제와 동시에 특정 경향, 대표적으로 린위탕의 작품이 전폭적으로 수용될 수 있는 토대가 구조적으로 배태되었다. 또한 매개된 중공문학의 수용을 추동했다. 문학작품만이 아니라 중공의 문단 동향에 관한 정보도 외국서방진영 미디어에 소개된 자료를 통해서 접하게 됨으로써 정보의 편파성이 농후할 수밖에 없었다. 일례로 중공의 반문명적 문예탄압의 전형적인 사례로 거론된 '호풍사건'에 대한 보도도 모두 외지외국통신의 기사를 직역한 것이었다.[83] 그 주요 매개 역할을 한 것은 대만과 미국이었다. 홍콩과 일본도 경유지로서의 역할을 일정부분한 바 있으나 두 국가가 적성국가 출판물의 핵심 루트로 인식되면서 봉쇄된 경우가 더 많았다. 미국민간재단 포함 경우는 중국(문)학 관련 자료 제공과 아시아반공블록 내 반공서 번역출판 지원 및 상호 교류 지원을 통해서, 대만의 경우는 중국학관련 서적자료의 핵심 보급처로 기능했다.

둘째, 중국문학에 대한 번역, 연구의 허약한 제도적 토대이다. 해방 이후 각

---

82 「공산권연구 문호 확대」, 『경향신문』, 1971.11.25. 더불어 외국간행물의 주요 심의기준이었던 '국헌문란'의 저촉 기준도 대폭 완화했다. 항상 인용 보도되는 북괴의 호칭 및 직위 정부 또는 국호, 자유진영과 대비 찬양하지 않은 공산국가의 발전상 소개 기사, 북괴를 찬양 보도하지 않은 기사, 단순한 공산수뇌의 사진, 화보와 공산서적의 광고 등은 그 내용 삭제를 지양하며, 외국간행물의 수입절차와 서식 등도 대폭 간소화해 외국간행물의 수입에 원활을 기하도록 했다.
83 「중공의 문예탄압정책-최근의 소위 '호풍사건' 진상은 이러하다」, 『동아일보』, 1955.7.7~8 (외지에서), 「중공문단에 숙청 선풍」, 『경향신문』, 1955.7.21(홍콩 發 UP) 등.

외국문학이 분과적 전문성을 제도적으로 인정받고 인정투쟁을 능동적으로 전개할 수 있었던 핵심 거점은 대학과 전문학회라는 학술제도적 기반이었다. 중국문학은 타 외국문학 분야와 달리 그 같은 기반이 매우 취약했다. 대학에서의 중어중문학과 개설은 1945년 서울대 중어중문학과 창설 이후 한참 뒤인 1955년에 한국외대, 성균관대 두 대학에서 창설을 본 후 데탕트 추세 속에 1972년에 가서야 고려대를 비롯해 30여 개 대학에서 창설되기에 이른다. 영어영문학, 불어불문학, 독어독문학과 비교해볼 때 대단히 늦고 수도 적은 편이었다. 중국문학 관련 학회의 창설도 마찬가지였다. 대표적 학회인 한국중어중문학회가 1977년에 창립되는데, 영어문학회1955, 불어불문학회1959, 독어독문학회1959 창립과 비교해보면 매우 늦은 시기였다. 그만큼 교육, 연구, 번역, 저술(출판) 등의 기반과 조건이 열악할 수밖에 없었으며 그것은 곧 중국문학의 학술적 역량이 저조했다는 것을 말해준다. 일례로 1945~60년 국내에서 생산된 중국문학관련 석사논문은 총 10편으로, 영문학 80편과 확연한 차이를 통해서 확인되는 바다. 그것도 두보, 도연명 등 고시가 아니면 만청소설을 다룬 것들이었다.[84] 1960년대에도 사정은 마찬가지였다. 영문학은 물론이고 불문학, 독문학 석·박사학위논문이 폭증했음에 반해 중국문학(담론)의 사정은 별반 호전되지 않았다.[85] 이 같은 여건으로 말미암아 중국문학의 사회적 생산 및 수용은 상당 부분 미디어에 의해 주도될 수밖에 없었다.

중국관련 단체(학회)가 없었던 것은 아니다. 해방 직후부터 한중 간 친선관계 증진과 문화교류를 표방한 단체가 여럿 발족되었다. 대표적으로 한중협회1945.11.11 창설, 중국학회창설일 불명, 한중문화협회1946.11.15 창설 등이 있다. 국공내전 중인 중국의 동향이 해방조선의 진로 모색에서 결정적인 변수로 인식된 시대상황의

---

84 한국연구도서관, 『한국석박사학위논문목록(1945~1960년)』, 1960, 21~26쪽.
85 이종소, 『한국석사·박사학위논문목록(1948~1968)』, 은하출판사, 1980, 140~203쪽.

반영으로서, 중국을 거점으로 활동한 전력이 있는 정치가, 지식인들이 주도했다. 한중협회총재 : 김구, 손과는 한중친선음악대회 개최1946.4.9와 같은 문화행사를 개최하기도 했으나 정파성을 지닌 정치단체의 성격이 농후했다. 그로 인해 사찰당국으로부터 중간파 내지 제3세력으로 규정되어 1955년까지 지속적인 사찰을 받게 됨으로써 실질적인 활동을 전개하지 못한 채 명맥만 유지했다. 특히 핵심멤버였던 조소앙, 엄항섭, 안재홍 등이 (납)월북된 관계로 한국전쟁 후로는 이들에 의해 조종되는 지하공작단체로 낙인을 받았다.[86] 중국학회의 활동은 아직까지 『중화민국헌법』을 역간1947.8한 것 외에는 확인된 바 없으나, 1949년 10월 전향공간에서 공산주의 또는 오열단체로 간주돼 등록 취소된 133개 정당 및 사회단체에 포함된 것으로54번 보아 좌파적 색채를 지녔던 단체로 추정된다.

이시영, 김상덕, 이범석 등 중국에서 활동한 독립운동가들과 배호, 정내동, 송지영, 정인보 등 중국전문가들이 대거 참여한 한중문화협회이사장 : 이시영는 좌우합작운동의 상황적 산물이었던 관계로 좌우합작의 정치적 실패에 대응하여 이념적 분화를 거치는 가운데 곧바로 우파 진영의 범문화단체인 문총의 산하기구로 편입되었다.1947.2 그 뒤 기존 중국국민당과의 우호관계를 바탕으로 기관지 『한중문화』를 창간하고,1949.3 「홍루몽」을 비롯한 중국영화를 상영해 중국문화의 대중적 보급에도 앞장서는 등 의욕적인 사업을 추진했으나 신중국의 성립으로 활동이 정지되고 만다.[87] 다만 한중문화협회는 한국전쟁 후 인적 교류, 학술자료의 상호 제공 등 대만과의 공식적 문화교류의 창구 역할을 했다. 특이하게 1950년대에는 자체적인 학술단체로 한국중국학회가 새롭게 발족한다.회장 : 이상은 1955년 김준엽, 차주환의 발기로 설립된 민간학회로 신구 중국학

---

[86] 서울대 한국교육사고, 『한국정당사 사찰요람』, 1994, 71~72쪽.
[87] 한중문화협회에 대해서는 최진호, 앞의 글, 78~84쪽 참조. 박노아, 송지영, 김태원 등이 결성한 '亞東文化公司'(1948.11)도 한중 양국 우수영화의 상호교류, 양국 합작영화 제작과 연구생 파견을 협의하고 사업을 본격적으로 추진하다 신중국 성립으로 인해 좌절된 바 있다.

전공 학자들로 구성된 중국전문학회였다. 장제스의 『소아재중국蘇俄在中國』을 순한글로 번역 출판한 바 있으나 중국학회가 뚜렷한 활동을 전개한 것은 1964년 1월 기관지 『중국학보』를 발간하면서부터다.

이와 같은 학술 여건으로 말미암아 중국문학의 사회적 소통은 상당부분 저널리즘을 통해 이루어질 수밖에 없었다. 이는 연구(논문), 번역, 출판 등이 신문, 잡지, 출판자본의 조건과 논리에 의해 취사선택의 대상이 되었다는 것을 의미한다. 문제는 1950~60년대 매체자본들이 냉전검열에 포획된 상태에서 피검열자이자 또 다른 검열자로서 자체 검열을 강화하는 가운데 재생산 기반을 유지하는 방어적 전략을 구사하는 처지였다는 점이다. 또 수익성을 확보하기 위해 극단적 상업주의전략을 추구함으로써 (외국)문학은 철저히 대중성 또는 상품성을 기준으로 선택되었다. 중국문학 중 전근대소설과 무협소설이 일간신문을 기반으로 증식될 수 있었던 것은 이 때문이다.

1950~60년대 한국에서 외국문학의 수용 및 번역은 냉전검열에 의해 규율되는 일반성을 지닌다. 공산권국가뿐만 아니라 모든 외국문학에 적용되었으며 권장/금지의 차이가 존재했을 뿐이다. 아울러 제도적 차원의 물적 토대, 이를테면 대학제도(관련학과 개설), 전문학회의 존재와 학술지 발간의 지속성 및 권위, 대학원을 기초로 한 학술연구의 재생산 기반, 미디어신문, 잡지, 출판 등의 관심도와 편집·출판으로의 기획화 등에 따라 수용의 진폭이 좌우되었다. 그러나 위에서 살폈듯이 중국문학은 외국문학 가운데 가장 기형적인 수용 및 번역의 실제를 보여준다.

그것은 국내 연구, 저술의 빈곤으로 연쇄되는 가운데 중국문학은 전반적으로 외화내빈外華內貧의 불모로 나타날 수밖에 없었다. 공산권국가로 좁혀보더라도 마찬가지 양상이다. 소련과 동구공산권이 1973년부터 점차 비非적성국가로 취급되면서 교류 증진과 함께 사회주의문학예술에 대한 수용 및 연구가 촉진된 것과 달리 중공(문학)이 냉전검열의 주요 표적이었다는 점에서 불가피한 결과였다. 어쩌면 중국문학, 특히 5·4 이후 근현대문학은 냉전반공체제 아래 가장 오랫동안 강고하게 유지된 두 개의 중국이란 냉전의 사상지리에 기초한 인식태도의 편향성으로 말미암아 망실되었다고 해도 과언이 아니다.

그런데 축소 왜곡된 중국문학 번역의 기형성이 중국문학의 수용을 온전히 대변해준다고 단정 짓기는 어렵다. 이 지점에서 루쉰의 존재가 논란될 수 있다. 1988년 완전히 해금되기 전까지 루쉰은 중국문학의 수용에서 공식적으로 배제를 강요당했지만 중국문학의 선구자로 각인되었다. 강제된 배제가 오히려 루쉰(문학)의 가치를 증대시키면서 그의 상징성이 제고되는 역설적 결과를 야기했다. 냉전분단체제하에서 루쉰은 중공의 혁명(문학)을 상징하는 진보주의문학가로 동시에 반봉건 계몽주의자 또는 반공주의자로 수용되는 대척적인 양상을 보여주었다.[88] 어떤 형상으로 수용되든, 또 두 개의 중국 어디에 그를 귀속시키든 루쉰의 사상과 문학은 냉전반공을 뒷받침하는 사상적, 문화적 자원으로 활용되었다. 1970년대 비적성공산국가에 대한 문호개방이 정책적으로 추진되는 가운데 중공이해의 현실적 필요성이 강조되는 추세에 따라 루쉰(문학)이 냉전적 사유를 균열시킬 수 있는 사상적, 문화적 자원으로 작용한 면이 없지 않으나,[89] 당시로서는 극소수 진보성향의 지식인에게만 해당되는 예외적 현상일 뿐이었다. 여전히 루쉰은 불온한 공산주의문학가로 인식되는 것이 당대의 주류적 경향이었다.[90] 이 같은 루쉰(문학)의 수용사가 냉전기 중국문학수용사의 특징

---

88 냉전기 루쉰 수용사의 정치성과 그 양상에 대해서는 최진호, 「냉전기 중국 이해와 루쉰 수용 연구」, 『한국학연구』 제39집, 인하대 한국학연구소, 2015 참조. 루쉰에 대한 접근이 금지된 상태에서 "고인이 된 중국의 한 작가를 마음 놓고 평할 작정"이라고 작심하고 루쉰 문학의 진보성을 조명한 박노태도 루쉰을 '봉건 중국의 부정을 文魂으로 한 반제반봉건의 문인 투사'이자 '중국 신문학의 위대한 작가'로 평가했으나 반봉건적 계몽성에 무게를 둔 것이었다. 박노태, 「魯迅論」, 『지성』, 1958.12, 181~187쪽.
89 정종현, 「루쉰의 초상－1960~70년대 냉전문화의 중국 심상지리」, 『사이間SAI』 14, 국제한국문학문화학회, 2013, 54쪽.

적 면모를 극적으로 보여주는 사례인 것은 분명하나, 전체적인 차원으로 접근할 때 루쉰의 수용사를 냉전기 중국문학의 수용 및 번역사로 일반화하기는 곤란하다. 루쉰 문학의 수용사를 포함해서 냉전기 중국문학의 번역, 수용사를 관통하는 것은 냉전이데올로기였으며, 그것은 요철凸凹의 형태로 한국독자들에게 수용되면서 사실상 중국문학이란 존재는 휘발된 것이나 마찬가지였다.

4. 중국문학사 저술의 안팎

냉전기 중국문학의 번역·수용의 불구성 속에서도 일련의 중국문학사 저술이 하나의 흐름으로 존재한다는 사실은 특징적이다. 윤영춘의 『현대중국문학사』계림사, 1949.12 저술을 시작으로 그 재판(증보) 『중국문학사』백영사, 1954.10, 차상원 공저의 『중국문학사』동국문화사, 1958.4, 문선규의 『중국문학사』경인문화사, 1972, 김학주·정범진의 『중국문학사』범한도서, 1975 등 각기 다른 방법론과 서술체계를 갖춘 문학사 서술이 자생적으로 이루어졌다. 후윤이胡雲翼의 『중국문학사』의 번역 출판장기근 역, 한국번역도서주식회사, 1961.8, 게다가 루쉰의 『중국소설사』 번역출판정래동·정범진 공역, 금문사, 1964.11, 천리구 김동성의 『중국문화사』역편을유문화사, 1961을 포함하면, 동시기 타 외국문학의 문학(화)사 저술(번역)보다 오히려 풍성했다고 볼 수 있다. 후윤이가 지적하고 있듯이 중국문학의 장구한 역사와 수많은 작가작품을 체계화한다는 것이 중국 자체에서도 지극히 곤란한 일이었고,[91]

---

90 루쉰, 라오서를 비롯하여 좌파작가들의 작품이 대만에서 해금된다는 소식이 전해지자 한국지식인들은 상당한 충격으로 받아들였다. 특이한 것은 이를 월북작가들에 대한 해금(복권)의 당위성을 주창하는 명분으로 활용하는 동시에 대만보다 먼저 우리가 월북작가 해금조치를 시행해야 한다는 묘한 경쟁의식을 표출한 바 있다. 이는 지식인사회 또는 문단에서 여전히 루쉰의 사상과 문학이 중공을 대표하는 공산주의문학으로 인식되고 있었다는 것을 말해준다. 선우휘, 「납북되거나 월북한 문인들의 문제」, 『뿌리 깊은 나무』, 1977.5, 68~71쪽.

또 5·4 이후 중국 근대문학에 대한 접근이 제한, 봉쇄된 상태에서 중국 근현대문학을 포괄한 문학사서술이 지속되었다는 것은 그 자체로 특기할 사항이다.

이의 배경으로 단절된 중국문학과의 관계 복원의 시도, 온전한 중국문학사에 대한 소개의 필요성, 중국문학에 대한 문학관의 편파성, 즉 백화문학에 대한 홀대 및 역으로 백화문학에 대한 배타적인 의의 부여의 시정, 일본에서 출판된 중국문학사의 영향 또는 중역의 가능성, 중어중문학과의 교재용, 한국문학의 후진성 극복을 위한 전통의 재발견[92] 등 중국문학사 서술과 관련하여 당시에 제기된 의견들을 거론할 수 있지만, 어디까지나 추정일 뿐이다. 그것이 어떻게 가능했고, 무엇을 의미하는가에 대해서는 좀 더 면밀한 분석이 필요하다. 다만 이 글에서는 윤영춘의 『현대중국문학사』의 초·재판과 차상원의 『중국문학사』에서의 중국 현대문학사 서술을 검토하여 중국근현대문학에 대한 1950년대 인식의 지평을 간략히 살펴보는 것으로 한정하고자 한다.

윤영춘의 1949년 초판 『현대중국문학사』는 중화민국 성립에서 중일전쟁 전까지 서구사상에 영향을 받은 문학혁명의 성취와 이에 바탕을 둔 신시, 소설문학, 대중문학, 계급적 혁명문학, 수필문학, 극예술 등을 망라한 중국신문학사의 역동적인 전개를 9개의 장으로 분류·체계화하여 서술하고 있다. "보라 오사운동五四運動 이후以後의 문학文學은 그 폭幅이 얼마나 넓어졌으며 그 질質이 얼

---

91 후윤이, 장기근 역, 『중국문학사』, 한국번역도서주식회사, 1961, 4쪽.
92 이 점은 김동성의 『중국문화사』 역편의 목적이기도 했다. 『중국문화사』는 저자가 '역자의 변'에서 밝히고 있듯이 서양학자의 여러 중국관련 역사서의 양식을 의방(依倣)한 가운데 관련 자료들을 취합하여 자신의 관점에서 재배치, 재기술한 저작으로 중국문화사에 대한 체계화를 통해 중국문화의 매개 속에 찬란하게 꽃피운 우리의 전근대문화를 재음미하여 당대 한국문화의 후진성을 타파하고자 한 뚜렷한 목적성을 지닌 저술이다. 실제 고대~근대(1933년까지)에 걸친 중국문화사 서술에서 우리의 입장과 중국문화와의 영향관계를 적극적으로 기입하는 특징을 나타낸다. 중화민국 성립 이후의 문화사 서술에서 중국공산당에 대한 비판적 논조의 편파성을 드러내고 있지만, (동양)문명사적 시각으로 중국문화사를 체계화한 의의는 높게 평가할 수 있다. 한글판 대중교양서를 표방한 점도 눈에 띈다. 단행본 『중국문화사』는 『서울신문』에 85회 연재된(1958.9.25~1959.4.24) 김동성 초역의 '중국문화사'를 단행본으로 묶은 것이다.

마나 향상向上되었으며 일반민중一般民衆과 얼마나 친근親近해졌는가를"156쪽에 함축되어 있듯이 윤영춘이 중국신문학사를 바라보는 시각은 기본적으로 매우 긍정적이다. 혁명문학, 계급문학에 대해서도 적극적으로 평가한다. 박진영의 평가처럼, 윤영춘에 이르러 중국문학을 바라보는 안목과 시야가 일신되었을 뿐 아니라 비로소 학문적 체계를 갖추기 시작했다고 볼 수 있다.[93]

하지만 그 같은 시야와 중국문학 연구의 가능성은 중공의 성립과 냉전 분단체제의 확대·강화로 말미암아 곧바로 닫힐 수밖에 없었다. 그것은 무엇보다 1954년 증보 재판된 『중국문학사』에 여실히 나타난다. 『중국문학사』는 1949년 초판본에 3개의 장을 증보, 즉 '중국의 문학전통'10장, '5·4이래의 중국문학'11장, '자유중국문학의 개관'12장을 보완한 것이다. 10~11장은 9장까지의 내용에 대한 요약이었다는 점에서, 사실상 12장의 대만문학(단)에 대한 소개와 평가가 새로 추가된 것으로 보면 된다. 흥미로운 사실은 5·4운동과 이후의 중국문학에 대한 평가가 전혀 달라진다는 점이다. 5·4운동 이래 중국신문학 운동의 기조에 대한 비판과 중공에 대한 적대가 두드러진다. 예컨대 중국 현대문학의 원동력이 순수와 진리를 중시하는 유교의 인문주의와 그것의 발전태인 신인문주의인데, 그 전통이 후대에 올수록 점차 타락하여 5·4운동은 "과학과 민주라는 추상적인 개념만을 제공했을 정도로 문예의 핵심이 될 만한 사상적 근거를 제공하지 못했고",191쪽 "5·4운동 이래의 문학은 적색 유물주의에 물들어 그야말로 무력 패배 이전에 사상적으로 패배된 불길한 징조를 보여주었다"189쪽고 비판한다. 따라서 5·4 이래의 문학은 확립되지 못한 문학이론과 민족의식 안에서 전개되었고, 좌우 문학투쟁에서 좌익으로 전향한 루쉰과 궈모뤄는 예술적 양심을 저버린 변절자이며, 특히 궈모뤄는 공비共匪로 단정하였다.196~197쪽 반면 린위탕을 5·4운동 이래 세계적 작가로 군림한 유일한 중국

---

93 박진영, 앞의 글, 146쪽.

작가로 고평하는 가운데 그의 명문 일부를 인용 소개하고 있다.198쪽

그 연장선에서 대만문학에 대한 개관이 이루어지는데, 윤영춘은 대만 천도 후 5·4운동 이래의 중국문학의 실패 원인, 즉 좌익문학의 오류를 극복하는 가운데 반공反共의식과 민족의식을 앙양시키는 삼민주의에 입각한 신문예운동이 괄목할 만한 진전을 보여준다고 평가한다. 그 성과로 반공항아反共抗俄의 적개심과 대륙반공의 의지를 노래한 중화문예상 입선작상관위(上官予)의 장편서사시「조국은 부르고 있다」의 일부를 소개한다. 직접적으로 기술된 것은 아니나, 당시의 대만문학을 중국문학의 전통을 계승한 적자로 배치하고 있다는 것을 어렵지 않게 간취할 수 있다. 전체적으로 재판은 그 자체로 중국신문학사에 대한 이율배반적 평가가 극명하게 드러난 졸작이다.

윤영춘은 어째서 문학사서술의 체계성을 스스로 훼손시키며 증보판 출간을 시도하는 무리수를 두었을까. 그는 '재판再版 서序'에서 '중국문단의 발자취를 더듬어 우리의 문화정책에 대한 시정과 결의'를 다져야 한다는 일종의 시대적 요구에 부응하기 위해 재판을 낸다는 점을 은연중 비치는 가운데 중국문단과의 상호 유사점에서 우리 문학을 여러 측면에서 반성할 수 있었음을 밝히고 있다. 읽기에 따라서는 속죄의 변으로도 읽힐 수 있는 내용이다. 1954년부터 국가프로젝트로 사상총동원체제가 공세적으로 추진되고 그 흐름 속에서 지식인 사회 및 문단에서 친일, 좌익전력, 전향, 부역 등을 둘러싼 내부냉전이 격렬하게 전개된 국면과의 연관을 고려해볼 수 있으나, 윤영춘이 이에 연루되었다는 확실한 단서는 없다. 개인적 신원 문제가 어떠하든 재판『중국문학사』의 파행이 강제된 냉전 반공이데올로기가 중국문학사 서술에 침윤된 결과라는 사실은 부정하기 어렵다.

차상원의『중국문학사』는 서문에서 밝히고 있는 바와 같이 1955년 집필 완료된 것으로 중국을 비롯한 제 외국의 기간旣刊 중국문학사의 장점을 살린 중국

문학통사이다. 한국중국학회의 핵심멤버들이 공동 집필한 것으로고대편: 차상원, 중세편: 장기근, 근세·현대편: 차주환, 한국에서 중국문학의 통사로는 최초이다. 중국문학을 문학혁명 이후 백화문학에 한정해 이해하려는 편파적 경향에서 벗어나 학문적 입장에서 고대부터 현대까지 중국문학사의 완정한 윤곽을 편술한 점이 높게 평가되었다.[94] 이 중국문학사에서 주목되는 대목은 근세편과 현대편을 구분한 가운데 현대편에 상당한 비중을 두었으며, 현대편의 서술체제 또한 다른 시대편과 달리 '총설'을 먼저 배치한 후 1917년5·4문학혁명~전후항전문학까지 중국현대문단의 동향에 따라 장절을 배치해 상술하는 방식을 취함으로써 중국신문학사의 복잡성을 계통적으로 파악하는 데 유리하게 작용하고 있다. 동시기 같은 문학통사인 후윤이의 『중국문학사』가 현대편을 5·4운동 이후 10년간의 문학(사상)적 전환을 12쪽 분량으로 소략하게 다룬 것과 비교되는 지점이다.

이 중국 현대문학사 서술에서 눈에 띄는 것은 일종의 문학사적 문단사라는 방법론에 입각해 극심한 시대적 변동과 문학사상의 혁명적 전개에 따라 등장한 문학사조, 문예조직의 활동을 단계별로 구분하고 각 단계를 대표하는 중요 작가작품을 제시한다는 점이다. 따라서 세계문학과 중국문학, 중국문학 및 문단의 동태적 이합집산을 연관적으로 파악하는 데 이점이 있다. 그 과정에서 좌우 문단(학)의 대립과 분화를 비교적 객관적으로 다루고 있으며, 특히 창조사, 좌익작가연맹 등 좌익문학에 대해서도 비중 있게 서술하고 있다. 사회주의 문예활동을 외세, 군벌 등과의 대립 속에 이루어진 중국근대화의 일환으로 의미를 부여한 점이 이 중국문학사의 장점 가운데 하나라고 할 수 있다. 다만 항전문학기1938~46에 대한 서술은 저자가 밝히고 있듯이782쪽 자료 부족으로 인해 항일구국문학, 전후 중국문단의 전모를 드러내는 데는 부족한 면이 없지 않다.

아울러 전후문단의 혼란상, 즉 국공내전의 재개와 중공의 성립으로 초래된

---

94 김준엽, 「차상원 저 『중국문학사』」, 『사상계』, 1958.6, 165~167쪽.

중국분열의 국면에서 중국문학의 전망을 제시하는 부분에 문제적인 발언이 발견된다. 중공/대만 문학(단)의 극명한 대비를 바탕으로 대만문학에 중국신문학의 전통을 계승한 정통성을 부여하고 있다.[95] 사족에 불과한 것으로 치부할 수 없는 평가이다. 이 서술은 저자들의 대만 중시의 중국 이해가 반영된 것으로서, 1950년대 냉전에 규율된 중국에 대한 인식지평의 단면을 여실히 드러내주는 사례로 볼 수 있다. 당시 격렬하게 전개된 남북한의 체제 경쟁 및 민족사적 정통성 경쟁의 투사이기도 하다.

---

95 "自由中國의 作家들은 三民主義를 基底로 한 中國의 建設, 이것을 具現하기 위한 先決條件인 反共, 反蘇의 旗幟 下의 大陸 反攻 등 國民黨 黨是를 받들고 文學活動을 猛烈히 展開하여 五四 以來의 中國文學의 正統性을 維持하는 데 努力하고 있다."(차상원, 『중국문학사』, 동국문화사, 1958, 789쪽).

냉전의 지식,
냉전의 텍스트

제5장

냉전텍스트『실패한 신』의
한국 번역과 수용의 냉전 정치성

1. 『실패한 신』의 기획과 한국에서의 번역 양상

1949년 R. 크로스먼이 펴낸『실패한 신*The God That Failed*』은 한때 공산주의자였거나 공산주의에 동조했던 저명한 서구지식인들의 공산주의체험 에세이집이다. 공산당에 입당해 공산주의자로 활동했던 전력을 지닌 스티븐 스펜더, 아서 쾨슬러, 이냐치오 실로네, 리처드 라이트 등과 사회주의자 미국언론인 루이스 피셔, 공산주의자로의 전환을 선언한 바 있는『소련기행』의 저자 앙드레 지드 등이 공산주의 가담, 체험, 환멸, 탈퇴의 과정을 상세히 고백한 전향 수기였기 때문에 출간 당시부터 세계적인 주목을 끌었다. 저자들의 국적과 공산주의에 입문하게 된 동기, 시점, 신념체계, 접근법, 실제 활동이 각기 다르고 탈퇴의 시점과 이유 및 전향 후의 행적 또한 많은 차이가 있지만, 1920~30년대 자유주의(체제)/사회주의(체제)를 넘나든 (재)전향자였다는 사실은 공통적이다.

이 (재)전향의 기록들은 공산주의 체제, 특히 소비에트사회 또는 스탈린주의에 대한 배신감과 환멸로 점철되어 있으나 그 이면에는 러시아 혁명, 스페인 내전, 자본주의체제의 위기, 파시즘의 팽창 등이 계기적으로 연속되면서 고조된 1920~30년대 서구 자본주의체제 및 자유민주주의에 대한 실망, 혐오, 비판 등이 자체 내에 포함되어 있다는 점에서 자유주의/사회주의 양대 이데올로기(체제)의 결함을 포괄적으로 비판한 양심적 지식인들의 생생하고 신랄한 실천적 조서調書라는 의미 또한 지닌다. 그렇지만『실패한 신』은 서구 냉전반공주의자들에 의해 반스탈린주의 또는 반공산주의 선언으로 편향되어 의미화되었고, 전후 냉전체제하 미국이 주도한 문화냉전의 대표적인 심리전 텍스트로 활용되는 가운데 공산주의의 실패를 증언하는 유력한 증거자료로 널리 그리고 지속적으로 전파·수용되었다. 열전의 경험과 이후 강고한 분단체제의 규율에 갇혔던 냉전기 한국사회에서는 특히 그러했다.

여기에는 손더스가 다층적으로 분석한 바와 같이 CIA의 문화냉전 전략이 깊숙이 개입되어 있었다.『실패한 신』은 제2차 세계대전 후 세계체제 재편 과정에서 공산주의에 대항한 이데올로기의 개발을 통해 공산주의의 확산을 저지해야 했던 서구 자유주의진영이 이 현안을 해결하기 위해 기획한 전략적 구상의 산물이었다. 영국정보국과 미국CIA의 공동전선으로 추진된 이 전략이 실현되는 맥락은 매우 복잡하다. 손더스에 따르면, 전후에 공산주의의 허위를 해체하는 것이 시급한 문제로 부상한 영국정부의 당면 과제를 당시 정보국 자문역할을 수행하던 쾨슬러가 마찬가지의 과제와 구상, 즉 과거 공산주의자였던 좌파 인물을 끌어들여 공산주의 신화를 파괴하려는 아이디어에 골몰하고 있던 CIA와의 협조체제를 구축해『실패한 신』의 출간 기획이 본격적으로 추진될수 있었다고 한다. 비공산주의 좌파를 파트너로 인정해 이용하는 CIA의 문화냉전 전략을 위한 이데올로기적 근거가『실패한 신』을 통해 마련될 수 있었다는 것이다.[1]

CIA는 여기에서 그치지 않고 자금 지원과 함께 『실패한 신』 기획을 계기로 해서 '실패한 신의 무리'로 명명한 비공산주의 좌파 지식인들을 결속시키는 작업을 추진하는데, 쾨슬러와 영국심리전조직의 독일지역 책임자 R. 크로스먼이 주축이 되어 미국 심리전의 베테랑 C. D. 잭슨, 당시 독일에서 활동 중이던 미국의 문화계 선전원 맬빈 래스키 등과의 접촉으로 확대되면서 『실패한 신』의 필자가 섭외되는 동시에 수록된 원고들이 『인카운터』의 독일어판 자매지 『데어 모나트』에 번역 소개하는 한편 크로스먼의 편집을 거쳐 영역판과 미국판 발행으로 이어진 가운데 『실패한 신』은 미국 정부기관에 의해 유럽 전역에 배포 · 홍보되기에 이른다. 냉전 정보전의 결과로 탄생한 『실패한 신』이 이후 공산주의전향자들의 집단적 참회이자 스탈린주의에 대한 거부와 반항의 성명서로 변용되면서 냉전시대 문화의 세계에 공식적으로 입장할 수 있는 '여권'과도 같은 역할을 했다는 것이다.[2] 그 과정의 중심에 『실패한 신』 기획이 확대 발전하여 창설된 '문화자유회의Cultural Freedom Council'가 존재하고 있으며, CIA의 비밀공작을 대행했던 전위적 냉전문화기구 가운데 하나인 문화자유회의가 거점이 되어 『실패한 신』은 전 세계를 포괄하는 문화냉전 텍스트로 활용되기에 이른다. 유로코뮤니즘의 이론적 바탕을 마련한 안토니오 그람시의 '문화적 헤게모니' 개념을 오히려 CIA가 활용해 소련사회주의의 숨통을 누르는 냉전 심리전이 본격적으로 개막된 것이다.

『실패한 신』의 기획 의도와 이 텍스트가 갖는 문화냉전의 성격은 책을 기획 · 출판하는 데 주도적인 역할을 했던 R. 크로스먼이 작성한 '서문'에도 소상하게

---

1 프랜시스 스토너 손더스, 유광태 · 임채원 역, 『문화적 냉전-CIA와 지식인들』, 그린비, 2016, 105~115쪽. 손더스는 CIA의 이 같은 전략에 영향력 있는 이데올로기적 근거를 제공한 것으로 1949년 출판된 세 책, 즉 아서 슐레진저의 『결정적 핵심』, 『실패한 신』, 조지 오웰의 『1984』을 꼽는 가운데 비공산주의 좌파를 이용하는 전략이 이후 공산주의에 대한 CIA정치공작의 이론적 토대가 되었다고 본다.
2 위의 책, 118쪽.

밝혀져 있다.[3] 그는 이 책의 착상과 출판이 쾨슬러와의 만남에서 비롯되었으며, 당시 반공인사를 자처하는 사람들보다 과거의 공산주의자들이 공산주의의 내막을 철저히 알고 있다는 쾨슬러의 발언과 그가 공산당에 가담할 당시의 심적 상태를 듣고 공산주의로의 전향이 가장 극심했던 1920~30년대, 즉 러시아혁명과 독소불가침 조약 체결 사이 유럽의 시대 풍조와 전향의 심리를 알고 싶다는 결론을 내린다. 이를 위해서는 과거를 아무 감정 없이 회상하는 능력이 필요하고 그것은 상상력이 풍부한 작가에게만 기대할 수 있는 것이라는 판단 아래 작가와 저널리스트로 대상자를 한정했음을 밝히고 있다. R. 크로스먼은 이들 6명의 전향에세이가 지닌 공통적인 특징으로 맹목적인 공산주의자나 반공선전자들이 전혀 알 수 없는, 다시 말해 공산주의로의 전향자들만이 가질 수 있는 종교인에 가까운 경건함과 내적 비밀을 고백함으로써 진실성을 지닌다는 것이다.

또한 이들의 전향은 다양한 방식으로 발견한 서구민주주의의 결함 및 허위에 대한 실망에서 비롯되었으며, 이로부터 마르크스시즘에 가까워졌고 일부는 공산주의와 소비에트가 대안적 선택의 하나가 되었다는 것이다. 아울러 재전향의 기회 및 동기도 다소의 차이가 존재하나 대체로 독일공산당의 타락, 코민테른의 권위주의, 소비에트의 거듭된 숙청과 독재화, 스페인내란, 독소불가침조약 등 1920~30년대 중요한 국제적 정치현상이 공통적으로 작용했다고 본다. 특히 1939년 8월 독소불가침조약 체결이 당시 공산주의를 배격하는 것이 파시즘을 지지하는 결과로 비춰지는 국면에서 이들의 심적 갈등을 해소시킨 결정적 계기로 작용했다고 평가한다. 루이스 피셔 또한 "독소불가침조약은 볼

---

3 리차아드 크로스먼 편, 『공산주의를 벗어난 인물들』, 을유문화사, 1952.9, 1~17쪽. 크로스먼의 서문에는 앙드레 지드가 급격한 건강 악화로 집필을 할 수 없는 상태에서 에니드 스타키에게 요청해 지드가 소련여행 후 1936년에 출간한 두 권의 기행기와 일기 및 1939년 '진리동맹'에서의 토론 내용 등에 기초를 두고 그녀가 작성한 것이며, 지드에게 최종적인 허락을 받아 수록했음을 '부기'의 형식으로 밝히고 있다. 지드의 전향기가 이 책에서 필수불가결의 요소로 간주된 가운데 그의 소련 비판을 싣기 위해 상당한 공을 들였다는 것을 확인할 수 있는 지점이다.

셰비키 국제주의의 묘석墓石이요, 볼셰비키 제국주의의 초석礎石"[4]이었다고 비판하며 독소불가침조약 체결이 당시 자신을 포함해 공산주의로의 전향자 및 소비에트 지지의 지식인들이 반공산주의자로 전향하는 데 결정적인 계기가 되었다고 본다.

중요한 것은 전후 국제질서의 재편 속에서 『실패한 신』이 갖는 위상이다. 저자들이 전향했다는 사실 자체가 중요할 수 있으나 그것이 서구민주주의를 자동적으로 승인한 것은 아니었다. 스티븐 스펜더의 발언처럼, 공산주의를 비판하는 것이 곧 자본주의에 대한 비판을 제거하는 것이 아니며 두 체제 모두 억압, 부정, 자유의 말살과 수많은 죄악을 만들어내고 있다는 사실을 여전히 문제시하고 있었다.[5] 전후 세계질서 속에서 파시즘과 공산주의국가의 팽창주의 확산을 막기 위해 불가피하게 미국에 대한 지지를 취했으나 그것 또한 차악次惡의 선택일 뿐이었다. 이중부정의 태도, 즉 이들은 서구민주주의와 공산주의 (체제)의 경계지대에 존재하고 있었던 것이다. 재전향의 동기가 소비에트체제에 대한 체험에 근거한 환멸, 절망 때문이었다는 점에서『실패한 신』이 소비에트의 실패를 입증해주는 것이자 동시에 적색 제국주의에 대항해야 하는 필요성을 드러내준 것만은 분명하다.

그렇지만 다른 한편으로 비공산주의 좌파로 명명된 이들 집단의 존재 자체는—비록 분산적이었으나 광범하게 분포한—서구민주주의의 위기 및 오류를 극복해야 하는 시급성을 웅변해주는 또 다른 증거로서의 가치를 아울러 지

---

4   위의 책, 325쪽.
5   위의 책, 399~401쪽. 스펜더는 자신에게 가장 중요한 정신적 경험을 가능하게 했던 1928~39년에 중점을 둔 자서전『세계 속의 세계(*World within World*)』(1951)에서 '동서 양 진영 가운데 하나를 선택하라고 요구받는 상황에서 양쪽의 경쟁적인 주장을 판단할 뿐 미국과 소련 모두 선택하지 않을 것이라고 단호하게 주장하며 동서의 갈등은 외면적 힘 사이의 투쟁일 뿐 도덕상의 선택을 포함하고 있지는 않다'는 입장을 표명한 바 있다. S. 스펜더, 위미숙 역,『世界 속의 世界』, 중앙일보사, 1985, 221쪽.

니고 있었다. R. 크로스먼은『실패한 신』의 기획이 반공주의 정치선전을 확산하는 데 또 전향에 대한 개인적 변호의 기회로 삼는 것에는 관심이 없으며 오로지 공산주의와 정치적 적수로 싸워본 적이 있는 사람만이 서구민주주의의 진가를 진실로 이해할 수 있다는 사실을 이들의 양심고백(자기비판)을 통해서 확인하는 것에 있다고 강조한 바 있는데, 그가 의도한 소기의 목적은 이 같은 맥락에서 볼 때 절반의 성공에 그쳤다고 할 수 있다. 물론 절반의 성공이 가능했던 요인도 정치인을 배제하고, 전향했으나 여전히 공산주의에 대한 희망을 완전히 폐기하지 않은 복잡 미묘한 심적 상태를 객관적으로 드러내줄 수 있는 작가들로 필진을 구성하고자 했던 애초의 구상이 적중했기 때문이었다.

실제『실패한 신』의 전향자들은 전후에 서구가 직면한 이중의 과제, 즉 반공산주의 투쟁과 서구민주주의의 위기에 대응할 수 있는 프로그램을 제시하고 있지 않다. 루이스 피셔만이 공산주의독재의 악과 민주주의 악에 대한 이중의 거부(자)는 인간을 염두에 두고 자유를 위한 십자군을 조직하여 투쟁해야 한다고 강조한다. 단, 공산주의자나 동조자에 대한 관용을 단서로 다는데, 이는 그들도 언젠가는 환상에서 깨어날 것이며 모든 공산주의자는 잠재적인 반공산주의자로서 설득의 대상이기 때문이라는 것이다. 피셔의 제안은 "향후 최종적인 투쟁이 전 공산주의자와 현 공산당원과의 싸움이 될 것"[6]이라는 실로네의 예언과 일맥상통하는 것이었다. 실로네의 이 발언은 당시의 국제공산당에 대한 거부이자 사회주의에 대한 변함없는 자신의 신념을 우회적으로 강조한 것이었다.

이 같은 투쟁의 방향은 1947년 미국의 마샬 플랜과 소련의 세계공산화 계획의 추진에 따른 적대적 냉전질서의 정착, 특히 1949년 소련 핵무기개발 및 신중국이 성립되면서 미소 경쟁이 격화되는 신국면이 조성되면서 구체화되기에 이른다. 국제무대에서 미국화/소비에트화를 위한 문화전쟁, 즉 문화냉전의 차

---

6   위의 책, 161쪽.

원에서 『실패한 신』은 서구에서 출간된 일련의 반소비에트적인 선전 책자를 대표하는 텍스트로서의 위상을 획득하는 가운데 반공산주의를 정당화하는 특유의 냉전정치성을 발휘하게 되는 것이다. 따라서 『실패한 신』의 문화냉전 텍스트로서의 가치는 책의 내용 못지않게 이 텍스트가 어떻게 전파되었고 또 수용되었는가에 대한 문제가 비중 있게 다뤄져야 할 필요가 있다. 게다가 『실패한 신』의 기획이 CIA의 구상에서 탄생했고 또 CIA문화냉전의 전략적 방편으로 활용되었다고 할 때, '팍스 아메리카나'를 위한 문화전쟁이라는 CIA공작의 기본 목표가 애초의 의도대로 관철되었다고 보기 어렵다는 점에서 더욱 그러하다.[7]

『실패한 신』이 냉전기 한국에서 번역 출판된 것은 다섯 번이다. 1952년 을유문화사判版 『공산주의를 벗어난 인물들』, 사상계사 번역의 『환상을 깨다』[1961.7, 사상문고②], 공보부조사국 산하 내외문제연구소 번역의 『붉은 신화』[1964.11, 내외문고 ⑲], 국제펜클럽한국본부의 기획 번역 『실패한 신』[한진출판사, 1978], 범양사判版 『실패한 신』[1983] 등이다. 1984년 문명사에서 출간한 『실패한 신』은 사상계사번역본 『환상을 깨다』를 제목만 고쳐 그대로 재판한 것이라 별다른 의미가 없다. 『실패한 신』에 수록된 글 중에 아서 쾨슬러, 앙드레 지드, 루이스 피셔의 에세이가 국민사상연구원이 발행한 잡지 『사상』지에 연재되었고[1952.8~12, 중앙정

---

7 1966년 뉴욕타임즈가 폭로한 CIA보고서(「CIA─『뉴욕·타임즈』가 파헤친 비화」, 『동아일보』, 1966.4.30~6.4, ⑱회 초역 연재)에 따르면, "세계의 중추신경" 또는 "보이지 않는 정부"로 불리는 CIA의 비밀공작은 제3국 정부를 전복하고 새 정권의 수립을 도우며 현지의 군대를 조종하고 쿠바침공을 지휘하는 등 갖가지 방법을 통해 첩보·방첩활동을 전개하는 동시에 국내외 민간재단, 서적 및 잡지출판사, 국제문제연구학회, 외국방송국 등에 자금을 전액 또는 일부 보조하면서 정보수집 및 자체 공작뿐만 아니라 적의 공작에 대항하는데, 이들 단체들이 CIA를 위해 정말 유익한 일을 수행하는 것은 일부에 불과했다는 지적에 주목할 필요가 있다. 뮌헨에 있는 CIA가 문화자유회의, 자유유럽방송 등을 통해 유럽 전역을 대상으로 한 문화공작을 전개했으나 이 또한 비밀주의를 원칙으로 하는 CIA조직의 특성상 공작활동에 일정한 제한을 받을 수밖에 없었다는 것이다. 뉴욕타임즈의 폭로와 함께 CIA의 아버지로 불리던 전 CIA국장(1953~61) 알렌 W. 덜레스의 *The Secret Surrender*(최을림 역, 『스파이전 비록』, 보임출판사, 1966)가 출간됨으로써 CIA는 막다른 곤경에 처하게 되고, 이후 조직의 위상에 대한 제도적인 조정을 거치면서 국내외 사업에 여러 제약을 받게 된다.

보부 관할의 북한연구소 발행 『북한』에 '세계저명작가전향기世界著名作家轉向記' 기획으로 6회 초역 연재된1974.11~75.7 것까지 포함하면 한국에서 『실패한 신』의 번역이 의외로 많았고 지속적이었다는 사실을 확인할 수 있다. 제목과 전역全譯, 부분 번역사상계번역본은 쾨슬러, 실로네, 지드, 스펜더 등 4편만 수록, 초역抄譯 등의 번역 형태 그리고 목차 배열의 차이가 존재하나, 번역된 내용은 대체로 원서New York : Harper & Brothers Publishers, 1949 또는 London : Hamish Hamilton, 1950와 큰 차이가 없다.

주목할 것은 번역 출판의 시점 및 주체 그리고 구성 체계이다. 번역 출판이 공교롭게도 한국전쟁 기간을 비롯해 4·19혁명과 5·16쿠데타, 전국적인 한일국교정상화반대투쟁 고조기, 긴급조치 시기, 제5공화국 등 한국현대사의 격동적 전환 지점마다 이루어진 양상을 나타내고 있으며, 국민사상연구원, 을유문화사, 사상계사, 내외문제연구소, 한국펜클럽 등 당대 냉전반공 지식을 생산·전파하는 데 중심 역할을 담당했던 유수의 출판기관 및 단체들에 의해 기획된 특징이 있다. 단순한 번역출판으로 보기엔 석연치 않은 대목이다. 번역주체의 특정한 욕망과 의도가 깊숙이 개입되어 있다는 것을 추정해볼 수 있다. 실제 목차 배열과 역서譯序, 추가된 부록 등을 살펴보면 사상전의 텍스트로 활용되었다는 공통점과 함께 번역 당시의 정치적 현실 및 이데올로기적 지형과 밀접한 관계 속에서 번역되었다는 사실을 알아차릴 수 있다. 가령, 범양사판版의 경우 네오콘neocons, 미국의 신보수주의자들의 핵심 이데올로그 노만 포도레츠N. Podhoretz의 『실패한 신』을 재맥락화한 비평문과 김은국의 발문을 추가 편집함으로써 공산권 문호개방에 따른 좌파이데올로기의 대두에 대한 경계를 뒷받침하는 근거로 활용되었다. 그리고 『실패한 신』이 세계적인 네트워크를 갖춘 문화냉전기구들, 예컨대 문화자유회의와 문총 북한지부 및 사상계사, 국제펜클럽 등과의 긴밀한 접속을 배경으로 하고 있다는 점도 발견된다. 『실패한 신』의 지속적인 번역출판이 문화냉전의 세계적 연쇄와 이를 매개로 한 냉전지식의 한국적 내재화를 잘 드러내주는 텍스트였음을 시사해준다.

『실패한 신』은 R. 크로스먼이 누차 강조했듯이 직업적 공산주의자들의 전향기와는 결이 다르다. 버트런드 러셀은 여섯 명 저자들의 공산주의로의 전환에 내재된 고결한 열정은 양해될 수 있으나 실로네의 경우처럼 재전향의 공표에도 불구하고 사회주의에 대한 변할 수 없는 신념을 여전히 간직하고 있다는 것에 주목한 바 있다.[8] 한국에서 『실패한 신』은 이 같은 정치적·이데올로기적 맥락의 복잡성과 여기에 내포된 전후 서구체제 갱신의 비판적 문제제기가 사상된 채 이념적 반전을 기도한 서구지성의 양심의 기록 또는 반공산주의 전향선언으로 특칭해서 수용되었다. 이러한 기조를 바탕으로 공산주의 이데올로기의 결함과 공산체제의 모순 및 실패의 증거로 동시에 자유민주주의 및 남한체제의 우월성을 보증해주는 냉전텍스트로 의미화되는 일관성을 보여준다. R. 크로스먼의 서문과 함께 편집체제상의 특징으로 인해 각기 상이한 공산주의체험과 전향의 이유, 전향 후의 양대 이데올로기(체제)에 대한 미묘한 입장보다는 쾨슬러가 붙인 책의 제목, 즉 '신'(소비에트사회주의 체제)의 실패를 추인하는 것으로 읽힐 가능성이 컸다는 점이 냉전텍스트로서의 유효성을 증대시킬 수 있는 요인으로 작용한 면이 없지 않다.

물론 이 같은 면모는 공산주의체험 전향수기의 번역 수용 과정에서 일반적으로 나타나는 현상이다. 『실패한 신』에 앞서 냉전텍스트로 수용되어 대공심리전 자료로 활용되었던 전 주미소련상무관 빅토르 크라브첸코V. Kravchenko의 망명수기 『나는 자유를 선택했다I Chose Freedom』의 경우 그의 소련 비판이 반스탈린주의에 입각한 내용이었으나 그것이 냉전의 맥락에서 서구 반공주의자들에 의해 소련체제를 악마화하기 위한 재료로 이용되었고, 한국에서는 이뿐만

---

8   버트랜드·럿셀, 「혁명은 오다」, 양호민 편역, 『혁명은 오다-공산주의비판의 제관점』, 중앙문화사, 1953.7, 31~33쪽.

아니라 북한을 포함한 공산주의체제를 부정하는 대내외 심리전 자료로 활용된 바 있다.[9]

『실패한 신』의 한국적 수용의 특징은 서구와 동시기에 소개되었을 뿐만 아니라 이후 지속적인 번역을 통해서 텍스트의 성격이 거듭 재맥락화되었다는 데 있다. 동아시아 국가들의 수용과도 차이가 있었다. 일본에서는 한국보다 이른 1950년에 번역 소개되었으나村上芳雄·鑓田研一 共譯, 『神は躓く』, 靑渓書院 사회문화적인 영향이 그리 크지 않았고,[10] 중화권의 경우는 대만에서『파멸료적신심破滅了的信心』李省吾 譯, 華國出版社, 1950, 『추구여환멸追求與幻滅』蕭閑節 譯, 自由世界出版社, 1950과 홍콩에서『탄백집坦白集』齊文瑜 譯, 友聯出版社, 1952이 신중국 성립 후 순차적으로 번역되어 유통된 바 있으나 지속적이지 않았던 것으로 확인된다. 반면 한국에서는 다

---

9 *I Chose Freedom*의 번역 과정은 복잡하면서도 특이했다. 조선신문협회이사장 및 합동통신사 사장 김동성이 해방 후 민간인으로서는 최초로(여행허가증 제1호) 미국언론계 시찰을 위해 도미했을 때(1946.10) 이 책을 구입한 후 김을한이 주재한 '국제문화협회'에서 번역에 착수하는데, 미군정 하에서 번역출판을 위해 미공보원 책임자 제임스 스튜어트(J. L. Stewart)와 교섭 후 그가 미 국무성에 의뢰해 저자의 동의를 얻어 10명의 번역자가 분책해 번역을 한 뒤『나는 자유를 선택했다』(전2권, 1948~49, 이원식 역, 국제문화협회)로 출간되었다. 제1권 초판 3천 권이 바로 매진되고 판을 거듭하여 46판까지 발간된 당시 최고의 베스트셀러가 되면서(한국전쟁 전까지 5~6만 부가 간행) 서울중앙방송국의 대북심리전방송에서 2달간 낭독되었다(1949.5~7월 심야 1시~1시 15분, 낭독자는 토월회 출신 배우 이백수). 역자로 제시된 이원식은 가공의 인물이다. 이 텍스트의 번역에 대해서는 김을한, 「나는 자유를 선택하였다」(『경향신문』, 1956.2.2.~11) 참조. 잘 알려지지 않았으나 국제문화협회는 동경에서 발족된『조선문화사』(1939.4)의 후신으로 해방 후 월간『국제정보』발간과 김동성의『미국인상기』, 정한경의『쏘련인 조선에 오다』, 김구, 엄항섭의『토왜실기』등과 G. 오웰의『동물농장』(김길준 역), W.더글러스의『민주주의와 공산주의』(박노춘 역), 처칠의『제2차 세계대전 회고록』(주요섭 역) 번역 등 왕성한 출판 활동과 함께 한미 문화교류에 상당한 역할을 한 문화기관으로 주목을 요한다. 특히 변영태의『영문조선동화집(*Tells From Korea*)』(1946)는 해방 후 우리 문화를 외국어로 번역 소개한 최초의 사례로 특기할 만하다.

10 일본에서『실패한 신』의 번역은 주로 무라카미 요시오(村上芳雄)에 의해서 이루어진다. 1950년 번역 외에『神は躓く』(国際文化研究所, 1956), 『神は躓ずく－西歐知識人の政治體驗』(ぺりかん社, 1969) 등이 그에 의해 순차적으로 번역된 바 있는데, 내용에는 큰 차이가 없으나 1969년 번역본에서는 체제상 분류, 즉 入黨者達(쾨슬러, 실로네, 라이트)과 共感者達(지드, 피셔, 스펜더)로 변화를 준 것이 다르다. 저자가 확인한 바로는『실패한 신』에 대한 일본 내 반응은 그리 크지 않았던 것으로 파악되는데, 1950년에 번역된『神は躓く』에 대한 다케우치 요시미(竹内好)의 서평(「クロッスマン編『神は躓く』」, 『人間』 5-12, 1950.12)이 눈에 띈다.

양한 기관에 의해 여러 저본의 번역이 이루었으며, 지드, 스펜더, 쾨슬러, 실로 네, 라이트 등의 또 다른 문학작품의 번역출판과 결합되어『실패한 신』의 수용 이 다양하게 굴절·변용되는 특징을 나타낸다. 이 같은 번역 수용이 지닌 영향 의 범위와 효과를 구체적으로 가늠하기란 쉽지 않다. 다만 수용의 장기 지속성 과 더불어 번역주체 또는 전신자(단체)들의 사회문화적 위상 및 영향력을 감안 할 때 지식인사회뿐만 아니라 일반 독자들에게도 널리 읽혔을 가능성이 높다. 특히 월남지식인과 문인들에게 끼친 영향이 매우 컸다는 것은 여러 자료를 통 해 확인되는 바다.

이 글은 문화냉전이란 분명한 의도에 의해 기획·탄생한『실패한 신』이 한국 에서 번역되는 맥락과 그 수용의 양상에 초점을 두고『실패한 신』이 지닌 냉전 텍스트로서의 의의 및 장기 지속적인 변용의 냉전정치성을 구명하고자 한다. 이는 문화냉전과 그 콘텐츠의 세계적 연쇄, 특히 CIA―문화자유회의―문총 북한지부, 문화자유회의한국본부, 사상계사, 펜클럽한국본부 등 다채널적인 세 계/한국의 냉전문화네트워크 접속과 그것의 한국적 굴절에 개재된 냉전주체성 을 재탐색하는 작업이기도 하다. 세계/한국의 수직적 네트워크가 일방적 관계 로 구현되었다고 보기 어렵다는 점에서『실패한 신』의 수용에서 생성된 특유의 냉전정치성은 한국의 냉전지식이 지닌 존재방식의 특수성을 파악하는 데도 유 용하다는 생각이다. 이는『실패한 신』이 양심의 기록으로 특화된 것과 다른 한 편으로 존재했던 국내의 다양한 전향의 기록들, 이를테면 국민보도연맹 가입전 향자, 전시부역자, 전향남파간첩 및 비전향장기수, 월남귀순자(조총련귀순자) 등 의 전향서가 사상적 오점으로 이미지화된 것과의 비교를 통해 전향의 기록들이 사상사적으로 어떻게 존재했는가를 재구하는 데 보탬이 될 것이다.

그리고『실패한 신』의 냉전정치성 탐구는 해방기 남한사회에서 복수의 탈식 민적 대안체제를 구상하는 데 유력한 자원으로 활용되었던 사회주의(이데올로기) 및 소비에트체제를 둘러싼 사상전이 냉전체제의 규율 속에 어떻게 단절·재편되는가를 밝히는 데도 유용한 자료가 된다. 아울러 『실패한 신』이 시차 없이 당시로서는 냉전의 주변부였던 동아시아 국가들에 수용되어 '소프트 파워soft power'로서 진영 전쟁 및 각국 냉전사회화의 효과적인 무기로 기능하는 양상을 비교해볼 수 있는 드문 냉전텍스트라는 점도 환기해둘 필요가 있다.

2. 냉전텍스트의 세계적 연쇄와 한국 및 동아시아의 문화냉전

『실패한 신』은 1952년 9월 두 경로로 한국에 처음 소개된다. 국민사상연구원이 발간한 『사상』에서의 일부 텍스트 번역으로, 다른 하나는 을유문화사의 완역 『공산주의를 벗어난 인물들』을 통해서다. 일본 및 대만에 비해 조금 늦게 소개된 셈인데, 한국전쟁 기간에 수용되는 공통점이 있다. 『사상』에서의 번역은 『실패한 신』에 수록된 「앙드레 지드-그가 본 공산주의」이시호 역, 창간호, 1952.9, 「아서 쾨슬러-내가 본 공산주의」허현 역, 제2호, 1952.10 등의 전재와 『실패한 신』의 필진이었던 루이스 피셔의 「스탈린의 생生과 사死」이시호 역, 제4호, 1952.12가 연속 기획으로 게재되었다. 에니드 스타키를 전언자로 제시한 다른 번역서와 달리 앙드레 지드의 에세이 필자를 그녀로 명기한 것이 특징적이다(지드와 스타키의 필자 약전略傳을 함께 수록). 피셔의 글은 그의 저서 『스탈린의 생과 사』를 초역한 것으로, 스탈린이 크렘린에 입성하기까지 과정과 레닌, 트로츠키, 스탈린의 동지적 관계 및 레닌 사후 소비에트권력투쟁사를 스탈린이 소비에트정권을 장악하는 것에 초점을 두고 기술하고 있다. 일종의 스탈린 전기(평전)로, 스탈린은 마르크스주의 혁명가가 아닌 "약자를 모멸하는 원시인", "권력의 노예" 등으로 묘사되고 있다.[11] 피셔의 스탈린전기는 독재, 개인숭배, 대량학살, 공포정치로 요약되는 스탈린식 전체주의를 비판하고 있는『실패한 신』의 기조와 일맥상통한다는 점에서 번역된 것으로 보인다.

『사상』이 창간호부터『실패한 신』을 번역 연재한 의도는 편집후기에서 밝히고 있듯이 '사상적 고민을 지닌 지식인들에게 사상적 좌표를 제공'하기 위함이었다.1952.10, 157쪽 문교부 산하 국책 사상연구기관으로 1951년에 창설된 국민사상연구원은 전시 대공전쟁의 승리를 위한 사상전을 다방면으로 전개한 바 있는데,『실패한 신』의 번역은 유물변증법과 공산주의이론 비판을 중심으로 한 지방순회강연회 및 사상총서 발간 등 전시에 국민사상연구원이 주력했던 반공프로파간다의 일환으로 볼 수 있다.[12] 특히 사상전의 주체이자 반공주의 담론 생산의 주력이었던 지식인들에게 반공산주의 정당화의 이념적 근거로 전용된 서구지성의 전향 고백은 반공이데올로기를 접점으로 한 권력과 지식(인)의 관계를 강화하는 한편 소프트 파워가 강조되는 전시 진영전쟁 및 대내외 심리전에 효과적인 자원이었다.

실제 한국전쟁기에도 지식인들의 사상적 동향은 반공주의로 단일화되었다고 볼 수 없다. 전시부역자들의 수기를 통해서 그 유동적 실태를 확인할 수 있는데, 양주동은 당시의 빨갱이를 본질적 빨갱이와 일시적이고 부분적 빨갱이, 즉 일시적 피현혹자와 기회주의적 빨갱이로 세분한 가운데 지식인층의 상당부분을 차지하고 있는 공산주의에 대한 정신적 동반자들이 회개와 전향이 가능하

---

11 루이스·핏셔,「스탈린의 生과 死」,『사상』, 1952.12, 180~203쪽. 권력의 노예로 집약되는 스탈린에 대한 부정적 이미지화는 그의 사후에도 계속 재현되는데, 특히 스탈린 격하운동의 흐름 속에 체코 태생의 J. 버너드 허튼의 스탈린전기(전2권)가「스탈린의 사생활」(『동아일보』, 1961.11.30~62.2.5, 58회)로 (발췌)번역되는 과정을 거치며 냉전기 한국에서 스탈린은 무자비한 독재자의 대표적인 형상으로 자리매김되기에 이른다. 해방기 스탈린의『투쟁과 승리』(서울정치교육사 역, 1946)를 비롯한 조선맑스·엥겔스·레닌연구소 및 사회과학총서간행회의 스탈린 저서들에 대한 번역출판을 통해서 부각된 사회주의혁명가로서의 스탈린 형상은 급격히 단절·소거될 수밖에 없었다.
12 전시 국민사상연구원의 활동 및 담론생산의 구체적 면모에 대해서는 김봉국,「1950년대 전반기 국민사상연구원의 설립과 활동」, 전남대 석사논문, 2010, 31~43쪽 참조.

고 오히려 멸공의 선봉이 될 수 있다고 주장한 바 있다.[13] 지식인의 거반과 민중의 일부를 차지하고 있던 기회주의적 빨갱이를 가장 경계해야 할 대상으로 취급한 것에 비해 동반자들, 그의 명명법으로 하면 '자유주의 좌파'를 우선적인 포섭 대상으로 삼은 것이 흥미로운데 당시 잔류파들의 공통된 주장이기도 했다.[14] 양주동의 의견에서 더욱 주목되는 부분은 멸공의 이론과 실제에 있어서 두 가지 입론의 위험성, 즉 공산주의 이론이나 목적은 좋으나 실제가 나쁘다거나 공산당을 일소하려면 민중 생활의 개선과 향상이 우선이라는 태도를 경계해야 한다는 주장이다. 부역자들의 변명적 언술이라는 점을 고려하더라도 정부수립 후 전향의 강제 속에서 여전히 비반공주의적 태도와 대한민국을 전적으로 신뢰하지 않는 지식인들이 존재했다는 사실을 역설적으로 알려준다. 문화예술계 내부에서 전향자들에 대한 의혹(위장 전향)의 시선이 팽배했던 저간의 사정 또한 알 수 있다. 『실패한 신』 저자들의 이데올로기적 지향과 일정 정도 유사한 당시 자유주의 좌파 남한지식인들의 사상적 좌표 설정에 『실패한 신』의 전향고백은 공산주의에 대한 인식을 조정하는 데 유익한 텍스트로 작용할 여지가 컸다고 추정할 수 있다. 물론 이 과정에서 가장 직접적이고 전폭적인 영향을 끼친 것은 한국전쟁 기간 공산주의의 실지 체험이었다.

을유문화사판版 『공산주의를 벗어난 인물들』은 번역의 저본과 역자를 밝히지 않았고, 일반적으로 번역의 배경, 의도 등을 담은 역자 서문 혹은 후기도 없다. 그렇다고 번역이 부실한 것은 아니다. 전역全譯이고, 당시 유통되었던 영어판 및 다른 번역본의 내용과 큰 차이가 없다. 다만 표제의 개제, 목차 배열의 재구성 즉, '안에서 본 공산주의'쾨슬러, 실로네, 라이트 및 '밖에서 본 공산주의'지드,

---

13 양주동, 「共亂의 敎訓」, 오제도 외, 『敵禍三朔九人集』, 국제보도연맹, 1951.4, 11~18쪽.
14 잔류파였던 고희동은 북한 점령하에서 적비(赤匪)보다도 더 악독했던 것이 북한에 부화뇌동한 부류였다며 이들에 대한 강한 적대감을 표출한 바 있다. 고희동, 「나의 체험기」, 『신천지』, 1951.1, 49쪽.

피셔, 스펜더로 구분하여 변화를 준 점이 눈에 띈다. 이러한 목차 재구성은 한국뿐만 아니라 동아시아 국가들의 『실패한 신』 번역서에 공통적으로 나타나는 현상이다. 명명이 다를 뿐 크게 공산당 입당(문)자/동반(조)자로 구분하고 있는데, 이 같은 범주화에 따른 양자의 구분은 또 다른 이데올로기적 편견을 만들어낸 텍스트 수용의 굴절을 드러내주는 한 예다. 특히 한국과 대만에서는 전향, 부역 등을 기제로 한 (민족)반역프레임이 한층 강화된 형태로 가동되는 국면에서 이 같은 구별 짓기가 사상적 내부평정 작업의 도구가 되면서 국민의 내·외집단을 재구성하는 데 실효적으로 작용한 바 있다. 진영론적 냉전인식의 투사이자 호명에 연루된 존재들에 대한 억압을 정당화하기 위한 정치적 의도가 개재된 것으로 볼 수 있다.

그러면 을유문화사가 전시에 『실패한 신』을 처음으로 완역한 배경은 무엇일까? 해방 후 '조선문화총서' 및 '대학총서' 기획과 학술지 『학풍』 발간1948.9~50.6 등 자주적 (한)국학의 전문적인 학술 출판을 지향했던 을유문화사는 한국전쟁으로 인해 사옥이 전소되는 난관에 봉착한 가운데 전쟁수기 및 미 공보원의 후원 아래 미국 (문학)서적의 출판을 통해 재기를 모색하는 과정에서 『실패한 신』을 번역한다. 번역의 취지는 『공산주의를 벗어난 인물들』의 속표지에 제시된 『실패한 신』에 대한 성격 규정, 즉 "이 책은 공산주의의 허울 좋은 약속을 믿고 거기 가담 또는 추종하다가 그 진상을 실지로 보고 크게 실망한 후 다시 인간의 존엄성과 자유를 찾아서 전향하여 온 6명의 세계적 저명인사들의 숨김없는 양심의 기록"이라는 설명을 통해서 단서를 찾을 수 있다. 전향의 양심기록임을 강조하고 또 이를 특화시켜 광고한 점을 미루어 볼 때 전시 사상전의 용도로 번역했다는 추정이 가능하다.

실제 을유문화사는 한국전쟁 기간 사상전의 가장 효과적인 무기로 동원되었던 전쟁체험 수기를 다수 출판했다. 서울수복 직후 종군기자들의 수기를 집성

한『동란의 진상-괴뢰군 선전은 새빨간 거짓말이었다』한국문제연구소 편, 1950.11,
국방부정훈국검열필을 발간해 대북 역선전전의 자료를 생산·제공하는가 하면, 전시
잔류파 또는 북한에 강제 동원된 경력을 지닌 지식인들의 체험수기『나는 이
렇게 살았다-수난의 기록』채대식 외, 1950.12을 출간해『고난의 90일』유진오 외, 수도
문화사, 1950.11과 더불어 전시 반공프로파간다를 민간 차원에서 주도적으로 뒷받
침했다. 특히『나는 이렇게 살았다』는 국가합동수사본부 차원의 심리전 기획에 의
해 발간된 부역문인들의 체험수기『적화삼삭구인집敵禍三朔九人集』국제보도연맹, 1951
보다 앞선 것으로 북한 치하의 공산주의의 지배를 경험했던 각계 지식인들의
생생한 증언이었기 때문에 당시 긴급하게 요구되었던 체제우월성 선전과 대공
전선의 강화를 독려하는 데 적극 활용된 가운데 대중적 수용의 폭도 광범했
다.[15] 나아가 이 체험수기가 지닌 심리전적 효과에 주목한 미국의 문화냉전 전
략이 개입되면서 이 텍스트는 자유세계로 전파되어 지구적 냉전심리전 수행의
텍스트로 이용되는 과정을 거친다.[16]

　『실패한 신』의 번역은 이 같은 의도의 연장으로 볼 수 있다. 제2차 세계대전
전의 전향 게다가 한국전쟁과 무관한 국외자의 공산주의 전향기록인『실패한
신』이 열전의 와중에서 공산주의에 대한 노골적인 적대와 증오로 점철된 부역
자들의 체험수기와 결합되어 적의 이미지 창출을 통해서 강력한 이데올로기적
담론 효과를 발휘하며 냉전적 사유와 인식이 본격적으로 재주조되는 전환점에
을유문화사판『공산주의를 벗어난 인물들』이 위치하고 있었던 것이다. 그 과정

---

15 「세월따라 명멸한 독서계의 별, 베스트셀러 30년」,『동아일보』, 1978.8.11.
16 『나는 이렇게 살았다』와『고난의 90일』에 수록된 체험수기의 일부를 번역하여 새롭게 구성한
　 The Reds Take a City(럿거스대 출판부, 1951)의 지구적 전파와 동시에 그 영역본 만화『동순이
　 와 순최』로 변주되어 국내에 귀환되는 전반의 맥락에 대해서는 옥창준·김민환, 「사상심리전의
　 텍스트로서 한국전쟁-자유세계로의 확산과 동아시아적 귀환」(『역사비평』118, 역사비평사,
　 2017) 참조.『나는 이렇게 살았다』는 1980년대 을유문화사가 문고본으로 재판하는데(박순천
　 외,『나는 이렇게 살았다』, 을유문화사, 1988), 이 문고본에는 기존 12편의 수기에다 김팔봉
　 (「인민재판 이후」)과 모윤숙(「회상의 창가에서」)의 전시 체험수기 두 편이 추가 수록되었다.

에서 『실패한 신』의 저자들은 한국에서 열렬한 반공투사로 재再정위된다.

　이로 볼 때 한국전쟁은 반공산주의 냉전지식의 생산 및 전파와 유입이 공존했던 전시장이자 세계적 문화냉전의 새로운 발원지였다고 할 수 있다. 옥창준의 연구에서 밝혀진 바와 같이 *The Reds Take a City*가 이탈리아어로 번역되어 CIA의 이탈리아 좌파진영에 대한 분열 공작으로 활용되는 양상과, 다른 한편에서는 이탈리아공산당 창립의 주축 멤버이자 반스탈린주의자로 변신한 이냐치오 실로네의 전향수기가 포함된 『실패한 신』의 전시 한국 수용이 교차하는 장면이 이를 잘 보여준다. 우연한 조우로 보기 어렵다. 1951년 파리에서 처음 공개된 피카소의 「한국에서의 학살」1951에 대해 자유진영(미국)이 공산주의자들의 프로파간다로, 프랑스공산당은 학살의 주체가 분명하지 않다고 각각 거센 비판을 제기했던 것도 한국전쟁이 진영 간 문화냉전의 소재로 활용된 또 다른 사례다.

　크라브젠코의 『나는 자유를 선택했다*I Chose Freedom*』가 다시 번역되는 맥락도 마찬가지다. 앞서 소개한 바와 같이 이 텍스트는 소련공산당원이자 주미 소련 상무관의 요직을 역임한 저자가 미국 망명 후 스탈린 치하의 소련 현실을 해부·비판한 수기로 발간 직후 미국에서 베스트셀러가 되었고 곧바로 한국에서도 번역되어 널리 수용된 바 있다. 대북심리전방송을 통해 북한 지역으로까지 전파된 독특한 사례이기도 했다. 이 텍스트는 민족국가건설을 위한 복수의 노선과 전망이 각축을 벌인 해방기 정치현실에서 사이비적 소련 소개 서적들과 달리 소련 공산당 내부자에 의한 전체주의적 크렘린독재의 실상을 상세하게 폭로하고 있다는 점에서 소련의 제도를 파악하는 데 가장 좋은 지침서로 간주되었고,[17] 당시 반공산주의자뿐만 아니라 공산당관계자들에게도 상당한 관심을 끌

17　변영태, 「신간 『나는 자유를 선택하였다』」(『동아일보』, 1948.9.21), 西庭生, 「신간평－철의 장막 해명, 『나는 자유를 선택하였다』」(『자유신문』, 1948.9.20).

었다. '소련인이 쓴 소련의 진상'이란 문구가 모든 지면광고에서 대서특필된다.

동서냉전의 격화와 민족분단이 제도화된 국면에서 번역 출판됨으로써 크라보젠코의 미국으로의 탈출·망명은 그도 적시하고 있듯이 '공산주의 체제의 위선, 혼란, 비참으로부터의 해방'제12장으로 평가된 가운데 공산주의에 대한 저항과 서구체제의 우월성을 입증하는 반공심리전 텍스트로 활용되었다. 이 텍스트와 더불어 중국공산당 치하의 체험을 기록한 일련의 증언 수기도 마찬가지의 맥락에서 번역되어 대공심리전 텍스트로 활용되었다.[18] 더욱이 『나는 자유를 선택했다』 소송사건, 즉 프랑스공산당 기관지『文學界』가 이 텍스트를 반소적인 프로파간다를 내포한 위작僞作이며 크라보젠코는 반역자라는 기사를 실었고 이에 대해 크라보젠코가 명예훼손 혐의로 고소한 사건이 동서 진영의 문화냉전으로 비화되고[19] 결국 격렬한 대 논전을 거쳐 저자가 승소함으로써 이 수기는 반소비에트 서적을 대표하는 텍스트로서의 위상을 확고하게 얻게 되는 가운데 프로파간다의 효과가 증폭될 수 있었다.[20]

---

18 가령 중국공산당 치하에서 탈출한 韋丙炎의 수기 『공산당 치하의 중국』(허우성 역, 공보처, 1949.10)이 공보처에 의해 번역·출판되어 대공프로파간다용으로 동원되었다. 이 수기는 "중국판 『나는 자유를 선택했다』의 서곡"(2쪽)으로 평가되면서 공산주의체제의 반인륜적 폭력성을 선전하는 데 중요한 자료로 활용된 바 있다. 전시에는 중국공산당의 혁명투사였다가 탈출·전향한 샤오잉(蕭英)의 수기 『나는 毛澤東의 女秘書였다』(김광주 역, 수도문화사, 1951.12)가 번역 보급되었는데, 중국의 한국전쟁 참전으로 중국공산주의에 대한 비난이 극대화되어 수용되는 특징을 나타낸다. 마오쩌둥 권력정치의 진상 폭로와 이에 대항하여 궐기를 호소, 공산당의 교묘한 선전에 청년들이 휩쓸리는 상황에 대한 경고를 목적으로 썼다는 저자의 발언(原序, 3~4쪽), 공산주의의 미몽에서 완전히 깨어나지 못하고 있는 공산주의자들에 대한 경고(역자의 말, 5쪽), 이 증언수기를 "『나는 자유를 선택했다』와 함께 공산주의를 관념에서가 아니라 실제적인 체험을 통해 비판한 자유인의 성실한 기록"으로 평가한 뒤 샤오잉의 공산주의경험과 사상적 변화 과정을 통해서 중국공산당 정권의 범죄를 확인하는 동시에 그 연장으로 한국전에 참전한 중국(살인귀)의 격멸이 갖는 세계사적 의의를 강조한 가운데 대적 투쟁의 전투력 조성에 기여할 것으로 희망하는 조연현의 발문(143~144쪽) 등 전시 사상전 텍스트로서의 가치가 적극 강조되었다.
19 김을한, 『인생잡기』, 일조각, 1956, 159~161쪽 참조.
20 이 소송사건의 전말에 대해서는 「『나는 자유를 선택하였다』의 저자 크라부첸코 소송사건」(『자유신문』, 1949.7.13~15)을 참조.

이 같은 일차적인 수용을 거친 텍스트가 전시에 다른 판본, 즉 문고판『나는 자유를 선택하였다』1951.7로 재번역되어 또 한 번의 의미 변용을 거친다. 사회 주의 자체를 비판·부정하는 내용이 전혀 없는 가운데 사회주의와 인류을 배 신한 스탈린체제를 고발하는 데 중점을 둔 이 텍스트는 한국전쟁을 통해 공산 주의 폭력성에 대한 직접 경험과 결부되면서 공산주의이데올로기 자체가 인류 의 적이라는 냉전진영론의 도식을 만들어내는 근거 자료로 폭넓게 활용된다. 재번역의 의도가 이러한 낙인찍기에 있었고, 그것이 멸공의 당위성을 선양하 는 데 동원되면서 전시에 냉전인식을 전파·확산시키는 기여를 한다.[21] 이와 더불어 정전협정 직후인 1953년 9월 극단 '자유극회'가「나는 자유를 선택하 였다」를 연극화하여연출: 허석 시공관을 비롯한 다수의 극장에서 상연됨으로써 전후 대공 전략심리전의 본격화에 기여했다.[22]

『실패한 신』을 비롯한 일련의 반소비에트서적은 전시 및 전후에 지식인들에 게 반향이 컸던 것으로 확인된다. 특히 월남지식인들에게는 체제 선택을 감행 한 자기신념의 정당성을 재확인하는 계기로 나아가 냉전반공에 헌신하는 자신 의 행적을 입증해주는 알리바이로 수용된 점이 눈에 띈다. 선우휘는 전시 최전 선에서 장교로 근무할 때 영어본과 일본어본 두 권의『실패한 신』을 홀린 듯이

---

21 빅토르 크라브첸코, 허백년 역,『나는 자유를 선택했다』, 동해당, 1951.7, 123~124쪽. 이 번역 본은『리더스 다이제스트』에 연재된(1946.6~11) 것의 축소판 번역인데, 역자는 멸공전선 강 화의 시급성에 맞춰 출판과 보급에 유리한 염가의 문고본으로 번역 출판했다는 점을 강조하고 있다. 크라브첸코의 망명수기『나는 자유를 선택했다』의 번역은 해방~한국전쟁 기간 반소비에 트 서적의 수용사를 잘 보여주는 사례로 주목을 요한다. 덧붙여 크라브첸코의 수기의 선별적 수용, 즉 미국 자본주의와 제국주의를 비판한 크라브첸코의 또 다른 저작 *I Chose Justice*(1950) 가 미국에서 철저한 무시와 함께 그가 적색 환상에 빠져 있는 사람으로 매도된 바 있는데 한국 에서는 이 텍스트에 대해 전혀 거론되지 않았다는 점도 참조할 필요가 있다. 크라브첸코의 저술 에 대한 언급은 박노자의 소개 정도가 있을 뿐이다(www.redian.org, 2013.1.30).
22 1953년 9월 16일 시공관에서 초연된 뒤 동양극장, 평화극장 순으로 하루 3회씩 재공연되어 성 황을 이뤘다. 당시 주인공 배역이었던 변기종은 반공극〈나는 자유를 선택하였다〉가 영화에 빼 앗겼던 많은 연극팬을 다시 극장으로 불러들이는 데 성공했으며 한국연극을 중흥·발전시킬 수 있는 계기가 되었다고 회고한 바 있다. 변기종,「흘러간 무대 ①」,『매일경제신문』, 1969.10.31.

탐독했으며, 이 독서경험이 이후 자신의 삶과 공산주의관에 결정적인 영향을 끼쳤다고 회고한 바 있다.[23] 그 이유로『실패한 신』에 실린 전향 서구지성들이 공산주의를 이론적으로 극복했다기보다 체험에 의해 정서적으로 극복했다는 점과 더 중요한 것은 그들의 피어린 체험기가 공산주의에 대한 혐오와 분노로 말미암아 또 다른 과격사상인 파시즘으로 경사되는 것을 자제하는 힘을 제공해주었다는 것을 들고 있다. 자신이 월남자로서 공산주의에 대한 지식을 함양하고 공산주의를 극복할 수 있는 논의를 계속해서 해올 수 있었던 원천이『실패한 신』에 있었다는 것이다. 특히 이 전향기가 자신이 파시즘과 같은 과격사상으로 함몰되지 않게끔 방파제 역할을 했다는 자평은 음미할 필요가 있다.[24] 월남문학인 김은국리처드 김의 경우도 마찬가지인데, 그는 1955년 미국 유학 Middlebury College 때『실패한 신』을 처음 읽고 왜 자신이 공산당과 싸우지 않을 수 없었는가에 대한 명확한 해답을 이 책에서 얻었다며 이를 통해 획득한 신념이『순교자』의 주제의식과도 간접적으로 연관되어 있음을 시사한 바 있다.[25]

---

23 선우휘,「'실패한 신'은 누구인가」,『조선일보』, 1983.12.4. 선우휘는 당시 자신이 읽은 일본어 번역본의 제목을 "신은 무릎을 꿇다"로 기억하고 있는데, 村上芳雄·鏑田研一 共訳,『神は躓く』(靑渓書院, 1950)을 말한다.

24 이 부분은 상당수 월남지식인들의 월남 후 사상체계와 행적을 이해하는 데 중요한 참조가 된다는 판단이다. 김건우는 선우휘가 철저한 극우반공주의자였음에도 불구하고 서북청년회와 같은 극단적 형태로 그 성향이 드러나지 않았던 까닭이 그의 삶과 생각에서 지역주의라는 또 하나의 비합리적인 거멀못이 작용했기 때문이라고 분석한 바 있는데(김건우,『대한민국의 설계자들』, 느티나무책방, 2017, 101쪽), 그의 반공주의가 자유민주주의와 일정부분 내접되어 권위주의 정권에 대한 비판적 담론을 전개했던 맥락을 파악하는 데「실패한 신」의 독서경험과 이로부터의 감화가 또 하나의 참조점이 될 수 있을 것으로 보인다. 다른 예로 김동명의 경우를 들 수 있는데, 해방 후 북한에서 반공주의 활동(함흥반공학생의거)에 가담했다가 쫓겨 월남한 그가 월남지식인 중 가장 극단적인 반공주의담론을 설파했음에도 불구하고 권위주의 정권에 대한 적극적인 대항 및 정치투쟁을 전개한 데에는 김재준의 영향뿐만 아니라 그의 독특한 이데올로기관이 작용했다. 칼 슈미트의 '적과 동지'라는 냉전이분법적 사유체계와 현실인식은 공산주의를 정복할 수 있는 유일한 무기가 적색전체주의의 안티테제로서 민주주의(체제)에 있다는 논리구조를 형성했고 그것이 공산주의에 대한 극단적 적대와 함께 반민주주의적인 내부의 적, 특히 권위주의정권에 대한 실천적 투쟁으로 전개되는 양상은『실패한 신』을 관통하는 공산주의(체제) 인식과 여러모로 닮아 있다(김동명,『적과 동지』, 창평사, 1955 참조).

25 김은국,「세계지성 6인의 공산체험기」,『경향신문』, 1983.8.23.『순교자』가 1964년 초판 이

선우휘와 김은국 모두 『실패한 신』 가운데 특히 코뮤니즘을 가장 인간적인 사회로 맹신했던 실로네의 공산주의로의 전향 및 공산주의의 독재와 스탈린의 반혁명에 대한 체험 그리고 재전향의 고뇌에 깊은 감명을 받았다는 점도 흥미롭다. 그리고 최정호는 앙드레 지드의 『소련기행』, 크라보젠코의 『나는 자유를 선택했다』 등 반소비에트서적의 독서경험이 당시까지 진보의 동의어로 여겼던 사회주의에 대한 믿음을 크게 흔들어 놓았고, 그런 심적 동요가 정전협정 직후 북한에서 자행된 '남로당계숙청사건'1953.8을 계기로 북한에 대한 모든 기대를 완전히 불식했다고 술회한 바 있다("그때부터 대한민국을 마음속에서 '내 나라'로 받아들였다").[26]

이 같은 사례를 통해서 해방 후 이데올로기적 현실정치에의 참여 여부를 떠나 지식인들의 의식 및 태도의 저변에는 사회주의이데올로기와 소비에트 및 사회주의체제로 변환한 북한에 대한 관심과 기대가 분단의 제도화 국면 이후로까지 상당기간 지속되었다는 것을 간취할 수 있다.[27] 아울러 한국전쟁을 계

래 15개 언어로 번역 출판되고 한국에서는 연극으로 무대상연이 이루어진 후 1965년 영화화되는 과정을 거치는데(감독 : 유현목), 그 과정에서 원작(작가)의 공산주의 찬양 문제가 논란이 된 바 있다. 공보부 검열 통과 직후 개봉을 앞둔 상황에서 기독교계 일부에서 순교자에 대한 모독과 공산주의 찬양을 문제 삼아 상영중지 요청을 제기했으나(「기독교계에 순교자 파문」, 『동아일보』, 1965.6.29) 기각되었고, 영화 상영 도중 중앙정보부가 개입하여 보안상 유해롭다는 판단과 함께 이 문제에 대한 미국 CIA와의 숙의가 필요하다는 의견과 CIA파견 검열관의 검열을 거쳐 보안상 문제가 없음이 최종적으로 확정되었다(한국영상자료원 소장 「순교자」 검열서류 참조).

26 최정호, 「내가 진보를 못 따라가는 까닭」, 『동아일보』, 2006.2.9. 남로당계숙청사건은 북한의 스탈린식 피의 숙청이라는 반인간적 폭력성과 대표적 냉전금기였던 월북의제가 착종되어 남한 문화계에 미묘한 파장을 초래했다. 특히 미제스파이로 단죄·숙청된 임화는 이 사건을 계기로 은폐/생환의 모순성 속에 냉전문학사를 저류하는 과정을 거친다.

27 이 같은 분위기는 전 駐蘇미국대사(1946.3~49.3)이자 1952년 CIA국장이던 W. B. 스미스의 소련 비판 해부서인 『모스크바의 三年(MY THREE YEARS IN MOSCW. 1950)』(강상운 역, 수도문화사, 1951.12)의 번역·수용에서 엿볼 수 있다. 기행기적인 소련관과 차원이 다른 소련연구서로 소개된(역자 서, 1~4쪽) 이 텍스트는 한국의 인텔리들이 꼭 일독을 해야 하는 것으로 권장·광고된 바 있는데, 지식인사회에서 사회주의(소비에트체제)에 대한 관심 혹은 기대가 완전히 불식되지 않은 저간의 사정이 반영된 것으로 이해할 수 있다.

기로 소비에트에 대한 감상적 동경이 재조정되는 과정을 거친다는 점도 어느 정도 확인이 가능하다. 이는 소비에트관련 텍스트에 관한 수용사의 변화를 말해준다. 해방 직후 남북을 통틀어 소비에트 열풍이 거세게 일었고,[28] 특히 복수의 정치적 전망이 각축을 벌인 남한에서는 마르크스·레닌 저작의 광범한 수용 및 소비에트(체험)기행기를 중심으로 한 반소비에트/친소비에트(반미)의 이념적 분립 및 대립과 그에 따른 프로파간다가 치열하게 전개되었다.[29] 1930년대에 발간된 앙드레 지드의 소련기행문과 이와 대척적인 시각으로 기술된 줄리안 헉슬리의 소련기행문뿐만 아니라 동시기 에드가 스노, 이태준의 소련체험기 등이 출판 소개되면서 소련에 대한 이해·인식의 중요한 원천으로 작용한 바 있으며,[30] 그 흐름이 정부수립을 기점으로 특히 사상적 내부평정작업의 광풍이 몰아닥친 전향국면과 맞물려 적대적인 반사회주의·반소비에트적 인식을 주조하는 냉전텍스트로 편향되는 과정을 거쳤다.[31] 신중국에 관한 텍스

---

28 해방 직후 북한에서의 소련에 대한 인식과 역사화에 대해서는 남원진, 「해방기 소련에 대한 허구, 사실 그리고 역사화」, 『한국현대문학연구』 34, 한국현대문학회, 2011 참조.

29 이에 대해서는 이행선, 「해방공간, 소련·북조선기행과 반공주의」, 『인문과학연구논총』 34-2, 명지대 인문과학연구소, 2013 참조.

30 유네스코 초대 사무총장(1946~48)을 지낸 J.헉슬리의 『科學者가 본 蘇聯』(옥명찬 역, 노농사, 1946.12, 인민문고 ④)은 헉슬리가 1931년 문화사절단의 일원으로 소련을 방문한 직후 출간한 소련기행기(*A scientist amuong the soviets*, 1932)로 당시 제1차 5개년계획 시기 소련의 실상에 대해 과학적 부면을 통하여 얻은 인상을 위주로 아주 구체적으로 그리고 공평한 태도로 기술한 특징이 있다. 그가 이 기행기에서 가장 강조한 것은 당시 발전도상에 있는 그리고 다른 국가에 비해 가장 앞선 새로운 소련의 과오와 "實物敎訓"에서 배워야 한다는 것이었다(113~116쪽). 헉슬리의 소련기행문은 백남운이 주도한 민족문화연구소에서 객관적인 소련 이해의 중요한 텍스트, 즉 "과거에 소련을 시찰한 사람들이 대체로 자본주의사회를 기초로 한 선입견을 가지고 이 사회에도 묵은 테두리를 씌우랴는 데 반하여 그가 과학적인 냉철한 태도로 새로운 각도에서 관찰한 것은 '안드레 지-드'와 전혀 대척적"(『민족문화』, 민족문화연구소, 1946.7, 56쪽)이라고 평가한 뒤 소련이 걸어온 길을 당대적 정세 속에서 반성하고 관찰하는 데 중요한 자료로서의 의의를 부여했다. 역자 옥명찬도 민족문화연구소의 핵심 멤버였다. J.헉슬리는 『멋진 신세계』(1932)의 작가 A.헉슬리의 친형이다.

31 그 같은 양상은 한국전쟁 이후 저술된 소련기행기의 번역에서도 관철된다. 가령, E. 스티븐슨의 『내가 본 蘇聯(敵과 友人)』(강한인 역, 自由舍, 1961)과 H. 스트랄렌의 『소비에트 旅行記』(윤형중 역, 탐구당, 1964)의 경우 스탈린 사후 1950년대 후반 소련사회의 발전상과 소련인의 생태에 대한 객관적인 보고에 주력한 가운데 소련을 미국과 대등한 강대국으로 인정해야 할 필요

트들도 마찬가지였다.

다만 공론 장에서의 철저한 배제와 더불어 이러한 냉전적 수용의 지배적 흐름 속에도 균열의 지점이 존재했다는 사실을 『실패한 신』을 비롯한 일련의 소련체험 전향기의 수용이 방증해준다는 것은 큰 의미가 있다. 선우휘나 최정호의 사례처럼 '지식'으로서 사회주의에 대한 접근이 우세했던 지식인사회의 사회주의(체제) 수용 양상의 일 반영으로 볼 수 있다. 미지의 대상이었던 공산주의의 현실 체험, 한국전쟁은 사회주의에 대한 인식의 근본적인 전환을 추동한 가장 강력한 촉진제였던 것이다. 이 지점에서 '책으로 공산주의를 배우면 모두 공산주의자가 된다. 몸으로 공산주의를 배우면 모두 반공주의자가 된다'는 스탈린의 딸 스베틀라나 알릴루예바의 발언을 다시금 음미하게 만든다. 어떤 측면에서는 과도한 반소비에트적 냉전 인식 자체가 사회주의에 대한 수용의 균열을 야기한 면도 없지 않다. 가령 티토의 신념과 노선의 수용에서 잘 나타나는데, 전시에 소련의 팽창주의에 맞선 티토의 반소비에트 민족자주노선은 해방8년 동안 혼란을 거듭하는 우리에게 새로운 진로를 시사하는 것으로 적극 옹호된 바 있다.[32]

문학(인)에서도 『실패한 신』은 반공산주의 문학의 당위성 및 반소비에트·반파시즘적 휴머니즘의 민족문학론을 정초하는 데 유력한 자원으로 활용되었

성과 동시에 소련체제의 약점을 서구 자유민주주의체제의 제도적 우수성에 비추어 분석·비판하는 태도를 견지하고 있는데, 한국에서는 후자에 중점을 두고 자유진영의 체제우월성을 보증해주는 냉전텍스트로 굴절·수용되는 양상이 뚜렷했다. 다만 소련에 대한 접근법의 부분적 변화, 즉 이전의 맹목적인 반소반공에서 벗어나 지피지기의 차원에서 소련의 실체를 명확하게 이해하고 피상적인 공산주의 비판을 극복할 수 있는 소재로 활용되어야 한다는 목소리가 강조되는 특징이 있다.

32 요십 브로즈 티토(JOSIP BROZ TITO), 곽하신 역, 『티토의 가는 길(TITO SPEAKS)』, 수도문화사, 1952.8, 3~4쪽. 번역진(수도문화사 편집부)이 티토의 노선에서 가장 강조했던 것은 "사회주의를 향하여 가는 우리의 여정은 항구적으로 자라나는 민주주의에 기초를 두고 있으며, 민주주의는 인류에게 가장 큰 자유를 가져다 줄 수 있는 모든 원칙에 기초를 두고 있어야 한다"(116쪽)였다.

다. 예컨대 백철은『실패한 신』의 저자들과 앙드레 말로, 토마스 만 등 서구의 저명한 문학자들이 코뮤니즘진영에서 이탈하는 현상이 세계적 문학동향의 가장 주목되는 일로 평가한 뒤,『실패한 신』의 전향기록들은 한국의 문학인들이 코뮤니즘에 반대·공격하는 것의 정당성을 일층 객관적으로 뒷받침해주는 증거이자 휴머니즘적 민족문학의 성격을 강하게 하는 동시에 그것이 현대적인 세계성과 통하는 것임을 방증해주는 것으로 평가한 바 있다.[33] 백철은 1952년부터 경직된 냉전논리와 관점을 달리해 문학비평의 새로운 방향을 모색하는데, 그 과정에서 공산주의에 가담했다가 전향한 일군의 서구 작가들이 보여준 새로운 이념과 윤리의 모색을 현대의 위기와 불안의식으로 읽어내고[34] 이를 사상적·문학적 전거로 삼아 나름의 세계문학의 전위와 연결되는 민족문학론을 정초하고자 했다.[35] 그가『실패한 신』을 읽었을 것으로 추정된다.『실패한 신』을 반공산주의텍스트로만 독해하지 않고 이 텍스트의 핵심을 정확하게 간파한 가운데 공산주의, 파시즘뿐만 아니라 자본주의체제가 당면하고 있는 문명적 폐해를 극복하는 인간해방의 문학을 대안적 문학론으로 제시하고 있다는 점에서 그러하다. 양자택일적 냉전논리가 횡행하는 당시의 문학 장에서『실패한 신』에 대한 이색적인 수용의 또 다른 예라고 할 수 있다.

한편 전시『실패한 신』의 한국적 번역·수용을 지평을 넓혀 접근하면 두 가지 의미 있는 지점을 발견하게 된다. 하나는『실패한 신』의 번역이 문화냉전의

---

33 백철,「인간성 옹호와 문학」,『조선일보』, 1956.6.26.

34 백철,「반성하는 자유문화 – 모색하는 현대문학」,『수도평론』창간호, 1953.6. 공산주의에 가담했다가 전향한 서구지성들의 민주주의 비판의 사상적·문학적 동향을 현대의 위기와 불안의식으로 파악하고 이를 바탕으로 문학의 신윤리를 제기한 백철의 비평적 모색은 곧바로 임긍재에 의해 회색주의적 제3문학관으로 규정·공격을 받았다. 임긍재는 전시하 진영 대결이 극심한 상황에서 이들 부류의 작가를 중시하는 백철의 사상적 저의를 문제 삼는 가운데 그의 카프 가담, 친일경력, 해방 후 조선문학가동맹 가담, 전시하 부역행위와 이와 연동된 문학 행동의 현실적 시류성을 맹렬하게 비판한 바 있다. 임긍재,「제3문학관의 독소성 – 백철씨의「모색하는 현대문학」을 중심으로」,『문예』4권 3호, 1953.9, 144~150쪽.

35 한수영,「1950년대 한국 문예비평론 연구」, 연세대 박사논문, 1995, 27~29쪽.

세계적 연쇄와 이를 매개로 한 냉전지식의 한국적 수용의 메커니즘을 잘 드러내준다는 사실이다. 다른 하나는 당시로서는 냉전의 주변부였던 동아시아 국가들에 거의 동시에 번역되면서 이 텍스트가 동아시아 지역냉전에 활용되었다는 점이다. 먼저 전자는 CIA의 영향 아래 있던 문화냉전기구인 문화자유회의와 일정한 연계 속에서 『실패한 신』의 한국 번역이 이루어졌다는 사실에서 추정할 수 있다. 그 중심에 오영진과 문화자유회의 간 네트워크가 있다. 오영진은 『주간문학예술』1952.7의 지면을 통해 문총文總북한지부 명의로 문화자유회의 주최 파리국제예술제에 대한 축전을 보내는 것으로 문화자유회의와의 교섭을 사전에 타진한 상태에서 1952년 9월 유네스코예술가대회 참석 후 곧바로 문화자유회의 파리사무국을 방문 드니드 루즈몽, 나보코프 니콜라스, 마이클 조셀슨 등 주요 간부들과 면담하는 것을 계기로 문총북한지부와 문화자유회의의 채널을 확보하고 구체적인 협력 방안을 논의한 바 있다. 이 방안에 따라 교류 및 지원 사업이 실행되나 지속적으로 이어지지 못했고, 문화자유회의 한국위원회 설치도 성사되지 않았다.[36]

여기에는 문화자유회의의 초기 사업 방향이 명확하게 정초되어 있지 않은 상태였으며, 오영진과 국민사상지도원의 관계 및 문총지도부와의 갈등, 오영진과 아시아재단과의 협력 관계 등 국내 사정이 복잡하게 얽혀 있었다. 그럼에도 문화자유회의의 이념적 지향과 노선에 공명한 가운데 문화자유회의 관련 소식과 원고, 문화자유회의 산하 잡지들에 수록된 글 및 소속 저명지식인들의 저술에 대한 번역 소개가 오영진이 관장하고 있던 『주간문학예술』과 그 후신인 월간 『문학예술』, 중앙문화사1952.6 등록 등을 매개로 1950년대 후반까지 계속되었다. 세계적 문화냉전기구와의 접속을 통해서 서구 냉전지식이 한국에

---

36 초창기 문화자유회의와 오영진의 관계에 대해서는 최진석, 「문화냉전기구의 형성과 변동 연구, 1954~1968」, 성균관대 박사논문, 2019, 174~179쪽.

전파·보급되는 통로가 개척된 가운데 그것이 한국 문화냉전전의 자원으로 활용되는 회로가 마련되었던 것이다.[37] 주한미공보원에 의한 냉전 지식 보급과는 다른 경로였다고 할 수 있다.

거시적으로 볼 때 『실패한 신』의 한국 번역은 이러한 국제적 문화냉전네트워크와의 채널에 의한 냉전지식의 세계적 연쇄의 일환으로 볼 수 있다. 『사상』지의 연재는 오영진을 매개로 한 국민사상지도원과 문총북한지부의 긴밀한 지역적·인적 관계에서 가능했다. 오영진을 중심으로 박남수, 원응서, 한교석, 장수철 등 전시 월남문학인을 주축으로 조직된 문총북한지부가 국민사상지도원으로부터 독자적인 물적 지원을 받을 만큼 돈독한 관계를 유지했는데, 국민사상지도원의 사상전 추진과정에서 공조했던 것으로 판단된다. 을유문화사의 『공산주의를 벗어난 인물들』의 번역출판은 이 같은 해외네트워크와 직접적인 관련이 있다고 보기는 어렵다. 미공보원과의 관련성 또한 희박하다. 을유문화사가 주한미공보원 및 록펠러재단 등의 후원에 힘입어 추진한 서구사상·문학서 번역 사업은 1954년부터 본격화되기 때문이다. 역자를 비롯해 번역과 관련한 기초정보를 전혀 밝히지 않은 관계로 추단하기 어려우나, 발간의 시점과 배경을 고려할 때 전시사상전의 시급성 속에서 최신 냉전지식의 수용이라는 당시의 흐름과 나름의 연관성을 추측해볼 수 있다.

이와 관련해서 양호민이 역편譯編한 『혁명革命은 오다─공산주의비판共産主義批判의 제관점諸觀點』1953.7가 주목된다. 이 역편은 역자가 서문에서 밝히고 있는 바와 같이 전시사상전을 보강하기 위한 용도로 기획된 것으로서 공산주의가 병폐한 자본주의의 대안적 사상·혁명운동이 아니며 소비에트의 국가적 이기심에 기초한 침략의 이데올로기로 전락했다는 인식 아래 이론적 차원의 공산

---

37 이에 대해서는 이봉범, 「냉전과 월남지식인, 냉전문화기획자 오영진」, 『민족문학사연구』61, 민족문학사학회, 2016, 195~237쪽 참조.

주의비판을 지향한 가운데 쾨슬러, 러셀, 루즈몽, 야스퍼스 등 당대 세계적인 지성 7인의 각기 다른 공산주의비판(서)을 묶어낸 것이다.[38] 그런데 이 텍스트의 필자 대부분이 초창기 문화자유회의의 핵심 회원들이었고, '저자약전略傳'에 러셀의 글「혁명은 오다 Came the Revolution」가『실패한 신』의 서평 형식으로 쓴 논문임을 밝힌 점과 이 텍스트가 중앙문화사에서 발간되었다는 사실 등을 종합해 볼 때 이 역편이『실패한 신』과 공조를 염두에 둔 문총북한지부와 문화자유회의 파리사무국의 협력 사업으로 기획된 산물이었다고 볼 수 있다.[39] 즉 전시 한국에서『실패한 신』의 번역 수용은 그 저변에 세계적 문화냉전네트워크가 작동한 가운데 냉전지식의 세계적 연쇄와 한국적 변용이 이루어진 실례인 것이다.『실패한 신』과 문화자유회의가 영국정보국과 CIA가 기획한 문화냉전의 전략적 쌍생아였다는 것을 다시금 확인할 수 있다.[40] 을유문화사판『공산주의를 벗어난 인물들』의 번역이 이러한 맥락과 유관하다고 본 이유도 여기에

---

38 양호민 편역,『革命은 오다-共産主義批判의 諸觀點』, 중앙문화사, 1953.7, 1~2쪽. 이 텍스트에서는 아서 쾨슬러의「쏘베트 神話와 現實」, 버트런드 러셀의「革命은 오다」, 드니 드 루즈몽의「自由의 內省」, 해럴드 라스키의「獨裁主義의 效果」, 칼 야스퍼스의「맑시즘 批判」, 고이즈미 신조(小堀甚二)의「共産黨宣言의 古今」, 제임스 버넘의「世界制霸를 위한 鬪爭」등이 수록되어 있다. 맨 뒤의 '필자略傳'(198~207쪽)에 소개되어 있는 것처럼 저술 시기가 다르고 全譯, 일본어중역 등 번역의 형태가 다양하나 공산주의 및 소비에트에 대한 비판적 해부라는 공통점이 있다.

39 최진석, 앞의 글, 177쪽.

40 잘 알려졌듯이 세계적 문화냉전기구로서 문화자유회의의 권위와 활동은 1967년 CIA가 자신들의 가장 훌륭한 자산으로 평가했던『인카운터』에 CIA 자금이 10년간 유입되었다는 사실이 폭로되면서 결정적인 타격을 받는다. 그렇다고 문화자유회의가 수행한 것과 같은 문화냉전 전략이 중단되었다고 보기는 어렵다. 가령 이언 매큐언(Ian McEwan)의 2012년 작『스위트 투스』(민승남 역, 문학동네, 2020)는 1970년대 초 비밀작전에 투입된 영국보안정보국 여성요원의 이야기를 그린 장편으로(스파이소설) 지식인들을 후원하여 마르크스주의적 관점에서 벗어나도록 유인하고 자유세계를 옹호하는 입장이 지적으로 높이 평가되도록 만드는 것을 목표로 영국정보국이 추진한 비밀작전의 내막을 상세하게 파헤치고 있다. 매큐언은 이 소설을 구상하게 된 계기가 냉전시대 벌어진 인카운터사건이라고 언급한 바 있는데, 실제 CIA와 문화자유회의의 관계 그리고 문화자유회의가 전개한 문화전쟁이 거둔 성과가 언급되어 있다(157쪽). 비록 영국정보국이 벌였을 법한 가상의 사건을 다루고 있으나 문화자유회의가 구사했던 문화냉전이 또 다른 버전으로 계속되었다는 것을 시사해준다.

있다. 한 가지 흥미로운 사실은 러셀의 서평 논문이 『실패한 신』의 수용에 하나의 지침서로 작용했다는 점이다. 특히 "우리들은 찔렛덤불에서 포도를 딸 수는 없다. 맑스나 레-닌의 저서에는 확실히 포도넝쿨보다 찔렛덤불이 더 무성하고 있다"[41]는 메타포가 한국선우휘, 백철 등 및 대만의 수용과정에서 자주 인용된 가운데 『실패한 신』을 반공산주의 선언으로 변용시키는 또 다른 근거로 활용되는 특징이 있다.

그리고 『실패한 신』은 큰 시차 없이 동아시아 국가들에 번역되어 각기 다양한 변용 양상을 나타낸다. 일본의 수용은 『神は躓く 신은 무릎을 꿇다』村上芳雄·鑓田研一 共訳, 青溪書院, 1950 출판 직후에 발표된 다케우치 요시미竹內好의 서평「クロスマン 編 『神は躓く』」, 『人間』, 1950.12을 통해 대강을 확인할 수 있다. 요시미는 이 텍스트가 고백체의 자기변호를 용서하지 않는 엄격함으로 인해 독자에게 공감과 반발의 폭풍을 일으키는 책이라는 인상과 함께 반공적이라기보다는 일본에서 이미 번역된 크라보첸코, 조지 오웰, 게오르규 등의 반소비에트적 계열의 문학이 지닌 현대적인 의미를 집약적으로 제시하고 있다고 전제한 뒤 그 이유를 맹목의 공산주의자나 반공선전자들 그리고 일반인들이 전혀 알 수 없는 피투성이 체험 속에서 생각한 영혼만이 가질 수 있는 '진실'을 담고 있기 때문이라고 본다. 그리고 이들 저자들이 사회주의로의 전향은 서양민주주의의 허위와 양차 세계대전 사이의 국제적 정치현상이 공통적으로 작용한 산물이며, 재전향한 그들이 다시 서양민주주의로 회귀하지 않고 적색 제국주의에 대항하면서 어떤 국제적인 제3세력으로 고립되어 있는 현상은 식민지 문제, 경제적 자유의 문제를 해

---

41 버트랜드 랏셀, 「혁명은 오다」, 양호민 편역, 앞의 책, 32쪽. 이 메타포는 마르크스·레닌의 사상이 결코 인간해방의 희망적 복음을 줄 수 없으며, 이 희망에 기대 열렬한 사회주의자로 전신했던 수많은 지식인의 비합리성(가시 속에서 포도를 찾고 싶어 하는 마음)을 비판한 것이다. 러셀은 이 논문에서 공산주의의 근본적 病因은 지적·도덕적 결함에 있으며, 소비에트체제 내부의 죄악은 모두 레닌 사상의 과오에서 온 것이라는 주장을 일관되게 피력한다.

결하지 못한 서양민주주의의 한계와 더불어 이들 양심적인 지식계급의 영향을 배제한 크렘린의 분명한 실패를 입증해주는 것이라고 해석한다. 다만 이 텍스트는 중국의 사태를 포괄적으로 설명할 수 없고, 공산주의에 대한 환멸 때문에 스탈린과 대극에 위치한 간디에 끌리는 피셔와 같은 경우를 충분히 설명하지 못할 것이라며 이 텍스트가 결국 민주주의의 진가를 증명해줄 것이라는 R. 크로스먼의 믿음은 독단론에 불과하다는 비판을 가한다.

아울러 『실패한 신』을 당대 일본의 상황과 연관시켜 의미를 부여하는데, 그는 저자들이 경험한 것을 현재 일본이 경험하고 있다며 역사가, 정치가, 문학가뿐만 아니라 특히 일본청년들이 꼭 읽어야 한다고 강조하는 동시에 일본에서 전향문학과 같은 양심에 의거한 과거 실패의 경험을 말하지 않는 풍토를 개탄한다.[42] 요시미의 서평은 『실패한 신』을 미국 점령하에서 정치적·사상적 혼란을 겪고 있던 일본의 상황과 중국전문가답게 신중국의 성립으로 조성된 동아시아 질서변동과의 관련 속에서 텍스트의 의미를 파악하고 있다. 서구지성들의 공산주의 체험과 좌절의 고백을 중요하게 참고하여 민주주의의 부활을 희망했던 기획 의도와 마찬가지로 요시미는 과거의 역사적 경험에 대한 성찰을 통해서 패전일본의 민주주의적 전망을 타진했다고 볼 수 있다.

대만에서는 1950년에 두 번의 번역(초역) 출판이 이루어지는데, 『추구여환멸 追求與幻滅』蕭閑 節譯, 自由世界出版社,1950에 대한 인하이광殷海光의 장문의 서평『자유중국』, 1951.3 수록을 통해 수용의 일 측면을 파악해볼 수 있다.[43] 그는 지구상의 사회주

---

42 竹内好, 『竹内好全集』 12, 筑摩書房, 1981, 201~204쪽. 일본청년이 꼭 읽어야 한다고 강조한 이유는 문맥으로 볼 때 일본공산당의 행태와 패전 후 청년들의 사상적 혼란과 갈등 때문으로 보인다. 미군정하 일본청년들의 동향은 국내에서도 큰 관심사였는데, 일례로 어렸을 때부터 친우였고 전쟁에 함께 참전했던 게이오대 학생 '다나까'(열렬한 보수주의자)/'마쓰모토'(열렬한 공산주의자) 간 일본군국주의, 소련사회주의 미국자본주의에 대한 첨예한 입장 차이를 제시하며 이를 일본청년들이 겪고 있는 분열상의 전형적인 면모로 소개한 바 있다. 「일본청년의 동향」, 『동아일보』, 1949.8.29(타임誌 기사 전재).

43 殷海光, 『殷海光 全集-书评与书序(上)』, 台北 : 桂冠图书股份有限公司, 1990, pp.81~95.

의(체제)는 천국이 아닌 지상의 지옥이라는 전제 아래『실패한 신』은 공산주의 광신자들이 사회주의의 이상을 어떻게 추구했는지, 소련을 어떻게 오해했는지 등 추구에서 환멸에 이르는 생생한 묘사를 담고 있고, 이를 통해서 소련과 공산당의 전체주의적 성격과 기만적인 스타일을 인식할 수 있다고 본다. 그러면서 6인 필자의 글 각각에서 이를 잘 보여주는 부분, 특히 환멸의 내용과 이유를 상세하게 요약·소개하면서 공산당의 선전에 현혹되어 지옥에 갇혀 있으나 스스로를 구출할 수 없는 수천만 명이 동아시아에 있다는 점을 상기시키는 가운데 이 텍스트가 악마공산당의 통치를 전복하려는 모든 사람의 믿음을 강화시킬 것임을 확신한다. 은연중 중국을 암시하며 공산주의체제 내부로부터의 붕괴를 대망하는 뉘앙스를 강하게 풍긴다.

특이한 것은『실패한 신』에 대한 러셀의 서평, 즉 앞서 언급한 러셀의 메타포와 더불어 공산주의마르크스·레닌 사상가 본래적으로 지적·도덕적 결함을 지니고 있다는 주장을 적극적으로 참조하여 텍스트 해석을 가하고 있는 점이다. 그 과정에서 (초抄)역자의 러셀에 대한 다소의 부정적 평가, 가령 러셀이 비관적 기질이 강하다는 것을 제기하며 그의 논평에 다소의 문제점을 지적한 것에 대해 인하이殷海光은 러셀은 30년 동안 충실한 반공산주의자였다고 맞받아친다. 대만에서『실패한 신』을 의미화하는 과정에 다소의 입장 차이가 존재했음을 시사해준다.

홍콩에서의 수용은 번역서『탄백집坦白集』1952의 역자서문을 통해서 그 일단을 파악해볼 수 있다.[44] 역자 치운위齊文瑜, 夏济安의 필명는 당시 홍콩에서 유통되던 수많은 중국공산당 발행의 탄백서자백서가 고문에 못 이겨 억울하게 작성된 것임

---

44 紀德 等, 齊文瑜 譯,『坦白集』, 香港 : 友聯出版社, 1952, 7~10쪽. 역자는 번역의 저본을 명시하지 않은 가운데 "어떤 축약본을 저본으로 삼았고 원본의 판권소지자와 상의하여 중국어 번역권을 얻었다"고만 밝히고 있다.

에 비해 『실패한 신』의 저자들은 공산주의를 믿은 것도 반대한 것도 모두 자발적인 선택에 의한 것으로, 그들의 극적인 변모는 공산제국의 발흥 및 붕괴와 맞먹는 20세기의 큰 사건이라고 규정한다. 그러면서 공산주의가 많은 사람에게 신앙의 공허함을 채워주었기 때문에 『실패한 신』의 저자들처럼 공산주의에 귀의하고 숭배하는 것은 놀라운 일이 아니지만, 공산주의의 반인간적 모순성으로 말미암아 공산주의는 진실의 시험을 견디지 못하고 환멸로 갈 것이 주지의 사실이라고 강변한 뒤 반공투쟁의 최후 승리를 눈앞에 둔 우리에게 몇 가지 교훈을 준다고 본다. 첫째, 샤오췬蕭軍의 경우처럼 철의 장막에 갇힌 수백만의 공산당원들 사이에도 반공산주의가 다수 존재하는 데 이들을 소중히 여기고 원조, 연대할 필요가 있다는 것이다. 둘째, 공산주의에 대한 강한 환멸로 인해 전향했더라도 그 이후의 행로에 나타나는 방황을 극복하기 위해서는 공산주의를 완전히 청산하는 일이 시급한데, 그 극복의 대안적 이상을 정립하는 과업에 중국인들이 힘을 보태야 한다는 것이다. 반공산주의 중국인들의 세계사적 대공투쟁의 역할을 강조한 것인데, 이는 당시 반공·반중국 투쟁의 거점이었던 홍콩의 정세가 반영된 면모로 『실패한 신』의 철저한 반공적 수용을 잘 드러내준다.

이렇게 서구의 최신 냉전텍스트가 동아시아 4개국에 거의 동시에 번역·수용된 사례는 찾아보기 드물다. 어떻게 가능했는지는 아직까지 확인하기 어렵다. 한국의 경우와 같이 세계적 문화냉전네트워크와의 접속 가능성을 생각해볼 수 있으나 명백한 물증이 없다. 동아시아를 대상으로 본격화된 미국의 도서프로그램과도 연관성이 있다고 보기 어렵다. 미국 주도의 자유 동아시아 구축의 목표 아래 미국정부가 강력하게 추진했던 도서계획The Book Program이 본격적으로 추진된 시점이 1950년경이었고 그 실제적 결과로서 동아시아 3개 지역 공통번역서가 출간되는 것은 1952년부터였기 때문이다.[45] 번역의 경로가

---

45 이에 대한 자세한 논의는 허은, 「미국의 문화냉전과 '자유 동아시아'의 구축, 연쇄 그리고 충돌

어떠하든 『실패한 신』이 출간 직후 동아시아 4개 지역에 번역되는 가운데 각국의 실정과 결부되어 다양한 양상으로 의미화되었다는 사실은 서구 냉전텍스트가 동아시아 지역냉전에 어떻게 활용되는가를 잘 보여준다는 점에서 그 의미가 남다르다. 이는 1950년대 중반부터 아시아를 주 무대로 한 미국/소련의 경쟁적인 원조전과 문화냉전전이 치열해지기 이전 동아시아문화냉전의 초기적 모습이라는 점에서 더욱 그러하다. 이후 한국에서 유독 『실패한 신』의 번역이 지속되면서 텍스트의 의미 변용이 이루어진다는 점은 특기할 만하다.

3. 냉전텍스트의 심리전 활용과 전향의 냉전 정치성

1960년대 접어들어 『실패한 신』은 사상계사에서 『환상을 깨다』1961.7란 제목으로 다시 번역된다. 사상문고시리즈 ②번이고, 역자는 사상계사편집실로 되어 있다. 『환상을 깨다』의 가장 큰 특징은 『실패한 신』에서 4명만의 글을 번역·수록하고 있다는 점이다. 루이스 피셔와 리처드 라이트의 글이 빠진 것이다. 반복적인 신문광고에서도 '공산주의의 허울 좋은 약속에 속아 그에 가담 또는 동조 추종하다가 그 진상을 실지로 보고 느끼고 실망한 뒤에 인간의 존엄성과 자유를 찾아 전향하여온 아서 쾨슬러, 이그나치오 실로네, 앙드레 지드, 스티븐 스펜더의 체험기'로 소개하고 있다. 역자 서문이나 후기가 없어 그 이유를 확인하기 어렵지만, 고의로 누락한 혐의가 짙다. 이전 『사상』에서의 번역 경험과 『실패한 신』의 한국번역에서 유일한 경우라는 점을 감안하면 고의성이

―미국정부의 도서계획과 한국사회 지식인의 인식」, 『민족문화연구』 59, 고려대 민족문화연구원, 2013 참조. 특히 〈附表 1〉 '동아시아 3개 지역 공통번역서' 목록은 세계적 문화냉전과의 연계 속에서 이루어진 미국 주도하 동아시아 지역 문화냉전의 실상을 파악하는 데 매우 귀중한 자료라는 판단이다.

더 분명해진다. 주목해야 할 것은 누락시킨 것이 공교롭게도 미국작가의 글이라는 사실이다. 번역텍스트의 불구성을 감수하면서까지 이렇게 번역한 데에는 복잡한 사정이 관여되어 있다는 판단이다.

무엇보다 미국과의 관계가 고려된 것으로 보인다. 잘 알려졌다시피 1950년대 사상계사는 신흥출판자본의 일원으로 가장 유력한 지식인잡지 『사상계』뿐만 아니라 서구 최신학술을 번역·출판하여 보급함으로써 국내·외 학술네트워크의 거점으로 부상한 가운데 사회문화적 공론 장에서 핵심적인 역할을 수행한 바 있다. 사상계사가 인적네트워크 및 물적 지원으로 문학을 비롯한 인문사회과학 분야의 아카데미즘 진작과 각 분야의 제도적 전문성을 활성화시키는 데 든든한 조력자였다는 점은 중요한 의미를 갖는다. 여기에는 (주한)미공보원, 아시아재단 등 미국의 문화냉전기구들과 밀접한 관계가 개재되어 있었다. 가령 미국의 아시아문화냉전의 중요한 전략으로 추진했던 도서번역계획에서 사상계사(주체들)는 한국 내 주요 파트너였고, 특히 미 해외공보처가 이상적으로 여긴 공산주의교리를 비판하는 서적의 경우에는 현지 도서출간계획에 따른 김준엽의 『중국공산당사』를 비롯해 많은 공산주의비판서 번역출간에 지원을 받았다.[46] 사상문고시리즈를 구성한 상당수의 서적도 그 일환이었고, 이는 1960년대 중반까지 이어진다.

이러한 국내외 학술네트워크는 『사상계』 입지의 확대 강화에 상응하여 4·19혁명 후 더욱 확장된다. 사상계사는 당시 최대의 자유주의지식인 네트워크

---

46 허은, 위의 글, 591~600쪽. 1961년부터 발간된 〈사상문고〉의 내역을 살펴보면 주한미공보원의 현지 도서출간계획의 지원을 받아 (번역)출간된 서적이 상당수 포함되어 있다는 것을 확인할 수 있다. ① 김준엽의 『중국공산당사』(1959, 재출간), ③ 한스 켈젠의 『볼쉐비즘의 정치이론』(이동화 역, 진문사, 1953, 재출간), ⑤ 살바도니의 『현대공산주의발달사』(사상계사편집실 역, 1956 재출간), ⑥ 구우젱코의 『巨神의 墮落』(김용철 역, 『사상계』 1956년 소재 강봉식 번역의 「거인」의 재번역), ⑬ 프랭클린의 『프랭크린 자서전』(신태환 역, 1964), ⑭ 카아터·베르츠의 『20세기의 정부와 정치』(오병헌 역, 1964), ⑤~⑥번 周鯨文의 『공산정권하의 중국(상)/(하)』(김준엽 역, 1964) 등이 눈에 띈다.

였던 문화자유회의와의 직접적인 제휴를 추진함으로써 문화자유회의의 비공식적인 한국어 매체 자격을 획득하였고 이를 활용한 세계 및 아시아 지식인들과의 교류를 확대하여 아시아 지식인들과의 탈식민 반권위주의투쟁 경험을 공유하고자 했다.[47] 그것은 1960년대 초 사상계사가 주관하는 국제적·아시아적 지식인 교류가 빈번해지는 결과로 나타났고, 반공산주의 및 근대화론을 중심으로 한 세계적 냉전지식에 대한 비판적인 수용 또한 『사상계』 지면으로 반영되었다. 이와 연계된 아세아문제연구소와의 공산권(북한)연구의 협업 관계를 김준엽을 매개로 구축하는 등 국내적 학술네트워크 또한 강화되었다. 그 저변에는 『사상계』의 위상과 영향력 그리고 장준하·김준엽을 비롯한 사상계주체들의 5·16군사정부와의 밀접한 관계에 주목했던 미국 민간재단들포드재단, 아시아재단 등의 입장과 그에 따른 협력 및 지원의 가능성 문제가 놓여 있었다.[48] 『실패한 신』 번역에서 미국 좌파지식인의 글을 생략한 것은 아마도 이 같은 다채널적인 미국과의 파트너십을 고려한 조치였을 것으로 추정된다.

또한 『환상을 깨다』의 발간 시점, 즉 4·19혁명의 시공간과 5·16쿠데타가 겹쳐 있는 상황을 염두에 두면 그런 추론이 좀 더 힘을 얻는다. 5·16쿠데타로 인해 4·19혁명의 시공간에서 분출되었던 사상적 불온이 일거에 제압된 가운데 공산권연구를 요청한 아세아문제연구소에 대해 중앙정보부가 3달 동안 사상 검증한 사례에서 보듯 유수의 문화학술관련 기구 및 단체들은 군사정부의 강압적 정비와 중앙정보부의 가혹한 사상검열을 받게 된다. 물론 이 때까지 사상계주체들의 강한 반공주의적 속성이 유지되고 있었고, 사상문고 기획도 주한미공보원의 지원을 받은 공산주의비판서들을 우선적으로 출간했으며 1960

---

47 이에 대해서는 최진석, 「민주주의의 기로에 선 1950, 60년대 아시아 지식인-『사상계』의 문화자유회의 관련 활동을 중심으로」, 『상허학보』 59, 상허학회, 2020 참조.

48 Education school & University-Korea University Asiatic Research center General Folder, The Asia Foundation, Box No. P-279, Hoover Institution Archives.

년대 들어 외국문학의 게재가 상대적으로 축소된 상태에서도 『사상계』에 아브람 테르츠시냐프스키의 「재판은 시작되다」1961.5, 솔제니친의 「이반 제니쏘비치의 하루」1963.2 같은 반공산주의 소설이 게재되는 등 군사정부와 마찰을 빚을만한 행보를 보인 바 없으나, 사상적 면에서의 방어적인 자세는 불가피했다. 요컨대 『환상을 깨다』의 불구성은 군사정부와 사상계사 그리고 미국의 상호 관계가 유동적인 상황에서 빚어진 산물이었을 것이다.

불구적 번역이란 하자에도 불구하고 『환상을 깨다』는 사상문고세트1~10권가 독서시장에서 비교적 많이 팔렸다는 조사결과로 볼 때[49] 『실패한 신』의 대중적 수용의 폭을 넓히는 데 기여했다고 할 수 있다. 이는 1959년부터 다시 일어난 독서계의 문고본 열풍과 잡지 『사상계』의 지속적인 베스트셀러화가 작용함으로써 가능했던 것이다. 다만 사상 관련 서적으로 특화시켰던 초기 사상문고가 문학 중심의 번역을 위주로 한 여타의 문고본보다 독서대중의 관심을 더 끌었다는 사실은 특이하다.[50]

한편 박정희체제에서 『실패한 신』은 대공심리전 텍스트로서 수용되는 경향이 주류적이었다. 그 첫 번째 사례가 공보부조사국 산하 심리전기구였던 내외문제연구소의 『붉은 신화神話』 번역출판1964.11이다. 문고본이고 『실패한 신』의

---

49 「최근의 베스트셀러」(『조선일보』, 1961.12.9), 「4월의 독서가」(『경향신문』, 1962.5.1), 「베스트셀러」(『경향신문』, 1962.10.24), 「베스트셀러」(『경향신문』, 1962.11.28) 등.

50 1950년대 말 문고본 전성시대의 도래는 독서문화사 및 번역문학사의 차원에서 중요한 의의를 갖는다. 대부분의 출판자본이 자체기획의 문고출판을 동시다발적으로 시도함으로써 문고본이 출판물의 일 주류를 형성하는데, 번역서가 압도적인 비중을 차지했고 문학을 위주로 철학, 사회과학 분야의 비중이 컸다. 염가였고 대중과 밀착한 문고본이 대학생을 중심으로 한 실수요자들에게 널리 보급 · 수용됨으로써 지식의 대중화와 번역의 사회적 저변 확대에 중요한 통로로 구실했다. 뒤늦게 문고출판에 뛰어든 사상문고(사상계사)의 특징은 공산주의, 자유주의, 민족주의 등 근대정치사상, 특히 공산주의관련서가 대종을 이루는 데 이는 사상계(사)주체들의 이념적 지향과 서구사상의 주체적 변용의 시도를 잘 보여준다는 점에서 주목할 필요가 있다. 이봉범, 「1950년대 번역 장의 형성과 문학 번역 – 국가권력, 자본, 문학의 구조적 상관성을 중심으로」, 『대동문화연구』 79, 성균관대 대동문화연구원, 2012, 474~490쪽 참조.

전역이다. 내외문제연구소는 전향남파간첩과 월남귀순자 및 반공이데올로그들의 동원결집체로 대공자료에 대한 배타적 독점화를 바탕으로 공산권자료의 집성과 배포, 심리전 교재의 개발 그리고 직접 승공프로파간다를 수행한 국가심리전의 공식적 센터였다. 공보부가 시행한 심리전의 범위는 대내 심리전, 대북한 및 대공산권 심리전, 재일조선인사회 심리전 등을 포괄했다. 특히 정기간행물과 방송 등 모든 미디어에서의 공산권관련 기사는 내외문제연구소가 제공한 자료에 전적으로 의존할 수밖에 없었고, 그로 인해 미디어는 공보부가 주도한 심리전의 하위파트너로 동원·배치된 가운데 냉전진영 대결 논리와 북한에 대한 적대적 재현의 크렘리놀리지Kremlinology가 일방적으로 대량 전달되는 시스템이 구비됨으로써 심리전의 제도적 기반이 구축되었다. 그 일환이었던 내외문고 시리즈의 발간총 31권, 1961~69년은 승공프로파간다의 직접적 산물로 공산권 최신자료를 냉전지식 및 심리전콘텐츠로 가공해 다방면의 심리전에 활용하게 함으로써 국가심리전을 이론(담론)적으로 뒷받침하는 역할을 했다. 이런 배경을 감안할 때 『실패한 신』이 내외문고 19번으로 번역되었다는 사실 자체가 이 텍스트의 심리전 용도를 어렵지 않게 예상할 수 있다. 어쩌면 『실패한 신』의 태생적 속성, 즉 문화냉전의 대표적인 심리전텍스트로서의 쓸모를 가장 충실하게 (재)이용한 경우이다.

그것은 '붉은 신화'란 자극적인 표제에서 그리고 '역서譯序'에도 암시되어 있다. 역자 내외문제연구소는 『실패한 신』의 기획 의도를 정확히 간파한 가운데 공산주의는 자체 내의 제諸모순으로 존속이 위태로운 지경에 처했다고 전제하고 저자들을 '전향자'로 특칭한 뒤 서구의 지성계를 대표하는 이들이 (재)전향의 과정에서 겪은 동경, 심취, 환멸, 결별 등이 공산주의의 진면목을 파악하는 데 큰 도움이 될 것으로 평가한다. 그러면서 이들이 소비에트 실지체험에서 환멸을 느낄 수밖에 없었던 요인, 가령 빈부격차, 인간의 노예화, 지성의 노예화,

새로운 특권계급의 형성 등을 제시하며 인간의 존엄성 말살 자체가 여전히 공산주의체제의 본질임을 강조했다.[51] 적대, 증오를 부추기는 것과 같은 노골적인 프로파간다를 드러낸 경박함은 없으나 『실패한 신』의 핵심을 공산주의로부터의 전향 자체에만 초점을 맞춰 공산주의체제의 열등성을 부각시켰다는 점에서 텍스트의 냉전적 변용에서 크게 벗어나지 않는다.

그런데 내외문고 시리즈는 대체로 1960년대 국내정세의 변동, 특히 사회적 이슈로 부각되어 쟁점이 되는 반공관련 담론을 이론적으로 비평 또는 공적 해석을 가하는 용도로 발간되는데, 그 과정에서 서구 자유진영의 심리전텍스트를 적극적으로 이용하는 특징이 있다. 『붉은 신화神話』도 마찬가지의 경우로 그 출간시점은 범국민적 한일협정반대투쟁이 한층 가열되면서 정권의 위기가 고조되는 한편 중립(통한)론, 남북교류론 등 국가적 통일방안유엔감시하의 총선거에 저해되는 다양한 목소리가 분출된 가운데 대공 전선에도 균열이 발생하는 시기였다. 당시 국민여론도 통일문제에 대한 관심이 매우 컸고84.7%, 통일논의를 터부로 간주하지 않았으며69.4%, 부분적 남북교류 및 가족면회소설치 등 남북관계 개선에 대단히 적극적이었다.[52] 통일논의의 법적 한계, 즉 당시의 현행법상 북진통일 외의 모든 평화적 통일방안은 헌법, 국가보안법, 반공법 등에 위배되는 법리상의 문제가 불거지면서 통일방안연구의 자유 보장이 필요하다는 주장도 제기된 바 있다.[53] 황용주필화사건또는 『세대』 필화사건, 1964.11을 계기로 중앙정보부가 선건설후통일론의 기조와 유엔통일안 이외의 일체의 통일논의를 금압하고 간첩 색출, 용공분자에 대한 사찰 강화 등 물리적 강압으로 대응하나 한계가 있을 수밖에 없다. 대공심리전의 필요성이 더욱 요구되는 정세였던 것이다.

---

51 내외문제연구소, 『붉은 神話』, 내외문제연구소, 1964, 3~5쪽.
52 「조선일보 여론조사 - 통일문제의 관심도」, 『조선일보』, 1964.11.4.
53 김철수, 「통일방안과 현행법의 상충」, 『조선일보』, 1964.11.14.

더욱이 북한의 공격적인 대남전략과 1960년 김일성의 연방제통일안 발표를
시작으로 자주적 평화통일공세를 주도해가는 것에 대한 적극적인 역선전전도
시급한 상황이었다. 이 같은 요구에 부응하기 위한 차원에서『붉은 신화神話』의
번역이 이루어졌다고 볼 수 있다. 다른 한편으로 소련작가작품에 대한 검열이
강화되어 1965년도 노벨문학상 수상작 숄로호프의『고요한 돈강』의 번역출판
금지 조치,1965.11[54] 고리끼의『어머니』에 대한 사법상 이적도서로 최종 확정되
었다.1967 같은 맥락에서 내외문고 17번으로 번역·출간된『중립주의中立主義 해
부解剖』1963.12 또한 중립주의의 양면성과 그것이 동서냉전 양 진영에 미치는 영
향을 미국적 시각에서 비판·해부한 글들을 역편譯編한 것으로, 국내·외적으로
재점화되고 있던 통일방안에 대한 이론적 공박과 더불어 국제적 위상이 점증
되고 있던 중립세력에 대한 냉전적 이해의 지침을 제공하고자 했다.[55]

두 번째 사례는 '세계저명작가世界著名作家 전향기轉向記' 번역 연재『북한』, 1974.11~
1975.7이다.『실패한 신』에 수록된 저자들의 글을 모두 번역했으되, 저본은 *The
God That Failed*Bantam Matrix edition, 1965로 여기에 실린 글을 초역抄譯한 것이다.[56]
각 글의 핵심내용을 드러낼 수 있는 방향으로 제목을 바꿔 달았으며, 쾨슬러의
글에만 번역자김영일를 명기했다. 삽화의 부분적 첨가와 저자소개란의 확충 그

---

54 한국 내 번역·출판·전재 금지의 이유는 숄로호프가 소련작가라는 점,『고요한 돈강』은 소련
정부가 인정하는 작품인 동시에 작품 안에 사회주의혁명을 찬양하는 부분이 있다는 것이었다
(『조선일보』, 1965.11.9).

55 이 역편에는 로렌스 마틴(존스 홉킨스대학 교수)의『新生國 問題』, 어네스트 레훼버(미 국방문
제연구소 위원)의「中立主義와 '네루·랏셀·엔크루마」, 찰스 버튼 마샬(전 미하원외교위원회
자문위원)의「非加盟國이란 무엇인가」, 프랜시스 윌칵스(존스 홉킨스대학 국제관계연구원장)
의「非加盟國家와 유엔」, 라인홀드 니버(유니온신학대학 명예교수)의「國際社會에서의 弱者와
强者」등 5편이 번역·수록되었다. 냉전신학자이자 미국문화자유회의 핵심 회원이었던 라인홀
드 니부어를 비롯하여 저자들 모두 미국의 대외냉전정책 및 CIA문화냉전에 관여한 인물이었다.

56 수록된 글은 아서 쾨슬러,「나는 왜 공산주의를 버렸나」(『북한』 35, 1974.11, 김영일 역), 앙드레
지드,「소련에서 돌아오다」(『북한』 37, 1975.1), 실로네,「버림받은 신」(『북한』 39, 1975.3), 리
처드 라이트,「엉클로스의 재판」(『북한』 40, 1975.4), 스티븐 스펜더,「표류」(『북한』 41, 1975.5),
루이스 피셔,「볼셰비키혁명과 나」(『북한』 43, 1975.7) 등이다.

리고 '공산권토막소식'을 연재 지면에 배치한 점이 이채롭다. 공산권소식은 주로 소련과 관련한 것인데, 정치범석방을 요구한 사하로프의 공개장, 숄로호프의 저서 출간, 소련에서 성 의학서가 베스트셀러가 되고 있는 상황 등을 소개했다. '세계저명작가世界著名作家 전향기轉向記'란 특칭하에 이 같은 변형을 가하면서 연재한 것, 특히 중앙정보부가 관할했던 잡지에 실렸다는 것 자체가 이색적이면서도 그 의도에 대한 궁금증을 불러일으킨다. 어느 정도 유추가 가능하나 번역의 대상텍스트, 번역의 주체와 등재지의 성격, 번역의 시점 등을 종합해보면 이 연재 기획의 의도가 좀 더 확연해진다.

일단 이 전향기가 연재된 월간잡지『북한』의 발행주체 북한문제연구소가 중앙정보부가 시행했던 대공심리전의 외곽단체였다는 점이 중요하다. 북한연구소는 1971년 11월 중앙정보부 심리전국 산하 사단법인 형태로 설립되었으며초대 이사장:오제도, 1972년 1월 기관지 월간『북한』을 창간한 바 있다. 중앙정보부는 5·16 직후 창설1961.6된 이래 사상통제와 반공체제 재편성 나아가 국가심리전을 실질적으로 총괄하는 쿠데타세력의 전위조직이었다. 이러한 위상과 역할은 1960년대 후반으로 갈수록 군사적 긴장상태가 고조되면서 한반도정세가 위기 국면으로 치닫고, '6·8부정선거'1967 및 '삼선개헌'1969 강행으로 정권의 위기가 심화되는 것에 상응하여 더욱 확대·강화되었다. 문화공보부의 신설1968과 국토통일원의 설립1969으로 제도적 차원의 (사상)검열 및 남북관계 또는 북한 연구를 두 기관이 각각 주관하는 것으로 조정되었으나 대내외적 심리전 전반은 여전히 중앙정보부가 막후에서 관장했다. 이런 흐름 속에서 산하에 '국제문제연구소'를 비공식적으로 운영해 국내외에 걸친 대공정보 수집뿐만 아니라 귀순자, 전향간첩을 동원한 심리전자료의 개발 및 전파를 주도해나간다.

1970년대 들어 국제적인 탈냉전 추세와 이를 정권안보의 수단으로 이용해 유신체제로의 전환을 기도하면서 이후 지배/저항이 상호 상승하는 악순환 구조가 확대되는 과정은 프로파간다와 대내외 심리전의 필요성을 증대시켰다. 이런 맥락에서 중앙정보부의 심리전이 전면화되는데, 북한연구소의 설치·운영은 그 일환이었다. 점증된 정권의 위기를 총력안보체제를 주창하며 반전시키고자 했던 긴급조치 선포를 계기로 중앙정보부의 심리전은 간첩조작사건뿐만 아니라 대공 분야를 넘어 국내정치 사찰과 검열의 가시적 전면화로 강화되면서 1970년대 후반 사회·문화 통제의 최종심급으로서 박정희정권을 지탱하게 된다. 번역연재의 시점으로 볼 때 '세계저명작가전향기世界著名作家轉向記'는 긴급조치 발동 전후 긴박했던 정권의 위기를 돌파하기 위해 통치술로 입안한 총력안보체제의 강화와 함께 저항세력을 사상적으로 제압하기 위한 심리전의 용도로 기획된 것임을 간취할 수 있다.

중앙정보부가 전개한 심리전의 기본은 '적' 만들기를 통한 불안과 공포의 조성이었다. 방첩·간첩 자수기간의 주기적 정례화와 중앙정보부가 주도한 무수한 간첩단(조작)사건으로 만들어진 간첩이란 존재 및 이들에 대한 언론의 편향된 간첩 재현으로 조성된 공포는 국민들의 일상생활과 의식구조를 반공으로 결박하는 원초적 기제였다. 더욱이 1970년대는 북한이 대남전략의 변경과 그에 따른 공작원의 직파를 사실상 포기한 상태에서 비대해진 정보기구의 논리상 간첩을 필요로 하는 역설에 의해 무시무시한 간첩보다 더 무시무시한 간첩 잡는 사람들의 시대가 되었고,[57] 게다가 대통령이 총력안보에 저촉되거나 이를 회피하는 국민을 반국가적 이적행위로 규정하고 응징할 것임을 천명함으로써 '국가안보와 시국에 관한 특별담화문', 1974.4.29 비국민에 대한 색출·감시·통제가 강화되면서 공포의 효과가 지속되기에 이른다.

그런데 내부의 적을 창출하고 이에 대한 적극적 현시를 바탕으로 한 사상통

---

57 한홍구, 「한국현대사의 그늘, 남파공작과 비전향장기수」, 『역사비평』 94, 역사비평사, 2011, 213쪽.

제 공세에서 '전향'은 유효적절한 수단으로 채택된다. 1973년부터 중앙정보부가 운영한 전향공작전담반이 비전향장기수들에 대한 폭압적 전향공작, '사회안전법'을 제정하여1975.7 사상전향제를 부활시키는 한편 1960년대부터 시행된 월남귀순자, 전향남파간첩, 사상범전과자좌익 활동, 전시 부역 등 등 사상전향자를 동원한 대공심리전이 더욱 활성화된다. 이들의 육성증언과 체험 및 고백 수기들은 출판, 전파미디어, 연극·영화화를 통해 심리전콘텐츠로 가공되어 체제 우월성과 박정희정권의 지배이데올로기를 옹호하는 유력한 자원으로 활용된다. 크라보첸코의『나는 자유를 선택했다』도 승공극단 '자유전선'의 창립공연으로 국립극장에서 상연된 바 있다.이진순 연출, 1968.2.7 특히『북한』지에는 전시 부역자수기『적화삼삭구인집』을 비롯하여 이전에 생산되었던 고백 수기나 증언들을 재활용하는 경우가 빈번했다. 앙드레 지드의 소련기행이 이 연재기획 이전에「붉은 신화」란 제목으로 초역된 바 있다.『북한』, 1973.3 이런 맥락에서 공산주의로부터 전향한 서구지성들의 양심 고백으로 의미화된『실패한 신』은 대공심리전의 자료로 효용성이 컸다고 볼 수 있다. 아울러 '세계저명작가전향기世界著名作家轉向記'라는 연재 제목으로 말미암아 각 텍스트의 세부 내용보다는 전향에 방점을 둔 텍스트 읽기를 유인한 점도 이 텍스트의 프로파간다 효과를 높이는 데 기여했을 것으로 보인다.

한편,『실패한 신』이 1970년대 후반 펜클럽한국본부의 기획 번역으로 출판된다. 전역이고, 번역자 이가형·이정기 모두 펜클럽한국본부의 간부였다. 표제에 '전향작가수기轉向作家手記'라고 명시한 것이 특징적이고, 목차의 재구성, 즉 '입당자들'쾨슬러, 실로네, 라이트과 '동반자들'지드, 피셔, 스펜더로 분류해 제시하고 있다. 이러한 분류법은 일본, 홍콩의 번역서에서는 초기부터 나타난 것인데 비해 한국번역에서는 처음이었다. 그렇다고 이 번역출판이 중역은 아니다. 또한『실패한 신』에 대한 최초의 한국어번역이라는 점을 여러 번 강조한 것이 눈에 띈다. 분명한 착오다. 이전에 여러 차례 번역·수용된 점을 고려할 때 펜클럽의 번역출판은 다소 돌출적이다. 스티븐 스펜더가 펜클럽한국본부 초청으로 내한한1977.9 것이 번역의 계기로 작용했던 것으로 보인다. 스펜더의 한국방문은 당시 문화계의 큰 이슈로 특필되었고, 1930~40년대 파시즘과 대결한 래디컬한 문학가, 20세기의 새로운 시를 창조한 위대한 시인, 문화자유회의『인카운터』의 편집동인, 공산당원이 되었다가 전향한 서구지성 등으로 소개되었다. 스펜더 문학 특집이 기획되는가 하면,『문학사상』, 1977.10 그의 오든과 엘리어트에 관한 문학강연은 대단한 성황을 이뤘다. 언론에서 가장 주목한 것은 스펜더의 전향 고백이었다. 그의 자서전『세계 속의 세계』1951에서 구체적으로 밝힌 공산당에 입당하게 된 경위와 스페인내전 체험, 공산주의로부터 전향하게 된 이유 등이 한국(문학)의 상황과 결부되어 집중 조명되었다. 이런 분위기 속에서 펜클럽한국본부가『실패한 신』에 다시금 주목한 것이 아닌가 한다.

펜클럽한국본부와 스펜더의 각별한 관계도 작용했다고 볼 수 있다. 특히 펜클럽한국본부의 산파역이자 당시 국제펜클럽 부회장이자 한국본부 회장이던 모윤숙과의 지속적인 교류가 주효했다. 스펜더는 동구공산권의 강력한 반대에도 불구하고 성사된 제37차 국제펜서울대회1970.6.28~7.4에 실로네, 쾨슬러, 린위탕林語堂, 가와바타 야스나리川端康成 등 주요 초청 인사 25명 가운데 일인이었으나 참석하지 않았다.[58] 서울펜대회를 일종의 대외 프로파간다의 호기로 간주했던 정부도 소련 및 동구공산권 작가들에게 초청장을 발송하고 입국허가를 내주기로 했으나 유고슬라비아를 제외하고는 불참한 바 있다.[59] 아마도 이 같

---

58 이에 대해서는 장석향 편저,『모윤숙 평전-시몬, 그대 창가에 등불로 남아』, 한멋, 1986, 202~217쪽 참조.
59 「소 등 공산권작가도」,『조선일보』, 1970.1.9. 제37차 국제펜서울대회 전반에 대한 고찰은 이상경,「제37차 국제펜서울대회와 번역의 정치성」,『외국문학연구』62, 한국외대 외국문학연구소, 2016, 65~89쪽 참조.

은 전사가 스펜더의 한국방문으로 이어진 것으로 볼 수 있는데, 이 부분을 거론한 이유는 『실패한 신』의 저자들이 냉전기 한국에서 비중 있게 다뤄지고 있었다는 사실을 다시금 확인할 수 있기 때문이다.[60]

이 같은 배경 속에서 이루어진 펜클럽한국본부 기획 번역의 취지는 모윤숙의 '간행사'와 '역자후기'에 제시되어 있다. 모윤숙은 『실패한 신』이 공산주의의 이데올로기적 선전에 사로잡히거나 현혹되어 공산주의로 전신하는 것을 막았다는 데 의의를 부여한 뒤 남북대치 상태에 있는 우리에게 승공의 이론적 논리를 제공해줄 텍스트, 특히 청장년층에게 경이로운 감명을 일으킬 것으로 평가한다.[61] 그것은 마찬가지의 이유로 공산주의의 선전과 정책에 매혹되었다가 양심 세계로 귀환한 서구지성들의 진정한 고백서이기 때문으로 본다. 공산주의로부터의 전향에 방점을 둔 기존의 전형적인 수용과 동일한 이해방식이다. 다른 점이 있다면 『실패한 신』을 문학텍스트로 간주하고 있는 것이다. 출판사 또한 전향 작가들이 발견한 '붉은 함정'을 강조한 광고를 실었다.

역자들도 마찬가지의 입장을 표명했는데, 특이한 것은 텍스트 독해의 위험성을 경고한 점이다. 즉 첫 부분을 읽고 뒷부분을 읽지 않으면 진정한 공산주의 평가가 불가능할뿐더러 도리어 공산주의에 매수당하는 위험성이 있다는 우려를 표명하며, 일부를 첨가해 내용적인 연결을 함으로써 이를 최대한 방지하도록 했다는 점을 밝혔다.307~308쪽 『실패한 신』의 서사구조를 제대로 파악한

---

60 스펜더는 한국을 떠나며 "한국의 문학자들이 제한된 가운데서나마 표현의 자유를 최대한 누리기 바란다"고 언급했는데, 당시 한국에서 벌어지고 있던 표현의 자유에 대한 극단적인 억압을 의식한 발언으로 이해된다. 1954년 창설 이후 가장 보수적인 행보를 보였던 펜클럽한국본부가 김병걸 외 31인 명의로 '표현의 자유에 관한 긴급동의안'(1974.11.16)을 발표하며 표현의 자유 확보 나아가 반유신 저항운동에 부분적인 참여를 했다는 사실은 당시의 펜클럽한국본부의 세대교체와 맞물려 시사하는 바가 크다. 국제펜클럽을 매개로 한 한국에서의 표현의 자유에 대한 국제적 이슈화는 1980년대까지 이어진다.
61 리처드 크로스먼 편, 이가형·이정기 공역, 『전향작가수기─실패한 신』, 한진출판사, 1978, 3~4쪽.

것으로, 역자들이 우려한 위험성이 존재하기 때문에 표제에 '전향작가'를 명시한 것으로 보인다. 실제 초역일 경우 소비에트에 대한 환멸을 주로 다룬 후반부에 비중을 두고 번역했던 것도 같은 맥락에서였다.

이렇게 번역시점으로 볼 때 박정희정권기에는 네 차례의 번역이 이루어진 셈인데, 번역의 주체 및 형태에 따라 수용의 양상에 얼마간의 차이가 존재하나 대체로 대공심리전의 자료로 활용되는 양상이 두드러졌다는 사실을 확인할 수 있다. 그것은 무엇보다 사상전향이란 의제가 갖는 강력한 이데올로기성 때문이었다. 전향 고백이라는 정체성이 냉전분단의 규정 속에 특유의 정치성을 낳고 그 정치성이 박정희정권의 대내외적 심리전프로젝트와 연계되어 프로파간다 효과를 제고하는 데 유용했던 것이다. 심리전이 박정희정권의 정권안보를 위한 내치의 수단으로 변질되는 양상이 강할수록 그 정도가 심화되었다고 볼 수 있다.

문화냉전텍스트로서의 『실패한 신』의 냉전정치성이 1960~70년대 한국적 수용에서 가장 적극적이고 실질적으로 발현된 양상이다. 그것은 냉전텍스트 『실패한 신』이 한국적 상황과 접속하면서 발생한 변용의 특수성으로, 텍스트의 편향적 의미화를 수반하는 과정이었다. 아울러 그 편향성 및 심리전 효과가 국내에서 생산된 전향수기들과 교차·결합하면서 증대되었다는 점을 간과해선 안 된다. 차이가 있다면 국내의 전향기록이 철저한 반역프레임에 의한 부정성의 극대화였다면 『실패한 신』은 지성의 양심 고백이란 긍정성이 부각된 방향성 정도이다.

4. 냉전텍스트 전유의 균열과 탈냉전적 전망

『실패한 신』은 1980년대에 오히려 수용의 폭이 확대되는 특징이 있다. 두 차례 다시 출판된 것에 비해 『실패한 신』이 갖는 의미에 대한 언급이 부쩍 느는 가운데 수용의 다양성이 나타나기 때문이다. 일종의 『실패한 신』에 대한 재평가 작업이 성행했던 것이다. 소련의 KAL기격추사건1983.9.1이 발생함으로써 고조된 반소감정이 이 텍스트에 대한 관심을 높인 것도 크게 작용했다. 다른 한편으로는 『실패한 신』의 저자들, 특히 쾨슐러, 실로네, 리처드 라이트 등의 1930년대 작품이(스펜더의 자서전 『세계 속의 세계』 포함) 처음으로 번역되기 시작하면서 『실패한 신』에 수록된 저자들의 사상적 궤적과 고뇌를 좀 더 심층적으로 파악할 수 있는 길이 열리기도 했다. 문명사가 1985년 출간한 『실패한 신』이 사상계사의 『환상을 깨다』를 가감없이 제목만 바꿔 재판한 것이므로 1980년대 번역은 범양사판 『실패한 신』김영원 역, 1983.7이 유일하다.

범양사판 『실패한 신』은 입문자들/동반자들로 분류해 목차를 재구성했고, 김은국의 '발문跋文'과 미국에서 재판이 된 것을 계기로 작성된 노만 포도레츠의 『실패한 신』에 대한 재평가 논문을 번역해 부록으로 배치한 점이 특징이다. 역자는 『실패한 신』의 번역이 김은국의 권유로 이루어졌음을 밝힌 뒤 저자들의 소련에 대한 낭만적 동경의 이면에는 1920~30년대 서구자유주의에 대한 절망과 자본주의의 파탄으로 인한 대안적 선택이라는 의미를 지니고 있는데, 이는 동시기 일제강점기하 민족주의자들에게도 나타나는 현상이었으며 식민지조선에서의 좌우합작운동 또한 파시즘에 대항하기 위한 인민전선의 결성과 유사한 것이라며 텍스트 이해의 역사성을 제기한다. 그러면서 출판된 지 30년이 경과된 『실패한 신』은 당시와는 현저하게 다른 미소 냉전체제의 변화상과 결부시켜 그 의의를 재평가할 필요가 있음을 강조한다.[62]

김은국은 발문을 통해서 앞서 거론한 바 있는 독서체험의 감동을 제시한 뒤 『실패한 신』을 20세기 고전의 하나로 간주한 가운데 제목 '실패한 신'은 마르크스주의와 그로부터 오는 공산주의의 모든 것의 실패이고 나아가 공산주의를 신봉하고 충성을 바쳤던 사람들에 대한 배반을 함축하고 있다고 본다. 『실패한 신』은 이러한 '실패한 신'과 그 '신'의 인간 배반을 경험한 이상주의적 지성인들의 비극과 고뇌를 담아냄으로써 소련이 인간구원의 메카가 아님을 증명했다고 평가한다. 그가 힘주어 강조한 것은 지성인들이 아직도 그 같은 실패와 배반을 스탈린 때문으로 또는 이념의 제도화에 따른 결과로만 간주하려는 지적 유혹이 존재한다며 그 이념과 주의 자체가 이미 내포하고 있는 결함을 찾음으로써 다시금 실패와 배반을 반복하지 않아야 한다는 데 있다.[63] 마르크스주의와 공산주의 자체의 근본적인 결함이 문제의 핵심이라는 것이다. 생래적 극우반공주의자로서 당연한 주장이기는 하나 1981년 풀브라이트교환교수로 한국에 체류하면서 목도한 1980년대 초 이념도서 번역출판의 일시적인 허용에 따른 좌파이데올로기의 확산 현상을 의식한 발언으로 볼 수 있다. 흥미로운 대목은 번역자와 김은국의 주장이 모두 노만 포도레츠의 논문에 근거하고 있다는 점이다. 실제 노만 포도레츠의 논문은 『실패한 신』의 재평가 및 1980년대적 한국 수용의 방향에 지대한 영향을 끼친다.

노만 포도레츠의 논문은 『실패한 신』의 의의와 한계를 당대 및 1980년대적 맥락과 교차·결합시켜 분석한 예리한 비평문이다.[64] 그는 공산주의가 냉전 초기 서구세계의 가장 뜨거운 정치적 이슈로 부각되고 소련(공산주의)에 대한 토론이 제2차 세계대전기의 경험으로 인해 지적 암흑이었을 때 『실패한 신』이

---

62 R. 크로스먼, 김영원 역, 『실패한 신』, 범양사, 1983, 5~7쪽.
63 위의 책, 333~335쪽.
64 노만 포도레츠, 「'실패한 신'은 왜 실패했는가?」, 위의 책, 336~349쪽.

한나 아렌트H. Arendt의 『전체주의의 기원』1951과 더불어 자신을 포함해 미국의 지적 집단에 반파시즘 못지않게 반공을 필수적인 정치적 입장으로 조성케 한 심대한 영향력을 끼친 텍스트였다고 그 의의를 부여한다. 공산주의의 강력한 이데올로기적 호소력과 소련에 대한 환상이 진보적 민주주의자뿐만 아니라 보수주의자 심지어 일부의 반공주의자들에게도 여전히 남아 있는 현실에서 이 부류들이 알지 못하는 공산주의전력자들의 소련에 대한 환멸과 반공 증언은 반공을 정당화하는 데 공헌을 할 수 있었고, 특히 이 텍스트를 접하면서 반공을 시작하는 이들에게 소련공산주의의 본질에 대한 환상의 재현을 막기에 충분한 의의를 발휘했다고 평가한다.

그렇지만 포도레츠는 동시에 같은 이유로 말미암아 『실패한 신』은 많은 결점을 또한 지니고 있다고 평가한다. 이 텍스트의 약점과 과오들이 『실패한 신』이 지닌 텍스트성textuality에서 기인한다는 해석이다. 무엇보다 『실패한 신』이 공산주의의 역설을 탐구한 성과에도 불구하고 좌익에 남았던 공산주의전력자들로만 필진을 한정한 배타적 원칙의 결과 공산주의에 대한 또 다른 이데올로기적 환상을 낳았다고 본다. 즉 좌익공산주의자들의 중립적인 태도는 사회주의 나아가서는 마르크스주의를 포기하지 않고서도 공산주의를 반대할 수 있다는 것을 조장한 가운데 자본주의와 공산주의 두 제도의 장점을 합치고 단점을 피하는 어떤 형태의 민주적 사회주의를 대안적 전망으로 갖게끔 했다는 것이다. 이는 마르크스주의의 진정한 유산인 도착倒錯, 배반을 스탈린이나 러시아의 특수한 조건으로 돌리면서 세계가 개조되고 구제될 수 있다는 유토피아의 꿈을 계속 믿게 되었고, 공산주의를 배척하면서도 다른 형태의 마르크스주의적 집단주의나 국가사회주의를 수호하게끔 만드는 불행을 초래했다고 본다. 냉전기 민주적 자본주의가 서구세계에서는 번영을 성취했기 때문에 이 같은 환상을 어느 정도 잠재울 수 있었으나 제3세계에 적용되었을 때는 부적절한 방어가

될 수밖에 없었다는 것이다. 『실패한 신』이 중국을 설명할 수 없다는 다케우치 요시미의 평가가 환기되는 지점이다.

포도레츠는 『실패한 신』의 좌익반공주의자 저자들, 특히 스펜더의 자본주의와 공산주의 모두 악이라는 중립적 태도를 '지적 유토피아니즘'으로 명명했는데, 수많은 좌익공산주의자들이 이 유토피아니즘의 덫에 걸림으로써 장기적으로 소련세력의 확산으로부터 이 세계를 방어해줄 수 없었던 것은 물론이고 그같은 환상이 유럽 전역에 만연된 가운데 1980년대에도 더욱 확산되고 있음을 경고한다. 요컨대 『실패한 신』 속에 정당화된 것과 같은 반공은 너무나 많은 유보와 조건이 담겨 있어 닥쳐올 압력에 견디기에는 이미 불충분했다는 것이다. 따라서 1980년대 이 텍스트에 대한 다시 읽기는 『실패한 신』이 후퇴시켜 놓은 것을 정확히 파악하고 날조·선전된 공산주의에 대한 환상과 그 환상이 오늘날 민주주의적 자본주의의 도덕과 가치에 완고하게 눈을 감고 있는 작가·지식인들에게 호소하고 있는 현상을 계속해서 밝혀내는 방향으로 수행되어야 한다는 것이다. 한 마디로 그가 주장하는 진정한 반공이란 소련공산주의뿐만 아니라 사회주의의 기타 변형, 철학으로서의 마르크스주의 자체까지도 모두 거부하는 것에 있다. 1950년대 매카시즘의 광풍 속에서 공산당에서 전향해 극렬한 반공주의자로 활동했던 맥스 이스트먼M.Eastman이나 휘태커 체임버스W.Chambers가 한 것처럼.[65]

포도레츠의 관점은 철저히 냉전적이며 미국의 신보수주의적 입장을 대변한다고 볼 수 있다. 한때 트로츠키주의자였다가 전투적 반공주의자로 변신한 어빙 크리스톨I. Kristol, 1953~58년 『인카운터』 공동편집자과 함께 미국 네오콘neocons을 창설하고 1960~95년 Commentary지의 편집장으로 국제문제, 사회·문화 전반에

---

65 이들의 반공산주의 활동에 대해서는 프랜시스 스토너 손더스, 유광태·임채원 역, 앞의 책, 334~335·481~482쪽 참조.

대한 네오콘의 입장을 대변했던 행보의 연장이기도 했다. 그럼에도 포도레츠의 평가는 『실패한 신』의 공과를 텍스트성의 차원에서 면밀히 분석한 가운데 이 텍스트가 냉전체제하에서 어떻게 변용되어 장기 지속적인 영향을 끼쳤는가를 거시적으로 조망했다는 점에서 큰 의의가 있다. 그렇지만 그가 분석한 『실패한 신』의 냉전정치성은 한국적 수용을 이해하는 데 직접 적용하기는 어렵다. 상당수의 국민이 공산주의에 대한 실제 경험을 지니고 있었고, 가혹한 사상통제와 공산주의에 대한 사회적 금기가 고착된 상황에서 포도레츠가 이 텍스트의 냉전정치성의 핵심으로 강조했던 사회주의에 대한 지적 유토피아니즘의 환상은 존재하기가 사실상 불가능했기 때문이다. 이는 달리 말해서 『실패한 신』에 대한 한국적 수용의 장기 지속성과 그것의 편향 및 왜곡을 역설적으로 비춰주는 지점이기도 하다. 어쩌면 포도레츠가 『실패한 신』을 통해서 희망했던 바가 그의 희망 이상으로 한국에서는 수용 초기부터 지배적으로 관철되었다고 볼 수 있다.

1980년대 『실패한 신』의 수용 과정에서 포도레츠의 비평은 텍스트의 실내용보다도 더 큰 영향력을 발휘했던 것으로 보인다. 부록으로 배치한 효과이기도 했으나 소련의 KAL기격추사건, 뒤늦게 도착한 마르크스사상의 전파와 좌익이데올로기의 대두, 냉전금기의 균열 징후 등과도 연관되어 있다. 이한기학술원 회원는 포도레츠 비평문의 기조를 그대로 인용하면서 소련의 만행을 단순한 사고나 미국의 호전적 도발에 대한 방어로 간주하는 서구민주주의국가 일부 진보진영의 소련공산주의에 대한 환상을 비판한 뒤 반소반공의 정당성과 그 의의를 강조한다. 러시아혁명 후 소련의 실상은 학살의 연속이었고, 공산주의이데올로기의 주입으로 인해서 톨스토이나 도스토예프스키의 나라가 아닌 '수용소군도'솔제니친, 고문과 학살의 나라쾨슬러의 『한낮의 어둠』, 지독한 전체주의 국가『1984』로 변질되었음을 스스로 증명했는 데도 불구하고 소련인도 사람이라는 전제하에 우리가 이 같은 진실을 진실대로 받아들이려 하지 않은 환상을 갖고 있음을 우려한다. 이러한 풍조 속에서 공산주의의 역설을 탐구한『실패한 신』의 당대적 의의가 매우 크지만 스펜더와 같은 지적 중립주의는 단연코 용인될 수 없다는 것임을 강조한다.[66]

공산주의에 대한 지적 유혹을 극도로 경계하는 태도는 1980년대 사회변혁운동이 급진적으로 발전하는 흐름과 결부되어 진보적인 사회·문화운동의 이념적 불온성을 비판하는 논리로 거론되었다. 이때『실패한 신』의 공산주의전력자들의 전향이 갖는 교훈적 의미가 타산지석의 차원에서 자주 인용된다. 가령 노동자대투쟁의 노선을 용공으로 규정하며 민주화투쟁과 공산주의는 엄연히 분리·구획되어야 함을 쾨슬러, 실로네, 지드, 오웰 등이 공산주의의 비인간적 잔학성을 체험, 전향한 후 열렬한 반공투사가 되었던 사례를 들어 강변하는가 하면,[67] '인간의 얼굴을 가진 사회주의'를 동조했다가 '사회주의의 실험은 끝났다'는 이념적 반전을 꾀한 사람들에게『실패한 신』의 저자를 비롯한 공산주의에 협력했던 지성들의 고백이 끼친 영향이 상당했다며 1980년대 후반 한국에서 유독 '끝난 실험'을 다시 시도하려는 좌경화의 움직임을 막아야 함을 역설하는 데『실패한 신』이 동원되기도 했다.[68] 1980년대를 가로지른 격렬한 사상전에서『실패한 신』은 '반공산당선언'으로 재맥락화되면서 보수주의자들의 반공반소 논리를 강화하는 자료로 활용되었다고 볼 수 있다.

이와 같은 흐름의 다른 한편에서는『실패한 신』의 저자들의 문학작품이 번역 소개되면서 이들의 1920~30년대 사상적 행적과 활동을 제대로 파악할 수 있는 여지가 만들어진다. 먼저 리처드 라이트의 1940년 작『토박이*Native Son*』김

---

66 이한기, 「소련과『실패한 신』」,『동아일보』, 1983.9.16.
67 양흥모, 「어떻든 장외정치 중단해야」,『경향신문』, 1986.5.12.
68 최준명, 「'끝난 실험'의 실험」,『조선일보』, 1989.4.20.

영희 역, 한길사, 1981가 한길세계문학시리즈 ④번으로 번역됨으로써 미국 흑인문학을 대표하는 라이트의 문학세계를 정시할 수 있게 되었다. 라이트의 작품은 『흑인문학 전집』전5권, 휘문출판사, 1965을 통해서, 1945년 작作 자서전 *Black Boy*가 『검둥이 소년』김종철·김태언 공역, 홍성사, 1979이란 표제로 다시 번역된 바 있으나 흑인판 아메리카의 비극으로 또 라이트 흑인문학의 본질과 그 가치를 집약하고 있는 『토박이』가 완역된 것은 이때가 처음이었다.[69] 하층의 흑인청년 '비거'의 시선을 통해 흑백관계를 중심으로 미국사회를 해부한 이 장편은 살인을 통해 비거의 의식의 확장을 보여줌으로써 흑인문제의 한 극복방안을 제시하는 가운데 미국 흑인문학의 새로운 지평을 개척한 의의[70]뿐 아니라 20세기 후반까지도 사라지지 않은 가장 확실한 인간불평등의 실례인 흑인의 불평등문제를 공산주의로 해결하려고 시도했던 라이트의 고뇌어린 역정을 날카롭게 환기해준다.[71] 따라서 『실패한 신』에 수록된 라이트의 에세이와 『토박이』는 상호텍스트성을 지니고 있다고 할 수 있다. 1970년대 후반부터 중요한 정치·문학적 의제로 부각된 제3세계(문학)에 대한 고조된 관심 속에서 라이트 문학은 제3세계 문학이 추구해야 하는 리얼리즘의 하나의 본보기로 평가되면서,[72] 그의 문학과 상호텍스트성을 지닌 『실패한 신』에 대한 좀 더 객관적이고 심층적 독해의 가능성을 제공했다고 볼 수 있다. 적어도 『실패한 신』을 편향된 반공산주의 선언

---

69 리처드 라이트(작품)의 번역 수용은 의외로 해방 후부터 꾸준히 이어졌다. 1940년대 후반 '흑인문학' 특집(『신천지』, 1949.1)에 산문 「흑인의 생활윤리」가, 『강한 사람들』(김종욱 편역, 민교사, 1949)에 시와 산문이 각각 수록되었고, 1960년대는 자서전 *Black Boy*가 『흑인소년』(조정호 역, 박문사, 1960)으로 번역 출판되었으며, 『흑인문학 전집』(휘문출판사, 1965)을 통해서 『블랙보이』(정병조 역)와 단편 두 편(「다섯 개의 삽화」, 「홍수」), 시 두 편(「검은 손들」, 「저승과 나 사이」) 등이 소개된 바 있다. 라이트의 번역수용사를 탈식민/냉전과 흑인문학의 관점에서 살펴보는 작업은 별도로 다룰 예정이다.

70 김영희, 「흑인문학에 있어서 『토박이』의 위치」, 리차드 라이트, 김영희 역, 『토박이』, 한길사, 1981, 5~16쪽 참조.

71 안경환, 「평등의 땅에 불평등한 흑인」, 『동아일보』, 1993.3.31.

72 김종철, 「제3세계의 문학과 리얼리즘」, 백낙청 외, 『제3세계 문학론』, 한벗, 1982, 59~75쪽.

으로만 수용했던 기존의 태도와 다른 길이 1980년대에 와서 열렸던 것이다.

이는 쾨슬러와 실로네의 경우도 마찬가지였다. 스탈린통치하 모스크바의 정치재판을 배경으로 한 쾨슬러의 1940년 작 『한낮의 어둠*Darkness at Noon*』한길사, 1982은 혁명이 성공한 후 혁명적 이상주의와 현실사회주의체제의 정치·권력 간 괴리를 구䊓볼셰비키지도자 '루바쇼프'를 통해 비판적으로 그려낸 그의 대표작이다.[73] 소련공산당 최고의 이론가 부하린을 모델로 했다고 알려진 이 장편의 핵심은 루바쇼프가 반역자로 체포된 뒤 자신을 희생해서 혁명과 당을 지켜달라는 당의 요구를 받아들여 자발적으로 관료적 스탈린체제에 굴종하는 과정에서 제기된 혁명의 변질과 실패에 있다. 그것이 특정 체제에 대한 비판이라기보다는 혁명이 성공한 후 정치의 근본 문제들, 가령 목적과 수단의 관계, 개인과 집단의 관계, 혁명과 대중, 도덕, 양심의 문제 등을 다뤘다는 점에서 20세기 최고의 정치소설 중의 하나로 평가받았다. 물론 여기에는 러시아혁명의 이념적 순수성과 정치적 비전에 동의했으나 스탈린 독재체제에 대한 절망으로 당과 결별한 쾨슬러의 반스탈린주의가 깊이 투사되어 있고, 따라서 루바쇼프의 종국적인 행위가 볼셰비키혁명가들의 행위를 대변하는 전형적인 것으로 또는 볼셰비키즘과 마르크스주의 내의 혁명 일반을 스탈린주의와 동일한 변질된 정치윤리로 파악하여 정죄하고 있다는 해석은 경계할 필요가 있다.[74] 다만 이 장편이 쾨슬러의 자본주의/공산주의 양 극단 체험이 『실패한 신』과 달리 정치소설로 형상화되었고 1980년대 한국사회의 민주화운동의 흐름 속에서 번역·수용되었

---

73 이 소설은 1952년 전시에 처음으로 번역되었다(아아서·케쓸러, 강봉식 역, 『대낮의 밤』, 수도문화사, 1952.8). 1942년 개국한 미국의 소리(VOA)를 통해 전 세계적으로 전파된 바 있는 *Darkness at Noon*이 당시 어떤 경로로 수용되었는지 확인하기 어려우나, 이 소설의 주제와 관련해 1937년 소련의 피의 숙청을 통해 러시아혁명의 주역들이 무자비하게 제거된 사실을 강조하거나(역자 머리말), 신문광고에서 공산주의독재의 참상을 고발한 텍스트임을 특화해 강조한 것으로 볼 때(『동아일보』, 1952.9.4, 1면 광고) 전시 사상전의 차원에서 번역·수용되었음을 추측할 수 있다.

74 임철규, 「정치와 인간의 운명」, A. 케슬러, 최승자 역, 『한낮의 어둠』, 한길사, 1982, 10~14쪽.

다는 것을 고려하면 맹목적인 반공소설로만 읽히지 않았을 가능성이 높다.

실로네의 1937년 작 『빵과 포도주Bread and Wine』최승자 역, 한길사도 1982년 한국에서 처음 번역되어 실로네의 문학에 대한 관심뿐만 아니라 『실패한 신』에 대한 기존의 왜곡된 수용사와 다른 접근법을 촉발시켰다. 무솔리니의 파시즘권력이 절정으로 치닫던 1930년대 중반 반파시스트 지하운동을 주제로 한 이 장편은 이탈리아공산당의 공동설립자이자 반파시스트운동의 최전선에서 활약했으나 당에서 배신자로 낙인 찍혀 축출되었고 좌우 모두로부터 추방당한 후에도 사회주의자로서 이상적 사회건설에 대한 모색으로 일관했던 실로네의 치열한 삶이 녹아있는 자전적 소설로 인간존재의 정치·도덕적 본질을 천착하고 있다. 실로네는 인간주의적 정치체제에 대한 비전에 입각해서 이를 방해하는 일체의 악과의 도덕적 투쟁을 기조로 정치적 이상주의와 도덕적 이상주의가 결합된 세계를 추구함으로써 윌리엄 포크너를 비롯해 저명 작가들로부터 가장 위대한 이탈리아작가로 평가받았다.

『실패한 신』의 수용사에서 한국지식인들이 실로네에 가장 큰 감명을 받았다고 한 것도 전체주의의 거대한 폭력에 저항하면서도 이념의 틀에 갇히지 않은 인간주의적 정치체제에 대한 실로네의 집요한 신념과 비전에 매료되었기 때문으로 보인다. 당시 이탈리아와 독일에서 금서로 지정되었고, 제2차 세계대전 중에는 연합군이 『빵과 포도주』의 무단 복제판을 인쇄하여 나치가 점령 중이던 이탈리아 전역에 심리전용으로 배포하기도 했던 실로네의 문제작 『빵과 포도주』가 뒤늦게 한국에 소개되는 과정은 이 작품의 주제의식 나아가 실로네의 공산주의 (재)전향이 함축하고 있는 역사성에 대한 이해의 폭을 확장시켰다고 할 수 있다.

이렇게 볼 때 1980년대 『실패한 신』에 대한 재평가는 양가성을 지녔다고 할 수 있다. 20세기를 관통한 양 극단(체제)의 체험이 농축된 텍스트자체의 복잡성과 더불어 확대·강화된 권위주의 통치와 이에 대항한 민주화운동이 치열한 사상전 형태로 전개된 1980년대적 상황이 반영된 결과였다. 지배세력은 민주화운동과 마르크스주의가 별개라는 분리주의를 바탕으로 진보세력의 사회변혁운동을 반체제성용공성으로 규정·공격하는 근거로 "공권력의 수사기록보다 더 부피와 무게를 지닌 공산주의에서 실패한 지식인들의 얘기를 발굴하고 전파"[75]할 필요성에 주목했다. 이때 텍스트저자들이 공산주의로부터 전향한 후 표명한 중립주의도 당시 좌파지식인들의 시대착오적 환상을 비판하는 소재로 활용된다. 정치구조의 민주주의적 전환을 기본 목표로 했던 진보적 지식인들에게도 『실패한 신』은 민주화운동의 노선 설정 나아가 이후의 정치체제를 모색하는 데 중요한 참조점이 되었다고 할 수 있다.

여기에는 앞서 언급한 저자들의 사상적 고뇌와 비전을 구체화한 문학작품의 번역 수용이 큰 몫을 했다. 실제 '한길세계문학'의 일환으로 앙드레 말로의 『희망』을 비롯하여 라이트, 쾨슬러, 실로네의 작품을 번역한 한길사는 이 기획과 간행을 문화운동으로서 철저하게 인식되어야 한다는 사실을 강조했던 것은 이런 맥락에서였다. 이는 적어도 왜곡된 시대상황 속에서 『실패한 신』에 대해 반공산주의텍스트라는 일률적인 先규정과 수용방식이 더 이상 가능하지 않게 되었다는 징후를 보여주는 것이었다. 냉전텍스트에 대한 피동적인 수용단계에서 벗어나 주체적인 시각으로의 전환, 이 같은 긍정적인 접근법은 1987년 민주화와 이후 실질적 민주주의화가 좌절되는 변곡점을 경과하면서 활성화되는 과정을 거쳐 또 다른 수용 국면이 전개된다.

---

75 손광식, 「좌파와 정치암시장」, 『경향신문』, 1987.2.4.

5. 사회주의 전향자의 지적 유토피아니즘과 한국사회

지금까지 냉전 초기 미CIA의 고도의 문화냉전 전략으로 기획·탄생한 대표적인 심리전텍스트『실패한 신』의 한국 번역 및 수용의 양상을 연대기적으로 살폈다. 구미歐美발發 냉전텍스트가 세계적 냉전문화기구들과의 접속을 매개로 동시기적으로 한국에 번역·전파되어 한국의 냉전문화사, 사상(지식)사에 장기 지속적으로 영향을 끼친 사례가 드물다는 판단 때문이었다. 실제 검토를 통해서도 이 점을 확인할 수 있었는데,『실패한 신』의 한국 수용은 냉전분단체제의 거시적인 규율 속에 반공산주의의 정당성을 확증해주는 텍스트로, 체제옹호를 뒷받침해주는 대내외 심리전텍스트로 두루 활용되는 기조가 유지되었다. 좌익에 남아있던 공산주의전력자의 증언으로만 구성한『실패한 신』의 텍스트성과 그로 인해 출간 당시『실패한 신』및 저자들이 좌우 진영 모두로부터 의혹과 비판을 받은 바 있는 이 냉전텍스트가 한국에서는 반공산주의텍스트로 비교적 단일한 의미 변용을 거쳐 수용되었고, 그것이 오랫동안 지배적으로 관철된 특징이 있다. 포도레츠가 특히 경계했던 제3세계에서 이 텍스트의 반공주의 지식으로서의 불충분성과 반소주의의 정치적 미흡함이 한국에서는 존재하지 않았다고 할 수 있다. 가깝게는 동아시아 국가들의 번역 수용과도 구별되는 지점이기도 하다.

이는『실패한 신』의 기획 의도가 한국에서 가장 실질적으로 구현되었다는 것을 말해준다. 그것이 가능했던 원천은 냉전분단체제하 사상 전향이 내포한 강력한 이데올로기적 구속성 때문으로 보인다. 전향 고백의 진정성 문제, 공산주의로부터의 전향 후 저자들의 행보에서 뚜렷하게 부각된 중립적 태도와 여전한 사회주의적 비전의 기대 등에 대한 비판까지 내포한 이 같은 수용은 지배권력의 통치술로 확대 강화된 면이 컸으나 한국사회에 광범하게 정착된 냉전멘탈리티가 이에 못지않게 작용했다는 판단이다. 특히 공산주의의 실제 체험은 『실패한 신』의 냉전텍스트성과 심리전 효과를 증폭시키는 주된 바탕이었다. 피터 현현웅의 전언에 따르면, 1950년대 중반 영국에서 쾨슬러와의 교류를 계기로 6·25전쟁 후에도 소련을 피압박민족을 돕는 존재로 믿고 있는 좌익강경파들에 대처하기 위해 『실패한 신』의 한국 번역을 문의했으나 쾨슬러가 소련이나 북한의 진상을 알게 되면 그 같은 문제가 해결될 것이라고 답변했다고 하는데,[76] 이 텍스트의 수용에서 공산주의 체험이 갖는 비중을 대변해준 것으로 볼 수 있다.

다만 일부 지식인들에게는 공산주의 체험의 절대적 영향에 의해 반공주의를 더욱 극단화시키는 것과 다른 한편으로 전체주의파시즘로 경도되는 것을 제어하는 기제로 혹은 자본주의문명의 폐해와 비인간화를 극복할 수 있는 대안적 전망을 모색하는 데 참조한 수용의 흐름이 존재했다는 사실도 간과해서는 안 된다. 그것이 1980년대 탈냉전의 시대적 추세 및 민주화운동의 고양과 맞물려 좀 더 객관적이고 주체적인 수용의 가능성이 열리나, 냉전 해체를 계기로 묻히고 만다. 앙드레 지드를 포함해 과거 공산주의전력자들의 소련체험은 일부 보수매체(지식인)들이 냉전의 미망迷妄을 보충하는 소재로 이용하는 경향이 두드러질 뿐이었다.[77]

이 글이 문화냉전의 차원에서 중요 텍스트로 평가받고 있으나 정작 한국에

---

76 피터 현, 「나의 젊음, 나의 사랑⑨-세계에 소개한 '한국 현대문학'」, 『경향신문』, 1997.2.17.
77 권석하, 「앙드레 지드 '소련방문기'가 오늘의 우리에게 던진 말」, 『주간조선』, 2020.8.24. 논자는 이태준의 『소련기행』(조선문학가동맹, 1947)이 소련의 실상을 제대로 파악하지 못한 가운데 "꿈에 있을 법한 나라와 현실의 나라를 착각"한 소련에 대한 경도를 소련에 정면 도전한 지드와 대비시켜 비판하고 있다. 유종호의 지적대로 이태준의 『소련기행』은 사회주의 정부의 표방가치를 곧 실현가치로 간주한 해방 직후 사회주의 신참 개종자들의 의식과 동향을 이해하는 데 필수적인 책으로서의 의의가 있다는 점에서(유종호, 「이태준이 본 1946년 소련」(『동아일보』, 2001.8.25) 소련 붕괴라는 결과론에 입각한 접근보다는 당대 상당수 지식인들이 대안적 전망으로 선택했던 사회주의(체제)에 대한 인식의 역사성을 비판적으로 검토하는 시각이 선행될 필요가 있다는 판단이다.

서의 번역 및 그 수용에 대한 연구가 없다시피 한 것에 착안하여 『실패한 신』의 한국 번역과 그 수용의 동태적 변용 양상을 재구하는 데 초점을 둔 관계로 성긴 면이 많다. 『실패한 신』은 문화냉전텍스트로 규정되어 전파되었으나 그 내용과 영향을 고려하면 러시아혁명 이후 20세기 세계사를 포괄한 지성사의 텍스트라고 할 수 있다. 따라서 러시아혁명에서 독소불가침조약 체결 기간 저자들의 행적을 좀 더 면밀히 파악해야 『실패한 신』에 용해되어 있는 이들의 지적 유토피아니즘과 그 실천을 온전히 이해할 수 있다. 특히 20세기 모든 이념의 결전장이자 세계지성들의 영혼의 싸움터로서 저자들의 사상적 고뇌의 중요한 전환점이었던 1936년 스페인내전에 대한 부분을 이해할 필요가 커지는데, 어니스트 헤밍웨이, 조지 오웰, 앙드레 말로, 파블로 네루다, 시몬 베유, 생 텍쥐페리 등의 스페인내전 참여와 결합시켜 좀 더 종합적으로 연구되어야 한다.[78] 국제전이자 내전, 이데올로기전쟁 등 스페인내전이 한국전쟁과 여러 지점에서 유사하다는 점에서 더욱 그렇다.

다른 하나는 문화냉전텍스트로서 『실패한 신』이 냉전심리전에 어떤 영향을 끼쳤는가에 대한 거시적 탐구가 필요하다. 구미에 끼친 파급력은 손더스의 연구를 통해서 어느 정도 파악이 가능하나 동아시아를 비롯한 제3세계에서의 수용은 그리 알려져 있지 않다. 이 글이 동아시아 국가들의 번역 양상을 포함시키고자 했던 것도 이 때문인데, 조금 범위를 넓혀 『실패한 신』과 동시기에 동아시아 국가들에서 반소비에트서적으로 명명되어 소개된 텍스트들, 가령 크라브첸코, 오웰, 게오르규, 쾨슬러 등의 저작을 함께 다루어 냉전 초기 동아시아 지역냉전의 실상을 검토할 필요가 있다. 이러한 제3세계로의 전파에는 세계적

---

78 이와 관련해 영국의 전쟁사학자 앤터니 비버의 『스페인 내전(*THE BATTLE FOR SPAIN*)』(김원중 역, 교양인, 2009)은 정치 이념(사회주의, 공산주의, 아나키즘, 파시즘 등), 계급, 종교가 착종된 스페인내전의 복잡성을 이해하는 데 중요한 참고가 된다.

문화냉전기구들의 수직적/수평적 네트워크가 깊숙이 개입되어 있다는 점에서 그 실상을 파악하는 작업은 회피할 수 없는 냉전문화연구의 필수적 과제이다.

글을 마무리하며 과연 『실패한 신』과 같은 공산주의전력자들의 사상적 고뇌와 지적 유토피아니즘이 오늘의 한국사회에서 어떤 의미가 있을까 하는 생각이 든다. 20세기 인류 최대의 거대한 사회주의 실험은 실패했다는 것을 승인할 수밖에 없는 상황에서 사회주의에서 유일한 희망을 찾았던 이들 그룹의 행적은 또 다른 실패였다는 것을 부인할 수는 없다. 그렇지만 이러한 실패가 그들의 사회주의에 대한 지적 유토피아니즘이 내포한 '진정성'까지 모두 배척해야 한다는 것을 의미하지는 않는다. 자본주의와 사회주의가 근대의 쌍생아이자 서로를 비춰주는 거울이었다는 사실이 환기되는 지점이다. 1936년 영국 공산당에 입당 후 탈당 대신 당을 지키며 사회주의의 가능성을 비판적으로 갱신하는 한편 자본주의의 위기를 경고하는 지적 여정을 보인 마르크스주의 역사학자 에릭 홉스봄E. Hobsbawm의 정치적 신념을 기억해둘 필요가 있다. 디스토피아적인 절망에서 민주적이고 정의로운 인간사회를 꿈꾸는 혁명적 열정이 필요한 시대, 반면교사로서 『실패한 신』은 여전히 유효하지 않을까? 적어도 서구 자본주의 및 자유민주주의 체제의 '악'에 대한 그들의 집요한 문제제기와 비타협적인 투쟁은 오늘날 대안적 사회체제를 전망하는 데 여전히 필요한 자원인 것만은 분명하다.

제6장

자주적 통일 민족국가의 상상과 북조선
북조선기행기와 민족주의 문화지식인의 동향을 중심으로

1. 남북협상과 1948년 체제 그리고 북조선

대한민국의 수립 나아가 남북 두 정부의 성립에 따른 분단의 제도화로 귀결된 해방 3년의 역사는 이 시기 민족의 진로와 관련해 선택 가능했던 선택지 가운데 최선의 선택이 아니었다는 점에서 여전히 한국사의 문제적 지점이라 할 수 있다. 단정으로 보든 건국으로 평가하든 그것은 해방조선의 민족적 당위과제였던 단일정부, 즉 자주적 통일 민족국가 수립의 최종적 좌절이었다는 점에서 차선 혹은 차악의 결과였던 것만큼은 부인하기 어렵다. '반탁에서 총선거에 이르는 과정과 민국정부의 수립이 3·1운동의 정신적 계승이자 근대세계의 약소민족운동사상 일대 위관偉觀'[1]이라고 볼 수만은 없지 않은가? 대다수 (남)조선 민중의 기대와 열망을 배반한[2] 이 같은 결과가 초래된 데에는 무엇보다 미

---

[1] 김광섭, 「이북동포에 보내는 글월」, 『동아일보』, 1949.1.1.
[2] 조선여론조사협회의 제1회 (거리)여론조사의 결과를 보면(1948.2.17), 단선지지자가 17%에 불과했다. 즉 '총선거에 대하여'는 ① 남조선 단독선거 17.2% ② 남북통일 총선거 70.5% ③ 기타 3.3%였으며, '미소양군 철퇴에 대해서'는 ① 선거 후 철퇴 28.8%, ② 즉시 철퇴 62.2%, ③

소의 한반도 분할점령 및 냉전질서의 압도적 규정력 때문이라는 것이 대체로 수긍되는 통념이다.

그러나 냉전의 국내화 과정으로 요약될 수 있는 '48년 체제'민족분단으로 구축된 정치체제의 성립을 '주어진' 필지ᄊ至의 결과로만 보는 것은 지나친 외세 결정적, 결과론적 관점이지 않을까. 설령 그 부분의 불가피성을 인정하더라도 외인ᄊ因의 다층적이고 복합적인 제약 속에서도 단일정부를 수립하고자 분투했던 국내 정치세력들의 일련의 주체적 민족통일운동을 도외시할 수는 없다고 본다. 특히 해방조선의 진로 문제가 모스크바협정체제에서 유엔체제로 이관·전환된 국면1947.9~48.5 속에서 남북협상파로 대표되는 민족·민주 주체의 민족통일운동은 미소협력을 통해서 통일국가건설을 모색했던 좌우합작운동 단계에서 탈피해 온전한 민족자결원칙에 입각한 통일운동의 첫 시도였다는 점에서 큰 의의를 지닌다.[3]

물론 미국 및 유엔의 주도에 의해 단선·단정이 현실화되던 국면에서 전개된 남북협상론을 비롯해 통일정부수립을 위한 논의와 운동에 대해서는 당대뿐만 아니라 이후에도 부정적 평가가 우세하다. 대체로 세계적 냉전체제가 구축된 상황에서 실현가능성이 결여된 이상론으로 말미암아 공산주의자들의 선전에 이용당한 가운데 결국 북한단독정권의 정통성을 제공해주었다는 것이 중론이다. 결과론에 치우친 평가라고 하더라도 남북 공히 독자적인 단정수립프로그램을 체계적으로 가동시켜 48년체제로 귀결된 일련의 도정은 이 같은 평가를 무시할 수 없게 만든다. 김구·김규식을 밀착 수행했던 인사들조차 남북정

기타 9%로 나타났다. 설문내용을 종합했을 때 남북통일, 민주적 자주독립을 염원하는 민의가 상당했음을 확인할 수 있다. 「단선지지자 겨우 17%」, 『조선중앙일보』, 1948.2.19.

3 오기영은 '약소민족의 비원(悲願)이되 외력의존의 허망함을 반성한 가운데 민족독립을 민족자력으로 전취하려는 감격적인 신출발'로 남북협상의 의의를 규정하고 남북협상을 성원하는 '문화인108인 성명'에 참여했다. 오기영, 「남북협상의 의의」, 『민족의 비원/자유조국을 위하여』, 성균관대 출판부, 2002, 427~439쪽.

치협상의 성과에 대해서 회의적인 평가를 내린 바 있다. 배성룡은 조선민족의 자주적 민주세력의 확대강화와 국제적 협조의 기운을 이끌어내는 등 자주정부 수립에 필요한 기초공사를 축성했다는 것에 의의를 부여하나 남북통일문제의 구체적 토의가 없었고 남조선 측의 의향이 반영되지 못했다며 사실상 실패를 자인했다.[4] 선우진 또한 허행虛行에 불과했으며 김구가 소박한 낙관론을 지녔다고 평했다.[5] 박명림은 좌우합작의 결렬로 남한에서 중도적 진보적인 대안을 갖고 개혁과 단일정부 수립을 추진할 노선이 최종적으로 실패했고 더 이상 좌와 우, 남과 북을 결합할 가능성이 존재하지 않았다며, 한국문제의 유엔 이관 이후의 통일정부 수립을 위한 논의는 자기 체제를 정당화하기 위한 수순 밟기와 요식행위를 넘지 않았다고 본다.[6] 따라서 1948년 두 정부의 수립에 의한 분단은 이미 정해진 귀결을 단지 제도화하고 합법화한 것에 불과하다는 것이다. 미(군정)/소(군정) 양자의 외생적 규정력의 절대성이 강조된 해석이다.

그렇다면 미소에 의해 부과된 구조적 제약의 불가피성을 인정하더라도 단정 추진세력과 남북협상통일지향 세력으로 양분된 국면1947.9~48.8에서 좌우 이념

---

4 배성룡, 「평양회담의 경과와 의의」, 『민성』, 1948.6, 7~8쪽. 그는 미소점령군의 조선현실 지배, 38선의 군은 장벽의 처지에서 미소의 전쟁 또는 민족 내부의 전쟁으로는 민족분할이 될지언정 도저히 통일독립은 불가능하다고 진단하는 가운데 조선민족의 자주적 민주세력의 강화와 미소의 협력에 의한 양군철수의 필요성을 강조한다.

5 선우진, 「南北協商隨行記」, 『세대』, 1970.12, 250쪽. 남북협상에 참가해 북행했던 송남헌은 협상을 통해 통일을 기대하기란 국제정치적 현실이 너무 냉혹했다며 김구·김규식의 애국주의만 역사에 남았다고 봤다. 송남헌, 「南北協商 결렬」, 『전환기의 내막』, 조선일보사, 1982, 166~182쪽.

6 박명림, 『한국전쟁의 발발과 기원(II)』, 나남, 1996, 365~378쪽 참조. 박명림은 48년질서 형성의 특징으로 첫째, 두 개의 한국 어느 쪽을 막론하고 미소 중심부의 역할이 사태전개의 방향에 결정적이었다는 점, 둘째 분할점령과 분단의 압도적인 규정력을 드는 가운데 첫 번째 분단 (1945.6~9) : 단순한 영토적 분단; 두 번째 분단(1945년 말~46년 초 탁치대쟁으로 인한 분단) : 이념적 분단; 세 번째 분단(1946년 북한의 사회변혁에 따른 분단) : 사회적 분단; 네 번째 분단(1947년 한국문제의 유엔 이관에 따른 분단) : 구조적 분단; 다섯 째 분단(1948년 두 정부의 수립에 의한 분단) : 제도적 분단 등으로 단계를 나누면서 이 일련의 과정은 이미 1945년이 다 가기 전에 결정되었던 것으로 비극이었지만 피할 수 없는 현실이었다고 본다.

을 초월한 아니 좌우가 광범하게 참여한 민족·민주 주체의 통일독립운동은 당시 대안적 가능성으로서 무력한 것이었던가. 더욱이 이를 견고하게 뒷받침하고 있던 남북을 아우르는 저변의 조선인들의 통일과 독립에의 고조된 열정까지 포함해서.[7] 박찬표는 미소의 분할점령, 냉전체제가 성립되는 과정에서 미국 중심의 진영에 편입된 남한이 대소 반공블록으로서의 위상을 부여받았다 하더라도 반공체제만이 아닌 다른 대안의 공간이 열려 있었다고 본다. 즉 국가형성을 두고 경쟁 대립했던 당시 한국의 정치집단들이 선택했던 노선과 전략이 좀 더 큰 영향을 미쳤으며, 배타적인 권력독점체제를 구축하려는 세력(극좌파 및 극우파)에 의해 공존·경쟁의 노선을 지향한 중도(좌/우)파가 배제되는 과정을 거쳐 분단이 형성되었다는 점에서 분단은 민족주의 실천이 실패한 결과가 아니라 민주주의 실천에 실패한 결과라고 평가한다.[8] 미소라는 외생변수보다는 미소분할 점령이라는 환경에서 한국의 정치집단들이 선택했던 노선과 전략이 48년체제 형성에 좀 더 큰 영향력을 미쳤다는 그의 분석은 이 국면에 대한 새로운 접근을 주문한다.[9]

분단의 책임 소재(외인론/내인론)를 추궁하자는 것이 아니다.[10] 이 시기를 복

---

7 미국의 통신원 스트롱은 김구·김규식이 남북협상을 위해 북행을 감행할 수 있었던 것은 통일과 독립에 대한 조선인들의 열정이라고 보았으며, 또 그 열정을 조선에서의 내전 발생의 가능성을 억제하는 요인으로 판단한 바 있다. 안나 루이스 스트롱, 「(기행)북한, 1947년 여름」, 김남식 외, 『해방전후사의 인식』 5, 한길사, 1989, 538쪽.

8 박찬표, 『한국의 48년 체제』, 후마니타스, 2010, 39~77쪽 참조.

9 강만길도 분단의 민족사회 내적 원인으로 "패전국의 식민지라는 국제정치상의 냉엄한 현실을 돌아보지 않고 전승국으로 자처하여 즉각적 독립 이외의 어떤 유예기간도 용납하지 않으려 했던 일부 '국민감정', 그것을 이용하여 분단국가의 지배권만이라도 확보하려 한 일부 정치세력의 책동과 일부 대중들의 추종 등에 있었다"고 밝힌 바 있다. 강만길, 『고쳐 쓴 한국현대사』, 창작과비평사, 1994, 208쪽.

10 이완범은 제2차 세계대전 후의 '분단유형론과 그 변화과정'을 비교사적 관점에서 검토하는 가운데 한국의 분단을 '국제적 성격이 우세한 복합형(1948)'으로 규정했다. 즉 외세에 의해 주어진 분할점령 구도하에서 국내정치세력이 이에 영합해 분단구조 창출에 기여했으므로 외인이 내인을 견인한 복합형분단으로 외세의 존재가 더 근본적인 선행조건이나 우리 민족에게도 2차적 책임이 있다고 본다. 만약 좌우가 단결했다면 오스트리아와 같이 통일되었을 가능성이 높았

원하거나 남북협상의 공과를 논하고자 하는 것은 더더욱 아니다. 다만 외세와 국내 정치세력의 상극적 대립의 중층적 제약 더구나 미소협조에 의한 통일국가건설의 실현가능성이 사라지고 체제의 최후적 선택을 강요받는 조건이었기에 사활을 건 자주적 국가수립운동이 그 좌절에도 불구하고 오히려 더 값진 것이 아닐까 한다. 미국인권옹호연맹 회장 로저 볼드윈이 지적했듯이, 미소 양군의 점령·속박을 받는 가운데 좌우 및 남북으로 분열되어 있는 이중의 진공 상태에서도 한인의 자유·자주에 대한 갈망을 누를 수 없었다.[11] 정치적 중도파 세력의 몫만으로 한정할 수 없는 이 운동의 지향이 단순히 단선·단정 저지에 있지 않았다는 사실이 중요하다. 항구적 민족분열과 외세에의 예속 및 내전의 발발 등 장차 단정으로 초래될 민족의 위기상황을 막고 독립국가로서의 발전의 토대 구축까지 포괄한[12] 민족의 운명을 개척하려는 민족 총의總意의 표현이었던 것이다.

그 총의는 비단 정치적 차원으로 국한된 것은 아니었다. 해방 후 정치적 독립 이상의 중대문제로 대두된 자주적 경제건설에 대한 고민과 대안도 포함하고 있었다. 자주적 민족경제는 정파를 초월해 독립국가 건설의 선결조건일 뿐만 아니라 향후 독립국가 발전의 핵심요소로 인식되었는데, 그것은 (경제적)분단 상태에서는 불가능한 과업이었다. 윤행중이 적시했다시피 '남북이 각기 자주적 경제건설을 의욕 하더라도 실질적으로 불가능해 결국 타국의 예속을 면할 수 없고, 빈곤한 경제의 양단은 민족의 멸망을 의미하기에 남북의 경제구조를 통일적으로 재편성하여 경제적 자주성을 토대로 한 민주주의국가 건설만이 민족의 영원한 발전을 약속'[13]할 수 있었던 것이다. 단정을 수립하면 3개월 내

다는 것이다. 이완범, 「한반도 분단의 성격─국제적 성격이 우세한 복합형 분단」, 한국전쟁학회 편, 『한국 현대사의 재조명』, 명인문화사, 2007, 70~73쪽.

11 「볼드윈 씨, 조선문제 평」, 『현대일보』, 1947.6.6.
12 홍명희, 「統一이냐 分裂이냐」, 『개벽』, 1948.3, 8~11쪽.

에 민생문제를 해결할 수 있다는 단정수립세력의 논리와 자주적 경제건설과 독립국가 수립의 불가분성을 내세운 통일지향세력의 첨예한 대립이 단정수립을 둘러싼 경합의 또 다른 중요 의제였다.

따라서 "너무 조숙한 시도"[14]로 볼 수 있을지언정 이들의 이념과 노선은 정당하고 당시 급박하게 돌아가던 엄중한 국내·외 정세 속에서 모색 가능한 최선의 선택이었다. 고귀한 민족감정의 표현 이상의 의미를 지닌다. 장기지속의 관점에서 보면 그 의의가 증대된다. 최선이 차선·차악에 의해 반민족적·반국가적인 불온으로 매도되고 축출되는 오도된 역사 속에서도 그 이념과 노선은 수차례 생환生還되어 민족자주화운동의 초석으로 작용한 바 있다. 특히 4·19 혁명 시공간의 탈냉전 민족주의의 발흥 속에서 대중적 호소력을 지녔던 중립화통일론이나 남북협상론은 단절된 이 운동노선의 회복이자 새로운 논리로 자기 확인을 해나가는 발전적 과정이었다.[15]

---

13 윤행중, 「경제선상의 38선」, 『조선중앙일보』, 1948.2.13. 8·15의 정치적 해방과 경제적 파멸의 모순관계를 인식하고 산업부흥, 자주적 경제건설을 절대적인 구국의 근본대책으로 강조하며 그 의의와 필요성을 일관되게 주장한 바 있는 오기영도 단선·단정은 미국의 단독신탁(일국신탁)을 의미하며 그것은 궁극적으로 우리 경제의 미국예속화 나아가 자본주의의 노예화를 초래하게 될 것이라고 비판한 바 있다(오기영, 앞의 책, 420~426쪽). 정부수립 후 정권이양과 새로운 행정조처로 인해 2개월여 남북교역이 정지되었음에도 불구하고 남북교역량은 이전보다 큰 폭으로 증가했다. 당시 남한이 당면한 가장 큰 문제였던 전기는 정치적 해결이 불가능한 상태에서 정부가 개인교역 항목으로 포함시켜 해결하려고 시도했다. 이 같은 현상에 대해『민성』측은 상행위라기보다는 단일민족의 생을 위한 자연적 물자의 교류이며, 통일을 향한 남북 인민의 염원의 반영이자 통일 없는 남북의 경제건설이 얼마나 지난한가를 증명하는 사례로 평가한다. 1948년 남북교역량과 반입/반출물자의 구체적 내용에 대해서는「민성통계실」, 『민성』, 1949.3, 32쪽 참조.

14 김일영, 「한국, 성공의 역사」, 복거일 외, 『21세기 한국-자유, 진보 그리고 번영의 길』, 나남, 2005, 135쪽.

15 홍석률, 「1953~61년 통일논의의 전개와 성격」, 서울대 박사논문, 1997, 235쪽. 당시 신상초와 김상찬의 통일론논쟁은 1948년의 재현이라 할 만큼 흡사한 대립구조를 보여준다. 민주당정권의 통일론인 선거선후통일을 주장하는 신상초는 민족자주, 평화, 민주 등 3대원칙에 입각한 혁신진영의 통일론이 국내외 정세상 가능성이 없는 좌익소아병적 발상이라는 점과 아울러 1946~48년 좌우합작 및 남북협상 실패의 경험이 반복될 것임을 강조하며 그 부당성을 강조해 비판했고(신상초, 「혁신진영에 준다」, 『경향신문』, 1961.3.13~15), 반면 김상찬은 선거선후통일을 운운하며 '유엔감시하에 대한민국헌법 절차에 따라 총선으로 통일한다'는 민주당정권

48년체제의 형성 과정에서 이 글이 주목하고자 하는 것은 두 가지이다. 첫째, 최선이든 차선이든 제2차 미소공위가 결렬된 뒤 한국문제가 유엔으로 이관되면서 이에 편승/거부하며 민족의 생로를 둘러싸고 첨예하게 대립했던 국내의 모든 정치 · 사회문화세력들에게 있어 과연 북조선은 어떤 존재였고, 또 어떻게 인식되었는가 하는 점이다. "남북을 갈라 생각하는 것은 어떤 의미로든지 민족적 반역"[16]이라는 생각이 널리 공유되고 있었으나 그 같은 중대성에 비해 당시 북조선의 진상을 파악할 수 있는 자료는 매우 드물었다. 일차적으로 실상 파악의 곤란함으로 인한 정보 부족 때문이었는데, 1947년 4월 하지의 명령에 의해 국적을 막론하고 38선통행이 전면 금지됨으로써 곤란함이 가중되었다. 따라서 구구한 유언의 남발 속에 지옥/낙원의 대립된 담론 및 표상이 동반 상승되면서 남조선 내부에 또 다른 38선을 만들어내기에 이른다.

아울러 제한된 정보나마 미디어의 즉자적 정파성 또는 각 정당 및 정치세력의 선전 · 선동전략에 의해 정보가 재구성되면서 과장 · 왜곡의 편견이 범람하게 된다. 대부분의 신문은 국내외 통신사의 기사를 제공받거나 월남자들의 전언에 기대어 북조선의 소식을 보도하다가 1946년 3월부터 일반인들의 북조선에 대한 관심이 고조되는 것에 대응하여 직접 특파원을 파견 · 취재한 기사를 연속물로 앞 다퉈 게재한 바 있다. 좌파, 중도파 언론은 물론이고 극우신문인 『동아일보』, 『대동신문』 등도 북조선사정을 기획 보도하는 것에 적극적이었다.[17]

의 비현실적인 통일기피론은 범민족적인 평화적 통일에의 힘찬 조류를 거역하는 남한단정특권 보수세력의 외세의존적 사대근성의 발로로 비판하는 가운데 민족주의 및 자립적인 독립쟁취의 의의를 강조했다(김상찬, 「사이비 통일론을 규탄함」, 『민족일보』, 1961.3.17~19).

16 설의식, 「북에 대한 관심」, 『민성』, 1947.3, 14쪽. 그의 이 같은 인식은 '남북분단을 고착화하려는 어떠한 행위도 비자주적 · 반민족적이며 남북통일은 배수진적 지상과업으로 시급히 추진되어야 할 민족적 과제'(「남북협상운동의 의의」, 『새한민보』, 1947, 11월 하순호)라는 차원으로 발전되는 가운데 『새한민보』를 창간해 이를 거점으로 자주적 통일운동의 미디어적 실천을 적극적으로 전개하는 것으로 구체화된다. 이에 대해서는 박용규, 「미군정기 중간파 언론―설의식의 『새한민보』를 중심으로」, 『한국사회와 언론』 2, 한국언론학회, 1992 참조.

17 『대동신문』의 M. T. K, 「서북사정」(1946.4.6~21)과 「북국행」(1946.11.8~10/박특파원 記),

문제는 좌우를 막론하고 정도의 차이는 있을지언정 즉자적 정파성에 침윤되거나 특정 이데올로기의 선전 자료로 활용됨으로써 자료의 총량적 증대에도 불구하고 북조선에 대한 정당한, 과학적 인식의 필요성과 의의를 오히려 증대시키는 역설적 결과를 초치한다. 극좌, 극우, 중도의 서로 다른 입장을 함께 다루는 것이 그나마 비교적 객관성을 기할 수 있는 유일한 방편이었다. 김기석金基石이 펴낸 『북조선北朝鮮의 현상現狀과 장래將來』조선정경연구소, 1947.1가 대표적인 사례인데, 이 단행본은 해방 후 소군정하 북조선의 변화된 실상과 이에 대한 남조선의 인식태도를 민족진영(우익), 공산진영(좌익), 중정진영(중도)으로 나눠 종합적으로 정리·보고해주고 있다.[18] 중도적 입장에서 남·북조선의 상호 간 적대 및 남조선 내부의 북조선에 대한 편향된 인식태도, 즉 우익진영과 이들이 의거하는 북조선소식의 출처(유산자, 개인주의자, 악질 전직 공·관리, 친일파 부류 등의 월남자들)가 지닌 감정적·권모술수적 왜곡 태도와 더불어 좌익진영의 종파성과 금禁비판적 태도를 동일한 병근病根으로 간주하고 북조선의 사태에 대한 과학적 인식의 필요성을 촉구하고 있다.[19] 나름의 중도적 정파성을 지녔으되 적어도 북조선 파악의 조선적 의의에 주안점을 두고 비교적 사실 그대로 북조

『동아일보』의 KK생, 「三八線 이북 踏破記―평안도반」(1946.4.6~13)과 HH, 「三八線 이북 踏破記―함경도반」(1946.4.14~19) 등을 들 수 있다. 각각 특파원을 파견하여 현지사정을 전한 것은 맞지만 "삼팔선 답파기의 제2대는 함흥을 기점으로 남으로 오는 피난민 속에 한 사람이 되어 그들의 눈물 나는 호소와 참상을 보며 들으며 함께 눈물지으며 이 답파기를 쓴다"(『동아일보』,1946.4.14)는 말처럼 월남자 혹은 북조선의 민주적 개혁조치에 불만을 지닌 인사들의 입장을 소개하는 내용에 치중함으로써 해당 신문의 정파성을 노골적으로 드러낸다.

18　민족진영의 입장은 某신문사에서 발간준비 중이던 『서북조선의 참상』(1946.5 탈고)을, 공산진영의 입장은 남로당의 각종 정책노선과 선전물을, 중정입장은 아사(我社) 동인의 북조선 실사기를 각각 재료로 하여 구성되어 있다. 민족진영의 모신문사는 『대동신문』으로 추정된다. 대동신문사의 기자 김기영이 1946년 초 2주 동안 사리원―평양―신의주 등지를 현지 답사해 '38 이북 답사기'를 H·H생이란 필명으로 『대동신문』에 7회 연재했다고 밝힌 바 있는데(김사림 편, 『일선기자수첩』, 모던출판사, 1949, 135쪽), 실제 연재되지 않은 것으로 보아 이 답사기를 『서북조선의 참상』이란 단행본으로 간행하려 했던 것으로 판단된다.

19　김기석, 『北朝鮮의 現狀과 將來』(총서 제4집), 조선정경연구소, 1947.1, '간행사', 141~147쪽.

선 현실의 전모를 소개하려는 데 주력했다는 점에서 당시 북조선에 대한 객관적이고 정당한 인식의 조성에 긍정적인 영향을 끼쳤을 것으로 판단된다.

하지만 이러한 시도조차도 1947년에 접어들면서부터는 어려워진다. 미군정 법령 제88호 공포1946.5에 이어 '정기간행물 허가정지 정의에 관한 공보부령1호'공포1947.3를 계기로 미군정의 언론탄압이 한층 강화되면서 북조선에 관한 보도는 극도로 제한된다. 『민성』의 경우 북조선에 기자를 파견하면서까지 문화적 차원에서라도 삼팔선을 없애기 위해 북조선특집을 기획했다가 폐간의 위기까지 겪었으며,[20] 다소 보도의 유연성이 있던 문화관련 단편기사도 집필자를 익명으로 처리할 수밖에 없는 상황이 초래된다.[21] 더욱이 1947년 8월 미군정의 '8월대공세'(남조선에서의 공산주의 활동 불법화 조치)를 계기로 좌파 언론매체의 정·폐간이 속출하고 남북 왕래가 금압되면서 시시각각으로 변모하고 있던 북조선의 동향을 확인할 수 있는 길이 봉쇄되고 만다.

그 같은 상황적 조건에서 『이북통신』1946.8 창간과 같은 극우적 매체의 북조선 담론이 영향력을 확대해가거나[22] 『대동신문』처럼 독자투고를 통해 고갈된 북조선관련 자료의 수집을 유도하기 위한 방편으로 아예 익명으로 투고를 권장·요청하는 등의 기묘한 상황이 연출되었다. 그리고 같은 맥락에서 중도파 언론의 역할이 증대된다. 중도좌파의 민족통일전선 결성운동의 일환으로 탄생했던 『독립신보』1946.5.1 창간를 비롯하여 『새한민보』旬刊, 1947.6 창간, 『조선중앙일보』1947.7.1 창간 등이 새로 등장하여 자주적 민족국가건설의 주의·주장을 능

---

20 『민성』, 1947.3, 편집후기. 박찬식의 '북조선답사기'와 그가 섭외·수득한 북조선 주재 문학가들(송영, 박세영 등)의 글은 1947년 전반기 『민성』에 더러 실렸다. 그 과정에서 편집동인 채정근의 인맥이 중요하게 작용했음을 확인할 수 있다.

21 C. S. P, 「북조선의 문화인들」, 『경향신문』, 1947.1.4. 보고집필자의 이름을 가릴 수밖에 없는 사정을 언급하고 있다.

22 『이북통신』의 존재와 역할에 대해서는 신형기, 「해방직후의 반공이야기와 대중」, 『상허학보』 37, 상허학회, 2013 참조.

동적으로 전개하는 가운데 북조선에 대한 담론기사, 비평 등이 또 다른 한편에서 풍성해지기도 한다.

이들 매체를 중도파의 입장을 대변한 정파지로만 보기 어렵다. 북조선이 조선(민족)의 일익이라는 점에 강조점을 두고 좌/우파 매체의 남북대비적·편향적 태도와 뚜렷이 구별되는 좌/우, 남/북의 대립을 초월해 자주적 통일국가 수립이라는 민족적 과제를 해결하는 데 그것도 미군정의 탄압에 맞서면서[23] 총력을 기울였다는 점에 주목할 필요가 있다. 이 같은 우파/중도파 매체의 양극적 북조선담론은 제2차 미소공위가 결렬되고 단선·단정국면이 도래하면서 단정추진세력과 남북협상통일세력으로 양분된 정치적 세력관계의 재편성과 맞물려 각 세력의 계몽·선전의 대리전 양상으로 비화·격화되면서 적대적 구도를 형성하기에 이른다.[24] 특히 '조국은 하나다, 둘되면 죽는다', '우리 민족은 하나! 조국도 하나다'라는 표어 아래 현지보고를 위주로 한 북조선의 실상 제시 및 위상 정립을 바탕으로 남북협상을 통한 단일정부수립에 매진했던 『조선중앙일보』 및 민족자주적 관점에서 남북협상을 자주적 통일정부수립을 위한 마지막 기회로 인식하고 남북협상의 민족적 의의와 정당성을 적극적으로 여론

---

23 단선, 단정반대 운동을 맹렬하게 전개했던 『조선중앙일보』, 『독립신보』, 『신민일보』 등의 주요 간부진은 포고령위반 혐의로 군정재판에 회부돼 대부분 징역 5년의 중형을 선고받는다. 『신민일보』 주필로 있던 염상섭도 징역 5년과 벌금 70만원을 선고받은 바 있다. 군정장관 딘 소장의 명령으로 얼마 지나지 않아 집행유예로 풀려난다. 『자유신문』, 1948.5.4.

24 이 시기 언론지형을 미군정(『조사월보』, 1947.9)이나 조선사정협회(*Voice of Korea*, 1947.11)의 분류에 의거해 좌/우/중도로 구분해 접근하는 것은 적절하지 않다고 본다. 국내 정치세력이 단정수립/반대로 양분·재편되는 것과 마찬가지로 언론계도 이 같은 적대 구도로 재편되었다고 보는 것이 적실할 듯하다. 정론(政論)의 이데올로기적 성격, 즉 정파성에 따른 분류법도 문제이려니와 좌/우, 미/소의 입장을 모두 포괄함으로써 좌우대립의 해소를 지양하고자 했던 이른바 중도파 신문들도 이 시기에 접어들어서는 분화의 과정을 겪는다. 이념적 중립성 유지라는 명분론에 그치지 않고 민족자주 관점에서 통일민족국가 수립을 위한 미디어적 실천을 능동적으로 전개하는 가운데 통일지향세력을 결집하는 거점역할을 했던 신문들을 관습적으로 중도파로 규정하는 것은 그들의 실천을 왜곡·폄하할 우려가 크다. 『개벽』도 당시 조국이 통일/분열, 흥/망, 생/사의 중대위기에 직면했다는 전제 아래 남북협상의 大經이 민족생로와 구국통일의 길임을 명시한 가운데 이를 뒷받침하는 논조를 적극적으로 전개한 바 있다(1948.5 편집후기).

화했던『새한민보』와 왜곡된 북한실정을 제시하며 남북협상의 비자주성, 모략성을 선전하고 총선거의 궐기를 독려하며 단정의 정당성을 설파했던『동아일보』간의 사활적 총력전은 이 시기 언론이 국가형성에 동원 또는 자발적 참여의 전형적 면모를 보여준다.[25]

미소의 알력 이상으로 민족 내부 및 남조선 내부의 분열이 더욱 양성되면서 단일정부수립이 요원해질 수밖에 없었던 문제가[26] 언론계에서도 현시된 형국이었던 것이다. 책임의 소재를 떠나 오히려 언론이 민족내부의 분열을 조장·확대시킨 면이 없지 않았다고 볼 수 있다. 요약하건대 남북의 진상을 객관적으로 파악하기 어렵고 상호 간 무시·경멸의 풍조가 점차 확산되는 상황에서 북조선을 파악하는 남조선 내부의 인식태도의 극단적 대립이 강화되는 중층의 제약은 '상상의' 통일 민족국가를 구상하고 그 발전적 전망을 모색하는 데 상당한 지장을 초래할 수밖에 없었다. 실제의 확인(경험)보다 풍문, 선전, 관념 등에 치우친 북조선인식, 모든 이념과 정파를 초월해 통일국가건설의 치명적 약점으로 작용하지 않았을까 한다.

둘째, 이 시기 지식인들의 동향이다. 단정수립설이 본격적으로 대두된 1947년 초만 해도 이를 용납한 지식인은 거의 없었다. 이승만과 그의 동조자들에 의해 남조선단정이 대소對蘇문제를 해결하고 조선독립 달성의 합리적 방안이라는 의견이 제기되나 소수였고, 대다수 지식인은 부당함, 불가능성, 모략 등으

---

25 토착 우파세력인 한민당의 기관지 역할을 했던『동아일보』는 조선문제가 유엔체제로 이관된 뒤 사설, 기사, 논평을 통해 유엔감시 하 총선거에 의한 단독정부수립의 정당성을 집중적으로 설파하는 총력전을 폈다. 사설만을 보더라도「유엔조선독립안을 적극 추진시키라」(1948.1.6),「총선거를 단행하라」(1948.2.3),「남북협상의 비자주성」(1948.3.30),「남북협상의 모략성」(1948.4.27),「총선거에 궐기하라」(1948.4.30),「남북협상, 공산파회담에 불과 민중은 현혹치 마라」(1948.5.4) 등 남북협상을 비롯해 민족통일세력의 통일운동을 공산주의적·반민족적 행위로 규정·배제하고 총선거의 당위성과 단정 수립의 정당성을 선전함으로써 단정수립세력의 노선을 적극적으로 옹호·지지했다.

26 無號亭人,「미소공동위원회의 재개와 그 전망」,『민성』, 1947.5, 1쪽.

로 규정하고 절대 있을 수 없는 것으로 간주하며 단일정부수립에의 강한 신념을 견지했다.[27] 불가능성은 조선독립을 보장한 국제협약이 여전히 유효하고 미소의 협조에 대한 믿음을 그 근거로 제시했다. 미소공위가 재개되나 결렬의 가능성이 높아지는 국면에서는 다소의 태도 변화가 나타난다. 남조선단정을 미군정의 연장, 제2의 이완용, 일국식민화의 전제 기구 등으로 규정하고 끝까지 이를 저지하는 투쟁을 전개할 것이라는 반대분위기가 여전히 강렬했으나 최후의 수단으로 단정을 고려하는 의견이 또 유엔에 의한 통일정부수립의 촉진제가 될 것이라는 긍정적 시각도 소수이나마 제기된다.[28]

이 같은 흐름은 조선문제가 유엔으로 이관되고 유엔조선위원회의 활동이 난관에 봉착한 가운데 단선·단정이 기정사실화되는 국면으로 전환된 1948년 초에는 상당히 달라진다. 미소협력에 대한 일말의 희망적 관측에 입각해 자주정부 수립에 낙관론을 편 인사도 일부 있으나 회의론, 비관론이 팽배해지고, 이 입장에 선 지식인들에 의해 자주적 남북통일민주정부 수립을 당면한 핵심 과제로 간주하는 분위기가 지배적이었다.[29] 좀 더 세심한 분석이 요구되지만 문화지식인들의 자주적 민족국가 건설에 대한 입장의 동향이 이 조류에서 크게 벗어나지 않으리라 본다.

중요한 것은 단선·단정국면에서 지식인들이 이 의제를 둘러싸고 분화·재

---

27 「남조선단독정부 수립설과 일반의 견해」, 『경향신문』, 1947.1.30. 조선을 소연방화하려는 공산주의자들이 단정을 촉진시키는 장본인으로 본 인사도 있었다. 『이북통신』의 주간 이북조차도 남북양단은 언어도단이며 민생도탄의 지름길로 규정하고 남북통일정부 수립의 정당성을 강하게 피력했다.

28 「공위 속개와 좌우여론」, 『민성』, 1947.5, 3쪽. 염상섭은 단정은 자주와 독립이 함께 오는 것이 아니니 있는 수단을 다하여본 뒤에 나올 의론이라며 선을 긋지만 최후적 수단으로 단정에 대한 고려를 하고 있음을 확인할 수 있다.

29 「1948년에는?」, 『민성』, 1948.1, 5~7쪽. 당면과제로 제기된 것으로는 남북통일정부수립이 다수였고(김동석, 허준, 계용묵, 서광제, 이갑섭 등), 테러, 친일파척결, 물가·식량·전기·모리배·토지개혁 등 경제 및 민생문제 등이 뒤를 이었다. 남북회담 개최, 외군 철퇴 등도 거론되기에 이른다.

편되는 과정을 거친다는 점이다. 탁치파동을 겪으며 이념을 축으로 한 분극화의 재편과정을 거치고 다시 미군정의 후원 아래 실행된 좌우합작운동을 계기로 좌우에서 각각 이탈·유입되며 중도파가 비대화되는 정치세력의 변모[30]에 대응하여 지식인들도 마찬가지의 역동적인 분화과정을 거친 바 있다. 정치세력(정당) 및 그와 연계된 언론계의 중도파는 비교적 뚜렷한 지형 분류가 가능하나 문화지식인들의 경우 중도파 설정이 쉽지 않은 것만은 분명하지만, 문화운동의 분극화가 가속되며 좌우의 대립 해소와 민족국가건설에 대한 지향과 실천을 지속적으로 전개한 일군의 상당수 지식인들이 존재했던 것만은 분명한 사실이다. 단선·단정국면에서 바로 이들을 주축으로 한 남북협상, 외군 철수, 단선·단정 거부 등을 골자로 한 자주적 통일민족국가수립을 위한 운동이 총력적으로 전개된다는 점에 주목할 필요가 있다. 이전 좌/우/중도의 세력관계로 온전히 수렴되지 않는 단정 추진/자주적 단일정부수립의 대립구도로 다시 한 번 재편되는 가운데 지식인들의 정치적·문화적 실천이 새로운 차원으로 전환·고조되었던 것이다. "한 원칙 한 진리, 즉 남북통일(민족통일) 앞에 두 방법, 두 힘이 충돌"[31]하는 적대적 대립 국면에서 그 실천은 사회문화 전반에 '구국'을 의제로 한 논쟁으로 전환된다. 문학 분야도 예외가 아니어서 구국문학(매국/애국문학)을 둘러싼 문학운동상의 대립전선이 형성되기에 이른다.

이를 가장 잘 보여주는 것이 '108인 문화인성명'1948.4.14을 비롯한 집단적 성명발표이다. 김규식의 평양방문 결행을 결정적으로 추동했던[32] 108인 성명(서)은 당시 남북협상을 통해 자주적 통일국가수립을 추진했던 노선의 이론을

---

30 우익진영에서 중간파로 옮겨간 것은 민족문제 및 민족해방과제의 해결에 관련된 것이었다면, 좌익진영에서 중간파로 이동한 것은 사회문제와 국가발전의 방법론에 있었다고 평가된다. 파냐 이시악꼬브나 샤브쉬나, 김명호 역, 『1945년 남한에서』, 한울, 1996, 274쪽.
31 홍종인, 「남북회담과 총선거」, 『민성』, 1948.5, 7쪽.
32 송건호, 「8·15 후의 한국 민족주의」, 송건호·강만길 편, 『한국 민족주의론』, 창작과비평사, 1982, 183쪽.

체계적으로 정리·주창한 것으로 좌우 인사가 망라돼 광범하게 참여함으로써 커다란 사회적 충격과 반향을 불러일으켰다. 뒤이은 매국단선 결사반대를 선언한 '52문화예술인 공동성명'1948.5.9, 외세에 아부하고 통일에 역행하는 언론의 곡필이 민족의 위기를 심화시키고 있는 현실을 비판하고 통일을 위한 언론의 정필을 선언한 '조선언론협회' 선언1948.6.24, '조국의 위기를 천명함'이란 장문의 성명서를 발표한 '문화언론인 330명 선언문'1948.7.26 등은 남로당 영향 아래 있던 좌파의 단선단정반대운동, 이를테면 문화단체총연맹의 양군 즉시 철퇴 성명1948.5.17 및 조선문제의 자주적 해결과 양군 철퇴를 요구한 조선과학기술연맹의 성명1948.2.26과 같은 문련 산하 각 단체의 성명들과는 조금 다르게 봐야 한다. 성명의 내용과 목표가 유사하되 참여인사나 영향력에서는 큰 차이를 드러냈다.

이 일련의 성명은 '숫자를 날조한 남로당직계들이 중간파로 위장한 선거방해공작의 산물'[33]이 결코 아니었으며, 남북협상을 성원하는 것을 넘어 통일국가수립을 염원했던 지식인들의 반외세 민족주의운동의 거대한 분출이었던 것이다. 단정반대, 남북협상 지지, 양군철수를 주장하는 것이 공산당에 동조하는 것으로 간주된 당시의 정치적 분위기에서 그것도 단선이 종료되고 남조선 단정이 기정사실화된 국면에서도 지속되는 이 같은 성명에의 참여는 통일에의 굳건한 신념 없이는 불가능한 처사였다. 이 400명에 달하는 문화지식인들의 존재와 그들의 지향에 대한 정당한 평가가 요청된다. 이들이 단정수립과 더불어 완전히 몰락했다고 볼 수는 없다. 단정참여, 월북, 저항 등으로 다양하게 분기되는 과정을 거치지만 그들의 이념과 지향은 개인적 차원에서뿐만 아니라 민족사의 차원에서도 단절/연속의 거듭 속에 생환되었다. 남한사회 내부의 적으로, 중간파라는 오명으로 매도된 이들의 민족사적 열정과 인간적 진실에 조

---

33 김동리, 「문화인에 보내는 각서-주체의 일관성을 가지라」, 『동아일보』, 1948.8.29.

금 더 가까이 다가갈 수는 없는 것일까.

그 작업의 일환으로 당시 이들 문화지식인의 북조선 인식과 자주적 통일국가운동을 검토해보려 한다. 단선·단정국면에서 생산된 북조선기행기, 그 중 330인 성명에 참여했던 김동석, 서광제, 온락중 등의 기행기를 주 대상으로 한다. 이들의 북조선기행기는 남북협상에 신문사 특파원 자격으로 파견되어 북조선의 실상을 충실하게 보고해준 공통점을 지닌다. 남북협상의 부산물인 동시에 해방 후 최초의 공식적인 북조선 방문에 기초해 쓰인 북조선에 대한 객관적 기록물이라고 할 수 있다. 이 여행기가 끼친 영향을 실증해내기는 쉽지 않지만, 적어도 당대 북조선에 대한 정당한 인식을 제고하는 데 긍정적으로 작용했을 것으로 판단된다. 또 전국적인 단정수립 반대운동과 남북협상을 통한 자주적 통일국가건설의 정당성과 그 비전을 뒷받침해주는 데에도 기여했을 것으로 보인다. 나아가 당사자들은 물론이고 자주적 민족주의노선을 견지했던 지식인들의 단정수립 후의 행보에도 직간접적인 영향을 끼쳤을 것으로 추측된다. 이 시기 북조선담론 및 기행기는 대체로 남한 반공주의의 형성과 그 영향의 차원에서 다루어졌는데,[34] 이 글은 이와는 다른 한편에 존재했던 영역에 주목한다.

2. 북조선기행기에 나타난 북조선 인식의 몇 층위

이 글이 대상으로 하는 북조선기행기가 지닌 최대 장점은 북조선의 현실, 특히 민주적 제 개혁조치가 단행되면서 시시각각으로 변화하는 북조선의 진상을 다면적이면서도 객관적으로 알려준다는 데 있다. 상식적인 얘기지만 이 점이

---

34 이에 관한 최근의 주목할 만한 성과로는 신형기의 앞의 글과 이행선, 「해방공간, 소련·북조선 기행과 반공주의」, 『인문과학연구논총』 34-2, 명지대 인문과학연구소, 2013 등이 있다.

중요한 것은 풍문, 선전, 관념에 의거한 북조선 인식에 균열을 가하고 조정하는 계기로 작용했다는 점이다. 아울러 남조선에 알려진 북조선의 실상이 얼마나 일천하고 왜곡된 것인지를 일깨워주는 효과도 있다. 이런 면모를 잘 보여주는 것이 박찬식의 「북조선 답사기」『민성』, 1947.1·2~5이다. 약 40여 일간1946.10.29~12.6 해주인민교화소에 잠시 구금되는 곡절을 겪으며 해주-사리원-평양의 경로를 따라 보고 들은 바를 세세하게 기록한 답사기로, 남북협상 이전 남쪽 기자의 현지 취재에 의한 북조선기록 가운데 비교적 구체성과 공정성을 지닌 보기 드문 사례이다. 크게 여정에 따른 북조선의 변모, 특히 일련의 사회주의적 개혁조치가 야기한 평양의 일상적 삶 및 북조선 인민의 향상된 의식과 문화계 주요 인사들과의 면담을 통한 북조선 개혁의 의의를 전하는 내용으로 구성되어 있다. 후자는 북조선특집을 구상한 『민성』 측의 기획 취재의 차원에서 이루어진 것이었다.

그는 평양에 도착하기 이전 교화소에서 만난 농부, 기차간에서 만난 직총職總 황해도 위원회에서 일하는 청년, 선거해설대 활동을 하고 귀환하는 여학생, 서울대사범대를 다니다 김일성대학에 입학하러 가는 대학생 등과의 대화를 통해 새로운 세계관과 사회주의 이론체계를 받아들여 새 조국건설에 매진하는 대열을 접하며 적잖은 감동과 함께 자신이 같은 청년으로서 낙후되어 있음을 자각한다. 모자차車, 즉 어린아이를 동반한 어머니들을 위한 별도의 차량에 탑승했다가 쫓겨나고 남녀동등법이 일상에 구현되는 광경을 목격하며 북조선의 변화를 실감하게 되면서, 공민증이 있어야 차표를 살 수 있다는 것을 비롯해 남조선에 알려진 북조선의 사정 대부분이 사실을 왜곡한 것이라는 것도 감지한다. 이 같은 새로운 경험은 평양 도착 후 20일 동안 머무르는 기간에 확충된다. 평양거리의 깨끗함과 여성들의 소박한 복식, 사라진 인력거, 한글 간판 등을 통해 새로운 조선건설의 진척을 느끼고, 김일성대학 등 학교 순례, 보통강공사장 참관, 장마당 구경 등을 통해서는 평화롭고 활력이 넘치는 인민들의 에너지를 읽어내면서 식민지 백성이 아닌 민족의 일 주체로서 자긍심을 지닌 새로운 인간상을 발견한다.

그가 가장 크게 감동받았던 부분은 문화적 발전상이다. 언론출판의 자유 보장, 저렴한 극장료와 다양한 소련영화의 상영, 연극무대의 시설과 풍성한 공연, 외국서적의 자유로운 구매 가능, 경찰과 예술가의 활발한 교류, 문학예술인의 안정된 생활 등을 목도하면서 남쪽과 극명하게 대조되는 북의 새로운 세계에 대한 경이와 함께 남북의 격차가 가중됨으로써 통일의 곤란함이 더해질 수밖에 없을 것이라는 우려도 표명한다. 김두봉, 송영, 박세영, 김사량, 추민, 나웅, 유항림, 최명익, 도상록, 전재경, 강홍식, 이강국, 한빈 등과의 면담을 통해서는 북예총, 조소문화협회 등의 활동상과 문맹퇴치운동의 현황, 언론출판 자유와 검열 등에 대해 파악하고 북조선에 대한 부정적 이미지를 조성하는 데 중요하게 작용했던 김일성진위론, 소련의 내정간섭, 흑백투표식 선거방법의 이유에 대해서도 그 진상을 확인하게 된다. 북조선 문학예술인들의 답변 가운데 눈에 띄는 점은 흑백투표방식이 문맹을 완전히 퇴치하지 못한 현실에서 이상적인 자필투표방식을 취하면 인민의 태반이 선거에 참여하지 못할 것이기 때문이었으며, 봉건잔재소탕을 비롯하여 북조선의 변화에 절대적인 역할을 한 것은 토지개혁이었다고 지적한 것이다. 1947년 가을 북조선을 방문한 미국기자의 기행기에서도 이 점이 분명하게 나타나 있다. 다양한 부류의 주민들과 접촉·면담한 결과 흑백투표방식 및 단일후보방식경쟁적 투표방식도 실시이 유권자의 선택을 정확하고 섬세하게 표현하는 것이기에 보다 발전된 방식으로 볼 수 있으며, 토지개혁과 말할 수 있는 자유가 북조선의 노동자·농민들을 새 정권의 강고한 지지 세력으로 만든 원인이었다고 보고해준 바 있다.[35]

---

35 안나 루이스 스트롱, 앞의 글, 512·526쪽.

이렇듯 26살 청년기자의 눈에 비친 1946년 말 북조선의 현실은 감격 그 자체였다. 그것은 풍문과 실제의 격차에는 온 충격이었으며, 본인도 자인하고 있듯이 오랜 세월 그리고 여전히 학대와 궁핍 속에 신음하며 고질화되어 있던 청년기자의 낡은 관념이 시정되는 계기로 작용한다. 그러면서 자신을 포함해 대다수 남조선 사람들이 북조선을 암흑지대로 인식하게 된 것이 친일파, 민족반역자들의 편협하고 침소봉대한 전언이 반복적으로 선전됨으로써 형성된 환각(이를 '부스럼의 병리학'이라고 규정한다)으로 진단하고 이로부터 벗어나 북조선의 발전된 실상을 직시할 필요를 촉구한다.

이 답사기의 또 다른 의의는 "북조선이여, 나는 이 부스럼의 병리학과 함께 이렇게도 큰 즐거운 '정말'을 전할 것이 즐겁구나. 그대에겐 중상보다 예찬과 성원이 더 공평하다. 주의의 이름이야 무엇이든 조조한 태양 아래 진리를 다만 실현하고 있는 떳떳한 생리를 그대로 과시하고 건강히 지속하라"[36]며 북조선의 장래를 축원하지만 그것이 남북한 어느 한 쪽에 대한 결정적인 옹호/폄하로 연결되지 않는다는 데 있다. 북조선의 현실을 확인하는 것이 남조선에 대한 일방적 비난으로 귀결되고 있지 않기 때문이다. 비록 남북한의 현격한 차이가 나더라도 그는 그것이 민족의 분열·분단을 초래할 원인이 아니라 오히려 통일의 중요한 자양분이 되어야 한다는 논리와 신념을 피력[37]하는 가운데 북조

---

36 박찬식, 「북조선 답사기」, 『민성』, 1947.5, 20쪽. 자신의 답사기 내용이 '사실'임을 스스로 보증하는 대목, 즉 "장차 올, 오고야 말 우리의 남북이 한 몸 되는 오롯한 날에 그대는 증거해 주겠지. 국민 박찬식이가 거짓 보고를 안 했다는 것을. 그의 좌우 1,2씩의 정당한 시력이 정녕코 청결한 심장에 의해서 ○(판독불능)영되었었다는 것을"을 통해서 북조선에 대한 실상을 객관적으로 전하는 것이 당시에 얼마나 어려운 것이었는가를 확인해준다.

37 같은 시기 중정 입장에서 실사·파악한 북조선 정세에 대한 요약으로는 ① 소군(붉은 군대)의 진주 초에는 비행들이 상당하였다. 그러나 그 후 많이 좋아졌다. ② 그러나 그들의 조선지원이 목적인지 수단인지 의문이다. ③ 공산당원들의 질이 8·15 직후로는 상당히 나빴던 것이나 최근은(1946년 말) 많이 나아졌다. ④ 과도적 또는 手續上의 실패는 많이 있지만은 대체에 있어서는 북조선사업 전체가 민주과업의 선로로 발전하고 있다. ⑤ 이 과도적 또는 手續上의 실패로서 그 전체를 비난함은 이 민주과업의 역사적 의의와 그 현실적 조건을 잘 모르는 이들의 말

선을 외국으로 여기거나 38선을 조국양단의 표지로 삼으려는 자는 2천만 민족의 원수라고 강하게 비판하고 있다.

이것은 단정수립설이 본격적으로 대두되고 미소협력에 의한 통일이 점점 요원해지던 정세를 감안할 때 매우 소중한 문제의식이라 할 수 있다. 기행기의 필자뿐만 아니라 그 같은 문제의식에 입각한 남북한의 통일문제를 최우선적 과제로 인식한 상당수의 지식인들이 북조선의 실상에 대한 직·간접적인 경험이 신념·당위/현실의 간극 속에서 어떻게 조정되어 그들의 이후 행보에 작용했는지는 확인하기 쉽지 않다. 다만 이러한 신념에 입각했더라도 북조선의 구체적 현실을 직접 확인하고 자기화하는 방식은 달랐을 것으로 보인다.

1) 자주적 통일민족국가의 비전 발견—김동석의 「북조선 인상」

김동석의 「북조선 인상」『문학』 제8호, 1948.7은 『서울타임스』『서울신문』의 자매지의 특파원 자격으로 김구 측의 인증을 받고 남북협상을 취재한 뒤 북조선에 대한 인상을 기록한 여행기이다. 한 달 정도 체류했으나 몇 가지 인상들만을 기록하고 있을 뿐이어서 엄밀히 말해 기행기로 보기는 힘들다. 후기에서 밝히고 있듯 애초 기행기를 쓸 의도가 없었는데 문학가동맹의 요청으로 작성한 것이었다. 그렇지만 이 인상기는 남북협상의 산물이었던 여타 기행기와 구별되는 독특한 북조선 인식이 잘 나타나 있고, 김동석의 이후 (월북)행보와도 밀접한 관련이 있

이라고 볼 수 있다. ⑥ 남북조선을 대조해 말하면 남조선은 자유와 물자가 있는 듯하되 그는 혼란, 무질서, 狂경기, 모리경기에서 오는 그의 전도가 암담하고 북조선의 그는 현재로는 빈약한 듯하되 그는 계획적이며 민족자주적 건설로서 전도에 광명이 보이는 것 같다. 북조선은 남조선과 달라서 일터가 없어 허덕이는 일은 장차 없게 될 것이다. ⑦ 커가며 있는 이 북조선의 힘은 북조선혁명의 힘인 동시에 조선전체의 큰 힘인 것이다. ⑧ 그러나 그 수많은 신영웅들의 혈기는 감정에 메이는 염려가 없지 않다. 그러면서 북조선의 모든 개혁과업이 수단 및 목적에 있어서 인민대중을 위해서 이루어지고 있기 때문에 방법상의 변동은 모르되 그 근본적 목적에 변동은 없을 것이며 당연히 더 발전되어 전체 조선개혁운동에 지대한 力的 존재가 될 것이라고 평가한다. 『北朝鮮의 現狀과 將來』, 168~170쪽.

다는 점에서 의미가 크다.

서술된 인상기의 내용은 (비)공식적 일정에 따라 구별해볼 수 있다. 극도의 불안감을 갖고 38선을 넘은 후 그에게 인상 깊게 다가온 북조선은 산에 나무가 많다는 것, 시골이 자연의 모습 그대로를 보존하고 있는 것, 산간벽지까지 학령아동이 학교에 다니는 것, 풍문과 달리 식량사정이 그리 나쁘지 않다는 것 등이며,[38] 평양에 도착해서는 평양 시가의 깨끗함과 질서정연함, 물건이 꽉 차 있는 점포와 양질의 외서를 구비한 서점, 통행인에게 핀잔을 받고 공손히 물러가는 보안대원의 모습 등에 큰 감명을 받는다. 특히 통행인이 교통규칙을 범했을 때는 백 번이고 천 번이고 용서해주는 보안대원이 스스로 교통규칙을 범했을 때는 통행인의 가혹한 비판을 달게 받는다는 사실은 소군 장교가 통행증이 없어 보안대원의 제지를 받는 장면과 더불어 당시 취재기자들이 공통적으로 꼽은 인상적인 장면 가운데 하나였다. 김동석은 이 모습에서 진정한 민주주의 사회의 면모를 읽어낸다. 권력이 인민에게 복무하는 사실이야말로 진정한 민주주의 사회가 아니면 볼 수 없다는 것이다. 그러면서 헤겔의 이념("이성적인 것이 현실적이고 현실적인 것이 이성적이다") 속에서 있던 것이 현재 북조선에서는 사실로 나타나고 있다고 고평한다. 과장은 아니라고 본다. 민주주의 개혁의 진정성은 그 가시적인 성과 지표보다도 일상의 소소한 하나하나의 변화·발전된 모습에서 확인할 수 있는 것이기 때문이다.

그 같은 민주주의적 변화로 김동석이 가장 강조한 부분이 여성의 해방이다. 우연히 만났던 농촌여성, 여학생, 여직공 등 각계의 여성들이 높은 교양 및 정

---

[38] 이 부분, 즉 김동석의 기행기 중 38선 월경 후 평양에 이르는 여정에서의 인상은 동행했던 설국환의 기행기(「남북회담 수행기」, 『신천지』, 1948.4)와 표절이 아닌가싶을 정도로 흡사하다. 그러나 이 부분은 표절이라기보다는 주로 실상이 왜곡된 북조선소식을 접했던 경험에서 온 결과로 보인다. 그만큼 통일운동세력도 북조선의 실상을 제대로 알지 못했다는 것을 반증해주는 지점이라 하겠다.

치적 의식수준과 겸손함, 활달함, 책임감 등을 아울러 지닌 것, 또 그것이 남녀 차별의 폐지와 같은 제도적 개혁이나 빈농, 노동자출신이란 성분에서 오는 것만이 아닌 국가 차원의 정책적 지원과 자발적 투쟁이 결합된 산물이라는 점에서 조선민족의 정신적 위대함까지 발견한다. 그 같은 여성의 극적인 모습은 최고인민회의에서 토론한 아직 촌티를 벗지 못한 강원도 시골서 온 여자대의원의 웅변이었으며, 그는 이것이 그 어떠한 북조선의 위대한 성취보다도 8·15 해방의 의의를 가장 잘 집약해준 것으로 평가한다. 이태준이 소련에서 새로운 인간상을 발견하고 감격했던 것에 방불한 감격과 경이를 북조선의 새로운 인간상, 특히 여성들에게서 발견했던 것이다.

공식 일정에 따른 인상은 황해제철소 참관과 김일성과의 기자회견장에서 받은 김일성에 대한 찬양이 대표적으로 제시되어 있다. 그는 순전히 노동자의 힘으로 복구된 황해제철소의 위용에 감격하고 용광로에서 쇳물이 흘러나오는 광경에 환호하며 북조선이 이미 자주독립의 토대를 구축한 것으로 평가한다. 동시에 외래 제국주의자의 힘을 빌려 이러한 북조선을 파괴하려고 북벌을 획책하는 남조선의 반동분자들에 대한 분노를 표출한다. 순전히 조선 사람의 손으로 일궈낸 고층건물, 철교, 선박, 제철소 및 기타 민주건설의 성과들을 통해 경제적 발전을 기초로 한 자주적 독립국가로서의 북조선의 위상을 확신하게 된 것이다. 김일성에 대해서는 위대한 정치가로 평가한다. 빨치산의 영웅으로만 알던 그가 남조선기자들과의 회견에서 기자들의 질문에 대한 답변, 이를테면 북조선의 인민적 민주주의에 대한 입장, 북조선 건설과정에서의 난관, 남조선 단전 문제 등에 대한 명쾌한 답변과 호의적인 태도를 목격하며 탁월한 지도자로서의 면모를 발견하게 된다. 그 같은 찬사는 가장 탁월한 김일성을 최고의 영도자로 모시었다는 사실 하나만으로도 북조선은 민주주의적이라 할 수 있으며, 북조선에서 발견한 많은 기적적인 사실 중에서도 김일성이 가장 기적적인 존재라는 것으로 확대되는 가운데 김일성을 정점으로 단결하고 눈부신 발전을 이룩한 북조선을 본받아 통일된 민족국가를 건설할 방도를 연구하고 실천해야 할 것임을 촉구한다. 다소 김일성에 대한 과장적 영웅화로 비춰질 수 있는 격찬이고 실상 그런 면이 강하다.

그러나 그도 누차 밝히고 있듯이 동행했던 기자들의 김일성에 대한 인상 및 김일성체제에 대한 평가는 대체로 긍정적이었다. 가령 김동석과 일정을 대부분 같이 했던 설국환『합동통신』 특파원은 '북조선에서는 민족성의 우수성을 고취하면서 민족문화의 고양을 부르짖으면서 한편 김일성장군에게 전 정치역량을 집중시키는 이른바 진보적 민주주의방법이 병진 채택되고 있다고 본 뒤 그 영도자정치는 인민을 위한 결과를 낳고자 노력하는 데 있어서 거짓이 없고 무시된 인민에 의한, 인민의 방법을 보충하기 위해서 어떤 의미의 독재형을 취하고 있는 것'[39]으로 판단한 바 있다.

김동석의 북조선 인상은 위에서 보는 바와 같이 긍정 일색이다. 딱 한 곳 부정적인 면, 즉 배급된 담배와 맥주를 가로채고 기회 있는 대로 북조선에 대해 악선전을 한 여관주인에 대해 그것은 지배적인 현실이 아니고 불합리한 봉건적 또는 일제잔재의 잔영이라고 치부하고 만다. 또한 인상 하나하나를 남조선의 현실과 비교해 서술하는 방식을 취하고 있다. 어떤 부분에서는 남조선 위정자들, 모리배 등 남조선 도탄의 주범들에 대한 적개심을 표출하기까지 한다. 그렇다고 이를 편향된 친親북조선적이고 그가 공산주의자라는 것을 입증하는 근거로 볼 수는 없다.

---

39 설국환, 「남북회담 수행기」, 『신천지』, 1948.4, 79쪽. 그는 북조선 발전의 배후적 존재인 김일성과 그의 동료들이 과거 三井이나 三菱의 통제방식과 전혀 이질적인 계획하에 경제건설이 이루어지고 있고, 그것이 인민을 위한 것이라는 점에서 영도자정치에 대해 나름의 긍정성을 부여한다.

"그것은 북조선이 완전무결해서 그런 것이 아니라, 조선사람의 손으로 외국에 비해 손색없는 사회적 경제적 정치적 생활을 하는 것이 좋아서 그럴 수밖에 있겠어요." 그렇다. 조선사람의 손으로 이만한 공장과 이만한 군대와 이만한 문화시설과 이만한 행정기구를 창설했다는 것은 조선민족의 한사람으로서 축복하지 않을 수 없는 바이다.[40]

북한을 너무 칭찬만 한다는 어떤 미국인에게 칭찬의 이유를 설명해준 대목이다. 그것은 북조선 현실에 대해 작심하고 악의적으로[41] 보지 않는 한 북조선의 현실을 직접 목도한 기자들의 일반적인 인식태도였다. 설국환은 본인이 언급했듯이 일부러 악의를 갖고 북조선 현실을 접근하려 시도했음에도 불구하고 그에 비친 북조선은 전체적으로 '북조선의 건설 그리고 그 결과가 민중에 돌아가고 있는 것, 소련식 색채가 농후한 행사에도 불구하고 플래카드 전부가 국문으로 된 것, 김일성이 그대로의 조선민족의 일인으로서 얼른 가까워질 수 있는 인물이었다는 것, 건물의 대부분을 조선사람 자신이 쓰고 있다는 것, 소련군인이 별개 부락을 형성하지 않고 있다는 것, 생활향상이 눈부셨다는 것'81쪽 등 남조선과 특히 다른 점에 주목하면서 긍정적으로 평가되고 있다. 그리고 북조선의 진상이 '북조선을 별개의 천지, 강제의 천지로 알고 분단의 불가피성을 받아들였던 자신을 포함해서 대다수 남조선인들에게 또 남북조선의 소식이 상호간에 침소봉대된 상태에서 38선을 경계로 나날이 쌓여가는 상호 의구疑懼가 해

---

40 김동석, 『문학』 8호, 1948.7, 133쪽.
41 가령 기자의 파견이 불허된 『동아일보』는 북조선을 방문하고 돌아온 기자의 이야기라며 '금족령을 내려 외출을 못하게 하고, 시골 어린이들의 등굣길의 옷이 남루하다며 남조선의 학생들은 행복한 것이다, 집집마다 스탈린과 김일성의 사진을 걸어놓은 것은 일제시대의 재판이다, 따라서 이북은 말 한마디 자유롭게 못하는 가슴이 답답하고 감옥에 얽매어 있는 곳'이라고 전한다. 자유 유무로 남조선의 체제우월성을 강조하는 이전부터의 선전 전략을 그대로 반복하고 있음을 확인할 수 있다. 「음참한 북조선거리 도처마다 금족령」, 『동아일보』, 1948.4.27.

소되는 데 크게 기여'72쪽할 것이라고 본다.

『조선일보』특파원 최성복도 "계획경제의 뚜렷한 성과로 밥걱정이 없다는 것, (남조선처럼)지도자층이 개인 영달을 추구하거나 일반 노동자가 돈의 노예가 되는 사회적 부패성이 없이 모두 무엇을 건설해놓고야 말겠다는 박력 등에 감동을 느꼈고, 북조선의 소식을 있는 그대로 알려 마음의 38선을 없애고 남북통일과업에 이바지"하겠다는 소감을 피력한 바 있다.[42] 적어도 북조선의 진상이 남북적대 해소 내지 민족통일에 기여가 될 것이라는 점은 공유하고 있었던 것이다. 그러나 발전도상에 있는 북조선의 성격과 위상을 어떻게 규정할 것인가에 대해서는 분명한 차이가 있었다.

김동석은 북조선에서 자주적 통일민족국가의 비전을 발견했다. 그가 북조선의 현실을 직접 대면하며 받은 인상들의 결정은 '우리 민족의 역사에 처음 보인 민주주의사회'라는 것이다. 그것은 관념(과학)으로 상상하며 신뢰했던 사회주의체제에 대한 자기 확인이었으며, 자주정부수립을 비관적으로 전망했던『민성』,1948.1, 6쪽 것에서 벗어나 그 정당성을 확고히 다지는 계기이기도 했다. 일제강점기에 태어나 국가란 것을 한 번도 체험하지 못한 지식인이 진정한 국가와 민족이 무엇인지를 당대 북조선에서 실지로 발견했던 것이다. 그렇다고 그것이 곧바로 체제선택으로 연결되는 것은 아니다. 북조선에서 자주적 통일민족국가의 비전을 발견하고 완전한 자주독립을 이룰 수 있는 민족적 역량을 확인한 그는 '북조선을 본받아 통일된 민족국가를 건설할 방도를 연구하고 실천해야 할 것'이라고 설파한 것처럼 단정수립까지 단정반대, 자주적 통일국가건설에 매진한다. 문학을 넘어 정치적 현실의 한가운데로 나아가는 실천적 지식인으로 거듭났던 것이다. '문화언론인 330명 선언'에 참여한 것은 그 일환이었다.

하지만 단정수립 이후 단정 참여를 거부하나 자신의 정치적 이상을 전개하

---

[42] 최성복, 「평양 남북협상의 인상」, 『신천지』, 1948.4, 71쪽.

기란 불가능했고 문학적 활동 또한 위축될 수밖에 없었다.[43] 게다가 소극적인 문학활동조차 그가 가담했던 문학가동맹과 민전이 정치적 탄압으로 궤멸상태에 처하고 전향의 폭풍 속에 더 이상 지속할 수 없게 된다. 전향국면에서 그가 선택할 수 있었던 것은 당시 진보적 지식인들에게 공통적으로 부과된 선택지, 즉 전향, 월북, 지하투쟁, 밀항 가운데 하나, 그가 선택한 것은 결국 월북이었다. 그의 월북은 검거를 피하기 위한 도피라기보다는 체제 선택이라는 의미를 지닌다고 볼 수 있는데, 그 선택에 그가 북조선에서 자주적 통일민족국가의 비전을 발견했던 경험이 주효했을 것으로 보인다.[44] 월북 후 그의 행적은 지금까지 알려진 바로는 순탄치 않았고 자신의 정치적·문학적 이상을 꽃피우지도 못했다. 그가 1948년에 본 북조선과 월북 후의 북조선의 차이 때문이었을까 아니면 북조선 방문에서 자주적 통일민족국가의 비전을 발견한 그의 감식안에 문제가 있었던 것일까?

2) 문화적 이상 국가 ― 서광제의 『북조선기행』

서광제의 『북조선기행』청년사, 1948.7.25은 『독립신보』 편집국장으로 있던 그가 특파원자격으로 남북협상을 취재한 뒤 단행본으로 출간한 기행기이다. 김동석, 설국환과 함께 일정 대부분을 같이했다. 그래서 이들의 기행기에 나타난 북조선에 대한 인식과 교차분석이 가능하다. 또 이 기행기는 초판에 곧이어 1948년 9월 15일 재판이 나왔고, 재일본조선인연맹의 기관지 『민주조선』에 4회에 걸쳐 일어번역으로 요약·게재된 바 있는데1949.1·2·6~8, 이로 볼 때 당시 국내외에 걸쳐 꽤 널리 읽힌 것으로 추정된다.[45] 아마도 그것은 기행기로서의

---

43 이 시기 김동석의 문학적 활동에 대해서는 이희환, 『김동석과 해방기의 문학』, 역락, 2007, 52~54쪽 참조.
44 이현식, 『제도사로서의 한국 근대문학』, 소명출판, 2006, 284~286쪽 참조.
45 이행선에 따르면 이 기행기가 장야시 재일조선인연맹 출판부에서 단행본으로 출간되었다고 한

규모와 체계를 갖추고 있고, '예술인의 감각에 의해 세련된 필치로 북조선을 묘사해 북역의 사정을 해득하는 데 적합'[46]했기 때문인 것으로 판단된다.

이 기행문은 날짜별 여정에 따라 30개 항목으로 나누어 북조선에 대한 인상을 구체적으로 서술하는 특징을 지니는데, 북조선의 산업복구와 발전상, 문화예술의 발전상을 집중적으로 부각시키고 있다. 토지개혁을 비롯하여 산업의 국유화를 통한 복구, 건설, 발전이 사회전체의 민주개혁을 이루어냈고 이를 바탕으로 문화예술의 급속한 발전이 성취되고 있다는 것이다. 한마디로 북조선에서 문화적 이상 국가의 면모를 확인한 것이다.

> 나는 북조선에 가서 단 하나의 사실로써 진리를 깨달았다. 그것은 많은 문화예술인들이 북조선에서 자유스럽고 행복스럽게 그들이 오랫동안 하고 싶었든 문화적 활동을 하고 있다는 그 사실을……. [47]

그가 예술인답게 북조선의 문화예술에 큰 관심을 기울인 것은 사실이지만, 그렇다고 이에 편중된 인상만을 기술하고 있지는 않다. 반복적으로 서술된 주요 특징적 인상과 이에 대한 평가를 살펴보면 다음과 같다. ① 38선을 넘을 때 보안지서원의 검문을 받을 수밖에 없는 현실을 조선민족의 비극으로 간주하며 미소양군의 즉시 동시철퇴를 통한 38선의 장벽을 무너뜨려야 한다는 다짐으로 북조선기행이 시작된다. ② 농민들의 생활 향상이다. 농민들의 의복이 깨끗하고, 농우를 소유하고 있으며 라디오와 화물자동차를 소유할 수 있고 풍부한

다(1948.10). 이행선, 앞의 글, 101쪽. 국문인지 일역인지 모르겠으나 『민주조선』에 일역돼 게재된 것은 시차로 볼 때 이 단행본의 축약일 가능성이 높다.

46 김무삼, 「신간평−서광제 저 『북조선기행』」, 『서울신문』, 1948.7.29. 김무삼도 홍명희가 이끈 민주독립당의 일원으로 남북협상에 참가한 인사다.

47 서광제, 『북조선기행』, 1948.9(재판), '序'.

전기를 사용할 수 있다는 것, 기타 농민들의 자유롭고 활발한 소비 등을 토지개혁이 성공한 증거로 보는 가운데 토지개혁이 북조선 민주주의개혁의 토대라고 평가한다. ③ 새로운 타입의 여성상이다. 여관종업원, 시민대회에서 만난 여학생 등과의 대화에서 그들의 적극적인 태도, 국내외 정세파악을 바탕으로 한 통일자주독립의 의의를 설파하는 높은 교양과 지식수준에 놀란다. 그것이 인민을 위한 인민의 교육제도가 찬란히 개화된 결과라고 본다. ④ 남조선에 알려진 북조선에 관한 정보가 대부분 거짓이라는 점이다. 북조선에는 쌀이 부족하다, 남조선 방송을 들을 수 없다, 신앙의 자유가 없다, 태극기 대신 다른 깃발을 날린다, 소련군이 북조선 기계를 약탈해갔다 등이 모두 사실이 아니라는 것을 강조한다. ⑤ 북조선은 상당히 선진적인 사회이다. 특히 우마가 똥을 쌀 경우 차부가 치워야 한다는 우마차경차단속법칙이 철저히 지켜지고, 기자1인의 복통을 계기로 확인된 구급소제도, 대부분 무료인 의료제도, 탁아소제도 등 일상 곳곳에서 발휘되는 교양수준과 기아, 실직, 병고로 고통 받지 않아도 되는 복지제도의 선진성을 높이 평가한다. ⑥ 소련(군)의 위치이다. 소련군은 최소의 인원만이 주둔하고 있으며, 그들은 민족적 우월감을 갖고 있지 않고 교통신호, 전차탑승을 비롯해 북조선의 법과 규칙을 적용받고 준수하고 있음을 목격하는 가운데 남한에 주둔한 미군의 모습과 대조시키면서 소련군이 점령자가 아닌 동반자, 협조자로 묘사한다. 이태준의 『소련기행』의 일부를 인용해 그것이 소련의 민족정책의 발로임을 적시한다. 또 소련이 영화산업에 필요한 기계를 제공하지만 무상이 아닌 싼값에 제공되고 있다는 사실을 확인하고 원조라는 형태로 남조선경제의 혼란과 종속을 야기하는 미군정의 정책과 대조해 부각시킨다. ⑦ 문화예술을 국영사업으로 전환하고 많은 투자가 이루어져 문화발전이 현저해졌다. 특히 극장과 영화산업이 국영으로 운영되고 북조선국립영화제작소가 정부의 적극적인 투자로 설립된 것을 강조하며 일제 때부터의 염원이 실현되었다고 감탄한다. ⑧ 산업부문의 복구 발전이다. 황해제철소의 시찰과 흥남인민공장, 성진제강소, 아오지탄광 등 일제가 파괴하고 간 공장, 발전소, 탄광, 광산들을 우리의 노동자와 기술자의 손으로 단기간에 복구해 발전시킨 실적에 경탄하며 그것이 민족경제발전의 거대한 역할을 하고 있다고 본다. 북조선의 산업발전은 민족경제의 자립 없이는 자주독립이 불가능하다는 산 교훈으로 간주한다. 아울러 노동자들의 문맹 탈피, 노동권 보장 및 높은 복지수준으로 삶의 질이 개선된 점도 적시한다. ⑨ 인민위원회는 민주적인 권력기관이다. 인민위원회는 농민, 노동자, 사무원, 사업자, 문화인, 기업가, 종교가, 전前지주 등 각계각층의 대표자로 구성된 민족통일전선의 성격을 지닌 동시에 광범한 인민계층의 요구와 이익을 대표하는 주관기관이며, 그 면모는 북조선인민회의 특별회의를 참관하며 확증할 수 있었다고 한다. ⑩ 민족독립투사에 대한 존경과 존중이 살아있다. 1947.10.12 개원한 혁명자유가족학원에서 그 유가족 학생 300명을 고급중학까지 무료로 교육하고 있다. ⑪ 북조선에는 일본인은 있어도 일제 잔재는 없다. 잔류한 일본인 기술자 40여 명은 조선인 기술자와 동등한 급료를 받으며 그 자녀들은 인민위원회에서 창립한 평양일본인학교에서 학교예산을 지원받아 교육하고 있다며, 이를 "일본인은 없어도 일제잔재가 푹푹 썩도록 남아 있는" 남조선과 대비시킨다. ⑫ 김일성에 대한 긍정적 평가이다. 그는 김일성의 진위, 빨치산투쟁의 진위는 문제가 아니라며 현재의 모든 북조선 민주개혁의 지도자로서 김일성의 지도력을 평가해야 한다고 본다. 특히 김일성의 문화전반에 대한 깊은 조예에 감탄하며 김일성은 영명한 정치가이며 훌륭한 문화인이라는 것을 깨달았으며 이런 영도자를 가진 북조선 문화인들은 얼마나 행복한가를 재차 확인한다. 그 외에도 다양한 인상과 이에 대한 찬탄이 기행기 도처에 산재해 있는데, 대부분 해방 전후와 비교해 제시하거나 북조선의 관련 법률, 북조선에서 발행된 자료들을 제시하는 방식을 구사함으로써 자신의 인상과 판단이 객관적임을 뒷받침하려는 노력을 보인다. 또한 남조선과 비교하는 방식도 김동석의 경우와 마찬가지이다. 요컨대 서광제가 본 북조선은 한 마디로 모든 방면에서 새로운 세계, 그의 용어로는 "딴 세상"125쪽이었던 것이다.

앞서 언급했듯이 이 새로운 세계에서 그가 가장 감동을 받은 것은 문화예술의 발전이다. 그것은 북조선의 문화시설, 예컨대 조소문화협회, 모란봉 극장, 김일성대학, 북조선국립영화촬영소, 노동신문사, 북조선중앙박물관 등 공식·비공식 일정에 의해 직접 방문한 기관의 규모, 시설, 사업 등에 대한 경험적 관찰과 각종 공연 관람, 문화정책과 해방 2년간 이루어진 북조선 문화사업의 실태에 관한 각종 보고서, 당시 월북·재북 문학예술인들과의 만남과 전언 등이 종합적으로 수렴된 결론이었다. 그가 북조선을 문화적 이상국가로 간주하게 된 것은 문학, 연극, 영화, 음악, 미술, 무용 등 예술문화사업의 발전상127~137쪽은 물론이려니와 문화예술의 국영화와 국가의 전폭적인 지원, 문화인들의 생활 안정, 문화 활동의 자유 보장, 인민을 위한 문학예술 등에 대한 확인과 이로부터 받은 감동의 소산이기도 하다.

그 점은 두 개의 충격적인 경험에 잘 나타나 있다. 첫째, 이기영, 이찬, 신고송, 송영, 안막, 박세영, 나웅 등이 참여한(서광제도 참여) 국립가극장에서의 가극 〈춘향〉각색 박세영, 연출 나웅, 장치 강호, 음악 박영근 시연회에서 음악과 각색의 실패가 지적되고 참석자들의 토론을 거쳐 내일 예정된 공연을 취소하는 결정을 목격하는데, 엄청난 비용에 2개월의 준비기간 그것도 당장 공연이 예정되었음에도 취소결정을 내리는 것은 서광제로서는(남조선 현실에서는) 도저히 이해할 수 없는 일이었다. "비용이 문제가 아니라 어떻게 하면 좋은 민족문화를 발전시킬 것인가"가 핵심 문제라는 윤규섭의 설명에 서광제는 "딴 세상"임을 다시 한번 확인하게 된다. 그러면서 남조선과 대조적인 공연비 걱정, 극장 걱정 없이 작품활동을 할 수 있는 북조선의 예술가들에 대한 무한한 부러움을 느낀다.

둘째, 서광제를 가장 매료시킨 것은 국립촬영소이다. 영화촬영소는 그가 식민지시기부터 줄곧 동경하던 것이었다.[48] 그가 평양에 도착해 제일 먼저 연락을 취한 곳이 국립촬영소이기도 했다. 거족적 민족문화사업의 일환으로 창설된1947.2.6 국립촬영소의 규모, 시설, 시스템은 그를 압도하고도 남을 만큼 최신, 최고였다. 순전한 노동자농민 출신의 촬영기사 10명과 연출 8명이 자기방을 하나씩 갖고 있으며 수십명의 영화예술가를 양성하고 소련제 최신식RCA형 녹음기, 촬영화면과 녹음한 필름이 동시에 인화되는 인화기, 소련에서 수입된 5대의 촬영기 등 그를 매료시키기에 충분한 것들이었다. 더욱이 이 모든 것이 북조선의 민주개혁과 문화발전의 상보적 관계의 산물이며39쪽 그 공고한 관계로 인해 더욱 발전·향상 일로에 있다는 점은 그를 더욱 매혹시키는 요소였다.

그런 매혹은 남조선에서의 결핍과 겹쳐지면서 문화적 이상국가로서의 북조선이 더욱 부조되었을 것이다. 남조선에서 그가 끊임없이 고민하고 투쟁했던 조선영화의 발전을 위해 필요한 제반 정책과 요건이 북조선에서는 거의 완벽하게 시현되고 있었던 것이다.[49] 북조선 방문 뒤 그는 문화언론인 330명 선언에 참여하고 자주적 통일국가수립을 위해 고투한다. 그 투쟁은 비록 그가 부르주아민주주의혁명을 옳은 노선으로 규정하고 그 혁명을 통해서만 조선영화는 성장할 수 있다는 입장[50]을 지속적으로 견지했음에도 불구하고 예술의 논리에

---

48 서광제는 조선영화의 발전책으로 영화기술연구기관 설치, 촬영소 건립, 음향판 제작 등을 제안한 바 있다. 서광제, 「조선연극의 향상 정화, 조선영화의 재건 방책」, 『조선일보』, 1934.6.10~11.

49 그가 제시한 조선영화의 발전에 필요한 정책론의 내용으로는 ① 영화촬영소는 국립으로 하여 일반예술가에게 개방할 것, ② 촬영소 내에 각계 문화인을 위촉한 시나리오심사위원회를 둘 것, ③ 외국영화 수입에서 들어오는 이익을 조선영화 제작에 전부 보조할 것, ④ 외국영화나 조선영화나 배급은 자유에 맡길 것, ⑤ 2만 명 이하 도시에는 극장을 세울 것과 인구 단위로 대도시에 극장을 시설할 것, ⑥ 2백 명 이상의 직공이 있는 공장에서는 일시적으로 강당을 짓게 하여 영화나 연극을 하도록 할 것, ⑦ 민주주의 계몽과 과학계몽영화를 농촌용, 소학교용, 중학교용, 도시노동자용등을 제작하여 무료로 보일 것, ⑧ 이상의 정책을 시행하기 위하여 정부에 문화성을 둘 것 등이다. 서광제, 「조선영화론」, 『신천지』, 1946.8, 139쪽.

서 이루어진 것이다. 즉 조선영화가 한 번도 가져보지 못한 자주성을 확립하기 위해서는 모든 기관이 반동모리배들에게 장악되어 식민지적 생활이 강요당하는 상황에서 영화만의 자주성을 찾고 갱생할 수는 도저히 불가능한 일이며 따라서 자주통일을 통한 예술의 자주성을 찾을 수밖에 없다는 것이다.[51] 그는 예술의 자율성 및 영화예술의 본질(예술+자본)을 강조하며 예술을 통한 정치참여를 일관되게 주장했다.

그러나 이를 펼치기에는 남조선의 상황은 녹록지 않았다. 자주정부 수립과 38선 제거를 낙관적으로 전망했던 그였지만,『민성』, 1948.1, 6쪽 오히려 이전보다 문화활동에 대한 탄압이 가중되고 그가 중요하게 관여했던 문화공작대 활동이 검열과 테러에 의해 봉쇄당하는 상황에서 최소한의 문화적 활동조차 불가능하게 되고 만다. 게다가 그의 생계수단이자 문화적 실천의 주요 본거지였던 『독립신보』가 단정수립 비판 기사로 간부들이 구속되고 총선거 전날 단선반대 특집호를 내고 자진 휴간하는 바람에 실직한 상태였다. 또 그의 처 김선초대중가요 가수도 이미 월북한 상태였다. 그가 단정수립 즈음해 월북했다고 알려지고 있는데, 그의 월북은 그 같은 처지에서 불가피한 선택이었는지도 모른다. 그 선택에 문화적 이상국가로서의 북조선이라는 존재가 강한 흡인력을 발휘했을 것으로 추

---

50 위의 글, 137쪽. 서광제가 1945년 조선영화동맹 중앙집행위원으로 있을 때 좌익강경파 추민이 동맹의 정치적 역할을 강조한 것에 맞서 영화예술의 현실론을 주장하며 대립한 바 있다. 이후 그는 조선영화동맹의 좌익소아병, 정치소아병을 비판하고 영화예술과 정치의 분리를 통한 조선영화동맹의 개조를 계속 제언했다. 서광제의 해방 후 문화 활동의 행적에 대해서는 정예인, 「서광제 연구―할리우드와 소비에트 사이, 식민지 모더니티를 중심으로」, 성균관대 석사논문, 2019, 243~255쪽 참조.

51 서광제, 「조선영화의 자주성」, 『민성』, 1948.4, 66쪽. 이와는 조금 다른 시각에서 영화발전을 위한 양군철퇴와 자주적 국가건설을 주장한 논자도 있었다. 영화감독 임연수는 미소분할점령에 의한 남북분단은 곧 영화시장의 양단을 의미하며 그로 인한 제작비의 앙등, 기술적 질적 발전 저하, 작품내용의 저하, 수익성 악화, 프로덕션의 제작활동 중지 속출 등의 악순환구조가 형성됨으로써 영화의 빈사상태가 초래되었다고 보는 가운데 자주적 독립만이 조선영화의 참상을 막는 유일한 방법이라고 주장한다. 임연수, 「문화에 꼬친 38선―영화도 양단·빈사상태」, 『조선중앙일보』, 1948.2.14.

정된다. 체제 선택의 차원[52]이라기보다는 그가 동경해마지않던 문화적 이상국가로의 자발적 진입이라는 의미가 더 크다 할 수 있다.[53] 하지만 월북 후 그의 행적은 묘연하다. 조선민주주의인민공화국 시나리오위원회에서 소속되어 『위대한 역사』와 같은 시나리오를 썼다는 기록 이외엔 알려진 바가 전혀 없다.[54]

3)동아시아 질서 재편의 전략적 거점으로서의 북조선 — 온락중의 『북조선기행』

온락중의 『북조선기행』조선중앙일보출판부, 1948.8.1은 앞서 기행기와 마찬가지로 그가 『조선중앙일보』 특파원 자격으로 남북협상 때 북조선을 방문한 뒤 작성한 기행기이다. 『조선중앙일보』에 '운초'란 필명을 사용해 동일한 제목으로 37회1948.5.15~7.8 연재된 뒤 곧바로 단행본으로 출판된 것이다. 이 기행기가 ML주의자 이우적의 글을 온락중의 이름으로 출간했다는 설박갑동이 있으나 사

---

52 체제 선택에 의한 월북과 관련해 흥미로운 글 한 편이 있다. 남산학인(南山學人)의 「삼팔선을 넘어서」(『조선중앙일보』, 1948.4.20~5.26, 17회)인데, 이승만의 추종자였던 한 청년이 자유를 찾아 월북하게 되는 이유와 근거를 밝힌 글이다. 애국자로 둔갑한 대표적인 친일파 조부, 자본가 부친을 둔 청년은 북벌론과 모스크바삼상회의 이후 반탁, 반소, 반공의 논리를 설파한 백선생(이승만)의 부정적 행태, 이를테면 친일분자에게 뇌물을 받고 그들의 정치적 복권을 제공하거나 부정한 방법으로 재산을 증식, 조선인민을 멀리하고 친일파와 백인들만을 상대함에도 불구하고 그의 노선이 조선의 독립을 위한 것이라고 믿고 추종한다. 그러나 백선생이 신탁통치 결정의 죄과를 소련의 책략으로 왜곡하여 인민을 선동하고, 단정수립의 책임을 공산주의자들과 유엔조위에 전가하거나, 미군철퇴를 반대하기 위해 인민의 민주주의적 권리를 조작하는 행위를 보면서 자신의 애국관을 조정하고 테러의 위협까지 감수하며 노예의 왕국에서 자유의 세계(북조선)로 간다는 내용이다.
53 문학예술인들의 월북은 문화활동의 제약과 이에 따른 극심한 생활난으로 월북을 감행했던 독은기의 사례처럼(김성칠, 『역사 앞에서』, 창작과비평사, 1993, 230쪽) 정치적 체제선택으로만 보기는 어렵다. 오히려 문화활동의 자유를 찾아가는 차원이 많았다고 할 수 있다.
54 박계주에 따르면 한국전쟁 때 월북문학예술인들이 문화공작대로 파견되어 서울에 입성했으나 유독 좌익신문의 편집국장, 남북협상 때 북조선 방문, 『북조선기행』 출간, 월북 등의 나름의 화려한 전적을 가진 서광제만이 없어 수소문해본 결과 월북 후 변변한 자리도 얻지 못하고 생계조차 곤란한 상태에서 재월남을 권유받는 친구의 밀서가 발각되어 처형되었다는 소문도 있었으나 사실은 술자리에서 소련을 방문한 김일성의 저자세를 비꼬며 자주독립을 훼손한 것으로 비판한 것이 밀고로 탄로나 정치보위부로 체포돼 종적을 감췄다는 것이다. 허정숙(문화선전상) 등 친구들이 백방으로 구출운동을 전개했으나 종적을 전혀 파악하지 못했다고 한다. 박계주, 「노예권의 전율」, 『동아일보』, 1951.6.26~28.

실과 다르다. 『조선중앙일보』에 남북협상 기간 각종 현지보고란 제목으로 북조선에 대한 보도가 왕성하게 이루어지는데, 이것의 상당부분은 온락중이 취재한 것이었다. 남북협상에 대한 호의적 기사와 논조 및 총선거 방해로 신문사 간부들이 피검될 때 온락중도 구속된 바 있다.

이 기행기는 서광제의 기행기의 여정과 일치하는데, 특징적인 것은 기행기 수준을 넘어 해방3년 북조선의 역사를 실사를 바탕으로 총정리해낸 일종의 '백서'종합보고서의 성격을 지녔다는 점이다. 북조선의 민주적 개혁의 실상을 다양한 통계와 이론을 동원해 논리적으로 설명하고, 또 그것을 남조선과의 비교를 통해 가치의 중대성을 강조하며, 다양한 북조선 사람들과 나눴던 대화 내용을 자세하게 제시해 현장성을 강화하는 한편 서술 도처에 "독자여…"로 시작하는 구절을 반복적으로 구사해 독자들에게 북조선의 실상을 설득 혹은 호소하려는 의도를 드러내는 것 등이 이 기행기의 특징이다. 물론 여타 기행기에서처럼 직접 목격한 북조선의 변화·발전상에 대한 놀라움과 인상들이 묘사되어 있기는 마찬가지이다. 그 인상들 대부분이 앞서 살핀 기행기와 크게 다르지 않아 굳이 다시 적을 필요는 없겠다.

다만 북조선의 개혁에 대해서 그가 강조해 평가한 부분만을 제시하면 다음과 같다. "그런데 독자여! 우리는 공상을 날리기 전에 먼첨 지금 북조선에서 진행되는 폭풍적 건설의 정치적 주체와 그 환경을 다시 탐구하여 보자"18쪽, "나는 처음에는 입후보의 자유를 제한한 북조선의 선거방법에 회의를 가져보았으나 다시 생각하건대 인민의 정열과 모리배의 탐욕을 동거시키지 않는 것은 북조선 민주주의의 결함이 아니다"24쪽, "토지개혁에 대해서 농촌이 사회주의화된 듯이 떠드는 사람이 있다만 아마 그는 고의거나 경제에 대한 무지의 소치일 것이다"31쪽, "정직하게 고백하거니와 나는 인민위의 손에서 토지를 얻은 후 놀랄 만큼 개선된 농민의 생활을 이해하고 비로소 북조선 선거의 성과에 대한 편견을 완전히 시정할 수 있었다"36쪽, "현재 북조선에서 실시하는 노동법령은 세계의 가장 진보적 노동법 중의 하나라는 결론에 도달한다"45쪽, "독자여! 내가 말하는 이곳은 소련이나 미국의 농촌이 아니다. 조선의 농촌광경이다. 이 할머니의 웃음을 이해하라!"63쪽, "나는 북조선의 해방된 농촌을 걸어볼 때 우리들이 만일 외군을 철퇴시키고 통일적인 민족국가를 전취하는 데 성공한다면, 가장 짧은 시일 내에 동양에서 가장 선진적인 농촌을 이 땅에 건설할 수 있을 것이라고 신념하게 되었다"65쪽, "나는 이곳에 와서 근로자들의 고투사와 고투하는 상황을 보고 나 자신이 지난 20여 년 동안 배운 것보다 훨씬 고상한 것, 훨씬 많은 것을 배운 것 같다. 묵묵하게 조국의 독립의 터전을 닦는 사람은 여기에 있구나 생각되었다"73쪽, "대산업의 국유화는 이 나라에 있어서 완전 자주독립의 길이며 그를 반대하는 것은 불가피적으로 외국의 반식민지가 되는 길이다"77쪽, "북조선에 발을 들여놓아서 기대에 다소 상치되는 곳이 있었다면 그것은 아마 문학과 예술일 것이다"79쪽, "남조선 단독정부 간악한 음모, 이런 노래가 가련한 아동들의 입에서 울어 나올 때 그것은 나의 눈에서 뜨거운 무엇을 자아냈다. 북조선 인민들의 가사에서 이런 내용이 일체 소멸될 필요가 생길 때에 전체적으로 이 나라가 예술의 동산이 될 수 있는 때가 아닐까"84쪽, "다행히도 남조선은 조선 전체가 아니었다. 나는 북조선에 와서 보고 적어도 한 국민의 진가와 천재는 외력의 간섭으로부터 자유로울 때 비로소 유감없이 발휘되는 것이라고 실감하게 되었다"104쪽 등, 찬탄, 안타까움, 분노, 아쉬움, 반성 등 북조선의 현실을 대면한 사회주의자의 심사가 매우 복잡했음을 확인할 수 있다. 그 복잡한 심사는 통일, 민주, 독립의 민족적 과제에서 발원한 것이며 그것의 의의를 다시금 다지는 것으로 연결된다.

온락중은 북조선의 변화된 현실에서 세 가지를 발견해낸다. 첫째, '조선인'의 발견, 즉 2년여의 짧은 시간에 정연한 질서와 훌륭한 건설을 일구어낸, 자신이 그렇게 보고 싶어하던 조선인들을 발견했다는 것이다. 둘째, '인민'의 발견, 즉 역사의 주된 창조자로서의 인민(지도자가 아닌)의 모습을 비로소 발견했다는 것이다. 셋째, 옳은 노선, 즉 낙후된 나라를 발전시키고 불행한 동포를 문명화 시키는 노선을 북조선의 현실이 증거하고 있다는 것이다. 결국 북조선은 "'조 선인'과 '인민'과 '훌륭한 노선'과 '지도자'가 혼연일체가 되어 나아가고 있 는"111쪽 사회로 평가한다. 그러면서 그가 강조하는 지점은 그런 북조선도 조선 의 일부라는 사실이다. 남/북조선 사이에 큰 격차가 있어도 각각 조선의 일부 라는 점을 그는 누차 지적한다. 따라서 북조선의 개혁, 발전에 대해 호/불호를 떠나 한 개의 엄연한 역사적 사실임을 인정하는 것이 무엇보다 중요하다고 본 다. 그랬을 때 북조선이 지닌 위상과 의의를 제대로 파악할 수 있다는 것이다.

그가 제시한 북조선의 위상은 두 가지이다. 첫째, 조선의 완전독립을 항상적 으로 보장하기 위한 유리한 전략적 거점이다. 북조선에는 조선의 사회적 진보 를 위하여 고대高大한 역사적 진지가 구축되고 있으며, 이는 나아가 조선이 장 차 중동 및 아메리카의 약소국과 같이 반半식민지로서 겨우 보존해 나가는 국 가로 갈 것인가, 아니면 이웃 나라에 모범과 영향을 줄 수 있는 지도적 국가 (민)로 나갈 것인가를 좌우하는 데 있어 중요한 역할을 할 것이라고 본다. 따라 서 현재 남/북조선이 서로 동일한 길을 걷고 있지 못하지만 전체 조선인민에 의한 완전독립과 국가발전을 성취해야 하며 그 과업을 성취하는 데 있어 북조 선은 하나의 진지로서 의의를 지닌다는 것이다.

둘째, 항구적으로 평화를 보장하는 동아시아 질서재편의 유리한 거점이다. 광대한 인민중국과 지리적으로 연결되어 있는 북조선이 정치적, 경제적으로 완전히 조선인민의 수중에서 자주적으로 성장하는 한 군사적으로 재무장한 일 본이 장차 조선에 대한 침략적 야욕을 쉽게 실행하기 어려울 것이며, 또한 북 조선의 건강한 성장이 상품시장으로서, 군사기지로서의 남조선의 불구성을 그만큼 증대시킴으로써 남조선에 대한 일본의 야심을 축소시킬 것으로 본다. 만주 및 화북정세와 북조선의 존재가 미국의 대소전선에 일본이 동원되어 대륙 침략이 재연될 수 있는 가능성을 억제시키는 요인이라는 것이다. 그만큼 북조선 및 북조선의 발전이 당시 동아시아 정세에서 중요한 전략적 위치를 차지하고 있다는 분석이다. 19세기 말, 1910년과는 전혀 다른 동아시아 환경이라는 것이다. 미소 관계 및 미국의 동아시아전략 등에 대한 체계적 분석을 시도하고 있지는 않지만 동아시아적 차원에서 자주적 통일국가수립 문제를 접근한 시각은 당시로서는 의의가 크다고 할 수 있다.

실제 이 시기에 (패전)일본의 동향에 대한 문제는 탈식민 과업과 더불어 특히 중도(좌)파 민족주의자들에게 주요한 관심사였다. 민족의 진로 및 자주적 통일국가수립에 있어 중국(동향)이라는 외생변수와 함께 일본을 중요 변수로 인식했기 때문이다. 이들은 일본이 미국의 대소전략에 의해 아시아최대공업국으로 재건할 것이며, 또 대소방공의 기지화 및 군사적 재무장화를 필수의 사실로 받아들인다. 그리고 일본의 제국주의적 독점자본주의국가로의 재건(군국주의)이 좁게는 북조선의 인민군대 창설과 중국 팔로군의 약진을 빌미로, 보다 근본적으로는 미국의 대소전략에 따른 타의적 진발進發로 인해 아시아 대전란과 제3차 세계대전을 발발시킬 원인으로 작용할 것을 경계하고 그 가능성 또한 높게 봤다.[55] 그것은 미국의 필요한 이익은 될지언정 이로 인해 희생되는 것은 동양평화요, 대서양헌장의, 카이로선언의, 그리고 포츠담선언의 보장을 받은 조선과 중국의 자립과 자존이며 따라서 그 배후인 미국의 대일 재무장정책에 대해 강한 비판적 태도를 견지하는 것으로 나타난다.[56]

---

[55] 조일민, 「倭寇는 또 온다」, 『조선중앙일보』, 1948.3.5. 그는 미국의 아시아전략에 의한 서울―동경―워싱턴의 연결, 즉 수직적 위계관계가 일본과 남조선을 통하게 만들고 일본이 제기할 수 있는 발판이 되었다고 본다.

[56] 오기영, 앞의 책, 459~461쪽 참조. 오기영은 일본과의 지리적, 역사적 유대관계를 끊을 수 없

이에 대한 대응 차원에서 조선의 완전자주독립의 필요성이 더욱 강조된 것이다. 일본의 재건이 야기할 수 있는 결과를 미리 단속하고 민족적 양심 및 자각에서 마음의 무장과 굳센 단결이 필요하다는[57] 소극적인 대응이 제기되기도 하나 완전 자주독립이 일제의 재침략을 방위하는 최상의 길이자 근본적인 방책이라는 것이 중론이었다. 일본의 재무장군국주의화은 단정수립 후 줄곧 초미의 관심사였고 이후 한일관계의 아킬레스건으로 줄곧 작용한 바 있는데, 통일국가수립의 추진세력이 이미 그 본질을 간파하고 전략적 대응방향을 제출해놓고 있었던 것이다.[58] 온락중이 북조선을 조선의 완전자주독립의 전략적 거점이자 평화적인 동아시아질서 구축의 유리한 거점으로 간주한 것도 이런 맥락에서 나온 것이다.

3. 단선 · 단정국면 문화지식인들의 자주적 통일국가수립 운동의 조건과 논리

단선 · 단정국면에서 나타난 문화지식인들의 동향 가운데 가장 주목되는 것은 집단성명을 통한 자주적 통일국가수립 운동에의 참여이다. 일련의 성명(언)에 참여한 문화지식인의 규모는 중복을 제외하더라도 400명에 달한다. 이미 월북했거나 이승만 및 그 동조자들의 단정노선에 공명 · 지지를 표명한 우익지

는 상태에서 최소한 일본이 민주적이며 평화적으로 부흥해 동양삼국의 공존공영에 이바지하면 족하다고 생각하나 미국의 전략에 의해 쉽지 않을 것으로 예측했다.

57 이극로, 「일본재건과 민족의 진로」, 『조선중앙일보』, 1948.4.18.

58 분단체제하 대일 재예속 경향의 심화를 극복하려는 정책적 기조는 '남북한 관계의 진정한 개선으로 일본에의 재예속 위험을 예방하든지, 아니면 일본에의 재예속 위험성을 분명한 전제로 해서 남북 대결노선을 추구하느냐'의 선택이었다(리영희, 「한일문화교류의 선행조건」, 『신동아』, 1974.11, 83쪽). 이 시기에 이미 논의된 바 있는 남북의 통일/분단과 일본의 구조적 역관계와 그 대응 방안이 계속 생환되고 있었음을 확인할 수 있는 대목이다.

식인을 제외한 당시 남조선의 문화지식인 대부분이 참여했다고 해도 과언이 아니다. 분야도 학술, 언론, 출판, 문학예술 등이 망라되어 있다. 문학자의 참여가 두드러진 것도 한 특징이다. 이 성명들이 해방 후 난무했던 수많은 성명 발표와 다른 것은 특정 단체의 입장 표명이 아니라는 점이다. '자서自署'임을 명시하고 있기도 하지만 오기영의 경우에서 확인할 수 있듯이 자발적 동기에 의해 성사되었던 것이라는 점에서 가볍게 볼 수 없다.

그것은 참여인사의 면면에서 그대로 드러난다. 좌파의 범문화단체인 문련의 산하 단체 맹원들에서부터 우파의 문총 소속에 이르기까지 이념, 정당, 정파를 초월하고 있다.[59] 가령 매국단선을 반대하고 구국투쟁에 매진할 것을 천명한 '52문화예술인 성명'1948.5.8[60]의 경우 그 선언의 요지로 볼 때 좌익남로당의 2·7구국투쟁을 추수한 것으로 간주될 수도 있겠으나, 참여 인사로 보면 꼭 그렇게 단정할 수 없다. 김영건, 배호, 안회남, 이쾌대, 이갑기, 현덕 등은 그렇다손 치더라도 백철, 이무영, 곽하신, 정인택 등은 좌파와는 무관한 오히려 좌파로부터 회색적 반동주의자로 규탄을 받던 인사들이다. 저자의 판단으로는 당시 단정세력/자주적 통일세력으로 분화·대립했던 국내 정치세력의 재편성과 대응된 문화지식인의 세력 재편과정에서 새롭게 대두된 자주적 통일세력의 문화적 투쟁으로 보는 것이 적실하다고 본다. 따라서 이들 문화지식인의 성명을 좌파의 구국투쟁단선단정반대의 산물 내지 이를 맹목적으로 추종한 중간파의 기회주의로 보거나 아니면 정치사회적으로 입지가 약화된 중도파들의 새로운 출구찾기의 차원으로 축소 평가하는 것은 사실과 부합하지 않는다. 실제 구국투쟁도

---

59 그런 점에서 보면 조연현이 해방문단5년을 회고하며 백철, 서항석 등 광의의 중간파를 청년문학가협회의 순수문학 행위를 제거하고 문학을 정치와 교환하려는 사업에 가담하면서 순수문학 진영에 이중의 고통을 안겨준, 따라서 문학가동맹의 맹원들보다도 더 큰 순수문학의 적이라고 규정하며 노골적인 적의(敵意)를 표출한 맥락도 이해할 만하다.

60 「매국단선을 결사반대」, 『조선중앙일보』, 1948.4.9.

좌파의 몫만은 아니었다.

그러면 문화지식인들이 자주적 통일운동을 지향한 이유와 논리는 무엇인가? 해방 후 최초의 범문화지식인의 성명발표라 할 수 있는 '108인 문화인 성명서'1948.4.14[61]를 통해 살펴보자. 설의식이 집필한 이 성명서의 핵심내용은 자주독립(통일)/예속의 분수령의 절정에 서 있다는 정세 판단하에 진정한 민족적 자주독립만이 이 위기를 극복할 수 있는 유일한 길이며, 이는 국가 자존의 정로正路라는 것이다. 자주독립은 우리민족의 역사 그 자체이며 이를 인정해 국제협약도 우리의 전일적 자주독립을 보장했음에도 불구하고 미소의 분할점령에 따른 양단정치로 말미암아 우리 스스로 남정북벌에 길들여진 상황이 초래되었다며, 그 때까지의 국내 정치세력들의 민족주의 실천의 문제를 비판한다. 중요한 것은 이 민족적인 불행으로부터의 탈각으로서 재건될 우리의 민주국가는 "첫째도 민족적 자주독립이요 둘째도 민족적 자주독립이며 남북이 통합된 전일체의 자주독립이요, 본연의 자태에 돌아가는 자가적 자립인 것"으로 이는 우리의 본질적 명제, 총의적 염원으로서 민족자결의 원칙이 확립된 국제민주주의의 노선과도 합치되는 것임을 강조한다.

그러나 두 차례의 미소공위가 실패로 끝나고 소련의 동시철병안과 미국의 유엔제소안이 상호 불신과 반대로 무산됨으로써 결국 단정이 구성되는 단선의 지경에 처했는데, 이는 "38선의 법정적 시인"이며 "38선의 실질적 고정화요, 전제로 하는 최악의 거조擧措인지라, 국토양단의 법리화요 민족분열의 구체화"가 분명하며, 이로부터 야기될 사태는 "민족상호의 혈투가 있을 뿐이니 내쟁 같은 국제전쟁이요, 외전 같은 동족전쟁"이 불가피할 것이라고 본다. 이러한

---

61 이 성명서에 관한 보도는 『세계일보』, 『조선중앙일보』, 『독립신보』, 『우리신문』, 『새한민보』 등 좌우 대립의 극복과 자주적 통일국가수립의 민족적 요구에 부응하고자 했던 일부 신문에서만 이루어졌다. 성명서의 전문과 참여인사의 명단은 『우리신문』(1948.4.29), 『새한민보』(1948.4 하순호)에 실렸다.

중대국면에서 '탁치 없는 완전한 자주독립'을 목표로 대두된 남북협상은 구국운동의 일보로서 남북이 해방 후 최초로 한목소리를 낸 거사로서 민족적 과제인 완전한 자주독립을 이루기 위한 유력한 길이라고 판단하는 가운데 이 운동을 지지하고 성원하고자 한다고 밝히고 있다.

대체적으로 당시 남북협상을 주창했던 정치노선의 이론적 골자, 즉 극좌/극우 정치노선 배제, 단독정부 수립 기도 반대, 통일자주독립 등을 그대로 수용·반영하고 있다. 그렇다고 이를 남북협상을 성원한 것으로만 그 의의를 제한하는 것은 곤란하다. 남북협상은 당시로서 이들의 신념이자 민족의 비원이었던 완전한 자주독립을 위한 합리적인 방법이라는 점에서 지지했던 것이기 때문이다. 단독정부의 수립을 통한 민족분단을 막기 위한 최선의 방법으로 남북협상을 요구·지지한 것이었다.[62] 그 공통된 신념이 이들의 집단적 성명을 이끌어냈던 동인이자 구심점이었다. 이는 3·1운동의 전통과도 연결된다. 두 번에 걸쳐 3·1운동을 언급하는데, 자주독립국이라는 본질적 명제가 3·1운동에서 천명된 것으로서 자신들의 입장이 여기에 맞닿아 있다는 것이며, 다른 하나는 3·1운동의 투쟁의 정신, 즉 "자주독립을 달성할 때까지 후속을 위촉한 3·1선언"을 받들어 끝까지 투쟁할 것이라고 다짐한다.

흥미로운 점은 이들이 민족의 비극을 초래한 근원을 미소분할 점령 및 이에 편승한 국내 정치세력으로 판단하고 또 직전 하지의 남북협상 비난 반대성명 발표1948.4.6가 있었음에도 불구하고 양군철수를 강력히 요구하지 않았으며, 단정추진세력에 대해서도 단정이 초래할 내전국제전 발발의 필연성을 언급하며 자중할 것을 경고할 뿐이었다. 미소의 무력적 간섭의 배제와 양군철수는 자주독립을 이루어내면 실질적으로 이루어질 수 있다고 본 것이다. 또 남북협상의 성과에 대한 기대와 더불어 실현가능성이 낮았지만 미소협력에 의한 단선·단정

---

62 이갑섭, 「긴요한 민족통일」, 『새한민보』, 1947.11 하순호.

의 철회 가능성에 대해서도 일말의 희망적 관측을 완전히 포기하지 않고 있음을 확인할 수 있다. 앞서 언급했듯이 당시의 정치정세상 단선·단정반대 자주독립을 주창하고 남북협상을 성원하는 것이 공산당 및 그 노선에 동조하는 것으로 간주되는 역경에서[63] 이들이 집단성명을 결행한 것은 자주적 통일에 대한 신념이 그만큼 투철했기 때문일 것이다. "식자적識者的 존재로 자처하는 우리는 민족의 장래를 위하여 또는 문화인의 긍지를 위하여 민족대의의 명분과 국가 자존의 정로를 밝히"고자 한 문화지식인들의 목숨을 건 역사적 열망이었다.

그리고 '문화언론인 330명 선언'1948.7.27은 '108인 문화인성명'의 연속·발전적 형태로 이루어진 것이다.[64] 그러나 양 선언의 시차에는 중요한 정세 변화가 가로놓여 있다. 단선 실시5.10, 제헌국회 개원6.31, 국호 대한민국으로 결정7.1, 북한 최고인민회의 대의원 선거 실시 발표7.10, 헌법 국회 통과7.12, 대통령 이승만, 부통령 이시영 선출7.20 등 한마디로 이미 단독정부가 실질적으로 수립된 것이다. 이런 정세에서 단정을 반대하고 자주적 통일독립을 재차 성명한다는 것은 문화지식인들이 최후적 결전을 벌인 것으로 볼 수 있다. '조국의 위기를 천명함'이란 장문의 성명서의 통해 살펴보자.성명서 전문은 [별첨 1][65]

---

63 김동리는 이 선언에 참여한 문학예술인들을 가리켜 남로당 또는 조선문학가동맹과 밀통하는 기회주의자들인 동시에 일제강점기부터 반역(친일)을 한 무리들이라며 그 반역을 계속(총선거·정부 부정)하고 있다며 이들 참여인사의 민족적 윤리의 결함을 집중적으로 부각시켰다. 김동리, 앞의 글.

64 이러한 면모는 언론계에서 '조선언론협회'의 결성으로 구체화된다(1948.6.24). 서재필, 안재홍을 명예회장으로 추대하고 설의식(회장), 이갑섭, 오기영, 김무삼, 양재하, 백남교, 신영철, 홍기문, 이종모, 홍종인 등 남북협상을 일관되게 지지했던 15인을 주축으로 결성되었는데, 통일국가수립을 위한 운동을 전개하는 동시에 정부수립 후 이승만정권의 언론탄압과 검열정책에 맞서 언론출판의 자유를 쟁취하기 위한 투쟁을 전개했다(「검열적 태도의 揚棄 등」, 『동아일보』, 1948.10.17).

65 이 성명서에 관한 소식과 선언문의 내용은 『민주일보』, 『서울신문』, 『한성일보』, 『공업신문』 등에 보도된 바 있으나, 선언문 전문과 참여인사의 명단이 모두 실린 것은 『조선중앙일보』(1948.7.27)와 『새한민보』(1948.8 하순호) 『국제신문』(1948.7.27) 정도였다. 단선 후 단독정부 수립을 목전에 둔 국면에서 좌익계 신문의 강제폐간의 속출과 민족문제 해결에 우호적이었던 중도계 신문들조차 살아남기 위해 급격히 논조를 전환시켜가던 당시 언론계 상황의 반영으로 볼

이 성명서의 내용을 정리하면 다음과 같다. ① 자주적 통일독립을 위한 삼천만의 지극한 염원이 분열, 예속이 강요되는 조치에 의해 무참히 짓밟혔다. 단정 결정 후 전 민족의 명예와 이익과 행로에 배치되는 사태가 속출하고 있다. 따라서 통일독립과 자주독립이 자유민, 독립국의 명분과 실질과 존엄을 찾는 유일한 길이다. 통일과 자주는 둘이 아니라 하나이며, 선후가 있을 수 없고, 좌우가 문제될 수 없다. ② 민족의 명예와 이익과 존엄을 위해하는 사태, 예컨대 제주4·3사건, 전력문제, 신호神戶사건[66] 등은 전 민족적 불행이며 미군이 자행한 독도사건은 더욱더 민족적 모욕을 가져다주었다. ③ 미국과의 친선에 가능한 최대의 노력을 아끼지 않을 것이기 때문에 미국의 세계정책을 주시하는바, 독도사건, 신호사건, 제주사건 등이 모두 미군 정치하의 책임이요 미정책의 일편으로 벌어진 사단이라는 점에서 우리는 미국에 대해 경고하지 않을 수 없다. ④ 중국문화인 680인 연서를 비롯해 동아 각지의 약소국가가 미국의 대일정책을 반대하는 것은 아세아의 공장으로 등장시키려는 미국의 대일정책이 필연적으로 일제의 무장을 결과할 것이기 때문이다. 미국 제국주의의 첨병 형성일본은 동아의 불행이요, 세계의 불행이다. 죄악의 재범을 꿈꾸는 일제의 독아毒牙를 상상함은 결코 환상이 아닐 것이다. ⑤ 이 모든 것이 일소되는 정로는 오직 양군 철퇴의 일로가 있을 뿐이다. ⑥ 이 같은 민족의 위기상황에 오불관언하는 것은 자아의 모독, 부정이자 민족을 반역하는 결과를 초래할 것이다. 요약하자면 자주적 통일국가 수립의 좌절에 따른 외세의존의 분단정부 수립이 필연적으로 비

수 있다. 통일국가수립의 정당성 또는 단정의 부정성을 설파했던 소수의 신문들도 국가보안법이 공포·작동되면서 이내 사라지고 만다.

[66] 신호사건(1948.3.23)이 국내에 여론화되면서 민족적 분노가 이는 가운데 일본의 제국주의적 준동을 분쇄하고 그 야만적 의도를 발본적으로 봉쇄해야 한다는 거족적 궐기분위기가 고조되나 당시 과도정부는 여하한 시책을 내놓지 못했다. 자주독립을 달성하지 못한 것이 이 같은 사태의 근본적인 원인이라는 분석이 지배적이었다(남국희, 「일제준동을 분쇄하자」, 『민성』, 1948.5, 10~11쪽).

민주성을 초래할 수밖에 없다는 사실을 분명히 적시하고 민족통일과 민주주의의 불가분성을 강조하며 자주적 민족통일의 긴급성, 필요성을 역설하고 있다.

단정 비판과 양군철수를 요구하는 가운데 민족의 자주통일독립을 재천명한 것이 이 성명서의 핵심이자 선언의 목표였다. 단정에 대한 반대 또는 부정을 노골적으로 드러낸 것은 아니지만 단선(총선거)이 민주적으로 실시되지 않았다는 점—"남조선의 선거는 추호도 자유분위기가 보장되지 않은 세계의 일 악례惡例를 제시하였다"는 『중국대공보』의 사설 인용 및 국제여론 제시— 또 실질적인 단정수립 후 전 민족의 명예, 이익, 행로에 배치되는 사태가 속출하고 있다는 사실을 구체적으로 적시함으로써 오히려 표면적인 부정보다도 더 큰 설득력으로 자주통일독립의 민족적 명분과 의의를 설파하고 있는 것이다. 그리고 양군철퇴의 주장도 단순히 선언 형태로 제시하는 것이 아니라 미군정의 정치 실패로 야기된 사건들을 구체적으로 열거하고, 미국의 세계정책, 아시아정책, 대일정책의 문제점을 비판적으로 검토함으로써 논리적 타당성을 구비하고 있다. 물론 양군철퇴 요구가 미국을 완전히 부정한 것은 아니었다. 미국의 세계정책 및 대한반도정책의 근본적인 변화를 촉구한 것이었다.

그것은 미국-단정세력(이승만정권)의 연계에 대한 비판이기도 하다. 특히 미국의 대일정책으로 인한 일본의 재무장이 궁극적으로 동아시아를 전장으로 만들 것이라는 우려 표명과 더불어 이를 조장하는 미국에 대해 정중한 "경고"를 보낸 것을 통해 이들이 강조했던 자주의 의미를 가늠해볼 수 있다. 미국이 조선 분할에 합의를 하고 그 후 소련과 합의를 보지 못하고 있는 것은 모순이라며, 미국이 조선의 민주주의화를 수행하지 못한 가운데 민족반역배 정부와 관련자가 되고 있다는 로저 볼드윈의 비판이 환기되는 지점이다.[67] 아울러 동아

---

67 「볼드윈, 미 국무성 비난」, 『조선중앙일보』, 1947.10.12. 볼드윈과 관련해 허준의 언급이 눈길을 끈다. 허준은 조선시찰을 위해 방문하고 있던 볼드윈과의 만남에서 그가 당시 남조선을 테러

시아적 시각에서 자주통일을 구상했던 이들의 폭넓은 정치적 감각도 다시 한 번 확인할 수 있다.

이렇듯 일련의 성명서운동은 항구적 민족분열과 외세에의 예속 및 내전의 발발 등 장차 단정으로 초래될 민족의 위기상황을 막고 독립국가로서의 발전의 토대를 구축하려는 민족 총의의 표현이었던 것이다. 따라서 이들의 이념과 노선은 정당하고 당시 급박하게 돌아가던 엄중한 국내외 정세 속에서 모색 가능한 최선의 선택이었다고 할 수 있다.

4. 민족주의 문화지식인들의 통일국가 운동이 남긴 유산

그렇다면 우리는 이 일련의 성명운동이 과연 어떤 효력을 지녔는지 묻지 않을 수 없다. 결과적으로 당시의 정치질서의 대세적 흐름에 아무런 긍정적 작용을 가하지 못했다는 것이 사후적 평가의 공통된 지적이다. 이미 단선이 시행·종료되고 단정이 수립되다시피 한 시점에서, 또 이들이 큰 기대를 걸었던 남북협상이 수포로 돌아간 상황임을 감안할 때 무력한 또는 선언을 위한 선언에 그친 것은 아닌가 하는 의구심을 갖기에 충분하다 하지 않을 수 없다. 물론 이들의 실천적 지향은 미소의 규정력, 특히 남조선에서는 "밑으로부터의 요구를 수용하지 않거나 선별적으로 수용하여 식민체제를 혁명적으로 변혁하지 않으면서 자신들의 체제를 부과하는 방향"[68]으로 새로운 질서를 주조하고자 했던 미국의 의도와 역할이 지배적으로 관철되었다는 점에서 치명적인 제약을 받을

의 나라, 정치범의 나라로 규정한 기고문을 자유롭게 송고할 수 있는 상황과 북조선특집호를 다뤄 폐간의 협박까지 받았던『민성』의 처지를 대조시키며 미국적 자유주의(자)에 대해 막연한 선망을 피력한 바 있다. 허준, 「林風典의 日記」,『경향신문』, 1947.6.12·15.

68 박명림, 앞의 책, 375쪽.

수밖에 없었다. 게다가 자신들의 민족주의 신념을 현실정치화할 수 있는 물적 토대도 허약했다.

그렇다면 결국 남는 것은 현실정치에 패배한 일군의 민족주의 지식인의 민족적 양식 내지 도덕적 의지뿐인가. 곤혹스런 문제이다. 애써 그들의 민족주의적 신념을 부각시키고 싶지는 않다. 다만 민족을 반역하는 자가 되지 않기 위해 궐기한다는 비장함, 이 비장함을 구성하고 있는 이들의 민족애, 지식인적 양심, 인간적 진실,[69] 또 이 모든 것이 응결·신념화되어 제기된 자주적 통일민족국가에 대한 상상적 지향은 효력의 문제를 떠나 여전히 현재 속으로 생환시켜야 하는 역사라는 점은 다시금 강조될 필요가 있다. 남북 공히 절반의 민족, 절반의 민족의식을 민족주체성으로 강조해 그 정당성을 독점화함으로써 민족분열의식을 조장하거나 민족의 분단을 합리화했던 논리가 지속된 분단시대의 역사적 전개를 감안할 때 더욱 그러하다.

물론 이들의 민족주의에 대해서는 엄정한 평가가 필요하다. 치열한 계급투쟁의 폭력을 통해 탄생하는 국민국가형성 과정에서 계급적인 문제보다 민족적인 문제의 해결을 우선적인 과제로 인식한 것은, 비록 그것이 해방 직후 가장 시급한 과제였고 전 민족의 보편적 염원이었다 하더라도, 이들의 지향했던 자주적 통일국가의 비전을 스스로 제약하는 결과를 초래했다고 볼 수 있다. 민족을 희생시키는 그 어떠한 시도, 구체적으로는 남/북 및 좌/우 모두를 반민족의 행위로 간주하고 이의 극복의 차원에서 구상된 자주적 통일국가의 상은 민족의 화해·상생에 입각한 자주적 통일국가라는 원칙 그 이상도 이하도 아니었다. 남북, 좌우의 사상과 제도의 조화에서만 통일독립이 가능하고 이를 통해

---

69 '52문화예술인 공동성명'에 참여했던 임서하는 '민족을 배신하는 반역자가 되지 않아야 한다'는 것이 자신의 생활, 문학의 항상적인 진리이며 그것은 해방 후 4년 동안 변함없는 소원이라고 말한 바 있다. 임서하, 「覺書」, 『개벽』, 1948.12, 79쪽.

독재, 착취가 없고 외국의 간섭이 없는 자유국가건설이 실현될 수 있다는 오기영의 입장은[70] 민족적 절규였으나 당시의 현실정치로 볼 때 주관적 희망의 표현일 수밖에 없었다.

앞서 다룬 일련의 북조선기행기에서도 과도한 민족주의의 투사를 읽을 수 있다. 기행기 집필자들이 공통적으로 보인 북조선의 혁명적인 민주주의개혁에 대한 찬사와 동경에는 그 성취를 가능케 한 동력에 대한 구체적인 인식이 결락되어 있다.[71] 김일성을 정점으로 한 혁명권력이 그 중심에 있다는 발견은 있으나 대체로 제도로서의 민주주의의 성취를 조선 인민의 역량이 자주적으로 발휘된 결과로 간주하고 나아가 그것이 통일민족국가 건설의 자양분이 되어야 한다는 민족주의적 전유가 지배적으로 나타난다. 따라서 북조선은 자신들의 신념이었던 자주적 통일국가건설을 정당화하는 기제이자 그 비전을 실현시킬 거점으로 배치되는 것에 그친다.

그렇다고 이들이 민족지상주의 혹은 편협한 민족주의자는 아니었다. 민족의 가치를 주장하면서도 실제적으로는 비개방적, 반동적 보수주의, 인습주의, 국수주의의 면모를 드러내면서 모든 개혁, 혁신에 반대하는 테러리즘을 일삼은 극우민족주의자들과는 엄밀히 구별되어야 한다.[72] 적어도 이들의 민족주의는

---

70 오기영, 앞의 책, 284~291쪽.
71 저자가 거론한 일련의 북조선기행기에 나타난 민족주의 문화지식인의 북조선개혁에 대한 인식이 지닌 불구성에 대해서는 본 논문이 발표된 학술대회(『두 개의 전쟁 사이－1941~1953 동아시아 국가의 재형성과 문학』, 성균관대 동아시아학술원 인문한국연구소 주최 학술대회, 2014.8.18~19)에서 토론을 해주신 신형기 선생님이 지적해주셨고, 이후 별도의 논문을 통해 저자의 발표에 대한 답변의 형태로 선생님의 견해를 개진하셨는데(신형기, 「인민의 국가, 망각의 언어－인민의 국가를 그린 해방직후의 기행문들」, 『상허학보』 43, 상허학회, 2015, 제4~5장), 핵심은 이 기행기들이 북조선을 도덕적 근대화가 실현되고 있는 곳으로 그리는 가운데 인민을 재탄생시킨 인민의 국가가 철저하게 특별한 지도자에 의해 가능했던 일로 파악함으로써 결과적으로 인민의 존재가 망각되어 있다는 것이다. 지도자에 복속된 인민의 탄생, 그 인민의 국가는 인민이 주인이 되는 국가일 수 없다는 견해에 전적으로 동의한다. 다만 이러한 한계에도 불구하고 남조선의 현실과 극명하게 대조되는 형성기 북한의 개혁은 자주적 통일국가를 염원한 민족주의지식인들의 상상적 민족국가의 비전에 큰 자극으로 작용한 유효성은 인정되어야 한다고 본다.

세계사적, 동아시아적 질서 재편에 대한 감각을 바탕으로 한 국제주의 및 민주주의와 공고하게 결합되어 있었다. 토지개혁이나 친일파 척결문제에 대해서는 좌익보다 오히려 더 철저한 입장을 고수한 바 있다. 요약하건대 현실적 패배에도 불구하고 민족주의에 입각하여 자주적 통일국가수립을 주창하고 분투했던 당시 대다수 지식인의 통일운동은 여전히 민족적 과제로 부과되고 있는 자주적 통일국가의 비전을 모색하는 데 중요한 시사점을 제공해준다는 점에서 재평가될 필요가 있다. 단정수립의 대안으로 제출된 남북협상을 통한 자주적 통일국가수립에 대한 또 다른 대안적 모색의 차원에서. 적어도 이후의 역사에서 작동했던 남북협상을 통한 자주적 통일국가수립 운동이 '실패한' 경험을 절대화시켜 이들의 실패를 역으로 각종 평화적 통일방안의 무효성을 선규정하거나 불온시하는 근거로 활용하는[73] 우는 범하지 않아야 할 것이다.

자주적 통일국가 수립을 신념으로 했던 문화지식인들의 실천은 성명에 참여하는 것으로 그치지 않았다. 분야별로 또 개인별로 다양한 또 다른 실천이 전개되었다. 물론 그 실천은 언론인들이 '조선언론협회'를 결성해1948.6.26 대응한 것과 같이 이 시기는 물론이고 단정수립 후에도 더 큰 난관에 부딪치며 이루어졌다. 실제 참여자들은 예외 없이 이승만정권의 가혹한 사상검증을 받아야 했고, 내부의 적으로 규정당해 감시와 통제의 대상이 되었다. 선전의 도구로 동원되기도 했다.[74] 상당수는 자신의 신념과 비전을 실현하기 위해 월북을

---

72 최재희, 「민족주의의 비판」, 『민성』, 1948.5, 12~15쪽.
73 가깝게는 1949년 한국이 유일한 적법 정부로 유엔의 승인·지지를 받은(1948.12.12 파리 유엔총회) 뒤 유엔한위가 파견되고 한반도 통일을 위한 구체적 활동이 전개되면서 논란된 남북통일의 방안을 살펴보면, 유엔 위원단에 의한 통일, 무력에 의한 통일, 평화(남북협상)에 의한 통일 등 3가지의 현실적 방안 가운데 유엔협조하 남북협상에 의한 평화통일방안은 실현불가능하거나 무용하다는 주장이 지배적이었다. 함상훈은 무력에 의한 통일이 유일한 방책이라고 주장하는데, 이전 남북협상의 실패를 중요한 근거로 들었다(「남북통일의 구체적 방책」, 『민성』, 1949.2, 18~26쪽). 전향국면에 접어들어서는 남북협상론에 참여했던 인사들은 전과를 설욕하도록 강요받았고 남북협상은 불온한 금기로 규정된다(「중간파의 진로」(사설), 『동아일보』, 1950.6.7).

감행했다. 문학(인)도 예외가 아니어서 작품창작적 실천, 문학운동적 실천 등이 새로운 차원으로 전개되었다. 자주적 통일국가수립 운동의 문학(운동)적 실천이 구체화된 것이 구국문학(운동)이며, 이를 둘러싸고 새롭게 형성된 대립전선이 단정수립 후 일정기간국가보안법 제정 지속되면서 새로운 문학운동이 전개되기에 이른다.

단선단정 국면의 도래는 민족문화운동의 근본적 전환을 추동했다. 국제공약 및 미소협력에 의한 통일독립이 사실상 요원해지고 국내 정치·사회문화세력이 단정수립/통일세력으로 양분·재편되는 가운데 거족적인 구국운동이 전개되는 상황은 민족문화건설의 새로운 단계, 즉 구국문화전선으로의 급속한 재편·전환으로 나타난다. 그것은 민주주의적 통일자주독립을 완전히 쟁취하는 것이며 다른 한편으로는 이를 저해하는 일체의 매국적 요소와의 투쟁을 전개하는 것이었다.[75] 구국(애국)문학/매국문학의 분극적 대립구도로 재편되면서 계급문학, 순수문학, 민족주의문학의 매국성/애국성이 문학의 중요 담론으로 부각된 가운데 구국문학의 이론과 실천을 둘러싼 좌우 대립이 격화된다.[76]

흥미로운 것은 좌우를 불문하고 구국문학을 전취해 각각 문학운동의 주도권을 확보하려 기도했다는 사실이다. 그것은 문학과 정치의 결합을 더욱 추동하는 과정이었으며, 단정수립 후 염상섭, 김기림 등이 모색했던 문학 본연의 자율성 확보를 통한 새로운 문학건설의 입지가 봉쇄·거세되는 과정을 수반한

---

74 이들 가운데 문학인들의 이후 행보에 대해서는 이봉범, 「단정수립 후 전향의 문화사적 연구」, 『대동문화연구』 64, 성균관대 대동문화연구원, 2008 참조.
75 김병덕, 「현단계 문화발전의 역사적 특질」(1948.6.28 탈고), 『문장』, 1948.10, 184~185쪽.
76 조선문학가동맹의 매국문학론(『문학』 4호, 1947.7), 구국문학론(『문학』 8호, 1948.7)의 지속적 제기 및 '구국문학의 이론과 실천' 기획(『조선중앙일보』, 1948.6.19~7.11, 김영석, 안회남, 이소부, 설정식, 조허림, 나한)과 조연현의 비판(『대조』, 1948.8), 백철의 조선문학가동맹과 조선문필가협회의 동시 해체를 통한 청산운동으로서의 새로운 유파운동의 제기(「문학운동이 재출발기」, 『개벽』, 1948.1)와 이의 반동성을 비판한 현인(이갑기, 「문학탕평의 반동성」, 『조선중앙일보』, 1948.2.12~15) 등을 계기로 매국/애국문학, 구국문학을 둘러싼 좌/우, 중도파의 대립이 가속되기에 이른다. 이는 순수문학논쟁의 변용·확대라는 의미를 지닌 것이었다.

것이었다. 해방 후 복잡다기한 복수의 욕망과 가능성이 통일민족국가 수립을 구심점으로 결집되었다가 48년체제 성립 후 일거에 해체되어 재편되는 흐름 속에서 주어진(강제된) 선택지에 민족주의 문화지식인들은 어떻게 대응해갔는 가. 이에 대한 접근은 [별첨 2]에 적시한 지식인들의 서로 다른 행보를 통해서 파악해보는 것이 유용하리라 본다.

별첨 1

조국祖國의 위기危機를 천명闡明함

330인 문화인 성명 : 1948.7.26

우리의 조국祖國은 바야흐로 중대重大한 위기危機의 간두竿頭에 서게 되었다. 전 민족全民族의 명예名譽와 이익利益과 행복幸福에 배치背馳되는 사태事態가 뒤를 이어 서 속발續發하는 실정實情이다. 자주적自主的인 통일독립統一獨立을 위한 삼천만三千萬 의 지극至極한 염원念願은 분열分裂과 양단兩斷과 예속隷屬이 강요強要되는 조치措置에 의依하여 무참無慘히도 짓밟히어가고 있다.

이리하야 조국祖國의 자주적自主的 민주재건民主再建이 기로岐路에로 역행逆行되고 있으니 이 어찌 참아 견딜 수 있는 일이랴? 웅원雄遠한 문화창조文化創造의 지기志氣가 이로써 시들고 눌리워도 오불관언吾不關焉이라 할진대 이것이 자아自我의 모독冒瀆이오 부정否定일뿐만 아니라 나아가서는 민족民族을 반역叛逆하는 결과結果를 초래招來하리니 "자주민自主民, 독립국獨立國"의 명분名分과 실질實質과 존엄尊嚴을 어데서 찾을 것인가? 남북南北을 통通한 "통일독립統一獨立"에 의하여서만 우리의 조국祖國은 재건再建되는 것이며 광범廣汎한 인민人民의 의사意思를 반영反映한 "자주독립自主獨立"에 의依하여서만 민족民族의 명분名分은 서는 것이다. 이 통일統一과 자주自主는 '둘'이 아니라 '하나'이다. 그러므로 이것에 선후先後가 있을 리理 없고 左右가 문제될 수 없는 것이다. 따라서 동포상잔同胞相殘의 참변慘變이 순치馴致되는 실태實態에 직면直面한 우리의 문화적文化的 정의감正義感은 과학적科學的으로 결론結論되어 나온 자주적自主的 통일건국統一建國을 위한 자유自由로운 실천實踐을 불가피적不可避的으로 요구要求하게 되는 것이다.

향자向者 우리가 백팔 인百八人의 명의名義로써 남북협상南北協商을 지지支持하는 성명聲明을 발표發表하여 단정單政이 가져오는 조국祖國의 비운悲運을 지적指摘한 것도 통일자주독립統一自主獨立이라는 우리의 지상과업至上課業이 억압抑壓되고 있었던 까닭이다. "남조선南朝鮮의 선거選擧는 추호秋毫도 자유분위기自由雰圍氣가 보장保障되지 않은 세계世界의 일一 악례惡例를 제시提示하였다"고 지적指摘한 중국대공보中國大公報의 사설社說은 국제여론國際輿論의 일례一例로 반영反映된 우리의 숨김없는 자태姿態였거니와 민족民族의 명예名譽와 이익利益과 존엄尊嚴이 침해侵害되는 사태事態는 날이 갈수록 그 규모規模가 확대擴大되고 있으니 '전과戰果'라는 용어用語로 표현表現되는 제주도濟州島의 '토벌討伐'도 그것의 하나이며 도탄塗炭에 빠진 민생民生이 방치放置된 전력문제電力問題도 뚜렷한 하나이다. 교육용어敎育用語로 트집을 삼았던 일본日本의 재류동포억압사건在留同胞抑壓事件은 어떠하였던가? 신호군재神戶軍裁에서 나려진 동포同胞에 대對한 중형重刑은 무엇을 의미하는가? 깨고 따지어언은 결론結論은 어느 한 가지도 우발偶發이 아니다. 개별個別이 아니다. 그리고 전민족적全民族的 불행不幸이 아님이 없다. 이러한 때에 또 한 개의 참변慘變이 우리의 안전眼前에 대사大寫되었으니 그것은 바로 '독도사건獨島事件'이다. 유동流動하는 어선漁船을 도서島嶼로 보았다는 미국비행기美國飛行機의 폭격사건爆擊事件이다. 배가 섬으로 보였는지라. 태극기太極旗를 흔드는 어민漁民들의 존재存在는 적버러지的 존재存在로 보였으리라— 이리하여 입卅삼척卅參隻의 어선漁船과 십구 명十九名의 동포同胞는 외인外人의 참해慘害를 받은 것이다. 초정밀투시경超精密透視鏡을 장치裝置한 B29의 연습을 위하야 값없는 제물祭物이 되었던 것이다. 이것이 설혹 '우발偶發'이라고 하더라도 그대로 용인容認될 사건이 아니니 그러므로 하여서 더욱더 민족적모욕民族的侮辱을 느끼는 까닭이다.

과실過失이라 하여서 '유감遺憾'이란 언사言辭만으로 해결解決될 죄악罪惡이 아니며, 위자慰藉라 하여 금전金錢으로써 면책免責될 사태事態가 아닌 것이다. 우선 상세詳細한 경위經緯를 발표發表하야 진상眞相을 밝히고 책임소재責任所在를 구명究明하야 만유지蠻有者의 엄벌嚴罰을 즉결卽決할 것이다. 동시同時에 미국美國의 명예名譽와 우리의 긍지矜持를 위하야 금후今後를 보장保障하는 조치措置가 있어야 할 것이며 나아가 발본색원적拔本塞源的인 방도方途가 실천實踐되어야 할 것을 전민족全民族의 이름으로써 엄중嚴重히 또 강경强硬히 요구要求하는 바이다.

우리는 국제장리國際場裡의 우방友邦되기를 희구希求한다. 따라서 미국美國과의 친선親善에도 가당可當한 가능可能한 최대最大의 노력努力을 애끼지 않을 것이다. 그러니까 더욱더 미국美國의 세계정책世界政策을 주시注視하는 것이며 우리에게 향向하여지는 미국美國의 과오過誤를 우려憂慮하는 것이다. 전력문제電力問題라 하거나 독도문제獨島問題라 하거나 또는 제주도사건濟州島事件이나 신호사건神戶事件이나 이것이 모두 미군美軍 정치하政治下의 책임責任이요 미국책美國策 시행施行의 일편一片으로 벌어진 사단事端인 점點에서 우리는 미국美國을 향向하야 미국美國을 위하야 충고忠告도 하고 경고警告도 하지 않을 수 없는 것이다. 육백팔십 인六百八十人이 연서連署한 중국문화인中國文化人의 대일무장반대선언對日武裝反對宣言을 비롯하야 동아각지東亞各地의 약소국가弱小國家가 일치一致하게 미국美國의 '대일정책對日政策'을 반대함은 무슨 뜻이겠는가? '아세아亞細亞의 공장工場'으로 등장登場시키려는 미국美國의 대일정책對日政策은 필연적必然的으로 일제日帝의 무장武裝을 결과結果하거나 미국美國에 내포內包되어있는 제국주의적帝國主義的 요소要素의 첨병尖兵을 형성形成하리니 이는 실로 동아전국東亞全局의 불행不幸이요, 세계世界의 불행不幸인 까닭이다. 동아東亞에 있어서 '빨칸적화약고的火藥庫'의 지위地位에 처處해 있는 우리 조국祖國의 작금昨今을 스스로 응시凝視할 때 금차今次 돌발突發한 독도獨島의 이른바 '우발적偶發的 연습폭격練習爆擊'도 단순單純한 연습練習으로 생각할 수가 없는 심각深刻한 기우杞憂를 느끼는 것이다.

남해南海의 월편越便에서 죄악罪惡의 재범再犯을 꿈꾸는 일제日帝의 독아毒牙를 상상상想像함이 과연果然 우리의 자가적自家的 환상幻想일 것인가? 그 작간作奸의 조악助 惡에 미국적美國的 후순後楯의 복재伏在를 예료豫料함이 과연果然 우리의 독단적獨斷的 인 측측測일 것인가? 번언繁言을 피避하자! 각축角逐과 반발反撥과 시의猜疑 등等 일절 一切의 폐단弊端이 일소一掃되는 정로正路는 오직 양군철퇴兩軍撤退의 일로一路가 있을 뿐이다. 자유自由와 평화平和의 애호자愛好者로써 건국建國하였고 정의正義와 인도人 道의 선창자宣暢者로서 세계에 자처自處하려는 미국美國의 백년百年을 위하야 우리 는 금일今日의 이 일언一言이 없을 수 없다고 믿어 의심疑心치 않는 바이다. 이에 우리는 우리의 총의總意를 대변代辯하는 이 성명聲明에 자서自署하는 것이다.

1948년 7월 26일

서울시市에서 삼백삼십 인三百三十人

* 이 성명서의 실체에 관한 거론이 드물었다는 점에서 전문을 제시하며, 성명에 참여
한 330인의 명단은 편의상 [별첨 2]에 제시함. 원문 표기를 그대로 옮기되 국한문혼
용을 국문한자 병기로 전환하였음.

별첨 2

'108인 문화인 성명' 참여자 명단

1948.4.14

이순탁, 이극로, 설의식, 이병기, 손진태, 유진오兪鎭午, 배성룡, 유재성, 이준열, 이홍종, 정구영, 윤행중, 박은성, 김일출, 박은용, 채정근, 송석하, 박용덕, 이돈희, 조동필, 홍기문, 정인승, 정희준, 문동표, 이관구, 임학수, 오기영, 신영철, 오승근, 양윤식, 김시두, 김기림, 유응호, 김정진, 김양하, 정순택, 박준영, 김용암, 정계성, 허하백, 홍성덕, 박동길, 최문환, 박계주, 이부현, 고승제, 이건우, 장기원, 허규許筆, 최호진, 박용구, 김병제, 유열, 김무삼, 이달영, 김성수金成秀, 고경흠, 염상섭, 백남교, 장추화, 이양하, 이의식, 김봉집, 하윤도, 이재완, 정래길, 김계숙, 최정우, 신막, 안기영, 정진석, 성백선, 최재위, 나세진, 정지용, 강진국, 안철제, 정열모, 김태화, 백남진, 양재하, 장현칠, 손명현, 오건일, 홍승만, 박철, 윤태웅, 이준하, 황영모, 유두웅, 전원배, 김재을, 이겸로, 신의경, 고병국, 김석환, 김분옥, 박태원, 김진억, 이갑섭, 송지영, 백석황, 이만준, 신남철, 오진섭, 차미리사, 윤석중, 조박, 허준

'매국단선을 결사반대 : 52문화예술인 공동성명' 참여자 명단

1948.5.8

곽하신, 안회남, 임서하, 정인택, 이명선, 김영건, 현덕, 조벽암, 백철, 이쾌대, 배호, 박태원, 김기창, 이무영, 정종여, 길진섭, 이인찬, 남부연, 김영두, 강계식, 남홍일, 이갑기, 윤승한, 고재현, 최재덕, 한소야, 유인성, 이규원, 김연실, 윤태웅, 신용언, 최인수, 정순경, 석은石殷, 이향, 최인수, 이화삼, 유석주,

조소원, 조우○, 차명○, 이○호, 이태○, ○인성, 김○사 (이하 판독 불능)

'문화언론인 330명 선언' 참여자 명단

1948.7.26

이순탁, 설의식, 이병기, 손진태, 배성룡, 유재성, 이준열, 이홍종, 이병남, 윤행중, 박은성, 김양하, 송석하, 김일출, 이돈희, 김시두, 김기림, 김성진, 고승제, 김성수金成秀, 김병제, 김무삼, 고경흠, 김봉집, 강진국, 김재을, 김석환, 김분옥, 김진억, 곽경, 김양, 김관수, 김수현, 권승욱, 김원표, 김창신, 김기웅, 김명덕, 강성택, 김병규, 김병덕, 김동환, 고재국, 김용덕, 김홍기, 김종억, 김세련, 김세호, 강윤원, 고신덕, 김시창, 김연희, 김근배, 김희준, 강필모, 김만수, 김규택, 김창엽, 김진우, 김종민, 김인환, 김병용, 김원교, 김봉선, 김양춘, 김동규, 김기창, 김봉룡, 김진수, 김주성, 김동석, 권태악, 김신원, 길진섭, 나세진, 남정준, 남태원, 남국희, 문동표, 문전사, 문영관, 문정복, 민경태, 박은용, 박용덕, 박준영, 박동길, 박계주, 박용구, 박태원, 백남교, 백남진, 백남철, 백석황, 박요철, 박영원, 방익모, 방용구, 박영돈, 박영준, 박동철, 박영근, 박이대, 박봉서, 박학재, 백민, 백인, 박춘명, 박고송, 박래현, 박기성, 박화성, 배호, 변기종, 신영철申永哲, 성백선, 손명현, 송지영, 신영철申映喆, 심정구, 신효선, 송재홍, 신태환, 손응록, 신덕수, 신현칠, 신남철, 신균, 서광제, 신응식, 송태호, 신택희, 신란휴, 성낙천, 신막, 신의경, 설정식, 이관구, 임학수, 오기영, 오승근, 양윤식, 유응호, 이부현, 이건우, 유열, 이달영, 염상섭, 이양하, 이의식, 이재완, 안기영, 안철제, 오건일, 윤태웅, 이준하, 이겸로, 이갑섭, 이만준, 오진섭, 이용섭, 오관, 유영윤, 윤동직, 양규봉, 이종갑, 윤학기, 이경용, 이석훈, 안석제, 이강노, 이삼실, 이원학, 양순길, 이해종, 이규백, 임형순, 엄기창, 이낙복, 이팔찬, 윤만중, 이덕성, 인정식, 이석태, 이병위, 이순기, 임병균, 유진영, 이수영, 오계환, 이원집, 오은성, 이원일, 임태희, 윤은식, 이정복, 이병영, 유석균, 오재동, 온락중, 유해붕, 이종모, 이균, 이상백, 이성준, 이용규, 이병기ᴴ, 유재환, 유전, 임성택, 오기태, 유예종, 유경애, 임사만, 임효은, 이용악, 윤용규, 이석호, 이쾌대, 윤자선, 유석연, 엄도만, 염태진, 이태웅, 안회남, 임원호, 엄홍섭, 이무영, 이명선, 이원수, 유두찬, 오창근, 정구영, 조동필, 정인승, 정희준, 정계성, 장기원, 장추화, 정래길, 정지용, 정박, 장현칠, 조박, 전원배, 조평재, 정열모, 정갑, 정해근, 정종섭, 정종근, 조병학, 조호연, 장경, 조중삼, 정근양, 정해진, 정국은, 조홍식, 장두진, 전창옥, 정종여, 정현웅, 조동창, 조운, 조벽암, 정태진, 정연창, 채정근, 최호진, 최정우, 차미리사, 최영수, 최학, 차원식, 최창식, 최환복, 최선, 최창운, 최종환, 채태성, 최문환, 최영철, 최의극, 최재위, 차상철, 최준이, 최희선, 최이, 최수하, 천홍준, 최문환, 최봉인, 최인환, 최규용, 최재덕, 채만식, 태을민, 홍기문, 허하백, 홍승덕, 許達, 하충도, 홍승만, 황영모, 허준, 홍순엽, 한갑수, 황희문, 홍영희, 홍순창, 홍필선, 홍승국, 허규ᴴ, 한인석, 한봉수, 홍종인, 황문철, 한상진, 함봉석, 홍성덕, 한만춘, 한봉래, 한소야, 하옥주, 홍순학, 허위, 한홍택, 한상희, 현덕

** 서명한 인사들의 면면을 최대한 복원하고자 했으나 판독 불능의 경우가 더러 있고 또 판독의 어려움으로 인해 부분적 오류가 있을 수 있음

제7장

『북의 시인』과 냉전 정치성

1960년대 초 한국 수용과 현해탄 논전을 중심으로

1. 냉전문화사 텍스트『북의 시인』

1987년 마쓰모토 세이초의『북北의 시인詩人 임화林和』의 번역 출간은 임화에 대한 사회문화적 관심을 고조시키는 동시에 임화(문학) 연구를 촉진시키는 데 적잖은 기여를 했다. 일본의 저명한 대중소설가의 추리소설이 뒤늦게 한국에 도착해 한국 근대문학사의 거장 임화가 본격적으로 조명될 수 있는 긍정적 계기로 작용했다는 것 자체가 이채로운 장면이다. 다른 한편으로는 이념적 금기에 규율된 냉전기 한국문학사연구의 당대적 주소를 아프게 환기해준 지점이기도 했다. 알고 보면 1987년『북北의 시인詩人 임화林和』출판은 마쓰모토의『북의 시인北の詩人』이 두 번째로 한국에 소개된 것이었다. 일본제국 군대에 징집되어 1944년 6월 식민지조선에 출병한 후 1945년 10월 15일 부산을 거쳐 귀환하기까지 경성, 용산, 정읍 등에서 위생병으로 조선체험을 했던 특이한 이력의 소유자 마쓰모토, 그의 추리소설『북의 시인』이 냉전기에 두 차례 한국에 수용되었다는 사실은 많은 것을 시사·함축해준다.[1]

『북의 시인』은 일본의 권위 있는 종합지『중앙공론中央公論』에 15회 연재1962.1~ 63.3 후 곧바로 단행본으로 출간되었다.중앙공론사, 1964[2] 1953년 8월 북한의 남로당계숙청사건을 바탕으로 1947년 11월 월북하기까지 임화의 행적을 추리적 기법으로 재구성한 소설로, 연재될 때부터 일본 내에서 상당한 주목을 끌었다.[3] 그도 그럴 것이 작품의 소재 및 배경의 특이성, 즉 분단된 한반도를 무대로 비운의 프롤레타리아 혁명문학가가 북한에서 미 제국주의 간첩 혐의로 단죄·처형된 사실과 그 일련의 과정을 임화의 기소장, 최후진술, 판결문 등 재판자료에 근거해 그가 겪은 갈등과 좌절을 실감 있게 그려낸 점이 일본의 한국문학연구자뿐만 아니라 일반 독자들의 관심을 끈 요인이었을 것이다. 당시 일본추리소설 붐을 선도하며 수많은 독자층을 확보하고 있던 마쓰모토의 문학적 권위와 대중적 영향력도 크게 작용했다. 실제 이 텍스트는 허구이되 한 편의 세미다큐멘터리semidocumentary라 할 수 있을 정도로 사실성이 강하며, 마쓰모토 특유의 추리소설적 기법에 의해 기록적인 것에 극적인 요소를 섞어 임화의 비극적 삶을 부조시키는 효과를 거두고 있다. 임화를 잘 모르는 독자에게도 단숨에 읽힌다.

---

1   北九州市立松本淸張記念館,『松本淸張の軍隊時代-朝鮮の風景』, 2004, 3쪽 '연보' 참조. 이 도록은 정창훈 박사가 제공해주었다. 마쓰모토 및『북의 시인(北の詩人)』을 이해하는 데 중요한 참고자료가 된다. 마쓰모토에 대한 최근의 연구에서 그의 식민지 조선에서의 병영 체험에 주목하여 마쓰모토의 한국 관련 작품 연구가 수행되었는데,『북의 시인』은 목록으로만 제시될 뿐 1962년 한국에 수용된 사실에 대해서는 다루고 있지 않다. 김용의,「마쓰모토 세이초(松本淸張)의 한국 관련 작품 양상 및 특징」,『일본연구』84, 한국외대 일본연구소, 2020. 안혜연의 연구에서는 1962년 한국에서『북의 시인』을 둘러싼 논란에 대해 일간신문의 기사를 통해 정리하고 있으나 그 논란의 경위를 포착하지 못한 결과 당시『북의 시인』의 일본어원문의 수용과 일본에서 연재되는 소설에 대한 동시기적 관심이 컸다는 것으로만 평가하고 있다. 안혜연,「마쓰모토 세이초(松本淸張) 추리소설의 한국 수용-번역과 TV드라마를 중심으로」,『사이間SAI』 27, 국제한국문학문화학회, 2019, 456~457쪽.
2   『북의 시인』은 1967년 광문사(光文社, 동경)에서도 출판되었으며,『松本淸張全集』(문예춘추, 1972) 제17권에 재수록되었다.
3   『북의 시인』에 대한 일본 내 평가는 와타나베 나오키,『임화문학 비평』, 소명출판, 2018, 27~ 33쪽 참조.

연재 당시에 『북의 시인』에 대한 관심은 오히려 한국에서 컸다. 텍스트 일부에 대한 문제제기가 연쇄적인 파장을 불러일으키며 대공심리전의 자원으로 활용되는 가운데 임화의 존재가 강렬하게 환기되었다. 더 나아가 『북의 시인』은 한일 간의 격렬한 '현해탄 논전'으로 비화되면서 정치적인 텍스트로 의미화되는 과정을 거친다. 아마도 특정 텍스트를 둘러싸고 한일 쌍방 간 현해탄 논전이 발생한 것은 해방 후 최초의 사례로 보인다. 임화를 매개로 한 1960년대 초 현해탄 논전, 이 글이 지금으로서는 낡은 텍스트라고 할 수 있는 『북의 시인』에 다시금 주목하는 첫번째 이유이다. 이는 1962년과 1987년 두 번의 한국적 수용이 지닌 시간적 거리와 그 수용 양상의 차이가 내포한 의미를 묻는 일이기도 하다.

1987년 『북의 시인』이 한국에서 출간된 후 문단의 반응은 그리 호의적이지 않았다. 대체로 북한의 재판기록에 과도하게 의존했고, 문학사적 격변기의 실존인물들을 등장시키고 있으며 역사소설로 보기에는 임화와 당대사의 정황을 총체적으로 드러내지 못했고, 임화의 전체 활동 가운데 일정 기간만 다룸으로써 인간 이해에 소략할 수밖에 없다는 점이 지적되었다『매일경제』, 1987.9.23. 더욱이 『북의 시인』이 해방 후 임화의 행적과 관련한 실증적 자료들을 꼼꼼히 고증하여 객관성을 높인 장점에도 불구하고 결과적으로 뒷부분에 첨부된 북한에서의 재판기록을 추인하는 데 서사의 초점이 맞춰져 있다는 점에서 마쓰모토의 시각에 대한 비판이 우세할 수밖에 없었다. 일본작가에 의해 한국의 공고한 냉전 금기가 이념적 차원에서 해부되었다는 사실에 대한 충격 및 당혹감 그리고 임화가 카프 해산 과정에서 전향한 증거가 미군정에 의해 확보된 상태에서 미군정의 공작과 임화가 전향사실의 공표에 따른 두려움으로 인해 결국 미군정의 스파이로 전락할 수밖에 없었다는 서사는 당시 한국작가들에게는 도저히 용납될 수 없었던 것으로 보인다. 언론에서도 『북의 시인』은 북한김일성의 논리

를 확산시키는 불순서적으로 간주했다.[4]

임화의 숙청 사실은 풍문과 뒤섞여 일찌감치 알려진 바 있다. 임화를 필두로 남로당계 월북문화인들의 숙청 소식과 임화, 김남천, 이태준 등의 작품이 반동문학으로 규정되어 북한교과서에서 삭제 조치된 것이 평양방송1953.8.7 및 『민주조선』1953.8.5 및 7~8, 『노동신문』1953.8.8의 보도를 통해 남한에 곧바로 전해졌고, '문총'이 발 빠르게 담화 형식으로 이 사건을 공산주의체제의 反휴머니즘에 대한 공격 및 냉전 자유진영의 승리를 증명하는 대공프로파간다의 소재로 활용했다.[5] 숙청사건 이전에도 남로당계 문화인들의 월북 후 행적은 전향 남로당원의 증언수기, 예컨대 남로당계로 정치공작대 책임자였던 조석호의 『해부된 흑막-남로당원이 본 북한』서울신문사, 1953이 있었으나 남로당계 월북문화인의 행방과 숙청에 관한 증언이 대체로 풍문에 의존함으로써 오류가 많았다. 정전협정 이후 남로당계 숙청은 전향남파간첩과 월남귀순자들의 수기를 통해 좀더 상세한 내용이 공개되면서 냉전적 적대에 기초한 편향된 북한인식을 주조하는 데 부정적으로 기여했다. 특히 1960년대에는 월북 후 임화의 활동 및 숙청에 이르는 상세한 보고와 함께 그의 재판기록이 여러 차례 공개된 바 있다. 한 가지 특기할 것은 남로당계숙청사건이 일부 청년지식인에게는 (사회주의)북한에 대해 가졌던 기존의 모든 기대를 완전히 불식시키는 계기가 되었다는 점이다.[6] 스탈린식 피의 숙청이라는 반인륜적 폭력성 때문으로 보이는데, 이 사건이 당시 남한 지식인에게 어떻게 작용했는지를 다시 들여다볼 필요를 제기해준다.

---

4 「해금과 단속의 되풀이-좌익서적 단속보다 파괴세력 직시를」(사설), 『조선일보』, 1988.6.24.
5 「괴뢰 문화진 붕괴」, 『동아일보』, 1953.8.14. 홍종인은 북한의 남로당계숙청사건에 대한 북한의 발표문과 타스통신의 보도를 바탕으로 이 사건을 북한의 권력투쟁의 산물이며 공산주의의 잔인한 폭력적 지배의 본성이 여실히 드러난 사건으로 규정했다. 박헌영이 이때 사형 판결을 받았다는 오류를 범하고 있다. 홍종인, 「공산독재자의 말로」, 『조선일보』, 1953.8.13~18.
6 최정호, 「내가 진보를 못 따라가는 까닭」, 『동아일보』, 2006.2.9.

이 같은 일련의 과정을 거치며 남로당계 문화인 숙청은 북한 권력투쟁의 산물이라는 인식이 학계, 문학계뿐 아니라 사회적으로도 정설로 굳어졌다. 따라서 마쓰모토가 형상화해 낸 미제의 간첩이란 임화의 이미지는 그동안의 통설과 정면으로 배치되는 것으로서 날조, 왜곡의 가능성이 높은 텍스트로 수용된 것은 자연스러운 일이었다. 다만 이로 인해 역설적으로 임화에 대한 본격적인 연구의 필요성과 문학사적 재평가를 촉진시킨 것만은 분명하다. 기록의 측면에서는 몇 가지 오류가 존재하나[7] 그려낸 인물, 사건, 일시, 장소 등이 대체로 역사적 사실과 부합하는 기록적 효과가 높은 텍스트라는 점은 확실한 가운데 관건은 이를 어떻게 해석하느냐의 문제였기 때문이다. 실제 1988년 월북작가·작품 해금조치 직후 활성화된 임화연구서들, 가령 김윤식의 『임화연구』문학사상사, 1989, 김용직의 『임화문학연구』세계사, 1991 등이 재판기록의 수록을 포함해 숙청까지의 전 생애를 다룬 것도 이와 무관하지 않다.

『북의 시인』이 출간되기 전까지 임화에 관한 공간公刊은 거의 없었다. 김윤식의 『한국근대문예비평사』한얼문고, 1973.2의 부록으로 첨가된 「임화연구」가 유일하다(1976년 일지사의 개정신판 포함). 일제 시대~해방 직후 임화문학에 대해 적극적인 해석을 가한 선구적인 연구였으나 곧바로 금서판매금지로 지정되었고 1985년에 가서야 해제되었다. 1973년 문화공보부의 우량도서로 선정되었음에도 불구하고 월북 또는 카프진영의 좌익작가들을 익명임○, 이○준 등이 아닌 실명으로 기재했다는 이유에서였다. 사후검열에 따른 금서조치였기 때문에 읽히지 않은 것은 아니되 공식적인 차원에서의 유통, 수용은 불가능했다. 문단사연

---

7 『북의 시인』에 서술된 임화의 개인적인 부분과 문학사적 차원과 다른 내용 및 오류에 대한 정정은 마쓰모토 세이초, 김병걸 역, 『북의 시인 임화』(미래사, 1987) 289~292쪽 주(註) 참조. 『북의 시인』에 나타난 마쓰모토의 한국 근대사 및 임화에 대한 인식상의 특징과 오류에 대해서는 한기련, 「『북의 시인[北の詩人]』연구」, 『일본언어문화』 22, 한국일본언어문화학회, 2012, 674~688쪽 참조.

구에서도 숙청된 남로당계 월북문인들의 실명과 이후의 행적이 북한문단의 동
향을 정리하는 지면에서 언급되나 남한문단과의 비교 차원에서 소략하게 거론
될 뿐이었다.[8]

임화의 소거는 1949년 10월 중등교과서에 수록된 좌익작품 삭제조치로 교
과서에서 추방된 것을 시작으로 1951년 10월 공보처의 월북작가 문필활동 금
지 및 발매금지 조치에 의해 기간旣刊 저작물들이 금서로 공식 지정된 뒤 1957
년 3월 월북·좌익계열 작가의 저서 출판 및 판매금지 조치가 재차 시행되면
서 제도적 차원에서 그의 저작물에 대한 접근은 완전히 차단된다. 1953년 12
월 조연현의 『현대한국작가론』판금사건을 계기로 문학사 연구의 대상에서조
차 배제되었다.[9] 북한에서의 처형과 남한에서의 일련의 판금조치가 결합되어
임화는 한국전쟁 직후부터 남북한 모두에서 버림받은 존재가 되었고, 그것은
1988년 월북문인 해금조치 때까지 장기 지속되었다. 이는 임화에 대한 망각,
은폐, 왜곡의 역사이기도 했다. 이런 맥락에서 볼 때 김윤식의 임화연구는 냉
전 금제에 맞서 임화의 존재를 복원시키고자 했던 고투로 기록될 필요가 있다.

물론 임화의 운명은 월북작가들의 공통된 것이다. 그러나 임화의 존재는 특
별했다. 그는 축출되었으되 망각된 것은 아니었다. 오히려 냉전기에 문학사의
차원을 비롯해 여러 방면에서 가장 많이 소환된 문학인 가운데 한 사람이었다.
월북 후에는 좌파문학의 괴수로, 한국전쟁기에는 민족반역문화인이자 중요전

---

8   김병익, 『한국문단사』, 일지사, 1973, 215쪽.
9   월북작가(오장환, 김동석)와 재북작가(최명익)에 대한 이전의 작품론을 수록했다는 것이 이유
    였는 데 판금사건의 당사자인 조연현의 전언에 따르면, 조연현의 이의제기와 한국문학가협회
    의 항의성명서 발표 및 판매금지해제건의서 제출로 판금사건이 이슈화되자 공보처의 차원을
    넘어 검찰정보부, 국방부정훈국 등 관계당국 연석회의가 열렸고 이 회의에서 월북작가에 대한
    정책적인 행정조치가 논의되었다고 한다. 조연현, 『남기고 싶은 이야기들』, 도서출판 부름,
    1981, 117~120쪽. 실제 이 판금사건을 기점으로 월북작가에 대한 연구(물)의 공식적인 출판
    ·판매는 사실상 봉쇄되었다. 아울러 월북작가의 작품에 대한 연극, 영화 등에서의 2차적 인용
    또한 불가능했다.

범자로 호명되었다. 1950년대 후반부터 줄곧 제기된 월북금제에 대한 해제 논의에서 임화는 해금 불가능의 기준점으로 설정되었다. 특히 보수문단의 암묵적 동의하에 임화가 해제의 가이드라인으로 정해진 것이다.[10] 이렇듯 철저한 배제의 다른 한편으로 반복된 소환을 통해 생성된 임화에 대한 특정 이미지가 반복 재생되어 고정화되면서 축출을 정당화하는 동시에 왜곡된 이미지가 확대 재생산된다. 어쩌면 임화는 냉전반공의 질곡에 의해 이중의 죽임을 당한 것이나 마찬가지였다. 임화를 거론하는 것이 여전히 불온한 현실에서 도착한 『북의 시인』은 이같이 장기간 은폐·왜곡의 모순이 착종된 문학사에 충격을 가한 '손님'이었던 것이다. 그 손님은 냉전기 금기를 학문적 연구의 대상으로 바꾸어 놓는 데 중요한 디딤돌이 되었던 것이다.

그런데 앞서 언급했듯이 『북의 시인』은 1962년에 이미 한국에 도착한 바 있다. 완역된 상태로 소개된 것은 아니다. 신생종합지 『동아춘추』1962.12가 『중앙공론』에 연재 중이던 『북의 시인』의 10회분 가운데 임화의 행적과 관련한 '조선정판사위폐사건'에 대한 내용이 역사적 사실과 다르게 기술된 부분을 문제 삼으면서 그 실체가 한국에 알려지게 된 것이다. 『동아춘추』가 문제로 지목한 10회분의 발췌역과 당시 조선정판사위폐사건의 담당 검사였던 조재천의 반박문을 나란히 게재한 것이 발단이 되어 한일 간 논전으로 비화되기에 이른다. 조재천의 반박문과 이에 대한 마쓰모토의 입장 및 일본관계자와 재일조선인들의 반응을 『주간요미우리』가 특집기사로 보도하고1962.12.30, 곧바로 『동아춘추』가 이 특집의 전재와 함께 일본 쪽 입장에 대한 비판, 특집에 대한 조풍연의 비판을 게재함으로써 급기야 냉전 사상전의 문화적 이슈로 부상하게

---

10 특히 1978년 국토통일원의 남·월북작가 규제 완화 방침과 그에 따른 문단의 납북/월북의 구별 및 단계적 해제론, 대상 문인과 작품의 범위 등에 대한 논의과정에서 임화는 절대 불가의 대상자였으며 김남천, 오장환 등 남로당계 월북문인들도 해제 대상에서 배제시켜야 한다는 것이 중론이었다. 「'월북작가'들의 문학사적 재조명」(좌담회), 『신동아』, 1978.5, 290~303쪽.

된다.[11] 이 과정에서 다소 엉뚱하게 금단의 이름 임화가 냉전적 봉인을 벗고 당대 심리전의 주요 쟁점으로 돌출했던 것이다.

중요한 것은 이 일련의 과정이 단순한 해프닝으로 그치지 않았다는 사실이다. 『북의 시인』을 둘러싼 날선 공방이 『동아춘추』/『중앙공론』 또는 조재천/마쓰모토 세이초의 갈등으로 국한되지 않고 사상적인 문제에 기저를 둔 한국/일본 나아가 민주(주의)/공산(주의)의 대립 구도로 성격이 변질되면서 큰 파문을 야기했기 때문이다.[12] 일차적으로는 현해탄 논전으로 몰고 가려 한 『동아춘추』의 편집전략이 주효했던 결과였으나, 이와는 별도로 이 사건은 5·16쿠데타 후 반공체제의 재편성 과정에서 새롭게 대두된 냉전반공 의제들과 접합되어 그 여파가 대내외 (대공)심리전의 차원으로 확대되는 과정을 밟는다.

그것은 첫째, 대일심리전의 유력한 자원으로 활용되면서 한일 간 사상전을 가열시켰다. 이 사건으로 촉발된 현해탄 논전이 지속된 것은 아니었으나 『북의 시인』은 고질적인 양국(민)의 상호 적대에다 당시 한일회담 재개 및 교섭의 난항 속에 조성된 한일외교관계의 신국면에서 대두된 쟁점들, 가령 과거사청산 문제와 이를 둘러싼 양국(민)의 현저한 입장 차이 및 양국의 악화된 여론, 재일조선인 문제, 가속화된 북송사업 등의 현안과 맞물려 대일심리전의 텍스트로 이용된다. 그것은 오다 마코트小田実의 한국방문기 「韓國·なんでも見てやろう」『중앙공론』, 1963.11를 둘러싼 현해탄 논쟁을 비롯해 당시 빈번해진 한일 문화텍스트의 교류번역, 영화화 등 및 일본문화의 대량 유입과 범람, 왜색검열의 논란, 일본이 연루된 필화사건 등과 같은 문화적 의제와도 접속되어 논란이 연쇄

---

11 『북의 시인 임화』를 번역 출판한 미래사도 『북의 시인』의 내용 중 조선정판사위폐사건과 관련한 조재천과 장택상의 반박문이 국내 잡지에 게재되었다는 사실을 적시했으나, 그 실물을 확보하지 못하여 구체적인 내용에 대해 언급할 수 없다고 편집자주를 통해서 밝힌 바 있다. 마쓰모토 세이초, 김병걸 역, 앞의 책, 289쪽.

12 편집부, 「『북의 시인』사건 마침내 국제여론화」, 『동아춘추』, 1963.2, 희망사, 130쪽.

적으로 나타나기에 이른다. 『북의 시인』이 거국적인 한일회담반대투쟁 국면에 앞서 한일 간 문화냉전의 불을 지핀 것이다.

둘째, 대내적으로는 5·16쿠데타 후 국가심리전 체계의 확립과 그에 따른 대내외적 심리전의 공세적 추진에 편승해 심리전 텍스트로 변용·활용되었다. 『동아춘추』는 『북의 시인』의 최대 특장인 객관적 기록성이 가능했던 요인으로 조총련-북한의 배후설을 제기하며 대공투쟁의 전열을 강화하는가 하는가 하면 월북문인들에 대한 문학적 '裁判'임화, 이태준, 김기림, 정지용, 박태원을 통해 문학사적 배제를 재차 정당화하는 근거로 활용한다. 이에서 그치지 않고 『북의 시인』은 당시 대공심리전을 추동하는 기제로 작용하면서 남로당에 대한 연구를 자극시키고, 남로당계 월북문인들의 실태를 고발하는 다양한 보고서를 생산해내는 촉매제가 되었다. 당대 뿐 아니라 그 이후로도 북한예술가들의 실상에 대한 종합보고서로서 인정을 받았던 전향간첩 이철주의 『북의 예술인』의 출판은 저자가 명시적으로 밝힌 바와 같이 『북의 시인』에 대한 부정·비판이 직접적인 동기였다.[13] 『북의 시인』은 (납)월북 인사들의 월북 후 행적과 참상을 고발한 조철의 『죽음의 세월-납북인사들의 실태』성봉각, 1963, 소정자의 『내가 반역자냐?』방아문화사, 1966 등 전향남파간첩 또는 월남귀순자들이 생산해낸 수기들과 더불어 대북 역선전의 자료로 또 증오와 적대에 기초한 북한 인식을 사회문화적으로 부식하는 데 유용한 콘텐츠로 기능을 했다.[14] 다른 측면으로는 신경림의 경우에서 확인되듯이 일본어단행본 『북의 시인』의 수용과 임화에 대한 관심을 증대시키는 과정이기도 했다.[15]

이렇듯 어쩌면 과민 반응에서 시작된 『북의 시인』이 야기한 파문은 냉전의

---

13 이철주, 『북의 예술인』, 계몽사, 1966, 13~14쪽.
14 이에 대해서는 이봉범, 「귀순과 심리전, 1960년대 국가심리전 체계와 귀순의 냉전 정치성」, 『상허학보』 59, 상허학회, 2020, 50~69쪽 참조.
15 신경림, 「서정시인 임화」, 마쓰모토 세이초, 김병걸 역, 앞의 책, 302쪽.

규율 속에 당대 한국사회 나아가 동아시아(남북한 및 일본)의 지정학적 조건을 배경으로 확산되는 과정을 거친다. 『북의 시인』이란 텍스트가 냉전의 규정 속에 특유의 정치성을 낳고 그 정치성이 당대 심리전프로젝트와 연계되어 어떻게 의미화되는가, 이 글이 이 텍스트에 주목하는 두 번째 이유이다. 이 같은 문제의식하에 우선 『북의 시인』이 현해탄 논전으로 전개되는 과정을 개관하고, 이를 바탕으로 이 텍스트의 냉전정치성을 분석해보고자 한다. 그동안 1960년대 초 『북의 시인』이 한국에서 논란된 사실에 대해 거론된 바가 없었다는 사실을 감안했다.

2. 『북의 시인』과 현해탄 논전

『북의 시인』은 이 텍스트에 대한 반박의 형식으로 한국에 전해졌다. 『동아춘추』가 창간호에 『북의 시인』의 연재 사실을 고지한 뒤 연재 10회분 내용의 왜곡에 대한 문제제기와 함께 해당 부분의 발췌문을 번역 공개하고 더불어 관련 당사자인 조재천의 반박문을 게재함으로써 『북의 시인』의 실체가 처음으로 알려지게 된다. 외국잡지에 연재 도중인 텍스트의 일부 내용이 빌미가 되어 논란이 벌어진 특이한 사례다. 『동아춘추』편집진이 문제로 삼은 것은 『북의 시인』이 조선정판사위폐사건을 미군정과 한국경찰이 공모해 꾸민 조작극이라고 단정을 내렸다는 점이다. 발췌문에는 실제 "미국 측의 공작이다"라고 명시되어 있다(1987년 번역본에는 이러한 단정적 기술은 없다). 더욱이 이 같은 명백한 허위가 일본작가에 의해 작품화되었다는 사실에 강한 유감을 표명하는 한편 모종의 음모론을 제기한다. 그 음모론은 재일동포가 많은 일본에서, 권위 있는 종합지 『중앙공론』을 통해 연재·공개되고 있다는 사실을 특별히 중시하고 우

려를 표명한 것으로 보아 일본 좌익-조총련을 겨냥했다고 볼 수 있다.[16]

조선정판사사건의 담당 검사였던 조재천의 반박문은『북의 시인』의 허위와 작가의 편견에 대한 엄정한 비판을 전제로 이 사건의 진상을 밝히는 데 주력한다. 당시 사건의 발생, 수사 절차, 기소 및 재판까지의 전 과정을 일자, 관련 인물, 증거자료 등을 소상히 제시하며 마쓰모토가 무엇을 어떻게 날조·왜곡했는가를 실증하고 있다. 조재천의 반박 내용은 새로운 것이 아니었다. 조선정판사위폐사건에 대한 공적 기록, 즉 조선공산당의 지령에 의해 당비 조달을 목적으로 정판사에서 위조지폐를 인쇄 발행한 사건으로 남한을 경제 혼란에 빠트려 국내질서를 전복시키고자 했던 조선공산당의 반민족행위라는 것을 다시금 추인하는 내용이다.[17] 그는 10회분의 조선정판사위폐사건에 대한 왜곡을 실증한 뒤 마쓰모토에게 세 가지 질문, 즉 해방 직후의 정세에서 세력 팽창 중이던 조선공산당이 위폐 제조 가능성과 그 반대가능성 가운데 어느 것이 크다고 보는가, 임화의 일방적 주장만 듣고 소설화한 것에 대한 작가의 편견과 그 시정 여부를 물으며 작가와『중앙공론』측의 개선책을 강력히 주문한다.[18] 물론 임화의 말에 의존했다는 것은 오해다. 마쓰모토가 임화 행적과 관련해 참조한 자료들의 출처와 그 신빙성을 의심할 수밖에 없다는 주장이다.

---

16 「문제의 경위」,『동아춘추』창간호, 1962.12, 희망사, 82쪽.

17 조선정판사위폐사건에 대한 공적 평가는 공산당이 공작금을 조달하기 위한 책동이라는 것이었고, 그것은 남로당이 벌인 중대 범죄 또는 죄악의 일환으로 규정되었다. 희망출판사편집부 편,『남로당주동 대사건 실록』, 희망출판사, 1971, 29~44쪽; 민병훈, 「정판사 위폐사건」, 조선일보사 출판국,『전환기의 내막』, 1982, 248~266쪽. 사건 당시부터 미군정에 의한 조작이라는 증언이 있었고 이후에도 조작 여부에 대한 논란이 지속되었으나 이 같은 해석은 냉전기 확고한 공적 기록으로 군림했는데, 최근 연구 특히 임성욱의 「미군정기 조선정판사 '위조지폐' 사건 연구」(한국외대 박사논문, 2015)에서 이 사건이 대한독립촉성국민회가 연루된 범죄사건으로 미군정이 조선공산당을 탄압하기 위해 조작한 사건이라는 사실을 논구한 이후 학계에서는 미군정의 조작이 정설로 받아들여지고 있다.

18 조재천, 「松本清張 氏에게 묻는다-정판사 위폐사건 왜곡 집필을 보고」,『동아춘추』창간호, 1962.12, 희망사, 93~94쪽.

『동아춘추』측은 조재천의 입장에 합세하여 이 사건을 두 가지 방향으로 쟁점화 시키고자 했다. 작가적 양심에 대한 비판, 즉 타국의 중대사건을 실명으로 작품화한 것에 대한 문제제기와 다른 하나는 일본작가에 의해 조선정판사사건이 다루어진 사실을 한일 간 민족(감정) 문제로 취급하겠다는 것이었다. 특히 후자에 무게를 두면서『북의 시인』이 한국인을 무시, 경멸한 곡필 텍스트로서 그 이면에는 일본 특정세력의 정치적 음모가 작동하고 있다는 분석과 함께 향후 이 부분을 계속 추궁하겠다는 의지를 밝힌다.[19]『북의 시인』은 처음부터 이념 및 민족의 문제가 착종된 정치적 텍스트로 한국에 수용된 것이다.

『동아춘추』측은 다음호에 연속 기획의 형식을 통해 이 두 가지 사항을 재차 쟁점화한다. 사실상『북의 시인』의 연재 중단을 요구했으나 연재가 계속되는 가운데 11회분에서 다룬 10월 인민항쟁과 용산기관구사건철도동맹파업에 대한 내용과 마쓰모토의 시각이 날조라고 규정하고 반박의 강도를 한층 높인다. 11회에는 실존인물 이승엽, 설정식, 안영달, 현엘리스 등이 미군정과 연계되어 있는 스파이라는 임화의 확신과 자신에게 체포령이 내려지지 않은 것에 대한 불안 심리의 극대화 그리고 조선정판사사건 후의 정세를 인민항쟁과 용산기관구사건을 중심으로 서술하고 있다.『동아춘추』측은 10월 인민항쟁이 미국의 식민지정책을 반대하는 노동자농민들에게 미군과 한국경찰이 발포해 발단이 된 것이며, 용산기관구사건 또한 신분보장을 요구하는 철도노동자에게 한국경찰이 총격을 가한데서 비롯되었다고 기술함으로써 결국 이 두 사건이 인민해방과 건국을 위한 공산당의 정당한 폭동이었다는 인상을 독자에게 준다는 점을 문제 삼았다.

먼저 조선정판사사건 및 용산기관구사건의 또 다른 당사자인 장택상의 반박문을 게재한다. 장택상은 공산당의 악행을 정당화한 글을 일본작가가 공표했

---

19 동아춘추 편집부, 「이 글를 싣고 나서」, 『동아춘추』 창간호, 1962.12, 희망사, 94쪽.

음에도 불구하고 반공을 국시로 삼는 한국에서 그 부당성을 적극적으로 지적·비판하지 않는 현실을 개탄한 뒤『북의 시인』의 과오를 자신의 경험과 관련 자료를 근거로 조목조목 비판한다. 첫째, 『북의 시인』의 자료적 출처에 대한 의구심을 제기한다. 그는『북의 시인』이 지닌 기록의 구체성·정밀함을 인정한 가운데 그것이 해방 직후의 한국적 상황에 관한 정확한 기록 또는 증언을 참고로 하지 않고는 불가능하다고 보고 그 출처를 조총련계로 추정한다. 다른 한편으로는 기록에 대한 마쓰모토의 과오, 즉 좌우익투쟁사를 날조하여 매문을 일삼는 작가를 역사가로서는 "죄인"이요 문학가로서는 "신물贜物"로 단죄한다.[20] 둘째, 마쓰모토의 소설화의 동기와 의욕에 대해 논평을 가한다. 『북의 시인』은 마쓰모토의 자작이 아니라 정치적, 사상적으로 자가선전을 하기 위해 일본의 많은 독자를 가진 작가의 붓대를 통해서 어떤 이익을 획책하려는 모략배와 작가로서 부침을 겪고 있는 마쓰모토가 재생의 기회를 잡기 위해 이에 영합한 합작품이라고 본다. 셋째, 용산기관구사건에 관한 서술의 문제점을 증명하고, 소설이라 하더라도 타국의 역사에 관해서는 신중을 기하는 것이 지식인의 기본 자세라는 점을 충고한다. 넷째, 위정당국 및 국민에 대한 고언을 통해 반공태세의 정비를 강조한다. 공산주의가 우리 민족의 영원한 적이며 따라서 공산주의 축출이 당위적인 민족 과제임에도 불구하고 해방 직후 공산당의 악행을 정당화한『북의 시인』에 대해 미온적으로 대응하고 있는 반공진영의 안이한 처사를 규탄하는 동시에 전 국민적 대공투쟁을 독려한다. 한국인들, 특히 청소년이 이 소설의 내용을 사실로 오인할 수 있다는 것에도 심대한 우려를 표명했다. 장택상은『북의 시인』을 이적 텍스트로 규정하고 이 텍스트의 문제를 여론화하여 대공투쟁의 전열을 가다듬는 기회로 활용하겠다는 의도를 숨기지 않았다.

---

20 장택상, 「續·松本淸張 氏에게 묻는다ー아울러 한국 반공단체에도 부쳐」, 『동아춘추』 2호, 1963.1, 희망사, 216쪽.

그리고『북의 시인』에 대한 문학적 비판은 조풍연이 수행했다. 조풍연은 일본 탐정소설의 역사적 흐름 속에서 마쓰모토의 위상과 그의 문학적 도정을 조감한 뒤『북의 시인』이 이와 관련해 어떤 맥락에서 등장했는지, 또 그 창작의 저의가 무엇인가를 분석하고 있다. 마쓰모토(문학)에 대한 비평문으로서 체계와 논리를 잘 갖추고 있는 글이다. 그가 다른 글에서 밝히고 있듯이 마쓰모토의 애독자였기 때문에 가능한 일이었다. 조풍연은 마쓰모토에 대한 일본 문단의 논쟁을 두루 참조한 가운데 1950년대 일본 추리소설 붐은 곧 마쓰모토 붐의 다른 이름으로서, 마쓰모토가 추리소설의 새로운 스타일을 개척했고 이를 통해 사회파 추리소설가들을 무더기로 배출했으며, 그의 작품이 대량으로 생산되는 족족 베스트셀러가 되는 전대미문의 '골든 보이'라는 것으로 그 현상을 설명한다.[21]

또한 1953년 제28회 아쿠타가와상 수상 이후 마쓰모토의 작품 세계가『점과 선点と線』1957~58을 분기점으로 하여 어떻게 변화하는가에 주목하여 그의 추리소설의 경향 및 특징을 분석 비평하는데, 가장 강조한 것은 기성사회에 대한 반항이 점차 반미, 반정부, 반제反帝의 경향으로 전환됨으로써 기록문학의 개척자로서 마쓰모토 문학의 최대 강점인 문장력이 쇠잔해지고 마쓰모토류類의 추리소설이 위험한 고빗길에 다다랐다는 진단이다. 요컨대 일본대중에게 특정한 사상적 경향을 주입하려는 의도가 근작에서 노골화되었다는 것이다.

문제는 그의 문학이 변질되어가는 맥락에서『북의 시인』이 존재한다는 비판적 분석이다. 즉 그의 대량 작품생산에 따른 부분적 대리 창작의 혐의가 일본에서 제기된바 있는데'인간타자기'란 별명,[22] 그것이『북의 시인』에서 가장 현저하

---

21 조풍연,「松本淸張論」,『동아춘추』 2호, 1963.1, 희망사, 223쪽. 조풍연의 마쓰모토론은 한국에서 마쓰모토 문학에 대한 최초의 본격적인 비평이라 할 수 있는데, 그동안의 연구에서는 전혀 거론된 바가 없다.
22 마쓰모토의 다작에 대한 비판은 국제펜클럽한국본부가 주최한 제1회 아시아작가강연회(1962.5.

게 나타나고 있으며, 아울러 마쓰모토의 사상적 좌경화가 『북의 시인』에 관철됨으로써 이 소설은 북한공산당으로부터 자료 제공을 받아 미국의 대한정책과 나아가서 미국의 극동정책을 고발함과 동시에 남한사람들을 부당하게 선동하려는 목적의식이 강한 "고발장"에 불과하다고 폄하한다. 『북의 시인』의 장점인 뛰어난 기록성은 그 목적의식을 강화하기 위한 눈속임이자 이러한 의도를 위장하기 위한 수단일 뿐이라는 것이다. 마쓰모토의 작품이 베스트셀러가 되는 주요 원천이 반미 감정의 호소에 있다는 전준의 지적처럼,[23] 마쓰모토 문학의 이념성과 그에 따른 작품세계의 변모에 대한 조풍연의 고찰은 적실했다고 할 수 있다. 다만 이 같은 경향을 『북의 시인』에 직결시켜 이 텍스트를 반미주의·공산주의 작품의 전형으로 단정한 것은 오인이라기보다는 정치적 의도가 개입된 일방적 해석으로 볼 수밖에 없다. 그의 편파적 규정은 히라바야시 다에코平林たい子의 발언과 함께 1961년 『점과 선』의 번역 출간 이후 본격화된 마쓰모토 문학의 한국적 수용에 큰 영향을 미치게 된다.

한편, 『동아춘추』측의 두 차례에 걸친 『북의 시인』 기획은 여론화에 성공한다. 이 기획을 발단으로 일간신문에서는 많은 지면을 할애해 『북의 시인』에 관한 비판 기사를 비중 있게 다루었고, 논조 또한 『동아춘추』의 의도대로 왜곡 집필에 초점을 맞춰 마쓰모토 및 『북의 시인』의 사상성을 규탄하는 것으로 일관한다. 문인들도 이러한 논조에 가세해 작가의 모럴을 지적하며 마쓰모토의 작가적 양심을 규탄하는 가운데 '문학으로 취급할 수 없다'거나 백철, 정비석, 조총

17~19, 국립극장)에 초청되어 방한한 전향 작가 히라바야시 다에코(平林たい子)가 『사상계』 주최 좌담회에서 한 발언을 통해서도 확인된다. 그녀는 마쓰모토를 인간이 아니라 '타이프라이터'로 폄하했으며, 특히 마쓰모토의 작품이 반미적인 이유가 그의 비서 중에 공산주의자가 있어 이와 관련된 자료를 모아 제공하기 때문이라고 말한 바 있다. 김동리·여석기·平林たい子, 「정담-한·일 문학을 말한다」, 『사상계』 10-8, 사상계사, 1962.8, 245쪽. 히라바야시 다에코의 발언은 한국에서 마쓰모토에 대한 인식을 편향적으로 만드는 데 일조했다 볼 수 있다.

23 전준, 「마쓰모토 세이초는 인간 타이프라이터인가?」, 『사상계』 120, 사상계사, 1963.4, 345쪽.

련계의 선전용으로 이용하기 위한 작품이라는 의심이 든다며 '섬의 작가'라는 소설을 써서 되돌려 줄 수 있다는[이어령] 적대감을 표출하기도 했다.[24] 『동아춘추』는 이러한 비판적인 여론을 바탕으로 『북의 시인』을 둘러싼 쟁점을 한 단계 격상시켜 한일 간 현해탄 논전으로 의제화한다. 여기에는 조재천의 반박문에 대한 일본 내 저명인사들의 의견을 종합하여 『주간독매』가 특집기사[1962.12.30]로 보도한 것이 크게 작용했다.

『주간독매』의 특집을 입수한 『동아춘추』는 이를 번역 전재하고,[25] 편집부의 이름으로 특집기사 내용에 대한 세세한 검토와 함께 조풍연의 『주간독매』 및 『북의 시인』에 대한 종합적 비판을 게재하는 것으로 현해탄 논전을 촉발시킨다. 『주간독매』는 연재 중인 『북의 시인』이 왜 한국으로부터 집중 포화가 일어났는가에 큰 관심을 표명한 뒤 『북의 시인』을 에워싼 미묘한 논쟁을 추적하고자 했다. 13회까지의 줄거리와 조재천 및 동아춘추편집부가 마쓰모토 및 중앙공론지에 강경하게 힐문한 사항을 요약한 뒤 『주간독매』가 주목한 지점은 첫째, 문제의 소재와 이에 대한 마쓰모토의 해명이다. 한국문학사의 전위적 문학가 임화를 비롯해 등장인물들 대개가 실존인물이라는 점을 『북의 시인』의 가장 큰 특징으로 소개하고 논란의 표적이 된 조선정판사사건은 당시부터 진보파가 전형적인 날조사건으로 규정한 정치적 사건이었고, 다루고 있는 시대적 배경이 한국전쟁 전의 혼란기라는 점을 전제하고 마쓰모토의 해명을 싣고 있다.

마쓰모토는 작품이 연재 중이고 남북분단의 대립 상태에 있는 조선의 특수사정에 휘말리고 싶지 않다고 조심스러워하면서도 무엇보다 『북의 시인』은 남북 쌍방의 자료를 최대한 수집, 검토한 가운데 정치면은 되도록 배제한 소설이

---

24 「우리 문학계의 반향 탈선작가의 모랄」, 『경향신문』, 1962.12.29.
25 「韓國元法相에게 물어뜯긴 松本淸張氏(원제는 韓國元法相に かみつかれた 松本淸張氏)」, 『동아춘추』, 1963.2, 134~139쪽.

며, 소설의 핵심은 좌우대립 속에서 한 지식인의 운명을 형상화한데 있으므로 조선정판사사건에 대한 서술을 문제 삼는 것은 부당하다고 항변한다. 『중앙공론』 편집장도 작가와 함께 자료적 검토를 충분히 했고, 실명이나 실제의 사건에 견해의 차이가 생기는 것은 부득이한 경우로 연재 완료 후 상대가 희망한다면 소설의 모티프에 대한 양쪽의 입장을 실을 용의가 있다고 밝힌다. 『주간독매』 측은 결국 문제의 소재가 사실/소설 사이의 미묘한 관계이며, 따라서 양쪽의 논란은 평행선일 수밖에 없다고 판단한다.

둘째, 일본 내 제3자의 의견이다. 비판/옹호의 입장을 나누어 소개하는데, 후지와라 히로타츠藤原弘達, 명치대 교수는 실명을 써서 픽션을 논픽션처럼 다루는 것은 사실의 혼란을 일으킬 위험성이 크다고 보았고, 나카야스 요사쿠中保與作, 『경성일보』 주필 역임는 해방 직후의 한국사정을 아주 상세하게 파고들 수 있었던 것은 당시 남로당에 관계했던 인물이 원조하고 있다고밖에 볼 수 없고, 마쓰모토가 이전에 한국전쟁에 대해 남측 모략의 혐의가 있다고 발언했던 것이 비판의 표적이 된 원인으로 추측했다.[26] 반면 마쓰모토를 옹호하는 입장은 작가들에게 많았는데, 기쿠무라 이타루菊村到, 추리소설가은 『북의 시인』은 하나의 역사소설로 새로운 해석이 필요하다는 점 따라서 조재천의 항의는 작품의 가치와 전혀 무관하다고 했으며, 오다 마코트는 사실을 소설로 다루는 것은 문제가 없고 다만 어떻게 예술적으로 승화하느냐가 관건이 된다는 의견이었다.

셋째, 재일조선인들의 의견이다. 김달수는 조선정판사사건은 당시 민중의 지지를 받고 있던 주류 정치세력인 남로당이 위조지폐를 만들어 민중의 신뢰를 저버릴 하등의 이유가 없으며 따라서 조재천의 반박은 납득할 수 없다고 본

---

26 아마도 마쓰모토의 논픽션 『謀略朝鮮戰爭』(『별책 문예춘추』, 1960.12)을 가리킨 것으로 보인다. 김용의는 마쓰모토의 한국전쟁 관련 작품 중 미일관계의 관점에서 반미적인 성향을 띠며 한국전쟁을 다룬 작품으로 『謀略朝鮮戰爭』, 『북의 시인』, 단편 「검은 바탕의 그림(黑地の絵)」(『新潮』, 1958.3~4) 등을 꼽았다. 김용의, 앞의 글, 61쪽.

다. 그는 미군정의 공작이란 표현을 쓰지 않았으나 조선정판사사건 이후 남로당이 철저히 붕괴되었다는 것이 상식이라고 강조한 뒤 조선정판사사건이 1961년 일본의 위폐사건에서 보듯 정치적으로 이용당할 가능성이 큰 사건이라는 재일교포의 생각을 인용한다. 기타 재일조선인의 의견을 제시하며, 재일조선인들이 『북의 시인』을 단순한 소설로서보다는 해방 직후 남조선의 상황을 파악하는 데 유용한 자료로 널리 읽고 있으며 이 텍스트를 심각하게 감수하고 있다고 전한다.

넷째, 한국에서 마쓰모토 비판이 집중되기 시작한 사정을 자체 분석한다. 마쓰모토가 경계 대상이 된 것은 5·16쿠데타로 정권을 장악한 군부정권의 실세들, 특히 박정희, 김종필 등 정보관계 출신자들이 주력이 된 이후 강화된 대일 첩보활동 때문이라고 본다. 즉 주일대표부를 거점으로 일본공산당기관지『아까하나赤旗』를 비롯한 좌익적 경향의 언론출판물 대부분을 수집, 분석해 한국으로 타전하고 있는데, 그 과정에서 미국의 모략을 다룬 『일본의 흑무黑霧』를 쓴 후부터 마쓰모토가 경계의 대상이 되었다는 것이다. 그리고 이와 관련해 조재천이 비판의 당사자가 된 것은 그가 5·16 후 용공세력으로 취급돼 정치활동이 금지된 인사들 가운데 일인으로 자기와 관계가 있던 사건을 다룬 『북의 시인』에 대한 공격을 통해 일종의 전향선언의 기회로 삼으려 한 의도가 있다는 분석이다. 더불어 『동아춘추』가 창간호를 통해 『북의 시인』을 쟁점화한 것도 출판활동에 제한을 가하고 있는 한국의 계엄령하에서 발간 허가를 받았다는 사정이 개재되어 있다고 본다. 한국 관계당국의 음모가 개입되었을 가능성을 시사한 것이다. '사정통事情通'의 전언이라는 단서를 달았으나, 『주간독매』측의 분석은 한국의 사정을 꿰뚫은 저널리즘 특유의 날카로운 비판적 해부인 점은 분명하다.

다섯째, 한일관계의 측면에서 『북의 시인』이 갖는 위상을 제시한다. 한국은 일본에게 '가장 가깝고 먼 나라', '알 수 없는 나라'라는 인식이 주류적이고 따라서 그런 사정의 복잡함에서 이 사건이 벌어진 것으로 간주한다. 그러면서 후지시마 우다이藤島宇內, 일본조선연구소 간사의 입장, 즉 남조선의 전후사가 한국전쟁을 겪으며 산증인, 자료 등이 거의 파묻힌 상태에서 진실을 파악하기 위해서는 누군가가 쓰기 시작하지 않으면 안 된다며 이 과정에서 의견, 반론이 거듭되어 바른 역사가 밝혀질 필요가 있다는 차원에서 마쓰모토의 작품을 주목해야 한다는 의견이다. 『북의 시인』이 한국의 역사적 진실을 파악하기 위한 작업으로서의 의의를 인정하는 발언으로 또 다른 논란의 불씨를 남기고 있다. 이는 『주간독매』의 공식 입장이라고 해도 무리가 없다.

　대체적인 내용을 정리한 바와 같이 『주간독매』의 특집기사는 『북의 시인』을 둘러싼 갈등의 안팎을 잘 정리하고 있는 동시에 논란을 키우는 요소도 다수 포함되어 있다. 당연히 한국 및 『동아춘추』의 즉각적인 반발이 이어졌다. 『동아춘추』 편집부는 『주간독매』의 특종기사가 "현해탄을 넘나드는 국제논전의 도화선"을 터트렸다고 규정하고, 『북의 시인』이 지닌 문제의 핵심을 노골적인 좌익 경향이라는 점에 초점을 두고 사상전을 전개할 것임을 거듭 천명한다.[27] 사상성에 바탕을 둔 한국/일본의 논전으로 확대하겠다는 의지이다. 그것은 『북의 시인』이 공산당을 적극적으로 옹호하고 있고, 제3의 음모적 배후를 규명하기 위해서는 국제 논전이 필요하다는 논리이다. 또한 정부당국, 반공단체, 양심 있는 지식인들의 적극적인 참여와 대책을 주문함으로써 대립 전선의 확장을 의도했다.

　『주간독매』 특집기사의 내용에 대해서는 마쓰모토의 사상적 편향성 및 창작의도의 불순함을 재차 강조하고 한국의 요구에 합당한 견해를 밝히지 않는

27　편집부, 「『북의 시인』 사건 마침내 국제논전화─현해탄을 격한 도화선」, 『동아춘추』, 1963.2, 129~133쪽.

이상 계속해서 논전이 벌어질 것임을 경고한다. 그러면서 『중앙공론』편집장이 밝힌 연재 종료 후 밝히겠다는 마쓰모토의 입장을 주시하겠다며 우리도 참여할 의사가 있다고 호응한다. 『동아춘추』가 더 민감하게 반응한 부분은 『주간독매』의 자체 분석에 관해서다. 조재천에 대한 용공 규정과 그의 반박문을 전향선언의 차원으로 해석한 점, 그리고 쿠데타세력의 비호 아래 『동아춘추』가 창간 허가를 받았고 그 배경 속에서 『북의 시인』을 다뤘다는 의심에 대해서 완강하게 역공을 펼친다. 이는 추측을 기정사실화한 『주간독매』의 횡포이며 다른 한편으로는 한국을 얕보는 태도이자 일본의 식민주의적 기질을 드러낸 편파성이라고 비판한다.

이 부분은 『주간독매』의 다소 과장된 주장이기는 하다. 조재천이 5·16 직후 반국가행위혐의로 구속됐다가 불기소처분 및 기소유예로 1962년 10월 석방된 것은 맞다.[28] 그렇지만 조재천은 철저한 반공주의자인 동시에 반일주의자로 1965년 민중당 소속 국회의원일 때 한일기본조약에 반대하여 국회의원직을 자진 사퇴한 바 있다. 따라서 그가 용공분자이며 용공의 낙인을 벗기 위해 반박문을 작성했다는 것은 피상적인 판단이다. 조재천은 『북의 시인』사건을 거치며 반공주의자로서의 입지를 확고히 굳힌 가운데 1963년 대선국면의 사상논쟁에서 박정희의 좌익경력에 대한 총반격을 전개한 야당 측의 주요 일원으로 활약한 바 있다.[29]

---

28 조재천을 비롯해 민주당정권의 각료 8명은 박정희의 지시로 전격 석방되었고, 박정희는 "5·16 혁명 이전 또는 이후에 반국가 혹은 반혁명행위를 강행한 구정권하의 요인과 그 동조자들에 대한 죄상이 명백히 되었으나 그들이 전비를 뉘우치고 천선의 정이 뚜렷하므로 혁명당국은 그들에게 관대한 처분을 내린다"는 요지의 공보실 담화를 통해 그 배경을 발표한 바 있다. 한국혁명재판사편찬위원회, 『한국혁명재판사』(제5집), 1962.12, 910쪽.

29 장택상 또한 마찬가지였다. 정치활동정화법(1962.3)에 걸려 근신을 요구받고 있다고 스스로 밝혔듯이 장택상은 5·16 후 4천여 명에 달하는 정치활동 정화대상자로서 6년 3개월 동안 일절 정치활동이 금지되는 처지에 놓였으나, 대선국면에서 야당의 사상전 공세에 적극 가담했으며 한일협정반대투쟁위원회에도 참여한 바 있다.

또한 『동아춘추』가 군부세력의 비호 속에 창간되어 이 사건을 쟁점화했다는 것도 다소 억측이다. 5·16 직후 계엄령하에서 잡지의 창간은 사실상 불가능했다. '출판사 및 인쇄소의 등록에 관한 법률'의 제정과1961.12.30 그 시행령 1962.3.29에 의해 잡지출판이 등록제로 바뀌었으나 군부정권이 출판 통제를 위해 허가제로 운영하면서 신규 잡지의 진입은 어려웠고, 납본제도를 활용한 사후검열이 강도 높게 시행되었다. 그러나 『동아춘추』 측의 주장대로 기득既得 판권의 개제는 가능했기 때문에 『동아춘추』의 창간은 충분히 가능했다. 발행주체인 희망사의 『희망』지 판권을 개재해 『동아춘추』가 탄생한 것이다. 다만 신생잡지로서 『동아춘추』는 『사상계』 및 군사정권의 후원을 받아 창간된 『세대』가 주도한 종합지 시장에서 후발주자로서의 경쟁력을 확보하는 것이 잡지의 재생산을 위해서는 시급한 과제였다. 이를 위해 『동아춘추』는 최초로 '독자 모니터링 제도'를 도입해 독자 확충에 나섰는데, 『북의 시인』을 한일 논전으로 쟁점화 시킨 것도 이런 맥락에서 기획된 편집전략이었다고 유추할 수 있다. 그러나 『동아춘추』는 1964년 8월 공보부로부터 등록취소 처분을 받게 된다. 4호까지 발간하고 더 이상 발간하지 못함으로써 법정 발행실적 미달로 인해 이같은 조치가 내려졌다.[30]

그리고 조풍연은 『북의 시인』을 둘러싼 현해탄 논전을 종합적으로 검토한다. 그는 먼저 『동아춘추』편집진과 여러 차례 긴밀한 협의를 거쳐 『북의 시인』에 대한 비판을 기획했으며, 특히 『북의 시인』의 왜곡 집필뿐만 아니라 이

---

30 『동아춘추』의 등록취소 처분은 1950년대 잡지전성시대를 주도했던 잡지사들의 몰락을 상징적으로 보여주는 사건이다. 특히 희망사는 전시에 대중잡지 『희망』의 창간을 시작으로(1951.5) 『여성계』(1952.7), 『문화세계』(1953.7), 『야담』(1955.7), 『주간희망』(1955.12) 등을 연이어 창간하면서 잡지계를 선도한 잡지출판사였으나 1960년대 접어들어 미디어환경의 변화에 따른 잡지계의 급속한 재편이 이루어지는 과정에서 몰락의 길을 걷게 된다. 『동아춘추』의 창간을 통해 재도약을 시도했으나 경영난을 견디지 못했고, 『동아춘추』의 판권으로 1967년 『동서춘추』로 개제해 다시 종합지시장에 뛰어들었으나 신문사종합지의 경쟁력에 밀려 9호(1968.1)만에 종간했다.

소설이 국내보다도 재일조선인들에게 주목을 받고 있는 상황을 고려해 쟁점화했다고 밝힌다.[31] 연재 중인『북의 시인』은 이미 결론이 예정되어 있는 것이나 마찬가지인데, '임화가 진보적이요, 프롤레타리아문학운동의 선구자였으나 그는 일개의 인간이었다'라는 주제를 내세우며 임화가 미국의 스파이 혐의로 처형되는 것으로 끝맺을 것이며, 이는 곧 박헌영의 주구인 임화를 숙청한 북한공산당의 처사를 합리화시키는 것이라고 단정한다. 이는 마쓰모토의 반미 사상에 의해 그리고 조선어로 번역돼 남북한 모두에서 베스트셀러로 만들고자 하는 작가의 야욕 때문에 빚어진 당연한 결과라는 예측이다. 그는 마쓰모토가 임화에 대한 자료를 누구한테서 제공받았는지가 여전히 의문이라며 임화의 문학적 이력과 전향, 월북 등에 대한 소개와 함께 결국 임화는 자유세계가 아니면 목숨을 보존하기 어려운 작가에 지나지 않는다고 평가한다.

문제는『북의 시인』이 임화뿐만 아니라 타국의 생존인물을 실명으로 등장시킨 것 자체가 명예훼손이며 그것은 사토 에이사쿠佐藤榮作, 미시마 유키오三島由紀夫, 후카자와 시치로深澤七郎 등의 사례와 같이 일본에서도 용납되기 어려운 문학적 사안이고, 더불어 조선정판사사건에 대한 날조가 명백해진 이상『북의 시인』의 단행본출판을 삼갈 것을 강력히 권유한다. 그리고『주간독매週刊讀賣』의 편집과 관련해서는 김달수를 끌어댄 것 자체가 대단히 편파적이라고 본다. 김달수는 한국의 실정도 모르면서 한국을 정치적으로 비방하는 작품을 쓰는 조총련계 좌파 작가이자 장혁주, 김사량의 수준에도 못 미치는 작가에 불과하다고 일침을 가한다.

그런데『동아춘추』/『중앙공론』및 마쓰모토의 설전은 지속되지 못한다. 논점이 분명하게 드러난 상태에서 양쪽의 입장과 논리가 명확히 확인된 이상 논

---

31 조풍연,「진실의 탐구를 위하여-『주간독매』지의 특집기사를 읽고『북의 시인』문제를 논란한다」,『동아춘추』, 1963.2, 143~146쪽.

전이 확대되기는 어려웠다. 『동아춘추』가 재정난으로 발간을 계속하기 어려운 형편도 작용했다. 물론 『북의 시인』을 둘러싼 한일 논전은 국내에 큰 반향을 불러일으켰다. 문제의 소재가 일본작가의 왜곡 집필에 대한 폭로였고 또 그것이 사상적이었으며 게다가 일본 측의 날선 반응이 곧바로 보도된 관계로 『북의 시인』은 일본과의 민족적·사상적 대결이라는 정치적 텍스트로 의미화되었기 때문이다. 문학적 텍스트로서 『북의 시인』의 본질은 실종되다시피 했다. 국내 여론도 현해탄 논전이라는 점을 부각시키며 『북의 시인』을 공산당의 프로파간다용으로 보거나[32] 북한-조총련의 배후조작설을 지적하는 데[33] 비판의 초점을 맞추었다. 『동아춘추』 측은 현해탄 논전과 병행하여 「북의 시인」의 정치성을 민주/공산의 대결로 재편하면서 월북작가를 심판하는 특집기획을 통해 국내의 대공 전선을 강화하는 소재로 활용하고자 했다. 임화를 비롯해 주요 월북작가들을 조국을 배반한 자로 단죄하고 민족의 이름으로 그들을 타기唾棄하겠다는 것이 취지였다.

지금까지 『북의 시인』이 1962년 한국에 소개된 일련의 맥락을 정리해보았다. 소상하게 살핀 까닭은 텍스트 수용과정에서 부각된 쟁점들이 내포한 의미를 정황적으로 드러내기 위해서였다. 그 상황은 거시적으로 남북한 및 일본을 아우른 동북아 냉전질서가 관통하고 있으며 이로부터 『북의 시인』은 민족의 문제에 좌우 이데올로기가 분열증적으로 교착된 냉전텍스트로 변용되었다고 볼 수 있다. 이러한 면모를 가장 잘 함축하고 있는 지점이 '현해탄 논전'이란 명명이다. 한국(인)에게 '현해탄玄海灘'은 피식민의 경험이나 그에 대한 집단의 기억을 환기하는 기호로, 해방 이후에는 한국 근현대사의 불운과 비극을 상징하는 공간으로 표상되며, 청산 또는 극복하지 못한 식민지적 과거의 존재를 가

---

32 「사실을 왜곡하지 말라」, 『한국일보』, 1963.1.8.
33 「현해탄을 오고가는 불 뿜는 논전-배후에 붉은 마수의 조작 있다」, 『일요신문』, 1963.1.13.

리킨다.[34] 1952년부터 시작된 한일회담이 중단·재개가 거듭되면서 교착 상태가 지속되는 가운데 1959년 북송사업이 본격화되면서 더욱 경색된 한일관계 속에서 양국의 관계를 상징하는 현해탄이 광범하게 소환되었다.

특히 4·19혁명 후 학병세대의 민족적 설움과 반항을 그린 한운사의 『현해탄은 살아있다』가 방송드라마로HLKA일요연속극, 1960.8 선풍적인 인기를 끈 뒤 단행본 출간정음사, 1961.5, 이후 『현해탄은 말이 없다』정음사, 1961.12, 『승자와 패자』1963.5~64.3 『사상계』 연재 등 '아로운' 3부작 완성와 영화화김기영 감독, 1961.11가 연속적으로 흥행하고, 연속방송극 〈현해탄은 말이 없다〉DBS, 1963.9, 영화 〈현해탄의 구름다리〉장일호 감독, 1963.9, 〈귀국선〉이병일 감독, 1963.4 등으로 인해 현해탄은 사회 대중들에게 한일관계를 날카롭게 환기하는 기호로 재부상하기에 이른다. 한운사의 '아로운' 3부작을 비롯해 당시의 문학에서 다루고 있는 현해탄이 과거 식민지시절을 소환하는 장치로 활용된 것이나,[35] 적어도 이 시기 대중들에게 현해탄은 콤플렉스의 차원이든 트라우마의 차원이든 식민지의 경험을 강렬하게 환기하며 한일관계를 접근, 인식하는 집단적 감성프레임으로 작용했다고 볼 수 있다. 그것은 한일 간의 가교라는 긍정적인 의미보다 화해 불가능한 '벽'으로서의 한일관계를 상징하는 것으로 경멸, 증오, 적대의 일본이미지를 증식하는 수단이 된다.

민족(감정)이 승한 현해탄의 강렬한 이미지가 사회문화적으로 형성되는 시대적 분위기 속에서 『북의 시인』이 놓여 있었던 것이다. 『주간독매』가 마쓰모토/『동아춘추』의 논전으로 규정했던 것과 달리 『동아춘추』 측이 『북의 시인』을

---

34 정창훈, 「한일관계의 '65년 체제'와 한국문학―한일국교정상화를 둘러싼 '국가적 서사'의 구성과 균열」, 동국대 박사논문, 2020, 176쪽.

35 그런 면모는 김용호에게도 나타난다. 김용호는 시 「내 몸에선 아직도 식민지 냄새가 난다」(『동아일보』, 1961.3.1)에서 식민지잔재를 청산하지 못한 현실에 대한 안타까움("내 몸엔 아직도 식민지의 냄새가 난다 / 내 몸엔 아직도 식민지의 상흔이 있다")과 그 극복의 절실함을 제기하는데, 자신의 일본 메이지대학 유학 경험을 포함해 당대 도일 지식인들이 겪은 민족적 비애와 울분을 '현해탄'의 상징성을 통해서 다소 낭만적으로 형상화하고 있다(5연).

둘러싼 한일 간의 갈등을 '현해탄 논전'으로 명명하고 이를 국내외적으로 여론 화하고자 부심했던 의도도 이러한 흐름을 반영한 것이자 다른 한편으로는 이 프레임을 더욱 확대재생산하려는 기획이었다고 추정할 수 있다. 그것은 역설 적으로 현해탄에 대한 이미지를 만들어낸 임화를 더욱더 주목하게 만드는 요 인이기도 했다. 『북의 시인』이 한국에서 임화를 여러 측면에서 생환시켰으니, 참 아이러니한 장면이다. 현해탄은 마쓰모토가 조선 출병/패전 후 귀환의 길 이기도 했다.

3. 『북의 시인』의 냉전 정치성

정치적 텍스트로 수용된 『북의 시인』은 군사정부의 대공심리전 프로젝트와 접속되어 심리전 자료로 활용되었다. 5·16쿠데타 직후 군사정부는 공보정책 의 최우선적 목표를 한국 독자적인 국가심리전체계의 확립과 이를 바탕으로 한 대내외 심리전의 공세적인 추진에 두었다. 그것은 쿠데타의 정당성 확보와 민간정부로의 정권재창출, 반공개발동원체제의 확립 등 통치전략상의 시급성 과 더불어 북한의 공격적인 대남전략에 대한 대응 및 냉전전이 점차 전파냉전 의 시대로 진입되는 추세에 부응하는 심리전의 강화가 안팎으로 요구되었기 때문이다. 반공법 제정, 중앙정보부의 창설, 공보부로 일원화된 국가심리전시 스템 확립 등 법·제도의 정비와 공산권정보의 독점 및 방송, 영화, 언론출판 등 심리전미디어의 전반적 재편과 장악을 통해 뚜렷한 체계와 규모를 갖춘 대 공심리전이 본격적으로 전개될 수 있었다.[36]

---

36 이봉범, 「귀순과 심리전, 1960년대 국가심리전 체계와 귀순의 냉전 정치성」, 『상허학보』 59, 상허학회, 2020 참조.

그 과정에서 민간의 참여를 대폭 확대하여 대공심리전을 동의기반 확충의 동력으로 활용하는 한편 아시아태평양공동체 구상을 목표로 한 박정희의 냉전 외교 전략을 구현한 해외공보가 강화되면서 일본, 대만, 베트남 등 냉전동아시아를 횡단하는 심리전이 체계적으로 시행되는 특징을 나타낸다. 대외심리전의 일차적인 목표가 남한의 체제우월성을 선전·과시하는 데 있었고 따라서 일본을 대상으로 한 심리전이 무엇보다 중시되기에 이른다. 한일관계정상화에 대한 미국의 압력 및 동아시아반공진영의 요구가 가중되는 상황과 경제개발자금의 도입이라는 현안을 해결하기 위한 방편으로 재개된 한일회담에서의 주도권 경쟁은 대일심리전의 의의를 증대시켰다. 게다가 북송사업의 저지와 재일조선인사회에 대한 북한의 선전공세를 역전시켜야 할 과제도 시급했다. 이 같은 신국면에서 『북의 시인』의 냉전 정치성이 발양될 수 있었던 것이다.

먼저 『북의 시인』은 월북 금기를 공고화하는 계기로 이용된다. 『동아춘추』 측이 이 의제를 '월북작가의 문학적 재판'이란 특집1963.4을 통해 가시화시킨다. 조국을 등지고 월북하여 수난과 비극을 겪은 월북문인들의 면모와 작품을 공개하여 다시금 단죄하겠다는 취지였다. 조국과 자유를 판 대가가 처형, 강제노동, 유배, 옥사였고 통틀어 반동스파이라는 누명이었으며 그것은 곧 공산제단의 제물이자 조국배반자의 말로임을 재규정한 뒤 문학적 재판을 하는 이유를 제시한다. 이미 타기된 이들을 다시 민족의 이름으로 재판함으로써 임화를 비롯해 공산주의 이념에 경도되어 반역의 길을 걸었던 좌익문학(가)을 정비하겠다는 것이다. 그러면서 이 기획이 『북의 시인』 사건이 일으킨 파문에서 비롯된 것으로 현해탄 논전과 다른 한편으로 월북의제를 쟁점화하겠다는 의도를 내비친다.[37] 이태준, 정지용, 김기림, 임화, 박태원 등 5명을 선별했고, 이들 각각에 대한 비평문과 함께 대표작을 원문대로 게재하고 작품 게재 시 월북 후의

---

37 「월북작가의 문학적 재판」, 『동아춘추』, 1963.4, 305쪽 '편집자 주' 및 '追記'.

주요 행적을 요약해서 제시하는 방식이었다.

이태준에 대해서는 김종빈의 비평과 「복덕방」, 「누구를 위해 쓸 것인가」 수필을 게재했다. 김종빈은 구인회를 중심으로 이태준 문학의 특징을 논하는데, 프로문학 또는 경향문학과 다른 순수문학 이념을 표방한 구인회는 곧바로 해체되었으나 그 이후 카프 맹원들의 문학적 쇠퇴와 대조적으로 문학적 활동을 폭을 넓혀간 것은 한국문학사의 특이한 현상으로 평가한 뒤 이태준 문학의 성과를 거론한다. 단편작가로서의 독보적 위상, 유머와 페이소스의 기교, 정서의 미적 승화, 현실에 패배한 인간군상의 고독과 애수에 대한 아이러니 등을 「복덕방」을 중심으로 비평한 뒤 이태준의 문학적 생애를 암시해주는 작품으로 「아담의 후예」를 꼽고 이태준 문학의 파행의 원인을 설명한다. 즉 작중인물 '안영감'이 의식주의 고통에서 벗어날 수 있었던 양로원에 수용된 뒤 온갖 규제가 옥죄는 양로원을 탈출했던 것과 대조적으로 이태준은 영원히 탈출할 수 없는 불귀의 길을 넘으면서 그의 문학은 종언을 고했다는 것이다. 즉 1946년 38선이데올로기선을 월경하는 순간 이태준 문학의 가치는 전도되어 묘혈에 파묻힌 불귀의 문학이 될 수밖에 없었다고 본다.[38] 이태준의 월북 후 행적은 "퇴폐적 자유주의적 사상가로 지목받아 숙청을 당함. 53년~54년 『함남일보』 교정원. 55년 청진제철소, 58년 이후 성진제철소의 『공장신문』의 교정원. 그의 저서는 일체 판금"321쪽으로 소개되었다.

정지용에 대해서는 박용구의 소론과 시 「백록담」, 「난초」를 실었다. 박용구는 정지용을 중심으로 한 김순남, 설정식, 김동석, 길진섭, 자신의 인연 및 교유관계를 장황하게 소개하면서 정지용의 기질을 제시하고 그가 빨갱이가 아님을 웅변한다. 정지용의 맑고 예리한 감성에서 비극이 배태될 수밖에 없었고, 따라서 그의 월북은 뚜렷한 의식 없이 친분이 강했던 주변인들에게 부화뇌동한 결

---

38 김종빈, 「묘혈을 자청한 이태준」, 『동아춘추』, 1963.4, 306~311쪽.

과임을 확신한다. 나아가 정지용을 위시한 진짜 **빨갱이**가 아닌 상당수 월북문화인의 비극은 개인주의가 확립되지 않은 동양적인 뇌동성에 큰 원인이 있었다면서 개인주의의 확립이 이 같은 비극을 막는 상책이라고 주장한다. 정지용에 대한 문학적 변호는 박용구뿐만 아니라 한국 시사詩史를 논하는 자리에서 항상 거론된 논조인데, 그것은 1950년대 후반 식민지문학(단)사를 조망하는 작업이 활발해지면서 문단 일부에서 제기된 납북/월북 분리론의 연장선으로 볼 수 있다. 해방 직후 설정식의 문학활동을 동반작가로 지칭한 점이 이채롭다.[39]

김기림에 대해서는 이상로의 평문과 「태양의 풍속」시, 「여행」수필을 게재했다. 이상로는 전쟁 발발 후 도강하지 못한 김기림과의 만남과 그가 납북되기까지의 일화를 제시한 뒤 자유주의자 지성인 김기림이 해방 후 좌우대립 속에서의 처신, 정부수립 후 전향한 뒤 국민보도연맹원으로서의 고민, 전쟁 후의 비극적 운명 등에 대한 소회를 바탕으로 모더니스트 김기림의 문학을 논평한다. 김기림은 빨갱이가 아니라는 점, 특히 미국독립기념일 축시 「자유로운 아메리카」가 좌익진영으로부터 친미주의자로 욕설을 받은 것, 또 국민보도연맹에 가입해 활동한 사실을 상기하며 김기림이 비록 좌익진영에 가담한 것은 분명한 사실이나 그것 또한 정치적 노선보다는 좌익진영 인사들과의 친분관계에 따른 결과라고 본다. 여기에는 우익의 고루한 문학에 대항한 그의 양심의 자유와 진보적 체질이 더 강하게 작용했다는 판단이다. 시보다 시론이 더 진보적이라는 공론公論과 달리 이상로는 김기림의 시가 얼마나 완숙미를 추구했는지 또 해방 후 현실에 대한 관조·긍정을 바탕으로 새로운 세계를 희망적으로 노래했는가를 「희망」『신천지』,1946.11을 통해서 밝히고 있다. 김기림은 비운의 모더니스트로

---

39 박용구, 「독설 속의 동심, 정지용」, 『동아춘추』, 1963.4, 324~329쪽. 정지용의 월북 후 행적은 "포로교환 때 월북했다는 설도 있음. 자유주의적 사상가라는 지목을 받아 현재는 함남 모 과수원 농장에서 반 잡부의 노역에 처해 있음"으로 소개되었다.

기억해야 한다는 주장이다.[40]

임화에 대해서는 조연현의 비평과 시 「현해탄」을 수록하였다. 조연현은 일제말기 임화와 첫 만남에서 받은 강렬한 인상과 함께 식민지시기 임화에 대해 첫째, 임화는 시인이며 평론가라는 두 가지 직능으로 인해 이론이나 논리에만 호소하는 다른 평론가와 달리 그의 평론은 감성적인 설득력을 가지고 있다는 점, 둘째 카프의 지도이론가일 뿐만 아니라 카프를 직접 지휘한 현실적인 실천가로 이론과 실천, 이념과 행동을 겸한 인물이라는 점, 셋째 객관적인 조건이나 정세의 여하에 따라 자신의 이념이나 소신을 포기하지 않고 적응해 갈 줄 아는 재능을 지니고 있어 카프에서 전향한 사람들과는 근본적으로 다른 차원이라고 평가한다. 더욱 중요한 특징은 그의 사회주의적인 문학 이념이 민족감정과 결부되어 있어 카프와 반대의 입장에 있는 사람들도 임화의 시, 평론은 긍정적으로 받아들이게 되는 경우가 많았다는 것을 지적하면서 「네거리의 순이」를 통해 그 면모를 분석한다. 이 시는 계급의식이 저류를 이루고 있으나 정치적, 사상적 문제보다 일제하 우리 민족의 수난을 솔직하게 노출하고 있어 사회주의적 문학노선에도 불구하고 상당한 지지자를 가졌다고 고평한다. 해방 후 임화는 공산주의계열의 문화계를 총지휘한 지도자로 이는 임화가 공산주의 문화전선의 승리자였다는 것을 의미하며 공산주의문화전선의 전략적, 조직적, 실천적 차원에서 임화의 우위성을 실증하는 것이라고 분석한다. 문제는 그가 이를 통해 얻은 스스로의 힘을 과신하여 자발적으로 월북을 했다는 것이다.

월북 후 행적에 대해서는 임화가 간첩죄와 국가전복죄로 처형되었다는 사실 외에는 아는 바가 없다고 전제한 뒤 그의 처형은 북한의 권력투쟁의 산물로 그

---

40 이상로, 「隕星의 무덤 위의 김기림」, 『동아춘추』 1963.4, 336~341쪽. 김기림의 월북 후 행적은 "자의반 타의반으로 6·25때 월북. 문학예술총동맹에서 시집을 편집. 모 여인과의 정사로 문예총 평북지부로 추방. 현재 함남 지방신문의 교정원"으로 소개되었다.

는 결코 북한이 공식적으로 발표한 것과 같은 우익적 분자는 아니라고 본다. 임화는 언제나 계급주의적 사회주의적인 감정과 이론 그리고 이를 위한 빼어난 조직적 실천적인 인물로서 일관해왔기 때문에 자신의 이념과 역량을 마음껏 발휘해보기 위해 월북한 후의 문학적 행보도 반동분자로 활동했다고 보기 어렵다는 판단이다. 다만 권력의 배경이 없어 그러한 꿈을 이루지 못하고 희생된 것으로 보는 것이 상식에 부합하며, 따라서 임화의 처형은 너무나 비극적이라고 본다.[41] 소론이나 여전히 프로문학 및 해방 후 진보적 민족문학운동에 대한 배제를 통해서 문학권력을 획득, 유지했던 조연현의 평이라는 것이 믿기지 않을 정도로 월북 전까지 임화의 문학(활동) 전반을 포괄한 가운데 임화의 문학사적 위상과 그의 문학적 특징 및 업적을 예리하게 분석, 정리하고 있다. 수록된 시 「현해탄」과 함께 한국 근대문학사를 가로지른 임화의 큰 족적만큼은 부인할 수 없다는 사실을 조연현이 역설적으로 입증해주는 지점이다.

박태원에 대해서는 백철의 평문과 단편 「옆집 색시」를 수록했다. 백철은 박태원의 문학사적 위상과 가치를 1933년 프로문학의 퇴조와 구인회 멤버들의 순수문학이 대두하는 문단교체기, 즉 한국문학사에서 모더니티가 시작되는 문학사적 전환을 주도한 대표적인 작가라는 데서 찾고 있다. 이를 1936년 『천변풍경』까지의 작품세계를 통해서 살피는데, 하나의 시대성을 반영한 초기작의 프로문학적 색채가 「소설가 구보씨의 일일」을 계기로 사소설적인 패턴으로 전환하면서 카메라적인 묘사 위주의 객관적인 테크닉을 통해 인생을 담담하게 관조하고 작품의 미를 암시한 것이 구보소설의 현대성의 정수라고 평가한다. 춘원문학 및 프로문학과 다른 인생 관조의 미학을 길어 올린 것이 구보문학의

---

41 조연현, 「신화와 비극을 삼킨 임화」, 『동아춘추』, 1963.4, 347~351쪽. 임화에 대해서는 "본명은 임인식. 1951년 8월 하순 이승엽과 무장폭동음모에 참가하였다는 죄과와 미군정의 스파이였다는 상투적 이유로 1953년 8월 초에 사형"으로 적고 있다.

성취이자 저력이라는 것이다. 저널리즘과도 도무지 타협하지 않았던 비타협의 윤리를 지녔던 구보가 해방 후 좌익문학 진영에 가담하게 된 것은 문의文宜가 크게 작용한 결과로 본다. 그 증거로 해방 후 몇 개의 중국 고전소설 번안 외에 는 별로 작품다운 것을 창작하지 못했고, 인간성이나 작품성을 고려할 때 구보에게는 원래 정치문학이 무리였다는 것이다. 좌익진영에 참여했으되 의식상 양단의 갈등 속에서 고민으로 점철한 것이 해방 후 구보의 작가생활상이라는 것이다. 백철은 9.28 수복 직전 문학가동맹의 명령으로 수원 방면을 시찰하고 돌아온다는 구보와 만난 일을 떠올리며 북에서의 그의 무사함을 기원한다.[42]

월북작가특집과 같은 기획은 당시로서는 엄두를 낼 상황이 아니었다. 그런데도『동아춘추』가 이런 기획을 감행할 수 있었던 것은『북의 시인』을 쟁점화해서 센세이션을 일으키고 여론의 주시를 받는 가운데 한 발 더 나아가 반공투쟁을 자임하겠다는 의지의 표현으로 볼 수 있다.[43]『북의 시인』을 민주/공산의 대결구도로 재정위再正位한 것의 발로이다. 대상작가와 문학적 인연이 있는 비평가로 필진을 구성한 이 특집은 월북작가의 탈을 벗기고 민족의 이름으로 이들을 처단하겠다는 애초의 취지가 무색하게 노골적인 사상검증을 시도하는 것과 같은 경망스러움은 없다. 오히려 대상 월북문인들의 문학사적 위상과 그 성취를 적어도 식민지시기의 경우에는 비교적 객관적으로 조명하고 있다. 월북 행위에 대한 단죄는 있으되 월북 후의 행적에 대해서는 자료의 부족에서 오는 한계일 수도 있으나 대체로 이들에게 닥친 비극적 운명에는 강한 동정의 시선을 나타낸다. 과거의 문의가 작용한 점이 없지 않다. 특히 임화에 대한 조연현의 비평에서 그런 면이 강하다. 어떤 면에서는 임화의 처형을 두고 북한체제를 비판하

---

42 백철, 「구인회시대와 박태원의 모더니티」, 『동아춘추』, 1963.4, 360~367쪽. 박태원의 월북 후 행적은 "1956년 김일성대학 교수로 있다. 역사를 위조하라는 김일성의 명을 거역하였다는 죄 과로 함북 강제노동수용소에 수용 중. 작품활동을 금지당하고 있음"으로 기재되어 있다.
43 「3월의 잡지」, 『동아일보』, 1963.3.15.

는 것이 결과적으로 임화를 객관화할 필요성을 드러내 주는 면이 없지 않다.

더욱이 임화에 대한 평문은 한국전쟁 후 아마도 처음일 것이다. 이태준, 정지용, 김기림, 박태원 등은 작품의 공식적 출판이나 연구 자체가 불허된 상황에서도 강제된 납북이라는 점 또는 식민지시기 문학이 순수문학적 경향이었다는 것을 근거로 더러 언급된 바 있으나 임화만큼은 거론하는 것조차 불온시 되었다. 그런 임화의 존재가 문학적 재판이란 이름으로 비평의 대상이 되었다는 것, 분단체제하 남북대립의 역설적 산물이다.

그런데 문제는 이들에 대한 평문이 월북작가란 특칭과 함께 문학적 '재판'이란 표제로 묶여 있다는 점이 중요하다. 따라서 각 비평문의 세부적인 내용보다도 월북작가란 규정력에 의해 그 자체로 강력한 이데올로기적 담론 효과를 발휘하게 된다. 그들은 모두 조국을 배반한 반역자일 뿐이며 따라서 이들에 대한 단죄의 정당화와 동시에 월북의 불온성을 공고히 하는 기제로서의 효과를 창출한다. 더욱이 공권적 판단이란 의미를 강하게 띈 재판裁判이란 형식을 내걸음으로써 월북작가 작품에 대한 기존의 금제를 완전하게 추인하는 효력 또한 만들어낸다. 문교부의 행정명령으로 1965년도 노벨문학상수상작 『고요한 돈강』의 번역출판금지 및 정기간행물에서의 번역전재 금지1965.11.5를 둘러싼 논란에서 월북작가들, 특히 숙청된 작가의 해방 이전 비사상적인 작품의 판금조치가 지닌 불합리성이 제기된 바 있으나,[44] 당시로서는 금제의 당위성이 압도적이었다.

이러한 추세는 이철주의 수기 출판을 거치며 더욱 확대 강화된다. 이철주의 『북의 예술인』, 특히 그중 제1부인 「북한의 작가 예술인」『사상계』, 1963.7~65.4은 마쓰모토의 『북의 시인』에 대한 비판의 동기에서 집필되었으나 마쓰모토의 관점에 대한 비판에 그치지 않고 월북한 남로당계 문인들의 비운을 자신의 경험

---

44 「조선일보」, 1965.11.7, '만물상'.

및 목격을 바탕으로 생생하게 재현·증언하고 있다. 남로당계 숙청과정과 1953년 8월 재판사건을 임화에 비중을 두고 기술한 것도『북의 시인』을 의식한 때문이었다.

이철주는 남로당계 숙청이 이미 정전회담 전 특히 노동당중앙위원회 제5차 전원회의1952.12.15~18을 통해 계획되었으며, 그것은 북한정권이 선전 선동했던 것과 다른 상황으로 전개된 전세에 대응하여 패전의 책임 및 전쟁의 의의에 대한 새로운 합리화가 필요했고, 이 과정에서 빚어진 북한지도부의 권력투쟁으로 인해 조작된 산물로 설명한다.[45] 그 과정에서 북한문학의 지도적 위치에 있던 임화가 겪었던 고뇌, 좌절, 체념 등을 생동감 있게 재현해냄으로써 당시의 인간 임화를 절실하게 묘사해주고 있다. 실제 임화는 종파주의자로 몰려 평양시당 전원회의에서 공개 자기비판을 했으나 정직성과 솔직성을 보이지 않았다고 비판을 받았으며,[46] 1952년 가을 김일성의 지시로 반공사상 혐의로 체포된 뒤 1953년 8월 북한최고재판소 특별군사법정에 회부되었다.[47] 남로당계 문화인

---

45 김남식 또한 남로당계 숙청은 이 전원회의에서 김일성의 보고를 통해 남로당계의 박헌영·이승엽 일파에 대한 선전포고가 시작되었고 곧바로 각 정당·사회단체의 '당성 검토'가 이루어지면서 남로당계 숙청이 본격적으로 수행되었는데, 전시에 서둘러 남로당계를 숙청한 것은 6·25 실패의 합리적 구실 마련, 권력 내부에서 남로당계를 빨리 제거하고 새로운 체제로서 전후복구 건설에 임할 필요성, 남/북로당의 고질적인 대립 관계, 휴전 성립의 국면에서 남로당계가 담당했던 남한의 지하당 사업과 유격투쟁의 전술적 의미 상실 등을 원인으로 꼽았다. 김남식,「실록 남로당 : 남로당 최후의 날-박헌영·이승엽 등 남로당계 재판의 전말」,『통일한국』 67, 평화문제연구소, 1989.7, 110~116쪽.

46 최근 북한문예지에 대한 총체적 연구를 수행한 김성수의 연구에 따르면, 전후 패전 책임용으로 거론된 박헌영, 이승엽 등 남로당계 종파 숙청의 전조가 조선작가동맹중앙위원회 기관지『문학예술』의 편집노선에 고스란히 반영되어 나타난다고 분석했다. 즉 임화, 이태준, 김남천 등 남로당계가 문단 및 문예미디어 편집의 헤게모니를 잡았던『문학예술』 제2기(1951.4~52.11)에는 선전지적 지향과 문예지적 성향의 균형 잡기가 나타나나, 1952년 말을 기점으로 선전선동이 다시 강화되면서 이전까지 문단 및 매체를 장악했던 남로당계 조선문학가동맹 출신 월북작가 비판이 두드러지는 가운데 임화, 김남천, 이태준을 자연주의자 내지 부르조아미학파로 비난 매도하는 등 문예지가 당시의 반종파 문예노선 투쟁의 담론장 역할을 수행했다는 것이다. 김성수,『미디어로 다시 보는 북한문학』, 역락, 2020, 172~173쪽.

47 스칼라피노·이정식, 한홍구 역,『한국 공산주의운동사』 2, 돌베개, 1986, 548~554쪽. 이 책에서도『북의 예술인』의 일부 내용을 참조하고 있다.

들의 숙청 과정을 북한권력투쟁사로 접근한 한재덕의 증언에 따르면, 임화, 김
남천 등 남로당계 문화인들은 1952년 9월에 체포 구금되기까지 작품내용의 반
동성과 종파 행동, 반김일성 사상성 등에 대한 공개적인 자기비판을 수개월간
매일 해야 했고, 부인하자 솔직한 비판을 계속 추궁·강요받았다고 한다.[48]

이철주는 용의주도하게 계획된 박헌영 일파에 대한 숙청사건의 복잡 미묘한
과정과 그 본질을 파악하지 못한 마쓰모토가 김일성일파가 날조한 공판기록에
만 의존해서 추리를 했던 까닭에 『북의 시인』이란 현실 왜곡의 실명소설을 써
놓고도 양심의 가책을 받지 않고, 임화를 미제의 고용간첩으로 묘사하는 실수
를 범했다고 비판한다. 그러면서 임화에 대한 공판기록, 기소장, 신문訊問 내용
등을 제시하고 이를 분석하면서 남로당일파 숙청사건이 어떻게 조작되었는가
를 임화의 경우를 통해서 입증하고 있다. 그가 임화 재판에 대해 제기한 의문
점은 이승엽·임화 일파에 대한 공판을 공개재판으로 한다고 했지만 임화에
대한 공판은 공개하지 않았다는 점을 비롯하여 신문에서 나타난 13가지의 문
제점을 구체적으로 제시한다. 즉, 자기 약점을 스스로 늘어놓는 임화가 아니라
는 점, 임화가 미국 CIC와 연계를 가졌다는 혐의를 구체적으로 밝혀내지 않았
다는 점, 임화가 스파이자료를 남조선에 넘겼다는 횟수의 불일치, 이승엽과 임
화의 모의 과정에 대한 입증이 부족하다는 점, 무장폭동 시 불순한 문화인들을
모아 그들을 이용할 목적이었다면 그 예로 든 이태준이 임화와 동일하게 반역
죄로 처단되어야 하는 데 그렇지 않았다는 사실 등을 들면서 임화에 대한 공판
조작이 너무나 준비 없이 날조되었다고 본다. 따라서 임화가 간첩 및 반란죄로
재판을 받았지만 그 근거를 제시 못하고 정치적 술어로 올가미를 씌워 매장했
다는 사실만은 객관적으로 증명된다는 결론을 내린다.[49]

---

48 한재덕·조철, 『피의 유형지-북한 20년의 숙청사』, 한국반공연맹, 1967, 109~113쪽.
49 이철주, 앞의 책, 140~158쪽. 한재덕도 남로당계숙청사건의 재판 내용과 상황, 이승엽과 임화

마쓰모토에 대한 비판과 별도로 이철주는 임화에 대한 죄과 또한 공박한다. 임화는 카프 때부터 자타가 공인하는 투철한 공산주의 사상을 지녔으며 모스크바유학의 꿈을 안고 월북한 후에도 자기의 꿈을 이루지는 못했으나 사상체계는 추호도 흔들리지 않은 가운데 그의 사상과 의지를 공산당의 사기를 앙양하는 수많은 작품으로 선동함으로써 수십만 남로당원들, 수백만 북한동포들을 죽음으로 내몰았다는 것이다. 따라서 임화는 "민주주의의 적이고 원수이며 살인교사자"로서 영원히 민족반역자라는 낙인을 벗을 길이 없다고 단죄한다. 이같이 전 생애를 공산주의에 바친 임화가 김일성 일당에 의해 미제간첩으로 처형된 사실에 약간의 인간적 연민을 표하고 있으나 이철주는 단호하게 임화를 민족반역자, 민주주의의 적으로 규정함으로써 북한체제의 폭압성과 민족반역자로서의 임화를 아울러 비판한다. 이러한 이철주의 비판과 단죄는 정도의 차이는 있으나 이태준, 김남천, 이원조, 안회남, 설정식 등 남로당계 월북문화인들 전반에 적용된다.

이철주의 『북의 예술인』은 남로당계 문화인들에 대한 종합적 보고서로서 손색을 없을 정도로 실증적이며 체계적이다. 그가 1951~56년 북한에서 문화선전 관련 기관, 예컨대 민청民靑기관지 『민주청년』 문화예술부장, 민청직속 청년예술단 부단장, 문화선전성 기관지 부주필 등을 역임했기 때문에 전시 및 전후의 북한내부 실정과 권력투쟁사에 대한 정보가 많았고, 또 임화 밑에서 선전업무를 수행한 경험은 임화의 동향과 남로당계문화인들의 상황을 누구보다 잘 파악하고 있었을 것이다. 그로 인해 『북의 예술인』은 당시 북한 연구의 중요한

의 기소장을 요약 제시한 가운데 기소의 내용이 날조되었음을 적시하고 있다. 그의 증언에서 박헌영의 숙청(1955.12)이 2년 5개월이나 연기된 이유가 소련파의 권유와 남한에 끼칠 영향을 우려했기 때문이라는 점, 그리고 박헌영 숙청(사형) 후 권오익, 박문규, 허성택, 최원택 등 일부 간부를 제외한 남로당원 전체와 이에 동조한 각파의 수십만 명에 대한 강제추방, 투옥, 군제대시켜 축출시키는 숙청작업이 대대적으로 시행되었다는 상세한 기록이 주목된다(위의 책, 120~125쪽).

자료로 참조되는 동시에 대북 역선전의 심리전 자료로 활용될 수 있었다. 실제 그의 저술은 이후의 북한연구서나 남로당연구서의 내용과 크게 다르지 않다.

어떤 면에서는 관련 연구를 촉발시킨 역할을 했다고 볼 수 있다. 특히 1953년 8월 북한재판기록은 한국에서 최초로 활자화되어 공표된 것으로 객관성이 충분하다. 와타나베의 조사연구에 따르면, 일본에서 이용된 임화 숙청재판의 공판자료는 두 가지인데, 북한의 재판관련 신문보도 등을 번역한 『暴かれた 陰謀』현대조선연구회 역편, 駿台社, 1954와 북한최고재판소의 『미 제국주의 고용간첩 박헌영 리승엽 도당의 조신민주주의인민공화국 정권 전복 음모와 간첩사건 공판문헌』국립출판사 평양, 1956 등으로 전자를 바탕으로 『북의 시인』이 쓰였다고 보았다.[50] 『북의 시인』의 재판기록과 이철주가 제시한 기록을 비교해보면 큰 차이가 없다. 다만 이철주의 저술에는 임화의 진술 부분 중 무장폭동에 대한 신문 내용이 생략되어 있는 정도의 차이만 있다. 1962~63년 거의 동시기에 한국과 일본에서 북한재판기록에 바탕을 둔 임화에 관한 연구추리소설/수기가 출간되었던 것이다. 그러나 관점의 극명한 차이와 임화에 대한 대조적인 평가에는 동북아 냉전의 그림자가 횡단하고 있었다는 것을 말해준다.

기소내용 중 미국의 고용간첩 부분은 명백한 허위라는 것이 검증된 이상 어느 쪽이 더 진실인가를 가려내는 것은 어쩌면 무의미한 일인지 모른다. 중요한 것은 이를 어떤 관점으로 접근하느냐, 그것이 어떻게 이용되었느냐에 있다. 『북의 예술인』은 당시 북한 연구의 중요한 자료로 참조되는 동시에 대북 역선전의 심리전 자료로 활용되었다. 이를 이해하기 위해서는 이철주가 전향남파 간첩이었다는 사실에 주목해야 한다. 이철주는 1957년 6월 남파 후 체포되었

---

50 와타나베 나오키, 「임화를 보는 남북한의 시각」(『동아시아 평화체제와 남북한 문화예술 교류 방향』, 성균관대 동아시아학술원 외 주최, '북한학-한반도학 국제학술회의', 성균관대학교, 2019.10.25~26), 125~129쪽. 이 글에는 한국 및 일본에서 간행된 임화 숙청재판의 공판자료 (전재/번역)에 대한 비교가 잘 정리되어 있는데, 이철주의 연구는 생략되어 있다.

고 전향 후 육군본부 특전감실 집필위원1958, 전향간첩 및 귀순자집단의 공산권연구기구였던 동방통신사의 주필1960, 공보부조사국 산하 내외문제연구소 연구위원1961 등을 거치며 국가심리전의 핵심 요원으로 활약했다. 그가 전개한 대북심리전의 특징은 북한정권의 권력투쟁사에 대한 연구와 공산주의의 이론과 실제의 모순을 북한예술가, 특히 월북한 남로당계 문화인들의 숙청에 초점을 맞춰 고발하는 데 주력한 점이다. 『북의 예술인』은 그의 심리전 활동이 종합적으로 수렴된 결과물이다.

5·16쿠데타 후 국가심리전 체계의 확립을 바탕으로 추진된 대공심리전의 핵심 주체이자 요원은 전향남파간첩 및 자진월남귀순자들이었다. 이들은 중앙정보부, 내외문제연구소, 아세아반공민족연맹APACL과 한국반공연맹 등 국가정보기구 및 공보기구에 동원되거나 자발적으로 참여하여 다양한 심리전콘텐츠를 개발하고 각종 강연회, 좌담회를 비롯해 신문, 출판, 라디오 등을 매개로 한 대내외 반공프로파간다 활동을 조직적으로 수행했다. 한국전쟁 후의 북한 사회에 대한 체험과 최신 정보를 근간으로 했기 때문에 이들이 제공·설파한 자료는 북한에 대한 특정 인식을 주조하는 데 상당한 효력을 발휘한다. 특히 공포의 존재로 인식·각인되어 있던 간첩의 공개는 간첩에 대한 공포를 더욱 확대시키며 반공방첩사상을 사회적으로 부식시키는 데 효용이 컸다.[51] 그리고 이들이 만들어낸 콘텐츠 가운데 가장 대중적 흡인력이 강했던 것은 납·월북자의 행적에 관한 증언, 고발이었다. 민족분단이 초래한 이산의 현실적 고통을 정서적으로 부각시켰기 때문이다. 가령 또 다른 전향남파간첩 조철의 수기는 조소앙, 안재홍, 김약수, 엄항섭 등 50여 명에 이르는 납북 저명인사들의 생활

---

51 당시 대공심리전의 전위로 활약했던 전향남파간첩 및 월남귀순자들의 구체적 면모와 생태에 대해서는 이봉범, 「귀순과 심리전, 1960년대 국가심리전 체계와 귀순의 냉전 정치성」, 『상허학보』 59, 상허학회, 2020, 54~69쪽 참조.

실태와 김동환, 이태준, 김기림 등 납·월북 문인들의 몰락상을 구체적으로 폭로함으로써 연재 및 방송 중 관련 인사들의 가족과 일반인들의 문의가 쇄도하면서 저자가 곤욕을 치르기까지 했다.[52] 대북 역선전용으로 또 대내적으로는 납·월북자를 활용한 대남선전 및 간첩공작을 폭로함으로써 방첩사상을 제고하는 데 매우 유용했다.

『북의 시인』과 임화는 바로 이러한 대공심리전의 대두 속에서 정치적 텍스트로 변질되어 수용되었고, 그것이 『북의 예술인』과 결부되어 대공심리전의 자료로 활용된 것이다. 이를 통해서 민족반역의 표상으로서의 월북에 대한 불온성이 강화되는 동시에 월북문화인에 대한 금제가 확고부동해진다. 그것은 법적 장치에 의한 기존의 판금조치를 비롯한 금제를 추인하는 것을 넘어 사회문화적인 금기로 정착되는 과정을 수반한 것이었다. 이후 납/월북 분리론과 월북금제 해제의 필요성이 제기되는 상황에서 어떤 면에서는 관계당국보다 문화계 및 사회적 여론이 더 보수적으로 대응하면서 해제가 지체되고 결국 1988년에 이르러서야 공식 해금이 된 것은 이와 무관하지 않다. 임화가 냉전의 봉인을 뚫고 부상하는 극적 장면이 결국에는 임화에 대한 왜곡된 이미지를 강화하는 것으로 귀착되는 가운데 임화가 해제의 기준점으로 설정된 것도 마찬가지의 맥락으로 이해할 수 있다.

흥미로운 것은 임화 및 남로당계 문화인에 대한 숙청사건이 공개되어 대공심리전으로 활용되면서 역설적으로 남로당에 대한 연구를 촉진시켰다는 사실이다.[53] 전향남파간첩 김남식이 주도한 남로당연구는 당대 냉전지역학으로서

---

52 조철, 『죽음의 세월―납북인사들의 생활실태』, 성봉각, 1963. 그의 수기에서 거론된 납·월북 문화인들의 몰락과정에 대한 증언에서 주목되는 부분은 월북의 성격(자진 월북/강제 납북)과 남한에서의 전력, 특히 국민보도연맹에의 가입 및 활동이 중요하게 작용했다고 지적한 점이다 (363~377쪽).
53 남로당계숙청사건은 북한의 권력투쟁사 및 김일성 일인독재체제를 비판하는 유력한 전거로 반공계몽도서들에서도 두루 활용된다. 가령 『숙청을 통해 본 북괴의 암투상』(내외문고 24, 내외

북한연구가 촉성되는 흐름 속에서 가능한 것이었는데, 그의 일련의 남로당연구 과정에서 남로당계숙청사건 및 임화 관련 자료가 확충되는 결과를 낳는다. 물론 여기에는 미국포드재단과 박정희정권의 이해관계가 부합한 냉전의 또 다른 영향력이 깊숙이 개재되어 있었다.[54]

한편, 『북의 시인』의 대공심리전 활용은 대일심리전에도 적용되었다. 직접적으로는 현해탄 논전 과정에서 조재천의 반박문이 당시 라디오심리전의 전담기구였던 국제방송국HLCA, 1961.6 출범의 대일방송을 통해서 1962년 11월 24일 밤 9시 30분~10시에 낭독된 바 있다. 5·16 후 대외심리전은 북한 및 공산권을 대상으로 한 대공(북)심리전과 일본을 대상으로 한 대일심리전이 주축이 된다. 대일심리전은 대일정책의 방향전환에 대응하여 해외공보관 중 가장 먼저 주일본 한국홍보관을 설치하여1962.4 재일교포에 대한 민족교육을 실시했고, 공보부내외문제연구소가 5·16의 의의, 한국의 변화상 등의 홍보자료 및 반공선전 자료들을 일본어번역판으로 보급하여 사상전을 강화했으며, 국제방송국의 대일방송을 대폭 강화하는 등 이승만정권기와 달리 대일심리전에 심혈을 기울였다. 특히 대일방송은 1962년 10월 기준 세계 1위 수준의 대일방송시간으로 확대한 가운데 한일국교정상화를 대비한 한국 측의 주장을 이해시키는 방향과 재일교포의 사상적 이탈과 반역을 예방하는 방향 등 두 가지 기조로 구성되었다.[55] 이같이 대일심리전이 본격화되는 시점에서 『북의 시인』에 대한 비판이 대일심리전 방송에 활용된 것이다.

문제연구소, 1966.6)은 이승엽 및 남로당계숙청사건과 박헌영 숙청을 북한의 재판기록을 바탕으로 요약 제시한 가운데 공산독재의 본질과 진상을 폭로·고발하고 대공투쟁의 당위성을 선전하기 위한 용도로 기획 출판되었다.

54 이에 대한 자세한 논의는 이봉범, 「냉전과 북한연구, 1960년대 북한학 성립의 안팎」, 『한국학연구』 56, 인하대 한국학연구소, 2020 참조.

55 윤상길, 「냉전기 KBS의 '자유대한의 소리' 방송과 對日 라디오방송 – 동아시아 문화냉전의 파열과 수렴」, 『커뮤니케이션 이론』 15-4, 한국언론학회, 2019, 30~34쪽.

그런데 대일심리전과『북의 시인』의 관계는 심리전자료로 직접 활용된 것 이상으로 당시의 대일심리전과 결합돼 끼친 영향을 살펴보는 것이 필요하다. 그랬을 때『북의 시인』을 둘러싼 한일 간의 대립과 제기된 쟁점들의 의미 맥락을 이해할 수 있다. 이와 관련해 우선 주목되는 것이 한국에서『북의 시인』이 재일조선인사회에 끼칠 영향력에 대해서 극도의 우려와 경계를 표출한 점이다. 그 정황은 박정희의 '재일교포에게 보내는 메시지'1961.8.15에 잘 나타나 있다. 박정희는 장문의 메시지를 통해 한반도의 분단현실이 재일조선인사회의 사상적 양분으로 연장되어 나타나고 그것이 한일회담에서 한국에 불리하게 이용된다는 사실을 적시한 뒤 많은 교포들이 공산주의의 허망한 이상, 비인도적 잔인성, 반민족적 사대노예근성 등을 간파하고 대한민국의 깃발 아래 단결하고 있다는 것과 한 사람의 교포라도 더 조국의 품에 안기도록 배전의 노력을 촉구 격려하는 한편 사상·제도의 철저한 반공체제 강화, 미국을 비롯한 자유우방과의 동맹관계 강화, 한일국교 수립을 위한 준비와 진행 등 군사정부의 치적을 선전하면서 조만간 대한민국으로의 귀국이 실현될 것이라는 희망의 메시지를 전하고 있다.[56]

재일조선사회가 처한 현실에 대한 객관적인 진단이기보다는 군사정부의 기대와 희망을 표명한 것으로 읽힌다. 그만큼 재일조선인사회의 동향이 남북 체제경쟁에서 열등성을 증명하고 있고 또한 한일국교정상화 추진에 장애 요인이 되는 등 북한 쪽에 기운 재일조선인사회가 안팎의 위협 요소라는 인식의 반영이다. 특히 북송사업이 1960~63년에 집중적으로 가속되는 현실은 군사정부에게는 엄청난 부담이었다.[57] 이런 배경에서 재일조선인사회에 대한 프로파간

---

56 이 메시지의 전문은『경향신문』, 1961.8.15, 2면에 실려 있다.
57 일본 내 북송사업 추진의 전후 맥락, 북송과 한일협정의 관련 등 일본 정치권의 동향에 대해서는 당시『서울신문』주일특파원이었던 김을한의『사건과 기자』(신태양사, 1960) 233~252쪽에 잘 정리되어 있다.

다가 당면과제 가운데 하나로 부상하게 된 가운데 재일조선인사회에 대한 중앙정보부의 첩보·유인공작과 더불어 다양한 미디어를 매개로 특히 조총련을 대상으로 한 반공선전전을 공세적으로 전개했다.

그 과정에서 조총련에 대한 성격 규정, 예컨대 '북괴의 일본출장소', '공산주의 훈련장', '북괴 대남공작의 중개역' 등 편향적 이미지를 주조해내며 이적단체화한다. 여기에는 북송 후 월남귀순자, 조총련계 루트를 이용 일본에 밀파된 뒤 전향한 북한간첩 등을 앞세운 심리전, 반공방첩영화 〈검은 장갑〉김성민 감독, 1962이 왜색검열에 의해 상영허가가 보류되었으나 중앙정보부가 개입하여 상영허가를 결정하고 이를 북송의 기만성 폭로와 반공방첩의식 고취의 선전용으로 활용하는 등의 다양한 수단이 동원되었다.[58] 조총련에 대한 프로파간다와 이적 이미지화는 한국인의 일본관 가운데 한 축인 '좌익적' 일본이라는 이미지를 강화하는 데도 기여했다. 특히 일·조북한우호운동 및 한일회담반대투쟁을 주도했던 일조협회日朝協會에서 적극적인 활동을 펼친 데라오 고로寺尾五郎와 오귀성의 북한관련 수기가 (역)이용된다.[59] 이런 배경에서 『북의 시인』을 둘러싼

---

58 정보 및 공보당국의 대처와 별도로 외무당국에서도 한일국교정상화 후 공산권연구를 전담하는 특수지역과를 정보문화국 산하에 신설해 조총련의 활동조사, 북한의 대외간행물 조사 등의 업무를 전문화했다(「공산권연구 특수지역과」, 『동아일보』, 1966.8.23). 이 당시 생성된 조총련에 대한 특정이미지는, 자료적 고증에 입각해 1970년까지 재일조선인사회의 역사 및 조총련의 생태를 재구성한 전준의 『조총련 연구』(전2권, 1972)가 나오면서 학문적으로는 다소 객관적 이해의 가능성이 열리나, 대중적 인식은 계속해서 확대 재생산되어 오늘에 이르고 있다. 전준의 조총련연구가 김남식의 남로당연구와 더불어 포드재단의 아세아문제연구소 학술원조의 산물이었다는 점에서 미국의 문화냉전 전략이 지닌 파급력을 다시금 환기하게 된다.
59 일조협회 이사 및 평론가인 데라오 고로의 『38度線の北』(신일본출판사, 1959)이 한국에서 북송을 조장 독려한 악서 또는 죄서로 소개되었다. 또 중국에서 항일운동을 한 사회주의자이자 조총련의 주요 간부, 일조협회 회원으로 두 차례 북한을 방문한 뒤 전향 귀순한 오귀성의 북한방문기 『樂園の夢破れて-北朝鮮の眞相』(全貌社, 1962.3), 『真っ二つの祖国-続·樂園の夢破れて』(全貌社 1963.7)는 조총련 및 북한의 악마화에 상당한 기여를 했다. 전자는 『낙원의 꿈은 깨어지고』(김태운·김용호 역, 공민사, 1962)로 번역 출판되었는데, 주목할 것은 그의 1958년 제1차 북한방문 후의 기행기였던 『장막 속의 실낙원』(1959)이 『장막 속의 실낙원-북한실정 24년』(주왕산 편저, 동지문화사, 1969)으로 번역 출간되면서 일본어출판본과 전혀 다르게 북한을 악의적으로 폭로, 비판하는 텍스트로 변질되었다는 사실이다.

현해탄 논전에서 북한-조총련의 배후설 또는 음모설을 강력하게 제기하며 사상텍스트로 전치시키고자 했던 것이다. 김달수의 인터뷰에 대해 적개심을 드러낸 것도 마찬가지의 차원이다.

아울러 『북의 시인』이 당시 대일심리전에 파급시킨 영향도 주목해 볼 만하다. 오다 마코트小田実의 한국기행기를 둘러싼 현해탄 논전이 대표적인 예다. 오다는 한국정부(공보부)의 초청으로 1963년 8월 14일 방한한 뒤 10일간의 공식 일정과 20일간의 사적 여행을 마친 뒤 한국정부와의 약속에 따라 한국인상기 「본대로 들은 대로 느낀 대로」원제 '韓國·なんでも見てやろう'를 『중앙공론』1963.11에 발표했다.[60] 이 기행기가 「한국도 봤다」란 제목으로 곧바로 번역 연재되어 소개되었는데,[61] 이에 대한 선일구한일문제연구소장가 즉각 반박문을 발표함으로써 동시기 또 하나의 한일논전이 벌어진다. 오다의 기행기는 '최신현지보고'란 타이틀에 함축되어 있듯이 제주도를 포함해 경향 각지를 답사한 한국탐구서로서, 5·16 후 한국사회의 변화상을 타국과의 비교를 통해서 조망하고 있다.

오다는 동아시아 냉전질서라는 거시적 구도하에 한국분단, 군사정권, 한일관계를 키워드로 한국의 실상과 새로운 한일관계를 전망한다. 그가 파악한 한국은 아이亜阿 신흥국의 일원으로서 '새로운' 나라라는 것으로 요약된다. 그러나

---

60 오다의 방한은 광복절18주년 기념행사에 초청된 것으로 당시 초청된 인사로는 UPI극동 부지국장 도날드·J 불라든, 프랑스 『파리·마치』동경지국장 알프레트·물라, 『자카르타 데일리메일』 주필 자회간·료이, 오다 마코트, 일본화가 加藤儉吉 등 5명이었는데, 일본신진작가 오다 마코트가 초청 인사에 포함된 것에 대한 논란이 컸고, 오다 자신도 그 이유를 모른다고 답한 바 있다. 이 초청행사가 군사정부의 대외선전용으로 기획된 것임을 감안할 때, 그의 세계기행문 『나는 이렇게 보았다』가 한국에서 번역·출간되어(인태성 역, 휘문출판사, 1962) 장기간 베스트셀러가 되면서 일약 독서계의 총아가 되었던 점을 고려한 것으로 보인다. 이 한국기행기는 오다의 저작 『이것이 일본이다』(한치환 역, 휘문출판사, 1964)의 부록('내가 본 한국')에 재수록되었다. 특이한 것은 『중앙공론』 같은 호에 오다의 한국기행기와 북한의 건국15주년 축전에 참석한 마쓰모토 시치로(松本七郎)의 『北朝鮮訪問記』가 나란히 실려 있다는 점이다. 이 시기 남북한 및 일본을 횡단하고 있던 냉전질서가 압축적으로 재현된 지점이다.
61 소전실, 「한국도 봤다」, 『경향신문』, 1963.10.24.~11.14(9회).

한국(인)과 일본(인)은 상호 과거의 제국/식민지 관계에 갇혀 신흥국으로서의 한국의 위상을 정시하지 못하고 있다는 점, 따라서 한국은 자기위치 설정을 충분히 해야 하고 일본은 한국에 대한 구제국의 노스텔지어를 끊어내는 것이 필요하다고 강조한다. 더불어 한국(인)에서 받은 인상으로 반공과 반일의 관념화, 전후 일본에 대한 지식의 결핍, 한국이 당면한 경제적 궁핍 및 정치적 자유의 문제와 박정희에 대한 한국인의 기대 심리, 한미관계의 갈등, 한일국교정상화에 대한 일본의 태도에 대한 문제제기 등을 제시하면서 결론적으로 한국문제 해결의 제3세계적 가치와 전망을 피력한다. 제3자적 시선에 입각해서 말 그대로 인상을 기술한 것이지만 당시 한국사회의 안팎을 날카롭게 드러낸 것은 분명하다.

선일구는 즉각 오다의 기행기에 정면으로 도전하는 글을 독자기고의 형식으로 발표한다.[62] 그는 오다의 글이 피상적인 곡필에 불과하다고 일갈하며 그 이유로 국수주의적 감각으로 한국의 어두운 면만을 일본국민들에게 인식시키려 한 점, 한국문제 해결을 위해 일본이 할 수 있는 바를 발견해야 한다는 미명 아래 일본의 과거 죄악을 은폐하고 있다는 것을 들었다. 그러면서 7개월간 일본 전국을 답사하면서 느낀 점을 바탕으로 재일조선인의 참상과 일본정부의 차별적 처사를 규탄하고 일본(인)이 한국의 실정을 너무나 모르고 있다는 것을 강조한다. 마쓰모토와 오다의 일본 내 작가적 위상에 대해서도 인신공격적인 비판을 가한다. 그의 오다 비판은 철저한 반일민족주의에 입각해 있다.[63] 따라서 오다가 제기한 한일관계의 새로운 전환에 대한 나름의 합리적 의견 제시는 묵

---

62 선일구, 「나는 일본을 봤다, 소전 씨의 소론에 답하면서」, 『경향신문』, 1963.11.19~30(3회).
63 그의 반일민족주의의 관점은 일본 전역의 답사(1963.2.25~9.25) 경험을 바탕으로 저술한 『꿈에의 도전 - 나는 이렇게 일본을 봤다』(홍미사, 1966), 『국적 없는 四萬人』(홍미사, 1968) 등의 르포르타주 기행수기에도 관철되고 있다. 이 저작을 포함해 『일본의 진상』(새문화출판사, 1956), 『대일 타개의 기본문제』(한일평론사, 1961) 등 그의 일련의 저작은 1950~60년대 반일민족주의의 일본 재현을 잘 드러내고 있다는 점에서 주목을 요한다. 그의 반일민족주의 일본 인식을 노골적으로 담아낸 글이 대일심리전의 자료로 활용되었다는 점도 특기할 만하다. 『대일 타개의 기본문제』에 대일방송 원고를 부록으로 첨부하고 있다.

살될 수밖에 없었다. 선일구의 관점은 당대 대다수 한국인의 대결적·적대적인 일본인식으로 간주해도 무리가 없다.

이렇듯 『북의 시인』은 사상적·(반일)민족적인 정치텍스트로 수용되는 가운데 현해탄 논전으로 비화되는 과정을 거치며 대북 및 대일심리전에 직·간접적인 영향을 끼쳤다. 비록 저널리즘이 이를 부추긴 혐의가 컸지만, 냉전의 논리와 경제의 논리가 지배적으로 관철된 한일협정을 둘러싼 한일 양국(민)의 갈등관계가[64] 고조되는 국면과 맞물려 그 파장이 확대된 것이다. 이러한 흐름은 오시마 나기사大島渚의 한국 방문의 결과물인 4·19혁명을 테마로 한 『청춘의 비석』NTV, 1964.11.15 방영과 다큐멘터리 〈윤복이의 일기〉『저 하늘에도 슬픔이』의 각색에 대한 한국사회의 공분,[65] 정공채의 장시 「미8군의 차」 필화사건[66] 등을 거쳐 가속되는 가운데 한일국교정상화의 신국면을 경과하면서 다양하게 변주·확대되기에 이른다. 오소백의 『일본상륙기』세문사, 1964, 김소운의 『일본의 두 얼굴-가깝고도 먼 이웃』삼중당, 1967 등 일본 현지르포 또는 일본사회 해부서가 베스트셀러가 되었던 것도 이런 배경에서였다.

---

64 이원덕, 『한일 과거사 처리의 원점』, 서울대 출판부, 1996, 303~305쪽.

65 오시마 나기사의 〈윤복이의 일기〉가 지닌 문제성과 의의에 대해서는 이영재, 「1965와 1968 사이에서, 두 '가난'과 양심」, 『상허학보』 58, 상허학회, 2020 참조. 오시마가 공보부 초청으로 MTV에 방영될 다큐멘터리 〈한국이 본 평화선〉을 촬영할 목적으로 내한했으나 사정에 의해 이를 변경해 「청춘의 비석」을 촬영한 것으로 알려졌다. 특히 그의 〈윤복이의 일기〉가 〈저 하늘에도 슬픔이〉를 빈부격차에서 오는 계급주의 사상으로 윤색하여 일본에서 좌익적인 영화로 제작했다는 사실이 알려지면서 상당한 비판이 일었다. 오시마가 한국 체재 중에 기고한 「주체를 깎는 검열」(『조선일보』, 1964.10.6)은 당시 한국영화계의 실상을 예리하게 비판하고 있다는 점에서 주목을 끈다.

66 정공채의 「미8군의 차」(『현대문학』, 1963.12)가 필화(엄밀하게 말하면 중앙정보부의 내사와 문초)를 겪게 된 이유는 이 작품의 반미적 성향 때문이었으나 그보다는 이 작품이 일본의 문학지 『신일본문학』을 비롯해 『신작가』, 『현실과 문학』 그리고 오다 마코트가 편집한 『제삼세계의 문학』, 『한국인』 등에 완역 또는 초역된 것이 발단이 되었다. 김지하 외, 『한국문학필화작품집』, 황토, 1989, 149~153쪽. 유주현도 1962년 1월 파주에서 미군들이 한국인들을 총으로 쏘아죽인 실화를 바탕으로 창작한 단편 「임진강」(『사상계』, 1962.7)이 조총련계 잡지에 실렸다는 이유로 중앙정보부의 문초를 받았다.

4. 두 번의 한국 수용이 갖는 의미

이 글은 마쓰모토『북의 시인』에 대한 본격적인 연구가 아니다. 임화 연구는 더더욱 아니다. 이 글은 지금까지 묻혀 있던『북의 시인』의 1962년 한국 소개가 어떻게 가능했는가에 대한 단순한 의문에서 시작되었다. 이 의문을 풀어가는 과정에서 자연스럽게『북의 시인』이 촉발한 현해탄 논전과 월북작가재판을 접하게 되었고, 그것은 결국 동북아냉전의 자장 안에서 새롭게 조성된 남북한 및 일본의 상호적 대립관계가 작용한 산물이라는 결론에 이르렀다. 남북 체제경쟁의 격화와 그에 따른 대남/대북 심리전의 상호 상승적 고조, 미국의 동아시아전략의 틀 안에서 재개된 한일회담의 파행과 이를 에워싼 한일 양국(민)의 착종된 적대적 인식 등이 종횡으로 얽힌 지점에『북의 시인』이 위치했기 때문에 특유의 냉전 정치성이 생성, 확대될 수 있었던 것이다.

여전히『북의 시인』의 특장인 정밀한 기록성은 미스터리다. 마쓰모토가『暴かれた陰謀폭로된 음모』를 비롯해 북한에서 발간된 남로당계 숙청 재판기록을 두루 참조했다 하더라도 해방 후 임화의 행적을 구체적으로 현장감 있게 구성해 낸 것은 놀라울 따름이다. 따라서 1962년 한국 수용 당시 북한 및 조총련의 음모설이나 배후설이 강력하게 제기된 것은 무리가 아니다. 마쓰모토의 한국 체험이 적극적으로 반영되었다고 보기도 어렵다. 일제 말기 위생병으로서의 짧은 조선 체험, 특히 공습도 없는 평온한 전원지대 전라도 정읍에서의 병영생활은 물론이고 패전 후 일본으로 귀환하기까지 2개월간 그는 정읍에서 은신해 있었기 때문에 해방 직후의 한국 상황에 대한 현실체험도 제한적일 수밖에 없었다.[67] 그런 상태에서 등장 실존인물들, 중요 사건과 일시 등이, 다소의 오류

---

67 北九州市立松本淸張記念館, 앞의 도록, 13~14쪽. 이 도록에서는 마쓰모토의 조선체험, 특히 위생병이라는 특수한 직무를 통한 업무와 견문이 훗날 그의 사상과 문학의 밑거름으로 작용했

가 존재하나, 임화에 초점을 맞춰 정밀하게 직조함으로써 추리소설로서 완성도를 높일 수 있었던 것은 마쓰모토의 작가적 능력 외에는 설명할 도리가 없다.[68] 임화가 미군정 정보기구의 촉수가 공산당의 상층부에까지 뻗쳐 있다고 확신을 하는 결정적인 계기가 된 장면 전후에 등장하는 현앨리스의 존재는 최근에서야 밝혀진 바 있다.[69]

어쩌면 이 같은 특징으로 인해 『북의 시인』은 냉전기 한국에서 두 번이나 수용이 가능했다고 볼 수 있다. 기존 한국의 공식 기록(억)과 정면으로 배치된 임화의 행적, 특히 미국의 스파이 혐의로 북한에서 처형되었다는 사실은 이 텍스트를 비판 또는 부정의 시선으로 수용하게 만들었다. 1962년에는 일본의 작가가 한국현대사의 가장 민감한 시기를 다루어 냉전 금기를 뒤흔들었다는 자체가 사상적·민족적 성격이 혼효된 정치텍스트로 수용될 수밖에 없었고, 1987년에는 기록성의 문제보다는 임화를 조명한 마쓰모토의 관점에 대한 비판에 초점을 둔 것으로 각기 다른 수용 양상을 나타낸다.

다는 점을 강조하고 있고, 이를 조선체험을 반영한「赤いくじ」(『オール讀物』, 1955.6)을 중심으로 상술하고 있다.

68　임화의 행적과 밀접하게 연관된 실존인물들 가운데 안영달의 경우만 보더라도 마쓰모토가 얼마나 사료적 근거에 충실했는가를 단적으로 확인할 수 있다. 안영달은 김삼룡의 비서로 있으면서 당시 치안국 사찰과분실장 백형복(그도 1953년 8월 재판에 기소된 피의자였고 사형을 언도받았다)과 함께 김삼룡의 체포에 결정적인 역할을 했고, 공산당의 기밀을 치안국에 모조리 폭로한 공산당의 배신자였는 데도 불구하고 전시에는 경기도인민위원장을 역임한 이중간첩이었다. 남한 치안당국도 안영달이 이중간첩이었다는 사실을 전시에 비로소 확인할 수 있었다고 한다. 오제도, 『사상검사의 수기』, 창신문화사, 1957, 112~120쪽.

69　정병준, 「해방 직후 주한 미군 공산주의자그룹과 현앨리스」, 『한국근현대사연구』65, 한국근현대사학회, 2013, 20쪽. 정병준은 해방 직후 주한미군 정보참모부 산하의 민간통신검열단에서 공산주의 활동을 전개하다 추방된 현앨리스에 대한 본격적인 연구를 수행한 가운데 현앨리스와 관련된 인물들에 대한 관계를 사실적으로 구성한 『북의 시인』의 기록성에 "의외의 사실성"을 갖고 있다고 언급한 바 있다. 『북의 시인』에서 현앨리스는 설정식과 밀접한 관계로 그려지고 있으며, 임화는 김영건을 매개로 만나게 된 현앨리스의 조카 현효섭을 통해 현앨리스, 현피트 남매가 이승엽과 자주 접촉한다는 사실을 알게 되면서 자신을 옥죄고 있는 미군정의 거대한 그물망을 새삼 확인하는 동시에 미 정보기관과 공산당 상층부의 밀접한 연관을 확신하게 되는 것으로 묘사되어 있다(마쓰모토 세이초, 김병걸 역, 앞의 책, 190~194쪽).

이 같은 차이는 수용 당시의 한국의 정치적 상황 및 한일관계가 직접적인 영향을 끼친 것이지만, 거시적으로 보면 냉전질서의 변동이 고스란히 반영된 것이기도 하다. 1987년의 시점에서 냉전 금기는 아래로부터 서서히 균열·붕괴되기 시작한 가운데 냉전 금제의 유효성도 상실되는 국면이었다. 1987년 금서에 대한 재심의를 통해 많은 판금도서가 해제되는 추세 속에서도 임화, 김남천 등 주요 남로당계 월북작가의 작품은 심사 보류되고 여전히 금서 지정이 유지되고 있었으나, 그것은 관계당국의 무력한 자기방어에 불과한 조치였다. 바로 이 지점에서 『북의 시인』의 두 번째 수용은 냉전금제 해제의 당위성을 더욱 촉진시키는 계기로 작용하는 동시에 임화에 대한 객관적 연구의 필요성을 증대시키는 요인이 된다. 『북의 시인』의 반대급부로서의 임화에 대한 정시正視, 『북의 시인』이 가져다준 선물이라면 지나친 표현일까.

이렇게 볼 때 마쓰모토의 『북의 시인』은 냉전 의제와 결부되어 한국냉전(문학)사를 횡단한 보기 드문 텍스트라고 할 수 있다. 그 횡단은 장기간 한국 냉전문학사를 수놓은 왜곡, 은폐, 방관, 망각 등이 점철된 오욕의 시간을 통절하게 환기해준다. 그 과정에서 한국 근대문학사의 거장 임화는 냉전-분단에 의해 완전히 봉인된 것이 아니라 끊임없이 생환되어 한국문학사의 저류 한가운데에 존재하고 있었다.

제8장

냉전과 북한연구, 1960년대 북한학 성립의 안팎

1. 통일의식과 북한 이해의 크렘리놀로지

개성과 평양에 들어서는 신도시 아파트가 남한에서 분양된다. 남북분단 상태에서 입주는 할 수 없으나 투자는 통일과 관계없이 가능하고, 분양가도 매우 저렴하다. 통일은 장담할 수 없지만 통일이란 호재가 생기면 대박이고 설령 통일이 늦게 오더라도 집값은 무조건 뛰기에 분양 열풍 속에 조기 마감된다. 서울 및 수도권에 자리 잡기 힘든 이들에게 북한은 떠오르는 대박 부동산 투자처가 된다는 얘기다. 파격적인 발상이다. 물론 소설이 가정한 상황이다.윤고은, 「부루마불에 평양이 있다면」, 『현대문학』, 2016.10 소설적 허구이되 한 번도 가본 적이 없는 휴전선 너머를 평양에 조성될 아파트단지에 신혼부부 우선조건으로 분양 신청을 감행하면서 통일 및 결혼의 미래를 가늠해보는 평범한 30대 남녀의 이야기는 북한에 관한 색다른 문학적 상상력 이상의 메시지를 담고 있다고 볼 수 있다.

"통일은 대박이다"독일드레스덴 통일구상, 2014.3라는 구호를 다시금 떠올리게 만드는 북한아파트의 남한 분양이라는 서사는 남북관계의 전향적인 개선에 기대야만 비로소 결혼이 가능한 남한청춘의 절박함과 그것이 통일 편익便益의 현실적이고 타산적인 욕망으로 현시되는 저간의 사정을 드러내주는 한편 최근 한반도 평화프로세스 도정에서 감지되는 북한 및 통일인식 변화의 징후를 시사해준다는 점에서 의미가 적지 않다.[1] 그동안 줄곧 정부 주도로 추진되었던 통일·대북정책과 남북통합 담론에서 주변화·부차화될 수밖에 없었던 민간의 입장, 특히 통일의지가 상대적으로 낮고 북한에 대한 무관심이 점차 증대되고 있는 청년층의 북한 및 통일의식의 새로운 단면을 담아냈다는 점에서 더욱 그렇다.

최근의 주요 통일의식조사를 통해서 남북통합과 관련한 국민인식의 추이와 그 저변을 탐색하여 북한연구의 전도를 가늠해보자. 이즈음 통일은 대다수 한국인에게 모든 것을 희생해서라도 성취해야 할 절대적인 목표가 아니다. 통일연구원KINU의 '2019통일의식조사'에 따르면 통일이 필요하다는 의견이 65.6%로 집계되었는데, 2018년의 70.7%에 비해 줄어든 수치다. KBS의 '2019국민통일의식조사'에서도 통일의 필요성에 대한 긍정적 답변은 63.5%로 2017년의 72.7%, 2018년의 66.0%에 비해 지속적으로 감소하는 추세를 나타냈다. 냉전기까지 시기를 넓히면 더 확연해진다. 1969년에는 국민 절대다수인 90.61%가 통일은 '꼭' 달성해야 하는 민족적 숙원으로 간주했고,국토통일원의 '통일여론조사' 1988년에는 81.6%가 '반드시' 이루어져야 한다는 의견이었다.통일원의 '통일문제에 대한 국민의견조사' 이 같은 통일 열망은 1989년 국시國是를 통일로 해야 한다는 여론이 국민의 73.5%에 이를 정도로 고조되었으나, 1998년에는 56.2%민족화해협력범국민

---

1   일례로 2018년 통일연구원의 통일의식조사 항목 중 '통일 이후 직장 또는 결혼 등의 이유로 북한지역으로의 이주에 대한 의견' 조사결과를 보면, '절대 이사하지 않는다'고 응답한 비율이 34.8%였고(2014년 : 41.7%, 2015년 : 42.4%, 2016년 : 48.0%, 2017년 : 50.6%), '기꺼이 이주하겠다'는 의견은 9.0%에 불과했다(2014년 : 6.5%, 2015년 : 8.7%, 2016년 : 4.6%, 2017년 : 4.0%). '가급적 이주', '불가피한 이주'의 의견까지 감안하더라도 전체적으로 볼 때 통일 이후 북한이주에 대해서는 대단히 부정적임을 알 수 있다.

위원회 여론조사, 2014년에는 69.8%통일연구원 여론조사 등 냉전체제 해체를 고비로 그 규모가 뚜렷하게 축소되는 양상을 보인다. 2000년대의 통일여론조사 대부분이 가급적 혹은 조건부적 통일필요성 의견까지 포함된 수치라는 점을 감안하면 축소의 폭은 훨씬 커진다. 이제 '우리의 소원은 통일'과 같은 당위적 통일론(통일지상주의)은 더 이상 유효하지 않다는 것이 명백하다. 이에 반해 통일의 또 다른 당사자라 할 수 있는 북한주민들의 통일필요성 인식 수준은 남한에 비해 월등히 높다. 탈북자 및 제3국에서 북한주민을 대상으로 한 조사 연구에 의하면 90%이상의 압도적 다수가 통일의 필요성에 공감했으며, 아울러 통일에 대한 의지가 매우 높다는 것이 확인되어 대조적이다.[2]

통일방법에 대한 국민인식의 긍정적 변화, 즉 냉전기 통일방안의 주류를 점했던 '유엔감시하의 총선거안'1964년 공보부여론조사 : 23.4%, 1969년 국토통일원여론조사 : 31.9%이 퇴조하고, 1989년 남북화해 · 협력에 기초한 '한민족공동체통일방안'1994년 '민족공동체통일방안'으로 발전이 정부안으로 공식화되어[3] 그 기조가 지속되는 가운데 국

2 서울대 통일평화연구원이 2007~2011년 기간 실시한 한국인과 북한인(탈북자)의 통일의식조사 설문결과를 보면 남북한 주민들의 통일필요성 의견의 현저한 차이를 확인할 수 있다. 남한주민들은 약 절반 정도가 통일 필요성에 공감한 반면(2008년 : 51.6%, 2009년 : 55.8%, 2011년 53.7%) 탈북자들은 95% 이상이 공감했다(2008년 : 95.2%, 2009년 : 97%, 2011년 : 99.1%). 또한 남한주민들은 '통일이 필요하지 않다'는 의견이 21.3%, '그저 그렇다'는 의견도 25.0%나 되어 통일에 대한 당위성이 약화된 반면, 북한의 경우는 '필요하지 않다'(0.9%), '그저 그렇다'(0%)는 의견이 거의 없는 통일을 반대하거나 유보적인 태도를 보이는 사람이 없고 통일을 당연한 것으로 받아들이며 강하게 열망하는 의식이 형성되어 있다는 것을 확인할 수 있다. 김병로 · 최경희, 「남북한 주민의 통일의식 비교 분석」, 『통일과 평화』 4-1, 서울대 평화통일연구원, 2012, 106~110쪽. 또한 2014년 제3국(중국 현지)에서 북한인 100명을 대상으로 한 직접 면접조사 결과에서도 95명이 통일이 매우 필요하다고 응답했으며, 95명이 본인 이외에 주변의 북한주민들도 통일을 강력히 희망하는 것으로 인식했다. 강동완 · 박정란, 「북한주민의 통일의식 조사 연구-북한주민 100명 면접조사를 중심으로」, 『통일정책연구』 23-2, 통일연구원, 2014, 7~8쪽.

3 한국정부의 공식적 통일방안인 '민족공동체 통일방안'(한민족공동체 건설을 위한 3단계 통일방안)은 통일을 점진적이고 단계적으로 하나의 민족공동체를 건설하는 방향으로 이루어간다는 기조 아래 통일과정을 '화해협력 단계'(교류협력을 통해 상호 적대감과 불신을 해소), '남북연합 단계'(평화를 제도화하고 민족공동체를 형성해가는 과도기적 통일체제), '통일국가 완성'(남북연합단계를 거쳐 정치공동체로 통합을 실현)의 3단계로 설정하고 있다. 이 같은 통일

민적 공감대로 정착됨1992년 공보처 '안보통일의식조사' : 85.6%, 1999년 민족화해협력범국민위원회 조사 : 75% 등 탈냉전기에 오히려 통일필요성 인식이 현저히 약화되고, 통일에 대한 비관적 전망이 60% 내외로 우세하다는 것은 무엇을 의미하는가? 분단체제 하에서 남북통합에 대한 국민적 인식 및 전망이 남북관계의 갈등－위기－봉합의 주기적 반복과 각 국면에서 시행된 대북정책에 대한 국민 동의수준에 따라 변동의 폭이 컸다는 것은 주지의 사실이다. 따라서 이 같은 지표가 특별할 것 없다 하겠으나, 세부를 들여다보면 그 어느 때보다 통일의식의 분화와 착종이 심대하다는 것을 확인할 수 있다. 이는 맹목적·규범적인 반공, 민족(주의)의 관점에서 벗어나 (개인 및 국가차원의)현실적인 관점에서 남북통합을 사고하는 흐름이 반영된 것으로 볼 수 있다. 실제 세계 냉전체제가 종식되고 민주화가 진전된 한국사회에서 남북통합 의제는 가장 분열적 담론으로 전개되었으며, 그것이 진영론적 이념 대립과 결부되어 극단적 남남갈등으로 지속되어 왔다.

이를 남북통합과 밀접하게 연계된 몇 가지 쟁점을 통해 살펴보면, 첫째 통일과 경제의 상관성이다. KINU의 '2019통일의식조사'에서 "통일문제와 경제문제 중 하나를 선택한다면" 질문에서 경제를 선택하겠다는 응답자가 70.5%인데2017년 : 69.0%, 2018년 : 60.5% 비해 통일을 선택한 경우는 8.3%에 불과했다.2017년 : 5.7%, 2018년 : 12.8% 국민들이 통일보다 경제를 우선시하고 있는 것이다. 이런 경제우선시는 분단체제에서 일관되게 나타났던 현상으로, 한반도 군사위기가 절정으로 치달았던 1968년 당면한 현안 중 경제문제물가안정, 의식주 해결, 경제성장, 빈부 격차 해소 등 해결이 50% 이상인 반면 전쟁위협은 11.2%였으며,공보부전국여론조사 1993년에도 경제문제를 우선적으로 해결해야 한다는 의견이 38.4%, 남북통일은 5% 미만이었다.경향신문여론조사 전쟁위협과 경제 중시가 그리 밀접하게 연동된

방안은 (배타적)민족주의에 기반한 先민족공동체건설 後통일국가수립이라는 통일의 기본 구상과 원칙에 기초하고 있다.

다고도 보기 어렵다. 이 같은 결과는 기본적으로 남북통합과 경제문제를 동시에 해결해야 한다는 것을 말해준다. 특히 남북통합과 직결된 경제적 요인의 문제가 통일에 대한 신중론 내지 분단체제 현상유지의 주된 근거로 작용하고 있다는 점에서 경제문제 해결의 시급성은 남북통합의 도전적 과제가 되고 있다.

그 가운데 통일비용은 통일에 대해 부정적 인식을 갖는 가장 큰 이유 가운데 하나다. 2010~13년 'KBS국민통일의식조사'에 따르면, 통일이 불필요하다는 이유로 통일비용 문제가 평균 약 48%로, 사회적 혼란약 27%, 정치군사적 혼란약 14%, 북한주민의 대량 이주약 10% 등에 비해 높은 수치를 보이는데, 이는 적잖은 국민들이 통일에 대한 기대보다는 통일과정 및 그 이후 예상되는 경제적 부담을 상당히 우려하고 있다는 것을 말해준다. 탈냉전 직후부터 한반도통일비용에 관한 연구가 본격적으로 시작된 이래 한국개발연구원을 비롯한 국내외 주요 기관의 통일비용 추정 결과 공통적으로 통일 이득이 비용보다 훨씬 크다는 연구결과가 제출된 바 있으나,[4] 국민들은 여전히 통일비용이 막대하고 소모성 비용이라는 인식이 지배적이다. 실제 국민들은 통일이익에 대한 기대감이 크지 않은 것으로 조사됐다. 앞의 서울대통일평화연구원의 조사결과를 보면110~112쪽, 통일이 남한사회 전체에 얼마나 이익이 될 것이라고 기대하는가에 50.7%가 이익이 될 것이라고 응답했으며이익이 되지 않을 것이다 : 49.3%, 자신에게는 27.8%만이 이익이 될 것으로 대답했다이익이 되지 않을 것이다 : 72.2%. 반면 탈북자들은 통일이 북한사회에 91.1%, 자신에게는 95.6%가 이익이 될 것이라고 보았다. 2014년 북한주민 면접조사에서도 97%의 절대다수가 북한은 물론 본인에게도 이익이 된다고 인식했는데, 그들이 생각하는 통일편익의 핵심은 북한사회의 경제발전이었다.

---

4   주요 기관의 연구 결과에 대해서는 조동호, 『통일비용보다 더 큰 통일편익』, 통일부 통일교육원, 2011, 47~49쪽 참조.

남한주민들은 통일이익에 대한 낮은 기대감과 동시에 국가/개인 간 이익기대에 큰 차이를 보였다. 2014~2018년 KINU의 조사에서도 그대로 나타난다. 통일비용이 분단비용보다 크지 않다고 인식하면서도[51.3%], 통일이 국가적 차원에 이익이 된다고 생각하는 경우가 73.9%[2014년 : 60.5%, 2015년 : 56.9%, 2016년 : 55.9%, 2017년 : 68.8%], 개인에게 이익이 된다는 응답이 29.5%로[2014년 : 34.0%, 2015년 : 33.7%, 2016년 : 29.4%, 2017년 : 24.2%] 상반된 입장을 보였다. 통일이 북한주민에게 이익을 줄 것이라는 답변이 92.9%로[2016년 : 83.5%, 2018년 : 92.9%] 대다수 국민이 통일이 남한보다 북한에 경제적으로 더 유리하다는 생각을 하고 있는 것으로 나타났다. 두 기관의 조사결과를 종합해보더라도 통일로 인한 국가 편익에 긍정적인 의견이 꾸준히 증가하는 추세이나, 개인 편익에 대해서는 30%가 넘지 않는 수준으로 답보 상태이다. 특히 2017년 이후 국가 편익/개인 편익의 차이가 44%로 오히려 확대되고 있다.

이러한 결과는 통일의 편익을 개인과 결부시키지 못하고 있는 추세가 증가하고 있다는 것을 말해준다. 결과적으로 그것이 남북통합을 지체시키는 요인으로 작용할 수 있다는 점에서 분단비용/통일비용/통일편익의 상관관계에 대한 충분한 이해, 특히 개인적 차원에서도 구체적인 통일편익이 창출될 수 있다는 점과 이에 기초한 국민적 동의기반의 확충이 필요한 시점이다.[5] "통일은 지배층에게만 필요한 것이 아니라 민중에게 더욱 절실히 요구되는 것"[6]이라는 장준하의 일침이 상기된다. 국내·외 전문가들은 공통적으로 통일한국은 통일독일보다 더 큰 경제적, 사회적 문제에 직면하게 될 것으로 진단한다. 중요한

---

5 국가기관의 분단비용, 통일비용, 통일편익의 상관성에 대한 기본 입장은 '통일이 되면 분단관리 비용이 즉각적으로 소멸되고 통일비용을 상쇄하고도 남을 막대한 유·무형의 통일편익이 창출되며, 그 통일편익은 영구히 발생한다'는 것으로 수렴된다. 이에 대한 자세한 분석은 『2014 통일문제 이해』, 통일부 통일교육원, 233~244쪽 참조.
6 장준하, 「민족주의자의 길」, 『씨알의 소리』, 1972.9, 59쪽.

것은 남북통합의 진행 과정에서 예상되는 제반 문제를 극복하기 위해 치러할 대가보다 통일의 가치가 더 크다고 결정할 주체는 한국인들 자신이라는 사실이다. 적어도 통일비용 부담의 막연한 공포가 분단체제 유지 또는 안착의식으로 귀결되는 것은 대단히 문제적이다.

둘째, 통일과 평화의 관계이다. KINU의 '2018통일의식조사'에서 통일보다 평화공존이 우선이라고 답한 비율이 66.4%였다.2017년 : 68.0% 또 휴전상태인 한국전쟁을 공식적으로 끝내기 위해 평화협정을 체결해야 한다는 의견이 72.0%로 (반대는 9.4%) 국민 대다수가 문재인정부가 적극적으로 추진하고 있는 한반도 평화협정에 찬성하는 것으로 나타났다. 그리고 남북의 평화공존 조건하에서 통일은 필요 없다는 의견이 2018년 약 49%로 2016년약 42%, 2017년약 46%에 비해 증가 추세를 나타냈다.반대 의견은 2016년 : 약 38%, 2017년 : 약 32%, 2018년 : 약 33% 평화공존에 대한 기대감 상승은 2018년 한반도 정세의 극적 전환에 대응하여 분단체제 극복과 안보의 관점에서 논의되던 통일담론에서 비핵화와 경제적 번영을 포괄하는 평화중심 담론으로 남북통합 담론이 전환되는 흐름이 반영된 것으로 볼 수 있다.

그런데 2018년 기준 70.7%가 통일이 필요하다고 인식하면서도 66.4%가 통일보다는 평화공존을 선호한다는 다소 모순된 결과는 무엇을 의미하는가?[7] 물론 이 결과가 통일을 원하지 않거나 통일에 저항한다는 것으로 보기는 어렵

7　평화공존의 선호는 통일을 이루어야 하는 이유에 대한 조사에서도 그대로 나타난다. KNIU의 2014년부터 5년간의 조사를 통해 살펴보면, 2018년 한반도 통일을 이루어야 하는 이유 가운데 '남북 간에 전쟁의 위협을 없애기 위해'가 37.4%로 가장 높았고(2014년 : 24.2%, 2015년 : 28.3%, 2016년 : 26.0%, 2017년 : 41.4%), '같은 민족이니까'가 31.2%였다(2014년 : 36.9%, 2015년 : 38.7%, 2016년 : 34.2%, 2017년 : 30.0%), '한국이 보다 선진국이 되기 위해'가 20.1% (2014년 : 15.4%, 2015년 : 13.9%, 2016년 : 16.8%, 2017년 : 14.0%), '이산가족의 고통을 해결하기 위해'는 7.5%였다(2014년 : 17.9%, 2015년 : 13.7%, 2016년 : 15.8%, 2017년 : 11.1%), '북한주민도 잘 살 수 있도록 하기 위해서'는 3.3%였다(2014년 : 5.4%, 2015년 : 5.0%, 2016년 : 6.8%, 2017년 : 2.9%). 2017년을 기점으로 전쟁위협 제거, 즉 평화정착이 통일을 이루어야 하는 우선적 이유로 부상했다는 것을 확인할 수 있다.

다. 급격한 통일 과정이나 그 이후에 발생할 제반 사회적 갈등과 과중한 통일 비용 부담 등에 대한 우려가 작용한 때문으로 추정할 수 있다. 통일보다 평화 공존이 우선이라는 태도는 통일의 전제조건으로 평화적 공존과 남북 간의 협력과 교류 단계가 반드시 있어야 한다는 의견으로 해석하는 것이 적실할 듯하다.[8] 이는 평화를 정착시킨 후 통일을 추구한다는 정부의 단계적 통일안과도 부합한다.

그렇다고 하더라도 평화공존과 통일의 관계는 간단치 않다. 냉전기 남북한 모두 전략적 차원에서 평화공존을 추구하자는 주장을 해왔고, 탈냉전기에는 특히 탈민족주의론이 분단체제 극복의 해법으로 통일보다는 평화공존을 강조한 바 있다.[9] 최근에는 민족주의자들의 민족통일론과 보수주의자들의 북한(국가)불인정의 주장을 허구 및 오류로 규정하고 통일지향의 남북관계가 아닌 남북이 서로 주권국가로서 독립공존을 하는 평화추구가 합리적인 방안이라는 의견이 제출되기도 했다.[10] 보수언론은 한반도평화프로세스를 가짜 평화론, 평풍 등으로 폄훼하고 군사력을 앞세운 정의로운 평화를 주장하고 있다. 평화정착이 한반도 분단문제 해결의 가장 핵심적인 문제이고, 거시적으로는 얄타체제 이후 장기지속·강화된 한반도냉전의 기본 질서를 종식시키는 동시에 새로운 한반도질서를 주체적으로 조성할 수 있는 기점이라는 점에서 중요한 의미를 갖는다. 또 한반도 평화공존이 동북아 평화질서 구축의 출발이라는 점에서도 의미가 크다.

그러나 분단 상태가 강고하게 유지되고 있는 한반도에서 평화공존이 통일문제와 분리 또는 단계적으로 확보될 수 있는 것인가는 여전히 의문이다. 남북한

---

8   이상신 외, 『KNIU 통일의식조사 2018 – 남북평화 시대의 통일의식』, 통일연구원, 2018.12, 92쪽.
9   임지현, 「다시 민족주의는 반역이다」, 『창작과비평』, 2002년 가을, 200쪽.
10 박명림, 「한국과 조선 – 남북관계에서 한·조관계로」, 『중앙일보』, 2020.1.15.

각각 주변 열강들과 군사적 동맹을 맺은 상태에서 대치를 계속하고 있고 남북 간 상호불신이 불식되지 않은 상황, 더욱이 미중 패권경쟁이 고조되는 가운데 한반도를 둘러싼 역학 구도와 해법이 복잡해진 국면에서 한반도 평화공존의 입지는 매우 취약하다. 다만 한반도에서의 '평화'는 (신)냉전 국제질서, 한반도 분단질서의 타파를 통해 확보할 수 있는 것이지 분단 상태의 '현상유지'를 통해 달성할 수 있는 것이 아니라는 점을[11] 환기해 둘 필요가 있다. 평화정착과 남북통합은 선후관계라기보다는 상호 상승적 선순환과 병행적인 추진을 통해서 달성이 가능한 관계라고 할 수 있다. 한반도의 안정과 번영을 위해서 무엇보다 평화정착이 전제되어야 하지만 남북 간 평화공존을 배타적으로 강조하는 것이 분단체제의 영구화를 승인하는 데 부정적으로 기여할 우려가 없지 않다.

셋째, 북한에 대한 인식이다. 2018년을 계기로 남북관계가 획기적으로 개선되면서 북한에 대한 국민들의 인식 역시 변화가 뚜렷한 것으로 조사되었다. 2018년 서울대 통일평화연구원의 통일의식조사에 따르면, 국민들의 54.6%가 북한을 협력대상으로 인식하는 것으로 파악되었다. 2014년 : 45.3%, 2015년 : 35.2%, 2016년 : 43.7%, 2017년 : 41.9% 전년 대비 12.7% 급상승한 수치다. 반면 적대대상이라는 인식은 10.3%로 점차 낮아지는 추세를 보였다. 2014년 : 3.5%, 2015년 : 16.5%, 2016년 : 14.8%, 2017년 : 16.2% 또 지원대상이라는 인식은 2017년 13.0%에서 16.4%로 13.0% 상승했고, 경쟁대상은 6.2%에서 4.3%로, 경계대상은 22.6%에서 14.4%로 각각 하락하였다. 남북관계의 진전에 따라 북한에 대한 이미지가 긍정적으로

---

11 홍석률, 『분단의 히스테리─공개문서로 보는 미중관계와 한반도』, 창비, 2012, 30~35쪽 참조 이와 관련해 통일평화연구원의 '2018통일의식조사'에서 한반도평화에 가장 위협적인 국가가 북한이 아닌 중국이라는 결과는 시사하는 바가 크다. 중국을 꼽은 비율이 46.4%로(2015년 : 23.3%, 2016년 : 16.8%, 2017년 : 22.7%) 중국위협인식이 대폭 상승한 반면 북한은 32.8%로(2015년 : 49.6%, 2016년 : 66.7%, 2017년 : 63.7%) 대폭 하락하였다. 한국인의 최대위협국이 북한에서 중국으로 전환된 것이다. 사드배치 이후 한중관계 악화가 반영된 일시적 현상으로 볼 수도 있으나, 중국을 한반도평화의 상당한 위협국가로 생각하는 국민인식은 그만큼 한반도평화가 남북한 당사자만으로는 달성하기 어려운 복잡성을 인식하고 있다는 것을 말해준다.

전환되었다는 것을 확인할 수 있다. 그리고 북한에 대한 인식 변화는 북한 정권에 대한 신뢰도를 상승시켰다. '통일을 함께 논의할 상대로 북한 정권이 대화와 타협이 가능한 상대라고 생각하는가?'라는 질문에 54.7%가 북한 정권을 신뢰한다고 응답하였다.2014년：27.5%, 2015년：28.8%, 2016년：30.5%, 2017년：28.1% 2018년에 처음으로 북한 정권에 대한 신뢰가 불신을 추월했다. 남북/북미 정상회담으로 대화분위기가 조성되고 남북관계가 개선되면서 한반도 평화체제 구축과 북한 비핵화에 대한 기대심리가 반영된 결과로 볼 수 있다. 이 같은 신뢰도는 남북/북미관계가 추진력을 얻지 못한 채 답보상태에 빠져 있는 2019년에도 일정 수준이 유지되고 있다.[12]

그러나 북한 및 북한정권에 대한 긍정적 인식 변화에도 불구하고 국민들의 50%이상이 북한을 위협적인 존재로 인식하고 있다. 56.1%가 북한의 무력도발 가능성이 있다고 답했다.2014년：74.9%, 2015년：70.5%, 2016년：66.1%, 2017년：70.6% 2017년에 비해 큰 폭으로 낮아졌으나 여전히 북한에 대한 불신이 강하게 존재하고 있는 것이다. 북한 핵문제에 대한 생각도 크게 변하지 않았다. 78.6%가 위협으로2017년：82.8%, 21.4%2017년：17.2%가 위협이 아니라는 의견을 표명했다. 국민의 70%이상이 북한 핵을 위협적으로 생각하는 부정적 인식이 우세하다. 또 국민들이 북한 정권을 신뢰한다는 의견이 과반을 넘었으나 북한이 핵을 쉽게 포기하지 않을 것이라는 의견도 여전히 매우 높은 수준이다. 75.1%가 북한의 핵 포기 가능성을 인정하지 않고 있다.2014년：88.0%, 2015년：86.4%, 2016년： 83.5%, 2017년：87.4%[13] 남북관계 개선과 한반도 평화를 가로막는 최대 장애물이

---

12 KINU의 '2019통일의식조사'에서 '김정은 정권은 대화와 타협이 가능한 상대냐?' 질문에 "그렇다"고 응답한 비율이 33.5%였고(2017년：8.8%, 2018년：26.6%), "그렇지 않다"가 39.2%였다(2017년：76.3%, 2018년：48.0%). 불신이 신뢰보다 높은 수치이나, 신뢰도가 2018년에 비해 증가했음을 알 수 있다. 이 같은 신뢰도 상승은 '북한은 적화통일을 원하고 있다'는 의견에 동의하지 않는 비율이 37.6%로, 동의한다(28.7%)를 추월한 것에서도 나타난다.

13 북한 핵 문제에 대한 부정적 인식은 KBS의 '2019국민통일의식조사'에도 마찬가지로 나타난다.

북한 핵 문제이고, 따라서 북한 핵 문제는 남북관계의 지속적인 발전을 위해 반드시 해결해야 할 과제라는 사실을 다시금 절감하게 된다. 핵전쟁에 대한 공포가 역설적으로 세계평화를 위한 안전판 역할을 해왔다는 사실을 한반도에 적용하기는 곤란한 상황이다.

북한 인식과 관련해 주목할 점은 남북관계의 동향이 북한인식 변화의 주된 요인인 것은 분명하나 이보다는 북한에 대한 이해 부족과 객관적 인식의 결여가 더 근본적이라는 분석이다(북한주민의 대남인식도 마찬가지일 것이다).[14] 장기간 남북단계 단절 및 군사적 대치상태로 인해 북한에 대한 무관심이 증가하고,[15] 자의든 타의든 무관심에서 비롯된 불충분한 북한 이해가 신뢰 부족으로 연결되어 결국 남북한 갈등을 증폭시키는 또 다른 원인으로 작용하는 악순환 구조가 고착되었다고 볼 수 있다. 북한에 대한 이해가 가능하기 위해서는 무엇보다 북한사회(내부)에 대한 객관적인 정보가 필요하다.

하지만 북한에 대한 접근은 물리적 한계가 있다. 폐쇄적인 사회이기 때문에 실상 파악이 더욱 어렵다. 2000년 남북정상회담 이후부터 이전과 비교할 수 없을 정도로 남북한 교류, 협력이 활성화되어 북한에 대한 다양한 정보와 경험이 축적된 바 있으나, 국민들의 북한 이해는 대체로 크렘린놀로지Kremlinology를 통해서 이루어진다. 냉전기 폐쇄적인 체제공산주의 국가의 내부 변화를 파악하기 위한 접근법으로 사용된 크렘린놀로지는 단편적인 정보나 간접적인 단서를 통

통일을 위한 선결과제로(복수응답) 북핵문제 해결(61.5%)을 우선적으로 꼽았는데 — 군사적 신뢰구축(40.6%), 남북 경제교류협력(36.7%), 문화 · 인적 교류(19.1%) 순 — 향후 북핵문제 해결에 대해서는 부정적 의견이(60.3%) 긍정적 전망을(39.7%) 크게 앞섰다. 특히 긍정적 전망이 2018년 55.3%에서 대폭 하락했다.

14 정동준 외,『2018통일의식조사』, 서울대 통일평화연구원, 2019.3, 제2장 참조.
15 KINU의 '2018통일의식조사'를 보면 북한에 대한 국민들의 관심도가 낮은 것으로 조사되었다. 북한 문제에 관심을 가진다는 의견이 47.6%였는데(2015년 : 49.2%, 2016년 : 43.0%, 2017년 : 45.8%), 북한 핵 위협이 고조되었음에도 불구하고 국민들에게 북한문제가 절대적 관심대상이 아니라는 것을 알 수 있다. 남북관계의 진전과 북미관계의 개선/교착의 상황에서 관심도가 어느 정도는 증가했을 것으로 보인다.

해 핵심 정보를 판단하기 때문에 자체 오류가능성이 매우 크다. 북한에 관한 정보가 없거나 부족한 상태에서 확인이 불가능한 정보들을 바탕으로 한 오보 양산, 편견 조장, 과장된 희망 등이 북한 이해에 주효하게 작용해왔다. 특히 집권세력이나 특정 정치집단, 언론이 국내 정치적 목적으로 북한 문제를 비정상적인 방법으로 이슈화하여 악용함으로써 이를 부추겼다. 지상파TV가 북한 정보를 획득하는 대표적인 경로라는 점에서, 60.7%, KINU 2018년 냉전논리에 바탕을 두고 적과의 대치를 전제한 언론기관의 크렘린놀로지는 대단히 심각한 문제다. 평화정착 및 남북통합의 걸림돌로 강조되는 남남갈등의 진원은 이념적 대립 이상으로 북한에 대한 몰이해와 크렘린놀로지에 있다고 할 수 있다. 서독이 1972년 동독과 기본화해조약을 맺은 뒤 체제경쟁을 부각시키는 것은 이질감만 부추길 뿐이라는 인식하에 공영방송이 '문화민족' 개념을 강조하는 방향으로 제작방향을 전환하여 동서독 주민들의 의식을 잇기 위해 노력한 사실은 시사하는 바가 크다.

다른 한편으로 이런 배경에서 북한에 대한 타자화가 더욱 강화·고착되었다. 단적인 예로 2017년 한강의 『뉴욕타임즈』에 쓴 글을 들 수 있다. "While the U.S. Talks of War, South Korea Shudders", *The New York Times*, Oct.7, 2017 이 기고문("미국이 전쟁을 말할 때 한국은 몸서리친다")은 북미 간 무력충돌이 최고조로 임박한 위기상황에서 전쟁에 반대하고 평화적 해법만이 유일한 길이라는 반전反戰메시지를 효과적으로 전달했다는 점에서 큰 반향을 불러일으켰다. 그러나 미국의 전쟁 선택이 줄 고통을 남한(국민들)에만 한정시키고 있어 문제적이다. 오혜진이 날카롭게 분석했듯이 한반도전쟁에서 북한주민의 고통을 배제시키는 발상은 전쟁폭력성에 대한 근본적인 문제제기가 아니며, 북한에 대한 타자화를 경유함으로써 전쟁 폭력을 정당화하는 미국의 대북논리와도 상통한다고 볼 수 있다.[16] 한강

---

16 오혜진, 『지극히 문학적인 취향』, 오월의봄, 2019, 569~570쪽.

도 분명하게 적시했듯이 우리가 북한의 존재를 세계 어느 국가보다 구체적으로 인지하고 있다. 그도 그럴 것이 분단체제 70년 동안 축적된 긴장과 공포가 우리 내부 깊숙이 생생하게 작동하고 있기 때문이다. 그렇지만 크렘리놀리지적 북한 이해와 이에 근거한 편파적 북한 인식은 북한을 남한의 타자로 규정하고 재단하는 고정관념을 확대·강화하는 데 역설적으로 기여한바 매우 크다.

북한을 남한과 분리하거나 북한을 타자함으로써 북한에 대한 특정이미지, 예컨대 이해 불가능한 대상, 결여의 체제라는 편향을 주조함으로써 남한 주도의 일방적인 개입과 관여 내지 북한에 대한 지배(소멸)를 정당화하는 논리를 (재)생산해왔다. 북한이 주적이냐를 둘러싼 이념논쟁 프레임이 이를 더욱 강제했다. 과거 냉전기 북한학도 체제경쟁에서 남한주도권 확보를 뒷받침하기 위한 지식을 생산하는 데 일조했다. 북한사회를 정치체계로서뿐 아니라 인간으로서 북한주민을 중심으로 접근, 이해하는 것은 아직까지는 많은 시간이 필요할 것으로 보인다. 그런 점에서 보면 미국에 기대지 않고 남북이, 그것도 북한 지도부가 아닌 인간미 넘치는 북의 개인에 대한 신뢰와 남북형제애를 문제해결의 주체로 설정한 영화 〈강철비〉, 〈PMC-더 벙커〉의 상상력은 음미해 볼 만한 가치가 있다. 북한(주민) 또한 분단과 통일의 주체이자 대상이며 통일된 한반도사회의 당사자라는 지극히 평범한 사실을 망각한 그 어떠한 이론과 정책도 불구적이며 허구이다. 적어도 남북통합이 국민적 합의에 기초해 민주적이고 평화적인 방법에 의해 추진되어야 한다는 변함없는 명제 앞에 분단논리의 해체와 함께 북한에 대한 올바른 이해 나아가 한반도 전체(국민)를 아우르는 통합적 차원의 평화·통일담론을 마련하는 일이 정책적으로나 학문적으로 핵심 과제가 되어야 한다. 학문적으로 북한학이 단순한 북한연구가 아니라 한국학의 나머지 절반이라는 차원에서 북한학의 외연 확대의 필요성이 제기된 바 있으나,[17] 이로의 진전은 더딘 형편이다.

이런 맥락에서 볼 때, 앞서 살핀 주요 통일의식조사도 엄밀히 말해 반쪽에 불과한 근본적인 한계를 지닌다. 탈북자 및 북한주민에 대한 현지조사를 보강하여 북한주민의 통일의식을 포함시키려 한 시도는 긍정적이나 마찬가지로 일면적일 수밖에 없다. 다만 국민의식조사 결과에 관한 개괄적 검토를 통해서 한반도정세의 대전환을 계기로 국민들의 남북통합 및 북한 인식에 뚜렷한 변화가 나타나고 있다는 사실을 확인할 수 있었다. 저자가 보기에 그 변모 양상의 특징을 잘 집약해주는 내용 중 하나가 "북한에 대해 타협적이고 협력을 선호하는 진보, 그리고 북한을 적대시하고 압박정책을 선호하는 보수라는 이분법이 더 이상 적실성을 갖지 못한다"[18]는 시계열적 분석 결과이다. 즉, 이념적 지형(진영)을 넘어서는 북한 및 통일인식의 다기한 변화와 착종이 남한사회에서 이루어지고 있다는 것이다. 2022년의 시점에서 남북통합과 관련한 주요 의제들에 대한 국민 의식이 한반도 정세 변화 및 현 정부의 대북정책의 변경에 따라 또 다른 변화가 나타나고 있으나 앞서 살핀 거시적인 흐름은 대체로 유지되고 있다는 판단된다. 그 착종의 배면에 가로놓여 있는 여전한 크렘리놀리지적 북한 이해와 북한을 타자화한 북한인식, 이는 북한학이 지향해야 할 전도前途를 시사해준다.

이 글은 냉전지역학으로서 북한학이 일정한 규모와 체계를 갖추고 등장한 1960년대 북한학 성립의 안팎을 고찰해보고자 한다. 기존 북한학에 대한 검토와 전망 모색을 시도한 연구에서 1960년대 북한학은 거의 논외로 취급한다.

---

17 정영철, 「북한학의 현황과 전망」, 『황해문화』 57, 새얼문화재단, 2007.12, 324쪽.
18 이상신 외, 앞의 책, 28쪽. 착종 양상의 적절한 예로는 "북한을 협력대상으로 인식할 경우 통일의 필요성에 덜 적극적이었으며, 평화공존과 통일이익이 비용보다 크다는 통일편익론에 긍정적인 견해를 보였지만, 통일을 위한 비용 부담 등에는 소극적인 경향을 보인 반면에 북한을 적대대상으로 인식할 경우 오히려 통일의 필요성에 더 적극적이었고, 상대적으로 평화공존에는 더 부정적인 견해를 보였으며, 통일을 위한 비용 부담 등에는 적극적인 경향을 보였다"는 분석이다(14쪽).

공통적으로 이 시기1980년대 이전까지 북한학은 냉전반공이데올로기에 침윤된 관제 북한연구에 불과했으며, 이념적·자료적 제약으로 인한 추상적 대안과 국제정치적 맥락만을 강조함으로써 오히려 국민들을 수동적 방관자로 소외시키고 남북통합을 대비하는 문화적 역량을 축적하는 데 실패했다는 부정적 평가가 지배적이다.[19] 사실이다. 그러나 북한연구의 양적 확대와 학문적 발전, 특히 1990년대 초 북한연구의 시각 및 방법론을 둘러싼 논쟁과 이종석의 내재적-역사적 방법론에 입각한 일련의 북한연구저술을 거치며 질적 전환을[20] 이루었음에도 불구하고 여전히 북한연구가 과도기적 상황을 벗어나지 못하고 있다는 지적에 주목한다. 기초적인 심층연구가 취약하다는 것이다. 이런 차원에서 초기 북한학을 검토해 오늘의 북한학을 비춰보는 작업도 의의가 있을 것이다. 관제연구라는 고정관념 때문에 이 시기 북한연구에 대한 점검을 의도적으로 방기한 면이 없지 않다. 더욱이 오늘의 사회대중적 북한인식과 북한연구의 인식론적 틀과 범주가 1960년대 북한학의 성립 초기부터 배태되었다는 점에서 북한학의 발전적 지양을 모색하는 데도 유용한 참조가 될 것이다.

2. 냉전지역학으로서 북한학의 출현

북한학이 현재 학술제도상대학. 학회 등 독자적 학문분과로 정립된 것은 분명한 사실이나 완전한 '학'으로서의 지위를 획득했는가에 대해서는 의견이 엇갈린다. 북한을 대상으로 하는 한국학 범주 내의 지역연구로 보는 입장도 존재한다.

---

19 이서행, 「북한학의 연구동향과 발전방향」, 『북한연구학회보』 4-2, 북한연구학회, 2000, 9~10쪽.
20 이에 대한 자세한 고찰은 김연철, 「서평 : 북한연구의 이데올로기적 편향 극복−조선로동당연구, 현대북한의 이해」, 『역사비평』, 역사비평사, 1995.5, 325~342쪽 참조

어떻든 북한학은 북한지역을 대상으로 하는 지역 연구이며, 분단과 통일 그리고 향후의 통일된 사회를 종합적으로 아우르는 실천적 통일학이자 미래학으로서의 복잡한 성격을 지니는 동시에 반쪽으로만 이루어진 불구적 한국학을 완성하는 한반도학으로서의 학문적 위상과 가치를 지닌다.[21] 또한 북한학은 냉전금제으로부터 비교적 자유로운 학문 영역이 되었으나 여전히 가장 이데올로기적인 학문이라는 특수성을 본질로 한다. 북한학의 다양한 가치 가운데 특히 한반도학으로서의 의의는 각별하다. 통일이 분단 이전 상태로의 회귀가 아니라 서로 다른 두 체제를 하나로 통합해 새로운 민족공동체를 건설하는 의미를 지닌다고 할 때, 기존 북한학의 남북 통합적 한반도학으로의 지양은 필수적이다.

북한학은 1960년대 냉전지역학의 일환으로 출현하였다. 냉전에 의해 탄생했고, 냉전을 동력으로 나름의 규모와 체계를 갖춘 학문분과로 자리를 잡으면서 당시로서는 한국학의 주요 영역으로서의 위상을 부여받았다. '북한학'이란 용어도 이때 처음 공식성을 얻게 되었다. 특히 세계 냉전체제의 변동으로 인해 대두된 동아시아 질서 재편성 문제, 그 가운데 한반도(통일)문제가 정책적 및 학술적 의제로 급부상하면서 북한학의 입지가 더욱 강화되는 특징을 보인다. 냉전지역학으로서의 북한학이 성립 가능할 수 있었던 데는 미국(민간재단), 박정희정권, 학술계(지식인) 등 세 요소가 유기적으로 결합된 구조적인 맥락이 존재한다.

우선 미국의 관여를 살펴볼 필요가 있다. 1950~60년대 한국의 문화, 학술 영역은 미국의 대한對韓원조공적 원조/민간재단 원조에 의해 제도적 기반을 갖출 수 있었다. 마샬 플랜Marshall Plan/몰로토프 플랜Molotov Plan을 시작으로 냉전기 확대(축소)재생산 형태로 장기 지속된 미/소의 원조전은 냉전의 주변부를 점차 냉전의 격전장으로 흡인해내면서 냉전질서를 전 세계에 부식시키는 숨은 동력이

---

21 정영철, 앞의 글, 305~309쪽.

었다. 분단과 한국전쟁을 계기로 한반도의 냉전 전략적 가치가 증대됨에 따라 미국의 대한원조가 본격화되었고, 그것이 1954년 평화공존 속의 대결로 냉전 질서가 재편된 이후 대한원조가 확대되면서 한국은 남베트남에 이어 미국 대외원조의 두 번째 수혜국이 된다.[22] 아시아재단, 포드재단, 한미재단, 록펠러재단 등 미국의 주요 민간재단도 문화냉전이란 전략적 목표 아래 문화 영역에 집중적인 대한원조를 시행하였다. 군사원조를 주축으로 한 공적원조가 한미 간 원조의 양적 확대와 운영의 자주성을 둘러싸고 심각한 갈등을 빚은 데 반해 민간재단의 원조는 비정부, 비영리 원칙과 근대화, (자유)민주주의 확산에 초점을 둔 현지화전략을 구사했기 때문에 원조프로그램이 비교적 원활하게 수행될 수 있었다. 물론 상당수 민간재단이 CIA의 재정적 지원을 받으며 심리전을 대행한 문화냉전 기관이었다는 점에서 미국의 대외전략, 특히 일본을 정점으로 한 동아시아 지역통합전략에 간접적으로 기여한 것은 부인할 수 없는 사실이다.

그런데 한국 문화·학술에 지대한 영향력을 발휘하던 민간재단의 한국원조는 5·16쿠데타를 계기로 원조의 지침과 방향을 전반적으로 수정할 수밖에 없었다. 군사정부가 미국의 원조프로그램을 부당한 내정간섭으로 간주했고, 원조가 부정부패를 야기해왔다는 판단 아래 정보기구中央情報部를 동원한 억압과 감시를 함으로써 한국 내 활동 자체가 위기에 봉착했기 때문이다. 미국의 대한원조에 대한 여론도 호의적이지만은 않았다.[23] 군사정부가 '외국 민간원조단

---

22 미 하원에 보고된 1949~1959년 세계 각지 13개국(일본, 한국, 타이완, 필리핀, 인도네시아, 태국, 인도, 파키스탄, 이스라엘, 터키, 스페인, 모로코, 그리스)에 대한 해외원조(U. S. ECONOMIC AID)에 대한 보고서에 관한 분석적 고찰은 李奉範,「冷戰と援助の力学, 韓国冷戦文化の政治性とアジア的地平」, 吉原ゆかり·渡辺直紀 編,『東アジア冷戦文化の系譜学』, 筑波大学出版会, 2022 참조.

23 가령 서울시내 상인들을 대상으로 한〈민정에 바라는 여론조사〉(1963.7.10~25)의 '미국의 대한원조정책에 대한 평가' 질문에서 정치, 경제, 사회, 문화 전반에 걸쳐 기여한 바 크다(39.9%), 군사면에만 치우쳐 산업개발에는 별 도움이 되지 않았다(21.1%), 지배층 부패만 조장하고 국민전체에 준 이익은 없다(26.8%), 국민의 사치성만 조성하고 국가경제를 파멸로 이끌었다(9.0%), 무응답(3.2%) 순으로 답변했는데, 비록 서울시민 일부의 의견이기는 하나 미

체에 관한 법률'을 제정하여1963.12.7 외국 민간단체의 등록을 의무화시키는 가운데 지원사업의 적정성을 도모하는 방법을 구사하면서 민간재단의 입지가 더욱 위축될 수밖에 없었다. 군사정부와의 우호적 관계를 조성하는 일이 필수불가결해진 것이다.

이러한 난관을 돌파하는 과정은 아시아재단의 사례에서 잘 나타난다.[24] 아시아재단은 박정희를 움직이는 것에서 해법을 찾았다. 박정희의 미국방문 때 1961.11 그를 아시아재단 샌프란시스코본부로 초청해 군사정부의 정책과 비전을 피력할 수 있는 기조연설의 기회를 제공하는 동시에 별도로 박정희와 아시아재단이사장 로버트 블럼의 단독면담을 마련해 박정희의 의중을 탐문한다. 미국의 대한원조, 일본과의 관계개선, 민정이양 계획, 국가재건최고회의 의장으로서의 책무 등에 대한 박정희의 입장을 듣고(박정희는 경제재건 및 발전을 가장 강조했다) 아시아재단이 유용한 역할을 할 수 있음을 조심스럽게 타진한다. 박정희와의 소통을 거친 뒤 아시아재단은 다양한 경로로 군사정부의 엘리트관료들과 교류를 확대해나가면서 신뢰관계를 구축하고 새로운 프로그램을 설계하는 과정을 밟는다. 그 결과로 아시아재단은 재단의 목표와 박정희정부의 이해관계가 중첩된 전문외교관 양성과 교육외무공무원교육원 설립-현 국립외교원, 법서울대 법학대학원 설치 분야를 핵심프로그램으로 선택하기에 이른다. 요약하건대 아시아재단은 이전 아래로부터의 현지화를 탈피하여 박정희정권과의 유대에 바탕을 둔 '위로부터의 현지화 전략'[25]을 통해 한국 내 활동의 유리한 입지를 마련할 수 있었던 것이다. 아시아재단이 한국연구도서관한국연구원에 대한 지원을 중단한 뒤 아세아

국의 대한원조에 대한 부정적 의견이 더 많다는 것을 확인할 수 있다. 「민정에 바라는 여론」, 『경향신문』, 1963.7.29.

24 Park Chung Hee General Correspondence Folder, The Asia Foundation, Box No. P-277, Hoover Institution Archives.

25 안진수, 「5·16군사정변과 아시아재단 사업방향의 전환」, 『한국학연구』 54, 인하대 한국학연구소, 2019, 188쪽.

문제연구소를 단일 창구로 한 학술원조 프로그램에서 중국연구, 일본연구, 동남아연구 등 아시아 냉전지역학연구에 집중한 것도 이런 맥락에서였다.

아시아재단과 같은 전략 변경은 다른 미국 민간재단들에게도 해당된다.[26] 여기에 민간재단들 간의 협업시스템이 개설되면서 한국원조프로그램이 좀 더 체계적으로 진행될 수 있었다. 이를 잘 보여주는 사례가 미국의 지식공장으로 불리던 포드재단의 고대 아세아문제연구소이하 '아연'에 대한 학술지원이다.[27] 포드재단이 아연에 지원을 하게 된 배경은 애초 1961년 아연이 아시아재단에 구한국외교문서총서 출간사업과 한국공산주의 연구에 대한 지원을 신청하였고, 아시아재단이 존 페어뱅크하버드대 교수, 제임스 몰리컬럼비아대 교수, 글렌 페이지 등의 자문을 거쳐 타당성과 의의를 검토한 뒤 최종 승인과 함께 연구계약 체결까지 성사되었으나, 예상 밖으로 막대한 예산이 필요한 사업이었기 때문에 아시아재단의 재정으로는 감당하기 어려운 형편이었다. 같은 시기 한국학 연구기관을 만들어 지원하려는 계획을 갖고 있었던 포드재단 또한 아연으로부터 3대 연구계획, 즉 구한국외교문서 정리 간행, 한국의 사회과학적 연구, 북한연구에 대한 지원 신청을 받은 상태였다. 이후 포드재단은 아시아재단과 아연의 연구계획에 대한 정보를 공유하고 스칼라피노 교수의 자문과 김준엽의 연구계획발표를 청문한 뒤 지원을 결정하게 된다. 하지만 마지막 관문이 남아 있었다. 포드재단이 5·16 후의 정세 속에서 북한연구 가능성에 대해 회의를 가졌기 때문이다. 이 문제는 아연이 수개월에 걸친 중앙정보부의 조사를 거친 뒤 한국에서 유일하게 공산권연구 허가를 받으면서 해결될 수 있었다. 최종적으로 1962

---

26 1966년 101개 주한외국민간원조단체(KAVA) 대표들이 한국정부와의 긴밀한 협조 아래 보다 효율적인 활동을 수행하기로 결정함으로써 일반화되었다. 「한국 위한 원조되게」, 『경향신문』, 1966.6.10.

27 Education school & University-Korea University Asiatic Research center General Folder, The Asia Foundation, Box No. P-279, Hoover Institution Archives.

년 8월 포드재단이 아연의 3대 연구계획에 대해 28만 5천 달러의 학술 원조를 시행함으로써 북한연구가 본격적으로 개시되기에 이른다.

포드재단의 아연 원조는 북한연구뿐만 아니라 당대 학술계의 최대 난관이었던 재정문제와 이데올로기적 제약을 해결함으로써 학술 연구가 진작되는 전환점이 된다. 재정적 취약성은 한국 학술의 황폐화를 초래한 근원으로 1960년대 후반까지 연구비, 학술대회 개최, 학술지 발간, 국제컨퍼런스 참가, 저술 출판 등 학술활동 대부분이 외원外援에 의존해야만 하는 형편이었다. 한국학연구조차 국내에서 연구자금 획득이 불가능하여 외원으로 해야 하는 아이러니한 현실이었다.[28] 아연의 경우로 한정해보면, 포드재단으로부터 1차에 이어 1966년 구한국외교문서정리간행의 지속사업, 일제지배하의 한국연구, 북한연구, 현대중국연구, 한국사상연구 등 2차 연구계획으로 18만 달러, 1968년 공산권연구, 한국 통일문제연구 계획으로 20만 달러, 1971년 남북한, 중국, 일본 및 동남지역에 대한 사회과학적 연구로 20만 달러 등 총 100만 달러 이상에 달하는 원조를 계속 받게 되고, 아시아재단의 지역학연구 지원, 하버드대옌칭학회의 한국학연구 지원 등 미국 민간재단들의 집중적 원조를 바탕으로 세계적인 공산주의연구기관으로 도약할 수 있었다.

포드재단 원조의 의의는 단순히 물적 원조에 그치지 않는다. 연구의 지속성을 바탕으로 연구주제의 계기적 연관성을 강화해 한국학이 정립될 수 있는 실질적 기반이 되었다는 사실이 중요하다. 북한연구도 공산주의연구, 중국, 소련, 일본, 동남아 등의 지역학연구, 통일문제연구 등과 상보적 결합을 통해 전문성을 제고할 수 있었다.[29] 특히 이 과정 전반이 미국 내 공산주의연구, 한국

28　홍이섭, 「한국학의 추이」, 『동아일보』, 1965.8.19. 홍이섭은 해방20년 한국학 불모의 원인을 정치적 제약과 재정적 궁핍 그리고 분단에 따른 체제대립의 복합적 작용으로 보았다.

29　포드재단의 북한연구 지원은 아연뿐 아니라 대학부설 연구소에도 지원한 바 있다. 가령 1966년 고대 행정문제연구소의 '북한의 행정과 법제 연구계획'(5년)을 지원했다. '북한의 관료제도

학 연구를 선도하고 있던 대학(학회), 학자들과의 접속을 통해 학술적 네트워크를 구축하면서 한국의 북한연구를 세계적 지평으로 확대할 수 있게 만들었다는 점은 특기할 만하다. 포드재단은 아연 지원과 함께 1967년부터 'Research and training on Korea'란 프로그램으로 하버드대, 워싱턴대학, 콜롬비아대, 미국사회과학연구협의회 등 한국학연구의 주요 대학에 매년 50만 달러 이상을 지원하기 시작했다.[30] 하버드대에서 한국연구의 조사프로그램이 시작된 시점도 포드재단의 지원이 시작된 1967년이며, 하와이대학 부설연구기관으로 설립된 '한국학연구센터'도 1967년 미국사회과학연구협의회SSRC를 통해 포드재단으로부터 한국학 연구비를 받으면서 본격적인 연구 활동을 개시할 수 있었다. 전후 저개발국가에 대한 지역연구 및 비교연구의 정책적·학문적 필요성에서 출범한 미국의 전후 지역학은 1951년 이후 포드재단의 독점적인 지원으로 성장했는데, 그 배경에는 적을 알기 위한 냉전적 동기가 자리 잡고 있었으며 대학과 민간재단 그리고 미국정부의 긴밀한 협력관계를 통해 수행되었다.[31] 포드재단의 아연 원조를 매개로 한미 간 냉전학술의 접목 및 본격적인 횡적 연대가 이루어진 것이다. 이러한 흐름 속에서 북한학이 탄생했고 급속한 확장이 가능했다.

한미 간 냉전학술의 교류·연대는 아연 주최 또는 미국 냉전연구기관과의

에 관한 연구'(이문영), '북한의 행정기능과 행정조직의 특징에 관한 연구'(정경모), '북한헌법의 이론과 실제', '북한의 국제조약과 국제협정에 관한 연구', '북한 신분법의 이론과 실제' 등 5개 주제였다. 중앙정보부와 문교부의 승인을 받는 절차를 거쳐 이루어졌다.

30 *The Ford Foundation Annual Report 1967*, p.121. 1967년부터 매년 배정된 'Research and training on Korea' 프로그램의 구체적인 지원 내역은 포드재단연례보고서의 International Division → Asia Studies 파트에 제시되어 있다. 연례보고서를 살펴보면 포드재단의 아시아지역에 대한 지원은 인도, 인도네시아, 파키스탄, 홍콩, 필리핀, 일본 등이 중심이었고, 미국 내 아시아지역학연구 지원은 중국이 압도적이었음을 확인할 수 있다. 1960년대 한국에 대한 지원은 아연 위주였고, 고려대, 중앙대 부설연구소에 일부 소규모 지원이 있었을 뿐이다.

31 채오병, 「냉전과 지역학—미국의 헤게모니 프로젝트와 그 파열, 1945~1996」, 『사회와 역사』 104, 한국사회학회, 2014, 300~310쪽.

공동 주최의 국제컨퍼런스를 통해 구체화된다. 아연이 주최한 주요 국제컨퍼런스로는 학술의 유엔총회로 평가받았던 '아세아에 있어서의 근대화문제' 국제학술회의1965.6.29~7.3, 국내31명 국외32명 총 63명의 발표자와 7명의 외국인옵서버 참가를 비롯하여 '아세아에 있어서의 공산주의문제' 국제학술회의1966.6.20~24, 국내14명 국외8명 총 22명의 발표자와 28명의 국내외옵서버 참가, 미국사회과학연구협의회와 공동 주최한 '한국의 전통과 변천' 국제학술회의1969.9.1~6, 국내8명 미국9명 총17명의 발표자, '한국통일문제' 국제학술회의1970.8.24~29, 국내31명 국외34명 총65명의 발표자, '최근의 극동정세와 한국'에 관한 국제학술세미나 시리즈1971.6.22~7.8, E.라이샤워, J.몰리, G.페이지, W.그리피스, G.백멘, 김준엽 등이 있다.[32] 이 국제컨퍼런스들은 주제, 규모, 참가국 분포 등 모든 면에서 당시로서는 불가능에 가까운 학술행사였고, 따라서 국내외의 파장도 매우 컸다. 미국, 아시아, 유럽의 일부를 포괄한 명실상부한 국제학술대회가 가능했던 것은 포드재단을 매개로 한 냉전문화네트워크 때문이었는데, 특히 미국의 지역학을 실질적으로 관장했던 미국사회과학연구협의회SSRC[33] 및 산하 동아시아 지역학을 주도했던 냉전학자들의 대거 참여가 눈에 띈다. 국제컨퍼런스가 한국학(북한학)의 미국 주도 냉전문화네트워크와의 접속 및 확대의 계기가 되었고, 인문사회과학 분야의 세계적 연구경향과 (미국의)최신 연구방법론이 전파, 수용되는 경로로 작용하여 한국의 인문사회 각 분과학문이 학적 체계를 갖추는 데 큰 도움이 되었다는 점을 지적해 둘 필요가 있다.[34]

한편 이데올로기적 제약에서 일정부분 벗어난 것은 북한연구의 획기적 전환

---

32 각 학술대회 연구발표 주제, 발표자, 토론자 등에 대한 상세한 정보는 고대 아세아문제연구소, 『亞細亞問題研究所 二十年誌』, 1977, 118~134쪽 참조.

33 채오병, 앞의 글, 297쪽.

34 김인수는 아연의 '아세아에 있어서의 근대화문제' 국제학술대회와 사회학 관련 제5섹션에 대한 분석을 통해 이 국제학술대회가 갖는 의의를 한국 사회학(사회과학)의 시발점이자 모멘텀으로 평가한 바 있다. 김인수, 「한국의 초기 사회학과 '아연회의'(1965)—사회조사 지식의 의미를 중심으로」, 『사이間SAI』 22, 국제한국문학문화학회, 2017.

점이 된다. 당시 세상의 모든 이데올로기는 반공법제4조의 저촉 대상이 된다, 또는 지상에서 모든 이데올로기가 사라져야만 반공법이 없어질 수 있다는 말이 말해주듯 한국사회 전반 심지어 인간의 영혼까지 이데올로기적 공포에 포획된 시대였다. 이데올로기적 폐색성은 한국이 세계에서 반공단체가 가장 많은 국가라는 우스꽝스러운 결과를 낳았고, 국민들을 오히려 반공에 무관심하게 만들었다. 학술분야도 예외가 아니어서 이념적 제약과 함께 엄혹한 사상검열이 상시적으로 작동하면서 아카데미즘의 황폐화를 야기했다. 공보부장관이 추천한 반공전문가의 북한연구 서적까지 반공법 위반의 시비 대상이 될 정도였다. 북한연구, 공산주의 연구, 통일연구는 가장 대표적인 학문적 금기 영역이었다. 북한연구가 가장 절실한 과제라는 여론의 비등에도 불구하고 공백상태를 면치 못했던 것도 기본적으로 이념적 제약 때문이었다.

그런데 아연이 민간에서는 유일하게 공산권연구기관으로 국가승인을 받은 것이다. 5년의 노력이 포드재단의 원조를 계기로 결실된 것이다. 이를 계기로 이념적 제약에서 비교적 자유로운 공산주의연구와 연구의 연속성이 가능했다. 특히 북한 연구를 지체시키는 최대 장벽인 자료 부족(자료접근성)이 해소된 것은 북한학의 전문성을 강화하는 데 결정적인 요인이 된다. 아연은 국내 및 국외 북한자료의 구입, 수집이 보장되었고, 중앙정보부 보유 특별자료까지 제공받았으며 전향자들의 면담도 허락되었다. '보안업무규정'1965.7에 의해 북한자료는 국내자료조차 일반인은 물론이고 학자들도 개인 열람이 불허되었던 상황에 비추어볼 때 아연은, 비록 일정한 한계와 제약이 있었더라도, 북한연구에 대단히 유리한 조건을 확보한 셈이었다.

그렇다면 박정희정부는 왜 아연을 공산주의연구기관으로 승인했으며, 나아가 공산주의 연구와 북한 및 통일연구를 적극적으로 후원했을까? 그것은 박정희정부의 통치술, 즉 반공개발동원전략과 관련이 깊다. 박정희정부는 집권 초

한국 중심의 동아시아 지역구상을 입안하고 동아시아반공동맹체집단방위체제 구축을 목표로 냉전외교정책을 공세적으로 추진했다. 이는 이승만의 동아시아 지역구상, 즉 1954년 발족된 '아시아민족반공연맹APACL'과 연속성을 갖는 것으로, 아시아반공진영의 이니셔티브를 확보함으로써 대내외적인 위기국면을 돌파하려는 의도였다. 아시아국가, 특히 일본과 이해관계가 첨예하게 충돌하면서 지지부진하다 베트남전 참전 결정을 계기로 미국의 적극적인 지원 속에 1966년 '아시아태평양이사회ASPAC' 창설로 현실화되었다. 그러나 회원국으로부터 베트남 참전, 한국의 통한統韓원칙에 대한 지지를 이끌어냈음에도 불구하고 애초 의도한 집단방위체제 결성과는 거리가 먼 사회문화협의체 수준에 그쳤다.[35]

그런 한계 내에서도 박정희정권은 APACL조직27개 회원국과 30개국 옵서버을 장악해 아시아반공연대를 선도하려는 노력을 강화했다. APACL의 국내조직으로 발족된 한국아세아반공연맹을 공보부로 이관, 법정기구화하고 한국반공연맹으로 개칭한1963.12 뒤 대내외 프로파간다를 총괄하는 아시아민간반공운동의 구심체로 발전시킨다. 이런 과정을 거쳐 한국반공연맹은 산하에 13단체 단체를 총괄하는 한국 최대의 반공단체가 되었다. 아울러 한국반공연맹 산하에 '자유센터'를 설치해 이를 거점으로 아시아반공연맹을 세계반공연맹으로 확대 개편하는 동시에 '공산주의문제연구소' 발족과1967 북한실정에 밝은 북한전문가 50명으로 '북한학회'를 운영해1968 북한에 대한 조사연구 사업을 추진하고 승공담론 개발, 계몽선전 운동을 주도해나간다.[36] 동백림사건 후에는 자유센터를 매개로 재일조선인, 해외 유학생, 파견기술자들을 대상으로 반공선전 사업

---

35 ASPAC의 결성에 대해서는 조양현, 「냉전기 한국의 지역주의 외교―아스팍(ASPAC)의 설립의 역사적 분석」, 『한국정치학회보』 42-1, 한국정치학회, 2008 참조.
36 한국반공연맹의 반공프로파간다는 언론기관과의 공조하에 국민운동 차원으로 추진하는 특징을 보인다. 가령 동아일보사와 공동으로 '간첩색출민간인 희생자가족 돕기 운동'(1967.8), '반공사업기금조성운동'(1968.2)을 범국민적 반공운동으로 전개하는 방식이었다.

을 강화시켰다. 한국반공연맹은 중앙정보부 부설 북한문제 연구기관인 '국제문제연구소', 중앙정보부 심리전국의 외곽단체인 '북한연구소'1971.11 창립와 함께 관변적인 북한연구를 이끈 쌍두마차가 된 것이다.

흥미로운 점은 중앙정보부김종필가 주도한 이 과정에서 아시아재단과의 교섭과 갈등이 지속적으로 있었다는 사실이다. 아시아재단 APACL관련 서류를 살펴보면,[37] 아시아 역내 교류와 연대를 중시했던 아시아재단은 APACL에 호의적이지 않았다. 무엇보다 미국의 아시아정책에 부합하지 않았고 실질적으로 정부가 주도하는 관변단체라는 판단 때문이었다. 그래서 아시아인의 반공감정을 조성하고 고무하는 데 유용하다는 아시아지부들의 지원 필요성 의견을 일축한다. 특히 APACL한국본부가 자유센터 건립기금 마련을 위해 UCLA, 아시아재단 등에 계속 원조를 요청했으나, 아시아재단은 중앙정보부의 정치적 도구에 불과하며 돈을 받으려는 것보다 아시아재단과의 관계를 바탕으로 APACL를 미국사회(인)에 홍보하려는 의도라고 판단해서 관여하지 않게 된다.

5·16쿠데타 후 군부세력은 정권획득을 정당화하고 대對사회적 지배력을 확보하는 과제가 급선무였다. 혁명공약, 즉 "반공을 국시의 제일의로 삼고 지금까지 형식적으로 구호에만 그친 반공태세를 재정비 강화한다"1항, "민족적 숙원인 국토통일을 위하여 공산주의와 대결할 수 있는 실력배양에 전력을 집중한다"5항에 천명되어 있는 바와 같이, 군부세력은 수세적, 방어적 반공에서 벗어나 승공위주의 공세적 반공주의동원 전략을 구사했다.[38] 북한의 공격적인

---

37 US & International Conference-Asian People Anti Communist League(APACL), The Asia Foundation, Box No. P-014, Hoover Institution Archives; Korea-Organization Asian People Anti Communist League(APACL) July 1962, The Asia Foundation, Box No. P-277, Hoover Institution Archives.

38 군사정부는 「혁명 2년간의 반공의 발자취」(1963.10.14)란 장문의 성명서를 발표하여 자신들이 시행한 반공시책의 성과를 홍보한 바 있다. 제시한 주요 성과로는 민족일보사건으로 용공세력 제거, 반공법 제정을 통한 반공체계의 확립, 월남귀순자에 대한 원호조치로 인한 귀순자의 대량 증가, 대공심리전의 강화, 반공프로파간다의 강화, 전파심리전의 체계 수립, 민간단체의

대남정책, 특히 연방제통일방안의 공식적 제안1960.8, 조선노동당제4차대회에서 채택한 강경한 대남전략3단계 혁명전략에 대한 적극적인 대응과 4·19혁명의 시공간에서 분출된 다양한 진보적 통일론을 제거할 시급성이 이를 더욱 강제했다. 중앙정보부의 설치1961.6 및 반공법 제정1961.7과 민족일보사건이 그 시작이었다. 이 시기 CIA는 박정희세력이 한국 내치의 완전한 통제를 목표로 하고 있다고 분석한 있다.1962.4.4. CIA기밀문서 이런 맥락에서 공산주의 및 북한에 대한 이론적, 학술적 연구의 필요성이 증대됨에 따라 공산주의북한 연구가 활성화될 수 있는 제도적 공간이 창출될 수 있었던 것이다. 아연의 공산권연구기관 승인이 가능했던 이유이다.

군사정부의 대공시책은 정부조직법 개정1961.6.21을 통해 막강한 권한이 부여된 공보부가 관장했다. 국제적인 공보활동 추진, 대공 및 반공선전 활동, 심리전체제의 강화 등의 지침과 중앙정보부와의 공조시스템하에 공보부가 대공 심리전의 센터가 되어 대내외 프로파간다와 심리전 업무를 총괄, 조정했다.[39] 특히 조사국이 반공시책과 선전 자료의 생산과 홍보를 전담했는데, 자료의 수집과 분석, 사회조사방법론에 의한 반공, 북한, 통일의식 조사, 선전 자료의 제작과 배포 등 매우 적극적으로 이루어졌다. 국가기관에 의한 공산주의 및 북한 관련 자료 수집이 이때부터 체계적으로 이루어진 것이다. 자료 수집의 범위는 북한을 비롯해 공산권국가 전체가 대상이었다. 공보부조사국의 북한 자료 수집은 『북한 20년』1965.12, 비매품, 354쪽으로 결실된다.

그런데 공보부의 심리전 업무가 원활하게 수행되기 위해서는 체계적인 승공

활동 진작 등을 꼽았다.

39 자세한 내역은 공보부,『혁명정부 1주년간의 업적』, 공보부, 1962.5 참조. 유상수는 군사정부의 공보정책이 쿠데타 주도세력이 구상했던 혁명의 단계, 즉 제1단계 : 구악의 일소, 제2단계 : 체제 개혁(경제개발과 반공을 강화하기 위한 조직개편), 제3단계 : 체제 육성 및 발전의 단계 등과 밀접한 관련을 맺고 있다는 분석 아래 공보부의 공보 활동을 체계적으로 정리한 바 있다. 유상수,「5·16군사정부와 공보」,『역사와 실학』 47, 역사실학회, 2012.

이론의 개발이 요구되었다. 공보부는 외곽단체를 통해 이를 해결한다. 그 대표적인 외곽단체가 '내외문제연구소'이다. 월남지식인, 귀순전향자들이 주축이 된 내외문제연구소는 공보부의 재정적 지원 아래 학술적이면서 계몽적인 공산주의비판을 표방한 승공이론 개발과 반공이론서를 출간하는데, 『공산주의이론과 현실 비판전서』전6권, 1963~65, 내외문고 시리즈전31권, 1961~69 등 양과 규모가 방대했다. 중요한 것은 이를 계기로 북한을 체험한 지식인들, 전향남파간첩들이 북한연구의 전면에 나서게 되었다는 점이다. 잠재적 불온분자로 취급되어 블랙리스트1958년 월남교수명단에 올라 감시와 통제를 받았던 것과는 사뭇 다른 양상이 전개된 것이다. 바로 이들에 의해 북한연구가 주도되면서 경험주의적 북한연구가 일 주류를 형성하기에 이른다.

정부 주도의 북한연구는 세계 냉전체제가 데탕트 국면으로 전환되는 가운데 한반도 분단을 둘러싼 대립구도가 동서 진영대결에서 점차 남북 간 체제경쟁으로 이행되어가는 흐름에 대응하여 통일연구로 확대된다. 남북한 정권 모두 체제경쟁을 통치수단으로 활용하면서 체제우월성 경쟁이 격화되었고, 그것이 국제무대에서의 외교 경쟁과 더불어 체제확산 경쟁으로 발전되면서 한반도는 1960년대 말 심각한 군사적 긴장상태가 조성되었다.[40] 이 같은 첨예한 체제대결 국면에서 통일론이 다시 활성화될 수 있는 여지가 생겼다. 사회문화적으로 선건설후통일의 기조와 유엔통일안 이외에 일체의 통일논의가 금압되고, 황용주필화사건1964을 계기로 통일담론이 공론의 장에서 완전히 봉쇄된 상태에서 정부가 통일론을 다시 점화시킨 것이다.

정부에 의해 시도된 최초의 통일문제 연구는 외교연구원의 「통한백서統韓白書」 작성 작업이었고, 이 백서가 국회의 공론화 과정을 거쳐 통일백서전문 765쪽를

---

40 1960년대~1970년대 초 데탕트 국면에서 한반도 분단의 내재화 과정과 그 역학구도에 대해서는 홍석률, 앞의 책, 제3장 참조.

채택하는 것으로 구체화되었다. 통일백서에 의거해 통일원 신설을 골자로 하는 정부조직법이 마련된1968.7 뒤 통일에 대한 조사연구와 선전을 전담하는 국토통일원이 설립된 것이다.1969.3.1 "정부수립 후 최초로 통일이란 단일문제의 단일기구로 발족된 국토통일원"[41]의 신설을 계기로 정부의 통일마스터플랜이 비로소 마련된 것이다. 이 일련의 과정에서 통일원의 성격논쟁, 즉 통일촉진의 집행기관/통일에 관한 종합적 연구기관인가를 둘러싼 논란으로 국토통일원 설치가 지체되었는가 하면, 북한연구에 대한 필요성과 의의가 강조되었다. 제대로 된 북한연구가 선행되어야 통일연구의 의의가 있다는 것이 중론이었다. 이러한 통일론의 촉성으로 인해 북한학의 위상과 그 가치가 증대된 것이다.

더욱이 국토통일원이 통일방안을 탄력성 있게 고려할 수 있다는 입장을 공식 표명하면서 정부의 통한원칙의 틀 안에서나마 그동안 금기시되던 한국통일 문제에 대한 논의와 연구가 보장되었고, 동아일보사부설 안보통일문제연구소 1968, 영남대 통일문제연구소1969 등 통일문제 및 북한연구기관이 속속 발족하게 된다. 통일론이 학계의 주요 의제로 부각되면서[42] 북한학이 촉진될 수 있는 또 다른 전기를 맞이한 것이다. 1970년대 초 미중관계 개선과 데탕트의 본격적 도래에 따른 한반도질서의 유동 속에서 남북화해국면과 위기국면이 교차되는 정세 변동에 따라 통일론이 촉진/제약되는 과정을 밟는다.

당시의 각종 여론조사 결과를 보면, 국민들은 통일에 대해 대체로 무관심했다. 1964년 공보부의 '정부시책에 대한 국민여론조사'2.5~12의 남북통일방안에 대한 질문에서 유엔감시하의 총선거23.4%, 남북협상16.3% 순으로 응답했으나 모르겠다는 의견이 절반에 가까웠다.47.7% 같은 해 동아일보사의 전국여론조사

41 신영철, 「국토통일원의 신설」, 『기독교사상』 12−8, 대학기독교서회, 1968.8, 70쪽.
42 「종장의 문턱서 되돌아본 60년대(8) 학계」, 『동아일보』, 1969.12.4. (한)국학, 개발론, 통일론을 당대 학계의 대표적인 연구 의제로 꼽았다.

에서도12.14~18 유엔감시하의 총선거가 41%로 압도적 다수였으나, 남북협상이 19%, 모르겠다는 응답이 28%였다. 1968년 남북긴장이 고조된 시기 공보부의 '반공시책에 관한 국민여론조사'4.2~11에서는 국민의 최대관심사가 물가고였으며57.7% 전쟁위협북한의 남침에 대한 우려는 14.2%였다. 또 남북통일가능성에 대해서는 50.9%가 가능하다고 보았으나불가능은 22.0% 모르겠다는 의견도 25.4%에 달했다. 통일의 시기에 대해서는 65.8%가 엔젠가는 달성될 것이라고 응답해 통일에 대한 막연한 전망을 가질 뿐이었다.[43] 국토통일원이 발족된 뒤 곧바로 실시한 통일여론조사에서는 국민 절대다수인 90.61%가 통일을 열망했고현상 유지: 6.21%, 통일방안으로 전통적인 유엔통일방안에 대한 지지율이 31.9%에 그쳤다.모르겠다: 23.7%, 무력통일: 12.8%, 현 상태 유지: 10.3%, 남북협상: 9.5%, 중립국 감시: 8.3% 통일 시기에 대한 전망은 모르겠다가 40.5%, 10년 내 가능이 39.5%으로 불투명한 전망이 우세했다.[44] 지식인들은 대체로 남북통일의 필요성을 인정하고 있었다. 지식인교수, 언론인 1,515명을 대상으로 한 지식인의식조사1966.10~11에서, '근대화의 전제조건으로' 공업 및 과학기술의 발전17.16%, 남북통일12.28%, 장기적 경제계획11.22%, 정치적 안정11.2% 순으로 인식했고, '한국대통령의 제일차적 업무'로 국민생활의 안정23.7%, 경제성장 및 공업화20.0%, 부정부패 일소

---

43 참고로 통일의 가장 큰 장애요인으로 김일성의 독재정권(28.5%), 국민의 통일에 대한 관심 부족(22.3%), 모르겠다(21.%) 순으로 대답했고, 공산주의에 대해서는 독재(82.6%), 무력침략(7.3%) 순으로, 북한의 생활상에 대해서는 남한보다 못하다(82.6%), 비슷하다(3.4%), 더 낫다(1.5%) 순으로, 국민의 반공사상 고취의 최선책은 귀순자 순회공연(37.9%), 학생의 반공교육(27.1%), 계몽방송(9.0%) 순으로 각각 조사되었다.

44 이 여론조사는 통일의 가능성, 북한과 공산주의에 대한 인식, 남북 간 교류, 통일방안에 대한 입장 등 통일의식을 종합적으로 조사한 최초의 사례다. 서신교환(불가: 52.1%, 가능: 24.8%), 친지방문(불가: 63.7%, 가능: 14.2%) 등 남북교류에 대해서는 대체로 부정적이었고, 통일이 안 된 책임으로는 북한(65.96%), 모르겠다(22.69%), 공동 책임(2.38%), 한국(2.38%) 순이었다. 이 여론조사의 결과를 두고 보수언론이 특히 주목한 것은 남북협상안에 대한 지지율이 9.5%로, 점차 하향 추세를 보이나 여전히 10% 내외로 존재하는 지지자(용공분자)에 대한 경계와 함께 통일안보교육의 필요성을 강조한 점이다.

21.98%, 민족통일12.54% 등을 선택했다.[45] 통일과 근대화 문제를 결합시켜 인식하는 가운데 통일을 근대화의 필수 요건으로 간주하는 특징을 나타낸다. 근대화경제개발를 접점으로 학계와 정부의 개발주의 명분이 합치되었던 것처럼 민족통일을 접점으로 양자가 결합할 수 있는 분위기가 배태되고 있었다.

이 같은 통일여론, 특히 국민들의 통일에 대한 전반적인 무관심은 통일에 대한 교육, 홍보, 연구의 시급성을 뒷받침하는 근거로 작용하면서 북한학 및 통일연구가 진작될 수 있는 사회적 분위기를 조성한다. 다만 그 주된 방향이 대체로 지피지기승공知彼知己勝共에 입각한 통일·안보의 차원에서 논리 개발과 반공계몽, 대중동원으로 전개되었다. 이를 주도한 것이 중앙정보부, 공보부 등의 국가기관과 한국반공연맹과 같은 관변반공단체들이다. 중앙정보부 심리전국의 외곽단체로 설립된 북한연구소와 기관지『북한』1972.1 창간도 정부 주도의 공세적 통일정책을 위한 대내외적 프로파간다의 긴급성 속에서 이루어진 것이다.

이런 흐름 속에서 아연의 북한 및 통일연구가 돋보인다. 아연이 3차에 걸친 포드재단의 원조를 받고 수행한 연구계획을 보면 북한학 연구의 체계성을 파악할 수 있다. 제1차 연구계획1962.9~65.8은 공산권연구 가운데 특히 북한에 관한 기초적 연구에 치중한 기반 조성의 단계였으며, 1965년부터는 중국·북한 간의 관계를 중심으로 하여 중국문제를 포함시켰다. 제2차 연구계획1965.9~68.3은 동남아지역의 공산주의운동에 관한 연구와 북한연구에 필요한 자료집의 편찬사업을 추진하는 가운데 북한연구를 특화했다. 1966년부터는 처음으로 북한학에 관한 강좌북한연구세미나를 매주 개최했다. 제3차 연구계획1968.4~1971.3은 통일문제연구로만 짜였는데, 북한, 중국, 기타 공산국가 연구를 한국 통일문제 연구를 중심으로 집성하여, 이론적인 기초연구, 통일에 대한 국민 태도에 관한 서베이 연구, 미래학을 적용한 통일방법 연구 등을 단계적으로 수행했다. 세부

---

45 홍승직, 『지식인의 가치관 연구－한국인의 근대화태도 분석』, 삼영사, 1972, 통계표 참조.

연구주제는 실태 연구로 '조선노동당의 지도체계와 조직'을 비롯해 북한관계 15건, 중국관계 5건, 통일문제연구로 국·내외 9건 등이었다. 일본의 조총련도 연구대상에 포함되었으며, 북한연구에서 처음으로 문화 연구를 포함시켰다. 3차 연구계획의 결과를 『한국공산주의운동사』 시리즈김준엽·김창순 등 20권 이상의 단행본으로 순차 출간하고, '한국통일 문제 국제컨퍼런스1970.8.24.~29 개최를 통해 통일론의 이슈화와 함께[46] 그동안의 북한연구의 성과를 국내외로 전파함으로써 학문적으로 북한연구에 하나의 전기를 마련했다는 점에서 중요한 의의를 갖는다.[47]

특히 이 컨퍼런스는 비록 비공개로 열렸지만, 민간학술이 주체가 되고 국가기관중앙정보부, 국토통일원, 문교부이 후원한 관민협동 통일연구의 서장을 연 것으로 북한연구와 통일연구의 유기적 연관성을 제고하는 한편 그동안 금기되었던 통일의제에 대한 민간차원의 접근이 개방·확대될 수 있는 계기로 작용했다. 물론 미중데탕트, 박정희의 '8·15선언'1970, 평화통일구상 선언 등 냉전질서 변동의 영향 때문에 가능한 일이었다. 이후 아연의 북한 및 통일연구는 박정희정부의 공산권개방외교정책1973년 '6·23선언'의 추진에 대응하여 소련, 동구공산권 연구로 확대되는 과정을 밟는다.

지금까지 미국발發 냉전지역학이 1960년대 한국에서 북한학으로 등장하는 맥락을 살펴보았다. 엄밀한 학적 체계를 갖춘 것은 아니었으되, 당대 북한학은

---

46 이 학술대회는 한국통일문제를 주제로 한 국내 최초의 국제학술회의였다. 제1의제 : 한국통일의 국제적 환경(합동분과회의 및 3개 분과별 총 11명 발표), 제2의제 : 한국통일의 내적 조건(합동분과회의 및 3개 분과별 총 26명 발표), 제3의제 : 한국통일방안의 검토(1)(합동분과회의 및 3개 분과별 총 14명 발표), 제4의제 : 한국통일방안의 검토(2)(합동분과회의 및 3개 분과별 총 13명 발표) 등이었다. R. Walker, J. Morley, H. Michael, G. Ginsburgs, R. Staar, H. Passin, Z. Brzezinski, H. Hinton 등 미국냉전학자를 비롯해 일본, 홍콩, 인도, 베트남, 대만, 태국, 말레이시아, 독일, 재외한국인학자 등 해외 한국학(동아시아) 전문가 32명이 발표자로 참여했다.
47 「오늘의 북한연구(중)」, 『동아일보』, 1972.7.13.

포드재단의 원조, 박정희정부의 반공개발동원 및 심리전 전략, 남북한 적대적 의존관계의 파열/봉합에 따른 북한 및 통일연구의 시대적 요구와 이에 학술적으로 부응하려는 민간학술계지식인들의 참여 등이 유기적으로 결합됨으로써 출현이 가능했다. 그 저변을 관통하는 거시적 힘은 냉전의 규정력이었다. 포드재단이 아연의 공산주의 및 북한연구를 지원한 일차적인 이유도 북한에 대한 정보 수집과 비판적 분석에 기여할 것이라는 판단에서였다. 포드재단의 아연 원조 동기는 미국 지역학연구의 기조였던 근대화론을 한국에 전파하고 이를 바탕으로 특히 분단국가의 비교 분석연구를 통해 궁극적으로 냉전시대의 대결논리를 강화하는 데 있었다.[48] 이러한 기대 효과가 일방적으로 관철됐다고 볼 수는 없으나 1960년대 북한학은 냉전적 지식으로서 박정희정부의 헤게모니적 지배에 유용한 전략으로 선택·구사되었던 것은 분명하다. 요컨대 북한을 타자로 한 북한학은 냉전에 의해 탄생하고 냉전을 동력으로 한 냉전지역학으로서의 학문적 정체성을 태생적으로 지닌 가운데 학문적 외연을 확장해나갈 수 있었던 것이다.

3. 1960년대 북한연구의 두 방향

1960년대 북한연구 기관으로는 중앙정보부 관할의 '국제문제연구소'와 '북한연구소', 공보부의 외곽단체인 '내외문제연구소', 한국반공연맹의 '공산주의

---

48 그렉 브라진스키, 나종남 역, 『대한민국 만들기, 1945~1987』, 책과함께, 2011, 284~290쪽 참조. 그는 이 외에도 한국을 포함해 미국의 외교정책에서 중요한 역할을 차지하고 있지만 잘 알려지지 않은 지역에 대한 지식과 정보를 수집하려는데, 또 근대화이론에 대한 관심을 자극하는 과정에서 한국 학자들에게 국가와 정부에 협조적인 태도를 갖도록 하려는 동기가 복합적으로 작용했다고 분석한 바 있다.

문제연구소', '자유센터'와 남파전향간첩 및 귀순자들이 주도한 민간승공단체
인 '공산권문제연구소' 그리고 학술기관인 아세아문제연구소 등이 대표적이
다. 국외로는 일본의 '조선문제연구소'좌익계, '민족문제연구소'중립계, '일본조선
연구소' 등이 있었으나 프로파간다의 목적이 농후했다. 미국은 포드재단의 지
원 아래 (비교)지역학의 차원에서 10여 개 대학을 중심으로 한국학 연구가 본
격적으로 개시되면서 북한연구가 포함되기 시작했다. 미국의 북한학은 R. 스
칼라피노캘리포니아대, G. 페이지프린스턴대, 재미학자서대숙, 이정식, 김일평, 양기백 등를 중심
으로 막대한 연구비, 연구주제의 자유, 자료의 확충을 발판으로 빠르게 도약한
다. 1960년대는 국내외 전반적으로 북한연구의 생성단계였다고 할 수 있다.

학술적 차원에서 북한연구가 시작된 것은 미국에서다. 양기백의 「북한정권
연구」아메리칸대 석사, 1958를 시작으로 스칼라피노·이정식의 『한국공산주의운동
의 기원』한국연구도서관, 1961가 발표된 후 영국의 중국문제 권위지인 계간 *THE
CHINA QUARTERLY*제14호에 북한특집1963.6이 게재되면서 북한연구가 냉전지
역학의 차원에서 본격화된다. 이 북한특집은 북한을 단일대상으로 한 최초의
학술기획이었다. 편집자 주Editorial를 통해 북한특집이 기획된 배경을 파악할
수 있다.[49]

이 북한특집은 동시기 비교적 덜 알려진 공산주의국가에 관한 9번째 특집이
었으며, 잡지 편집에 깊숙이 관여하고 있던 스칼라피노가 주도해 성사되었다
는 사실을 확인할 수 있다. 미지의 공산국가에 대한 지식과 정보 분석을 제공
하려는 데 기획취지가 있었다는 점에서 당시 미국 냉전지역학의 성격과 지향
을 분명하게 보여준다. 특집에는 총 8편의 연구논문이 수록되었는데,[50] 집필진

---

[49] 원문은 "This special survey of North Korea, like the one on North Vietnam in our ninth
issue, is designed to provide information and analysis of a communist country about
which comparatively little is known. It has been prepared with considerable help from
Professor Robert A. Scalapino, to whom this journal is much indebted"(p.1).

은 R. 스칼라피노, G. 페이지와 이정식, 김일평, 양기백, 지창보, 이동준, 곽치윤, 정기원 등 재미 한국학자들이 망라된 구성이다. 해방 후 북한의 실태, 특히 한국전쟁 후 북한의 정치, 외교, 법과 행정, 정당, 군대, 농업, 교육 등 북한사회의 실상을 북한에서 발간된 자료들에 입각해 종합적으로 검토한 특징을 나타낸다. 모든 논문이『김일성 선집』1960뿐 아니라 1962년까지 북한평양에서 발간된 각종 최신자료를 참고한 것이 눈에 띈다. 이 특집은 곧바로 스칼라피노 편저의 단행본으로 출간되어 북한에 관한 연구의 최초 집적으로 평가를 받은 가운데 미국 및 한국의 학자들에게 큰 자극을 주게 된다.[51] 특히『사상계』가 이 북한특집의 일부5편를 '김일성독재 18년'특집으로 번역 전재함으로써1963.10 한국에서의 북한연구가 촉진될 수 있는 학술적 계기로 작용했다.

앞서 거론한 바와 같이 1960년대는 북한이해 및 연구의 최대 관건이었던 이데올로기적 제약이 부분적으로 완화되는 분위기 속에서 북한(자료)에 대한 접근성이 개선됨에 따라 북한연구가 새로운 단계로 진입할 수 있었다. 이데올로기적 제약의 부분적 해제가 북한연구의 또 다른 이데올로기성을 조장한 바가 없지 않으나, 북한연구의 기회가 원천적으로 봉쇄되었던 이전과 비교할 때 그 자체로 획기적인 연구기반이 된 것은 분명하다. 북한연구는 더 이상 금기영역이 아니었던 것이다. 오히려 국가권력에 의해 북한연구가 조장된 면이 크다.

50　수록된 논문의 제목과 필자를 원문 형태로 제시하면 다음과 같다. "Politics in North Korea : Pre-Korean War Stage"(by CHONG-SIK LEE, pp.3~16), "The Post-War Politics of Communist Korea"(by GLENN D. PAIGE and DONG JUN LEE, pp.17~29), "The Foreign Policy of North Korea"(by ROBERT A. SCALAPINO, pp.30~50), "Land Reform, Collecti-visation and the Peasants in North Korea"(by CHONG-SIK LEE, pp.65~81), "North Korea's Agricultural Development during the Post-War Period"(by YOON T. KUARK, pp.82~93), "The Judicial and Administrative Structure in North Korea"(by ILPYONHG J. KIM, pp.94~104), "The North Korean People's Army and the Party"(by KIWON CHUNG, pp.105~124), "North Korean Educational System : 1945 to Present"(by KEY P. YANG and CHANG-BOH CHEE, pp.125~140).

51　「오늘의 북한연구(상)」,『동아일보』, 1972.7.12.

특히 북한자료의 광범위한 수집은 북한연구를 추동한 원천이다. 관계당국과 민간기구가 동시적으로 착수한 북한 기초자료의 수집 및 조사 작업이 체계를 갖춘 자료집 형태로 집성되어 속속 출간되면서 북한연구가 보다 전문화될 수 있었던 것이다.

공보부조사국의 『북한20년』1965.12은 북한정권 수립 후 20년 동안 북한체제의 정치구조, 당과 정치, 외교, 경제, 교육·문화, 통일전략 등에 대해 자료 중심으로 개관한 국가기관의 최초 북한보고서이다. 북한 축출과 실지 회복이라는 목적성을 강하게 드러낸 일종의 위로부터의 북한알기 지침서였다. 이보다는 민간기관의 성과가 돋보이는데, 예컨대 공산권문제연구소의 『북한총감北韓總鑑』1969은 1,500명의 북한인명부, 북한사용 술어사전, 22년간의 북한일지 등 1945~68년 북한의 실상, 북한정권의 형성 과정 및 권력구조 등 북한사와 관련한 각종 문헌자료와 논문을 집대성한 북한정보집이다. 관민 공조로 완성된 이 총감은 이후 『북한편람』1971, 『북한용어해설사전』1971, 『북한주민생활』1971 등으로 확대된다. 또한 아연의 『북한연구자료집』1969, 1945~50년 북한의 정치, 외교, 사회 등에 관한 문건 집성, 『북한법령연혁집』1969, 1945~50년 북한의 공포된 법령 및 결정서·포고와 규칙 등을 망라해 집성 등 초기 북한정권성립사의 편찬과[52] 1960년대 후반 통일론이 부각되면서 신설된 민간연구소들의 자료집, 가령 동아일보사안보통일문제조사연구회의 『안보통일기본자료집』1971, 『안보통일문제기본자료집 – 북한편』1972, 『로동신문』, 『근로자』 등을 토대로 원문을 그대로 수록 등과 같은 문건록文件錄은 북한에 관한 사실적 정보를 집성함으로써 북한연구의 학술적 기반이 되었다.[53] 이렇듯 다방면으로 북한에

---

52 그 외 『북한연구자료집』 II(1974, 1950~56년까지 북한의 정치, 경제, 외교, 군사, 문화 등에 관한 중요한 기본자료 집성), 김남식 편, 『남로당연구자료집』 I·II(1974, 1945~1953년 남로당관계 諸자료(문건)를 수집 집성, 1집은 남로당계 신문, 잡지, 연감 등에서 발췌한 기본자료 92편을 수록, 정리했으며, 2집은 남로당계의 각종 회의록 및 논문집, 사건실록 등에서 발췌한 자료 8편을 수록 정리) 등이 있는데, 모두 포드재단에 신청한 연구계획과 그 지원으로 1960년대 중반부터 수행한 자료 수집의 결과물이다.

관한 기초자료가 축적되면서 1971년 기준, 아연은 4,600종의 전문서적 및 간행물, 간행물의 4배를 수록한 마이크로필름이, 공산주의문제연구소는 학술서적 4천 권이 각각 소장된 수준으로 확충되었고『경향신문』, 1971.11.27, 이정식을 비롯해 해외 북한연구자들이 국내 북한자료를 열람하기 위해 방문하는 사례도 늘어났다. 이들 기초자료는 1980년대 후반 북한연구 방법론에 대한 논의가 활성화되기까지 북한이해의 유력한 전거로 이용된 바 있다.

여전히 불충분했으나 총량적 차원에서 비약적으로 진전된 북한관련 기초자료의 생성과 더불어 냉전지역학으로서 북한연구가 촉성되는데, 크게 보아 두 가지 방향으로 전개된다. 우선 국가심리전 차원에서의 북한연구이다. 이는 공보부 중심의 국가심리전체계가 정비된 뒤 대내외적인 전략심리전의 질적 운영을 위해서 설치된 내외문제연구소를 주축으로 한 반관반민 북한연구전문기관들의 승공프로파간다카르텔에 의해 주도되었다. 이 카르텔은 중앙정보부국제문제연구소, 북한연구소와 공보부내외문제연구소, 국제방송국 등의 법적·행정적 협력관계를 바탕으로 한국반공연맹공산주의문제연구소, 자유센터, 아시아민족반공연맹 및 세계반공연맹, 공산권문제연구소 등이 종횡으로 연결된 유무형의 합작품이었다. 중앙정보부가 국내외 대공정보의 수집, 판단, 조정, 배포 등을 총괄하고[54] 공보부가 이를 바탕으로 심리전을 주도적으로 관장하는 유기적인 시스템이 가동되었기 때문에 단기간

---

53 특히 비매품 한정판으로 발간된 『안보통일문제기본자료집 – 별권 북한편』(1972.5, 583쪽)은 『김일성 선집』, 『김일성저작 선집』 등 북한에서 발간된 자료의 원문 재록은 물론이고 자유세계의 북한자료까지 수록했고 북한사회 전반의 구체적 현황을 도표화해 제시함으로써 북한에 관한 객관적 이해의 가능성을 높였으나, 배부대상자 이외의 취급은 관계법규에 의해 엄격히 금지되었다.

54 이는 정보위원회 규정(1964.3.10) 및 운영을 통해 이루어진다. 개정 중앙정보부법(1963.12) 제13조 규정에 의해 설치된 정보위원회는 중앙정보부장을 위원장으로 하고 외무부, 내무부, 공보부, 대검찰청, 국방부 합동참모본부, 각 군 등의 정보담당부서로 구성되었는데, 국가정보판단의 토의 및 조정, 국가정보정책 및 기획의 수립과 시행 등이 주 임무였다. 중앙정보부는 이 위원회를 통해 최상위 국가정보기구로서 국내외 대공정보의 장악뿐만 아니라 정보정책의 수립과 심리전 수행의 압도적인 영향력을 발휘하게 된다.

에 북한에 관한 정보의 체계적인 축적과 위로부터의 북한연구가 가능했고, 한국 독자적인 대내외 심리전이 원활하게 추진될 수 있었다.

　이 과정에서 남파된 간첩귀순자들이 핵심적인 역할을 수행한다. 중앙정보부의 비밀자료Ⅲ급에 따르면, 1951년~1969년 검거된 간첩은 3,360명이다.생포 2,391명, 사살 824명, 자수 217명[55] 이들 남파간첩 중 정전협정 후 체포, 자수한 전향간첩, 특히 북한의 군, 선전기구 등에서 요직에 종사했던 거물간첩이철주, 소정자, 김혁, 조철, 김남식, 이영명, 오기완, 최광석, 이항구, 이수근, 강대진 등과 자진월남귀순자들이동준, 정낙현, 김행일 등, 일본을 경유한 귀순자들이한재덕 등 망라된 귀순자집단이 북한에 관한 정보의 주도적 생산자이자 전파자로, 또한 심리전의 전위 요원으로 부상했다. 귀순자집단과 더불어 주영복, 이기봉 등의 한국전쟁포로들과 기존 월남지식인들이 국가심리전 체계에 자발적 참여 또는 동원의 방식으로 가세함으로써 북한연구의 인적 풀이 대폭 확충되는 동시에 이들로 구성된 강력한 인적 네트워크가 형성된다. 냉전 승공과 경험주의적 북한인식을 공약수로 한 이 네트워크가 대공 관련 국책기관과 민간연구소를 거점으로 북한에 관한 담론의 생산, 북한 및 공산주의 연구, 심리전콘텐츠의 개발 등을 주도하게 된다.

　다만 이 글에서는 국가심리전 차원에서 수행된 1960년대 북한연구의 특징적 양상 몇 가지를 언급하는 것으로 한정한다. 첫째, 북한에 관한 정보, 자료의 생산과 배포를 독점화한 위로부터의 북한연구가 촉진되면서 북한연구의 지평이 제한, 왜곡되는 양상이 제도화된다. 공산권 및 북한관련 자료의 지속적인 축적은 자료의 독점화/빈약의 양면성을 수반하는 과정이기도 했다. 보안업무규정에 의해 북한자료는 국가심리전기구에 소속된 소수 외에는 학자들이라도 자료 접근뿐만 아니라 활용조차 허가되지 않았다. 공보부와 반관반민 북한연구기관들의 북한자료집, 북한연구서의 출판도 비매품이 많았으며, 시판된 경

55　중앙정보부, 『1970~1975년 검거 간첩 명단』, 1976.

우라도 중앙정보부의 검열을 통과해야만 했다. '불온외국간행물수입규제완화
조치'1971.11를 통해 공산권자료의 수입이 다소 개방되어 비정치적, 비사상적
인 학술·기술 서적으로 제한된 수입시판이 허용되었으나(문학예술작품은 적용되
지 않았다) 중앙정보부의 승인을 받아야만 가능했고, 북한에 대한 호칭, 북한을
찬양하지 않은 기사나 화보 등에 대한 삭제가 지양되는 완화조치가 포함되었
으나 북한자료의 열람은 여전히 당국의 허가를 받아야만 했다. 이 같은 북한자
료의 통제는 북한연구의 제도적 외연 확대를 제약하는 동시에 북한 담론 및 연
구의 편파성을 조장하는 원인으로 작용했다.

국가심리전 차원에서 수행된 북한연구는 공산주의연구의 일환으로 시도되
었다. 그 기조는 철저한 경험적 연구였으며, 지피지기승공을 위한 이론과 담론
개발이 주목적이었다. 가령 공보부의 '현대사와 공산주의' 총서1968~69년, 비매품
중 제1집 『한국에 있어서의 공산주의』는 북한정권 수립의 폭력적 과정과 북한
공산주의의 팽창주의적 본질을 고발하는 데 초점을 두고 있다.[56] 특히 실증적
자료에 바탕을 둔 북한정권의 숙청사와 정전 후 북한의 대남공작에 대한 논의
를 통해 북한정권의 반민주성, 반민족성을 부각시킨 점이 특징적이다. 대내외
선전용으로 기획된 내외문제연구소의 '내외문고' 시리즈전31권, 1961~69년는 북
한정권의 형성과 내부 권력투쟁, 북한의 대남전략, 포로 및 귀순자의 수기 등
을 통해 북한정권의 실체를 폭로하는 데 주력함으로써 북한에 대한 적대이미
지를 재현해낸다. 공산권문제연구소의 북한연구서인 '공산주의이론과 현실 비
판전서'전6권, 내외문화사, 1963~65년 또한 공산주의이론에 대한 분석과 소련, 중국,
북한을 중심으로 한 공산주의현실에 대한 비판과 함께 북한정권 성립 초기를

---

56 제1집의 구성은 「해방 전의 공산당」(내외문제연구소), 「8·15해방과 북한공산당」(한재덕),
「8·15해방과 남조선노동당」(오제도), 「조선노동당의 6·25남침」(문희석), 「공산당과 숙청」
(유완식·김남식), 「판문점과 정전 15년」(김영수), 「정전과 간접침략」(강인덕) 등 총 7편의 논
문이 수록되어 있다.

주 대상으로 북한정권의 반민족성을 해부하는 데 중점을 두었다.[57] 발간사에서 밝히고 있듯이 이 전서는 명확한 이념적 체계를 갖춘 대공투쟁의 지침서용으로 기획 출간되었다. 남파간첩을 비롯한 월남귀순자들이 주도한 이 같은 관급 북한연구들은 북한공산주의은 자유와 민주의 적일 뿐 아니라 민족의 적, 즉 민족분열의 근원이자 통일의 저해자라는 확고한 규정과 함께 북한을 적대의 대상, 경쟁의 대상, 극복의 대상으로 설정하고 있다.

이 규범적 해석의 틀 안에서 조악하나마 논리적 체계를 갖춘 북한연구가 시작된 것이다. 북한을 소련의 괴뢰로 치부하고 맹목적 적대를 생산해냈던 이전의 수준에서 벗어나 북한을 독자적 대상으로 한 실체적 연구가 비로소 전개된 것은 분명한 진전으로 볼 수 있다. 그러나 국가심리전의 이론적 뒷받침을 위해 수행된 연구였기 때문에 역설적으로 이전보다 더 극단화된 북한이미지를 창출하는 결과를 야기한다. 북한자료의 독점에 기초한 (관제)북한연구는 성립부터 이데올로기성을 적극적으로 구현했으며, 이는 이후 북한연구가 남북관계 및 대북정책의 변동에 따라 또 다른 이데올로기적 편향성으로의 거듭된 반복적 교체를 예비한 것이었다.

둘째, 국가심리전의 운영 과정에서 언론, 방송, 종교, 민간반공단체 등이 심리전의 하위파트너로 포섭, 배치된다. 5·16 직후 계엄령하 정부조직법을 비롯해 각종 입법조치를 통해서 언론방송기관은 법적, 행정적으로 국가심리전 체계에 편입되었고, 군사정부의 심리전 강화책에 따라 대내외 심리전 전개에서 핵심 역할을 대행한다. 따라서 주요 정기간행물일간신문, 잡지 등, 방송의 공산권 정보

---

57 이 전서는 제1권 『맑스 레닌주의』(양호민), 제2권 『공산주의이론의 역사적 변천 – 현대공산주의 이론비판』(최광식), 제3권 『동서관계30년사 – 전후 공산주의운동의 역사와 전술전략』(한재덕), 제4권 『공산제국의 정책과 현실』(유완식), 제5권 『한국의 공산주의와 북한의 역사』(한재덕), 제6권 『북한의 역사와 현실』(한재덕) 등과 별권 형식인 『김일성을 고발한다 – 조선노동당 치하의 북한회고록』(한재덕)으로 구성되어 있다.

및 북한관련 기사는 공보부가 제공한 자료에 한해서 보도할 수 있었다. 극소수이나 자체 생산한 북한기사라 하더라도 검열을 받아야만 게재된다. 당시 일간신문의 공산권 및 북한관련 보도는 말미에 자료 제공의 출처가 내외문제연구소라는 사실을 예외 없이 명시하고 있다. 「북한은 어떻게 변했나?」 『경향신문』, 1963.8.15~9.18, 20회의 경우와 같이 1960년대 일간신문이 쏟아낸 북한관련 장기연재물들은 전적으로 내외문제연구소의 자료를 제공받았기 때문에 가능했다.

이러한 자료의 통제와 선별적 배분은 국내뿐만 아니라 재일조선인사회에 대한 프로파간다에서도 엄격히 적용되었다. 공보부는 북한 및 공산권의 동향을 조사 분석하여 국내외 언론기관에 특별 제공한 자료를 단행본으로 집성해 심리전콘텐츠로 재활용하기까지 한다.[58] 따라서 당대 일반대중들은 북한공산권에 관한 정보와 동향을 심리전 차원에서 엄선된 정보만을 획일적으로 접할 수밖에 없었다. 지피知彼라는 명분으로 북한에 대한 적대적 재현의 크렘린놀로지가 대량 생산, 보급될 수 있는 체계적 시스템이 구축된 것이다. 게다가 자료접근성이 배제된 상태, 그래서 더더욱 추상적 관념과 간접경험에 의존할 수밖에 없는 조건에서 생산된 수많은 북한담론도 막연한 적대, 증오를 양산했다는 점에서 결과적으로 국가 주도의 심리전 시책에 기여했다고 볼 수 있다.[59]

---

58 내외문제연구소, 『반공보도자료집』, 1962. 제1부는 국내 언론기관, 방송국 및 12개 재일교포 언론기관에 제공한 73의 일반 보도 자료를, 제2부는 국내 중요 정기간행물에 특별 제공된 10개의 기사 자료를 선별해 수록하고 있다. 특히 재일조선인 언론기관에 제공한 자료는 중립론(자)의 모순점과 비현실성을 지적하는 내용, 북한의 평양방송이나 로동신문의 보도를 인용한 내용이 상당수이다.

59 일례로 한국반공연맹의 '공산주의제연구소'가 1967년부터 실시한 북한문제세미나에 발표자로 참여한 김태길의 경우를 들 수 있다. 그가 맡은 주제는 '북한의 가치관과 행동양식'인데, '북한사람들의 가치관 내지 행동양식을 직접 관찰할 수 없는 현실은 어쩔 수 없지만, 읽을 수 있는 문헌조차 극도로 제한되어 궁여지책으로 북한작가가 쓴 10편의 단편소설을 읽고 그 가운데 나타난 가치관을 분석하거나, 월남인사들에 대한 인터뷰, 외국여행작가가 쓴 북한기행문을 기초로 정리했다'며 북한에 대한 접근과 연구의 고충을 토로한 바 있다. 「부실한 북한연구」, 『경향신문』, 1969.11.8.

다른 한편으로는 심리전적 가치가 큰 북한자료, 특히 귀순자들의 수기 연재가 적극 권장되어 다량으로 게재된다. 이는 공보부 산하 특수선전위원회1962.2.20의 귀순자 처리 및 지도방침에 따른 산물이었다. 귀순자들의 수기도 다양했다. 전향남파간첩의 수기, 예컨대 조철의 「죽음의 세월」『동아일보』, 1962.3.29~6.14, 56회, 이철주의 「북한의 작가예술인들」『사상계』, 1963.7~65.4, 18회, 「북한 무대예술인의 최근 동향」『사상계』, 1965.8, 「북괴 조선노동당원」『신동아』, 1965.5 등이 있는가 하면, 자진 월남귀순자정낙현의 「나는 자유를 찾았다」, 『경향신문』, 1960.8.14~19, 5회, 일본경유 귀순자 한재덕, 「김일성을 고발한다」, 『동아일보』, 1962.5.4~8.13, 82회 수기 등 여러 종류였다. 뿐만 아니라 포로의 수기, 가령 주영복의 「망향─중립국행을 자원한 반공포로의 수기」『동아일보』, 1962.6.29.~63.2.11, 60회 등도 연재되었다. 귀순자의 수기는 대부분 연재 후 단행본으로 그리고 국제방송국CA이나 유엔군총사령부방송국VUNC의 전파심리전으로 재생산, 보급되는 과정을 거친다.[60]

귀순자들의 수기보고와 저술은 공통적으로 최신의 북한사회 경험에 근거한 객관적 진상의 기록을 표방했으나, 수기들 전반을 관통하는 논리는 남한의 체제우월성을 증명하는 것으로 수렴된다. 귀순자들의 의해 생산된 북한담론은 대북심리전의 최적의 자료로 작용했을 뿐만 아니라, 당시 반공사상 고취의 최선책으로 귀순자의 순회공연을 우선적으로 꼽았던 국민여론조사 결과에서 확인할 수 있듯이,[61] 대내적인 반공프로파간다의 가장 효과적인 수단이기도 했

---

60 가령 한재덕의 신문연재 수기는 〈붉은 수첩(김일성폭로기)〉로 각색되어(허창문 각색) 서울중앙방송국 제2방송(SA)와 국제방송국(CA)의 남북한 전역에 걸친 전파심리전 자료로 30회 방송되었고, 이후 『김일성을 고발한다─조선노동당 치하의 북한회고록』(내외문화사, 1965)로 증보 출간된다. 조철의 연재 수기도 「끝없는 암흑의 행로」로 소설화되어(오상원, 김중희) 국제방송국(CA)에서 20회 방송된 뒤 서울중앙방송국 제2방송(SA)에서 재방되었으며, 『죽음의 세월─납북인사들의 생활 실태』(성봉각, 1965.9)로 증보 출판되었다. 이러한 시스템은 1980년대 초까지 지속되었다.

61 공보부의 '반공시책에 관한 전국여론조사'(1968.4)에 따르면, '국민의 반공사상 고취의 최선책' 질문에 귀순자의 순회강연(서울 : 37.9%/지방 : 30.2%), 학생의 반공교육(27.1%/15.8%), 계몽방송(9.0%/15.3%), 모르겠다(11.5%/19.7%) 등의 순서로 나타난 바 있다.

다.[62] 귀순 자체가 냉전전의 승리로 표상되고, 북한체제하의 실제생활 경험이 공산주의 이념의 허구성을 반증하는 역선전전의 근거로 활용되면서 귀순자의 경험적 북한담론 및 연구에 의해 주조된 북한이미지는 냉전적 대결논리를 고조시키는 가운데 북한에 대한 사회대중적 인식을 지배하게 된다.

이와 관련해 심리전의 대표적 민간 하위파트너였던 한국반공연맹을 주목할 필요가 있다. 한국아세아반공연맹의 주관업무를 외무부에서 공보부로 변경하고, 김종필의 주도로 한국 내 반공단체들을 모두 규합하여 단일한 민간반공기구로 발전시키는 동시에 아시아반공조직의 거점으로 만드는 과정을 거쳐 한국반공연맹은 대내외적인 반공세력의 총집결지가 되었다(중앙정보부장이 고문의 일원으로 개입). 한국반공연맹의 조직과 활동영역은 방대하다.[63] '자유센터'를 설치해 반공영화, 뉴스제작 및 전국 순회, 선전책자 출간, 북한규탄대회 및 귀순자강연회 수시 개최, 학술강연회 등 계몽선전사업,[64] 민간인희생자 원호사업, 매년 천 명 이상의 반공지도자교육 실시 등의 교육훈련사업, APACL과 세계반공연맹WACL의 이니셔티브를 활용한 국제반공외교사업, 별도의 연구기관, 즉 '공산주의문제연구소'1967와 '북한학회'1968의 자체 운영에 바탕을 둔 조사연구 사업 등 전 방위적이었다. 특히 조사연구 사업에는 귀순자들, 월남지식인들 대부분을 연구원으로 채용하거나 참여시켜 승공이론 개발을 체계적으로 추진하는 동시에 그 결과물을 반공백서, 연구서『공산주의 이론과 실제』, 1968, 각종 승공독

---

62 귀순자가 한국에서 재현되는 방식에 대한 고찰은 임유경, 「북한 담론의 역사와 재현의 정치학」, 『상허학보』 56, 2019 참조. 1962년 3월 공작원으로 남파된 후 귀순한 김남식은(자강도 선전부장) 초기에는 북한의 정보를 제공하는 차원으로 활용되었고, 본인도 어쩔 수 없이 노예의 언어로 말하고 써야 했다고 고백한 바 있다.

63 이에 대해서는 유상수, 「한국반공연맹의 설립과 활동」, 『한국민족운동사연구』 58, 한국민족운동사학회, 2009 참조.

64 대중동원의 하이라이트는 '북한세균전획책 규탄대회'로(1970.2.5, 남산야외음악당), 한국반공연맹 서울시지부가 주최한 이 범시민궐기대회는 확증이 없는 북한의 세균전 획책을 명분으로 40여만 명의 대중을 동원했다. 1951년 북·중이 미군의 세균전을 심리전 전략으로 활용해 세계적인 반향과 선전효과를 거둔 것의 경험적 역이용으로 볼 수 있다.

본, 기관지『자유공론』등으로 출판 보급시키는 시스템을 갖춤으로써 가장 강력한 반공단체로서의 입지와 영향력을 확대해나갔다. 정부의 전폭적인 지원 아래 한국반공연맹은 냉전적 북한이해를 전 사회적으로 부식시키는 중요 통로로 기능하며 남북 체제경쟁과 반공개발동원을 아래로부터 뒷받침하는 거점 기관이 된 것이다.

그런데 한국반공연맹의 조직 및 활동에서 특기할 사항은 종교계가 처음부터 일정 지분을 갖고 참여했다는 사실이다. 특히 한경직이 이끈 서북출신 기독인 단체인 '한국기독교연합회'KNCC의 참여가 두드러졌다. 한경직은 한국아세아 반공연맹의 초기 이사로 한국반공연맹으로의 조직 개편과 확장에 기여했고 제6대~12대1971.2~80.1 연맹이사를 역임한 바 있다. 장로교반공연합체인 KNCC의 적극적인 참여는 중요한 의미를 갖는다. 해방 직후 조선민주당과 서북청년회를 중심으로 반공투쟁의 전위대였던 서북출신 월남기독교인들이 한국전쟁을 거치며 구호물자, 전쟁고아사업을 기반으로 정치적 세력으로 급부상하자 이승만으로부터 견제를 받기 시작했고, 용공세력으로 공격까지 받았다. 이 같은 시련은 5·16 직후 급반전된다. 쿠데타세력에 서북청년회 출신이 많았고, 특히 한경직이 5·16 직후 박정희에 대한 미국정부(미국인들)의 지지를 얻어내는 데 기여한 것을 계기로 재기의 발판을 마련하기에 이른다. KNCC의 한국반공연맹의 적극적 참여는 이런 맥락에서 성사되었다. 한국반공연맹이 KNCC반공투쟁의 새로운 거점으로 부상한 것이다. 또한 한국반공연맹은 KNCC의 국제적 네트워크WCC를 통해 세계반공조직의 주도권을 확대·강화할 수 있었다. 배타적 민족주의에 기반을 둔 승공주의의 사상적 결합을 바탕으로 축조된 종교, 정치, 반공의 공고한 유대는 종교 세력이 사상전의 전위이자 남북 체제경쟁의 가장 전투적인 집단으로 성장하는 밑바탕이 되었다.[65] 생래적, 맹목적,

---

[65] 한국전쟁 이후 기독교와 정권의 관계에 대한 종합적 연구는 윤정란, 『한국전쟁과 기독교』, 한

진영론적 승공주의로 무장한 한국기독교회의 막강한 영향력은 지금까지도 지속되고 있다.

한편, 국가심리전 차원의 북한연구의 제도화와 다른 흐름이 아카데미 안에서 동시적으로 등장하는데, 이를 대표하는 것이 아연의 북한연구이다. 아연의 북한연구가 포드재단의 학술지원과 박정희정권의 직·간접적인 후원에 의해 촉성된 것이지만, 아연이 설정한 학술의제와도 밀접한 연관이 있다. 아연은 아시아가 냉전의 격전장으로 대두된 1950년대 후반 아시아의 후진성 및 탈식민과 냉전이 중첩된 냉전아시아의 보편성에 주목하면서 "아시아의 문제는 아시아의 힘으로"라는 이른바 '아시아주의'를 표방하며 창설되었다.[1957.6] 이때 아시아주의는 아시아를 하나의 동질적 집단으로 구성했던 서구의 오리엔탈리즘 시각과 달리 아시아 각국의 서로 다른 역사와 제반 현실을 과학적으로 인식하려는 학술적 접근이었다. 또한 아시아주의의 냉전적 전유, 즉 아시아 제국의 이질성을 특화해 이를 근거로 아시아의 공산국가 및 중립주의를 부정 내지 분쇄하고자 했던 이념적 도구화와도 거리를 둔 인식태도였다.

아연의 아시아주의는 아시아의 근대화 및 공산주의문제 연구 의제로 구체화된다. 아연이 아시아재단과 포드재단에 제출한 연구계획의 중심이 구한국외교문서총서 발간, 한국공산주의북한 연구 등으로 구성되었던 것은 이의 반영이다. 구한국외교문서 총서는 아시아재단으로부터 동아시아 근대외교사 연구에 매우 적합한 주제로 평가받은 바 있다. 하지만 아연의 도전적인 학술 구상은 5·16 이전에는 대내외의 여건상 실현되기 어려웠다. 무엇보다 학문적 금기 영역이던 공산권 연구는 이데올로기적 제약으로 개시조차 불가능했고, 인적, 물적 기반 또한 열악했다. 아연이 당국에 지속적인 공산주의연구 허가 요청을 통해 돌파구를 찾으려 했던 것도 이 때문이다. 이런 조건 아래 초기 아연의 학술은

울, 2015, 제2부 참조.

김준엽을 주축으로 한 소수 중국전문가의 중국연구로 한정될 수밖에 없었고, 그것도 대만과의 간헐적 학술 교류를 매개로 한 수준이었다. 제1장에서 밝힌 바와 같이 5·16 직후 미국(민간재단) 및 군사정부의 냉전적 동기에서 비롯된 각종 지원에 속에서 아연의 학술 구상이 비로소 실행될 수 있었는데, 아연이 빠른 시간 안에 내적 체계와 확장성을 갖춘 학문적 성과를 산출할 수 있었던 것은 제공된 지원 못지않게 아연이 초기부터 입안한 아시아주의 학술기획이 존재했기에 가능했다는 사실을 염두에 둘 필요가 있다. 이는 아연의 북한연구를 이해하는 데 반드시 참조해야 할 지점이다.

아연의 북한연구는 냉전지역학으로서의 정체성을 출발부터 지녔다. 공산주의연구의 일환이었으며, 아연이 기획한 또 다른 아시아냉전지역학, 즉 한국연구, 중국연구, 동남아연구, 일본연구 등과도 유기적으로 연관되어 있다. 일차적으로는 미국 민간재단의 학술원조의 영향 때문이다. 아연의 모든 연구계획이 포드재단의 지원에 의해 실행되는 조건 속에서 포드재단과 연구주제의 타협이 불가피했고, 아시아재단으로부터의 중국연구, 동남아연구 지원도 마찬가지였다. 그렇다고 아연의 냉전지역학이 민간재단의 의도에 의해 일방적으로 종속된 것으로 단정할 수 없다. 오히려 미국발※ 냉전지역학과의 학술적 접속을 통해서 아연의 공산주의연구가 세계적, 아시아적 냉전네트워크 차원으로 확산될 수 있는 장점으로 작용한 가운데 아연의 아시아주의 기획이 전문성을 강화할 수 있는 요인이 되었다. 따라서 아연의 공산주의연구는 냉전의 사상적 연쇄를 보여주는 동시에 냉전지식을 한국사회의 내재적 맥락과 결부시켜 변용, 전유해 낸 냉전학술의 전형을 보여준다고 할 수 있다. 이런 맥락 속에서 아연의 북한연구는 한국통일문제연구로 연계, 확장되는 과정을 거치며 독자적인 학적 체계를 서서히 갖추게 된다. 그 과정에서 북한자료의 집성, 북한전문연구자의 양성, 한국학의 중심 영역으로의 부상, 국제컨퍼런스 개최를 매개로 한 북한연구의 국제적 네트워크 확충 등 북한연구의 학술적 토대가 강화되는 결과가 수반되었다.

아연의 북한연구는 광범하다. 북한연구와 결합적으로 이루어진 공산주의연구와 아시아지역학까지 포함시키면 그 범위가 더욱 확장된다. 이 글이 이 모두를 종합적으로 검토하기란 어렵다. 그리하여 아연이 포드재단에 4차례 제출한 연구계획 중 북한연구에 해당하는 연구 주제와 그 성과를 살펴보는 것으로 제한한다.

1. 제1차 연구계획(1962.9~65.8)

　　1) 북한연구

　　　①〈한국공산주의운동사(I)〉(김준엽·김창순)

　　　②〈북한의 이데올로기와 정치〉(양호민)

　　　③〈북한의 통치기구론〉(박동운)

　　　④〈북한의 경제정책과 생산관리〉(서남원)

　　　⑤〈북한 조선노동당의 형성과 발전〉(방인후)

　　2) 중공연구(중국·북한과의 관계)

　　　①〈한국전쟁이 중공의 정치적 안정에 끼친 영향〉(김하룡)

　　　②〈중공의 인민공사와 북한의 농업협동화와의 비교연구〉(김광원)

　　　③〈중공의 대약진운동과 북한의 천리마운동과의 비교연구〉(오기완)

2. 제2차 연구계획(1966.3~68.2)

　　①〈한국공산주의운동사(II)〉(김준엽·김창순)

　　②〈북한의 통일방안 연구〉(박동운)

　　③〈북한의 대일관계 연구〉(강인덕)

④〈북한의 對AA정책에 관한 연구〉(김유갑)

⑤〈북한의 대외무역 분석〉(유완식)

⑥〈북한에 있어서의 공산주의 이데올로기 교육에 관한 연구〉(최광석)

⑦〈북한의 언어정책 연구〉(김민수)

⑧〈북한의 7개년계획 분석〉(서남원)

3. 제3차 연구계획(1968.4~71.3)

①〈한국공산주의운동사(ⅢⅣ)〉(김준엽·김창순)

②〈북한의 통일방안〉(박동운)

③〈북한의 문학정책〉(송민호)

④〈북한의 언어교육〉(김민수)

⑤〈한국통일에 있어서의 민족의 문제〉(신일철)

⑥〈남북한의 군사정책〉(김홍철)

⑦〈북한의 재산법 연구〉(현승종)

⑧〈남북한의 경제력 비교〉(김민채)

⑨〈북한의 문화정책과 문학작품 경향〉(정한숙)

⑩〈모택동과 김일성 사상구조의 분석〉(한태동)

⑪〈중·소관계의 변화와 한국통일에 미치는 영향〉(한태동)

⑫〈미·중관계의 변화와 한국통일에 미치는 경향〉(김영준)

⑬〈미·중공 관계의 전망과 한국통일〉(박봉식)

⑭〈남북한의 과학기술과 인력에 관한 비교연구〉(김윤환)

⑮〈통일방안 수립에 선행해야 할 몇 가지 조건〉(김하룡)

⑯〈소련의 극동정책과 한국통일〉(한기식)

⑰〈남북한의 정치체제 비교연구〉(한배호)

⑱〈월남의 통일문제 연구〉(이승헌)

⑲〈남북한 경제력의 비교연구〉(유완식)

⑳〈북한의 대남적화전략〉(김남식)

㉑〈한국, 국제연합 및 국제조직〉(김경원)

㉒〈중립화-라오스 경우와 그 의미〉(김채진)

㉓〈중공과 북한의 관계〉(김일평)

㉔〈투르만 재임 시의 미국의 한국통일정책〉(조순승)

㉕〈남북협상-과거와 장래〉(이정식)

㉖〈조총련을 통해서 본 북한의 통일정책〉(전준)

3. 제4차 연구계획(1971.4~76.3)

　①〈북한의 정치적 엘리트의 구조변화에 관한 연구〉(안병영)

　②〈제4차 당 대회와 제5차 당 대회와의 비교연구〉(김남식)

　③〈북한 6개년경제계획의 분석〉(김윤환)

　④〈북한의 언어정책 연구〉(김민수)

　위의 연구계획을 통해서 아연 북한연구의 규모와 체계 그리고 계기적 연관성을 파악할 수 있다. 공산권연구가 본격적으로 시작된 제1차 연구계획에서부터 북한에 관한 기초적 연구가 수행되었고, 이를 바탕으로 중국/북한 관계에 대한 연구, 동남아지역의 공산주의 연구로 범위를 확대하는 동시에 북한연구를 좀 더 세분화하여 심층적으로 연구하는 방향으로 북한연구의 전문성을 강화하는 궤적을 보여준다. 그리고 북한 및 아시아공산권 연구를 한국통일문제와 결부시켜 한반도냉전을 둘러싼 지정학적 연구로 확대시켜나갔음을 알 수 있다. 제3차 연구계획의 26개 연구주제는 남북관계뿐만 아니라 미중관계, 중소관계, 중국/북한관계, 일본 및 동남아베트남, 라오스, 말레이시아의 동향이 교차한 동아시아의 복잡다단한 냉전지정학을 학술적으로 탐구하려는 의욕적 시도를 여실히 나타낸다. 북한연구가 여전히 불온시 되던 당대 풍토에서 합법성의 최대치를 구현했다고 평가할 수 있다. 이 같은 북한연구의 연속성과 확대·발전은 연구주체의 구성과도 연동되어 있다. 처음에는 김준엽, 양호민, 김창순, 박동운, 방인후, 강인덕, 유완식 등 기존 월남지식인들 위주였다가 점차 전향간첩김남식, 오기완, 최광석 등이 연구원으로 합류하고, 재미 한국학자이정식, 김경원, 김일평, 김채진, 조순승, 재일학자전준, 국내의 정치학, 경제학, 법학, 철학, 문학, 교육학 등의 전문가들이 대거 연구에 참여함으로써 북한연구의 전문성을 살릴 수 있게 된다.

위의 연구주제를 중심으로 수행된 아연의 북한연구는 연구계획→기관지『아세아연구』1958.3 창간에 연구결과 발표→국제컨퍼런스 개최→자체 발간『영문브레틴』Asiatic Research Bulletin, 1957.12 창간에 번역 수록→단행본 출판 및 연구총서로 재출간 하는 시스템을 가동시킴으로써 연구의 전문성 제고와 함께 연구 성과의 국내외적인 전파 및 국제적 학술교류 협력을 강화하기에 유리했다.[66] 타 민간재단 지원사업의 상당수가 연구수행이 제대로 이루어지지 않아 첨예한 갈등이 야기된 것과 달리 아연의 북한연구는 하나의 예외 없이 학술적 성과로 결실되었다는 점도 특징적이다. 또한 공보부나 중앙정보부의 북한연구 성과가 대체로 비매품으로 간행되어 사회적 소통이 차단되었던 것과 다르게 아연의 북한연구는, 비록 아연이 수집, 집성한 북한자료의 일반인 열람과 활용이 불허되었으나, 모두 공식적으로 출판되어 북한에 대한 학술연구의 필요성을 사회적으로 확산시키고 북한학의 위상을 제고하는 데 기여할 수 있었다. 포드재단과의

---

66 위의 연구주제는 예외 없이 학술논문으로 발표되었으며, 공산권연구실이 단행본으로 묶어 1972년에 출판된다. 『북한공산화 과정 연구』(258쪽), 『북한정치체계연구』(309쪽), 『북한경제구조』(361쪽), 『북한법률체계연구』(217쪽), 『한국통일과 체계재통합』(358쪽), 『한국통일과 국제정세』(273쪽), 『한국통일의 이론적 기초』(462쪽) 등이 있다.

협약의 결과이자 연속적 지원을 위한 아연 주체들의 노력의 산물이다.

그렇다면 아연이 수행한 북한연구의 수준은 어떠한가. 아연이 추진한 북한 기초자료의 집성이 갖는 학술적 가치에 대해서는 이론의 여지가 없겠으나, 연구 성과에 대한 평가는 기존 북한학에서 거론된 바 없다는 점에서 필요하고도 중요한 사안이다. 아연의 북한연구에 대한 종합적 평가는 공산주의연구사 나아가 냉전학술사의 거시적 차원에서 다루기로 하고, 연구 성과 몇 가지를 통해서 그 수준을 가늠해보는 것으로 대신한다. 개별 연구 성과로 접근하면 돋보이는 성과가 매우 많다. 가령 『한국공산주의운동사』전5권는 한국공산주의운동에 대한 국내 최초의 연구업적으로 해방 후 조선공산당이 재건되기까지의 장구한 역사를 체계화한 독보적인 저술이다. 스칼라피노·이정식의 『한국공산주의운동사』전3권, 돌베개, 1986~87/미국에서는 1973년 출간보다 앞선 것으로 저술에 인용된 자료들을 엮은 두 권의 [자료편]과 함께 한국 공산주의운동연구의 저본이다. 김남식이 아연의 특별연구원으로 채용되어 1965년부터 주도한 남로당연구와 그 결실인 『남로당연구자료집』1974은 『실록 남로당』승공문화원, 1979을 거쳐 『남로당연구』전3권, 돌베개, 1986~88로 집대성되면서 남로당연구의 새로운 지평을 개척했다.

북한연구와 연계된 분야에서의 성과도 뛰어난 성취가 여럿 있다. 1965년 말부터 시작된 전준의 『조총련 연구』전2권, 1972는 일본관헌 자료에 의존한 오인과 한일 민족감정에 치중된 조총련에 대한 접근에서 벗어나 철저한 자료적 고증에 입각해 1970년까지 재일조선인사회의 역사 및 조총련의 생태를 재구성함으로써 조총련에 대한 객관적 이해의 가능성을 열었다. 이승헌의 『남베트남민족해방전선 연구』1968는 남베트남민족해방전선베트콩의 배경과 실태, 베트남전과 베트콩 문제를 객관적 입장에서 종합적으로 분석 해명한 저술로 동시기 냉전적 적대와 베트남전 파병의 당위성을 선전하기 위해 간행된 공보부의 『오늘의 월남』1966, 국제문제연구소의『베트남-그 역사적 배경과 현실』1965,『월남전과 한국의 안전보장』1966 등과는 비교 불가의 수준이다. 이렇듯 아연의 북한연구는 관련분야에서 최초로 인정받는 성과를 다수 산출해냈다.

그런데 아연의 북한연구에 대해 두 가지 지점이 논란될 수 있다. 첫째, 북한연구의 주체성 혹은 자주성 문제이다. 아연의 북한연구가 미국 민간재단들의 원조로 가능했다는 사실은 부인할 수 없다. 포드재단의 연례보고서를 보면 연차별 연구계획에 대한 엄격한 심사와 연구결과에 대한 다면적 평가가 시행되었다. 원조/피원조의 비대칭성에 따른 불가피한 결과였다. 그렇다고 포드재단의 입장이 일방적으로 관철된 것은 아니다. 연구주제에 대한 개입은 분명히 있었던 것 같다. 아연의 연구계획을 총괄한 김준엽은 포드재단의 연구비처럼 부대조건이 없고 연구자를 자유롭게 해주는 경우가 매우 드물지만 연구주제만큼은 타협해야 하는 불편이 있다고 토로한 바 있는데,[67] 그 타협이 아연의 북한연구를 왜곡시켰다고 보기는 어렵다. 오히려 북한공산권에 대한 실체 파악과 이에 근거한 냉전 대결논리를 강화하고자 했던 양측의 목표가 부합함으로써 북한연구가 탄력적으로 추진될 수 있었다. 냉전지역학의 트랜스내셔널한 접합의 전형적 사례로 보는 것이 합당하다.[68]

둘째, 관변연구에 불과하다는 시각이다. 이는 아연 북한연구가 주목받지 못한 주된 이유이기도 하다. 아연의 북한연구가 정부의 후원 속에서 활성화될 수 있었고, 그 과정에서 박정희정부의 헤게모니적 지배에 간접적으로 기여했다고도 볼 수 있다. 이러한 추정이 가능한 것은 아연이 아시아연구를 표방하면서 학문적으로뿐만 아니라 정책적으로도 기여할 것을 설립 당시부터 강조한 바

---

67 「동아시아연구, 고대 아연 5개년계획 확정」,『동아일보』, 1970.10.28.
68 이에 관해서는 장세진,『숨겨진 미래-탈냉전 상상의 계보 1945~1972』, 푸른역사, 2018 제2부 5장 참조.

있기 때문이다.[69] 학문적 현실참여주의가 아연의 정체성이자 지향이었던 것이다. 더욱이 이념성이 가장 강하고 또 그로 인해 이데올로기적 구속성을 본질로 하는 북한연구는 당국과의 협조관계가 필수적이었다. 실제 아연의 북한연구는 국토통일원 발족 후 '북한조사연구' 연구 의뢰에 다수 참여한 바 있다.[70]

그렇다고 아연의 북한연구가 당국에 전적으로 포섭된 것은 결코 아니다. 아연의 제1차 연구계획의 산물이었던 방인후의 『북한조선노동당의 형성과 발전』1967이 출간 직후 판금되었다가 8개월 만에 해금되어 일반연구자들에게 공개된 사건에서 보듯[71] 아연의 북한연구는 당국이 의도한 연구의 범위와 수준, 특히 일반대중에게 수용되기 곤란한 수위를 넘어선 경우가 많았다. 어떤 면에서는 포드재단과의 협약이 당국의 부당한 간섭을 방어해주는 안전장치로 작용했다고 볼 수 있다. 아연의 북한연구는 또한 국가심리전을 대행했던 기관들의 북한연구와도 본질적 차이가 있다. 경험적 연구를 중시하되, 이를 학문적으로 체계화하는 데 중점을 두었기 때문이다. 국가심리전에 동원되어 적대적 북한 담론의 생산자로 소용되던 김남식, 최광석 등 전향자들을 연구원으로 참여시켜 이들의 전문성을 발양시키고자 했던 것도 이런 맥락에서였다. 따라서 아연의 북한연구는 당국과 학문적 현실참여를 매개로 한 협력관계, 즉 냉전적 지식-권력체제의 탄생으로 볼 수 있다. 정책적 기여는 당시 학술의 대안적 전망으

---

69 「亞細亞人의 亞細亞研究 – 창간사에 代하여」, 『아세아연구』 창간호, 1958.3. 아세아문제연구소는 설립 목적을 "아시아 제 민족의 문화, 역사, 정치, 사회, 경제 등에 대한 연구를 통하여 국제적 이해와 협력적인 발전에 학문적으로나 정책적으로 기여한다"로 밝힌 바 있다.

70 가령 1972년 '周四原則에 대처할 한일공동협조 및 대처방안'(김준엽), '중공의 동태와 한국의 안보'(김하룡), '북한밀봉체제의 자유화방안'(김남식), '남북협상과 국공협상의 비교에 의한 우리의 대책'(김준엽), '4대국 균형체제하에서의 한국의 정립 방안'(김하룡), '남북접촉과 연관한 중공의 대북한정책의 전망과 대책'(김남식) 등이다. 국토통일원의 『국토통일원 연구간행물목록(1969~1979년)』(자료관리국, 1980)을 살펴보면, 총 922개 연구 대부분이 리영희를 비롯한 각 분야 전문학자들에 의해 수행되었다는 사실을 확인할 수 있다. 연구결과의 약 60%는 대외비로 처리돼 공표되지 않았다.

71 「고대 아연, 방인후 씨의 북한연구」, 『동아일보』, 1968.7.13.

로 제기된 학술적 관학협동모델 케이스의 한 예다.

요약하건대 아연의 북한연구는 공산권연구의 일환으로 시작하여 북한연구를 분과학문으로 전문화하고 이를 다시 한국통일문제 연구로 집성하여 북한학의 학문적 위상을 정립하는 동시에 북한연구의 외연 확대와 전문성 제고를 바탕으로 북한학의 성격과 발전방향을 정초하는 데 크게 기여했다고 볼 수 있다. 현재 북한학의 '학'적인 테두리가 아연에 의해 비교적 일찌감치 마련되었다는 사실은 큰 의미를 지닌다. 따라서 아연의 북한연구는 북한학의 발전적 전망을 모색하는 데 큰 참조가 된다. 냉전지역학으로서 아연의 북한연구가 성립되는 구조적 맥락과 트랜스내셔널한 북한연구의 지평, 냉전적 지식-권력체제의 성격, 나아가 포드재단의 지원이 중단된 이후 북한연구가 학문적 확장성을 지니지 못했던 부분까지 북한학의 새로운 방향전환 모색에 자양분으로 활용할 필요가 있다.

4. 맺음말

지금까지 냉전지역학으로서 북한연구가 일정한 규모와 체계를 갖추고 등장한 1960년대 북한학 성립의 안팎을 고찰했다. 1960년대 북한연구에 주목한 이유는 냉전에 의해 탄생했고 냉전을 동력으로 하여 한국학의 중심 영역으로 부상했으며, 이때 주조된 북한연구의 인식론적 틀과 범주가 지금까지도 장기 지속되고 있기 때문이다. 1960년대 북한학의 출현은 냉전질서의 변동에 따른 미국의 민간재단, 박정희정권, 당대 학술계의 이해관계가 결합되어 가능했다. 이 과정에서 북한연구의 최대 관건이었던 이데올로기적 제약과 기초자료 문제가 획기적으로 개선됨으로써 북한연구가 본격화될 수 있었다. 이 같은 조건 속에서 당대 북한연구는 국가심리전의 차원에서 수행된 위로부터의 북한연구와 학술적 현실참여에 입각한 냉전지역학으로의 북한연구가 병존하는 국면이 전개된다. 북한을 독자적 대상으로 한 두 방향의 북한연구가 진작됨에 따라 북한학의 외연 확대와 동시에 북한학의 위상과 입지가 강화되기에 이른다. 북한학은 한국학의 중심영역이자 트랜스내셔널한 냉전지역학으로 부상한 것이다. 1960년대 북한학의 가장 큰 특징은 냉전적 지식-권력체계를 본질로 하는 학문적 정체성을 지녔다는 데 있다.

이 글이 역점을 둔 것은 북한연구가 성립되는 복잡한 구조적 맥락이었다. 따라서 1960년대 북한연구의 실내용에 대해서는 충분한 논의가 되지 못했다. 보완이 필요하다. 먼저 북한연구의 주류로 등장한 국가심리전 차원의 북한연구에 대한 종합적 고찰이다. 미국심리전에의 의존성을 벗어나 한국 독자적인 심리전을 공세적으로 구사했던 박정희정권의 전략심리전 체계, 주체, 콘텐츠, 사회·대중적 전파 경로와 그 효과 등에 대한 검토는 위로부터의 북한연구를 좀더 세밀하게 규명할 수 있는 주제이다. 또한 북한연구가 동아시아 (문화)냉전에 어떻게 접속·기능했는가를 파악할 수 있는 방법이기도 하다. 1990년대 초부터 한국지성사의 주요 의제로 부상한 동아시아담론동아시아연구에서 북한이 독자적으로 거론된 경우가 많지 않고중국, 미국, 일본과의 매개 속에서 등장, 그것도 북한을 보는 시각이 지극히 안보 일면적이었다는 점을 감안하면,[72] 북한연구가 국가심리전에서 어떻게 배치, 활용되었는가에 대한 분석은 향후 북한연구를 전망하는 데 유익할 것이다.

둘째, 아연의 북한연구가 갖는 위상과 그 의의에 대한 거시적 분석이다. 아연의 북한연구는 공산주의연구, 아시아지역학 연구 등과 유기적으로 결합되어 있고 동시에 미국 냉전지역학, 동아시아 국가들의 냉전연구와 수직적/수평적

---

72 이에 대한 자세한 분석적 고찰은 윤여일, 『동아시아담론』, 돌베개, 2016 참조.

접속 및 연대를 지니고 있었다. 냉전학술사의 관점에서 중요하게 다루어져야 할 연구주제이다. 그리고 냉전적 지식–권력체계에 바탕을 둔 아연의 북한연구는 1970년대 후반 국토통일원의 일련의 북한 연구·조사사업으로 연장·확대된 바 있다. 1960~70년대 중앙정보부, 국토통일원, 아연 등 세 갈래로 추진된 북한연구가 박정희정부가 체제 유지와 정권 안보를 위한 전략적 차원에서 기획한 총력안보체제하에서 어떻게 교차하며 북한에 대한 지知가 축조되는가를 고찰하는 작업도 필요하다. '통일만이 답은 아니다'라는 세론世論에 북한학은 어떻게 답을 해야 하는가? 과거에서 혜안을 찾아보는 것도 한 방법일 것이다.

제3부

한반도의 내부냉전,
부역 · 월경越境 · 전향

제9장

냉전 금제와 프로파간다

반란, 전향, 부역 의제의 제도화와 내부냉전

1. 진실 복원에 대한 심문

박완서의 단편 「복원되지 못한 것들을 위하여」『창작과비평』 제17권 2호, 1989 여름는 6월 민주항쟁으로 창출된 열린 시공간에서 전시부역자의 생애에 대한 정직한 복원의 당위성과 그것의 난망함을 예리하게 그리고 아프게 심문하고 있다. 소설가로 전시에 문학가동맹에 가입한 부역혐의로 인해 감옥에서 사형을 당한 송사묵, 그 객관적 사실이 왜곡되어 (납)월북작가의 일원으로 버젓이 (납)월북 문인선집에 등재되어 있는 현실, 이 간극에서 박완서는 비국민으로 배척되었던 한 인간의 삶을 사실 그대로 복원하는 일이 결코 쉽지 않다는 사실을 적시하고 있다. 어디 송사묵뿐이겠는가, 또 부역문제만이겠는가. 실로 여기에는 냉전분단체제의 기원 및 장기 지속의 원천인 국가폭력과 이로부터 초래된 대다수 (비)국민들의 강제된 질곡의 시간이 무겁게 가로놓여 있다. 부역문제만 보더라도, 해방 후 첨예하게 부각되었던 부일 부역문제는 점차 소거된 채 부공附共 부역이 민족반역자의 단일한 표상으로 대체되고, 이 전치된 냉전프레임의 강압적 작동을 통해서 일상화된 국가의 국민심판이 야기한 공포로 말미암아 "짐 승처럼 살아남았던"166쪽 수많은 '관제공산주의자'의 고통을 어찌 계량할 수 있 겠는가.[1] 또 짐승처럼 죽어간 사람들은 물론이고 짐승처럼 살아남기 위해 밀 고, 은폐, 조작, 침묵, 방관, 망각으로 점철된 오욕의 세월과 여기에 덧붙여 가 해진 사회적 폭력과 배제의 공모가 누적된 역사의 구각을 뚫고 사실을 복원하 는 일은 녹록지 않다. 법과 제도의 영역을 상회하는 문제이기에 더욱 그렇다.

국가권력은 수차례 부역자들에 대해 선처했다고 공언해왔다. 전시에는 부역 자들을 대거 석방했고, 부역자에 대한 가혹한 처벌로 야기된 공포와 불안감을 완화하기 위해 전시부역뿐만 아니라 해방 후 경미한 일체의 부역행위를 자진 신 고하는 자에게는 불문에 그치는 것과 함께 국민으로 포용하고자 했으며,1955.11[2] 친족의 부역행위로 공사 생활의 불편과 불이익을 해소하기 위해 연좌제 폐지 1980.8, 제5공화국헌법 제12조 제3항와 더불어 5천여 명의 생존부역자 신원관리기록을 삭제하는1984.10 등 관대한 처분을 시행했다고. 사실이다. 그러나 일련의 행정 조치를 관통하는 기조는 국가의 책임을 인정하지 않은 채 또 진상 조사를 방기

---

1 안우환, 「나는 官製共産主義者」, 『동아일보』, 1964.5.27.
2 검찰청이 1955년 11월부터 시행한 '부역자처리에 대한 신방안'을 말한다. 자수를 전제로 경미 한 부역자 나아가 해방 후 좌익사건관련자들의 전력을 불문에 붙이고 포섭·보호하겠다는 취지 였으나, 실제는 1954년부터 공세적으로 추진된 사상총동원체제 프로젝트 차원에서 내부의 적 을 색출해 감시·통제하는 수단으로 활용될 가능성이 높았고, 당시에도 국민보도연맹의 재판이 라는 비판이 제기된 바 있다. 악질 부역행위는 국가보안법의 추급 대상이 되었고, 자진 신고자 도 진정성을 의심받았다. 주목할 것은 부역자가 간첩과 동등하게 취급되었다는 사실이다. 간첩 자수기간을 수시로 설정해 남파간첩, 조총련 및 적성국가를 우회·침투한 간첩, 6·25부역자로 서 죄상을 은폐한 자를 동일 범주화하여 간첩으로 취급하고 자수와 아울러 체포를 강화함으로 써 휴전~1957년 국가보안법 위반으로 검거한 7,319명 가운데 부역자가 3,389명에 달했다 (『경향신문』, 1958.5.18). 4·19 직후 '비상상태하의범죄처벌에 관한 특별조치령폐지와 동법 에 기인한 형사사건임시조치법'이 마련돼 재심 청구가 가능해졌는데, 당시 일반법원에서 유죄 로 확정판결을 받은 부역자의 규모는 총 13,703명으로(군사법원 제외), 가석방자 191명, 특사 3,393명, 형집행정지 및 사망자 368명, 형집행완료자 9,391명, 현재 형집행 중인 자 360명 등 이었다(『동아일보』, 1960.11.3). 검찰의 신방안과 그 후속조치가 부역자처리의 일대 전환이라 고 대서특필되었으나, 이 조치는 결국 부역자를 간첩과 동등한 내부의 적으로 규정한 가운데 내부평정의 수단이나 대북프로파간다의 일환으로 활용했을 뿐이다.

한 가운데 사회통합 및 국민화합을 위한 은전이라는 것이었다.

　실상 각 조치들은 애초 천명한 철폐, 불문의 방침을 국가가 스스로 어겼다는 사실을 자인한 내용이었다는 점에서 기만적인 술책에 불과했다. 2010년에 가서야 '비상상태하의 범죄처벌에 관한 특별조치령 폐지와 동법에 기인한 형사사건 임시조치법'이 폐지된 사실이 이를 증명해준다. 연좌제 폐지, 관리기록삭제 조치로 부역(자)의 사실과 낙인이 자동 소멸된 것은 아니다. 오히려 이 조치들로 인해 부역자=반역자라는 표상이 강화되는 동시에 공포를 환기, 재생산하여 사회적 내부 적대를 지속시키는 결과를 초래했다. 생존부역자들은 부역의 전과기록이 삭제되었다 하나 '반역의 길'을 걸었던 존재라는[3] 사회적 표식, 낙인은 여전히 남아 당사자와 유가족을 옥죄기는 마찬가지였다. 그런 상황에서 소설의 화자가 진상을 복원하려는 시도에 이러저러한 이유로 비협조적이었던 인물들의 생존 욕구나 (납)월북작가 작품 해금조치에 편승해 송사묵을 월북작가로 기정사실화하는 유가족들의 자구적 묵계는 충분히 이해가 가능하다. 그래서 복원불가능성의 시사가 더 묵직하게 감수되는지 모른다.

　복원의 의미가 단순히 오류를 바로잡는 것에 그치지 않고 역사적 진실을 규명하는 데 있다고 할 때, 1987년 6월 민주항쟁은 복원이 불가능했던 것들이 복원될 수 있는 결정적인 계기로 작용했다. 민중의 힘이 개척한 자유화, 민주화 국면에서 그동안 철저하게 은폐, 망각되었던 냉전금제들이 공개적이고 전면적으로 폭로되면서 역사적 진실에 대한 복원의 가능성을 열었다. 특히 기억하고 거론하는 것 자체가 불온시 되던 민족(국가) 반역의 의제들이 의사합의적 형태로 공고하게 재생산되어온 냉전이데올로기의 균열, 와해와 맞물려 비로소 세상 밖으로 공표될 수 있었던 것은 극적이다. (납)월북문제는 문인예술가의 해금조치가 단행되면서 복원의 제도적 토대가 마련되었다. 비록 민간인월북자

3　「부역기록 삭제와 특사와」(사설), 『동아일보』, 1984.10.3.

들의 처리가 배제되었고, 또 사상적·정치적 복권이 불허된 한계를 지닌 것이었으나 냉전의 벽을 국가권력이 자발적으로 허무는 시발점으로서의 의의가 컸다. 전쟁부역자의 실체도 처음으로 공개되었다.[4] 전쟁부역자의 규모, 도강파와 잔류파의 갈등, 부역자처벌 과정 등 전쟁부역의 전모가 세간에 알려지기 시작한 것은 이때부터다. 또한 풍문으로 떠돌던 보도연맹사건이 연속 보도되면서[5] 국민보도연맹의 실체와 국가권력이 자행한 민간인학살의 문제가 쟁점화되기에 이른다. 이를 통해서 당시에도 현존하고 있던 사상전향제도의 문제, 비전향 장기수의 존재가 주목될 수 있었다.

반역의 대명사로 각인된 빨치산에 대한 조명도 좀 더 전향적으로 다루어지기 시작했다. 이와 관련해서는 문학의 성취가 돋보이는데, 여순사건을 반제 민족해방투쟁으로『태백산맥』 수정판, 1989, 6·25 전후의 빨치산 활동을 민족해방과 독립국가 건설을 위한 투쟁으로『빨치산의 딸』, 1990 형상화함으로써 빨치산에 대한 인식의 근본적인 전환을 촉발시켰다. 6·29선언 직전 제주4·3항쟁을 민족주의적 저항의 시각으로 형상화한 이산하의 장편연작시 「한라산」『녹두서평』 1, 1986.3 에서 본격화된 반역 금기에 대한 문학적 도전이 공적 기억(록)에 대한 대항을 넘어 대안적 시각의 창출을 수반하며 복원의 지평을 확장시켜나갔던 것이다.[6]

이 같은 공론화를 계기로 분단 반세기를 지탱해왔던 금제와 억압의 기제들에 대한 역사화 작업이 촉진되었고, 그것이 실질적 민주주의의 쟁취라는 시대

---

4 박원순, 「전쟁부역자 5만여 명 어떻게 처리되었나」, 『역사비평』 11, 역사비평사, 1990, 172~198쪽.
5 김태광, 「해방 후 최대 양민참극 '보도연맹'사건」, 『말』, 1988.12; 「'보도연맹'사건」, 『말』, 1989.2.
6 유화국면 직후 냉전반공프레임을 둘러싼 사상전의 프로파간다가 극렬하게 전개된 국면에서 창작된 이 작품은 곧바로 국가보안법위반혐의로 필화사건을 겪는데(1987.11), "남한을 미국의 식민지사회로 파악하고, 무장폭동을 민족해방을 위한 도민항쟁으로 미화하며, 인공기를 찬양하는 등 북한 공산집단의 활동에 동조했다"는 이유로 작가가 1년 6개월의 실형을 선고받았다. 이 작품은 김진균 교수의 평가처럼 현대사의 핵심 부분을 천착하여 학계의 관련 연구를 촉발시키면서 분단이데올로기를 극복하는 일 계기로 작용했다. 「한라산」 필화사건에 대해서는 김지하 외, 『한국문학필화작품집』, 황토, 1989, 119~142쪽 참조.

적 과제와 결합하면서 냉전금제의 법적, 제도적 장치들을 철폐하기 위한 도전이 거세게 일었다. 분단시대 국민의 신체와 정신을 점령했던 국가보안법에 대한 개정 또는 폐지운동과 사상전향제도를 법적으로 정당화한 사회안전법 폐지운동이 광범하게 전개되었다. 이러한 국민적 도전은 좌절 혹은 부분적 성취로 귀결되었으나, 그 결과보다도 사회 및 국민통합이란 미명하에 국민/비국민을 경계 짓고 비국민을 색출, 처벌, 감시하기 위한 장치로 활용되었다는 사실을 사회대중적으로 확산시키는 데 커다란 기여를 했다.

특히 사회안전법 폐지를 둘러싼 국가와의 대결은 인간내면의 생각을 법과 제도로 강제했던 전향제도의 뿌리 깊은 반문명성, 반인권성에 대한 성찰을 이끌어냈다는 점에서 각별한 의의를 지닌다. 전향제도가 1930년대 일제강점기나 정부수립 후 공산주의사회주의자들을 격리시키기 위해 고안해내었던 사문화된 제도가 아니라 다기한 변용을 거쳐, 특히 1973년부터 반국가사범을 전향시키기 위해 교도소에 전향공작전담반이 설치·운영되었고, 긴급조치 9호와 함께 사회안전법을 제정해1975.7.16 보안처분대상자들에게형법상의 내란죄, 외환죄, 군형법상의 반란죄, 이적죄, 국가보안법 위반 등 보안처분의 면제조건으로 전향서 작성을 강요해왔다는 사실은 진상복원의 시각과 방향을 암시해주는 것이었다. 사회안전법이 '조선사상범보호관찰령'1936.12, '조선사상범예비구금령'1941.2에 근거한 것이었다는 사실은 청산하지 못한 식민유산에 대한 관심을 자극하기도 했다. 사회안전법이 폐지되고1989.3 그 대안으로 '각서'나 '생활계획서'로 변용해 비전향장기수를 대상으로 한 전향의 요구가 여전히 강제되는 상황을 거쳐 마침내 전향제도를 공식적으로 폐지시키나1998.7 또 다른 대안으로 '준법서약서'를 도입하는 지난한 도정이 이에 대한 관심을 더욱 고조시켰다.

냉전금제에 대한 학술적 연구는 2000년대 들어서 때늦게 활성화된다. 제주 4·3민중항쟁의 복원과 같은 국가차원의 공식적 진상규명 작업의 개시와 병행하여 망실된 자료의 발굴, 조사에 입각한 연구가 본궤도에 진입할 수 있었다. 국가폭력의 피해자 및 관련자들을 대상으로 한 구술조사방법이 적극적으로 활용되면서 대항 자료에 입각한 진상규명과 연구의 질적 수준이 제고될 수 있었다. 구술사를 통해 획득된 일반 민중들의 경험과 기억은 아래로부터의 역사를 복원하는 사료로, 이는 공적문서나 기록에 의존한 정형화된 역사서술을 교란, 전복시킬 수 있는 가능성을 내포하고 있다.[7] 연구의 대체적인 경향은 반란, 전향, 부역 등의 중요 냉전금기들의 형성, 제도화, 작동 양상을 재구하는 데 초점이 맞춰져 있다. 관련된 특정 사건의 전모를 밝히거나 국가폭력의 시원1948~53년을 구명하는 데 다소 집중된 면이 없지 않다.

이 글은 반란, 전향, 부역의 냉전의제에 대한 접근이 각기 고립 분산적으로 수행되었다는 점에 착안하여 이 세 가지 의제를 냉전금제로 묶어 고찰해보고 냉전금기의 기원뿐만 아니라 그것이 장기 지속될 수 있었던 제도적 원천을 프로파간다에서 찾아보고자 한다. 저자는 박완서가 심문했던 복원의 진정성은, 다소 추상적일 수 있겠으나, 1980년대 말 '전향의 문제는 종이 한 장의 문제가 절대 아니다'라는 절규에 함축되어 있는, 역사에 기입될 수 없었던 뭇 인간들의 존재를 마주하는 것에서 비롯된다고 생각한다. 1949년 9월 30일 중앙고등군법회의에서 이적행위 및 간첩행위 혐의로국방경비법 제32조 사형을 선고받은 유진오兪鎭五가 최후진술에서 언명한 "양심적인 문화인으로 살고 싶다"는 불굴의 신념과 여순사건 진압군 장교의 증언의 대비가 함의하고 있는 역사성을 주목하는 데서 시작한다.[8]

---

7   이 글의 관심사와 관련된 예로 『구술사로 읽는 한국전쟁』(한국구술사학회 편, 휴머니스트, 2011)의 성과가 주목되는데, 이 구술사에 수록된 빨치산, 의용군, 전쟁미망인, 월북가족, 전쟁포로, 빨갱이로 낙인찍힌 이들의 전쟁 경험과 기억은 기존 한국전쟁에 관한 기록과 연구가 포착하지 못한(포착할 수 없었던) 한국전쟁으로 초래된 민중의 일상적 역사를 촘촘하게 복원해주고 있다. 이 같은 구술 자료는 1980년대까지 성행했던 체험 및 증언을 강조한 저널리즘의 다양한 史記기획, 가령 『조선일보』의 '전환기의 내막' 시리즈(1981.1.5.~12.29, 244회, 이 중 30개를 선별해 엮은 『전환기의 내막』, 조선일보사, 1982.2)가 시도한 저명인사 위주의 체험, 증언, 평가가 대체로 기존의 공적 기록(기억)을 추인하는 데 기여했던 것과는 근본적인 차이가 있다.

2. 내부냉전 구조의 창출과 냉전 금제의 제도화

미/소 분할점령하 한반도는 세계 냉전체제가 본격적으로 출현하기 이전부터 냉전의 소용돌이에 갇힌다. 그것이 외생적으로 부과된 것이자 동시에 민족국가 건설의 서로 다른 이념과 노선에 입각한 내부의 정치적 대립이 착종됨으로써 더욱 극심할 수밖에 없었다. 특히 모스크바삼상회의협정신탁통치안을 계기로 국내 모든 (정치)세력이 반탁/지지로 분립되는 가운데 형성된 왜곡된 프레임, 즉 반탁운동＝민족주의＝애국/찬탁운동＝친소반민족주의＝매국의 극단적 전개는 때 이른 냉전질서가 부식되는 구조적 조건으로 작용했다. 오해와 왜곡으로 조성된 이 좌/우 프레임은 즉자적 정파성의 이데올로기적 각축으로 현시되면서 반제반봉건 민주주의혁명의 진보적 의제들을 심각하게 변질시켰다. 또한 당면한 민족문제 해결의 기축이 (반)민족에서 (좌우)이데올로기로 급속하게 전치되는 것과 맞물려 정치, 사회, 문화적 세력관계의 재편이 추동되는 한편 남한사회 각 부문에 내부냉전을 일찌감치 구조화시키는 결과를 초래했다.

한반도의 대내외적 냉전화는 한국문제가 유엔으로 이관되어 남한정부가 유일한 합법정부로 승인되는 1년여의 시간 동안 한층 강화된다. 두 차례 미소공동위원회의 파행과 그 최종적인 결렬 뒤 1947년 9월 미국이 일방적으로 한국(독립)문제를 총회에 제의하면서 한국문제는 국제적인 이슈로 부각되기에 이른다. 한국문제의 유엔 이관은 미/소협상의 최종안이었던 신탁통치(안)의 파

---

8   남로당 지리산문화공작대장이었던 유진오가 동 공작대원 홍순학(영화동맹원), 유호진(음악가 동맹원)과 남로당 문화부장 겸 특수정보부책임자 김태준, 동 공작대원 이용환, 박우용, 이원장, 지리산빨치산 부사령 조경순(김지회 처) 등 9명과 함께 받은 재판의 심문과정, 최후진술의 골자는, '내가 원하는 것은 38선이 없는 완전 통일된 정부의 수립이며, 그것은 평화적인 방법으로 쟁취한 인민공화국이다'(심문과정에서의 진술), "나는 전 민족의 염원인 자주독립 국가를 열망했다. 양심적인 문화인으로 살고 싶다"(최후진술)로 요약할 수 있다(『경향신문』, 1949.10.2). 여순사건 때 진압군 장교였던 김천덕 대위가 군검찰 측 증인으로 나와 인간으로서 하지 못할 잔악한 행동을 한 여순반란 폭도들의 피비린내 나는 행동을 설명했다.

기이자 동시에 미/소 간 재조정된 한반도정책의 불가피한 대립을 예비한 것으로, 이는 냉전이 한반도에서 명시화되었다는 중요한 의미를 갖는다.[9]

유엔을 무대로 한 미/소의 대결은 미국의 유엔감시하의 총선거안案과 소련의 양군동시철퇴안案의 대립구도 속에서 미국안案의 채택에 따라 남북한총선거를 관리, 감시하기 위해 파견된 유엔한국임시위원단UNTCOK의 존재와 그 활동을 둘러싼 갈등으로 격화된다.[10] 미국 주도의 유엔 운영에 대한 불만으로 야기된 임시위원단 구성의 갈등을 내포한 채 1948년 1월 내한한 임시위원단의 임무 수행은 소련이 이북의 입경을 거부함으로써 시작단계부터 난관에 부딪혔고, 이후 임시위원단을 통한 총선거 실시의 구체적 방침을 둘러싼 다층적 대립, 즉 임시위원단 내부의 대립, 이남과 이북의 대립, 남북협상을 두고 미군정과 임시위원단의 대립, 임시위원단과 남한 정치세력 간의 협조/갈등 및 정치세력 간의 대립 등이 동시다발적으로 분출되는 가운데 결국 남한만의 단독선거로 귀결된 일련의 절차는 단독정부수립이라는 미국의 수정된 한반도정책이 지배적으로 관철되는 과정이었다.[11] 선거(결과) 범위의 전국적 지위 여부에 대

---

9 이완범, 「미군정과 민족주의, 1945~1948」, 한국현대사연구회 편, 『한국현대사와 민족주의』, 집문당, 1996, 96쪽.

10 한국문제에 관한 유엔의 결의(안)들은 대체로 유엔한국임시위원단(UNTCOK)의 활동보고(서)를 토대로 이루어지는데, 미소의 알력과 그에 따른 위원단구성 국가들의 분열, 소련(북한)의 비협조, 남한 정치세력 간 갈등 등으로 운신이 폭이 크게 제한되었으나 남북총선거의 관리뿐만 아니라 정부수립 후에도(1948.12 유엔한국위원단(UNCOK)으로 개칭) 양군철수 감시, 남북한의 대치 상황, 남한의 치안상태, 38선 군사적 충돌 등의 동향을 조사 보고했으며 한국전쟁 발발 후에는 한국전쟁의 경과에 관한 보고서(111항) 제출, 유엔한국통일위원회(UNCURK)으로 개칭한 후에는 전시, 전후 한국의 재건사업에 관한 해결책 제시 등 유엔의 한국재건원조사업의 중요한 창구 역할을 수행한 뒤 1973년 12월 해체되었다. 유엔한국(임시)위원단의 구체적인 활동상 및 한국관계 유엔결의문에 대해서는 정일형, 『유엔의 성립과 업적』, 국제연합한국협회, 1952.3, 474~562쪽 참조. UNCURK가 해체되는 과정에는 1970년대 초 미중데탕트 국면에서 중국이 해체를 강조한 것이 크게 작용했는데, 이는 UNCURK가 한반도 문제에 대한 유엔의 관여를 상징하는 기구였기 때문에 이를 해체함으로써 한반도 분단문제를 더 확실하게 국제적 문제에서 남북한 사이의 문제로 전환시키려 했던 미중의 이해관계가 부합한 산물이었다. 이에 대해서는 홍석률, 『분단의 히스테리』, 창비, 2012, 185~186쪽 참조.

11 유엔한국임시위원단을 둘러싼 다층적 대립 양상에 대해서는 양준석, 「1948년 유엔한국임시위

한 해석의 논쟁을 불식시키며 한국이 유일한 합법정부임을 국제적으로 승인한 1948.12.12 것도 미국이 단독정부의 불안정성을 해소하기 위해서 유엔에 강력한 영향력을 행사한 결과였다.

그것은 미국외교정책의 원칙으로 설정된 트루먼독트린1947.3, 즉 전후 세계 질서를 전체주의/자유주의의 분할·대결로 규정하고 전체주의에 맞서 자유주의국가의 방위를 지원해야 한다는 기조가 본격적으로 시현된 것이었다고 할 수 있다. 이는 유엔의 한국문제 결의과정에서 제안된 한국문제는 한국인들 스스로 결정해야 한다는 유엔 정신의 훼손이자 자주적 통일 민족국가 수립을 열망했던 대다수 한민족(중)의 총의를 배반한 것이다. 어쩌면 주어진 타율적 해방의 혹독한 대가였는지도 모른다. 이같이 유엔과 한국의 특별한 관계 속에서 탄생한 단독정부의 수립과 그로 인한 분단의 제도화는 세계적 냉전체제 성립의 촉성과 한반도의 냉전화化가 상호 상승적으로 작용한 결과로, 이후 한반도는 더욱 확대·강화된 대외내적 냉전 대결의 전장으로 비화될 수밖에 없었다. 남북한의 헌법에 각각 명문화된 영토 규정의 불일치, 즉 남북이 상호 자기 영토를 참절僭竊한 적으로 상대를 명시해 놓은 것은 무력충돌까지를 포함해 화해 불가능한 극한 대립을 예비한 것이나 마찬가지였다.

유엔을 매개로 한국문제 해결의 열쇠가 국제화된 상황과 맞물려 남한사회는 극단적인 내전상태에 돌입한다. 이른바 '단선단정 국면'이 전개되는데, 단독선거 및 단독정부수립안, 남북협상, 미소양군철퇴 등의 의제를 둘러싼 종횡의 적대가 노골화되면서 자주적 민족국가수립을 위한 최후적 대결국면이 조성된다. 이를 계기로 신탁통치 반대/지지의 대결구도가 단독정부 추진/자주적 단일정부 수립의 대립 전선으로 세력관계가 재편성되는 가운데 구국운동의 냉전적

원단의 활동과 5·10총선에 대한 미국정부와 한국인들의 인식」, 『한국정치외교사논총』 40-1, 한국정치외교사학회, 2018, 81~112쪽 참조.

적대가 전사회적으로 파급되기에 이른다. 남로당을 위시한 (극)좌파 진영은 미소양군의 즉시 철수와 단선반대를 내걸고 전국적인 총파업, 이른바 '2·7구국투쟁'에 돌입하면서 단선지지의 극우파뿐만 아니라 중도파로까지 투쟁범위를 확대시켜 파괴, 습격, 테러, 선전선동을 강화하고 지하공작과 함께 야산대를 조직, 무장유격전을 개시했다. 단독선거에 대한 찬반 논쟁으로 분열한 이승만과 김구는 유엔소총회의 단독선거안이 확정되자1948.2.26 이에 편승·영합하려는 세력이승만-한민당계열과 남북협상으로 돌파구를 찾고자 하는 세력으로김구-김규식계열 분화, 대립한다. 좌우합작운동의 실패로 입지가 축소된 중도파민족주의자들은 유엔임시위원단에 대한 애초의 기대와 희망적 관측을 포기하고 단선단정반대를 구심점으로 집결하여 저지 투쟁에 매진한다. 특히 문화지식인의 대다수를 차지하고 있던 중도파들의 프로파간다와 집단적 결사는 단정이 수립된 이후로까지 지속되었다.

단선단정의 국면이 결국 단정 수립과 분단의 제도화로 귀결되었으나 이 신국면은 '한 원칙 한 진리, 즉 남북통일민족통일 앞에 두 방법, 두 힘의 충돌'[12]에 따른 테러, 파업, 소요, 선전, 무력시위 등의 난무를 수반한 적대적 대립이 비등하면서 내부냉전이 사회 전 부문에 만연되기에 이른다. 단선단정반대, 남북협상지지, 양군철수 주장은 공산당소련, 북한에 동조하는 반역으로, 그 반대 입장또한 민족반역으로 상호 규정되며 구국애국/매국 프레임이 전폭적, 일상적으로작동하게 된다. 이 같은 맥락에서 빨갱이가 탄생한 가운데 자의적인 의미 변용을 통해 사회전반에 증오, 적대의 냉전적 내부질서가 조장되었다.

불원한 장래에 사어사전死語辭典이 편찬이 된다고 하면 빨갱이라는 말이 당연히 거기에 오를 것이요, 그 주석엔 가로되 "1940년대의 남부조선에서 볼쉐비키, 멘쉐비

---

12 홍종인, 「남북회담과 총선거」, 『민성』, 1948.5, 7쪽.

키는 물론 아나키스트, 사회민주당, 자유주의자, 일부의 크리스찬, 일부의 불교도, 일부의 공맹교인孔孟敎人, 일부의 천도교인, 그리고 주장 중등학교 이상의 학생들로써 사회적 환경으로나 나이로나 아직 확고한 정치적 이데올로기가 잡힌 것이 아니요, 단지 추잡한 것과 부정사악不正邪惡한 것과 불의한 것을 싫어하고, 아름다운 것과 바르고 참된 것과 정의를 동경 추구하는 청소년들, 그 밖에도 ×××과 ×××당의 정치노선을 따르지 않는 모든 양심적이요 애국적인 사람들, (그리고 차경석의 보천교나 전용해의 백백교도 혹은 거기에 편입될 가능성이 있다) 이런 사람들을 통틀어 빨갱이라고 불렀느니라" 하였을 것이었었다.[13]

집필 시점1948.6을 고려할 때, 단선단정 국면에서 빨갱이의 탄생메커니즘과 그것의 무분별한 사회적 작동 양상을 여실하게 보여주는 대목이다. 허구이되, 현실을 압도하는 핍진함을 지닌다고 볼 수 있다. 소설에서 그려지고 있듯이 빨갱이는 좌익세력뿐만 아니라 친일−단선단정세력 외의 모든 이념, 세력, 지향을 통칭하는 의미로 사용되었고 심지어 부자지간에도 그것이 적대적 증오로 작동하는 가운데 빨갱이는 매국반역자로 규정되면서 민족의 이름으로 철저한 소탕, 절멸의 대상으로 취급되었다. 신탁통치국면에서 신탁통치지지(자)를 국가를 소련에 팔아먹는 매국노로 규정했던 것에서(박헌영의 외국기자간담회1946.1.5에 대한 『동아일보』의 규정) 단선단정 국면에 이르러, 빨갱이의 탄생이 시사하듯이, 구국(민족반역)프레임의 정착과 함께 그것이 단일한 이데올로기적 대립구도로 전환되어 사회 전반에 부식, 만연했던 것이다. '빨갱이'가 1948년의 대표적인 유행어였다는[14] 것이 그 방증이다. 따라서 5·10선거에서 외세 추종의

---

13 채만식, 「도야지」, 『문장』 속간호, 1948.10. 모스크바삼상회의의 결정을 지지했고(전북문화인 연맹 위원장), 단정반대서명에 참여했던 채만식의 민족주의적 지향이 이 시기 그의 풍자소설의 중요한 원천으로 작용했다고 볼 수 있다.
14 진덕규 외, 『1950년대의 인식』, 한길사, 1981, '해방15년 연표'.

단선단정세력의 낙선을 돼지의 낙선으로 희화화하면서 그 지당함을 역설하고, 빨갱이를 사어사전에나 등재되어야 하는 것으로 희망한 채만식의 풍자적 형상화는 자주적 통일국가수립을 신념으로 했던 중도파민족주의의 좌절 혹은 또 다른 도전으로 읽힌다.

실제 단정수립으로의 귀결과 유엔의 승인을 통해 대외적 정통성을 인정받기까지의 기간은 좌우를 초월해 국내의 모든 세력에게 기회/위기의 양면성을 지녔다. 소수파였던 극우세력이 반역이데올로기 공세를 통해 열세를 만회하면서 회생할 수 있는 기반을 마련하였고, 문화영역 또한 '유엔결의에 따른 총선거에 대한 희망적인 사회정세를 반영해 좌익진영, 중도파에 대한 예리한 반격을 개시'[15]할 수 있었다. 하지만 민의를 저버린 반민족적인 단선, 단정은 이승만정부의 불안정성을 구조적으로 배태시켰다. 이런 상황에서 통일 민족국가수립에 대한 기대의 좌절과 함께 친일파척결, 토지개혁 등 민주주의혁명의 핵심과제에 미온적으로 대응했던 미군정과 이승만정부에 대한 팽배한 불만이 폭발하면서 대중적 저항을 광범하게 야기한다. 정부수립 후에도 단정 반대운동이 지속되었고, 극우반공체제 확립을 통해 난국을 돌파하려는 권위주의통치가 강행되면서 오히려 불안정성이 가중된다. 제헌헌법에 의거한 반민족행위처벌법 제정 1948.9과 반민특위 설치에 따른 친일부역처리의 공식화도 큰 부담으로 작용했다. 유일한 합법정부라는 명분론도 이를 완화시키는 데 한계가 있었다. 1949년 7월 유엔한국위원단의 (만장일치)보고서에 따르면,[16] 한국의 형편이 처음보

---

15 조연현, 「해방문단 5년의 회고 ③~④」, 『신천지』, 1949.12~1950.1.

16 「유엔한위보고서 개요와 결론」, 『동아일보』, 1949.9.10~14. 유엔한위는 이승만정부가 정치적 지반을 광범하게 다진다면 한반도의 통일 달성에 더 유효한 역할을 하리라는 다소간의 믿음을 표명했다. 극우세력은 이 보고서에 대해 중재자로서 유엔한위의 무능, 무기력, 변명에 불과하며, 특히 유엔한위가 소기의 임무를 달성하지 못한 것에 대한 불만을 남한정부에서만 찾는 것과 남북협상파의 포섭을 암암리에 종용함으로써 소련에 대한 유엔한위의 공포심과 좌익에 대한 호의를 암시하고 있다며 강력하게 비판한 바 있다. 「유엔한위보고서」(사설), 『동아일보』, 1949.9.13.

다 나아진 것이 전혀 없으며, 대내의 반란과 계속적인 38선 충돌의 위협으로 한반도문제의 해결에 유효한 진전이 있을 수 없음을 특별히 강조한 가운데 미소 냉전대결이 이 모든 난관의 근본적 원인이라고 명시하고 있다. 세계 냉전과 한국문제 해결이 밀접하게 연결되어 있으며 상호 규정적이라는 사실을 분명하게 적시한 것이다.

반면 단선단정 저지를 위해 총력적인 구국투쟁을 전개한 좌익계열은 단정수립을 계기로 치명적인 위기상황에 봉착할 수밖에 없었다. 이미 1947년 미군정의 8월대공세로 합법적 활동이 대부분 봉쇄된 상태였고, 미군정의 남로당에 대한 불법단체 선포로1948.2 공세적인 검거, 테러, 전향공작이 시행되었으며 국가보안법 공포 직후 남로당을 비롯한 좌익계열의 자수, 전향을 권고하는 수도경찰청의 포고문 발표1948.12.8 등으로 연속되는 공세적 탄압국면에서 실질적인 조직 활동이 불가능한 지경이었다. 좌익계열뿐 아니라 정부를 불승인하고 반대하는 중도파와 남북협상에 관계했던 인사들에 대한 대대적인 검거선풍이 전국적으로 실시됨으로써[17] 중도파민족주의 세력의 단정반대운동도 결집력을 상실할 수밖에 없었다. 적어도 남로당을 포함해 133개의 좌익, 중도파민족주의 계열의 정당 및 사회단체는 공보처에 의한 정당등록취소처분1949.10.19 이전까지는 불법단체가 아니었다는 점이 중요하다. 따라서 단정반대 세력에게는 월북, 지하공작, 전향(단정지지) 등의 현실적인 선택지가 주어졌다. 상당수가 월북했으며 탈당선언과 전향이 본격적으로 나타나기 시작한다.

전향은 주로 서울지검정보부와 수도경찰청을 경유한 탈당성명서 발표로 이루어진다. 두 가지 형식으로 발표되는데, (평택)좌익단체간부 14명의 탈당성명서 발표1948.1.10,[18] 8·15폭동사건 관계자 8명의 남로당탈당성명서 발표1948.2.20, 남로

---

17 「경인지구 돌연 검거 선풍」, 『경향신문』, 1948.11.6.
18 발표된 탈당성명서 전문은 "민전과 남로당의 노선이 반민족적인 동시에 매국적인 점을 지적 반

당의 반민족·매국적인 정치노선을 비판한 11인의 탈당성명서1948.3.10[19] 등과
같은 민주주의민족전선, 남로당, 문화단체총연맹 등 주요 좌익단체맹원들의
집단적인 전향과 민전중앙위부의장 겸 남로당전북위원장 백용호의 탈당성명
서1948.5.17, 고인석의 남로당탈당성명서1948.3.14 등 개인적 차원의 전향선언이
대두하여 잇달았다. 국민보도연맹 발족 후 본격화된 전향공간에 앞서 좌익계
열의 전향이 일찌감치 시작되었던 것이다. 당시 성행했던 정치인들의 정당탈
당성명서, 특히 단선단정에 대한 노선 차이에 따른 정파적 갈등으로 촉발된 탈
당선언과는 분명히 다른, 사상전향이 자발적/(반)강제적으로 실시되었다는 점
에 유의할 필요가 있다. 중도파민족주의계열 또한 정부수립을 고비로 분열, 분
화가 두드러지는데, 특히 남북협상에 참여했던 한국독립당, 사회민주당, 근로
대중당 등 정당사회단체들이 신생정부에 대한 지지·협력/비판·부정으로 분
열되면서 정치적 입지가 현저히 위축되었다. 족출했던 정당탈당성명서의 대부
분은 단정지지·협력으로 돌아선 세력에 의한 것이었다.

이같이 단선단정 국면은 때 이른 냉전질서의 대외·내적 규율 속에서 민족
국가수립과 관련한 의제들의 압축적인 분출과 이데올로기적 대결을 거쳐 분단
의 제도화로 귀결되었다. 이 국면에서 새롭게 제기된 쟁점들, 미해결·미정형
의 문제는 정부수립 후 극우반공체제의 형성과 맞물려 전개된 극심한 내전을
통해 조정되는 과정을 밟는다. 특히 국가보안법제정을 계기로 반란(역), 전향,
부역 의제가 한층 강화된 냉전적 진영대립과 결합해 다양한 이데올로기적 의

성하여 우리 평택군 유지 일동은 탈당하는 동시에 지하에서 준동하는 비양심적인 분자에 대해
용감히 투쟁하여 분쇄할 것을 맹세한다"(『동아일보』, 1948.1.13). 탈당참여자는 민주주의민
족전선, 남로당, 노동조합, 농민조합, 여성동맹, 민애청 등 당시 중요 좌익단체간부들이었다.

19 『현대일보』, 1948.3.10. 특이한 것은 이 (집단)탈당성명서는 광고란이 아닌 지면에 게재된다. 남
로당을 탈당하는 성명서는 1947년 11월부터 본격적으로 시작되는데(『한성일보』, 1947.11.14,
『부산신문』, 1947.11.14 등), 남로당의 불법화와 공격적인 탄압이 본격화되는 것과 동시에 탈
당 움직임이 일었던 것으로 판단된다.

미 변용과 계기적 연쇄를 거치며 한국사회에 전일적 냉전구조를 고착시킨다. 이러한 의제들의 이데올로기적 확장성은 내부냉전을 격화시키는 요인으로 작용하는 가운데 의사疑似사회합의적 냉전인식의 만연과 내면화를 촉진시킴으로써 한국사회 전반에 냉전금제가 제도화되기에 이른다. 그 과정에서 문화(인)의 기여가 막대했다.

1) 항쟁, 반란과 학살의 재현 서사

제주4·3항쟁과 여순사건은 사건의 계기적 연관성에서뿐만 아니라 해방 후 통일 민족국가 수립에 대한 기대의 좌절로 발생한 아래로부터의 민중적 항거라는 점에서 공통점을 지닌다. 주지하다시피 두 항쟁은 남로당의 극좌적 투쟁에 의해 촉발된 것은 분명한 사실이나[20] 짧은 시간 안에 지역주민이 대거 가담한 대중적 항쟁으로 발전할 수 있었던 것은, 봉기의 발발과 진행과정에서 성명된 바와 같이, 친일파처리, 토지개혁, 단선단정반대, 미군철수, 동족상잔반대 등 대다수 민중들의 민족(주)주의적 열망이 저항의 동력으로 작용했기 때문이었다. 따라서 제주4·3항쟁과 여순사건은 "당대 남한의 축소판"이자 민간인 대량학살과 극우반공체제 형성에 큰 영향을 미쳤다는 점에서 "현대사의 축소판"이라 할 수 있다.[21]

특히 여순사건은 각별하다. 사건의 명명법부터 달랐다. 제주4·3항쟁이 대체로 '폭동'으로 명명된 반면 여순사건은 처음부터 '반란叛亂'으로 엄격하게 규

---

20 박헌영은 한국전쟁 개전 직후 연설을 통해(7월 5일) 여순사건을 10월 인민항쟁, 제주4·3항쟁 등과 더불어 조국의 통일과 독립, 민주화를 위한 투쟁('항쟁')으로 규정한 바 있으나(『이정 박헌영 전집』(3), 역사비평사, 2004, 275~280쪽), 남로당계숙청사건 후 북한에서의 여순사건에 대한 종합적인 평가는 남로당 일부 조직의 좌경모험주의 전술에 의해 일어난 폭력투쟁이며, 그로 인해 당 조직, 당원, 군중에게 커다란 피해와 해독을 끼친 것으로 비판되었다. 신평길(전 조선노동당 간부), 「남로당과 여순반란 사건」, 『북한』, 북한연구소, 1994.9, 93쪽.
21 서중석, 「이승만과 여순사건」, 『역사비평』 86, 역사비평사, 2009.2, 304쪽.

정되었다. 폭동과 반란은 법률적 의미가 다르며 따라서 법적 처벌 수준에도 큰 차이가 있다. 그 차이는 여순사건에 대한 사회대중적으로 특정한 인식을 주조하는 데 지대한 영향을 끼쳐 실체 규명의 접근조차 봉쇄시켰다. 제주4・3사건이 '제주4・3특별법'제주4・3사건 진상규명 및 희생자명예회복에 관한 법률이 제정되어1991.1 정부의 사과와 함께 진상조사, 희생자 신고, 유해발굴사업, 희생자 명예회복 등이 공식적으로 추진되는 도정에 있다면,[22] 여순사건은 냉전이데올로기의 굴레를 벗지 못한 가운데 여전히 역사의 어둠에 묻혀 있는 실정이다. 최근 '여순사건특별법'이 국회를 통과함으로써2021.6.29 여순사건에 대한 진상 규명의 가능성이 열린 것은 그나마 다행이다.[23]

여순사건은 사건 발생 당시부터 공산주의북한공산당 괴뢰정권의 계획적 음모에 의해 발생한 반란으로 규정되었다. 10월 21일 국무총리 이범석의 발표문에서부터 시작된 이승만정부의 공식적 입장은 여순사건이 단순히 남로당의 지하활동에 의한 프락치들의 반란만이 아니고 정부를 반대하는 반反이승만계의 일부 극우정객, 공산주의에 부화뇌동한 불순인민분자들이 북한과 합작해 국가를 전복시키려는 반역사건이었다. 과장, 모해謀害가 강하게 개입된 이승만정부의 이 같은 정략적인 대응 태도, 즉 극좌/극우 합작음모론은 정부책임론을 방어하고 김구를 비롯한 우익진영 내부의 정부 반대세력을 제거하는 도구로 활용하였

22　최근(2019.1.17) 제주4・3사건 생존수형인 18명의 재심사건 선고에서 공소기각 판결이 내려졌다. 이는 4・3사건 당시 군사재판이 별다른 근거 없이 불법적으로 이루어져 재판 자체가 무효였다는 것을 의미하며 따라서 내란죄 등 누명을 쓴 재심청구 생존수형인 18명이 사실상 무죄로 인정받은 것이라는 점에서 제주4・3사건에 대한 진상 복원에 진일보한 계기가 마련되었다.

23　정식 명칭은 '여수・순천 10・19사건 진상규명 및 희생자 명예회복에 관한 특별법'이다. 2001년 16대 국회 이후 네 차례 발의됐지만 이념 대립으로 무산되었고, 2019년 3월 27일 대법원(전원합의체)에서 여순사건 당시 내란 및 국헌문란 혐의로 사형이 선고・집행된 민간인 사망자 3명에 대한 재심개시 결정이 내려지는 진전을 거쳐 마련된 이 법안은 여순사건의 진상 규명과 희생자 지원을 위한 제도적 장치가 확보되었다는 점에서 획기적인 의의를 지닌다. 최근 여순사건을 배경으로 한 영화 〈冬栢〉의 개봉(2021.10)과 국가기록원에 의해 이 영화가 중요 역사콘텐츠로 인정받아 영구 보존됨으로써(2022.1) 여순사건에 대한 국민적 관심을 높이는 데 기여했다.

다. 또한 여순사건을 반란으로 규정하는 데 정당성을 부여하고, 군경의 폭력적 진압에 면죄부를 주었다. 불법적인 계엄령하의 진압과 토벌은 가혹했다. 이승만은 몇 차례의 담화발표를 통해 반란자들에 대한 엄중 처단을 거듭 천명한 바 있다. 처음에는 반란군의 동족 살해의 학살과 내란을 강조한 가운데 소상한 증거에 따라 주동자, 협력자들을 법대로 처리하겠다는 방침을 밝혔으나[24] 이후 강경한 입장으로 선회하여 "각 학교와 각 정부기관에 모든 지도자 이하로 남녀아동까지라도 일일이 조사해서 불순분자는 다 제거하고 조직을 엄밀히 해서 반역적 사상이 만연되지 못하게 하며 앞으로 어떠한 법령이 발포되더라도 전 민중이 절대 복종해서 이런 비행이 다시는 없도록 방위해야 될 것"[25]이라는 지침을 하달한다. 공보처도 전단 살포의 선무공작을 통해 반란참여자뿐만 아니라 반란자를 숨겨주는 경우도 삼천만의 반역자로 규정하고 국법으로 처벌하겠다는 강력한 의지를 공포한 바 있다.[26]

이미 여순사건 진압이 완료된 10월 27일부터 전 지역민을 대상으로 한 군경의 부역자심사가 개시되어 부역자, 협력자, 가담자, 동조자를 색출하고 즉결 총살을 비롯한 광범한 학살이 자행되었다. '손가락총'으로 일컬어지는 부역자에 대한 심사는 외모나 다른 사람의 고발, 개인적 감정에 의한 중상모략, 강요된 자백 등의 기준에 의해 이루어졌기 때문에 무자비했고 또 억울한 희생자를 양산할 수밖에 없었다.[27] 속결처단주의가 민심에 악영향을 끼친다는 일부의

---

24 「반도는 엄중처단」, 『경향신문』, 1948.10.29.
25 「학동까지 엄중 조사 처단」, 『경향신문』, 1948.11.5.
26 「숨은 반도를 적발하라」, 『자유신문』, 1948.10.29.
27 『아픔, 기억 그리고 치유』(여순사건 제70주기 추모 전국문학인여수대회), 2018.10.29, 214쪽. 당시 부역자심사는 전 지역민을 반란군으로 취급한 가운데 모두 학교 운동장에 모이게 한 뒤 경찰우익청년단원이 혐의자를 손가락으로 지목하고, 사건가담자는 즉결처분장에서 개머리판, 참나무 몽둥이, 체인으로 타살하거나 곧바로 총살했으며, 나머지 사람들은 수용되어 재심사를 받거나 계엄군이나 경찰에 넘겨져 심문과 재판을 받았다. 심사 방법은 교전 중인 자, 총을 가지고 있는 자, 손바닥에 총을 쥔 흔적이 있는 자, 흰색 지까다비(地下足袋)를 신은 자, 미군용 군용팬티를 입은 자, 머리를 짧게 깎은 자 등이었다.

우려에도 불구하고 아무런 재판 절차 없이 11,000여 명에 달하는 학살이 이루어졌고진상위원회 측의 추산 누가 죽었는지, 누가 죽였는지, 왜 죽어야만 했는지도 불분명한 채 그 주검은 야산에 유기되어 방치되었다. 여순사건에서의 민간인 대량학살은 지역공동체를 파탄시켰을 뿐만 아니라 빨갱이의 양산을 수반한 채 '빨갱이는 죽여도 좋다, 죽어야 한다'는 인식을 사회·대중적으로 확산시키는 가운데 이후 민간인학살의 기초를 마련했다는 데 심각성이 존재한다. 빨갱이는 학살의 명분과 이유가 되었고, 학살을 거치며 빨갱이는 내부의 적인 공산주의자로 재차 단죄되는 악순환구조가 여순사건 처리 과정에서 비롯되었던 것이다. 그것은 국가보안법의 제정을 통해 법적으로 뒷받침되었으며, 국가보안법 틀 속에서 사회 전 부문에 확대, 정착되기에 이른다.

국가보안법은 이승만이 담화를 통해 천명했듯이 반역사상을 방지하기 위한 목적에서 여순사건을 계기로 전격 제정·공포되었으며, 절대 복종이 강제되었다. 국가보안법은 국가의 정통성을 보지하고 국초를 공고히 하는 데 목적을 두었으나,[28] 졸속입법도 문제이려니와 실제 작동은 한반도전역을 대상으로 정부를 부인하고 북한을 지지, 찬양하는 좌우와 중간을 막론한 모든 세력을 처단, 제거하기 위한 도구로 활용되었다. 남북분단의 법제화와 냉전반공프레임을 제도화시킨 국가보안법의 규율 아래 대한민국은 극우반공체제로 급속하게 재편되면서 반공은 모든 국민의 생존을 좌우하는 이데올로기적 기제가 된다. 요컨대 여순사건은 극우반공체제로 진입하는 촉진제 역할을 했으며, 공식적으로 토벌이 완료되고 지리산 입산 조처가 해제된 시점까지1955.4 지리산공비토벌, 제2, 제3의 여순사건[29] 등의 명명을 통해 재생되어 내부평정작업을 뒷받침하는

---

28 "삼천만 국민의 총의와 국제연합의 결의에 의하여 정통적으로 성립된 대한민국 중앙정부의 존재를 부인하거나 비합법적인 정부도괴 또는 대한민국 정부 이외의 괴뢰정권을 시인 추종하기 위한 모든 결사집단을 금단하여 국가 기초를 공고케 함이 목적이다."(법무장관 담화, 1948.12.1)
29 예컨대 육군 정보국이 1950년 3월 반란(예비)음모자 196명을 체포한 뒤 이 사건을 제2여순사

이념적 도구로 이용되는 과정을 거치면서 반란의 대명사로 고착, 각인되었다.

그런데 여순사건이 반란의 대명사로 인식·고착되는 과정은 국가권력이 처음부터 구사해 조장시킨 냉전반공프레임이 주효한 것이었으나, 여순사건에 대한 다방면의 재현작업이 더 크고 지속적인 영향력을 발휘했다.[30] 언론, 문학, 사진, 영화, 미술, 종교 등 다양한 분야와 미디어에 의해 재현된 여순사건은 기본적으로 국가권력의 입장을 철저하게 대변하거나 옹호한 것들이었다. 언론신문. 잡지 등은 사건의 원인, 경과, 성격 등 여순사건의 본질적인 문제들을 사상한 채 획일적 반공프레임을 의제로 설정하고 왜곡, 과장의 편파적 보도로 일관했다. 대체로 폭력, 파괴의 생지옥을 낳은 반란이란 보도를 기조로 민족 나아가 인류의 적빨갱이란 이미지 창출과 타자화의 당위성, 비인간화담론 등을 반복적으로 양산하면서 섬멸의 정당성을 논리적으로 설파하였다. 기사, 사설과 함께 신문의 여순사건 재현에 중요한 장치로 활용된 사진, 화보도 반란군이 자행한 파괴와 학살의 참상을 특화시킨 장면들뿐이었다.

어쩌면 언론보도의 편파성은 불가피한 일이었다. 공보처가 여순사건에 대한 일체의 신문보도를 중지시키고외국통신으로 입수된 것도 포함, 10월 21일 정오부터 정부의 공식 발표만 기사화하도록 강제함으로써[31] 신문보도는 정부 입장이 일방적으로 관철될 수밖에 없는 상황이었다. 정부가 공급한 기사에만 의존한 언론의 왜곡 보도에 문제점을 지적하고 진압군/반란군 양쪽의 사정을 충분히 조사해 사건의 진상을 공정하게 알리려는 시도가 소수 언론인에 의해 이루어진 바 있으나, 그것은 일부 잡지를 통해서만 발표될 수 있었다.[32] 신문보도의 편파성

건으로 명명한 바 있다.

30 김득중, 『빨갱이의 탄생―여순사건과 반공국가의 형성』, 선인, 2009. 김득중의 연구는 여순사건의 재현에 관해서뿐만 아니라 여순사건의 발생, 경과, 귀결, 영향, 성격 등 사건의 전모를 종합적으로 정리, 분석해낸 독보적인 저작이다. 이 글의 여순사건에 대한 접근은 김득중의 연구에 힘입은 바 크다.

31 「여수반란사건은 발표 외 보도금지」, 『자유신문』, 1948.10.22.

이 언론통제와 정부수립 후 더욱 엄격해진 검열에 의한 것만은 아니었다. 이와 더불어 즉자적 정파성에 침윤된 당시 언론 풍토 속에서 정부의 이데올로기적 공세에 공명한 가운데 자발적으로 반공프레임을 확대 강화시킨 혐의가 크다. 극우언론의 반공노선은 여순사건을 반란(反)으로 규정하는 수준을 넘어 점차 민주주의/공산주의의 냉전적 진영 대립의 본보기로 설정하여 냉전전쟁의 승리를 위한 발판으로 전용시켜 나갔다.[33]

　여순사건의 재현은 관민협동의 차원, 예컨대 문교부와 문(화)인조사반 파견, 사회부와 종교대표단 파견, 공보부와 기록영화 제작 및 선전계몽대 파견 등의 유기적 관계를 통해 좀 더 조직적, 체계적으로 이루어진다. 특히 주목되는 것은 문인들의 재현작업이다. 문교부의 의뢰로 조직된 '반란실정문인조사반'은 두 반으로 편성되어제1대 : 박종화, 김영랑, 정비석, 김규택, 최희연, 제2대 : 이헌구, 최영수, 김송, 정홍거, 이소녕 진압 후인 11월 3일부터 6일간 여순 일대를 현지시찰한 뒤, 보고서를 중앙일간지에 연재하였고,[34] 이를 묶어 문총의 이름으로 『반란과 민족의 각

32　대표적인 사례로『신천지』제3권 10호(1948.12)의 「여수순천지구반란사건의 진상!」 기획이다(설국환, 「반란지구답사기」, 홍한표, 「전남반란사건의 전모」). 연합통신특파원 자격으로 사건발생 직후 10일 동안 종군한 뒤에 작성한 설국환의 답사기에는 서울에 알려졌던 사건발생 원인, 즉 공산당원과 극우파의 공동모략과는 다른 여러 진상들, 이를테면 군경의 갈등과 군의 非사상적인 反蔣감정이 중요한 원인으로 작용했고, 진압군 측의 조작된 정보가 많았으며, 순천여수에서 반군과 반도가 자행했다던 부녀자, 노인의 시체는 찾아볼 수 없고 시체 파괴도 별로 볼수 없었으며, 양군철수, 남북통일을 주장한 측의 인물이 피살되지 않았다는 사실, 반란주동자들이 지리산입산을 미리 계획하고 있었고, 사건전개의 정황상 가담혐의자를 정확히 분별해내기가 사실상 불가능하다는 것 등을 알려주고 있다(146~155쪽). 민주일보사특파원 자격으로 내외언론의 보도와 현지에서 직접 견문한 것을 종합해 진상에 접근하고자 한 홍한표의 글에서도 극우진영과 공산분자의 야합에 의해 발생한 것이 아니라 군경간의 반감이 사건 발단의 일원인이었고, 반란지구에 물가등귀가 없는 특징과 감정적 보복과 극심한 공포증이 만연되어 있으며, 신문기자들의 보도 대부분이 양편의 사정을 충분히 조사한 정보가 아니라는 점에서 진압군과 언론인의 공모관계가 뚜렷하며, 특히 반란 측이 전부 공산주의자가 아니라는 것은 확실하다고 강조한다(158~166쪽). 사건의 진상을 객관적으로 접근하려는 현지보고가 실릴 수 있었던 것은 당시 『신천지』가 중도파민족주의 계열의 매체 거점이었기 때문에 가능했던 것으로 추측된다.
33　「여순사건의 교훈」(사설), 『동아일보』, 1949.10.20.
34　박종화, 「남행록」(『동아일보』, 1948.11.14.~21, 6회), 이헌구, 「반란현지견문기」(『서울신문』,

오』문진문화사, 1949.1를 출간했다.[35] 문인조사반의 재현은 개인별로 다소의 차이는 있으나 애초의 취지, 즉 '현지의 참담한 실상을 답사하고 살펴 사건이 발생된 원인과 근인을 파악'[36]하는 것과 달리 철저히 진압군의 시선(입장)으로 반란군의 악행과 죄상을 고발하는 데 초점을 두고 있다.

단행본을 통해서 살펴보면, 반란군은 '잔인무도한 식인귀적 야만의 행동'^{박종화}, '잔인무도한 귀축鬼畜들, 천인공노할 귀축의 소행들'^{이헌구}, '잔인, 괴악무쌍怪惡無雙'^{고영환}, '인간성 상실, 저주의 보상'^{김광섭} 등 악마로 표상되었으며 그것이 반란군에 의해 자행된 민간인 학살과 시체들, 방화와 파괴로 인한 폐허의 참경들, 가족을 잃은 부녀자, 소녀의 울부짖는 모습, 전재민의 모습, 체포된 포로들 등의 편파적 사진화보와 같이 게재되어 악마적 이미지를 한층 뚜렷하게 부조시킴으로써 반란군은 민족의 적, 인류의 적이라는 의미를 창출하는 동시에 민족의 이름으로 단호하게 응징(학살)해야 한다는 논리를 이끌어내는 데 효과적으로 기여한다. 귀축, 악마이기에 반란군은 "한 하늘 아래 두고는 살 수 없는"^{이승만} 존재였다. 진압군 및 정부의 정보에 의존한 반란지구의 인명, 주택 등 피해상황에 대한 상세한 수량적 재현 또한 재현의 객관성을 높이며 여순사건(반란군)의 폭력성을 증폭시킨다. 무차별적인 부역심사에 대한 우려와 정부당국의

1948.11.16~26, 9회), 최영수, 「문교부파견현지조사반」(『경향신문』, 1948.11.13~16, 3회), 정비석, 「여순낙수」(『조선일보』, 1948.11.20~23, 6회). 문인조사반이 문총의 간부 중심으로 편성된 데는 정부수립 후 국가권력과 문총의 결탁, 가령 김광섭(경무대), 이헌구(공보처) 등의 영향력이 중요하게 작용했다. 김송, 「백민 시대」, 김동인 외, 『한국문단이면사』, 깊은샘, 1983, 286쪽.

35 단행본 『반란과 민족의 각오』는 문인조사단의 신문연재의 글을 재수록했을 뿐만 아니라 재수록을 중심으로 김광섭, 이승만 대통령, 부통령, 국무총리의 글(3~18쪽), 참상을 담은 사진화보(19~30쪽), 김영랑의 시 2편(「절망」, 「새벽의 처형장」)과 왜곡, 과장보도에 앞장섰던 중앙일간지의 주요 사설(125~134쪽), 피해현황 결산(139~142쪽) 등을 앞뒤에 각각 배치함으로써 당시 여순사건 재현의 종합적 체계화와 함께 이 같은 구성상의 특징으로 인해 여순사건에 대해 반란이란 단일한 표상을 획득하는 데 이점이 있었다.

36 박종화, 「남행록①」, 『동아일보』, 1948.11.14.

관대한 아량을 주문하거나정백석, 사건의 발생을 예방하지 못한 당국의 책임을 부분적으로 거론한 경우가고영환 없지 않았으나 정부의 공식적 입장에서 벗어난 수준은 아니었다. 여순사건 발생 이후 주기적으로 이루어진 바 있는 문학예술인들이 동원된 또 다른 현지보고, 가령 반란지구전투부대 연예위문단 귀환보고 공연〈지리산의 봄소식〉, 시공관, 1949.4.18은 이 같은 정부의 입장을 대중적으로 확산시키는 데 주요 통로가 된다.[37]

문인조사반의 재현이 중요한 것은, 많은 연구자가 주목했듯이, 문인들의 사건 재현이 구상적, 상상적, 감각적이어서 정서적인 호소력이 매우 컸기 때문이다. 실제 이들이 주조해낸 감각적 이미지는 냉전반공프레임을 확대, 심화시키면서 정부의 공식입장을 옹호, 뒷받침하는 데 다대한 기여를 했다. 신문이 문인조사반의 현지보고를 경쟁적으로 실은 것도 정부입장을 그대로 대변했던 보도의 신뢰성을 보강하기 위한 방책이었다. 이와 관련해 김영랑의 시적 형상화가 두드러진다. 김영랑은 『반란과 민족의 각오』에 실린 두 편 외에도 「새나라」『동광신문』, 1949.1.1, 「행군」『민족문화』 1권, 문총, 1949.1 등 여순사건의 시적 형상화를 가장 많이 한 작가이다. 시적 형상화의 기조는 반란군의 만행을 절절히 묘사하여 잔혹성을 고취하는 가운데 그들을 반역자로 단일하게 표상함으로써 혐오, 증오, 적대의 대상으로 부각시킨다. 친족살해, 즉 아우가 형을, 조카가 아재를 죽인 반인륜적 범죄자(금수)로 반복 재생해 혐오를 극대화시킨다. 김영랑의 이 같은 시적 재현은 여순사건을 반란으로 규정하는 공식성을 정당화하는 수준을 넘어 여순사건의 가해자로 평가하기에 무리가 없을 정도로 과격했고

---

37 경음악극 〈지리산의 봄소식(반란군 두목의 목을 비었다!)〉(윤부길 작·연출)은 '시와 음악으로 된 반란지구의 전모'란 주제 아래 반란군의 폭력성을 부각시키는 장면을 재현하는 것으로 구성되었는데, 대중들의 큰 호응으로 몇 차례 연장 공연되었다(『조선중앙일보』, 1949.4.27). 이와 별도로 육군본부정훈감실보도국은 일반대중용 〈지리산의 봄소식〉이란 악극공연(동양극장, 1949.8.18)을 통해 선무심리전을 전개한 바 있다(『조선중앙일보』, 1949.8.19). 여순사건 선무심리전에 악극이 적극 활용된 점이 눈에 띤다.

편향적이었다.[38] 당시 문화적, 대중적 영향력을 갖춘 김영랑이기에(다른 문인들
도 마찬가지) 그의 시적 재현이 지닌 파급력이 만만치 않았을 것이다.

　재현의 감각적 이미지화가 가장 뛰어난 분야인 영화와 사진의 재현에서도
사건의 잔혹성을 일방적으로 부각시키기는 마찬가지였다. 영화적 재현은 주로
35미리 기록영화로 제작되어 선전(홍보) 수단으로 활용되는 특징이 있다. 선전
의 주관부처인 공보처가 기록영화에 대한 검열권한을 갖고 있었기 때문이다
(1949년에는 문교부예술과의 시설관계로 공보처가 일반영화에 대한 검열을 일시 맡아보았다).
〈여수순천반란사건〉중앙영화사, 선동호 제작/김학성 촬영은 여순사건이 진압된 직후 여순
사건 당시 내무부, 국방부의 후원에 의해 제작된 것으로 반란현지의 참상을 기
록한 영화이다. 수도극장과 국도극장에서 11월 15일 개봉되었는데, 필름이 남
아 있지 않아 내용의 전모를 파악하기 어려우나 한 시민의 감상을 통해서 주로
반란군이 자행한 학살, 파괴 등을 기록한 것으로 추정할 수 있다.[39] 1949년에
는 〈지리산작전〉, 〈여수순천사건〉 두 편의 여순사건관련 기록영화가 제작되는
데, 전자는 육군본부작전교육국이 5개월 동안 수백만 원을 들여 제작한 장편
기록영화로 군검열을 거쳐 일반에 공개되어 1949년 7월 20일 서울극장을 시
작으로 부산, 마산 등 전국에 거의 동시 상영되었다.[40] 후자는 제작기록만 확
인될 뿐이다.[41]

38　이에 대해서는 이동순, 「여순사건의 시적 재현양상」(『아픔, 기억 그리고 치유』), 15~24쪽 참조.
39　박병래, 「책임」, 『경향신문』, 1948.11.27. 기록영화 〈여순순천반란사건〉을 본 후 시체의 참혹
　　함과 건물 파괴, 화재 및 탄자의 흔적이 떠올라 전율을 일으켜 잠을 이룰 수 없었으며, 인간으로
　　서는 도저히 상상할 수 없는 반란군의 야수성에 책임을 묻고 있다.
40　「지리산 작전」, 『조선중앙일보』, 1949.7.22, 2면 광고, 「지리산 작전 기록영화 공개」, 『민주중
　　보』, 1949.7.30. 「보라! 잔인무도한 폭도」를 특필한 가운데 김지회와 홍순석의 말로, 김지회의
　　처 조경순의 모습을 기록했음을 강조했다.
41　1949년에는 총 7편의 35미리 기록영화가 제작되었는데, 그중 눈에 띄는 작품이 제주4·3사건
　　을 다룬 〈한라산전투기〉이다. 이북학생위원회가 자체 제작하고 관계부처, 우익정당사회단체들
　　및 신문사들의 후원을 받은 이 기록영화는(1950.4.24. 시공관 상영) 제주4·3사건을 적색반란
　　사건으로 규정하고 적색분자의 횡포와 제주도상륙작전 및 소탕작전을 기록하고 있다. 애국/매

영화적 재현을 대표하는 것은 여순사건을 최초로 영화화한 〈성벽을 뚫고〉김영수 각색, 한형모 감독이다. 국도신문사가 주최한 제1회 영화제 기획당선작으로 국방부와 공보처가 지원했고 보병5사단3연대가 출연했다. 이 영화는 여순사건을 배경으로 처남이집길, 현역 육군소위/매부김영팔, 공산주의자 간의 이데올로기적 대립관계를 통해서 천륜마저 저버린 공산주의자의 반인간성을 폭로한 반공영화이다. 군사극영화의 신경지를 개척함으로써 외국군사영화와 견줄 수 있는 작품이라는 평가가 있으나,[42] 이 작품은 공산주의(자)를 비인간화시키고 패륜아로 묘사한 당대 여순사건 재현의 정형화된 내러티브를 반복, 확대하고 있다. 1949년 11월 29~30일 시공관에서 시사회 겸 일반공개 뒤 전국순회 상영되었으며, 서울에서는 중앙극장, 수도극장에서 개봉되어 흥행에 대성공을 거두었다는 점에서, 영화의 전국성과 대중적 전파력을 감안할 때, '반란'으로서의 여순사건에 대한 왜곡된 인식과 나아가 공산주의에 대한 막연한 공포, 증오, 적대를 조장하는 데 기여했다고 볼 수 있다.

사진 또한 여순사건의 재현에서 상당한 비중과 영향력을 지녔다. 『반란과 민족의 각오』에서 확인할 수 있듯이 사진은 사진으로서 뿐만 아니라 신문(잡지), 단행본, 회화, 선전물에 이용되어 정보들 간의 유기적인 관계를 만들어낼 수 있기 때문에 가장 유용하게 사용되는 이미지였고 따라서 활용도가 높았다. 여순사건의 사진 재현은 대부분 반란군이 자행된 학살, 파괴의 참상을 담았다. 당시 생산, 유포된 국내신문의 사진을 분석한 김득중의 연구에 따르면, 반란세력에 의한 건물파괴와 인명살상의 비중이 40%가 넘고 국군의 위용 과시, 국군활동을 다룬 것이 많은데 비해 부역자(혐의자) 색출이나 참화를 겪은 주민생활

국의 프레임으로 제주4·3사건을 의미화하려는 시도를 노골적으로 드러내고 있다(필름은 전해지지 않는다). 「한라산전투기'상연에 대한 공개장」, 『동아일보』, 1950.4.10, 광고란.
42 이광현, 「신영화평─'성벽을 뚫고'」, 『자유신문』, 1949.10.6, 오영진, 「예술의욕의 감퇴(하)」, 『경향신문』, 1949.12.22.

에 관한 사진들은 상대적으로 적었으며, 그 부분은 외국인기자의 사진에서나 발견할 수 있다고 한다.[43] 진압군의 시선이 일방적으로 반영된 것은 검열로 인해 다른 시선의 사진보도가 차단된 데 일차적인 원인이 있으나, 사진 본래의 속성이기도 했다. 다시 말해 사진은 시각적 특정이미지의 극대화/은폐가 동시에 가능하다는 점에서 정부의 입장과 이에 적극 동조한 사진예술가의 여순사건 인식으로 말미암아 진압군의 입장이 전폭적으로 극화될 수 있었던 것이다. '거짓말을 하는 객관적 이미지'로 불리기도 하는 사진의 특성상 사진은 그 어느 미디어보다 여순사건 재현을 통한 비국민 창출의 효과적 장치가 되었다. 여기에는 당시 대중독자들의 리터러시 수준을 감안할 때 사진화보가 영화와 함께 수용력이 클 수밖에 없었다는 사정도 아울러 작용했다고 볼 수 있다.[44]

문제는 문인조사반을 비롯한 각종 미디어의 언어적, 수량적, 구상적 재현 등이 결합적으로 구현된 재현작업이 여순사건의 본질적 문제를 도외시했다는 데 있다. 임종명이 다각도로 분석한 바와 같이, 당시 구사된 다양하고도 뛰어난 재현전략과 전술이 여순사건을 개인과 가족, 한민족, 인간 자체에 가해진 폭력으로 전환하여 궁극적으로 그것을 반가족적, 반민족적, 반인류적, 반근대적 폭거로 등식화하면서 여순사건의 역사성을 탈각시키고 대한민국 자신을 민족이익의 옹호자로 형상화하여 자신의 통치와 권위를 정당화하고 나아가 자신의

---

43 김득중, 앞의 책, 381~391쪽 참조.

44 당시 사진의 재현에서 국제보도연맹사의 활동을 눈여겨 볼 필요가 있다. 중일전쟁 때 일본군종군화가로 참가했던 송정훈이 주재한 국제보도연맹사는 화보사진 중심의 기관지 『국제보도』(1946.2 창간)와 자매지 『세계문화』(1948.11 창간)을 통해 여순사건 사진을 많이 게재한 바 있다. 또한 미공보원의 후원으로 종합보도전을 지속적으로 열었는데, 여순사건 직후에는 관련 사진보도전을 개최해 많은 호응을 얻었다. 실물을 확인할 수 없어 정확한 내용을 파악할 수 없으나, 국제보도연맹사가 1948년 10월부터 『라이프』지, 『타임』지의 한국총대리점으로 지정된 뒤 국내외 기록사진, 삐라, 포스터, 선전물의 교류, 게재, 전시가 더욱 활발했다는 사실을 감안하면 여순사건 관련 사진의 국내외 전파에도 깊이 관여했을 것으로 추측할 수 있다. 국제보도연맹사는 3·1운동 당시 사진을 엮은 『조선독립의 길』(1947.5), 4·3사건 후 제주도 현지보고서인 『평화의 동경』(1949.6) 등을 출간했으나 아직까지 국내에서 발견되지 않았다.

민족국가性을 시현하는 것으로 전용시켰다.[45] 여순사건의 역사성의 탈각 내지 소거는 여순사건의 재현과 그 의미 전용의 주조음이었다. 김득중을 비롯해 많은 연구가 지적하고 있듯이 여순사건은 그 자체로 복합성을 지니고 있다. 따라서 일부, 특히 반란이 사건 전체를 표상하지도 대표할 수도 없다. 그런데도 반란이란 단일한 표상과 적이란 의미 전용은 재현에서 피해자의 시선 부재와 깊은 관련이 있다. 이는 여순사건을 정면으로 다룬 것이 없다는 것을 말해준다. 실제 피해자의 시선은 공표될 수 없었다.[46] 피해자의 입장을 완곡하게 담은 가요 〈여수야화〉(아세아레코드사, 이봉룡 작곡/남인수 노래)는 발표직후 서울시경에 의해 가사가 불순하고 민심에 악영향을 초래할 우려가 있는 불온레코드로 규정되어 판매금지, 공연금지, 방송금지 처분을 받았고(정부수립 후 최초의 금지곡),[47] 이후 여러 차례 작성된 금지곡목록에서도 완전히 배제되었다. 여순사건의 소설(문학)적 형상화도 빨치산을 모티프로 해 우회적으로 다루는 것으로 제한되었다.[48]

---

45 임종명, 「여순사건의 재현과 폭력」, 『한국근현대사연구』32, 한국근현대사학회, 2005. 여순사건의 재현에 관한 집중적인 연구는 임종명에 의해 다각도로 수행되었는데, 「여순 '반란' 재현을 통한 대한민국의 형상화」(『역사비평』64, 2003), 「여순사건의 재현과 공간」(『한국사학보』9, 고려사학회, 2005) 등이 있다.

46 물론 진압군의 입장도 국가의 공식 기록(기억)과 배치될 경우에는 공표될 수 없었던 것은 마찬가지였다. 최근 국방부 군사편찬위원회가 1960~80년대 진압군을 면담해 작성한 증언록이 처음 공개되었는데, 증언록의 요지는 좌익부역자(협력자)들을 색출한다는 명목으로 당시 진압군 측이 민간인을 잔혹하게 학살했다는 것이다.

47 「불온 레코트 '여수야화' 판금」, 『경향신문』, 1949.9.3. 피해자의 입장은 특히 3절의 가사, 즉 "왜놈이 물러갈 땐 조용하더니 / 오늘은 식구끼리 싸움은 왜 하나요 / 의견이 안 맞으면 따지고 살지 / 우리집 태운 사람 얼굴 좀 보자"에 잘 담겨있다.

48 빨치산을 소재로 한 반란사건의 소설적 형상화는 매우 드물지만, 그나마도 귀순모티프를 기본 서사로 빨치산은 반란, 반역의 표상으로 부각되는 동시에 귀순을 통한 남한사회의 체제우월성을 확증하는 의도가 역력했다(허윤석의 『海女』(『문예』,1950.1), 조진대의 「生理의 승화」(『문예』, 1950.2), 박영준의 「빨치산」(『신천지』, 1952.5) 등). 그런 점에서 김동리의 「형제」(『백민』, 1949.3)는 특이하다고 할 수 있다. 친족살해모티프를 주 서사로 한 「형제」는 널리 알려졌듯이 형제, 가족의 윤리를 저버린 좌익 반란군의 반인륜적 동족 학살을 폭로, 고발함으로써 빨갱이 절멸의 정당성을 뒷받침하고 있다. 국가의 입장과 우익진영의 이데올로기적 공명의 문학적 산물로, 이후 냉전반공의 자료로 활용되는 가운데 여순사건에 대한 공식 기억을 공고화, 재생산하는 역할을 한다(가령 1968년 국민의 재주조화를 위해 기획된 국민교육헌장의 국가주의 강령을 문학적으로 뒷받침한 『새국민문고』4(을유문화사, 1969)에 재수록).

이렇듯 여순사건은 처음부터 공산주의자들의 반란으로 성격 규정되고 이를 정당화하는 재현의 반복적 재생을 통해 비국민[빨갱이]/반공국민을 창출하는 가운데 이승만정권 및 한국사회 전반을 극우반공체제로 재편하는 결정적 계기가 된다. 그 일련의 과정은 사회문화 각 부문에 내부냉전을 조장, 정착시키는 과정을 수반했다. 문화 영역도 예외가 아니었다. 어느 부문보다 두드러져 증오, 적대의 치열한 내부냉전을 거치며 문화계 재편의 동력으로 작용했다.

이를 잘 보여주는 것이 문총이 주최한 '민족정신앙양 전국문화인총궐기대회'1948.12.27~28, 시공관, 이하 문화총궐기대회이다. 문총은 좌익 범凡문예조직인 조선문화단체총연맹에 대항해 고립 분산되어있던 29개의 우익 문화단체를 통합해 결성되었다.1947.2.12 문총이 열세를 만회하고 강력한 우익문예조직으로 발돋움할 수 있었던 것은 단선단정세력과의 정치적 결탁으로 인해서다. 특히 여순사건은 문총이 문예조직의 주도권을 완전히 장악할 수 있는 절호의 기회였고, 실제 총궐기대회를 개최할 수 있었던 직접적인 동기도 여순사건 때문이었다.[49] 문인조사단 파견이 문교부와 문총의 유기적인 협력 속에 문총의 주축멤버로 편성된 것도 이 때문이다. 따라서 문인조사반은 형식적으로는 동원된 것이나 실질적으로는 이념적 공명에 입각한 우익문화주체들의 문화권력 욕망이 적극적으로 발현된 자발적 참여였다고 봐야 한다. 좌익문예조직의 구국문학론, 매국문학론 공세에 맞서 쌍생아적인 냉전반공의 이념적 문학론을 정립하는 것과 동시에 냉전반공을 구심점으로 한 총공세의 출발점이 문화총궐기대회였다.

문총의 문화총궐기대회 준비는 상당히 치밀했다. 133명의 준비위원과 중앙과 지방을 아우른 전 문화인을 결집시키려 각 지방에 요원을 특파시켰고 모든 보수신문사들을 회원으로 포함시켰으며, 그 결과로 500명의 초청인사 명단『동아일보』, 1948.12.25을 마련했다. 문화총궐기대회의 목적, 성격 등을 준비위원회위

---

49 곽종원, 「문총 시대」, 김동인 외, 앞의 책, 319쪽.

원장 : 고희동가 밝힌 취지서를 통해 살펴보면,[50] 우선 "순천과 여수의 반란사건은 해방 후 이북의 악랄한 계획과 이남의 온상에서 육성된 공산배의 치밀하고 조작적인 학살 선동"이라는 인식을 바탕으로 그 선동에 유도, 기만되어 가담한 동포들에 대한 처리가 "총검의 윤리"와 "감옥의 교화"로는 한계가 있기 때문에 보다 근본적인 해결책으로 민족정신의 건전한 앙양이 급선무라는 것이다. 그리고 민족정신의 앙양은 유엔의 승인을 받은 민국정부의 정통성을 수호하고 매국적 노예성의 극복과 남북통일을 달성하는 데 복무하는 민주주의민족화를 통해서만 가능하다는 논리를 제시한다. 민주주의민족화는 국가를 우선시하는 국가주의를 전제로 한 것이다. 여순사건을 이념적 지렛대로 활용하여 우익문화세력을 결집하고 이를 바탕으로 본격적인 대내적 냉전전쟁을 수행하겠다는 결의를 분명하게 표명하고 있다.[51]

그 결의는 대회결정서를 통해서도 확인된다. 우익세력이 총동원된 이틀간의 대회가 보수언론의 지지 속에 성황리에 개최된 뒤 6개 항의 결정서를 채택한다.[52] 결정서의 요지는 민족의 중대한 긴급과제로 남북통일을 설정하고 이를 세계 민주주의진영의 보루인 유엔의 노선에 입각해 수행하며 그 밑바탕인 민족적 사상통일을 위해 문화인이 앞장서겠다고 자임한다. 또한 그 과업을 수행하기 위한 우선적인 조치로 민국의 정당성을 부정, 왜곡 선전하고 인공을 참칭하는 반통일, 비민족 세력과 문화내부의 적에 대한 척결이 긴급하다고 천명한

---

50 「민족정신앙양 전국문화인 총궐기대회 취지서」, 『동아일보』, 1948.12.21, 광고란.
51 총궐기대회 이후 무대예술원의 전국무대예술인대회 개최(1949.1.14, 중앙극장)와 같이 문총 산하 기구별 궐기대회 개최로 파급되었다. 전국무대예술인대회에서는 좌익예술인의 자진 투항을 권고했다. 궐기대회 후 관계당국과 문총의 공조 관계가 한층 증진되는데, 가령 무대예술원, 극장대표자들과 공보처의 간담회에서는 국헌 존중, 사상통일, 국책 수행에 대한 협조, 좌익게 릴라 침투에 대한 대책, 군부의 위신과 기밀의 보전을 지시했고 무대예술원은 당시 공연계의 최대 난관이었던 입장세의 폐지 내지 인하, 검열의 완화 등을 요구한 바 있다(「좌익침투를 방지」, 『동아일보』, 1949.1.27).
52 결정서의 전문은 『경향신문』, 1948.12.29.

뒤 『신천지』, 『민성』, 백양당, 아문각 등 주요 언론통신출판 기관을 인공 지하의 심장기관으로 지목했다. 잔여 좌파세력, 중도파세력에 대한 공격과 우파의 결집을 의도했다고 볼 수 있다. 한마디로 냉전반공의 민족주의이데올로기로 무장해 한반도 전체를 포괄하는 문화적 냉전전쟁을 개시하겠다는 선포였다. 많은 인원이 동원되었음에도 불구하고 소기의 성과를 거두지는 못했다. 취약한 기반으로는 비대화된 중도파를 유인해내는 데 한계가 있었다. 그러나 국가보안법을 등에 업고 곧바로 좌익진영의 문화기관을 붕괴시키고 파상적인 (반공)이념공세와 함께 문화제도 전반을 장악하기에 이른다. 그 과정은 좌우 대결 구도를 초월한 총체적인 문화적 내부냉전으로 현시된다. 요컨대 여순사건은 해방 후 첫 번째 중대한 문화사적 변곡점이었던 것이다.

2) 사상의 개조, 전향과 동원의 서사

단선단정 국면에서 가시화되기 시작한 전향은 국가보안법 공포 후 본격화된다. 좌익단체에 가담하고 있던 일부 간부진에 한정된 것에서 사회주의자는 물론이고 중도파, 자유주의자, 민족주의자들까지 망라된 방대한 전향이 이루어진다. 특히 대량탈당을 통해서 전향자가 속출한 것은 국가보안법과 밀접한 관련이 있다.[53] 국가보안법의 규정에 의해 해방 후 좌익단체에 가입한 사람은 국가보안법 공포 이전까지 반대, 탈퇴하지 않은 경우에도 국가보안법의 저촉 대상이 되었기 때문이다.[54] 또한 자진방조한 자까지 처벌 대상이 되었으며,제4조 동시에 국가보안법 위반에 해당하는 자가 자진 자수를 할 때는 형을 감경 또는 면제할 수 있었다.제5조 국가보안법 공포 이전까지 반대, 탈퇴하지 않은 경우까

---

53 대량 탈당의 배경, 양상, 의의에 대해서는 조은정, 「해방 이후(1945~1950) '전향'과 '냉전국민'의 형성-전향성명서와 문화인의 전향을 중심으로」, 성균관대 박사논문, 2018 참조.
54 오제도, 『국가보안법실무제요』, 서울지방검찰청, 1949, 17쪽.

지 저촉 대상으로 삼는다는 규정은 명문화된 것은 아니나 법의 운용과정에서 범위를 확대해 적용시킨 산물이다.[55] 좌익과 관련된 과거경력까지 잠재적 범죄자로 취급한 것이다. 이같이 국가보안법은 적용(처벌) 대상과 범위의 과도하고 자의적인 확대로 인해서 단기간에 대규모의 범법자를 양산할 수밖에 없었고, 좌익사상과 무관한 사람들까지 (대량)탈당을 통한 전향이 강제된 것이다. 자진 자수에 대한 처벌 경감의 당근책(자수 권장)도 유효했다고 볼 수 있다. 따라서 단정수립 후의 전향이 이념적 무차별성과 직능, 지역을 포괄한 전국성을 보인 것은 필연적인 결과였다. 이전 식민지시기 전향 양상과는 뚜렷하게 구별되는 특징이다. 국가보안법은 애초부터 사상통제법의 차원을 넘어 국민의 사고와 행동 일체를 제약, 관리하는 국민통제법의 성격을 분명하게 지니고 있었다.

전향자들은 전향(탈당)성명 발표와 함께 국민보도연맹에 의무적으로 가입해야 했다.[56] 1949년 4월 창설된 국민보도연맹은 결성취의서에서 밝히고 있듯이 좌익전향자들을 포섭하여 명실상부한 대한민국의 국민으로 만드는 데 목적을 두고 있다.[57] 이로 볼 때 국민보도연맹은 기본적으로 좌익전향자단체였다.

---

55 그것은 (제헌)헌법에 보장된 죄형법정주의에도 어긋한 것이다. 이는 특히 2차 법조계 남로당프락치사건 재판에서 사상검사들과(선우종원, 오제도) 재판부의 첨예한 갈등으로 부각되었는데, 재판부 측의 논리는 1949년 10월 19일 이전 남로당의 합법적 행위를 국가보안법을 적용해 형사 처벌해야 할 하등의 이유가 없다는 것이었다. 「보안법 '집유' 말썽」, 『경향신문』, 1950.3.26.

56 전향의 공식적 입사 절차였던 탈당(퇴)성명서 발표에서 주목되는 것은 중앙의 일간지뿐만 아니라 특정 지방을 거점으로 하는 일간신문들, 예컨대 『국도신문』, 『호남일보』, 『영남일보』, 『대구시보』, 『부산신문』, 『민주중보』, 『마산일보』, 『충청매일신문』, 『호남신문』, 『자유민보』 등에도 탈당성명서가 지속적으로 발표되었으며 특히 지방신문일수록 일가족을 비롯한 집단적 탈당성명서가 두드러졌다는 점이다. 이는 해방 직후 활성화된 좌익단체의 지방조직화의 산물로 이같은 전국적인 분포는 결국 열전을 거치며 대량학살의 비극으로 귀결되기에 이른다. 나아가 한국전쟁기 월북한 전향자들은 가혹한 사상검증 또는 숙청의 빌미가 되었다.

57 전향의 강제와 포섭의 대상은 수감된 사상범에까지 뻗쳤다. 백일성, 「실화, 최군의 고백」(『주간 애국자(THE PATRIOT)』 창간호, 국민보도연맹중앙본부, 1949.10.1, 12쪽)을 통해서 확인할 수 있다. 이 수기는 공산주의 사상에 공명한 27세 청년이 좌익활동에 가담한 혐의로 체포 구금 중 반성 및 탈당(전향)을 통해 집행유예로 석방된 전후의 사정, 즉 좌익 동료의 배신, 반인륜적 행위(아내를 겁간 시도), 석방 후 모욕 및 학대 등을 고발·고백하는 내용인데, 부제 "保聯文化課에서 9월 9일 서울형무소 국가보안법 위반 수감들에게 방송"이란 명시를 통해서 전향 공

또한 중앙본부 조직구성의 체계상 정부가 주도한 관변단체이기도 했다.[58] 검경서울지검, 서울시경 등이 조직을 실질적으로 운영, 관리했다는 사실에서 입증된다.

그러나 국민보도연맹은 좌익전향자단체로만 보기 어려운 복합성이 존재한다. 국민보도연맹이 전향을 공식적으로 선언한 전향자들의 단체인 것은 분명하나 전향자가 아닌 경우도 가입되었다. 가깝게는 박영희, 오영진 등도 국민보도연맹의 주요 맹원문화실장이었다. 이들은 전향 선언을 한 바 없고, 국가보안법의 확대된 적용범위의 대상자로 보기도 어렵다. 국민보도연맹이 조직을 확대하기 위해 전향대상자들 넓혀 무리하게 가입시킨 바 있고, 그것이 문화 분야에도 적용되어 '민족주의자와 애국적 문화인에까지 전향이 강제되면서 일부 문화인이 이북을 동경하게 하는 역효과를 야기한다는 우익진영의 비판이 제기된 있었으나,[59] 박영희와 오영진은 당시의 행적으로 볼 때 여기에 해당된다고 볼 수 없다. 따라서 비전향자의 자진 가입 사례로 볼 수 있다. 이 사례를 일반화할 수 있는 것인지는 장담할 수 없으나, 적어도 문화영역에서는 이런 경우가 다수 존재했다. 여기에는 자발적인 국민보도연맹 가입과 같은 전향국면에의 능동적 참여를 통해서 존재를 증명해내고 이를 발판으로 문화 권력을 창출, 확보하려는 문화주체들의 욕망이 깊숙이 개재되어 있었다고 볼 수 있다. 이는 국민보도연맹의 활동뿐만 아니라 전향제도의 비가시적 작동과 그 여파까지 충분히 고려해야만 당대 전향에 대한 온전한 이해가 가능하다는 것을 시사해준다.

그리고 국민보도연맹은 전향자의 포섭, 교화단체였을 뿐만 아니라 좌익섬멸 단체로서의 성격을 지녔다. 그것은 국민보도연맹이 내건 강령, 즉 북한괴뢰정부 타도, 공산주의 사상의 배격·분쇄와 함께 남북로당의 분쇄를 명시하고 있

작이 어느 범위까지 미쳤는가를 잘 드러내준다.

58 국민보도연맹의 결성과 전개에 대해서는 강성현, 「전향에서 감시 동원 그리고 학살로-국민보도연맹 조직을 중심으로」, 『역사연구』 14, 역사학연구소, 2004, 67~86쪽 참조.

59 채동선, 「문화정책 우감」, 『문예』 창간호, 1949.8, 173쪽.

는 것에서 확인된다. 실제 공산계열개전자포섭주간, 남로당원자수주간, 좌익자수주간과 별도로 검찰과 유기적 협조 아래 좌익근멸주간을 통해 비전향좌익세력에 대한 색출과 파괴공작을 공격적으로 전개한 바 있다. 경전京電, 경성전기의 사례처럼 남로당원이 장악한 전평 산하 강성노조에 대해서는 자진전향자들을 공표하지 않고 비전향자 색출의 세포요원으로 활용해 잔여세력을 소탕하는 전술도 구사했다.『조선일보』, 1949.12.17 당시 남로당반당세력의 동향이 최대 관심사였고 정치적 의의도 매우 컸는데『동아일보』, 1949.10.3 남로당자진전향자들을 파괴공작에 유효적절하게 활용한 것이다.[60] 아울러 제거의 대상에는 단독정부 부정, 남북통일을 여전히 고수하고 있던 중도파민족주의세력을 비롯한 일체의 반정부세력까지 포함되었다. 이러한 기조는 공산주의 또는 오열단체로 간주된 133개 정당 및 사회단체에 대한 등록취소 처분 조치1949.10.19를 계기로 확대되었다. 등록취소(불법화) 이후에도 '남로당특수조직사건'1950.2, 즉 치안국사찰과가 1949년 10월 남로당특수부 조직책 김한경 검거를 계기로 4개월 간 수사를 통해 19개 중간파 정당 및 사회단체에 프라치로 침투한 남로당원 153명을 검거한 사례와 같이 남로당원 및 이들의 반역행위를 방조한 중간파까지 엄벌주의로 처단하는 정책이 강화되는 것에 대응해 국민보도연맹의 좌익섬멸도 기승을 부리게 된다.[61]

한편 국민보도연맹은 나름의 관리시스템을 갖추고 전향자들을 체계적으로 관리, 통제했다. 전향제도의 기본적 작동시스템은 탈당성명서의 발표를 통한

---

60 오제도는 공산주의를 근절하기 위해서는 공산주의사상이 전염되지 않도록 원인과 온상을 제거하고, 공산주의에 물들었거나 외부의 침투로 생겨난 것은 확산을 방지하고, 내부를 와해시켜 자진 협력하도록 만든다는 원칙 아래 전향자 지도방침을 설계했다고 한다(오제도, 「그때 그 일들 143」,『동아일보』, 1976.6.22).

61 「남로당특수부 정당 푸락치 죄상」,『자유신문』, 1950.5.28. 이때 체포된 남로당원의 상당수는 위장 전향을 하는데, 가령 김한경은 위장 전향 후 중앙사찰분실장 백형복을 포섭 월북시켰고, 한국전쟁 당시 서울에서 조선노동당 중앙간부로 활약하다 국가보안법 위반 혐의로 체포된 바 있다(1952.6.9).

전향의 공표→자기비판(고백, 참회)과 공산주의의 조악상과 북한의 실정을 폭로·고발, 밀고→새로운 이념(일민주의, 반공주의)의 획득→배전의 훈련과 투쟁적 실천을 통해서 증명, 새로운 사상에 대한 신념과 이념의 육체화(일상생활, 언어활동까지 습성화)→심사 후 탈맹→감시와 동원이다. 국민보도연맹을 주재한 오제도가 밝힌 것을 요약한 것인데,[62] 국민보도연맹이 제시했던 지도방침, 즉 '신념−자기반성−투쟁−배상필벌'[63]과 대체로 일치한다. 획일적 정형성을 지닌 탈당(퇴)성명서의 내러티브에도 이러한 시스템의 내용이 집약되어 있다. 이 같은 시스템이 운영된 것은 국가보안법과 내밀한 관련이 있다. 앞서 언급했듯이 국가보안법의 운용과정에서 범법자가 대거 양산되었으나 이들을 수용할 수 있는 수형 시설이 태부족이었기 때문에 국민보도연맹을 단일창구로 한 포섭, 교화정책이 현실적으로 필요했고, 또 이러한 조건을 고려한 국가보안법의 1차 개정1949.12.19이 이루어져 보도구금제가 도입됨으로써 관리시스템의 효율성을 제고할 수 있었다.[64]

국가보안법과 국민보도연맹의 상호보완성은 전향제도를 통해 국민정체성을 정립하고 반공국민을 창출하고자 했던 이승만정권의 정치적 의도를 구현하는 데 유용한 제도적 장치였다. 그렇다고 이 시스템이 수미일관되게 작동했다고 단정하기는 어렵다. 감시를 통한 색출과 섬멸, 보호하고 지도하여 반공국민으로 육성하겠다는 국민보도연맹의 결성이 일선 사상검사들의 실무적 필요에서 이루어졌다는 강성현의 분석을 감안할 때 각 지회나 지방에서는 여러 변수들이 개입되었을 것으로 추정된다.[65] 다만 그로 인해서 오히려 전향−감시−동

---

62 오제도, 「사상전향자의 보도방침」(『애국자』 5호, 1949.12.13), 『사상검사의 수기』, 창신문화사, 1957, 141~149쪽.
63 「전향한 보련원 지도방침 수립−4대 기본원칙」, 『자유신문』, 1949.12.1.
64 국가보안법의 1차 개정내용과 보도구금제의 의미에 대해서는 박원순, 『국가보안법연구 1−국가보안법변천사(증보판)』, 역사비평사, 2004, 105~112쪽 참조.
65 강성현, 앞의 글, 87~104쪽 참조.

원의 권력테크닉이 좀 더 체계적으로 밀도 있게 구사되었다고 볼 수 있다.

국민보도연맹의 결성과 전향제도의 시행이 사상사적 일대 변혁을 이끌어 냈다는 오제도의 자평처럼,[66] 전향제도는 단정수립 후 사상사, 문화사 변동의 결정적 요소였고, 그 영향력은 장기 지속적이었다. 더욱이 국민보도연맹의 조직과 운영에서 중요한 몫을 담당했던 문화 영역은 전향제도의 시스템이 잘 적용되었던 부문이면서도 일반적인 작동양상과 구별되는 독특함이 존재한다. 일례로 문화인에게는 탈맹의 기회가 주어지지 않았다. 아울러 전향이 극심한 내부냉전의 기제로 작동하는 가운데 전향제도의 (비)가시적 효과가 전폭적으로 나타났다.

우선 문화인의 전향 규모는 상당했다. 그럴 수밖에 없었던 이유는 해방 후 문화 지형(운동)의 구조적 특성, 즉 좌우로의 분극화 현상과 그에 따른 중도파의 비대화가 초래된 것과 유관하다.[67] 문화적 중도파는 뚜렷한 조직을 갖추지 못했지만 정치적 중도파민족주의계열과 이념과 노선을 같이하면서 단선단정 반대, 자주적 민족통일운동을 정부수립 후에도 지속적으로 전개했다. 일부가 단정지지로 돌아섰으나 관망 혹은 정부비판의 입장을 철회하지 않은 경우가 상당수였다. 단선단정 국면에서 문화인의 전향이 전혀 없었던 것도 이런 맥락에서다. 조연현이 문련, 문학가동맹 등의 좌파보다도 오히려 중도파를 (우익)민족문화건설의 최대 적으로 지목, 집중 공격한 것도 이 때문이다. 국가보안법 제정과 국민보도연맹 결성 전후로 문화인에게 주어진 선택지는 매우 협소했다. 월북, 전향, 지하운동, 도피(밀항) 정도이다. 이념적 공세가 강화되고 공작 전향이 시행됨에[68] 따라 문화적 입지가 현저히 축소된 상태에서 중도파들이

---

66 오제도, 「그때 그 일들 142」, 『동아일보』, 1976.6.21.
67 이에 대해서는 이봉범, 「단정수립 후 전향의 문화사적 연구」, 『대동문화연구』64, 성균관대 대동문화연구원, 2008, 224~232쪽 참조.
68 문화계의 공작 전향은 국민보도연맹 결성 전부터 잔류 좌익문화인(단체)을 대상으로 시행되었

택할 수 있는 선택지는 자수, 전향밖에 없었다.[69] 특히 남북협상을 지지, 성원하고 단선단정을 반대, 부인하는 성명서발표에 참여했던 중도파민족주의 문화인들이 전향의 표적이 되었다.[70] 당시에 문화인전향자의 규모가 약 500명으로 보고되었는데(지방은 제외), 중도파가 압도적 다수를 차지한 것은 필연적이었다. 3개의 중요 성명서에 참여했던 약 400명의 문화지식인 가운데 소수의 월북자서광제, 김동석 등, 극소수의 지하공작운동 또는 투옥이용악, 이병철, 김만선, 유진오, 김영석 등을 제외하고는 대부분 자수, 체포의 과정을 거쳐 전향하는 수순을 밟았다.

문화인 전향의 또 다른 특징은 검열이 전향을 촉진시키는 장치였다는 점이다. 국민보도연맹 설립 이전에도 좌익문화인의 탈당을 강제하는 검열이 시행되었다. 가령 서울시경이 문련 산하 각 문화단체에 소속된 예술인들로서 탈당하지 않으면 무대출연을 금지하겠다고 공표한 뒤 곧바로 가혹한 공연검열을 실시했다.『조선일보』, 1949.4.20 본격적인 전향국면에 접어들어서도 검열은 중등교과서에 수록된 좌익작가작품을 삭제 조치하고1949.10, 미자수자의 서적 발매금지 및 압수조치1949.11, 좌익계열문화인을 3급으로 분류해1949.11 월북문화인1급의 저서를 판매금지하고 남한에 잔류하고 있는 좌파문화인2급 29명, 3급 22명의 경우는 전향을 표명하고 보도연맹에 가입하지 않으면 저서와 작품을 판금시키겠다고 언명함으로써 미전향자의 자수, 전향을 종용하는 강력한 회유책으로 작용했다. 1949년 11월 기점으로 판금의 일차적 기준이 좌익사상에서 월북(여

다. 가령 1949년 4월 19일 서울시경찰국과 연극 각 단체 관계자들이 좌익연예인 전향자선도책을 협의했는데, 연극인 200명이 탈당설명서를 내고 싶으나 신변의 보장이 없이는 시행할 수 없다는 의견을 개진했다(『동아일보』, 1949.4.23).

69 중도파민족주의계열은 김구 암살 후 대한민국의 육성과 공산진영의 분쇄를 목적으로 1949년 8월 20일 '민족진영강화위원회'(의장 : 김규식)을 창립했으나 과오에 대한 자기비판이 없고 반공전사로 인정할 수 없다는 이유로 호응을 받지 못했다.

70 신중국이 성립되어 귀국한 한국독립당 중국동북특별당부 소속 간부 35명은 5·10선거 반대, 남북협상 참여의 김구 노선을 추종했다는 이유로 장문의 집단탈당성명서를 발표하고 전향을 선언한 바 있다(『경향신문』, 1949.9.3, 광고).

부)으로 이동했음을 확인할 수 있다. 당시 전체문화인 규모 대비 전향문화인이 비중이 상대적으로 높았던 데에는 검열의 압력이 주효했다고 볼 수 있다. 문필활동이 중단된다는 것은 문인에게는 사형선고나 마찬가지였기 때문이다.

다른 한편 검열은 전향자를 감시, 통제하는 수단이기도 했다. 전향문필가검열조치1949.11, 전향문필가원고심사제 및 신규간행물 검열1950.2, 치안국사찰과검열계, 원고사전검열조치1950.4 등의 집중적 검열을 통해 전향문화인 통제를 뒷받침해주는 수단으로 활용된다. 전향문화인들은 위장전향의 의심을 받는 가운데 네 차원, 즉 서울시경, 공보처, 국민보도연맹, 동업자들로부터 검열을 받았을 만큼 강력한 구속과 감시를 받았던 것이다. 조연현은 전향문인들이 민족문학 진영의 문학인들을 의식적으로 기피해가면서 경찰이나 국민보도연맹을 통해서만 전향을 형식적으로 표명하는 방식을 비판하는 가운데 그들의 전향이 사상적(세계관적) 전향이 아닌 신변의 안정과 보장만을 얻기 위한 형식적 전향이라는 의혹을 계속 제기했다.[71] 보도연맹의 감시와 더불어 문단권력을 장악한 동료들의 강도 높고 지속적인 내부 감시, 의심은 전향자들에게 감시의 내면화를 촉진시키며 동원에 적극적으로 참여, 협력하게끔 만들었다. 중첩된 검열이 감정적 복수로 비춰지고 이에 대한 반발이 거세지자 전향작가의 사전원고심사가 중지되고 기간旣刊 서적 중 발매보류 중인 것은 내용을 재심사하여 발매할 수 있도록 검열을 완화시킨다.1950.4.3 이 같은 검열 완화는 전향문인들의 문필활동을 떠나서 그들이 참으로 전향했는지를 검증할 수 있는 방법이 없었다는 점에서[72] 전향문인들에 대한 감시가 느슨해진 것이 결코 아니었다. 전향문화인에게 있어 검열은 일반 좌익전향자 출신의 보도연맹원들이 주기적으로 양심서 작성을 통해 위장전향 여부를 검증받았던 것과 같은 맥락이다.

---

71 조연현, 「해방문단5년의 회고 ⑤」, 『신천지』, 1950.2.
72 「전향문인에 관대를 요망」(사설), 『동아일보』, 1950.3.4.

문화인전향은 국민보도연맹이 구사한 동원, 선전의 테크닉을 전형적으로 보여준다. 전향문화인은 대부분 국민보도연맹 중앙본부 산하 문화실에 편입되었다. 박영희, 김용제 등 전향자가 아닌 문인들도 촉탁 신분으로 종사했다. 문화실의 주된 임무는 반공사상의 선전, 선무공작이었다. 기관지(주간 『애국자』, 월간 『창조』)[73] 발간과 이론 연구, 영화 제작도 담당했다. 문화실장은 양주동을 시작으로 박영희사무국장, 정지용, 오영진 등 주로 문인이 맡았다.[74] 문화실의 전향문화인이 반공사상의 선전사업을 담당한 것은 전향자보도지침의 투쟁적 실천, 즉 '경험, 지식, 특수기능을 총동원하여 최후의 목적인 대한민국 발전에 구체적인 충성을 표현해야 한다'는 것에 정확히 부합한다. 전향부녀자들은 가정을 위시한 신생활운동을 통해서 충성을 실천, 표현하는 것이 가이드라인으로 부과된 바 있다. 보도연맹 소속 전향문화인들은 반공시위, 국민사상선양대회1949.12.18와 같은 연맹 주최 선전활동에 동원되기도 했지만, 국민종합예술제, 학술강좌 등 전문성을 바탕으로 한 선전·선무 사업이 대표적인 주 임무였다.

종합예술제의 형식으로 수행된 두 개의 동원 선전활동, 즉 '민족정신앙양종합예술제'1949.12.3~4와 '국민예술제전'1950.1.8~10이 중요하다. 두 종합예술제는 전향문화인들이 전향을 대외적으로 재천명하고 반공정신을 고취시키려는 선전사업으로 기획된 것으로 프로그램의 구성이 비슷하지만, 대회의 주최자, 목적, 성격 등이 다르다. '민족정신앙양종합예술제'는 한국문화연구소가 주최하

---

73 월간 『창조』는 반공이념지를 표방하고 1950년 5월 2일 경 편집회의까지 마쳤으나 6·25로 발간되지 못했다고 한다. 당시 편집회의에 참석한 인사로는 오제도, 정희택, 이하성(서울시경 사찰과장), 이은택(서울시경 보도주임), 박영희, 양주동, 이선근(국방부 정훈국장), 정백, 엄흥섭 등 9명이었다. 보도연맹의 운영에 검·경·군이 적극 개입했다는 사실을 재확인할 수 있다(「이 한 장의 사진, 그때 그런 일들이 22」, 『경향신문』, 1984.1.7).

74 박영희가 사무국장이 되면서 주요 대상으로 가입시킨 문인이 정지용, 김기림, 박태원, 백철, 배정국이었다고 한다(백철, 『문학적 자서전』, 박영사, 1975, 369쪽). 양주동이 문화실장이었던 것은 널리 알려졌으나 정지용, 오영진이 문화실의 활동이 가장 왕성하게 전개되었던 1950년 초에 문화실장의 중책을 역임했다는 사실은 알려진 바 없다(『문예』, 1950.3, 199쪽).

고 문총이 후원한 대회로 전향문화인뿐만 아니라 전향과 무관한 우익문화인들이 공동으로 참여했다. 이 대회가 중요한 이유는 민간차원의 기획에 의해 문화예술계 전체를 전향의 한복판으로 끌어들여 문학예술인들의 자진 전향을 독려·강제하는 역할을 함으로써 지리적·사상적 남북적대를 확대재생산하는 동시에 지배체제의 우월성을 배타적으로 승인·공고화하는 데 결정적 계기로 작용했기 때문이다. 여순사건을 계기로 열세를 만회한 우익진영의 사상적, 문화적 총공세였던 셈이다. 전향공간에서의 동원이 아래로부터 자발적인 기획으로 이루어져 위로부터의 동원보다 더 큰 효과를 발휘한 특이한 사례이다. 문학예술계의 불순한 사조를 일소하는 획기적인 계기가 되었다는 호평을 받았다.[75] 프로그램 참여자의 변경 등 상당한 난항을 겪었으나,[76] 미전향문화인의 전향을 급속히 유인해냈고, 전향작업의 선전효과를 제고하는 동시에 전향문화인들에 대한 일상적 통제(감시, 동원)의 기반을 자체적으로 마련해낸 것이다.

반면 '국민예술제전'은 국민보도연맹이 주최한 전향문화인들(만)을 총동원한 선전활동이었다. 프로그램 구성은 '민족정신앙양종합예술제'와 같고 이북문화인에게 보내는 메시지는 12명정인택, 정현웅, 최운봉, 김정화, 이쾌대, 김한, 김용환, 손소희, 박계주, 엄흥섭, 박노갑, 김정혁이 발표했고, 연극 〈도라온 사람들〉박노아 작/허집 연출, 무용 〈영원한 조국〉김막인 작·연출, 영화 〈보련특보〉김정혁 기획/허규 제작, 음악연주회가 공연되었다. 입장료 300원을 받았으며, 오제도에 따르면 그 수익금은 출연자들에게 배분했다고 한다. '국민예술제전'은 국민보도연맹의 선전사업이 본궤도

---

75 「종합예술제의 의의」(사설), 『동아일보』, 1949.12.7.

76 난항을 겪은 대표적인 사례는 이북문화인에게 보내는 메시지 낭독이었다. 종합예술제의 인기의 초점으로 가장 많은 관심을 받은(『경향신문』, 1949.12.5) 메시지 낭독자는 두 차례의 사전광고(『자유신문』, 1949.12.1. 13명;『동아일보』, 1949.12.4. 15명)와 행사 당일의 실행자(11명)를 비교해보면 많은 변화가 나타난다. 대부분 전향자에게 강요된 것으로 인간적 모멸이 매우 컸을 것이다. 정지용, 정인택, 김만형, 김기림, 장추화, 신막, 이병기, 허집, 황영일, 유동준, 김영주 등의 이북문화인에게 보내는 메시지 낭독은 남북 적대와 남한체제의 우월성을 승인하게끔 만드는 선전효과가 컸다고 할 수 있다.

에 올랐다는 사실 또 전향문화인들이 동원과 선전에 어떻게 활용되었는가를 잘 보여주는 사례이다. 여기에 참여한 문화인들은 탈당성명서의 공표 여부와 무관하게 전향자라는 사실을 확증해주는 자료가 되기도 한다. 이 예술제는 전향자들이 '사상적으로 전향할 수 있다는 용의와 태도를 처음으로 민중 앞에 공개'하게끔 함으로써[77] 잠재적 불온세력으로서의 전향자라는 사회적, 문화적 표상을 제도화시키는 계기로 작용했다.

문화영역의 전향은 국민보도연맹이 구사한 색출, 포섭, 전향, 감시, 동원의 메커니즘이 잘 구현된 경우이다. 사상전의 일환으로 기획된 전향제도는 인간의 사상을 개조할 수 있다는(해야 한다는) 논리를 전제로 시행되었다. 어쩌면 불가능에 가까운 목표를 실현해야 했기 때문에(지식인들에게는 더더욱 그렇다) 더 폭력적일 수밖에 없었고, 따라서 이 같은 시스템을 도입하고 강압적으로 작동시켰을 것이다. 불가능했기에 확실한 사상개조보다는 폭력을 통한 공포의 조성과 일상적 감시체계를 구축하는 정략성이 더 중요했다고도 볼 수 있다. 전향의 효과와 영향의 문제인데, 문화영역에서는 생존을 건 내부냉전이 치열하게 전개되는 것으로 나타난다. 저자는 전향을 권력에의 굴복이라는 현상적 의미를 넘어 문화주체들의 서로 다른 욕망이 분출하고 경합하는 역동적인 장이었다는 관점에서 그 양상과 의미를 분석한 바 있다.[78]

몇 가지 중요한 특징을 들면, 첫째, 문화적 내부냉전 구조가 정착되었다. 문화영역에서 전향의 폭풍이 좌익단체에 가담한 전력이 있는 잔류좌익, 중도파 등의 전향(대상)자에게만 적용된 것은 아니다. 철저한 반공이데올로기를 신념으로 한 우익문화인들, 특히 월남문인들은 스스로 반공국민임을 증명해야 했

77 조연현, 「해방문단5년의 회고 ⑤」, 『신천지』, 1950.2, 220쪽.
78 이봉범, 「단정수립 후 전향의 문화사적 연구」, 『대동문화연구』 64, 성균관대 대동문화연구원, 2008.

고, 이에 대한 자발적, 능동적 참여를 기회로 삼아 문화적 주도권을 완전히 장악할 수 있었다. 신변 보장, 문화권력 확보를 둘러싼 치열한 헤게모니투쟁이 전개된 것이다. 좌/우, 중도파/우익의 대결뿐만 아니라 우익문화 진영의 분열, 대립을 동반했기 때문에 더욱 격렬할 수밖에 없었다. 냉전반공의 진영논리에 입각한 고발, 비방, 적대, 증오, 동원이 난무한 가운데 그 최종적 승자는 문총이며, 문단으로 볼 때는 청년문학가협회의 주축 멤버문협정통파가 관장한 한국문학가협회와 『문예』로 귀결되었다.

둘째, 해방 후 민족문학건설을 목표로 다기하게 모색된 반제반봉건 문화의제가 완전히 붕괴, 좌절되었다. 그것은 진보적 의제의 왜곡, 소거와 더불어 냉전반공에 기초한 애국·구국문화가 주류화되는 가운데 냉전 진영논리의 극단화 및 남북 체제경쟁의 도구로 문화가 전락했다는 것을 의미한다. 애국문화(학), 구국문화(학)가 유일한 노선이었다. 특히 친일부역의 의제가 심하게 왜곡되었다. 반민특위가 공산주의에 동조하는 것으로 왜곡되어 결국 해체되는 흐름과 맞물려 문화영역에서도 거세게 일었던 친일비판 담론이 일시에 사라진다. 더욱이 반공우익세력이 문학 장을 재편하는 과정에서 열세를 만회하기 위한 방편으로 당시 반민족행위처벌법의 시효가 상실되면서 문학 활동을 재개한 친일문학가들을 보강 자원으로 활용해 세력균형의 역전을 꾀할 필요성이 제기된 바 있고,[79] 실제 그렇게 됨으로써 친일문학가들의 문학적 복권의 가능성이 열린다.

셋째, 문화영역 내부에 상시적 감시체계가 조성되었다. '민족정신앙양종합예술제'에서 확인할 수 있듯이 전향문화인들은 당국의 검열을 통해서뿐만 아니라 위장 전향에 대한 끊임없는 의심과 사상적 전향임을 확실하게 증명하라는 문화계 내부의 요구에 직면했다. 동원에 적극적으로 참여하는 것으로는 부족했다. 그 같은 요구와 강제는 전향문제가 헤게모니투쟁의 도구로 이용되면

---

[79] 오인환, 「문단의 정리와 보강」, 『주간 애국자』 2호, 국민보도연맹중앙본부, 1949.10.15, 11쪽.

서 강도가 점증했다. 국가권력과 문화계 내부의 중층적 감시와 통제가 제도화되면서 감시의 내면화가 강요된 것이다. 한국문학가협회는 전향자들을 모두 포섭해 회원으로 받아들이면서도 그들을 주변화, 배제시키는 세련된 전략을 구사했다. 냉전기 문학검열에서 국가권력의 검열 이상으로 사상성을 기준으로 한 문단 내부의 자제 검열이 더 강도 높게 시행되는 검열시스템이 이때부터 도입, 정착된 것이다.

이 시기 전향이 한국의 문화사에서 문제적인 것은 이러한 (비)가시적 감시체계가 변용, 굴절을 거치며 지속적으로 작동함으로써 냉전분단체제하 한국문화를 황폐화시키는 원인으로 작용했다는 사실이다. 당연히 전향 전력 또는 전향자라는 신원은 이후의 문화 활동 및 작가의 생존을 좌우하는 요소로 작용했다. 가깝게는 한국전쟁 시 북한점령하에서 국민보도연맹에 가입한 전향자들은 변절자로 규정되어 멸시, 보복을 당하기도 했고 (남조선)문학가동맹에 가입조차 쉽게 허용되지 않았다.[80] 전시에 월북한 전향자도 1953년 8월 북한의 남로당계숙청사건 때 설정식이 전향 후 국민보도연맹에 가입해 북을 비방한 것이 반역죄로 규정되어 사형 선고를 받는 한 이유가 된 것에서 확인되듯이[81] 전향 전력이 반역 행위로 단죄되는 경우가 많았다. 물론 모두에 해당하는 것은 아니다. 가령 전향월북자들의 상당수가 적어도 1950년대까지 북한에서 중요한 역할을 수행했다는 사실을 감안할 때,[82] 개인적 차이가 있었다고 할 수 있으나

80　박훈산, 「言語가 絶한 時間위에서」, 오제도 편, 『자유를 위하여』, 문예서림, 1951, 107~115쪽. 그의 증언에 따르면 처음에는 국민보도연맹 가입 전향자들은 남조선문학가동맹에 가입이 불허되어 곤란한 처지에 놓였으나 맹원 획득을 지시한 상부의 명령으로 가입이 가능했다고 한다.

81　김남식, 『실록 남로당』, 신현실사, 1975, 658쪽.

82　제2차 조선작가대회(1956.10)에서 선출된 지도부 명단을 보면 이갑기, 엄흥섭 등 전향월북자들이 다수 포함되어 있다는 사실을 발견할 수 있다(남북문학예술연구회 편, 『전후 북한 문학예술의 미적 토대와 문화적 재편』, 역락, 2018, 29쪽). 예술영역 전체로 보면 정현웅을 비롯해 그 규모가 상당할 것으로 보인다. 전향한 뒤 북한체제를 비판하는 데 앞장섰던(비록 전시에 재전향의 과정을 거쳤더라도) 월북전향문화인들의 북한에서의 행적을 발굴, 연구해야 하는 시점인 것 같다. 전시 의용군으로 동원된 송지영에 따르면, 김기림, 정지용, 설정식, 정인택, 박노아, 김

이들의 북한에서의 문화 활동이 지속적일 수는 없었다. 남한에서도 마찬가지였다. 전향자란 사회·문화적 표지는 전시뿐만 아니라 이후에도 잠재적 불온(위협)세력으로 계속된 감시와 통제를 받았고 특히 김수영, 황순원, 염상섭, 최정희 등에서 보듯 문학자에게는 자기검열의 기제이자 창작활동의 족쇄로 작용했다. 이같이 냉전·분단의 산물인 전향이 한국전쟁 후 공고화된 냉전 분단체제하 한반도에서 또 다른 냉전금제와 결합·착종한 가운데 그 사상적 폭력성이 확대 변용되는 과정을 거치며 남북한 문화사를 왜소하게 만든 주된 원인이었던 것이다.

3) 한국전쟁과 반역의 표상, 부역의 서사

반민특위의 해체를 계기로 친일附日 의제는 공론의 장에서 거론될 수 없었다. 대신 공산주의 부역附共이 반역의 표상으로 대두했으며, 그 영향력은 내면의 통제로까지 미치기 시작했다. 부공 부역은 한국전쟁을 계기로 반역의 단일하고 대표적인 표상으로 정착되었다. 부일 부역에서 부공 부역으로 대체된 것이다. 그것은 법적 차원에서도 그대로 나타난다. 한국전쟁 직후 짧은 시간 공존했던 1950.12~51.2 반민법과 부역법의 교차, 즉 반민법이 폐지됨에 따라 친일파를 단죄할 수 있는 법적 장치가 제거되고, 부역법의 제정으로 부역자는 오롯이 북한 협력자로 단일화되었던 것이다.[83] 이는 이데올로기적 가치가 민족 가치를 압살했다는 것을 의미하며, 그것은 친일세력의 이익을 옹호하는 반민족·민중적 이승만정권의 본질이 적극적으로 발현된 결과이기도 했다.

상훈 등 전향 후 보도연맹에 가입했던 문인들이 보도연맹에 가입했다는 이유로 임화, 김남천, 이원조 등에 의해 핍박을 당했는데, 특히 설정식과 김상훈에게는 『애국자』에 실린 시 때문에 더 가혹했다고 한다(송지영, 「赤流三月」, 오제도 외, 『赤禍三朔九人集』, 국제보도연맹사, 1951, 53~68쪽).

83 김지형, 「한국전쟁기 부역 이데올로기의 전환-부일과 부공의 교차점에서」, 『민주주의와 인권』 17-1, 전남대 5·18연구소, 2017, 89~95쪽.

이승만정권의 지배이데올로기인 반공주의는 집권 초기부터 "외세로부터 진원을 이끌어내고 친일보수세력의 이익을 보장하고, 친일파의 존재 및 정치·사회적 참여를 합리화하고, 국가 및 정권안보를 위해 공산당 및 좌파를 탄압하고, 정적을 제거하는 등 만능 이데올로기"[84]로 군립한 바 있는데, 그것이 열전을 거치며 한층 노골화되기에 이른다. 이에 따라 법적으로 면죄부를 획득한 부일 부역자들이 소생, 복권을 위한 다양한 시도를 감행할 수 있었고, 부일 부역자의 부공 부역자에 대한 공격과 배제가 정당화될 수 있는 조건과 논리가 배태되었다. 최운하서울시경 사찰과장, 김창룡SIS, 특무부대장과 같은 악질 부일 부역자가 부역자심사를 총괄했다는 것이 이를 잘 대변해준다.[85] 친일파가 빨갱이부공부역자 단죄의 칼자루를 쥔 형국, 비극이나 그리 낯설지 않은 모습이다. 이혜령은 1980년대 한국현대사 인식의 거대한 전환 속에서 부상한 친일파의 짝패가 독립운동가라기보다는 빨치산이었다고 거론한 바 있는데,[86] 그 짝패는 이때부터 구조적으로 형성되었다고 볼 수 있다. 한국현대사를 반민특위 해체 전후로 크게 나눌 수 있다는 리영희의 통절한 지적이 상기되는 대목이다.

한국전쟁기 부역에 관한 논의가 본격화된 것은 서울수복 직후이다. 한국전쟁의 특수성으로 말미암아 북한 점령지에서 부공 부역자가 대거 양산되었고, 서울수복을 계기로 부공 부역자 색출과 처벌의 요구가 비등해지는 동시에 부역자 처리문제를 둘러싼 사회적 갈등과 혼란이 야기되었다. 사회 모든 부문에서 감정적 보복, 밀고, 조작과 학살이 무차별적으로 자행되었다.[87] 도강파와

84 이헌종, 「해방 이후 친일파 처리문제에 관한 연구」, 김삼웅·이헌종·정운현 편, 『친일파, 그 인간과 논리』, 학민사, 1990, 62~63쪽.
85 만주군 출신 친일파 군인 김창룡은 해방 직후 북한에서 친일혐의로 체포 후 사형을 언도받았으나 탈출해 월남한 이력을 지니고 있었다. 강정구, 『분단과 전쟁의 한국현대사』, 역사비평사, 1996, 281쪽.
86 이혜령, 「빨치산과 친일파—어떤 역사 형상의 종언과 미래에 대하여」, 『대동문화연구』 100, 성균관대 대동문화연구원, 2017.
87 염상섭의 「해방의 아침」(『신천지』, 1951.1, 98~107쪽)에 잘 나타나 있다. 태극기를 제일 먼저

비도강파(잔류파)의 이분법적 분류법이 가동되고 그에 따른 도강파(애국자)/잔류파(부역혐의자)의 인식이 유포, 확산되면서 적대와 증오의 심리에 기초한 사회갈등이 극에 달했다. 이런 배경에서 '부역행위특별처리법'이하 '부역법'이 긴급하게 제정되었다1950.12.1. 부역법 제정 이전에도 한국전쟁 발발과 동시에 대통령긴급명령 제1호로 공포된 '비상사태하 범죄처벌에 관한 특별조치령'이하 '특조령'에 의거한 부역자처벌이 이루어졌다. 특조령은 단심제에다 증거 설명도 생략한 채 사소한 범죄도 중형을 부과할 수 있는 가혹한 처벌 규정으로 채워져 있었다. 특조령을 제정한 목적은 공포·처벌을 통한 질서 유지와 처벌의 효율성을 극대화하려는 데 있었으며, 그것은 전쟁초기 패전과 서울을 유기한 책임을 회피하기 위한 정치적 의도에서 비롯된 것이다.[88] 실제 특조령이 적용된 부역(자)재판을 담당했던 서울지법 유병진 판사의 재판관으로의 고뇌, 즉 현실을 무시한 특조령의 입법, 법리상 문제점과 극형 또는 중형을 요구하는 여론의 압력, 부역범 처리가 내포한 근본문제 등에 대한 비판적 회고는 당시 부역자 처리의 정략성을 웅변해준다.[89]

부역기준의 모호성과 법의 자의적 적용에 따른 부역자의 양산과 극단적 처벌에 따른 문제를 완화시키기 위한 차원에서 부역법이 제정된 것이다. 부역법

게양해 부역행위를 은폐하려 하고, 감정적 밀고로 빨갱이 혐의를 뒤집어씌우고, 우익청년단이 부역자를 색출해 즉결처분을 내리고, 상호 의심의 횡행과 공포분위기가 극도에 달하는 등 당시 부역자 처벌을 둘러싼 혼란상이 구체적으로 묘사되어 있다. 딸이 이웃을 위원장이었다고 고발해 체포를 당하게 만든 것을 두고 사형선고를 내린 것이나 마찬가지라는 아버지의 안타까움에 대한 딸의 핀잔, 즉 "온 별 걱정을 다하십니다. 그럼 저의를 살려주구 우리가 대신 죽어두 좋을까요."(107쪽)에서 당시 부역자처리에 대응한 평범한 사람들의 심성을 엿볼 수 있다.

88 김학재, 「한국전쟁기 대통령 긴급명령과 예외상태의 법제화」, 『사회와 역사』 91, 한국사회사학회, 2011, 237~241쪽.

89 유병진, 『재판관의 고뇌(일명 부역자처단을 맞치고)』, 신한문화사, 1952, 11~15쪽. 유병진은 비교적 가벼운 부역행위나 증거가 명확하지 않은 경우에는 무죄를 선고해 석방했고, 그 뒤에도 조봉암사건 1심, 류근일 필화사건 등 공안사건에서도 관대한 처분을 내려 용공판사로 낙인찍힌 바 있다.

은 단순부역자에 대한 관대한 처벌과 자수한 경우는 감형 또는 면제가 가능했고 단심제의 한계에서 벗어났다. 당시 관계당국이 파악한 부역자 수는 최종적으로 550,915명으로 집계되었는데,[90] 이들을 모두 처벌할 수도 없었고, 처벌하더라도 수용할 수 있는 시설이 태부족이었기 때문에 관대한 조치가 불가피했다. 또한 '홍제리의 처형언덕', 즉 부역자 집단학살이 세계적 이슈로 부각되고 미소 간 심리전의 재료로 활용된 것도 정권으로서는 큰 부담이었다.[91] 일부에서는 특조령, 부역법이 아니더라도 국가보안법, 형사소송법으로 악질부역자를 처단할 수 있다며 부역법, 시민증 대신 자수기간과 보도연맹을 부활시키는 것이 오히려 복수주의적 부역법보다 더 도의적이며 민족정기를 바로잡는 첩경이라고 주장한 바 있다.[92]

부역자 검거와 심사는 군·검·경 합동수사본부1950.10.4 발족/1951.5 해체에서 주도했다. 단기간에 부역자를 처단하기 위한 목적에서 조직된 합동수사본부는 김창룡과 오제도가 지휘했는데, 오제도는 처단 대상으로 '6·25전에 남북로당에서 지하운동을 하다가 부역한 자, 형무소에서 나와 부역한 자, 보도연맹에서 불순분자라고 규정받았던 자로서 부역한 자, 중간파로서 대한민국에 이롭지 못하였던 자가 부역한 자, 북한에서 공작대로 내려온 자'로 예시했다.『서울신문』, 1950.11.27 부역자 선정 원칙과 기준이 마련되었으나 당시 합동수사본부가 다룬 부역자 약 2만 명의 심사과정에서 적용된 세부적 기준은 대체로 세 등급, 즉 공산 측에 적극 가담하여 악질적 행위를 한 자는A급 군법회의 회부, 살아남기

90 박원순, 앞의 글, 185쪽.
91 이에 대해서는 이임하, 「한국전쟁기 부역자 처벌」, 『사림』 36, 수선사학회, 2010, 103~113쪽 참조.
92 김삼규, 「평양과 함흥」, 『동아일보』, 1950.11.21. 서울시는 1950년 10월 20일부터 시민들의 신분보장, 치안유지, 제5열 소탕의 명목으로 만 14세 이상의 남녀에게 시민증을 발급했는데, 사상불순자에게는 교부를 거절해 논란이 일었다. 석방된 부역자에게도 임시시민증을 발급했으나 엄격한 심사를 통과해야만 발급받을 수 있었다.

위해 할 수 없이 부역한 자는C급 전원 석방, 그 중간은B급 검찰로 송치하는 조치가 시행되었고, C급 1만 3천 명이 석방됐다. 오제도에 따르면 합동수사본부의 부역자심사에서 최대 난관은 잔류파에 속한 국회의원, 의사, 교수, 문화인 등 사회지도층의 부역 심사였고, 이는 합동수사본부가 독자적으로 처리할 수 없는 문제여서 이승만에게 불문에 붙이는 관대한 처분을 건의했고 재가를 받았다고 한다.[93] 상당한 규모였던 잔류파문화인들의 부역 혐의가 면죄된 저간의 사정을 일러준다.

그런데 문화인 전시 부역이 북한의 전시동원 체제에서 어떻게 이루어졌고, 또 그에 따른 문화인 부역자의 규모와 활동상이 어떠했는가는 아직까지는 전모가 확인된 바 없다. 다만 조선인민군 점령기 인민위원회의 복구와 함께 시행된 서울시 임시인민위원회의 고시3각 정당·사회단체는 규정에 따라 등록할 것을 고시함의 등록의무화 지침에 따라 등록을 완료한 184개 정당과 사회단체 가운데 문화 관련 등록단체의 명부를 통해서 그 일단을 파악해볼 수 있다.[94] 7월 4일 등록된 조선문화단체총연맹대표: 김남천의 경우 중앙위원회 구성은 부위원장 임화, 서기장 김남천, 조직부장 이근호와 부원이원장, 손태민, 황명화, 김세진 및 산하 김만선문학가동맹지도원, 윤용규영화동맹, 조영출연극동맹, 정동원음악동맹, 박문원미술동맹, 이창규사진동맹, 계수남가극동맹, 홍구국악·무용동맹, 김복득보건동맹, 현효섭체육동맹, 손종식공련동맹, 조남령어학회동맹, 약규·봉법학·과학동맹, 선전부장 이상선과 부원현기창, 손영기, 이정은, 허남인, 변두갑, 임항국, 이선을, 예술사업부장 안영일과 부원이재현, 김영석, 이건우, 윤용규, 서강원, 서기국원박찬모, 김형관, 성윤경, 김종환 등으로 되어 있다. 비교적 빠른 시간 안에 문화인

---

93 오제도, 「부역자 처리」, 『동아일보』, 1976.6.28. 백철의 회고에 따르면 자신과 최정희 등이 합동수사본부에 자수형식으로 출두해 오제도에게 심사를 받았는데, 보도연맹원에 대해서는 비교적 관대했다고 한다(백철, 앞의 책, 439쪽).

94 한국안보교육협회, 『1950·9 서울시임시인민위원회 정당·사회단체등록철』, 1990. 이 방대한 등록철은 오제도가 9·28 서울수복 후 입수한 원본이라고 한다.

전시동원 체계가 조직된 것으로 보이는데, 강령 규약 등이 이전1946.2 문련의 것과 동일한 것으로 보아 상부 지시로 급조된 혐의가 짙다. 다만 한국전쟁 전 월북했다가 남하한 문화인, 남한에 잔류해 투옥되었거나 전향했던 문화인, 서울잔류 문화인이 혼재되어 있다는 점에서 종군 남하한 임화, 김남천 등 남로당계 문인들을 주축으로 한 문화인 동원정책이 광범하고 또 신속·체계적으로 추진되었다는 것을 확인할 수 있다.

이 같은 면모는 문련 산하의 문학예술 단체 등록에서도 그대로 나타난다. 7월 5일 등록된 남조선문학가동맹대표 : 안회남의 경우 현덕제2서기장, 나선영조직부장, 조소원, 상민, 윤장원, 유도희, 송완순, 김병규, 김문환조직부원, 이용악선전부장, 강형구, 석원, 김광현, 이명선, 윤태웅, 배호선전부원, 이병철사업부장, 조인행, 채규철, 김용진, 박철, 배재원, 신용태, 강이홍, 전창식, 양철, 고성원사업부원 등이 등록되었으며, 강령전 15조은 조선문학가동맹의 것을 그대로 첨부했다. 주목되는 것은 남조선연극동맹대표 : 김이식에 262명의 맹원이 등록돼 가장 규모가 컸고, 박노아, 임효은, 김선영, 허집, 강계식, 김영수, 진우촌, 유호, 박진, 장민호, 김진수한소야, 황영일 등 남한에 잔류했던 연극인들이 주류를 이루었다는 점이다. 무용동맹대표 : 함귀봉, 18명과 남조선가극동맹대표 : 박상진, 36명은 맹원이 적은 편이었으나 장추화, 박용호, 송범 등/김희갑, 이인권, 장세정, 황문평, 김진규, 김선영등 서울에 잔류했던 인사가 상당수다. 이 등록철이 7월 초순에 완료된 것임을 감안할 때 문화단체 조직 체계의 복원 및 이들 간부진을 주축으로 잔류파들을 대상으로 한 전시 동원정책이 공세적으로 추진됨에 따라 강제적 동원과 자발적 참여가 병행된 부역자들이 대거 양산되었을 것으로 추정할 수 있다. 실제 동원한 문화인들은 신문, 방송, 출판 등의 대중매체를 통한 프로파간다와 각급 '민주선전실'을 경로로 시민들을 대상으로 한 전시 문화선전사업에 동원되었다.[95] 184개의 정당·사회단체 가운데 약 70%를 차지하는 문화 관련 단체의 등록 현황과 활동상을 부역 수기·회고들과 교차시켜 전시 부역의 실상을 전체적으로 정리·분석하는 작업이 필요한 시점이다.

한편 문화인들의 부역심사는 합동수사본부뿐만 아니라 자체 심사위원회에서도 이루어졌다. 학계, 문학예술계 등 각 분야별로 자체 부역자심사위원회를 구성해 심사가 시행되었는데, 도강파에 의해 주도된 심사였기에 도강파/잔류파의 갈등과 격론이 일어날 수밖에 없었다. 특이한 것은 문학에서는 모윤숙, 조연현 등 잔류파가 부역자심사를 주도했다는 점이다. 잔류했으되, 부역하지 않았다는 사실이 적용된 것이다. 조연현은 전시 부역의 상황적 불가피성을 전제로 부역문화인에 대한 관대한 처분을 통해 포용해서 갱생, 교화의 기회를 제공할 필요성을 강조한 가운데 자신이 포함된 잔류은신파와 잔류부역자를 구별하여 은신파를 "절개 있는 애국문화인"으로 치켜세운 바 있다.[96] 김을한은 공산주의를 이론이 아니라 직접 체험을 통한 신념으로써 증명할 수 있게 된 것이 잔류파들이 생명을 걸고 얻은 유일하면서도 크나큰 수확으로 강조했으나[97] 그도 잔류은신파였기 때문에 가능한 주장이었다. 남로당 입당 → 보도연맹 가입 → 전시 남조선미술동맹 및 인민군전선사령부 문화훈련국 소속 활동으로 부역자가 된 코주부 김용환은 적치하에서의 부역자는 부역자附逆者와 부역자賦役者로 구분할 필요가 있다는 의견을 제기한 바 있으나[98] 당시 분위기로는 수용되기 어려웠다. 그리고 사실상 자체 심사대상자가 그리 많지 않았다.[99] 부역자는 많

---

95 이에 대해서는 이현주, 「한국전쟁기 조선인민군 점령하의 서울」, 『서울학연구』 31, 서울시립대 서울학연구소, 2008, 222~228쪽 참조.

96 조연현, 「부역문인에 대해」, 『서울신문』, 1951.11.11~12.

97 김을한, 『인생잡기-어느 언론인의 증언』, 일조각, 1989, 160쪽.

98 김용환, 『코주부 漂浪記』, 융성출판, 1983, 128쪽.

99 미술계의 부역심사도 도강파가 주도했고(심사위원 : 고희동, 이종우, 이마동, 이순석 등) 이들에 의해 도상봉, 김환기, 이봉상 등 잔류파들이 조사위원회에 회부되어 고초를 겪은 바 있으나 미술동맹에서 미술인들을 조직하고 지도했던 주요 인물들이 월북한 상태였고 부역의 경중을 가리는 수준으로 부역자심사가 이루어졌기 때문에 부역의 광풍이 그리 크지는 않았다. 다만 미술계에서도 부역 의제로 부각된 사상성 문제는 종군화가단의 결성 및 전시심리전에의 동원 또

았으나 대다수가 월북했고 부역혐의가 무거운 사람들은 군·검·경의 심사 대상이었기 때문이다. 가령 노천명과 조경희는 국방경비법제32조 위반으로 군사재판에 회부되어 사형을 구형받았다[10년형 선고]. 공소내용을 보면, 노천명은 (남조선)문학가동맹에 자진 가입, 유세대에 참여하여 적극 협력, 적에게 여학사규약 명부 제공이, 조경희는 문학가동맹에 자진가입, YMCA에서 열린 문화인총궐기대회에 참가, 유세대에 참석해 의용군 출전을 장려하는 시 낭독 등이 각각 적시되어 있고, 조경희는 사회주의자 남편의 소재를 파악하기 위해 서대문형무소에 구금되었다.[『동아일보』, 1950.10.29] 이들 외에 이재명, 박노갑, 김용환도 부역혐의로 서대문형무소에 수감된 바 있다.

그런데 잔류했거나 부역 혐의가 의심되거나 부역자로 입증된 문(화)인들은 동원이든 자발적이든 간에 자신의 체험을 고백, 참회하는 절차를 거쳐야 했다. 그래야만 신분이 보장되었고 문필활동을 통한 생계유지가 가능했다. 군에 입대하거나 종군활동에 능동적으로 참여하는 방법이 선호되었지만, 그것도 대부분 고백, 참회의 기록을 남긴 뒤에 가능했다. 변명의 기회조차 주어지지 않은 일반부역자들에 비하면 문화인에게 제공된 특혜라고 할 수 있다. 그 결과로 이른바 체험수기가 족출한다. 동원의 형태로 발간된 대표적인 체험수기가 『적화삼삭구인집』[국제보도연맹, 1951.4]이다. 오제도가 기획한 이 수기집은 합동수사본부에서 부역심사를 받았던 문인들의 수기를 집성한 것이다. 관대한 처분의 대가였는지도 모른다. 수기집에 실린 9편의 체험기는 각자의 체험 내용에 차이가 있으나, 대체로 타의적으로 부역한 사실에 대한 고백·변명·반성, 공산주의 체험"생지옥"의 내용, 적의 만행과 적대감 표출, 대한민국체제의 우월성 제시, 국

___

는 자발적 참여와 화단 헤게모니 장악의 핵심 기제로 작동했는데, 이는 문학예술 전반에 공통적으로 나타나는 현상이었다. 이에 관해서는 조은정, 『권력과 미술-대한민국 제1공화국의 권력과 미술』, 아카넷, 2009, 123~132쪽 참조.

가에 대한 충성 맹세 등의 정형화된 서사구조를 지니고 있다. 관대한 부역자처리를 통한 대한민국의 체제우월성을 선전하기 위한 기획의 소산이다.[100] 그것은 오제도의 글에서 명백히 밝혀져 있다. 부득이하게 부역한 문화인에게 허물을 돌릴 수 없고, 함께 도강하지 못한 것을 유감으로 생각하며, 문화인을 재생시키고자 관대한 처분을 내렸으니 자진 분발하여 타공전선 강화를 위해 일민주의민족문학 수립과 보급에 전력해야 함을 권고한다. 동시에 공포와 회의에 사로잡혀 우물쭈물하는 태도에 경고를 내리고 있다. 관용, 포섭, 엄벌의 부역자처리를 선전하고 대공전선의 강화를 촉진시키기 위한 목적이 뚜렷하다. 이 수기집은 전후에도 대공 선전자료로 재활용되었다.[101]

오제도가 주도해 출간된 또 다른 북한(점령)체험기 『자유를 위하여』문예서림, 1951.10도 동일한 기조를 보인다. 차이가 있다면 총 15명의 예술인들로설의식, 송지영, 배은수, 임원식, 유계선, 박운삼, 정인방, 황순원, 김정수, 박훈산, 박진도, 노천명, 박계주, 최호진, 오제도 구성된 필진의 다양성과 그에 따른 북한 공산주의체제의 직접 체험의 다양성과 북한 (점령)정책의 비민주성에 대한 증폭된 묘사다. 전시에 남하했다가 귀순한 박운삼전 북한주재소련영화처 영화과장, 김정수전 김일성대학 교수의 경우는 해방 후 북한의 문예·교육정책을 폭로 고발하는 데 중점이 있다면, 전시 문련에 가입 후 의용군(위문단)에 징집되었다가 탈출한 송지영, 정인방, 박계주, 박훈산 등은

---

100 그것은 이 수기집의 편집체제에서 노골적으로 드러난다. 맨 앞과 뒤에는 김용환의 팸플릿에 가까운 만화 〈적치하의 90일간〉(제목 : 예술의 빈약, 약탈, 변화 없는 정강연설, 강제선거, 모순된 자유, 공포정치/인류의 적, 赤魔의 말로, 기아, 모략선전, 살인마)이 배치되어 있고, 김창룡의 '타공구국' 휘호, 부역자 양주동, 백철, 최정희, 송지영. 장덕조, 박계주, 손소희, 김용호의 수기, 오제도의 글이 순서대로 실려 있다. 판권란에는 국방부정훈국부산분실검열필이 첨부되었다. 체제상의 특징과 오제도의 글이 포함됨으로써 선전용이라는 의도가 분명하게 드러나며, 이 같은 편집체제로 인해 각 수기는 구체적인 내용보다는 프로파간다로 의미화된다.

101 『적화삼삭구인집(II)』(『북한』 7, 1972.7, 송지영, 장덕조, 박계주의 수기 재수록), 『적화삼삭』(『북한』 8, 1972.8, 김용호, 손소희, 오제도의 글 재수록), 『내가 체험한 지옥의 적치』(반공지식총서 2, 희망출판사, 1971, 최정희, 박계주 수기 재수록, 김팔봉, 김기완, 장의숙, 신카나리아 추가).

전시 문화인 강제 동원의 기만성과 함께 끌려간 경위, 강제노역 등의 비참한 생활을 증언한 가운데 자신의 탈출을 부조시키는 데 중점을 두고 있다. 부역행위가 명백한 노천명, 임원식, 유계선 등은 극단적인 불안, 공포감과 더불어 대체로 전시 문화정책이 지닌 정치도구화의 문제를 폭로했고, 황순원, 최호진 등 은신(피난)자들은 은신의 고난을 묘사하는 데 치중되어 있다. 서울 근교로 일가족이 피난했던 황순원의 경우처럼 은신자의 수기는 대체로 고난의 기록이라는 범위를 넘지 않는다.[102] 문인들의 체험기에는 노천명, 박훈산, 박계주 등 종군작가로 남하했던 임화, 한효, 이태준, 안회남, 김사량, 박팔양 등 옛 동료들에 대한 원망과 공산주의자의 인간성 상실을 강조한 점이 특이하다.[103]

전시 체험의 내용에 따라 증언에 편차가 존재하나, 대체로 북한 공산주의체제의 모순과 비인간성 및 점령정책의 비민주성에 대한 증언이 주조다. 그것은 '자유'의 유무를 근거로 한 남한체제의 우월성을 강조하는 동시에 대한민국에 귀의, 충성을 서약하는 것으로 수렴된다. 부역행위자에게는 그 정도가 노골적으로 강조되는데, 전향국면에서의 탈당(脫)성명서 서사의 반복이었다. 이 체험기의 용도는 전시 사상전에 있었다. 이는 오제도의 글에 집약되어 있다. 그는 공산주의 (러시아)체제는 독일과 이태리의 파시즘과 동일하며 그것이 북한의 점령정책에서 명백히 확인되었다는 사실을 강조한 가운데 문화인들이 보여준 자유의 방종 및 공산주의에의 매혹을 반성하고 멸공전선에 헌신할 것을 독려한다. 그가 자유를 체제우월성의 핵심 가치로 제기하면서 "일민주의＝자유의 구현"이란 등식을 강조한 것으로 보아 전시 지도력을 상실한 이승만(체제)을

---

102 황순원, 「일원리의 추억」, 오제도 편저, 『자유를 위하여』, 문예서림, 1951, 78~90쪽.
103 노천명, 「문화인 우대도 헛 선전」, 오제도 편저, 위의 책, 123~130쪽. 박계주는 채정근과 함께 정치보위부에 끌려가 우익문화인들을 잡아들이는 탐정 역할을 강요받고 안회남에게 항의했으나 면박을 당했고, 전향예술가들이 반동으로 체포된 경우가 많았으나 옛 동료가 구출시켜 주는 경우도(이서향이 김영수를 석방시킨 사례) 더러 있었다는 사실을 상세하게 전하고 있다(132~145쪽).

옹호하고자 한 의도도 있었다고 볼 수 있다.[104] 이 체험기는 『적화삼삭구인집』과 동일하게 부역자심사 및 처리의 결과를 프로파간다용으로 활용한 또 다른 사례로 전시 미군 주도의 심리전과 별도 차원에서 이루어진 관급적 프로파간다의 실상을 잘 보여준다.

민간에서 출간된 체험수기 단행본, 잡지의 수기 기획도 동원된 관급적 산물이 아니라고 할지라도 체제우월성을 선전하고 대공전선 강화를 독려하는 것에는 큰 차이가 없다. 가혹한 전시 군검열로 인해 이러한 기조가 유지될 수밖에 없었다. 『고난의 90일』수도문화사, 1950.11; 유진오, 모윤숙, 이건호, 구철회,[105] 『나는 이렇게 살았다』을유문화사, 1951; 채대식, 복혜숙, 손기정, 이창수, 황신덕, 민규식, 박순천, 장후영, 김인영, 계광순, 김영상, 엄상섭, 「암흑의 3개월」 기획『신천지』, 1951.1; 고희동, 황신덕, 김광주, 조연현, 우승규, 김동명 등이 대표적이다. 도피와 부역의 엄격한 구별짓기와 적극적 부역행위(자)에 대한 적개심 표출로 방어적/공격적 인정투쟁을 전개하는 특징이 두드러지며, 참회와 반성을 거쳐 충성을 맹세하는 것은 공통적이다. 특히 북한군지원입대의용군 부역사실에 대한 강도 높은 취조를 받았던 인사들박계주, 김용호, 황신덕, 송지영 등[106]의 수기에는 북한 체류의 상세한 체험 및 탈출의 극화와 함께 맹목적인 적대감을 극단적으로 표출하고 있다. 반탁 및 전향경력 때문에 더 핍박을 당한 사연, 정부의 무책임과 도강파에 대한 원망을 표현한 대목은 이색적이다. 이 모든 것의 저변과 중심에는 '생지옥'으로 부조된 북한의 만행에 대한 다양하고도 핍진

---

104 오제도, 「자유를 위하여」, 오제도 편저, 위의 책, 152~158쪽.

105 『고난의 90일』도 비슷한 편집체제를 보여주는데, 머리말에서 책의 출간 목적이 "멸공 성전에 이바지하기 위해"서라고 명시했다. 6·25는 북한의 민족적 죄과이고 따라서 적색의 말살이 화급한 과업인데, 긴장이 해이됨에 따라 또 다시 저들에게 준동의 기회를 줄 우려와 적비의 광태를 경험하지 못한 동포들 중에 아직도 무모한 사상에 사로잡힌 자가 남아있으리라 염려가 되어 발행했다고 출간 배경을 상술한 것으로 보아, 대민 선무공작의 심리전을 지원하기 위한 목적이었다고 할 수 있다. 국방부정훈국보도과 검열필이 첨부되어 있고, 도강파인 유진오의 체험기가 포함된 점이 이색적이다. 전시 문화인 30명을 동원해 출간한 『전시문학독본』(김송 편, 계몽사, 1951.3)도 중학생 이상 학도들의 교재용으로 기획된 것으로 선무공작용 자료로서의 역할을 했다.

106 박계주, 「스타린 총독부 파티 참렬기」, 『동아일보』, 1951.6.25~7.23.

한 재현이 놓여 있다.

주목할 것은 이러한 체험수기들이 자유세계로 전파, 확산되어 냉전 심리전의 자료로 활용되었다는 사실이다. 최근 옥창준의 연구에 의해 『고난의 90일』과 『나는 이렇게 살았다』의 전부 또는 일부를 번역·발췌하여 새롭게 구성한 *The Reds Take a City*럿거스대 출판부, 1951.7 가 다양한 언어로 번역이탈리아어판, 홍콩판, 스페인어판, 포르투칼어판되어 지구적 냉전의 차원에서 전파·수용되었으며, 동시에 그 영역본이 만화 〈동순이와 순최〉로 변주되어 국내로 귀환되었다는 것이 확인되었다.[107] 물론 당시에도 *The Reds Take a City*의 발간소식이 국내에도 알려졌고, 한국전쟁의 참상이 외국 민간에 전파된 것에 고무되어 미대사관, 문총, 출판협회의 발간 공동축하연이 두 차례 열린 바 있다. 그러나 비교적 빠른 시간 안에 자유 세계적 차원으로 전파되고 귀환재수용되었다는 것은 최초의 발견이다. 한국전쟁 내지 공산주의체험 수기들이 냉전텍스트로서 갖는 세계적 의미를 탐구하는 데 중요한 초석이 될 것이다. 『고난의 90일』은 일본에서도 서너 종으로 번역되어 전파된 바 있다.[108] 기실 냉전을 열전으로 경험한 한국전쟁체험 수기는 미국 민간재단이 일찍부터 주목했다. 아시아재단이 해방 후 북한 경험, 소련, 중국 등 공산국가의 체험, 한국전쟁 직접 체험 등 공산주의 체험기를 선별해 미국 및 아시아지역에 전파하려는 번역 사업에 큰 관심을 기울였고, 원조를 통해 번역 사업이 일부 실행되었다. 그래서 전시 월남자문화인들이 가장 매력적인 대상이 되었다. Marguerite Higgins의 *War in Korea*1951의 한국어 번역 수용윤영춘 역, 『한국은 세계의 잠을 깨웠다-한국종군기』, 삼협문화사, 1951 양상과 교차시켜 검토할 필요가 있다.

---

107 옥창준·김민환, 「사상심리전의 텍스트로서 한국전쟁-자유세계로의 확산과 동아시아적 귀환」, 『역사비평』 118, 역사비평사, 2017 봄.
108 유진오·이어령, 「일본을 말한다」(대담), 『새벽』, 1960.7, 131쪽.

그런데 전쟁 체험수기들이 갖는 중요한 의미는 그 자체보다도 수기들이 사회대중적으로 수용되면서 야기한 효과에 있다. 증언 및 체험 수기들은 공산주의북한의 만행을 부각해 그려냄으로써 공포와 적의를 고취시켜 반공을 내면화하는 데 기여했으며, 그러한 공포의 효과를 지속시키는 원천이었다.[109] 특히 부역자들의 체험 수기는 당시 부역자처벌과 학살의 광풍 속에 일상적으로 만연된 공포분위기를 예리하게 환기시켜 강력한 이데올로기적 담론 효과를 발휘했다고 볼 수 있다.[110] 체험에 근거한 반공담론이 전쟁, 분단, 냉전의 공적 기억을 강화, 재생산하는 과정의 중심에 부역서사가 놓여 있다.

이렇듯 한국전쟁기 부역 또는 부역자 처벌은 한국사회의 공포, 원한과 보복이라는 사회질서를 만들어내고, 부역이 원죄가 되어 증오와 적대에 기초한 국민과 비국민이라는 경계 짓기를 생산해내는 기제가 된다.[111] 이러한 부역의 효과는 전시 문학 장에서 현저했다. 문단의 부역심사와 부역자처벌은 다른 분야에 비해 순조롭게 마무리되었으나 문단질서 재편의 중요한 뇌관으로 작동했다. 일찌감치 자체 민족반역프레임을 가동해 냉전적 적대를 생산해냈다. 문총구국대는 전쟁발발 직후 '조국을 배반하고 민족정기를 더럽히는 반역문화인을 조사하기 위한 최고집행위원회를 개최해 심의과정을 거친 뒤 총 139명의 제1차 반역문화인명부를 실명으로 공개했다.1950.8.10 임화, 한설야, 이태준 등 남하한 월북자와 잔류파, 부역자 등이 망라되어 있다. 이 같은 반역자명부는 홍명희, 이극로, 이기영, 한설야, 임화 등 총 27명을 중요전범자로 결정, 공개하는 것으

---

109 신형기, 「6·25와 이야기 경험－전쟁수기들을 중심으로」, 『상허학보』 31, 상허학회, 2011 참조.
110 당시 부역자처벌의 공포는 북한 수복지구에까지 미쳤다. 부역법이 북한에 적용되어 모조리 학살될 것이라는 공포가 팽배했으며, 그것이 해방 직후 해외파가 국내파들에게 친일파가 아니어도 민족반역자로 취급했던 경험에 의해 증폭되었다. 아울러 대한민국의 인플레이션이 이북에 침투됨으로써 초래될 수 있는 생활의 파탄에 대한 공포도 이에 못지않게 컸다고 한다. 김삼규, 「평양과 함흥」, 『동아일보』, 1950.11.5~21.
111 이임하, 앞의 글, 137~138쪽.

로『부산일보』, 1950.8.19, 또 서울수복 후 전시 문인들의 변모된 동향을 정리해 발표하는 것으로[112] 이어지면서 증오와 적대를 고조시키는 요인으로 작용했다.

특히 월북 후 한국전쟁에 종군, 남하했던 전범자, 자진월북자, 부역자 등은 민족을 반역한 탕아로 규정되어 주 공격대상이 된다. 가족들의 신변을 위협하면서까지 전과를 뉘우치고 투항할 것을 권고하거나,[113] 부역문화인을 레닌 스탈린의 후예로 규정하고 참회의 기록을 남기고 속죄의 삶을 살아가야 하되 절대 포용할 수 없으며,[114] 부역 후 월북한 문화인들을 매소부로 규정하고 다시는 민족으로 받아들일 수 없다고 천명한다.[115] 감정적 증오가 노골적, 극단적이다. 바로 이것이 민족반역프레임의 기반이었고 이 프레임에 의해 증오와 적대가 확장되는 구조 속에서 문화계 내부냉전이 심화되는 것이다. 문화계 내부의 문화빨치산 색출작업은 그 일환이었다.[116] 『한하운시초』의 재판1953.6과 「'하운' 서울에 오다」 기사『서울신문』, 1953.10.17로 촉발된 일명 한하운필화사건이 실제가 왜곡, 과장, 변질된 채 반공산주의 선전·선동의 기제로 둔갑되어 문화

---

112 「문단은 다시 움직인다」, 『문예』(전시판), 1950.12.5. 이 명단은 비교적 사실에 입각해 작성되었다. 괴뢰군에게 피살된 문인(이해문), 괴뢰군에게 납치된 문인(이광수, 정지용, 김기림, 김진섭, 김을윤, 홍구범, 공중인, 최영수, 김동환, 박영희, 김억, 이종산, 김성림, 조진흠), 전상사망자(김영랑), 괴뢰군과 함께 자진북행한 자(박태원, 이병철, 이용악, 설정식, 김상훈, 정인택, 채정근, 임서하, 김병욱, 송완순, 이시우, 박은용), 괴뢰군과 함께 수도를 침범했던 자(이태준, 이원조, 안회남, 김동석, 김사량, 이동규, 임화, 김남천, 오장환, 배호), 북행했다가 귀환한 자(박계주, 박영준, 김용호), 부역被疑로 수감 중에 있는 자(홍효민, 전홍준, 노천명, 이인수), 괴뢰군 치하에 완전히 지하 잠복했던 문인(박종화, 모윤숙, 오종식, 유치환, 이하윤, 장만영, 김동리, 조연현, 최인욱, 유동준, 김광주, 최태웅, 박두진, 강신재, 방기환, 설창수, 임옥인, 한무숙), 괴뢰군 침공시 남하했던 문인(김광섭, 이헌구, 오상순, 서정주, 조지훈, 박목월, 구상, 이한직, 조영암, 김윤성, 김송, 서정태, 임긍재, 이원섭, 박용구, 김말봉). 반역자라는 지칭은 없으나 '문인'과 달리 자진월북자, 부역자 등 '자'로 지칭된 부류는 내부적으로 반역자라는 의심과 참회를 요구 받았다.

113 「반역문화인에게 보내는 경고문」, 『전선문학』(『문학』전시판), 1950.9, 49~50쪽.

114 조영암, 「잔류한 부역문학인에게－보도연맹의 재판을 경고한다」, 『문예』(전시판), 1950.12, 74~75쪽. 부제 '보도연맹의 재판을 경고한다'는 의미는 부역문인들에게 재생의 기회를 주어야 한다는 방침을 정면 반박한 것이다.

115 김광주, 「북쪽으로 다라난 문화인에게」, 『문예』(전시판), 1950.12, 76~78쪽.

116 「문화빨치산 준동도 경계」, 『경향신문』, 1953.7.5.

계 내부의 이념적 대립과 적대가 노골화되는 과정은 그 서막이었다.[117]

문화계가 독자적으로 '월북자 및 부역자＝반역자'라는 민족반역프레임을 만들어 극단적 내부냉전을 공세적으로 전개한 배경에는 전시 국책에 공명, 협조한 결과이기도 했으나, 이보다는 문화계에 복잡한 사정이 작용한 산물로 볼 수 있다. 이념전의 성격을 지닌 한국전쟁으로 인해 사상문제가 생사를 결정하는 요인이 되면서 대다수 문화인은 이전의 좌익 활동 전력, 전향 전력, 부역 전력, 월남 전력(특히 1·4후퇴 때 월남자의 북한에서의 활동) 등으로 인해 다시금 엄중한 사상검증을 받아야 하는 처지에 내몰리게 된다. 전향경력자와 부역자는 보복에 대한 공포로 다수가 월북을 택하지만, 남한에 잔존한 해당자들은 반공적 선민의식에 입각한 반공반북의 전사로 자신의 정체성을 증명하여 대내외적인 인정투쟁을 전개할 수밖에 없었다. 사상검증에 비교적 자유로운 경우에도 크게 예외가 아니었다. 문화 권력에 대한 욕망이 이를 더욱 자극했기 때문이다. 전시에 또 냉전분단체제에서 문화 권력을 (재)생산, 공고화하는 데 사상전만큼 강력하고 효율적인 무기는 없었다.

문화계 내부냉전과 관련해 한 가지 주목할 것은 부공 부역과 부일 부역이 결합된 반역프레임이 작동했다는 사실이다. 즉 부일 부역에서 자유로운 김동리, 조연현 등 일부의 문화권력자들이 상당수의 부공 부역자가 부일 부역자였다는 점을 부각시키며 부일 부역과 부공 부역의 연속성을 강조한 민족반역프레임을 가동한 것이다. 부일과 부공이 민족반역이란 차원에서 의미적 동질성으로 변용되면서 민족 윤리에 입각한 적대, 배제가 극대화된다. 친일 및 일본 귀화와 한국전쟁 잠입 종군을 감행한 장혁주가 민족반역의 대표적인 표적으로 집중 공격된 것도 이런 맥락에서였다. 부일과 부역의 교차로만 보기 어려운 문

---

117 이 사건의 실체와 내막에 대해서는 정우택, 「'한하운 시집 사건'(1953)의 의미와 이병철」, 『상허학보』 40, 상허학회, 2014 참조.

화계 내부냉전의 복잡한 갈등 구조를 말해준다. 그것은 단선단정 국면에서 좌익, 중간파를 공격하는 논리로 등장한 뒤 전향국면과 전쟁 부역의 홍역을 거치며 표면화되었다. 이는 문화제도권을 장악한 민족문학 진영이 본격적으로 분열되기 시작하는 징후로서 이후 부일/부공 부역을 둘러싼 문화계 내부의 치열한 내부갈등으로 치닫는다. 그것은 예술원파동을 계기로 폭발한다. 요컨대 한국전쟁을 계기로 좌익, 전향, 부역, 월북(남) 등의 냉전 금기들이 종합적으로 재구성된 민족반역프레임이 주조, 구축되면서 국가폭력을 능가하는, 어느 면에서는 그보다 더 집요한 규율장치로 군립하게 된 것이다. 그것은 이후 다양한 변용과 재생을 거듭하면서 적어도 1980년대까지 유의미한 장기 지속적인 효과를 발휘했다.

3. 프로파간다와 의사합의적 냉전멘탈리티의 정착

냉전금제는 프로파간다를 통해 침투, 부식된다. 해방 직후 한국사회가 이념의 각축장이 되면서 서로 다른 정파적 주의주장이 가두선전대중집회, 시위, 포스터, 삐라 등, 슬로건선전 등 다양한 형태의 프로파간다가 헤게모니투쟁의 도구로 구사되었다. 때 이른 냉전구조가 정착되면서 프로파간다의 중요성을 증대시켰고, 또 그 필요와 의의를 각인시키는 계기가 되었다. 남북분단이 제도화되고 세계냉전이 점차 격화되면서 세계냉전체제의 최전선으로서의 한반도의 전략적 가치가 강조됨에 따라 한반도는 선전전Propaganda War의 전장으로 비화되기에 이른다. 그것은 미국과 소련의 선전전 그리고 양국 선전전의 전략적 목표의 직접적인 영향 속에 있었던 한국과 북한의 선전전이 중첩된 양상으로 전개되었다. 미국과 한국의 선전전은 공산주의와의 대결이라는 전략적 동반자관계를 바탕으로 긴밀한 협력관계를 유지했으나 주체, 범위, 방법 등 세부적인 지점에서는 상호 이해관계의 불일치로 크고 작은 갈등을 빚었다.

미국의 대한對韓선전정책은 기본적으로 미국의 세계전략에 의해 좌우되었다. 이러한 전략적 목표에 따라 시행한 미국의 대한선전은 우선 반공전선을 공고히 하는 데 있었다. 이를 위해 대내·외적으로 정통성, 정당성을 의심받고 있던 이승만정부를 안정시키는 것이 중요했다. 자유진영국가들의 반대를 사전에 조정해내면서 유일한 합법정부라는 유엔 결의를 이끌어낸 것도, 제주4·3사건, 여순사건의 토벌작전에 무력적인 개입뿐만 아니라 삐라의 대량 살포와 같은 한국군의 대민 선무공작을 지원한 것도 이런 맥락에서였다. 정부수립 후 유엔한국위원단이 연이은 반란으로 인한 한국의 불안정한 치안상태, 사회혼란상과 민심의 동향에 큰 관심을 기울이고, 이승만정부가 한국문제를 해결할 수 있는 능력을 갖추고 있지 못하다고 지적하면서도 이승만정부를 믿을 수밖에 없다는 보고서를 작성한 것도 마찬가지 맥락이다. 중국의 공산화 직후 미국이 대규모의 대한 군사 및 경제 원조를 시행하기 시작한 것도 공산주의의 위협이 점증한 한국을 보호하기 위한 차원이었다. 원조전(경제전)은 냉전전쟁의 중요한 일환이자 그 동력이다. 이러한 기조는 38선충돌이 잇따르면서 한반도의 위기가 고조되는 상황을 계기로 강화되며 한국의 보호를 넘어 북한을 상대로 한 공격적인 선전전으로 확대되었다.

다른 한편 미국의 대한 선전정책은 미국적 이념과 가치를 부식하는 데도 주안점을 두었다. 주로 교육과 문화를 통해서 이루어진다. 미국은 미국 점령지역에 교육과 문화를 매개로 미국의 이익을 방해하는 소련의 정책과 반미 선전의 허구성을 폭로하는 동시에 민주주의의 가치와 서구의 생활양식을 적극적으로 보여주는 선전과 공보에 역점을 두었다. 국무부의 정보교환프로그램이 이를 대표하는데, 미국은 정보와 교육의 교환정책을 공산주의와의 전쟁에서 승리하기 위한 심리전의 강력한 무기로 인식했고, 한국도 지정학적 위치와 취약한 정부 때문에 소련의 목표가 될 가능성이 높은 국가로 간주되어 적극적인 정보교환정책이 시행되었다.[118]

한국에서는 민간공보처OCI, 책임자 제임스 스튜어트, 1947.5와 국무부 소속의 주한미국공보원이 거점기관이었다. 미국공보원은 미국문화연구소를 설치하고1948.4.29. 한미문화 교류와 다방면의 계몽선전 활동을 전개했다. 당시 문화, 학술과 관련한 거의 모든 행사는 민간공보처의 지원을 받은 것으로 확인된다. 여순사건의 보고대회, 사진전 등도 민간공보처 및 미국문화연구소의 지원 속에 이루어졌다. 『문예』의 창간도 미공보원의 원조에 의해 가능했다. 미국공보원이 USIS로 개편된1949.7 뒤 미국대사관과 공조하에 선전활동이 좀 더 체계적으로 전개되는데, 초대 공보원장 스티 워드는 국제공산주의를 극복하는 것이 미공보원의 가장 중요한 목표라는 것을 밝힌 바 있다. 그는 오늘날 인간정신을 위축시키는 최대의 선동자가 국제공산주의이며, 공산주의의 교리는 부조리, 사악하여 인간정신의 발전을 저해시키기 때문에 반드시 극복해야 할 대상이라는 사실을 강조한다. 또 공산주의에 승리하기 위해서는 교육과 문화를 통한 인간정신의 능동적 발현, 발전이 중요한데, 그 방법으로 미국의 신념, 견지(특히 존 듀이의 사상)에서 배울 것을 강력히 권고한다.[119] 미공보원이 자신들의 입장을 잘 드러내지 않았다는 사실을 감안하면 꽤 파격적이다. 미공보원의 목표가 선전전에 있었음을 시사해준다. 이는 미공보원의 문화 사업이 단순히 미국문화, 미국적 가치를 전파하는 데 그치지 않고, 공산주의와의 대결을 목표로 한 미국 해외선

---

118 장영민, 「정부수립 이후(1948~1950) 미국의 선전정책」, 『한국근현대사연구』 31, 한국근현대사학회, 2004, 279~282쪽.

119 스티 워드, 「교육과 문화」(특별기고), 『문예』, 1949.12, 149~151쪽. 흥미로운 것은 당대 한국, 일본, 중국 등 동아시아가 당면하고 있는 문제의 원인 가운데 하나가 공자(유교)에 있다며 존 듀이의 사상과 대비시켜 비판하고 있는 점이다.

전정책과 정확히 부합하는 것이었다.

미공보원의 선전정책은 미국대사관 문정관으로 재직하면서 한국 내 선전사업을 책임지고 있던 제임스 스튜어트가 원장으로 부임하면서 공산주의와의 (전략)심리전에 초점을 맞춘 반공선전 활동이 전개되었고, 그것은 한국전쟁 초기 미공보원이 유일하게 체계적인 심리전을 주도하며 주민을 대상으로 한 성공적인 선무작전 전개로 이어졌다.[120]

한국정부의 선전 정책은 대내·외적인 사상전의 긴급성이 강조되는 객관적 정세에 따라 적극성을 띠게 된다. 특히 이승만정부의 취약성, 불안정성은 프로파간다의 필요성을 배가시켰다. 또한 제주4·3사건, 여순사건, 38선충돌 등으로 위기가 고조되는 상황에서 검거와 투옥으로만 적의 사상공세에 대응할 수 없기 때문에 사상통일운동에 근거한 강력한 선전전이 요구되었다.[121] 그러나 일원화된 선전기구를 갖추지 못했고, 따라서 선전의 목표, 전략이 부재했다. 선전전의 토대가 되는 국가정보조직도 체계적으로 정비되어 있지 않았다. 여순사건을 거치며 비로소 조직이 마련될 수 있었다. 당시 최대 정보조직이던 육군본부정보국은 방첩과와 첩보과를 중심으로 군, 민간을 포괄한 정보활동을 통해 이적분자 수사, 대북공작, 심리전 활동을 전개했으나 여순사건을 계기로 군내 좌익세력을 제거하고 숙군사업에 주력했다. 국방부 또한 OSS경험이 있는 이범석이 미국의 반대를 무릅쓰고 제4국을 설치해 북한동향에 관한 첩보를 수집하고 국내 적색분자를 적발하는 공작을 전개했으나 예산 부족과 미군의 지원을 받지 못해 뚜렷한 성과를 만들어내지 못했다.[122]

---

120 한국전쟁 초기 제임스 스튜어트의 심리전 활동상에 대해서는 장영민, 「한국전쟁 전반기 미군의 심리전에 관한 고찰」, 『군사』 55, 국방부 군사편찬연구소, 2005, 224~225쪽 참조.
121 「사상통일운동의 필요성」(사설), 『동아일보』, 1949.9.26.
122 정규진, 『한국정보조직』, 한울, 2013, 249~266쪽. 당시 육군정보국의 심리전 전속요원으로 활약했던 구상에 따르면, 육군정보국이 문총에 심리전요원을 특청해와 구상, 최태응, 조영암 등 월남작가들이 천거되었으며, 구상은 정보국제2과(HID) 모략선전실에서 북한의 진상을 폭

정부 차원의 체계적인 선전기구는 공보처 산하에 조직된 '선전대책중앙위원회'1948.11.30. 위원장 이범석가 처음이다. 이 위원회는 여순사건에서 나타난 민중들의 동요를 진정시키고 거족적인 애국사상을 고취하기 위해 전국적인 규모로 만들어진 선전조직이다. 이 위원회의 선전사업을 대표하는 것이 여순사건 1주년을 기해 시행된 선전(지방)계몽대 파견이다. 총 216명을 동원하여 민족정신 앙양을 목표로 정부시책을 선전하고 민심을 계발하기 위해 전국 8개도에 계몽대를 파견했다.[123] 연극대, 영화대로 편성된 지방계몽대는 박종화, 오종식 등 문화인, 언론인, 정부 관리들이 총망라된 관민협동 선전사업이었다. 이후 선전대책중앙위원회 차원의 민심수습용 선무사업이 지속된다. 건국이념선양 포스터 모집, 국민가요 모집, 이동사진전시회, 반공방첩주간 운영 등 반공사상을 전파, 진작시키는 선전사업도 꾸준히 전개했다. 그 과정에서 문총과 공동주최로 '3·1절 경축예술제전' 개최1950.3.1와 같은 문화인의 동원과 자발적 참여가 결합된 행사가 많았다. 특이한 것은 당시 선전활동이 주로 '강연영화회' 형태로 개최된다는 점이다. 여순사건 반란지구위문단宗敎계 대표단 주최의 강연영화회를 비롯해 각종 계몽선전 사업의 주종을 이룬다. 대중들의 리터러시 수준과 영화의 장르적 특성을 십분 고려한 것으로 반공사상의 부식, 침투에 용이했을 것이다. 물론 강연영화회 형식의 선전은 방공사상보급 강연영화회1933.5.5, 방공사상보급선전 강연영화회1939.7.9 등 식민지시기 방공사상의 계몽, 선전의 유력한 수단으로 널리 보급되어 시행된 바 있다. 학습효과의 재생산인 셈이다.

이처럼 국가 차원의 선전사업이 촉성된 것은 여순사건을 통해서였다. 선전

로 하는 『북한특보』 책임편집과 북한으로 비밀리 보냈던 지하신문 『烽火』를 제작했고, 제3과(CIC)에서 북한방송청취록을 분석하는 임무를 수행했는데, 그것이 한국전쟁기에도 이어져 정훈국 소속으로 대적 전단 제작과 선무심리전용 『승리』(서울수복 후 국방부기관지 『승리일보』로 발전)를 편집 제작했다고 한다. 구상, 「그때 그 일들 219」, 『동아일보』, 1976.9.22~23.
123 「민족정신 앙양하자」, 『동아일보』, 1949.10.23.

의 주무부처인 공보처는 여순사건 이후 공산주의를 비난하는 반공선전팸플릿을 발간하기 시작했다. 여순사건을 다룬 『반란의 진상과 공산당』을 비롯하여 『반공산당 치하의 중국』1949, 『북한 괴뢰집단의 정체』1949, 『이북 공산도당 화폐개혁의 진상』1949, 『소련군정의 시말』1949 등의 팸플릿은 제목에 시사되어 있듯이 주로 공산주의를 비난, 비판하는 내용이었다.[124] 이와 같이 반공사상을 기조로 하는 프로파간다는 대북선전에도 구사된다. 문화인의 참여가 눈에 띄는데, 예컨대 이헌구는 이북동포들에게 '우리는 조선사람'이라는 민족정기를 강조하며 소련식 사회주의의 감옥 속에서 자유와 조국을 찾으려는 제2의 해방운동, 조국통일과 민족재생의 내일을 위한 일대 저항운동을 전개할 것을 촉구했다.[125] 마찬가지로 김광섭은 반탁에서 총선거에 이르는 과정을 3·1운동의 정신적 계승으로 평가하고 한국이 유일한 합법정부로서 국토의 침략자와 반역의 무리北韓政權를 처단하는 강렬한 민족의 정신이 북에서 발현되기를 기대한다며, 이북동포들의 저항운동을 자극했다.[126] 민족주의일민주의에 기초한 체제우월성을 선전하는 대북(전략)심리전의 일환으로 볼 수 있다. 전향국면의 종합예술제에서 가장 주목을 받았던 전향문화인들의 이북문화인에게 보내는 메시지 낭독도 대북(전략)심리전의 효과를 창출했다고 볼 수 있다.

이러한 대북(전략)심리전은 이승만의 대북방송에서 절정을 보인다. 이승만은 1950년 5월 6일 중앙방송국을 통해서 장문의 '이북동포에게 고하는 대북특별방송'을 하였다. 골자는 '이북동포의 정형情形 통분을 부금不禁', '북벌은 가능, 먼저 회개하라', '회개하면 김일성도 포섭, 포용', '소련위성국화의 결과는 노예뿐' 등 소제목을 통해서 넉넉히 가늠할 수 있다.[127] 38선을 침범하며 반란

---

124 김득중, 앞의 책, 532쪽.
125 이헌구, 「이북동포에게 보내는 글월」, 『동아일보』, 1949.1.4.
126 김광섭, 「이북동포에게 보내는 글월」, 『동아일보』, 1949.1.1.
127 전문은 『경향신문』 1950년 5월 7일 자에 실려 있다.

을 일으키는 세력은 동족이 아니며 인류로 인정할 수 없고, 북벌이 가능하나 민족상쟁의 유혈을 피하고 유엔, 미국과의 협조관계에 따른 국제주의노선을 준수하기 위해 당장은 감행하지 않을 것이며, 전비에 대한 회개를 통해 남북통일을 이루는 것이 무엇보다 바람직하다고 강조한다. 과거의 잘못을 자수 회개하여 보도연맹에 가입해서 전향한 사람들이 수만 명에 달한다는 것을 예로 들며 남북을 아우른 전비 회개와 일민주의 대단합이 통일의 지름길임을 밝힌다. 회개, 귀화해 민주국가의 토대를 세우는 데 이바지한 동포들에게는 김일성 이하 모든 반역분자들을 소탕한 뒤 상당한 지위, 기회를 제공하고 표창할 것이며, 김일성, 박헌영 일파가 획책하는 매국적 소련위성국화는 후손들에게 노예적 삶을 물려주는 것으로 절대 있을 수 없다고 천명하고 있다.

라디오매체를 통한 전략심리전의 본보기이다. 라디오는 신속하고 광범한 지역에 비교적 싼 값으로 메시지를 전파할 수 있는 장점을 가진 심리전 매체이다. 라디오보급률과 전파방해 수준에 따라 효과가 좌우되는 한계가 있으나 당시 문맹률의 정도를 감안할 때 문자매체보다 선전 효과가 컸다. 한국전쟁 전에는 남북 모두 팸플릿 살포와 같은 전술심리전보다는 라디오를 이용한 전략심리전에 치중했다. 북한은 한국전쟁 직전 전쟁계획을 위장하기 위해 라디오를 통한 선전전을 강화했다. 라디오평양을 통해서 한반도 전역에 걸친 총선거 실시를 요구하는 방송을 했고, 연합군과 남한의 정당에 38선 회담을 제안하는 방송을 했다. 유엔한국위원단은 남북 상호 간 악질 선전공세로 인해 한국문제 해결에 막대한 지장을 초래하고 있다고 적시한 바 있다.

프로파간다가 강화되는 추세에서 국내 최초로 선전전의 이론과 체계를 정립한 이론서가 발간된다. 김종문의 『선전전의 이론과 실제』1949.12이다. 여순사건 때 순천지구민사지도부장으로, 지리산공비토벌의 제3연대 부연대장으로 참여한 실전 경험선무공작과 두 차례의 세계대전에서 전개되었던 선전전 관련 외국이론서와 자료들을 참조해서 집필한 프로파간다 연구서다.[128] 소련과 북한의 선전공세에 대응한 우리의 선전전의 실태와 문제점을 비판적으로 검토하고 한민족 전체를 대상으로 대내외 적성敵性에 대한 심리전 수행의 구체적 지침을 제시하고 있다. 또 국내 선전전의 실태를 신문, 라디오, 영화, 기타 가두선전, 슬로건 선전 등 선전매체별로 분석하고 매체별 선전전의 특징, 목표, 방법 등을 자세히 제시한다. 그는 선전전을 문화적 기술로서 수행되는 현대전이며, 사상적 무기로서 수행되는 내면의 투쟁으로 간주하고[129] 대내외 적성의 마음을 어떻게 '점령'하여 대한민국의 체제우월성을 확보할 수 있는 방안 모색에 주력한다.

김종문이 제기한 선전전, 즉 전략심리전의 목표와 기조는 한국전쟁기 미국 주도 심리전의 본격적 전개에 앞서 이승만정부에서 시행되었던 심리전의 성격과 방향을 집약해주고 있다. 마음을 얻는 것동의, 설득 등이 아닌 점령을 위한 네거티브 선전전에 중점을 두고 있으며, 그것은 국가 주도의 일원적 통제하에 신문, 라디오, 영화, 기타 가두선전, 슬로건선전 등 매체의 장점을 최대한 활용한 것이었다. 신문은 "지탄紙彈", "집필은 집총執銃"이어야 하고, 라디오는 라디오 보급 확대와 북한을 비롯한 국외의 전파를 방위하는 가운데 계몽선전, 역선전에 주력해야 하며, 영화는 대중성, 국제성, 감각적 재현의 즉각성을 살려 계몽선전의 심리적 소통을 극대화해야 한다는 것이다. 영화는 국외, 특히 아시아반공진영과의 유대를 강화하는 데 가장 효과적인 선전 수단이 되어야 함을 강조한다. 물리적 강압보다는 심리전의 가치 및 효용에 중점을 둔 프로파간다론이다. 하지만 그도 지적하고 있듯이 국가 주도의 선전기구가 정비되어 있지 않고, 또

---

128 Salmon, L. M/Harwood, L. C/Fritz, M. M/Arnold, E. z/Bertram, W. M/Dodge, R/Stuart, C/Lasswell, H. D/Blankenhern, H/Rogerson, S/Biddle, W. W 등 미영, 불란서, 독일의 자료들을 참조해 집필한 것이다. 김종문의 이력으로 볼 때 이 책은 국방부정훈국의 프로파간다에 적극적으로 활용되었다고 추정할 수 있다.
129 김종문, 『선전전의 이론과 실제』, 정민문화사, 1949.12, 12쪽.

당시의 경제적 여건으로는 이 같은 선전전을 효율적으로 전개할 수 없었기 때문에 우선 가두선전대중집회, 가두시위, 포스터 및 삐라과 슬로건 선전에 주력해야 한다고 본다. 대중동원이 선전전의 주류가 된 저간의 사정을 확인할 수 있다.

적대를 기조로 한 네거티브 선전전은 이승만정부의 통치력으로 볼 때도 불가피했다. 대내외적 냉전의 규정력力에 의해 탄생한 이승만정부였기에 대외적 종속성을 면하기 어려웠고 대對사회적 지배력, 위기관리 능력 또한 취약했다. 아래로부터의 대중적 저항과 38선 무력충돌의 점증으로 남북 적대가 고조되는 현실적 위협 속에서 공세적 방어가 요구되는 상황은 냉전적 경계를 끌어들여 이념적 적대를 조장, 확대시키는 네거티브 선전전의 유용성을 높였다. 앞서 살폈듯이 여순사건을 계기로 법, (행정)제도의 정비와 이의 뒷받침 속에 각종 미디어를 동원한 선전전을 통해 저항의식을 무력화하고 냉전반공의 지배이데 올로기를 부식, 침투시키는 것에 주력했다. 그것은 수동적 동의(침묵 등)를 이끌어내는 수준을 넘어 내면화를 강제하는 폭력성으로 시현됨으로써 사회 전반에 내부냉전과 의사합의의 냉전멘탈리티mentality를 구조화하는 결과를 야기했다. 이념적 공명과 문화 권력에의 욕망이 착종된 문화주체들의 재현 작업이 그과정을 촉진시키는 데 상당한 기여를 했다. 요컨대 냉전반공을 공동의 자원으로 한 관민협동의 선전전을 통해 생성된 이미지가 반복 재생되어 고정화되고 그것이 체계화를 거쳐 법, 제도, 담론, 일상, 신체, 정신의 영역 전반에 이데올로기로 기능하는 회로가 구축됨으로써 냉전멘탈리티mentality의 부식이 용이했던 것이다.

4. 전후 심리전의 징후

그런데 마음의 점령을 겨냥한 네거티브 선전전이 동의 기반을 확충하는 데 우원迂遠하게 기여한 것은 분명한 사실이나, 이로부터 생성된 의사합의의 냉전 멘탈리티mentality는 언제든 균열, 파열될 수 있는 잠재적 위험성을 내포한 것이었다. 따라서 폭력성, 공포를 태생적 기반으로 한 의사합의의 냉전멘탈리티 mentality는 폭력을 통해서 유지될 수밖에 없는 본질적 한계를 갖는다. 이에서 비롯된 폭력의 악순환 구조가 분단시대 냉전금기가 다기하게 변용되는 가운데 확장성을 지니면서 한국사회를 장기 지속적으로 규율하는 기본 동력이 되었다. 물론 적극적·능동적 동의를 확보하기 위해 포지티브한 선전전에 대한 모색이 점차 시도되나 열전은 오히려 적대, 증오, 배제, 공포를 양산하는 네거티브적 선전전을 확대 강화시키게 만든다. 가령, 전시에 '세계 공통의 적인 공산주의를 박멸하는 것이 민족적 중대과업'이라는 인식하에 국민사상의 연구, 지도를 목적으로 설립된 (국립)국민사상지도원의 활동도 포섭, 유인의 적극적 동의를 이끌어내는 데 별다른 성과를 거두지 못했다. 국민사상지도원의 첫 번째 과업은 지리산공비토벌의 선무공작이었다.

전략심리전의 성격이 강했던 선전전Propaganda War은 한국전쟁을 계기로 전혀 다른 차원으로 전개된다. 한국전쟁의 특성과 양상, 즉 국제전적 내전이자 전면전/제한전의 복잡성은 심리전이 활성화되는 배경인 동시에 심리전의 효과를 증폭시키는 구조적 요인으로 작용했다. 미/소와 남/북, 대내/대외 중층의 다양한 심리전, 예컨대 각종 미디어의 특장을 극대화한 전략심리전, 전술심리전, 선무심리전 등이 동시다발적으로 운용되면서 한반도는 전 세계적인 차원에서 냉전의 거대한 심리 전장이 되었다.[130] 미군이 시종 주도한 아군의 심

---

130 정용욱, 「6·25전쟁기 미군의 삐라 심리전과 냉전이데올로기」, 『역사와 현실』 51, 한국역사연

리전은 "적을 전단(종이)에 묻어라"육군장관 F. Pace라는 지침 아래 체계적, 조직적으로 전개되었고, 그 효과 또한 대체로 성공적이었다고 평가된다. 지면 관계상 한국전쟁기 미군 주도로 수행된 심리전에 대해서는 논의를 생략한다. 다만 향후 연구의 전망과 관련해 두 가지 지점을 거론하고자 한다.

첫째, 미국의 심리전 및 미군의 지휘와 지원 속에 수행된 한국군의 심리전 경험은 전후 냉전전쟁을 효율적으로 수행하는 데 필요한 심리전체계를 정립하는 계기가 되었다. 전시뿐만 아니라 전후, 특히 1954년부터 사상총동원체제 선포를 계기로 사상통제정책이 강화되는 것과 맞물려 심리전은 대내외적 반공투쟁의 궁극적 성공을 위해 가장 긴급한 과제로 대두되었다.[131] 사상전, 심리전, 선전전, 경제전, (냉전)외교전 등 심리전 관련 담론이 번성하고 다소 무질서한 심리전 전략 및 전술, 시책 등이 족출하는 과정을 거치며 체제우월의 이데올로기적 (역)선전전을 중심으로 한 전략심리전이 점차 체계적으로 전개되기에 이른다. 특히 대북 전파심리전의 효과가 입증된 가운데 전파전이 심리전의 주축이 되었다. 이 과정에서 한국전쟁기 수행된 심리전의 학습된 경험이 발전적으로 재연되는데, 가령 베트남전쟁에서 남/북한 상호 적대의 심리전 전개, 1952년 3월 세계적 이슈로 파장을 일으킨 세균전심리전의 경험에 바탕을 둔 1970년 북한의 세균전에 대한 대대적인 선전 공작 등이 대표적인 사례이다.[132]

둘째, 확대 강화된 형태의 심리전이 지속되는 가운데 사회 내부적으로는 프로파간다, 감시, 동원이 일상화됨으로써 냉전멘탈리티mentality의 신체화, 내면화가 촉진되었다. 냉전, 열전을 경험하며 누적된 사상 통제의 피해의식으로 형

구회, 2004, 129~131쪽.

131 「심리전에 주력하라」(사설), 『동아일보』, 1955.7.29.

132 한국전쟁기 미국의 세균전에 관한 연구는 강정구, 「한국전쟁과 미국의 세균전」, 앞의 책, 243~274쪽 참조. 강정구는 세균전에 대한 각종 조사보고서와 증언들을 토대로 미국의 세균전 수행을 기정사실화하고 있다.

성된 수동적 방어기제에다 전후 전략심리전의 공세가 덧붙여지는 과정은 '원죄'를 부각시키며 원한, 공포가 모세혈관처럼 사회 전 영역을 관통하는 (상호)감시와 통제를 만연시키는 결과를 초래했다. 푸코적인 판옵티콘Panopticon의 한국사회, 상시적인 내부냉전 시스템의 조성은 법, 행정제도의 규제보다도 냉전멘탈리티mentality의 고착화에 더 큰 효과를 발휘했다고 볼 수 있다. 한국 주도의 이 같은 심리전 전개 양상에 대해서는 제11장에서 논의하겠다.

2천 년대에 들어 활성화된 '이행기 정의transitional justice' 국면, 특히 '진실·화해를 위한 과거사정리위원회'의 설치2005 및 활동을 통해 냉전 분단체제하에서 자행된 국가폭력(학살)에 대한 진상 규명과 희생자의 명예 회복의 가능성이 열렸으나, 여전한 우리 사회의 강고한 내부냉전은 과거사의 복원을 가로막는 한편 이행기 정의를 둘러싼 이념 갈등과 반목 또한 증폭시킨 면이 없지 않다. "빨갱이라는 말은 친일잔재"라는 대통령의 발언, 김원봉의 서훈을 둘러싼 논란으로 재점화된 상호 적대·증오의 진영 및 이념 대결은 친일(부일)/빨갱이 프레임에 갇혀 있는 한국사회의 적나라한 자화상이다. 밈meme을 매개로 토왜土倭와 멸공이 가십거리로 희화화되고, 이런 현상을 두고 표현의 자유/표현의 폭력으로 맞서는 것도 마찬가지의 양상이다. 그 저변에 작동하는 강고한 냉전멘탈리티mentality의 지양 및 극복이 없이 대안사회의 모색이 과연 가능할까.

제10장

냉전과 월남지식인, 냉전문화기획자 오영진

한국전쟁 전후 오영진의 문화 활동

1. 세계냉전과 오영진

오영진의 삶과 다채로운 문화 활동은 한반도의 냉전사와 각별한 관계를 지니고 있다. 소 군정하 북조선에서 민족국가(문화)건설을 위한 정치 및 문화적 활동을 적극적으로 전개하다 월남했다는 독특한 경력뿐만 아니라 냉전의 국내화로 조성된 '1948년 체제' 성립 후 줄곧 한국의 냉전문화 구축에 주도적인 역할을 수행했다는 점에서 더욱 그러하다. 단정수립 후 대한영화사, 문총, 한국문화연구소, 국민보도연맹 문화실장 등의 요직 참여와 이를 기반으로 한 그의 문화기획은 남한사회의 격화된 '내부냉전'에 직접적으로 연루된 가운데 반공분단국가 강화에 적극 동참하는 것이었다. 예컨대 그가 창설하고 기획위원으로 참여했던 '한국문화연구소'는 전향공간에서 국민보도연맹에 못지않은 좌파 색출·포섭의 효율적인 내부평정 작업에 기여했으며, 동시에 남한체제의 정당성과 우월성을 선전하는 문화사업을 월남인반공단체 — 조선민주당, 평남청년회, 서북청년단 등 — 와 공조 속에 추진한 바 있다. 이 같은 활동은 한국전쟁 기간 동안 확대·강화된 형태로 나타난다. 문총 비상국민선전대 설치 및 사상 선전전 시행, 평양문총 조직, 한국시청각교육회 조직, 문총북한지부 결성 및 그 기관지『주간문학예술』발간, 중앙문화사 설립 등 자신이 주도해 창출한 문예조직과 미디어의 공고한 연계를 바탕으로 한 일종의 전시 문화전쟁의 맹렬한 수행은 본인뿐만 아니라 월남지식인들이란 특수집단이 문화영역의 주류로 부상할 수 있는 기반을 확충하는 데 나아가 냉전문화의 역동적 재구축의 중심에 오영진이 존재했다는 것을 말해준다.

그 흐름은 문예지『문학예술』발간을 비롯해 전후에도 지속된다. 책문학, 미디어과 영화가 체제경쟁을 묘사할 수 있는 가장 매력적인 공적 무대를 제공하는 가운데 냉전의 모든 국면을 반영해낸다[1]는 점을 수긍할 수 있다면, 탈식민과 냉전이 교차·결합하는 과정에 문화기획자로서 능동적으로 대응해갔던 오영진의 전시 및 전후의 문화 활동은 특별히 주목해야 할 지점이다. 물론 그의 이 시기 문화 활동의 공적을 폄하하는 것은 아니다. 그가 제안했거나 또 일구어냈던 각종 문화정책 및 제도적 성과는 당시 주변부국가들이 공통으로 당면했던 사회·문화적 후진성 극복의 탈식민과제에 부합하는 의의를 지니는 것으로, 오영진만큼 이에 대한 깊은 고민과 함께 그 실천적 주체로 거듭난 문화인도 드물다. 다만 그것이 냉전의 테두리 안에서 이루어졌다는 점 또한 부인하기 어렵다.

다른 한편으로 오영진의 국제적 차원의 냉전 경험도 중시할 필요가 있다. 국제예술가회의베니스, 1952.9, 미국무성 리더스그랜트 연수1953.12 등을 통해 처음으로 접하게 된 전후 서구사회의 냉전 실상의 복잡성과 이 계기를 매개로 한 일본, 아시아제국, 제3세계의 지식인들과의 서로 다른 냉전인식의 교류는 냉전을 열전으로 체험한 오영진에 있어 냉전질서에 대한 인식을 구체화·조정하

---

1   베른트 슈퇴버, 최승완 역,『냉전이란 무엇인가─극단의 시대 1945~1991』, 역사비평사, 2008, 125~127쪽.

는 긍정적 계기로 작용했다. 특히 냉전의 전개 및 여파가 동서 진영 간, 국가 간의 정치군사적 대립에 그치지 않고 문화와 일상의 영역에까지 미쳐 인간의 사고와 행위에 큰 영향을 끼친다는 것에 남다른 주목을 했다. 그의 국제예술가회의 관련 대담 및 구라파기행기, 아메리카기행기에는 국외자주변부지식인의 시선으로 읽어낸 서구 문명과 냉전문화에 대한 섬세한 접근(그는 자신의 이런 모습을 스스로 신경과민일지 모른다고 반복적으로 서술했다) 및 비판적 인식이 주된 내용을 이룬다. 그것이 인상적 감수에 그치거나 자신의 정체성을 성찰하는 수준에 머무르지 않고, 특유의 냉전문화론으로 집약해 자신이 관장한 매체를 거점으로 이를 공론화시키는 효과적인 인정투쟁 전략을 구사했다는 사실이 중요하다. 『주간문학예술』이 주 무대였다. 오영진의 국제적 냉전 경험−이론화−담론투쟁으로의 연쇄 구조는 1950년대 미국무성 리더스그랜트의 문인수혜자들, 예컨대 김말봉, 이희승, 이해랑, 김성한, 조남사, 모윤숙, 백철, 설창수, 김창집 등의 경우와 확연한 차이를 보여주는 것이었다.

이와 관련해 더욱 강조되어야 할 대목은 오영진이 국제컨퍼런스 참가를 적극적으로 활용하여 문화냉전전을 수행하던 각종 세계문화기구들과의 협력 채널을 개척했다는 사실이다. 그것은 유네스코주최 베니스국제예술가회의 참가 때 두드러지는데, 이 컨퍼런스에 참가한 국제펜클럽, 국제연극협회, 국제영화제작가연맹 등 10여 개 국제적 예술단체대표단과의 교류는 물론이고 15여 일 파리 체류 시 파리에 본부를 둔 세계문화자유회의, 유네스코 핵심관계자들, 또 일본에서 자유아세아위원회 간부들과의 교섭을 통해 실질적인 문화교류 및 원조를 이끌어내는 성과를 거뒀다. 해방 후 좌우 문화단체, 1950년대의 모든 문화(학)단체가 국제적 문화교류를 조직의 강령으로 채택하고 산하 담당기구를 설치했으나 미미한 성과조차 거둔 바 없고,[2] 또 유네스코한국위원회1954.1, 펜

---

2 1950년대에는 국제적 네트워크의 부재, 경제적 곤란, 정부와의 갈등, 문화단체의 프로그램 미

클럽한국본부1954.10, 세계문화자유회의 한국본부1961.4[3] 등이 각각 발족된 뒤에야 비로소 이들 기구를 매개로 국제적 상호 문화교류가 본격적으로 이루어진 점을 감안할 때, 오영진 개인이 거둔 성과는 선구적 의의를 갖는다. 그것은 국제적 문화교류를 통해서 문화적 후진성을 극복하겠다는 오영진의 일관된 의지의 산물이었다.

실제 국제예술가회의 참가 전에 오영진은 여러 경로로 국제적 문화교류를 시도했다. 드러난 것만 보더라도 첫째, 세계문화자유회의와의 교섭 타진이다. 그는 『주간문학예술』 지면을 통해 문화자유회의의 노선과 활동상을 소개하는 — 논지는 세계의 예술가들과 지식인들의 자유 옹호와 증대 — 한편 문총북한지부 명의로 문화자유회의 주최 제20회 예술제전람회, 1952.4.30~6.1, 파리에 축전을 보낸 바 있다.[4] 그가 문화자유회의 국제사무국 방문 때 사무총장 니콜라스 나

약 등이 복합적으로 작용했다. 특히 문화단체와의 갈등에 따른 정부(관련부처)의 비협조적 태도가 일차적인 저해 요인이었다. 오영진도 국제예술가회의 참가 때 소요경비를 전액 자비로 충당했음에도 불구하고 문교부의 추천이 필요한 여권발급이 늦어져 애를 태웠다고 성토한 바 있는 데 그런 문제는 1950년대 후반까지 지속되었다. 가령, 한국시인협회가 제4차 세계시인대회(1959.9.4~8, 벨기에)에 참가하기로 하고 주최 측에 파견을 요청·승인받은 뒤 4명의 대표단을 파견하기로 결정하고 아시아재단과 교섭하여 2명의 여비보조까지 확보했음에도 불구하고 여권발급에 필요한 문교부장관의 추천을 거절당해 결국 대회 참가가 좌절된 바 있다. 「문화의 국제교류 가로막는 문교부」(사설), 『동아일보』, 1959.9.18.

3　1950년 6월 25일 서베를린에서 세계 각국의 저명한 과학자, 학자, 작가, 예술가들(듀이, 러셀, 쾨슬러 등) 150여 명이 '지성의 자유'를 선언하며 창립한 세계문화자유회의는 냉전의 이데올로기적 부면을 담당하며 전체주의에 맞선 자유진영 지식인들의 연대 기관으로 1960년대까지 막강한 영향력을 행사했는데, 한국본부는 한국본부를 자처한 문화써클 '춘추회'(김준엽, 임원식, 오종식, 여석기, 조지훈, 박종홍 등, 「자유세계문화회의와 '춘추회'」, 『경향신문』, 1961.3.2)를 기반으로 1961년 4월 러시아태생 작곡가 니콜라스 나보코프(사무총장), 미국출신소설가 존 한트(사무차장) 등이 참석한 가운데 발족되었다(「지성의 자유 — 세계자유문화회의 한국본부 창설」, 『동아일보』, 1961.4.11). 나보코프가 한국을 방문하며 강조한 것은 '세계문화자유회의는 나치와 코뮤니스트 등 전체주의적 '이즘'에 반항한다'였다. 세계문화자유회의가 1960년대 한국지성계에 끼친 영향에 대해서는 권보드래, 「『사상계』와 세계문화자유회의 — 1950~60년대 냉전이데올로기의 세계적 연쇄와 한국」, 『아세아연구』 144, 고려대 아세아문제연구소, 2011, 246~288쪽 참조.

4　축전의 전문은 "우리는 방금 뉴욕타임즈紙를 通하여 自由文化會議 主催 第20次 展覽會가 巴里에서 열리었다는 기쁜 消息을 接하였습니다. 우리는 貴會의 燦爛한 業績과 活動에 對하여 甚深

보코프와 폭넓은 토론 과정을 거쳐 네트워크를 형성해낼 수 있었던 것도 이 같은 사전작업이 주효했기 때문이다. 문화자유회의와의 네트워크는 오영진을 경유한 월남미술인에 대한 화구 원조로 이어졌으며,[5] 문총 제8회 정기총회1955.5 때 문화자유회의와의 협력 방안과 대표 파견을 공식 의제로 상정시켰고, 문총이 1954년 6월 이승만·장제스의 연대하에 창설된 '아시아민족반공연맹APACL'의 아시아반공블록 강화에 상응한 '아시아반공·문화자유회의'의 제창 및 '세계반공·문화자유회의'의 필요성을 강조하는 운동을 전개한 것도, 비록 결실을 맺지 못했으나, 오영진이 개입했을 가능성이 매우 높다.

보다 밀접한 교류·연대는 『주간문학예술』 및 『문학예술』1954.4~57.12, 통권33호을 통해서 세계문화자유회의의 중요 예술가들의 작품스티븐 스펜더, 허버트 리드, 쾨슬러 등, 『인카운터Encounter』의 글평론. 작품을 번역·소개하는 것으로 확장되었다.[6] 『인카운터』의 글이 1959년에 와서 비로소 번역 소개되고, 세계문화자유회의와 『사상계』의 연대교섭가 한국본부 발족 후인 1960년대에 본격화되었다는 사실을 감안하면, '자유세계와의 지식의 교환, 심리적 교류로 상호이해와 공감'을 깊게 한다는 취지로 발간한 『주간문학예술』 때부터 문화자유회의와의 연대 모색 및 『인카운터』를 비롯한 서구 유력잡지를 활용한 냉전문화의 실상을 계

한 敬意를 表하며 自由世界의 文化를 促進시키는 데 多大한 成果가 있기를 바라 慶祝하는 바입니다. 1952년 6월 4일 전국문화단체총연합회 북한지부"이다(『주간문학예술』 제1호, 1952.7.12, 8쪽). 문총이 아닌 산하 북한지부 명의로 보냈다는 것은 오영진이 관장한 북한지부가 문총 산하 조직임에도 불구하고 사업 추진을 독자적으로 추진했다는 것을 말해준다.

5 「피난화가에 칸파스 세계자유문화회서」, 『동아일보』, 1953.1.26.

6 원응서, 「문학예술」, 한국문인협회 편, 『해방문학20년』, 정음사, 1966, 178쪽. 『문학예술』은 잡지의 주된 편집노선인 외국문학편집을 위해 다달이 영어, 불어, 독일어로 된 문학지(종합지)를 구입해 내부적으로 선별한 뒤 이를 다시 외부의 관련전공자들(김수영, 박태진, 곽소진, 김용권 등)에게 자문을 받는 편집시스템을 상시적으로 가동했다. 『문학예술』이 주로 참조했던 외국잡지는 영어잡지로는 미국발행의 『애틀랜틱(*Atlantic*)』과 영국발행의 『파르티잔 리뷰(*Partisan Review*)』, 『런던 매거진(*London magazine*)』, 『인카운터』, 불어잡지는 『프뢰브(*Preuves*)』, 독일어잡지는 『데어 모나트(*Der Monat*)』 등으로 대부분 최신 냉전지식과 문화담론을 생산해낸 잡지들이었다. 이는 『사상계』의 번역출처와 대체로 일치한다.

속 소개했다는 것은 오영진이 세계적인 냉전지식·문화의 한국적 수용을 선도했다고 평가할 수 있겠다.[7]

둘째, '미국극작가협회'와의 채널 확보 노력이다. 오영진은 월간 『코리아』지상紙上을 통해 '한국문화인들의 혁혁한 반공투쟁을 소개하고 이를 바탕으로 한 국제적 문화친선 진작의 의의'를 골자로 한 공개서한을 미국극작가협회상무 로버트 E. 위울에 보냈으며1952.1, 위울의 답신을 받았다. 답신의 핵심 내용은 '한국전에 임하는 한국문화인인의 사상투쟁을 적극 옹호하며, 한국의 혁혁한 반공사상의 초시初示는 필연적으로 모든 문명에 막대한 결과를 가져올 것으로 미국과 자유세계는 한국의 예술적 발전을 위하여 원조할 것'[8]이다. 국제펜클럽을 매개로한 것이었는데, 이 같은 방식의 네트워크 창출은 당시로서는 찾아보기 어려운 것으로 이후 어떤 관계로 진전되었는지 확인할 수 없으나, 적어도 오영진이 국제적 문화교류에 얼마나 심혈을 기울였는가를 역력히 확인할 수 있는 사례다.

그러면 오영진의 이 같은 네트워크 창출, 특히 "운명적인 연결"로 받아들인[9] 세계문화자유회의와 오영진의 연계는 무엇을 시사하는가? 그가 운명적이라 판단한 것은 문화자유회의가 공교롭게도 한국전쟁 발발과 동시에 창립되었다는 것도 작용했겠으나 근본적으로는 문화자유회의의 노선과 지향에 공명했기 때문일 것이다. 문화자유회의는 펜클럽과 더불어 CIA의 문화노선(공작)에 적극 협력한 대표적인 문화기구로 평가되고 있고,[10] 또 실제 1967년에 CIA의 자금지원, 구체적으로는 기관지 『인카운터』에 10년간1953.10~1963 매년 3만 달러의 보조금이 제공된 사실이 폭로돼[11] 영향력이 급격하게 약화되는 수순을 밟

---

7 초기 문화자유회의와 오영진의 관계에 대해서는 최진석, 「문화냉전기구의 형성과 변동 연구, 1954~1968」, 성균관대 박사논문, 2019, 169~179쪽 참조.
8 「국제적 문화친선은 굳게 열리다」, 『주간문학예술』 제1호, 1952.7.12, 8쪽.
9 「국제예술가회의 ④」(오영진/민재정 대담), 『경향신문』, 1952.11.11.
10 프랜시스 스토너 손더스, 유광태·임채원 역, 『문화적 냉전─CIA와 지식인들』, 그린비, 2016 참조.

았으나, 냉전기문화냉전+심리전을 성공적으로 수행한 대표적인 국제적 문화냉전기구였다. 권보드래에 따르면, 문화자유회의는 '전체주의에 맞서'라는 구호하에 미국을 포함한 '자유세계' 대 소련을 위시한 '독재와 전체주의' 국가 사이의 대립 축을 설정하고 전 세계적인 개방 및 자유 신장을 기조로 미국과 유럽 등 자유세계 지식인들의 연대를 주창하는 한편으로 반스탈린을 표명한 사회주의 자들을 적극적으로 끌어들이고 미·소를 동시에 비판하면서 독자적 노선을 모색하려는 시도를 경계한, 따라서 보수적인 우익단체라기보다는 신좌파적인 성격을 강하게 지닌 단체였다.[12] 맹목적인 반공문화단체가 아니었던 것이다.

오영진이 반공으로 단선화할 수 없는 문화자유회의의 이러한 성격과 활동을 얼마만큼 파악하고 연대를 모색했는지 정확히 확인하기 어려우나, 그의 문화 자유회의에 대한 여러 언급에서 '개인과 문화(활동)의 자유'를 반복적으로 강조한 것으로 보아 적어도 '자유'라는 보편적 가치를 매개로 한 전체주의와의 사상·문화전의 전략적 노선에 공명했을 것으로 판단된다. 따라서 이때 자유의 의미는 반공과 내접된 자유로 제한될 수밖에 없었다. 동시에 보편적 자유에 저촉되거나 자유를 구속하는 기제에 대한 비판의 근거로 작용했을 가능성도 없지 않다. 그 양가성 또는 길항이 오영진의 냉전문화론의 근간을 이룬다는 잠정적 가설을 제기해본다. 냉전이 열전으로 전개됨으로써 냉전을 정치, 문화, 일상을 포괄하는 총력전의 차원에서 겪고 있던 주변부지식인의 피할 수 없는 숙명적인 과제였을 터이다.

그리고 오영진의 문화 활동의 저변에는 미국이 존재한다. 미국과의 관계는 미국정부, 미공보원, 아시아재단 등 경로가 다양하다. 이는 그의 문화 활동이 미국의 대한문화정책과 불가분의 관계를 지닌다는 것을 의미한다. 더욱이 그

---

11 「달라 공세 어디까지?」, 『조선일보』, 1967.5.11.
12 권보드래, 앞의 글, 264~265쪽 참조.

것이 개인 차원에 그치지 않고 월남문화인 집단까지 아우르는 범위로 확대된 형태였기에 그 폭이 문화인들 중 가장 넓었다. 오영진이 영어구사가 가능했고 (1954~55년에 *Korea Times*에 주 1회 기고한 수준), 또 미공보원에서 근무했던 경력(및 미공보원 부설 미국문화연구소 사업에의 적극적 참여), 월남문화인들의 대표격이라는 위상이 복합적으로 작용한 결과였다. 그가 주도해 조직한 단체의 사업 대부분 은 미공보원의 후원하에 추진되었다. 일례로 한국시청각교육의 본격적인 장을 개척했다는 고평을 받는 '한국시청각교육회'1951.6 같은 경우, 전쟁으로 인해 정 상적인 학교교육이 불가능한 상황에서교실 및 교재 부족 각 극장의 유휴시간을 영화 교실시간으로 활용하는 동시에 라디오학교프로그램부산방송국을 추진함으로써 전시교육의 유효적절한 성과를 거두는데, 이 과정에서 영화필름 확보 등 시청 각교육에 필요한 기자재를 미공보원의 협조로 해결할 수 있었다.[13] 오영진이 이 사업의 아이디어를 제공했다.

그러나 미국과의 관계 채널은 오영진이 개척했다고 보는 것이 더 적실할 듯 싶다. 특히 자유아세아위원회아시아재단와의 관계에서 분명하게 확인되는데, 오 영진은 국제예술가회의에 참석할 때 경유한 일본에서 자유아세아위원회 간부 들과 접촉한 바 있다.[14] 당시에는 한국지부가 설치되지 않은 상태로 한국은 일

---

13 「教師 校舍難 일소에 서광, 시청각교육 강력 추진」(『동아일보』,1951.6.10), 「시청각교육을 강화」(『경향신문』,1952.2.19). 이 사업이 계기가 되어 1957년부터 한미 공동으로 시청각교육사업이 본격적으로 추진된다.

14 한국대표단의 국제예술가회의 참가는 한국문학예술계에 엄청난 파장을 초래했다. 단장인 김소운은 참가경비 조달을 위해 먼저 일본에 들렀을 때 아사히신문과의 인터뷰가 문제가 되어 '비국민적 매국문인, 조국반역자'로 규정당해 문총에서의 영구 제명과 14년 동안 舌禍망명살이를 해야 했고 백낙준은 문교부장관직에서 사임하게 된다. 여기에 장혁주의 일본귀화 및 소설 「오호 조선」, 「절대의 수평선」이 문제가 되어 마찬가지의 처분을 받게 되면서 일시 봉인되었던 친일문제가 문학예술계의 중요 의제로 다시 부상한다. 미국의 알선·중재로 개최된 한일회담의 교착이 이를 증폭시키면서 학·예술원파동, 사상계사의 동인문학상 제정 및 이광수·최남선 복권 시도, 유치진 작 「왜 싸워」 논란 등 친일을 둘러싼 파쟁이 고조되기에 이른다. 1950년대 정부(문교부)가 민간문화차원의 국제적 교류에 비협조적이었던 것은 이 사건의 여파 때문으로 추정된다.

본지부의 관할하에 있었다. 자세한 내용은 확인할 길이 없으나, 우호적인 관계를 조성했던 것만은 분명하다. 일본지부장 '쉴즈'가 사업을 위한 사무연락 차 한국(부산)을 방문했을 때 한국 언론과 유일하게 인터뷰를 한 것이 오영진『주간문학예술』이었다는 점에서 확인할 수 있다. 이 인터뷰기사를 통해 자유아세아위원회의 실체가 한국에 구체적으로 처음 소개될 수 있었다.[15] 이를 계기로 오영진과 자유아세아위원회의 관계가 한층 진전되기에 이른다.[16]

한국지부가 설치되고 아시아재단으로 개칭된 1954년까지는 자유아세아위원회의 한국 사업의 총괄책임자는 백낙준, 출판부문 담당자는 조풍연, 극작물 심의책임자는 유치진이었으나 오영진은 이들에 못지않게 막후에서 자유아세아위원회와 월남예술인(지식인들)의 가교 역할을 했다. 특히 1·4후퇴 때 월남한 문학예술인들과 자유아세아위원회의 긴밀한 유대 관계를 형성해냈다. 물적 지원뿐만 아니라 아시아재단의 행정실무에까지 주선·참여시켜 사회적 타자일 수밖에 없었던 이들을 남한사회에 성공적으로 편입·안착하게끔 만들었던 것이다. 오영진과 아시아재단의 긴밀한 관계는 1950년대 내내 지속돼 아시아재단 한국사업의 유력한 파트너로서의 입지를 구축했다. 매번 "North Korean Culture Association and a Publisher and Motion Picture Distributor"로 호명된 오영진은 영어, 일어에 두루 능통하고 지적·창의적이며 이승만정부에

---

15 「자유아세아위원회란 무엇인가?」, 『주간문학예술』 제11호, 1953.3.20, 10쪽. 1953년 자유아세아위원회의 한국사무소장이었던 필립·로와의 개인적 인연도 긍정적으로 작용했다(「아세아재단이란 곳」, 『주간희망』 113호, 1957.2.12, 33쪽). 오영진도 필립·로와의 각별한 인연을 강조한 바 있는데(「필립 로오와 나」, 『문학예술』, 1955.9), 실제 『문학예술』이 정간된 뒤 장기 휴간 상태에 있을 때 필립·로의 주선으로 아시아재단으로부터 용지를 원조 받게 되면서 속간될 수 있었다.

16 자유아세아위원회 사무총장 제임스 스튜어트가 한국방문 시(1954.9.18~24) 한국에서 만날 인사 명단에 오영진(N.K예술가, 영화제작자로 소개)이 있었고, 실제 9월 19일 반도호텔에서 스튜어트와 백낙준, 오영진, 유치진, 송정훈(국제보도연맹 주간) 등이 회합을 갖고 스튜어트의 아시아재단 한국사업의 방향에 대한 설명과 유치진 등이 한국에 더 많은 프로그램지원을 요청했다. Program : General Mr. Stewart's Visit-1954, Box No. P-61, Hoover Institution Archives.

비판적 발언을 할 수 있는 몇 안 되는 인물로 평가받았다.[17] 물론 이 같은 유대가 가능했던 것은 자유아세아위원회의 한국사업의 목표와 일치했기 때문이다. 자유아세아위원회가 가장 주목했던 한국의 가치는 반공이었고, 한국적인 반공을 아시아제국에 보급함으로써 아시아지역에 견고한 반공질서를 구축하는 것이었다. 정책적으로 반민주주의 정부에 반대하는 민주화사업도 추진했으나 전시 중인 한국에서는 이 목표를 공세적으로 전개하기란 현실적으로 많은 제약이 뒤따랐다. 반공주의의 선양을 최우선적으로 했을 때 당시 한국에서 이를 수행할 최상의 적임자는 월남지식인들이었고, 따라서 월남문화인에게 자유아세아위원회의 원조가 치중될 수밖에 없었던 것이다.

그러면 오영진의 다방면의 직·간접적인 미국과의 연계를 어떻게 봐야 하는가? 참 난해한 문제이다. 저자는 냉전 진영논리에 입각한 반공을 교집합으로 하되 그 바깥에는 다층적인 심상지리문명, 문화, 자유민주주의 등가 존재하며 이의 상호연관 속에서 오영진 특유의 냉전문화기획작품 창작 포함이 전개된다는 막연한 판단 이상의 견해를 가지고 있지 못하다.[18] 다만 미국과의 물적, 사상적, 문화적 연계가 그의 냉전문화기획을 규정하는 중요 요소로 작용했던 것만은 분명하다.

이상에서 확인할 수 있듯이 오영진은 지리적 경계를 넘나들며 폭넓은 세계 냉전을 경험하고 자신의 방식으로 체화·실천한 대표적 지식인이다. 세계적 냉전이 그의 삶과 문화 활동을 촉진/제약하는 거시적 규율기제였던 것이다. 따라서 이 시기 한국의 냉전문화연구에 있어 오영진은 가장 유효적절한 텍스

---

17 Individuals Cont : OH Young Jin, The Asia Foundation, Box No. P-148, Hoover Institution Archives. 오영진이 주재했던 『주간문학예술』 및 『문학예술』에 대한 지원, 아시아영화제 참가 지원 등을 아시아재단으로부터 받을 수 있었던 것도 이 때문이었으며, 특히 1959년에는 아시아재단 한국에이전트로 "Foundation grantee participating in the 1959 Harvard international seminar"에 초청되기까지 했다.

18 오영진과 미국의 연계 및 그 복잡한 구현 양상에 대해서는 김옥란, 「오영진과 반공·아시아·미국—이승만의 전기극 〈청년〉·〈풍운〉을 중심으로」, 『한국어문학연구』 제59집, 동악어문학회, 2012 참조.

트라 할 수 있다. 물론 그것은 그의 생래적인 (전근대적)지주계급의식 및 기독교정신, 청년기에 길러진 (반일)민족주의, 사회주의, 자유주의 사상의 변용(폐기/굴절/심화)을 수반하는 과정이기도 했다. 하지만 그는 이 같은 면모를 좀처럼 드러내지 않는다. 작품에서도 마찬가지이다. 최근의 오영진연구에서 콘텍스트에 주목해 새로운 해석을 가하려는 시도가 활발하게 시도되는 것도 이런 맥락에서인 것 같다. 이와 같은 사실에 착안하여 이 글은 한국전쟁 전후 오영진의 삶과 문화 활동을 '냉전'이란 키워드로 정리해보고자 한다. 한마디로 요약하면 '숨은 냉전문화기획자 오영진'이다.

2. 남한의 '내부냉전'과 오영진의 문화냉전 기획

오영진의 문화냉전 기획이 비단 한국전쟁기에만 전개된 것은 아니다. 오히려 단정수립 후에 빛났다. 무엇보다 자신의 생존과 직결된 문제였기 때문이다. 남북 각각의 정부수립으로 인해 분단이 구조화된 뒤 남한에서는 내부냉전이 그 어느 때보다 가장 격렬하게 일어난다. 단독정부에 대항해 남북을 아우르는 자주적 통일 민족국가수립을 지향한 대안적 세력(및 가능성)이 여전히 실체로 존재했고, 70%에 달했던 남북총선거 지지자들이 그 여망을 완전히 철회하고 단독정부를 지지했다고 보기도 어려웠다.[19] 이승만정권도 자율적 국가능력 또는 대사회 통제능력을 온전히 갖추고 있지 못했다. 대미 종속성에다 유엔으로부터 적법정부로 승인을 받지 못한 상태에서 대외적 명분도 취약했다. 1948년

---

19 「단선지지자 겨우 17%」, 『조선중앙일보』, 1948.2.19. 남조선 단독선거에 대한 지지는 17.2%에 불과했다. 또 '미소양군 철퇴에 대해서'도 62.2%가 양군 즉시철퇴를 지지했으며, 선거 후 철퇴는 28.8%였다.

12월 유일한 합법정부로 승인받지만, 엄밀히 말해 이 승인도 총선거가 치러진 지역에 국한된 합법성이었다. 이 같은 취약성은 제주4·3사건, 여순사건을 통해 내파되기에 이른다. 그 같은 상황은 문화예술계도 마찬가지였다. 특히 문화예술계를 포함한 지식사회에서 단정 혹은 이승만정부에 대한 적극적인 지지자는 소수였다. 단선단정을 끝까지 저지하고자 했던 이른바 민족주의지식인들이 비조직화된 형태로나마 건재했고, 이들에 의해 장악·관장되고 있던 각종 미디어들이 통일 민족국가수립의 담론을 생산·전파하는 가운데 영향력을 지속적으로 발휘했다. 일부가 월북하고 또 다른 일부가 단정에 동참하는 수순을 밟기도 했으나 여전히 이 세력이 지식인사회의 일 주류를 형성하고 있었던 것이다.

하지만 국가보안법 제정1948.12.1을 계기로 상황은 급선회한다. 국가보안법이란 법적 기제의 뒷받침 속에 반공주의 지배이데올로기를 축으로 내부평정작업이 본격화되는 국면이 전개되기에 이른다. 국가보안법 공포 이전 남한사회는 자유민주주의, 시장경제를 국체(정체)로 한 제헌헌법의 틀 속에서 단정 지지/거부의 대립이 주된 지형이었고 따라서 반공주의의 사회적 합의가 완성된 상태는 아니었다. 반공주의의 지배이데올로기화는 이에 반하는 일체의 이데올로기를 억제·무력화시키는 전면적 국가폭력을 정당화하는 가운데 지배세력의 결집을 촉진시켜 지배체제의 안정적인 재생산에 결정적인 기능을 하게 된다. 이 과정은 내부냉전, 즉 사회 내부에서 반공세력과 다른 진영의 추종자 및 추종자로 의심되는 세력 간의 전면적이고 극단적인 대립을 강제·초래한다. 그것은 위로부터의 국가적 억압형태로 부과되는 동시에 모든 사회문화조직들 내부에서도 동시다발적으로 형성·발생했다. 지방에서 더 극심했다. 이는 국민/비국민의 분할을 통해 국민을 폭압적으로 창출하는 과정이기도 했다. 바야흐로 남한사회는 세계냉전의 진영논리, 남북한의 체제 대립과 경쟁, 사회 내부의 내부냉전 등이 중층으로 전개되는 냉전전의 전시장이 되었던 것이다. 필연적으로 이전 담론 장에서 핵심 의제로 제기되었던 계급, 민족의 가치는 약화, 축소, 변질될 수밖에 없었다. 반민법 제정 및 반민특위의 활동으로 일시 (반)민족의 의제가 부상된 바 있으나 반민특위 해체를 고비로 민족 의제는 애국(매국)의 논리 속으로 희석·잠복된다.

문학예술계도 예외가 아니었다. 다른 부문보다 더 처절한 내부냉전이 전개된다. 그만큼 단독정부에 적극적으로 동의하지 않는 세력이 많았기 때문에 내홍이 격심할 수밖에 없었다. 내부냉전의 신호탄은 문총 주최 '민족정신앙양 전국문화인총궐기대회' 개최1948.12.27~28이다. 해방 직후부터 보수우익의 길을 걸었던 단정지지 문화예술인을 중심으로 중도파에서 이탈한 극소수, 월남예술인 일부, 지방문인 등이 총결집해 처음으로 대대적인 사상 공세를 개시한다. 대회 취지서를 보면 여순사건이 결정적 동기가 되었고 민주주의적 민족문화 건설 및 북진통일의 기초인 민족정신의 앙양으로 되어 있다.[20] 그러나 대회의 진행 내용과 채택한 「결정서」를 보면[21] 이 대회가 (문학예술분야)내부냉전의 도구였다는 것을 어렵지 않게 확인할 수 있다. (반공)사상적 통일과 공산주의노선의 비현실성, 비도의성에 대한 비판의 총의 표명을 기대했던 언론의 희망처럼,[22] 동 대회는 단독정부의 정통성을 재확인하는 가운데 북한을 적으로 규정하고 북한에서의 예술의 자유 말살을 규탄하는이북강원대표 조영암 동시에 남한사회의 반反반공주의 세력과 문화기관을 시급히 제거해야 하는 필요를 공식적으로 결정한다. 문총이 이를 위한 선전계몽사업의 중심 기관이 될 것을 자임하기도 했다. 그런데 그 이면을 들여다보면 애초에 기대했던 것만큼의 성과를 거두었다고 보기 어렵다. 많은 인원이 참여·동원되었음에도 불구하고 보수우익인사 이외

---

20 「전국문화인총궐기대회취지서」, 『동아일보』, 1948.12.21, 1면 하단 광고.
21 결정서 전문은 『경향신문』, 1948.12.29 참조.
22 「문화인의 총궐기」 (사설), 『동아일보』, 1948.12.26.

에는 참여 정도가 저조했다. 대회를 기획하고 능동적으로 참여한 133명의 준비위원에서 중도파에서 이탈한 인물은 김광균, 이양하 정도이며 월남예술인도 황순원, 구상, 안수길, 조영암 등 15명 내외에 불과했다. 여전히 좌우 대립의 산물로 비대화한 민족주의 중도파 대부분이 관망하는 추세였다.

물론 성과가 전혀 없었던 것은 아니다. 대회 공식석상에서 좌파기관으로 표적이 된 언론기관들이 한층 강화된 검열로 인해 대부분이 발매금지, 정·폐간을 당하거나 논조의 부분적 수정, 자숙이 불가피해졌다. 조연현은 대회의 최대 성과로 중도계열의 문화기관의 폐쇄, 그 중에서 '인공' 언론의 근원이었으며 조선문학가동맹의 공공연한 반#기관지로서 가장 중요한 문화기관이었던 서울신문사의 개편·장악을 꼽은 가운데 이는 좌익진영의 최후의 보루 하나가 붕괴된 것을 의미한다고 평가한 바 있다.[23] 좌익예술인들의 자진 투항을 권고한 무대예술인대회1949.1.14, 중앙극장의 경우처럼[24] 문학예술 전 분야로 내부냉전이 확산되면서 전향-포섭의 기반이 점차 확충되어 갔다. 또 빨갱이담론, 반소반북담론이 공세적으로 생산·유포되면서 (반공)국민 창출에도 일정한 성과를 거두게 된다.

그렇지만 그 성과가 완전한 반공주의적 합의를 이끌어내는 수준으로까지 진전되지는 않았다. 더욱이 문학예술계는 이 대회를 계기로 우익이 단정수립의 유리한 정치적 환경 속에서 역량을 가시적으로 조직화시킬 수 있는 기반을 조성했고 또 그 성과가 가시화되기 시작하면서 그동안 봉합되어 있던 우익문화단체 내부의 분열이 표면화되는 역효과가 발생하기까지 했다. 좌익 문예에 대항해 서로 다른 이념적·문화적 지향을 가진 여러 세력이 물리적으로 결합되어 있던 우익이 대립적 타자가 쇠퇴하면서 오히려 잠재되어 있던 내부 갈등이

---

23 조연현, 「해방문단 5년의 회고 ④」, 『신천지』, 1950.1, 322쪽.
24 김상화, 「무대예술의 당면과제」, 『경향신문』, 1949.1.22.

증폭되어 폭발하기에 이른다. 좌우 대립의 전선은 유명무실해지고 대립의 전선이 다변화되어 좌익잔존세력, 중도파, 우익의 상호 대립과 우익 내부대립이 교차하면서 문화주체들 간의 사활을 건 문화투쟁이 전개된다. 권력과 문화의 융합이 동반되었기에 그 대립의 강도가 증폭된다. 문화적 내부냉전이 절정에 달하게 되는 국면이 조성된 것이다. 그것은 1949년 4월 국민보도연맹이 결성되고 관민합동의 전향공간을 경과하며 폭력적으로 조정되는 과정을 밟는다. 이 지점에서 오영진의 문화 활동이 개시되었던 것이다.

그러면 이 이전까지 오영진은 어떤 행보를 보였는가. 1947년 11월 월남을 했고, 1948년 초에 테러리스트에 피습을 당해 장기요양 중이었기 때문에 공식적인 활동을 펼치기 어려웠다. 다만 조선민주당과의 연계는 월남해서도 지속되었다고 할 수 있다. 조선민주당은 민족주의자 조만식을 중심으로 주로 평양을 근거지로 했던 자본가, 지주, 장로교계통의 기독교인, 지식인 등이 주축이 돼 결성된1945.11.3 일제하 타협적 민족운동노선을 계승한 북조선의 대표적인 민족주의정당이었다. 조만식을 비롯해 한근조, 홍기주, 김병연 등 창당 세력 대부분은 신간회활동에 참여했던 인물들이었다. 오영진이 기안했다고 알려진 당 강령[25] 및 정책을 통해서 볼 때(당 선언문, 당헌, 규약도 기안), 조선민주당은 반일민족주의정당을 표방하면서 대중적 지지를 얻고자 했고, 전근대적 토지소유 관계를 유지시켜(소작제 온존) 지주층의 이해를 대변하는 보수성을 지닌 가운데 소련 및 타 민주주의정당과의 광범한 연대를 모색했다는 것을 확인할 수 있다. 김성보의 지적처럼 조만식계열 및 조선민주당은 조선공산당 북조선분국의 첫 번째 통일전선 대상으로 설정될 만큼 주요한 정치세력이었던 것은 분명한 사

---

25 ① 국민의 총의에 의하여 민주주의공화국의 수립을 기함. ② 민권을 존중하여 민생을 확보하여 민족전체의 복리를 도함. ③ 민족문화를 앙양하여 세계문화에 공헌함. ④ 종교 교육 노농 실업 사회 각계 유지의 결합을 도모함. ⑤ 반일적 민주주의 각 당파와 우호 협력하여 전민족의 통일을 기함. ⑥ 소련 급 민주주의 제 국가와 친선을 도하여 세계평화의 확립을 기함.

실이지만 그 영향력이 절대적인 것은 아니었다.[26] 당시 북한지역 인구의 2~3%
불과한 기독교세력을 기반으로 했으되 이 또한 보수적인 장로교에 국한된 지
도력이었을 뿐이다.

조선공산당과 조선민주당은 당시 반제반봉건 부르주아민주주의혁명을 매개
로 좌우통일전선을 형성했으나 1946년 초 신탁통치를 둘러싸고 첨예하게 대
립하면서 조선민주당은 개편의 과정을 거치게 된다. 개편의 와중에 조만식이
연금되고 이에 따라 핵심관계자들 상당수가 월남한 가운데 조선민주당은 최용
건을 당수로 한 잔류민족주의자들 중심으로 재편되는데,[27] 이는 보수적 민족
주의 성격의 탈각과 진보적인 반제민주주의적 성격으로의 전화를 의미했다.
개편된 조선민주당은 위성정당이 아닌 주로 민족자본가 하층을 대변하는 정당
으로서의 정체성을 지닌 채 존립했다.[28] 배제된 조만식계열은 남과 북에서 반
북 선전활동, 공산주의세력 요인들에 대한 테러활동을 지원하는 등 반탁 · 반
공투쟁의 선봉 역할을 한다.[29] 김성보의 연구 결과와 오영진의 증언과는 상당
한 차이가 있다. 특히 조선민주당이 소련 및 공산당의 공작에 의해 파괴되었으
며 개편된 북한의 조선민주당은 소련의 위성정당이라는 평가에서 그러하다.
조선민주당과 관련된 오영진의 증언은 반탁운동,[30] 소련에 의한 조선민주당

---

26 김성보, 「북한의 민주주의세력과 민족통일전선운동 – 조선민주당을 중심으로」, 『역사비평』 16,
   역사비평사, 1992, 389~390쪽 참조.
27 이 과정에서 조선민주당 흥남시지부당 위원장이었던 시인 김동명도 월남을 하게 된다. 김동명
   은 함흥학생의거사건(1946.3)에 동조한 혐의로 교화소에 감금되었다가 풀려난 뒤 1946년 7월
   흥남시당부 조선민주당 부위원장, 8월에는 위원장으로 취임했으나 12월 최용건으로부터 출당
   선언을 통보받고 근신한 후 1947년 4월 13일 월남한다. 남한에서 재건된 조선민주당의 정치부
   장을 역임했다(1948). 이보다 앞서 조선민주당 황해도당 위원장 함대훈도 월남하여 군정청 공
   보국장(1946.12), 경무국 공안국장(1947.11), 국립경찰전문학교장을 역임한 바 있다.
28 김성보, 앞의 글, 392~394쪽.
29 김선호, 「해방직후 조선민주당의 창당과 변화 – 민족통일전선운동을 중심으로」, 『역사와 현실』
   61, 한국역사연구회, 2006, 4장 참조.
30 당시 평양에서 모스크바협정에 적극적으로 찬의(찬탁)를 표한 바 있는 사회민주의자 이동화
   는 조만식(조선민주당)의 반탁은 북한에서의 민주적 · 민족적 세력의 완전 조락을 초래함으로

파괴 공작 또는 소련에 대한 조선민주당의 투쟁, 가짜김일성 등에 초점이 맞춰져 있다.

부당수였던 목사 이윤영을 비롯해 월남한 조선민주당 간부들은 이승만의 배려로 당중앙본부을 재건하는데1946.4, 실향민 당으로서의 성격과 위상을 지닌 것이었다.[31] 실제 조만식은 남한의 미군정과 연락하였고 민족주의자들, 특히 이승만과 깊은 연대를 갖고 있었으며 월남하는 당원들을 매개로 해 남한에 자신의 새로운 정치적 근거지를 만들려고 노력했다.[32] 남한의 사회적 타자였던 월남인을[33] 기반으로 '자산계급 민주주의 독립국가 건설'을 표방하고 재건한 조선민주당은 산하에 평양청년회를 조직해 월남한 청년들을 규합하고 선전정보위를 신설해 북한에 대한 선전 작업을 적극적으로 전개하는 등 이북공작에 전력을 기울였다. 그러나 정당으로서 정치세력화에는 실패한다. 지방조직을 개척하는 노력을 하고 단선 시 월남인들의 특수한 입장을 대변하기 위해 이북특별선거구 설정 운동을 벌이지만 국회의원선거법에 의해 그것이 좌절됨으로써 제헌의회 선거에서 이윤영이 유일하게 당선되는 데 그치고 만다.

흥미로운 점은 서북청년단이 조선민주당 산하에 재편·조직된다는 사실이다. 즉 1946년 11월에 발족한 서북청년단이 1947년 9월 대동청년단으로 무조건 합류를 결의한 뒤 이에 불복한 부위원장 문봉제를 중심으로 한 일군이 서

써 김일성 반대 또는 견제 세력이 소실되었고, 또 조만식의 탁치 반대로 인해 소련군사령부와 모스크바당국은 조만식에 대한 기대를 전적으로 포기하고 부득불 김일성에게 완전히 의존할 수 없었다며 조선민주당의 반탁운동에 대해 비판적인 의견을 제기한 바 있다. 김학준, 『이동화 평전』, 민음사, 1987, 151~152쪽.

31 이윤영, 『白史 이윤영 회고록』, 사초, 1984, 129쪽.
32 박명수, 「해방직후 조만식과 남한의 정치」, 『한국기독교역사연구소 소식』, 2015.6 참조.
33 문학예술인도 예외가 아니었다. 가령 황순원은 평양문단에서 이름이 꽤 알려진 편이지만 월남 후 신문사, 잡지사를 수소문해도 그를 알아주는 데가 한 곳도 없고 그의 소설원고를 모두 외면했다고 한다. 이런 절망적 상황에서 황순원 부인이 여학교 동창인 정현웅의 부인을 수차례 찾아가 사정을 하게 되고 그 과정에서 정현웅의 주선으로 『신천지』에 황순원의 소설이 실리게 된 것이다. 신수경·최리선, 『시대와 예술의 경계인, 정현웅』, 돌베개, 2012, 249~252쪽.

북청년회를 존속시키고 조선민주당 산하로 편입된 것이다.[34] 철저히 이승만노선을 추종했던 (재건)서북청년단이 조선민주당을 기반으로 대북공작 및 각종 테러활동을 수행했던 것이다.[35] 조선민주당은 평안청년회, 서북청년단을 중심으로 한 극우청년반공조직을 통해 내부냉전의 첨병 역할을 했던 것이다.[36] 오영진이 월남 후 조선민주당의 이 같은 노선과 활동에 얼마나 개입했는지는 아직까지 정확히 확인하지 못했다. 적어도 당 중앙위원 33인 중 일인이었던 오영진이 조선민주당의 행보를 몰랐을 리 없고 이후 두 차례 조선민주당을 재건하고자 시도했던 사실을 감안할 때 그의 문화냉전기획에 조선민주당 세력을 적절하게 활용되었을 것으로 추정된다.

전향국면에 돌입하면서 오영진의 문화 활동이 비로소 개시된다는 것은 중요한 의미를 갖는다. 연보에 적시되어 있듯이 짧은 기간에 다양하고도 의미 있는 활동이 집중되어 있다. 이 글이 특히 주목하는 것은 한국문화연구소 창설과 「살아있는 이중생각하」의 발표이다. 한국문화연구소는 실체가 잘 알려지지 않은 단체이다. 오영진이 미공보원에서 근무했고, 미공보원부설 미국문화연구소 1948.4.29 설치의 활동에 깊이 관여했으며 미국문화연구소가 한국문화연구소 사업을 적극적으로 후원했다는 점을 감안하면 미공보원과 밀접한 관련이 있는 것으로 추정된다. 또 조선청년문학가협회원 민영식이 사무국장이었다는 점에서 전향국면에서 가장 큰 영향력을 발휘했던 조선청년문학가협회 쪽과도 일정한 유대가 있었던 것으로 보인다.[37] 한국문화연구소의 사업 중 가장 눈에 띄는

---

34 이윤영, 앞의 책, 132쪽.
35 이에 대해서는 선우기성, 『한국청년운동사』, 금문사, 1973, 707~728쪽 참조.
36 평안청년회와 서북청년단의 조직은 이종현, 백남홍 등 월남한 조선민주당 핵심 멤버들의 주도로 결성되었다(이경남, 「청년운동반세기 ⑤ 서북청년회」, 『경향신문』, 1986.12.3). 서북청년단을 이끌었던 선우기성도 조선민주당 평북도당 조직부장으로 활동하다가 월남한 바 있다.
37 한국문화연구소의 대외적 책임자는 소장 대리 신명구(申明求)였다. 당시 그의 정체가 무엇인지 파악이 쉽지 않으나 이후 경력으로 미루어 볼 때 정훈 계통에 종사했던 현역 군인으로 추정된다. 그는 영관급 장교로 한국전쟁기 9·18수복 후 국방부 정훈국 서울분실장과 정훈국 평양

것은 '(민족정신앙양)종합예술제'의 기획·개최이다.1949.12.3~4. 시공관 이 행사가
중요한 까닭은 문학예술계 전체를 전향의 한복판으로 끌어들여 문학예술인들
의 자진 전향을 독려·강제하는 역할을 함으로써 지리적·사상적 남북 적대를
확대재생산하는 동시에 지배체제의 우월성을 배타적으로 승인·공고화하는
데 결정적인 전환점으로 작용했기 때문이다.

국민보도연맹이 창설되면서1949.4 한국사회는 전향이란 폭력의 소용돌이에
휩싸인다. 국민보도연맹은 지도방침에 명시되어 있는 바와 같이[38] 전향자는
진정한 민주주의 국체 관념을 가지고 대한민국의 이념에 투철해야 하며, 따라
서 전비 회개를 대외적으로 선포해(탈당성명서) 자기반성에 철저를 기하고, 대
한민국의 정신에 저촉되는 공산주의에 맹렬하고 전진적인 투쟁을 전개하여 자
기전향을 실천으로 증명해내야 했다. 그 실천이 모호하거나 반역하는 프락치
행동이 발각되는 겨우 엄벌을 가하는 국가폭력의 결정판이었다. 따라서 전향
은 대한민국의 국민으로 재탄생·편입하기 위한 준엄한 입사의식이었던 것이
다. 문학예술인들에게도 마찬가지의 과제가 부과되었다. 더욱이 잔류좌익뿐만
아니라 단독정부를 승인하지 않은 민족주의중간파가 비대화된 상태였기에 그
폭이 매우 넓었다. 간과해선 안 될 것은 이들만이 아니라 반공주의자들 또한
국민임을 스스로 증명해야 하는 것에서 완전히 자유롭지 않았다는 사실이다.

그러나 문화인들의 전향은 지지부진했다. 가혹한 검열을 시행하여 대상자들
의 생활과 문필·무대 활동을 옥죄는 방식으로 미전향자의 전향을 종용하는

분실장으로 활동하며 평양에서 대공 선전·선무공작을 총괄했다. 정훈국 및 공보처 촉탁의 종
군작가 최태응의 『평양일보』 발행과(1950.11.1) 오영진이 박남수, 양명문, 김이석, 김동진 등
을 수습해 평양문총을 결성하는 데 결정적 역할을 했다. 신명구를 매개로 한 국방부(정훈국)와
의 긴밀한 관계가 오영진의 문화냉전 전 수행에 중요한 기반이 되었음을 확인할 수 있는 대목이
다. 「어찌 우리 이 날을―6·25 禍中에서 ②」, 『경향신문』, 1962.6.24. 최근 작고한 서양화가
김병기도 1948년 월남 후 한국문화연구소 선전국장을 역임한 바 있다.
38 「전향한 보련원 지도방침 수립―4대 기본원칙」, 『자유신문』, 1949.12.1.

회유책을 병행했음에도 불구하고 큰 성과를 거두지 못했다. 박영준을 시작으로 전향선언자가 속출하고 전향선언 후 곧바로 국민보도연맹 문화실에 편입되어^{책임자 : 오제도, 문화실장 : 양주동} 선전공작에 동원되기도 했으나 여전히 전향하지 않은 인사가 상당수였다. 남로당, 문련, 조선문학가동맹 등 133개 정당·사회단체를 공산주의와 그 오열단체로 규정해 등록취소를 했으나^{1949.10.18, 미군정법령 제55호 제2조 가항 위반} 그 맹원들의 전향도 지둔한 상태였다. 국민보도연맹의 판단에 의거해보더라도 공산/민족진영 간의 분열·대결이 최후적 정리기에 도달했음에도 민족진영의 수세가 여전하고, 민족진영 내 노골적인 분파 대립과 창작능력의 저열함으로 인해 전투적인 반공문학을 공격적으로 전개하지 못하는 실정이었다.[39] 이러한 상황에서 한국문화연구소의 종합예술제가 오영진에 의해 민간차원에서 기획된 것이다. 예술제의 프로그램은 다음과 같다.

12월 3일(밤) 사회 : 백철	12월 4일(낮) 사회 : 정지용	12월 4일(밤) 사회 : 양주동
* 강연 : 김광섭, 설의식 * 시낭독 : 김기림, 서정주, 박두진 * 이북문화인에게 보내는 메시지 : 정지용, 김만형, (윤용규), (박용구) * 성악 : 이인범, 한평숙 * 무용 : 김막인, 장추화 * 교향악 : 서울교향악단	* 강연 : 오종식, 김광섭 * 시낭독 : 김용호, (설정식), 박목월 * 이북문화인에게 보내는 메시지 : 김기림, (문철민), 신막, 허집 * 성악 : 김형로, 김혜란 * 무용 : 한동인, 김삼화 * 합창 : 이화여대 합창단 *연극 : 〈자유를 찾는 사람들〉 (윤방일 작/이광래 연출)	* 강연 : 박종화, 홍효민 * 시낭독 : 김동명, 임학수, 설창수 * 이북문화인에게 보내는 메시지 : 신막, 이병기, 황영일, 유동준, 김영주 * 성악 : 김혜란, 노광욱 * 무용 : 박용호, 정인방 * 연극 : 〈자유를 찾는 사람들〉 (윤방일 작/이광래 연출)

종합예술제에 걸맞은 다채로운 프로그램이다. 이 형식과 체제는 이후 국민보도연맹의 예술제, 전시하 종군단의 각종 종군예술제, 1950년대 대중동원대

---

39 오인만, 「문단의 정리와 보강」, 『주간 애국자』(국민보도연맹기관지) 제2호, 1949.10.15, 11쪽. 이 글은 한국전체의 문단 지도를 북한문단 및 잔류공산문인(김기림, 김동석, 이용악, 정인택, 설정식, 채만식, 박태원, 박노갑 등)의 공산진영과 우익 및 중간우익층의 민족진영, 친일문학자 그룹 등으로 삼분한 가운데 반민법의 시효가 상실된 상황에서 문학적 활동이 재개될 친일문학가들을 민족진영의 보강 자원으로 활용해 세력균형의 역전을 꾀할 필요성을 제기하고 있다.

회의 프로그램으로 승계되었다. 물론 이 프로그램은 서울시경의 검열을 받았다. 참여인사의 면면을 전력前歷으로 볼 때 범좌익문화단체 문련 산하단체의 맹원들도 있고, 자유주의자, 민족주의 중도파, 어쩌면 전향과 무관할 수도 있는 보수우익인사까지 있다. 일부 전향자도 있다. 애초 공지된 프로그램참여자의 변경도 보인다. 예정 광고된 노천명, 김영랑, 최태응, 김천애, 박용구, 설정식, 윤용규 등이 프로그램에 참여하지 않았다. 박용구의 역할은 정인택이 대신했고, 윤용규는 한형모로 문철민은 장추화로 각각 교체되었다.[40] 아마도 이 예술제를 실행하는 데 상당한 난항을 겪은 것으로 보인다. 그도 그럴 것이 전비前非의 기준이 모호하고 강제적 동원방식으로 전향을 종용하는 것에 대다수 문화인들이 자진해서 수긍·참여하기란 대단히 어려웠을 것이다. 더욱이 문화냉전의 폭력성을 직접적으로 담고 있는 이북문화인에 대한 메시지낭독은 인간적 모멸을 주기에 충분한 것이었다.[41]

이북문화인에게 보내는 메시지낭독은 정부수립 후 우익진영이 가장 선호한 프로파간다의 수단이었다. 정부수립 직후 서울방송국의 대북 라디오심리전이 본격화되는 것에 상응하여 전파를 이용한 방법이 주로 구사되나 지면을 통한

---

40 박용구의 회고에 따르면, 자신이 이 예술제에서 이북문화인(김순남)에 대한 투항메시지 전달자로 보도된 것을 보고 또 검열로 『음악과 현실』이 압수당한 가운데 생계수단이 막혀 결국 일본으로의 망명(밀항)을 결행했다고 했다. 『예술사구술총서001 박용구 — 한반도 르네상스의 기획자』, 수류산방, 2011, 359쪽. 영화감독 윤용규(1949년 〈마음의 고향〉 감독)는 한국전쟁 직전에 월북했던 사실을 감안하면 이 예술제에 불참한 가운데 끝내 전향을 거부했던 것으로 판단된다.

41 정지용은 상허에게 '『소련기행』이 민족문학의 좌우파쟁을 참담하게 만든 것에 책임을 져라', 정인택은 북조선문학예술동맹에 '제군들을 포섭하는 데 결코 인색하지 않으니 빨리 돌아오라', 김만형은 길진섭에게 '대한민국엔 철의 장막도 없고 속박도 없으며 모든 문화인들은 자유롭게 각자의 기능을 발휘하고 있다. 자유의 나라 대한민국으로 다시 돌아오라', 김기림은 이원조에게 '자유정신을 말살당하고 한 개의 이데올로기나 정권에 이용당하는 데서 훌륭한 문화나 예술이 자라날 수 없으니 자유의 나라 대한민국으로 빨리 돌아와 함께 일하자' 등의 요지로 각각 메시지낭독을 했다. 「종합예술제 폐막」, 『자유신문』, 1949.12.6. 기타 장추화(최승희에게), 신막(강진일에게/북조선문화동맹에), 이병기(이극로에게), 허집(북조선연극동맹에), 황영일(이서향에게), 유동준(북조선문학동맹에), 김영주(북조선미술동맹에) 등의 메시지낭독이 있었다.

방법도 동원되는 가운데 종합예술제에서 핵심 프로그램으로 정착되는 과정을 거친다.[42] 특히 정지용, 정인택, 김만형 등 이미 전향을 선언한 문화인들의 경우는 인간적 고뇌뿐만 아니라 예술제에 동원되어 메시지를 낭독함으로써 전향자임을 재차 공표하는 것이었기 때문에 대외적 선전 효과가 매우 컸다. 미전향자들을 동의 없이 포함시키거나 저명 전향자를 동원한 것도 이 때문이다. 여러 난점에도 불구하고 종합예술제가 성황리에 치러짐으로써 언론의 격찬을 받는 가운데 미전향자들의 전향을 유인하는 데 상당한 효력을 발휘한다. 이 예술제에 참가를 거부했던 설정식도 예술제 직후 전향을 선언하고 국민보도연맹에 가입한 바 있다.

그런데 오영진의 주도한 한국문화연구소 주최 종합예술제는 이때 처음 시도된 것은 아니다. 문학예술 전반이 망라된 종합예술제는 1947년 초부터 문화단체총연맹(문련)이 예술대중화(론)의 실천적 방법으로 기획·실행한 바 있다. 1947년 1월 8일 중앙극장에서 문련 주최『자유신문』,『독립신문』,『예술신문』등 후원로 처음 선보인 제1회 종합예술제는 문련 산하 동맹단체가 총동원되었고 프로그램 또한 다채로웠는데 "예술대중화의 봉화", "민중예술의 절정"으로 평가받으며 대성황을 이루었다.[43] 예술대중화를 위한'근로자권'을 발행하여 관람료를 할인하는 특별한 방법을 구사했다. 그러나 우익 청년단체의 두 차례 테러가 발생해 경찰당국의 중지 명령으로 중단된 후 곧바로 미군정의 약속을 받고 제일극장

---

42 지면을 활용한 메시지의 예로는『대조』 4권 1호(1949.1)에 실린 조연현(한설야 씨에게 보내는 서한), 최태응(김일성 씨에게)의 경우가 눈에 띈다.

43 종합예술제 프로그램은 박찬모의 사회로 영화(「해방뉴스」 11~12보 개봉), 무용(동양풍무곡－조택원, 장추화, 화랑－임경희, 전투－박용호, 꼭두각시－장추화, 襲姿胡蝶－조택원), 시 낭독(문예봉, 김소영), 음악(독창－남궁요설, 이경팔, 김천애, 권원한 외 10명, 바이올린독주－계정식, 문학준, 김생려, 정희석, 정봉열, 첼로－이강열, 김준덕, 피아노－윤기선, 이호섭, 김순남), 국악(가야금산조－박상근, 창악－강장원), 연극(함세작 작〈夏穀〉; 공동연출－안영일, 이서향, 공동장치－김일영, 정순모, 출연－황철, 심영, 장진, 이재현, 이상백, 김선영, 김양춘, 남궁운, 박학, 서일성, 문정복, 김인화, 유경애 등).「종합예술제의 성관」,『예술통신』, 1947.1.9.

으로 장소를 옮겨 15일 속개되는 곡절을 겪었다. 이 예술제는 김남천이 기대했듯이 예술을 통한 민주정신의 계몽 및 앙양, 좌익문예단체의 협동 작업을 통해 문예조직의 확대 강화, 예술과 대중의 상호적 결합으로 예술대중화의 진로를 개척하기 위한 기획이었다.[44] 예술 공연과 프로파간다가 결합된 예술대중화의 지평을 개척한 문화사적 의의가 있다.

이러한 다목적의 기획과 종합예술제의 성공적 개최는 이후 좌익진영 예술대중화운동의 기본 전술로 배치된다. 미소공동위원회의 재개를 계기로 총력전의 양상으로 치달았다. 미소공동위원회 재개를 축하하는 공연, 예컨대 조선연극동맹과 음악동맹이 주최한 〈미소공위축하공연〉1947.6.16, 제일극장에서는 연극 〈녹두장군〉전2막, 박노아 작·이서향 연출과 〈미스터 방〉전1막, 조영출 작·안영일 연출이 상연되었고, 공위축하노래 신작 발표 및 독창, 바이올린, 피아노 연주가 있었다.[45] 이와 별도로 민중극장·혁명극장 합동공연 〈미소공위대표단에게 선물을 보내라〉 타이틀 아래 연극 〈진조성眞操城〉임선규 작·박춘명 연출, 심영, 김승호, 박제행, 임사만, 주증녀 등 출연이 중앙극장에서 공연된 바 있다.[46] 문련 산하 단체들 명의의 지면 선전전 또한 총공세로 전개되는데, 그 기조는 모스크바삼상 결정을 반대하고 미소공위를 파괴하려는 반동진영에 대한 공격과 더불어 미소공위를 통한 인민정부 수립을 촉구하는 데 있다.[47] 이 같은 일련의 실천적 활동이 종합적으로 수렴, 발

---

44 김남천, 「종합예술제를 앞두고」, 『독립신보』, 1947.1.7. 김영건 또한 종합예술제가 조선문화예술(인)의 민주주의노선을 확고하게 표방하고 다지는 기회임을 강조했다(김영건, 「제1회 종합예술제를 앞두고」, 『예술통신』, 1947.1.8~9).

45 「미소공위축하 공연」, 『독립신보』, 1947.6.20. 우익 진영은 문총 주최로 유엔조선위원단 환영 공연으로 대응했는데, 극예술협회 주관하에 유치진의 〈대춘향전〉(5막 7장)을 시공관에서 공연했다(1948년 1월 21일부터 일주일간).

46 「민중극장, 혁명극장 합동공연」, 『한성일보』, 1947.6.15, 광고.

47 가령 「민주건국의 전당에서 문화인은 외친다」(『문화일보』, 1947.6.26, 2면)는 미소공위 재개 다음날 강성재(문련), 김동석(조미협문), 이서향(연극동맹), 서강백(신문기자협), 박용구(음악건설동맹), 함화진(국악원), 장추화(무용협회), 길진섭(미술동맹), 윤행중(과학동맹), 조벽암(출판문협), 김진수(사진동맹) 등이 각 단체 대표로 인민 주체의 민주주의국가 수립의 정당

전되어 예술대중화의 혁혁한 성과를 거두게 된 것은 문화공작대 활동에서다. 문화공작대 활동의 전체상을 실증적으로 복원한 조은정의 최근 연구에서 밝혀진 바와 같이,[48] 문화공작대는 "인민을 위한 문화" "문화를 인민에게"란 슬로건을 표방하고 문련 산하 단체들을 총동원해 총 4개 대로 편성, 지방인민들을 위한 종합예술제를 기획했고 1947년 6월 30일 제1대가 경상남도부산, 울산, 김해, 진영, 진해, 마산, 진주, 하동, 삼천포, 사천, 고성, 통영 순으로 순회 계획로 파견되는 것을 시작으로 공세적인 지방 예술대중화운동에 박차를 가한다.

문화공작대 파견은 지방문화운동의 적극적인 원조 및 추진, 지방문화조직의 확장과 체계 강화, 민주주의민족전선 산하 각 정당·사회단체의 확대 강화 추진 등에 목적이 있었다.[49] 합법적인 활동 공간이 대폭 축소된 조건에서 문화투쟁과 정치투쟁을 겸비한 좌익문화 진영의 총체적·최후적인 실천운동이었던 셈이다.[50] 각종 테러와 검열 및 경찰의 방해로 파견된 모든 문화공작대의 활동이 어려움을 겪었으나, (지방)조직, 노선, 프로그램의 구성 등이 조화를 이루면서 큰 성과를 거두었고 진보적 민주주의노선의 프로파간다 효과도 적지 않았다. 물론 재개된 제2차 미소공위가 결렬되면서 문화공작대의 활동은 단기간에 그칠 수밖에 없었다. 그런데 문화공작대의 종합예술제가 성공할 수 있었던 배경에는 주축 프로그램인 종합예술제가 이전의 경험을 살려 발전시켰기 때문이다. 프로그램의 형식이 동일하고, 대원공연자 대부분이 승계되었으며 연극 공연작을 비롯해 공연작품이 반복되는 경우가 많았다. 눈여겨봐야 할 지점은 문화

성과 그 의의를 설파하고 있다. 특히 설정식은 시 「헌사」를 통해 인민공화국 주권의 당위성과 의의를 호소한 바 있다.

48 조은정, 「해방기 문화공작대의 의제와 성격」, 『상허학보』 41, 상허학회, 2014.
49 김남천, 「제1차 문화공작단 지방파견의 의의」, 『노력인민』, 1947.2.
50 제1대 파견대의 대장이었던 유현은 문화공작대가 연극을 전 인민 속으로 가져가 진정한 인민예술을 정립하는 동시에 민주주의 정치투쟁과 결부시키는 연극운동의 새로운 전환이라는 의의를 부여한 바 있으며(유현, 「문화공작대원 되는 영광」, 『문화일보』, 1947.6.28), 조선연극동맹서기국 또한 문화공작대가 연극대중화의 구체적 실천이자 민주세력 확대에 기여해야 함을 강조했다.

공작대 등 좌익의 종합예술제가 국가보안법 공포 후 문화적 열세를 만회한 우익 진영에 차용·흡수됐다는 사실이다. 형식, 구성은 물론이고 참가자들 대부분이 우익이 주관한 종합예술제의 주역이 된 것이다. 여기에는 전향의 폭풍이 가로놓여 있다. 2년 남짓한 시차를 두고 좌익→우익의 종합예술제 주역이 된 이들의 존재는 정부수립 후 문화 지형의 극적인 전환을 상징해준다. 우익의 종합예술제가 내용보다는 프로파간다에 치중된 것이 다를 뿐이었다.

한국문화연구소 주최 종합예술제가 중요한 것은 민간차원의 기획이었다는 사실이다. 물론 정치권력의 협조가 없었던 것은 아니다. 가령 이병기가 이극로에게 보내는 메시지 낭독자로 참여한 것은 서울시경 사찰과 검열계의 개입을 통해서였다.[51] 국민보도연맹의 관여 또한 추정된다. 그럼에도 곧바로 국민보도연맹 서울시본부 문화실이 주최한 '국민예술제전'1950.1.8~10을 비롯해 각종 학술문예강좌가 전향자만을 동원한 것과 비교할 때 이 종합예술제는 민간 차원의 당시 치열하게 전개된 내부냉전의 실상을 극명하게 드러내준다는 점에서 큰 의의가 있다. 문학예술계에서 불순한 사조, 즉 비반공을 일소하는 획기적 계기로 작용했고 따라서 민족정신 앙양에 바탕을 둔 민족예술의 새로운 타이프로 평가받았다. 또한 전향자들이 '사상적으로 전향할 수 있다는 용의와 태도를 처음으로 민중 앞에 공개'하게끔 함으로써[52] 폭력적인 전향 작업을 정당

---

51 이병기, 『가람일기(II)』, 신구문화사, 1975, 618쪽.
52 조연현, 「해방문단 5년의 회고 ⑤」, 『신천지』, 1950.2, 220쪽. 이런 맥락에서 볼 때 조연현의 「해방문단 5년의 회고」(『신천지』, 1949.9~50.2)는 발표시점도 시점이려니와 내용상 문화인 전향의 가이드라인을 제시한, 문단의 내부냉전 텍스트로도 읽을 수 있겠다. 특히 광범한 중도파를 조선문학가동맹과 보조를 맞춰 공동전선을 펴는 동시에 민족문학(순수문학)을 제거하고자 한 이중의 과오를 지닌 세력으로 규정함으로써 이들을 암묵적인 전향대상자로 특칭 지정하고 있는데, 흥미로운 사실은 좌익적/우익적 중간파를 엄밀히 구별해 차별화시킨 점이다. '김광균 등의 중간파들의 태도가 조선문학가동맹에 적을 두고 있으나 본질은 우익적 중간이었는 데 비해 조선문학가동맹에 적을 두지 않았으나 민족문학건설을 방해하는 데 조선문학가동맹보다 더 적극적이었던 백철, 서항석의 태도나 문학적 본질은 좌익적 중간이었다는 점, 그리고 단정수립 후 문총 계통의 문단 주류에 자진 타협하기 시작한 것이 좌익적 중간파였던 백철, 서항석 일파

화하는 선전효과를 제고했을 뿐만 아니라 이를 통해 전향자들을 활용한 프로파간다의 구체적인 방안이 모색될 수 있었다. 문총이 주관한 예술제가 지지부진하고 일부의 경우는 역효과를 냈던 것과[53] 달리 이 종합예술제는 우익진영의 프로파간다용 예술제로서는 처음으로 규모와 체계를 갖춘 동시에 사회문화적 파급력이 컸다는 점에서 문화계 내부의 사상 평정을 촉진시키는 기폭제가 될 수 있었다. 요컨대 한국문화연구소 주최 종합예술제는 분산적으로 진행되던 문화계 내부냉전을 수렴하는 동시에 공세적으로 확산시키는 결절점이 되었던 것이다.

그렇다면 오영진은 왜 이 대회를 총괄 기획·시도했을까? 일차적으로는 오영진 개인의 생존전략일 수 있다. 북한에서 반탁을 지지하고 조선민주당과 평양예술문화협회에서 활동한 것, 월남 후 테러로 피습을 당한 것, 또 남한에서 특별히 문제될 수 있는 활동을 하지 않았다고 하더라도 그에게는 월남인, 더구나 체제 대립을 강렬하게 환기시키는 '평양' 출신이라는 표식이 있었다. 월남인이라는 신원은 특히 전향공간에서 위험하고 불리한 것이었다. 월남문화인들이 '(재경)대한문화인협회'의 결성을 시도하고1949.8, '월남작가클럽'을 결성하여 1949.12.2, 대표 김동명, 오영진은 전임위원 두 체제를 모두 경험한 월남인들이야말로 대공투쟁과 새로운 민족문화창조에 적임자라는 논리로 집단적으로 대처했던 것도 이 같은 불리한 상황을 돌파하기 위해서였다.[54]

여었다며 이들을 본질적인 기회주의자로 규정함으로써 이후 지속적인 갈등의 조건이 배태되었다. 여기에는 문단 주류로 발돋움하기 위한 청년문학가협회(순수문학진영)의 욕망이 개재되어 있었다.

53 가령 문총 경남지부가 주최한 종합예술제(1949.7)의 경우 예고된 프로그램의 변경뿐만 아니라 내용도 빈약하여 사회적 죄악, 허위예술 내지 사기술로 지탄받기까지 했다. 홍일파, 「진실은 어디로-종합예술제의 빈곤성」, 『민주중보』, 1949.7.9~10.

54 이런 차원에서 오영진이 전향문인 박계주를 적극적으로 옹호한 것으로 보인다. 오영진은 박계주의 『진리의 밤』(『경향신문』, 1948.10.1~49.4.2, 1949년 경향신문사문화부 출판)에 대한 서평을 썼고(『경향신문』, 1950.2.4), 이 작품을 시나리오로 각색하여 영화화하고자 했다. 고려영화제작회사 1950년도 상반기작으로 스태프, 배우진이 결정되었으나 준비단계에서 한국전쟁

다른 한편으로는 오영진의 문화 권력에 대한 욕망이 더 크게 작용했다고 볼 수도 있다. 전향 국면은 권력에의 굴복이라는 현상적 의미를 넘어 서로 다른 욕망이 분출하고 경합하는 헤게모니투쟁의 역동적인 장이었다.[55] 상당수의 문화인에게 위기이자 동시에 기회이기도 했던 것이다. 가령 김동리, 조연현 등이 문화제도권 내에서의 힘의 열세를 극복하고 한국문단을 장악하게 되는 것도 이러한 조건을 성공적으로 활용했기 때문이다. 『신천지』, 『문예』 등 매체를 장악하고 한국문학가협회 창립을 주도해 전향문인을 포용한 가운데 관리·이용하는 동시에 박종화, 이헌구 등 우익진영 내부의 민족주의문학인들을 주변화시키면서 자신들의 문화 권력을 제도적으로 구축하고 확대 재생산해 나갈 수 있었던 것도 전향 국면을 경과하지 않았다면 사실상 불가능했을 것이다.

마찬가지의 맥락에서 오영진도 이 상황을 적극적으로 활용했다고 봐야 한다. 자신의 불리하면서도 유리할 수 있는 신원을 바탕으로 능동적인 문화적 내부냉전을 주도함으로써 문화권력의 중심부로 진입하려고 했던 것이다. 당시 그에게는 자신의 예술 활동을 펼칠 수 있는 기반이 허약했다. 공보처 소속의 관민합동 대한영화사, 오리온영화사, 연극학회[56] 등이 있었으나 당시 영화·연극계의 조건을 고려하면 적극적인 활동을 전개하기에 많은 제약이 뒤따를 수밖에 없었다. 그가 대중계몽의 최우선적 장르로 선택해 주력하고자 했던 영화도 이 시기에는 유행성뇌염방역을 위한 홍보영화대한영화사와 보건부 공동제작 〈무기없

발발로 중단되었다(『경향신문』, 1950.2.28). 이 작품의 영화화는 1957년 세기영화사에서 제작되었다(김한일 감독).

55 이에 대해서는 이봉범, 「단정수립 후 전향의 문화사적 연구」, 『대동문화연구』 제64집, 성균관대 대동문화연구원, 2008, 240~249쪽 참조.

56 오영진은 해방10년의 연극영화계를 정리하는 자리에서 과거 10년은 제국주의와 공산주의 등 낡은 사상을 우리 연극영화계에서 말살 정리하는 과정으로 그 성격을 규정한 가운데 유치진과 '신협'이 벌인 공산주의자 및 그 동반자들과의 반공투쟁의 의의를 강조하고 연극학회 주최의 대학연극콩쿠르를 의미 있는 업적으로 꼽은 바 있다. 오영진, 「구사조의 청산기―자유와 민주주의의 결실을 기대」, 『조선일보』, 1955.8.15~16.

는 싸움〉1949.10에 구성으로 참여하는 정도였다. 문단활동도 38선 전투지시찰과 위문을 겸한 작가파견대에 참여하는 정도였다.1949.8

　한국문화연구소 창설은 이를 돌파하기 위한 방안이었고, 바로 이를 거점으로 내부냉전을 주도하기에 이른다. 한국문화연구소는 정부문교부, 공보처, 미공보원 등과 연계를 맺고 이들의 후원 아래 다양한 활동을 벌였다. 전향국면에서 애국운동으로 비화되어 국민동원수단으로 이용되었던 군용기헌납운동에 문교부와 함께 적극적인 후원자로 참여했고『경향신문』, 1950.3.5, 한국문화연구소 주도로 당시 54명의 화가를 결집시킨 '50년 미술협회'를 조직해1950.1.1 일반인을 대상으로 한 공모전을 실시하고 미술전람회까지 개최했다. 회원 중 정현웅, 이쾌대, 김만형, 최재덕 등 전향미술인들이 상당수 포함되어 있었다. 출판사업도 벌여 『소련아! 잘 있거라』1950.1 같은 공산주의비판 수기를 출간하기도 했다. 특히 자체로 방송프로그램을 제작해 서울중앙방송국HLKA의 정규프로그램으로 제공·고정했다. 그 내용은 한국문화를 소개하는 것도 있었지만 대공프로파간다가 대부분이었다. 가령 1950년 2월 25일 HLKA편성을 보면 저녁 9시부터 30분 동안(이 시간대가 한국문화연구소가 제공한 프로그램이 주로 방송되었다) '이북미술인에게 보내는 밤'이란 타이틀로 강연, 이북미술인에게 보내는 메시지 낭독박성환, 수필 낭독김중업, 피아노 연주이인영 등을 방송했다. 자신의 동극童劇 〈나라를 사랑하는 아이〉를 3·1절 특집 라디오방송으로 내보내기도 했다. 이렇듯 오영진은 자신이 주도한 한국문화연구소를 근간으로 종합예술제 개최를 비롯해 독자적인 문화적 내부냉전을 적극적으로 수행하여 문화 권력을 확보할 수 있었던 것이다. 특유의 예리한 정치적 감각을 엿볼 수 있다. 1950년 1월 국민보도연맹 문화실장이 된 것도 마찬가지의 차원이었다.

　이런 맥락에 〈살아있는 이중생각하〉3막 4장가 위치한다. 월남 이전 창작임에도 1949년에 발표한 것은 우연의 일치라고 보기 어렵다. 고도의 전략적 판단의 산물이라는 혐의가 짙다. 개고改稿가 의심될 정도로 이 시기 오영진의 내밀한 욕망이 투사되어 있기 때문이다. 권두현이 지적했듯이, 이 작품은 기본적으로 전향공간에서 자기 신원을 증명하기 위한 목적이 강하게 개입된 텍스트로 읽을 수 있다.[57] 더불어 오영진의 과거 및 현재의 지향과 욕망이 결합되어 강한 시대성을 지닌 텍스트이기도 한다. '이중생'을 통한 현실풍자는 정치성이 농후한 그의 반일민족주의의 신념이 구현된 것으로, 친일파 척결의 민족적 과제에 부응하는 것이었다. 친일파척결은 반민특위의 구성이 완료되면서1948.10 본격적인 활동이 시작되나 국회프락치사건1949.4 — 친일파척결의 주도세력이었던 소장파의원들을 간첩혐의로 체포한 사건 — 을 거치며 와해의 수순을 밟는다. 반민특위의 활동은 문화계에도 상당한 파장을 불러와 친일행적에 대한 문제제기와 비판이 난무하면서 공론 장에서 문화적 핵심 의제로 부상하게 된다. 그러나 국회프락치사건을 겪으며 친일파에 대한 비판적 담론도 공산주의에 동조하는 것으로 왜곡되어 감으로써 친일문제는 공론화될 수 있는 여지가 완전히 사라지게 된다. 전향국면을 경과하면서 문화계 내부의 대립 전선은 (반)민족에서 이념반소반공으로 전치되었던 것이다. 그것은 해방 후 제기되었던 일체의 진보적 문화기획의 총체적 와해를 의미하는 것이었다. 이 같은 민족(반일)/이념(반공)의 길항과 그 전치의 내밀한 연관을 이 작품만큼 잘 드러내주는 텍스트도 없다. '하식'은 이 시기 극적 전환을 감행한 친일문화인들의 자화상이다. 이 작품은 일반명사 '하식(들)'이 철저하게 냉전진영론에 입각해 한국문화계를 장악·관장하며 구국 또는 애국의 이름으로 문화냉전을 주도하는 주체로 등장한 극적 전환을 암시·정당화한 텍스트였던 것이다.

---

57 권두현, 「해방 이후 오영진 작품에 나타난 정치적 무의식」, 『상허학보』 27, 상허학회, 2009. 〈살아있는 이중생각하〉는 1949년 6월 1일 극예술협회에 의해 중앙극장에서 상연되어(3막 4장, 이진순 연출, 이화삼, 이해랑 등 출연) 큰 호응을 얻은 바 있다.

3. 월남문화인의 조직화와 문화냉전 전

한국전쟁 시기 오영진만큼 문화 활동을 공격적으로 전개한 예술인은 없다. 무엇보다 독자적인 조직(문총 북한지부), 매체(『주간문학예술』), 출판사(중앙문화사) 등을 창출·구비했기 때문에 가능한 일이었다. 이런 물적 기반에다 전시 가장 강력한 문화 기구로 군림한 국방부(정훈국)와의 긴밀한 관계 유지, 미공보원 및 아시아재단의 후원과 원조까지 받음으로써 그의 전시 문화냉전 작업은 공세적으로 추진될 수 있었다.

중요한 점은 이 모든 것의 저변에 인적 자산, 즉 월남문화인이라는 특수집단이 자리 잡고 있다는 사실이다. 이때 월남문화인은 주로 1·4후퇴 때 월남한 문화인(상당수는 오영진이 수습해 데려왔다), 이를테면 원응서, 박남수, 김동진, 김이석, 양명문, 장수철, 한묵, 강소천, 한정동, 함윤수, 박경종, 황염수, 한교석 등을 말한다.[58] 그리고 자신이 과거 북한에서 조선민주당과 밀접한 관련 속에서 활동했던 평양 중심의 평양문화협회 멤버들이 주축을 이룬다. 일종의 지역적(평양)·이념적(극단적 반공산주의)·종교적(장로교계통의 기독교) 결사체로서의 성격을 지닌 집단이었다. 비슷한 결사체로서 서북지역 네트워크였던 사상계그룹과는 직접적인 관련은 없다. 전시 문화냉전전 수행 과정에서 미국을 매개로 한 협조 관계에 있었고, 그 과정에서 백낙준, 장준하의 도움을 받기는 했다. 그렇다고 폐쇄적인 집단이었던 것은 아니다. 북한지부라는 제약에도 불구하고 그들의

---

58 강정구의 월남인에 관한 조사 연구에 따르면, 해방~한국전쟁 직전 월남인 숫자보다 전쟁 후 월남한 월남자가 압도적으로 많았고, 한국전쟁 시 미군의 무차별 폭격 등 전쟁·전투행위 자체가 월남인을 집단 양산한 가장 큰 요인이었다고 분석한 바 있다. 특히 피지배계급은 전쟁 요인 때문에 월남한 경우가 압도적이었다고 한다. 그러면서 월남 동기에 대한 정치·사상적 요인의 과대 포장, 월남인 수의 확장, 공산정권 수립에 반대하여 월남이 해방 직후에 주로 이루어졌다는 인식 등이 근거 없는 피상적인 인식이자 반공·반북이데올로기에 오염된 인식이라고 비판을 가한 점은 월남(인)에 대한 객관적인 접근·이해의 필요성을 제기해준다. 강정구, 「해방 후 월남인의 월남동기와 계급성에 관한 연구」, 『분단과 전쟁의 한국현대사』, 역사비평사, 1996, 277~310쪽 참조.

전시 문화냉전전은 매체를 기반으로 하여 원심력적 확장을 기도하는 가운데 새로운 문학예술의 경향을 이끌어낼 만큼 개방성을 추구했다. 이 시기 오영진의 문화냉전전이 어떻게 전개되는지 그 퍼즐 조각을 찾아 맞춰보자.

우선, 문총북한지부는 말 그대로 문총의 산하 일 지부다. 그러나 거의 독자적인 운영체였다고 보는 것이 적실하다. 문총 제5회 총회[1952.8.20] 때 발생한 에피소드, 즉 각 지부 경과보고 중 김동리가 '북한지부가 본부를 통하지 않고 문교부로부터 직접 돈을 받느냐, 그것은 문총을 무시한 행위'라는 비판에 오영진이 '북한지부는 국민사상지도원에서 받는다'며 대항한 것에서 여실히 확인할 수 있는 바다.[59] 문화자유회의에 북한지부 명의로 축전을 보냈던 것도 그 적절한 예다. 북진통일 촉성, 자유진영 결속, 새로운 민족문화 등 문총이 힘주어 강조한 사업은 오히려 북한지부 단독으로 수행했다고 해도 과언이 아니다. 문총북한지부는 "월남한 문학예술인들의 유일한 휴식처이며 만남의 장소"[60]로 월남문화인들의 중심네트워크였다.

북한지부가 강력한 구심력을 발휘했던 것은 특히 전시 월남자들이 월남 후 반드시 거쳐야 했던 절차, 즉 대한민국 국민으로 인정받기 위해서 가혹한 사상 검증을 받아야 했고, 문단제도권에 정식 편입되기 위해서는 반공주의자임을 스스로 증명해내야 했는 데 북한지부가 그 통로 구실을 했기 때문이다.[61] 아울

---

59 「돈 문제로 수라장」, 『경향신문』, 1952.8.22.

60 장수철, 『격변기의 문화수첩』, 현대문화, 1991, 87쪽.

61 일례로 박남수가 1·4후퇴 때 월남한 뒤 『적치6년의 북한문단』(국민사상지도원, 1952.3.2) 발간과 북한문총지부 가입 및 『주간문학예술』편집을 기회로 남한사회(문단)에 안정적으로 진입하는 그 일련의 과정에 오영진의 조력이 매우 컸다. 특히 오영진이 『적치6년의 북한문단』의 서문을 쓰는데, 박남수가 적치6년 동안 불가피하게 그들 체제에 협조했으나 북한문단의 실태, 월북문인들의 동정, 획일적으로 강제된 주의, 이념이 자유를 희구하는 인간본연의 심성을 왜곡할 수 없다는 사실을 구체적으로 증언하고 있는 이 저술이 그의 전비에 대한 면죄부가 되어야 함을 강조하고 있다. 최태응도 평양문총결성식에 참가한 70여 문화인과 다수의 평양 북한동포들은 소련과 북한체제에 협력하지 않은 무소속으로 대한민국이 이들을 포용해 관용을 베풀어야 할 필요성을 강력하게 제기한 바 있다. 최태응, 「평양인상기」, 김송 편, 『전시문학독본』, 계몽사,

러 이들이 문화 활동을 할 수 있는 여건을 제공하거나 주선해줌으로써 생계문제까지 해결할 수 있도록 배려했다. 장수철 같은 경우가 이를 잘 예시해주는데, 그가 제주도로 월남한 뒤 가까스로 부산으로 와 북한지부에 참여함으로써 기관지 『주간문학예술』의 편집위원이 되는 동시에 자유아세아위원회로부터 집필을 위촉받는가 하면 동 위원회의 사무를 맡아보는 것으로 남한사회에 정착하게 된다. 오영진이 있었기에 가능했던 일이다. 오영진의 이 같은 역할은 북한에서 자신조선민주당과 다른 노선을 택했던 이동화가 월남하자 그를 설득해 한국내외문제연구소를 열고 소장으로 있게 하면서 미공보원과 연결해 도움을 받게끔 주선하는[62] 등 그 폭이 매우 넓었다. 그리하여 오영진은 대내외적으로 월남문화인의 대표자로서의 위상을 얻게 된다. 그것은 앞서 거론했던 바와 같이 아시아재단이 오영진을 한국원조사업의 핵심 파트너로 인식·평가하는 데 중요하게 작용했다.

문총북한지부의 활동은 기관지 『주간문학예술』을 거점으로 종군문예운동과 함께 새로운 문학예술운동을 전개하는 것과 반공예술제 개최와 같은 전시 대공투쟁의 수행으로 나뉜다. 후자의 경우를 대표하는 것이 1952년 6월 25일 부산극장에서 공보처와 공동으로 개최한 반공예술제 2회 공연이다. 프로그램은 시 낭송양명문, 이명성, 채규철, 박남수, 장수철, 음악김천애, 이인범, 박명희, 김노현, 연극 상연노능걸 각본의 〈판자집〉 : 백일봉, 정남홍, 양화춘, 김칠성 등 등으로 구성되었다. 모두 북한지부 소속 멤버들이다. 소규모이지만 앞서 살펴본 한국문화연구소가 주최한 종합예술제를 떠올리게 한다. 월남미술인작품전1952.11.15~21, 국제구락부을 개최해 대공투

1951, 79~80쪽.

62 김학준, 앞의 책, 174쪽. 오영진의 월남지식인 포용은 전후에도 계속되는데, 가령 북한에서 조선민주당과 평양문협 활동 시 적대적인 입장에 있었던 한재덕이 일본을 경유해 귀순(1959.2.28)한 뒤 그가 1960년대 대표적인 반공(승공)이데올로그로 활약하는 데도 일조한 바 있다. 한재덕, 「나는 공산주의를 고발한다—대한민국의 품안에 들면서」, 『동아일보』, 1959.4.10~15.

쟁을 매개로 월남문학인들의 결속을 다지는 행사도 개최했다. 자체 독자적으로 이 같은 행사를 기획·개최할 수 있다는 것은 그만큼 북한지부의 능력이 상당했다는 것을 말해준다. 이 같은 기획은 전후에도 계속되는데, '반공통일연맹'과의 유기적 협조 아래 각종 반공통일관련 집회, 예술제를 공동 주최했다. 가령 반공통일총궐기예술제1954.6.24~28는 시, 음악, 무용, 연극, 시화전 등 다양한 프로그램을 통해 민간차원의 대공 선전·선무공작을 주도해갔다. 프로그램의 내용은 문총북한지부의 몫이었다.

주목할 것은 반공통일연맹의 정체다. 이 연맹은 전시 부산에서 월남기독교인을 주축으로 1952년 이윤영이 조직한 월남인반공결사체이다. 이후 월남인들을 중심으로 각 도지부의 순차적 결성을 통해 전국 최대 규모의 조직으로 확대해가면서 선전부 주관의 반공통일예술제 개최, 반공문화상 제정, 학생중고생대예술제 개최, 학생작품현상모집, 기관지인 월간종합지 『현대공론』1953.11 창간을 통해 반공·북진통일담론반북, 반소, 반중공의 생산·전파 등 가장 강력한 자발적 민간반공기관의 위상을 확보한 가운데 대공선전전의 거점 역할을 했다.[63] 이승만정권기 월남인은 북한을 '민족적 타자'로 표상하기 위한 인적 자원으로 동원되었는데, 엘리트층이 분포했던 월남기독교 세력은 단순히 전시효과로 활용되는 수준을 넘어 반공반북의 전사로서 자신들의 정체성을 형성해갔던[64] 면모를 반공통일연맹이 잘 보여준다. 자유당 산하 기구로 편입시키려는 시도로 인

---

63 1953년 10월 학생작품현상모집에서 희곡 부문의 2석으로 주동운의 〈미망인〉(중앙대), 오학영의 〈남쪽으로 가는 길〉(경동중)이 당선된 것이 흥미롭다. 『현대공론(The Modern Review)』은 처음에는 발간주체가 반공통일연맹이었다가 일시 휴간 후 1956년 10월 속간되면서 발행인이 이윤영으로 교체되었다. 창간호의 「유물론비판」 연재(안호상), 「囚人共和國」 연재(박계주, 소설) 등이 시사하듯이 소련연구특집, 공산주의특집, 자유특집, 아메리카특집, 중국특집 등을 다수 기획하면서 반공 및 승공담론을 지속적으로 생산하고 이에 상응한 문학예술작품을 배치하면서 "반공의 이론적 체계 수립과 반공전선의 前哨를 담당"(마해송, 「정기간행물의 위치」, 『동아일보』, 1954.7.18)했다. 오영진의 「아메리카기행」도 이 잡지에 연재된 바 있다(1954.7~10).

64 김현정, 「1945~60년 월남 개신교인의 현실인식과 통일론」, 이화여대 석사논문, 2010, 96쪽.

해 이승만정권과 마찰을 겪기도 했다. 반공통일연맹과 오영진의 관계는 긴밀했다고 볼 수 있다. 이 연맹의 본질에서 기인한 것뿐만 아니라 문총북한지부와의 동일한 목표 및 노선에다가 조선민주당을 매개로 한 이윤영과 오영진의 동지적 관계가 저변에 놓여 있었다. 반공통일연맹선전부가 공식적인 첫 대중사업으로 국제예술가대회 참석 후 갓 귀국한 오영진을 초청해 오영진중심의 문화간담회를 개최한 것도 이런 맥락에서다.『경향신문』, 1952.11.1 오영진의 문화냉전 수행에서 반공통일연맹은 든든한 외곽조직이었던 셈이다.

　『주간문학예술』1952.7.12~53.3.20, 통권11호, 발행편집인 주간 : 오영진; 부주간 : 원응서; 편집위원 : 박남수, 장수철, 김요섭은 매우 독특한 문학지이다. 일단 주간지라는 점이 눈에 띈다. 문학예술분야에서의 주간지는 보기 드물다. 주간지로 발간하게 된 이유는 문학잡지가 주로 월간으로 발간됨으로써 최신의 내용을 싣기 불리한 문제를 극복하기 위해서였다.제1호, 2쪽 간기를 제대로 지킨 경우는 드물었으나, 적어도 이같은 취지는 국내외를 막론해 시시각각으로 치열하게 전개되는 문화냉전을 신속하게 수용하고 전파하겠다는 의지의 표명이라는 점에서 신선한 발상이라 할 수 있다. 전시하 굴지의 문예지『문예』나 종합지『신천지』가 전시판을 몇 호 발간하는 것으로 명맥을 유지하고 있었고, 문총은 기관지『민족문화』조차 발행하지 못하는 사정이었음을 감안할 때 문총의 일 지부에서 기관지를 주간형태로 발행했다는 사실은 당시로서는 파격적인 일이었다. 발행주체의 의지와 함께 자유아세아위원회의 원조에 의해 가능한 결과였다.[65] 통권 11호로 발행기간이 매우 짧고 지면도 평균 타블로이드판 10면에 불과하지만, 체제와 내용 구성은 월간

65　자유아세아위원회의『주간문학예술』지원과 관련된 내역은 MEDIA : Publications : Literature and Arts Weekly(OH Yong-Jin), The Asia Foundation, Box No. P-61, Hoover Institution Archives에 자세히 기록되어 있다. 이 파일 뒷부분에『주간문학예술』4호(1952.10.4) 전체 원본이 첨부되어 있는 것으로 보아 아시아재단본부가『주간문학예술』원조 및 그 성과에 대해 많은 관심을 가졌다는 것을 확인할 수 있다.

문예지 못지않게 체계적이며 내용도 국내외 문학예술 전반을 막론한 최신 정보와 내용을 담고 있다.[66] 주간임에도 특이하게 매호 '사설'과 표지화를 갖추고 있다. 추천제까지 운영했다(번역부문을 최초로 개설).

기관지는 기본적으로 발행기관의 노선을 전폭적·적극적으로 담아내는 목적성을 지닌다. 그랬을 때 『주간문학예술』은 '사설'을 통해 어느 정도 이에 대한 파악이 가능하다. 총 11개의 사설을 관통하는 기조는 전시하 우리의 현실에서 바람직한 문학예술의 사명을 재정립하여 반공통일전선을 굳건히 구축하겠다는 의지다. 이를 위한 구체적인 방침으로 자유진영과의 연대 모색, 국제적 진출 추진, 반공투쟁 전개, 제도화된 검열의 폐기와 문학예술의 자유보장 획득, 초현실주의·모더니즘·순수문학 배격, 관념적 앙가주망 거부, 협착적 지방성 극복과 파쟁 근절 등을 제시한다. 이러한 노선과 지침이 반영되어 지면에서 두드러진 것은 최신 냉전문화의 적극적인 번역 소개이다. 미국보다는 냉전을 격심하게 겪고 있는 서유럽의 새로운 문학예술의 동향을 위주로 했다.[67] 이런 맥락에서 문화자유회의가 발행한 잡지들과 주요 멤버들의 글작품, 평론이 번역될 수 있었던 것이다. 또 관련 중요 예술가에 대한 프로필난을 개설해 연재했다. 오영진이 참가한 국제예술가대회의 기행기, 문학, 음악, 연극, 영화 각 분과별 토의사항, 채택된 결정서 등을 거의 매호 시리즈형태로 다뤘다.

문학예술의 정립을 위해서는 좌담회, 예컨대 '우리문학의 주조와 경향을 해

---

66 서지사항과 특징적인 면은 백영근, 「『주간문학예술』攷」, 『서울산업대학교논문집』 제41집, 1995, 691~753쪽에 잘 정리되어 있다.

67 번역된 것을 일부 소개하면, 노만 카즌즈의 「내부인간과 외부인간」(1호), 존 메이스필의 「시의 완성」(2호), 부룩스의 「문학에 있어 신념 대 회의」(2호), 콜로드 푸스의 「작가는 지나치게 객관적이 될 수 있는가?」(3호), 하버드 스트라우스의 「작가는 무엇을 그려야 하는가?」(4호), 에디스 헤밀튼의 「마술사가 되느냐 노예가 되느냐」(5호), 페티 비텍크의 「완고성과 새로운 휴매니티」(5호), 파시네티의 「전후 이태리문학의 신동향」(6호), 알베르스의 「신퓨리탄이즘」(8호), 스티븐 스펜더의 「국한된 리얼리즘」(9호), 허버트 리드의 「문학상에 있어서의 주의」(9호), 카로르 안토니의 「사회주의와 문화의 자유」(10호) 등이 있다.

부함'4호, 곽종원, 허윤석, 이한직, '연극예술의 현재와 장래를 위하여'7호, 유치진, 이해랑, 오영진, '미술에 있어 한국적 레알리티란!'10호, 남관, 김환기, 오영진 등을 통해 한국문학예술의 동향을 점검하고 발전적 전망을 도출하는데, 이를 수렴한 가운데 잡지 주체들은 한국적 리얼리즘을 제안한다. 그 리얼리즘은 휴머니즘의 척도에서의 비판정신에 입각한 **기록성의 강조**이다. 그것이 전시하 반공투쟁의 문학적 현현이며 세계냉전의 한복판에 있는 한국문학예술이 세계적 동시성을 획득하여 자유진영의 연대를 구축하고 결속을 다지는 데 기여할 수 있다는 것이다. 그러면서 당시 유행하던 관념적인 앙가주망과 분명한 선을 긋는다. 문화냉전의 일환으로 종군문학종군기, 문학작품 — 일례로 조지훈의 「다부원에서」4호, 8쪽 — 이 중요하게 취급되기도 했다.『전선문학』에 한정하지 않고『주간문학예술』또 준準종군잡지였던 월간종합지『신태양』을 포괄해 종군문학 연구의 외연을 확장해보는 것이 필요하다는 판단이다.

한편 문총북한지부 및『주간문학예술』의 문화냉전 수행은 국민사상연구원, 아시아재단과 밀접한 관련 속에서 이루어진다. 앞서 밝혔듯이 문총북한지부는 국민사상지도원의 물적 지원을 제공받았다. 문총본부보다 국민사상지도원과의 유대관계가 훨씬 긴밀했다고 볼 수 있다. 국민사상연구원은 1951년 '국민사상을 연구지도'하기 위해 국민사상지도원이란 명칭으로 문교부산하에 설립되었고(1952년 국민사상연구원으로 개칭), 사상총서 및 잡지『사상』발간과 각종 강연, 선전활동을 통해 국가의 이념·담론을 생산한, 일종의 전시 사상전을 담당한 대표적인 이데올로기적 국가기구였다.원장 백낙준, 기획과장 장준하 공식적 첫 활동이 잔비소탕을 위한 선무공작이었다. 문총북한지부가 국민사상연구원과 어떤 계기로 관련을 맺게 되었는지 파악하기 어려우나 백낙준에 의해 이루어진 것으로 추측된다.[68] 서북출신이라는 점, 오영진이 월남예술인의 대표자라는

---

68 김봉국은 오영진을 국민사상연구원의 핵심 구성멤버인 전문위원의 일원으로 파악했다. 국민사

점, 자유아세아위원회를 매개로 백낙준과 오영진이 접촉했을 가능성 등을 생각해볼 수 있다. 계기가 어찌되었든 두 기관이 비록 위상이 달랐을지언정 전시문화냉전의 수행이라는 노선에서 결부될 수밖에 없었고 따라서 오영진의 『소군정하의 북한—하나의 증언』1952과 박남수(현수)의 『적치6년의 북한문단』1952이 국민사상지도원에서 발간될 수 있었다.

앞서 오영진과 자유아세아위원회의 관련을 언급했듯이 문총북한지부와 자유아세아위원회의 밀접한 관계는 오영진을 매개로 이루어졌다고 봐야 한다. 자유아세아위원회가 가장 주목한 한국의 가치는 반공이다. 구체적으로는 '한국전쟁으로 인해 무엇이 변화되고 있는가, 이와 관련해서 한국에 있어 현재 사업목적은 공산침략으로 인한 체험 같은 것을 쓴 원고 알선과 구입, 동시에 그것을 자유아시아 각국에 소개할 뿐만 아니라 세계적으로 출판하고자 함이며 그 대상은 단지 기록적인 원고만이 아니고, 연극, 라디오드라마를 외국에 번역상연할 수 있는 것까지 포함'한다는 점에서,[69] 이러한 사업을 효과적으로 수행할 수 있는 최적의 조건을 갖춘 파트너대상은 월남지식인이다. 따라서 초기에는 월남예술인들의 기록문학, 특히 공산주의 실지체험 수기가 중요한 지원 대상이었다.

이 사업은 조풍연과 장수철, 오상원이 담당하는데, 진문사를 거점으로 추진·실행되었다. 진문사는 1953년 8월부터 '자유총서' 발간을 통해 기록문학적 반공텍스트의 생산·전파를 중심으로 한 자유아세아위원회의 한국지원 사업을 대행한다.[70] 이 총서 기획으로 해방~한국전쟁 기간 북한에서 조만식 구출

___

상연구원의 명의로 된 간행물들의 필자와 국민사상연구원이 주최한 강연회나 연사 전부를 전문위원으로 취급했는데, 오영진의 경우 『소군정하의 북한—하나의 증언』(1952)을 간행한 것과 1953년 7월부터 편집에 자문형식으로 참여한 것 외에는 특별히 관련된 부분이 없다. 김봉국, 「1950년대 전반기 국민사상연구원의 설립과 활동」, 전남대 석사논문, 2010, 24쪽.

69 「자유아세아위원회란 무엇인가?」, 『주간문학예술』 제11호, 1953.3.20, 10쪽.

70 진문사는 '자유총서 발간사'를 통해 이 총서가 "모든 자유세계인민에게 바치는 일련의 기록문

운동을 비롯한 반공투쟁 및 3년간의 투옥생활을 기록한 황탁黃濯의 수기『붉은 감방監房』1953.8, 북로당과 남로당의 갈등을 중심으로 공산당의 내막을 폭로한 유치진의『나도 인간人間이 되련다』1953.12 등이 발간되었다.『붉은 감방監房』의 원저자는 장수철이었다.[71] 자유총서 발간은 자유아시아위원회가 아시아재단으로 개편된 뒤 1954년부터 사회과학 학술총서 지원으로 사업 방향을 변경함으로써 중단된다. 오영진의『소군정하의 북한』도 번역지원의 대상이었으나 공식적 번역출판이 성사되지는 못했는데,[72] 아시아재단 출판사업의 기조 변경의 여파 때문으로 보인다. 다만 진문사를 경유한 간접 지원의 방식으로 월남인의 수기류를 포함한 반공텍스트와 희곡집이 '신세계문고'란 타이틀 아래 지속적으로 발간되었다.[73] 진문사의 출판물 가운데 유치진의 희곡집, 즉『나도 인간

학"임과 출판된 작품이 "자유아세아협회(the committee for Free Asia)의 알선으로 번역되어 해외에 소개되고 있다"는 것을 강조한다. 그리고 자유아세아위원회의 성격을 소개한 뒤 동 위원회가 1953년 초부터 한국인으로 자유의 대의를 위하여 투쟁한 사람들의 기록문학을 그들의 경비로 수집, 번역한 다음 해외의 출판종사자들이 이를 자국어로 상재하게끔 백방으로 노력하고 있으며 진문사는 동 위원회와 협조하여 이 같은 목적이 성공적으로 결실되도록 노력할 것임을 천명하고 있다.

71 장수철은『주간문학예술』의 편집일을 거들면서 동시에 자유아세아위원회의 직원으로도 근무했다고 한다. 조풍연과 같이 반공문집과 월남인 수기 출판을 맡아 했는데, 자신도 반공문집 집필을 의뢰받고 작성했으나 타인의 이름으로 출판해 반공출판문학상을 받았다고 한다. 그러면서 장수철은 이 수기가 누구의 이름으로 어떤 제목으로 출판됐는지 기억하지 못한다고 했는데, 아시아재단 문서(P-61, General)을 통해 황탁의 *Three Years in North Korean Prison*으로 출판되었음을 확인할 수 있다. 진문사가 자유아세아위원회의 부설출판사였다는 그의 증언은 당시 아시아재단의 출판관련 사업의 성격과 방향을 파악하는 데 중요한 단서가 된다. 장수철, 앞의 책, 112쪽.

72 오영진이 미국무성그랜트프로그램으로 1953년 12월 방미 때 아시아재단 샌프란시스코본부를 방문해(12월 2일) 한국영화의 발전방안을 제안하는 자리에서 자신의 저작『소군정하의 북한-하나의 증언』과『적치6년의 북한문단』등의 반공텍스트를 증정하는데, 이는『하나의 증언』을 영문번역으로 출판하기 위한 작업의 일환으로 보인다. 실제 채택되지는 않았으나 아시아재단 문서(P-11)에는『소군정하의 북한』의 영문번역본 *One Witness*가 보관되어 있다.

73 진문사의 '신세계문고'는 아시아재단으로부터 1954~55년 5,000달러의 출판지원금을 원조 받았다. 1956년 전반기까지 신세계문고로 출간된 문고본으로는 2권의 유치진 희곡집 외에『교양의 문학』(김진섭),『신극사이야기』(안종화).『담원시조』(정인보),『원숭이와 문명』(오종식),『서양윤리학사』(김두헌),『국어학개설』(이숭녕),『중국전기소설집』(린위탕 편, 유광렬 역),『三誤堂雜筆』(김소운),『세계의 인상』(30인 기행문) 등이 있다.

이 되련다』『조국이 부른다』, 일명 '통곡(痛哭)' 포함, 『자매』1956.1 등의 출판이 눈에 띄는데, 이는 유치진이 자유아세아위원회의 극작물 심의책임자였던 것과 관련이 깊다.[74] 자유아세아위원회의 한국 지원이 월남지식인을 주 대상으로 한 반공텍스트의 생산 및 전파에 주력한 맥락에서 오영진이 주재한 『주간문학예술』에 대한 각별한 관심과 함께 지원이 이루어진 것이다.

그러면 『주간문학예술』이 자유아세아위원회의 원조를 계속 받았다는 것은 무엇을 의미하는가? 동 잡지의 문화냉전전은 자유아세아위원회의 정책과 어떤 관계를 지닌 것인가? 『주간문학예술』이 자유아세아위원회의 원조를 계속 받았다는 것 자체는 일단 적어도 동 잡지가 자유아세아위원회의 원조 목표, 특히 그들이 강조한 한국의 가치에 부합했다는 것을 뜻한다. 실제 자유아세아위원회의 지원을 받는다는 것은 쉬운 일이 아니었다. 지원의 수요/공급의 불균형에다가 한국지부가 대상자를 선별하더라도 샌프란시스코본부의 최종 재가를 얻지 못해 제외되는 경우도 많았다. 그런 면에서 『주간문학예술』은 적합한 지원 대상이었다는 것이며, 지원이 지속된 것은 자유아세아위원회가 의도한 소기의 성과를 거두었다는 인증의 의미도 있다.

자유아세아위원회는 CIA의 자금을 지원 받아 심리전을 수행하는 반공조직,[75] 또는 CIA정책조정국의 비밀작전을 대행한 기관[76]으로 알려져 있다. 공개된 비밀문서에 의거한 규정이기에 부정하기 어렵다. 사실 유무를 떠나 자유아

---

74 아시아재단은 동 재단의 지원을 받은 〈나도 인간이 되련다〉의 공연 성공에 상당히 고무되었던 것 같다(유치진 작·연출, 극단 신협, 시공관, 1953.12.25~30). 공연 5일간 표가 매진되고 반공 산주의 연극이 이런 호응을 받은 것은 처음이라며, 이 연극이 아시아재단의 지원을 받았다는 사실을 팸플릿에 명시하도록 했다고 한다. 유치진을 "Our friend"로 적은 것이 흥미롭다. 아시아재단 문서(P-61, General) 참조. 이 공연은 공군본부정훈감실과 반공통일연맹의 후원을 받았다.

75 오병수, 「아시아재단과 홍콩의 냉전(1952~1961)-냉전시기 미국의 문화정책」, 『동북아역사논총』 48호, 동북아역사재단, 2015, 12~14쪽.

76 市原麻衣子, 「冷戰期アジアにおける美國の反共支援と冷戰後民主化支援への影響-自由アジア委員會·アジア財團を事例として」, 『コスモポリス(Cosmopolis)』 No.8, 2014 참조.

세아위원회가 문화냉전 기관이라는 것은 분명하다. 따라서 자유아세아위원회의 『주간문학예술』 원조는 『주간문학예술』이 수행한 문화냉전전이 미국의 문화냉전 전략에서 크게 벗어나지 않았다는 것으로 해석해도 전혀 틀린 것은 아닐 것이다. 다시 말해 『주간문학예술』은 한국 나아가 세계적 문화냉전의 일부로 편입·존재했다고 할 수 있다. 미국 추종이라는 의미는 아니다. 여하튼 『주간문학예술』의 문화냉전의 전개는 자유아세아위원회의 강력한 후원 아래 가능했고, 이를 바탕으로 전시 문화냉전의 중요한 역할을 담당할 수 있었던 것이다. 같은 시기 월남한 서북출신 기독교인들이 선교사와의 관계를 통해 구호물자와 선교 자금을 독점함으로써 남한에서 강력한 정치적·사회적 세력으로 성장하는 흐름과 겹쳐지는 지점이다.[77]

이와 관련해 중앙문화사의 존재도 그 의미가 크다. 조직문총 북한지부, 매체 『주간문학예술』의 활동과 성과를 출판으로 재생산해 사회적으로 확산시키는 기능을 하는 가운데 주체들이 인정투쟁을 효과적으로 전개하는 데 유용한 장치였기 때문이다. 중앙문화사의 출판은 서구의 사회과학이론서, 문학서, 월남수기가 주종을 이룬다. 초기전시에는 증언을 위주로 한 (월남)수기, 즉 『전몰해병의 수기』1952.9를 비롯해 국민사상지도원에서 발간된 오영진의 『하나의 증언—소군정하의 북한』1952과 박남수(현수)의 『적치6년의 북한문단』1952을 곧바로 재출간했고, 김시성의 『시베리아유형기』를 출판해 제1회 자유문학상을 받게끔 했다.[78] 또 공산주의의 역사와 이론을 비판한 사회과학서를 번역 출판했다. 예컨대 『레닌에서 흐루시쵸프까지』H. 와트슨, 양호민·박준규 역, 『현실과 공산주의』프레드 슈바르즈, 강봉식 역를 비롯해 D·S·메어즈의 『공산주의비판의 기초』 등이 있으며, 중공탈출기 『황

77 윤정란, 『한국전쟁과 기독교』, 한울, 2015, 331쪽.
78 자유문학상은 자유아세아위원회의 한국에 대한 사업 목표와 의도가 구체화된 첫 사례로 『시베리아유형기』는 제1회 기록문학 부문의 수상작이었고, 규정상 수상작을 출간한 오영진이 자유문학출판상을 수상하면서 5만 환의 상금을 받았다(『동아일보』, 1954.3.18).

하는 흐른다』수잔느 라방, 소련정보장교 탈출기『비밀의 세계』뻬떼르 데리아빈 등 공산
권탈출기와 중공기행문1951~52년『모택동의 나라*THE GREAT PEACE*』라자 후시이씽, 이약손
역, 『소련군대이면사』미하일 쏘로비이푼, 정병조 역 등 공산권국가의 약점을 들추어낸
서적을 번역 출판했다. 1955년부터『중국공산당사』김준엽를 비롯해 공산주의비
판서를 사상문고 형태로 (번역)출판하기 시작한 사상계사보다 비교적 이른 시
기에 중앙문화사가 반공서적을 집중적으로 출간했음을 확인할 수 있다. 『현대
위기의 철학』애드린 코크, 박갑성·김용권 역, 『지식인의 아편阿片』레이몽 아롱, 안병욱 역, 『민
주정치의 철학』한스 켈렌, 한용희, 『프라그마티즘의 철학』윌리암 제임스, 이남표, 『현대정
신비판의 철학』라인홀드 니버, 박경화 등도 번역되었다. 문화자유회의의 중요 활동가
였던 레이몽 아롱의 번역이 눈에 띈다.

문학서로는 황순원의 소설들을 초기에 출간하다가『카인의 후예』, 『학』등 점차『돌
아온 사람들』오 헨리/황동규, 『나의 사랑 안드리스』안나 P. 로즈, 원응서·김수영 공역를 비롯
해 헨리 제임스, 포 등 주로 영미문학작품과『20세기문학평론』프란시스 브라운, 김수
영 외역, 『문화·정치·예술』에머슨, 김수영 역, 『현대문학의 영역』엘린 테이트, 김수영 외역
등 신비평을 포함한 최신문학이론서를 번역 출판했다. 김수영의 문학(이론)서
번역이 두드러진다. 문학번역서는『주간문학예술』의 후신인『문학예술』의 번
역 지향을 수렴해낸 것이다. 이렇게 볼 때『주간문학예술』과 연동된 중앙문화
사의 초기 출판에서는 북한지부의 문화냉전과 연관된 서적들 위주로 출간함으
로써 이를 뒷받침하는 역할을 했다는 것을 확인할 수 있다. 이렇듯 오영진을
정점으로 한 문총북한지부는 조직, 매체, 출판의 상호 유기적인 시스템을 갖추
고 전시에 가장 강력한 문화냉전 전을 수행할 수 있었던 것이다.

이 시기 오영진의 문화냉전 수행과 관련해서『소군정하의 북한』도 중요한
역할을 했다. 이 저작은 당시에 월남수기의 대표적 교본으로 간주되었고 이후
에도 월남수기의 모델이 되면서 다양한 아류들이 1960년대까지 이어진다. 수

난사의 기록, 작게는 '사실에 충실하고 과장, 왜곡, 허위가 없다는 것을 맹서한 다'는 자기보증의 명시 등. 핵심은 증언이다. 증언이기에 집필자의 시각과 해석이 승할 수밖에 없다. 사실 여부 이상으로 그 해석의 관점이 중요하다. 이 저작은 일반적인 역사기록과 비교해보더라도 대체로 사실의 왜곡은 눈에 띄지 않는다. 해방 직후 소련군의 행태도 다소 과장된 면이 없지 않으나 사실과 부합한다. 전시에 쏟아져 나온 조악한 반공수기들과는 질적으로 다르다. 다만 그의 수기가 다루는 시기적어도 1947년 7월까지를 고려할 때 오영진의 기록과 증언이 당시 북한의 보편적인 현실일 수 없다. 해방 직후 쓰인 북조선기행기, 예컨대 박찬식의 「북조선 답사기」『민성』, 1947.5에 기록된 민주주의개혁으로 놀라운 발전상을 나타낸 1946년 말의 북조선현실과 인민들의 의식 수준 그리고 소련에 대한 인식과는 분명히 다르며, 미국통신원 루이스 스트롱이 기록한 1947년 여름 북한현실과도 많이 다르다. 문화적인 면에서도 북조선에서 문화적 이상 국가, 즉 문화예술인들이 자유스럽고 행복하게 오랫동안 하고 싶었던 문화적 활동을 하고 있었다는 서광제의 증언과도 판이하다.[79]

이는 오영진의 의도적인 왜곡이라기보다는 평양지역에 한정된 경험·관찰의 기록이기에 불가피했다고 볼 수 있다. 또 (지주)계급의식, 엘리트주의적 시야에서 포착된 것이기도 했다. 문제는 냉전논리에 입각한 해석, 예컨대 공산주의/민주주의 대립구도 설정, 자유와 공산주의의 양립불가능성 등에 있다. 어쩌면 이 수기는 기록의 충실성 및 해석의 타당성보다는 '단독정부 수립은 공산주의 (자) 때문'권두언으로 읽혀지기를 강요받은 텍스트라고 할 수 있다. 또 그렇게 읽혀졌을 가능성이 매우 높다. 그리하여 '만들어진' 기록이 역사적 사실로 자리를 잡는 가운데 이 텍스트는 전시는 물론이고 전후 문화냉전 전을 수행하는 또 다른 주체가 될 수 있었다. 1983년 국토통일원에서 재발행된 것은 그 연장이다.

79 서광제, 『북조선기행』, 청년사, 1948.7, 서문.

4. 기록주의의 성과와 한계

오영진의 문화냉전 전의 예술적 전략과 논리는 '기록주의'이다. 비단 영화예술론에서만이 아니라 오영진이 설파한 냉전문화론의 전체에서 중요한 요소로 거듭 제기되었다. 그가 반복적으로 강조한 계몽성, 대중성, 레지스탕스 정신, 휴머니즘, 과학적인 태도, 대공투쟁, 지식인의 현실참여 등을 관통하면서 이를 수렴·집성해낸 것이 기록주의라 할 수 있다. 그렇다고 기록주의가 좁은 의미의 (논픽션)르포르타주나 다큐멘터리를 가리키는 것은 아니다. 그에게 기록주의란 열전 및 냉전의 한복판에서 존망의 위기에 처한 민족현실의 특수성을 비판정신에 입각하여 리얼하게 형상화하는 정신 내지 방법으로 요약할 수 있다. 그것은 민족현실에 대한 처절한 위기의식의 산물로서, 개인 실존에서 발원하여 사회, 민족, 세계의 차원으로 동심원을 이루며 연쇄적으로 확대되는 가운데 기록주의의 저변을 형성한다. 아시아재단의 한국 원조의 목표와도 교집합을 이룬 지향이었다.

한국전쟁이 장기적 교착상태에 접어들면서 오영진은 자신이 존재하는 시·공간에 대한 뼈저린 성찰을 통해 기록(성)의 의의를 다시금 제창한다.[80] 기록성에 대한 지향은 두 가지 의미를 내포한다. 첫째, 당면한 반공산주의 투쟁의 효과적인 (예술)방법적 대안이다. 적색제국주의 침략으로 민족의 운명이 농락당한 상황, 게다가 열강의 타협에 의한 휴전협상이 개시되면서 민족분단의 항구화, 확전에 따른 제3차 대전으로 비화될 가능성 등 민족의 진로가 불투명한 조건에서 세계냉전의 전시장으로서의 민족현실의 특수성을 냉철하게 담아내는 기록주의야말로 반공통일전선을 강화하는 가장 유효한 방법이라는 것이다. 이 기록주의의 성취를 통해 느슨해진 사회 내부의 총력전체제를 공고화하고

---

[80] 오영진, 「抵抗과 憤怒의 權化가 되어 ─ 영화」, 『경향신문』, 1952.1.1.

적의 사상전, 문화공세를 효과적으로 방어하는 방공^{防共} 양면 태세를 완비함과 동시에 한국 주도의 자유진영의 연대 결속과 나아가 인류 구원이 가능하다고 본다. 문학예술의 차원에서도 세계문학의 중심에 진입할 수 있는 지름길임을 강조한다. 이 모든 것이 가능한 것은 냉전을 열전으로 체험한 한국(인)의 공산 주의에 대한 비교 우위의 산지식·경험이 있기 때문이다. 오영진이 자신의 수기 『소군정하의 북한』이 기록주의의 전략적 산물임을 명시한 것도 이러한 의의와 목적을 선양하기 위함이었다.[81]

둘째, 정치와의 불가분성이다. 오영진은 당면한 민족현실을 기록할 때 의식적으로 정치적 테마를 선택하지 않더라도 필연적으로 사회적이고 정치적일 수밖에 없다고 강조한 바 있다.[82] 열전으로 인해 정치, 사회, 문화, 인간, 일상생활 등의 제반 현실과 문제가 정치적·이데올로기적 성격을 지닐 수밖에 없고, 예술 활동 또한 정치와 긴밀하게 결합하는 것이 당연하다는 것이다. 그 결합은 개인과 민족이 위기에 봉착할 때 정치이념과 예술의식 사이에는 간격이 있을 수 없기 때문이며 따라서 공산주의 축출, 국토 통일의 국가적인 사명과 예술 활동의 목표가 완전히 합치된다.[83] 더욱이 한국전쟁으로 인해 자각·학습된 예술가들의 정치의식이 반공산주의 투쟁으로 촉진될 것은 자명한 사실이고 나아가 이 모든 사실과 현상에 대한 면밀한 관찰, 분석, 기록이 보다 과학적인 태도로 이루어진다면 높은 수준의 예술성 획득도 가능하다고 본다. 그가 한국전쟁이라는 미증유의 민족수난을 겪었음에도 불구하고 오히려 이 수난으로 말미암아 3·1운동 직후의 신문화운동에 방불한 제2의 신문화운동의 새로운 단계로 예술계가 돌입하고 있다고 진단한 것도 이런 맥락에서다.

---

81 오영진, 『소군정하의 북조선-하나의 증언』, 국민사상지도원, 1952, 6쪽. 아울러 이 수기가 "자신의 예술론과도 합치"된다고 강조했다.
82 오영진, 「영화의 기록성과 사회성」, 이근삼·서연호 편, 『오영진 전집』 4, 범한서적, 1989, 343쪽.
83 오영진, 「반성과 기대-전시하의 연극·영화계」, 『조선일보』, 1954.6.25.

충실한 기록주의에서 새로운 예술운동의 비전을 발견한 것이다. 그가 일제 말기에 개진한 영화예술론, 즉 예술적 형식보다는 기록성을 더 중시함으로써 결국 영화를 정치의 한 수단으로 삼았던 논리가 재현된 셈이다. 예술의 영역에서 강한 정치성을 지닌 기록주의의 관건은 정치와 예술의 조화에 있다. 예술의 형식적 요건과 화학적으로 결합하지 않는 한 기록성은 정치수단으로 변질되어 조악한 프로파간다로 전락할 위험이 항시 존재한다. 물론 오영진이 예술성을 몰각 또는 배제한 것은 아니다. 그는 과학적인 기록 정신이 예술성을 자동적으로 보장한다고 보지 않았다. 반드시 예술적인 여과 과정을 거쳐야 하며, 그 과정에서 휴머니즘에 입각한 예술가의 비판정신에 의해 민족현실이 기록되었을 때에만 비로소 예술적 승화가 가능하다고 강조한다.

문제는 그도 누차 지적하고 있듯이 예술가들의 태도와 현실적 조건 — 영화에서는 기술적 조건 — 이 이를 충분하게 뒷받침하지 못하고 있었다는 사실이다. 따라서 오영진이 다시금 주창한 기록주의는 당시로서는 가능성의 형태로 존재할 뿐이었다. 그로 인해 오영진의 문화냉전전은 민족현실의 특수성에 천착하지 않은 일체의 문학예술운동의 조류들, 예컨대 사소설, 순수문학, 모더니즘, 영탄의 문학예술, 관념적 앙가주망, 통속적 대중문학예술, 형식일변도의 문학 등과의 비타협적 투쟁을 전개하는 작업을 수반할 수밖에 없었다.

오영진이 새삼스러울 것 없는 기록성을 배타적으로 강조하며 중대한 의미를 부여한 것은 '픽션을 제압한 현실', 즉 민족현실의 압도적인 규정력 때문이다. 그는 우리가 당면한 현실이 예술가의 상상력을 초월한, 다시 말해 현실이 그 어떠한 픽션보다 더 풍부하며 다채로운 세계이기에 기록주의가 유효하다는 것이다. 그에게 무내용의 순수문학, 형식위주의 모더니즘, 관념적인 앙가주망 등은 현실에 참패한 픽션이었던 셈이다. 더불어 그 기록주의는 냉전시대 문학예술의 주도적 흐름과 부합하는 것으로 본다. 특히 이탈리아 전후영화의 네오·

리얼리즘의 기록주의에 상당한 공감을 표하면서 기록적 정신과 방법이 보다 진실한 사회성을 띨 수 있다는 사실에 주목한다. 따라서 그에게 기록주의는 서구 냉전예술과 접속하는 매개 고리의 일환이었으며 나아가 세계의 초점으로 부상한 민족현실에 대한 기록주의를 통해 코리아또는 한국적 리얼리즘을 개척함으로써 세계 냉전예술의 중심부에 진입하려는 욕망의 결정체였다고 할 수 있다. 기록주의가 냉전기 세계 문학예술의 동향에 대한 맹목적인 추종과는 다르다고 선을 분명히 긋는 가운데 이를 통해 냉전문화전의 이니셔티브를 확보할 수 있다는 자신감까지 표명했다.

오영진이 주창한 기록주의는 비록 이론적 체계를 구비한 것은 아니되 문화냉전전의 중심에 있던 당시로서는 상당한 시의성을 지닌 것이었다. 대중계몽성 제고의 가능성을 바탕으로 선전전, 문화전의 유력한 수단으로 기능할 수 있었고, 더욱이 그것이 자신이 주관한 미디어를 발판으로 구체화함으로써 문학예술적으로도 새로운 기풍을 진작시킬 수 있었다. 영화의 경우 오영진이 아시아재단으로부터 7,000달러의 제작비 융자를 받아 제작에 참여한 「죽음의 상자」를 통해 기록주의의 적용을 평가해볼 수 있는데, 당시 이 영화는 반공영화에 미달한 그래서 오히려 명백한 이적행위를 한 것이라는 일부의 비판도 있었으나김종문, 대다수는 반공영화의 새로운 타이프 개척, 효과적인 방공防共의 텍스트, 충분한 선전적 가치 보유 등을 갖춘 외국영화에서도 찾아보기 힘든 반공영화의 전형을 창출한 것으로 평가받은 바 있다.[84]

간과해선 안 될 것은 기록주의의 지향이 민주주의적 요소가 발양될 여지를 내포하고 있었다는 사실이다. 작가들의 현실비판적 태도에 의거한 관찰, 분석,

---

84 「죽음의 상자」, 「피아골」을 둘러싼 영화검열의 양상과 피검열자들의 논란을 중심으로 한 검열 효과에 대해서는 이봉범, 「1950년대 문화정책과 영화검열」, 『한국문학연구』 제37집, 동국대 한국문학연구소, 2009, 445~460쪽 참조.

기록을 요소로 하는 기록주의는 기본적으로 사회현실에 대한 고발뿐만 아니라 반공통일전선에 저해되는 일체의 요소, 나아가 관권, 특권으로 얼룩진 권위주의적 이승만정권에 대한 비판·저항의 가능성을 담지하고 있다. 사상계그룹의 지식인들의 예에서 확인할 수 있는 바와 같이 극단적 반공주의자들이 이승만정부의 통치행태에 대한 비판을 주도했던 것과 마찬가지로 오영진도 이승만정부의 권위주의적 강압 통치를 맹렬히 비판했다. 절망적인 무질서에 안주해 독재나 비민주주의와 타협하는 것은 도저히 용서받을 수 없는 식민지근성으로의 후퇴이자 민주주의와의 영원한 결별을 의미한다고 보고 대중과 연대한 문화지식인들의 현실참여 및 저항을 촉구하기도 했다.[85] 법적, 제도적 차원에서는 특히 언론의 자유, 창작활동의 자유를 억압·통제하는 검열제도에 대해 강도 높은 비판을 가한다. 제도화한 검열이라는 봉건노예적 허위를 배격하는 데서 진실한 기본권 보장이 비로소 가능하며, 무차별적 검열은 궁극적으로는 이적 행위에 해당한다는 것이다.[86] 본인도 월권, 비전문일지 모르나 예술의 영역에서 벗어나 현실의 정치, 사회에 적극적으로 개입하겠다고 선언[87]한 뒤 행동적 지식인의 길을 걸었다.

그러나 이때의 민주주의는 반공을 절대적 조건으로 한 것이었다. 1950년대 엘리트지식인들의 민주주의론이 그 자체로 의미화되기보다는 공산주의의 반정립으로 정당화되는 수동적 양상을 드러내어 적극적 정치담론으로 기능하기 힘들었던 것처럼,[88] 반공주의와 민주주의의 모순적 결합 속에서 안출된 오영진의 민주주의적 지향과 실천도 결과적으로 반공주의를 정당화하는 수준을 크

---

85 오영진, 「문화공세론」, 『사상계』, 1953.6, 204쪽.
86 「문학예술인의 권리 옹호를 위하여」(사설), 『주간문학예술』 제8호, 1952.12.20.
87 오영진, 「抵抗과 憤怒의 權化가 되어 – 영화」, 『경향신문』, 1952.1.1.
88 황병주, 「1950년대 엘리트지식인의 민주주의 인식 – 조병옥과 유진오를 중심으로」, 『사학연구』 89, 한국사학회, 2008, 250쪽.

게 넘어서지 못했다. 진정한 반공(승공)을 위해서 민주주의가 절대적으로 필요한 것이라는 차원의 제한된 인식으로 말미암아 그의 이승만정권의 독재비민주주의에 대한 비판이 아무리 적극적이었다 하더라도 이 선 안에서의 최고치였을 뿐이다. 그 한계를 극복하기 위해 1960년대 조선민주당 재창당 등 자발적으로 현실(정당)정치에 참여하고 한일협정체결, 베트남파병 등에 대한 반대투쟁을 통해 민주주의 노선을 더 강도 높게 추구하나[89] 이 같은 민주주의에 대한 인식의 견고한 틀에 갇혀 마찬가지의 결과를 가져왔을 뿐이었다. 다만 그 일련의 과정에서 미국이 적극적으로 호명된다는 것에 주목할 필요가 있다. 그에게 미국은 반공의 동반자, 후원자로 그리고 자유민주주의의 구현자로 수용된다. 그것은 어쩌면 냉전체제하에서 한국(지식인)에 부과된 상한선이었는지 모른다.

이 글은 오영진을 유의미한 냉전텍스트로 설정하고 냉전문화기획자로서의 그의 삶과 문화 활동을 고찰함으로써 오영진 연구의 지평을 확대하는 동시에 한국 냉전문화의 기원적 맥락을 역사화하여 그 일단을 탐색하는 데 목표를 두고 있다. 드러냄에 다소 치중된 감이 없지 않다. 오영진이 수행한 냉전문화 기획이 원체 숨겨진 면이 많기에 불가피했던 것도 사실이다. 오영진을 경로로 한 후자의 접근은 냉전을 벼리로 했을 때, 반공(승공), 민주주의, 민족주의, 기독교, 월남지식인, 미국, 아시아재단 등 이에 결부된 많은 키워드의 상호관련성에 대한 면밀한 고찰이 수행되어야만 의미 있는 성과를 이끌어낼 수 있다.

이 글의 논의는 그 그물망의 윤곽을 재구성하는 것으로 한정하고 있다. 오영진이 위치한 좌표 재설정이라 할 수 있겠다. 오영진이란 냉전텍스트의 심층에 조금 더 다가갈 수 있는 길은 없을까? 오영진과 아시아재단의 긴밀한 관련 속에서 빚어진 오영진의 아메리카니즘을 논하는 연구로 확장시켜 다뤄볼 예정이다. 일본에 대한 의도적 거리두기"에트랑제의 시선"와 미국에 대한 우호적 비판(배위

---

89 오영진, 「운명과 기회—작가의 수기」, 『사상계』, 1969.12, 176~211쪽.

야 할 대상으로서의 미국의 높은 도덕성에 대한 고평과 대외원조에서의 고도의 기술성 부족)
이[90] 아시아재단을 매개로 해서 어떤 아메리카니즘으로 결정結晶되는가를 추적
하는 작업은 한국 냉전문화의 심층에 한 발 더 다가서는 통로가 될 것이다.

---

90 오영진, 「구라파기행」, 『동아일보』, 1953.1.6~17.

제11장

귀순과 심리전,
1960년대 국가심리전 체계와 귀순의 냉전 정치성

1. 귀순과 전략심리전

이만희 감독의 반공영화 〈7인의 여포로〉의 검열서류를 살펴보면1964.12~65.8, 한국영상자료원 소장 몇 가지 흥미로운 점이 발견된다. 우선 중앙정보부KCIA가 영화 검열에 지배적인 영향력을 행사했다는 사실이다. 공보부와 함께 〈7인의 여포로〉의 합동 실사검열에 직접 참여해 부분제한 결정의 입장을 밝힌 뒤 곧바로 상영보류조치를 공보부에 통보했고, 제작사의 재심의 요청에 따라 이루어진 재편집본에 대한 재검열과정에 다시 개입하면서 영화 제명의 변경, 6개 장면 의 완전삭제와 반공적인 내용의 대폭 보강 등을 지시하고 이후 상영보류조치 해제 및 상영조치 의견을 전달했다. 중앙정보부의 개입은 여기서 끝이 아니었 다. 중앙정보부의 의견이 모두 반영되어 재촬영 후 〈돌아온 여군〉이라는 제명 으로 비로소 개봉될 수 있었으나, 뒤늦게 국방부가 일부 문제 장면의 삭제 또 는 수정조치를 요구한 뒤 공보부가 이를 받아들일지 여부를 중앙정보부에 문의했고, 중앙정보부가 공보부에서 자체적으로 판단해서 처리하라는 답변 후 공보부의 추가제한 지시가 이루어지는 과정을 밟는다.[1] 중앙정보부가 (영화)검열에 직접 개입한 것 자체가 초법적인 일이다. 중앙정보부의 검열이 가시적으로 공개된 시점은 남북대결이 고조된 1968년 하반기부터 사상관련 출판물에 서였는데 판권지에 '中央情報部檢閱畢' 명기, 〈7인의 여포로〉 검열서류를 통해서 중앙정보부의 초법적 검열개입이 비교적 이른 시기부터 시작되었고, 그것도 텍스트의 생사를 좌우할 정도의 압도적인 영향을 끼쳤다는 사실을 확인할 수 있다. 더불어 중앙정보부의 검열 권한이 영화검열의 주무부처인 공보부보다 상위에서 텍스트의 내용에 칼날을 들이대는 것뿐만 아니라 또 다른 검열주체인 공보부와 검찰·경찰의 입장을 전체적으로 조율하여 지침을 도출해내는 막후 조정자의 역할을 했다.

둘째, 검열과정에서 논란의 초점이 된 국가안보상의 유해요소로 적시된 내용이 당대 심리전과 밀접한 연관이 있다는 점이다. 제작신고 단계에서 정부시책의 저촉 여부가 심의되었고 시나리오검열과 합동실사검열에서 사상문제가 검토된 뒤 부분제한을 거쳐 상영허가 결정이 났음에도 불구하고 중앙정보부가 상영보류 및 재검열의 지시와 수정사항을 명시해 통보한 데는 이만희의 반공법위반 구속 기소사건 1965.2.5이 작용했다. 검찰이 기소한 문제점 6가지가 완전 삭제되는 절차를 거쳐 "건전한 반공영화"로 재편집되는 과정에서 특이한 점은 중앙정보부가 텍스트의 심리전적 가치를 중요하게 고려했다는 사실이다. 즉 텍스트 말미에 자유대한에 귀순하는 용감성을 표현할 것과 반공적인 표현이 관객들로 하여금 직감케 하도록 장면의 보강을 특별히 요구한다.

---

1 〈7인의 여포로〉 검열과정의 상세한 과정과 내용 그리고 영화검열사적 의미에 대해서는 조준형, 「검열자료로 보는 〈7인의 여포로〉 사건」, 웹진 『민연』 47·50호, 고려대 민족문화연구원, 2015 참조.

심리전 관련은 이만희 구속 후 공보부에 접수된 영화인협회감독분과위원회의 진 정서에서도 나타나는데, 검찰의 공소장에 대한 반박에서 '자유대한으로 귀순할 의사를 지닌 북한병사들이 용감하게 그려진 것은 북한의 국제적 지위 향상과 북한찬양 혐의가 아닌 그 반대이며 이는 이북방송이 괴뢰군 장병의 귀순을 환영하는 취지와 내용에 부합하는 것'이라는 논리를 편다. 텍스트의 심리전적 가치를 강조하며 인신구속의 부당성을 비판한 것이다. 이 같은 사실은 〈7인의 여포로〉 검열이 당시 중앙정보부가 주도한 국가심리전과 모종의 내막이 있음을 시사해준다. 실제로 중앙정보부의 사상검열과 그 일환인 반공방첩영화에 대한 검열 개입은 1962년부터 본격적으로 이루어졌고,[2] 그 사상검열에서 용공, 불온성 못지않게 중요하게 고려된 요소가 텍스트의 대내외적 심리전상의 가치 여부였다. 이 글은 〈7인의 여포로〉 검열에 함의되어 있는 심리전적 맥락을 확장하여 1960년대 국가심리전의 체계와 작동에 대해 살펴보고자 한다.[3]

1960년대 심리전psychological warfare은 귀순과 불가분의 관계를 지니고 있다. 제2전선으로 일컫는 심리전은 넓은 의미에서 적적군·적국민의 심리를 교란·변화시켜 전쟁의식을 감퇴 내지 말살하는 한편 내부적으로는 일반국민들의 전의를 하나로 통일시켜 전쟁을 승리로 이끌도록 하는 일체의 선전과 조치들을 뜻한

---

2 이를 잘 보여주는 사례가 반공방첩영화 〈검은 장갑〉(김성민 감독)의 검열과정이다(1962.2~
   63.5). 중앙정보부는 영화제작신고 시 추천영화에 대한 입장 표명, 시나리오 심사 및 실사검열
   참여, 일본현지로케 문제로 상영허가가 보류된 상태에서 상영허가 입장 통보 등을 했으며, 검열
   과정에서 〈검은 장갑〉이 지닌 북송의 기만성 폭로와 반공방첩의식 고취의 효과 등을 강조한 바
   있다. 물론 중앙정보부의 영화검열 개입은 중앙정보부 창설(1961.6.10) 직후부터 이루어졌다.
   영화 〈오발탄〉의 상영보류 해제 후 합동재검열 시 "치안에 역효과를 초래할 위험성과 재건시책
   과 정반대 현상"이란 요지로 상영불가의 의견서를 제출했고(1961.7.20), 이후 상영허가의 의
   견을 통고한 바 있다(1963.7.10).
3 조준형도 적시한 〈7인의 여포로〉 검열의 특이한 지점들, 예컨대 최상위 검열자로서의 중앙정
   보부의 위상과 검열기관들의 유기적인 내적 검열시스템, 반공방첩영화에 대한 검열의 우선적
   인 기준과 귀순의 문제, 전파심리전(대북방송)의 가치 등과 이 요소들의 상호 관련성은 당대 심
   리전의 맥락으로 접근할 때 비로소 명료한 이해가 가능하다.

다. 심리전의 범위는 적대국뿐만 아니라 중립적 집단 및 우호적 집단 등 제3국을 대상으로 자국에 대한 이해, 협력, 지원을 얻기 위한 프로파간다까지를 포괄한다. 이러한 설득작전으로서의 심리전은 전시에는 무력전과 결합 혹은 단독으로 수행되고, 그 목적이나 운용에 따라 전술심리전, 전략심리전, 선무심리전 등 다양한 형태로 구분된다. 준전시 또는 평시에는 대체로 장기간에 걸친 시간적 지속성을 갖는 전략심리전 위주로 전개되는데, 특히 이데올로기적 대립을 본질로 하는 냉전체제하에서는 동서 양 진영 모두 체제(진영)의 이념적·도덕적인 우월성을 선전하는 전략심리전을 냉전전의 주요 무기로 삼았다. 냉전기 심리전에서 귀순은 각별한 의의를 지닌다. 자유진영으로의 귀순 자체가 냉전선상의 승리의 표상이자 체제우월성의 반증으로 간주되었기 때문이다.[4] 더불어 재교육을 통한 대공 역선전전의 호재로, 또 내부적인 승공의 자원으로 이용 가치가 매우 컸다. 물론 이 모든 것은 양 진영 상호적이었으며, 다양한 변주를 거쳐 장기 지속적으로 시행되었다.

냉전기에 귀순을 매개로 한 심리전의 전형적인 사례는 베트남전에서 미국이 1963년부터 시행한 'Chieu Hoi Program'이다. '배반의 기회를 제공하여 적敵을 약화시키고 이我를 강화한다'는 이론을 기초로 시행된 Chieu Hoi귀순 프로그램은 1963~68년 총 90,180명의 귀순자를 획득하는 성과를 거두었는데, 이 수치는 한국전쟁 기간 유엔군사령부가 억류한 포로의 수 22,604명의 4배에 달하는 규모였다.[5] 베트콩귀순자들은 CIA의 귀순자활용계획에 의해 추호이수용소에서 사상교육을 중점적으로 받고 다시 역이용된다.[6] 베트남파병 한국군

---

4 「자유의 값어치」(사설), 『조선일보』, 1967.8.19.
5 김명기, 「귀순자의 국제법상의 지위」, 『국제법학회논총』 17-1, 대한국제법학회, 1972.3, 25~26쪽.
6 메카시, 「나는 이렇게 보았다 ③-메카시의 월남전 르포」, 『조선일보』, 1967.7.30. 베트남에서 미국의 대공심리전을 전담한 기관은 'JUSPAO'(미국합동공보국)이다. 1965~1972.6 기간 대공심리전 활동의 군민협조, 베트남의 매스미디어 개발과 공보활동 지원, 미 국무성의 공보문화

도 이 귀순프로그램의 틀 안에서 독자적인 귀순 심리작전을 전개한 바 있다.[7] 북한 또한 심리전요원을 파견하여 1966년 6월부터 북베트남군 및 베트콩에 대한 조선어 강습 실시 및 한국군 전방부대에 대한 선전공세, 한국 파월장병 속에 공작원 침투 등 대남심리전을 계획·시행했다.[8] 냉전기 베트남전보다 앞서 심리전이 치열하게 전개된 것은 한국전쟁 기간이었다. 한국전쟁의 독특한 특성과 양상, 즉 기본적으로 동서 냉전의 이념전쟁으로서의 열전이었고 국제전이자 내전이며, 전면전이자 제한전의 양상으로 전개됨으로써 다양한 형태의 심리전이 활성화된 가운데 한국전쟁은 전 세계적인 차원에서 냉전의 거대한 심리전장이 되었다.[9]

미국 주도하에서 수행된 한국전쟁기 심리전의 경험과 학습은 정전협정 후에도 연속되어 전략심리전의 형태로 지속되는데, (동)아시아가 냉전의 격전장으로 부상하고 한반도분단체제의 고착화에 따른 남북 체제경쟁이 가속되는 것에 대응하여 대내외적 대공심리전의 가치가 증대되기에 이른다. 이는 오키나와를 거점으로 한 미국의 동아시아 심리전과의 협력 채널을 통해서 수행되는 동시에 다른 한편으로는 한국 독자적인 심리전의 모색으로 진척되면서 심리전의 조직, 이론, 체계 등이 구체적으로 마련, 정비되는 수순을 밟는다. 그러나 전후 1950년대에는 일원화된 국가심리전 체계가 불비했고, 공산권북한정보의 부재, 대공심리전에 대한 인식 미비, 심리전 요원 및 기간시설의 부족 등의 이유로

활동 등을 도맡았던 군민합동의 공보기구였다(「7년 만에 문 닫는 '저스파오'」, 『경향신문』, 1972.6.29).

7 파월한국군이 전개한 대적심리전에 대해서는 채명신, 『채명신 회고록―베트남전쟁과 나』, 팔복원, 2006, 373~381쪽 참조.

8 「북괴 월 참전 재확인」, 『동아일보』, 1968.6.15.

9 한국전쟁 기간 시행된 심리전에 대한 전반적인 고찰은 정용욱, 「6·25전쟁기 미군의 삐라 심리전과 냉전 이데올로기」(『역사와 현실』 51, 한국역사연구회, 2004), 김종숙, 「6·25전쟁기 심리전 운용실태 분석」(『軍史』 53, 국방부군사편찬연구소, 2004), 장영민, 「한국전쟁 전반기 미군의 심리전에 관한 고찰」(『軍史』 55, 국방부군사편찬연구소, 2005) 등을 참조.

심리전의 중요성에 대한 정책적·사회적 요구에 비해 실효적인 추진이 어려웠다.[10] 군육군본부의 산발적이고 초보적인 대공심리전으로는 북한의 공세적인 대남심리전을 방어하는 것조차 버거운 실정이었다. 정언적定言的 차원의 심리전에 대한 맹목적 강조는 오히려 대내적인 사상전으로 협소화되어 사회통제의 도구로 활용되는 측면이 훨씬 강했다. 이러한 구호 차원의 심리전은 5·16 직후 군사정부에 의해 전면 개편되었다. 군사정부는 집권 초부터 대공심리전을 최우선적인 정책 과제로 설정하고 조직적인 국가심리전 체계를 확립함으로써 비로소 국가주도의 심리전이 본격적으로 실시될 수 있었다. 이 일련의 과정에서 가장 부각된 것이 전향남파간첩을 비롯한 귀순자집단이다.

귀순(자)의 심리전적 가치는 귀순자의 법적 지위와 관련이 깊다. 국제법상 귀순(자)에 대한 명확한 규정은 존재하지 않는다. '포로의 대우에 관한 제네바협약'1949에도 귀순자의 지정은 생략되어 있다. 한국전쟁기 휴전협정이 장기 지체된 것도 동 협약 118조에 규정된 포로 처리원칙을 둘러싼 첨예한 입장 차이 때문이었다. 귀순의 사전적 의미, 즉 "적이었던 사람이 반항심을 버리고 스스로 돌아서서 복종하거나 순종함"『표준국어대사전』이라는 의미가 함축하고 있듯이, 귀순자는 일반적으로 자기 소속(군)을 자발적으로 배반하고 적과 협력하는 자로 규정된다. 자발성자유 의지의 유무에 의해 귀순자deserter/defector는 전쟁포로와 구별되며, 강제로 포획된 전쟁포로라 하더라도 자발적으로 적의 군대에서 복무하거나 본국으로 송환을 거부하는 경우에도 귀순자로 처리하는 것이 국제적인 관행이다. 마찬가지로 전시귀순자가 전쟁 또는 적대행위 종료 후 전쟁포로와 같이 송환 대상에 포함되는지에 관한 성문화된 국제법 또한 존재하지 않는다. 다만 귀순자의 송환 여부는 귀순자를 접수한 국가의 재량에 속하는 문제로 간주되어 왔고, 이런 관행은 특히 한국전쟁 당시 송환을 거부하는 포로, 즉

---

10 「심리전에 주력하자」(사설), 『동아일보』, 1955.7.29.

귀순자의 처리를 통하여 법적 확신을 획득함으로써 국제관습법적으로 확립된 바 있다.[11] 따라서 배반자로서 귀순자는 국제법상 전시뿐만 아니라 평시에도 한편에서는 범법자(반역자)인 동시에 다른 한편에서는 VIP가 되는 이율배반적 가치를 지닌 묵인된 존재들이었다.[12]

한국에서 귀순자에 대한 법적 규정은 '병역미필자특조법' 시행령1961.6.23 제4조, 즉 "귀순자라 함은 북한괴뢰집단의 불법 지배하에 있는 지역으로부터 대한민국을 지지하고 생명의 위협을 무릅쓰고 탈출하여 자발적으로 귀순한 자"로 처음 명문화되었다. 제주4·3항쟁과 여순사건 직후 귀순(자)이란 용어가 빨치산민족반역자과 대칭적으로 사용되기 시작한 뒤 한국전쟁기와 그 이후에 남한의 체제우월성을 증명하는 표상으로 광범하게 소환되었으나 법적으로 규정된 바 없었다. 법률적 용어 정착과 더불어 귀순자는 '국가유공자 및 월남귀순자 특별원호법'1962.4에 의해 국가의 보호와 지원을 받았는데, 당시 240여 명의 귀순자들에게 정착수당 지급과 취업 및 주택문제 해결을 규정하고 있다.

다만 동법 시행령1962.5에 따라 월남귀순자들은 엄격한 심사를 받아야만 했다. 5가지 심사기준에서 주목되는 것은 유리한 북한첩보의 제공, 가치 있는 노획물 제공 등과 함께 귀순의 동기, 정신 상태, 귀순 시기, 북한에 미치는 심리적 영향 등 "심리전상의 가치"를 주요 심사원칙으로 설정했다는 점이다.[13] 특혜 제공을 통한 귀순 유도와 함께 귀순자를 대공심리전의 자원으로 활용하겠다는 취지였다. 실제 심사를 통과한 귀순자들은 1962년 2월 설치된 공보부 산하 '특수선전위원회'의 관리 및 통제를 받는 가운데 각종 심리전에 동원 또는 자발적으로 참여하게 된다.[14] 법적 뒷받침 속에 귀순자와 대공심리전의 제도

11 민경길, 「귀순자의 법적 지위에 관한 연구」, 『인도법논총』 20, 대한적십자사 인도법연구소, 2004, 40쪽. 이 논문에는 귀순자의 처리에 관한 여러 국가들의 관행과 학설이 잘 정리되어 있다.
12 김명기, 앞의 글, 42쪽.
13 「국가유공자 및 월남귀순자 원호기준을 밝혀」, 『경향신문』, 1962.6.1.

적 결합을 바탕으로 한 국가심리전 체계가 성립·가동된 것이다. 이 시스템은 관련 법률의 개정을 수반하며 1980년대까지 확대 지속된다.[15]

그런데 심리전의 요원으로 부상한 귀순자의 규모는 불분명하나, 월남뿐만 아니라 여러 경로를 통한 자진귀순자, 전향남파간첩 등 다양한 분포를 나타내는 특징이 있다. 이 가운데 전향간첩들이 가장 중요한 대공심리전의 주체였다. 대남공작원, 특히 자수 및 전향의 과정을 거쳐 귀순한 간첩은 적에 대한 정보원이자 남한체제의 우월성을 입증해주는 산 증거로서 또 대내외적인 체제선전의 도구로 활용할 수 있는 심리전의 최적임자였기 때문이다. 중앙정보부의 비밀자료에 따르면, 1951~1969년 검거된 간첩의 규모는 3,360명이다.[16] 검거형태별로는 생포 2,391명, 사살 824명, 자수 217명이고, 검거단서별로는 인지 1,594명, 공작 135명, 신고 563명, 검문 851명, 자수 217명 등으로 분류되어 있다. 간첩의 실체를 실증적으로 연구한 한홍구의 조사에 따르면 1951~1996년 남한당국이 적발한 간첩이 총 4,495명이었고, 연도별로는 1951~59년 1,674명생포: 1,494명, 사살: 62명, 자수: 118명, 1961~69년 1,686명생포: 825명, 사살: 762명, 자수: 99명, 1971~79년 681명생포: 448명, 사살: 208명, 자수: 25명, 1980~89년 340명생포: 238명,

---

14 특수선전위 규정 공포에 따라 설치된 특수선전위원회는 공보부차관을 위원장으로 외무, 내무, 법무, 국방, 문교, 보사 등 6개 부처의 차관과 공보부장관이 임명한 3명의 위원으로 구성되었는데, 주 임무는 "심리전의 실시 및 활동 상황과 귀순자의 처우와 그 지도방침에 관한 사항을 조사, 심사"하는 기능이었다.

15 '국가유공자 및 월남귀순자 특별원호법'은 1966년 4월 개정을 통해 정착수당 대폭 인상 등 귀순자 원호규정을 강화했고, 귀순자 원호 부문은 1978년 12월 '월남귀순용사 특별보상법'으로 대체되었다. 이 법률에서 월남귀순자의 범위가 좀 더 구체적으로 명시되는데, 북한군 소속 군인 및 군속과 민간인 그리고 밀파된 간첩으로서 자수, 전향한 자 등이 포함된다. 물론 귀순 동기와 사상 검증의 심사를 거쳐야 귀순자로 인정되는 것은 마찬가지였다. 이후 '귀순북한동포보호법'(1993)으로 승계되었다가 탈북자 급증에 따른 정책 전환의 필요성이 대두됨에 따라 '북한이탈주민의 보호 및 정착지원에 관한 법률'(1997)이 제정되면서 '귀순'이란 법률적 용어는 사라지게 된다.

16 중앙정보부, 『1970~75년 검거 간첩 명단(III급 비밀)』, 1976. 이 자료에는 1951~1969년 검거간첩의 숫자와 검거기관, 검거단서, 검거형태 등 17개항의 분류, 통계만 제시되어 있는 반면 1970년부터는 매년 검거간첩의 숫자, 실명 및 관련정보를 구체적으로 수록하고 있다.

사살: 77명, 자수: 25명, 1990~96년 340명생포: 70명, 사살: 29명, 자수: 25명 등으로 나타나는데,[17] 1951~69년에 검거간첩이 집중되었고 점차 하향 추세를 나타낸다는 사실을 확인할 수 있다. 이러한 사실은 북한의 대남전략 변화와 유관한 산물로, 남파공작원(내부적인 공작으로 만들어진 간첩조작사건까지 포함해)에 대한 이해가 대남/대북 상호 심리전 전략의 차원에서 접근되어야 한다는 것을 시사해준다.

심리전과 관련해 중앙정보부의 자료에서 파악할 수 있는 또 다른 특징은 침투유형별 다양성이다. 즉 남파 1,523명, 월북 후 남파 1,243명, 대동월북 후 남파 34명, 재남在南 393명, 합법 도일 후 남파 17명, 밀항도일 월북 후 남파 3명, 납북귀환 42명, 제3국 우회 26명, 위장귀순 1명, 도구 월북 후 남파 4명, 월북 후 일본우회 남파 1명, 중공 남파 2명, 강제송환 1명 등으로, 총 3,360명의 남파 경로와 성격의 복잡성을 보여준다. 이 또한 북한의 대남전략 추이와 연계된 결과이다. 이 가운데 상당한 규모의 재남, 납북귀환, 도일 혹은 일본으로부터의 침투는 간첩공작사건과 밀접한 관련이 있다. 냉전기 조작(의혹)된 간첩사건의 대표적 세 유형이 일본지역과 연계된 사건, 특히 조총련계와 연루되었거나 재일동포가 간첩혐의를 받게 되는 경우가 제일 많았고, 납북어부 그리고 남파간첩과 무리하게 관련지은 사건에 의해 간첩으로 둔갑된 경우였다는 사실에서 추정 가능하다.[18] 일본지역과 관계된 간첩사건은 1951~69년 검거간첩 중 조총련 소속이 117명이었고, 1970년 이후 조총련간첩이 상대적으로 급증했다는 사실과도 관련이 깊다(1970~75년 조총련간첩은 97명). 이 같은 특징을 감안할 때, 1960년대 간첩의 문제는 한반도차원을 넘어 동아시아 지정학의 차원에서 접근할 필요성을 제기해준다고 볼 수 있다.

---

17 한홍구, 「한국현대사의 그늘, 남파공작과 비전향장기수」, 『역사비평』 94, 역사비평사, 2011, 204쪽, 〈표 1〉 시기별 간첩검거현황 참조.
18 「통일로 가는 전환시대, 문제의 공안사건을 점검한다」, 『한겨레』, 1988.12.2~10.

그것은 1960년대 심리전의 권역과 함수관계가 있다. 1951~69년 자수한 간첩 2,608명과 생포된 2,391명 중 전향한 간첩의 상당수는 국가심리전의 체계에 편입되어 심리전의 핵심 주체가 되었다. 여기에다 정전협정 후 자진월남자들이 포함되고 기존 월남지식인들이 합류하면서 대공심리전의 풍부한 자원이 형성됨으로써 한국 독자적인 심리전이 활성화될 수 있는 기반이 조성된다. 국가주도하에서 이들이 전개한 심리전은 동아시아 지역으로까지 파급된다. 라디오심리전을 통해 동아시아 지역 전반에 전파냉전을 수행하는 것뿐만 아니라 일본재일조선인사회, 대만, 베트남 등지에 귀순자를 직접 파견해 해당국과의 협력적 심리전에 참여하기도 했다. 귀순이란 정체성이 냉전의 규정 속에 특유의 정치성을 낳고, 그 정치성이 냉전동아시아를 횡단하는 심리전으로 확산되는 맥락은 이 시기 심리전을 접근하는 데 필수적으로 검토되어야 할 지점이다. 따라서 이 글은 다양한 성분, 유형, 경로로 귀순한 남파간첩을 비롯한 주요 귀순자들이 누구이고, 그들이 무슨 일을 했으며, 어떤 심리전콘텐츠를 생산·전파했는가를 실증적으로 재구성하고, 이 전반이 박정희정부의 대내외적 심리전프로젝트와 어떻게 연계되어 한반도 및 동아시아 문화냉전에 접속, 기여했는가를 고찰하고자 한다.

귀순과 심리전의 관계에 대한 연구는 드물고 또한 소략하다. 심리전 연구는 주로 한국전쟁기 심리전에 치중되었고, 전후의 심리전은 라디오심리전에 대한 연구가 더러 있을 뿐이다. 유엔군총사령부방송VUNC,1950.6.29~70.6.30의 운영과 폐쇄, 심리전프로그램에 관한 연구와[19] 동아시아 문화냉전의 관점에서 1955년부터 개시된 KBS의 '자유대한의 소리 일본어방송'에 대한 고찰[20] 등이 있다.

---

19 김영희, 「1960년대 VUNC(유엔군총사령부방송)의 운영과 폐쇄」, 『한국언론학보』 56-5, 한국언론학회, 2012.10; 「1960년대 VUNC(유엔군총사령부방송) 프로그램과 청취 양상」, 『언론정보연구』 51-1, 서울대 언론정보연구소, 2014.
20 윤상길, 「냉전기 KBS의 '자유대한의 소리'방송과 對日 라디오방송 – 동아시아 문화냉전의 파열

위의 논문들은 1950~60년대 전략심리전의 총아인 라디오심리전에 관한 실증적 연구로, 동아시아 전파냉전의 양상을 드러내준 의의가 크나 일부 라디오심리전에 국한시킨 결과 당대 한국 독자적으로 전개한 심리전의 구체적 실상을 파악하는 데는 미흡하다. 간첩, 귀순(자) 등에 관한 연구는 각기 다른 관점에서 다양하게 다루어졌는데, 대체로 간첩담론의 지형과 정치사회적 함의, 귀순 및 반공방첩 담론과 반공체제의 재편성 문제, 월남귀순자들에 의한 북한 재현과 재현의 냉전정치성 구명 등이 있다. 기타 반공(간첩)영화의 문화정치 또는 재일조선인간첩사건을 통한 간첩의 존재론에 대한 규명이 있었다.[21] 앞서 거론한 간첩의 실체에 관한 한홍구의 연구 외에는 대부분 가시화된 담론, 재현 및 표상, 특정 사건을 대상으로 한 접근이었기에 국가심리전의 전반적이고도 내밀한 실상을 파악하기엔 일면적일 수밖에 없다. 이상의 연구를 바탕으로 이 글은 동아시아 냉전지정학의 차원에서 1960년대 한국 독자적인 전략심리전의 체계와 그 시행을 귀순자의 생태와 관련지어 구명하는 데 초점을 둔다.

과 수렴」, 『커뮤니케이션이론』 15-4, 한국언론학회, 2019.12.

21 간첩, 귀순과 관련해 이 글이 주목한 기존 연구로는 김봉국, 「한국전쟁 이후 1950년대 간첩 담론의 양가성」(『역사연구』 22, 역사학연구소, 2012), 후지이 다케시, 「4·19/5·16시기의 반공체제 재편과 그 논리」(『역사문제연구』 25, 역사문제연구소, 2011), 임유경, 「일그러진 조국―검열국가의 병리성과 간첩의 위상학」(『현대문학의 연구』 55, 한국문학연구학회, 2015), 임유경, 「북한 담론의 역사와 재현의 정치학」(『상허학보』 56, 상허학회, 2019), 허병식, 「간첩의 시대, 분단 디아스포라의 서사와 경계인 표상」(『한국문학연구』 46, 동국대 한국문학연구소, 2014), 이하나, 「1970년대 간첩/첩보서사와 과잉냉전의 문화적 감수성」(『역사비평』 112, 역사비평사, 2015), 장세진, 『숨겨진 미래―탈냉전 상상의 계보 1945~1972』, 푸른역사, 2018 등이다.

2. 1960년대 반공체제 재편성과 국가심리전 체계

5·16 직후 비상계엄령하에서 군사정부가 가장 역점을 두었던 사업 중 하나가 간첩 및 용공분자의 대대적인 색출·검거였다. 포고 18호5.19를 발동해 공산주의 활동의 철저한 규제 및 공산계열의 반국가단체에 대한 엄중처벌을 선언하고, 간첩자수기간5.18~22에 2,014명의 용공분자를 예비검속으로 체포한 것을 비롯해 이후 1962년까지 간첩자수기간 및 방첩강조주간을 5차례 이상 연장, 확대하면서 공격적으로 반공체제의 재편성을 시도했다.[22] 5·16 이전에도 군·검찰이 주도한 방첩주간이 상시적으로 시행되어(1958년 12월 국가보안법 개정 후로는 한두 차례 간첩자수기간 시행이 병행) 반공체제의 강화와 냉전인식의 사회적 확산을 조장한 바 있으나, 5·16 이후는 그 기조와 양상에 확연한 변화가 나타난다. 법무, 공보 등 4개 부처 장관의 간첩자수기간 설정에 관한 공동성명서1962.3.24에 잘 나타나 있는데, 간첩의 분쇄를 간첩의 대량 남파공작으로 전환된 북한의 공세적 대남전략에 대응하는 한편 조국의 재건 및 근대화를 달성하기 위한 국가과제의 최우선적 목표로 간주하고 있다.[23] 간첩의 존재를 '간접 침략'으로 규정하고, 이를 민심의 착란, 한미 간의 이간, 관민 간의 반목 획책 등과 연계시키는 가운데 조국근대화를 방해하는 일체를 모두 반국가세력, 즉 간첩으로 취급한 것이다.

따라서 간첩의 범위는 북한괴뢰 및 조총련계로부터 지령을 받고 침투한 간

22　특히 5·16 직후에 대대적인 용공분자 색출작업이 이루어졌는데, 5·16 후 한 달 동안 3,098명을 예비 검속했고 군·검·경 합수부의 종합심사 후 중앙정보부의 최종 심사를 거쳐 2,496명 석방했으며, 중앙정보부는 5·16~1961년 9월, 820명의 간첩을 검거했다고 발표한 바 있다(『동아일보』, 1961.11.2).

23　「간첩 자수기간 설정에 대하여」(내무, 국방, 법무, 공보부 장관 공동성명서), 『동아일보』, 1962.3.28, 1면 광고. 이러한 기조는 박정희의 각종 담화(61.7.17·11.7 등), 김종필 중앙정보부장의 담화(61.11.7·9.29·12.5·62.4.10 등), 관계기관의 공동담화문(62.11.9) 등에서 일관되게 나타난다.

첩, 간첩으로부터 지령을 받았거나 포섭된 사람, 간첩을 숨겼거나 보호한 사람, 5·16 후 용공분자로 도피 중인 사람, 반공법 및 국가보안법 위반자, 그밖에 이적 행위 및 반국가행위자 등으로 확대·공지되었다. 간첩에 대한 예방, 색출, 검거를 통해서 사회 전반에 불온의 공포를 확산시켜 그 공포를 내면화의 단계로까지 강제함으로써[24] 대對사회통제력을 확보하고 이를 반공체제의 재편성 및 공고화의 자원으로 활용하는 한편 조국근대화 프로젝트, 특히 경제개발에 대한 국민적 참여와 동의를 높이는 소재로 활용하는, 반공개발동원체제의 구축이 애초부터 치밀하게 기획되고 있었던 것이다.

이러한 기조는 이후 방첩과 승공을 결합한 형태의 국민계몽운동가령, 내무부 주관의 방첩 및 승공사상계몽기간 : 1968년 4월 20일부터 41일간으로 발전시키는 동시에 관제공산주의자와 같은 내부적 타자(비국민)를 창출하는 과정을 동반한 가운데 박정희체제 내내 권력재생산을 위한 도구로 확대, 장기 지속되었다.[25]

그런데 5·16 후의 반공체제 재편과정에서 두 가지 특기할 사항을 발견할 수 있다. 첫째는 군사정부의 신속한 공보정책 수립과 대내외 공보활동의 체계적인 추진이다. 쿠데타주체들은 '공보목표, 정책, 지침 및 공보활동의 방침과

---

24 공포의 내면화는 드러난 과거의 행적뿐만 아니라 언표 되지 않은 과거의 생각까지 들추어내어 자기검열을 수행하거나(안수길의 「IRAQ에서 온 불온문서」, 1965), '요강에다 오줌을 누면서까지 이게 혹시 공산주의자를 닮은 불온한 생리현상이 아닌가 해서 겁을 집어먹고 공연히 용기를 내어 세상일에 무슨 간섭을 한다든가 혹은 집권자의 비위에 거슬리는 언동을 취해서는 안 된다고 다짐'(남정현의 「사회봉」, 1964)하는 수준으로 나타날 정도였다.

25 관제공산주의자의 창출은 국가안보 및 공안 관련 법률(국가보안법, 반공법, 사회안전법 등)의 제(개)정과 밀접하게 관련되어 있는데, 특히 반공법 제4조를 확대 해석해서 목적범뿐만 아니라 결과범까지 소추하여 적용함으로써 다량의 관제공산주의자를 만들어내었다. 이 과정에서 5·16 직후에는 전시부역자 및 연좌제에 따른 부역자가족이 관제공산주의자로 규정되는 경우가 많았고(안우환, 「나는 관제공산주의자」, 『동아일보』, 1964.5.27), 부역자는 자진 신고하지 않는 경우 간첩으로 취급되었으며 악질 부역행위는 국가보안법의 추급대상이 되었다(1975년 사회안전법 제정 후에는 부칙에 따라 전시부역자 중 실형을 선고받은 자는 모두 보안처분대상이 되었다). 전시에 부역한 남로당원이 "잡히면 죽는다"는 두려움 때문에 15년 동안 토굴에 은신하다 (자수)검거된 사건은 당시 강권적 부역자처리 정책의 일단을 잘 보여주는 사례다(『동아일보』, 1965.6.15).

구체적 방안'1961.8을 입안해 공보정책의 틀과 추진체계를 정비하고, 이후 각 연도별 시정 목표에 따른 공보시책을 탄력적으로 재조정하면서 쿠데타의 정당화와 함께 자신들이 구상했던 통치전략을 강력한 공보사업을 통해 뒷받침하고자 했다. 쿠데타세력이 구상했던 혁명의 단계, 즉 제1단계 '구악의 일소'와 제2단계 '재건'이라는 단계별 목표에 맞춰 공보정책의 방향과 지침을 정하고,[26] 이에 근거한 공보활동을 다차원적으로 추진하는 일사불란한 조직과 시스템을 구축함으로써 비교적 빠른 시간 안에 헤게모니적 지배력을 확보하게 된다. 군사정부의 공보가 국정의 대국민홍보 차원을 넘어 능동적 통제의 수단으로 효과적인 기능을 발휘할 수 있었던 것은 심리전 관련 법·제도와 조직의 정비 때문이었다.

무엇보다 중앙정보부의 창설1961.6과 반공법의 제정1961.7은 반공체제 재편 및 국가심리전 체계 수립의 근간이 된 기제였다. 쿠데타세력의 전위조직으로 창설된 중앙정보부는 국가안전보장과 관련한 정보업무 외에 수사기능 특히 정보수사에서는 군 정보수사기관 및 검경에 대한 조정, 지휘 감독 등 강력한 권한을 부여받은 최고의 국가정보기구였다.[27] 김종필이 주도한 중앙정보부의 국

---

26 문화공보부, 『문화공보 30년』, 문화공보부, 1979, 33~45쪽. '공보목표, 정책, 지침 및 공보활동의 방침과 구체적 방안'(1961.8)은 6개항의 공보목표, 6개항의 공보정책, 5개항의 공보지침 및 선전, 방송, 영화, 언론 등 4개 분야 22개 방침이 제시되어 있다. 이 같은 공보시책은 1962년에는 3개항의 공보 목표와 11개항의 방침, 1963년에는 8개항의 공보 목표와 35개항의 방침으로 각각 확대 발전되어 한층 체계화되는데, 전체를 관통하는 기조는 시의적 공보정책의 수립과 이의 효율적인 수행을 위한 국내외 공보인프라(법, 행정제도, 기구 등)의 정비 및 구축이었으며, 이 모든 것은 군사정부가 당면했던 현안인 쿠데타의 정당성, 경제개발, 반공강화, 민정이양 번복과 정권재창출 등을 위한 국민동의 기반의 획득을 목표로 하고 있다. 이에 관해서는 유상수, 「5·16 군사정부의 공보」, 『역사와 실학』 47, 역사실학회, 2012 참조.
27 중앙정보부의 설치 근거는 국가재건최고회의법(1961.6.10) 제18조("공산세력의 간접침략과 혁명과업 수행의 장애를 제거하기 위해 국가재건최고회의에 중앙정보부를 둔다")에 있었고, 중앙정보부의 설립 목적 또는 기능은 중앙정보부법(1961.6.10.) 제1조("국가안전보장에 관련되는 국내외 정보사항 및 범죄수사와 군을 포함한 정부 각부 정보수사 활동을 조정 감독하기 위해 국가재건최고회의 직속하에 중앙정보부를 둔다")에 명시되어 있다.

가정보에 대한 효율적인 조정 및 통제기능은 익히 알려진 바와 같이 CIA의 시스템을 모델로 한 것으로, 실제 중앙정보부의 탄생도 CIA와의 긴밀한 협력관계를 통해서 이루어졌다. 1959년 CIA의 요청으로 국방장관 직속의 중앙정보부위장 명칭은 '79호실'가 창설되어 미국 CIA – 서독 BND연방정보부 – 한국의 중앙정보부가 소련KGB를 견제하는 공동전선을 형성했으며, 4·19 후 국무원 소속의 중앙정보연구위원회1961.1로 승계되었다가 5·16 직후 CIA 한국지부장 P. 실버의 자문을 거쳐1959.9~62.7 재임 중앙정보부 창설로 귀결되는 과정을 거친다.[28]

1963년 대선 과정에서 중앙정보부의 월권적 정치개입 시비가 불거지면서 중앙정보부법이 개정됨에1963.12 따라 수사기관에 대한 통할지휘권이 삭제되고 일반수사권이 대검에 이양되는 등 직무의 범위가 다소 축소되나[29] 오히려 법 개정이 국가정보 운영체계가 정착되는 계기로 작용한다. 형법 중 내란죄와 외환죄, 군 형법 중 반란죄·이적죄·군사기밀누설죄, 국가보안법 및 반공법에 규정된 범죄수사로 수사권의 범위가 구체화되고, 개정법 제13조에 의거 산하에 '정보위원회'가 설치되면서1964.3 중앙정보부는 국가정보정책의 기획과 수립, 외무부, 내무부, 공보부, 군·검·경 등 국가정보관련 기구들을 관할하는 가운데 국가정보를 판단·조정하는 최상위 국가정보기관으로서의 입지를 확고하게 구축하게 된다. 5·16 이전 국가정보기구의 우위를 점했던 방첩대특무대 후신, 반체제 사건과 사상범에 관한 수사를 관장했던 검찰정보부의 권한이 대폭 축소되면서 대공 분야에서 사상검사의 시대는 쇠퇴한다.

이 같은 법적 근거와 함께 1964년 기준 37만 명의 요원으로 비대해진 조직을 운영하면서 중앙정보부는 제5국을 중심으로 간첩수사를 전담하는 동시에

---

28 이에 대해서는 정규진, 『한국정보조직』, 한울, 2013, 278~286쪽 참조. 김종필은 중앙정보부를 만들 때 이후락의 79호실, 중앙정보연구위원회를 참고하지 않았다고 증언한 바 있으나(『중앙일보』, 2015.4.3), 기존 정보기구의 조직, 인적 자원을 흡수한 것만은 분명한 사실이다.
29 「일반수사권 대검 이양」, 『동아일보』, 1963.12.6.

제5국 산하에 '국제문제연구소'를 설치해 국내 대공(선전)자료뿐만 아니라 미 CIA에 의존한 해외정보 수집에서 탈피한 독자적인 해외정보 수집과 전향간첩, 귀순자를 동원한 각종 심리전자료의 개발 및 생산을 주도한다. 나아가 제7국 외곽단체로 '북한연구소'를 설치1971.11 운영하는 방법으로 직접 대북심리전을 수행하기도 했다. 국내적으로도 간첩의 색출 및 친(용)공분자의 사찰은 물론이고 인혁당사건1964, 동백림사건1967, 통일혁명당사건1968 등 대규모 공안사건을 기획·관리했다.[30] 1960년대 미국 CIA의 실체가 폭로되며 '보이지 않는 정부'로 불렸던 것처럼[31] 중앙정보부 또한 이와 유사한 위상과 권한을 지닌 가운데 박정희체제 18년을 지탱한 동맥기관이었던 것이다.

중앙정보부가 권력의 중추기관이 된 것은 단순히 법적으로 부여된 위상에서 비롯된 것만은 아니다. 중앙정보부의 전능almighty은 국내외에 걸친 국가정보의 배타적인 독점권과 검열의 실질적 최종결정권자였기 때문에 가능했던 일이다.[32] 앞서 언급한 (개정)중앙정보부법에 의해 정보 및 보안업무의 조정·감독권이 부여되고'정보및보안업무조정감독규정', 1964.3, 대통령령 제1665호, 동법 제13조에 근거해 국가정보 판단 및 정보운영에 관한 사항을 협의하기 위한 '정보위원회'가 설치·운영됨으로써'정보위원회 규정', 1964.3, 대통령령 제1666호 중앙정보부가 명실상부한 국가정보의 완전한 독점이 가능해진다. 조정·감독의 대상 기관은제3조 국가정보를 취급하는 행정기구들, 가령 외무, 내무, 공보, 군·검찰 등이 망라되어 있다.

---

30 5·16 이후 1970년까지 중앙정보부가 취급한 동백림사건을 비롯한 국내외의 대간첩사건과 무장공비소탕 작전에 관한 9편의 실기가 단행본으로 출간되어 반공계몽의 심리전자료로 활용되기도 했다(『침입자와의 대결』(반공지식총서 제3권), 희망출판사, 1971).

31 「CIA」, 『동아일보』, 1966.4.30~6.4.

32 김충식은 중앙정보부의 위상을 "안보파수꾼 외교 주역에서부터 정치공작, 선거조작, 이권 배분, 정치자금 징수, 미행, 도청, 고문, 납치, 문학예술의 사상 평가, 심지어 여색 관리, 밀수 암살까지 그야말로 올마이티 권력 중추였다. 그런 의미에서 중앙정보부의 역할에 대해 눈감은 채 박정희 시대를 말하는 것은 허구일 뿐"이라고 정리한 바 있다. 김충식, 『남산의 부장들』, 동아일보사, 1992, 11쪽.

관할한 국가정보에는 정치, 경제, 군사, 문화, 과학 등 모든 부문을 아우른 국외정보, 국내 보안정보"간첩 기타 반국가활동 세력과 그 추종분자의 국가에 대한 위해 행위", 통신정보통신 수신 및 분석을 통해 산출된 정보 등 일체의 정보가 포함되었으며, 정보사범에 대한 수사권도 형법, 군형법, 국가보안법 및 반공법 위반과 그 혐의를 받는 자까지 확대되었다. 1970년대에는 '보안업무규정'대통령령 제5004호, 1970.5에 따라 직권으로 모든 공직자의 신원조사와 국가안보에 관련된 시설·자재 및 지역에 대한 보안측정과 통신감사, 보안감사의 실시 및 지시의 권한까지 부여됐으며, 중앙정보부장이 군사기밀 공개의 최종 승인자가 된다. 긴급조치 2호에 의해 긴급조치위반자를 심판하기 위해 설치된 국방부 산하 비상군법회의 관할 사건의 정보수사 및 보안업무도 중앙정보부가 조정·감독하는 권한까지 확보하기에 이른다.제2항

중앙정보부의 조정·감독을 받는 해당기관의 업무 범위도 광범했다. (문화)공보부로 한정해 보더라도, "㉮ 신문·잡지 기타 정기간행물과 방송·영화 등의 대중전달 매체의 활동 동향과 조사·분석·평가에 관한 사항, ㉯ 공연물 및 영화의 검열에 관한 사항, ㉰ 자유진영제국·중립진영제국 및 공산진영제국의 정세의 조사·분석·평가에 관한 사항, ㉱ 대공심리전에 관한 사항, ㉲ 대공 민간활동에 관한 사항"33 등으로 중앙정보부가 대내외 심리전 및 검열정책 전반을 통할할 수 있는 강력한 권한을 확보했던 것이다. 서두에 제시한 영화검열에서 최상위 검열기능을 행사했던 것은 빙산의 일각일 뿐이었다. 이 같은 합법적 권능에다 하위파트너로 포획한 대중미디어의 동원 그리고 반정부세력에 대한 사찰을 비롯한 초(탈)법적인 공작정치 등을 바탕으로 중앙정보부는 정부 위의 정부로 군림하는 가운데 대내외적 심리전의 심층과 정점에 존재했던 것이다.

그리고 사상 법제의 신속한 제(개)정은 반공체제 재편 및 국가심리전의 동력

---

33 관훈클럽신영연구기금, 『한국언론법령전집─1945~1981』, 관훈클럽신영연구기금, 1982, 771쪽.

이었다. 군사정부는 5·16 후 1년간 총 458건의 법률 제정·공포와 670건의 각령閣令, 즉 대통령령을 공포하는 놀라운 입법 실적을 거두는데, 이 과정을 통해 여전히 법적 효력을 지니고 있던 식민지시기 및 미군정기 구 법령 447개를 정비함으로써 주권국가로서의 위상을 정립하는 한편 새로운 입법으로 법적 사회통제의 기틀을 마련한다.[34] 그 중심에 반공법 제정1961.7.3이 있다. 반공법은 민주당정부가 반공을 대의명분으로 삼아 국가보안법의 미비점을 보완하기 위한 방편으로 입법을 시도했다가 무산된 '반공임시특별법안'1961.3을 승계한 것으로,[35] 제정 목적은 반공체제를 강화함으로써 공산계열의 활동을 봉쇄하는데 있었다.제1조 북한 및 이와 연관된 국내의 반국가단체뿐만 아니라 공산계열 전체가 처벌의 대상이 됨으로써 모든 사회주의국가를 적으로 규정했으며, 직접 목적수행과 관계없이 적으로 규정된 국체나 그 구성원의 활동에 대한 고무, 찬양, 동조 등 이른바 용공적인 행동도 처벌 대상이 되었고제4조, 회합 및 통신행위제5조, 월남침투간첩과 공산지역으로의 탈출제6조[36] 등도 모두 반국가범죄로 취급되었다.

---

34 공보부, 『혁명정부 1년간의 업적』, 1962.5, 72~92쪽. 계엄령하 예외상태에서의 입법으로 식민지시기 및 미군정기의 법제적 유산이 청산되었다는 것은 역사의 아이러니이다. 문화 관련의 경우 '공연법' 제정으로(1961.12.30) '조선흥행 등 취체규칙'(1944년 부령 제197호)이, '영화법' 제정으로(1962.1.20) 미군정법령 제68호(활동사진의 취체, 1946.4)와 제115호(영화의 허가, 1946.10)가, '외국정기간행물수입배포에 관한 법률' 제정으로(1961.12.30) 미군정법령 제88호(신문급기타정기간행물 허가에 관한 건, 1946.5.29)가, '출판사및인쇄소의 등록에 관한 법률' 제정으로(1961.12.30) 미군정법령 제19호제5조(신문 기타 출판물의 등록, 1945.10.30)가 각각 폐지되었다.

35 민주당정부는 4·19혁명 후 공산세력의 교란활동이 극심해지는 데 현행법으로는 처벌이 불가하다는 근거로 반공특별법을 성안하고 '반공임시특별법안(시안)에 대한 국민제현의 비판을 바란다'는 장문의 광고를 연일 일간신문에 게재해 국민의 이해와 지지를 호소했으나 국민적 저항에 부딪쳐 입법이 결국 무산되었다. 당시 민족일보는 이 법안의 반민주성을 논리적으로 분석한 가운데 '민주주의의 屠殺法'으로 규정한 바 있다. 「반공특별법은 기본 인권의 유린이다」(사설), 『민족일보』, 1961.3.12.

36 반공법상 공산지역으로의 탈출죄는 1961년 12월 월북하려던 김평근에게 처음 적용된(『조선일보』, 1961.12.13) 이래 국가보안법과 더불어 다수의 월북기도사건에 대한 기소의 법적 근거로 활용되었다.

'특수범죄처벌에 관한 특별법' 제정으로 1961.6.22 특수반국가행위를 국가보안법위반죄로 처벌할 수 있도록 했고 부칙에 의거 그 처벌 시기를 소급 적용해 3년 6개월 4·19혁명 후의 혁신운동 관련자들을 반국가범죄로 처벌할 수 있는 법적 장치를 마련한 뒤 곧바로 국가보안법보다 처벌 범위, 대상, 형량이 확대 강화된 반공법이 공포됨으로써 북한과의 적대적 대결관계가 고조되는 동시에 내부적 타자의 창출을 동반한 억압적 사회통제가 정착되기에 이른다.[37] 군사정부는 5·16 후 반공체제 확립의 가장 중요한 것으로 무엇보다 반공법 제정을 꼽은 가운데 반공법의 법적 근거하에 용공세력의 선제적인 제거, 반공프로파간다 및 대공심리전 강화 등의 반공시책을 원활하게 수행할 수 있었다고 자평한 바 있다.[38]

반공법과 더불어 국가보안법도 대공심리전 시행의 법적 기제로 작용했다. 국가보안법은 4·19혁명 직후 1958년 '2·4파동' 당시 통과된 국가보안법의 독소조항 제거를 골자로 한 개정과정을 거친다.1960.6.1 그러나 인심혹란죄, 헌법상 기관에 대한 명예훼손 등 반민주적 독소조항의 삭제라는 긍정성에도 불구하고 당시의 개정국가보안법 또한 여러 한계를 드러냈는데, 특히 불고지죄제9조의 신설이 가장 큰 사회적 논란거리가 되었다. 반국가단체구성원 및 그 지령을 받은 자의 목적수행을 위한 행위를 인지하고도 신고하지 않으면 처벌되는 불고지죄는 사회내부에 밀고를 조장하는 원인이 되었으며, 실제 불고지죄가 적용된 오화섭교수 구속사건, 한옥신부장검사 구속사건 등으로 불고지죄의 위헌 논란이 거세게 일었다.[39] 국가보안법상 불고지죄가 계속 존치되고 반공법상

---

37 반공법 제정의 경과와 주요내용에 대해서는 박원순, 『국가보안법연구 1 – 국가보안법변천사』, 역사비평사, 2004, 193~201쪽 참고. 두 사상통제법의 위상은 "국가보안법이 한국의 분단·냉전을 상징하는 법적 코드라면, 반공법은 박정희체제의 사회통제를 상징하는 법적 코드"(정근식 편, 『(탈)냉전과 한국의 민주주의』, 선인, 2011, 108쪽)로서 박정희체제의 법적 사회통제의 근간이었다.
38 「혁명이년간의 반공의 발자취」(성명서), 『경향신문』, 1963.10.14. 1면, 광고.

에도 처벌 규정이 명문화되면서제8조 남파간첩, 특히 구 남로당원 위주의 대량 남파공작이 활성화된 1960년대 남파간첩에 대한 검거에 효과적인 장치로 기능했다. 당시 빈발했던 납북귀환어부들에게도 반공법상 불고지죄가 적용되어 억울한 옥살이를 한 경우 또한 많았다.[40]

1960년대 검거간첩의 검거단서별 분류에서 '신고'에 의한 검거가 약 28%로471/1,686명, 1950년대의 5.5%92/1,674명, 1970년대 15%104/681명에 비해 월등히 높았던 것은 불고지죄의 효력과 깊은 관계가 있다고 할 수 있다. 뿐만 아니라 불고지죄는 방첩사상을 고취시키고, 자수하지 않은 전시부역자를 비롯해 사회내부의 용공분자들에 대한 색출, 신고, 자수를 권장하는 촉매제가 되면서 반공만능주의의 상호 감시체계를 부식하는 데도 일조했다. 군사정부는 반공법 제정 후에도 국가보안법을 존속시킨 가운데 일부 조항을 강화하는 방향으로 개정한다.1962.9.24 반국가적 범죄의 재범자에 대한 특수가중처벌 조항제10조 2항, 즉 법정형의 최고를 사형으로 강화하는 내용을 신설하는데, 이는 다수 미전향자의 반국가적 범죄의 사전 차단과 함께 이들에 대한 전향을 강제하기 위한 것이었다.[41] 이렇듯 반공법 제정과 국가보안법의 존속 및 개정에 의한 사상법제

---

39 「불고지죄와 혈육의 정」, 『동아일보』, 1960.11.2. 국가보안법상 불고지죄는 본범과 친족관계가 있는 때에는 형을 감면한다는 단서조항이 있었으나 일반형법상 친족, 호주 또는 동거의 가족은 처벌하지 않는다는 조항과 배치되는 것이었다. 오화섭은 1심에서 선고유예를 받은 뒤 2심에서 무죄를 선고받았으며(1961.3), 문제의 원인이 된 그의 매부 정연철(납파간첩)은 1심에서 징역 15년을 선고받았으나 1963년 사형이 최종 확정되었다. 예술가들에게도 이런 사례가 종종 발생했는데, 화가 하인두는 북에서 내려온 친구(권오극)를 집에 재워 주었다가 국가보안법상 불고지죄로 6개월의 옥고를 치른 바 있다(1960.10).

40 납북귀환어부의 경우 고문과 가혹행위를 통해 간첩으로 조작된 경우가 많았고, 그의 가족은 간첩행위를 방조한 혐의로 구속되는 사례가 빈번했으며, 동료 선원의 북한찬양 사실을 인지했음에도 즉시 수사기관에 고지하지 않았다는 이유로 반공법상 불고지죄 혐의로 옥고를 치른 귀환어부도 여럿이었다. 최근 납북귀환어부 관련 사건이 재심 과정을 거쳐 무죄 선고가 되면서 명예를 회복하는 사례가 잇따르고 있는데, 2021년 12월에도 납북어부 출신인 남편의 간첩활동을 방조한 혐의 등으로 징역형을 선고받은 70대 여성이 49년 만에 무죄 판결을 받은 바 있다.

41 박원순, 앞의 책, 201~202쪽.

의 정비는 능동적 사회통제의 법적 기제 확보, 대내외적 심리전의 공세적 추진의 동력이 되었다.[42]

그리고 공보기구의 정비에 따른 공보행정의 일원적 체계화는 군사정부의 공보목표 및 정책을 구현하는 제도적 기반이었다. 공보부의 신설과 권한 강화를 골자로 한 정부조직법 개정을1961.6.21 통해 공보부는 언론·방송·출판, 문화예술 분야 대부분의 업무를 전담하게 되고, 대내외 국가심리전 또한 총괄할 수 있는 권한을 부여받음으로써 명실상부한 공보기구로 자리 잡게 된다. 이에 걸맞게 공보부가 단기간에 추진, 시행한 공보사업의 영역은 광범위했다. 눈에 띄는 것을 꼽아보면 우선 조사국이 담당한 사회조사사업이다. 홍보선전매체의 실태조사를 시작으로 공보부가 1960년대에 실시한 각종 여론조사가 44회에 달하는데,[43] 사회조사연구 방법론에 바탕을 둔 당면 공보정책의 수립을 시도한 경우는 정부수립 후 최초이다.

특히 5·16 직후 곧바로 실시한 전국홍보선전매개체실태조사1961.9.3~12는 행정력을 총동원한 전국 대상의 직접조사 방법으로 실시했고 그 실태조사결과를 공보선전정책 수립의 기초로 활용했다는 점에서 의미가 적지 않다. 이 기간 전국극빈자부락실태, 전국라디오보급실태 등 16개 항목을 조사한 뒤 그 수집자료와 결과분석을 통해 홍보선전의 지침 작성, 선전 자료의 제작·배포, 공보

---

42 반공법과 국가보안법은 상당부분 중복되나 신법우선 원칙에 따라 반공법이 우선 적용되었고, 특히 반공법이 반국가단체 및 그 구성원의 목적수행에만 적용되었던 국가보안법(제3조)과 달리 목적범뿐만 아니라 반국가단체 구성 및 가입도 처벌할 수 있었기 때문에(제4조) 1980년 12월 폐지되기까지 박정희정권의 사회통제를 위한 가장 강력한 법적 장치로 활용되었다. 1964년 인혁당사건 때 검찰에 의해 증거부족의 이유로 불기소되자 중앙정보부가 직접 개입해 국가보안법 위반혐의에 대한 공소취하 신청을 내고 그중 13명에 대해서 반국가단체 찬양고무 등을 규정한 반공법 제4조 1항 위반혐의로 공소장 변경신청을 제출하여 결국 기소시키는 것에서 국가보안법과 반공법 공존시대의 사회 및 사상통제의 강권적 작동을 확인할 수 있다. 이 사건의 전말에 대해서는 김경재, 『혁명과 우상-김형욱 회고록』 2, 인물과사상사, 2009, 266~272쪽 참조.
43 공보부조사국이 1960년대에 실시한 각종 사회조사에 대한 구체적 내용은 문화공보부, 앞의 책, 50~58쪽(사회조사실적 일람표) 참조.

인프라 구축방안의 마련 등으로 연결되는 반공선전의 체계화를 도모함으로써 공보사업의 효율성을 제고할 수 있었다.[44] 가령 라디오보급실태 조사에 근거해 농어촌 라디오스피커보내기 운동, 방송시설에 대한 출력 증강, 지방송신소 및 중계소 건립 등을 통해 라디오프로파간다 시대를 개척하는 과정이나, 극빈부락, 농촌문고, 지역사회개발시범부락 및 4-H구락부, 농사원 및 농협·어업조합 등 지방농촌실태조사에 근거한 농촌근대화사업의 단계적 추진 등을 그 예로 들 수 있다. 이 외에도 5·16 후 1년 동안의 기간 조사연구 실시 및 결과보고자료 발간이 다수인데, 과학연구조성활동 및 과학자 실태조사인문과학부 159명, 자연과학부 320명, 국내학술단체 조사인문과학계 38개, 자연과학계 81개 등이 있으며, 자료집 발간으로는 국민건의분석결과 보고1~6집, 북한괴뢰중앙통신 보고매일 1회간, 국내신문논조보고매일 2회간, 국내신문논조평가주 1회간, 국내주요잡지 종합평가월간, 심리전 교재 및 시범도 공보활동 종합보고, 정부업적월간 등 총 94건이었다. 이를 통해 군사정부가 공보를 얼마나 중시했고 어떻게 준비를 철저하게 했는지를 알 수 있는 동시에 5·16 후 쿠데타세력의 정권 장악과 사회문화 통제가 단순히 물리적 강제력에 의한 것만이 아닌 나름의 헤게모니적 지배를 모색·발휘했다는 사실을 확인하게 된다.

일련의 사회조사를 바탕으로 한 공보부의 반공선전 및 전략심리전 업무는 주로 산하 조직단체를 통해서 이루어지는 특징이 있다. 민간반공단체를 발족

44　전국홍보선전매개체실태조사 보고서는 제1집(『전국극빈부락실태조사보고서』, 1961.9.18), 제2집(『전국시도공보과, 전국공보관 및 문화관, 전국농촌문고 실태조사보고서』, 1961.10.1), 제3집(『전국공설라디오·앰푸촌, 전국사설라디오·앰푸촌, 전국국민학교라디오·앰푸, 전국트랜지스타·라디오 실태조사보고서』, 1961.10.15), 제4집(『각종홍보선전간행물배부, 각종영사반순회상영 실태조사보고서』, 1961.10.27), 제5집(『전국농사원·농사교도소, 전국농업협동조합, 전국수산조합·어업조합, 전국지역사회개발시범부락, 전국4-H구락부 실태조사보고서』, 1961.10.30), 제6집(『전국신문보급 실태조사보고서』, 1961.11.8), 제7집(『전국전기 및 라디오보급 실태조사보고서』, 1961.11.8) 등으로 출간되었다(비매품). 그리고 제8집(『전국홍보선전매개체실태조사 총평』, 1961.12.26)을 통해 조사결과에 대한 분석, 해외국가와의 비교, 정책방안 제시 등을 종합적으로 정리하고 있다.

시키거나 기존 단체를 편입시켜 선전업무를 다차원적으로 분업화하는 방법이다. 외무부 소관이던 한국아세아반공연맹의 지도·감독 권한을 공보부로 이관시키고 이를 매개로 아시아민족반공연맹APACL의 주도권을 장악하는 방식으로 냉전아시아 국가를 대상으로 한 심리전 전개의 발판을 마련하는 한편 한국아세아반공연맹 조직의 확대 개편과 더불어 그 산하에 다수의 반공단체들을 결집시켜 반공활동의 지도적 역할을 하게 만드는 구조이다. 전자는 아시아민족반공연맹 임시총회의 서울 개최1962.5.10~15, 16개 회원국 및 18개 옵서버국가 참가를 강행해 (동남)아시아의 공산주의침략에 대한 공동대응 결의안을 채택해 아시아반공유대를 강화하고 특히 '자유센터아세아반공센터'의 한국 설치를 이끌어내 범아시아 대공심리전의 구심체로 삼는다. 이렇게 확보된 반공이니셔티브를 세계반공연맹WACL의 창설1967.9로 발전시켜 국제반공연대를 강화하고 이를 활용한 체제우월성 선전의 반공외교전을 추진했다. 후자의 경우 한국아세아반공연맹을 공보부로 이관하는 동시에 사회문화단체들과 여성계, 종교계, 법조계 등 직능단체를 대거 참여시켜 범국민적 반공단체로 격상시킨 가운데[45] 북한5도관계기구, 귀순자 및 반공포로들로 구성된 단체들, 예컨대 '국민반공계몽단', '귀순자동맹', '동방통신사' 등을 통합해 '이북해방연맹북한해방촉진회' 발족으로 유도하고 이를 산하기구로 편입시켜1961.12 대공심리전의 전위로 활용한다.[46] APACL

---

45 1961년 11월 한국아세아반공연맹(이사장 박관수)의 조직 개편 때 이사진으로 참여한 주요 문화계 인사로 주요섭, 정충량(상임이사), 이용희, 조의설, 김형석, 유진순(학계), 한경직(종교계), 조지훈, 김성태, 유치진, 오영진, 모윤숙, 허우성(예술문화계), 김활란, 김옥실(여성계) 등이 눈에 띈다. 한재덕, 김창순이 연구원으로 채용되었고, 중앙정보부장(김종필)이 고문으로 포함되었다. 한국아세아반공연맹의 재편과 자유센터 설치는 김종필이 기획 주도한 것인데, 이 과정에서 아시아재단과의 지속적인 갈등을 빚었다. 아시아재단은 이 기구가 중앙정보부의 정치적 도구에 불과하며 미국과의 관계 개선을 위한 지렛대로 삼으려는 의도로 판단했다. 이에 대해서는 US & International Conference-Asian People Anti Communist League(APACL), The Asia Foundation, Box No. P-014, Hoover Institution Archives; Korea-Organization Asian People Anti Communist League(APACL) July 1962, The Asia Foundation, Box No. P-277, Hoover Institution Archives.

의 한국지부였던 한국아세아반공연맹은 (사)한국반공연맹으로 법정기구화되어1964 산하에 13단체를 둔 세계 최대 반공단체로 거듭난 뒤 대내외 반공프로파간다를 총괄하는 민간반공운동의 거점기관으로 성장하는 과정을 밟는다.

그런데 민족일보사건을 필두로 반국가(용공)세력에 대한 선제적 제압을 통해 반공체제 재편에 일정한 성과를 거둔 뒤 군사정부의 공보목표 및 정책의 기조가 점차 반공선전과 결합한 대내외 심리전을 강화하는 방향으로 전환된다. 그 면모는 1963년부터 뚜렷하게 나타나는데, 1963년 공보부의 공보목표 및 방침에서 국제적인 공보활동 추진, 대공 및 반공선전활동 체제 확립, 심리전 체제의 강화 등을 소목표로 제시하고 재외동포의 선도, 학계와 매스컴의 동원, 심리전 요원 양성, 라디오심리전 전개 등 15항의 구체적 방침을 설정하고 있다.[47] 이에 따라 심리전 총괄기관인 공보부의 국가심리전이 공보인프라 확충을 발판으로 보다 공세적으로 추진된다. 이 또한 산하기구별 분업적 체계화에 따른 전문성

---

46 4·19혁명의 시공간에서 진보적 통일운동에 대항한 반공단체들이 귀순자, 전향간첩, 반공포로, 재향군인들에 의해 다수 발족되어 활동했다는 사실에도 주목할 필요가 있다. 국민반공계몽단(1960.10 결성)은 정보정훈장교 출신이 조직한 재향군인단체로 성명서발표와 대규모집회를 통해 민주당정부의 반공방첩운동을 주도했다. 주요일간신문에 광고한 이 단체명의의 장문의 성명서로는 「조속한 정국 안정으로 공산도당의 준동을 막자」(1960.10.20), 「공산간첩의 준동을 분쇄하자!」(1960.11.2), 「북한괴뢰의 대남협상 제의를 통박한다」(1960.12.11), 「중립화론은 이래서 반대한다」(1961.1.21), 「전국학생에게 보내는 공개서한— 왜 우리는 공산주의를 반대하는가?」(1961.2.9) 등이 있다. 동방통신사는 전향간첩(이철주), 귀순자(한재덕)가 주도한 단체로 조선중앙통신, 신화사통신, 타스통신 등 공산권 3대 통신을 해설을 첨부해 일간 동방통신으로 발간했고, 귀순자들의 증언수기집 출판을 통해 공산권(북한)자료 수집 및 분석의 업무를 수행했다. 민주당정부의 국가보안법 개정 및 강화 방침 과정에서 공산권통신의 직접 수신 문제가 논란되면서 활동에 제약을 받은 바 있다.

47 국가재건최고회의 한국군사혁명사편찬위원회, 『한국군사혁명사(상)』, 1963.8, 424~425쪽. 대공심리전과 관련된 공보목표 및 방침으로는 ⑦ 대공 및 반공선전활동체제를 확립한다(민족간 문제 연구기관을 보강하여 민족정신 앙양을 위한 학계와 매스컴을 최대한 동원한다, 한국아세아반공연맹의 활동을 강화한다), ⑧ 심리전 체제를 강화한다(심리전요원을 훈련 양성한다, 대내 대북방송은 심리 전략의 실효를 거두도록 질을 향상한다, 대외방송을 적극 강화한다, 외국어방송을 통하여 공산 및 제삼국에 대한 선전활동을 강화한다, 대이북방송을 강화하는 한편 발원지를 모르게 비밀방송을 병행한다)이다. 1963년부터 대내외 심리전에 한층 더 주력했음을 확인할 수 있다.

을 띠는데, 먼저 내외문제연구소의 역할이 두드러진다. 내외문제연구소는 국내외 제반 현안에 대한 분석과 이를 바탕으로 한 공보논리 개발과 공보자료의 작성 및 배포를 위한 시급성 속에 조사국 산하에 설치된1961.9.7 후 특히 공산권(북한) 자료·선전물 수집·분석과 대공심리전 자료 제작 및 배포, 심리전교재 발간 등을 주도했다. 내외문제연구소가 대공심리전의 자료 센터가 될 수 있었던 것은 공산주의전문가들의 동원 또는 자발적인 참여에 따른 인력 풀이 형성되었기 때문인데, 귀순자동맹, 동방통신사 등 기존 지식인귀순자집단한재덕, 이철주, 이동준 등과 사상 심사를 통과한 5·16 후의 남파전향간첩김남식, 오기완 등 및 월남귀순자들 그리고 월남반공이데올로그들양호민, 김창순, 유완식 등이 주축이었다.

내외문제연구소가 생산한 최신 공산권자료는 정부의 공식적 입장이 투영된 것으로 대중미디어에 독점적으로 공급된다. 따라서 정기간행물, 방송 등 모든 미디어의 공산권북한 기사는 내외문화사가 배포한 자료에 의존해 보도될 수 있었고 자료 출처가 내외문제연구소임을 명시해야 했다. 주요일간지에는 하루 평균 1회 보도 자료가 제공되었고『조선일보』, 1961.12.21, 1963년 9월 기준 주요일간지에 제공한 공산권자료 총량이 1,325회 분에 해당할 정도로 그 양이 막대했다.[48] 『사상계』, 『세대』 등 종합지의 북한관련 연재는 더더욱 의존도가 높았다. 지면이 대공심리전의 지탄紙彈이 된 것이다. 각 미디어가 자체 기획 생산한 자료는 1964년 11월 『세대』 필화사건을 계기로 더욱 강화된 검열을 받아야 했으며, 게다가 보안업무규정1965.7에 의해 북한자료는 극소수의 배부대상자 외에 접근 내지 열람이 불허되는 상황이 지속됨으로써 내외문제연구소의 독점적 자료 공급의 영향력을 증대시켰다.

이러한 조건이 지속되면서 대부분의 미디어는 공보부가 주관한 심리전의 하위파트너로 배치되기에 이르렀고, 이 시스템으로 인해 냉전대결 논리와 북한에

---

48 「혁명이년간의 반공의 발자취」(성명서), 『경향신문』, 1963.10.14.

대한 적대적 재현의 크렘리놀리지Kremlinology가 사회 및 일반대중에게 일방적으로 전달, 부식되는 결과를 초래했다.[49] 또한 공산권 및 북한자료의 한국 독자적인 집성·축적을 바탕으로 북한연구가 촉진되는 계기가 되었으나 역설적으로 북한연구의 지평이 제한, 왜곡되는 양상이 제도화된다.[50] 내외문제연구소의 공산권 자료에 대한 배타적 독점화는 공보부명의의 단행본, 예컨대『북한 20년』1965,『오늘의 월남』1966, '현대사와 공산주의' 시리즈전2권, 1968~69 등으로 출간, 배포되는 과정을 수반하며 지속되는 가운데 1970년대에는 부설기관으로 내외통신사를 설치해1974 북한을 비롯한 공산권자료를 해외언론기관에 보급하는 것으로 그 기능이 확대되면서 내외문제연구소는 박정희체제 내내 대내외 국가심리전의 공식적 센터가 된다.

내외문제연구소의 심리전은 자료 수집 및 제공에 그치지 않고 직접 승공프로파간다도 수행했다. 내외문고 시리즈를 통해서인데, 가짜김일성론과 김일성의 항일혁명운동 왜곡을 중심으로 북한정권의 반민족성을 폭로한『공산당은 國史를 이렇게 위조하였다』1961.12를 시작으로『중공의 홍위병』1969까지 총 31권이 출간되었다.[51] 내외문고의 구성은 5가지로 분류할 수 있는데, 공산주의의 이념,

---

[49] 특히 당대 여론형성을 주도한 신문미디어가 크렘리놀리지의 사회적 조장에 막강한 영향력을 행사했는데, 이는 '지배와 저항의 상호경쟁의 과정을 통해 1950년대 간첩(방첩)담론이 재생산되고 전사회적으로 확산되는 메커니즘'(김봉국, 「한국전쟁 이후 1950년대 간첩담론의 양가성」,『역사연구』22, 역사학연구소, 2012, 134~136쪽)과는 판이한 양상이다. 1960년대는 관계당국과 언론기관과의 유착, 공조 속에 반공프로파간다가 국민운동의 차원으로 전개되는 특징이 두드러진다.

[50] 이에 대해서는 이봉범, 「냉전과 북한연구, 1960년대 북한학 성립의 안팎」,『한국학연구』56, 인하대 한국학연구소, 2020, 63~66쪽.

[51] 가짜김일성론은 북한정권을 부정하는 주된 논거로 해방 후부터 지속적으로 거론된 바 있으나 1960년대 심리전이 강화되는 맥락에서 학술적 차원으로 정초되는 과정을 거친다. 특히 월남지식인이자 북한연구1세대 학자 이명영의『金日成비傳-그 傳說과 神話의 眞相糾明을 위한 硏究』(신문화사, 1974)이 김일성가짜설의 결정판이었다. 최근 김일성의 항일회고록『세기와 더불어』(민족사랑방, 2021)의 판매 및 배포를 둘러싸고 빚어진 역사적 사실 왜곡과 실정법(국가보안법) 위반 등의 논란에서 이 논제의 여진이 계속되고 있다는 것을 확인하게 된다. 작고한 이명영의 저서『'김일성 회고록' 어떻게 읽을 것인가』(해성사회윤리문제연구소, 2000)가『세기

실체, 동향에 대한 비판서 10권, 북한정권의 성격, 침략, 숙청, 사회실태 등에 대한 해부서 9권, 중립주의비판과 아·아 비동맹국가의 공산주의운동에 관한 개설서 4권, 포로와 귀순자의 수기 및 전향서 5권, 문화대혁명 이후의 중공의 실정에 관한 비판서 3권 등 전체적으로 냉전진영론에 입각한 체제우월성을 설파하는 데 중점을 두고 있다. 문고본 형태이나 풍부한 근거 자료 중심의 실증적 접근으로 인해 가독성을 높인 점과 각 권의 발간시점을 고려할 때 여론의 관심사로 대두된 반공이슈를 실시간으로 반영하고자 노력했다는 점이 특징적이다.

내외문제연구소 편이 위주이나 일부의 번역서, 가령『중립주의 해부』[17], 1963, 『국제공산주의의 목표와 전략─동남아세아 및 서태평양지역』[3], 1962, 『붉은 신화』[19],1964 등을 통해서 서방 자유진영의 심리전 자료도 적극적으로 참조했음을 알 수 있다.[52] 수기의 경우 월남귀순자와 전향간첩뿐만 아니라 미군조종사의 포로수기브라운 웰레스의『고난의 포로생활』[11],1963, 서구지성계를 대표하는 좌파지식인들의 전향수기『붉은 신화』 등 다양성을 지니는데, 공산주의의 실패를 증언하는 에세이집『붉은 신화원제 *The God That Failed*』는 널리 알려졌다시피 1950~60년대 미CIA의 냉전심리전을 대행했던 문화자유회의의 주요 멤버들스티븐 스펜더, 아서 쾨슬러, 루이스 피셔, 이나치오 실로네, 리처드 라이트 및 앙드레 지드 등의 공산주의 이념의 결함과 인간 배반에 대한 좌파지식인들의 체험적 증언은 당시 한국사회에 공산주의와의 대결의식을 고취하는 데 유용한 텍스트로 수용되었다.[53]

와 더불어는 어떻게 날조되었나』(세이지, 2021)로 재판되어 보수우익의 논리적 근거로 재활용되는 양상이 이를 잘 대변해준다.

52 미국의 공산권문제전문가 G. S 벤슨의 연구서 2권이 번역된 점이 눈에 띈다(『국제공산주의의 목표와 전략』③,『공산주의하의 농업정책』⑫). 벤슨(당시 허딩대학교 총장)은 미국의 유수 국제관계평론지 *Foreign Affairs*의 정기적인 기고자였고 공산국가들의 과거와 현재를 분석한 글을 USIS에 제공하기도 했는데, 한국에서도 그의 가짜김일성 주장이나 북한비판의 논설이 일간신문에 다수 역재되었다(일례로「북괴는 이중 위성」,『경향신문』,1963.2.21). 아세아반공연맹 산하 자유센터 설립·운영에도 참여하였다.

53 문화자유회의가 전개한 문화냉전에서 R. 크로스먼의『실패한 신』이 갖는 의의에 대해서는 프랜시스 스토너 손더스, 유광태·임채원 역,『문화적 냉전─CIA와 지식인들』(그린비, 2016) 참조.

내외문제연구소의 반공프로파간다는 여러 기관지, 예컨대 월간 『시사』1961.8~ 80.12, 월간 『공산권 정세』1964.12~75.12의 장기간 정기 발간을 통해서 냉전질서의 동향, 시의성이 강한 국내외 반공의제의 이슈화, 북한담론의 중점적 편집 등으로 지피지기승공론을 설파했다. 이와 더불어 공보 요원의 지침서로 월간 『공보』1963.8 창간 발간과 대공심리전 자료 및 교재 발간을 통해서 국가심리전을 이론적으로 뒷받침했다.[54] 이렇게 볼 때 공보부조사국 내외문제연구소가 생산한 냉전반공자료의 총량은 엄청났고 그것이 각 공보기관에 배포되는 동시에 다양한 미디어를 매개로 전 사회적으로 중복 전파됨으로써 국가심리전의 효과를 극대화할 수 있었던 것이다.

한편 공보부 방송관리국 주관하의 방송심리전은 국제방송국HLCA 신설을 계기로 심리전체계의 획기적인 전환과 함께 방송심리전이 대내외 국가심리전의 요람으로 부상한다. 국제방송국은 범국가적인 대공 전파심리전을 전담하기 위한 기구로 1961년 6월 출범하였다. 북한의 간접침략과 대남선전공작에 맞대응하는 동시에 대내적인 승공프로파간다의 확대 강화 그리고 자유우방과의 교환방송을 통해 한국의 긍정적 이미지를 선전하고 우호적 문화교류를 확대한다는 목표가 복합적으로 설정되었다. 이는 방송이 다른 미디어보다 광범하고 신속한 전파력을 지니고 있을 뿐만 아니라 청취자의 심리적 동태를 가장 강력하게 좌우할 수 있는 장점으로 인해 현대전의 주요 전선으로 대두된 이래 냉전전이 점차 동서 양 진영 및 각 진영 내의 전파냉전의 시대로 돌입하는 경쟁적 추세에 능동적으로 대응하겠다는 의지의 반영이었다.[55] 국제방송국은 기존 서울

---

54 내외문제연구소가 5·16 직후에 발간한 대공심리전 자료로는 『소련의 선전술』, 『공산당조직의 현세』, 『공산주의 선전』, 『공산권의 대외방송 실태』 등이 있고, 심리전 교재로는 『심리전의 역사와 의의』, 『선전매체와 심리전』, 『심리전 조직과 요원』, 『매스컴과 선전기술』, 『소련 및 공산권의 심리전』 등이 있다. 심리전자료는 5·16 직후에는 공보부, 검찰(『공산주의의 이론과 실제-심리전요원을 위한 교양자료』, 1962.12) 등에 의해 분산적으로 발간되다가 점차 중앙정보부가 관장하는 추이를 보인다.

방송국 제2방송HLSA의 대외(대북)방송, 이른바 '자유대한의 소리'를 계승하여 독립된 국局으로 위상이 승격된 뒤 곧바로 한국어를 비롯하여 영어, 일어, 중국어, 서반아어 등 7개 언어로 방송을 시작했다. 극동 최대 출력을 갖춘 남양송수신소의 개소1962.9에 힘입어 북한은 물론 중국, 시베리아까지 송출 권역을 확보한 가운데 대공방송 시간은 최초 하루 530분에서 네 차례 연장을 거듭하면서 1963년 10월부터는 방송 편성의 쇄신과 더불어 하루 31시간 55분총량적으로 대폭 확대되는 과정을 밟는다.

국제방송국의 방송심리전은 한국 주체적인 전파냉전이 비로서 규모와 체계를 갖추고 본격적으로 개시되었다는 의의를 갖는다. 심리전의 세계적 전장이던 한국전쟁기의 방송심리전은 유엔군총사령부방송VUNC과 서울방송국에서 중계된 미국의 소리VOA가 주축이었고, 한국의 소규모 라디오방송, 가령 중공군을 대상으로 한 중국어방송 '반공인민지성反共人民之聲'1952.12, 주한외국인을 대상으로 한 '자유대한의 소리'영어방송, 1953.8 등이 이를 보조하는 형식이었다. 휴전 후에도 미국 의존도에는 변함이 없었으나, 서울방송국의 대북방송팀 발족1955.6에 따른 자체 대북 방송심리전이 실시되었고 이후 '자유대한의 소리' 영어 및 일본어방송의 시행과1955.12 이를 통합해 제2방송으로 이관하여1956.10 모든 대외방송이 '자유대한의 소리'라는 이름으로 전파를 타게 됨으로써 라디오심리전의 기반이 조성되었다.[56] 1958년 4월에는 동남아방송영어 및 불어, 1959

---

55 「전파냉전」, 『동아일보』, 1962.2.17.
56 이에 대해서는 노정팔, 『한국방송과 50년』, 나남, 1995, 369~374쪽. 그에 따르면 대북방송팀의 프로그램은 프로그램별로 역할을 분담했는 데 공산주의비판은 유완식, 공산주의체험담은 허근욱, 문화부문은 이철주, 언론부문은 한재덕, 시사해설은 김창순, 홍태식, 박동운, 엄기형, 양홍모 등 언론계 중진이 각각 담당했다고 한다. 대북방송 프로그램의 전모를 파악하기는 어려우나 신문에 게재된 프로그램을 참조해보면 대북방송팀 발족 직후인 1955년 7월에는 자유대한의 소리, 뉴스해설(김창순), 대이북방송(입체낭독, 편지낭독) 등이 주요프로그램이었고 이같은 편성의 기조가 지속되는 가운데 새로운 프로그램이 추가되는 양상을 보인다. 1958년 11월에는 '북한동포에게 보내는 시간'과 '인민군에게 보내는 시간'이 1959년 1월에는'중공군에게 보내는 시간'이 추가된 것이 눈에 띈다. 대북방송팀에서 가장 큰 활약을 한 사람은 김창순이

년 4월에는 대일 우리말방송이 각각 확대 실시되었다.

그러나 '자유대한의 소리'는 서울방송국 해외방송의 일환으로 운영되었기 때문에 방송심리전 경험의 부족, 기술적 한계, 조직체계의 미비 등이 노출되었다. 그 결과 양과 질 모두에서 프로그램의 전문성 및 안정성이 부족할 수밖에 없었고, 방송심리전상에서 평양, 해주를 거점으로 한 북한의 대남방송에 열세를 면치 못했다. 군의 방송심리전을 대표했던 육군방송국 '희망의 소리'도 기존 단파방송과 병행하여 중파방송을 실시하는 것으로 확충되었으나1959.8 국내의 군인과 일반인에게 철의 장막의 배후 소식을 알려주는 대내적 심리전이 위주였고 방송시간도 하루 2시간 정도에 불과했다.[57] 이렇게 초보적이고 분산적이었던 방송심리전이 5·16 직후 국가심리전 체계의 확립과 함께 대공전파전의 전초로 국제방송국이 발족됨으로써 바야흐로 방송심리전의 시대가 촉진되기에 이른다. 국제방송국은 이전의 경험과 인원, 시설 장비를 흡수한 가운데 대만의 대공방송 모델을 수용함으로써 출범 초기부터 능률적인 심리전 전개가 가능했다.[58]

1960년대 방송심리전은 다채널로 실시된다. 우선 오키나와를 기지로 한 VUNC의 방송심리전이 한반도 및 중국본토를 권역으로 지속되는 가운데 제7심리작전대의 정보 수집분석에 입각한 제작프로그램과 한국파견대가 제작한 프로그램이 종합되어 서울방송 기지철원, 강화의 송신소 포함에서 송출되고 있었다.[59]

다. 시사해설을 500회 이상(주당 2~3회) 진행했으며 대북심리전의 이론과 선전에 기여한 공로로 제2회 방송문화상을 수상한 바 있다(1959년).

57 「중파방송도 실시, 육군 '희망의 소리」, 『동아일보』, 1959.8.27.

58 대만의 심리전방송 모델의 채택에 관해서는 윤상길, 앞의 글, 23~29쪽 참조. 모델로 채택한 것으로 추정되는 대만의 심리전방송은'自由中國之聲'(1928.8.1 발족)의 中國廣播電臺(BCC)를 말한다. 중국 분열 후 타이페이에서 중국 본토에 방송심리전을 하루 24시간 송출하는 것으로 알려졌다. 「좁아지는 세계, 전파의 냉전」, 『동아일보』, 1963.1.17.

59 「극동안보의 교두보 오키나와 ③」, 『동아일보』, 1969.4.11. 서태평양 전역의 심리작전을 지휘하는 제7심리작전대는 정보 수집 분석, 인쇄, 방송에 이르기까지 대공선전의 모든 사무를 총괄했으며 한국, 대만, 일본, 베트남, 태국 등 5개국에 해외파견대를 두었는데, 산하에 설치된 한국

이와 더불어 VUNC는 1962년부터 월간 『자유의 벗』비매품을 발간해 심리전 자료로 제공하는데, 각종 대내적 반공프로파간다에서 널리 이용되었다. 또한 세계에서 가장 큰 네트워크의 하나인 VOA미국의 소리의 한국어방송과 VOA프로그램 일부가 국제방송국, 동아방송에서 중계되었다. VUNC가 폐쇄된1971.6.30 후에는 VOA가 대신 맡아 대북방송을 계속한 바 있다. 1965년부터는 한미문화자유재단에 의해 발족된 자유아시아방송RFA이 북한, 중국, 베트남 등 아시아 공산블럭을 대상으로 한 대공방송이 서울에서 500kW출력으로 개시되었다. NHK의 라디오일본한국어방송도 남한을 청취권으로 방송되었다. 이 같은 미국의 라디오심리전과 공조관계 속에서 국제방송국의 방송심리전이 존재한다.

당시 대북방송은 HLCA를 중심으로 HLKA, HLSA 등 KBS의 3방송이 동시에 시행하는 체계였다. 국제방송국의 대공심리전은 자체 제작한 프로그램방송이 7개 언어로 송출되었을 뿐 아니라 HLSA에서 재방되는 경우가 많았고, 국방부와 협조로 전선의 대적스피커방송에도 활용되었다. 청취 권역도 전 세계적으로 청취 가능한 '제너럴서비스프로그램'영어방송을 1962년 4월 1일부터 하루 30분 동안 방송함으로써 핀란드, 독일 등 철의 장막 너머로까지 수신 보고가 될 정도로 확대되었다.[60] 또 1962년 3월 기준 42개국과 제휴하여 '패키지 프로그램'교환방송계획을 실시하여 대외심리전의 실질적 강화를 도모했다. 국제방송국의 심리전방송이 어느 정도의 청취율을 나타냈는가는 확인하기 어려우나, 대내적인 청취율은 상당한 수준이었다.[61]

프로그램의 편성은 1963년 기준 VOA한국어방송과 VUNC프로그램 중계가

어과에는 한국에서 파견된 15명의 전문가가 근무하고 있었다고 한다.

60 「철 장막 뚫은 '대한의 소리'」, 『동아일보』, 1962.4.26. 1971년부터는 동아방송(DBS)을 비롯한 모든 민간방송이 대북방송에 참여하도록 동원되었다.

61 1962년 5월부터 시행된 독자 방송평제도의 통계 조사결과, 즉 KA 51%, KV(문화방송) 21%, CA 10%, KY(기독교방송) 6% 등의 결과를 통해서 신생 CA가 청취자들로부터 상당한 관심을 받고 있었다는 사실을 확인할 수 있다. 「높아가는 관심과 투고율」, 『경향신문』, 1962.12.24.

약 27%를 차지했으나[62] 점차 독자적으로 제작한 프로그램이 우세해진다. 초기에는 연속방송극 및 공산주의체험수기 공모1961.12를 통해 작가를 발굴하고 당선작을 각 작품 당 평균 30회 연속낭독으로 방송하는 적극성을 보인다.[63] 국제방송국의 프로그램은 대공선전의 목표, 즉 대북심리전, 대내 반공프로파간다, 대외적인 한국의 선전 등에 충실하도록 편성된다. 프로그램의 전모와 각 언어방송의 구체적 프로그램에 대해서는 아직까지 확인할 수 없으나, 대북심리전의 경우는 대체로 북한의 참상에 대한 폭로, 예컨대 '북한16년사', '남북의 휴게실', '북한의 주간동향' 등의 고정코너와 북한동포에게 자유의 존엄성을 인식시키는 데 주안점을 둔 자유세계의 소개 등과 같은 프로그램 그리고 민족동질성을 강조하는 프로그램이 기본 구성이었다. 1948년 정부수립과 함께 시작된 '북한동포에게 보내는 방송' 프로그램이 지속 및 확대된 것이다. 남북 관계의 변동에 따라 프로그램이 탄력적으로 조정되는데, 1964년부터는 공격적인 선전보다는30% 이내로 제한 부드러운 간접선전으로 기조를 변경해 '움직이는 세계'와 같은 프로를 신설하였다. VUNC프로그램 또한 미국의 심리전 정책의 기조에 따라 북한과 북한에 주둔하고 있던 인민지원군 및 중국 본토에 대해 반공심리전을 전개하고, 한국에 대해서는 미국과의 관계를 더욱 밀접한 상태로 만들면서 남한청취자들에게 미국에 대한 우호적인 이미지를 형성하기 위한 목표에 부합하는 프로그램 위주로 편성되었다.[64]

---

62 한국방송공사 편, 『한국방송사』, 1977, 608쪽.

63 연속방송극 현상에서는 당선작은 없고 가작(〈임진강은 흐른다〉 : 장국진)과 선외가작(〈웃고 사는 사람들〉 : 이창근, 〈저마다 꿈을 안고〉 : 백진교) 등 3편이 선정됐고, 〈저마다 꿈을 안고〉를 시작으로 CA연속방송극으로 프로그램화된다. 공산주의체험수기 현상에서는 당선작(「공산체험수기」 : 김소야)을 비롯해 총 7편을 선정했다(가작 2명. 선외가각 4명). 1962년 2월 5일부터 가작입선작 「검은 대지」(나용호)의 30회 연속낭독(매일 아침 6시50분~7시, 구민 낭독)을 시작으로 「피의 계절」(원제는 「나는 빨치산의 일원이었다」 : 고영민, 가작입선작) 등 선정 작품 모두가 순차적으로 프로그램화되었다.

64 김영희, 「1960년대 VUNC(유엔군총사령부방송) 프로그램과 청취 양상」, 『언론정보연구』 51-1, 서울대 언론정보연구소, 2014 참조. 이 논문에 1960년대 VUNC의 프로그램 편성에 대한 소개

서로 부합하면서도 다른 목표로 인해 국제방송국과 VUNC의 프로그램은 많은 차이를 나타내지만, VOA미국의소리의 한국어방송과 VOA프로그램 일부가 수용된 예에서 보듯 기본적으로 공조관계 속에서 대북심리전이 전개되는 특징을 지닌다. VUNC에서 1969년까지 14년간 방송된 '북한으로 보내는 편지'가 국제방송국에서도 중계되거나 이를 변용한 각계 단체의 명의의 북으로 보내는 메시지가 방송된 것도 이와 같은 맥락이다.[65] 이와 관련해 특기할 공통프로그램이 귀순자의 수기가 각색되어 특집프로그램화된다는 점이다. 특히 귀순자 및 전향간첩의 수기는 대외심리전의 주요 프로그램이었을 뿐만 아니라 대내심리전 콘텐츠의 핵심이었다. 가령 남파전향간첩 정길수, 김정기, 주도선, 이영명, 오기환, 맹경식 등의 대담(수기)이 서울중앙방송국KBS에서 순차적으로 방송되어 청취자의 엄청난 호응을 받았고, 곧바로 『북에서 왔수다―북괴대남간첩의 정체』춘조사, 1967로 출판되어 "간첩수기의 결정판"으로 선전되며 베스트셀러가 된 바 있다.[66] 요컨대 국제방송국의 방송심리전은 국책의 뒷받침 속에 체제 대결과 대내 반공선전의 최전선으로서의 입지를 강화하면서 다른 한편으로는 미국의 심리전방송과 협력/차별화를 통해서 동아시아 전파냉전의 한 축을 담당하는 역할을 했다.

공보부는 외무부로부터 대외 선전업무가 이관된 즉시 산하에 '대외선전대책위원회'를 발족시켜1962.2 본격적인 대외심리전에 착수한다.[67] 그 일환으로 해

및 분석이 잘 제시되어 있다(188~197쪽).

[65] VUNC의 '북한으로 보내는 편지' 프로그램은 1962년 2월부터 보내는 사람이(월남자 및 납북 인사가족) 직접 육성 녹음하거나 인터뷰도 섞어 방송하는 형태로 발전했으나 밀파된 대남공작원들이 월남 동포들을 악용하는 사례가 증가하면서 1969년 중단되었다. CA의 '북한 동포에게 보내는 메시지'는 1962년 1월1일부터 19개 각계 단체가 참여하는 형식으로 매일 10분씩 방송되었다.

[66] 『조선일보』, 1967.9.28. 이들 남파 전향귀순자들의 대담 방송을 기획한 것은 1966년 10월부터 인데, 예상 외로 청취자의 호응이 좋아 1967년 2월부터는 장기기획시리즈로 프로그램을 재편성해 계속해서 전파를 탔다. KBS 편, 『북에서 왔수다』, 춘조사, 1967, 10쪽.

[67] '대외선전대책위원회규정'(1962.2.20, 각령 제177호)에 의해 설치된 이 위원회의 기능은 대

외공보관 설치와 이를 매개로 긍정적인 국가군사정부 이미지의 소개, 평화통일노력 및 북한의 대남침략을 폭로하는 데 초점을 둔 냉전외교전을 전개했다. 이는 5·16 직후부터 박정희가 주도한 아시아태평양지역공동체 구상의 추진1966년 아시아태평양이사회, 즉 ASPAC로 결실과 맞물려 급진전된다. 일본이 일차적인 전략적 대상이었다. 해외공보관 중 가장 먼저 주駐일본 한국공보관을 설치하고1962.4.17 ─순차적으로 주駐미국, 주駐프랑스, 주駐월남 공보관을 설치─특히 재일동포에 대한 민족교육의 권장과 사상계도 사업에 주력한다. 조직적 열세에다 4·19혁명과 5·16쿠데타에 대한 평가를 놓고 내분을 겪고 있던 재일본대한민국거류민단1946년 창설을 재건하는 동시에 교육·계몽 사업을 장악한 조총련에 대한 포섭이 시급히 요구되는 상황이었다.

이에 따라 재일교포교육강화5개년계획을 수립해 학교 설치, 교과서 및 도서 공급 등 교육사업을 적극 추진하는 한편 각종 대공심리전 자료 공급을 통해서 조총련의 실체 폭로와 북송사업의 반민족성을 고발하는 사상전을 공세적으로 시도했다. 12개 재일교포 언론기관에 반공보도 자료의 제공,[68] 내외문고 ①『공산당은 國史를 이렇게 위조하였다』의 일본어번역본과 1961년 6월 제62차로 북송되었다가 귀순한1962.11 김형일의 수기『악몽 575일』의 일본어번역본의 배포,[69] 1962

외선전의 기본방책에 관한 사항, 대외선전의 매개체에 관한 사항, 재외교포에 대한 선전 계몽에 관한 사항, 대외선전의 효과측정에 관한 사항 등을 조사 및 심의하는 데 있었다.

[68] 『반공보도자료집』(내외문제연구소, 1962) 소재 재일교포 언론기관에 제공된 74개의 자료들을 살펴보면, 대체로 소련 위성국으로서의 북한정권의 반민족성과 북한사회의 파탄, 김일성 우상화 등에 대한 비판, 북한 및 조총련의 한일회담 반대운동 및 북송사업의 기만성 폭로, 조총련을 우회한 대남간첩침략 등 역선전전의 내용이 주류를 이루고 있으며 재일조선인사회의 중립화통일론에 대한 비판도 일부 포함되어 있다. 흥미로운 것은 고등학교 이상의 재일조선인 청년들로 조직된 '한국정세재일학생연구회' 회원 57명에게 내외문제연구소가 직접 작성한 한국의 통일방안을 선도하는 서한을 송부했다는 점이다.

[69] 나고야고를 졸업한 김행일의 이 수기는『악몽575일─62차 북송교포의 탈출기』(보진제, 1963)를 일본어로 번역 소개한 것이다. 일본에서 (강제)북송되어 남한에 귀순하기까지의 경험을 담은 수기집으로 특히 조총련의 북송공작의 실상과 하루 12시간 중노동을 당한 경험을 바탕으로 북송동포의 처참한 현실을 고발하는 데 초점이 맞춰져 있다. 흥미로운 것은 일본어번역과 같은

년부터 해외홍보소식지 『한국뉴우스』 '고국소식'으로 개제의 일본어판 특수제작 배포 등 다양한 선전자료가 대거 동원되었다. CA의 대일방송도 위상이 격상되어 이전보다 방송시간을 대폭 확대하고 일본어 및 한국어방송 두 차원으로 송출하는 가운데 재일교포의 사상적 이탈과 반역을 예방하기 위한 대공적 성격을 강화시키는 방향으로 기조가 전환되었다.[70]

대일심리전이 재일교포를 대상으로 한 사상전, 다시 말해 일본을 대상으로 한 선전과 재일조선인사회를 분리해 심리전을 시행한 데에는 당시의 정치적 상황, 특히 한일관계가 깊숙이 작용했기 때문이다. 무엇보다 군사정부는 한일회담 재개를 통해 한일외교관계를 정상화하는 것이 급선무였다. 경제개발을 신속히 추진하기 위한 자금이 필요했고 게다가 한일협정의 조기 타결에 대한 미국의 압박 및 아시아반공진영APACL 내에서의 종용 등 내외적인 압력에 직면하고 있었다. 이에 따라 군사정부의 대일정책은 1950년대 극단적 일본배제론을 철회하고 유화적인 방향으로 선회할 수밖에 없었고, 그 기조에 따라 한국에 대한 우호적인 친선분위기 조성과 한일회담의 원만한 타결을 위한 일본 내 여론 형성에 초점을 둔 심리전을 강화했다. 이 시기 작가들의 상호 방문 및 교류가 빈번해지고, 영화검열에서 일본영화의 수입문제, 왜색 표현, 일본현지로케 등을 둘러싸고 검열의 난맥상을 보여준 것도 이 같은 사정이 반영된 결과로 볼 수 있다. 물론 좌익적 일본, 즉 친북한(친공) 단체나 인사에 대해서는 단호하게 대응했다. 가령 한일회담 반대 및 저지투쟁을 주도하고 있던 '일조협회'나 사

시기에 이 수기는 VUNC에서 연속방송극 〈붉은 靈歌(575일간의 흉몽)〉(김민 작, 유신호 연출)이란 제목으로 1963년 12월 2일부터 24회 방송되었다는 점이다(하루 2회 방송 및 익일 2회 재방). VUNC에서 특집프로그램으로 편성했다. 다만 김영희 연구(앞의 글, 196쪽)에서는 이 프로그램이 1963년 10월에 방송된 것으로 조사되었는데, 원작출간 시점과 국내보도를 종합해 볼 때 12월에 방송된 것으로 판단된다. 김행일은 귀순자원호법에 의해 서울철도청에 취직이 알선되었고 1967년 7월 결혼식 때 모친과 7년 만에 극적으로 상봉하게 된다.

70 윤상길, 앞의 글, 35쪽.

회당일한대책특별위원회의 친북한 일조우호운동에 대해서는 맹공을 가했다.[71] 마쓰모토 세이초本淸張의 「북의 시인」『중앙공론』, 1962.1~63.3의 좌익활동 두둔을 둘러싼 한일 간의 현해탄 논전이 격화되었을 때 CA에서는 대일방송을 통해 마쓰모토 및 『북의 시인』의 용공성을 규탄한 바도 있다.[72]

재일조선인사회, 특히 조총련에 대한 대공심리전이 집중된 것은 당시 심리전상의 두 가지 현안, 즉 조총련을 본거지로 한 대남 간접침투의 차단과 북송사업에 대한 분쇄를 위해서였다. 부분적으로는 재일교포 자금 유치의 필요성도 작용했다. 1955년 김일성의 지시에 따라 일본 및 조총련이 대외첩보작전 및 대남적화전략의 거점으로 선택된 뒤[73] 조총련 또는 밀입국을 가장해 오무라大村 수용소를 우회한 대남침투가 급증했다. 한재덕의 두 차례 일본 밀파와 집행유예로 석방된 사례에서 보듯 외국에서 잠입한 스파이는 일본현행법상 출입국관리령위반죄가 적용되었기 때문에 침투가 수월했고 공작활동의 발판을 마련하기 쉬웠다. 이런 조건에서 4·19 후에는 조총련계 우회침투가 재남공작원의 포섭과 거점 확보로 진전되는 추세가 증가됨에 따라 이에 대응하는 중앙정보부의 전향·귀순공작과 더불어 조총련의 실체를 폭로하는 프로파간다가 강화된다. 반공방첩영화 〈검은 장갑〉이 일본현지로케 문제로 상영보류가 되었으나 중앙정보부가 개입하여 상영허가를 이끌어낸 것은 이 영화가 조총련계에 잠복한 적색간첩망의 암약상과 전향귀순을 다루었기 때문이었다.

같은 맥락에서 북송사업의 가속화도 군사정부에는 곤혹스러운 과제였다. 대내외적으로 남북체제 경쟁의 열세를 입증해주는 분명한 징표였기 때문이다. 특히 1960~63년에 북송사업이 집중되는데1960년 : 48회 49,036명, 1961년 : 34회 22,801

---

71 일조협회와 일본사회당의 한일회담분쇄운동에 대해서는 박정진,『日朝冷戰構造の誕生 1945~1965－封印された外交史』, 平凡社, 2012 참조.

72 「큰 파문 일으킨 장편 '북의 시인'」,『경향신문』, 1962.12.29.

73 오기완,「북한첩보기관의 전모」,『통일한국』 35, 평화문제연구소, 1986.11, 103쪽.

명, 1962년 : 16회 3,497명, 1963년 : 12회 2,567명,[74] 이는 재일조선인들에게 북한사회가 남한사회보다 도덕성이나 사회체제가 우월하다고 인정받고 있다는 증거였다는 점에서 북송의 연속은 대내외적으로 엄청난 파장을 불러일으켰다.[75] 한국에서는 1959년 12월 북송사업이 개시되기 전부터 '재일한인북송반대전국위원회'1959.2 발족를 중심으로 거족적인 북송반대운동을 전개하면서 이를 관민일체의 반공반일운동으로 나아가 남북한 체제경쟁의 도구로 발전시켜 나갔으나 4·19 후로는 그 열기가 급격히 냉각되었다. 5·16 후에도 북송사업연장이 한일회담 재개와 연계되어 논란됐으나 중심 의제에서 배제된 상황에서 재일동포에 대한 사상적 선도가 현실적 대안으로 더욱 강조될 수밖에 없었다.[76] 북송이 북한의 파상적 선전공작의 결과로 이를 역전시킬 역선전전이 시급하다는 여론의 비판도 거셌다.[77]

이 같은 정황에서 재일동포에 대한 심리전은 대외(재일조선인사회)/대내 이중의 차원으로 영향을 미치게 되는 효과를 발휘한다. 민단과 중앙정보부 및 검찰정보부의 협력채널에 의한 조총련계 포섭, 교란과는 별도로 반공프로파간다가 재일조선인사회에서는 어느 정도의 성과를 거두었는지 확인하기 어려우나 대내적인 심리전에서는 효과가 컸다. 북송의 비인도성과 강제성에 초점을 둔 프

---

[74] 재일본대한민국민단의 자료에 따르면, 북송사업은 1959~1984년에 걸쳐 총 186회, 26,085세대, 9만 3,339명 등으로 조사되었다(1968~70년은 중단). 횟수와 규모면에서 1960년대에 집중되었고(특히 1960~63년) 1970년 이후로는 급격히 감소하는 추세를 나타낸다.

[75] 김용옥은 당시 북송이 전혀 강제성이 없었으며 냉전체제하에서 자본주의 국가에서 사회주의 국가로 민족대이동이 이루어진 유일한 사례였다는 사실을 객관적으로 반추할 필요성을 제기했다(김용옥, 『통일, 청춘을 말하다』, 통나무, 2019, 84쪽). 이에 대해서 한 보수논객은 북송사업은 "체제우월성을 국제적으로 과시하고 싶었던 북한과 조총련, 범죄율 높고 사회주의에 경도된 잠재적 위험집단을 정리하고 싶었던 일본정부가 주범과 종범, 공범으로 가담해 벌어진 사기극"으로 규정하고 김용옥의 역사관에 비판을 가한 바 있다(예영준, 「60주년 맞아 되짚어본 재일교포 북송사업」, 『중앙일보』, 2019.12.19).

[76] 「일본의 한교북송연장 기도를 분쇄하자」(사설), 『경향신문』, 1961.7.25.

[77] 「대외선전이 강화되어야 한다」(사설), 『동아일보』, 1962.8.11.

로파간다는 담론적인 차원뿐만 아니라 북송 뒤 (남파)귀순한 김행일, 임종문[1964년 1월 남파직후 자수] 등을 비롯하여 52차까지 북송재일동포영접환영위원회 회원으로 북송사업에 관여하다 남파 후 전향한 오기완, 두 차례 대일공작원으로 파견되어 조총련의 속사정에 밝았던 귀순자 한재덕과 전향간첩들의 경험적 증언이 콘텐츠로 구성된 결과 남한사회에서는 적어도 조총련에 대한 특정이미지를 주조해내는 데는 성공을 거둔다. 재일조총련은 북한의 괴뢰집단이자 간첩기관이라는 고정된 이미지가 부식되면서 반북프레임을 심화시키는 데 기여한 것이다.

조총련 재정위원이자 일조협회日朝協會 간사 자격으로 두 차례[1957・1960년] 북한을 시찰하고 북송공작에 선도적 역할을 했던 오귀성吳貴星의 귀순 전향과 그의 전향기, 즉 「꿈은 깨어지고」『경향신문』, 1962.3.24~4.15, 19회 연재 및 『낙원의 꿈은 깨어지고』김태운・김용호 공역, 공민사, 1962.4의 번역 소개와 북송동포들의 참상에 대한 증언들은 재일조선인사회뿐만 아니라 국내에서 조총련 및 북송사업에 대한 부정적 이미지를 극대화하는 데 일조했다.[78] 한일수교 후에는 재일교포를 대상으로 한 심리전이 매년 귀순자의 강연 및 홍보 극영화 상영을 주요 프로그램으로 한 특수홍보반을 일본에 파견하여 전국 주요도시를 순회하는 직접적 형태로 한층 강화되기에 이른다. 1967년 9월 한 달 동안 두 개 반으로 편성된 홍보반이 일본 전역 48개 도시에서 반공시국강연회를 개최한 것을 통해 재일조선인사회에 대한 사상전이 어떻게 기획・전개되었는가를 확인할 수 있다.[79]

---

78 『낙원의 꿈은 깨어지고』는 關貴星, 『樂園の夢破れて-北朝鮮の眞相』(全貌社, 1962.3)이 일본에서 출간되자마자 곧바로 번역한 것이다(關貴星은 오귀성의 일본귀화명이다). 이 책은 그가 1960년 8월 일조협회 간부들과 함께 이른바 '해방15주년경축방조사절단'의 일원으로 2주간 북한을 방문한 뒤 북한의 실정을 폭로한 기행문이자 전향기로, 북한을 히틀러보다 더 지독한 독재국가로 규정하고 있다. 과거 사회주의자였고 북송사업추진의 주동인물이었던 그의 전향과 증언들은 5・16 직후 국내에 소개되는데(「거주지 선택의 자유도 없다-북송교포 그 후 소식」, 『조선일보』, 1961.8.10), 이후 25년 만의 방한(1965.3), 제2의 북한폭로서 『두 개의 조국』과 각종 인터뷰, 논설로 조총련과 북한에 대한 적대적 이미지를 부각시키는 데 기여한 바 있다.

79 「피부로 느낀 조국」, 『조선일보』, 1967.9.26. 공보부(조사국)와 민단(재일본대한민국민단)의 합작으로 시행된 이 홍보반의 순회반공강연에서 이영명(1963년 남파 귀순), 한홍석(1966년

그런데 공보부로 일원화된 심리전이 체계적으로 추진되었던 배경에는 매체의 장악이 놓여 있었다. 공보기구의 관리 통제는 법제의 정비를 통해서 단시일 내에 이루어지는데, 앞서 언급한 '공연법', '외국정기간행물수입배포에 관한 법률', '출판사및인쇄소의 등록에 관한 법률', '영화법' 외에 '국립영화제작소설치법'1961.6, '전파관리법'1961.12, '공보관설치법'1961.12, '방송관서설치법'1962.12 및 '방송법'1963.12 등 문화관련 법제가 신속히 마련됨으로써 공보부가 심리전의 주요 매체인 신문, 잡지, 출판, 영화, 연극, 방송을 온전히 관할할 수 있게 된다.[80] 언론계의 구악을 불식한다는 명분이 여론의 지지를 받는 가운데 비교적 논란과 저항 없이 일사천리로 진행되었다. 4·19혁명의 역설이었다. 공보부의 매체 관리는 공보기구의 친정부적 재편과 검열 등의 통제와 더불어 기간시설 장비 지원, 자금 융자, 용지대책 등의 당근책이 아울러 제공됨으로써 효율성을 높일 수 있었다.

이와 함께 사회조사, 언론, 선전, 영화, 예술, 방송 등 6개 분과위원회로 구성된 공보자문위원회를 발족시켜1962.1 공보행정의 기본정책과 각 공보활동에 대한 심의겸열 및 이론개발에 대한 전문가 자문을 받는 한편 신문, 영화, 잡지, 방송 등에 관한 여론조사를 주기적으로 실시해 매체별 공보전략을 시의성 있게 조정함으로써 심리전의 질적 수준을 향상시키는 특징을 보인다.[81] 군사정

남파 귀순) 등 남파전향간첩이 주축 강연자였다.

80 관련법이 없던 신문 및 통신사는 포고 제11호(1961.5.23)와 '최고회의 언론정책'(1962.6), '언론정책 시행 기준'(공보부, 1962.7) 등의 행정조치로 사이비언론 정비와 함께 신규 등록(허가)의 장치를 통해서 포섭되는 특징이 있다. 1968년 문화공보부 발족까지 중앙 및 지방 주요일간지에 대한 신문분석 및 논조 평가의 (검열)자료를 살펴보면(『신문논조평가』, 1961.7~64; 『주간 국내정세 신문분석』, 1965.1~68.6) 매일매일의 신문기사에 대한 정교한 분석과 문제점 지적 및 대응책, 보도방안 제시 등이 상세하게 적시되어 있다는 사실을 발견하게 되는데, 이를 통해 당대 신문이 권력에 어떻게 통제되고 있었는가를 여실히 알 수 있다.

81 5·16~1963년 공보매체에 대한 여론조사로 주목할 것은 앞서 거론한 전국홍보매개체실태조사 외에 '대한뉴스에 대한 여론조사'(1961.7), 'TV에 대한 여론조사'(1962.7), '영화에 대한 여론조사'(1962.11), '잡지에 대한 여론조사'(1962.11), '신문에 대한 여론조사'(1963.4), '방송

부가 유력한 심리전매체로 꼽은 영화의 경우를 보면, 국립영화제작소 신설을 계기로 5·16 후 1년 동안 대한뉴스 43편, 문화영화 28편을 비롯해 총 127편을 제작해 전국 및 일본에 배포 상영하고1961년 8월에는 15일간 대한뉴스와 기록영화를 일반 시민에게 공개 상영, 관람횟수, 대한뉴스에 관한 의견, 좋아하는 영화, 일본영화수입, 순회영화 효과 등에 대한 여론을 수집·반영하는 시스템을 운용했다. 이와 같이 매체 전반을 공보부의 관리하에 귀속시킨 상태에서 민간기관 및 전문가을 적극적으로 참여시켜 관민협동의 심리전체계를 구축함으로써 명실상부한 한국 독자적인 심리전 운영이 가능했던 것이다.[82]

지금까지 5·16 직후 반공체제 재편성이 국가심리전의 수립으로 전환되는 제도적 맥락과 공보부로 일원화된 심리전 체계를 재구성해보았다. 아울러 그 과정에서 당대 심리전의 목표 및 전략이 어떻게 설정되어 대내외 심리전으로 구체화되었는가를 대강 조감했다. 당대에 수행된 국가심리전이 비상상태 아래 물리적 강제력뿐만 아니라 민간의 참여를 적극적으로 이끌어냄으로써 대공심리전이 상당한 국민적 동의를 바탕으로 이루어졌다는 점에 다시금 주목할 필요가 있다. 한일협정 국면을 거치며 동의 기반에 균열이 발생하지만 이 같은 기조가 일정기간 지속되면서 냉전반공멘탈리티mentality가 전 사회적으로 부식되고 그 (가상적)응집이 박정희체제의 강력한 통치자원이 되었던 것이다. 이보다 더 크게 작용한 자원은 역설적으로 점차 경색되는 남북관계 및 체제경쟁이었다.

---

82 에 대한 전국청취자 여론조사'(1963.7), '공보지에 대한 효과측정조사'(1963.10) 등이 있다. 반공선전과 대적심리전의 기초가 되는 공산주의(북한)연구도 민간을 적극적으로 참여시키는 데, 이 차원에서 아세아문제연구소가 국내 유일의 공산권연구기관으로 승인을 받을 수 있었고 아세아문제연구소는 정부의 직간접적 지원 속에 세계적인 공산권(북한) 연구기관으로 성장하기에 이른다. 아세아문제연구소의 북한연구에 대해서는 임유경, 「'북한연구'와 문화냉전－1960년대 아세아문제연구소와 『사상계』의 북한연구」, 『상허학보』 58, 상허학회, 2020 참조.

3. 대공심리전의 주체와 논리, 귀순자의 존재론

1960년대 심리전의 필요성을 증대시킨 요인은 복합적이다. 쿠데타의 대내
외적 정당화와 민간정부로의 정권재창출, 반공개발동원체제의 확립 등 통치전
략상의 시급성이 우선적인 요인이었으나, 남북한 체제경쟁의 격화에 따른 북
한의 공격적인 대남전략에 대한 대응 또한 대공심리전의 의의를 부각시켰다.
냉전전이 전파냉전 시대로 진입되는 추세에 부응하는 전략심리전의 이론 및
기술적 대비도 요구되었다. 5·16 후 북한의 대남전략은 강경일변도로 치달았
다. 1950년대 전후복구 3개년계획1954~56과 제1차 5개년계획1957~61의 성공
적 추진에 따른 자신감을 바탕으로 북한의 경제발전모델과 반제국주의의 가치
를 제3세계 국가를 대상으로 선전하는 동시에 김일성의 연방제통일안 발표
1960.8를 시작으로 자주적 평화통일공세를 주도해갔다.

그러나 5·16 후 남한사회가 점차 안정됨에 따라 종래의 평화공세를 후퇴시
키고 '남조선혁명론' 혹은 '민족해방전쟁론'을 전면에 내세운 가운데 남조선혁
명노선에 바탕을 둔 '4대군사노선'의 확립으로1962.4 대남 강경노선을 굳혀갔
다. 이같이 전환된 기조는 한일국교정상화 및 베트남파병을 계기로 한층 강화
되는데, 1965년부터 본격화된 군사분계선에서의 충돌이 급격히 증가하면서
급기야 '1·21사태', '울진삼척지구 무장공비침투사건' 등 무장게릴라의 남파
에 의한 무력도발을 감행하기에 이른다.[83] 남파간첩의 임무도 소극적 첩보공
작에서 군사기지 및 중요시설 폭파, 요인 암살 등 적극적인 게릴라전을 전개하
는 방향으로 전환되었다.[84] 1960년대 후반 한반도에서 최고조의 군사적 긴장

---

83 북한의 대남정책 변화에 대해서는 강광식, 「1960년대의 남북관계와 통일정책」, 한국정신문화
     연구원 편, 『1960년대의 대외관계와 남북문제』, 백산서당, 1999, 159~204쪽 참조.
84 「북괴간첩의 새 전술과 방비 태세」(사설), 『조선일보』, 1965.8.6.

상태가 조성된 것이다.

대남정책이 무장공세로 전환되기 이전까지는 간접침략을 통한 심리전 공세가 대남전략의 주류를 이루었다. 북한은 4·19 직후 연방제통일안을 천명한 후 남한 내 지하조직 구축과 함께 위장평화공세, 지하공작 활성화, 조총련의 적극적인 활용 등을 대남정책의 지침으로 세우고 이전보다 강도 높은 간접침투전략을 구사한다. 전혀 예상하지 못했던 5·16을 겪은 후에는 5·16주체세력들에 대한 접근공작을 세우고 연방제통일·평화통일을 제안하는 비밀협상 대표를 파견하는황태성 사건 한편 '대남사업총국'과 '조사부'로 대남공작조직을 정비하고 해외 공작거점의 운영과 이를 통한 대남침투공작을 추진하는 방법까지 동원한 간접침략을 더욱 확대 강화시켰다.[85] 당시 남한 정보당국에서 파악한 북한의 간접침략과 심리전 공작 형태는 다양했다. 남파간첩에 의한 심리전 공작방법(거점 확보 뒤 정부에 대한 불평불만을 과장 선전), 납치 유인공작에 의한 심리전 공작방법(납치어부 송환, 동반월북 기도), 전파에 의한 심리전 공작방법(평양과 해주 거점의 라디오심리전과 휴전선의 대남확성기방송), 전단 살포 공작방법, 우편을 이용한 공작방법(일본과 홍콩을 발신지로 한 선전문 송부), 제3국을 통한 심리전 공세(중립국 진영을 대상으로 한 북한체제 우월성 선전) 등이 동시다발적으로 전개되고 있었다.[86] 이에 대항하는 대북심리전 체계 확립과 역선전전이 긴급히 요구된 것은 당연한 일이었다. 간첩자수기간의 주기적 설정과 범국민 간첩색출운동을 전개하는 것으로는 역부족이었다.

이와 연계되어 있던 남한 내 통일론에 대한 제압도 필요했다. 북한심리전의

---

85 1960년대 초 북한의 대남공작조직의 변화에 대해서는 황일호, 「노동당 3호 청사 놀라게 한 4·19와 5·16」, 유영구, 『남북을 오고간 사람들 - 남의 조직사건과 북의 대남사업』, 글, 1993, 187~234쪽 참조. 남로당 출신 월북자를 대남공작원으로 양성한 기관인 '강동정치학원'을 비롯한 북한 대남공작기관의 역사에 대해서는 중앙정보부, 『북한대남공작사』 제1권, 1972 참조.
86 정형택, 「현대 심리전 공세의 중요성」, 『동아일보』, 1961.9.10.

효과로 단정할 수 없으나, 4·19혁명의 시공간에서 통일운동을 주도했던 혁신계를 제거했음에도 불구하고 5·16 후에도 여전히 한반도분단질서의 해결방법으로서 통일에 대한 논의가 대내외적으로 지속되고 있었다. 대외적으로는 4·19 직후에 제기된 김용중의 한국중립화방안, 미 맨스필드 상원의원의 오스트리아식 중립화방안, 김삼규의 중립화통일방안 등이 더욱 거세게 다시 제안되었으며, 국내적으로도 서민호 의원의 통일구상 발표1964.1.17, 황용주의 중립통한론1964.11 등이 제기되어 파란을 일으키는 상황이었다. 국회에서는 '남북이산가족면회소 설치에 관한 결의안'이 제출되기도 했다.1964.10 반공법을 적용해 황용주와 서민호를 구속시키고,[87] 통일론의 법적 한계, 즉 유엔감시하의 남북총선거안승일통일만을 국법상 허용한다는 검찰의 공식적 가이드라인 제시와 중립통일론이나 용공사상을 논하는 학자들에 대한 중앙정보부장의 공개경고를 계기로 공론 장에서의 통일론은 일단 수그러들게 된다.

정작 문제는 일반국민들의 통일에 대한 인식이었다. 당시 통일에 관한 각종 국민여론조사의 결과를 보면, 유엔감시하의 총선거 방법이 압도적이었으나 남북협상론에 대한 선호도가 15% 이상이었고, 남북교류에 대한 필요성에 공감하는 의견도 상당했다.[88] 조선일보여론조사에 따르면1964.10, 통일문제에 대한

---

87 서민호가 반공법 위반혐의로 구속된 것은 한일협정 체결 후 의원직을 자진 사퇴한 뒤 민사당 창당발기문을 통해 한일협정의 폐기, 파월한국군 철수, 남북한 서신교환과 체육인 및 언론인 교환 등을 주장했기 때문이었는데, 증거불충분으로 구속영장이 기각되자 민사당이 조총련계의 자금을 창당준비로 썼다는 새로운 혐의를 추가해 구속되는 과정을 밟는다(1966.6). 이 사건에도 중앙정보부가 깊숙이 개입했다.

88 공보부의 국민여론조사에서는(1964.2.5~11) 유엔감시하의 총선거가 23.4%, 남북협상 16.3%, 모르겠다 47.7%로 조사됐고, 동아일보사의 전국여론조사에서는(1964.12.14~18) 유엔감시하의 총선거가 41%, 남북협상이 19%, 모르겠다는 응답이 28%였다. 국토통일원의 '국토통일에 대한 여론조사'(1969.12)에서도 유엔감시하의 총선거에 대한 지지가 31.9%, 무력통일 12.8%, 현 상태 유지 10.3%, 남북협상 9.5%, 중립국 감시 8.3%, 모르겠다 23.7% 등으로 조사되었는데, 용공으로 치부된 남북협상론에 대한 기대가 일정 수준 지속되었다는 사실에 주목할 필요가 있다.

관심이 매우 컸고84.7%, 통일논의는 필요가 있다면 논의해야 한다는 의견이 우세했으며69.4%, 남북한 편지교환, 체육인 및 언론인의 교환에 대해서는 신중론이 우세했으나 논의해야 한다는 의견이27% 이용될 테니 논의해서는 안 된다는 의견13.8%보다 많았으며, 가족면회소 설치에 대해서도 긍정적 답변이74.3% 부정적 의견24%보다 매우 많았다는 사실을 확인할 수 있다.[89] 이 같은 여론조사 결과는 반공동원이 일정한 성과를 거두었다는 것을 증명해주는 동시에 남북협상 및 교류에 대한 국민들의 선호가 여전하다는 사실을 드러내준다는 점에서 정권의 부담으로 작용했다. 따라서 대북심리전의 의의와 그 필요성이 더욱더 강조될 수밖에 없었다. 이는 대북심리전이 대북한/대내 두 차원을 포괄하는 방향으로 전개되었다는 것을 시사해준다.

이런 맥락에서 귀순자의 존재가 부각되고 그들의 심리전적 가치가 배가된다. 자진 월남귀순자는 물론이고 남파공작원, 즉 간첩의 존재는 대북심리전의 목표와 방향 및 효과 생산에 최적임자였다. 1951~69년 생포된 2,391명의 간첩들은 전향의 여부에 따라 생사가 좌우되었다. 비전향자는 국가보안법이 적용돼 상당수가 처형되었고 일부는 비전향장기수로 장기간 감옥에서 갖은 전향공작에 맞서며 비인간적 삶을 영위해야 했다.[90] 주로 중앙정보부의 관할하에 이루어진 간첩에 대한 전향공작은 체포 후 정보 제공을 대가로 공소 보류되어 풀려나는 절차를 거치는데, 이는 1930년대 및 정부수립 후 국가보안법체제에서 시행된 전향제도와 유사한 방식이었다. 풀려난 후에는 국가심리전 체제에 편입되어 다양한 심리전 활동에 동원되는데, 주목할 것은 5·16 후에는 이들

---

89 「조선일보 여론조사 – 통일문제의 관심도」, 『조선일보』, 1964.11.4.
90 한홍구의 연구에 따르면(앞의 글, 200~201쪽), 비전향장기수는 네 부류, 즉 첫째 남파공작원, 둘째 한국전쟁을 전후한 시기의 빨치산 출신, 셋째 통일혁명당, 인민혁명당, 남민전, 구미유학생 간첩단사건 등 남쪽의 급진적 변혁운동에 관련된 사람 중 비전향자, 넷째 재일동포나 납북어부, 월북자가족, 한국전쟁 시기의 부역자, 유학생 중 공안기관이 조작한 간첩사건에 연루된 사람 중 비전향자로 남은 사람들 등이다.

을 조직적으로 활용하는 시스템을 구축함으로써 귀순(자)의 심리전적 가치와 용도를 과할 정도로 잘 이용했다는 사실이다. 물론 이수근의 사례에서 확인되듯이 너무 강압적이어서 일부 반발을 사기도 했으나, 공보부 산하 '특수선전위원회'의 심사와 지도방침을 거쳐 적절한 소임을 맡기는 방식으로 귀순자의 장점을 최대한 살렸다.[91] 중앙정보부가 (전향)귀순자를 생산하고 공보부가 이들을 선별, 배치, 활용하는 체계적인 시스템이 일찍부터 가동된 것이다. 그리하여 귀순자는 1960년대 국가심리전의 최정예 요원으로 거듭나게 된다. 이는 냉전 분단체제의 비극적 산물인 전향간첩 및 귀순(자)이 심리전에 이용되면서 역설적으로 분단체제를 강화하는 데 부정적으로 기여하는 구조가 정착되었음을 의미한다. 비극이 비극을 낳는 악순환 구조이다. 대남공작원 파견 못지않게 대북공작원 밀파가 있었다는 역사적 사실을 고려할 때, 이 악순환에 대해서는 남북 정권 모두에게 책임을 묻지 않을 수 없다.

당시 국가심리전에 동원된 귀순자의 분포는 복잡하다. 자진월남귀순자와 전향간첩이 주류를 이루나 한국전쟁 포로도 동원 혹은 자발적 참여가 빈번했다. 기존 월남지식인들의 참여도 적극적이어서 그룹을 형성할 정도였다. 대남침투와 귀순의 경로도 다양했고, 또 심리전상의 가치가 큰 지식인귀순자들의 북한에서의 직위와 역할이 다양했던 관계로 심리전의 효과를 제고하는 데도 유리했다. 심리전요원으로 선별된 전향간첩과 귀순자는 일반적으로 언론의 기자회견을 통해 귀순을 공표하고 남한체제의 우월성을 강조하는 메시지를 남기는

---

91 특수선전위원회(위원장 : 공보부차관)는 특수선전위원회규정(1962.2.20, 각령 제478호)에 의해 설치되었고, 주 기능은 심리전의 기본방침 수립에 관한 사항, 심리전 실시기관 간의 상호 협력 및 조정에 관한 사항, 심리전 활동상황의 종합, 분석, 평가 및 효과측정에 관한 사항, 귀순자의 처우 및 지도방침에 관한 사항 등을 조사 심의하는 데 있었다. 위원회 산하에 심리전관련 7개 부처 과장급으로 구성된 '실무자회의'(의장 : 공보부조사국장)를 두어 심리전을 원활하게 시행할 수 있도록 했다. 특수선전위원회는 4차례 부분적 개정을 거치며 존속되다가 1975년 11월에 폐지되었다.

의식으로 시작해서 각종 강연회, 좌담회, 군중대회 등에 동원되는 것이 기본적이었다. 특히 공포의 존재로 간주된 간첩의 공개는 간첩에 대한 공포이미지를 더 한층 각인시키는 가운데 반공방첩사상을 부식하는 효과를 발휘했다고 할 수 있다. 그 외에 귀순자의 북한에서의 경력과 전문성에 따라 각기 다른 심리전 임무를 부여받았는데, 공안사건의 (검찰 측)증인으로, 해외파견을 통해 아시아반공연대를 강화하는 자원으로, 북한자료의 수집 및 연구의 인력으로, 영화검열에의 참여 등 실로 다양했다.

지금까지 당대 심리전에 동원된 귀순자에 대한 연구가 거의 없었다는 점을 고려하여 이 글에서는 1960년대 대공심리전에서 뚜렷한 활동을 한 주요 귀순자들을 간략히 소개하고 이를 바탕으로 당대 심리전의 논리와 특징을 정리하고자 한다.

① 이철주(1957년 6월 남파 후 전향) : 문화선전성 기관지 부주필을 역임한 그는 전향 후 육군본부특전감실 집필위원1958, 동방통신사 주필1960, 내외문제연구소 연구위원1961 등으로 심리전을 수행하면서 방송극작가로도 활약한다.HLKA 〈김삿갓 북한방랑기〉, 1964.5 이철주가 수행한 대북심리전의 특징은 공산주의의 이론과 실제의 모순을 북한예술가들의 숙청에 초점을 맞춰 고발하는 데 주력했다는 점이다. 「북한의 작가 예술가들」『사상계』, 1963.7~1965.4, 「북한 무대 예술인들의 최근 동향」『사상계』, 1965.8, 「북괴 조선노동당」『신동아』, 1965.5 및 이를 묶은 『북의 예술인』1966 등의 논조는 임화를 비롯해 남로당계 예술인의 동향과 공판(숙청)에 대한 폭로를 통해서 공산주의이념에 우호적인 남한 및 자유세계 지식인들을 향한 경종, 한 마디로 '자유를 택하라'에 있었다. 「북의 시인」에 서술된 임화 평가를 비판하기 위한 동기에서 저술된[92] 이 책은 1951년부터 북한의 선전선동기구에서

일한 경험에 근거해 남로당계예술인들의 행적, 특히 임화, 이태준, 설정식 등의 재판과정에 대한 소상한 기록이자 증언으로 인정받으며 당시 월북문화인 이해의 저본이 된다.

② 이동준(1959년 1월 판문점 귀순) : 김일성대 중퇴, 민주조선사 근무, 프라우다지Правда, 소련공산당 중앙위원회 기관지 평양지국번역기자로 있다가 제9차 군사정전위원회 도중 판문점을 탈출 귀순한 후 유엔군사령부와 치안국의 보호를 받았고, 1962년 1년 동안 미 프린스턴대학에서 소련문제를 전공하고 귀국한 후 내외문제연구소 연구원, 외국어대 교수로 근무했다. 그는 『자유의 길 판문점-나는 전 쏘련 푸라우다지 기자였다』승리문화사, 1959. 11 에서 자신의 귀순과 북한실정에 대한 보고 및 저술을 냉전전에서의 자유진영의 승리를 증명해주는 징표로 간주하면서 북한의 참상을 폭로하는가 하면,[93] 『환상과 현실-나의 공산주의관』동방통신사 출판부, 1961을 통해서는 공산주의의 본질 해부와 함께 공산진영의 평화공존론과 남북통일론, 특히 중립화론에 대한 논리적 비판을 시도했다. 『역사의 증언』내외문제연구소, 1969 에서는 북한노동당의 내막과 안막, 서만일이 주도한 월북인 숙청공작의 흑막을 폭로한 바 있다. 이동준의 심리전 활동에서 돋보이는 것은 소련연구인데, 당시 드문 소련전문가로서 「크레믈린 이면사, 레닌에서 브레즈네프까지」『조선일보』, 1964. 10. 17~11. 11, 15회, 「소련에 있어서의 숙청이론과 실재」공산주의문제연구소 편, 『소련에 있어서의 공산주의』, 문화공보부, 1969 등을 통해서 소련의 권력투쟁사를 연구 발표했다.

---

92 이철주, 『북의 예술인』, 계몽사, 1966. 1, 13~14쪽.
93 그의 판문점 귀순과 『자유의 길 판문점』 출간은 최초의 비행기납치사건이었던 'KNA기납북사건'(1958. 2. 16)으로 초래된 남북한의 긴장고조와 이 사건을 활용한 이승만정권의 호전적 대북공세에 심리전 자원으로 활용되었다. KNA기납북사건 때 납치되었다 귀환한 국회의원 유봉순의 추천사가 포함되어 있다. KNA기납북사건의 전말에 대해서는 오제도, 『추격자의 증언』, 희망출판사, 1969, 284~296쪽 참조.

③ 한재덕(1959년 2월 일본에서 귀순) : 두 차례1953·1957 대일공작원으로 밀파된 후 집행유예로 풀려난 뒤 귀순한 그는 「나는 공산주의를 고발한다」,「동아일보」, 1959.4.10~14는 성명서를 발표하며 언론에 공개된 후 육본특전감실집행위원1959.5을 시작으로 동방통신사, 아시아반공연맹, 북한해방촉진위원회, 내외문제연구소, 내외문화사(출판사), 한국반공연맹, 공산권문제연구소 등 당시 주요 국가심리전기구의 창설에 관여하고 핵심요직을 도맡아 심리전을 선도했던 중추적인 귀순자이다. 중국을 경유한 1차 밀파 및 체포 후 집행유예를 받고 남한을 경유해 월북한 뒤 재차 일본에 파견·체포를 거쳐 남한에 귀순하는, 냉전기 동아시아를 횡단한 독특한 이력의 공작원이었다. 북한에서의 화려한 경력 이상으로 그의 활약은 1970년 사망하기까지 엄청났다. 대북심리전 자료의 기획과 집필 및 출판뿐만 아니라 공안사건의 증인황용주필화사건, 남정현필화사건, 영화〈나는 속았다〉검열에 참여 등 다양하다.[94] 내외문제연구소의 공산권(북한)자료 수집과 심리전콘텐츠의 생산 및 전파의 전 과정에 그가 관여했다고 봐도 무리가 없다. 신문에 공산주의 및 북한에 관련한 논설을 발표한 횟수가 1,500여 회 이상이었다. 특히 그의 논설은 1960년대 민감한 정치적 및 냉전반공 이슈, 예컨대 4·19혁명 후 진보적 통일운동, 5·16쿠데타, 조총련 및 북송, 한일협정반대운동, 베트남파병, 인혁당, 통혁당, 동백림사건 등 간첩단사건, 통일론과

---

94 그가 기획하고 집필진으로 참여한 연구서로는 '공산주의 이론과 현실' 비판전서(전6권, 내외문화사, 1963~65, 제3권『동서관계30년사 – 전후 공산주의운동의 역사와 전술전략』, 제5권『한국의 공산주의와 북한의 역사』, 제6권『북한의 역사와 현실』은 단독집필), '현대사와 공산주의' 총서(전2권, 공보부, 1968~69) 등이 있고,『공산주의문제연구 논설집』(내외문화사, 1965) 등 단독연구서도 다수이다. 또 한재덕은 전향간첩 김혁과 더불어 영화〈나는 속았다〉(원제〈여간첩 김수임〉, 1963년 이강천 감독)의 시나리오검열에 참여하는데, 시나리오 독해(심사)뿐만 아니라 제기된 문제점들을 추후 한재덕의 교정을 받아 보완하는 것으로 결정된 바 있다. 그리고 남정현공판에서는 남파간첩 이영명, 최남섭 등과 증인으로 출석해「분지」가 "반미적이며 계급의식을 고취했다"는 진술을 했으며, 황용주공판에서도 방인후와 함께 검찰 측 증인으로 출석한 바 있다.

남북면회소 설치 같은 남북교류, 1968년 북한의 게릴라침투사건 등이 대두해 여론화될 때마다 여지없이 맨 먼저 이를 논리적으로 비판하는 데 기여하는 특징이 있다.

또한 북한체제를 폭로하는 그의 증언들은 심리전자료로 널리 활용되었다. 가령, 「김일성을 고발한다」『동아일보』, 1962.5.4.~8.13, 82회는 〈붉은 수첩〉(김일성폭로기)으로 각색되어허창문 각색 SA에서 방송 및 CA에서 재방송되었으며, 이 연재물에다 북한관련 논설을 추가해『김일성을 고발한다─북한노동당 치하의 북한회고록』내외문화사, 1965.4로 출간하는 반복 과정을 통해서 민족반역자로서 김일성(유일체제)에 대한 역선전의 효과를 배가시킨다.[95] 북한정권 창출의 산증인으로서, 대일공작원으로서의 그의 정보, 경험은 대공심리전에 가장 적합한 대상이었기 때문에 한재덕은 당대 대북/대내 심리전수행의 핵심 주체가 될 수 있었고 아울러 그가 수행한 심리전의 효과는 상당했다고 할 수 있다. 1980년대 오기완에 의해 한재덕의 대일공작원파견 전말이 폭로되는데, 간첩이 간첩을 고발하는 우스꽝스러운 장면의 연출이었다.

④ 소정자(1960년 6월 남파 후 전향) : 남로당원, 인민군 입대 후 전시 월북하였고 두 차례 공작원으로 남파되었다가1958·1960년 육군방첩대에 체포된 후 전향했다. 1967년 11월 사망하기까지 국내 및 국외(일본)에서 1,000회 이상 반공강연회를 했으며 그 공로를 인정받아 반공연맹장으로 장례가 치러졌다. 전향간첩의 죽음이 반공이벤트화한 사례로, 전향여부에 따라

---

95 회고록『김일성을 고발한다』는 김일성의 전속기자로 불릴 만큼 김일성 및 북한정권 수립의 내막에 대한 고급정보를 바탕으로 서술되었고, 몇 차례 암살공작으로 죽음의 고비를 넘겼으며, 한재덕 특유의 서사구성 능력과 문장력 등으로 인해 정서적 호소력이 컸을 것으로 추정된다. 뒷부분에(397~409쪽) 두 차례 대일공작원으로 밀파되는 과정과 일본에서의 활동 그리고 남한을 경유해 월북했던 과정 등을 추가 서술함으로써 회고록의 신빙성을 높인 특징도 있다.

남파간첩의 생과 사의 의미 및 가치가 좌우되었던 극적 장면이었다. 『내가 반역자냐? – 전향여간첩의 수기』방아문화사, 1966.6란 수기를 출간하였는데, 원래는 1963년 '남로당원이 본 북한'이란 제목으로 출판하려던 것이었다.『경향신문』, 1963.9.18 수기의 머리말3쪽에서 밝히고 있듯이 사전 조언이나 원고의 검토를 거부해서 출판이 늦어진 것으로 추정된다. 이 전향수기는 여간첩이라는 특이성뿐만 아니라 일제 말기~분단체제의 격랑 속에서 한 여성사회주의자의 파란만장한 삶을 투박하게 담아내어 주목을 끈 가운데 "승공 없이 자유 없고 자유 없이 인간의 삶의 가치와 보람은 찾을 수 없다"425쪽는 자유의 가치에 대한 메시지는 1970년대 후반 TV연속극의 단골메뉴가 된다KBS연속극 〈어떤 여자〉, 1979.6.4. 남로당원의 숙청, 특히 이강국의 말로에 관한 증언이 주목을 끈다.『내가 반역자냐?』는 1968년 일본어판으로 출간되었으며, 1968년 9월 영화로 각색되어〈내가 반역자냐〉, 강범구 감독 동아극장에서 개봉되었다.

⑤ 정낙현(1960년 8월 MIG15기 귀순) : 귀순하자마자 「나는 자유를 찾았다」『경향신문』, 1960.8.14~19, 5회를 연재하고 공군 중위로 임관된다(1980년대는 공군대령). 첫 MIG기귀순자인 노금석이 미국망명을 선택한 것과 대조적이었다.1953.9 그의 귀순은 연속방송극 〈별을 타고 온 사나이〉로 극화되어김영수 작, 이경재 각색 VUNC에서 17회 방송되었다.1963년 5월 20일부터 밤 7시 40분~8시, 북한청취자를 위해 밤과 익일 오전 재방 등 하루 총 4회 방송96 그의 귀순 후 행적에서 특이한 것은 군

---

96 김영수는 1952년부터 오키나와 VUNC에서 8년 동안 근무하다 1959년 3월 귀국했다. 그는 1951년부터 VUNC전속작가로 부임, 동경에서 심리전 방송에 진력하다 1958년 일본에서 귀국한 김희창과 더불어 1960년대 방송극시대를 개척한 대표적인 방송극작가이다. 동경에 있던 VUNC한국파견대가 1958년 일부는 서울로, 다른 일부는 오끼나와로 각각 이동했던 사실을 감안할 때 김영수, 김희창의 귀국은 그 일환이었던 것으로 추측되는 데 이들이 귀국 후에도 한국에서 VUNC의 심리전에 참여했을 것으로 추정되나 아직까지는 실체를 파악하지 못했다. 1958년까지 동경 VUNC한국파견대의 방송팀은 아나운서 : 민재호, 위진록, 유덕훈, 이상송, 김유선, 김기형, 김덕빈, 작가 : 김영수, 김희창, 성우 : 김복자 등이었다. 위진록, 『고향이 어디십니까?』,

인 신분임에도 아시아반공연맹 산하 북한해방촉진회가 주관한 '자유의 날'반공포로석방의 날, 1월 23일 군중대회에 연사로 참여했으며 이를 매개로 대만 국방부 초청으로 대만의 '자유의 날' 기념식전에 참가하고 장제스와 면담 했다는 점이다. 정낙현뿐 아니라 1960년대 전반에는 APACL차원에서 대만 '자유의 날'에 전향간첩 또는 귀순자를 파견하여 한국과 대만의 반공 유대를 강화하는 수단으로 삼았다. 확인한 바로는 1962년에는 월남귀순 자 채선경,[97] 1963년에는 전향간첩 윤기정이 각각 파견되었다. 1950년 대 후반 대규모 예술사절단 파견에서 5·16 후에는 귀순자를 파견하는 방법으로 대만과의 반공유대를 지속한 모양새다. 대만의 '1·23자유일' 에 귀순자전향간첩을 파견했다는 사실은 동아시아 냉전지정학에서 중요한 의미를 갖는다. '1·23자유일'기념을 통해 반공/한국전쟁 승리를 선양하는 장제스정부의 선전과 사회동원에 한국이 적극 참여함으로써 한국/대만의 반공연대 나아가 동아시아반공질서의 틀에서 양국 정권이 통치의 정당성을 확보하고자 한 공존성을 보여주기 때문이다.[98]

⑥ 조철(1961년 남파 후 전향) : 일제강점기 광복군 간부로 활약했고, 1950년 8월 월북하여 재북평화통일촉진협의회 총무부와 상업성 부상으로 있다가

모노폴리, 2013, 212~214쪽.

[97] 채선경은 평양사범대학 중퇴 후 평양여자중학교 체육교사와 중공업위원회지질조사국에 근무하다 판문점 인근을 통해 귀순했다(1961.11). 「북송된 동포들 뼈저린 후회」(『경향신문』, 1961.11.29)에서 북송된 동포들이 겪는 참상을 전하고, 4·19 직후 북한에서 남한의 데모영화를 2, 3일마다 상영하고 남한인민들이 북한을 동경하고 있다고 선전했으나 자신은 오히려 데모영화를 보고 남한을 동경해 월남했다며 귀순동기를 밝힌 바 있다.

[98] 란스치에 따르면, 반공의사(대만으로 송환된 중국인민지원군 전쟁포로들)가 대만의 한국전쟁 집단기억의 핵심이자 한국전쟁을 국민정부의 반공승리와 대만/한국 우애의 견고함의 상징으로 형상화되었고, 그것이 '1·23자유일'기념을 통해 적어도 1970년대까지 지속되었다고 한다(란스치, 「'반공'의 희망에서 망각된 전쟁으로─대만의 한국전쟁 기억」, 백원담·임우경 편, 『'냉전' 아시아의 탄생─신중국과 한국전쟁』, 문화과학사, 2013, 324~330쪽). 1963년에 파견된 전향간첩 윤기정이 '1·23자유일'행사에서 수천의 반공의사들을 인솔하고 대북 시내를 행진하는 사진이 일간신문에 크게 보도된 바 있다.

5·16 직후 남파된 후 자수하였다. 전향 후 내외문제연구소와 한국반공연맹조사연구실 연구위원으로 근무했다. 「죽음의 세월」『동아일보』, 1962.3.29~6.16, 56회을 연재했고, 이 수기가 소설화되어오상원·김중희, 「끝없는 암흑의 행로」CA에서 1962년 6월 18일부터 20회 하루 두 차례 입체 낭독된다(SA아침방송에서 재생). CA의 남파간첩 수기를 활용한 첫 번째 라디오심리전(입체낭독) 프로그램으로 국민사상 계도를 목적으로 남북한 전역에 걸쳐 청취자를 커버할 수 있도록 했다.[99] 연재중단에 따른 미발표분을 증보해『죽음의 세월 – 납북인사들의 생활 실태』성봉각, 1963.9로 출간되었다. 조철의 수기는 정치, 종교, 문화 등 50여 명에 달하는 납북 저명인사들의 북한에서의 실생활을 생생하게 전하고 있어 큰 충격과 파문을 일으켰다. 연재 및 방송 중 납북인사의 가족과 일반인들의 문의가 쇄도하면서 저자가 곤욕을 치르고 내용의 신빙성에 의심을 받기도 했는 데, 단행본 출간 때는 조철이 납북인사들이 주축이 된 재북평화통일촉진협의회에서 근무했다는 사실과 따라서 납북인사들의 소식에 밝은 최적임자라는 한재덕의 발문을 추가해 내용의 사실성을 보증하고자 했다. 조철 및 이 수기는 납북인사들을 활용한 대남선전 및 통일전략의 허구성과 남한 친지 혹은 과거의 동지를 포섭하기 위한 간첩공작에 납북인사들을 동원하고 있다는 사실을 폭로함으로써 방첩의 경각심을 조성하는 선전효과가 매우 컸다. 더욱이 민족 이산의 정서적 코드 부각으로 인해 그 효과가 증폭되었다.

⑦ 김남식(1962년 남파 후 전향) : 자강도 선전부장으로 있다 남파 후 전향했으며, 이후 공산권문제연구소연구원, 아세아문제연구소 특별연구원으로 재직했다. 「북한은 학살의 땅」『조선일보』, 1964.1.30을 통해 남북인사의 숙청 학살과 월북조종사, 귀환포로 등 350만 명이 적성분자로 규정되어 부단한

---

[99] 「전파 타는 '죽음의 세월'」, 『동아일보』, 1962.6.17.

감시를 받고 있다는 증언을 한 후로는 1965년 아세아문제연구소에 특별 채용되면서 남로당연구에 주력했다. 다른 전향간첩과 달리 북한연구자의 길을 걷게 된 것은 예외적인 행운이었다. 『남로당연구 자료집』1~2권, 1974, 『실록 남로당』1979, 『남로당연구』전3권, 돌베개, 1986~88 등으로 연속되는 그의 남로당에 관한 연구는 실증자료에 바탕을 둔 남로당연구의 학술적 지평을 새로이 개척하고 집대성시킨 성취였다. 『북한총감』1968을 비롯하여 북한 백과서전에 해당하는 일련의 총람류 편찬에도 주도적인 역할을 했다.[100]

⑧ 이항구(1966년 10월 남파 귀순) : 남로당원, 전시에 월북 후 빨치산 활동, 평양문학대학 졸업 후 북한작가동맹 맹원, 북한 『현대문학』 편집인으로 있다가 남파되었다. 북한체험을 바탕으로 한 반공드라마와 희곡을 집필했으며 『소설 김일성』전3권, 신태양사, 1993을 출판했다. 그는 주로 북한연구소 연구원으로 재직하며 기관지 『북한』을 통해서 「북한문예정책 비판」『북한』,1973.5을 비롯한 북한문학예술의 실태에 관한 비판적 연구들을 발표했다. 귀순 직후 반공단막극 〈산하를 다시 푸르러지리〉유치진 연출를 육군방첩대 주최로 드라마센터에서 공연했고1967.2.17 이후 40일간 춘천, 부산 등 전국 주요도시에서 순회 공연하였다. 특이하게 한국전쟁기 미군의 세균전 혐의의 가능성을 방증하는 증언을 한 바 있다.

⑨ 이수근(1967년 3월 귀순) : 조선통신사 부사장으로 있다 판문점을 통해 귀순한 그는 1960년대 귀순자 중 최고 거물급으로 각광을 받았으나 1969년 1월 여권을 위조해 3국으로 탈출하려다 사이공 공항에서 중앙정보부에 체포된 뒤 결국 국가보안법 및 반공법 위반혐의로 처형되면서 위장간첩"자유의 탈을 쓴 붉은 첩자"의 대명사로 각인되었다. 2018년 과거사진상위원회 재심에서 무죄선고를 받았다. 자진 월남귀순 그리고 중앙정보부 제7국에

---

100 이에 대해서는 조한범 외, 『구술로 본 북한현대사 재인식─김남식·이항구』, 선인, 2006, 84~85쪽.

채용되어 있던 심리전 요원이 간첩으로 둔갑된 냉전기 남북적대의 또 다른 정치조작이었다. 위장귀순은 이전에도 더러 있었으나 이수근의 경우는 거물급에다 최근의 북한실정 및 대남공작에 대한 고급정보를 언론에 수차례 공개한 터라 파장이 매우 컸다.중앙정보부 알선으로 「나는 이래서 탈출했다」, 『경향신문』,1967.3.23~27 저명 공산주의연구자 스칼라피노 교수도 이수근과 대담을 한 바 있다. 중앙정보부의 대공심리전 능력이 도마에 오르는가 하면[101] 언론은 귀순과정의 석연찮음, 귀순 후 문제적 행적을 비판하며 위장간첩으로 분식하는 가운데 반공방첩사상의 고취에 열을 올렸다. 재심의 무죄 사유에서도 밝혀졌듯이 당국의 감시와 통제에 환멸을 느껴 중립국으로 탈출하려 한 것이 사실에 가깝다. 특히 탈출 직전에 김형욱의 추천사까지 포함된 자서전 『장벽을 헤치고』진양출판사를 출간, 시판하려 했으나 중앙정보부 검열 직후 많은 곳을 자기 멋대로 수정한 사실이 드러나 회수 및 판매금지 조치와 함께 완전 소각시켰던 것이 크게 작용했던 것으로 추측할 수 있다.[102]

⑩ 강대진(1967년 7월 남파 후 귀순) : 남로당원, 전시에 월북하여 4차례 대남공작원으로 남파되었다가 귀순 전향한 남파간첩 중 최고의 거물이다.북한군정보부 상좌 1970년 4월 귀순자환영대회에서 처음으로 일반에게 공개된 후 수기 「나는 북괴 반反탐정원이었다 — 귀순 거물간첩 강대진의 수기」 『동아일보』, 1970.4.27~7.9, 60회를 연재했고 곧바로 이 수기는 다큐멘터리 〈잃어버린 반생〉김광조 극본·이병주 연출으로 극화되어 동아방송에서 방송되었다.1970.9.1 이

---

101 「더욱 철저한 반공태세를 갖추기 위하여」(사설), 『동아일보』,1969.2.14.
102 「'이수근 사건'의혹 다각 조명」, 『한겨레』, 1993.11.28. 당시 이수근의 자서전을 출판하려다 구속되어 고초를 겪었던 안남규는 1989년 자신이 보관해오던 자서전원본을 『이수근은 진짜 간첩이 아니다! 진짜 간첩이었다!』(한국안전교육연구회, 1989)로 재출간한 바 있다. 북한심리전 기구(제4장 5절), 친일, 월남인사의 가족, 한국전쟁 때의 귀환 포로, 북송교포들 등 「복잡한 계층에 대한 차별대우」(제6장 3절), 권말부록의 「한국에서 받은 인상」 등의 내용이 흥미롭다.

어 단행본 『나는 북괴 반反탐정원이었다』승공생활사, 1970.12로 출간된다. 반공교육의 생생한 교재로 평가되었던 이 수기는 연재 도중 독자의 질문에 직접 지면으로 답변해주는 형식을 취함으로써 독자의 편지가 쇄도했고, 독자의 독후감을 연재 도중 및 후에 게재하면서 독자들의 폭발적인 반응을 이끌어냈다.[103] 월남귀순동지회 회장을 맡아 민간차원의 반공운동을 전개했다.

어찌 이들뿐이겠는가?[104] 또 위에서 거론한 귀순자의 심리전 활동이 여기서 그치겠는가? 소정자의 예에서 보듯 환영대회, 각종 반공강연회, 좌담회 등 수많은 방첩반공 대중프로파간다에 동원된 것은 의무였을 것이다. 아울러 북한군 출신은 대부분 군 입대로 전신하나 그 외 지식인귀순자들은 내외문제연구소, 한국반공연맹 산하 자유센터, 조사연구실, 공산주의문제연구소, 중앙정보부의 국제문제연구소와 북한연구소, 공산권문제연구소 등의 대공심리전 기관에 소속되어 다양한 심리전의 요원으로 활동했고, 또 다른 다수는 북한해방촉진회, 귀순자동지회, 멸공의거단과 같은 극우반공단체들을 주도적으로 이끌면

---

103 선별된 독자들의 감상 6편을 묶어 싣기도 했다(「생생한 반공수기 『나는 북괴의 반탐정원이었다』에 뜨거운 성원」, 『동아일보』, 1970.7.15).

104 위에서 거론된 귀순자 외에 1960년대 지속적으로 심리전 활동을 전개했던 귀순자 몇 사람을 더 소개한다.
  * 오기완 : 1963년 3월, 남파 후 전향, 김일성대학1기 졸업, 소련 유학, 북송동포영접위원회 위원 역임. 전향 후 APACL근무, 아세아문제연구소연구원, KBS자문위원. 수기 「평양, 모스크바, 서울」(『신동아』, 1966.5~7), 「비화로 엮은 북한」(『북한』 4, 1972) 등 발표.
  * 최광석 : 5·16 후 남파 후 전향, 신의주대학 교수 역임, 전향 후 아세아문제연구소연구원, VUNC 해설(논설)위원, 『공산주의이론의 역사적 변천-현대공산주의 이론비판』(내외문화사, 1963) 저술, 「북한인명록 492명」(『세대』, 1966.9) 감수 등.
  * 김 혁 : 1960년 10월 남파 후 1961년 3월 자수 후 전향. 인민군 대좌, 북한군동원부장 역임, 전향 후 내외문화사 부사장, 아세아반공연맹 선전부장, 멸공의거단 단장으로 활약했으며, 『자유를 찾아서』(성청사, 1969)를 편저.
  * 이영명 : 5·16 직후 남파 후 전향, 함남장진발전소 기사장 역임. 전향 후 육군본부 정보참모부 군속, 수기 「밀봉교육」 등 발표.

서 대공투쟁의 첨병이 되었다.

당대 대공심리전의 주체가 전향간첩 및 귀순자만은 아니었다.[105] 전쟁포로도 심리전에 적극적으로 참여 내지 동원되었다. 전쟁포로 가운데 한국전쟁의 주변적 인물로 빨갱이 또는 조국배반자로 취급되어 한국사회에서 배제되었던 중립국 선택 포로, 특히 다소 과격한 반공주의자들이었던 남미 선택 포로들이[106] 당대 심리전의 전면에 등장하는 흥미로운 장면이 목격된다. 가장 주목되는 인물이 주영복이다. 판문점 포로석방 심사 때 제3국을 택한 포로 76명 가운데 1인인 그의 「망향望鄕 — 중립국행을 자원한 반공포로의 수기」『동아일보』, 1962.6.29~63.2.11이 60회 연재되면서 큰 파장을 낳았다. 중립국행 포로에 대한 관심이 한수산의 인도 현지르포가 발표된 1984년과 이후 방송미디어들의 다큐멘터리, 주영복의 『내가 겪은 조선전쟁』전2권, 고려원, 1990·1991 출간 등을 통해서 고조되었던 사실에 비추어볼 때[107] 1962년에 주영복의 수기가 발표되었다는 것은 상당히 이채롭다.[108]

중요한 것은 이 수기가 '반공포로'의 수기로 소개, 의미화된다는 사실이다. 이는 "하나의 참회로서 대한민국 국민에게 보낸다"제1회라는 주영복의 발언과

---

105 전시 월남한 귀순자가 전향을 거쳐 심리전에 동원된 특이한 사례도 있다. 허근욱(1946년 9월 월북, 1950년 12월 월남)이 대표적인데, 그는 1959년 6월 간첩죄(국가보안법 위반 혐의)로 치안국에 검거되었다가 신국가보안법 제39조에 의해 공소보류 후 석방된 뒤 대북심리전에 더욱 매진할 수밖에 없었다. 월남 후 HLKA대북방송팀에서 심리전 요원으로 활약하고 있던 그는 전시부역 및 남파 암약 혐의를 받았으나 공소보류의 처분을 받았다. 남편 박노문(문학가동맹원, 1947년 4월 남북협상 때 자진 월북 뒤 문화선전성 문화국장 역임)도 마찬가지의 처분을 받았다. 공소보류의 이유는 남파되었으나 암약상이 증명되지 않았고, 공산당원의 자격을 갖고 있으나 한국을 위한 신념을 보이기 때문이었는데, 공소보류 후 북한문단의 내막을 폭로하는 기자회견을 열었으며, 허근욱은 자신의 전향체험실기『내가 설 땅은 어디냐』(신태양사, 1961), 속편 『흰 벽 검은 벽』(휘문출판사, 1963)을 출간하였다. 『내가 설 땅은 어디냐』는 1964년 동명의 제목으로 영화화되어 을지극장에서 개봉되었다(이만희 감독).

106 김경학, 「중립국 인도로 간 반공포로」, 김경학 외, 『전쟁과 기억』, 한울아카데미, 2005, 246쪽.

107 정병준, 「최인훈의 광장과 중립국행 76인의 포로」, 『역사비평』 126, 역사비평사, 2019.2, 95~97쪽.

108 이 연재 수기는 남진편, 인도편, 브라질편, 아마존편 등 4천 장에 달하는 장편수기 가운데 남진편과 인도편을 중심으로 발췌 게재된 것이고(인도에서 브라질로 떠나는 장면으로 끝맺는다), 제2부 연재를 기약했으나 성사되지 못했다. 『내가 겪은 조선전쟁』과 비교해볼 때 줄거리와 중심 내용은 크게 다르지 않다.

결부되어 중립국행 선택은 조국을 등진 행위이고 그 반성의 기록으로 읽히게 끔 하는 효과를 발휘했다. 아울러 주영복을 비롯해 11명의 중립국선택 포로들 의 실명과 함께 그들의 브라질에서의 생활 및 친한국적 활동을 현지좌담회를 통해 소개함으로써 그 효과가 배가되었다.[109] 수기 연재에 어떤 동기가 작용했 는지 알 수 없으나, 이 수기는 주영복에 대한 독자들의 문의가 쇄도하고, 연재 도중 애독자와의 편지로 이어진 결혼이 성사되는 화제성을 낳으며 체제우월을 증명하는 반공텍스트로 수용되기에 이른다. 『광장』의 진정한 문제의식은 당시 로서는 거론될 여지가 전혀 없었다.

국가심리전 체계의 본격적 가동은 전쟁포로의 집단적 재생의 기회로 작용했 다. 고립 분산적이었던 이전과 달리 전쟁포로는 승공주체라는 뚜렷한 명분과 더불어 조직과 자금, 정부의 행정적 지원 속에 아래로부터의 심리전의 가장 강 력한 자원이자 실천적 주체로 조직화된다. 대부분의 반공포로들, 특히 문화지 식인의 경우는 포로 경력 또는 전시 북한의용군에 (강제)징집된 사실을 의도적 으로 은폐·삭제하거나[110] 역으로 반공이데올로그로의 전신을 통해 사상성을 입증했던 경로가 일반적이었으나 국가심리전의 본격화가 이들이 공론의 장으 로 진입할 수 있는 계기로 작용했던 것이다. 일부는 심리전기관에 편입되어 활 동하는데, 『북의 문학과 예술인』사사연, 1986으로 잘 알려진 이기봉이 대표적인 경

---

109 「브라질의 우리 교포, 현지서 본사 기자와 좌담회」, 『동아일보』, 1961.7.17. 실명이 공개된 중 립국포로는 주영복 외에 이용용, 강석근, 이봉립, 황순성, 황덕림, 손ble기, 박정항, 김홍복, 정성 강, 유형극 등 11명이다. 그리고 주영복은 재브라질교민회(대한민국재백교민회) 결성에 적극적 으로 참여하여 부회장을 맡았다. 이용용과 강석근도 간부로 참여했다(『경향신문』, 1962.7.16).
110 일례로 영문학자이자 소설가인 안동림을 들 수 있다. 반공포로였던 안동림은 석방 후 거제도포 로수용소의 경험을 바탕으로 중편 「지옥도」(『신태양』, 1957.1~4)를 통해 정전협상의 교착 국 면에서 수용소 내 전쟁포로들의 좌우 분열과 그로 인해 빚어진 갖가지 갈등과 대립 그리고 전쟁 포로들의 생태 전반을 리얼하게 그려냄으로써 한국전쟁의 참상을 고발하는 성과를 거둔 바 있 는데, 이 소설 외에는 그의 이력에서 포로 경력에 관한 흔적을 발견할 수 없고 그 또한 한 번도 언급한 바 없다. 이봉범, 「증언의 서사, 망각된 텍스트-안동림의 「지옥도」의 문제성」, 『상허학 보』 48, 2016, 357~362쪽.

우다. 한국전쟁기 중공군포로였다가 탈출한 그는 중앙정보부 국제문제연구소 수석연구원으로 있으면서원호처 근무 포함 전쟁수기의 대표적 집필자로 발돋움한 뒤 공보부의 심리전자료 생산의 일환이던 전쟁수기 출간 사업을 주도적으로 뒷받침한다.[111] 『신동아』 논픽션현상공모 1~2회 당선제1회 : 「장백산에서 임진강까지」, 제2회 : 「1950년의 여름과 가을」, 『경향신문』 1965년 신춘문예 가작「북한포로수용소탈출기」 등에 이어 소년소녀승공문고 시리즈10권와 승공문고전24권, 우강문화사의 기획출판과 영화소설, 반공영화시나리오 및 드라마극본 집필 등 그의 반공물 제작 총량은 상상 이상이다. 1960년대 심리전에 전쟁포로가 참여하는 한 유형으로 볼 수 있다.

이같이 귀순자의 조직화를 활용한 국가심리전은 어떤 효과를 산출했을까? 심리전의 효과를 측정 내지 검증하기란 사실상 불가능에 가깝다. 특히 전시가 아닌 평시에 대적집단에 발생시킨 효과 문제는 더더욱 그렇다. 귀순자 정성택 1966.8 귀순이 그보다 앞서 귀순한 이필은해군대위, 1965.11 귀순에 대한 서울시민의 열광적인 환영 삐라를 보고 월남을 결심·실행했다는 사례처럼 전단 살포와 같은 방법이 나름의 효력을 발휘했다고 막연하게 추측해볼 수 있다. 정보당국이 월남귀순자보호법의 공포로 귀순자가 대폭 증가했다고 여러 차례 발표하나 이 또한 인과성을 보증하기 어렵다. 물론 월남귀순자보호법과 불고지죄는 남파공작원과 포섭된 내부간첩의 자수 및 신고에 상당한 영향을 미쳤다고 할 수 있다. 또 간첩의 전향과 그 이후의 관리, 동원에도 유용했다. 오히려 국가심리전은 한국사회의 사상통제와 반공개발동원선건설후통일론을 정당화하는 촉매제로서 더 큰 효과를 산출했다고 할 수 있다. 특히 남파간첩의 존재, 즉 이들에 대한 누적적 공표와 전향간첩을 활용한 심리전이 가장 효과적인 정당화 기제였다.

---

111 5·16 직후에는 공보부가 반공포로의 수기를 직접 발행했으나(가령, 공보부조사국, 『6·25참전용사의 수기』, 1962.12, 6편) 이후로는 귀순자(전향간첩)의 수기출판에 주력하고 전쟁포로들의 수기류는 민간단체에 맡긴다.

위에서 살폈듯이 전향간첩 및 귀순자의 심리전 전개시스템도 이러한 효과를 증폭시키는 데 기여했다. 언론공표와 함께 대국민 메시지 발표 → 전향수기 연재 → 라디오심리전 콘텐츠 → 단행본 출판 내지 영화화로 연계되는 체계와 반공강연회의 상시화는 심리전매체의 구축과 결합되어 대사회적 파급력을 확산시켰다.[112] 당시 새로운 소식을 접하는 경로로 신문과 라디오가 주된 매체였고, 라디오보급율의 지속적인 증가, 즉 1960년 약 42만 대 → 1963년 약 90만 대 → 1965년 약 165만 대 → 1971년 340만 대로의 급증과 신문발행부수 및 신문구독자의 증가 등을 고려할 때 그 영향을 충분히 가늠해 볼 수 있다.[113] 라디오보급의 전국적 확대는 VUNC의 남한을 대상으로 한 심리전적 목표를 이루는 데도 긍정적으로 작용했다. 또한 귀순자의 순회강연이 국민의 반공사상 고취의 가장 최선책으로 인식되었다는 사실도 귀순자 반공강연회의 영향력이 만만치 않았음을 알려준다.[114]

다른 한편으로 귀순자의 심리전 주 내용이 북한정권의 실정과 북한사회의 참상을 폭로·고발하는 것을 기본으로 하면서도 민족 이산의 비극을 부각시킨 것도 심리전의 정서적 호소력을 높였다. 특히 (납)월북자 그 중에서도 구 남로당계 출신의 남파공작원에 의한 남로당계의 숙청과 말로에 대한 반복적 증언

---

112 이러한 시스템은 1970~80년대까지 확대 지속된다. 가령, 전시에 월북해 노동당연락부 대남공작조장으로 있다가 7차례 남파된 뒤 1976년 9월 귀순한 김용규의 경우 「평양의 비밀지령 – 거물간첩의 공작수기」(『동아일보』, 1977.3.22~6.7, 50회) → 〈북의 진상〉(KBS프로그램, 모친 상봉) → TBC 6·25특집극 〈통곡〉(다큐멘터리 2부작, 1978.6) → 장편수기 『시효인간』(나라기획, 1978.8) → KBS1 주간연속극 〈시효인간〉(1981~82) 등으로 반복 재생되었다.

113 문화공보부, 앞의 책, 213~215쪽. 공보부의 전국여론조사에 따르면(1964.2.5~11), '새로운 소식을 무엇을 통해서 아는가?'라는 설문에 신문 23.2%, 라디오 26%, 다른 사람으로부터 3% 등으로 조사된 바 있다.

114 공보부의 '반공시책에 관한 전국여론조사'(1968.4)에 따르면, '국민의 반공사상 고취의 최선책'에 대한 질문에 귀순자의 순회강연(서울 : 37.9%, 지방 : 30.2%), 학생의 반공교육(27.1%, 15.8%), 계몽방송(9.0%, 15.3%), 모르겠다(11.5%, 19.7%) 등의 순서로 나타난 바 있다. 당시 반공강연회의 가장 인기 있는 귀순자가 전향간첩 최광석이었다고 한다. 라디오심리전의 대내적 선전 효과도 만만치 않았음을 확인할 수 있다.

은 북한정권의 반민족성, 반인륜성에 대한 공포·적대감을 환기시키며 결과적으로 남한체제의 우월성을 부식하는 호재로 작용했다고 볼 수 있다.[115]

1960년대 국가심리전체계의 확립과 본격적 가동은 반대급부의 효과도 창출했다. 무엇보다 북한에 대한 접근과 인식태도에 근본적인 전환을 야기했다. 북한은 이제 소련의 '괴뢰'가 아닌 독자적인 체제로 인식해야 할 필요성과 북한알기의 의의가 강조될 수밖에 없었고, 그것은 지피지기 승공의 논리에 힘입어 자명한 과제로 인식되기에 이른다. 심리전이 북한공산주의연구를 촉진시킨 것이다. 심리전과 북한연구의 선순환 관계에 의해 북한에 대한 접근의 (준)합법 공간이 확장되면서 북한 담론, 재현, 표상, 연구 등이 전성기를 맞게 된 것이다. 그리고 중앙정보부를 비롯한 대공 기구의 팽창과 비대화로 말미암아 한국 사회는 무시무시한 간첩보다 더 무시무시한 '간첩 잡는 사람들'의 시대로 접어들게 되었다.[116] 북한의 대남전략의 변화, 특히 1970년 '남조선혁명은 남조선 인민의 힘으로'조선노동당 제5차 당 대회 결정라는 방침에 의해 간첩 파견이 점차 축소, 중단되면서 간첩이 필요로 한 시대가 열리게 된 것이다. 참 지독한 역설이다. 1970년대 재일조총련계동포를 대상으로 한 간첩조작사건이 예비된 것이나 마찬가지였다.

---

115 1950년대에도 구 남로당계 전향간첩의 (납)월북자에 대한 증언수기가 출간된 바 있으나 심리전자료로 널리 활용된 것으로는 보이지 않는다. 남로당계로 정치공작대책임자였던 조석호의 『해부된 흑막─남로당원이 본 북한』(서울신문사, 1953)이 대표적인데, 월북자의 행방과 숙청 특히 남로당계의 반동처벌에 대한 폭넓은 증언에도 불구하고 1953년 남로당계 숙청에 대한 정보가 부족하고 오류 또한 많다. 일례로 문학예술인 명단에서(63쪽) 박용구가 월북문인으로 적시되어 있으나, 박용구는 1949년 12월 전향을 피해 일본으로 밀항했고 4·19혁명 후 귀국했으나 간첩죄(조총련 남파간첩) 혐의로 문초를 당했으며 5·16 후에는 국가보안법 위반 혐의로(이전 정국은간첩사건 연루) 6개월 간 구속 수감 뒤 석방되었다. 석방 뒤 김종필의 후원으로 북한의 향토가극(〈피바다〉)에 대항한 뮤지컬 장르를 개척한 사실은 널리 알려져 있다.
116 한홍구, 앞의 글, 15쪽.

4. 냉전질서의 변동과 심리전

1960년대 국가심리전을 거시적으로 규정한 것은 냉전질서이다. 남북대결이 체제우월 경쟁에서 나아가 체제 확산 경쟁으로 치달았던 한반도의 역학 구조와 그에 따른 남북 심리전의 목표 및 전략에 변화가 초래된 것은 근본적으로 냉전질서의 동태적 변동에 의해서다. 당대 한국의 심리전이 한반도를 벗어나 동아시아 지역으로 확대된 것도 마찬가지의 맥락이었다. 재일조선인사회가 남북한 심리전의 격전장이 된 것 또 대만과의 심리전상의 협력적 관계가 조성된 것도 동아시아 냉전지정학이 투사된 산물이다. 1971년 VUNC가 21년 만에 폐쇄된 것도 동아시아 냉전질서의 급격한 변동이 원인이었다. 즉 유엔군사령부는 한국방송의 발전과 예산절감의 차원에서 폐쇄한다고 발표했으나,[117] 실은 동아시아 냉전질서가 데탕트 국면으로 전환되는 추세에서 발표된 닉슨독트린이 VUNC를 폐쇄하게 한 가장 결정적인 요인이었다.[118] 어쩌면 VUNC 심리전방송의 효력이 크게 감소한 점이 더 결정적이었다고 볼 수 있다.

이러한 냉전질서의 규정 속에서 1960년대 한국 대외심리전의 기조는 자국의 이념과 문화적 우수성 등을 포지티브하게 홍보하는 전략보다는 네거티브적인 역선전전을 통해 진영 내지 체제의 도덕적 우월성을 확보하는 동시에 이를 내치의 자원으로 활용해내는 데 무게중심을 두고 전개되었다고 할 수 있다. 대일심리전이 재일동포, 특히 조총련을 대상으로 한 사상전에 치중한 것도 이 때문이다. 마쓰모토 세이초의 『북의 시인』과 오다 마코트小田実의 「韓國・なんでも

---

117 「문 닫게 된 VUNC」, 『매일경제』, 1971.6.19.

118 김영희, 「1960년대 VUNC(유엔군총사령부방송)의 운영과 폐쇄」, 『한국언론학보』 56-5, 한국언론학회, 2012, 258~265쪽. 그는 이 외에도 VUNC 폐쇄에는 베트남전의 장기화에 따른 미국 사회의 반전분위기 확산과 재정적자의 확대, 대공산권 심리전방송이 자국 영토인 오키나와에서 운영되는 것을 반대한 일본의 입장과 오키나와 반환 문제, 한국의 심리전방송 제작능력의 향상 등이 복합적으로 작용했다고 평가한다.

見てやろう「한국·무엇이든 봐주자」『중앙공론』, 1963.11을 둘러싸고 발생한 현해탄 논전이 사상전으로 비화된 것도 같은 맥락이다.

이 같은 면모는 베트남전에서 재연된다. 베트남전장에서 남북한의 심리전 경쟁이 치열하게 전개된 것이다. 하나는 귀순공작이다. 1966년 3월부터 사이공, 나트랑 등 전략요충지 5개 지역에 중계소를 두고 주월한국군방송을 개시해 대베트콩 심리작전을 전개했다. 또 민사심리전중대를 파견하여 미군의 추호이작전에 보조를 맞춰 귀순권고를 위한 선무와 설득공작을 전개해 큰 성과를 거두는데, 1966년 625명, 1967년 815명, 1968년 상반기에 237명 등으로 베트콩귀순자가 증가했다.[119] 귀순자의 대량 획득을 위해 귀순 유도를 성공시키면 거액의 포상금을 지급하는 악랄한 수법이 동원되었다. 추호이작전의 성과는 국내에 크게 보도되었고, 베트콩귀순자 환영대회, 좌담회가 국내 전향간첩 및 귀순자의 좌담회, 강연회 등과 함께 연일 국내신문에 실린다. 주월한국군이 전개했던 민사심리전이 반공국가의 지지세력 확보라는 정치적 목적을 투사하는 외교 수단으로 작용하는 가운데 승공 의식의 고취 및 안보를 무기로 한 박정희정부의 강력한 통제력을 확보하는 자원으로 활용되었던 것이다.[120]

다른 하나는 남북한 심리전이다. 1966년 6월부터 북한이 북베트남에 전쟁물자 제공과 교관요원조종사, 군사교관요원, 방송·포로 심문·선전문 작성 등의 심리전요원을 파견한 사실이 1968년 중앙정보부와 주월한국군사령부에 의해 공식 확인된 바 있다. 노획한 북한문서에 따르면, 북한은 베트남에 29명의 심리전요원을 파견해 사상전향 고취 및 한국군의 만행 유포, 한국정부의 파월 정책 비난, 반전투쟁 의식의 고취 및 사회주의 우월성 고취, 베트콩 간부 양성교육을 위한 한국군의 생활풍습 및 사상동향, 한국군과의 접촉방법 등 다양한

---

119 「炎熱전선」, 『동아일보』, 1968.7.30~8.3.
120 문선익, 「베트남 전쟁기 한국군의 민사심리전 연구」, 연세대 석사논문, 2020, 제3장 참조.

심리전 활동과 동시에 한국군용 전단 살포를 통해 대남심리전을 실시했다.[121] 한국군 귀순자를 동원한 방송심리전도 구사했다.[122] 한반도심리전의 연장이자 이를 대내적인 심리전으로 활용하는 회로이다.

한반도에서도 남북 간 심리전이 일시 중지된 적이 있었다. 7·4남북공동성명 발표 후 1972년 11월 11일 영시를 기해 대남/대북방송과 군사분계선상의 확성기방송 및 상대방 지역에 대한 삐라 살포 중지를 쌍방 합의하면서 7개월 간 한반도평화가 잠시 깃들었던 것이다. 남북긴장 완화의 실천적 제일보로 평가된[123] 이 조치는 그러나 정보당국의 발표에 따르면 북한이 1973월 6월10일 대남확성기 방송과 1973년 11월 전단 살포를 재개하면서 합의가 파기되었고, 이후 더욱 치열한 상호 심리전이 경쟁적으로 실시되는 신단계로 돌입하게 된다. 냉전질서의 변동과 그것의 한반도 내재화에서 빚어진 심리전의 중지 및 재개의 교차이다. 이후 남북회담의 교착 책임을 전가·비방하는 대남/대북 심리전뿐만 아니라 제3세계를 대상으로 하는 대외심리전 및 한국문제의 유엔 상정과 김일성의 대미평화협정 제안 등을 계기로 유엔을 무대로 한 외교심리전이 상호 결합되면서 심리전의 총력전 시대가 전개되기에 이른다.[124]

지금까지 1960년대 국가심리전 체계의 확립과 대내외 심리전의 양상을 살펴보았다. 1960년대는 남북 상호 간 심리전이 냉전질서의 동태적 변동과 맞물려 한반도 나아가 냉전동아시아를 횡단하며 상호 비례적으로 전개된 심리전의 총력시대였다. 심리전 연구는 냉전분단체제의 장기 지속성을 해명하는 데 필

---

121 문영일, 「베트남전쟁의 심리전 사례 분석」, 『軍史』 46, 국방부군사편찬연구소, 2002, 99~128쪽. 그에 따르면 당시 습득된 한국군용 전단은 북한정책 선전, 파월정책 비난, 한미월 간 이간, 김일성 우상화, 반전투쟁 선동선전 등의 내용으로 구성되어 있다고 한다. 1972년 50여 명의 북한 심리전요원이 주월 한국군을 대상으로 한 심리전 활동을 수행하고 있고 많은 한글전단(한국인의 필체)을 노획한 것으로 보도되었는데, 주월한국군사령부는 이를 공식적으로 부인한 바 있다.
122 채명신, 앞의 책, 379쪽.
123 「방송 및 비라 살포의 중지」(사설), 『동아일보』, 1972.11.11.
124 「북한의 대남선전 공세」(사설), 『조선일보』, 1973.11.13.

수적인 주제이다. 그러나 관련 자료가 부족하고 필요자료에 대한 접근이 쉽지 않은 현실적인 제약으로 인해 난항을 겪을 수밖에 없다. 특히 북한의 대남심리전의 실체적 양상, 미군 및 한국군 병사와 남한민간인 및 재일조선인 등 다양한 부류의 자진월북자들을 활용한 북한 심리전에 대한 고찰이 결여된 상태에서 남한만의 심리전을 고찰하는 것은 불구적이다. 이에 대한 보완과 함께 당대 대공심리전과 반공개발동원전략의 내밀한 상관성과 균열, 특히 1969년 7월 닉슨독트린 발표 후 동아시아 및 한반도 냉전질서가 급격히 재편되는 가운데 남북 간 체제경쟁의 내치화와 국제 외교경쟁이 한층 강화되는 정세 변화 속에서 대공심리전이 어떻게 추진되는가를 따져보는 작업은 1970년대 유신체제에 대한 본질적 이해에도 기여할 것이다.[125]

---

125 1970년대 총력안보체제 구축과 심리전의 관계 및 그 작동 체계에 대해서는 이봉범, 「유신체제와 검열, 검열체제 재편성의 동력과 민간자율기구의 존재방식」(『한국학연구』 64, 인하대 한국학연구소, 2022) 356~373쪽 참조.

제12장

냉전과 월북, (납)월북의제의 문화정치

1. (납)월북 문인 · 예술가 해금조치, 그 경과, 의의, 한계

1988년 7월 19일, 5명을 제외한 (납)월북문인들의 해방 전 문학작품에 대한 해금조치가 단행되었다. '북의 공산주의체제 구축에 적극적으로 협력 활동했거나 현재 현저한 활동을 한다'는 이유로 해금대상에서 제외되었던 홍명희, 이기영, 한설야, 조영출, 백인준 등 미해금작가도 얼마 지나지 않은 1989년 2월 29일 추가 해금됨으로써 40여 년 동안 공식적으로 봉인 · 금지되었던 월북문인들의(납북 및 재북작가도 포함) 문학작품에 대한 문학적 복권과 동시에 상업적 출판이 합법화되기에 이른 것이다. 같은 맥락에서 1988년 10월 28일 (납)월북예술인의 작품 또한 해금되었다. 음악가 63명과 화가 41명, 총 104명의 정부수립 이전에 발표된 순수작품이 해금됨으로써 공연, 음반제작, 전시, 출판이 가능해졌다. 당시 조영출의 작품은 그가 여전히 미未해금자였기에 배제될 수밖에 없었고, 그것은 1992년까지 지속된다. 미술작품은 아무 제약 없이 전시가 허용된 반면 음악작품은 현행법'공연법' 및 '음반에 관한 법률'의 절차에 의거해 공연윤리위원회의 심의를 거쳐야 하는 또 다른 제약이 뒤따랐으나 공식적인 금지철폐가 갖는 의의를 거스르는 수준은 아니었다.

이 같은 일련의 해금조치가 정부당국이 명시한 바와 같이 대상자들의 정치·사상적 복권을 의미하는 것은 아니었다. 그리고 해방 전 또는 정부수립 이전 그것도 순수작품으로 한정된 해금이라는 불구성을 지닌 것이었으나 월북행위에 대한 정치적·사상적 규제와 함께 월북자들의 문학(예술)활동도 사상적 불온성을 지닌 것으로 단죄된 맹목의 역사가 종언을 고하면서 냉전의 사상적, 문학예술적 프레임이 파열·조정되는 획기적인 문화사적 사건으로 기록될 수 있다. 더욱이 사상검열을 독점한 채 그 금지의 주도적 관장자였던 국가권력이 자발적으로 해금을 단행했다는 점에서 그 의미가 자못 컸다. '40여 년간 철옹성같이 우리 앞을 가로막았던 사상의 벽, 냉전의 벽이 무너졌다(무너뜨렸다)'는 당시 언론의 환호가 과장만은 아니었을 것이다.[1]

그런데 1988년 해금조치가 전격적으로 이루어진 것은 아니다. 적어도 문학 분야만은 선별적 해금이 계기적으로 연속되는 과정을 거쳐 전면적인 해금으로 귀결된 것이었다. 우선 국가권력이 공식적으로 해금문제를 거론한 것은 1978년 3·13조치를 통해서다. 국토통일원에서 국회에 제출한 이 조치는 월북문인이나 그들의 작품에 대한 거론이 민족사적 정통성의 확립에 기여할 수 있는 범위 내에서 무방하다는 원칙하에 두 가지 세부기준, 즉 ① 해당 문인의 월북 이전의 사상성이 없는 작품으로서 근대문학사에 기여한 바가 현저한 작품에 한하며, ② 문학사연구의 목적에 국한하되 그 내용이 반공법, 국가보안법 등에 저촉되지 않는 작품에 한정한다는 조건이었다. 1977년 2월 8일 이용희 장관

---

1 「월북작가 해금의 의미」(사설), 『동아일보』, 1988.7.20. 이 신문은 한 발 더 나아가 "냉전시대의 문화적 금기를 깨고 민족적 유산에 대한 폭넓은 수용태세를 갖추는 것이 체제경쟁의 우위에 선 우리 국민이나 정부의 아량이요 금도(襟度)"라고 평가한다.

이 주관한 국토통일원 고문회의북한실태에 관한 브리핑에서 비공식적이나마 월북작
가 규제 문제가 표면화된 가운데 선우휘가 자진월북이 아닌 납북된 작가들에
대한 재평가작업의 필요성을 제안했던[2] 것이 월북작가로까지 그 범위가 확대
된 형태로, 비록 해방 전 순수문학으로 제한된 문학사연구용으로 학문적 논의
를 허용하는 수준에 그쳤으나 월북문인에 대한 정부의 인식과 이에 따른 부분
적 규제완화를 처음으로 시행했다는 자체가 당시로서는 파격이었다.[3]

더욱이 3·13조치를 계기로 관국토통일원, 문화공보부과 민문단, 출판계 등 두 차원에서
월북문제가 공론 장에서 다발적으로 제기되는 가운데 월북의제의 본질적 요소
들에 대한 공개적 논의가 본격화되기에 이른 점은 중요한 의의를 갖는다. 그것
은 규제완화의 전제조건들에 대한 검토에서부터 실정법과 규제완화의 논리적
모순, 월북과 납북의 차이, 월북작가의 선정기준, 월북의 시기와 동기, 대상 작
가와 작품의 범위, 사상성과 문학사적 의의의 관계, 해방 직후 문단상황과 좌익
문인들의 성분, 문학사연구(서술)와 프로문학의 관계 등 근대문학사의 핵심 내
용을 포괄한 것이었다. 3·13조치의 후속으로 국토통일원은 분단 이래 처음으
로 북한문학학술토론회를 개최했고1978.4.27, 구상, 김윤식, 홍기삼 등의 북한
문학 연구 지원, 김일성저작 선집전7권 분석을 비롯한 북한관련 연구과제의 발
주 등을 통해 북한(문학)연구를 대결보다는 통일대상의 차원으로 제고시키는
노력을 기울였다. 개괄적인 수준이고 또 관변차원에서 이루어진 것이지만 북
한문학 연구에 첫 시금석이 됐다는 점에서 남다른 의미를 지닌 일이었다.[4]

문단차원에서는 문학사연구의 진일보를 가능케 한 규제완화를 원칙적으로
환영한 가운데 문학사연구로 국한시키지 않고 대상 작가작품의 폭을 확대시키

---

2   「납북작가 터부시돼야 하나」, 『조선일보』, 1977.2.22.
3   「월북문인작품의 규제완화」(사설), 『동아일보』, 1978.3.15.
4   유종호, 『한국 현대문학50년』, 민음사, 1995, 294~295쪽.

는 것이 필요하다는 의견이 주류를 이루었으나[5] 일부에서는 해금대상에 대한 엄격한 기준이 필요하다는 입장 또한 제출되었다.[6] 월북작가의 상당수, 특히 임화 일파는 철저한 공산주의자였다는 사실에 대한 주의 환기를 비롯해 규제 완화가 초래할 혼란과 무분별한 과대평가의 위험성에 대한 우려, 경계, 두려움 등이 표출된다. 그것은 3·13조치에 부합하는 대상자 선별과 문학적 가치에 대한 평가 나아가 문학사적 인식의 서로 다른 입장들이 엇갈리며 증폭되는데, 제도적 이완에 미치지 못하는 문학주체들의 견고한 냉전반공 인식이 여전했음 을 잘 보여주는 지점이었다.[7]

관 주도로 빗장이 풀리기 시작한 월북문인의 해금 문제는 1980년대에 들어 관·민의 협력과 갈등이 교차하며 사회문화적 주요 의제로 부각된다. 문단은 한국문인협회 차원의 '납북작가대책위원회'를 발족시켜1983.2.23. 납북작가의 기 준 및 선정 원칙과 해금 대상 및 범위에 대한 자체 가이드라인을 마련한다. 문 화의 남북대결에서 기선을 잡는 계기로 삼겠다는 기조 아래 문학사 서술과 문 학이론의 전개에서 납북작가를 처리하는 통일된 기준 네 가지 원칙을 정한 가 운데 정지용, 김기림 작품의 출판허용을 건의하는 동시에 이태준, 박태원, 백 석, 조운 등의 작품에 대해서는 정부와 공동조사연구를 제안하는 적극적인 행 보를 보인다.[8] 이 기구는 1987년 8월 8월 민정당이 정부와 협의를 거쳐 발표

---

5 「월북작가 작품 규제 완화」, 『조선일보』, 1978.3.14.
6 김동리, 「월북작가작품 규제완화에 제언」, 『동아일보』, 1978.3.16. 김동리는 (납)월북문인을 임화 일파와 이태준 일파로 대별하고 마르크스주의문학을 선언했던 전자는 한국문학의 일부로 포함되기 어렵다는 입장을 밝힌다.
7 가령 (납)월북작가 규제완화에 따른 운용 문제를 주제로 한 좌담회에서 규제완화의 문화사적 의의를 공통적으로 강조한 가운데서도 대상작가(작품)의 범위와 해당 작가작품의 출판 및 한 국문학사를 총합하는 전집류 포함에 대해서는 미묘한 시각 차이를 드러낸다. 특히 김동리는 백 철, 김윤식과 달리 사상성 여부는 해방 이전 시기의 작품 위주로 선별해야 하고 임화, 김남천 등은 대상에서 제외시켜야 한다고 주장한 바 있다. 이 좌담회에서는 이태준, 박태원, 정지용, 김 기림, 안회남, 최명익, 허준, 백석 등이 우선적 해제 대상으로 거론되었다. 「월북작가 작품규제 완화 문제점 진단」(좌담 : 백철, 김동리, 김윤식), 『동아일보』, 1978.3.20.

한 '문화예술자율화대책'에 맞춰 '납북·월북작가작품해금선정위원회'로 확대 개편되어 문단 자체 처음으로 (납)월북문인에 대한 본격적인 심의작업에 착수한다.[9] 1차 심의결과 총 76명의 (납)월북작가 명단을 작성해 문화공보부에 제출하면서 납북이 확실시되는 정지용, 김기림의 해금 건의와 나머지 월북작가들의 작품목록 정리 및 내용에 대한 분석, 검토를 토대로 사상적 요소가 없는 순수문학작품에 대해 해금의 폭을 넓혀주도록 단계적으로 건의하기로 결정한다.[10] 단 사회주의이념이 명백히 담겨있거나 홍명희의 경우처럼 월북 후 공산 정권의 주요 인물로 활동한 문인은 해금 건의에서 제외했다. 그 76명은 이에 앞서 문화공보부가 작성해 국회문공위에 제출한 납·월북 문화예술인 명단 42명보다 34명이 추가된 것이었다.[11]

그리고 납·월북문인 해금과 관련해 가장 긴밀한 이해당사자였던 출판계에서도 대한출판문화협회 명의로 1차 해금대상자 23명을 선정해 그 명단과 함께 출판허용을 요청하는 건의서를 문화공보부에 제출한 바 있다.1988.3.18 출판 허용 대상작품은 사상성 없는 분단 이전의 순수문학작품이었다. 권영민 교수

8 　이근배, 「납북작가」, 『경향신문』, 1983.3.23. 당시 납북작가대책위원회는 이항녕(위원장), 황명, 이근배, 이호철, 곽학송, 원형갑, 신동한, 성기조, 구혜영, 조정래(간사) 등 총 10명으로 구성되었다.

9 　'월북납북문인작품심의위원회'로 불리기도 한 이 심의기구는 김동리(위원장), 신동욱, 원형갑, 신동한, 구인환, 김양수, 박재삼, 유한근 등 총 9명으로 구성되었다.

10 　「납·월북작가 모두 76명, 문인협」, 『경향신문』, 1987.9.7. 문인협회가 추가로 작성해 제출한 월북문인명단 34명은 오장환, 박찬모, 조남령, 주영섭, 윤규섭, 황건, 한효, 이동규, 박세영, 송영, 이갑기, 김승구, 윤세중, 홍순철, 이병철, 박산운, 엄흥섭, 박태민, 채규철, 이정구, 이북명, 현경준, 최인준, 안회남, 최명익, 이근찬, 박노갑, 정인택, 홍구, 안자산, 이여성, 김오성, 조운, 김소엽 등이다.

11 　문화공보부가 1987.8.12 국회에 제출한 명단은 납북문화예술인 5명(이광수, 김진섭, 김동환, 김억, 박영희)과 월북작가 37명(정지용, 김기림, 홍명희, 신고송, 임화, 설정식, 조영출, 이원조, 이서향, 이태준, 김남천, 이근영, 김오성, 박팔양, 조운, 민병균, 허준, 박태원, 조벽암, 양운한, 안함광, 임호권, 김상훈, 황민, 지하련, 임학수, 이용악, 김조규, 이흡, 함세덕, 현덕, 김동석, 윤기정, 박영호, 안용만, 김영석, 조명희) 등 총 42명이다. 「해방 6·25때 납·월북한 문화예술인 모두 43명」, 『동아일보』, 1987.8.12. 여러 관련보도를 종합해볼 때 42명이 더 정확하다.

에게 해금대상문인에 대한 조사를 의뢰해 추린 결과로, 그 선정기준은 월북 이후 현저한 활동이 없고 월북 이전 일제강점기 문학에서도 이데올로기 문제가 별로 없으며, 1930년대 문학사에서 반드시 검토되어야 할 작가작품들로 제한시켰다.[12]

문화공보부는 이와 별도로 '도서심의특별위원회'를 조직해1987.8 기존 판매금지도서에 대한 재심사를 통해 금서 650종 가운데 431종의 출판을 허용한다.[13] 월북작가, 공산권 관련 금서도 재심의 대상으로 포함시켰다. 이 재심조치는 1987년 '6·29선언'의 세부계획 실천의 일환으로 이루어진 문화예술자율화대책의 출판분야 조치, 즉 출판사등록의 자유화, 납본필증의 즉시 교부, 판매금지도서의 재심과 대폭 해제 등 출판활성조치의 일부였다. 그 결과 판매금지도서 431종을 해제하고 181종은 사법 의뢰했다. 그런데 당시 문화대사면赦免으로 평가될 정도로 해제의 폭을 컸음에도 불구하고『임꺽정』전9권을 비롯해 월북작가의 작품 21종은 심사를 보류시켰다.[14] 루쉰, 바진, 마오뚠, 라오서 등 공산

---

12 「납·월북작가 순수문학 출판건의」,『동아일보』, 1988.3.18. 1차 해금대상 23명의 명단은 정지용, 김기림, 백석, 설정식, 오장환, 조운, 임학수, 박팔양, 이용악, 임화(시인 10명), 박태원, 이태준, 최명익, 박노갑, 안회남, 이선희, 정인택, 허준, 현덕, 현경준(소설가 10명), 이원조, 김태준(비평가 2명), 김영팔(극작가 1명) 등이다. 이와 더불어 권영민은 ① '월북·재북 문인현황', 즉 재북 및 제1차 월북문인 23명(8·15해방 당시 북한에 머물렀거나 1945년 12월 조선문학가동맹의 결성에 불만 월북한 문인), 제2차 월북문인 21명(1947년 이후 정부수립 때까지 남로당간부들과 함께 월북한 문인과 조선문학가동맹의 맹원과 북한지역출신 문인 일부 포함), 제3차 월북 14명(6·25당시 북한군과 함께 월북했거나 지리산 빨치산운동에 가담한 문인), ② '북한에서 활동한 문인', 즉 조선문학가동맹에 가담해 적극 활동한 문인 19명, 숙청됐거나 실각한 문인 7명, 행적이 거의 드러나지 않은 문인 5명 등의 명단을 상세히 작성해 전달하였다.
13 도서특별심의위원회 위원으로 활동한 각계 전문가는 김윤식, 김시태, 유민영, 임종철, 차인석, 송복, 배무기, 정원식, 이택휘, 이용필, 장원종, 오경환, 강성위 등 현직 대학교수 13인이었다. 당시 이 위원회의 구성 및 참여는 대단히 민감한 사안이라 비밀에 붙여졌다가 1988년 10월에 가서야 국회 국정감사를 통해서 밝혀졌다. 특히 13인 중 7명(이용필, 임종철, 정원식, 배무기, 송복, 강성위, 김윤식)은 1987년 10월 19일 출판활성화조치 이전에 문공부가 시행하던 '도서 사전검열 및 파악업무'를 대행했던 한국도서잡지주간신문윤리위원회의 9개 분과 33명 위원 가운데 7개 분과 위원에 포함되었던 사실이 확인되면서 악명 높았던 출판계 탄압에 간접적으로 협조했다는 논란이 일었다. 「실체 드러난 출판계 관계기관대책회의」,『한겨레』, 1988.10.12.
14 판금해제된 431종과 사법심사 의뢰 181종의 목록과 심사 유보된 '월북·공산작가도서 38종'

권작가도서 17종도 마찬가지로 보류되었다. 가요의 경우도 공연금지 또는 방송금지된 가요 834곡 중 상당수를 해제했으나 월북작가 작품 88곡은 표절곡 39곡, 일본곡 22곡과 함께 계속 규제대상으로 존속시켰다. 도서심의특별위원회가 2개월간 심의를 거쳐 문화공보부에 건의한 것을 토대로 판금해제가 결정되는 절차를 밟았으나 납북·월북작가의 작품은 검토대상에 포함시키되 당장의 해제 심사대상에서는 제외하기로 한 기본방침으로 인해 판금해제 자체가 애초부터 불가능했다.

흥미로운 점은 『정지용연구』김학동처럼 작품은 유보되었으나 연구서는 판금해제된 사실이다.[15] 월북작가를 부분적으로 다룬 『한국근대소설비판』김윤식, 『한국 근대문학과 시대정신』권영민 등도 해제되었다. 작품출판은 금지하고 대상 월북문인에 대한 논의는 전면적으로 해금하는 모순적인 상황이 발생한 것이다. 이른바 '10·19조치'로 명명되는 출판자유화조치로 인해 (납)월북문인작품에 대한 판금은 명분에 있어서나 통제의 효력 면에서 더 이상 지탱하기 불리한 지경에 처하게 된다.[16] 대폭적인 해금과 함께 공산주의 이론·사상활동을 찬양, 동조하거나 자본주의체제를 부정하는 반체제 이념서적 165종을 국가보안법 위반으로 사법심사를 의뢰하는 강/온 양면책을 구사했음에도 월북작가와 공산권작가의 문학작품을 제외시킨 것은 이 때문이다. 유명무실화된 (납)월북작가에 대한 판금처분은 문공부가 1988년 1월 『정지용―시와 산문』깊은샘의 납본필증을 교부해줌으로써 실질적 해금으로 진전되었고 결국 정지용, 김기림의 작품에 대한 공식적인 선별해금조치3·31조치를 거친 뒤 (납)월북문인과 예술

의 목록은 『경향신문』, 1987.10.19 참조.

15　『정지용 연구』(민음사, 1985), 『임거정』(1~9권)(사계절, 1985) 등은 간행되자마자 시판금지 대상으로 지정된 상태가 유지되다가(한국출판문화운동협의회, 『출판탄압백서』, 1987.6, '부록') 판금 해제가 된 것이다.

16　「좌경사상과 금서 해금」(사설), 『경향신문』, 1987.10.19.

가에 대한 전면적인 해금조치로 현실화되기에 이른 것이다. 미술, 음악분야는 상대적으로 전격적인 면이 없지 않았다. 1985년부터 『계간미술』을 중심으로 소수 전문가들에 의해 남북화가에 대한 조사·연구가 추진되고 점차 월북 전 순수작품의 수용가능성 문제를 공개적으로 제기하는 활동이 전개된 바 있으나 문학만큼 조직적으로 이루어진 것은 아니었다. 예술가해금 명단의 여러 착오 와 중요 대상 작가들이 누락되는 문제가 발생하고, 해금조치 후 예술사적 복원 작업이 더디게 진행된 것은 이와 무관하지 않다.

그런데 이 같은 점진적 과정이 1980년대 후반 몇 년 동안에 집약되어 선별 적 해금 나아가 전면적 해금으로 귀결된 데에는 당대 정치적 조건이 크게 작용 했다. 무엇보다 1988년 '7·7특별선언'민족자존과 통일번영을 위한 대통령 특별선언의 직접 적인 산물이었다. 박정희체제하 '8·15선언'1970, '7·4남북공동성명'1972, '6 ·23선언'평화통일외교정책에 관한 특별선언, 1973에 바탕을 두고 있는 7·7선언은 "자주 ·평화·민주·복지의 원칙에 입각하여 민족구성원 전체가 참여하는 사회, 문 화, 경제, 정치공동체를 이룩함으로써 민족자존과 통일번영의 새 시대를 열어 나갈 것임"을 천명하고 이를 위해 남북동족 간의 상호교류 적극 추진, 중국· 소련 등 사회주의국가들과의 관계개선 추진 등을 포함한 6개 중점정책을 제시 함으로써 장기간 교착상태에 놓여 있던 남북관계 및 통일에 관한 새로운 비전 을 담고 있다.[17] 북한에 대한 인식의 전환과 통일외교정책의 기조를 변환시킨 긍정적인 내용으로 인해 국내외에 걸쳐 호의적인 반응을 이끌어냈음에도 불구 하고 7·7선언은 곧바로 대화상대방인 북한이 '두 개의 조선 및 분단의 영구화 를 획책하는 음모'로 규정해 제안을 거부함으로써7.11 실질적인 성과를 거두기 어려웠다.

국제적인 신데탕트의 조성에다 여소야대의 정치상황, 고조된 민주화 요구에

---

17 '7·7특별선언'의 전문은 『한겨레』, 1988.7.8 참조.

직면한 집권세력이 북한 및 진보진영의 통일공세 차단, 당면한 올림픽의 성공적인 개최, 사회주의국가와의 관계 개선 등을 통해 남북관계의 주도권을 장악하기 위한 정략성이 농후한 선언이었기에 어쩌면 당연한 결과였다고 볼 수 있다. 다만 적대적 대결에서 평화공존의 동반자적 관계로 대북정책의 기조가 전환되면서 일련의 유화적인 조치가 실행되었고, 그 일환으로 납·월북작가의 해금조치가 단행된 것이다.[18] 미未수교 공산주의국가, 특히 반세기 동안 불온·금기시되었던 중국 현대문학이 공식 수교관계 체결1992.8.24 이전에 해제되어 합법적인 출판이 가능해지면서 — 대표적으로 『중국 현대문학 전집』전20권, 중앙일보사, 1989.4 간행 — 중국문학의 번역, 연구가 촉진되는 동시에 중국(문학)에 대한 이해의 새로운 지평이 열리게 된 것도 같은 맥락에서였다.

(납)월북문인 해금조치가 갖는 의의는 문학 안팎에 걸쳐 다대했다. 비록 해금대상자들의 해방 전 순수문학작품에 대한 상업적 출판을 합법화한 조치에 불과했으나 이를 계기로 냉전체제의 이념적 규율에 속박되어 기형성을 면치 못했던 문학(사)연구의 새로운 지평이 열리게 된 것이다.

반공법, 국가보안법, 사회안전법 등이 겹겹이 놓여 있었던 탓이지요. 제가 쓴 한 권의 책서울대 출판부은 판매금지되어 창고에 쌓였고, 또 한 권의 책한길사은 조판 후 두 해나 묵혔지요. 뿐만 아니라 사람이름에 ○○○을 표시하기, 그럼에도 납본필증을 못 받은 책이 따로 두 권이 있습니다. 또 책으로 나왔거나 발표된 논문 중에도 그 작가 시인을 일부러 혹평한 곳을 삽입함으로써 검열의 완화를 노렸던 점도 있었습니다.[19]

---

18 「7·7선언 한 돌 평가」, 『한겨레』, 1989.7.7~8. 정부당국이 스스로 밝힌 7·7선언의 업적은 ① 대북 비난방송 중지 ② 납·월북작가의 해방 전 문학작품 출판허용 ③ 남북이산가족찾기 신청 접수 ④ 북한 및 공산권자료 공개 ⑤ 교과서 북한관련 내용 개편 ⑥ 남북교류 협력지침 발표 등이다.

19 「월북문인 연구의 문학사적 의의—한국 근대문학과 이데올로기」(대담 : 김윤식·권영민), 권영민 편저, 『월북문인연구』, 문학사상사, 1989, 357~358쪽.

김윤식의 이 발언은 월북문인연구의 제반 제도적 환경과 그 험난했던 도정을 잘 대변해준다. 사상통제법의 거시적 규율에다 각종 행정처분사전 및 사후검열에 의한 금지 그리고 이러한 규제 속에서 관련연구자들이 검열우회 전략을 구사할 수밖에 없었던 막후 사정 등이 압축되어 있다. 여전히 국가보안법의 규율속에 갇힌 상태이나 공식 해금조치로 인해 공개적 접근을 차단시켰던 여러 행정규제가 철폐됨으로써 월북문인연구 및 근대문학(사)연구의 새로운 전기를 맞는다. 민족문학사의 복원을 위한 합법성이 회복된 것이다. 그것은 문학사에서 제외·매몰되었던 해금작가들의 작품출판에서부터 본격화된다. 백석, 이태준, 박태원, 김남천 등 납본필증 없이 이미 출판·유통되던 30여 종의 기존 작품집의 합법적 출판으로의 전환과 더불어 해금조치 직후 『북으로 간 작가 선집』전10권, 을유문화사, 1988.10, 『한국해금문학 전집』전18권, 삼성출판사, 1988.11, 『월북작가대표문학 전집』전24권, 서울출판사, 1989.1 등 전·선집, 『임화 선집』전2권, 세계, 1988.8, 『이용악 시 전집』창비, 1988.12 등의 개인 전집, 『납·월북시인총서』전11권, 동서문화원, 1988.7 영인본 등이 동시다발적으로 출간되면서 해금작가작품 출판 붐이 조성되기에 이른다. 정지용의 경우 해금 후 6개월 동안 20여 권이 출판될 정도였다연구서 포함. 그 추세는 저작권분쟁―첫 사례는 1989년 6월 박태원의 『갑오농민전쟁』에 대한 남한의 유족 측 권리 인정 판결―을 수반한 채 확대되는 가운데 이른바 '문학사의 미아들'에 대한 문학사적 복원과 재조명 작업을 추동해낸다. 정지용문학상1989, 상허학회1992 등 일련의 (납)월북문인관련 전문학회의 발족 및 문학상제정이 뒤따르며 이를 더욱 촉진시켰다. 문학사의 공백이 채워지면서 근대문학사가 복원될 수 있게 된 것이다.

월북문인연구의 진작은 나아가 민족문학(사), 분단문학(사), 북한문학 등의 연구를 견인해낸다. 일제하 프로문학이 배제된 상태에서 민족주의문학 중심으로 근대문학사가 구성되었던 관례에서 탈피하여 시민성, 민중성, 당파성을 포괄한 민족문학론에 대한 본질적 논의와 이를 바탕으로 한 새로운 민족문학사 서술이 가능해졌다.[20] 월북문인들이 주축이었던 일제하 진보적 문학운동을 근대문학사의 중심으로 파악·배치한 김재용 외『한국근대민족문학사』한길사, 1993 ·1989년부터 공동연구가 그 첫 성과로 기존문학사의 냉전논리를 극복한 탈냉전의 민족문학사로 평가받은 바 있다. 공식적인 북한문학 연구 또한 가능해지면서 『북한의 인식』 시리즈전12권, 을유문화사, 1989~90, 『북한문화예술40년』 시리즈전8권, 신원문화사, 1989~90 등 북한의 문학예술뿐만 아니라 정치, 경제, 언어 등 북한이해의 체계화 작업이 대두하면서 민족동질성 회복과 이를 바탕으로 한 분단극복의 통일의지를 활성화시키는 계기로 작용했다. 북한(문학)연구는 대부분 정부의 북한자료 공개와 공적자금의 지원을 통해서 이루어짐으로써 여전히 냉전이데올로기에 침윤된 면이 없지 않았으나 전문적인 연구자와 연구성과가 없는 상태에서 그 초석을 마련했다는 점에서 긍정적 의의를 지닌 것이었다. 다만 공산권 문화예술은 전면 해금하면서 북한만 미해금의 영역으로 남겨둔 행정적 금기로 인해 북한문학의 연구는 또 다른 장벽을 넘어서야만 했다.[21] 요컨대 7·19해금조치는 월북문인연구를 필두로 민족(중)문학론, 분단문학론, 북한문학연구, 근대문학사 서술 등을 촉진·확대시킨 가운데 문학연구의 새로운 전환을 추동해낸 변곡점으로서의 의의를 갖는다고 할 수 있다.

　그러나 7·19해금조치는 냉전의 벽을 무너뜨린 획기적 의의가 강조된 것에 비해 자체 내에 많은 한계와 문제점을 내포하고 있다. 첫째, 민간인 (납)월북문제가 철저히 배제되었다. 정부당국이 밝힌 7·7선언의 취지가 남북관계를 선

20　김윤식, 「7·19 해금에 붙여」, 『동아일보』, 1988.7.20.

21　7·7특별선언과 월북문인·예술가 해금조치를 계기로 전 사회(문화)적인 '북한바로알기운동' 이 확산되면서 북한원전이 대거 출판되기에 이르는데, 정부당국은 국가보안법(제7조 5항)을 적용해 1988.10~89.2 북한관계서적 11종 19,428권을 압수하고 민간출판업자 7명을 구속했으며(월간 『말』, 1989.3, 135쪽) 이 같은 행정처분은 이후에도 오히려 강화되어 사법적 금서의 주종을 이룬다.

의의 동반자관계로 정착하려는 데 있다고 할 때 (납)월북 문인·예술가뿐만 아니라 한국전쟁기에 납북된 수많은 민간인1954년 내무부치안국이 작성한 기준으로는 17,940명의 송환 또는 생사확인과 관련한 정부대책이 포함되는 것은 당연한 것이었다. '이산가족 생사확인, 서신 상봉추진'을 중점정책으로 천명하는 데 그쳤을 뿐 민간인납북에 대해서는 거론조차 하지 않았다. 민간인납북문제는 휴전협정 제3조포로에 관한 협정 59항 '민간인귀환에 관한 규정'에 의해 상호 귀환이 보장되었음에도 불구하고 휴전협정 과정에서 유엔 측과 북한 측의 상호 정치공세로 불발된 이후 민간차원에서 국제적십자사와 유엔을 통한 교섭이 전개되었으나 정부당국은 매우 소극적인 대응으로 일관해왔고 북한 또한 전시납북자는 없다는 주장을 일관되게 고수함으로써 전시납북자는 한반도에서 실종된 상태로 1988년까지 지속된 것이다.[22] 정전협정 이후의 납북(귀환)어부들의 존재도 배제되기는 마찬가지였다. 해금조치의 진의가 의심받을 수밖에 없는 지점이다. 정부차원에서 납북자에 관한 진상규명이 시작된 것은 한참 뒤인 2010년 3월 26일 '6·25 전쟁 납북피해 진상규명 및 납북피해자 명예회복에 관한 법률'법률 제10190호이 제정된 후부터다.[23]

둘째, 사상적, 정치적 복권을 불허한 반쪽짜리 해금이었다. 사실상 7·19해

---

22 이에 대한 자세한 내역은 이미일 외, 『한국전쟁납북사건사료집』①·②(한국전쟁납북사건자료원, 2006·2009) 참조.

23 이 법률은 제1조(목적)에 명시되어 있는 바와 같이 전시납북자 및 납북자가족들의 피해 규명과 명예회복에 대해서 국가가 최초로 그 필요와 당위성을 공적으로 인정한 것으로 전시납북자의 명확한 법률적 규정(제2조) 뿐만 아니라 납북에 관한 증언 및 납북자(가족)라는 이유로 어떠한 불이익이나 부당한 처우를 받지 않는 조항을 둠으로써(제8조 불이익 처우금지) 납북자진상조사의 실질적인 가능성을 열었다. 이후 제4조에 의거해 설치된 '6·25 전쟁납북피해진상규명 및 납북피해자명예회복위원회'의 진상 규명작업이 '6·25전쟁 납북피해 진상조사보고서'를 편찬·공표로 일단락되었다(2017.6). 공식적으로 추산된 납북자 95,456명 가운데 4,777명이 전시납북자로 인정되었으나 이들에 대한 피해보상특별법의 제정으로까지는 진전되지 못했다. 최근 2기 진실화해위(진실·화해를 위한 과거사정리위원회)가 한국전쟁 전시 납북사건에 대한 조사 개시를 전격 결정함으로써(2022.3.22) 한층 진전된 진상조사 및 명예회복의 길이 열릴 것으로 보인다.

금조치는 사상통제의 법적 기제인 국가보안법이 엄존하는 현실에서 논리적으로 모순이다. (납)월북작가의 작품 판매금지는 법적 근거가 없는 상태에서 국가권력이 국가보안법반공법을 자의적으로 적용한 산물이었다. '출판사 및 인쇄소등록에 관한 법률'상 출판사 등록(취소)제도(제3조) 및 납본제도(제4조)를 활용한 (사전)검열을 통해 판금조치를 행사했고 그것이 공권력의 남용이라는 비판 속에서도 강력한 규제력을 장기 지속적으로 발휘할 수 있었던 것은 국가보안법의 뒷받침에 속에서 정당화되었기 때문이다. 따라서 국가보안법의 폐지가 전제되지 않은 상태에서의 해금조치는 이율배반적일 수밖에 없다. 이는 당시 문화공보부의 「월북작가작품 출판 허용에 따른 발표문」1988.7.19에서도 고스란히 확인된다.[24] 이 같은 논리적 모순은 해금조치의 문화적 의미까지도 훼손시켜 해금 시기의 제한과 대상작품의 제한, 즉 공산주의체제를 찬양, 선전·선동하는 내용이 포함된 작품은 불허하는 것으로 나타난다. 사상통제, 문화통제의 근간은 여전히 유지하면서 탈냉전의 고조에 따른 국내외적 압력을 수동적으로 방어하기 위한 정략성의 다른 표현이라고 할 수 있다. 실제 공산권작품의 이·수입 대폭 개방, 해금조치, 사전심의(검열) 폐지와 같은 검열완화책을 세트로 시행했음에도 불구하고 이 같은 유화책 직후부터 국가보안법을 적용한 단속위주의 사후검열을 통해 사상통제가 오히려 노골화되기에 이른다.

이와 관련해 법과 해금(또는 판금)의 관계가 사회문화적 쟁점으로 부각된 바 있다. 『임꺽정』의 행정심판청구 건을 둘러싼 문공부와 출판사사계절 간 법적 공방을 통해서다.1988.9~12 즉 『임꺽정』의 출판금지는 단순권고에 의한 '행정지

---

[24] 즉 발표문의 "그동안 월북작가의 해방 전 작품이 그 내용상의 문제점보다는 그들의 정치 사상적 이유로 출판이 자제 종용되어 왔으나 분단상황을 극복하기 위한 국민적 열망과 향후 남북한이 문화적 공동체라는 보다 깊은 인식의 필요와 평화적 통일지향이라는 적극적 관점에서 이루어진 것이다"와 "결코 월북작가들의 정치 사상적인 복권을 의미하는 것은 아님을 밝혀두는 바이며, 국민들의 이에 대한 인식상의 혼란이 없기를 당부하는 바이다"에서 확인되는 사실이다.

도'일 뿐이라는 문공부의 입장과 실질적으로 공권력을 수반한 '행정처분'이라는 출판사 측의 주장이 첨예하게 맞서며 그동안의 (납)월북작가 작품의 판금/해금의 법적 정당성 문제가 불거졌다. 법 집행으로서 정당한 공권력 행사인가(행정처분)/법적 근거 없이 행정목적을 달성하기 위한 규제유도의 수단에 불과한가(행정지도)의 논쟁, 즉 법적 효력 유무와 직결된 사안으로 월북작가·작품 규제의 정당성 문제 또한 함축하고 있다.[25] 출판사 측의 주장처럼 출판금지가 행정지도의 하나로 이루어졌다고 하더라도 그것이 공권력의 발동, 예컨대 사전검열, 간행물내용 수정 요구, 압수수색 시판 중지 등의 간접적 제재와 출판사등록취소, 형사 입건 등의 직접적인 제재가 병행된 행정처분의 실질적·강제적 실현이었다는 점에서 문공부의 입장이 설득력을 얻기란 역부족이었다.[26] 미해금자 5명을 이 논쟁 직후 추가 해금한 것도 이와 무관하지 않다.

그러나 법리적으로 볼 때 문공부의 주장이 틀린 것은 아니다. 정부수립 이래 월북작가 작품에 대한 금지규정이 명시된 법률이 없었으며 따라서 그 어떤 강제 조치였든 행정처분이었다고 규정하기는 어렵다. 이런 맥락에서 볼 때 해금조치는 법률적, 행정적 금지조치가 취해졌던 적이 없음에도 불구하고 시행 및 존속의 성립불가능성을 지니고 있었던 것이다.[27] 결국 이 법리논쟁은 관계당국의 (납)월북작가 작품 출판금지가 자의적, 탈법적으로 행사되었다는 것을 반증해주는 것으로 이해할 수 있다. 동시에 법적 구속력 없이 남발된 행정지도에 의

---

25 행정청의 위법이나 부당한 처분 또는 공권력 등으로부터 국민의 권리와 이익을 보호·구제하기 위해 제정된 행정심판법(1984.12.15, 법률 3755호)상 행정처분은 행정청이 행하는 구체적 사실에 관한 법집행으로서의 공권력의 행사 또는 그 거부와 그밖에 이에 준하는 행정작용이며, 행정지도는 행정기관의 행정 객체에 대해 권력적, 법적 행위에 의하지 않고 행정목적을 달성하기 위한 규제 유도의 수단으로서 협력을 구하는 일로 조언, 요청, 권장, 주의, 경고, 통고 등이 이에 해당한다. 출판, 공연, 방송 '금지'는 원칙적으로 법에 근거한 행정처분의 결과물이다.

26 출판사 측의 반론에 대해서는 「문공부장관 답변 앞뒤가 다르다」(『한겨레』, 1988.9.30) 참조. 해금조치도 문공부는 행정지도의 일환으로 시행된 것이라는 일관된 주장을 견지한 반면 출판사 측은 해금은 출판금지조치를 전제로 성립될 수 있는 것이라는 반론을 제기한 바 있다.

27 최열, 「역사적 사실 진지하게 다뤘어야」, 『한겨레』, 1988.11.2.

해 출판금지가 40여 년 동안 강고하게 유지된 현상에 대해 의문을 제기해준다.

셋째, 납북, 월북, 재북에 대한 엄격한 구별 없이 동일한 해금대상으로 취급했다는 점이다. 그것은 사상지리의 한 예증으로 문학예술의 내부냉전이 얼마나 극심했는가를 잘 보여준다. 납북/월북의 구획은 한국전쟁 직후부터 행위의 강제성/자발성의 여부를 기준으로 구별짓기가 비교적 분명하게 이루어진 가운데 월북은 그 시기, 동기와 관계없이 자발적인 이념 지향과 체제 선택의 행위로 규정·배척되었다. 이러한 배제의 메커니즘은 남북한의 첨예한 이념 대립 및 체제 경쟁, 남한사회 내부의 레드콤플렉스의 심화와 그에 비례한 사회적 금기의 확산 속에 강화되었다. 그 과정에서 전시 납북(자)문제는 냉전체제하 국제적 차원의 남북 체제경쟁의 정치적 도구로 적극 활용되면서 다른 한편으로는 납북자유가족의 이데올로기적 순수성 강조의 인정투쟁을 통해서 이광수, 김동환, 김진섭 등 일부의 납북문인은 점진적으로 문학사의 영역에 포용되는 절차를 거치지만 나머지 대다수의 납북작가는 월북작가와 동일하게 금기의 대상으로 속박되었다. 반면 재북의 경우는 일관되게 월북행위로 간주되어 대동소이한 이념적 규정·단죄를 받았다. 1978년 3·13조치를 계기로 재북작가를 월북작가와 다른 각도에서 접근할 필요성이 제기된 바 있으나 납북/월북작가의 변별과 납북작가의 우선적 선별해금 추진에 논의가 집중되면서 재북은 여전히 월북행위의 일부로 간주되었고 문학예술계 내부에서도 암묵적으로 용인되었던 것이다.

납북, 월북의 용어는 냉전사고식 분류법의 산물이다. 그로 인해 의미가 왜곡되고 그것이 강력한 정치적, 이데올로기적 효력을 발휘하며 문학예술의 영역에서 내부냉전의 기제로 작용해온 실상과 폐해가 해금을 계기로 대두되기에 이른 것이다. 그런 점에서 해금은 문제의 종식이 아니라 냉전적 인식태도를 극복해야 하는 시발점이라는 의미를 갖는다. 이런 맥락에서 디아스포라의 관점에 입각해 월북(남), 재북(남)의 공간이동에 대한 사회학적 분석을 통해 분단문학사의 실상을 좀 더 객관적으로 조명할 수 있는 틀을 마련하려는 시도가 나타날 수 있었다.[28]

넷째, 문학예술 해금 자체에도 여러 허점이 존재한다. ① 영화, 연극, 무용분야는 포함되지 않았다. 비교적 일찌감치 1960년대 초에 연구(개방)가 공식적으로 허용된 학술을 제외하더라도 예술 영역의 또 다른 중요분야가 배제된 것은 형식적으로도 앞뒤가 맞지 않는다. 오히려 영화, 연극, 무용 등 공연예술 분야는 상대적으로 월북자가 많았다고 할 수 있다. 문련을 비롯해 해당 좌익단체가 다양하면서도 규모가 상당했고 종합예술제, 문화공작대 등 현장예술운동의 주축이었으며 조직에 가담하지 않았다 하더라도 자발적으로 참여한 동조자 sympathizer 또한 다수였다. 전시 서울에서 좌익단체 가운데 가장 신속하고 큰 규모로 복구된 분야가 공연예술이었는데, 남조선연극동맹의 경우 262명의 맹원이 등록되었고 이들 대부분이 전시 월북을 택했다.[29] 더욱이 해방 후 남발된 각종 규제 및 검열로 예술활동에 직접적인 타격을 받았던 분야가 공연예술이었다는 점에서 이념(체제) 선택의 사상적 망명보다는 독은기, 서광제의 경우처럼 예술활동의 자유를 찾아 월북을 감행한 경우도 상당했다.

② 해금대상자의 선정 기준과 규모가 불분명하다. 음악·미술은 정확한 숫자

---

28 이선영의 『한국문인의 공간이동과 작품성향에 관한 연구』(『한국문학의 사회학』, 태학사, 1993 재수록)가 이를 대표한다. 해방 직후 남과 북의 공통 현안이었던 토지개혁과 친일파처리 문제에 대한 시각을 중심으로 월북(남), 재북(남) 문인을 분류하고 공간이동과 작품성향 사이의 상관성을 실증적으로 추출해냄으로써 냉전사고적 접근의 미망을 객관성을 통해 극복하려는 시도를 보여주었다. 월북을 주로 정치적 개념으로 해석하는 문학계의 관행과 다르게 역사학계는 디아스포라 관점의 합리성을 적용해 월북, 납북, 월남의 객관적 의미 규정의 필요성을 제기한 가운데 재북이남인(월북, 납북인), 재남이북인(월남자)으로 명명할 것을 제안한바 있다(이신철, 「역사용어바로쓰기－월북과 납북」, 『역사비평』 76, 2006년 가을, 296~304쪽 참조). 타당한 의미 규정·명명으로 판단된다. 다만 이 글에서는 월북, 납북, 월남 등이 담지하고 있는 역사성을 고려해 기존 명명법을 그대로 따랐다.
29 한국안보교육협회, 『1950·9 서울시임시인민위원회 정당·사회단체등록철』, 1990, 695~701쪽.

와 명단을 적시해 해금대상을 발표한 반면 문학은 공식적으로 숫자와 명단을 한 번도 명확하게 밝힌 바 없다. 3·31 선별해금에서는 정지용, 김기림 두 문인만 거론했고, 7·19 해금에서는 미해금자 5명의 실명만 거명했을 뿐이다. 해금자 규모와 명단을 생략함으로써 96명 또는 120여 명 등 갖가지 추산이 난무했다.[30] 그렇다고 (납)월북자에 해당하는 모두를 해금한 것이라고 보기도 어렵다. 같은 조건과 논리가 적용된 음악·미술분야에서는 실명의 명단을 정확히 제시했기 때문이다. 그 이유가 밝혀진 바 없으나 (납)월북 문인에 대한 충분한 연구가 없었으며 그 결과 해금의 세부 원칙, 기준 등을 제대로 마련하지 못했거나 아니면 이를 둘러싼 정부당국 내부의 이견이 존재했을 것이라는 추정이 대세였다.[31] 어쩌면 행정처분상 금지조치가 없었기에 발생할 수밖에 없는 시행착오였을지도 모른다. 명단이 적시된 예술가해금에서도 이상춘, 박진명 등 월북작가가 아닌 인물이 포함되거나 박승구, 윤승욱조각가, 이해성, 김진성화가 등 미술사적으로 중요 인물이 누락되는 오류가 발생한 것도 이 때문으로 보인다.

③ 해금의 기점 또한 다르다. 문학은 8·15 해방 이전으로 반면 음악·미술은 1948년 정부수립 이전으로, 엄격한 차이가 존재한다. 따라서 두 분야에 중복되는 해금대상자의 경우에는 해금대상의 시기가 충돌할 수밖에 없었다.[32] 장르가 다르기 때문에 큰 문제가 없다고 할 수도 있으나 그러면 오히려 작품

---

30 구체적인 실명 명단을 보도한 매체는 『경향신문』이 유일하다. 소설가 38명, 시인·평론가 58명, 총 96명의 추산된 명단을 발표했는데(1988.7.19), 권환, 김태준, 이북만 등이 포함된 것으로 보아 이 보도도 허술하긴 마찬가지였다.

31 「해금자 명단 등 안 밝혀」, 『경향신문』, 1988.7.22.

32 가령 음악분야의 경우 해금대상자 중 작(사)가 윤복진, 박산운, 이병철, 박찬모, 이정구, 오장환, 김북원, 김석송, 박세영, 등이 포함되어 있는데, 이들은 문학분야의 해금대상자로 충분히 추정 가능하다는 점에서 해금대상 작품의 혼선이 불가피했다. 조영출의 경우 해금발표의 시차, 즉 7·19해금대상에서 제외된 관계로 10·28 예술가해금대상에서도 배제되었고, 비록 1988년 2월 29일 미해금 문인 추가해금에 포함되었으나 음악분야에서는 여전히 제외되었기 때문에 1992년 7월에 가서야 '월북작가 조명암의 일제시대 작사에 대한 해금 청원서'가 받아들여져 그의 대중가요 61편이 해금되는 곡절을 겪었다.

장르에 따라 동일인물의 해금 대상이 서로 다르게 되는, 즉 인물/작품의 괴리가 발생하는 기형성을 드러내게 된다. 문학분야의 시기를 더 축소·국한시킨 이유가 공개된 바 없다. 해방 직후 좌익 주도의 진보적 민족문학운동을 염두에 둔 것으로 추정해볼 수 있으나 음악, 미술도 마찬가지였다는 점을 감안하면 단정하기는 어렵다. 더불어 해금의 기점을 기계적으로 적용한 사후검열로 인한 논란도 빚어졌다.[33]

④ 해금의 원칙에서도 차이가 있다. 음악·미술의 경우 작가개인의 신분에는 관계없이 작품의 내용을 기준으로 가능한 한 모두 해제시키려고 시도한 특징을 보여준다.[34] 포로수용소에서 자진해 북을 택한 이건영, 이쾌대[35]까지 해금대상자에 포함시켰으며, 월북 후 북한예술분야에서 핵심적 역할을 수행했거나 요직에 있었던 경력도 크게 문제 삼지 않았다. 반면 애초 홍명희, 이기영 등 5명을 제외한 이유를 감안할 때, 문학은 신원의 문제가 상대적으로 중시되었다고 볼 수 있다. 이 같은 불합리한 문제들은 해금조치의 의의를 근본적으로 제약하는 요인이라는 점에서 가벼이 볼 수 없다. 물론 후행적으로 보완, 수정, 개선되는 과정을 거치나 그 과정은 또 다른 갈등과 논란을 수반해야 했다.

(납)월북문인·예술가 작품에 대한 해금은 그 의미의 상징성에 비해 오히려 반세기의 냉전문화사에 잠복되었던 고질적 문제들을 고스란히 드러내줬다는 점에서 더 큰 의의를 찾을 수 있다. 그것은 (납)월북문제가 어떻게 의제화되어 사회문화적 규율 기제로 작동했는가에 대한 역사화 작업의 필요를 요구한다. 드러난 문제점의 상당부분은 이후 탈냉전의 추세 속에 점차 극복되나 연장, 퇴

---

33 한 예로 1988년 11월 해금가곡제에서 이건우의 〈산길〉이 제외되는데, 이유는 정부수립 이전에 작품이 발표되었으나 이 작품이 수록된 가곡집 『산길』이 1948년 11월 15일 출판된 관계로 해금기준일에 해당되지 않는다는 검열당국의 제재 때문이었다.
34 「납·월북 음악·화가 작품 해금 안팎」, 『경향신문』, 1988.10.27.
35 조은정, 『권력과 미술─대한민국 제1공화국의 권력과 미술』, 아카넷, 2009, 122쪽.

행, 변형, 고착된 점도 없지 않다는 점에서 더욱 그러하다.

이 글은 (납)월북의제가 분단체제남북한의 적대적 의존관계의 차원뿐만 아니라 냉전체제의 변동과 결부된 정치적, 사회문화적 의제라고 판단한다. 냉전의 거시적 규율 속에서 금기, 금지, 해금 등이 촉진/제약되었기 때문이다. 그 모순적 과정은 해당유가족만이 아니라 당대 통치 권력과 일반국민들에게도 불안, 억압의 요소로 작용해 통치술의 모순이 잠복, 외화되는가 하면 다른 한편으로는 금기의 조성으로 야기된 불안, 공포에서 벗어나기 위한 여러 차원의 대응, 이를테면 동의, 순응, 침묵, 묵인, 우회, 야합, 저항 등이 착종되어 나타난다. (납)월북문제와 관련한 국가권력의 (사상)통제가 일방적, 단선적이지만은 않았다. 상호 제약적이었고, 그것은 양자의 역학 관계에 따라 다양하게 변주되는 동태적 양상을 보여준다.

(납)월북의제가 냉전과 결부되는 또 다른 중요 지점은 한국사회의 '내부냉전'[36]의 기제로 작동했다는 사실이다. 반공주의의 사회적 (의사)합의가 견고해지는 과정과 맞물려 사회전체 및 사회 각 영역(조직)들 내부에 대립전선이 형성되어 배제, 편견, 금기시, 내면화를 조장했고 또 확대 심화시켰다. 그것은 연좌제implicative system가 공식 폐기1981.3.25, 제5공화국헌법 제12조 3항에 근거된 이후에도 근절되지 않았다.[37] 문학예술분야의 (납)월북 문제는 해금에 이르는 과정에서

---

36 '내부냉전'의 위상과 역할에 대해서는 베른트 슈퇴버의 견해를 따랐다. 그에 따르면 냉전은 처음부터 사회 내부에서 다른 진영의 추종자 혹은 추종자로 간주된 자들과의 대립을 뜻하는 것이었고, 그 '내부냉전'은 냉전기간 내내 시기, 지역에 따라 다른 강도로 나타나나 계속해서 전개되었으며 특히 서방(자유진영)에서는 반공주의적 합의에도 불구하고 대립의 전선이 부분적으로 각 사회조직들 내부에서 형성, 작동했다는 사실에 주목했다(베른트 슈퇴버, 최승완 역, 『냉전이란 무엇인가-극단의 시대 1945~1991』, 역사비평사, 2008, 119~124쪽). 이 글은 내부냉전의 작동과 이를 통한 냉전의 국내화, 일상화는 우리와 같이 탈식민과 냉전의 중첩된 과제를 떠안아야 했고 또 냉전을 열전으로 체험한 가운데 분단된 국가에서 더 강력하고 전방위적으로 작동하며 사상통제의 효력을 발휘했다는 사실에 강조점을 두고자 한다.
37 연좌제는 근대법의 원리에 정면 위배되는 것으로 갑오개혁 때 형사상 연좌제가 폐지되었고, 1980년 제5공화국 헌법 개정으로 일체의 연좌제가 폐지된 바 있다. 그에 따라 부역, 월북 또는

정치권력의 통제(검열) 이상으로 내부 대립의 수단으로 변질, 활용되면서 규율 기제로 작동한 전형적인 면모를 나타낸다. 이러한 문제의식에 입각해 냉전체제의 변동과 (납)월북문제의 상관성을 바탕으로 (납)월북의제가 내장하고 있는 문화정치의 논리와 양상을 규명해보고자 한다. 냉전의 거시적 규율에 의해 봉인되고 또 그 힘에 의해 해제된 냉전프레임의 미망迷妄을 역사화해보는 작업이다.

2. 냉전논리의 제도화와 사상지리의 구축, 1950년대

월북작가에 관한 논의가 최초로 금지된 것은 1953년 12월 조연현의 『현대한국작가론』문예사, 1953 판금사건이다. 월북작가를 다루었다는 이유에서다. 오장환, 김동석, 최명익 등 3편의 작가론이 수록되었기 때문인데, 공보처는 월북작가를 한국작가로서 인정할 수 없으며 따라서 월북작가를 평론에서 취급한다는 것만으로도 판금의 사유가 충분하다는 입장이었다.『태양신문』, 1953.12.6 조연현은 공산주의문학을 비판하는 것을 금지한다는 것이 국시 위반이라는 논리로 법적 소송을 예고했고, 한국문학가협회도 반국가적인 조치라는 요지의 강경한 성명서를 발표하며 집단적으로 대응했다.

조연현 저 『현대한국작가론』이 월북한 작가를 한국작가란 이름 아래 취급했다고 발매처분을 내렸다. 동저의 내용은 공산주의 작가에 대한 문학적 비판으로 구성되어 있을 뿐 아니라 대한민국의 판도는 삼팔三八이북까지도 것임으로 비록 이북거주

동조한 본인을 제외한 이들의 직계존비속, 형제자매, 배우자들을 비롯한 모든 연고자의 기록을 완전히 정리하여 당시 경찰 집계로 약 75만 명이 불이익처분을 받지 않게 되었다(『경향신문』, 1981.3.24). 하지만 그 이후에도 사회 내부에서는 여전히 친일, 부역, 월북을 둘러싸고 연좌제가 부활하다시피 해 사회갈등을 부추기는 현상이 지속되고 있다.

자라 할지라도 대한민국의 법률 및 문화적 방향으로부터 자유로울 수는 없다. 그러므로 이번의 **공보처의 처사는 공산주의에 대한 비판의 자유를 금지하는 반국가적인 조치**일 뿐만 아니라 삼팔ㅌ八이북을 대한민국과 분리된 국가로 인정하는 과오임을 지적하지 않을 수 없다. 동처의 이번 처사의 시급한 정정을 요구하는 바이다.(강조-인용자)[38]

문단의 당혹감, 비분강개의 어조가 역력하다. 단정수립 후부터 반공문화건설의 주역이자 정부시책의 동반자로서의 역할을 충실히 수행했고 여전히 대공문화전선의 선도적 일익을 담당하고 있는 보수우익문단에 칼날을 들이댔으니 오죽했겠는가. 문단의 반발과 검열정책의 무원칙성에 대한 여론의 비판이 거세지자 공보처가 일보 후퇴해 곧바로 월북작가를 다룬 3개 부문 삭제를 조건으로 판매금지를 해제함으로써 더 이상의 대립으로 비화되지 않는다. 공보처의 조건부 타협안에 대해 조연현과 한국문학가협회가 더 이상의 이의를 제기하지 않은 것으로 보아 공보처의 입장이 관철되었다고 볼 수 있다.

그런데 이 판금사건을 단순한 해프닝으로 보아서는 안 된다는 것이 이 글의 판단이다. 첫째, 월북의제를 둘러싼 국가권력검열당국과 문단의 입장 차이가 정면으로 표출되었다. 공보처의 판금사유와 한국문학가협회의 성명서를 겹쳐보면 사상적 적대와 지리적 경계의 관계에 대한 인식태도가 미묘하게 다르다는 사실을 확인할 수 있다. 검열당국은 냉전 진영논리에 입각해 사상성과 장소성을 동일시한 반면 문단은 분리해서 접근하고 있으며 따라서 양립이 가능하다는 논리를 견지하고 있다. 결국 월북작가를 한국작가로 포함시킬 수 있는가 여부를 두고 충돌하고 있는 양상이다. 전시에도 검열당국은 월북작가를 '사상적으로' 시인 및 용납할 수 없다는 이유로 규제를 정당화했을 뿐 이북거주자, 즉 장소성을 근거로 내세운 적은 없었다. 문단도 북한(괴)이 주적이고 절멸의 대상이

---

[38] 「조연현 저『현대한국작가론』공보처서 판매금지처분」, 『동아일보』, 1953.12.5.

되 실지失地, 즉 대한민국의 영토의 일부이며 북한거주자 또한 민족의 일원이라는 민족 논리의 기조를 고수해왔다. 이 논리에 기대면 납월북작가를 한국문학(사)의 일부로 포함해 취급하는 일은 당연한 것이었다. 헌법상 대한민국의 영토 규정을 고려할 때, 특히 납북의 경우는 실정법国家保安法을 적용해 제재를 가하는 것이 법리적으로 성립 불가능한 일이었다. 그러나 공보처의 판금조처가 현실적 유효성을 지님으로써 월북작가는 한국문학사에서 완전히 배제, 축출될 수밖에 없었고, 장소성에 의해 재북 및 납북도 월북과 동일한 규정을 받는 결과를 낳는다. 요컨대 이 판금사건은 전후 월북의 '사상지리ideological geography'[39]가 문화제도적으로 정착하게 되는 계기로 작용했다는 점에서 문제의 심각성이 존재한다.

둘째, 이와 관련한 것으로 월북작가에 대한 규제의 대상과 범위가 가시화되었다. 이전까지 월북작가에 대한 규제는 판매(발매)금지의 형식으로 통제되었으나, 그 금지대상이 되는 작품에 대해 개별작가의 차원이든 전체 차원이든 한 번도 명시한 적이 없었다. 또한 적용 시기를 특정한 적도 없다. 월북작가의 여부만을 규정짓는 수준이었던 것이다. 가요만 유일하게 금지대상 작품의 목록을 적시했을 뿐이다. 이러한 모호성이 『현대한국작가론』 판금사건을 통해 개선되어 좀 더 구체화된다. 월북작가 작품뿐만 아니라 이들에 대한 2차적 연구까지 규제 대상에 포함되기에 이른 것이다. 문화단체 산하 기구의 명명에서 북한이란 명칭 사용도 전면 금지되었다. 더불어 판금의 빌미가 된 세 편의 작가론이 발표된 시점政府樹立 이전을 고려해 보건대 일단 분단이 제도화되기 이전 시기까지 소급해 규제의 범위가 확장된 양상이다. 공보처가 이런 부분까지 섬세

---

39 사상지리는 이혜령 교수가 제안한 용어(개념)이다. "지정학적 경계가 표현의 제도적 심리적 규율체계이자 존재-장소에 대한 상상과 이동성을 배치, 규율하는 권력-지식의 작용과 효과를 의미"한다고 그 개념을 정식화했는데, 이 글에서는 그 기본적 의미와 더불어 분단체제에 입각해 과거소급적인 심문의 사상통제시스템의 주요한 메커니즘으로 작용했다는 지적에 특히 동의하며 차용했다. 이혜령, 「사상지리(ideological geography)의 형성으로서의 냉전과 검열—해방기 염상섭의 이동과 문학을 중심으로」, 『상허학보』 34, 상허학회, 2012.

하게 살펴 가이드라인을 정했다고 할 수는 없겠으나, 과거소급적인 규제 원칙을 재천명한 것만은 분명하다. 이후 소급의 시점에 대한 추가 제시가 없었던 상태에서 이로부터 등장한 소급원칙이 무분별하게 확장되어 모든 시기의 작품에 확대 관철된 것으로 짐작해볼 수 있다.

당시에도 벌써 규제 시점이 8·15 이전까지 확대되어 작품의 교과서 재록 금지, 재간 금지가 시행되고 있었다.[40] 따라서 월북의제에 관한 한 문학의 논리가 적용될 여지는 완전히 봉쇄되고 만다. 빈약한 문학전통 속에서 월북작가의 작품을 문학사에서 다룰 수 있는 자유가 필요하다는 백철의 주장은[41] 오히려 사상성의 의심을 살뿐이었다. 월북의제는 그것이 금지든 해제든 철저히 정치(이념) 논리에 지배될 수밖에 없게 된 것이다. 이는 금지의 맹목성이 강화되는 것을 추동하나 역으로 언제든 정치논리로 해결될 수 있었다는 것을 의미한다. 그 가능성이 문학예술에서만은 반세기 동안 열리지 못한 이유에 다시금 주목하지 않을 수 없다. 공권력의 통제만으로는 온전히 설명될 수 없는 지점이다.

셋째, 사상(문화)검열의 강화와 그 논리적 모순성이 부각되는 계기가 된다. 이 판금사건은 전후 사상검열의 신호탄이었다. 실제 이 판금조치 직후 곧바로 국방, 내무, 법무, 공보처 등이 참여한 관계기관합동회의에서 사상전 강화 방안이 구체적으로 결정된다. 골자는 전시부터 이루어진 월북반역작가·작품 단속에 관한 건을 더욱 강력히 시행할 것, 언론출판에 있어서의 사상전을 강화하고 공산분자침투 방지에 만전을 기할 것, 전시하 국론통일을 달성하기 위하여 이적적인 결과를 초래하는 논조를 경계할 것 등 3개 항이었다.[42] 월북작가·작

---

40 「인권옹호의 시점」(사설), 『경향신문』, 1953.12.10. 신문지법의 존속과 좌익계열의 판금 및 월북작가에 대한 비판 불허 등 일련의 언론출판 자유를 억압하는 처사를 인권침해로 규정한 점이 눈에 띈다.

41 백철, 「새로운 인간관계의 문학─문화옹호의 일 포인트」, 『자유세계』, 1952.4.

42 「언론 통해 사상전 강화」, 『서울신문』, 1953.12.7.

품 단속을 특정한 것이 이채롭다. 표현물의 논조에까지 검열의 칼날을 들이대고 이미 검열을 통과해 출판·유통되거나 공연이 진행 중인 경우에도 재검열사후검열을 실시해 추후 제재하는 무리수를 남발할 만큼 강경하고 공세적이었다.

그러나 사상적 문화통제는 현실적인 난관이 존재했다. 기본적으로 언론출판을 규제할 법률적 근거가 없었기 때문이다. 1952년 3월 (광무)신문지법이 국회에서 공식 폐기된 이후 그 대체법안으로 추진했던 출판법 제정이 연속해서 좌절된 결과이다. 보다 결정적인 이유는 공권력의 심의사전/사후검열을 명문화한 조항의 비민주성 때문이었다. 그리하여 언론사, 출판사 등의 신규 진입은 미군정법령 제88호로 차단, 봉쇄할 수 있었으나, 국외에서 간행된 공산주의관련 간행물북한을 포함과 외국영화 및 음반 등의 유입, 기 허가된 언론·출판사의 간행물은 규제할 법안이 부재했다. 따라서 사상적 문화통제에 국가보안법의 과도한 적용과 법적 근거가 결여된 행정규제가 지나치게 발생할 수밖에 없는 제도적, 구조적 조건이 배태되었던 것이다. 현대작가론 판금사건도 이 같은 조건 속에서 발생한 무리한 행정규제였다. 그로 인해 공산주의에 대한 비판의 자유를 억압한다는 사실뿐만 아니라 검열의 원칙 및 근거, 절차상의 비민주성이 도마에 올랐다. 나아가 『임꺽정』 행정심판청구건의 법적 공방에서 이 판금사건이 사법부에 의해 월북작가·작품 출판금지처분의 기점으로 인정되는 동시에 행정 지도/처분 논란의 핵심 증거로 채택된다. 행정처분의 증거로 채택됨으로써 결과적으로 초(탈)법적 행정규제를 국가권력이 인정하게 되는 자충수가 된 셈이다.

한 가지 환기해 둘 것은 이 시기 사상전의 강화 방안에서 월북작가·작품 단속이 특정된 데에는 사상성의 문제뿐만 아니라 출판독서계의 현황과도 밀접한 관련이 있다는 점이다. 즉 월북작가·작품의 저작권을 확보하고 있던 기旣허가 출판사들이 수익성을 제고하기 위한 상업주의전략으로 월북작가들의 작품을 불법 출판하거나 이미 간행된 단행본을 유통시키면서 대중적 수용이 광범하게 형성되었던 조건이 반영된 것이다. 월북작가들 대부분이 근대문학사의 핵심 인물이자 문학적 수준 또한 대체로 높았고 여기에다 월북작가에 대한 지속적 금지의 반작용으로 대중적 관심과 수요를 오히려 부추긴 면이 컸기 때문이다.

그리고 이 판금사건의 비민주성을 계기로 사상검열체제에서 국가권력/사회 문화계 간 대립전선의 형성된다. 국가권력과 문화적 보수우익집단이 뚜렷한 전선으로 분화되어 대립하게 된 것은 처음이 아닐까 한다. 간혹 문화검열을 둘러싸고 양자의 첨예한 갈등이 불거진 적이 더러 있었으나 대체로 사상문제와는 관련이 없는 사안이었다. 오히려 문화주체들, 일반대중들에 의해 사상검열의 불철저성과 후행성이 질타되면서 사상검열이 촉진, 강화되는 추세였다. 의사합의의 형태이나마 (반공)사상적 동의기반이 조성되어 있었기 때문이다. 물론 반공공약수적 틀 안에서의 대립전선이었으나, 그 전선이 가시화된 후 과도한 사상검열이 자행되는 흐름과 대응하여 이승만정권의 지배체제를 위협할 정도의 수준으로 고조되어 간다. 흥미로운 사실은 월북에 관한 통제에 있어서는 아무런 이의와 저항이 없었다는 점이다. 국가보안법을 적용한 사상통제에서 그 과도함으로 인해 대공전선을 약화시킨다는 비판이 거세게 일었던 것과는 뚜렷한 대조를 보여준다. 무엇 때문이었을까?

문화영역에서의 확고한 동의기반은 단정수립 이후부터 축적된 내부냉전의 결과로 여겨진다. 월북작가 규제와 문단의 내부냉전은 유기적으로 결합해 상호 상승적 작용을 발휘했다. 그 과정을 살펴보자. 월북작가에 대한 규제는 단정수립 후부터 본격화되어 지속적으로 이루어져왔다. 단정수립과 인공수립으로 남북분단이 제도화된 '1948년 체제'에서 좌익/우익은 사상의 단순한 선택이 아니라 지리적 공간의 선택, 즉 체제 선택의 의미를 갖게 됨으로써 월북이 금서의 중요한 기준으로 부상한다. 좌파 그 중에서도 월북한 작가들의 저술을 주로 출판했던 아문각, 백양당, 백우사 등 출판사에 대한 제재 조치, 임화 시집

『찬가』백양당, 1947의「기빨을 내리자」등 수편의 삭제명령 조치,[43] 박문서의 시집 『소백산』발매금지 및 압수조치백우사, 1949.1, 조벽암의 시집『지열』판매금지·압수조치아문각, 1949.2 등 불온성을 이유로 좌익문인의 작품에 대한 규제가 더러 있었으나 월북문제를 기준으로 한 금지조치가 본격화된 것은 국민보도연맹 발족으로 전향이 강제된 전향국면에서다. 아문각, 백양당 등 출판사에 대한 제재는 잔류한 좌익들의 물적 기반을 붕괴시켜 문단을 장악하고자 했던 보수우익 문단의 총공세를 국가권력이 수용한 결과였다. 문단 내 조직적 내부냉전의 개시를 잘 보여주는 사건이다.

월북작가에 대한 공권력의 통제가 구체적으로 가시화된 것은 각종 중등교과 서에 수록된 좌익작품(작가) 삭제 조치를 통해서다.1949.10.15 문교부는 이 조치 가 "건전한 국가이념과 철저한 민족정신의 투철을 기하고 특히 학도들에 대한 정신교육에 유감이 없도록" 하기 위한 것이라고 설명했으나 실제로는 좌익계 열 문인들에 대한 탄압을 위한 것이었다. 이 조치로 11종의 중등교과서에서 24인의 작품 약 47편이 삭제된다.[44] 삭제대상 작가는 김남천, 안회남, 이선희,

---

43 군정청공보부의 납본을 거쳐 정식 출판된『찬가』는 출간 두 달 만에 수도경찰청 사찰과가 내용 이 불온하다는 이유로 시집출판사 백양당 대표 배정국을 불러 시 수편을 삭제할 것을 명령함으 로써(1947.5.24) 문학가동맹뿐만 아니라 문단의 거센 반발을 초래했으나 수도경찰청장 장택 상은 공보부의 허가를 받았더라도 군정 비방 또는 내용이 불온할 경우에는 경찰이 이를 삭제할 수 있으며 해당출판물의 판매금지를 사법부에 고발할 수 있다고 강경하게 대응한 바 있다. 조선 문학가동맹 발행 예정 시집『인민항쟁』압수조치(1947년 3월 3일 경찰 비방을 이유로 종로서 가 평화당인쇄소를 급습해 시집 5천부를 모두 압수)와 더불어 이 사건은 좌익단체 및 문인(작 품)에 대한 검·경의 규제가 공세적으로 전환되는 계기가 된다. 배정국은 이 사건으로 인해 불 구속 송청된다(1947.7).「물의 된 시집『찬가』」,『우리신문』, 1947.5.27.
44 「서적에도 숙청령」,『조선일보』, 1949.10.1. 이 기사에 삭제대상 작가·작품의 목록이 제시되 어 있다. 이 삭제 조치의 파급력은 유종호의 자서전에서 확인된다. 국어시간에 담당 교사의 지 시로 교과서에서 지워야 할 글의 제목과 책장의 숫자가 적힌 칠판의 목록에 따라 먹칠을 했고, 경관이 교실을 둘러보고 나갔으며 정지용의「고향」과「춘설」을 지운 것만은 분명하다는 그의 회 고를 통해(유종호,『나의 해방 전후』, 민음사, 2004, 264~265쪽) 이 조치가 1949년 가을 새학 기가 시작된 뒤 전국적 차원에서 이루어졌다는 것을 확인할 수 있다. 당시 정지용 작품의 삭제 는 10여 종으로 가장 많았다. 유임하의 지적처럼, '국어교과서에서 (납)월북 문인들의 작품을 배제, 축출한다는 것은 단순히 교과서라는 텍스트가 지닌 정전의 지위 상실로만 그치지 않고

오장환, 박팔양, 박아지, 조벽암, 조중곤 등 이미 월북한 작가와 정지용, 김기림, 박태원, 엄흥섭, 박노갑, 신석정, 김용준, 이용악 등 재남작가들이 혼재되어 있다. 이로 보아 당시까지는 월북 여부가 중요한 통제 기준이라기보다는 좌익사상에 초점을 둔 좌익 척결의 사상통제에 무게중심이 있었음을 확인할 수 있다. 월북은 좌익의 한 가시적 지표라는 선에 그친 것이다. 국가이념에 위반하는 작품이라 명시했으나 대상작가·작품 목록을 봤을 때 작가의 신원, 즉 이념적 성향이나 과거 전력이 중시된 특징을 발견할 수 있다. 교과서에서는 삭제하되 대상작가의 단행본에 대한 판금조치로까지는 확대되지 않았다. 삭제 조치의 시점으로 볼 때 월북하지 않은 해당 작가 대부분이 전향을 공식 선언하는 전후였다는 점에서 이용악은 제외 이 조치가 전향국면과 맞물려 전향을 강제하거나 아니면 추가 월북을 촉진시킨 면이 없지 않다.

월북 여부가 작가 및 작품의 중요한 사상검증의 기준 나아가 금서조치의 기준으로 등장한 것은 서울시경찰국에 의해 시행된 좌익계열문화인 저서 판매금지조치였다. 1949.11.6 좌익계열문화인을 3등급으로 분류, 즉 1급은 월북했거나 해방 후부터 북한에 거주한 자로 이들이 발행한 서적은 모두 압수 조치했고, 남한에 체류하는 자 중 좌익의 정도에 따라 2급29명, 3급22명으로 차등 분류해 전향을 종용하고 만약 자진 전향하지 않으면 기 간행서적 압수와 해당명단을 신문사, 잡지사, 문화단체 등에 배부해 추후 간행, 창작, 투고, 게재 등을 금지할 것임을 공식화했다.[45] 월북 및 재북자를 1급 좌익으로 분류·규정했다는 것에서 판금조치의 일차 기준이 월북이고, 좌익사상이 이차적이었다는 것을 확

교과서에 구현된 근대국가의 법적 이념적 가치로부터의 배제이며, 사회전반에 걸쳐 문화정전으로서의 위상을 박탈하는 행위로서 (납)월북작가들의 문학적 소산에 대한 접근 경로의 봉쇄뿐만 아니라 구조화된 망각을 통해 문학의 역사를 왜곡하는 것'이었다는 점에서 문제의 심각성이 존재한다. 유임하, 『반공주의와 한국문학』, 글누림, 2020, 365쪽.
45 「문화인자수 강조」, 『자유신문』, 1949.11.6.

인할 수 있다. 체제 선택월북이 사상보다 우선했던 것이다.[46] 이 조치를 계기로 홍명희의 『임꺽정』을유문화사, 1948~9 판금에서 보듯 월북작가의 저술은 물론이고 월북작가의 서문이 들어간 간행물도 모두 판금 조치된다(박용구의 『음악과 현실』 판금-김동석이 서문 작성). 발표문에 적시되어 있는 바와 같이 좌익계열문화인 판금조치는 전향공간에서 지지부진했던 문화지식인의 전향을 종용, 강제하기 위한 문화인통제의 수단으로 시행된 것이다. 월북작가 판금조치에 잇달아 김기림을 비롯한 남한 내 문인들 40여 명의 작품 중 불온서적 및 좌익사상을 고취한 서적의 발행 및 판매금지, 압수조치 착수를 예고해 압박의 수위를 높여갔다.[47] 자진 전향한 경우에도 '전향문필가집필금지조치'1949.11~50.2, '전향문필가원고심사제'1950.2, '원고사전검열조치'1950.4 등의 집중적인 검열을 받아야 했다.[48] 전향했으되, 이들은 내무, 국방, 법무 3부장관 공동성명1949.11.6에서 천명된 바와 같이 국가반역자라는 규정에는 변함이 없었다. 전향공간의 특수성, 즉 냉전적 경계를 내부로 끌어들여 지리적, 사상적 남북적대를 확대재생산하는 동시에 지배체제의 우월성을 배타적으로 승인·공고화하는 데 월북의제가 적극 활용되었던 것이다.[49]

---

46 이중연에 따르면, 금서의 우선 기준이 월북 여부로 변화하면서 상대적으로 『자본론』을 비롯한 학문적·이론적인 사회과학 좌익서적은 금서로 지정·압수되지 않았으며, 전석담, 인정식 등도 월북하지 않은 조건에서 특별한 제재 없이 연구서를 집필·출판할 수 있었다고 한다. 이중연, 『책, 사슬에서 풀리다-해방기 책의 문화사』, 혜안, 2005, 299~300쪽.
47 「불온저서 판금, 불일내로 압수 착수」, 『동아일보』, 1949.11.7.
48 이 일련의 조치는 치안국과 공보처에서 동시에 발표·시행되는데, 치안국이 대한출판문화협회에 송부한 방침에 따르면 월북작가 및 재남좌익문화인에 대한 취체는 각 시도 경찰국장을 경유한 사전검열(원고심사제)을 거쳐야 출판이 가능하며 기타 모든 신규간행물 또한 치안국사찰과 검열계의 사전검열을 받아야 함을 명시하고 있다(『한성일보』, 1950.2.3). 공보처도 전향문필가(과거 반국가적 문필행위자)의 집필 금지 또는 보류로 되어 있는 각종 출판물의 기고를 해금하는 동시에 사전검열을 받도록 했다(『산업신문』, 1950.2.7). 전향문필가의 애국 성의에 보답한다 또는 납본과정에서 검열에 통과되지 못함으로써 발생하는 출판업자의 막대한 손해를 개선하겠다는 취지였으나 실제로는 전향문필가를 동원해 국가가 요구하는 것을 쓰게끔 강제하는 제도적 조치였다고 할 수 있다.
49 이에 대해서는 이봉범, 「단정수립 후 전향의 문화사적 연구」, 『대동문화연구』 64집, 성균관대

월북의제의 사상적 경각성이 증대하고 그에 따라 배타적인 강력한 통제가 시행되는 것은 한국전쟁을 통해서다. 물론 좌익사상과 연관된 문예서, 사회과학서 일체도 통제되어 금서로 지정된다. 1951년 10월 공보부가 월북작가를 특정하고 그 명단을 공개하여 문필활동 금지, 발매금지 조치를 내린다. 전전 월북문인 38명A급, 전후 월북문인 24명B급, 납치 및 행불 문인 12명C급 등 총 74명인데, A, B급이 제재조치 대상이었다.[50] 국가권력이 월북시기를 기준으로 월북작가명단을 작성·공개한 것은 처음 있는 일이었고, 이 명단이 이후 공적 차원의 월북작가명단의 저본이 된다. 공보처는 또한 사상전을 공고히 한다는 취지 아래 월북작가의 가곡, 가창을 일제히 금지하고 기간旣刊 유행가집에 게재된 것도 판매금지조치를 내렸다.[51] 금지대상 작품의 목록을 구체적으로 밝힌 최초의 사례이다. 이들 조치에서 눈에 띄는 것은 월북행위가 국가를 배반한 반역에 해당한다는 것을 적시함으로써 극단적 통제의 수준을 넘어 절멸의 대상으로 취급했다는 점이다. 따라서 월북작가의 이름 자체가 금기시되고 납북작가는 복자표기를 해야 했으며, 재판 시 월북작가와 관련된 부분은 삭제가 불가

대동문화연구원, 2008, 249쪽 참조.

50 「월북작가 저서발금」, 『자유신문』, 1951.10.5. A급(旣刊 발금과 문필금지)은 김남천, 김사량, 김순남, 김조규, 김태진, 민병균, 박세영, 박아지, 박영호, 박찬모, 박팔양, 서광제, 송영, 신고송, 안함광, 안회남, 오기영, 오장환, 이기영, 이면상, 이병규, 이북명, 이선희, 이원조, 이찬, 이태준, 임선규, 임화, 조벽암, 지하련, 최명익, 한설야, 한효, 함세덕, 허준, 현덕, 홍기문, 홍명희, B급 (旣刊 발금과 문필금지)은 강형구, 김동석, 김만형, 김소엽, 김영석, 김이식, 문철민, 박계명, 박노갑, 박문원, 박상진, 박태원, 배호, 설정식, 안기영, 이건우, 이범준, 이병철, 이용악, 임서하, 정종길, 정종여, 정현웅, 홍구, C급(내용 검토)은 김기림, 김기창, 김ारन승, 김철수, 김홍준, 박내현, 박노아, 정광현, 정인택, 정지용, 채정근, 최영수 등이다. 월북, 재북, 귀향의 구별 없이 월북으로 범주화했고, 전시 중이라 납북의 규정은 아직 등장하지 않았다.

51 「월북한 작가의 작품 일제 금지」, 『동아일보』, 1952.10.30. 금지대상의 작가작품은 조명암(조영출)의 〈낙화유수〉 등 54곡, 박영호의 〈오빠는 풍각쟁이〉 등 34곡, 안기영의 〈마의태자〉 등 3곡, 이면상의 〈진주라 천리길〉 1곡 등 총 92곡이다. 같은 시기 다른 일간지의 보도(「월북 가요작가 가창 공개금지령」, 『마산일보』, 1952.10.21)를 보면, 조명암 작사 〈기로의 황혼〉 외 51종, 박영호 작사 〈키타에 울음 싣고〉 외 33종, 이면상 작사 〈진주라 천리길〉 외 9종 등 95곡이 가창금지곡으로 명시되어 있는 데 숫자의 차이는 금지 영역의 차이에서 비롯된 것으로 보인다. 이 목록은 이후 월북을 이유로 금지된 금지가요목록의 저본으로 기능한다.

피해진다.[52]

그런데 월북의제의 냉전적 적대화를 주도한 주체가 문화단체라는 사실이 중요하다. 국가권력보다 훨씬 과격했고 조직적이었다. 문총은 전쟁발발 직후인 8월 10일 '조국을 배반하고 민족의 정기를 더럽히는 반역문화인'을 조사하기 위한 최고집행위원회를 개최해 심의 과정을 거친 뒤 총 139명의 제1차 반역문화인명부를 실명으로 발표했으며,[53] 홍명희, 이극로, 이기영, 한설야 등 총 27명을 중요전범자로 결정·규탄했다. 전자는 월북 및 재북작가를 위주로 하되 잔류파 중 부역혐의가 알려진 문학예술가 일부를 포함하고 있다. 후자는 월북 후 한국전쟁에 종군·남하한 작가들을 지칭했다. 아울러 문총구국대 명의로 이들 반역문화인을 탕아로 규정하고 투항을 권고하는 동시에 가족들의 신변을 위협하는 내용을 골자로 한 경고문을 발표하기까지 했다.[54] 이러한 적대의 노골적 표출은 도강파에 의해 부역자심사가 예술 각 분야에서 실시되면서 더욱 기승을 부렸다. 전시 심리전의 필요성이 강조되면서 초상화와 선전화포스터, 삐라의 가치가 중시됨에 따라 부역자 및 부역행위가 화단 전체를 휩쓴 결과 미술 분야에서의 부역자 처리가 매우 극심했다.[55]

문화단체가 독자적으로 '월북자 및 부역자＝반역자'라는 프레임을 만들어 극단적 내부냉전을 공세적으로 전개한 데에는 전시 국책에 공명, 협조한 결과이기도 했으나 그보다는 문학예술계의 복잡한 사정이 작용한 산물로 보는 것이 적실할 듯싶다. 이념전의 성격을 지닌 한국전쟁으로 인해 사상문제가 생사

---

52 윤동주의 『하늘과 바람과 별과 시』 재판에서 정지용이 쓴 초판 서문 삭제, 한하운의 『한하운시초』 재판에서 이병철이 쓴 초판 서문 삭제 등을 예로 들 수 있다. 전시뿐만 아니라 전후에도 이어져 정인보의 『담원시조집』(진문사, 1954) 재판 때 홍명희의 초판 서문이 삭제되는 등 이러한 현상은 하나의 출판 관행으로 굳어지게 된다.

53 그 구체적 명단은 『전선문학』(『문학』전시판), 1950.9, 51~52쪽에 제시되어 있다.

54 문총구국대, 「반역문화인에게 보내는 경고문」, 『전선문학』(『문학』전시판), 1950.9, 49~50쪽.

55 이에 대해서는 조은정, 앞의 책, 123~131쪽 참조.

를 결정짓는 요인이 된 국면에서 상당수의 문학예술가들은 이전의 좌익활동 전력, 전향 전력, 부역 전력, 월남 전력특히 1·4후퇴 때 월남한 등으로 인해 엄중한 사상검증을 받아야 하는 처지에 내몰리게 된다. 전향경력자와 부역자는 보복에 대한 공포로 다수가 월북을 택하지만, 남한에 잔존한 해당자들은 반공적 선민의식에 입각한 반공반북의 전사로서 자신의 정체성을 형성, 대내외적인 인정투쟁을 전개할 수밖에 없었다. 월남문화인들도 예외가 아니어서 독자적으로 창출한 조직, 미디어와 미국미공보원, 아시아재단 등의 후원을 바탕으로 전시 사상전과 문화냉전전의 전초가 되어 남한 문화제도권에 안정적으로 진입하는 동시에 내부냉전을 선도해갔다.

당시 가장 유효한 인정투쟁방법은 종군문화반1950.10과 같은 전시동원책에 자발적으로 참여하거나, 정치권력(군)과 문화계의 협력의 산물로 조직된 종군작가단가단에 가입·활동하는 것이었는데, 그렇다고 확실한 면죄부가 주어진 것은 아니다. 적어도 문화제도권 내에서는 예술원파동1954 때 재연되었듯이 오랫동안 인신과 문화 활동을 제약하는 잠재적 족쇄로 작용했다. 이 모든 인정투쟁은 북한 및 월북(자)을 부정적 타자로 한 월북=반역의 프레임을 전제로 한 것이었고 더불어 그 프레임을 확고부동한 규율기제로 정착시키는 동력이 된다. 여기에 문화계의 재편과 이를 기회로 한 문화 권력투쟁이 개입하면서 그 과정이 더욱 촉진되었다. 요약하건대 현대작가론판금사건을 통해 일시 불협화음을 노출하나 전향공간과 한국전쟁을 경과하며 형성·내재화된 월북의 냉전 프레임과 문학예술계의 지속적인 내부냉전의 전개는 적어도 월북에 대한 사상지리의 제도화에 또 월북작가 통제의 무저항적 상시화에 확고한 동의기반이었다는 것을 강조하고자 한다.

앞서 현대작가론판금사건이 전후 사상전의 공세적 추진의 일환으로 강행되었다는 점을 언급한 바 있다. 실제 휴전직후 한국사회는 사상전의 총력전체제로 급속히 재편되기 시작한다. 이승만이 강조했듯이 반공투쟁의 궁극적 성공은 경제전과 더불어 사상전에 있으며 당시 냉전(외교)전의 유력한 수단이 심리전이라는 인식 아래 대공투쟁의 중심이 사상전으로 옮겨지고, 그 구체적 방법인 선전전, 심리전을 강화하기 위한 제도적 정비와 공세적 행정이 국책으로 추진되었다. 국방부는 정훈관계기구 개편과 군 방송국 신설을 통해 방송선전전과 전후방의 사상적 유대를 강화했고, 공보처는 산하기관인 대한공론사를 중심으로 특히 아시아반공진영의 단결을 도모하는 대외적 선전과 공보활동을 전개했으며, 문교행정 전반을 관장한 문교부는 선전의 중요 매개체인 언론, 방송, 문학예술 분야를 동원해 대중적 사상계몽운동에 주력하고자 했다. 다소 수세적, 방어적 차원이던 전시의 선전전과는 분명히 다른 양상으로 전개되는데, 대외적인 차원뿐만 아니라 사회 내부의 말단까지도 사상전에 동원되었다.[56] 일례로 1954년부터 매년 전 국민운동으로 실시된 '방첩강조주간'을 들 수 있다. 이전 특무부대의 주관행사였던 방첩주간을 국방부 주최로 격상시켜 사상전의 중요한 국책의 일환으로 (재)추진함으로써 사회내부의 제5열 색출과 대공의식의 확산과 침투를 기도한 바 있다.[57] 사상전을 통해 국민 상호 간 감시체제의 일상화를 의도한 것이다. 그것은 전후 냉전체제하 남북한의 체제 경쟁과 이승만정권의 체제 위기가 점증하면서 확대되는 과정을 밟는다.

이러한 공격적인 사상전의 전개 속에서 그 전열에 저촉, 위협이 되는 일체의 요소가 제5열, 제6열 등 내부의 적으로 간주되어 관리, 통제의 우선적 대상이 된다. 제6열은 교육, 문학예술, 종교, 학술 등에 종사하는 지식인층을 겨냥한 것이다. 반공주의자임에도 불구하고 민주주의 신념을 고수하지 못하거나 그 실천에 등한한 결과 일반민심에 악영향을 끼치는 동시에 제5열 및 공산주의진

---

56 「사상선전전을 적극 전개하라」(사설), 『동아일보』, 1954.12.21.
57 「방첩과 방심」(사설), 『경향신문』, 1954.11.1.

영의 선동 자료로 이용당하는 경우로, 의도성 여부를 떠나 결국 이적행위에 해당한다는 논리였다.[58] 제6열은 공산주의, 공산당동반자, 제5열, 중립주의자 등과 동일한 내부의 적으로 규정돼 타도의 대상이 된다. 지식인사회는 부지불식간의 제6열적 언행을 스스로 검열해야 했고 상호 간 주의, 경계를 해야 하는 과제가 부과되면서 공산주의에 대한 비판조차 위축되는 폐쇄성이 초래되었으며, 공권력의 통제와 더불어 각 분야별 내부냉전의 소용돌이에 휩싸이게 된다.

일례로 치안국특수정보과가 주도한 조영식의 『문화세계의 창조』문성당, 1951 판금사건 및 저자의 국가보안법 위반 구속의 경우 '추정'에 입각해 국가보안법을 적용한 사례인데1955.7, 레닌의 주장 찬양 등 국체를 변혁시킬 목적으로 간행, 학술계가 관련 전문가 22인의 자체 심의를 통해 이 저작의 학술적 가치를 고증하고 전혀 문제될 것이 없다는 결론을 당국에 제출했음에도 불구하고 내부에서는 사상적 바탕과 사상전의 국책위반 여부를 둘러싼 첨예한 대립이 발생한 바 있다.[59] 이러한 학술의 불온성 문제는 1958년 월남교수명단 작성과 김일노 교수의 『경제학사』 국가보안법 위반 사건으로 이어지면서 증폭된다.[60] 또한 정부기관지

---

58 「第六列」(사설), 『동아일보』, 1953.1.11.

59 김일평은 저자의 사상적 배경과 저술 내용이 철저히 반국가적이며 국민의 사상을 분열시킨다는 논리로 단호한 의법 처단을 강조한 반면(「문제화된 『문화세계의 창조』에 대하여—특히 반공투쟁 면에서」, 『경향신문』, 1955.8.25~28), 이우현은 반전평화, 반공전쟁을 설파한 저작으로 악의적인 왜곡의 비학문적 태도와 규제를 철회하라고 맞섰다(「『문화세계의 창조』론—김일평 씨의 논평에 대하여」, 『한국일보』, 1955.9.11~13).

60 서울대문리대필화사건(류근일필화사건, 1957.12)을 계기로 문교부가 적성지역 내에서 교육을 받았고 동 지역에서 교육자의 경력을 가진 각 대학교수 36명의 명단을 작성한 것이 폭로돼 파장을 일으켰다.(「월남교수 명단작성」, 『동아일보』, 1958.1.9). 월남교수명단작성은 학술(대학)에 대한 사상검열의 범위와 정도를 잘 보여주는 예이다. 실제 1958년 4월 중앙대 김일노 교수의 『경제학사』가 맑스·레닌을 찬양, 선전한 불온서적이라는 이유로 국가보안법 위반 혐의로 입건되는데, 그 과정에서 1.4후퇴 때 월남한 김 교수의 김일성대학교수 경력이 중요한 이유로 작용했던 것에서 확인된다. 그 과정에서 감정 의뢰를 받은 변희진(경제학자), 이해동(서울대 교수)이 용납될 수 없는 해석이라는 판단을 내린 바 있다. 이 같은 학술에 대한 사상검열의 가혹함에 학술계는 별다른 이의를 제기하지 않았고, 언론도 공산주의국가에 대한 체제우월성의 차원에서 학문과 예술의 자유를 최대한 존중해야 한다는 논리로 학술의 자유에 대한 한계를 정해줄 것을 요청하는 자세를 보인다(「학문의 자유 한계 밝히라」(사설), 『동아일보』, 1958.4.4).

『서울신문』을 동원해 사상 및 언론자유의 한계 설정의 필요성을 부각시키고 그 한계를 이탈하는 정부비판에 대해서는 이적행위로 규정하겠다는 방침을 천명한 것을 계기로 헌법 제28조 2항에 의거한 언론 및 사상의 자유를 둘러싼 권력/언론, 언론계 내부의 치열한 대립전선이 중층적으로 조성된다.[61] 그 전선은 '협상선거법안' 제정1957, '국가보안법' 개정1958을 거치며 야당민주당/언론의 대립으로까지 확대되었다.

그리고 사상전의 차원에서 1955년 11월 사상범전과자에 대한 유화책이 구사되었다. 부역문제로 야기된 불안, 의심, 밀고, 투서, 분열을 완화하고 사상범 전과자를 선도·포섭해 내부 결속과 동원력을 강화하겠다는 취지였다.[62] 검찰청의 전격적 조치로 시행된 이 유화책은 자수, 불문 등의 포섭방법을 둘러싼 논란과 부역의 경중을 냉정히 분별해야 한다는 여론의 우려가 제기되기도 했으나 사회적 호응 속에 6·25부역자뿐만 아니라 6·25 이전에 좌익단체에 가입했던 자, 이북에서 해방 후 북한정권에 가담한 자, 9·28 이후 월남하여 대한민국으로 편입돼 기여를 하고 있는 자 등까지도 그 대상으로 포함시켰다. 방법은 이미 개전改悛한 경미한 부역자는 일체 불문에 붙이되 살인, 방화 등 부역의 수준이 악질이거나 사상전향을 가장한 우려가 있는 부역자는 국가보안법의 추궁 대상으로 엄벌하는 두 종류였다.[63] 검찰은 과거 국민보도연맹과 같은 조

---

61 「정부비판의 한계성」(사설), 『서울신문』, 1955.1.11. 이 사설의 골자는 '대공전쟁의 제일선을 담당하고 있는 초비상시에 국가적 질서의 존립에 중대한 영향을 끼칠 우려가 있는 경우에는 사상의 자유, 언론의 자유를 제한할 필요가 있으며, 이 한계를 이탈하는 것은 국가와 민족의 안위를 해롭게 하는 것으로 그것은 곧 적을 이롭게 하는 이적행위의 하나'라는 것이다.
62 「경미한 부역자는 불문」, 『동아일보』, 1955.12.14.
63 국가보안법을 적용시킨 것은 '부역행위특별처리법'이 폐지된(1952.3.18) 관계로 부역자처벌의 법률적 근거가 없었기 때문이다. 1950년 12월 1일 군경의 부역자처벌에 대한 전횡을 막고 정상에 따라 경감, 형 면제 등으로 포섭, 관용을 위주로 한 '부역행위특별처리법'이 제정, 공포되었으나 전시부역자 처리는 전향적인 내용을 담은 이 법보다는 6·25 당일 대통령 긴급명령 1호로 공포된 '비상사태하의 범죄처벌에 관한 특별조사령'에 의거해 경중을 막론한 중형의 단심제로 가혹하게 처리되었다. 그로 인해 1952년 6월 5일 국회에서 이 조치령폐지법이 통과되

직을 만들지 않는 방향으로 선도 방안을 안출한 것이라고 강변했으나 실제는 국민보도연맹과 흡사한 형태의 국가폭력적 내부평정작업이었다고 볼 수 있다.

선도방법이라기보다는 오히려 사상범을 감시·통제하는 방법으로 활용될 가능성이 높았고[64] 실제 그렇게 시행되어 부역자에 대한 색출, 체포, 처벌이 상시적으로 이루어졌다. 특히 전쟁부역자의 색출, 체포는 1960년대까지 계속된다. 이렇듯 사상전의 국민총동원체제가 강제되면서 사상관련 금기영역이 해방 직후까지 소급·적용돼 확대되고 그에 따른 일상적 불안과 공포가 사회 전 분야로 확산, 만연되기에 이른다. 방첩주간에 제공된 표어의 하나인 '내 마음 내 집에는 공산도배 없는가'가 시사하듯이 불온 공포의 내면화를 요구하는 수준이었다. '간첩'은 일시적 유행어가 아닌 하나의 시대적 숙어熟語로 정착되기에 이른다. 이는 냉전질서의 일상화, 제도화의 과정이었으며, 아울러 사회조직들, 특히 제6열로 취급된 언론, 출판, 학술계 등에 내부냉전의 형성·작동을 조장했다. 이 같은 분위기 속에서 월북문제는 한국사회 전반에 걸쳐 사상통제의 우선 순위대상이자 금기의 절대영역으로 고착된다.

문학예술에서는 이러한 사상전의 국민총동원체제 아래 불온검열의 상시화를 통해 심화된다. 특히 1957년부터 불온에 대한 행정단속이 대대적으로 실시된다. 서울지검 정보부장으로 복귀한 오제도가 주도했다. 이때의 불온성은 좌익, 특히 적성敵性으로 제한되는 비교적 단순성을 지녔고 국외에서 발행된 공산주의관련 간행물, 출판물에 대한 유입·수입통제로 집중되었다. 국내생산물은 선제적으로 차단되었기 때문이다.

고 9월 9일 헌법위원회에 의해 위헌판결을 받았으나 이승만정권 내내 폐지를 공포하지 않았다. 4·19혁명 직후에 비로소 폐지법이 공포됨으로써 재심청구의 길이 열리는데, 당시 군법회의 판결을 받은 경우를 제외한 단심제의 일반판결에서 유죄판결을 받은 부역자만도 13,703명(법무부 집계)에 달하였다(「'비상사태하특조령폐지' 재심청구 제1호」, 『동아일보』, 1960.11.3).
64 「부역자처리에 대한 신방안」(사설), 『한국일보』, 1955.11.15.

그러나 국내에서 유통될 가능성이 여전히 존재했던 (납)월북작가 관련 출판물, 공연물에 대해서만은 매우 엄격한 검열기준을 적용했다. 우선 눈에 띄는 것은 월북작가명단을 재정리·공시했다는 점이다. 문교부가 월북작가들의 저서 출판 및 판매를 사전에 차단하기 위한 차원에서 가이드라인을 제시한 것인데, A급 38명한국전쟁 이전의 월북, B급 23명전쟁이후 월북 총 61명이다.[65] 1951년 전시에 작성한 명단과 큰 차이가 없다. 다만 B급 명단 중 박태원이 빠지고 김소엽이 추가된 변화가 있었을 뿐이다. 월북작가의 주요 인물이 대부분 포함되었으나 김기림, 정지용, 박태원 등 전시 (납)월북자의 상당수가 누락된 것이 특징적이다. 제대로 된 조사가 없었던 결과이다. 어쩌면 검열의 효력 면에서 구체적 명단보다는 월북이라는 금기의 상징성을 부과하는 것이 더 유효했을 지도 모른다. 대신 이 명단 발표 이후로 (납)월북작가 명단에 대한 공적 제시가 한 번도 없었다는 것을 고려할 때, 월북과 구별되는 납북작가에 대한 거론의 잠재적 가능성이 존재했다고도 볼 수 있다.

타 예술분야에서도 월북은 불온성의 핵심으로 간주되어 검열의 우선적 기준이 된 것은 마찬가지였다. 문교부 부령으로 제정된 레코드검열기준을 보면, 적성국가와 관계가 있다고 인정된 것의 수입 차단과 함께 국산레코드의 경우 작사가, 작곡가, 가수 등이 월북 또는 적성국가로 도피한 사실이 있다고 인정되는 작품에 대해서는 압수 또는 판매금지처분을 내릴 수 있도록 했다.[66] 가사와 음반판매 두 측면의 사전검열을 통해서다. 영화검열기준에서는 자진월북자 또는 납치당한 후 자진하여 공산진영에 참가 부역한 자의 작품 금지를 국산영화 검열의 중요한 세칙으로 규정했다.[67] 현실적으로 월북작가 작품을 원작으로

---

65 「월북작가작품 출판판매금지」, 『동아일보』, 1957.3.3. 이 조치는 한국현대작가론판금사건과 함께 『임꺽정』 행정심판청구건에서 행정처분을 입증해주는 증거자료로 채택되었다.

66 「검열기준을 제정, 국산과 수입레코드」, 『경향신문』, 1955.10.22.

67 「영화 수급 등 기준을 제정」, 『동아일보』, 1958.6.27.

하는 시나리오 부문의 통제책이었다.

그런데 사상전의 문화통제수단으로 시행된 불온검열은 효과적인 사회문화적 지배력을 획득하지 못한다. 불온에 대한 국가권력의 자의적 규정, 사전검열을 통과한 텍스트에 대한 사후 행정처분의 남발, 적용법규가 없는 상태에서 국가보안법과 미군정법령의 적용에 따른 비민주성위헌성 등으로 사회문화적 동의를 이끌어내기 어려웠다. 오히려 권위주의적 지배에 대한 대중적 저항을 촉발시켰다. 게다가 예술영역은 불온성의 판단이 작품의 내용이 아니라 작품의 생산지, 작가감독의 성분을 기준으로 했기 때문에 예술의 자유에 대한 침해 논란을 불러일으켰고, 나아가 반공전선에 역효과를 낸다는 비난이 팽배해졌다. 관계당국이 서적, 영화, 미술 등에 대한 좀 더 자세한 불온가이드라인을 제시하고 이를 무마하려 했으나 비판과 저항이 수그러들지 않았다.[68]

그렇다고 불온검열의 효과가 전혀 없었다는 것은 아니다. 통제책으로는 동의를 획득하는 데 실패했으나 검열의 다른 한 축인 육성(진흥)책은 문화제도권에서는 상당한 효력을 발휘했다는 사실을 간과해선 안 된다. 특히 국가권력이 배타적으로 독점한 유한한 자원(재정)의 선별적 분배가 가장 큰 효력의 원천이었는데, 이는 또 다른 측면에서 문화계의 내부냉전을 촉진시키는 요인이기도 했다. 반면 앞서 거론한 바와 같이 불온검열의 일 순위였던 월북작가 규제를 둘러싼 논란은 전무했다. 월북작가에 대한 불충분한 정리에다 불온성 규정이 작품과 무관하게 월북행위 자체로 재단된 전형적인 경우인데도 불구하고 아무런 이의나 비판이 일지 않았다. 당연한 것으로 동의된 것이다. 월북이 불온(성)의 대명사로 인식, 관념화되는 데에 전후 불온검열이 보완작용을 했다고 볼 수 있다.

1950년대 월북의 사상지리가 제도화되는 조건과 경로를 살펴보았다. 요약하건대 냉전체제의 규정력이 사상지리의 가장 근본적, 실질적인 조건이었고

---

68 「불온서적의 단속 한계」, 『동아일보』, 1957.7.23.

그 거시적 규율 속에 자행된 국가주도 사상통제(검열)의 확대재생산과 문학예술계의 내부냉전이 동반 상승하면서 월북의 사상지리가 제도적, 인식적, 사회적으로 고착된 것이다. 열전의 경험에서 배태된 정신적 외상과 레드콤플렉스의 확산으로 인한 동의의 기반이 형성되어 있었기에 부분적 저항이 야기되었음에도 불구하고 그 과정이 전폭적으로 관철될 수 있었다. 이 글이 특히 주목했던 그 동의기반으로서의 문학예술계의 내부냉전이 월북의 사상지리가 당대뿐만 아니라 장기지속화되는 요인으로 작용했다는 것을 다시금 강조하고 싶다. 다시 말해 금지, 즉 법적 명문화 또는 그 집행에 따른 통제 못지않게 내부냉전에 따른 금기시의 지속적 확산, 심화가 월북의제를 냉전시대 문화적 금기로 재생산해내면서 금제를 장기간 유지시켰던 주요 원인이었던 것이다. 그 같은 부정적 기여는 맹목성의 증폭과 신비화의 조장을 동시에 수반했다.

한편, 문학예술 영역에서 납북의제가 월북과 동일시돼 금지된 것과 달리 민간(인)차원의 납북문제는 전시 때부터 조사 작업과 송환 문제에 대한 공개적인 논의가 활발하게 이루어졌다. 전시는 물론이고 전후에도 납북의제는 남북관계, 남북 상호 간 냉전외교의 가장 민감한 정치적 현안이었기 때문이다. 그 과정에서 조사, 작성된 납북자명부 및 명단이 총 6종이다. 1950년 전시 공보처 통계국이 작성한 '6·25사변서울특별시피해자명부'납치 2,438명, 1951년 6·25사변피랍치인사가족회가 작성해 국회의장 신익희에게 송부한 '6·25사변피랍치인사명부'2,316명, 전국단위의 명부로는 1952년 대한민국정부가 작성한 '6·25사변피랍치자명부'납북자 82,959명, 1954년 내무부치안국이 작성한 '피납치자명부'17,940명, 1956년 대한적십자사가 자세한 신고서에 의해 작성한 '실향사민등록자명부'7,034명 등이다.[69]

---

69 각 명부(단)의 작성원칙, 양식, 특징, 명단 등에 대해서는 이미일 외, 『한국전쟁납북사건사료집』①, 한국전쟁납북사건자료원, 2006, 666~713쪽 참조.

납북자문제가 민족적, 사회적 의제로 대두된 것은 휴전회담이 개시되면서부터다. 전쟁포로 송환협상 과정에서 외국민간인 송환을 다룬 것과 달리 우리 민간납북자에 대해서는 휴전회담의 중요 의제가 되지 못했으나, 휴전협정이 조인된 뒤 납북자 송환문제가 본격화될 수 있었다. 휴전협정 제3조포로에 관한 협정 59항민간인의 귀환에 관한 규정에 의해서인데, 우여곡절 끝에 송환 합의가 이루어졌음에도 불구하고 북한이 합의를 파기함으로써 납북자 송환은 무산되고 만다.[70] 송환협상의 과정과 합의 이행의 전반을 우리가 아닌 유엔 측에 의해 주도될 수밖에 없는 조건에서 어쩌면 자연스런 결과였는지도 모른다. 변영태 외무장관이 1954년 5월 제네바회담 3차 회의한국문제국제위원회에서 납북인사 즉시 송환을 강력히 요구하는 연설을 한 바 있으나 무력했다. 특히 유엔 측이 피랍자를 '실향사민失鄕私民, Displaced Civilians'으로 명칭을 변경해 송환교섭에 임함으로써 자진월북자만 존재하고 타의에 의한 실향사민은 존재하지 않는다는 북한의 주장에 힘을 실어주고 나아가 월남민과 실향사민의 상호교환을 역제안하는 정치공세의 빌미를 제공한 과오가 두고두고 논란이 되었다.[71] 결국 전시납북자문제가 실향사민에 포함되어 단 한 명도 귀환하지 못했던 것이다. 이후 민간차원에서 국제적십자사와 유엔을 통한 교섭이 전개되었으나 정부당국은 매우 소극적인 대응으로 일관해왔고 북한 또한 전시납북자는 없다는 것을 일관되게 주장함으로써 전시납북자는 한반도에서 실종된 상태로 장기 지속되기에 이른다.

휴전협정 후 납북자문제는 사상전의 전개와 맞물려 정권/민간의 협조관계 속에 국제적인 냉전외교의 차원으로 옮겨져 다루어지게 된다. 북한 또한 마찬가지의 전략을 구사했다. 바야흐로 국제무대에서 납북자를 둘러싼 남북대립이 격렬하게 발생하는 신국면이 조성된 것이다. 주로 유엔과 국제적십자사를 서

---

70 이에 대해서는 정진석, 『납북』, 기파랑, 2006, 284~292쪽 참조.
71 「고향 그리는 마음」(사설), 『경향신문』, 1956.6.20.

로 이용하는 선전전의 양상으로 전개되는데, 우리는 납북자문제를 북한의 비인간적인 인질정책으로 규정하고 이를 폭로, 선전하는 동시에 국제적 여론을 환기시켜 자유진영의 승리를 위한 신냉전 공세로 확대 발전시키는 방향이었다.[72] 북한도 조소앙, 안재홍, 김약수 등 저명 납북인사들로 구성된 '재북평화통일촉진협의회'를 조직하여1956.7.2 납북자송환을 거부하는 태도로 대남선전에 동원·이용했다. 특히 납북자문제가 인권문제의 일종이라는 점에서 국제적십자회의를 통한 대립이 두드러지는데, 제19차 국제적십자회의뉴델리, 1957.10.14~11.7에서 실향사민납치인사의 송환을 강력히 요구하는 결의안을 채택시켜 북한에 압력을 가했으나, 북한이 이를 거부함으로써 첨예한 남북대립이 표출된 바 있다. 특이하게 이 회의에서 국제적십자사로부터 북한이 제공한 저명인사 위주의 337명 납치인사명단을 입수하는 성과를 거둔다.[73] 이를 계기로 전시 민간납북자의 송환 및 구출에 대한 가능성과 희망이 재점화되었으나 후속 조치가 더 이상 진척되지 않았고, 제일교포 북송과 연관시켜 '국제적십자사가 거주선택의 자유원칙을 보편적으로 적용하여 인정할 것 같으면 먼저 전쟁 중 납북자에게도 이 거주선택의 자유를 공평하게 부여해서 송환해야 한다'는 논리로 국제적십자사의 적극적인 주선을 촉구했으나 뚜렷한 성과를 거두지는 못한다.[74] 정

---

[72] 「인질정책을 폭로 분쇄하라」(사설), 『동아일보』, 1955.9.14. 주요한은 유엔을 이용하여 납북자문제를 세계여론에 호소하는 한편 유엔이 북한의 책임을 추궁하는 것이 가장 합리적인 방법이라고 제안한 바 있다. 주요한, 「납치인사 귀환문제의 초점」, 『여성계』, 1954.3, 60~65쪽.

[73] 그 자세한 과정은 「납치인사 337명 생존통보를 받기까지」(『신태양』, 1958.1, 112~115쪽)에 잘 나타나 있다. 요약하면 국제적십자위원회의 위원 중 스위스 국적 윌리암. H. 밋셀이 평양을 거쳐 1956년 5월 9일 내한하여 대한적십자사와 비밀회의를 가졌는 데 의제는 ①6·25당시 납치된 민간인의 구출문제, ② 반공애국포로 송환문제, ③ 인도로 건너간 한국포로문제, ④ 일본 오무라형무소에 억류된 교포의 석방문제, ⑤ 납치인사의 송환 요구 등이었다. 현실적으로 해결이 어려운 과제들이라 결국 납치인사의 생사확인으로 합의를 보아 국제적십자사가 이를 중개하는 것으로 추진되면서 명단을 입수할 수 있었다고 한다. 이 결정의 후속조치로 대한적십자사가 의용군으로 나간 사람과 자진월북한 사람을 제외한 납치인사에 대한 등록 작업을 벌여(1956.6.15.~8.15) 7,034명이 등록한 명단이 작성되기에 이른다.

[74] 「거주 선택의 자유와 6·25 때의 납치인사의 경우-국제적십자위원회에 묻노라」(사설), 『조선

부 또한 선전전 전개 이상의 대응에는 소극적인 태도를 보였다.

이렇게 민간인 납북자문제가 사상전의 차원에서 전략적으로 활용되면서 문학예술에서의 납북문제가 월북과 분리돼 거론될 여지가 다소 생길 수 있었다. 여기에는 앞서 거론한 (납)월북의제가 정치적(이념적) 논리에 철저히 지배되었으며, 1957년 최종적 월북자명단에서 상당수의 전시 (납)월북자가 제외됨으로써 거론의 가능성이 잠재적으로 존재했다는 점 등이 작용한 면이 없지 않다. 물론 공식적인 차원에서는 불가능했다. 다만 비공식적 차원에서 제한된 범위의 납북자들, 예컨대 민간인납북자 명단에 자주 오르내렸던 이광수, 김동환, 정인보, 김진섭 등에 대한 접근은 숨통이 트일 수 있었다고 본다.[75]

그렇다고 자동적으로 신원이 복권된 것은 아니며 더구나 문학적 복권에는 많은 어려움이 뒤따랐다. 이광수, 김동환은 이데올로기적 순결성을 지닌 납북(자)임을 증명하기 위한 유가족의 눈물겨운 노력이 뒷받침됨으로써 적어도 적색의 멍에에서는 벗어나게 된다. 남편 김동환의 납북을 입증하려는 인정투쟁을 수십 편의 소설을 통해 전개했던 최정희의 처절함. 이광수의 경우는 유가족의 노력과 더불어 서북출신지식인 및 그들이 주관한 매체『사상계』,『새벽』등를 거점으로 한 복권운동(?) — 친일의 문제까지 포함한 — 이 있었기에 문학적 복권이 실현될 수 있었다. 그러나 납북작가 일반의 금기시 및 통제는 여전히 그리고 꽤 오랫동안 지속된다. 그 흐름 속에 4·19혁명 직후 제31차 국제펜대회1960.7. 24~30. 리우데자네이루에서 백철을 비롯한 한국대표단이 납북작가들의 구출안건을

일보』, 1959.8.12.

75 정부가 은폐, 망각했던 전시납북자에 대한 복원은 1950년대부터 시작된 유가족들의 처절한 노력을 통해 명부 발굴, 납북 당시의 증언 채록 등의 자료 수집을 근거로 한 복원(기록·기억화)의 투쟁으로 전개된 바 있다. 그 노력이『한국전쟁납북사건사료집』(전2권, 한국전쟁납북사건자료원, 2006·2009)으로 결실되었고, 그 증언채록의 일부를 보완 재구성한 증언집『사라져간 그들』(한국전쟁납북사건자료원, 2012)은 이광수, 김동환, 정인보, 이길용 등 22건의 유가족 증언과 납북 후 탈출한 2인의 증언을 수록하고 있다.

제출해 채택시킨 것은[76] 금기를 넘어서려는 의식적인 노력의 첫 걸음이라는 점에서 희망적이었다.

3. 냉전체제 변동의 국내적 변용과 금지/해금의 파행, 1960~70년대

그러나 (납)월북작가·작품에 대한 금제는 1977년 납북/월북(및 재북)의 분리주의에 입각해 납북작가에 대한 비판적 논의의 필요성 및 개방이 제기된 뒤 국가권력이 이를 수용해 1978년 3·13조치를 단행하기까지 견고하게 유지되었다. 그 기간 동안 (납)월북작가 및 작품에 관한 담론이 더러 공론화된 적이 있으나 해제의 차원에서 거론된 것은 아니었다. 사회과학이나 기타 분야에서 비판적 관점으로 인용 또는 거명이 되었던 것과 큰 차이를 보인다. 비공식적 차원에서 간헐적으로 (납)월북작가 이름과 작품의 일부 구절이 인용되는 사례가 있었으나 그런 경우에도 복자伏字 처리가 불가피했다. 일부 문과대학생들조차 김기림, 박태원의 이름을 김공림, 박공원으로 알고 있다는 우스꽝스런 에피소드가 그 실상을 대변해준다.『경향신문』, 1978.3.15 여적란 작품의 경우에도 납북작가로 알려진 극소수 작가에 한해서 특정 작품이 전(선)집에 실리기는 했다. 가령 문인협회가 발간한 『신문학60년대표작 선집』전6권, 정음사, 1968에는 이광수의 단편「할멈」한 편이 유일하게 실렸다. 총 640명의 작가작품을 수록한 한국 근대문학사의 총결산에 (납)월북작가가 차지할 자리는 없었다. 1960~70년대 한국문학 전집(문고본) 전성시대에 발간된 수십 종의 전(선)집 또는 대계大系에도 이광수의 작품 몇 편이 반복되어 수록되었을 뿐이다. 각종 시 선집에도 (납)월북

---

76 「납북작가 구출안을 채택」, 『조선일보』, 1960.8.28.

시인의 작품이 더러 실리나 작가명이 생략된 채였다. 당연히 월북작가의 기명 작품집은 아예 없었다.

그렇다고 (납)월북작가에 대한 규제조치가 다시금 강력하게 추진된 것도 아니다. 가요분야만 월북작가의 작품 금지가 두 차례 시행된 적은 있다. 첫 번째는 1965년 3월 방송윤리위원회가 작사자월북을 사유로 한 방송금지곡을 지정할 때 조명암 작사의「기로의 황혼」방윤금지번호 1번을 필두로 박영호, 김석송 작사 등 총 79곡이 방송 금지된다. 작사가 대부분이 문인이었기 때문에 이들의 문학작품이 금지되면서 노래도 규제된 것이다. 결과적으로는 1952년 10월에 취해진 월북음악가작품 가창·가곡 금지 처분의 목록과 크게 다르지 않았다. 다만 금지곡 수가 약간 축소되는데, 그 이유는 금지 사유가 작사자월북이었고 따라서 이를 피하기 위해 작사가를 다른 사람으로 변경하는 일종의 검열우회 전략을 구사하는 것이 성행했기 때문이다. 정지용 작사(시)의 상당수가 이런 전략에 의해 살아남을 수 있었다.[77] 두 번째는 1975년 6월 월북작가의 가요 88곡이 금지곡으로 (재)지정되었다. 긴급조치 9호의 후속 조치로 시행된 '공연활동정화대책'의 일환이었다. 마찬가지로 이전 금지곡 목록과 별 차이가 없다. 이 두 조치도 월북(작가)에 초점이 맞춰진 것은 아니었다. 나머지 문학예술 분야에서는 월북 규제와 관련한 추가적 행정조치를 찾아볼 수 없다.

그런데 이 시기 문학예술의 공고한 (납)월북금제에 직·간접적인 균열을 가한 몇 가지 의미 있는 사건이 발생했다는 것에 주목할 필요가 있다. 첫째, 1962년 마쓰모토 세이초의『북의 시인』이 국내에 소개되는 것을 계기로 촉발된 한일 간 현해탄 논전으로 인해 월북작가의 존재가 다시금 공론화되었다. 애초에는『중앙공론』에 연재 중이던『북의 시인』10회분의 조선정판사위폐사건에 대한 마쓰모토의 기록의 관점과 그 왜곡 여부가 쟁점이었으나 그것이 한일 간 민족

---

77 이에 대해서는 문옥배,『한국 금지곡의 사회사』, 예술, 2004, 105~111쪽 참조.

과 이념이 착종된 논전으로 확전되면서 월북의제가 냉전분단의 봉인을 뚫고 소환되기에 이른다. 임화의 행적 및 북한의 남로당계숙청사건1953.8에 대한 재조명과 함께 '월북작가의 문학적 재판裁判'이란 이름으로 이태준, 정지용, 김기림, 박태원 등에 대한 문학적 평가가 한국전쟁 후 처음으로 공적 지면에서 이루어졌던 것이다. 이들의 월북행위를 국가반역으로 규정하고 단죄함으로써 문학사적 배제를 정당화하겠다는 노골적인 취지에도 불구하고 이 기획은 기존의 월북 금제를 추인하는 효력에 비해 납북/월북의 구분 및 이들의 월북 전 문학적 성과를 객관적으로 접근할 필요성을 오히려 증대시키는 결과를 초래했다. 일본의 추리소설 한 편에서 비롯되어 견고한 월북 금제에 미묘한 균열을 가한 파급력은 남북한 및 일본을 아우른 동북아 냉전지정학이 작용했기 때문이다. 중요한 것은 그 과정에서 월북금제의 맹목성이 폭로된 가운데 냉전금기의 고착성이 언제든 냉전의 정치적 변동에 따라 해제될 수 있다는 잠재적 가능성을 환기시켜 준 점이다. 그것은 냉전지역학의 일환으로 출현한 북한학과 공산권 연구가 촉성됨에 따라 지평이 확대되는 추세로 나타난다. 이에 대해서는 7장에서 자세하게 다룬 바 있다.

둘째, 1964년 '납북인사송환요구 백만인 서명운동'이 거족적으로 전개되어 국내외에 큰 반향을 일으키면서 납북문제 해결의 긴급성이 제기되었다. 앞서 언급했듯이 휴전협정 후 실향사민으로 재규정된 전시납북자의 송환 요구가 북한의 불인정·거부로 무산되고 제19차 국제적십자총회에서 납북인사 즉시 송환을 요구한 결의안이 채택되어 결국 337명의 생존자명단을 통고받는 것으로 일단락된 뒤 침체되어 있던 송환운동이 1964년 7월 조선일보가 주관한 백만인 서명운동으로 재개된다. 조선일보는 6·25 14주년을 맞아 자유와 인권회복을 위한 민족운동을 표방하고(표어는 "그리운 그 사람을 돌려보내라") 유엔 총회 상정을 목표로 대한적십자사가 기 작성한 신고납북자 7,034명의 송환을 요구하는 서명운동을 전국적으로 전개하는데, 51일 만에8월 24일 백만 명을 돌파하는 성과를 거둔다. 사장 방응모가 납북된 상황이라 조선일보는 서명운동을 위해 총력을 기울였다. 그리고 북한을 국가로 공식 인정하지 않았기 때문에 정부가 나설 수 없는 상태에서 민간차원의 그리고 세계 여론에 호소하거나 유엔을 비롯한 관련 국제기구국제적십자사, 세계인권기구 등을 통한 해결을 모색하는 절차는 당시로서는 그나마 실현가능성이 가장 높은 최선의 방법이었다.[78]

예상보다 빠른 단기간에 백만 명을 돌파할 수 있었던 것은 납북자 문제를 "민족적 비원", "국가적 대명제"로 나아가 세계인권선언 제13조 2항("누구든지 자국을 포함한 어떤 나라라도 퇴거하는 권리 및 자국에 귀환할 권리가 있다")에 근거한 인도주의적 의제로 설정한 것이 주효했고, 납북자 송환을 더 이상 묵과할 수 없다는 국민적 공감대가 뒷받침된 결과였다. 더욱이 동경올림픽 때 단 7분간 신금단부녀의 극적 상봉 장면이10월 9일 국내외 전파를 타면서 민족 분단 및 이산 문제가 부각된 가운데 수십만 이산가족뿐만 아니라 전 국민적 차원에서 통일에 대한 비원을 실감 있게 고조시킨 것이 서명운동의 여파를 증폭시킨다.[79] 이 사건은 민족적 불행이라는 차원에서 월남 동포는 물론이고 은폐, 배제의 대상이던 납북자 가족, 월북자 가족이 안고 있는 비극을 민족정서로 감싸 안는 효과를 발휘했다.

---

78 「백만 인의 서명운동을 벌이면서」(사설), 『조선일보』, 1964.6.26. 1964년 기준 전시납북자 7,034명의 '연령·직업·본적별 통계'는 『조선일보』, 1964.6.25(1면) 참조. 특이한 것은 '본적지별 및 납북지별' 통계에서 행정구역상 북한지역(평안도, 함경도, 황해도)이 1,146명으로 상당한 규모였다는 점이다.

79 물론 신금단부녀의 극적 상봉에 대한 국내 여론은 천륜을 모독하는 북한의 비인도적 실태를 고발하는 데 집중되었으나 다른 한편으로는 "정치와 사상의 장벽을 뚫고 공동의 민족적 광장을 모색"해야 하는 당위성을 제기해주었다(「단 7분간의 부녀상봉」(사설), 『경향신문』, 1964.10.12). 조선일보는 서명운동 과정에서 납북자 실태에 관한 다양한 기획을 마련하여 서명 참여를 독려하는데, 가령 저명 납북인사들 가족의 사연을 엮은 「납북인사와 그 가족」 시리즈(1964.7.5~29)는 그 일환으로 정인보, 손진태, 오하영, 현상윤, 유동열, 김동원(김동인의 형), 명제세 등의 약력, 업적, 후손을 상세하게 다룬 바 있다.

그러나 국제적십자사의 적극적인 협조와 백만인서명철을 유엔에 공식 전달한 성과에도 불구하고 송환운동의 성사는 요원했다. 송환 여부는 북한에 전적으로 달려 있었기 때문이다. 서명철과 진정서를 접수한 유엔도 아무런 조치를 취하지 않았다. 또 다른 당사자인 북한의 반응은 싸늘했다. 조국평화통일위원회 명의의 성명 발표1964.7.20를 통해 납북인사란 북한에 존재하지 않으며 오히려 전시에 유엔군과 한국군이 다수의 북한 주민을 납치해갔다는 기존의 입장을 되풀이하는가 하면, 『노동신문』을 통해 납북인사들은 북한의 제도를 지지하여 자진 월북한 것이라는 요지의 사설을 실었다. 또 7월 26일부터는 안재홍을 비롯한 조국평화통일위원회에 소속된 15명의 납북인사들이 평양방송의 연이은 좌담회를 통해서 역선전전으로 맞대응했고, 7월 29일부터는 원산, 해주 등 북한 각지에서 납북인사송환운동을 폭로 규탄하는 성토대회를 개최했다.[80] 남북문제가 남북 간 체제 대결로 비화된 형국이었다.

비록 납북인사송환운동이 성사되지는 못했지만 그 파장은 만만치 않았다. '동일한 염원, 동일한 목표를 향해 온 겨레가 혼연일체가 되어 민족적 단결을 이룩한 결과로서 우리 역사상 전무후무한 국가적 사업'[81]이라는 조선일보의 자찬처럼, 당장 납북자 문제는 '남북이산가족면회소 설치에 관한 결의안'이 국회에 제출되고1964.10, 5·16 후 가라앉았던 중립화통일론 등 다양한 남북통일 방안이 다시금 점화되는 가운데 각종 통일인식에 대한 여론조사에서도 남북교

---

80 「당황한 북괴, 억지 성토대회 개최」, 『조선일보』, 1964.8.25. 납북자가 없다는 북한의 주장을 무조건 날조된 선전으로만 단정하기는 어렵다. 북한은 1955년 '공민의 신분등록에 관한 규정'을 제정하고 18세 이상 남녀에게 공민증을 교부하는 공민등록사업과 더불어 성분제도가 확립되는 과정을 거치는데, 1960년대 초 남·월북자의 공민화가 완료되었기 때문이다. 북한의 성분 규정기준에 따르면 의거입북자는 월남자가족, 포로가 되었다가 돌아오지 않은 자의 가족, 친일파가족 등과 함께 '복잡군중'(정치적으로 복잡한 문제들이 있는 사람)으로 분류된 것으로 알려졌다. 이에 관해서는 이제우, 「북한의 신분·공민·주민등록제도에 관한 고찰」, 『통일과 법률』 32, 법무부, 2017 참조.
81 「납북인사 송환 위한 백만인서명의 완결에 제하여」(사설), 『조선일보』, 1964.8.26.

류론, 이산가족 면회, 이산가족 서신 교환 등에 대한 국민들의 높은 관심 및 지지로 나타나기에 이른다. 가족면회소 설치와 서신 교환에 대한 긍정적 답변이 높았던 것은 백만인서명운동의 여파와 무관하지 않다.[82] 1967년 대선을 앞두고는 민중당 대선후보 유진오가 국토통일방안의 일환으로 국제적십자사를 통한 서신왕래 및 납북자의 송환 요구를 주장하면서 정치적 쟁점이 된 바 있으나 박정희는 실현가능성이 없는 공론이라고 냉담하게 일축한바 있다.[83]

어쩌면 납북자송환은 애초부터 불가능한 일이었다. 인도주의 문제이나 분단체제하에서 국가 대 국가의 공식 의제로 다루어지지 않는다면 해결의 가능성이 전혀 없는 정치적 의제였다는 점, 더욱이 1960년대는 남북 간 체제대결이 점진적으로 고조되며 긴장 상태가 최고조로 치닫는 대결 국면에서 양쪽 모두 내치의 수단으로 변질시킬 우려가 오히려 컸다. 다만 백만인서명운동을 계기로 재점화된 이산 및 납북문제는 어떤 식으로든 해결해야 하는 민족적 현안이라는 동의 기반이 광범하게 형성된 것은 고무적인 현상이었다. 미완의 과제이자 인도주의를 넘어선 정치적 해결이 유일한 방법이라는 경험적 인식은 다른 한편으로 희망 고문을 갖게 만들었는데, 그것은 가깝게는 1972년 8월 성사된 남북적십자회담에서 이산가족의 주소와 생사 확인, 자유로운 방문과 상봉, 자유로운 서신거래 등 남북이 합의한 의제 설정에서 반복된다.

셋째, 1960년대 후반에 집중적으로 발생한 납북(귀환)어부의 존재와 이들에

---

82 「조선일보 여론조사-통일문제의 관심도」, 『조선일보』, 1964.11.4. 남북 서신교환에 대한 긍정적 답변이 높았던 것은 인도주의 원칙의 기본이라는 인식뿐만 아니라 역사적 경험이 작용한 면도 없지 않았다. 1948년 남북 정부가 수립된 후에도 38선을 월경한 물자 교역과 서신 교환(안부 정도의 편지만이 1주일에 한 번씩 내왕)은 꾸준히 지속되었는데, 가령 1949년 1~3월에는 이북행 116,629통, 이남행 84,452통 총 12만 통의 우편물이 상호 내왕된 바 있다(『자유신문』, 1949.4.21.). 4·19혁명 직후에도 인도적 견지에서 남북인사와 가족 간의 서신 교환을 국제적십자사 입회 아래 판문점에서 추진할 수 있는 방안이 제안되고 국제적십자사의 협력을 얻었으나 성사되지는 못했다(1960.8).
83 「박 대통령의 기자회견」(사설), 『조선일보』, 1966.11.12.

대한 사법처리 문제다. 정전협정 후 어부들의 납치(북) 행위는 거의 발생하지 않거나 혹은 간헐적이었는 데 1960년대 중·후반에 이르면 폭증하는 현상이 나타난다. 횟수와 규모를 파악할 수 있는 통계자료를 확인하지 못했으나 신문 지상에 보도된 것만 보더라도 1967년 약 50척 300여 명, 1968년 약 90척 700여 명, 1969년 약 10척 100여 명 등이 납치되거나 비슷한 숫자의 귀환이 있었다. 이 시기 납북(귀환)어부의 반복적 양산은 남북 간 고조된 긴장관계의 산물이었다. 남한 당국은 납북(귀환)어부의 존재를 북한의 어선단 공격과 어부 납치로 규정하고 국제적십자사를 경유한 송환 요구와 유엔 총회 및 군사정전 위원회를 통해 긴장조성의 행위로 항의하는 한편 귀환어부에 대한 철저한 사 상 검증과 엄격한 법 적용 및 처벌을 강화하는 방법으로 대응했다.[84] 귀환어부 를 동원한 대북심리전도 공세적으로 추진했는 데 북한도 마찬가지여서 1960 년대 후반에는 납북(귀환)어부를 활용한 남북한 심리전이 경쟁적으로 실시되 는 새로운 국면이 조성된다.

대검공안부는 두 차례 이상 납북되었다가 송환된 어부에 대해서는 반공법9 조2, 국가보안법10조2을 적용해 법적 최고형을 구형하겠다는 방침을 정했고1968.3, 그럼에도 어부 납북이 끊이지 않자 어부들의 월선조업 행위를 납북을 자초하 는 고의 있는 행위로 단정해 엄벌하겠다는 강경책을 구사했다.1968.12 실제 두 번 이상 납북된 어부 45명에 대해 국가보안법을 적용해 처음으로 무더기 구속 했는데, 법원에서는 이북도 대한민국의 영토임으로 국가보안법 및 반공법을 적용시킬 수 없다며 수산업법 위법만을 적용해 비교적 가벼운 사법처분을 내

---

84 당시 언론은 북한이 어선 공격과 어부 납치의 만행을 자행하는 동기를 남한의 베트남전 파병에 대한 후방교란 내지 보복 동기, 남한의 사회질서를 교란하려는 대남공작 동기, 북한의 군사력을 과시하는 전략적 동기, 휴전선상의 긴장상태를 격화시켜 대내적 모순을 은폐하려는 정치조작 적 행위 등이 복합적으로 작용한 것으로 분석했다. 「북괴의 도발행위를 경계하라」(사설), 『조 선일보』, 1967.5.31.

린 바 있다.[1968.4] 또한 대법원은 검찰이 귀환어부의 납북(치) 후 북한에서의 행적에 대해 반공법 위반 혐의를 적용시킨 것을 협박에 의한 강요된 행위는 죄가 성립되지 않는다는 취지로 무죄를 선고했다.[1968.3] 물론 중앙정보부 및 공안기관의 강압으로 인해 이러한 사법부의 기조는 곧바로 무너지고 귀환어부에 대한 고문, 간첩조작 등의 가혹행위가 빈발하고 국가보안법반공법 위반 구속자가 속출하기에 이른다. 중앙정보부의 기밀자료에 따르면, 1960년대 납북귀환의 간첩은 42명이었다.[85] 당시 사법부의 판단처럼 납북(귀환)어부의 사법 처리는 헌법상 영토 규정과 정전 상태에서 강요된 납북이었기에 법리상 대단히 민감하면서도 곤혹스런 사안이었다. 문제는 납북(귀환)어부의 존재는 전시납북자와는 다른 배경을 지닌 것이었으나 본질에 있어서는 큰 차이가 없는 사안이라는 점이다. 따라서 국가보안법을 적용해 단죄하는 방식이 여전한 가운데서도 납북(귀환)어부의 존재는 전시납북자를 포함한 납북의제의 민족사적 심각성을 다시금 환기시키는 계기가 되었다.

이렇게 기존의 (납)월북 금제의 명분과 논리에 균열을 가하는 사건들이 빈발했음에도 불구하고 문학예술 분야에서 (납)월북작가·작품에 대한 금기가 어떻게 오랫동안 완벽에 가깝게 유지될 수 있었을까? 월북의제에 관해 사회문화적으로 형성되었던 이전의 규범화된 관행과 내면화된 관념이 여전히 금기의 동력이었는가. 가시적인 규제 조치가 재차 없었던 것으로 미루어 보아 신빙성이 높다. 또 그 금기에 부분적인 문제제기는 있었으나 별다른 동요, 저항의 조짐이 없었는 데도 국가권력은 왜 1970년대 후반에 이르러 (납)월북작가·작품에 대한 규제완화 조치를 적극적으로 단행했을까? 더구나 베트남공산화와 판문점사건[1976.8]을 비롯해 남북관계가 다시 긴장 국면으로 전환됨에 따라 국가안보를 명분으로 한 총력안보체제 확립과 긴급조치를 발동하며 강도 높은 (사

---

85 중앙정보부, 「1970~75년 검거 간첩 명단」, 중앙정보부, 1976.

상)통제정책이 구사되던 국면에서. 통제의 가치와 효력이 상실된 것은 분명히 아니다. 또 다른 검열기예의 발현인가?

1978년 3·13조치가 단행된 데에는 두 가지 배경이 작용했다. 첫째는 1970년대 후반 국토통일원이 추진한 일련의 통일정책의 비전과 구상, 특히 북한연구의 본격화·개방화가 끼친 영향이다. 국토통일원은 이용희 장관1976~79 주도하에 통일에 대한 종합적인 조사·연구사업과 이와 연계된 통일방안 및 통일 후의 제반시책에 관한 모색을 정책적으로 추진했다.[86] 전자는 북한실태 연구를 비롯해 남북한 비교 및 이질화 실태 연구, 북한문제 학술대회 개최, 공산권 연구 등을 주요 내용으로 하고 있으며, 정부와 민간(관계전문가)의 협조체제 아래 공개적으로 시행되는 특징을 나타낸다. 국토통일원이 주최한 첫 공개학술대회는 '남북이질화 문제—평화통일의 내재적 제약 요인' 심포지엄이다.1977.10.18. 차기벽, 손재석, 고영복, 황성모 발표 이 학술대회가 주목되는 이유는, 부제에 함축되어 있듯이, 국토통일원이 입안한 통일정책의 기조와 방향성이 집약되어 있기 때문이다. 그것은 국토통일원이 밝힌 취지에 좀 더 명확하게 제시되어 있는데, 정치적 통일이 지연된 상황에서 민족사의 정통성을 확립하고 평화통일을 대비하기 위해서는 무엇보다 민족동질화의 계기를 확보하는 일이 시급한 과제라는 입장이었다. 통일을 가로막는 내재적 제약 요인을 남북이질화로 설정하고 그 실체 규명과 동시에 민족동질성 회복을 통해서 평화적인 통일을 이끌어내겠다는 구상을 공식적으로 천명한 것이다.[87]

---

86 이에 관한 종합적인 연구는 장세진, 「미완의 싱크탱크 혹은 이용희의 국토통일원 시절(1976~1979」, 『한국학연구』 65, 인하대 한국학연구소, 2022 참조.

87 이용희 또한 이데올로기적 대치 상태에서 통일은 불가능하다는 항간의 통일비관론에 동조할 수 없다며 그럴수록 저해요인을 밝혀 극복하는 것이 필요한데, 이데올로기적 상이보다는 정신구조와 사회적 사고방식의 동질성을 유지하는 것이 중요하다고 역설한 바 있다(「남북통일 비관엔 동조 못한다」(『동아일보』, 1977.10.18). 학술대회발표의 기조에서 특징적인 것은 민족내재적인 관점에서 통일을 접근한 점이다. 가령 차기벽은 한반도 통일은 주변 강대국들의 이해관계 조정이라는 국제정치학적인 문제이기보다는 두 이질세력 간의 문제, 즉 우리 민족 자신의

이 같은 국토통일원의 통일 논리와 방침은 정치(이념)적 차원을 배제한 것으로 현실성 결여라는 한계가 분명한 것이었으나, 이를 계기로 북한에 대한 객관적 이해 및 연구의 필요성을 증대시키는 가운데 학문, 문학예술과 같은 비정치적 남북교류의 의의가 강조되기에 이른다.[88] 이러한 추세에 따라 납북인사에 대한 개방문제가 국회 대정부질문에서 제기되고1977.10 문단과 역사학계의 개방 요청이 비등하며 3·13조치가 이루어질 수 있었다.

이렇게 부각된 남북동질화 방안에 대한 모색은 국토통일원이 주최한 일련의 북한연구학술대회로 확대·구체화되기에 이른다. '북한의 문학' 학술대회1978.4.27를 시작으로 '북한의 음악'1978.12.8, '북한의 미술'1979.4.27, '북한의 영화·연극'1979.6.22, '북한의 신문·방송'1979.9.11, '북한의 여성'1979.10.12, '북한의 종교'1979.12.19 등 비정치적 사회·문화영역에 집중된 북한연구가 연속되는 가운데 북한에 대한 새로운 이해를 확충하는 계기가 마련되었다. 국토통일원이 특별열람실을 설치해1977.3 학계에 북한자료를 개방한 결과가 반영됨으로써 이전에 비해 북한에 대한 실체적 접근의 가능성을 높인 성과에도 불구하고 금기의 영역이자 미지의 대상인 북한의 실상에 대해 충분한 연구·발표가 이루어졌다고 보기는 어렵다. 기존의 북한 인식을 추인·강화하는 면이 오히려 우세했다. 가령 납북작가·작품의 규제 완화에 이어 분단 후 최초의 공식적인 북한문학 연구 발표로 세간의 이목을 끌었던 '북한의 문학' 토론회의 논지는 대체로 북한의 문학은 사회주의리얼리즘에서조차 크게 벗어난 김일성 교조·찬양의 유사종교적 주문 또는 반제(반미)의 증오 감정에 치우쳐 결과적으로 문학을 부정한 수준에 불과하다는 것이었다.[89] 다만 통일을 위해, 통일 후를 대비

문제라는 점을 강조했다. 국토통일원이 조사해서 밝힌 남북한의 이질화 현상(이념과 제도, 전통문화, 생활양식 등)의 구체적 내용은 『동아일보』(1977.10.18) 4면을 참조.

88 「분단 32년의 이질화 실상—북괴는 학문·문화·예술 교류부터 응하라」(사설), 『경향신문』, 1977.10.19.

해 민족동질성의 확보를 위한 가장 적절한 대상이 문학(예술)이라는 점이 강조된 것은 이후 북한 문학예술 연구가 권장될 수 있는 기반으로 작용했다. 나아가 일련의 북한연구학술대회는 여러 한계에도 불구하고 대결 대상이 아닌 통일대상으로서의 북한 연구를 진작시킨 획기적 전환점이었다는 점에서 큰 의의를 부여할 수 있다. 그것은 국토통일원의 남북교류 대책 연구 및 통일한국의 미래상 정립을 위한 연구로 진척되는 한편 '평화' 통일의 필요성과 의의에 대한 사회적 인식의 제고 및 평화 담론의 활성화를 야기하는 데 기여한다.[90]

그런데 북한에 대한 조사·연구로 치중된 국토통일원의 일련의 통일정책이 돌출적인 현상은 아니었다. 국토통일원의 태생적 본질이 행정제도적으로 본격화된 결과였다. 국토통일원은 창설 당시부터 집행기구가 아닌 통일에 관한 문제를 종합적으로 조사·연구하고 통일방안과 통일 후의 제반시책을 연구하는 기관으로서 제한된 위상과 권한을 부여받았는데,[91] 이후 통일관련 업무가 외무부, 국방부, 문공부 등으로 분산되고 특히 중앙정보부가 대북한 정책을 관장하면서 국토통일원의 역할은 이를 보조하는 부차적 수준에 그칠 수밖에 없었다. 이 같은 기현상이 이용희 장관 재임 시기에 개선되어 비로소 통일논의의

---

89 「전율의 우상화 : 문학—통일원 주최 북한문학에 관한 학술토론을 보고」(사설), 『조선일보』, 1978.4.30. 발표자는 구상(시), 홍기삼(소설), 신상웅(희곡), 선우휘(아동문학) 등이었고, 북한문학은 문학 본래의 기능을 잃고 선전선동 및 김일성 우상화의 도구로 이용되고 있다는 것이 발표자들의 공통된 주장이었다.

90 이러한 징후는 국토통일원의 북한에 관한 조사연구가 확대되는 와중에 동아일보사가 실시한 여론조사에서도 나타난다. 서울 거주 기성지식인층(대학교수, 정치인, 문화예술인, 종교인 등 500명 대상)의 정치·사회문화 각 부문에 대한 가치관 및 태도 설문조사(회수율 90.8.%) 가운데 통일관련 조사결과를 보면, 약 28%가 통일에 대한 전망이 매우 비관적이었고, 통일을 저해하는 요인으로 사상의 대립(39%), 미소중일 등 강대국들의 이해 대립(33%), 북한의 무성의(20%) 등이며 가장 현실적인 통일방안으로 경제성장(46%), 남북대화(30%), 강대국과의 외교(14%) 등을 꼽았는데, 당시 지식인층은 평화통일 원칙을 지지하며 경제성장으로 우리의 내실을 다지는 가운데 남북대화를 통해 통일에 접근해가는 방식이 가장 현실적인 통일방안으로 간주했다고 분석할 수 있다. 「500명 대상 의식조사」, 『동아일보』, 1978.1.1.

91 「통일원 연구기관으로」, 『경향신문』, 1969.1.29.

구심기관으로서 정체성이 재확립된 가운데 관민협조체제하 통일론의 다각적인 기획·시행이 가능해진 것이다.[92]

이는 박정희정권의 냉전적 통일정책의 반영이기도 했다. 1973년 6·23평화통일외교정책 선언 이후 박정희정권은 민족사적 정통성에 입각한 평화통일노선을 국가시책으로 강력히 추진했고, 박정희 또한 1977년부터 매년 국토통일원 연두 순시 때 '민족사적 정통성 이론 확립'을 가장 강조한 바 있다. 민족사적 정통성 확립을 통해 체제우월성을 다지고 남한 주도의 승공통일을 달성하겠다는 전략이었다. 이러한 통일정책의 기조 아래 국토통일원의 통일관련 업무가 조정·승인·추진될 수 있었고, 국토통일원 주도로 통일에 관한 다양한 중·장기적 과제가 수행될 수 있었던 것이다. 북한실태 조사, 남북체제 비교, 남북이질화 및 민족동질성 회복 연구 등은 결과적으로 정부의 통일론을 이론적으로 뒷받침하는 것이자 평화통일론을 둘러싼 남북한의 경쟁구도에서 남한의 이니셔티브를 강화·정당화하는 작업이었다. 그것은 국토통일원이 조사연구사업과 함께 대내적 통일역량을 확충하는 정책을 병행한 것에서도 나타난다. 범국민적 통일안보교육의 확대, 특히 평화통일의 주체세력 양성과 통일에 대비한 민간역량을 강화하기 위해 국토통일원이 실시한 통일연수교육과 이를 통해 배출된 500여 명의 종교계, 교육계, 각 사회단체의 '통일꾼'은 총력안보태세의 주요한 민간 자원이었다. 이들이 주축이 된 전국통일꾼대회와 통일촉진을 위한 1천만 서명운동[1979.1]은 민간주도의 통일운동을 표방했으나 본질적으로는 국토통일원이 관할한 관민협동의 범국민적 총력안보운동의 일환이었다.[93]

---

92 그렇다고 국토통일원이 통일정책 전반을 관장한 것은 아니다. 여전히 법·제도상의 제약으로 조사연구기관의 위상에 그칠 수밖에 없었고, 따라서 국토통일원의 기능에 대한 비판이 정치권에서 지속적으로 제기되었다. 1979년 11월 국회 대정부질문에서 "국토통일원의 업적을 대라, 남북관계 전반을 통일원이 주도할 수 없느냐"는 야당의 질의(유한열 의원)에 이용희 장관은 법을 개정해주면 그렇게 하고 싶다는 강력한 의지를 표명한 것에서 저간의 사정을 확인할 수 있다.
93 「통일꾼대회, 통일촉진 천만 명 서명운동 전개」, 『조선일보』, 1979.1.25. 물론 제1회 전국통일

다른 한편 1978년 3·13조치는 사상검열의 추이로 볼 때 어쩌면 예정된 수순이었다고도 볼 수 있다. 박정희정부는 집권 기간 내내 국가독점의 사상검열을 통해서 사회문화 전반에 강력한 통제정책을 펼쳤으나 그 견고성 이면에는 다양한 균열을 수반했다. 1962년 쿠바미사일 위기를 고비로 냉전체제가 점차 불가역적인 데탕트 추세로 전환되고 이에 대응해 경색/해빙이 반복되는 남북관계의 유동성으로 인해 공산권에 대한 폐쇄적인 정책을 고수할 수 없었다. 1966년 공산권에 대한 문호개방 원칙을 천명하고 공산권에서 개최되는 각종 국제컨퍼런스 참여나 우리나라에서 개최되는 국제기구 주최 컨퍼런스에 국교관계가 없는 회원국 대표의 입국을 허가한 바 있고,[94] 지피지기론에 입각한 공산주의연구도 대폭 허용했다. 아세아문제연구소가 개최한 공산권연구 및 한국통일론 국제학술대회, 제37차 국제펜서울대회1970.6는 정부중앙정보부가 앞장서 공산권 인사의 참가를 주선하고 입국 허가 및 재정적 지원까지 했다.

어떤 면에서는 국가권력이 공산권 문호개방 및 공산주의연구를 촉진시킨 후원자 내지 실질적 주체자였다고 할 수 있다. 분단국가북한, 동독, 북베트남를 제외한 비정치적 범위의 개방이었고 또 대내외적 체제 우월의 프로파간다 목적이 강했으나, 국가권력이 국시 위반이라는 비판 여론에도 불구하고 이 같은 유화책을 구사할 수밖에 없었던 것은 반공주의 지배이데올로기의 공고화를 위한 내재적 필요 때문이었다.[95] 승공을 위해 공산주의에 대한 개방과 지知(연구)가 더 요구되는 역설, 냉전체제의 변동은 반공개발동원전략에서 공산권에 대한 적대와 동시에 협력의 필요성을 더욱 증대시켰던 것이다. 그 흐름은 1970년대 초

꾼대회에서 채택된 결의문에 나타나듯이 남북대화 촉구, 이산가족의 결합 등 민간 차원의 통일운동이 평화적 방향으로 지향된 것은 긍정적이었다. 이 통일꾼 운동은 1980년대에도 확대 지속되는 가운데 '평화통일자문회의'가 발족되는 배경이 된다(1981.5).
94 「공산권서 열리는 비정치국제회의 대표 파견을 허가」, 『동아일보』, 1966.4.2.
95 「공산권서 국제회의 참석 국시 위해 아니다」, 『동아일보』, 1966.6.8.

남북회적십자회담을 통해 그간 절대 금기로 규정했던 남북교류의 공식적 추진과 6·23선언을 거치며 외교정책의 기조였던 할슈타인 원칙Hallstein Doctrine을 파기한 가운데 공산권 문호개방 및 공산주의(북한) 연구의 불가피성과 그 확대를 촉진시키는 것으로 발전한다.[96] 유신체제기 강고한 총력안보체제 구축을 통한 극단적인 사회통제 속에서도 이 추세는 꺾일 수 없었다.

이 같은 대내외적 정세 변화의 복합적인 추세를 감안할 때 (납)월북 금제의 부분적 해제를 비롯해 북한에 대한 조사연구가 국토통일원에 의해 본격적으로 추진된 것은 자연스러운 결과다. 물론 "통일(정책)연구의 르네상스"『조선일보』, 1977.7.4라는 새로운 국면이 도래한 것은 분명하지만 북한연구의 목표와 논리는 총력안보태세라는 국가시책에 종속된 것이다. 국토통일원이 1978년 3·13조치를 단행하며 밝힌 취지, 즉 민족사적 정통성의 확립에 기여라고 적시한 바와 같이 (납)월북문제의 규제 완화는 민족문화(학)의 정통성이 남한에 있음을 재확인 하는 동시에 북한문화(학)의 허구성, 교조성, 열등성을 폭로할 수 있는 적합한 의제였다. 여기에는 남북대결에서 우위를 확보했다는 자신감과 규범화된 (납)월북의제에 대한 확고한 동의기반이 배경으로 작용했다. 동시에 총력안보체제의 국민적 지지 및 동의를 확대하고자 했던 정치적 의도도 고려되어 있었다.[97] 3·

---

96 「통일외교정책의 전진, 6·23평화선언의 의의」(사설), 『매일경제신문』, 1973.6.25. 이 선언 후 핀란드, 인도네시아 등과 국교수립에 합의하면서 비동맹 중립 진영과의 유대를 강화한다. 이 같은 정부의 대공산권정책과 대북한정책의 유연화, 특히 6·23선언은 필연적으로 북한정권의 존재에 대한 법률적 승인문제를 야기할 수밖에 없었는데, '사실상의 존재'를 인정할 뿐 국제법상의 국가승인을 의미하는 것이 아니라는 다소 모호한 결론이 주류를 이루었다(이한기, 「6·23 외교선언을 보고 ②－북한정권의 법률적 면모」(『동아일보』, 1973.7.6). 이와 관련된 북한의 호칭 문제는 1974년 6월 문교부가 지리적 문제를 설명할 때는 '북한', 정치적 또는 비인도적 개념으로 쓸 때는 '북괴'로 통일해 쓰도록 지침을 정한 바 있다. 다만 이런 해빙무드에서 통일론의 금기를 깬 천관우의 '복합국가론'이 제기된 것은(1972.9) 통일논의의 전환을 시사해준다는 점에서 상당한 의의를 갖는다.

97 1970년대 총력안보체제와 검열체제 재편성의 구조적 역학에 대해서는 이봉범, 「유신체제와 검열, 검열체제 재편성의 동력과 민간자율기구의 존재방식」(『한국학연구』 64, 인하대 한국학연구소, 2022)을 참조.

13조치가 민족의 정통성 찾기와 문화유산의 계승이라는 시책과 연계되어 있었고, 따라서 당시 이러한 기조 아래 국책사업으로 강력하게 추진된 문예중흥계획과 결부되면서 유신체제의 기반을 강화하기 위한 정략으로 3·13조치가 단행된 것으로 볼 수 있다. (납)월북 금제란 언제든 정치적 의도에 의해 의외로 어렵지 않게 해제될 수 있었다는 사실을 다시금 확인하게 되는 대목이다.

그렇다면 3·13조치에 대한 문단의 반응은 어떠했을까? 선우휘의 제안과 이에서 촉발된 문단의 반응도 국가권력의 의도와 크게 다르지 않았다. 선우휘는 (납)월북작가 문제를 다시 검토할 단계에 있다는 애초의 비공식적인 입장을 발전시켜 자진월북작가로까지 그 범위를 확대할 필요가 있다는 적극론을 공개적으로 펼친다.[98] 그 근거로 우리가 우리문학의 정통성을 계승하고 있다는 긍지와 자부심을 가질 수 있고, 지금까지 금지되어온 월북작가들의 작품이 저열한데도 금지로 인해 도리어 신비화되고 고평이 조장되고 있으며, 대만에서도 루쉰, 라오서를 비롯하여 이제까지 기피되어온 중국작가들의 작품을 다시 검토하는 가운데 금지조치를 해제할 것이라는데 이보다 우리가 먼저 시행할 필요 등을 든다. 특이하게 대만과의 비교가 눈에 띄는데, 이는 당시 여러 문인들이 공유하고 있던 근거였다. 아시아반공블록 내에서의 경쟁의식의 표출이자 해금의 명분을 보충하기 위한 수단이었다.

이어서 그는 월북작가를 처리하는 구체적 단계를 제시하는데, 첫 단계는 납북당한 것이 거의 분명한 작가는 그 명예를 회복시켜야 하며 작품은 문학사에 수록돼야 한다, 둘째 단계는 월북/납북 여부가 확실하지 않으면 납북된 것으

---

[98] 선우휘, 「납북되거나 월북한 문인들의 문제」, 『뿌리 깊은 나무』, 1977.5, 68~71쪽. 선우휘는 1977년 2월 국토통일원 고문회의 석상에서, 대만에서 루쉰 해금의 움직임을 전하며 월북작가 금기가 문학사연구의 큰 장애요인이고 납북/월북이 불분명한 경우가 많으므로 선별해 납북작가에 대한 재평가 작업이 필요하다는 발언을 했으며 이에 이용희가 동감을 표하고 소관부처에 의견을 전달할 것과 공식적으로 문제제기를 해달라고 주문한 바 있다. 「外誌 북한자료 얻어 보게」, 『조선일보』, 1977.2.9.

로 규정해 마찬가지로 처리한다, 셋째 단계로 월북작가라 하더라도 북한에서 기피되고 말살된 경우는 정치이념과 정치조직의 희생으로 봄으로써 먼저 그의 비정치적인 작품을 우리 문학사의 적절한 위치에 편입시킨다, 즉 단계적 해제 방안이다. 선우휘의 주장을 관통하고 있는 논리는 정치/문학의 분리 원칙, 납북/월북의 분리(선별) 원칙이라고 볼 수 있다.

선우휘가 제시한 근거, 원칙, 단계론 등에 문인들 대부분이 같은 의견을 나타낸다. (납)월북작가 작품 금지의 문학사적 금기를 깨야 한다는 대전제 아래 당시 민족문학론의 발전도상에서 문단, 학계에 일고 있던 '1930년대 재평가론'을 고려할 때, 금지 해제를 통해서 문학사의 공백을 채워야 한다는 데 대체적으로 동의한다. 납북/월북의 구별과 단계적 해제론에 입각해 우선적인 해제 대상작가로 꼽은 것은 김기림, 정지용, 이태준, 오장환, 백석, 김남천, 박태원, 안회남, 최명익, 현덕, 함세덕, 이원조 등이다. 특히 김기림, 정지용, 이태준을 거론한 이가 가장 많았다.[99] 대체적인 합의를 보인 선우휘의 의견이 3·13조치에 반영되었으며 나아가 1988년 해금조치 전까지 큰 변화 없이 (납)월북작가 해금 논의에 적용되었다. 선우휘가 해금의 가이드라인을 만든 셈이다.

그런데 눈여겨봐야 할 것은 금지 해제가 문단의 오랜 숙원이었는 데도 불구하고 문단의 반응이 잠잠했다는 사실이다. 의견을 표명한 소수의 문인들조차 매우 조심스러운 태도를 보였다. (납)월북의제에 대해 내면화된 불안, 공포, 경계, 꺼림으로밖에 설명할 방법이 없다. 당시 김동리/소장파 평론가들 사이에 벌어진 '사회주의사실주의 논쟁'1978의 귀추, 즉 문학논쟁의 전개가 문학의 논리보다는 사상적 불온성에 의해 좌우되는 실정을 감안하면 충분히 수긍할 수

---

99 「납북작가 터부시돼야 하나」, 『조선일보』, 1977.2.22. 백철은 한반도를 대표하는 국가는 대한민국이며, 따라서 우리의 문화유산을 계승함에 있어서도 우리가 정통의 입장에 선다는 논리를 바탕으로 월북 후의 작품 모두 제외, 월북 후 북한정권에 중용된 사람의 작품은 시기를 불문하고 제외시키는 것을 일차적 해제 기준으로 제시한 바 있다.

있는 면모이다.

그 같은 미온적인 반응은 3·13조치가 시행된 뒤에도 큰 변함이 없었다. 국가권력이 공식적으로 해금문제를 거론하고 지극히 제한적이나마 선별적 해금조치를 시행하겠다는 데도 문단의 대응은 의외로 차분했다. 공개적인 토론뿐만 아니라 개인적 의견 표명도 저조했다. 그런 가운데서 『신동아』가 기획한 좌담회는 특기할 만하다.[100] 3·13조치의 선용 차원에서 대두된 규제완화의 문학사적 의의, 대상문인과 작품의 범위, 재평가 방법상의 문제 등에 대한 당시 문단의 입장(인식)을 이 좌담회가 대변하고 있다고 봐도 무리가 아닐 듯싶다. 프로문학 경험자백철, 해방 직후 보수우익문학의 대표자김동리, 해금문제의 선도적 제기자선우휘 등이 참여했기 때문에 그러하다.

월북의제의 본질적 요소와 관련된 주요 논의를 추려보면 ① 세부기준의 애매함과 한계, 즉 실정법반공법, 국가보안법과 해금의 괴리, 모순이다. 법을 개정, 폐기하지 않는 한 필연적으로 규제완화 조치의 의의가 훼손될 수밖에 없다는 사실이 지적되었고, 실제 이 문제는 지금까지도 지속되는 해금의 근본적 한계이다. ② 월북작가의 선정기준과 관련하여 월북의 성격, 시기, 동기 등 첨예한 쟁점이 처음 제기된다. 그러면서 자연스럽게 해방3년의 문학좌/우 대립에 대한 논의의 필요성이 부각되었다. 납/월북의 구별 및 이와 재북의 구별 또한 필요하다고 본다. ③ 사상성 유무와 관련해 일제하 프로문학/민족문학의 관계, 프로문학의 문학사 편입 문제 등이 논란된다. 그것은 해금조치의 취지인 민족사적 정통성의 확립과 연관된 문제로 가장 큰 이견이 노출된 주제이다. ④ 논의대상

---

100 「'월북작가'들의 문학사적 재조명」(좌담회 : 김동리, 백철, 선우휘, 김윤식(사회)), 『신동아』, 1978.5, 290~303쪽. 참고로 좌담의 소주제는 ① 규제완화의 전제조건 ② 세부기준이 갖는 한계 ③ 월북작가의 선정기준 ④ 해방 직후의 문단상황 ⑤ 좌익문인들의 성분 ⑥ 해방 후 3년의 역사 공간 ⑦ 사상성이 없다는 것 ⑧ 객관적인 서술방법 ⑨ 논의대상과 작품 ⑩ 순수작품을 쓴 작가들 ⑪ 정지용, 김기림, 백석의 시 ⑫ 이태준, 박태원의 소설 ⑬ 정통성 확립을 위한 길 등이다.

과 작품에 대해서도 이견이 노출되었으나 대체로 정지용, 김기림, 백석, 이태준, 박태원 등이 우선적 대상이 되어야 한다는 것, 반면 김남천, 오장환은 좌파이기에 배제되어야 한다는 것이 중론이었다.

　의견 일치보다는 이견의 노출이 많은 좌담회였다. (납)월북작가에 대한 첫 공개토론이었다는 점에서 불가피한 결과였다. 그럼에도 이 좌담회는 (납)월북의제 금기의 문제적 요소와 지점을 공론화시킴으로써 냉전문화사의 견고한 금기에 균열을 가하고 이 의제에 대한 인식의 전환을 추동한 계기로 작용했다는 점에서 문학사적 의의가 매우 크다. 한국문학 연구의 획기적 전기가 마련된 것이다.[101] 이후 국토통일원이 부과한 틀, 즉 민족사적 정통성 확립에 기여할 수 있는 범위, 실정법에 저촉되지 않는 월북 이전의 작품과 근대문학사에 기여가 현저한 작품이라는 가이드라인에 대한 국가권력/문단, 문단 내 서로 다른 입장이 중층적으로 교차하는 가운데 (납)월북의제 및 이와 내접한 근대문학사 관련 논의가 활성화되기에 이른다. 어떤 면에서는 1980년대 프로문학, 해방 직후 진보적 민족문학에 대한 학문적 연구가 3·13조치로부터 진작되었다고 볼 수 있다.

4. 신데탕트의 조성과 해금의 불가항력, 1980년대

　1978년 3·13조치 이후 (납)월북작가 해금 논의는 국토통일원이 부과한 원칙과 기준을 훼손하지 않는 범위 내에서 문단 중심으로 신중하게 진행된다. 금기 완화에 따른 (납)월북작가작품에 대한 감동주의, 상업주의적 분위기 조성에 대한 사회적 거부 반응을 특히 우려한 가운데 3·13조치가 후퇴, 무화되는 역효과를 경계했기 때문이다. 제5공화국으로 정권이 바뀌면서 더욱 강화된 문화통제

---

101 「월북작가 작품 규제 완화」, 『조선일보』, 1978.3.14.

의 제약도 고려하지 않을 수 없었다. 이런 맥락에서 우선적 논의 대상이 된 것이 납북작가이다. 한국문인협회 차원에서 조직된 '납북작가대책위원회'1983.2를 중심으로 납북작가에 대한 복권 및 작품 해금 문제가 본격 추진되었다. 문인협회 이사장 김동리의 발언처럼, 납북 및 일부 월북문인은 친공(용공)문인과 엄연히 구별되어야 하며, 이들에 대한 규제 해소가 우리문학사의 중요한 과제 중 하나라는 논리였다. 이에 입각해 정부가 소장하고 있는 관련 자료의 요청·입수와 자체로 정보를 수집, 검토하는 작업을 거쳐 복권의 기준과 선별적 해금대상자를 선정했다. 정지용, 김기림, 백석, 박영희, 정인택, 안회남, 박태원, 이태준, 조운 등 9명을 일차로 선정하고 그중 납북 경위가 확실히 드러난 정지용, 김기림 두 명에 대한 작품해금 건의서를 문화공보부에 제출함으로써 (납)월북의제를 다시금 공론화시킨다.[102]

　　문화단체로서는 최초의 공식적인 일로 적잖은 이목을 끌었다. 더불어 납북작가를 문학사에 편입시켜야 한다는 전제하에 그 과정의 혼선과 부작용을 막을 수 있는 네 가지 원칙, 즉 ① 작품의 출판을 허용하는 작가 ② 문학사나 문학이론에 작품의 인용이 허용되는 작가 ③ 비판적 입장에서 거명만 허용되는 작가 ④ 거명조차도 허용할 수 없는 작가 등으로 구분한 자체 가이드라인을 만들어 납북작가 해금을 기정사실화하고자 의도했다. 북한에서 배제, 축출된 작가들에 대한 수용이 민족문화(학)적 정통성을 확보, 확인하는 일이라는 논리는 당시 정부의 문화정책의 기조와도 공명·부합하는 것으로서 해금의 기대를 상당히 높였다.[103] 더욱이 일차 해금대상자였던 정지용, 김기림의 유가족이 납북을 증명

---

102 「정지용, 김기림 작품 해금 건의키로」, 『경향신문』, 1983.3.18. 납북작가 해금의 명분, 필요성, 의의는 정부와 문단 모두 공감대를 형성한 가운데 해제의 단계까지 논의가 진척되었음에도 계속 유보된 가장 주된 이유는 납북 여부를 규명하는 데 어려움, 애매성 때문이었다. 그만큼 납·월북 규제가 맹목적으로 이루어져왔다는 반증이다. 다만 납북작가 논의에서 분단의 차원이 아닌 문학의 차원으로 접근해야 한다는 관점이 점차 힘을 얻은 것은 긍정적이었다. 「문학의 '남과 북'」, 『조선일보』, 1983.3.18.

하려는 노력, 특히 군 당국에 정지용 행방에 대한 조사를 의뢰해 납북 추정의 답변을 얻고 이를 바탕으로 문화공보부에 두 차례 해금요청 탄원서를 제출한 바 있는 그의 아들 정구관의 끈질긴 청원이 뒷받침됨으로써 더욱 그러했다.[104]

하지만 이 같은 문단차원의 납북작가 해금 시도는 1988년 3·31조치로 정지용, 김기림의 작품이 해금되기까지 성사될 수 없었다. 그 기간 월북작가에 관한 논의는, 납북작가 해금 추진과 연관해 6·25 이전의 월북작가 작품까지 문학사에 수용해 비판적 대상으로 삼아야 한다는 소수의 의견이 제출되기도 했으나, 공론화된 적은 없었다. 남북한고향방문단 및 예술공연단 상호 교환방문1985.9.20~23을 계기로 월북작가들의 행적 일부가 알려지면서 이들에 대한 관심이 높아지기는 했으나 월북금기는 강고했다. 공산권 문호개방 확대에 따른 문학예술의 대폭 개방과는 비교되는 지점이기도 하다. 다만 제1절에서 언급했듯이 관민 협력채널 속에서 (납)월북작가 해금문제가 물밑에서 논의되고 있었다는 사실을 환기해 둘 필요가 있다.

그렇다면 왜 이런 현상이 발생했는가. 다시 말해 1988년에 가서야 비로소 관계당국에 의해 (납)월북작가 작품 해금조치가 단행될 수 있었는가? 여기에는 1980년대 냉전체제의 급변과 이와 연동된 정치적·사회문화적인 구조적 역학관계가 복잡하게 얽혀 있다. 우선 제5공화국의 문화정책 및 검열의 효력과 관련이 깊다. 제5공화국 시기는1981.3~88.2 이전 유신체제나 긴급조치 시기에 못지않은 강권적 문화통제가 극심한 연대였다. 계엄령하 대통령령으로 총리 직속의 '사회정화위원회'1980.11를 설치해 관제 국민의식개혁운동을 전개함으로써 신군부의 정권 창출과 정당화 수단으로 활용하는 한편 언론통폐합1980.9 및 언론기본법 제정1980.11을 통해 대대적인 언론 통제를 실시했다. 이보

---

103 「남북문인들의 '복권' 논의」(사설), 『동아일보』, 1983.3.16.
104 「아버지 정지용은 납북되었다」, 『동아일보』, 1985.6.25.

다 앞서 사회정화의 일환으로 사회불안 조성, 계급의식 조장 등의 이유를 들어 『창작과 비평』, 『문학과 지성』, 『뿌리깊은 나무』 등 정기간행물 172종을 일방적으로 등록취소(폐간)시키고[1980.7.31], 폐간되지 않은 정기간행물에 대해서까지 불순할 경우 간행물은 물론 관계자까지 의법조치할 것이라는 경고문을 발송해 비판적 대항을 사전 제압하는 강공책을 구사한다.[105] 곧바로 건전한 언론출판 풍토 조성을 명분으로 한 정기간행물 67종을 또다시 등록 취소함으로써 11.28 언론 및 출판기구는 국가권력에 완전히 장악되기에 이른다.

이후에도 이 같은 사전정지 작업을 바탕으로 한 문화통제가 소관부처인 문화공보부심의실에 의해 강경하게 지속되었다. 엄중한 심의기준을 통해 이념서적·공연물을 사전에 차단, 봉쇄하는 동시에 청와대, 안기부, 보안사, 검찰로 구성된 '불온책자에 대한 유관기관 실무대책반'[1985.5], '치안본부 불온간행물전담반'[1986.5] 등을 운영해 압수수색, 판매금지 종용, 각서 강요 등과 같은 행정단속을 상시화해 불온물의 색출, 추방에 전력을 기울였다. 도서출판의 경우 출판사등록제[출판사 및 인쇄소등록에 관한 법률] 제3조를 행정지도란 명목으로 악용해 운동권 출신자들의 출판업진출 자체를 봉쇄했고[서울은 1981년부터, 기타 지방은 1986년부터], 1986년 초부터는 출판사명의 변경도 불허했다. 또 체제비판, 좌경서적 등에는 납본필증을 교부하지 않는 방법으로, 납본필증을 받아 출간되었다 하더라도 사후에 시판중지를 종용하거나 이것이 안 될 때는 출판사와 서점에 대해 압수수색, 책·지형의 폐기, 광고기회 봉쇄, 세무사찰과 같은 갖은 방법을 동원하여 탄압하였다.[106] 유신 및 긴급조치 시기 때보다 더 많은 1천여 종의 금서가 양산된

---

105 「정기간행물 172개 등록취소」, 『경향신문』, 1980.7.31.
106 「선별해제에 출판계 불만」, 『동아일보』, 1987.10.19. 당시 출판문화탄압의 실상은 1980~83년 창비 대표를 역임했던 정해렴의 최근 증언(기록)에 생생하게 밝혀져 있다(정해렴, 『편집·교정 반세기』, 한울, 2016.11, 제3~4부). 그에 따르면 판매금지처분 때도 문서로 통고하는 것이 아니라 발행인을 직접 불러 팔지 말 것을 협박, 종용하는 방식으로 이루어졌는데, 이는 추후 소송을 제기할 수 있는 근거를 미연에 방지하기 위한 조치였다고 술회한 바 있다(207쪽).

것도 이 때문이다.[107]

공연물영화, 연극, 가요, 무용의 경우는 공통적으로 사전심의제도를 근간으로 통제했는데, 특히 영화는 시나리오 심사와 영화제작물 심사의 이중심의 체제를 통해서 가요는 음반제작사비디오제작사 포함의 등록을 사실상 허가제로 운영해 신규등록을 차단하는 등의 과도한 행정규제가 자행되어 사회적 물의를 빚었다. 이모든 과정이 공연윤리위원회, 도서잡지주간신문윤리위회 등의 민간자율기구와의 협력 채널을 가동해 시행됨으로써 또 출판금고 지원, 영화진흥기금 지원, 좌익사상을 비판한 도서 및 반공물의 보급지원과 같은 당근책을 병행함으로써 그 효과가 배가될 수 있었다.

전두환 정권도 일시적인 유화책을 구사한 바 있다. 1982년 통금 해제, 중고생교복 및 두발자유화, 해외여행 자유화 등 일련의 자율개방정책을 추진했고 그 일환으로 영화, 도서의 검열기준을 완화하여 그동안 금기시되던 공산주의사회주의 비판서적에 대한 해금조치를 일시 시행하였다.1982.2 사회주의이론의 허구성과 시대적 변화에 따른 문제점을 학술적 차원에서 구명하여 차원 높은 이론적 반공교육을 실시하겠다는 취지로 문화공보부가 이시야 벌린의 『칼 마르크스, 그의 생애 그의 시대』평민사, 1982에 대해 납본필증을 교부함으로써 이데올로기연구 및 비판서의 출판 붐이 조성되기에 이른다.[108] 국가보안법의 테두리

---

107 1980년대 금서의 유형은 ① 납본을 했으나 납본필증을 받지 못한 경우 ② 처음엔 필증을 내줬으나 후에 문제도서로 지목된 경우 ③ 필증이 나오지 않을 것을 예견하고 아예 납본을 거부한 경우 등인데, ①, ②가 대부분이지만 ③의 경우도 상당수였다. 당시 문공부는 1970년대 중반 이후 금서가 총 650종이라고 공지했으나 한국출판문화운동협의회가 1987년 9월 자체 발표한 판금도서목록을 보면 위의 세 가지 경우에 해당되는 판금도서는 총 1,160종이었다. 한 가지 유념할 것은 이 숫자는 행정처분에 의한 금서라는 점, 다시 말해 사법처분(판례상)에 의한 금서 지정과는 구별해야 한다는 사실이다.

108 「차원 높은 반공교육의 전기로」, 『경향신문』, 1982.2.2. 『소련공산당사』(레오나드 샤피리), 『열린사회와 그 적들』(칼 포퍼), 『스탈린주의』(로버트 C. 터커), 『칼 마르크스의 철학과 사회』(로버트 C. 터커), 『마르크스주의자들』(C. W. 밀즈), 『칼 마르크스의 사상』(데이비드 맥렐런), 『독재와 민주주의의 사회적 기원』(베링턴 무어), 『스탈린』(아이작 도이처) 등이 연이어

안에서의 허용이었고, 전시효과적 자율화조치로서 분명한 한계를 지닌 것이었으나 휴대조차 금지되던 금서에 대한 개방조치가 불러온 파장은 엄청났다. 『칼 마르크스, 그의 생애 그의 시대』 초판 5천 권이 발간 이틀 만에 매진된 것에서『동아일보』, 1982.2.24 그 징후를 확인할 수 있듯이 비판적 이념도서의 출판(붐)은 대학가, 지식인사회에 이른바 '좌경사상' 전파·확산의 통로로 기능하면서 당시 민주화운동의 이론적·사상적 자양분이 되었다. 예상하지 못했던 좌경사상의 급속한 사회적 확산과 대중적 수용에 직면한 정치권력은 유화책을 자진 철회하고 불온 좌경사상의 발원지, 온상으로 간주된 출판(계)에 대한 대대적인 탄압공세로 선회함으로써 (출판)문화적 유화국면1982.2~85.5은 종식되기에 이른다. 1985년 5월 이념도서에 대한 압수선풍이 출판계와 대학가를 휩쓸면서 新공안정국이 조성된 것이다.[109] 그 탄압공세는 사회문화 전반에 걸쳐 실시되는데, 좌경 척결·분쇄를 구호로 한 일종의 '사상정화운동'이 보수(언론)세력의 여론전의 뒷받침 속에서 이데올로기전의 형태로 전개됨으로써 내부냉전이 극대화된다.[110]

납본필증을 받아 시판되고 국내학자의 공산주의관련 저술의 출간도 부분적으로 허용함으로써 일정기간 이념도서의 전성시대가 도래한다. 이 조치로 시판이 허용된 이념서들은 대체로 미국, 유럽, 일본 등지에서 오래 전에 출판된 마르크스레닌주의, 스탈린주의에 대한 비판도서였고 저자 또한 비판적 자유주의자 또는 보수주의자들이었다.

109 「좌경을 직시하자 ⑨ 새 온상 출판계」, 『경향신문』, 1986.10.27. 이 대대적인 단속으로 이념도서 140종 9백 권, 불온유인물 111종 3,259부가 압수 조치된다. 압수기준은 ① 반국가단체와 공산계열의 활동을 찬양, 고무한 것 ② 공산주의혁명이론에 편승, 폭력투쟁을 선동한 것 ③ 좌경사상을 담은 외국출판물을 불법반입 복사한 것 ④ 현실을 왜곡 비판하거나 허위사실을 유포한 것 등이다.

110 「'사상정화운동'을 전개해야 할 때」(사설), 『경향신문』, 1985.8.12. 특히『경향신문』의 여론전이 두드러졌는데, '좌경을 직시하자' 기획시리즈(1986.10.16~29, 11회), '續 좌경을 직시하자'(1987.9.28~10.2, 4회) 시리즈를 통해 (반공)국시 강화, 좌경용공세력 척결의 사상(여론)전을 공세적으로 이끌었다. 네거티브적 시리즈 내용은 오히려 당시 민주화운동의 성장, 수준, 영향력과 이에 대한 보수세력의 위기의식을 적나라하게 드러내주는 역설적 의미를 지닌다. 참고로 그 제목을 밝히면, ① 국시까지 흔드는 현실 ② 전도된 사상 ③ 반공의식의 풍화 ④ 교육현장의 독버섯 ⑤ 변색되는 노동운동 ⑥ 오염된 대학가 ⑦ 해방신학의 망령 ⑧ 급진단체의 출현 ⑨ 새 온상 출판계 ⑩ 야당－급진의 연대 ⑪ 다수는 왜 침묵하는가 등이다.

그러나 이 국면에서 문화공보부가 '문화공포부'로 불릴 정도로 공세적 문화 탄압이 시행됐음에도 불구하고 사회문화계의 강력한 저항을 반면비례적으로 야기했다. 모든 행정규제가 기본적으로 절차적 민주주의를 무시한 탈(무)법적 폭력에 의존했기 때문이다. 그로 인해 표현의 자유, 학문과 예술의 자유를 보장한 헌법의 가치를 훼손한다는 비판적 여론에 직면해야 했고, 여러 행정규제가 법적 구속력을 지니지 못했기 때문에 규제 권외에서 또 다른 대항문화를 양산하는 역효과를 초래한다. 『실천문학』전예원,1980.4에서 『또하나의 문화』평민사,1985에 이르는 부정기간행물MOOK의 족출과 소집단 문화운동의 활성화, 좌파상업주의로 일컬어진 지하(이념)출판물의 번성, 민중가요와 같은 비제도적 음악권의 형성, 마당극을 중심으로 한 민족극의 양성, 비합법음반의 유통 등과 같은 대항문화가 형성돼 점차 제도권문화를 능가하는 주류적 문화로 부상하기에 이른다. 과도한 규제가 자초한 부산물이었으며, 검열로 더 이상 이를 통제하기 어려운 지경이 도래한 것이다.[111]

국가권력의 과도한 문화통제가 결과적으로는 검열(통제)의 효용을 크게 약화시키는 부메랑이 되었던 것이다. 언론출판 대학살로 해직된 천여 명의 언론출판인들, 신군부에 협조하지 않은 지식인들이 이를 주도했는데, 민주화운동의 점진적 발전과 한국사회의 모순구조, 즉 계급, 민족, 분단, 외세 등에 대한 비판(저항)세력의 탈냉전 인식의 성장이 이를 뒷받침했다. 1970년대 중반부터 뉴미디어로서 대중적으로 보급된 복사기, 비디오재생기(테이프)의 역할도 유효했다. 전자복사기의 대량 보급으로 책 1권은 곧 백 권이 되는 시대, 검열이 전자복사기를 당해낼 수 없는 형국이었다. 요약하건대 규제/저항의 상호 제약의 상승적 역관계가 1980년대 문화지형을 구성하는 조건과 논리였다고 할 수 있겠다.[112] 그 상호 긴장관계가 임계점에 다다르고 그것이 '6·29선언'을 계기로

111 「'금서'와 출판사등록」(사설), 『동아일보』, 1987.7.7.

파열되면서 문화예술계의 자율화, 민주화 요구가 제도적으로 수렴·반영되기에 이른다.[113]

그런데 극심한 문화통제 흐름 속에서 다소 예외적인 현상을 발견할 수 있는데, 즉 대공산권 문화에 대한 개방정책이다. 비교적 이르게 5공 초기부터 시행되어 공산권음반의 수입을 허용하는 조치에서 시작됐다. 1982년 공산권 18개국에 대한 교역 증진책관세상 편익 부여, 공산권 특히, 소련 중공 거주 교포의 모국방문 허용, 스포츠 상호 교류 등 외교통상정책상 일련의 공산권 문호개방이 문화 영역에 확대 적용된 것이었다. 문화공보부는 기존 대중가요 외에 예술음악에서도 적성국가 작품이나 적성국민의 표현물을 금지해온 것을 파기하고 우선 공산권 작곡가, 지휘자, 연주자에 의한 순수음악작품의 수입, 음반화할 수 있도록 허용기준을 마련해 공산권예술에 대한 문호개방을 적극적으로 추진한다.[114] 이데올로기에 관계없고 음반법에 저촉되지 않은 기악곡을 대상으로 한 제한적인 조치였으나 문공부가 밝힌 취지, 즉 대공산권 문호개방정책의 일환

---

112 일례로 1985년 5월 자율화조치를 스스로 위배한다는 비난을 감수하면서까지 불온이념도서에 대한 대대적인 단속을 벌여 출판관계자 12명 연행, 298종 4,571부의 서적을 압수한 조치는 시판중지종용을 거부하거나 납본필증을 발부받지 않아도 법적 구속력이 없다는 점을 이용해 광범하게 생산·유통되고 있던 이념도서에 맞선 대응이었으며, 급기야 출판사등록취소라는 초강수를 두게 되는 것도 대항 출판문화의 성장 때문이었다. 「불온·불법간행물 뿌리뽑는다」, 『경향신문』, 1985.5.4.

113 이에 관한 고찰은 이봉범, 「1980년대 검열과 제도적 민주화」(『구보학보』 20, 구보학회, 2018) 참조.

114 「문공부, 공산권 음반 수입 허용」, 『동아일보』, 1983.4.19. 구체적 기준은 ① 러시아혁명(1917년) 이전의 차이코프스키 작품 등 순수음악 ② 1917년부터 제2차 세계대전(1939년) 전까지의 작품으로 쇼스타코비치, 프로코피에프 등 자유진영 국가에서 널리 연주되어 일반화된 작품 ③ 자유진영의 작품 중 공산권국가 음악가에 의해 연주된 작품 ④ 현재 자유진영에서 제작되고 라이센스계약이 된 작품 등이다. 단, 표제가 불온, 퇴폐, 폭력, 선정적인 것이나 공산권과 직접 계약된 것은 불허했다. 이 기준에서 눈에 띄는 것은 러시아혁명 이후의 시기까지 해제 대상으로 삼고 있다는 사실이다. 1950년대 후반부터 러시아혁명 이전의 문학작품 중 이후 소련에서 찬양되지 않은 작품의 경우, 예컨대 투르게네프, 톨스토이, 도스토예프스키, 고골리 등은 번역·출판이 허용된 바 있으나 문학예술을 통틀어 러시아혁명 이후를 명시해 포함시킨 것은 처음인 경우로 보인다.

이었다는 점에서 경직된 불온검열의 균열을 암시해주는 사건이었다.

특히 제시된 기준에도 나타나 있듯이 여전히 냉전 진영논리에 입각해 있었으나, 이전의 획일적 기준, 즉 적성국가, 국민이면 무조건 금지했던 냉전이데올로기의 맹목성에서 벗어나고 있음을 시사해주는 의미가 있다. 이같이 미미하게 시작된 공산권 문화의 개방은 점진적으로 그 대상 폭을 넓히며 오페라, 성악곡의 수입 및 공연을 허가하는 것으로 확대된다.[115] 음악뿐만 아니라 문학, 미술, 영화, 연극, 학술, 과학기술 분야에도 인적 교류를 비롯해 전향적, 유화적인 조치들이 시행되면서 마찬가지의 과정을 밟는다. 1980년대는 공산권에서 개최되는 국제컨퍼런스 참가 및 국내개최 컨퍼런스에 공산권 인사의 참여가 아무 제약 없이 가능해졌다.

전두환 정권의 대공산권 문호개방정책은 비적성 공산권에 대한 문호개방을 골자로 한 1973년 6·23선언의 연장선에서 이루어진 것이다. 6·23선언을 계기로 냉전 진영외교에서 실용주의 외교노선으로 그 기조를 전환하고 독자적 외교의 다변화가 추진되었으나 공산권, 비동맹국의 냉담한 반응으로 성과가 미미했다. 1981년 수교국은 116개국에 불과했으며, 그것도 서울에 상주대사관을 설치한 국가는 38개국에 그쳤을 뿐이었다.『경향신문』, 1981.10.2 또 소련의 적극적인 극동아시아 진출과 중소관계의 개선 움직임 등 한반도를 둘러싼 국제정세의 불확실성·불투명성이 점증하는 안보상황에서 이에 대한 적극적인 대응책이 요구되는 형편이었다. 이런 맥락에서 전두환 정권은 집권초기부터 각종 시정연설을 통해 적극적인 공산권외교정책을 표방했고, 1983년부터는 '북

---

115 이 개방정책의 추세 속에서 수입과 시중상영이 금지된 일본 극영화에 대한 단계적 수입허용 방침이 추진되는데, 한국인의 대일감정, 문화적 침식 우려, 대일무역 역조의 심화 우려 등을 이유로 1965년 한일국교 수립 후 18년 간 금지되었던 일본영화에 대한 수입을 적극적으로 검토했다는 사실 자체가(비록 일본대중문화의 개방이 1998년 10월~2004년 1월 네 차례에 걸쳐 단계적으로 이루어졌지만) 당시로서는 파격적인 문화적 이슈였다. 「일본영화의 수입」(사설), 『동아일보』, 1983.7.6.

방정책'이란 표현으로 중공 및 소련에 대한 새로운 접근을 모색했다. 소련의 민항기격추사건대한항공007편, 1983.9에 따른 국내외의 고조된 반소 감정으로 인해 일시 제동이 걸리기도 했으나 북방정책을 집권기간 내내 외교정책의 기조로 삼았다. 서울올림픽의 성공적 개최라는 현실적 과제도 중요하게 작용했다.

물론 이 같은 개방정책의 저변에는 이념적 가치보다는 실용적인 국가이익을 도모하고 대한민국의 정통성에 대한 확고한 신념과 체제우월성을 극대화하고자 한 통치전략이 가로놓여 있었던 것은 두말할 나위가 없다.[116] 서울올림픽 개최가 결정되면서1981.9 체제 경쟁과 외교 경쟁에서 남한의 우위가 확인된 상황이[117] 개방정책을 더욱 추동했다고도 볼 수 있다. 중요한 것은 북방정책과 이와 연동된 대공산권 문호개방정책의 확대가 냉전프레임의 균열, 약화를 시사해준다는 사실이다. 이데올로기적 관점에서 공산권이라는 단순한 냉전진영적 구분이 북방이라는 지정학적 차원으로 탈바꿈하면서 견고했던 이념적 금단의 벽이 서서히 무너져 내리는 가운데 적성국으로 여겨왔던 공산권국가들에 대한 시각의 수정도 이루어질 수밖에 없었다. 그러한 변화는 냉전이데올로기에 바탕을 둔 국가권력의 강압적 사상검열의 명분, 근거, 논리를 스스로 제약하는 요인으로 작용하기에 이르렀다는 것을 말해준다.

이 같은 대공산권 개방정책은 세계적 냉전질서가 신新데탕트 국면으로 전환되는 흐름과 맞물려 더욱 촉진된다. 1979년 소련의 아프가니스탄 침공과 이란혁명으로 냉전은 또 다시 격화되었다. 미국의 권위가 실추된 상황에서 집권한 레이건행정부는 공산주의를 근대세계의 악의 축으로 지목하고, 냉전을 '정의/불의, 선/악의 싸움'으로 규정한 레이건독트린Reagan doctrine을 기조로 한 공격적인 냉전외교정책으로 회귀하면서 미/소 간 대결 기류가 고조되는 긴장 국면

---

116 「선진외교의 실용주의노선」(사설), 『경향신문』, 1984.8.27.
117 김기협, 『냉전 이후』, 서해문집, 2016, 83쪽.

을 맞는다.[118] 그러나 1985년 취임한 고르바초프의 소련이 정치적 개혁페레스토로이카, 개방글라스노스트을 표방하고 냉전경쟁의 상징이었던 전략무기 감축과 군축을 미국에 제의하여 타협의 분위기를 만드는 동시에 각 사회주의국가의 독자적인 길을 열어주는 조치를 발표하면서 냉전경쟁은 1985년 이후 빠른 속도로 완화되기에 이른다.

이러한 신데탕트가 국내에 미친 파급 효과는 매우 컸다. 무엇보다 한반도를 둘러싼 안보딜레마가 증대되면서 기존의 냉전정책으로는 국제적인 고립을 자초할 것이라는 위기의식이 팽배해진다. 미소 간의 신데탕트 강화, 중·소의 화해 추세, 소련의 (아시아태평양 경제권)동진정책 강화와 그에 따른 북한과의 군사적 밀착 등. 국내 정치상황도 6·29(민주화)선언으로 지배/저항의 첨예한 대립구도가 파열, 타협, 조정되어 절차적 민주화의 단계로 접어들면서 일시적인 안정을 찾았으나 여소야대의 정치구조, 진보 세력의 통일공세, 민주화의 확대요구 등 지배체제의 불안정성이 해소된 것은 아니었다. 이 같은 긴박한 국내외 정세변동의 제약 속에 대두된 한국의 새로운 생존전략과 이를 둘러싼 다양한 모색이 '7·7특별선언'으로 귀결되면서 새로운 전기를 맞게 된 것이다.

이 같은 흐름, 특히 6·29선언 후에 (남)월북의제가 다시 재개되어 급물살을 타게 된다. 6·29선언의 후속조치로 문화대사면, 즉 집권세력에 의해 문화예술자율화대책이 시행되면서1987.8.8 공연예술영화, 연극, 음악, 무용의 이중심의제도 폐지, 출판문화분야의 금서 해제 등 문화통제의 근간이 대폭 완화, 붕괴되는 가운데 '문화의 봄'에 대한 기대를 한층 높였다.[119] 공산권 문화에 대한 개방

---

118 이에 대해서는 베른트 슈퇴버, 앞의 책, 198~201쪽 참조.
119 그 완화 과정도 대상, 기준 등을 둘러싸고 정부당국과 문화예술계 그리고 문화예술계 내부의 치열한 갈등을 동반한다. 가령 사전심의제도의 경우 문화공보부는 공연법 개정이 선행되어야 한다는 이유로 제도를 존속시키되 그 기준을 공산주의찬양 등 이적행위를 제외한 수준으로 완화한다는 입장을 고수했으며, 영화의 사전검열의 경우는 영화인들은 무조건 철폐를 요구한 반면 영화제작자들은 사후심의에서 제재를 받을 경우 경제적 손실이 크다는 이유로 사전심의의

또한 더욱 확대되어 중공, 소련, 동구권 예술작품 중 사상성이 없는 경우 공연, 번역출판이 가능해져 브레히트, 차오위의 작품까지 수용될 수 있었다.[120]

그러나 이런 대사면의 분위기 속에서도 월북 및 공산작가에 대한 규제는 여전히 변함이 없었다. 다만 (납)월북작가에 대한 해금의 기운은 관과 민 두 차원에서 무르익어가는 양상을 보인다. 1983년 납북작가대책위원회의 활동이 별다른 성과를 거두지 못하면서 주춤했던 문단의 움직임이 재개되어 '남월북문인작품심사위원회'로 확대 개편해 자체적인 해금대상자 명단을 마련했고, 대한출판문화협회 또한 1차 해금대상자를 선정해 출판허용건의서를 문화공보부에 제출했다. 고무적인 것은 문화공보부가 납월북문화예술인 42명의 명단을 작성해 국회에 보고했다는 사실이다. 국회 문공위의 요구에 응한 것이지만, 1957년 이후 국가권력이 납북/월북을 구별한 구체적인 명단을 작성하긴 처음이다. 더욱이 "이제 월북작가들의 문학행위를 감춰놓아야 할 아무런 중요성도 갖고 있지 못하며 정치·사상적 차원에서 심각하게 다뤄져야 할 긴장도 내포하고 있지 않다"『매일경제신문』, 1987.8.15라는 문화공보부의 공식적 입장 표명은 냉전이데올로기에 기초한 월북규제가 더 이상 유효하지 않다는 것을 국가권력이 자인한 것이다. 공산권문학의 출판금지도 냉전이데올로기에 대한 상투적이고 경직된 사고의 산물이라는 비판이 비등하며 해제의 이점을 강조하는 여론이 강하게 일었다.[121]

이로 볼 때 (납)월북작가의 금제는 6·29선언으로 조성된 민주적 시공간에서 정책적, 제도적 측면에서 더 이상 지탱되기 어려웠고, 그 효과 또한 유명무실해졌다고 볼 수 있다. 형해화形骸化된 금제가 풀리는 것은 시간문제일 뿐이었다. 따라서 1988년 7·7특별선언의 후속조치로 전면적인 해금조치가 단행된

형식상 필요성을 주장하는 이견을 보인 바 있다. 「문화·예술 궁금한 해금의 폭」, 『동아일보』, 1987.8.10.
120 「문화 공산권 교류시대」, 『동아일보』, 1988.6.22.
121 「'문화민주화' 걸림돌은 무엇인가」, 『한겨레』, 1988.5.15.

것은 어쩌면 이 같은 조건의 압력 속에서 이루어진 또 다른 정략적 조치였다고 할 수 있다. 정치적·사상적 복권을 불허한 한계선뿐만 아니라 1978년 3·13조치에서 후퇴, 특히 해금시기를 애당초 설정한 월북시기 이전에서 8·15이전(문학), 정부수립 이전(음악, 미술)으로 시점을 축소·일률화한 것, 또 해금조치 직후 사전검열 등 기존 행정규제가 완화 내지 제한된 가운데서도 1989년 3월 좌경 이념서적에 대한 일제단속에서 보듯 국가보안법의 뒷받침 속에 사상관련 간행물에 대한 단속위주의 사후검열이 오히려 노골화한 것에서 확인할 수 있는 바다. 이전의 제도적 검열과 같은 방식으로는 이념좌익 도서에 대한 통제가 불가능한 상황이 도래함에 따라 공안을 명분으로 사상적 불순을 겨냥한 무차별적인 단속압수와 비가시적인 사상 통제가 오히려 확대 양산되는 국면으로 전환되었던 것이다.[122] 그 중심에 치안유지법/출판경찰의 체계를 통해 사상통제를 강화했던 식민지 출판경찰제도의 부활과 확대 가동이 있다.[123]

5. 미완의 해금(복권) 너머

1988년 (납)월북 문인·예술가 해금조치는 냉전 금기의 중요한 보루가 무너진 상징적 사건이다. 냉전과 분단의 규율에 의해 견고하게 유지되었던 냉전의

---

122 「해금과 단속의 되풀이―좌익서적 단속보다 파괴세력 직시를」, 『조선일보』, 1988.6.24. 은밀한 사상통제의 예로 판례상 이적표현물의 증가 현상을 들 수 있다. 검찰·법원의 비공개문서 「판례상 인정된 이적표현물(도서, 유인물) 목록」(1967~1995년)을 살펴보면, 이적표현물로 확정된 경우가 1980년대 230종에서 1990년대 전반기 525종으로 격증한 사실을 확인할 수 있는데, 사법심사에 의한 결정이라는 점을 감안할 때 이 같은 현상은 공안당국의 사상통제(사후검열)이 더욱 강화되었다는 점과 이를 둘러싼 공안당국/출판계의 대립이 심화되었다는 사실을 말해준다.

123 이에 관해서는 이봉범, 「냉전검열의 변용, 파국, 재편―1980년대 출판검열과 책의 운명」("Authoritarian Modalities and Film Censorship Practices in the 1970s and '80s", 2022 Korean Film Workshop, 2022.8.4~5, Center for Korean Studies UC Berkeley) 참조.

벽, 사상의 벽이 무너진 것이며, 동시에 탈냉전의식의 성장과 그에 입각한 사회민주화의 힘이 그 금기를 무너뜨린 것이기도 하다. (납)월북의제가 철저히 정치(이념)논리에 의해 지배되었다는 점에서 해금조치가 정치적인 해결의 수순을 밟은 것은 당연한 일이었다. 다만 탈냉전기가 도래하기 이전에 해금조치가 단행된 것은 분명 큰 의의를 부여할 수 있겠으나 해금에 이르는 역사적 과정에 착안할 때 그 시점이 늦은 감이 없지 않다. 이러한 문제의식에 입각하여 유독 문학예술분야의 월북 규제(금지)가 별다른 균열, 동요 없이 반세기 가깝게 공고하게 지속된 현상에 의문을 갖고 그 이유를 찾아보고자 했다. 국가권력의 강권적 사상(문화)통제만으로 온전히 설명될 수 없다고 판단했기 때문이다. 더욱이 (납)월북작가 작품의 해금조치가 비교적 이른 1978년부터 국가권력에 의해 추진되었다는 점에서 더욱 그러하다.

(납)월북규제의 장기지속은 기본적으로 냉전질서의 거시적 규율에 의해 가능했다. 냉전이 경쟁과 대결 이외에 공존이란 또 다른 성격을 중요한 본질로 한 체제였고,[124] 그 대립의 격화/데탕트의 반복적 교체가 분단국가 한국에 부과한 압력 속에서 국가권력의 사상통제를 촉진·강화/제약했다. 그 압력은 사상통제의 부분적 유연화를 강제했고, 그것이 특히 권위주의정권에서 대공산권 문호개방정책으로 구현되면서 결국 냉전프레임의 이완, 균열을 야기하는 결과를 초래함으로써 월북규제 해제의 당위성을 높여갔다. 국가권력의 전략적 판단에 의해 규제 완화(해금)가 언제든지 가능한 사회문화적 의제가 되었던 것이다. (납)월북의제가 냉전체제하 남북 간 체제경쟁의 도구로 활용되었던 관계로 그 도구로서의 유효성이 전략적 결정을 좌우한 요소로 작용했다.

다른 한편으로 문화계의 내부냉전의 형성, 작동이 월북금기의 재생산에 부정적으로 기여했다. 냉전이데올로기와 국가권력의 사상통제로 촉발, 조장된

---

124 김진웅, 『냉전의 역사, 1945~1991』, 비봉출판사, 1991, 14쪽.

내부냉전이 상호 상승적 보완작용을 하면서 월북금기가 일찌감치 제도화되었고 그것이 금지, 금기시의 맹목성을 확대 재생산시켰다. 특히 문화계의 내부냉전은 (납)월북의제가 탈식민(친일), 전향, 부역 등 또 다른 이데올로기적 요소와 결부되어 작동함으로써 문화계 내부의 강력한 규율기제로 군림한다. 그 내면화된 미망迷妄이 해금을 지체시킨 일 요인이었던 것이다. 국가권력에 의해 해금이 모색, 추진되고 문학예술계는 우려와 경계의 시선으로 이를 추수하는 경향을 일관되게 보여주었던 것도 이 때문이다. 해금조치 이후에도 이같은 내부냉전이 완전히 청산되었다고 보기 어렵다. 사회일반의 경우와 마찬가지로 월북문제는 여전히 내부냉전의 잠재적 요소로 존재한 가운데 분단이데올로기를 넘어서는 통일 민족문학(사)로의 진전을 가로막는 벽으로 작용하고 있는 형편이다. 국가보안법의 제약에 버금가는 냉전프레임의 망령이다.

1988년 해금조치가 정략적이었던 것은 명백하다. 무엇보다 사상(이념)/문학논리의 분리원칙과 그에 따른 사상적·정치적 복권이 불허되었기 때문이다. 그 같은 불구성은 해금의 의의를 훼손시키는 동시에 이후의 (납)월북작가에 대한 복권의 범위, 수준을 제약했다. 한마디로 국가보안법 틀 안에서 허용된 문학논리의 영역으로 제한된 것이다. 물론 그 범위 내에서 이루어진 문학적 복권작업의 성과를 무시할 수는 없다. 단절된 문학예술사의 복원, 해당 작가들에 대한 연구의 촉진, 월북의 시기·동기 등의 조사·연구에 따른 월북의제의 객관화, 월북 이후 북한에서의 행적에 관한 조사 등. 또 (납)월북작가 작품의 합법적 상업출판에 따른 대중적 수용의 확산으로 적어도 월북작가들이 적색의 굴레에서 벗어나 민족(문학예술)사의 자명한 존재로서 사회적으로 인식되기에 이른 것은 간과할 수 없는 긍정적 성과이다. 하지만 그 이상으로의 진척은 현실적으로 이루어지고 있지 못하다. 해금과 국가보안법의 모순구조 속에서 부과된 상한선이다.[125]

그 모순구조의 타파, 즉 월북작가의 사상적·정치적 복권은 문학예술뿐만 아니라 우리 사회의 냉전프레임의 미망을 극복하는 과제이기도 하다. 그 방법은 어쩌면 월북금기의 태생적 본질과 금지/해금의 역사 속에 이미 존재하고 있는지 모른다. 아직도 사회적 타자로 배척되고 있는 일반(납)월북자들의 복권 문제와 더불어 다시금 월북의제에 대한 진지한 관심과 접근이 필요한 이유이다. 그 지평은 월북작가 복권의 수준을 넘어 냉전분단체제에서 남과 북 모두에서 축출·배제된 문학(인)까지 미쳐야 하며 그것은 결국 세계사적 차원에서 남북통합적 한국근현대문학사를 다시 쓰는 작업으로 진척되어야 한다.

---

125 월북작가 해금조치 및 그 이후의 복원(권)에 대한 종합적 연구와 대안적 전망 모색은 김성수·천정환 편, 『해금을 넘어서 복원과 공존으로─평화체제와 월북 작가 해금의 문화정치』(역락, 2022) 참조.

참고문헌

1. 기본자료

『개벽』, 『결정』 『경향신문』, 『공연윤리』, 『대동신문』, 『대조』, 『대한뉴스』, 『독립신보』 『동아일보』, 『동아춘추』, 『문교월보』, 『문예』, 『문학』, 『문학사상』, 『문학예술』, 『문화세계』, 『민성』, 『방송윤리』 『백민』, 『북한』, 『뿌리깊은 나무』, 『사상』, 『사상계』, 『새벽』, 『서울신문』, 『세대』, 『신동아』, 『신세계』, 『신천지』, 『신태양』, 『실천문학』, 『씨올의 소리』, 『주간애국자』, 『여원』, 『예술정보』, 『예술통신』, 『자유공론』, 『자유문학』, 『자유신문』, 『전망』, 『전선문학』, 『조선일보』, 『조선중앙일보』, 『주간문학예술』, 『중앙공론』, 『중앙일보』, 『지성』, 『창작과비평』, 『청맥』, 『한겨레』, 『한국문학』, 『한국일보』, 『한성일보』 『현대』, 『현대공론』, 『현대문학』, 『현대일보』, Hoover Institution Archives(The Asia Foundation Box, GEORGE FOX MOTT Box)

2. 단행본

강대진, 『나는 북괴 反탐정원이었다』, 승공생활사, 1970.

강정구, 『분단과 전쟁의 한국현대사』, 역사비평사, 1996.

강만길, 『고쳐 쓴 한국현대사』, 창작과비평사, 1994.

강준만, 『한국현대사산책 ─ 1960년대편』 2권, 인물과사상사, 2004.

강준만, 『(개정판) 대중매체 법과 윤리』, 인물과사상사, 2009.

계광길, 『한국언론법령 전집(1945~1981)』, 관훈클럽신영연구기금, 1982.

공임순, 『3·1과 반탁 ─ 한반도의 운명적 전환과 문화권력』, 앨피, 2020.

권명아, 『음란과 혁명』, 책세상, 2013.

권보드래·천정환, 『1960년을 묻다』, 천년의상상, 2012.

권영민 편저, 『월북문인연구』, 문학사상사, 1989.

고려대 민족문화연구소, 『한국현대문화사대계 II ─ 학술·사상·종교사』, 1976.

고려대 아세아문제연구소, 『亞細亞問題研究所 二十年誌』, 1977.

고황경·이만갑·이효재·이해영, 『한국농촌가족의 연구』, 서울대 출판부, 1963.

공보부, 『혁명정부 1주년간의 업적』, 공보부, 1962.

공보부조사국, 『전국홍보선전매개체실태조사 총평』, 공보부, 1961.

구중서·백낙청 외, 『제3세계 문학론』, 한벗, 1982.

국토통일원, 『국토통일원 연구간행물목록(1969~1979년)』, 국토통일원, 1980.

김건우, 『사상계와 1950년대 문학』, 소명출판, 2003.

_____, 『대한민국의 설계자들』, 느티나무책방, 2017.

김경일 외, 『한국현대생활문화사 1970년대』, 창비, 2016.

김경재, 『혁명과 우상 ─ 김형욱 회고록』, 인물과사상사, 2009.

김경학 외, 『전쟁과 기억』, 한울아카데미, 2005.

김기석, 『北朝鮮의 現狀과 將來』, 조선정경연구소, 1947.

김기협, 『냉전 이후』, 서해문집, 2016.

김남식, 『(실록)남로당』, 신현실사, 1975.

_____, 『남로당연구』, 돌베개, 1984.

_____ 외, 『해방전후사의 인식』 5, 한길사, 1989.

김덕호·원용진 편, 『아메리카나이제이션』, 푸른역사, 2008.

김동성 역편, 『중국문화사』, 을유문화사, 1961.

김동인 외, 『한국문단이면사』, 깊은샘, 1983.

김동호 외, 『한국영화정책사』, 나남, 2005.

김득중, 『빨갱이의 탄생-여순사건과 반공국가의 형성』, 선인, 2009.

김병익, 『한국문단사』, 일지사, 1973.

김병철, 『한국현대번역문학사연구』, 을유문화사, 1998.

김사림 편, 『일선기자수첩』, 모던출판사, 1949.

김삼웅 편, 『민족 민주 민중 선언』, 일월서각, 1984.

김삼웅, 『한국곡필사(2)-유신시대의 곡필』, 신학문사, 1990.

김삼웅 외, 『반민특위-발족에서 와해까지』, 가람기획, 1995.

김성민, 『일본을 禁하다』, 글항아리, 2017.

김성수, 『미디어로 다시 보는 북한문학』, 역락, 2020.

_____·천정환 편, 『해금을 넘어서 복원과 공존으로-평화체제와 월북 작가 해금의 문화정치』, 역
         락, 2022.

김성칠, 『역사 앞에서』, 창작과비평사, 1993.

김성환 외, 『1960년대』, 거름, 1984.

김 송 편, 『전시문학독본』, 계몽사, 1951.

김언호, 『책의 탄생』(2), 한길사, 1997.

김용환, 『코주부 漂浪記』, 융성출판, 1983.

김윤식, 『한국근대문예비평사』, 한얼문고, 1973.

김을한, 『인생잡기』, 일조각, 1956.

_____, 『사건과 기자』, 신태양사, 1960.

김종문, 『선전전의 이론과 실제』, 정민문화사, 1949.

김준엽 편, 『중공권의 장래』, 범문사, 1967.

김지하 외, 『한국문학 필화작품집』, 황토, 1989.

김진웅, 『냉전의 역사, 1945~1991』, 비봉출판사, 1991.

김충식, 『남산의 부장들』, 동아일보사, 1992.

김하림·유중하·이주로, 『중국 현대문학의 이해』, 한길사, 1991.

김학준, 『이동화 평전』, 민음사, 1987.

김행선, 『1970년대 박정희정권의 문화정책과 문화통제』, 선인, 2012.

남북문학예술연구회 편, 『전후 북한 문학예술의 미적 토대와 문화적 재편』, 역락, 2018.

내외문제연구소, 『中立主義 解剖』, 내외문제연구소, 1963.

_____, 『붉은 神話』, 내외문제연구소, 1964.

노정팔, 『한국방송과 50년』, 나남, 1995.

농촌진흥청, 『1972년도 새마을 중점지도사업계획』, 1972.

대한민국정부, 『한일회담백서』, 1965.3.

리영희·임헌영 대담, 『한 지식인의 삶과 사상-대화』, 한길사, 2005.

문옥배, 『한국 금지곡의 사회사』, 예솔, 2004.

문지영, 『지배와 저항-한국 자유주의의 두 얼굴』, 후마니타스, 2011.

문화관광부저작권위원회, 『한국저작권50년사』, 2007.

문화공보부, 『새마을운동』, 대한공론사, 1972.

_____, 『문화공보30년』, 문화공보부, 1979.

민관식, 『방미기행-왜? 그들은 잘 사나』, 고려시보사, 1957.

박명림, 『한국전쟁의 발발과 기원』 II, 나남, 1996.

박원순, 『국가보안법연구 1-국가보안법변천사』, 역사비평사, 1989.

_____, 『국가보안법연구 3-국가보안법폐지론』, 역사비평사, 1992.

박정진, 『日朝冷戰構造の誕生 1945~1965-封印された外交史』, 平凡社, 2012.

박지영, 『번역의 시대, 번역의 문화정치』, 소명출판, 2019.

박진영, 『번역가의 탄생과 동아시아 세계문학』, 소명출판, 2019.

박진희, 『한일회담-제1공화국의 대일정책과 한일회담 전개과정』, 선인, 2008.

박찬표, 『한국의 48년 체제』, 후마니타스, 2010.

박현채·조희연 편, 『한국사회구성체논쟁』 I, 죽산, 1989.

백원담·임우경, 『냉전아시아의 탄생-신중국과 한국전쟁』, 문화과학사, 2013.

_____ 외, 『열전 속 냉전, 냉전 속 열전-냉전아시아의 사상심리전』, 진인진, 2017.

백 철, 『문학적 자서전』, 박영사, 1975.

법원·검찰, 『판례상 인정된 이적표현물(도서, 유인물) 목록』, 1999.

복혜숙 외, 『나는 이렇게 살았다』, 을유문화사, 1950.

사회과학원 편, 『김준엽과 중국』, 나남, 2012.

서광제, 『북조선기행』(재판), 1948.9.

서동수, 『한국전쟁기 문학담론과 반공프로젝트』, 소명출판, 2012.

서울대 한국교육사고, 『한국정당사 사찰요람』, 1994.

서울중앙방송국 편, 『북에서 왔수다−북괴대남간첩의 정체』, 춘조사, 1967.

서중석, 『이승만과 제1공화국』, 역사비평사, 2007.

선우기성, 『한국청년운동사』, 금문사, 1973.

선우종원, 『사상검사』, 계명사, 1992.

선일구, 『꿈에의 도전−나는 이렇게 일본을 봤다』, 홍미사, 1966.

설국환, 『일본기행』, 수도문화사, 1949.

설의식, 『禁斷의 自由』, 새한민보사, 1949.

설창수, 『星座있는 大陸』, 수도문화사, 1960.

소정자, 『내가 반역자냐?−전향여간첩의 수기』, 방아문화사, 1966.

손호철, 『현대 한국정치−이론과 역사 1945~2003』, 사회평론, 2003.

송건호·강만길 편, 『한국 민족주의론』, 창작과비평사, 1982.

신수경·최리선, 『시대와 예술의 경계인, 정현웅』, 돌베개, 2012.

양호민 역편, 『혁명은 오다−공산주의비판의 제관점』, 중앙문화사, 1953.

역사문제연구소 편, 『1950년대 남북한의 선택과 굴절』, 역사비평사, 1998.

오기영, 『민족의 비원/자유조국을 위하여』, 성균관대 출판부, 2002.

오영진, 『소군정하의 북한−하나의 증언』, 국민사상지도원, 1952.

오제도, 『국가보안법실무제요』, 서울지방검찰청, 1949.

_____, 『사상검사의 수기』, 창신문화사, 1957.

_____, 『추격자의 증언』, 희망출판사, 1969.

_____ 외, 『敵禍三朔九人集』, 국제보도연맹, 1951.

_____ 편, 『자유를 위하여』, 문예서림, 1951.

오혜진, 『지극히 문학적인 취향』, 오월의봄, 2019.

온락중, 『북조선기행』, 조선중앙일보출판부, 1948.

와타나베 나오키, 『임화문학 비평』, 소명출판, 2018.

왕캉닝, 『린위탕과 한국−냉전기 중국 문화지식의 초국가적 이동과 교류』, 소명출판, 2022.

유네스코한국위원회, 『한국유네스코활동10년사(1954~1964)』, 1964.

유병용 외, 『한국현대사와 민족주의』, 집문당, 1996.

유병진, 『재판관의 고뇌』, 신한문화사, 1952.

유영구, 『남북을 오고간 사람들』, 글, 1993.

유임하, 『반공주의와 한국문학』, 글누림, 2020.

유종호, 『한국 현대문학 50년』, 민음사, 1995.

유진오 외, 『고난의 90일』, 수도문화사, 1950.

윤여일, 『동아시아담론』, 돌베개, 2016.

윤영춘, 『현대중국문학사』, 계림사, 1949.12.

_____, 『중국문학사』, 백영사, 1954.10.

윤정란, 『한국전쟁과 기독교』, 한울, 2015.

이근삼·서연호 편, 『오영진 전집』, 범한서적, 1989.

이근욱, 『냉전』, 서강대 출판부, 2012.

이동준, 『환상과 현실-나의 공산주의관』, 동방통신사출판부, 1961.

이명영, 『金日成列傳』, 신문화사, 1974.

이미일 외, 『한국전쟁납북사건사료집』, 한국전쟁납북사건자료원, 2006.

이병기, 『가람일기』 II, 신구문화사, 1975.

이선영, 『한국문학의 사회학』, 태학사, 1993.

이영미, 『한국대중가요사』, 민속원, 2006.

이원덕, 『한일 과거사 처리의 원점-일본의 전후처리 외교와 한일회담』, 서울대 출판부, 1996.

이성욱, 『쇼쇼쇼-김추자, 선데이서울 게다가 긴급조치』, 생각의나무, 2004.

이영재, 『아시아적 신체』, 소명출판, 2019.

이윤영, 『白史 이윤영 회고록』, 사초, 1984.

이중연, 『책, 사슬에서 풀리다-해방기 책의 문화사』, 혜안, 2005.

이철주, 『북의 예술인』, 계몽사, 1966.

이현식, 『제도사로서의 한국 근대문학』, 소명출판, 2006.

이현진, 『미국의 대한경제원조정책 1948~1960』, 혜안, 2009.

이희환, 『김동석과 해방기의 문학』, 역락, 2007.

임성한, 『관료제와 민주주의』, 법문사, 1979.

임유경, 『불온의 시대-1960년대 한국의 문학과 정치』, 소명출판, 2017.

임지현, 『민족주의는 반역이다』, 소나무, 1999.

장석향 편저, 『모윤숙 평전-시몬, 그대 창가에 등불로 남아』, 한멋, 1986.

장세진, 『슬픈 아시아-한국지식인들의 아시아기행(1945~1966)』, 푸른역사, 2012.

_____, 『숨겨진 미래-탈냉전 상상의 계보 1945~1972』, 푸른역사, 2018.

장수철, 『격변기의 문화수첩』, 현대문화, 1991.

전형준, 『무협소설의 문화적 의미』, 서울대 출판부, 2003.

정규진, 『한국정보조직』, 한울, 2013.

정근식 편, 『(탈)냉전과 한국의 민주주의』, 선인, 2011.

정주진, 『중앙정보부의 탄생』, 행복에너지, 2021.

전국문화단체총연맹, 『반란과 민족의 각오』, 문진문화사, 1949.

전　준, 『조총련 연구』, 고려대 아세아문제연구소, 1972.

정일형, 『유엔의 성립과 업적』, 국제연합한국협회, 1952.

정종현, 『제국대학의 조센징』, 휴머니스트, 2019.

정진석, 『납북』, 기파랑, 2006.

정창훈, 『한일관계의 65년 체제와 한국문학』, 소명출판, 2021.

정해렴, 『편집·교정 반세기』, 한울, 2016.

조동호, 『통일비용보다 더 큰 통일편익』, 통일부 통일교육원, 2011.

조상호, 『한국언론과 출판저널리즘』, 나남, 1999.

조석호, 『해부된 흑막―남로당원이 본 북한』, 서울신문사, 1953.

조선일보사, 『전환기의 내막』, 1982.

조연현, 『남기고 싶은 이야기들』, 도서출판 부름, 1981.

조은애, 『디아스포라의 위도』, 소명출판, 2021.

조은정, 『권력과 미술―대한민국 제1공화국의 권력과 미술』, 아카넷, 2009.

조　철, 『죽음의 세월―납북인사들의 생활실태』, 성봉각, 1963.

조한범 외, 『구술로 본 북한현대사 재인식―김남식·이항구』, 선인, 2006.

조현연, 『한국 현대정치의 악몽―국가폭력』, 책세상, 2000.

주영복, 『내가 겪은 조선전쟁』, 고려원, 1990.

중앙교육연구소 편, 서명원 역, 『교육과정지침』, 대한교육연구회, 1956.4.

중앙대학교부설 한국교육문제연구소, 『문교사―1945~1973』, 중앙대학교출판국, 1974.

중앙정보부, 『북한대남공작사』 제1권, 1972.

_____, 『1970~1975년 검거 간첩 명단』, 1976.

진덕규 외, 『1950년대의 인식』, 한길사, 1981.

차상원, 『중국문학사』, 동국문화사, 1958.

채명신, 『채명신 회고록―베트남전쟁과 나』, 팔복원, 2006.

천정환·정종현, 『대한민국 독서사』, 서해문집, 2018.

최말순, 『식민과 냉전하의 대만문학』, 글누림, 2019.

최원식·백영서 편, 『대만을 보는 눈』, 창비, 2012.

학술단체협의회 편, 『우리 학문 속의 미국』, 한울, 2003.

한국구술사학회 편, 『구술사로 읽는 한국전쟁』, 휴머니스트, 2011.

한국극예술학회 편, 『오영진』, 연극과인간, 2010.

한국농촌사회연구회, 『농촌사회학』, 민조사, 1968.

한국도서잡지주간신문윤리위원회, 『결정목록(1970.2~1979.12)』, 1980.

한국문인협회 편, 『해방문학20년』, 정음사, 1966.

한국방송공사 편, 『한국방송사』, 1977.

한국4H운동50년사편찬위원회, 『한국4-H운동50년사』, 한국4H연맹, 1998.

한국안보교육협회, 『1950·9 서울시임시인민위원회 정당·사회단체등록철』, 한국안보교육협회, 1990.

한국연구도서관, 『한국석박사논문목록(1945~1960년)』, 1960.

한국유신학술원, 『유신의 참뜻』, 1976.

한국전쟁학회 편, 『한국 현대사의 재조명』, 명인문화사, 2007.

한국정신문화연구원 편, 『1960년대의 대외관계와 남북문제』, 백산서당, 1999.

한국혁명재판사편찬위원회, 『한국혁명재판사』 제5집, 1962.12.

한성훈, 『이산−분단과 월남민의 서사』, 여문책, 2020.

한재덕, 『김일성을 고발한다』, 내외문화사, 1965.

_____·조철, 『피의 유형지−북한 20년의 숙청사』, 한국반공연맹, 1967.

허근욱, 『내가 설 땅은 어디냐』, 신태양사, 1961.

현대정치연구회, 『유신정치의 지도이념』, 광명출판사, 1976.

현대중국문학학회, 『노신의 문학과 사상』, 백산서당, 1996.

현 수, 『적치6년의 북한문단』, 국민사상지도원, 1952.

홍석률, 『분단의 히스테리−공개문서로 보는 미중관계와 한반도』, 창비, 2012.

홍성유, 『한국경제의 자본축적과정』, 고려대 출판부, 1965.

홍승직, 『한국인의 가치관 연구』, 고려대 아세아문제연구소, 1969.

_____, 『지식인의 가치관 연구』, 삼영사, 1972.

희망출판사편집부 편, 『남로당 주동 대사건 실록』, 희망출판사, 1971.

關貴星, 『樂園の夢破れて−北朝鮮の眞相』, 全貌社, 1962.

그렉 브라진스키, 나종남 역, 『대한민국 만들기, 1945~1987』, 책과함께, 2011.

紀 德 外, 齊文瑜 譯, 『坦白集』, 香港 : 友聯出版社, 1952.

_____, 蕭閑節 譯, 『追求與幻滅』, 台北 : 自由世界出版社, 1950.

기시 도시히코·쓰치야 유카 편, 김려실 역, 『문화냉전과 아시아』, 소명출판, 2012.

데라오 고로, 『38度線の北』, 신일본출판사, 1959.

도널드 스턴 맥도널드, 한국역사연구회 역, 『한미관계 20년사(1945~1965년)』, 한울아카데미, 2001.

루 쉰, 정래동·정범진 공역, 『중국소설사』, 금문사, 1964.

리처드 크로스먼 편, 『공산주의를 벗어난 인물들』, 을유문화사, 1952.

_____ 편, 이가형·이정기 공역, 『전향작가수기−실패한 신』, 한진출판사, 1978.

_____ 편, 사상계사편집실 역, 『환상을 깨다』, 사상계사출판부, 1961.

리처드 크로스먼 편, 사상편집실 역,『실패한 신』, 문명사, 1984.

_____ 편, 김영원 역,『실패한 신』, 범양사, 1983.

마쯔모토 세이죠, 김병걸 역,『북의 시인 임화』, 미래사, 1987.

베른트 슈퇴버, 최승완 역,『냉전이란 무엇인가—극단의 시대 1945~1991』, 역사비평사, 2008.

北九州市立松本淸張記念館,『松本淸張の軍隊時代-朝鮮の風景』, 2004.

빅톨 크라브첸코, 이원식 역,『나는 자유를 선택했다(상)·(하)』, 국제문화협회, 1948~49.

_____, 허백년 역,『나는 자유를 선택했다』, 동해당, 1951.

小田実, 한치환 역,『이것이 일본이다』, 휘문출판사, 1964.

蕭　英, 김광주 역,『나는 毛澤東의 女秘書였다』, 수도문화사, 1951.12.

스칼라피노·이정식, 한홍구 역,『한국 공산주의운동사』2, 돌베개, 1986.

S. 스펜더, 위미숙 역,『世界 속의 世界』, 중앙일보사, 1985.

쓰루미 슌스케, 김문환 역,『전후 일본의 대중문화』, 소화, 2001.

아서 쾨슬러, 강봉식 역,『대낮의 밤』, 수도문화사, 1952.8.

A. 케슬러/I.실로네, 최승자 역,『한낮의 어둠/빵과 포도주』, 한길사, 1982.

앤터니 비버, 김원중 역,『스페인 내전』, 교양인, 2009.

요십 브로즈 티토, 곽하신 역,『티토의 가는 길』, 수도문화사, 1952.8.

월터 베델 스미스, 강상운 역,『모스크바의 三年』, 수도문화사, 1951.12.

윌리 톰슨, 전경훈 역,『20세기 이데올로기』, 산처럼, 2017.

殷海光,『殷海光 全集-书评与书序(上)』, 台北 : 桂冠图书股份有限公司, 1990.

이마가와 에이치, 이홍배 역,『동남아시아 현대사와 세계열강의 자본주의 팽창』(하편), 이채, 2011

이언 매큐언, 민승남 역,『스위트 투스』, 문학동네, 2020.

E. 스티븐슨, 강한인 역,『내가 본 蘇聯』, 自由舍, 1961.

章丙炎, 허우성 역,『공산당 치하의 중국』, 공보처, 1949.

조이스 캐롤 오츠, 고상숙 역,『위험한 시간 여행』, 북레시피, 2019.

J. 헉슬리, 옥명찬 역,『科學者가 본 蘇聯』, 노농사, 1946.

竹内好,『竹内好全集 12』, 筑摩書房, 1981.

村上芳雄, 鑓田硏一 共訳,『神は躓く』, 靑渓書院, 1950.

_____ 訳,『神は躓く』, 国際文化研究所, 1956.

파냐 이시악꼬브나 샤브쉬나, 김명호 역,『1945년 남한에서』, 한울, 1996.

프랜시스 스토너 손더스, 유광태·임채원 역,『문화적 냉전—CIA와 지식인들』, 그린비, 2016.

한나 아렌트, 이진우·박미애 역,『전체주의의 기원』, 한길사, 2006.

후윤이, 장기근 역,『중국문학사』, 한국번역도서주식회사, 1961.

H. 스트랄렌, 윤형중 역,『소비에트 旅行記』, 탐구당, 1964.

F. S.Saunders, *The Cultural Cold War : The CIA and World of Arts and Letters*』, New York : The New Press, 1999.

3. 논문

강성현, 「전향에서 감시 동원 그리고 학살로 – 국민보도연맹 조직을 중심으로」, 『역사연구』 14, 역사학연구소, 2004.

권두현, 「해방 이후 오영진 작품에 나타난 정치적 무의식」, 『상허학보』 27, 상허학회, 2009.

권보드래, 「『사상계』와 세계문화자유회의 – 1950~60년대 냉전이데올로기의 세계적 연쇄와 한국」, 『아세아연구』 54-2, 고려대 아세아문제연구소, 2011.

_____, 「임어당, '동양'과 '지혜'의 정치성」, 『한국학논집』 51, 계명대 한국학연구소, 2013.

김남석, 「'뇌우' 공연의 변모 과정에 대한 연구」, 『한국연극학』 22호, 한국연극학회, 2004.

김남식, 「남로당 최후의 날 – 박헌영 · 이승엽 등 남로당계 재판의 전말」, 『통일한국』 67, 평화문제연구소, 1989.7.

김동석, 「북조선 인상」, 『문학』 8호, 1948.7.

김명기, 「귀순자의 국제법상의 지위」, 『국제법학회논총』 17-1, 대한국제법학회, 1972.

김미란, 「문화냉전기 한국 펜과 국제 문화 교류」, 『상허학보』 41, 상허학회, 2014.

김봉국, 「1950년대 전반기 국민사상연구원의 설립과 활동」, 전남대 석사논문, 2010.

김선호, 「해방직후 조선민주당의 창당과 변화 – 민족통일전선운동을 중심으로」, 『역사와 현실』 61, 한국역사연구회, 2006.

김성보, 「북한의 민주주의세력과 민족통일전선운동 – 조선민주당을 중심으로」, 『역사비평』, 역사비평사, 1992.

김영희(1), 「흑인문학에 있어서 『토박이』의 위치」, 리차드 라이트, 김영희 역, 『토박이』, 한길사, 1981.

김영희(2), 「1960년대 VUNC(유엔군총사령부방송)의 운영과 폐쇄」, 『한국언론학보』 56-5, 한국언론학회, 2012.

_____, 「1960년대 VUNC(유엔군총사령부방송) 프로그램과 청취 양상」, 『언론정보연구』 51-1, 서울대 언론정보연구소, 2014.

김예림, 「냉전기 아시아 상상과 반공 정체성의 위상학」, 『상허학보』 20, 상허학회, 2007.

_____, 「1960~70년대 제3세계론과 제3세계문학론」, 『상허학보』 50, 상허학회, 2017.

김옥란, 「오영진과 반공 · 아시아 · 미국 – 이승만의 전기극 〈청년〉 · 〈풍운〉을 중심으로」, 『한국어문학연구』 59, 동악어문학회, 2012.

_____, 「반공의 로컬과 동아시아 지역냉전 – 대만 반공르포 〈여비간〉과 남한 반공극 〈여당원〉」, 『상허학보』 61, 상허학회, 2021.

김용섭, 「행정입법과 그에 대한 통제」, 『경희법학』 34-2, 경희대 법학연구소, 1999.

김용의, 「마쓰모토 세이초(松本淸張)의 한국 관련 작품 양상 및 특징」, 『일본연구』 84, 한국외대 일본연구소, 2020.

김인수, 「한국의 초기 사회학과 '아연회의'(1965)—사회조사 지식의 의미를 중심으로」, 『사이間 SAI』 22, 국제한국문학문화학회, 2017.

김종숙, 「6·25전쟁기 심리전 운용실태 분석」, 『軍史』 53, 국방부군사편찬연구소, 2004.

김지형, 「한국전쟁기 부역 이데올로기의 전환—부일과 부공의 교차점에서」, 『민주주의와 인권』 17-1, 전남대 5.18연구소, 2017.

김학재, 「한국전쟁기 대통령 긴급명령과 예외상태의 법제화」, 『사회와 역사』 91, 한국사회사학회, 2011.

김현정, 「1945~60년 월남 개신교인의 현실인식과 통일론」, 이화여대 석사논문, 2010.

김현주, 「1960년대 후반 문학담론에서 자유와 민주주의·근대화주의의 관계」, 『상허학보』 41, 상허학회, 2014.

남원진, 「해방기 소련에 대한 허구, 사실 그리고 역사화」, 『한국현대문학연구』 34, 한국현대문학회, 2011.

노만 포도레츠, 「'실패한 신'은 왜 실패했는가?」, R. 크로스먼, 김영원 역, 『실패한 신』, 범양사, 1983.

문명기, 「한국의 대만사 연구, 1945~2012」, 『중국근현대사연구』 57, 중국근현대사학회, 2013.

문선익, 「베트남 전쟁기 한국군의 민사심리전 연구」, 연세대 석사논문, 2020.

문영일, 「베트남전쟁의 심리전 사례 분석」, 『軍史』 46, 국방부군사편찬연구소, 2002.

문원보, 「4-H운동의 활동효과에 관한 조사연구—강원도 지역을 중심으로」, 고려대 석사논문, 1976.

민경길, 「귀순자의 법적 지위에 관한 연구」, 『인도법논총』 20, 대한적십자사 인도법연구소, 2004.

박연희, 「1970년대 통일 담론과 민족문학론」, 『한국문학연구』 47, 동국대 한국문학연구소, 2014.

_____, 「『청맥』의 제3세계적 시각과 김수영의 민족문학론」, 『한국문학연구』 53, 동국대 한국문학연구소, 2017.

박용규, 「미군정기 중간파 언론—설의식의 『새한민보』를 중심으로」, 『한국사회와 언론』 2호, 한국언론학회, 1992.

박진영, 「중국 근대문학 번역의 계보와 역사적 성격」, 『민족문학사연구』 55, 민족문학사연구소, 2014.

박진희, 「이승만의 대일인식과 태평양동맹 구상」, 『역사비평』 76, 역사비평사, 2006 가을.

박태균, 「박정희의 동아시아인식과 아시아·태평양 공동사회 구상」, 『역사비평』 76, 역사비평사, 2006 가을.

반재영, 「1960년대 한국 민족주의와 최인훈 소설의 담론적 대응」, 『상허학보』 52, 상허학회, 2018.

서중석, 「이승만과 여순사건」, 『역사비평』 86, 역사비평사, 2009.

선우휘, 「납북되거나 월북한 문인들의 문제」, 『뿌리 깊은 나무』, 1977.5.

신형기, 「6 · 25와 이야기 경험 – 전쟁수기들을 중심으로」, 『상허학보』 31, 상허학회, 2011.

_____, 「인민의 국가, 망각의 언어 – 인민의 국가를 그린 해방직후의 기행문들」, 『상허학보』 43, 상허학회, 2015.

안진수, 「5 · 16군사정변과 아시아재단 사업방향의 전환」, 『한국학연구』 54, 인하대 한국학연구소, 2019.

안혜연, 「마쓰모토 세이초(松本淸張) 추리소설의 한국 수용 – 번역과 TV드라마를 중심으로」, 『사이』 27, 국제한국문학문화학회, 2019.

엄진주, 「한국현대문학의 중국현대소설 수용사 연구」, 선문대 박사논문, 2020.

양준석, 「1948년 유엔한국임시위원단의 활동과 5 · 10총선에 대한 미국정부와 한국인들의 인식」, 『한국정치외교사논총』 40-1, 한국정치외교사학회, 2011.

오병수, 「아시아재단과 홍콩의 냉전(1952~1961) – 냉전시기 미국의 문화정책」, 『동북아역사논총』 48호, 동북아역사재단, 2015.

오인만, 「문단의 정리와 보강」, 『주간 애국자』 제2호, 1949.10.15.

옥창준 · 김민환, 「사상심리전의 텍스트로서 한국전쟁 – 자유세계로의 확산과 동아시아적 귀환」, 『역사비평』 118, 역사비평사, 2017.

王康寧, 「한국에서의 장아이링 문학에 대한 수용 · 번역 양상 연구」, 고려대 석사논문, 2014.

왕엔메이, 「아시아민족반공연맹의 주도권을 둘러싼 한국과 중화민국의 갈등과 대립(1953~1956)」, 『아세아연구』 56-3, 고려대 아세아문제연구소, 2013.

유상수, 「한국반공연맹의 설립과 활동」, 『한국민족운동사연구』 58, 한국민족운동사학회, 2009.

_____, 「5 · 16군사정부와 공보」, 『역사와 실학』 47, 역사실학회, 2012.

윤고은, 「부루마불에 평양이 있다면」, 『현대문학』, 2016.10.

윤상길, 「냉전기 KBS의 '자유대한의 소리' 방송과 對日 라디오방송 – 동아시아 문화냉전의 파열과 수렴」, 『커뮤니케이션 이론』 15-4, 한국언론학회, 2019.

윤재민, 「금서」, 『신동아』, 1985.6.

이강민, 「70년대 '문제' 딱지 붙은 책들」, 『정경문화』, 1984.12.

이동순, 「여순사건의 시적재현 양상」, 『비평문학』 72, 한국비평문학회, 2019.

이봉범, 「1950년대 문화 재편과 검열」, 『한국문학연구』 34, 동국대 한국문학연구소, 2008.

_____, 「단정수립 후 전향의 문화사적 연구」, 『대동문화연구』 64, 성균관대 대동문화연구원, 2008.

_____, 「1960년대 검열체제와 민간검열기구」, 『대동문화연구』 75, 성균관대 대동문화연구원, 2011.

_____, 「1950년대 번역 장의 형성과 문학 번역」, 『대동문화연구』 79, 성균관대 대동문화연구원, 2012.

_____, 「잡지미디어, 불온, 대중교양 – 1960년대 복간 『신동아』론」 『한국근대문학연구』 27, 한국근대문학회, 2013.

_____, 「불온과 외설 – 1960년대 문학예술의 존재방식」, 『반교어문연구』 36, 반교어문학회, 2014.

이봉범, 「1980년대 검열과 제도적 민주화」, 『구보학보』 20, 구보학회, 2018.

_____, 「검열국가 대한민국과 표현의 자유」, 『내일을 여는 역사』 79, 내일을여는역사재단, 2020.

_____, 「冷戰及兩個中國－1950~60年代韓國對'中國'與'中國文學'的認知與介紹」, 『台灣文學學報』 三十六, 台灣國立政治大學 台灣文學研究所, 2020.

_____, 「민주주의 횃불 1964년 복간 '신동아'의 가치」, 『신동아』, 2021.11.

_____, 「冷戰と援助の力学, 韓国冷戰文化の政治性とアジア的地平」, 吉原ゆかり・渡辺直紀 編, 『東アジア冷戰文化の系譜学』, 筑波大学出版会, 2022.

_____, 「유신체제와 검열, 검열체제 재편성의 동력과 민간자율기구의 존재방식」, 『한국학연구』 64, 인하대 한국학연구소, 2022.

이상경, 「제37차 국제펜서울대회와 번역의 정치성」, 『외국문학연구』 62, 한국외대 외국문학연구소, 2016.

이서행, 「북한학의 연구동향과 발전방향」, 『북한연구학회보』 4-2, 북한연구학회, 2000.

이선미, 「박완서 소설의 '공모'의식과 마음의 정치－1987년 이후와 박완서 소설의 1970년대 서사」, 『반교어문연구』 37, 반교어문학회, 2014.

_____, 「'부역(혐의)자' 서사와 냉전의 마음－1970년대 박완서 소설의 '빨갱이' 담론과 그 사회적 의미」, 『한국문학연구』 65, 동국대 한국문학연구소, 2021.

이소라, 「1952~55년 한미재단의 활동과 그 역사적 성격」, 서울대 석사논문, 2015.

이소영, 「민주화 이후 검열과 적대」, 『상허학보』 54, 상허학회, 2018.

_____, 「87년 체제와 적대의 정동」, 서울대 박사논문, 2022.

이순진, 「아시아재단의 한국에서의 문화사업」, 『한국학연구』 40, 인하대 한국학연구소, 2016.

_____, 「영화인의 부역과 냉전 한국영화의 형성」, 『상허학보』 62, 상허학회, 2021.

이승희, 「'예륜'의 역사적 추이와 제도적 임계」, 『민족문학사연구』 63, 민족문학사학회, 2017.

_____, 「'공연법'의 성립－식민지 유산과 냉전의 동학」, 『한국극예술연구』 73, 한국극예술학회, 2021.

이영재, 「1965와 1968 사이에서, 두 '가난'과 양심」, 『상허학보』 58, 상허학회, 2020.

이용희, 「한국 현대 독서문화의 형성」, 성균관대 박사논문, 2018.

이임하, 「한국전쟁기 부역자 처벌」, 『사림』 36, 수선사학회, 2010.

이제우, 「북한의 신분·공민·주민등록제도에 관한 고찰」, 『통일과 법률』 32, 법무부, 2017.

이행선, 「해방공간, 소련·북조선기행과 반공주의」, 『인문과학연구논총』 34-2, 명지대 인문과학연구소, 2013.

이현주, 「한국전쟁기 조선인민군 점령하의 서울」, 『서울학연구』 31, 서울시립대 서울학연구소, 2008.

이혜령, 「사상지리(ideological geography)의 형성으로서의 냉전과 검열－해방기 염상섭의 이동과 문학을 중심으로」, 『상허학보』 34, 상허학회, 2012.

이혜령, 「빨치산과 친일파−어떤 역사 형상의 종언과 미래에 대하여」, 『대동문화연구』 100, 성균 관대 대동문화연구원, 2017.

이화연, 「미국의 공공외교와 풀브라이트 프로그램−한국 사례를 중심으로」, 연세대 석사논문, 2006.

이화진, 「할리우드에서 온 왜색영화」, 『상허학보』 59, 상허학회, 2020.

임유경, 「북한 담론의 역사와 재현의 정치학」, 『상허학보』 56, 상허학회, 2019.

_____, 「'북한연구'와 문화냉전−1960년대 아세아문제연구소와 『사상계』의 북한연구」, 『상허학 보』 58, 상허학회, 2020.

임종명, 「'여순'반란' 재현을 통한 대한민국의 형상화」, 『역사비평』 64, 역사비평사, 2003.

_____, 「여순사건의 재현과 폭력」, 『한국근현대사연구』 32, 한국근현대사학회, 2005.

임철규, 「정치와 인간의 운명」, A. 케슬러, 최승자 역, 『한낮의 어둠』, 한길사, 1982.

장세진, 「미완의 싱크탱크 혹은 이용희의 국토통일원 시절(1976~1979)」, 『한국학연구』 65, 인하대 한국학연구소, 2022.

장영민, 「정부수립 이후(1948~1950) 미국의 선전정책」, 『한국근현대사연구』 31, 한국근현대사학 회, 2004.

_____, 「한국전쟁 전반기 미군의 심리전에 관한 고찰」, 『군사』 55, 국방부 군사편찬연구소, 2005.

장준하, 「민족주의자의 길」, 『씨알의 소리』, 1972.9.

정문상, 「'中共'과 '中國' 사이에서−1950~1970년대 대중매체상의 중국관계 논설을 통해 보는 한 국인의 중국인식」, 『동북아역사논총』 33호, 동북아역사재단, 2011.

_____, 「포드재단(Ford Foundation)과 동아시아 '냉전지식'−한국과 중화민국의 중국근현대사 연구 사례를 중심으로」, 『아시아문화연구』 36집, 가천대 아시아문화연구소, 2014.

정병준, 「해방 직후 주한 미군 공산주의자그룹과 현앨리스」, 『한국근현대사연구』 65, 한국근현대사 학회, 2013.

_____, 「최인훈의 광장과 중립국행 76인의 포로」, 『역사비평』 126, 역사비평사, 2019.

정선태, 「신낙현의 '춘원 이광수는 과연 친일파였던가' 및 관련 재판기록」, 『근대서지』 3, 2011.

정영철, 「북한학의 현황과 전망」, 『황해문화』 57, 새얼문화재단, 2007.

정용욱, 「6·25전쟁기 미군의 삐라 심리전과 냉전이데올로기」, 『역사와 현실』 51, 한국역사연구회, 2004.

정우택, 「'한하운 시집 사건'(1953)의 의미와 이병철」, 『상허학보』 40, 상허학회, 2014.

정일준, 「해방 이후 문화제국주의와 미국 유학생」, 『역사비평』 15, 역사비평사, 1991 겨울.

정종현, 「루쉰의 초상−1960~70년대 냉전문화의 중국 심상지리」, 『사이間SAI』 14, 국제한국문학 문화학회, 2013.

_____, 「아시아재단의 'Korean Research Center(KRC)' 지원 연구」, 『한국학연구』 40, 인하대 한국학연구소, 2016.

정종현, 「자유아시아위원회(CFA)의 '원고 프로그램(Manuscript Program)' 지원 연구」, 『한국학
　　연구』 43, 인하대 한국학연구소, 2016.

정창훈, 「한일관계의'65년 체제'와 한국문학–한일국교정상화를 둘러싼 '국가적 서사'의 구성과
　　균열」, 동국대 박사논문, 2020.

조양현, 「냉전기 한국의 지역주의 외교–아스팍(ASPAC)의 설립의 역사적 분석」, 『한국정치학회
　　보』 42-1, 한국정치학회, 2008.

조연현, 「해방문단 5년의 회고」, 『신천지』, 1949.9~50.2.

조은정, 「해방기 문화공작대의 의제와 성격」, 『상허학보』 41,상허학회, 2014.

＿＿＿, 「해방 이후(1945~1950) '전향'과 '냉전국민'의 형성–전향성명서와 문화인의 전향을 중
　　심으로」, 성균관대 박사논문, 2018.

조준형, 「총력안보시대의 영화–1970년대 초 안보영화의 함의와 영향」, 『상허학보』 62, 상허학회,
　　2021.

조풍연, 「松本淸張論」, 『동아춘추』, 희망사, 1963.1.

차재영, 「냉전기 미국의 공공외교와 국가–언론 협력 관계」, 『한국언론학보』 57-3, 한국언론학회,
　　2013.

채오병, 「냉전과 지역학–미국의 헤게모니 프로젝트와 그 파열, 1945~1996」, 『사회와 역사』 104,
　　한국사회학회, 2014.

최영호, 「이승만정부의 태평양동맹 구상과 아시아민족반공연맹 결성」, 『국제정치학논총』 39-2, 한
　　국국제정치학회, 1999.

최진석, 「문화냉전기구의 형성과 변동 연구, 1954~1968」, 성균관대 박사논문, 2019.

＿＿＿, 「민주주의의 기로에 선 1950, 60년대 아시아 지식인–『사상계』의 문화자유회의 관련 활
　　동을 중심으로」, 『상허학보』 59, 상허학회, 2020.

최진호, 「냉전기 중국 이해와 루쉰 수용 연구」, 『한국학연구』 제39집, 인하대 한국학연구소, 2015.

＿＿＿, 「한국의 루쉰 수용과 현대중국의 상상」, 성균관대 박사논문, 2016.

한봉석, 「1950년대 말 농촌지도의 한 사례–지역개발사업 현지 지도원의 활동을 중심으로」, 『역사
　　문제연구』 19, 역사문제연구소, 2008.

한수영, 「1950년대 한국 문예비평론 연구」, 연세대 박사논문, 1995.

＿＿＿, 「전후세대의 문학과 언어적 정체성–전후세대의 이중언어적 상황을 중심으로」, 『대동문화
　　연구』 58, 성균관대 대동문화연구원, 2007.

한홍구, 「한국현대사의 그늘, 남파공작과 비전향장기수」, 『역사비평』 94, 역사비평사, 2011.

허　은, 「1950년대 후반 지역사회개발사업과 미국의 한국 농촌사회 개편 구상」, 『한국사학보』 17,
　　고려사학회, 2004.

＿＿＿, 「미국의 문화냉전과 '자유 동아시아'의 구축, 연쇄 그리고 충돌–미국정부의 도서계획과

한국사회 지식인의 인식」, 『민족문화연구』 59, 고려대 민족문화연구원, 2013.

홍석률, 「1953~61년 통일논의의 전개와 성격」, 서울대 박사논문, 1997.

황병주, 「1950년대 엘리트지식인의 민주주의 인식－조병옥과 유진오를 중심으로」, 『사학연구』 89, 한국사학회, 2008.

찾아보기

초출일람

제1장_ 냉전과 원조, 원조시대 냉전문화 구축의 역동성 – 1950~60년대 미국 민간재단의 원조와 한국의 문화·학술
「냉전과 원조, 원조시대 냉전문화 구축의 역동성 – 1950~60년대 미국 민간재단의 원조와 한국문화」, 『한국학연구』 39, 인하대 한국학연구소, 2015.11.

제2장_ 한미재단, 냉전과 한미 하방연대
「한미재단(American Korean Foundation), 냉전과 한미 하방연대」, 『한국학연구』 43, 인하대 한국학연구소, 2016.11.

제3장_ 일본, 적대와 연대의 이중주 – 1950년대 한국지식인들의 대일인식과 한국문화(학)
「일본, 적대와 연대의 이중주 – 1950년대 한국지식인들의 대일인식과 한국문화(학)」, 『현대문학의 연구』 55, 한국문학연구학회, 2015.2.

제4장_ 냉전과 두 개의 중국, 1950~60년대 중국 인식과 중국문학의 수용
「냉전과 두 개의 중국, 1950~60년대 중국 인식과 중국문학의 수용」, 『한국학연구』 52, 인하대 한국학연구소, 2019.2.
「冷戰及兩個中國 – 1950~60年代韓國對'中國'與'中國文學'的認知與介紹」, 『台灣文學學報』 三十六, 台灣國立政治大學 台灣文學研究所, 2020.6

제5장_ 냉전텍스트 『실패한 신』의 한국 번역과 수용의 냉전 정치성
「냉전텍스트 『실패한 신(*The God That Failed*)』의 한국 번역과 수용의 냉전정치성」, 『대동문화연구』 117, 성균관대 대동문화연구원, 2022.3.

제6장_ 자주적 통일 민족국가의 상상과 북조선 – 북조선기행기와 민족주의 문화지식인의 동향을 중심으로
「상상의 자주적 통일 민족국가 : 북조선, 1948년 체제 – 북조선기행기와 민족주의 문화지식인의 동향을 중심으로」, 『한국문학연구』 47, 동국대 한국문학연구소, 2014.12.

제7장_ 『북의 시인』과 냉전 정치성 – 1960년대 초 한국 수용과 현해탄 논전을 중심으로
「『북의 시인』과 냉전 정치성 – 1960년대 초 한국 수용과 현해탄 논전을 중심으로」, 『한국연구』 6, 한국연구원, 2020.12.

제8장_ 냉전과 북한연구, 1960년대 북한학 성립의 안팎
「냉전과 북한연구, 1960년대 북한학 성립의 안팎」, 『한국학연구』 56, 인하대 한국학연구소, 2020.2.

제9장_ 냉전 금제와 프로파간다 – 반란, 전향, 부역 의제의 제도화와 내부냉전
「냉전 금제와 프로파간다 – 반란, 전향, 부역 의제의 제도화와 내부냉전」, 『대동문화연구』 107, 성균관대 대동문화연구원, 2019.9.

제10장_ 냉전과 월남지식인, 냉전문화기획자 오영진 – 한국전쟁 전후 오영진의 문화 활동
「냉전과 월남지식인, 냉전문화기획자 오영진 – 한국전쟁 전후 오영진의 문화 활동」,『민족문학사연구』 61,
민족문학사학회, 2016.8.

제11장_ 귀순과 심리전, 1960년대 국가심리전 체계와 귀순의 냉전 정치성
「귀순과 심리전, 1960년대 국가심리전 체계와 귀순의 냉전 정치성」,『상허학보』 59, 상허학회, 2020.6.

제12장_ 냉전과 월북, (납)월북의제의 문화정치
「냉전과 월북, (납)월북의제의 문화정치」,『역사문제연구』 37, 역사문제연구소, 2017.4.

(재)한국연구원 한국연구총서 목록